# 寻藏录

## 壹【荧惑惊世】

熊猫大书 著

长江出版传媒 | 长江文艺出版社

图书在版编目（C I P）数据

寻藏录. 壹，荧惑惊世 / 熊猫大书著. -- 武汉 :
长江文艺出版社， 2018.4
ISBN 978-7-5702-0212-6

Ⅰ. ①寻… Ⅱ. ①熊… Ⅲ. ①长篇小说－中国－当代
Ⅳ. ①I247.5

中国版本图书馆 CIP 数据核字(2018)第 032752 号

责任编辑：周 阳 林 子　　责任校对：陈 琪
封面设计：黑 匠 包 包 小 篙　　责任印制：邱 莉 杨 帆

出版：长江出版传媒 长江文艺出版社
地址：武汉市雄楚大街 268 号　　邮编：430070
发行：长江文艺出版社
电话：027—87679360
http://www.cjlap.com
印刷：京山德兴印刷有限公司

开本：720 毫米×1020 毫米　1/16　印张：22.5　插页：2 页
版次：2018 年 4 月第 1 版　　2018 年 4 月第 1 次印刷
字数：301 千字

定价：80.00 元（二册）

# 目　录


| | | |
|---|---|---|
| 楔　子 | | 001 |
| 第一章 | 粮商之战 | 009 |
| 第二章 | 抓猴子 | 022 |
| 第三章 | 神秘地穴 | 032 |
| 第四章 | 老鬼 | 041 |
| 第五章 | 东厂锦衣卫 | 050 |
| 第六章 | 暗潮 | 062 |
| 第七章 | 问道武当 | 082 |
| 第八章 | 雷神显踪 | 094 |
| 第九章 | 南岩 | 102 |
| 第十章 | 武当绝顶 | 112 |
| 第十一章 | 五龙传说 | 130 |
| 第十二章 | 巨大地宫 | 142 |
| 第十三章 | 春秋古矿 | 153 |
| 第十四章 | 幕后黑手 | 167 |
| 第十五章 | 地下铜殿 | 180 |
| 第十六章 | 溶洞妖蟒 | 194 |

第十七章　随和双宝　205
第十八章　锦衣再现　215
第十九章　惊天真相　227
第二十章　蛇穴古墓　237
第二十一章　追逐徐霞客　246
第二十二章　光明洞　257
第二十三章　心灵试炼场（一）　268
第二十四章　心灵试炼场（二）　278
第二十五章　心灵试炼场（三）　290
第二十六章　此心光明　302
第二十七章　忍者　308
第二十八章　“灾星”现世　320
第二十九章　化魔　329
第三十章　逝者如烟　339
第三十一章　世家　346
第三十二章　辐射　354

## 楔子

公元1645年，大清顺治二年四月初一。阴霾的天空下，杭州城外松竹山庄的农户们都还在忙着播种。谷雨刚过不久，这时候最适合播种，即使外面已经打成了一锅粥，却也与眼前的他们无关。只要不耽误这一季，日子就能过，怎么都能活下去。

松竹山庄的后山。洛君辉快步走在山道上，额角已经出了细汗。年过五旬的他已经做了十年的洛家家主，言谈举止间威严庄重，如一头狮王般让小辈不敢直视，可每每来见住在后山槐园的这位老祖宗，他还是如三十年前那般紧张。

走进槐园，老人正坐在院中品茶，阅尽沧桑的眼中带着一丝疲惫，看到洛君辉走进来，点头笑了笑。洛君辉上前行礼，说道："老祖宗，昨天，扬州城破了。"

"终是守不住呀……"老人闭上眼睛叹道。

"听闻那汪氏兄弟给了多铎三十万两，只求他城破后勿伤百姓，也许……"

"呵呵，三十万两买不了半壁江山。他们一路南下走得太顺，却在扬州城撞得头破血流，此后再不立个榜样，往南就会越发不好走，鞑子是要立威东南呀。罢了，其势已成，谁也无力回天，还是管好自家事吧。君辉呀，上次你来已经是一年前了，你这个家主我很满意，如果不是兹事体大，老夫实在不愿插手。来坐下慢慢说。"说罢老人挥了挥手，示意洛君辉过来坐下说话。

洛君辉紧走两步过来坐定，这才接着说："老祖宗，到现在我还是没明白，为什么当初李闯进京之时，您就预料鞑子肯定会入关呢？"

"呵呵。"老人拿起茶壶，洛君辉连忙接过来，给自己斟了一杯，"君辉呀，你要是到了我这个岁数，也会懂的，无他，一个'利'字而已。李闯一路上杀戮太重，所掠又多是官绅，你道这天下是谁的？不是皇家的，也不是百姓的，是那些官绅的！官绅恨李闯，可官绅无兵，李闯若不拿下京城，他们就没有办法，还要照大明朝的规矩行事。可李闯拿下了京城逼死了皇上，大明朝没了，那也就无所谓大明的规矩了。如果没有关外那只猛虎，多给李闯几年时间调和与官绅们的关系，天下或可太平。可惜关外大势已成，李闯又没能力控制南方，孰强孰弱一眼可见。吴三桂不反必死，所以鞑子入关，不过是早晚之事而已。只是没想到，他们南下得这么快。”

老人喝了口茶，似乎说得累了：“一年时间让你做这么大的事，难为你了。都准备得怎么样了？”

洛君辉赶忙斟满了老人的茶杯，回话道：“回老祖宗，从李闯入京至今，四个船队和两个马队都已经出发了，族内的人大多已经离开。族里的现银也已经转移了六成：一成跟着君明的船队被带去了倭国；君烈和君照的船队一起带走了三成，君照进驻南洋会留下一成，君烈带两成继续向西去佛朗机；剩下两成分别由君易和君霆两个马队带着，从兰州卫入草原，一路向西，一路向北。这些您不用担心，都是平时走惯的商路，而且这次还有白袍卫跟着，千帆万骑，怕是鞑子见了也不敢阻拦。倒是要向老祖宗请罪，本来现银是可以都带走的，可我想多带些人走，于是这银子就剩下了。”

老人嘉许地点点头：“你做得对，人才是最重要的。”

洛君辉得到老人的首肯，似乎放下了一件心事，展眉道：“幸好百年前元顺先祖着力发展海商，穷半生之力打通了东西三条航线，如今不论是在倭国还是在南洋和佛朗机，咱们洛家都算是站稳了跟脚。如今看来，海商之利已占了全族岁入的大半，先祖真是有先见之明呀。君烈临行前还说夷人又在开拓新航路，听说在佛朗机向西发现了一个新洲，比咱们大明还大，他打算安顿好后让小三子过去看看。”

洛君辉停下喝了口茶，又道：“家里走后的事也安排好了。百子堂的一众少年已经带着银钱北上，那边战事已了，等过上数十年后时局平稳下来，该在北方的就留下，该南下的再南下，每城各置商铺，不使洛家在华夏的根基断绝，徐图后进。这些孩子开蒙时您也见过，都是家中精挑细选出来的，即使将来十存其一，只求这根线不断，中土内洛氏不绝。那些外围子弟本就各自分散全国，这次也发了些银钱，着他们继续各觅生路，只需十年一度的祭祖时联络便可。另外带不走的银钱，我派人分了几处埋藏，他日我洛家重回故土，再开封启印。"

说到"故土"二字，洛君辉不禁皱起了眉，叹了口气又道："唉，老祖宗，咱们真的就这么走了吗？蒙元至今，数十代人倾尽心血打拼下的偌大家业，就这么散了吗？若是联合上其他几姓……"

老人似是看明白了洛君辉的不甘心："君辉呀，我明白，你是觉得咱们有一拼之力。你还记得祖训里的第一段吗？"

"无天下志，顺天下势，行天下远，守天下……"

"不错，"老人打断了洛君辉，"就是因为这三个原因！"

"一来，无天下志，便是不与皇权靠得太近。你看那释道儒三教都传承了千年，可你有否听过传承了千年的王朝？皇权是人间之极，登极，便是到了尽处，离皇权越近越是危险。历代都不缺巨氏豪族，可繁华百年之后，哪个不是一夕尽散，再不复当年之势？有几家能如我洛氏这般传承了千年的？得了天下的李家如何？如今的朱家往后又会如何？前朝遗姓，今朝大忌呀！你真的倾洛氏之力与鞑子拼了，哪怕是胜了，然后呢？那几姓的几只老狐狸，肯定不会碰这天下。你碰了，那百年之后，江南洛氏也就没了。"

洛君辉脸上有些发烧，作为家主，手中掌握着如此大的力量，若说没有想过这天下，怎么可能？

老人继续说着："二来，顺天下势，便是人不能与势争，人势相背时，便要学会变通。如今大势所趋，天下注定要变成鞑子的，我们不走，便要担着一分风险。一千多年来经历了两次灭族之祸，如今再不学聪明些，怕是这第三次也近在眼前了。你不是没有看过历代洛家先人的手札，自然该明白氏族也好，天下也好，唯一不变的就是这个'变'，相时而变，顺势而变。如今虽是走了，哪怕天下太平之后我们再迁回来，前后也不过三代人，若是如蒙元初时那般一朝尽灭，就算子孙用命前赴后继，怕是也要三十代才能复今日之盛。眼光要放长远些，开阔些，多少比我洛氏还大的氏族都已烟消云散了，我们一步步走到今天，不容易呀。如今大势所趋，我们不知鞑子进了中原会如何作为，但这个错我们不能犯。洛氏不是你我哪一个人的，身为家主，一生最重要的一件事，就是让洛氏的血脉能一直传承下去。君辉你知道吗？纵观历朝历代，个人也好，氏族也好，能一代代传下来、活下来的那些，不是最强大的，也不是最聪明的，而是最能适应变化的。知时顺势，便是生存之道！

“三来，行天下远，便是承前启后开拓不止。若无这开拓精神，我洛氏便没有通往域外的各种商路，如今……”老人歇了口气，“此次撤出中土，一来是为了避祸，二来……这几十年君烈家从佛朗机送回来夷人的那些精巧小玩意、研究格物的书籍、途中见闻的手札，相信你也看过一些。老夫总觉得，这天下怕是要变了……”说罢扭头看向洛君辉，“其他几姓有什么动向？”

“其他几家跟咱们差不多，早的自去年开始，晚的从最近开始，都在或迁移或分散。只是宋氏动作小一些，似是不打算全部撤走。”洛君辉答道。

“呵呵，宋氏也有自己的算计，蒙元至今四百年，朝廷一直在北方，对南方的控制和影响都要弱一些，特别是两广云贵一带。宋氏世居岭南，又是几姓中最早做海商的一家，必有其对应之法。鞑子定鼎中原，若依然定都于北，那将来乱必起于南方！好啦，不提他们几家，还是说说咱们自家的要紧事。商路图和子孙谱都带走了吗？还有那两个盒子……”说到这里，老人的眼角不经意间抽动了一下。这几样东西可以说是镇族之宝，商路图和子孙谱千百年来不断被洛家子孙充实着，元初洛氏血脉几乎灭尽，当年的家主硬是凭着这两样东西，在百多年间恢复了家族的元气。至于那两个盒子……

“商路图和子孙谱都带走了，那两个盒子咱们启程的时候我会亲自带上。只是……老祖宗，那两个盒中的物什看来甚是邪恶，它们到底和先祖吩咐寻找的地方有什么关联，值得我们从立族之初就开始找？这一找就是千年。以咱家的势力，这千年来，海内之地几乎翻遍了，还是一点线索都没有。”说到这，洛君辉苦笑起来，“莫说是线索，就连找的是什么咱们都不知道，真不明白祖训最后一句到底是什么意思。”

“也并非是立族之初便有那两个盒子，似是西汉景帝年间，七国之乱后，才辗转到了先祖贞德公手中的。之后几代家主也欲穷其密，似乎有了一点线索，应该是极为了不得的东西，再后来更是倾全族之力寻找，并写进了祖训，言明洛氏子孙不绝，便不能停下，寻得之日，便是洛氏大兴之时。可惜隋末唐初时我洛家几近灭族，那仅有的一点线索也毁于兵祸之中。之后数百年先祖们还是一直在找，毕竟写进了祖训，肯定是极重要的东西。无奈当时已经过去数百年，想再寻其出处，实在难于登天。”

“老祖宗不必灰心，既然已经寻了百代，小子们自当薪火相传，一直找下去，总会找到的。时间不早了，咱们启程吧。”洛君辉也已经组织族众寻了十年，此时就要离开中土，反倒放下了这件心事。

“也好，喝完这杯茶，咱们就出发。”老人说着端起了茶杯。

这时院外传来急促的脚步声，只见一个小厮连滚带爬地跑了进来，气都没有喘匀就禀报道：“老祖宗，大老爷，不好啦！鞑子攻下扬州城后纵兵屠戮，下令十日不封刀呀！”

啪嚓，茶杯掉到地上摔得粉碎，手还在颤抖。老人闭目向天良久，眼角流出一滴浊泪，复又语气坚定地说道：“君辉，我们出发！”说罢颤颤巍巍地站了起来，在洛君辉与小厮的搀扶下走出了槐园……

苍茫的南海上，升腾着淡淡的雾气，如钩的新月被遮在天外，整个海面上暗淡无光。海气升腾，薄雾中点点灯火若隐若现，如一条由夜明珠组成的珠串，绵延数里。夜幕下空寂的海面上，一只由数百条海船组成的庞大船队正在缓缓行驶着。

船队中央的一艘海鳅巨舰上，木质的船身在海水的涌动中不断地发出“咯吱吱”的声响。急促的脚步声响起，一个人影蹬踏着木制楼梯匆忙地跑进了桥楼上一个单独舱室。“老祖宗，海上好像有些不对劲，孩子们吓坏了。他们打灯语说，后面好像有什么东西在跟着咱们的船。而且，隐约听到海里有哭声，就好像……好像有数不尽的鬼魂跟在咱们船后面哭。”来人正是年过半百、衣着华丽的家主洛君辉，额头已经冒出了细汗。

舱室内，白发苍苍的老祖宗正在透过窗口望着夜色中的茫茫大海，一个小厮侍奉在侧。看到来人的急切，老祖宗皱眉说道：“君辉，当了十年的洛氏家主，怎么还这么不稳重？”

“不是呀老祖宗，刚才不只一条船上的人听到了很奇怪的声音，像是鬼在哭。这条航线咱们家走了百多年，这片海域早年我也亲自走过，听船上的老水手讲，他们也从来没遇到过这样的事，连他们也怕了！说是……说是海里有鬼！”作为现任家主的洛君辉解释道。

“不是海里有鬼，是心里有愧吧？”老人一边示意洛君辉坐下，一边接着说道，“扬州城破了，鞑子下令十日不封刀。国破之刻，我千年氏族不思守土，却要举家迁移。让你们觉得愧对祖宗，愧对父老了吧？”

“老祖宗……唉！”洛君辉仿佛被这话一下戳到心窝子里，没再提船外的异状，只是重重叹了口气。

老者挥挥手道：“别想那么多了君辉。其心不正，暗鬼自生！若这世间真的有鬼……”他话音未落，就在这时，一阵凉风从窗口吹了进来，风中传来一阵飘飘渺渺、若有若无的呜咽声。那声音如泣如诉，在茫茫大海中时隐时现，断断续续，仿佛就在他们船队的周围。

身边的小厮吓得“啊”的一声叫了起来，直往两人身后躲。刚说完鬼，鬼便来了，显然不是老者说的什么心里有鬼。洛君辉也是汗毛都炸了起来，这动静比他刚才听到的清晰了不少。他连忙来到舷窗边向外看去，可惜月光不明，海上有雾，什么都看不到。可那哭声仿佛在空中游荡，又似从海中传来，成片地响起。四周是无尽的茫茫大海，在这只有风声和涛声的空寂夜色中，那哭声如百鬼夜啼般令人毛骨悚然，夜航中从来没遇到过这样的事。

听到外面的动静，老者多少有些尴尬，却没害怕。他重重地哼了声道：“哼！若这世间真的有鬼，扬州城那数十万冤魂现在就该在城中报仇了。都不要慌，打灯号，让船队雁翅排开，往身后的海中倒火油！”

“老祖宗，万一烧了船……”

“放心，老夫自有分寸。出去看看！我洛氏万人聚集于此，看什么东西敢作怪！”老者说着往舱外走去，行事之果断不像个年过古稀的老人。

层层的帆影鼓动中，两个人在族人的簇拥下来到了船尾。洛君辉传令号塔上的人向前后船只发令，没过一会儿，这只由千百条大船组成的庞大船队就改变了队形，所有的船只依次排到了家主坐船的两边。列阵完毕，行在最后的一排船只开始在灯号的命令下向海中倒火油。那海面上的哭声依然此起彼伏，船上人心惶惶，所有人的注意力都在家主的坐船上。

又行出一小段后，老者命令道：“传令下去，白袍队的弓箭手用火箭往海里射！”

片刻后，数百只火箭如流星般从海船上升起，划过黑暗的夜空一头扎进了茫茫大海里。几只箭不偏不倚正落在那层漂浮在海面的火油上，海面随即被“砰”一下点燃了，数里长的浮油层也跟着成片成片地燃烧起来，海面上猛然出现了一道宽大无边的火墙，周围大片的海域瞬间被照亮了。

这一刻，船队上万人全都屏住了呼吸，火光下，不可思议的一幕呈现在所有人的眼前。原本数百条大船、数万人的庞大船队，自以为人多势众，就算南洋小国的水军碰到他们也会绕着走，可眼前看到的景象却把所有人吓坏了。那呜咽的哭声还在继续，他们终于透过熊熊的火光看清了那海里发出声音的东西，一时间所有人都不敢说话了。

“老祖宗……这……这个……怎么会？竟然是……”洛君辉能身为家主，不知见过多少风浪，什么样的大场面没见过？可眼前的景象着实让他目瞪口呆。船后的海面上竟然出现了一座座小山，此起彼伏，仿佛连绵不断的黑色沙丘，就像一片大陆不知什么时候从海洋深处冒了出来。在它面前，这支庞大的船队竟然显得如此渺小。

当然，大陆是不会悄无声息从海中冒出来的，船上多有长年行船的老水手。就连洛君辉和那老者，也一眼便认出那根本不是什么小山，而是大鱼露出海面的脊背！体型小的长有数米，体型大的甚至超过他们的大型海船。“鲸鲵！怎么会有这么多的鲸鲵？！”老者看着海面喃喃说道。他们身后，竟然跟着一个数量不知道有多少头的大鲸群！火光下它们浮浮沉沉，有几十条因为沾到了浮油背上已经着起了火。它们一直跟在船队身后，那叫声就是它们发出来的。

连久经风浪的水手都被吓坏了，跪在甲板上磕着头念着妈祖保佑。其他一些从没出过海的族人更是惊慌失措，学着他们的样子跪下祷告起来。那老者在小厮的搀扶下也艰难地跪了下来，他着实吓坏了，原本为了避祸才举家迁移。难道是此举触怒了龙王爷，要让他洛氏顷刻间覆灭于海上不成？

老者勉强定了定心神，颤抖着向身边一个苍老得不成样子的老水手问道：“五叔，这是不是……‘过龙兵’？”

五叔跪在甲板上说道：“回老爷的话，小的从八岁跟着老太爷航海，几乎一生漂泊在海上，也只见过两次‘过龙兵’，但那两次跟现在这情形完全不一样！怕是这南海的鲸鲵全都聚集到此了，咱们最好还是不要惊扰了它们，就当没看见。这海里的事儿，不是咱凡人能猜透的，也不是人力所能控制的。

妈祖保佑……”说着又诚心祷告了起来，说白了，现在只能听天由命了。

洛君辉猛地想起了什么，小声对老者道：“老祖宗，会不会是因为咱们带出来的那件宝贝？先前它在秘库里放了数百年从未面世，更是没有到过海上。我早就看那东西邪得很，只是看着，就让人不舒服，会不会是它把这些鲸鲵吸引过来的？”旋即他又摇头道：“也不对呀，咱们出海不只一天了，之前也没遇到这样的事。”

听了他的话，老者愣了半天才说道：“难道那传说是真的？！上千年了，咱们从没放弃过寻找，可那地方却一直没有找到，这族中圣物也就被收藏了起来。”说着他满是希冀地看向洛君辉，“君辉呀，此地怕就是一个龙气会聚之所，照这么看，那传说中的地方恐怕也是真实存在的！”

老者喜形于色继续说道：“先祖庇佑呀！没想到在这举家迁移之际竟然让这千年的谜题有了一丝头绪！快！快用‘过洋牵星术’将咱们的大概位置记下来，告诉后世子孙，只要我洛氏不灭，就一定要找下去！”

鲸群还在跟着他们，海中如鬼哭般的叫声依然此起彼伏着。这一夜船上的人谁都没有睡好，生怕这些庞然大物暴躁起来掀翻了坐船。次日清晨，从海面下喷薄而出的一轮红日终于驱散了迷雾，人们竞相来到甲板上观望，那庞大的鲸群竟然不见了。洛家人这才松了口气，继续他们的旅途，去遥远的西方寻找立足之地。

此时没有人知道，一场改变世界的风暴正在酝酿着，文明的曙光已经在西方悄悄升起，古老的中国，此时却在杀戮中关上了它沉重的国门。洛氏像一条漏网之鱼，在国门关闭的前一刻游进了大海。

此后三百年，再也没有回归故土……

三百年，沧海桑田，世界的中心从东方转移到了西方。进入新千年后，人类迎来了一个崭新的时代。

## 第一章　粮商之战

10 月的北京，阳光明媚的下午，一场大雨刚刚过去，周伟摆着标准的麦当劳叔叔造型，一个人懒洋洋地坐在玉渊潭公园的一张长椅上，看着轻风吹过柳梢，金黄色的阳光洒在湖面上。每每有重大决定的时候，他总喜欢从公司里溜出来，关掉手机，一个人找地方静静地坐一个下午。仰头，闭眼，微笑，暖洋洋的下午，能安静地在户外晒晒太阳，真是一种享受。他是个爱笑的人，笑已经成为他生活的一种习惯。看着那一脸阳光般真诚的微笑，很难有人想到周伟曾经的生活是多么艰辛。还算英俊的脸庞，还算不菲的身家，如果不是从事的行业有点“土”，他就是标准的钻石王老五了。他确实是跟土打交道的，在这个地产金融风行的年代里，农牧粮食的生意做得再好，也未必会成为媒体眼中的青年才俊。

明天有一笔不算大的生意在等着他，但这笔生意背后所产生的延续价值是无法估量的，如果成功，他有信心让自己的公司资产在 2 年内增加一位数！对方公司是世界最大粮商之一的 J 公司，这些深海中的大鳄极少出现在国内媒体上，只有行内人才知道他们的恐怖与贪婪。几家公司联手控制着全世界 80% 的粮食交易量，在国内也掌握着数种粮食制品的定价权。基辛格说：“控制了粮食，就控制了人类。”这话在物质生活高度丰富的今天似乎是个笑话，可周伟却听说过，一个非洲小国的总统想摆脱这些大鳄们对自己国家食物的控制，通过政令和军队与他们周旋……三个月后，他被他吃不起饭的人民推翻了。

他击败了数十家竞争对手，如今只剩最后两家了，明天就是决战的时刻。周伟其实很看不起自己这种行为，老外扔出了一块骨头，这边的几家竞争对手像闻到味儿的狗一般蜂拥而上，无论谁抢到骨头，外商都会是赢家。可是有什么办法呢？他又没能力改变这些。十几年挣扎求存的生活教会周伟：活下去，才是最重要的。

使劲甩了甩头，想把这些烦人的想法挤出脑袋，周伟干脆躺在了长椅上。这几年那种深深的厌恶感越来越强烈了，如果不是为了妹妹，有时他都想把公司卖掉。

“李兵呀李兵，你到底是个什么样的人？”周伟自言自语道，李兵的公司就是如今唯一剩下的那个对手。李兵是个非常低调的人，如果不是此次周伟把他当成一个对手认真对待，恐怕永远都不会注意到这个人，他太不起眼了。出身普通的工人家庭，没有深厚的背景，没有出色的能力，老老实实，安分守己，甚至可以说木讷得有些痴呆。可就这么一个人，大学毕业后进入一家农产品公司，几年后自己创业，用了比周伟更短的时间，创建了一份比周伟还大的家业。可问题是，他太平庸！了解了李兵创业史的人，都会感觉他做生意的运气好得令人发指，就好像开了外挂一样。很多次的胜利，现在让人看来还是那么稀里糊涂。

比如在某个大型采购项目中，中标人选明明已经内定了领导的小舅子，可就在开标的前一天，领导被请去喝咖啡，然后一笔大生意莫名其妙地落在了几乎没有做任何准备的李兵头上。更离谱的一次，李兵的合作公司倒闭，进口的一船大豆全部滞留在港口。李老板正蹲在码头上哭的时候，韩国的大豆进口从美国转向了中国，于是第二天箱都没开就转了船运往韩国，算下来挣得比预期的还多。

奇葩的李老板，就这样奇葩地成长了起来，以至于伤痕累累的周伟不得不感叹，真是同人不同命呀。可是，真的只是运气吗？

“阿嚏！阿嚏！”坐在车后排的李兵连着打了两个喷嚏，使劲吸溜了几下鼻子，自言自语道：“是不是该加衣服了？”这是个平凡的男人，微胖的身材，平凡的长相，塌鼻梁上架着一副方框眼镜，眼镜后面是两只豆儿大的小眼睛。小眼睛瞄来瞄去，似乎还在找刚才打喷嚏的原因。

“项爷，把窗户关上点儿。”

“是，老板！”老板发话了，项昊笑嘻嘻地关上了车窗。寸头，浓眉，环眼，大鼻子大嘴，1 米 98 的身高，魁梧得像只猩猩，卡宴宽大的驾驶空间被他挤得满满的。虽然已经为李兵做了五年的保镖，但每次听到老板叫自己“项爷”，项昊还是觉得很爽。

在李兵眼里，这位真的是个爷！见过半小时吃掉整只烤全羊的吗？光那割肉的刀法就叫围观者喝彩不断。见过飞轮胎砸小偷的吗？李兵那次可赔了人家不少钱。饭量、功夫，这些都不重要，铸就项爷辉煌前半生的，是他那响当当的脾气！用他自己的话说："打从娘胎里出来到现在，爷就从来没认过怂！"

初中时看到有痞子在学校门口调戏高中女生，项爷一个人就冲了过去。上高一学校乱收费，项爷不但不交，还跟学校要说法，抽完训导主任，一个人跑去教委告状。屁大的毛孩子，谁把你当回事呀！于是，惨剧发生了。那天项昊从教委被架出来以后，一个眼睛肿得像桃子样的副局长发话，哪个学校敢收他，就给校长好看！于是项爷在同学们崇敬的目光中离开了学校，只留下了一地传说。父母费了好大劲才让他当上了兵，家里管不了，就把他交给国家吧。

军队里从来不缺少刺儿头，但没有多少剃不平的刺儿头。中国军人的军事素养世界闻名，无论是战争时期山呼海啸般的枪林弹雨，还是和平年代里泛滥成灾的滔天洪水，一条命令，就要义无反顾地冲上去！铁一样的意志来自铁一样的纪律，如果纪律只有一条，那一定就是服从。无论过去是什么样的人，进入军队，这里会有人把你的尊严打碎，然后重塑成一个新人！而新兵连，就是这个打碎尊严的地方。

"叫爷服从命令可以，但说话给爷客气点！"还没来得及被打碎尊严，进入新兵连的第一个晚上，这位项爷就把班长给打了！部队不是让你牛的地方，军威不容反抗。年轻的新兵们还不明白这个道理，这一晚被打的班长很多。于是之后的几个晚上，班长们联合起来带着老兵们陆续找回了场子，除了项昊这个班。

就这样，项爷一路高歌猛进混到了北方某军区的特种部队。没有比部队更锻炼人的地方，几年的磨炼让项昊真正成长起来，掌握了特种兵的各样技能，最拿手的有三样：射击、格斗和爆破。上级领导很看重他，准备让他去国外执行一些不为人知的"秘密"任务，只有真正经历过死亡和铁与血的洗礼，才能称为真正的特种兵。

就在这时，意外发生了。一个关系兵的加入挤走了一个原本在名单上的队友，项爷那颗响当当的心在沉寂数年之后，再次被点燃了。一如高中那会儿的冲动，他冲进了军区司令部驻地，然而5分钟后就被抬了出来。也是那一次让项爷明白了人外有人的道理，他向来对自己的身手极有信心，从来不信有人可以一个照面就让自己完全失去战斗能力，直到遇见了那个人。

所幸项昊一进去就被打趴下了，没有伤到人，但问题的性质太严重，想留在部队已经不可能，上级力保，复员已经是最好的结果。原本已经爱上军营、准备当一辈子兵的项爷流着眼泪脱下了军装，复员，就业，因为脾气失业，再就业，再失业……就这样辗转成了李兵的保镖。一转眼，已经风平浪静地过了五年。

是的，风平浪静的五年把项昊憋坏了！他不止一次跟李兵说："要不你辞了我们吧！北京城的大款多了，没人惦记你一个卖土豆儿的！"

"谁说没人惦记卖土豆儿的？上次要不是陆林，老板我早就被人大卸八块了！"在两个最亲近的员工面前，李老板还是很活泼的。是呀，那次的事对他的冲击实在太大了，电影里的情节生生套到了自己身上，胆小的李老板实在受不了这种刺激。

那也是五年前的事，两个曾经被李兵收过土豆的农民赌博输光了家产，进城打工躲债，碰巧撞见了已经今非昔比的李老板，就好像看到了一个金光灿灿的人形大元宝。两个走投无路的人看到了生的希望，还犹豫啥？绑他娘的！

绑匪抓住一个机会，把李老板变成了肉票。在他们眼里，李老板真是够意思，只是拿刀子在他眼前晃了几晃，他就非常配合地开车带两人去了京郊租住的一间平房。两人感叹完这么好的肉票不好找之后大眼瞪小眼，一起傻眼了。

绑匪是第一次做绑匪，肉票也是第一次做肉票，大家都没经验。绑匪没有蒙面，也没有蒙李兵的面，更没有调查过李兵的背景；肉票不但看了两个绑匪，还认出了他们，当场叫出了他们的名字。现在，跟谁要钱成了双方共同的问题。

李兵忙于工作一直没娶老婆；父母在老家过着退休生活，根本没权力调动公司的资产；公司副总一直不服他这个老板，盯着总裁的位置不是一两天了……几天过去了，两个劫匪怕夜长梦多，最终拿定了主意：撕票！钱不要了，把那车卖了就能有50万！就在从住所转移时，李老板的异状被对面洗浴城的一个保安发现了——裤子都尿了还不算异状？李老板不是傻瓜，听说要去远郊区时，他就明白两个绑匪想干什么。

小保安假意过马路，猛地把李兵拉到了身后。绑匪拔刀疾刺，刀光晃了李兵的眼，这时他已经吓得快猝死了，抱头蹲下哇哇大叫起来。

被人拍了拍肩膀，再次睁开眼时，李兵看到两个劫匪正倒在地上哀号，一双温润如玉的细长眼睛看着自己："先生，您没事儿吧？"数日的恐惧和紧张让李兵抱着小保安的腿号啕大哭，不停叫着"谢谢呀！谢谢呀……"，好像声音越大，越发能显出诚意一样。

自此，李兵真的怕了。雇佣保镖虽然价格不菲，但比起要钱又要命的事，这点钱根本不算什么。找不到门路，李兵就山寨了两个都没有经过正规培训的保镖：一个是项昊，另一个就是救了他性命的小保安——陆林。

第一次见面，项昊看着这个比自己低了一头的同事，满心瞧不起。保安和保镖虽然听起来只差一个字，但实际上差的不是一两个层次，老板也真是的，这保命的事儿也能掺水吗？听说他过去也当过兵，但每年退下来的义务兵多了，这么随便挑个管屁用呀！他当时还不知道之前的事，李兵对陆林的信赖是出自本能，没有理由的。后来两人比划过几次，都是项昊赢，但项昊却越发觉得这个陆林不简单。

陆林的岁数跟项昊差不多，个子不高，略显消瘦，手臂比一般人稍长，一对剑眉斜插入鬓，细长的眼睛温润如玉，顾盼有神，笔挺的鼻梁给人一种坚定的感觉。他的身手极好，比项昊也只是差了一两筹，但项昊明白，这只是力量、速度、技巧上的差距，没有真正性命相搏过，有些东西是看不出来的。

有几次战到兴起，陆林身上无意间散发出的那股杀气，项昊只有在极少一些上过战场的老兵以及那个人的身上感觉到过。他知道，那是杀过人的人身上才有的气息，就好像洗不干净的鲜血渗进了皮肤，不甘消散的鬼魂留在了身后。杀的人越多，这股杀气也就越重。不说这份杀气，只说那一身过硬的功夫，这是一个远郊洗浴中心的保安身上该有的吗？

项昊也数次打听陆林当初服役的部队番号，陆林总是笑笑说："说了你也肯定没听过。”被问急了，“老子当初是在卫戍区三师十三团的后勤养猪。其实养猪只是掩人耳目，我们的真正身份是中国唯一的一支陆海空、太空、阴间五栖特种部队！” 项昊听得大乐：“反正你这家伙不简单！”就再没有追问，他不喜欢动脑子。陆林肯定不简单，项昊有次发现，陆林偶尔拿出来把玩的那把不起眼的小刀竟然可以过机场安检！他要了几次陆林都不给，也只有羡慕的份了。

混熟以后，当听说陆林也是因为打了领导被开出来的，项昊仰天长啸：“哈哈哈，兄弟呀，咱们有做兄弟的潜质！”一晃，两个兄弟已经搭档了五年。

“林子，等明儿老板谈完这笔生意，后天咱们去找瑞子喝酒吧！”项昊边开车边瓮声瓮气地说。

陆林慵懒地坐在李兵旁边，一听也来了精神：“成呀！两周没见了，我已经开始想念他的后宫了。”

“那万一……明天咱们输了呢？”老板插话了，语气透出担忧，对周伟的厉害他早有耳闻。

两个保镖异口同声地说道：“那你就跟我们一块去呗！”言罢对看了一眼哈哈大笑起来，一点也没有做手下的觉悟。笑声中，黑色的保时捷卡宴疾驰而去。

翌日。

周伟看了看表，13点48分。看着自己团队的每个人都是一脸失落的表情，他整理了一下麻木的思绪，重新露出了笑容说道：“什么也别想啦，都两点了，先跟我吃饭去，今儿中午我请了。两个月来大家都累坏了，回头放两天假，大家一起出去玩一圈！”

“好哎！”团队里年纪最小的齐珊高兴地蹦了起来，随即想起高兴得不是时候，赶紧捂嘴低头，钻到了人群后面做鹌鹑状，又惹得大家一阵哄笑。

“走啦走啦，老板请客，吃穷他！”一群人起着哄走出了J公司的中国总部，周伟跟在最后面，笑容还是那么灿烂，只是背影显得疲惫不堪。

就在刚才，负责本次合作的强尼对他说出了结果，最后的赢家是李兵。周伟追问自己输在了哪里，强尼笑眯眯地看着他，眼角堆起了层层皱纹：“周先生，你没有输，你和你的团队是我见过的最强大的团队之一。即使在美国，你们也是顶级中的顶级，相信我周先生，你们不比任何人差。”

“那你为什么不选我们？”周伟笑着追问。

“这个……呵呵，还是让我们期待下次的合作机会吧。”强尼笑得像只老狐狸，却不愿多说，似是其中有着他也不能说出口的秘密。

“呵呵，好的强尼先生，期待下次可以合作，我现在要好好安慰一下我受伤的心了。”周伟笑着答道，心中却在想，强尼暗示是因为一些其他因素而选了李兵，看来这个李总，靠的绝对不只是运气。

“你们是没看到，今天那个周总，人家那个团队，那个精神呀！咱们的人往人家跟前一站就矮了半截儿。还有周总自己，那个气场太强大了。今天咱们是险象环生呀！”兴奋的李兵在车上跟两个保镖吹嘘着，“你们是不知道，那个周总在业内是个传奇！听说他小时候家里穷得啥都没有，初中没毕业父母就不在了，独自一人带着 3 岁的妹妹浪迹江湖。十几年混下来，现在坐拥亿万身家，真的是相当厉害！今天有他在，我都没有想到能这么顺利拿下这合同。”

“算了吧老板，厉害人见多了，每次你都这么说。”陆林笑着打断了他，“那明儿还跟我们去吗？”

“不去啦，你们玩吧，还后宫呢，那就是一群禽兽。这次的合作敲定下来，我得好好忙一阵子了。嗯，明天开始住公司！”兴头儿上的李老板决定努力把自己的团队也打造成周伟的那样，“那啥吧，放你俩一周的假好好去玩一玩。我知道这样成天跟着我，肯定把二位爷憋坏了，你们也活动活动。明天放心去找罗瑞吧，还有他的后宫……”

“老板呀……”项昊一改常态，语重心长地说，“你知道我等你这句话等了多久了吗？”

罗瑞的后宫，那就是一群禽兽，有禽，也有兽。第二天，陆林和项昊一大早就驱车去了北京野生动物园，罗瑞在那里做饲养员。

罗瑞是项昊的发小儿，两个人光着屁股一起玩大的。项昊离开学校参了军，罗瑞考上了林业大学，没想到被分到了野生动物专业。毕业后罗瑞找到了一个专业对口的工作，在北京野生动物园做饲养员，与人打交道的机会少了，与动物打交道的机会多了。许是性格原因，他很喜欢现在的这份工作，用罗瑞自己常用的解说词来说："动物们都很单纯，就像六七岁的小孩子，它会用眼睛去看，用耳朵去听，从你的眼神里捕捉到你的想法。你对它好，它就会对你好。它们不会说话，但它们什么都明白，当你看着它们的眼睛时，就能感受到它们的情感。"

项昊刚当保镖时，罗瑞正好毕业找不到工作。听说罗瑞的现况，项昊二话没说就把罗瑞接到了他和陆林的住处，让他别着急，工作慢慢找。从那时开始，三个人就混到了一起，难得的是孤僻的罗瑞竟然和陆林非常投缘。后来罗瑞到了野生动物园，项昊和陆林经常过来玩，白天也就是在步行区溜达，逗逗温顺的动物，但两位保镖艺高人胆大，偶尔会趁罗瑞值班时在晚上偷偷溜进猛兽区。后来他们把李兵也拉过来一起混，有说有笑的五年里，四个人闹了无数笑话。

"瑞子，有时候我真羡慕你这工作。"陆林帮罗瑞往梅花鹿的食槽里放草料，"呼吸新鲜空气，与野兽为伍，还有时间玩鹰逗狗。你们这还要人吗？回头要是有空缺了一定要通知我。"

"算了吧林子，你一个月挣的都快顶我半年了。这活儿看着有意思，但总不能搂着动物过一辈子吧？想找媳妇儿就得买房子吧？按这个工资，我得不吃不喝干 200 年，你们这种高薪人士是体会不到的。"罗瑞叫苦道，"你帮我收拾一下再打扫打扫，我得去看看昊子了，我家那两个小宝贝儿可经不起这位爷的折腾。"罗瑞铺完料就开溜，把活儿丢给了陆林，他确实不太放心手头儿没轻没重的项爷。

"那么大只的狗和夜猫子，还小宝贝儿？恶心！"陆林笑骂道，边上吃着草的梅花鹿抬头瞄了他一眼，继续低头吃早餐。

李兵口中的禽兽既然真是禽兽，那么鹰犬自然也真的是鹰和犬——两只自小被罗瑞养大的动物。犬是罗瑞买来做伴的一头白熊犬，项昊给它起名叫"包子"。鹰的来历很传奇。有次一批被缴获的盗猎分子走私的珍稀鸟类被送到了动物园，不乏鹰隼之类的猛禽，其中有只受伤生病的雏鸟，喙的样子像是只鹰，身上光秃秃的连毛都没长，又伤又病的眼看就要活不了。园里的兽医说没希望了，要么丢进垃圾箱，要么就丢到猛兽区当食物吧。

罗瑞跟领导说："还有一口气，别就这么扔了它，给我吧。"

悉心照顾了一个多月，小家伙竟然渐渐好了起来，开始长出白色的茸毛，成天跟在罗瑞身后。如果不看喙和爪子，这就是只小鸡，陆林给它起名叫“上校”。罗瑞真的被这二位爷打败了，上次给“包子”起名时，项昊正吃着大肉包子，这次是陆林刚好抱着一桶KFC的“上校鸡块”，还是逃不过食物的命运呀……懵懂的小家伙，怎么看都像只鸡。

那时的“包子”已经快三岁了，“上校”被它一舔就是一个跟头。白熊犬很温顺，大狗不吃小鸟，只是喜欢叼着它到处跑。两年后，羽翼渐渐丰满起来的小鸡亮瞎了所有人的眼，它竟然是一只金雕，远古时曾经被无数部落当作图腾来崇拜的神鸟！

成年金雕体长接近1米，翼展超过两米，草原上的哈萨克族人用它们来猎狼。不过项昊看过金雕的照片之后总说“上校”不是纯种的，可能是因为小时候受过伤的缘故，“上校”的后脑有些平，毛都向四周奓了起来，脑袋后面像多了一团东西，比照片上金雕的头大了很多，于是“上校”又多了“大夜猫子”的外号。

所幸动物园里有不少吃肉的猛兽，捡捡它们吃剩下的就够一顿饭，不然罗瑞还真养不起这两个大家伙。“上校”在长大，罗瑞开始时对大型猛禽并没有什么概念，直到有次出野外，“上校”用钢钩似的爪子将老乡家一只在山坡上吃草的羊抓起来滑翔到山坡下摔死，他才算真正明白自己这只小宝贝儿的厉害。赔了人家半个月的工资，罗瑞把“上校”的爪子包了起来，开始正视这只神鸟的战斗力。买了熬鹰用的护腕肩套，罗瑞开始有计划地训练“上校”。男人嘛，放鹰遛狗谁不喜欢。于是罗瑞的鹰犬也成了陆、项二人眼里的宝贝，羡慕嫉妒至极。项昊每次来与它们相处的时间比跟罗瑞还长，少不了将两只动物一顿折腾。

昨天刚下过一场雨，今天的空气格外清新，蓝天白云绿地，池塘鸟鸣秋风，暖暖的阳光把地上的落叶染成了金黄色。帮罗瑞打扫好卫生喂完动物以后，陆林一个人坐在野鸭湖旁边的草地上。不是周末，动物园里的人并不多，几个年轻人在照相，三三两两的家长带着孩子喂动物。陆林注意到一个蹲在湖边低头自言自语的女孩。

女孩的背影瘦瘦的，长发披肩，白色的长袖T恤外披着件毛茸茸的白色马甲，宽大的牛仔裤配着一双慢跑鞋，白衣黑发在蓝天草地的映衬下愈发显得靓丽。小女孩看样子只有十六七岁的年纪，就听她一个人在那里念叨："小乖，以后姐姐照顾不了你了，你一个人要好好的哦。"软软糯糯的声音似乎含糖量过高，让人觉得甜甜的格外好听。

"这几个月你在我们家受苦了，我那个变态哥哥把你买回来就不管了，姐姐上学也没时间照顾你。小乖，以后的日子就要靠你自己喽。网上说像你这样的动物不可以随便放生，要送到动物园来。你看这里还有好多好多动物，要保护好自己哦。"小女孩还在念叨着。

陆林好奇地走了过来，想看看小乖是个什么。走到侧面，陆林还没来得及看清小乖是只什么可爱的动物，眼睛不自觉地被那张瓷娃娃一样的脸吸引住了。一双纯净的大眼睛在阳光下像两颗宝石般闪烁着光芒，每眨一下眼，眸子中水波流转，就像有水会马上泛出来，映在眼中的湖面和天空也被蒙上了一层淡蓝色的雾气。弯月一样的眉毛，无论从哪个角度看都像是在笑。小小的嘴巴，高挺的鼻梁，配在一张鸭蛋形的脸上，似乎也被柔化了。

"啧啧，长大了不知道要迷死多少男人。"陆林心中感叹。

小女孩念叨完后轻轻松手，把小乖丢进了野鸭湖。这时陆林才回过神，只看到水中一个只有巴掌大的模模糊糊的乌龟影子，正在努力地向池塘深处游去。

还没游出 5 米，意外发生了！一只大野鸭飞快地凫水过来，一口叼住小乌龟，随即扑腾着翅膀向湖心小岛飞了过去。一切发生得太快，等到小姑娘回过神来，野鸭已经起飞了。她大急，向前一迈步就追了过去，嘴里大喊："住口！放下……"

"扑通！"

"呜……呜……救命啊！我不会游泳！呜……咕嘟咕嘟……"

陆林摇头叹息："挺好一孩子，就是人笨了点。"随即下水救人。

陆林出手，小女孩和小乌龟都得救了，被带到员工休息室取暖。陆林这才有机会仔细看看小乖，嘴有鹰钩，尾巴像蛇，背甲上全是刺。长得这么凶残，真看不出乖在哪里。

闻讯赶回来的罗瑞和项昊坐在旁边，脚边还蹲着一条毛茸茸的大白狗，自然是“包子”。罗瑞的脸色并不好，在训斥着小姑娘。

“你知不知道你这样的行为会造成多大危害？网上说找动物园，那是让你联系动物园的工作人员，而不是让你偷偷放到动物园里！鳄龟本身就是种很危险的动物，而且它在这边没有天敌，会破坏生态平衡的！”大人总是喜欢吓唬小孩子。

看到小女孩都快哭出来了，罗瑞才放松了语气：“好在发现得及时，没事啦。但小妹妹你要记住这次教训知不知道？不会游泳就不要往水里跳。一会儿暖和了快点回家，别再这么不小心了，出点儿什么事，家里不得担心死呀！”

“我知道了，谢谢哥哥。”被安慰了几句之后，小姑娘情绪平稳了许多。

“小妹妹你记住，当你给你的宠物起了名字以后，它就不再是一只简单的小动物了。它是你的朋友，你的孩子，需要你的照顾，离开你它会死。”

爱心泛滥的小女孩听得肃然起敬，看着小乌龟眼圈又红了。陆林在旁边翻了个白眼，看了看鳄龟，怪兽一样的脑袋瞪着两只散发着寒光的小眼睛在四处张望。有感情？弱小？罗瑞你真的是在说它吗？

小女孩站起身，又把小龟捧在了手里，对罗瑞说：“饲养员哥哥我知道错了，我不扔小乖了，我要把它带回去好好养着。就算我和哥哥都经常不在家，也不会让它饿死的！”

“行，养着吧，回头养大了处理不了，你再来找我。”罗瑞点点头说。

小女孩又转身对陆林说：“哥哥，谢谢你今天救了我。我叫周欣，现在在农业大学读大三，能告诉我你叫什么名字吗？回头我要让我哥好好感谢你。”

陆林爽快地说道：“谢就不用啦，这么可爱的小妹妹掉到水里，就是‘包子’见了也会奋不顾身把你叼上来的。”“包子”在旁边“汪！汪！”了两声，表示赞同。“我叫陆林，等等，你在读大三？你今年多大啦？”陆林被惊到。

“我 17，我上学早，15 岁就考上农大了。”女孩终于说出了件可以自豪的事情，一对弯月似的眼睛笑眯眯的。

“你说你姓周是吗？佳禾农业的周总你认识吗？”

“啊？你认识我哥？”这次轮到周欣被惊到，“你，你怎么知道我是我哥的妹妹？”

“不认识，只是见过一面。你知道吗？血源相近的两个人，面部特征，或者说是头骨的形状是有很多相似之处的，比如两眼间的距离，上颌骨到蝶骨的距离，额骨与顶骨间的弧度……”看着小女孩石化，陆林哈哈大笑，“我瞎掰的，逗你呢。你口袋里的笔印着佳禾农业的标志，你又姓周，我自然要问一问你认不认识周总。”刚才被她惊到，总算扳回了一局。

“你们两个没正经的货，别逗人家小丫头了。”项昊插嘴道，刚才他一直在逗“包子”，“妹子，没事的话就快回家吧，你哥昨天谈生意受刺激了，回去好好安慰安慰他吧。”

“啊？真的吗？我哥没跟我说过呀，我这就回去。”一听说哥哥有事，小女孩急了，捧起小乌龟鞋都没穿就要往外面跑，跑到门口才发现鞋还在边上烤着，吐着舌头又返了回来。

“那我走啦，陆哥哥你既然认识我哥哥，那我以后再联系你。我现在要回家看哥哥了。”说着又跑了出去，出门才想起还没说再见，“陆哥哥再见，饲养员哥哥再见，大叔再见！”然后就头也不回地跑了。

“喂！老子比陆林还小一岁呢！”在项昊的大叫声中，陆罗二人笑得前仰后合，远处一阵银铃般的笑声渐行渐远。

“真没想到那个周总还有个这么可爱的妹子。”看两个人笑完了，项昊感叹道。

“就是傻了点。”陆林接话茬。

“傻？你 15 岁考上个大学试试！”

“你以为老子没考上过呀？老子当初是少年班的！”

这时，罗瑞的手机响了……

放下手机，罗瑞对陆项二人说：“跟我溜达一圈去吧？延庆那边的一个老乡的家里进了一只猴子，怕是保护动物就没敢打。电话打到了园里，领导让我赶紧过去看看。”

“都快 11 点了，不吃完中午饭再去？”饭量最大的项昊有些饿了。

“来不及了，路上你吃面包吧。万一猴子跑了，被想卖钱的人抓到，没准就变成猴脑了！”罗瑞开始收拾东西，“不急不行呀，现在的人太凶残了，什么都吃。前阵子有个澳洲游客在广东一家餐厅门口，看到一个铁笼里面关着一只考拉，上面标着‘红烧、清蒸任选，只卖 139 元’！他拍下照片打电话到澳洲的电台投诉，描述说：‘几个铁笼中装着白鹭、蛇和乌龟，考拉的笼子里居然放了一根胡萝卜！’这人都丢到国外去了！”罗瑞痛心疾首地说。

“开玩笑，才 139？那货肯定是兔子伪装的，没看到还吃胡萝卜嘛！”项昊继续嚼着面包。

陆林插话说:“瑞子,以后那只小龟长大了,小丫头要是再来找你怎么办？”

罗瑞打着车，嘴角带着一抹狡黠的笑：“真要到那时候，我也没办法。为了中国的生态平衡，为我们国内的物种不受威胁，为了抵制生物侵略，我们只能把它吃掉了！”

“啥？”陆林和项昊一起大跌眼镜。这就是刚才还叫嚣着人类太凶残的人，果然很凶残。

“啥什么啥！八国联军都进北京了，难道要眼睁睁看着它们把国内的物种都灭了？我非常不赞成把它们放到动物园里，只要在中国这片土地上它们能继续繁衍下去，它们就算侵略成功了。而且鳄龟这东西，不但好吃，而且大补，滋阴壮阳，补血养气……反正就跟说王八的那套词儿差不多。这东西除了当宠物养，跟王八一样也是道菜，鳄龟肉 60 多块一斤呢！”

“亏你刚才还把小姑娘唬得一愣一愣的，你真孙子！”项昊笑骂道。

汽车向园门驶去，不时传出三个人的笑骂声。谁也没有想到，一次简单如踏青般的外出任务，会改变他们此后的人生轨迹……

## 第二章　抓猴子

汽车驶入延庆的山区时已经下午 2 点，昨天的一场雨让进山的公路有些湿滑，路边不少地方还有积水。车载广播中一个温柔的女声播音道："昨天的降雨刚刚结束，今天夜间又一股冷空气将进入我市。加之近日气温回升，造成强对流，今天夜间到明天，全市范围内可能迎来新一轮大范围的强降雨。西部山区的区县请做好地质灾害应急响应工作。"

罗瑞听到这里说："这夏天早过完了，怎么还有大雨？"

陆林接话道："这两年天时不正嘛，上班都有迟到的，更别说冷空气了。"

发现猴子的那户人家住在村尾，罗瑞把车停到庄户门口，就听到院子里面传出"吱吱"的猴子叫声。院门大开，院内各屋的墙上挂着很多刚收不久的玉米，每个屋顶上都晾晒着花生。一些看热闹的村民站在院子里，仰头看着一间房的房顶，热烈地讨论着什么，几个孩子往房上扔着小石子。

罗瑞拿着一支吹麻醉针的吹管和一个装着大网的捕兽竿进了院子："麻烦让让，让让！那几个小朋友别扔石子啦！哪位是刘师傅？我是动物园的。"

陆项二人随后也跟了进来，大概是项昊的体形太过吓人，几个看热闹的村民不自觉地退出好远。一个四五十岁的大叔走了出来："我就是，是我打的电话。师傅，你看看吧，赶紧把这猴子弄走。在房顶吃我家花生，不光吃，它还祸害……哎呀！"老刘正指着房顶上说道，一把花生劈头盖脸地打了过来。

原来是房顶上的那只猴子，它已经在房顶待了大半天，看着下面人越来越多，它愈发暴躁，在屋顶上不安地来回爬动，不时发出几声尖利的叫声。这时看到有人指它，猴子急了，抓起一把花生丢了下去。

"是只猕猴，国家二级保护动物，最常见的猴子。"罗瑞看着屋顶的猕猴，跟老刘解释道，"放心吧老刘叔，一会儿就完事儿。你看这是麻醉针，我先用吹管吹到猴子身上把它麻倒，然后拿捕兽网往上一套，套下来直接装车，一切 OK。"说着罗瑞拿起了一支麻醉针装进了吹管。

猕猴还在房上不安地来回走动，他举起吹管，瞄准，吹！

“噗！”麻醉针准确无误地扎到了房檐上。

罗瑞脸有点红：“没事没事，我先试试这根管儿，每支管的抛物线都不一样，一般很少一针命中的。”说着又装了一只麻醉针到吹管。猕猴在房顶上大叫大跳，往下丢着花生，好像知道被人家用一只管子对着并不是件好事。

第二支……第三支……第四支……第五支……第六支……不是扎到了墙上就是落在了房顶。

边上的老刘已经满头黑线，陆林和项昊都开始替罗瑞脸红。

项昊第一个受不了，把罗瑞往边上一扒拉：“得得，罗大师您先歇会儿，人家这房子以后还得住呢，都快让你扎成筛子了，一只猴子至于这么费劲吗？直接抓下来不得了，看项爷我的！”说着撸胳膊挽袖子就要上房。这栋房子比楼房的层高要高很多，但对特种兵来说真不算什么。

“你也算了吧，就你这分量，别把人家房顶压塌了，还是我来吧。”陆林一把拦住了项昊。

陆林后退两步，猛地向前一个助跑，左脚在墙上一蹬，身体向上一挺，双手抓住房檐向上一拧腰，整个人已经蹲在了房上。一连串动作行云流水，每次发力都恰到好处，好像多一分的力都不愿使，却又快如闪电。这边人们刚腾出给他助跑的地方，扭头再看时他已经上了房。

“我靠！”“牛！”看得村民一阵感叹。

猕猴被突然蹿上房的陆林彻底吓坏了，猛地向后一跳，歇斯底里大叫一声，往后转身就跑，原本已经绷得紧紧的神经大概已经崩溃了。

“小样，还想跑。”陆林笑着俯身追了过去，才跑出两步，就“扑通”一声摔到了房顶上，一大片花生被蹬得撒落下来。在满是圆滚滚的花生堆里，两条腿还是没有四条腿稳当。

看着已经跑出好远蹿下房的猴子，陆林心想：“完了，这次丢人丢大发了！”一鼓劲儿爬起来又追了过去，他下定决心非要抓住这只猴子不可。

项昊还边跑边扯着嗓子大喊：“林子，没事儿！不就是摔了一跤嘛，不丢人，快下来，别再摔了！”一副幸灾乐祸的样子，誓要让全村都听见。难得看到这个沾上毛儿比猴儿还精的家伙糗一次，项昊岂能轻易放过？

老刘的家本来就在村尾了，转眼两人已经追出了村子，陆林也从房上跳下来与他们会合。

“看到往哪跑了吗？”罗瑞问。

“小东西刚才跑出村，往蒿草里一钻向西边跑了。我一个人就够了，你俩回车上等我，非抓住它不可。”陆林要找回刚才的面子。

“在那儿！”远处的酸枣树一阵晃动。三个人对看一眼，一起追了过去，渐渐远离村庄跑进了山里。

猴子并没有沿着上山的路跑，而是钻进了酸枣树丛，于是三个人也只能舍路开始翻山。有几次明明只差几米了，猴子翻身爬上几乎垂直的山壁，扒着岩石缝又跑出去好远。好在附近都是石头小山包，山壁并不长，猴子还是要跑到平地上，不然几个人真的只能干着急了。荆棘丛中，人没有身材矮小的猴子灵活，三个人两前一后翻过了几个石头小山包，还是没有追上。这时一个非常古怪的山丘出现在了面前。

与其说是山，不如说是一整块有十几层楼高的大石头。整块石头从中间被剖开，小的那一半已经不见了，近乎垂直的横截面上被人为凿出了一个个大小不一的石洞，小的只有拳头那么大，大的就是一整间石屋子，形式格局都不像近代之物。一间间开辟出的石室内杂草丛生，所有被开凿过的边角风化得极为严重，看来已经很有年头儿了。

三个人一下子全蒙了，第一个发出感叹的是项昊：“谁这么牛呀，劈开一整座山，然后在石头上掏洞盖了这么多房子，这得是多大的工程！至于这么折腾嘛，古代的房价还能贵过现在？”

“我也不知道，从来没听说过北京附近还有这么个古迹。你看那还有炕和灶台，应该不会是很古老的远古遗迹才对。不过有一点我很肯定，神话时代的房价也不可能有现在这么贵。”罗瑞说道。

陆林说：“不知道这里，那是你们孤陋寡闻，这叫石崖居，已经被开发成旅游区了。”

“你怎么知道？”两人扭头问陆林。

“别光看洞，你们看边上。”陆林指向一边。

俩人刚才一直专注地看一间间石室，这才发现山体右侧刻着“石崖居”

三个大字，还有山脚下用现代技术凿刻出的石头台阶和两旁的金属栏杆，一看就是风景区。

“干什么的？想逃票吗？下来！”山丘下传来一声喊，冲他们喊的是一个戴着眼镜的年轻人。三人用眼神商量了一下，顺着斜坡下了山。

“我是这儿的导游，你们是来玩的吗？是的话就掏钱买票，现在是淡季，一会儿我专门给你们几个解说。进来吗？多实惠呀，放到旺季，专属导游很贵的。”一阵清冷的山风吹过，四周除了他的声音一点动静都没有。看着一个游客都没有的景区，年轻的导游说到最后自己都没了底气。

罗瑞掏出工作证：“你好，我是野生动物园的，刚才在追一只跑到这边来的猴子。它可能跑进你们景区了，方便让我们进去看一下吗？”

“不是游客呀？”年轻人脸上露出一种很古怪的表情，似是怀疑，似是戒备，伸手拿过工作证仔细地边看边道：“抓猴子的？呵呵，这是我听过的最奇怪的理由了，你们确定来这就没点别的事？”说完他抬起头来，紧紧盯着众人的反应。

“你这人怎么这么奇怪？”项昊不干了，“我们说抓猴子就是抓猴子，不然还来干吗？难不成为了逃你这10块钱的票钱还编个理由？几个破石头房子有什么好看的，麻溜儿地赶紧让开，一会儿猴子跑远了你负责吗？”

年轻导游没想到对方回答得这么直接，看表情也不似作伪，不由地愣了一下，接着便冷笑道：“好！抓就抓，我陪着你们抓。”说着就把三人领了进去，似是防止他们有破坏景区的行为，一路紧紧跟随着，时不时还解说几句，三人也就由着他了。

罗瑞发现这人说话突然变得随和起来，再加上一个是导游，一个动物园的，都靠旅游吃饭，也算是半个同行，没聊几句两个人就熟络了。导游叫潘立国，毕业后被聘到了这里。此时他正在唠叨着：“整个景区加上我一共仨人，地方太偏平时还不能回去，要多无聊有多无聊。哥几个今天别回去了，一会儿我去老乡家买点野味，我请你们吃烧烤。”他话音未落，原本有些阴沉的天空突然“噼里啪啦”掉起了雨点，原本预报晚上才来的雨竟然早到了。

“哈哈，下雨天留客！怎么样兄弟，咱先进石洞找猴子外加避雨，晚上不要回去了吧？”这下他更得意了。

陆林项昊对望一眼，心道这人转变得也太快了吧？雨“哩哩啦啦”下着，几个人也没在意，便以还要抓猴子为由推掉了潘立国的邀请。走上古人凿刻的、现在已经磨得只剩下一个个小坑的台阶，看着一间间错落有致、相互叠压了六七层的石室，一股沧桑的气息扑面而来。这些石室形状不一，看样子功用也各不相同。虽然都很简陋，但石室内有门有窗，有炕有灶，还通有烟道，每个石室有单独的出口，但都交叉会集到“之”字形的石台阶上。

陆林四处打量道：“修这里的人很聪明呀，你看屋檐上都有个槽子，直接通到屋子里，看形状和大小可能是用来接水的。如果真是这样，那这些石室的主人当时就用上自来水了。”

潘立国在边上附和道：“陆哥说得没错，很多专家也是这么认为的，其实这些简单的石洞里有很多建筑上的奇迹。整个建筑无梁无柱，下层房间的空间和面积小，随着层数增加，空间和面积在慢慢变大。这样的设计能增大下层的承载能力，减小对下层的负荷，这些都极致地利用了力学原理。这些石室的形状和位置也很有讲究，这种错落式的层状结构具有非常高的稳定性。还有，像这个屋子里，均匀采暖的火炕技术、双层门窗的保暖技术、防雨水进屋内的排洪技术、防倒烟的双烟道技术，即使是现在的专业人士看了，也不得不感叹祖先们的智慧。”

“那这里到底是什么人修的？”听潘立国把此地的主人说得如此神奇，罗瑞不禁问道。

潘立国闻言脸色突然有些不自然，看了罗瑞一眼，摇头道：“没人知道。这里从没有出现在任何史料和文献中，历史上对于它的记载是一片彻彻底底的空白。露天遗迹不好保存，风雨冲刷下，什么都剩不下来。”外面的雨似乎大了，水滴时不时随着风吹进石室里，在洞口留下一片水渍。

“那总该有个说法吧，比如是什么朝代的？”陆林问。

潘立国像个学者似的扶了扶眼镜，脸上不自然的感觉更厉害了，眼中还有些疑虑，继续摇头道：“没有，连石室开凿的时间都不好考证，有人说是大概一千年前唐末到五代十国时期，也有人说是汉代。对石室主人也有两种比较被广泛认同的说法，一种是导游词上写的，这里曾是西奚族的山寨——一个从东北逃难过来的少数民族。但我并不认同这种说法，一来遗迹显示这里的生活方式与史书上对西奚人的记载不同。西奚人断木为臼，而这里用的是石碾子，西奚人煮饭用瓦鼎，这里灶的形状一看就是架铁锅的。二来西奚人住的是帐篷，你相信一个人数很少、住帐篷的民族，经过三十年的逃亡以后，能有如此的智慧和财力来修建这些堪称当时最高建筑水平的石室吗？三来，你看这些石室，有的上下层之间相隔超过两米且没有台阶，很多地方是要利用山石突出、利用绳索攀爬栈道出入的，非常之难，让西奚族的老人、妇女、儿童天天做这些事简直无法想象。”

在一间较为宽敞的石室里，三个人各自找了个小石墩儿坐下，一直这样弯着腰实在太累了。项昊听到这里不由得惊诧：“兄弟，你懂得够多的呀！那另一种说法呢？”

“另一种说法是屯兵说，认为这里是汉代烽燧遗址。室内有马槽，外面有明显的烽火台遗迹。而且这么大的工程，很可能是古时动用军队力量开凿出来用于驻军的。”

“那这两种说法，到底哪个是真的？”

“你们觉得呢？”潘立国问项昊。

“我觉得吧，两种都不对。”项昊摇头晃脑说道。

“哦？您有什么高见呢？”潘立国两眼一眯，似笑非笑地问道，“要不要再去别处转转，看看有什么发现？”

“别听他忽悠，他连二环内的古迹都不知道多少，何况这么偏远的，快说吧！”罗瑞催促道。

“不知道好啊，知道那些有啥用呀？”潘立国意味深长地笑了笑，“说实话，我也不知道。事实上这两种说法也只是猜测，几乎没有实际依据。到现在为止，很多专家已经研究了好几十年，可这些石室的主人到底是谁，依然是一个千古之谜。”

“说了这么多和没说一样。得啦，天儿不早了，趁着雨还不太大，咱们接着找猴子吧。瑞子，要是回头抓不着猴子也得早点回去，晚上有大雨。”听了一连串的故事，陆林早就把被猴子摔了一跤的事忘了。

“要走了？”潘立国松了口气，“那你们接着找吧。出了景区往后走去就是深山，整片整片的石头山，除了石头就是杂草，没啥东西，一眼就能从这头看到那头。再没有，就赶紧往回走吧。”

几个人相继起身走出了石室。下到石丘脚下，三个人与潘立国道了别，绕出景区，上了旁边的一座小山丘，冒着雨向石崖居的后方搜索起来。其实只是简单看一看，耽误了这么久，他们已经对找到猴子不抱多大希望了。附近的山丘正如潘立国所说，就像是一块块整块的石头，上面只长了一些低矮的野草和一丛丛野酸枣树，基本没有遮挡视线的东西，但也没有路。

小雨不大，只是山石开始变得泥泞，三人一边聊天，一边踩着荒草丛翻过一个个小山丘，约好一小时后不管找不找得到都要往回走。就在项昊抱怨山上湿滑难走的时候，雨突然就大了起来，似乎天气预报中的那团冷空气提前到达了。没防备的三个人瞬间就成了落汤鸡，最惨的是附近连个可以避雨的地方都没有。项昊不想走回头路，三个人便急奔向前，打算在山坳里找个避雨的地方。

“早知道把‘包子’带来了，肯定追不丢。”拎着吹管和捕兽网一路狂奔的项昊说道，“我说，你这破烂不能丢了呀？跑起来太碍事了！”

罗瑞抹了一把脸上的水道：“把‘上校’带来更方便，哪怕像现在这样都跑没影了，只要把‘上校’往天上一放，一会儿它自己就抓着那只猕猴回来了。鹰的视力比人好太多，可以看到十五公里以外草丛里的蚂蚱。东西不能扔，全是公家的，丢了扣工资！”

陆林闻言嬉笑道：“你就抠儿吧你！就这东西能值几个钱？”

“能跟你们比吗？我一个月挣得还没你俩的零头……”话未说完，罗瑞突然觉得踩到的地面突然软了下去，如同踩在海绵上一样完全不能着力。坏了，地陷了！罗瑞心思一闪，整个人就向下坠了下去。

事发太突然，罗瑞的位置比陆林稍微靠后，陆林反应过来时，罗瑞只有小半个身子还在地面以上。他反身向后扑向洞口，抓住了罗瑞的肩膀，手指上传来的力道疼得罗瑞大叫一声。但这也只是缓了一缓，陆林刚才救人心切，弯腰抓人的时候，两腿根本没来得及发力站牢，摆了一个根本使不上力的姿势。加上山坡湿滑，没来得及喊出一句“我靠！塌方！”就被罗瑞的重量带着大头儿朝下坠了下去。

好在有了这一个缓冲的机会，跑在最后面的项昊也冲了上来，向着那个直径不到一米的洞口一个虎扑，整个上半身全都探进了洞里。他伸长一只手抓住了陆林的一条腿，随即另一只手也跟了上来，抓住陆林的另一条腿。

一切发生得太快，从罗瑞下坠开始一直到项昊抓住陆林的腿，时间总共不超过三秒。谁也没来得及动动脑子，特别是项昊这种神经大条的人。三个人现在总算稳住了，连成一串吊在那里。罗瑞这才来得及害怕，开始大口地喘息起来。对于项昊来说，两只胳膊承受两个悬空的人的重量根本不是什么困难的事，但他刚才扑得太急，整个腰部以上全都探进了洞里。于是他遇到了与刚才陆林相同的问题，没办法发力，全靠两条腿与地面之间的摩擦力在撑着。雨还在下，地上的泥泞让项昊的身体一点点向前滑动。

“瑞子别怕，就你们俩这种分量，再加两个我都拉得上来。你俩在下面别晃啊，这个姿势太难拿了，等我往后挪点身子，就把你们拉上来。都怪这破雨！”说着，项昊稍微抬起一条腿撑住了所有的重量，让身体不再向前滑，另一条腿向后探去，准备挪一点固定住，再把前一条腿也向后挪，让腰部从洞里出来。

“没事儿，马上就好！林子你把瑞子抓紧了啊……哎？谁在搬老子的脚！谁家小孩呀？”项昊突然感觉到那条承受着自己和下面两个人重量的腿正在被一只小手一点点抬起，力量虽然不大，但失去平衡以后，原本稳定的重心开始慢慢变得不受自己控制。可外面的人似乎一点都不为所动，还在拼命地用手抬着项昊的腿。

陆林又说：“昊子！你先松手把我们放下去，解决掉上面的危险再来拉我们！”

“不行，你知道下面是个什么情况？山中的缝隙深着呢，太危险了！孙子！你大爷的！”项昊向上面大骂道。

终于，重心完全失去了控制，项昊向下叫道：“你们留心，我也下来啦！”说完，最后一点力道也使不上，他跟着翻了下去。

扑通！扑通！扑通！

随着三声闷响，三个人全都掉了下去。好在塌陷的地方不深。罗瑞双脚着地坐到了地上，其他两个大头儿朝下以手撑地，一个前滚翻站了起来。

这时地面上传来一阵“吱吱”的猴子叫声，三个人这才明白，原来是那只猴子。

项昊大骂："小猴崽子，等老子上去看我怎么收拾你！"

陆林则是一阵苦笑："唉，没想到咱仨今天栽到这只猴子手里了。瑞子，没事吧？"

"啊？没事没事。"罗瑞还恍惚在刚才的惊恐中，豆大的雨点从洞口不断打在他脸上，被陆林一叫才回过神来。

三个人这才开始注意周围。这地方很奇怪，地面平整得有些不像山洞，被他们震起来的尘土还在四周飘荡。光线很暗，只有头顶破开的一块地方投下一道天光，不难看出这是个口小底大的倒喇叭形洞窟。显然这里早已形成，只是头顶一块地壳较薄，加之日久腐蚀连日阴雨，在罗瑞踩上去后承受不住他的重量才塌陷的。

三个人都不抽烟，身上连只打火机也没有。陆林掏出手机按亮了屏幕，在手机屏幕微弱的淡蓝色冷光下，三个人看到了诡异的一幕。

这个洞穴远比他们想象的要大很多，差不多有 50 平方米，从刚才坠下的高度算大约六到七米。洞壁还算平滑，似乎有人工打磨的痕迹。最让三个人吃惊的是，在洞穴一头的最深处隐隐能看到一只足有脸盆大的脚。

那是一只漆黑大脚，向后延伸的小腿隐没在了黑暗中。陆林举着手机向后走，微弱的光芒隐约照出一个背靠洞壁坐着的巨大人形，倚天接地般占据了整个洞穴的高度。这应该是用洞窟的一面石壁整块雕刻而成的，人形坐在壁边，通身保留着岩壁本来的黑色，与洞窟融为一体。屏幕的亮度不够，分辨不出高处的头脸，只能从隆起的肌肉和飘逸的衣摆上分辨出这应该是一尊神像。陆林感觉其形象应该类似佛教山门处的怒目金刚，只是那微光中的面部轮廓似乎更狰狞一些，让他隐隐有一种不安的感觉。

三人看着神像有些失神，不由得又向前走了几步。谁也没想到这是个有人光顾过的洞穴，而且还在这里雕刻了如此巨大的一尊神像。

"乖乖！谁在这犄角旮旯里搞了个这玩意儿？还不够费劲的呢！"项昊说道。

"怎么说话呢？对神仙尊敬点，特别是在人家地头上。"罗瑞说道。

"我呸！"项昊还想再说，不料诡异的一幕突然出现了。仿佛在回应项昊的不敬，神像隐在黑暗中的脸面上突然亮起了两道绿莹莹的光芒，那里正是眼睛的位置。紧接着，神像身后那看不清的漆黑岩壁上，一道道绿色的光芒如涟漪般扩散开来，如同在黑暗的虚空中形成了各种繁复的花纹。其中一些纹路中有复杂的莲花图案，每到一个莲花状的节点就会爆出一团火花，点亮一盏莲花灯，火光中青烟缭绕，隐隐有异香浮动。

## 第三章 神秘地穴

“昊子，看你干的好事！这烟……好香啊……”在黑暗中看到这一幕相当震撼，罗瑞看傻了。岩壁上的花纹还在不断延伸，几乎覆盖了半个洞窟，连地面都开始出现了，如同神佛显灵，步步生莲，在漆黑的岩洞中展开了一个用光绘成的结界。脚下的光芒在离三人不远的地方停下了，四周岩壁上的却还在延伸着。除了头顶破口附近打下来的一束天光外，浓郁的橘红色火光照亮了整个洞窟。岩壁上、地面上，越来越多的莲花灯亮了起来，神像身后的纹理似乎也绘成了一朵巨大莲花。一盏盏摇曳的莲花灯让洞穴内亮了很多，火花晃动中，灯内散发出的烟雾如飘荡的丝绸。神像和岩壁上的纹理也似乎生动起来，如水波般轻微荡漾，仿佛眼前的神像真的苏醒了过来。

“慌什么慌？一定是什么东西在装神弄鬼。”项昊露出戒备的神色，紧张地看着四周，狠狠上前踩灭了地面上离他最近的一盏莲花灯。眼前的一切有点超出他的理解范围，虽然不怕，却也心惊不已。

陆林一直没动，皱眉看着岩洞上的花纹道：“哪有什么神鬼，做这些的人费这么大劲肯定不是为了吓唬人。”说完他上前几步，一迈腿就上了神像的脚面，举着手机连往上登了两步，攀到神像侧面，从小腿的刀套里抽出匕首，在亮起的花纹上狠狠削了一刀，抓着被削下来的石屑又在莲花灯上划了一下，这才返身下了神像。陆林把石屑和刀身拿在手里闻了闻，看了看，又用刀磨了磨，石屑竟然也着起火来。

他这才抬头对二人说道：“这应该是某种高反光的荧光石粉或者荧光剂做成的涂料，刷在神像和洞里。光亮照射一段时间就会亮起来，这神像的眼睛就是咱们三个举着手机看的时候才亮起来的。刚才天光照射下来半天，加上咱们三个手机的亮度是我一个手机的三倍，这才触发了机关。莲花中间抹着油脂和香料，上面撒上一层类似白磷的低燃点物质，这才会着火。”

听他这么说，项昊就放心了，抱怨道：“修这玩意儿的人有病吧？费这么大劲把它修在山洞里。”

“肯定是有原因的，”罗瑞总算松了口气，“也只有在这种漆黑的环境里，它这夜光涂料才好使。你想想，咱这现代人看到这么一出都以为是神仙显灵了，要是放在几百年前的古人身上，他们早就得震惊得五体投地了。要我说，这里是举行某种秘密宗教仪式的地方，修成这样就是唬人用的。不过话说这创意真是巧妙，设计得也真是精巧，只是不知道是谁做的。”

三人还不待细看这设计精妙的洞穴，“刺啦”一阵水浇灭火的声音传来，三个人才想起岩洞顶上开着的那个小天窗还不断有雨水打进来。外面的雨似乎更大了，一些碎石被冲了下来。“这是……”还不待陆林反应过来，“砰”的一声，一块半米见方的大石块从洞顶坍塌下来，他们掉下来的洞口变大了。

“不好！雨大了，这塌方还没完。”罗瑞话音未落，又一块山石掉了下来。碎石“窸窸窣窣”地不住下落，头顶的窟窿似乎有不断变大的趋势。

好在莲花灯把洞中照亮了很多。火光中，陆林发现在神像正对面的岩壁上有一条向下延伸的石头台阶，便对二人道：“这里不安全，这洞窟之前是封闭的，台阶下面一定还有出口，这边走！”说着就带领二人沿着台阶向山腹更深处的黑暗走了进去。手机一点信号没有，他们只能自己找路了。

洞窟在台阶处收窄了，洞内的火光照射不到下方，也不知道通向哪里。三个人点亮手机屏幕向下摸索，为了省电，这次他们只用了一只。还没走出几步，身后传来一声巨响，连整个山洞都跟着晃悠了一下。洞顶坍塌了大半，一下子就把满室的火光都熄灭了。大雨倾盆而下，片刻淹没了地上的花纹。

“你们说这下面会通到哪里？”罗瑞扶着墙走在后面说道。

“多半是山脚下吧，这是个人工修葺过的天然洞穴。”陆林举着手机走在最前面说道，“我去！怎么有岔道？”他突然发现脚下的石阶向另一方向还延伸出了一条小道，三人走过去看了看，竟然是一间石室。石室格局有些类似刚才在景区里看到的，但保存得要完好很多。石室是个封闭的空间，除了入口的小道，再没有其他通路。

“我说，这是不是个盖在山腹里的石居呀？那个是把山劈开一个剖面凿的洞，这个是利用天然洞穴改造的？”项昊说道。三个人并没有做过多停留，又回到了先前的那条台阶上继续向下。身后的天光早已经看不见了，加之洞内气闷，身前身后又是无尽的黑暗，给人说不出来的压抑。

“咱能歇会儿吗？我感觉好累呀，一点精神都没有。”罗瑞在中间说道。

“你说得我也觉得累了，还有点晕。”项昊走在最后说道，眼皮似有千钧之重，总想往一块碰，脚下却如同踩着棉花，软软的不得力，有节石阶没有踩好差点摔倒。对于身体素质超乎常人的项昊来说，这种情况非常少见。

“为啥我也觉得累呢？这事有点不对呀！”陆林说道。一个人累不奇怪，三个人一块儿就有点不对劲了。他猛然想到了什么：“如果按瑞子说的，刚才那石窟神像是为了唬人用的，那在什么条件下才可以把石室里机关的作用发挥到最大效果呢？”

剩下两人回忆起来，那场景已经很真实了，还要怎么真实？

“再真实也是假的，神像到底不会动，想让人把它当成真的，就要让人产生错觉。在信徒神志不清的时候，才会把所有都当成是真的。致幻药！莲花里冒的烟是某种致幻药！”陆林说出自己的判断，“那应该是一种很强烈的致幻药剂才对，足以让信徒的神志完全迷失。咱在洞里时就中招了，幸好头顶一直有雨水灌进来冲淡了药性，不然咱们可能连那洞窟都走不出来，直接就给那神像跪了。”

“那咱们歇歇，等药劲过去吧。”罗瑞说道。

“不行！谁知道这药劲多强，洞里空气不流通，上面还在不停往下灌着雨，要是这么睡着了太危险。咱们必须尽快出去，老子可从没想过要为了抓只猴子送命。”项昊喘着气说道。他粗中有细，心里还惦记着身后塌方下来的洞口。天气预报中的大雨如果下上一整夜，这个洞窟怕是会变成一个地下水塘。

“没错，别废话了，赶快找出口。”陆林说着回身搀扶住身体摇摇欲坠、表情却愈发销魂的罗瑞，加快了脚步，“看来你中毒不轻啊，产生幻觉没有？看见了什么？”

“不知道，看东西都是重影，颜色也很奇怪。你说咱们现在看到的地方，会不会也是幻觉？其实咱都迷倒在山洞里了？哎呦，你拧我干吗？”罗瑞突然惨叫一声。

“现在清醒了吧？”陆林松手说道。

“醒了醒了！林子你们当过兵的人是不是一般下手都重呀？哎呀疼死我

了。”罗瑞说道，但语调还是软绵绵的。

“挺着点，有你睡的时候。这石山本不高，应该用不了多久就能下到山脚。”项昊说道，“它这用的到底是致幻药还是安眠药呀？我怎么越来越困了！”

“困顿应该是致幻之后的副作用，只是这药劲太强了。”陆林答道。

三个人在黑暗中不知走了多久，沿途又遇到了十几条较窄的岔道分列在天然山洞的两侧，通往一间间开凿出来的石室。他们一间也没去查看，相互搀扶沿着主路向下走。困意愈发严重了，连身体最好的项昊都有些支持不住，似乎只要一合眼，马上会倒地睡着，只剩下一股“走出去”的信念在支撑着他们。

走在最前面的陆林突然停住了，在身后二人的疑惑中发出两声惨笑，项昊和罗瑞探头望向前方，也呆住了。石阶行至这里似乎断了，洞口应该就在面前，但让三人没想到的是，出路被巨大的碎石堵了个严严实实。陆林叹气道："别看了，又是塌方，而且不知道已经塌了多少年，全堵死了。不过好消息是一路走过来，我发现这山体的岩石非常脆，所以才这么容易塌。咱们可以看看别的石洞，也许还能找到路出去。总之不能放弃希望！”

他们怎么也没想到会是这个结果，出路竟然被堵死了。陆林虽说不要放弃，但三个人心里觉得出去的希望变渺茫了。本就在山腹里，上下两个出口全都坍塌了，哪还有什么出路可寻？信念崩溃之后，强烈的困意疯狂袭了上来，罗瑞第一个泄气，一屁股坐到石阶上道："不行了，不行了，我先歇会儿。实在受不了了，一会儿醒了再陪你们找出路啊。”嘴里还叨咕着就已经睡了过去。

“别睡瑞子！醒醒，醒醒，醒……”项昊俯身去唤罗瑞，可身体一靠在岩壁上，呼噜就打了起来。

“你们两个……唉！”陆林本也困极了，只是在靠意志支撑，眼见两个同伴睡了过去，自己不能独自逃生，索性先让药劲过去再说，爱咋地咋地吧。石阶旁不远处有小半截倒在地上的石碑，他靠着洞壁坐到了石碑上。“到底是没能逃出去呀……”最后这个念头刚一闪过，便陷入了沉睡之中。没人控制的手机屏幕也渐渐暗了下去，黑暗把三个沉睡的人一点点吞没了。

“哗啦啦……”不知道过了多久，陆林突然被一阵冰凉激醒了，脑袋昏昏沉沉的，低头看鞋和裤子都进了水。地面上全是积水，洞窟最下面的部分已经成了一个小水潭，此时水平面已经没过他的脚。他能微微感觉到地面上的水还在流动，项昊先前担心的事情发生了，外界的大雨一直没有停，而且通过洞顶破口淹进了洞里。

他连忙去找项昊和罗瑞，还好他们两个躺在高处没有被水淹到。陆林回身使劲推了推他们两个，没反应，又捧了一大捧水分别浇到两人头上，这才把两个睡得迷迷糊糊的家伙叫醒。

“现在怎么办，往回走找出口？实在不行回到掉下来的地方等着喊救命。”项昊问道。

“那里高还相对安全，只是不知道塌方结束了没有。”罗瑞说道。他的注意力还不太集中，趁着商量的工夫，眼神禁不住四下乱瞟，不经意瞅到了陆林脚边的半截石碑。端详了两眼他突然乐了，指着碑文笑道：“你们说这人怎么想的，明明三个儿子，结果三个儿子取名全都排行老三。”

说着他念道：“‘信众吴襄携子三凤、三桂、三辅在此立誓，铭刻碑石，百死不改。’哈哈，也不知他三个儿子乐不乐意。吴三凤、吴三桂、吴三辅，三个儿子全叫三。唉？等等……吴三……桂？”

“不会是引清兵入关的那个吴三桂吧？”罗瑞惊诧地抬头看向另外两人，没想到这个不知道哪年建的石洞里竟然出现了吴三桂的名字。

陆林道：“那个不是镇守山海关的吗？怎么会来这里？多半是重名的。”说着也端详起上面的碑文来。石碑只有小半截，碑文残破不全，只能看到每一行的下半段，很多地方已经模糊不清了。罗瑞刚才念的是倒数第一、第二行，分别是“铭刻碑石，百死不改”和“信众吴襄携子三凤、三桂、三辅在此立誓”。再往前的一些字迹就模糊了，能看清的几句分别是：“……诛杀朱氏叛逆”“……重铸武当黄金殿，迎……降世”“……锦衣入京……玄武降神……死伤逾万……”都是些降世、降神，死伤逾万之类耸人听闻的说辞，看起来整块牌似乎是一些关于神神鬼鬼的记载。但旋即他就释然了，古人本就迷信，这洞窟又是个极尽诡异的宗教仪式场所，来这里的人怕是都非常相信鬼神。

碑文上的内容有些匪夷所思，陆林也只是在脑子里过了一下，眼前顾不上这些了。这个洞穴到处都透着诡异，地上的水还在不断往水潭里注，当务之急是赶快找路出去。陆林叹了口气道：“这跟咱没关系，先上去找出路吧。”看看手机时间，已经到了半夜，他们这一觉足足睡了小半天。掉下来的破口太深爬不上去，下面唯一的出口又被堵住，山洞几乎成了一个纯密闭的空间，想再找一条出路谈何容易。

三个人默不作声地向上走去，黑暗中气氛压抑，都看不到彼此的脸色。这时罗瑞略带歉意说道："昊子、林子，今天这事怪我，要不是陪我出来，咱也不至于落到这步田地。谁能想到呀？真是无妄之灾……万一咱要是出去了，我摆酒跟你们赔罪。"看得出他是真内疚了，如果陆项二人不是陪他出来抓猴子，也不会面对现在这种处境。

"说什么呢？出来是你叫出来的，但时间是我挑的，方向是林子选的，早一步或者换条路都未必出事，就这么个寸劲，能怪谁？"项昊一边钻进一间石室，一边大声驳斥，"要我说，这叫该着，今天合着就该咱们点儿背，活该咱们来这鬼地方走一圈儿。但话说回来，你们看项昊我这面相像是短命的吗？所以咱们肯定出得去。有担心的工夫，不如瞪大眼睛好好找找出路。"

"扑哧！"项昊话音未落，脚下传来一声响。陆林用手机照过去哈哈大笑道："坏了项爷，你踩屎了！哈哈哈，看来你今天运气果然不好。"

石室入口的旁边有一大堆粪便，一看就是经年累月堆积起来的，项昊就是踩到了粪堆的一角。他大叫晦气，怎么一不小心就踩进了人家的粪坑！

"哈哈哈，昊子，踩到几百年前的屎上是啥感觉？"陆林还在大笑。

项昊的表情却很严肃："没有几百年，几百年早风干成石头了，刚才这一脚踩下去是软的。"

"什么？软的？"罗瑞仔细看那堆粪便，"这不是一次拉的，下面的确是风干了，上面这些还有黏性，而且松软，时间不会超过一个月。"他猛地抬起头，"不对，这洞里有活着的生物，而且看粪便的形状应该个头不小。但是怎么可能呢？这里封闭了不知几百年，什么大型生物能在这里存活下来？"说到这里，他的心陡然提了起来，一般的野外洞穴内很少存在大型生物，但一旦存在这种厌阳喜阴的穴居大型生物，多半会非常危险。

"不管是啥生物，能在这生存肯定是不好对付的生物，咱等于进了人家老窝了。不过这也是好消息，这么长时间一直没碰上它，说不准是出去猎食了，它能出去，那咱们应该也能出去。赶紧走，继续找出路。"陆林催促道。情况似乎对他们更不利了，黑暗中很可能隐藏着一条巨蟒怪虫之类的生物，此时正无声无息地守在周围，伺机而动。这给三个人的感觉非常不好，也许有什么东西无时无刻地在窥探自己，而自己却看不到对方。

三个人继续向前，一间一间石室搜索着。即使不放过任何一个死角，他们也没有找到任何出路，不过意外发现了几具身着古装的尸骨，想来这里曾经发生过一场激斗。就这么大费工夫搜索了七八间石室后，三人差不多搜索到了山腰，这间石室内同样有尸骨，而且是两具。一具尸骨倒在洞口，剩下骨头架子，身上的衣服却相对保持完好。与刚才遇到的那些尸骸不同，这具骸骨的衣服非常讲究，从那布料的厚度和质感纹理上能感觉到一丝华丽，胸口还绣着一个长了两只龙角却又不像龙的动物，看上去像是官服。另一具则靠在最里面的石壁上，手机灯光照不到，只能看出个大概的轮廓。

门口的尸骸胸口有一道斩断了三根肋骨的刀伤，这应该是他的致命伤。骸骨一手握着火把，另一手成握拳状，像是抓着什么东西，手掌中却空空如也。

“这个一看就是官面上的，肯定是这里原住民的对头，然后双方不知道为了什么原因大打出手，最终拼了个同归于尽。”罗瑞蹲在尸骨旁边，一手捂着鼻子，一手在尸骨衣服里翻找着说道，“老兄，就你穿得像个有钱人，怎么身上什么东西都没有？哪怕给我留一件古董也好呀。”

“别闹了瑞子，你这有点太不尊重死者了。”陆林说道。

“哥们不管了，有没有命出去还两说呢。万一出去了，冒这么大险总不能空手而归吧？”罗瑞歇斯底里地说道，他有些沉不住气了，周围的黑暗和封闭让他愈发感到绝望。

不料就在这时，黑暗中突然传来了一个陌生的声音：“不……不要……不要找了，他的……都在我这里。”

“啊！”罗瑞嗷一嗓子躲到了项昊身后，真是被吓着了。就这一句话，让三个人身上的汗毛根根倒竖，原本松弛的神经根根紧绷起来。这封闭了不知几百年的洞穴里有人，还是有鬼？

黑暗中，一切又归于平静，刚才的声音听起来沙哑苍老，而且生涩得有些不像人声。陆林壮起胆子小心向黑暗的石室内走去，目光紧紧盯着靠墙坐的一具干尸。离近了才看清，这具干尸枯瘦得只剩下一个人形，骨头外面就包了一层皮，头发胡子都很长，全是白的，两只眼睛是睁着的，可眼中没有黑眼珠，如同白内障一样白茫茫一片，他太老了。可陆林感觉刚才说话的就是他，他绝不相信世界上有鬼，但如果说有个古人可以在这个封闭了不知多久的洞穴里存活几百年，这似乎比有鬼还要荒谬。那他就不是人，而是老怪物、老干尸了。

他举着手机走近蹲了下去，把手轻轻放在干尸的鼻子下面，微弱呼吸形成的气流让他松了口气，这竟然真是个活人，看来先前的那堆粪便就是他的。三人怎么也想不到，让他们心绪不宁的所谓大型生物，竟然是个活人。不料这时面前干尸那白茫茫的眼珠竟然转动了过来，用生涩的语言说道："把……灯……拿开。"

估计这人在黑暗中待得太久不适应强光，陆林连忙把手机往旁边一撤，问道："你是什么人？这里又是什么地方？入口那具尸体是你杀死的吗？"最后一问其实只是试探眼前的老者是否真是个古人。

干尸不见动作，似乎为了省力，只有嘴一动一动回答着："我可……没有那……那么大本事，是上天……杀了他。"许是太久没有说话，他的语言还是很生涩，但比刚才流利了。

"得，又是个老神棍，不会又是什么'玄武降神，死伤逾万'吧？"陆林想起刚才看到的碑文。

"你们看……看到……入口……石碑，就该明白……冥冥天意……他走不出去……如果出去……就变天了……清兵就入不了关了。"老干尸的语言一点点变得流利，但那种声带摩擦干枯皮肤的声音让人听着很不舒服。

"石碑跟这有什么关系？"

"信众吴襄……誓灭朱氏叛逆……他若把消息传出，日后明皇又怎会让吴三桂镇守山海关？"老干尸答道。

"这个吴三桂真是那个吴三桂，引清兵入关的吴三桂？"罗瑞惊奇得连恐惧都忘了，怎么明末还有这么一段不为人知的秘史，这老干尸说的是真的吗？

"那个吴三桂……父亲……便叫吴襄。"老干尸答道，"明皇若知吴襄少时便……便对朱氏有歹意……又怎么会重用他？不重用他，日后又怎么会重用吴三桂？"

三人听得一阵惊奇，若他说这些都是真的，那可以说是冥冥中的天意杀了这个人，不让他把消息带出去。想到这里三人不禁有些唏嘘，这算是历史长河中的一次蝴蝶效应，明明有人可以提早一代人阻止清兵入关，可偏偏这消息就没能传出去。

“那洞口的尸体到底是谁？”罗瑞问道。

老干尸指着墙角的一堆物什道：“那都是他身上的东西，你们一看就知道了，想要就拿走吧。”

罗瑞闻言去看墙角，地上放着一把装饰精美的短刀，一块疑似象牙制成的牌子和一个皮袋子。项昊忍不住把地上的刀和牙牌拿起来问罗瑞：“这刀看着不错，放了几百年竟然没怎么生锈，这人是个武官？”

“飞鱼服，绣春刀，自然是锦衣卫。”老干尸的声音从一旁传来。

项昊不太明白地看向罗瑞，罗瑞答道：“锦衣卫就是明代皇帝直属的特务，专司监视百官，缉拿叛逆，权势熏天，百官莫不畏惧。没想到这人是锦衣卫，他要是能把消息传出去，那吴襄父子还真就完了。真不知道修造这里的到底是什么人，布置极尽诡异不说，还能和吴三桂这种封疆大吏联系上，引得锦衣卫前来刺探。”

“反正不是什么好人，不是他挖这洞，咱们也不会困在这里。别让项爷我碰上他，死了也得给他鞭尸。”项昊说道。他此时怎么也想不到，还真就碰上了。

陆林半天没有说话，此时看向老干尸说：“就半截碑文，谁知道他猜得对不对？也许人家完全不是这个意思。别为古人操心了，我现在最感兴趣的是大爷您。您可别说自己也是锦衣卫，是明朝人，我不信。这洞口都堵了，您是怎么进来的？知道出去的路吗？”

被他一提醒，项罗二人也反应过来，眼前这个老怪物才叫可怕，独自一人在这洞内不知存活了多少年。细想起来，他的身份可比那个死了几百年的锦衣卫神秘多了。

## 第四章　老鬼

“整篇碑文的拓本就在那人的皮袋子里，你们一看便知。可惜此人死在了这里，吴氏父子的图谋绝对超乎你们的想象。我当然不是明朝人……但我也不知道进来多少年了，至少十年了吧……这里连阳光都没有，哪里有时光……那洞口就是我炸掉的。”老干尸再次语出惊人。

“十年？”三个人齐齐松了口气，至少眼下他们对面的不是一只古代的老怪物。国外的新闻里也曾报道有人因为雪崩、泥石流等灾害被困在山洞、地底，靠着顽强的求生意志存活了几年，才被人发现救出来。不过在这样一个环境里独自生活十年，已经让人有些难以置信了。

“洞口是你炸掉的？是你把自己困在了这里面？”陆林不解。

“我来这里执行一项任务，被一个不知是什么势力的人盯上了。他想杀我，一路追得我无处藏身，我不是对手，最后不得已炸毁了洞口，把他埋葬在了塌方里。”老干尸说到这里突然哭了，虽然没有眼泪流出来，“没想到那竟然是唯一的出路，我竟然把自己困在了这里。你们知道这些年我是怎么活过来的吗？你们试过渴了只能喝洞顶清晨透下来的露水、下雨渗下来的积水吗？试过饿了只能吃腐肉抓虫子，吃这洞里的苔藓和野草吗？ 1990 年我进来时才 40 岁！”他说着从身旁地上揪起一把野草，三个人这才注意到这间石室深处的地面上竟然长着不少野草，这在没有光合作用的地下非常少见。

1990 年进来的，岂不是说这人已经被困快二十年了？这里没有昼夜之分，想要准确判断时间根本是不可能的事。

“腐肉？这里哪有肉？”罗瑞说着突然意识到了什么，指着洞口一副骨架的尸体道，“你是说……唔……唔……”说着他差点吐了。

项昊在一边解释道：“吃是人类的第一本能，真正饥饿到极点的人，什么理智呀情感呀都不会有，整个脑子失去作用变成一片混沌，混沌里满满就一个字：吃！不管吃什么，只要能填饱肚子。”

“这也太恶心了，要是我，还不如直接撞墙死了。”罗瑞恶心地说道。

“等以后你在这里待上三个月，就不会这么想了，你会想着吃我，甚至吃你身边这两个人。”老干尸不怀好意道，“我是不想死，谁会想死？但我感到我现在就快死了……没想到，临死竟然来了三个接班人，这个鬼地方大概真的有诅咒。以后你们可以吃了我，然后相互吃了对方，最后剩下一个人被困在这里，就像现在的我。”说着他怪笑起来，似乎心理平衡了许多。

“你这老头怎么说话呢？别以为谁都跟你一样，你怎么知道我们出不去？”项昊不干了。

“你可以不承认，到时候就由不得你了。为了活下去，干什么事都可以。”老干尸冷笑道，刚才的悲伤不见了，取而代之的是幸灾乐祸。

三人没有作声，眼前这个老干尸也够惨的了，在这洞里苟延残喘度过了这么多年。这人的言谈中虽然还有逻辑，但明显能感觉到他的性格已经在长期的黑暗幽禁中变得异常扭曲，也许死对他来说反而是解脱。

“你来这到底是干什么的？”陆林问道。

老干尸一下子沉默了，低着头不知在想什么，许久之后才说道：“其实我跟那锦衣卫的目的差不多，来寻找一件东西的线索。但你们不要问，事涉军事机密，这些事连军部的高层都不知道，知道了你们会死。”

罗瑞听得不以为然道：“找一些明朝的军事机密？切！您要说找古董，那还值个钱，但要说找明朝的军事机密……呵呵，您知道外面现在什么年代了吗？几百年前的机密对现在有意义吗？您这被困得真不值。这么说，您是卫戍部队上的人，还是国安局的？”

“不是。嗯嗯……对对，算是吧。”老干尸支吾了好一会儿才答道，“什么没有意思？你们懂什么，听过一瞬间就能杀死成千上万人的武器吗？那是人类所无法企及的神的力量……”他又在说石碑上所谓“玄武降神”的鬼话，之后陷入沉默了，嘴里嗯嗯啊啊嘟囔一阵，不知在想什么。

他突然开始用两条瘦得仿佛只剩骨架的手在身边摸索，就这么简单的动作，他的胸腔就开始像风箱似的喘了起来。他费力地从身后拿出一个老旧的背包，颤颤巍巍地从里面掏出一个小布包。他想把布包扔给陆林，没想到胳膊上根本没有一点力气，布包脱手掉到了地上。

做完这一切，他又说道："我真的快死了，如果你们有机会出去，我想拜托你们一件事，也是为国家做一件事。"

"为国家做事？"三个人眯着眼睛看着眼前的老干尸，总有些不相信他的说辞。他说的东西太过离奇，明代的军事机密于今天会有用？根本不可能嘛。

"对……对，你们是在为国家做事，而且是大事。我真是军部的人，来这里执行的是项秘密任务，现在我出不去，只能拜托你们了。"老干尸眉间似有喜色，"如果你们有机会出去，在月坛南街附近找到一家秋田料理店，我这里有一个袋子，还有那锦衣卫皮袋里的一封秘信，请你们务必帮我把这两样东西转交给那里的老板。"

"料理店？"三人对望一眼满是疑惑。

"对，料理店。那里其实是军部的一个秘密联络点，去了会有人接应你们，就说……"老干尸犹豫了一会儿，"什么都不用说，就说当年派去西山的人托你们把这些东西转交给会长。哈哈哈，他们应该还会给你们一笔不菲的报酬，会很丰厚哦。"看罗瑞似乎意动了，他愈发得意，"啊……说起来那里的料理真是非常好吃，真想再吃一次。"说到这里老干尸绷紧的神经似乎松弛了下来，只是到了最后，语气中充满了落寞。

"好好的国家机关，开什么料理店做联络点？"罗瑞忍不住吐槽道，"不过老先生，您确定十几年过去了，那联络站没有关门吗？"

"那就只能去使馆了。"老干尸似乎还沉浸在刚才的回忆里，没有思考就脱口而出。

"使馆？什么使馆？"陆林问道。

"没，没什么，你们听错了。"他神情突然又紧张了起来。

事有蹊跷呀，陆林眼珠一转，做思考状沉声说道："嗯，联络站多半是没有了。日本都没了，料理店哪还经营得下去？"

"什么？日……日本，没了？什么没有了？"老干尸听得一愣，声音都走调了。项昊罗瑞诧异地看了陆林一眼，陆林暗中使了一个眼色，让他们别说话。

"1990 年日本经济泡沫破灭，您知道吧？从那之后，日本经济一蹶不振，政府债台高筑，加上五年内接连发生了三场大地震，这才把日本彻底拖垮了，整体情况一下子就滑落到二战刚结束时的水平。再之后美国就打起了蚕食日本的主意，作为友好邻邦，咱中国自然不能袖手旁观呀！为了挫败美帝的阴谋，咱国家就帮助日本组织了一批抵抗力量，这几年两拨人一天到晚地打，就像当年的韩国和朝鲜那样。昨天我们来之前，还听新闻里说双方在京都发生了激烈的交火呢。”陆林绘声绘色地说道。

“不……十年前日本……那么强大，怎么可能……这么快就……你……你在……开玩笑吧？”老干尸犹疑不定地问道。

“不是10年前，是16年前！不快啦，一场二战也不过才打了6年，就把世界格局都改变了，要不怎么说十年人世几翻新呢，想不到吧？”陆林说着一个劲朝另外两人使眼色。

老干尸闻言似乎僵在那里，整个人不动了，看来他是真有点信了。而项罗二人则听得想笑，陆林这是把老干尸往死里忽悠呀。欺负他被困洞穴十几年，对外面的世界一无所知，才能说出这么一段正常人听了会笑掉大牙的说辞，偏偏一切听着又似乎十分合理。冷战结束前的那段岁月，美苏两国没少这么干过。

不过他为什么这么说呢？二人一时没想明白，但还是配合地敲着边鼓，连声说道：“对呀对呀，就是这么回事，所以我才担心那联络站会关门。日本完了，听到这消息高兴吧？”

“八嘎！”原本有气无力的老干尸突然大喊一声，这一声似乎耗尽了他所有的力气，喊完就剧烈地喘息起来，用低低的声音自顾自沮丧地说道：“那我做这些还有什么意义……”之后就用旁人听不清的声音絮叨起来。

这下轮到项罗二人傻眼了，齐齐看向陆林，这厮怎么爆出一句日语来？事情一下子变得古怪起来，难道这京西洞穴里的老干尸还是个日本人？

陆林呵呵一笑：“您这衣服虽然已经快破成布条了，但多少能看出点样式来。不得不说，相较20世纪80年代末的中国，您这衣服太现代化，国内基本没人穿。而且刚才您那话里漏洞太多了，‘军部’这词翻译得虽然没错，但我们不这么叫，我们管那叫部队，日本人才那么叫。我没猜错的话，您说的使馆，应该是日本使馆吧，啊？这位日本友人同志！”

“林子，你说，这真是个日本人？不对，是个鬼子？”项昊疑惑道。对方要真是日本人，那他刚才提出来的要求就有点居心叵测的味道了。

“哪还有日本呀，全都打烂了。”陆林继续肆无忌惮地忽悠。

老干尸嘴里的絮叨声陡然停住，胸腔起伏半天没有说话。他想向前扑倒去抢那布袋，可动作太慢，早被陆林抢了先机，一把把布袋抓到了手里。

“你还给我！”老干尸的声音中充满了戾气。

“果然是强盗才有的逻辑，你一个日本人偷了我们中国的东西，现在还想让我把你偷的东西还给你？我就问你，凭什么？”陆林声音冰冷，把布袋随手装进了兜里。

“你骗我，你们骗我！不可能！日本怎么会被蚕食，大和民族不会内战！不可能！国家破碎了，我为什么还在这里？啊！啊！我不信！我不信！啊……啊……”这下倒真坐实了老干尸的身份。他像突然受了刺激的野兽，用嘶哑干枯的声带不断呐喊着，声音大得不像一个临终的人。喊声最后变成了野兽般的嘶吼，仿佛所有的信仰、所有支撑他的力量在这一瞬间全都崩溃了。喊到最后嗓子已经发不出声音，他终于低下头大口喘息起来。

三个人眼神复杂，怜悯地看着这个老怪物。他的思维已经不正常了，长期的幽闭生活让他与世界脱节，心智也变得迷乱，陆林的话他竟然全信了。带着莫名其妙的任务潜入中国，在这里努力生存十几年，此时陡然听闻巨变，他的精神恐怕已经彻底崩溃了。

项昊看得有些不忍，出言道：“得得得，老头儿你别激动了，刚才林子忽悠你的，那些都是没有的事，日本现在挺好的。不过你最好把所有的非分之想都收起来，就算能出去，我们也得把你扭送到公安机关。你的问题可得好好交代一下，十几年前潜入中国到底是想干什么，真就为了这什么明朝的军事机密？”

“唔？你们骗了我？帝国没事？没事就好，哦……太好了。”老干尸声音很轻，语调却有些疯癫，也不知他是不是真听进去了。谁都没注意到他遮掩在毛发下的狰狞面目，一双白茫茫的眼睛中似有凶光闪动，两只手也悄悄伸进了背包里。背包里传来“吧嗒吧嗒”的声音，却被他有气无力的说话声掩盖了：“支那人最不老实，支那人都该死！你们竟然骗我，抢我的东西！你们……”老干尸又开始絮叨，三个人都以为他只是在发泄着情绪，根本构不成威胁。不料他的嗓门突然大了起来："我要杀了你们，杀了你们！我带不出去的东西，你们也休想得到！"

当陆林注意到他的背包中有烟冒出时已经晚了，老干尸竟然从背包里掏出了一捆引线就要烧完的老式炸药。

"有炸弹！跑！"

"坏了，他当年炸塌过洞口，怎么就没想到这厮可能还存有炸药？"陆林心中暗暗叫苦，现在说什么都晚了，只能拼命推着罗瑞和项昊往石室外跑。慌乱中，三人仿佛听到老干尸用尽最后力气喊了一句："玉桑！千万不要去武当，千万不要再找那东西了，那是灾星！它只会给帝国带来灾难……"惊天动地的爆炸声随之响起。

才跑出没多远的三个人被气浪掀起来，狠狠拍到了石壁上。耳中全是嗡鸣声，什么都听不见，眼前白茫茫的一片，什么都看不到，脑子被冲击波震荡得如同电脑死机了一般，任凭飞溅的碎石划破他们的脸和胳膊。这个状态持续了至少两分钟，各器官才慢慢恢复了工作。老干尸所在的石室彻底被炸没了，岩石坍塌下来掩埋了洞内的一切。让三个人惊喜万分的是，他们竟然看到了久违的天空。

原来这间石室离地表较近，爆炸的威力不只炸塌了石室，还把山腰也炸出了一个大豁口。被尘土灰烟填满的洞窟外，深蓝色的夜幕和雨水一起倾泻进来。老干尸已经不知道被埋到哪里去了，他大概怎么也想不到，原来出口就在自己身后。爆炸的余威让整个洞窟都不断轻微颤抖着，陆项二人顾不得身上的伤痛，一边一个架着罗瑞就跑出了爆炸现场。这洞经不住刚才的爆炸和连日的暴雨怕是要塌了，他们非常清楚，想要出去就趁现在了。

冒着倾盆大雨，踩着被不断滑落的碎石堆积而成的斜坡和被雨浇得稀软的泥土，三人跌跌撞撞地爬到了地表。罗瑞才松一口气，陆林在雨中大喊道："不能停！感觉到脚下的颤动了吗？向侧面跑！"说罢也不管两人听清了没有，使劲拉着二人就向石山的侧面跑去。碎石"窸窸窣窣"地不断滑落，他们前脚刚迈出去，身后的地面就猛然下陷，地表塌陷由下向上延伸到山顶，几乎扩展到整个洞穴的范围。自山顶开始，数十万斤的泥土如洪水般倾泻而下，整面山坡全都塌了下去，山体塌方了。

三个人没命地跑，终于绕到了山的另一面，在山体颤动中听到另一侧的轰鸣，他们知道那山洞内的一切都被彻底掩埋了。他们忧心忡忡地等着塌方结束，几分钟后，一切终于停止了。顾不得地上的湿滑，三人一屁股坐进了泥里，罗瑞干脆躺到了地上。呼吸着雨中带有土腥味的空气，悬了一夜的心总算踏实了。

陆林喘息道："那老鬼子如果胆大一点提前炸了石洞，可能早就出来了。你们说，人真的可以在那样的环境里活上十几年吗？"

罗瑞摇头道："从生物学的角度来说不大可能，营养不良，没有阳光，光是缺钙就足以让他的骨骼变得像石灰一样疏松。但人的求生意志真不是科学能度量的，况且有基本的水和食物，另外……可能还有什么我们不知道的原因。不过我说林子，这老鬼等于是被你忽悠死的呀！"

"别贫了，现在咱能出来你就烧高香吧。也不知道这老鬼的任务到底是什么，可惜刚才走得急，没能拿到皮袋里的东西。他那么紧张那封明代的秘信，里面肯定记录了什么了不得的东西。"陆林回想刚才的经过说道。刚才几个人根本来不及去拿墙角的皮袋，爆炸之后更不知被埋到哪里去了。他打开从老鬼那里抢来的小布袋，里面竟然是一些不知名的干瘪种子。

"别听那老东西故弄玄虚，几百年前的一封信，现在谁会在意那种东西？眼下最要紧的是赶快回去，洗个澡吃顿好的，然后赶紧睡一觉。这一天一夜的折腾，项爷我都臭了。"项昊说道，此时天色微明，雨不知在什么时候停了。

罗瑞摇手道："能活着出来已经是万幸了，什么秘信不秘信的。这趟野外出行真是……差点把小命丢了，回去说他们都不会相信。以后再出来，说什么我都要把'包子'和'上校'带上，唉，就当是一场噩梦吧，总算醒了。终于回到文明世界，安全了……"

直到现在，三个人都有些觉得在洞穴里遇到的一切是一个噩梦，如果不是切切实实的爆炸，他们更愿意把老鬼当作是致幻药物让他们产生的一场集体幻觉。他的出现太不合常理，也太匪夷所思。为了明朝的历史信息来到中国，为了保守这历史秘密不惜与对方三人同归于尽。也许真如项昊所说，一切只是老鬼在故弄玄虚，被困太久之后，这人的精神已经不正常了。

罗瑞此时完全放松了下来，开始哈欠连连。只是，文明世界真的就那么安全吗？

此时，距离他们两公里外有一座明显高出其他山丘的石山，靠近山顶的草丛中，有一间搭建得像掩体似的小屋，就算在白天也不容易被发现。此时，小屋熄着灯，电脑屏幕的微光映出两个模糊的身影，屋顶上几台搭载着高倍电子望远镜的工业摄像头还在继续工作，它们正对着陆林三人的方向，监视着半径500米内的风吹草动。

“快看，那边山体滑坡了，好像有人。”一个人影向另一个人影喊道。

“又不是第一次发现滑坡，别这么激动。”床上被吵醒的人说道。

“不是，你来看回放录像，是爆炸引发的滑坡。你看这炸点，似乎是从山体内部炸开的，而且那三个人是从山腹里走出来的。”屏幕前的人兴奋地说道。

“什么？”另一人从床上一下子跳了起来，声音有些兴奋，“确定吗？是从山腹里出来的，还有爆炸？很可能就是那里了！”

“先不管这些了，我去跟着他们，你马上打电话。”

“往哪儿打？使馆吗？”

“不行，使馆的线路可能不安全，用卫星电话往国内打。” 那人说着开始穿外套出门，另一个人也拿起了卫星电话拨着号。

就在准备出门的人碰到门把手的一瞬间，突然一股大力从外传来，门整个被震开，他被那股力量撞得倒飞出去撞到墙上，紧接着一只铁钳一样的手一把抠住了他的脖子，那几量几乎要把他按进墙里。还没来得及反抗，那只钳子一样的手发力了，左右一扭，那人停止了反抗，四肢慢慢下垂，像一块被钩子吊起来的烂肉。

那只铁手的主人并没有停顿，另一只手从旁边的桌子上抄起一只双层玻璃的保温杯，向另一个已经开始掏枪的人狠狠砸了过去。这一砸的劲道太大，速度也太快，杯子圆滑的前壁在撞到对方侧脸的瞬间立刻彻底粉碎飞溅起来，但力道并没有就此被抵消，已经露出尖锐棱角的半个杯子继续挺进，还没来得及粉碎就直直插进了对方的太阳穴和脸颊里，另一个人也倒在地上。

掷出杯子后，铁手的主人没再理会那个人，开始看监视器的屏幕。这时又一个人跑进屋子对铁手的主人说：“四哥，前后都看过了，没有别的人。”

铁手的主人看着电脑叹息道："还是来晚了，视频跟那边是联网的，已经传过去了。清理现场，咱们走。"他若有所思地看着屏幕里那三个人影。

"这三个人怎么办？"另一个人指了指屏幕。

"先别动他们，静观其变。真是讽刺呀，地方找到了，却被掩埋在了山底下。不过那里有线索的话，十多年前就该被他们拿走了，想找到更多的线索，还是要靠这些人。"铁手的主人指了指地上的两具尸体，说完就出了门。他以为洞里早没了线索，却怎么也想不到，那底下竟然有一个在密闭石窟里活了十几年的人。

屋子里安静了下来，只有已经接通了的卫星电话还在地上"噼噼啪啪"地响，里面传来电话那头焦急的声音："摩西摩西……摩西摩西……"

没过一会儿，又有一道身影走进了小屋。这人如果让项昊陆林看到，足以惊掉他们的下巴，下午在石崖居遇到的导游潘立国竟然出现在了这里。他看着固定在屏幕上的三个人的图像喃喃说道："我在附近寻了这么久都没找到，偏偏让你们找到了。我就说你们三个不是来找猴子的吧，也许你们就是我们等了这么多年的变数。"

中国这块古老的土地本身就是由无数个文化层组成的，很多东西被无数代人掩埋，又被后世无数代人挖掘出来，而那些曾经成功挖掘出东西来的，并不一定都是中国人……

清晨，三个人终于深一脚浅一脚地摸到公路，拦了辆山里的车，把他们捎回了停着车的那个村子。天光大亮时，几个人已经驶入六环。车里，罗瑞看上班时间已经过了，把手机连到车充上跟园里的领导打电话，说明昨天遇到了意外，解释为何一天不在云云。

开着车的项昊听到，便说："瑞子，今天别上班了，请个假。今儿项爷我请客，咱们现在直接杀奔口福居涮锅子，肉管够。"

罗瑞很痛快地答应了，一个饿坏了的人对食物的欲望是谁也阻止不了的。他跟领导请了假，又打电话找人替班，嘱咐对方帮忙喂自己的那两个活宝。其实都不用嘱咐，很多同事都是看着它们长大的，从员工到领导大都很喜欢它们。

## 第五章　东厂锦衣卫

沸腾的红油在翻滚，飘出一阵阵刺激食欲的麻辣香气。

罗瑞边吃边说："林子，把你带出来的东西拿出来看看，回头去潘家园找个倒腾玩意儿的给掌掌眼。真要是好东西，咱再花几千块找个专家给开个鉴定证书，没准咱就发了。"

"净想美事儿了你！掌掌眼？看不出您还挺专业。那把刀我放车里了，没敢带进店里。不过在车上我就看过了，好刀！钢口极好，拔出鞘来还能摸到刀身上有薄薄的一层油脂。看那样子，刀的主人应该很爱惜它，每次杀完人以后会把刀擦干净，再涂上一层起保护作用的油脂。更让我没想到的是，刀鞘里竟然藏着一把钥匙。呐，都在这里了。"陆林边说边在身上摸索，掏出了一块牌子和一把钥匙递给罗瑞。

罗瑞拿起牌子细看。这是块下方呈八角形、上面呈椭圆形的象牙牌，大小跟现在 4 英寸的手机差不多，但更宽一些。上端浮雕着云纹花饰，有一个穿绳子的孔。牙牌一面正中用楷书竖刻着"东缉事厂"四个字，东缉事厂左边竖刻着"侦字伍拾壹号"，右边竖刻着一个长方形的花纹，罗瑞仔细辨认才认出那是"关防"两个篆字。牙牌反面浅刻着两行楷书，写着"缉事旗尉悬带此牌，不许借失，违者治罪"，牌脊上还刻着"天启辛酉年造"六个字。

"天启辛酉年造，天启……好像是明熹宗的年号。东缉事厂，大概就是东厂，这应该是一块东厂的腰牌。"罗瑞道。

"公元 1600 多年，离现在已经四百多年了，没想到还真是件有岁数的古物。"陆林在旁边补充说。

项昊惊奇地问："你历史学得可以呀！那老鬼不是说那人是锦衣卫吗？怎么腰牌上写的是东缉事厂？"

"不只是好，我还有专门的历史老师呢。另外，东厂和锦衣卫怎么说呢，是一码事，又不是一码事。都是明朝的特务机构，办事的也都是锦衣卫，但管事的不一样。锦衣卫的头儿叫‘指挥使’，由武将担任；东厂的头儿叫‘厂公’，是宫里派出来的太监。锦衣卫是朱元璋设立的，朱棣篡位之后对外臣不放心，后来才设立了东厂来制衡锦衣卫的势力。都是天子近卫，但相对来说，锦衣卫毕竟是外臣管的，宫里的太监叫内臣，或者说是皇帝直属，所以东厂应该跟皇帝更近一些。”被项昊夸了句学问好，陆林索性卖弄了一把。尘封在记忆深处的知识还是记得很牢，这不由让他想起了那个美丽的女人。

项昊听得目瞪口呆，罗瑞似是根本没听，仔细把玩着那把钥匙，说：“你们说这会不会是锦衣卫保险柜的钥匙？原来他们在哪儿办公呀？咱们溜进去看看呗，地上的设施没了，没准地下还有呢。”

“这次差点出不来，你还是长点记性吧。再说你看看现在的北京城，留下点东西也都是清朝的，哪还有明朝的玩意儿？”项昊夹了一筷子肉说道。连他都明白，大明的绝代风华留在了金陵，而作为国都时间更长的北京，那些曾经的印记差不多都被后来的统治者抹去了。

“玩呗，反正那会儿明朝的机构出不了二环。回头我上网查查锦衣卫的驻地，然后带上‘包子’让它闻闻钥匙，再在附近到处闻闻，没准真能找着。”罗瑞吃得差不多了，开始来劲。

陆林赶紧打住了他：“得得，不用查，我知道锦衣卫原来在哪儿办公，不过你想都别想。这么说吧，天子近卫，肯定要在皇宫附近是吧？”

这时，陆林的手机响了。拿起来一看，是个陌生的号码。

“你好，是陆林吗？”一个陌生却很和蔼的声音从电话那头响起。陆林回答：“我是陆林，您是……”

“我叫周伟，咱们前天刚见过一面，你还记得吗？”

“啊！周总是吧？”陆林醒悟过来，估计是为了昨天那个落水的小女孩。

“对，是我。这样的，昨天舍妹回来说你们救了她。这小丫头就是我的命根子，真是谢谢你们了！我跟李总要了你的电话，可昨天一天都打不通，今天我说再试试，终于打通了。晚上有时间吗？大家一起坐坐好吗？请你千万不要拒绝，一定要给我一个表达谢意的机会。我这个傻妹妹要是真出了什么事，我现在肯定已经疯了。”周伟提到妹妹一下子就激动了起来，有些不知说什么好，“怎么样？你们晚上有时间吗？”

“那……行，您说地方，晚上我们一定过去。”这是个好哥哥呀，陆林心里想着。抛开周伟是自己东家的对手不说，陆林对他的印象还不错。

放下手机，陆林敲敲桌子，对其他两个人说：“行啦行啦，都少吃点，晚上还有顿大餐等着咱们呢。”随即把周伟的事说了。

罗瑞好像没听见，举着手机上网，手指来回翻着，嘴里还在念叨：“东厂……东厂……”

“石井君，你听说过东厂吗？”

与此同时，日本—东京—新宿—歌舞伎町，也有一个人提到了东厂。

白天的红灯区比夜晚冷清很多，歌舞伎町被视为日本唯一没有法律的地区，该地区一年一平方公里内发生的刑事案件数量，平均为东京都内的四十倍，存在的日本黑帮组织事务所据点有120多处。即使在黑社会组织放逐计划实施以后，还是有一些根深蒂固的组织留了下来。

一个外表不太起眼的私人会所，顶层办公室里。

“东厂，中国明朝的东厂，你听说过吗？”一个头发花白的老年男人背着手站在窗口，向身后的中年人又问了一遍。

“知道。它是明朝的间谍机构，成立于永乐十八年，明成祖朱棣时期，他们的首脑是皇宫里的太监。”石井真回答得很流畅，作为专门发展中国事业而被从小培养的人才，他对中国历史的了解比大多数中国人还要多。

原田健太郎转过身，一双阴鸷的三角眼盯着石井真说：“这二十年，你出色地完成了组织交给你的很多任务。从起用你开始，你就没有让组织失望过，组织对你很满意。咳咳……”他剧烈地咳嗽了两声，又接着说，“所以，组织决定，正式让你加入‘明之樱’计划！”

石井真没有说话，恭敬地低着头，身体前倾。原田继续说道：“你没有听说过是很正常的，知道这个计划的人只有我和组织的几个高层，行动也只是在小范围内秘密进行。今天发生了一些事，这个计划才正式启动了。我先给你讲一个故事吧……

“明朝的东厂是一支直接向皇帝负责的间谍部队，他们的总部就在紫禁城的东北方角，后世管那里叫作‘东厂胡同’。后来清朝统治了中国，东厂不复存在。东厂胡同因为靠近皇宫，成了清朝大臣们的居所。辛亥革命以后，那里被北洋军阀袁世凯以十万银圆买了下来，送给了后来的大总统黎元洪。昭和二年，这片地区被帝国买了下来，成了‘帝国文化事业委员会’的中国总部。在修建‘北平人文科学研究所’主楼的时候，根据军部的意思，要在地下修建一个工事，以备帝国需要。工程开始后，发生了一件让人没有想到的事，他们竟然在地下发现了一个档案室，存放着一批东厂在明朝数百年间调查的秘密卷宗。”

石井真听到这里抬起了头，眼中闪着激动的光芒。多年来随着对中国了解的深入，他对这个古老国家的历史文化越来越感兴趣了。

原田的三角眼依然阴鸷，他不喜欢石井真的这个表情，继续说道：“你不用那么激动，那海量的卷宗里，大都是些明朝各代官员的龌龊事，并没有发现什么有用的东西，这些卷宗就被当作废纸堆到了仓库里。呵呵，好在那里是‘文化事业委员会’，有很多从国内征召来的知识分子。当时有一个叫作阿部海斗的研究员，一直没有放弃对那些卷宗的研究。他用了将近 10 年的时间查阅对照这些无序的卷宗，终于从东厂几百年间监视过的无数人、执行过的无数任务里，发现了一个明朝传承了数百年的秘密。”

石井真的眼睛更亮了，看到原田在瞪自己，他赶忙恭顺地低下了头。

“后来阿部把他的发现上报给了军部，当时正是中日战争前夕，军部上下都在忙着筹备即将开始的战争，谁也没有把一个小研究员的发现当回事，而且那份报告……写得太匪夷所思了。得不到军部的重视，阿部没有放弃，他又把他的发现告知了黑龙会。当时还是头山满助手的儿玉先生已经在满洲崭露头角，看到这份简单的报告后，他连夜从满洲潜入了北平，亲自去见阿部。”

“竟然惊动了儿玉先生！”石井真惊叹道。儿玉誉士夫，日本极右翼分子，战前就是日本黑社会教父、黑龙会首脑，他很早就来到伪满洲国从事间谍活动，为日军提供政治和军事情报。中日开战后，他的活动遍及整个中国，组织地下活动，刺杀反战人士，被军部委派专司搜刮中国的奇珍异宝，仅他本人从中获利就超过 13 亿美元。作为甲级战犯受审，战后却摇身一变成了自民党的创始人之一和幕后金主。

原田点头道：“是的，儿玉先生详细了解之后，对阿部的发现产生了浓厚的兴趣。为了不引起中国官方的注意，他秘密组建了‘满洲兴亚会’，也就是组织的前身，来进行一项极其机密的计划，也就是现在你将要加入的‘明之樱’计划。当时因为担心那些资料可能引发世界的震动，儿玉先生把事情做得很隐秘，连军部都没有告诉，只有满洲兴亚会在小范围秘密调查着。那秘密像是一个魔咒，所有知道了的人，都会隐秘而疯狂地开始寻找。”

如果陆林在这里听到这些话，一定会毛骨悚然。石窟里老干尸梦魇般的话里，那个来自四百年前明代的秘密，一直被三人当成一个笑话。谁能想到早在二战之初，日本就有人为了得到它而做了如此多的准备。这个秘密组织竟然穿越了战后的阴霾，如幽灵般一直存在到了今天，而且还在秘密运作着。随着老干尸的死亡，它又开始一点点浮出水面。

原田顿了顿又说：“自从明朝皇帝朱棣设立东厂以来，他就一直委派东厂秘密寻找一件东西。而且他还给后来继承皇位的子孙留了话，只要明朝存在一天，东厂的这项任务就不能停止。你知道郑和吗？”

“知道，郑和是七次进行远洋航行的太监，其中前六次出航都是朱棣在位时进行的。历史上说朱棣派郑和出海是为了宣扬国威，但也有另一种说法，他是为了查访传闻中逃到海外的建文皇帝的下落。直到公元1423年，隐居的建文帝病死在江苏，之后朱棣就再也没有让郑和出过海了。第七次出航，已经是朱棣死后五年的事了。”石井真立刻回答说，“难道说他找建文皇帝也是为了……”

原田满意地点点头：“这只是当初阿部海斗的一个猜测。也许有一些只有皇帝才知道的秘密，朱棣仓促夺取皇位之后并没有掌握到。因为不放心建文朝廷的官员，他才设立了东厂，连出海这种事情，也找了内宫里的太监。如果是真的，那就足见皇帝当初是多么重视这个秘密。这个搜索过程横跨整个明朝历史，一直到崇祯皇帝。朱棣死后，东厂还在不停地进行这项工作，但从他们将近300年的记录里看，线索也都是断断续续的只言片语。”

说到这里，原田深深吸了一口气，语气有些异常：“据看过那些资料的木下前辈讲，明朝最后的覆灭，与他们在搜寻过程中做的一些事情有很大的关系。”

“那个秘密到底是什么？”石井真已经听得入了迷，忘记了与眼前人的尊卑。

“很不幸的是，我们也知之甚少。明朝一直到灭亡都没有找到，我们在短时间里同样没有头绪。中日战争开始，帝国占领北平后，东厂胡同变成了监狱，那些资料被秘密转移了，只有儿玉先生和少数几个满洲兴亚会的人才知道。一小部分运回了国内，大部分也是最重要的部分，都留在中国为计划的执行做参考。战争失利，为了保证资料的安全，儿玉先生准备把它们都运回国内，但很不幸，这些资料随着载满了珍宝与黄金的阿波丸号一起沉没在中国的南海。后来，帝国失败了，原本就没有取得多大进展的计划被彻底搁浅。为了保证不泄密，所有与满洲兴亚会有关的人，要么被送回了国，要么就地除掉。”说到最后，原田两只眼睛射出一束冷厉的光。

“再后来，帝国开始重建，冷战爆发，经济泡沫，自民党内部的分歧与衰落，一系列国内国外的原因让我们一直没有机会回到中国继续计划。直到中国改革开放后，我们派出了几个小队试探性地潜入中国，准备探查一下资料里曾经提到过的几个地方，但入境的 24 个人在一周后全部失去了联系。第九天，本部发生了一件很可怕的事情，直到今天我还清楚地记得。那天我一早来到办公室，发现桌子上放着一个玻璃瓶子，里面装着 46 只血淋淋的眼球！”原田说到这里有些颤抖，似是又想起了当年惊悚的一幕。在他当着下属的面儿装凶狠，忍着恶心从瓶子里一个个抽出那些还连接着神经的眼球时，内心深处其实一直在颤抖。

“这是个警告，显然有另一股势力盯着这些地方，再后来我们也不敢轻举妄动了。探查不行，我们就远远监视着。几处地方都有我们以各种名义伪装成的观测点。虽然不知道对方是何方神圣，但我们彼此像是有了一种默契，我们不靠近，他们就不出现，一旦有些小动作，人员就会失踪。这些家伙就像是一群该死的守护者。但是，我们不能再等了。

“今天凌晨，驻守在北方某观测点的一个小队在发现有情况后与本部联系，但随即联系就中断了，我怀疑是那一股势力干的。好在监视器的实时图像通过网络传回了本部，一个重点监测区域发生了爆炸引起的山体滑坡，有三个中国人从里面出来了。”说到这里原田狠狠地一拍桌子，似乎不甘心筹划了这么久的计划可能就此被破坏。

“所以我们不能再等了，我们一定要抢在中国人的前面！”

“原田会长，您需要我做什么？”石井真听到这里终于发问了，显然那个秘密也引起了他的兴趣。

“很简单，我要你带一队人深入标注过的几处地点探查，把所见所闻全都记录下来。至于用什么样的手段嘛……对于中国，你比我了解，具体事宜都由你来决定。这次的行动除了你以外还有三个人参加，他们都会作为你的副手。人数虽少，但是你放心，组织会全力支持你。虽然儿玉先生不在了，但自民党的高层里还是有人愿意支持我们的，哪怕是造成一次小的外交冲突也未尝不可。而且只要这次我们成功了，必然能引起内阁的重视，听明白了吗石井君？我不管你用什么手段，我只要结果！”

说着，原田又转头看向窗外的街道：“你知道为什么组织的总部一直不肯搬出歌舞伎町吗？我们从战后一直在这里，与歌舞伎町一起从废墟中最早复兴起来。每一任会长都曾在这间办公室里发誓，我们要在这里，与歌舞伎町、与东京、与关东平原、与整个大日本帝国一起，效忠天皇，重塑帝国的无上辉煌！”

说到激动处，老原田剧烈地咳嗽起来，扭头对石井真说：“我们只是众多复兴组织中的一个，但竭尽全力效忠天皇，是每个大和子民应该有的觉悟。你在中国待的时间长，但不要忘记，你是一个日本人。”那双三角眼看着石井真，好像要看进他的灵魂里。

“是！”石井真慌忙低下了头，鞠了一个90度的躬，起身后直视着原田，双眼射出坚定的光芒，“我石井真，永远不会忘记组织的栽培！永远不会忘记自己是一个日本人！”

原田满意地点点头，他要的就是这句话。石井真是出色的人才，但他在中国待得太久了，久到娶了中国女人，生了女儿。他这才放心地从办公桌里拿出了一个文件夹递给石井真：“你先看看这个，说说你打算怎么办吧。”

石井真打开文件夹，只有薄薄的几页纸。第一页上满是手抄的汉字，想来应该是从原始文件上抄录下来的，行间有很多用圆圈和横线做出来的标注，旁边写着日文，也有的地方只是打着几个问号。纸页泛黄，想来是当年那个研究员的手稿。

内容大多是一些某号东厂的探子去了什么地方，有的查无此地，有的人员失踪，有的一无所获，真正提到发现线索的几乎没有。再往后是一张缩小版的明朝地图，上面画着几个圈儿，小的只有黄豆粒大小，大的将近核桃大小，按照比例算，半径足足超过500公里。其中有两个用红笔标注出来的很显眼，但那范围实在太大了。

看到这儿石井真不禁皱眉，上官的意思不能拂逆，但只凭这个实在太难找了。他抬头对原田说："会长，我有一个提议。"

原田点头，示意他说下去。

"与其大海捞针，不如让知道地方的人带我们去。您不是说，另有一股势力也在盯着这些地方吗？也许他们知道的比我们多。"

"你是说调动他们来？可是，怎么调动？"

"您不是说有三个人去过了其中一处吗？如果我们和他们绑在一起再去找另外几处，那股势力肯定会有动作。当然，前提是那三个人现在还活着。我要先了解这三个人的资料，如果他们是有目的的寻宝者，我们可以跟在他们后面；如果只是误闯者，我们可以拉他们入伙，通过他们调动另一股势力。"

"那找到以后呢？绝不能让中国人得到那个秘密。"原田对这个提议很感兴趣，但与中国人同时发现秘密显然是他不能接受的。

"只要建立的团队是在我们控制的范围内，到时是直接除掉还是另做打算都不是问题。至于另一股势力，他们如果知道得更多，应该会比我们更担心这个问题。他们是我们的阻力，却也是真正能引导我们的人。只有在了解之后，我才能做出相应的部署。不过会长您不用担心，明朝人找了几百年的东西，我们寻找起来肯定不是一朝一夕的事，随着计划的深入，我会随时与您联系，针对情况改变策略的。"

"我还是有些不放心，有没有更好的办法？"原田非常不想让中国人参与进来。

"很难，原因有三。第一，不惊动中国官方，这是一切的先决条件；第二，另一股势力的存在，无论我们调不调动它，它都是我们最大的阻力，与其让它隐藏在幕后，不如把他们引到前台来为我所用；第三，肯定要有中国人参与进来，至少每到一处我们都要找向导吧，不与当地人接触几乎不可能。

会长，不要担心中国人的加入，他们会给我们很大帮助，甚至可以帮我们对付另一股势力。而且，没有中国人跟着的日本人，才是最容易引起别人注意的。”石井真从容回答道，“而且，中国人有很多种……”他没有继续向下说，只是笑笑。

原田明白他的意思，但还是拿不定主意，只是说：“我知道了，先按你说的办。这次的行动不是一两天的事，一旦中途发生了你控制不了的事就马上停止，你的这套方案即时作废。记住，最重要的就是不能被中国官方察觉到，最好是让所有中国人都察觉不到。”

“是！”石井真又鞠了一个躬，“我准备一下，过两天就返回中国。”

夜，北京城一座古色古香的大饭庄里。

酒过三巡，陆林已经开始觉得前两天的那笔生意最后能落到自己老板头上，实在是一种运气。周伟和李兵都是生意人，可人比人……真是不能比，这个周总的商人素养能把自己的老板甩出好几条街去。看着边上兴致盎然的项昊和罗瑞，陆林想，他又何尝不是被周伟调动起了兴趣?

“当初我让她早上了几年学，这样从一开始就跑在别人前面，比别人早毕业，就能多一些时间，多一些选择。本来想让她学医的，可这孩子自己偷偷报了农大，说将来要帮我……”周伟端着酒杯说道。

周欣打断了他：“你还好意思说？从小到大，我一直是班里最小的，见了谁都得叫哥叫姐。”

小女孩还没说完就被敲了下头：“老哥我是为了你好，长大你就明白了。这就好比别人到30岁才能懂的道理，你25岁就能明白。什么都能先人一步，就算将来犯错，也还有时间改，这就是年轻的好处呀欣欣！爸妈走得早，将来给你找个好老公，把你往外一嫁，老哥我就算完成任务了。”周伟不像是在说教，那一脸戏谑的表情反而像在斗嘴。也只有妹妹在的时候，他才会显露出这一面来。

“我才不要嫁人，我要一直陪着哥哥。”周欣的语气很坚定，不知是想到了早逝的父母，还是想到将来要和哥哥分开，眼圈都有些红了。

陆林赶紧岔开了话题：“对了妹子，昨天我们哥仨去探险，结果找到了一些很奇怪的东西，感觉应该是很久以前的种子，你帮我看看吧。”说着从口袋里掏出了几粒干瘪的颗粒。

“探险？”周伟奇怪地看着三个人，很久没有听到过这个词了。

在周欣端详那些颗粒的时候，陆林三个人你一言我一语开始说起昨天的诡异经历。最能吹的竟然是罗瑞，什么洞里神像如何如何诡异，在地下活了几十年的老怪兽如何恐怖，唯独没提那人是个日本人。不过看兄妹二人一脸不信的表情，大概认为他们完全是在说笑。

周欣用桌上的餐刀剖开一颗颗粒，陆林仔细看着，问道：“怎么样，是种子吗？看得出来是什么的种子吗？会不会是农作物？”

听到农作物三个字，周伟的注意力也被吸引了过来，看向桌子上那堆颗粒。

项昊在一边插话道：“妹子，这东西做研究用得着吗？有没有可能为农业发展做点贡献？”

“算了吧，都快成化石了，有什么用？”罗瑞接过话说。

“也不一定。日本浅羽曾经发现过一些两千年前的种子，有科学家在一堆灰烬似的腐烂种子里挑出了一些品相不错的重新种植起来。令人惊奇的是，它竟然开始生长，而且在十几年后开出了美丽的玉兰花。生命的顽强，真的可以穿过幽幽岁月的时空，即使在两千年之后依然能够绽放。不过话说回来，这种概率很小，发现的古代种子多了，能活过来的极少极少。而且就算是农作物，比如说这是水稻种子吧，京津稻区自古就多是一季中熟的粳稻，即使真的是活化石，意义也不大。”

周伟一直在旁边认真地听，手里拿着几颗干瘪的颗粒，这时插话道：“也别说得这么肯定，拿回学校正经研究一下，没准真有活的呢。”想想对面三个人中有两人的老板是自己的竞争对手，他不好显露出太大兴趣来。

陆林扭头对周伟道：“周总，这个可能对你们公司有帮助吗？”两家都是做农产品的，有机会陆林也想了解得多一些。

周伟笑笑道：“用不着这东西。做科研，那是外国公司的事儿，咱们做不起，也不用做。把酒喝好，该打点的都打点到，就啥都有了。”看着罗瑞在边上皱眉，他又接着说，“不是我们不想，实在是科研这种东西，不符合国情，特别是农业这种行业，老老实实做好自己的生意就好。而且，呵呵，有什么成果基本也用不上。”

话虽这么说，周伟还是趁几个人不注意的时候把手里的一小把分出一半装进了口袋。虽然可能用不上，但他公司有自己的研发中心，试试总没错。

随后他把剩下的又倒回周欣面前：“欣欣你还是拿回去研究一下吧，没准真能做出什么成绩来，回头更要好好谢谢三位。”

饭也吃得差不多了，接着他把话引入了正题：“说到谢谢，这次就该好好谢谢几位。爸妈去得早，我就欣欣这一个亲人，她就是我的命根子。昨天要不是你们……”说着周伟有些动情，他实在不敢想那样的后果，“救命之恩无以为报，以后咱们就是朋友了。哥儿几个以后要是有什么事，只要我能帮上忙，我一定尽力。眼下我就是个小商人，除了钱，我也没有什么东西能拿得出手了。这就是个小小的心意，希望几位不要嫌弃，一定要收下。”说着周伟从手包里掏出了一张准备好的支票，双手递了过去，看着三个人，眼睛里有一种让人无法拒绝的真诚。

罗瑞的眼已经直了，他还没有看清是多少钱，就已经被“3”后面跟着的一串“0”搅得心中小鹿乱跳了。“咕噜”一声，罗瑞艰难地吞了口口水，他很想伸手接过来，可内心深处总有一个声音在说：“这个钱不该拿！有钱没钱都是人命，做人要有原则。如果当初救的是个普通人，你也要向他索取报酬吗？终究还是穷命呀……”罗瑞的自尊心作祟，一瞬间仿佛煎熬了一百年。好不容易狠下心决定拒绝，他艰难开口说：“这个钱……”

话说还有说完，旁边的一只手从周伟手中接过支票。罗瑞扭头看，是陆林。没有罗瑞的纠结，陆林和项昊只是交换了下眼神就决定收下了。跟李兵时间长了，他们比罗瑞更了解这些有钱人的心态。对于他们三个人，这不是小数目，可对周伟来说真的不算什么。不收下这个钱，周伟才会不安心。他们觉得周伟这个人可交，这个钱不收下才叫不上道呢。

周欣一直在旁边低头吃着没有说话，事情交给哥哥处理，自己不用管，这是兄妹二人长久以来的默契。周伟长出一口气，他还真怕三个人不收这钱。罗瑞也长出了一口气，本来以为横财就在眼前飞了，没想到到手得这样容易。陆林什么也没说就把支票揣进口袋，看都没多看一眼。酒桌上的气氛又活跃起来，话题开始转移。

窗外红灯高挑，新月如钩，静悄悄的小院子里时不时传出笑声。三个人完全不知道，躲在黑暗中的势力，早已经恶浪滔天。

# 第六章　暗潮

三天后，东京至北京的航班。

石井真翻着笔记本电脑，一脸疲惫地关上地图。看到桌面上妻子和女儿的照片，石井真的眉头舒展开来，接着却皱得更紧了。

妻子和女儿都不知道自己的另一面，如果有一天她们知道了，自己该如何面对？这个问题从女儿降生时就困扰着他。十年前，他得到组织允许，在某个部委林立的路段开了一家日本料理店，除了偶尔接到组织的任务，其他时间石井真确实只是个料理店小老板，他更喜欢自己的这个身份。在这家小店里，他认识了现在的妻子汤琳，后来又有了女儿石井真美月。想起七岁的女儿，石井真不由笑了，虽然夫妻俩更喜欢叫女儿的中国名字：汤美月。

使劲摇了摇头，两重身份又开始错乱。阳光透过机窗照在座位上，石井真揉着太阳穴想："这次任务完成，应该就可以跟组织申请退休了吧……"

同一时间，北京。

陆林和项昊一大早被一个陌生电话吵醒，对方报出名号，竟然是那个大多时候只存在于传说中的有关部门，睡迷糊的陆林一下子就醒了。对方没有透露目的，只约定了个地方细谈。

现在，三个人对坐在一家茶楼里。

赵元良坐在陆林和项昊的对面，出示了工作证，打量着两个人。作为23岁就加入特殊部门，如今春风得意的25岁少校，赵元良有些看不起这两个人。年近三十，一事无成，两个生活的失败者，活该被当成炮灰。

推了推眼镜，赵元良道："你们几天前曾经进过一个山洞，这件事我们已经知道了。那里出于一些原因不方便被人知道，请两位从现在开始对之前的那次经历保密，谁也不要透漏。另外跟你们一起的还有一个人，请你们让他也别再说了。"

"你就是为了这个找我们？"陆林问道，不由回想起石窟里老干尸说的那些话，难道其中真的隐藏着什么大秘密？说来奇怪，对于那次山体滑坡，新闻里竟然一点都没有报道过，他愈发觉得这事不简单。项昊表情严肃地坐在旁边，摆着军姿一动不动。他把自己想象成一个现役军人，希望对方来的目的是征召他回队伍。

“不只这个，有一个任务要交给你们。现在，国家需要你们。”

项昊激动得差一点直接站起来，却在向前躬身的时候被陆林死死拽住。

“能先说详细一点吗？”陆林似乎并不买账。

赵元良对陆林摆出的这一副谈判架势很不屑：“请两位对下面将要谈的内容保密。我看过你们的资料，两位都是参过军的人，项先生差点进了特种部队，陆先生……呵呵，养猪的兵也是兵嘛。对于二位的政治觉悟我还是信得过的。”

“你还是赶紧说正题吧。”项昊打断了他。他虽莽撞，却不傻，听得出对方话里对自己兄弟的轻视，同时疑惑地看了陆林一眼，难道他真是养猪的？

赵元良接着说：“我们得到情报，过些天，日本某电视台有一个由三人组成的摄制组将来到中国。这三个人的身份有问题，都出身日本右翼组织，参加过反华活动，我们认为他们这次来中国的目的不单纯。与此同时，他们调查过你们的身份，还有上次和你们一起探洞的那个饲养员，这很可能与你们去过那个石洞有关。这个摄制组来到中国后，很可能会通过一些手段接触你们，希望到时二位能配合我们，查清楚他们的真实目的。至于那个饲养员，为了不让对方起疑心，需要时我们也会把他安排进来。但出于保密的考虑，不会让他参与我们的行动。”

“日本人？”陆林项昊忍不住对视一眼，都看到了对方眼中的疑虑，甚至还有一丝恐惧。果然跟那个老鬼子有关，那些被三个人当成笑话听的石窟鬼话，难道都是真的？十几年过去了，那些人还没有放手？

自己前脚出洞，后脚就有日本人盯上来，陆林突然觉得这事儿不是一般的大。他试探着说道：“你确定，真让我们来对付那几个日本人？你知不知道，那石窟里……”

赵元良傲慢地出言打断了他：“石窟里的事不用担心，眼下监视那伙日本人才是最重要的。不过请不要对任何人提起那个石窟，这里面涉及到一些机密。另外，也请你们接受这次任务，其实并不存在什么危险，只是简单地监视和报告。但注意，一定不要打草惊蛇。另外，这几个日本人……”

“打断一下，”陆林说，“两个问题：第一，他们是怎么查到我们的？你们是怎么查到我们的？第二，你说的配合你们，到底是让我们怎么配合？”说了这么半天，陆林还是有些不信，这对他来说太匪夷所思了。当时只有他们三个人在场，就算被人拍了照，中国这么多人，对方一个国外势力怎么可能在这么短时间内查到自己？

“这个……”赵元良斟酌了一下，“他们把你们三个人的照片发给了在国内的关系，这些关系又找了派出所里的熟人。你知道，户籍人口的管理，现在都是联网的……其实也不怪派出所的同志，求他们帮忙的是中国人，他们也就没想那么多……也多亏了这条线索，我们才发现了他们的行动，并且找到你们。

“另外，需要你们配合的是，无论他们以任何理由请你们三个加入摄制组，你们都要同意。跟着他们，了解他们的计划和意图，有特殊情况时联系我们，在必要的时候阻止他们。”

“你怎么知道他们会要我们加入？”陆林问道。

“这个，只是出于对这种情况的考虑，事实上这个可能性很大。”赵元良肯定地说。

陆林想了想接着说：“两个条件：第一，汇报的事我们自己来做，我们不想在身上安装窃听器之类的东西，留点私人空间给我们；第二，没有特殊情况，你们不可以指手画脚，我们有自己的做事风格。”

“嗯……可以。”赵元良只是沉吟一下就答应了。

陆林深深地看了他一眼说：“你真是国家派来的吗？国家什么时候开始和个人讲条件了？”

赵元良笑道：“也不能这么说，工作风格不一样而已。”又拿着工作证向两人晃了晃，“这个还能有假？”

“那好，我们同意了，如果他们真的找上门来，我们就照你说的办。不过我们的朋友罗瑞只是个普通人，让他进组可以，但希望不要把他牵扯进来，毕竟做卧底还是蛮危险的。”陆林说。

赵元良没想到陆林答应得这么爽快，他又扭头看项昊，项昊严肃地点了点头。他还是保持着原先的姿势，其实心里已经开始激情燃烧了。抓特务的活儿，不给钱他都愿干！

“那好，你们还有什么要求，想要什么报酬，都可以提出来，我们会尽量满足你们。”赵元良对这个结果很满意。

“暂时没有，那几个日本人会不会找上我们还是两说的事。如果真的需要卧底，我们会提的。”陆林回答得很痛快。平静的生活里突然发生了这么件离谱儿的事，他除了明白国家的要求不容拒绝外，其他什么都没想好。

“那好，先谈到这里，如果他们跟你们取得联系，请第一时间通知我。”赵元良递上了自己的名片，名片上除了名字外，只有一个电话号码。

之后，项昊便急急拉着陆林走了。他已经憋坏了，他想提要求，他想回部队，可谁都明白这对于临近30岁的他已经不现实了。他想让陆林帮他出出主意，有没有办法。

两个人走得太急，谁也没有注意到他们离开后不久，就又有一个身影坐到了赵元良对面。

“呵呵，两个人都不错嘛，一个从头到尾亢奋着，另一个故作沉稳，其实手一直激动地在抖。他们还真以为自己是在为国家办事。”新来的人说话了，声音略带沙哑。

“这几块料不会坏事吧？”赵元良问，带着一丝恭敬。

“还能怎么坏事？日本人查这三个人，无非是想通过他们引出我们来，大概他们以为我们知道的比他们多。这三只小白鼠是饵，日本人想用他们钓我们，却不知道我们也想用他们钓日本人。鱼儿上钩以后，饵就不重要了。快来吧小鬼子们，把手上的资料都送过来，让我们看看你们到底知道多少。”说着，沙哑的声音笑了，接着又转冷道，“你那边处理得怎么样，不会被单位里察觉到吧？鼻子灵的不见得只有你一个，这件事一定不能让你局里知道，明白吗？”

赵元良赶紧回答：“请您放心，不会有人察觉的。如果不是碰巧听到了一段下面人截取的东京打到北京的电话录音，我也发现不了这件事。每年这种带敏感词汇的国际长途录音至少也有几十万分钟，99%都是没有价值会被销毁的，根本不会有人注意到。现在那段录音也已经被我删除了，所以，国家这方面完全不用担心。”

“嗯，你还是小心些。一旦日本人跟他们三个联系上，这件事就转交给狼组，你就不用管了。”沙哑的声音说。

“那个，我能不能问一下，三个人去的那个洞，到底有什么不同吗？我们和日本人是在找什么？”赵元良问。

“不该你知道的事就不要问，好奇害死猫知道吗？”沙哑的声音严厉说道，接着语气又软了下来，“其实我知道的也不多，一切都是按上面的意思办的，咱们做好自己的事就可以了。该知道的时候，上面自然会说。”

“嗯，知道了。他们联系我，我马上就联系狼组的人。”赵元良没有再多说。他明白，背后的势力推他上位，只是拿他当作一颗棋子，做棋子，就应该有做棋子的觉悟。

每年到中国来拍片的外国摄制组很多，拍摄的题材也各不相同，涉及影视剧、风光片、纪录片、综艺节目等多种类型。一些有实力的会与央视或地方电视台合作，更多的一些则是单枪匹马，几个老外直飞过来，然后在国内雇人租车。因为拍摄题材的不同，也就造成了他们目的地的不同，有的穿梭于北京上海这样的大都市；有的流连于名胜古迹；有些拍自然风光的，专往穷乡僻壤深山老林里钻；还有少部分动机不纯的，他们一向不被国内欢迎。

两天后，陆林真的接到了一个日本人打来的电话，只是打电话的并不是赵元良跟他们提过的那三个。这个人叫石井真，已经在中国生活了很久，这次受朋友委托加入摄制组，作为三个人来华的接待和翻译。电话里他向陆林转述了摄制组的意思，声称在某某人才库里看到两个人的信息，希望能雇佣陆林和项昊作为安保人员加入摄制组，全程跟随，同时开出了一个让人心动的价格。

陆林当时就满口答应，跟对方约了时间细谈。同时他也纳闷，只招录他和项昊两个人，怎么没有罗瑞呢？事实上罗瑞已经知道这件事了，穿帮的是项昊。那天他回去以后一连两天兴奋得像是要去打仗，被罗瑞问及为何如此，他就装着什么事儿也没有，一脸冷峻，大有“打死我也不说”的气势。罗瑞太了解这个从小玩到大的伙计了，知道这里面肯定有事，于是开始磨项昊，终于被他把话套了出来。罗瑞也像打了鸡血似的，过惯平淡生活的人，总会希望能找点刺激，一个普通人并不知道这项工作的危险性，何况他想不去也不行。

陆林的疑问在罗瑞下班后得到了解答，有摄制组找到园里的领导，想临时聘请一名熟悉动物的研究员参与野外拍摄。自然，这个研究员就是罗瑞。至于领导是出于哪方面的原因而选了他，就不得而知了。

就这样，三个原本是朋友的人以不同身份被招进了摄制组。这种巧合落在有心人眼里有些明显，可除了知情人，谁也不会在意这个小团体，而知情人又都心照不宣。这是一场彼此都知道对方底牌的局，谁都把自己当成猎人，等着猎物落入自己的陷阱。但谁会成为真正的赢家，已经不是牌局本身能决定的了。

陆项两个人跟李兵请了假，他们要在摄制组到达之前做些准备。这期间，两个人和石井真见了一次面，收了定金，了解了一下对方能提供的装备。但石井真说他也不知道具体的拍摄路线，只有摄制组来了才能确定。两人对这个异常礼貌、总是不停鞠躬的日本人印象很不错。当了解到对方妻女都在北京后，项昊认为这个石井真应该只是个被朋友介绍过来帮忙跑腿打杂的，跟那三个帝国主义并没有关系。他私下问陆林是不是该把真相告诉石井真，免得这个不远万里来到中国的国际友人成为帝国主义的炮灰。陆林阻止了他，说情况未明前不要采取任何行动。

最令二人惊诧的是，摄制组除了四个日本人以外，并不只有他们和罗瑞三个人。听石井真的意思，他还要聘请一个顾问，以及几个同行的愿意提供帮助和提供车辆的驴友，摄制组会支付给他们一定的报酬，属于半游玩半工作性质。野外活动人数太少，既不方便也不安全。

去干见不得光的事不是应该保密吗？知道的人应该越少越好，怎么这么多人？难道石井真对那几个日本人此行的目的真的一无所知吗？陆林暗自想着，看样子加人员还是被摄制组允许的，这太不合常理了。情况不明，一切只有等那三个日本人来了才能弄清楚。

一周后，摄制组的三人终于来了。

石井真在一家中餐馆摆了酒席，召集所有队员，让大家相互认识一下。

当陆林和项昊走进包间的时候，餐桌旁已经坐了一圈人，石井真给他们相互做了引见。

三个日本人分别是：

导演山中健太。一个看上去三十多岁，身材很矮的胖子，身体和脑袋都是圆的。他一直在笑，也像石井真一样爱鞠躬，但那一双一直不停转动的眼珠让人感觉不到他的真诚。也正是这双眼，让这个臃肿的胖子一点也不显得笨拙，反而给人一种灵动的感觉。

摄像师野村匠。年纪看着和陆林差不多，中等身材，不胖不瘦，却穿了一件异常肥大的衣服。最引人注意的是他的肤色，很白，苍白的那种白。特别是一双手，白而细腻，女人看了都会嫉妒。他站起来微微欠了下身，面无表情。

导演助理兼摄影助理加藤阳也。他是三个人中最年轻的一个，像个大学生。长脸，寸头，个子很高，只比项昊差上一点，身体很瘦，三个绑到一起差不多和项昊一般粗。古铜色的皮肤，一看就是经常运动的人。眼神中多少透露出一些不友好。

接着又介绍了几位同行的驴友，这些都是石井真在驴友论坛里发帖聚集来的。因为帖子的目的地写得含糊不明，对此行感兴趣的并不多，最终他只好选了四个野外经验都不是很丰富的人。

郭凡成，某家科技公司的下层领导，一个静极思动的老新手，表情随和木讷，戴着方框眼镜的国字脸给人一种严谨刻板的感觉。

李杰和齐艳是一对夫妻，两人开了一家夫妻店，也就是几个人现在吃饭的这一家。任谁看到这两人时，都会首先注意到这个老板娘。

肖青是一个消瘦的大男孩，自由摄影师，相貌和举止都有些女性化，长眉细目，左额前的头发一直垂到下巴，几乎遮住了四分之一的脸。介绍到他时，他只是点点头笑了笑，一脸腼腆。

有这么一种女人，即使她什么也不做，第一眼看上去就会给人留下冷若冰霜、不好接近的印象，最后这位就是。一张棱角分明的瓜子脸，下巴和两侧的下颌骨形状都很明显，形成了一个倒三角形。颌骨到双鬓是两条硬朗的斜向上的直线，一点都不圆润。如果不是那高挑挺拔的身材，真的很容易被人当成一个英俊得过分的男子。高鼻小嘴，两道细长的剑眉，一双细长的眼睛，如果不是戴着一副眼镜，光那凌厉的眼神，就可以秒杀所有想要上前搭讪的男人。

陆林一进包间就注意到她，当石井真介绍时，他早就带着一脸阳光般的笑容。

“这位是此行的重要人物，我们请来的历史顾问，京大的乐雨博士……怎么，你们认识？”石井真也注意到陆林的表情。

“嗯，乐雨老师，曾经教过我历史。美女，7 年不见你都读到博士了？恭喜！”陆林笑眯眯地说着。

乐雨冲项昊点头笑了笑，算是打了招呼，随后才瞟一眼陆林说：“陆林同学，这么多年不见，你还是保持着自以为是的幽默感。”说完向石井真点点头，再也没有看陆林一眼。

石井真眼中闪过一丝惊诧，这两个人认识？这可不是什么好事，不过现在也容不得他多想，连忙招呼二人入座。

项昊在陆林旁边小声嘀咕了一句：“有奸情！”便不再说话，挨着陆林坐下了。

石井真微笑着说：“还有一位动物学顾问罗瑞罗先生还没有到，大家再稍等一下。”

刚说完，门又响了，陆林抬头看，进来的并不是罗瑞。

“老板，您要的东西买齐了，都在外面车里，这是发票。”进来的是一个四十来岁的中年汉子，不标准的普通话带着一股土腥味，身上土黄色的夹克上有很多油渍和泥垢。细看才发现，那夹克并不是土黄色的，而是真的有层土掩盖了衣服的本色。浓眉大眼国字脸，脸上的皱纹让他很显老，中等身材却显得很壮，站在那里像半截铁柱一样，两只粗壮结实的手臂上青筋隐现。陆林注意到他拿着发票的手，上面全是老茧，一看就是长年从事体力劳动。

“这位是赵庆华赵师傅，是我这次请来的帮工，跟咱们一起走，平时负责器材搬运什么的。辛苦你了赵师傅，先到外面大堂里点些东西吃，一会儿就在那等我们，吃完咱一块走，还有些东西要请你帮着搬一下。”石井真递过去两百块钱，和蔼地对赵庆华说。

赵庆华把两手放在身上蹭了蹭，接过钱，点头哈腰地笑着，扫了一眼屋里的人，就转身出去了。接着就听到他在大堂里喊："服务员，来碗面！"

石井真笑着摇了摇头，这位赵师傅还真是省。

这时门又响了。

进来的是罗瑞，身后还跟了个小尾巴，竟然是周欣。小女孩站在罗瑞身后，忽闪着大眼睛打量着屋里的人，似乎对一下子看到这么多陌生人有些不太适应。当看到陆林和项昊两个熟人时明显松了口气，吐着小舌头对他们笑了笑。

"什么情况？你俩怎么走到一块了？"项昊问罗瑞。

罗瑞向屋子里的人点头笑了笑，算是打了招呼，又跟石井真握了握手，就要往陆林身边坐，他也不习惯人多的场合。

"我下班往外走，她正好去找我，然后我这不就蹭她的车过来了嘛。小周找我是来说，咱们上次……"突然发现场合不太对，罗瑞改口，"咱们上次给她的东西，可能真是什么有价值的新发现。"

石井真在旁边微不可察地皱了皱眉，笑着对罗瑞说："你们三个是认识的？哈，今天真是太巧了。怎么，这位小美女是你们的朋友吗？那也坐下一起吧。服务员，上菜吧，再加把椅子！"

上了菜，餐桌上的气氛活跃起来，初次见面的众人开始神侃，相互吹着自己过去的野外经历。

罗瑞对石井真说："石井君，可以带宠物一起去吗？我有一只小狗和一只小鸟，那个，我走了就没人照顾它们了。而且咱们进山的话，它们一定可以帮上忙的。"

"这个……我没有意见，就要看看跟你同车的两位愿不愿意了。"他指的是陆林和项昊。

"我们没意见，都玩惯了的。那个，你确定要带它们去吗？"陆林向罗瑞打着眼色，示意此行可能会有危险，但罗瑞还是狠狠点了点头。

"陆哥哥，你们是要出去玩吗？这么多人一起去？"周欣在一旁小声问陆林。

陆林回答："一个日本来的摄制组要去野外拍片，我们去帮帮忙。深山老林，很危险的。"陆林开始吓唬小女孩，他怕这孩子听了也想掺和进来。

“哪有什么深山老林？刚才石井君说了，第一站去武当山。”郭凡成说道。

陆林闻言，心里立时咯噔一下！他猛地回忆起老干尸爆炸前说的最后一句话：“玉桑，千万不要去武当，千万不要再找那东西！那是灾星，它只会给帝国带来灾难！”话中似乎是说武当山上有什么异常恐怖的东西，让自己上司不要去找。陆林暗暗叫苦，真是怕什么来什么，没想到时隔十几年后，这伙日本人来华的目的地还真就是武当山，他愈发觉得这次旅程不会太平了。

“小妹妹，你想去吗？想的话也可以跟来呀。”齐艳在一旁对周欣说道，她很喜欢这个瓷娃娃一样的小女孩。

“什么，我真的可以一起去吗？武当山呀，光《本草纲目》里记载的中草药就有四百多种！而且旁边还有神农架……”周欣两眼放光地大声说道，她又对着几个日本人说，“我真的可以去吗？我是学植物……我是植物学家，我可以帮到你们的！”17岁的植物学家生怕几个人不肯带上自己。

石井真笑得很和善：“可以呀，只要你有时间。你看他们几位，都是半游玩性质的，多一两个人没关系，你不自己跑丢了就行。”

“不行，她还在上学，没时间，而且……”陆林替周欣回答。

还没说完，周欣就打断了他：“真的？那说好了。我有时间，正好申请了一段时间研究陆哥哥他们给我的种子……”小女孩继续满眼小星星，就差没蹦起来了。哥哥太忙，很少有机会带她出去玩，谁有这么个漂亮妹妹，都会看得死死的。

陆林很不爽地看了刚才多嘴的齐艳一眼，他知道此行的真正目的，可偏偏又不能表露出来。没办法，只能回头找周伟说了，一定要他留下这个宝贝妹妹。陆林想着，随即又满脸黑线地瞪了一眼周欣。这孩子智商不健全，一桌子陌生人，唯一熟悉一点的也就见过两面，这就敢跟着人家走，出了北京把她卖了都不知道。

周欣发现陆林在瞪自己，很可爱地吐了吐小舌头，低头不敢去看他。

“看把你美的。”陆林无语了，拍了拍周欣的头，意味深长地说，“孩子，你还是回火星吧，地球对于你来说太危险了。”同时不由得替周伟头痛起来：“周总呀周总，这个傻妹妹，你可得看紧点呀……”

饭局结束，一众人商量好出发的时间，就此散去。

“林子，真的让那小丫头跟咱一起去呀？这个太危险了，还是别让她去了。”离开饭店的路上，项昊对陆林说。

“刚才那环境你也看见了，不能多说，我怕石井真那几个人会起疑心。而且那个赵少校不是也让咱们保密吗？没关系，一会儿我就给周伟打电话，一定让他把周欣留下来。”

罗瑞接过话：“你们说他们为什么要找这么多人一起？难道找人当炮灰，走在前面探路？”

“走在前面探路？那到时候你就走在最前面，你就是新时代的王二小，把鬼子领进伏击圈吧！对了林子，刚才忘了问，说吧，你跟那个历史老师啥关系？”项昊问道。

“没什么，只是在部队的时候，她来教过我们几个月的历史知识。那会队伍里见不得美女，当兵两三年，母猪变貂蝉，你们懂的。大家就变着法想调戏她修理她，结果每次到最后都是我们莫名其妙地吃亏，让我们一伙人觉得这个老师又狡猾又可怕。”陆林想起当时在部队的生活，“刚才昊子的话倒是说对了，咱们就是王二小，把鬼子领进有关部门的伏击圈。”

本是一句玩笑话，可是陆林忘了后来王二小同学的下场，是很悲壮的。

几个人正聊着，陆林的手机响了。

“周总你好，真巧，我也找你有点事呢……”

“嗯，对，是有这么回事。什么？周总，你听我说，周欣还是不要参加的好，这次的活动其实很危险……”

“啊？你？不是周总，情况很复杂，深山老林里相当不安全，你们……”陆林的样子看上去很着急。

“没事，没事，那就这么说定了！先这样，我还有个会，回头我去找你们，看看还需要准备点什么，再见。”周伟说完，不待陆林回答就挂上了电话。上次询问陆林山洞所在地时，他就听出陆林不太愿说，而他带回来的那些种子……

还是先处熟一些再问吧，周伟想着。和人打交道，他从来都非常有把握，在他看来，几个人不想让周欣去，多半是怕出问题对自己不好交代。如果自己去了，也就没什么可担心的了。武当山又不是没去过，那里能有什么危险？

陆林无奈地挂了电话，扭头看项昊说："这下麻烦了，周总说他也正要休假，要一起去，唉……"他又不能跟周伟明说，这下子怕是真不好甩掉他们了。

夜。

老婆和女儿都已经睡了，石井真独自在书房翻着那些卷宗。后天就要出发了，他答应女儿，明天要带着她好好玩上一天，当然，还要好好陪陪老婆。这是临行前最后一次翻这些资料了，在地下放了四五百年的东厂原稿几乎成了飞灰，当初那个研究员整理出来的内容也都是支离破碎的只言片语，字里行间却又透露出许多令人不解的现象。

永乐七年……镇抚司锦字 47 号……探五龙祠……随现……失其踪迹……

永乐十四年……仿其形……帝赐金殿于金顶……镇抚司锦字 141 号……留驻观察……

永乐十七年，帝敕建紫禁城……镇抚司锦字 87 号……入太和山……

永乐十九年……锦字 87 号…………着东缉事厂侦字 31 号，探燕山西北藏兵洞……未果……

永乐十九年……锦字 87 号遇黑虎随之……不知所踪……东缉事厂秘字 32 号接替

永乐二十二年，帝崩于榆木川……随行……皆死……秘字 32 号凌迟，诛十族。东缉事厂侦字 74 号接替。

宣德九年，复启……

……

正统二年，东缉事厂锦字46号……寻尹仙……尹喜手书……帝幼无知……藏之……

……

天顺三年，宫中现五鬼，帝索尹仙之手书镇于奉天殿顶，遂平。

……

弘治十七年，秘字97、98号探水宫……五龙宫五井大动……玄武现于山麓，大若屋舍，状若车轮，凌空虚渡……恐惊神鬼，复不再查……二探不知所踪……

……

嘉靖五年……呈龟蛇之状……

嘉靖四十四年，徐子升密会厂公……

……

石井真把凌乱断续的卷宗上一些有价值的内容都标注出来，他发现了两个特点：一、明朝一些儿时继位、中青年就去世的皇帝，并不太了解东厂在调查什么，也没有过问；二、越到明朝后期，对武当山的探查活动就越少。

武当，道家，难道是求长生吗？可是不对呀，资料中提到的另一个地方该做何解释呢？而且似乎不止皇家知道此事，这个徐子升，也就是接替严嵩继任首辅的徐阶也知道一些事情。他自己是首辅，所在的徐家也是江南的大地主家族。

卷宗里一些描写得神乎其神的东西，石井真并不相信，之所以先去武当山，实则是因为他感觉这里的调查范围较小，人文历史分布相对集中，而且武当和明王朝的关系很特殊。

先在这一处找找看吧，石井真揉着太阳穴想着。他又想起今天吃完饭后，山中健太笑着问自己为什么要招那么多人。

“除了帮忙，他们果然还承担着监视我的任务。可在中国没有中国人的帮助，能成功吗？而且他们怎么就不明白，一群中国人比一个中国人要好对付的道理呢？”

他已经知道又有一个人要加入摄制组，是今天那个小女孩的哥哥。算下来，自己这方 4 个人，陆林 3 个加周氏兄妹 5 人，顾问乐雨加驴友 5 个人，一共 14 人……啊对了，还有帮忙的赵师傅，和那个罗瑞的宠物，一共 15 个人加两只动物。人数虽然多了一点，但这种三足鼎立的格局也是他刻意安排的，可以相互牵制。但愿自己这边几个自大的家伙不要出问题。

夜色渐浓，只开着台灯的石井真并没有注意到，还有一只眼睛在窗外的黑暗中静静注视着他，那是通过液压管从楼上某户人家伸下来的，一支表面经过特殊处理完全不反光的黑色针孔电子眼。此时它正躲在窗口的左上角，射出肉眼看不到的红外线，记录着屋中发生的一切。布置它的主人显然知道石井真不简单，谍报人员对监听监视之类的装置非常敏感，所以并没有把带有无线发射器的装置布置在室内。

同时。

“老哥，你真要跟我去呀？你别去了，我已经是大姑娘了，你就让我独立一次吧。”周欣对看电视的周伟撒着娇。

周伟扒拉开挡住电视气鼓鼓的小脑袋，看都没看她：“少来，我不去，你也不许去。你没看队伍里还有岛国的人，我怎么放心得了。再说你自己，小饭桶，你说你会干什么？我不在，你生活不能自理怎么办？哥一把屎一把尿把你养这么大容易吗？当然得把你看紧了。”

转眼到了出发的日子，一行人在约定的地点见面。当看到罗瑞那两只硕大的“小狗”和“小鸟”时，众人一阵无语。不过“包子”的憨厚慵懒和“上校”的冷峻受到了大家一致的喜爱，众人就这样带着欢笑上路了。谁也不知道，这次简单的出行，比他们预想的要危险得多……

一路上，众人走得很慢。大家都抱着玩的心态开始此次旅行，差不多一小时进一次服务区，抽烟的抽烟，解手的解手，下车扎堆聊天。来之前众人已经计算好了，怎么都要走十来个小时，晚上才能到。到时候先在山下找家旅馆住下，第二天再开始上山。

被问及山上山下都有旅馆，为什么还要带这么多户外用品的时候，石井真回答：“此次上山不一定沿着旅游线路走，除了人文景点之外，自然环境也是此次拍摄的一个主题。而且为了节省每天上下山的时间，车会停在山下，所有人徒步穿越，并不是没有露宿野外的可能。”

乐雨点头说：“准备户外装备是对的，既然之后几天都要住山上，那么露营肯定少不了。武当古时称‘八百里武当山’，虽然没有被人走到过的地方不多，但不经常被人走的地方却不少。有些很危险的地方，连采药的道医都不常去。”

“你不是教历史的吗？”项昊一脸好奇地问。

“人文地理本来就是历史的一部分，武当山是道家圣地，特别是在明朝历史上有很重要的地位，被明成祖朱棣冠以‘大岳’之名，凌驾于‘五岳’之上。知道吗？当初朱棣迁都北京的时候，北修皇宫紫禁城，南修金顶紫禁城，当初的工匠是带着紫禁城的图纸来修武当山的，两边同时开工，足见当时皇帝对武当的重视。”

“是呀，一个是精神圣地，一个是权力中心，象征神权与皇权的统一。

永乐大帝是一位了不起的皇帝。”说话的竟然是石井真。

外号“处长”的郭凡成惊讶道：“石井真先生，看不出你对中国历史很了解嘛！”

“还算凑合吧，其实很多日本人都很了解中国的历史，你们曾经一直是我们的老师。”石井真谦虚地笑了笑，“永乐大帝一生做了无数大事。从靠800卫队起兵造反，到后来亲率大军五征漠北，遣使郑和七下西洋，疏通大运河，编撰《永乐大典》，征服东北与西南，奠定了现代中国版图的基础，迁都北京，天子镇守国门……雄才大略呀，每一件都是盖世之功！”

郭凡成接过话说：“要我说呀，明朝也就朱元璋和朱棣两个皇帝还拿得出手。剩下那些，有几十年不上朝的，有喜欢当木匠的，有当皇帝不过瘾封自己当将军的，有喜欢自己奶妈的，有死于春药的，有喜欢微服私访调戏良家妇女的，中国历史上就没有比它更胡闹的朝代了。”聊了几次，陆林等人终于明白为什么此人外号叫“处长”了，喜欢打官腔。

“死于春药的皇帝，估计哪朝都有吧？”项昊在边上小声嘀咕了一句。

石井真笑了笑道：“其实，我还是很喜欢明王朝的。前后276年，不和亲，不赔款，不割地，不纳贡，天子守国门，君王死社稷。这是一个很有骨气的王朝。”

“还是说说武当山吧，咱们要去的是道家圣地，不是穿越回明朝。”陆林调侃道，“乐老师，再给咱们侃段道家吧。”

乐雨瞟了一眼陆林道：“陆林同学，你这个命题太大了。道家最终的追求是自身与自然和谐统一的关系，通过对自身的修炼，达到天人合一的境界。武当山是道教名山，相传老子当年‘紫气东来’出函谷关时收的徒弟尹喜，就是在武当得道的，神话中的玄武大帝也是在武当成的仙。这里自古就有人修道，但武当山历经数次兵火，道人们聚了又散，直到明朝达到了鼎盛……不过我觉得，你应该是从武侠小说里知道武当山的吧？”项昊在旁边看她的表情，总觉得乐雨与陆林之间有些不得不说的故事。

陆林不以为然地一扭头。石井真不想陆林难堪，说道：“在日本，道教的影响力比佛教差很多。”

乐雨接着说：“不一样的，两者的追求不一样。道讲的是修己，佛讲的是度人，根本出发点的不同，也就造成了两者传播方式的不同，传播方式的不同，造成了其受众的不同。就拿少林和武当来说吧，”说着她又瞟了一眼陆林，“一个在嵩山，一个在武当山。少林重点经营的是少室山山腰以下的部分，而道家在武当山重点经营的则是山腰以上部分。少林寺的上山之路几近平坦，给人的感觉是广博开阔，如履平川；而武当山则巍峨耸立，异常险峻，山腰以上白云缠绕，数百级台阶从山上挂下来，有如天梯。两种不同的选择，源于他们在教义、修习方式、布道对象上的本质差异。”

乐雨歇了口气又说：“佛家讲见性成佛，实际上门槛极低，‘宽进宽出’，布道对象多是基层百姓，包括各个年龄阶段的人，是一种大众化的宗教，所以它要选择一个便于大家共同参与的地方作为宗教场所。将庙建在山腰以下，地势相对平缓，不管是骑马坐轿还是步行，都可以轻松到达，便于吸纳更多善男信女，他们追求的是普度众生。而道家讲究天人合一，炼丹养气，追求的是自己一个人的羽化飞升，相对来讲是门槛极高，‘严进严出’，需要到高山之巅采集天地灵气。布道对象多为王公贵族、达官显贵，这样一个高端群体是有能力排除困难达到山顶的。另一方面，在险峻山路上，一失足就会粉身碎骨，这也考验了求道者的胆魄和意志。”

“道家的布道对象是达官显贵？北京香火最旺的可是雍和宫！”项昊在一边插话道。

“那是因为离现代最近的满清王朝的国教是佛教。但看了雍和宫你也知道，他们信奉的是藏传佛教，”乐雨解释说，“而之前唐宋元明几朝的国教，都是道教。”

这时远处突然传来了喧哗声，“乒乒乓乓”的动静很大，接着就听到有人扯着嗓子在喊：“揍那个小鬼子！”

几个人突然有了不好的预感，连忙跑过去。服务区里人并不多，众人没走几步就看到了前面的情景。这时打斗已经结束，就看到七八个人围成一个圈，有的倒在地上，有的正爬起来，圈子中央站着的正是摄制组的助理加藤阳也，而倒在地上的人里，竟然还有摄影师肖青。

石井真看到这情景，汗一下子就冒出来了，这是他最不愿意看到的。他连忙冲进人群，先把加藤阳也狠狠骂了一顿，然后开始搀扶倒在地上的人，向所有人道歉，并提出愿意支付医药费，请大家原谅。从头到尾，除了骂加藤阳也，石井真一句硬话都没有说，不停地在道歉。由于他的普通话实在太标准了，在场除了知情的，没人发现他是一个日本人。而且多数人只是被打倒，并没有受什么伤，于是事件很快平息了。人群散去之后，大家开始问是怎么回事。

原来刚才肖青和加藤阳也一起去上厕所，出来的时候，有个人发现加藤是日本人，就说了句很不友好的话，之后加藤便和那人理论起来。肖青在旁边实在听不下去，也帮着那人说话。后来围过来的人越来越多，国人在对待这种事的时候意见还是很统一的。再后来不知道是谁先动了手，接着，就是众人看到的场面了。

矛盾愈演愈烈，周围人群中有人喊道："日本人都不是好东西！在我们的土地还敢这么嚣张！"

"巴嘎！"听到这话的摄影师野村匠立时不干了。

不得不说"巴嘎"这两个字在经过无数战争片的传播之后，在中国已经"深入人心"了，像听到冲锋号一样，附近所有听到这两个字的中国人一下子就炸了锅全围过来。项昊也冲出来挡在罗瑞身前，随时准备动手。群情激愤，气氛一下子又紧张了起来。

"够了！"石井真站到人群中间大声制止，以防矛盾再次激化。

"呵呵，其实出发之前，我就在想会不会发生这样的事，"石井真脸上的笑容有些疲惫，"终究还是出事了。年轻人火气大，大家别这么激动，实在不应该只为了一两句话闹出什么不愉快的事来。"说着又狠狠瞪了一眼加藤阳也。

接着他又满怀歉意地对众人说："我们日本的国土面积不大，土地贫瘠，平均每十几年就会有一次规模较大的地震。自古以来，我们生活得就很艰辛。中国一直是我们的老师，我们的很多东西是跟中国学习来的，直到后来中国自己出了问题，我们才开始学习西方。再后来的战争，你们应该明白，这并不是像我们这样的平民百姓所能够左右的，没有哪个国家的平民是愿意发生战争的，我们同样为那些军国主义的侵略战争付出了沉痛的代价。我是一个在中国生活了 20 年的日本人，我所有的朋友都是中国人，我很爱这片土地，请不要让那些政客们制造的仇恨在平民之间蔓延。我为加藤之前说过的话，向诸位道歉！”说完竟然跪了下去。

还有人在不停地骂着，但他什么也没说就跪在那里。争端出现时就是这样，一方服软了，另一方闹闹也就没意思了。有的人开始散去，有的人回过味儿来，开始拿出手机准备拍照。同来的一行人哪容他真被拍下来，惹事的不是他，真被拍下来传上网，那才叫无辜呢。郭凡成和李杰一左一右把石井真搀扶起来，一直在旁边看着的赵庆华和起了稀泥说：“行啦行啦，谁也不容易，大家凑一块儿就是缘分对吧，大人物的事儿咱们操什么心呀！都歇够了没有？歇够了接着上路吧。”

郭凡成也说：“过去了过去了，出发出发！呵呵，年轻人容易冲动，大家都别往心里去啊。”说着拍了拍肖青的肩膀，拉他上车。肖青笑了笑没有说话，跟着郭凡成走了。

车队再次出发，众人在各自的车上聊刚才的事儿。

“石井真这个人确实不错，应该不会跟那几个是一路的吧？”项昊开着车说。他现在对石井真的印象非常好，相信经历了刚才的事儿，很多人都是这样认为的。

“我看未必。你看他骂那个助理，叫什么来着？对了，加藤阳也，骂得跟三孙子似的，那小子一句嘴都没还，连头都不敢抬。你说两个地位相等的人之间可能这样吗？而且别忘了，之前说石井真是那三个人的跑腿儿，你们看像吗？没准石井真才是这几个人真正的头儿。”罗瑞在后座一边梳理“包子”的毛一边说道。

此时，四个日本人挤在一辆车上，石井真从开车起就再也没有说过话。

“对不起石井君，是我太冲动，给你添麻烦了。”加藤阳也打破了沉默，低头对石井真说。

“没什么，来之前我就知道，肯定会有这么一次，只是时间早晚而已。不过加藤君，你实在不该暴露出自己的实力来，这才是最麻烦的事儿。”石井真对自己刚才的举动并不太在意，出发之前他就想到了这种可能。矛盾没有进一步激化，这已经比他预想中的好了。

“石井君，刚才真的有必要那样吗？”三人组的头目山中健太问道，他对刚才石井真下跪的举动耿耿于怀。

石井真严肃地说："山中君，我希望你记住，如果处理不好与中国人的关系，那么我们此行最大的阻力将会来自于他们。相反如果我们处理好了，他们会是我们的一大助力。中国有句话叫'成事不足，败事有余'，就算他们帮不上我们，也不能让他们成为我们的障碍。而且中国人很爱面子，给足他们面子，他们会给你更多的回报。其实这也是件好事，把原本最大的顾虑说开了，对我们只有好处，没有坏处。"

看山中健太不住点头，石井真又说："美中不足的是，加藤君不该展现出自己的实力来，也许这已经被有心人注意到了。"

加藤阳也接着说："下次我不还手了，躺在地上让他们打。"

石井真笑了笑没有说话， 心中暗想："应该不会再有下次了，再动手的时候，怕是要见真招了。"

车行驶在高速路上，偶尔能看到远山上成片红色或黄色的树林，路两旁宽广的田野里一片金黄，高天流云，此时秋意正浓。

入夜，一行人终于到了武当脚下的武当山镇。众人安顿完毕，罗瑞和陆、项三人一起出酒店去喂"包子"和"上校"。酒店不让带宠物，两只大家伙被关到了车上。今天最兴奋的莫过于"上校"，它从来没有飞过这么远的路程，看到过这么多的山，尽管路上罗瑞怕它被打鸟的盯上，只是让它飞一段，然后车载一段。属于天空的动物，它们的世界都很大。

"包子"懒懒地趴在车上，一整天的颠簸已经让它很累了。看到三个人来了，只是摇了摇尾巴，算是打了招呼。罗瑞拍着两个家伙的头，安慰说："先将就一晚上吧，明天带你们进山。"来之前他就想到过这种情况，特意在车里准备了毯子。

"咱们要不要先跟有关部门联系下？明天就进山了。"项昊小声问。

陆林回答："不用，来之前我已经跟他说咱们要来武当山里，有情况再说。"

"明天就上山了，我这心里怎么没底呢？老是想着洞里遇到的那个老鬼子。"事到临头，之前还兴奋着要抓特务的罗瑞有点紧张了。

"那老鬼子就是个被关疯了的神经病，别信他说的那些，咱们一大群人还怕他四个？"项昊说。

陆林也说："瑞子你别想那么多，就当咱真跟了个摄制组进山拍片儿，做好自己的事儿就行。"

三个人看向天空，此时夜空中群星闪烁，如撒在蓝丝绒上的宝石。在城市的灯光下，是看不到如此美丽的星星的。

# 第七章　问道武当

上武当山的路被称为神道。传说古时上武当，一共有八条神道可走，到后来广为人知的有六条，人们通常会走的有三条。现在游客们最常走的，是从山门向上到磨针井，经太子坡再向西走逍遥谷到紫霄宫、南岩，从此登金顶。这条线路最安全，古迹保存得最完整且有缆车。另有一条很受驴子们欢迎，可以徒步穿越的线路，是从西边的娘娘庙向上经过五龙宫到南岩，从南岩登金顶。这条路很不好走，有几段很危险，而且路线上的许多遗迹都毁于兵火，只剩下残垣断壁。诸多原因之下，这条路并没有被开发，是可以逃票的路线。

一大早，一行人背着沉重的装备正式开始了武当山之旅。山门处人车涌动，十五个背着一堆装备的人加上一条狗，站在一起格外显眼。摄像师野村匠已经开始打起摄影机拍素材，放在不知情的人眼里，真的会把他们当成拍片的。

唯一不用徒步上山的就是“上校”，它已经在天空中远远飞了好几圈，人类需要一步步向上攀爬的高峰对它来说轻而易举便可到达。周欣一脸羡慕：“我要是也会飞就好了，鸟儿真自由……”

“妹子，你要是插上翅膀，那肯定就是天使！”项昊在边上打趣说。

周伟显然不是那么给妹妹面子，接过话说：“有翅膀的不一定是天使，也可能是……”话还没说完，周欣的拳头已经挥舞着捶了过来。

“石井君，你不是说有向导吗？”看着川流的人群，乐雨问道。

“是的，电话里他们说请了一位道号‘水静’的道长给咱们做向导。那里有一个道童，我去打听一下。”石井真说着向近处的一个小道童走了过去，众人也跟在身后，毕竟很少和宗教界人士打交道，心中都有些好奇。

走近才发现这是一个小女孩，看样子比周欣的岁数还要小，大概十五六岁，坐在盘山道一米高的路基上，双手抓着一张烧饼，正低着头很认真地啃，双腿耷拉交叉在一起前后轻摆着。看那摇头晃脑的满足样子，好像手里捧的不是烧饼，而是猪蹄儿。

“小师傅打扰你一下。”

小道姑没抬头，只是眼睛上翻看了过来，嘴里还塞满了食物不停咀嚼着。一双眼睛骨碌碌地转着看向众人，姿势实在不雅。两腮被食物塞得鼓鼓的，看不出长相，但那双瞟过来的眼睛却看得一行人心里一颤。黑白分明的眼仁儿中似有一股精气神儿，给人的感觉只有两个字：干净。就好像把这山岳间的灵气都养进了眼睛里。

“你知道水静道长是哪位吗？”石井真指着远处几个上了年纪的道人问。

小道姑很费劲地把一大口食物吞了下去，咽得有些难过，拍着胸口好不容易才喘过一口气来，然后板起面孔，一脸肃穆地抱拳行礼说：“咳咳，贫道就是。几位是日本来的摄制组吧？”那说话的样子像个小老头儿。

“小姑娘，你说……你就是水静道长？”李杰吃惊地问。

“无量天尊，贫道正是。上善若水的‘水’，清静无为的‘静’。贫道5点就下山来了，你们一直没到。后来贫道饿了，就去买了个饼。”小道姑脸一红没再继续说。那表情和语气，把“贫道”二字换成“老夫”似乎更合适，可这话出自一个半大的小女孩嘴里，实在让众人忍俊不禁。

大家这才开始仔细打量眼前这个年纪不大的小道姑，一身粗布白色道袍洗得很干净，皮肤白净得不像长年住在山上的人。脖子很长，所有头发梳到头顶靠后的位置，从左向右盘成一个髻。不算出众的五官，却搭配得让人看着舒服，再配上那清澈的眼神，一身道袍，浑身散发出一种超尘脱俗的气质。

“也许名山大川之间，真的有灵气存在吧……”陆林想，大概神话故事里的仙童就是这个样子，一身白衣加上白净的皮肤，就像一个粉妆玉琢的玉娃娃。

罗瑞捅了捅身边的项昊，小声说：“武当小师妹呀，这要再带上把剑，活脱脱一个未成年版的小龙女了！”

“你还别说，这么大的孩子在武当山，多半会练武。”项昊说。

肖青问水静道：“昨儿我在路上听说，上武当除了神道，还有一条锦衣秘道。小师傅，您听过吗？”

“锦衣秘道？”众人闻言看向肖青，石井真更是心中一动。

肖青不好意思地笑了笑：“我也是不是很清楚，只是听前辈说过。说是在明朝，武当作为皇室道观的时候，常有皇家的人留驻于此，锦衣卫也常在山中往来。他们偶尔身负秘密任务，为了方便彼此的联络，不走神道，久而久之就在山中踩出一条小道。现在这条路已经废了，人少而景色好。”

“哦？”听说是锦衣卫曾经走的路，石井真连忙问道，“水静小师傅，你知道这条路吗？不如咱们就走这条路吧？”

水静想想说道：“路我倒是知道，不过锦衣卫什么的不过是个传说罢了。那条路可不好走，而且绕远，你们确定？”

山中健太明白石井真的意思，点头道：“嗯，就走那边吧，我们想拍一些别人没拍过的东西。”

“那行，跟我走吧。”水静说完扭头就走，几个人连忙跟了上去。

众人沿着水泥路走了不久，就在一个岔道上了土路，脱离了旅游的人和车辆，开始向山里前进。这段山路很平缓，宽不过半米，一看就是人踩出来的。走了一段后，水静也和大家熟了起来，孩子天真活泼的一面渐渐显露出来，不再开口贫道闭口贫道。她和周欣走在最前面，两个年龄相仿的女孩很快成了朋友。

聊天中众人得知，水静出生在附近村里的一户贫困人家，三岁的时候，一个采药的老道长说她有仙缘，愿意将她收归门下。当时家里已经有两个男孩，再多一个实在养不起，而且又是个女娃，父母就把她送给老道长做了徒弟。就这样，小水静跟着师父从小打坐练气，上山采药，行走于武当的群山之间，至今已经 13 年。

“水静小师傅，都说内家功夫出武当，你说你从小练气，真的有内功这种东西吗？就是轻轻拍一掌就能伤到内脏。还有轻功，传说里那些‘登萍渡水’‘踏雪无痕’都存在吗？”说话的是项昊，虽然在部队练了不少的功夫，但几乎都是力量和技巧型的，对于只有在武侠小说里才出现的内力，他一直很好奇。

水静走在最前面，吃着周欣分给她的零食，脸上又是啃饼时那心满意足的样子。她听到项昊发问，就说：“老家伙啊……不对，我师父说，世人对道家内息存在着很多误解，因为修道的最终目的不是提着刀满街砍人，而是羽化飞升长生不老。用如今现实一点的说法，就是通过调理自身的内循环，达到养生长寿的目的。内功是为了强身健体，而不是伤害他人，所以具不具备攻击力对修道之人来说根本不重要。最可气的就是武侠小说和媒体，生生把两大圣地打造成了杂耍班子。”

项昊错愕，没想到得到这么一个答案。

这个说法倒是引起了陆林的兴趣，他问道：“那真的有羽化飞升长生不老这回事吗？”

小道姑还在嚼着零食，说：“不知道，不过真的可以活得比普通人长一些。山里有很多老道长，年纪都很大了，但身体依然很好。我师父说，谁笑到最后，谁才笑得最开心。活得长，本身就是一种胜利。”

背着最大一个包的赵庆华闻言哈哈大笑：“看谁先把谁熬死？又是提刀砍人，又是比谁能活，你娃这个师父真有意思。你师父多大啦？”

小道姑的脸一下沉了下来，噘着嘴瞪了赵庆华一眼没有说话。他这才想起之前提到的“道不言寿”的忌讳，尴尬地笑了笑，眼睛看向别处。

石井真却是一脸沉思的表情，他在想：“当年明朝皇帝要找的东西，会不会就是长生的秘密呢？”越想越觉得有这种可能。无论什么时代，站在权力巅峰的人都会对长生充满向往，而且明朝本身就不缺想成仙的皇帝。如果真的只是这种虚无缥缈的东西，那这次行动就太没意义了。”

“欣欣，你在干吗？”周伟好奇地问妹妹。原来众人聊天的时候，周欣似是发现了什么，蹦蹦跳跳跑到了土路边上的灌木丛旁，蹲在那里似是发现了什么。

“没什么，看错了，还以为是味草药呢。”说话间周欣已经站了起来，搓着粘了土的小手，一脸失望地向众人走过来。

“哪有那么容易呀，随便走着路就能找到中药，省省力气吧，上山的路还长着呢。”周伟一边说一边抹了抹妹妹额角的细汗，跟着队伍继续向前走。

“那可不一定，武当山比邻神农架，同样是一个植物宝库。当年李时珍撰写《本草纲目》时，在武当黄龙洞住了很久，《本草纲目》上1800多种中草药，有近500种是在武当发现的。”周欣不买哥哥的账，辩驳说。

这时水静说话了：“真的有草药，不过大多是一些不太值钱的，没什么人会注意到。像神农架特产的‘头顶一颗珠，江边一碗水，文王一支笔，七叶一枝花’这里都有，还有珍贵一些的猴头、天麻、灵芝、曼陀罗……不过现在已经很少了，前几年有人采到了一支两百多年的黑灵芝，卖了几十万。嗯，还有一些只存在于祖师传说中的草药，不过那些几乎是不可能找到的。”

“比几十万的老灵芝还贵，那得是什么药呀？”罗瑞听得咋舌不已，随后他也开始学着周欣的样子四下张望，想找到一些珍贵药材拿回去卖钱。身后的“包子”似是听懂了众人的意思，跑进了灌木丛里这闻闻，那嗅嗅，样子格外认真，好像真的能分出来什么是草药似的。

项昊拍了拍罗瑞的肩膀大笑着说：“看见没？你们真不愧是爷俩，一样地贪财。”

说笑间已经走出了好长一大段路，陆林一直暗中观察摄制组的三个日本人，心中暗道：“看来真是相当专业呀，完全有名导与名摄影师的风范。”只是几个日本人表露出来的越多，他们身上的气场也越强，陆林觉得这几个人很不一般。他现在已经感觉到一种无形的压力，三个摄制组成员组成的三角形像是一张大网，而中间还站着笑容可掬的石井真。走到现在，陆林在石井真身上看不出任何问题，这个人要么真的不知情，要么就比其他几个都可怕。

陆林看到所有人都十分轻松悠闲，做着自己想做的事，这和他来之前预想的情景完全不同。但愿从头到尾都这么轻松吧，虽然没了跟鬼子斗智斗勇的机会，但这样更好。

上山不远，他们就遇到了一段很陡峭的路，一边是峭壁下两三米宽的山道，另一边是二十米深、下面长满树木的陡峭山崖。不过众人并没太害怕，毕竟路还很宽，几个人并排走都没有问题。走在最后找草药的周欣和罗瑞开着玩笑，罗瑞不知道哪句话把周欣惹恼了，引得她一路追打，一下子和前面走路的一行人挤做一团。

“哎，小心！”走在队伍中的肖青不知被推了一把，猛地向前一拥，一下挤到了最边上的野村匠身上，把他挤得一个趔趄。野村匠猝不及防，一脚踩到了悬崖之外，眼看就要翻身掉下去。

“小心！”一旁几个人惊呼出来，陆林一步跃到崖边想抓住他，可还是晚了，野村匠向后一翻就掉了下去。一切发生得太快，一行人全都傻在那里，唯独三个日本人脸上竟然没有一丝惊慌。

“昊子！快拿绳子，救人！”陆林回头向项昊大喊。项昊没等他叫，已经掏绳在手，两人准备攀下岩壁去查看野村匠的死活。还没上山就出了人命，着实让陆林一阵烦闷。

不料还没等他们动手，崖边突然伸出了一只白皙的手，接着，又是一只手，之后野村匠的脑袋也露了出来，他竟然把摄像机背在身后，自己爬了上来。

陆林看愣了，刚才野村可是向后仰身翻下去的，没抓没落的他怎么可能自己爬上来？就算是陆林也做不到。野村匠双手一撑，上半身已经伏到路上。陆林眼尖，看到他背后有个什么东西正好“唰”的一下全收了起来，想来是背上有什么机关。他心中暗道：“那个加藤在服务区一人撂倒了七八个，这个野村匠似乎也不简单，看来这几个日本人还真不是好对付的。”

闪念间他回过神来，伸手帮忙把野村拉了上来，说拉边问道：“没事吧野村？你怎么上来的？真厉害！”

野村匠阴着脸用生硬的汉语说道：“谢谢。没什么，正好抓住一块石头，就自己爬上来了，不足挂齿。”旋即松开陆林的手，跟另三个日本人凑在了一起。山中笑道：“好啦好啦，虚惊一场，大家接着走吧。”说完便带着野村和加藤自顾自地往前走，似乎完全没当回事。

项昊目瞪口呆地看了眼陆林，他跟陆林的想法一样，这伙日本人比他们想象的要厉害多了。众人回过神来也跟了上去，陆林特意往崖下看了一眼，根本没有什么可以攀爬的地方。

陆林拉了拉项昊，项昊会意，两个人与大队稍稍拉开了距离。

“看到刚才谁推肖青了吗？”陆林问道。

“没注意，当时人都挤一堆儿了，怎么了？”项昊摇头问道。

陆林小声说道：“留心点，刚才未必是意外，这里面有人想杀小鬼子。”

武当全盛时期，漫山都是建筑，所以景观并不只存在于旅游路线。不过那些远离路线的建筑大多已经破败不堪，只剩下残垣断壁。但石井真不这么想，既然他们走的是锦衣秘道，就必定能找到锦衣卫的联络聚点。没有游人破坏就没有修葺，残垣断壁中也许能保留更多数百年前的线索。其实他对此行并没有抱太大希望，早在山脚下，石井真就生出了一种无力感：已经被人踩透了的地方，真的能留下400年前的信息吗？

在水静的引领下，众人还真的发现了两处明代遗迹。一个像是有人类生活过的很浅的洞穴，大小不过三四平方米，除了洞内有一张石头堆成的床，其他什么也没有。还有一座靠着石壁建造的小道观，道观只有一间半房，另外半间坍塌了，而且房层又低又矮，大小像个公共厕所。道观里只有四面残破的土墙和一个神像的底座，供的神像早已经不知去向。虽然不免失望，但几个日本人还是拿着摄像机进了小屋，这看看那看看，似是在找墙上有没有刻字，又或有没有夹层。

罗瑞在“包子”的帮助下终于采到了一株草药，那是一枝“七叶一枝花”。不过也没人太在意，本来采摘就是个娱乐节目，玩玩而已。

房屋太小，除了几个拍摄的人，谁都没有往里挤。时近中午，众人掏出了吃的，在道观旁边围成一圈聊天。陆林站在屋子的小窗户对面，偶尔透过窗户往屋里瞟上两眼，留意几个日本人会不会有什么发现。

置身于武当这座超尘世外、仙道缥缈的洞天福地，众人话题的内容也多偏向于求仙访道、武当历年名人身上。乐雨说，武当最出名的恐怕就是张三丰，大多数人都是从武侠小说上了解到的。其实武当山当年作为皇家道场，往来名人不知凡几。当时能在这座皇家道场留下遗迹的人，多半都不简单。随处看到的一些文字，也许就是当时带字号的大人物留下的。

似是为了验证乐雨的说法，项昊休息的时候找了一块石板坐上去，这时他突然发现原来屁股底下坐的是块石碑。刚才之所以没有认出来，是因为这石碑属于最简单的那种，只是一块长方形石板，不知已经被推倒了多少年，横躺在地上，向下的一面已经没进了土里。石碑长大概两米，宽不过一米，并不是很厚，向上的一面已经蒙上了一层土，项昊也是摸到了几处像是汉字的刻痕才发现的。

“按乐教授的说法，这块碑怎么也是个副处立的吧？来看看，看看……”话虽这么说，项昊那样子一点考古的意思都没有，纯粹在起哄。他对乐雨的说法不以为然，实在是觉得无聊想找些事儿干。说着，他开始清理石碑上的一层土。

随着清理，石碑的真容渐渐显露出来。风雨的侵蚀在上面留下了很多斑驳，却没有模糊掉字迹。

“我给大家念一段儿啊……”项昊双手叉腰，一脚踩在石碑上，挑了一段念起来：“右佥都御史卢象升顿首，祈祝北极真武玄天上帝，圣德广远，临播四方，光动八表，烛照万年……升受皇恩牧于郧阳，剿寇抚民，平靖乡里。今率疲弱之师，击流寇于林莽。行于太和，却不得瞻仰天颜，祭圣帝于坡下。近闻武当有雷神现世，威能震惊圣上，祈大帝再显神通，护我荆襄之民。今贼来犯，决予痛歼，若力尽，以身殉之。然升坚信，苍苍者天，必佑忠诚，升不负荆襄，圣帝亦必不负升！”

“还真是一官儿！说起话来跟《新闻联播》似的，敢情从明朝那会儿就这样了呀！”项昊说着肆无忌惮地哈哈大笑，显然对碑文中官员的自我标榜不以为然，“‘三载郎曹，两年郡守’，升得还挺快。乐教授，郡守相当于现在什么官？”

“差不多是省辖市的市长。”乐雨随口答道，类似的石碑她见过太多，中国从来不缺想把自己刻进石头的人。像这种小官，根本勾不起她的兴趣。

“再看看……”项昊又念道，“右佥都御史卢象升顿首，祈祝北极真武玄天上帝，圣德广远，临照四方，光动八表，烛照万年……”念到这他停了下来。

“右佥都御史？敢情来这儿的时候又升官了，啧啧，肯定有个好老子。右佥都御史算是多大的官？乐教授，这人你听过吗？最后官儿升到多大呀？”项昊问的时候没有回头，依然保持着双手叉腰、一脚踩着石碑的姿势，全然没有注意到乐雨在听到“卢象升”三个字的时候已经表情严肃地走了过来。

“官做到多大吗？”乐雨没有看项昊，眼睛盯着他脚下的石碑继续说，“总理七省军务，安抚华中华南，三次赐尚方宝剑，总督天下援兵。”

“什……什么？这是什么人？”项昊听得有些发傻。他只是随口一问，哪想得到立碑的还真是一位大人物。

乐雨还在看石碑的内容，她接着说：“于郧阳以一万乌合之众破流寇四十万，于洛阳以数千骑兵马踏高迎祥百里联营，于滁州以三千关宁铁骑蹂躏闯王十万大军，被李自成称为‘卢阎王’，大明朝崩溃前的最后一位战神——卢象升！

“看碑文，这应该是他来郧阳救火时写的。崇祯七年，身为文官的卢象升受命抚治郧阳，收拾流寇抢掠后留下的残局。同年五月，张献忠等人在四川进行第一次搜掠屠杀之后，认为湖北之地兵力空虚，有机可乘，便会合李自成部又杀回了郧阳。流寇号称四十万，此时郧阳总共只有一万兵马，而且是勉强用几路兵马凑起来的乌合之众，几乎没有战斗力。"

"那后来呢？"说话的是李杰，他完全没有听过卢象升这个名字，却对这种以一万杂兵对四十万流寇的故事很感兴趣，其他几个休息的人也围了过来。

"在卢象升手里，绵羊变成了猛虎。他带着这群杂兵在深山野岭中转战千里，忍饥挨饿，九战九捷。流寇的数万精锐损失殆尽，差点儿让李自成他们全军覆没。卢象升几乎扫尽了汉江南岸的流寇，李自成带着残兵败卒又跑回陕西汉中。"

这时乐雨已经看完了碑文，顿了顿又说："这里离郧阳不过几十里，应该是当年他追袭流寇时路过武当没时间上山，只在山下写了篇祭文便离开了，这碑应该是后人刻的。这是一个好官，他与其他名将最大的不同就是除了能打，他还很擅长治理地方。史载卢象升来郧阳赴任时，冀南成千上万的老百姓如幼儿留恋父母般拥在卢象升的白马周围，相互提携送至五百里开外，直到黄河边才返回。后来他以孤军力抗清兵，战死巨鹿，军兵和百姓闻之，'号踊冀南数郡，家祭巷哭'，都说卢尚书死了，大家都没指望了。"

说着，她从背包里掏出了相机，对着石碑拍了起来，边拍边说："他在邢台、邯郸一带组建了一支军队，是明末战力排名前三的强军，号称'天雄军'，曾经以两千天雄军击败上万重甲骑兵。这支部队军纪严明，卢象升身先士卒，每每作战都与士卒一起冲杀。有次整支部队断粮三日，且要以微薄兵力对抗三十万流寇，却一个逃兵都没出现。而且后来再次以少胜多，大破三十万流寇！"

"为什么没逃兵？"项昊明白断粮对部队的影响，一天就足以让人失去战斗力，更何况周围还有数倍于自己的敌人。在人命如草芥的战场上，士兵要承受的身体和心理压力是不可想象的，没逃兵几乎不可能。

"因为公平。卢象升也同样不饮不食，与士卒同苦，待交锋时身先士卒。主帅如此，将士敢不用命？"乐雨把石碑的各面都拍了下来，"断粮也就是三天，时间再长就不行了。最后卢象升在河北抗击清兵时，朝中主和派多方刁难，动不动就断粮四五天，有两个兵卒向附近的老百姓觅草料，卢象升'挥泪斩之'。最后，卢象升带领着几乎已经没有一点战斗力的五千老弱残兵，在巨鹿抗击入关不久的数万八旗主力。内无粮草，外无救兵，换成别的部队，吓都吓跑了。可这五千老弱残兵，硬是顶了两天两夜。

"卢象升一直冲在最前面，最后手下大将都求他不要再冲了。卢象升按着剑说：'吾今年三十有九，以一死报国，恨犹薄，肯从我者，愿勿怖！'说完便抱着一死的决心，又杀入敌阵之中，最后身中三刀四箭而死。五千老弱病残，除了极少数几个突围而出，其余全部战死，无一人投降。有个士兵怕卢象升的尸身在混战中被破坏，就自己趴在卢象升的尸身上，以身替其挡刀箭。战后军官清理战场，发现那士兵死时身中 24 箭。幸运的是当时卢象升身着孝衣，清兵到最后都没有认出他，尸体才得以保留下来。一身之地就被射了 24 箭，可见当时大战的惨烈。"

乐雨已经拍完了照，翻着拍好的照片走回刚才坐的地方："而且他还是个惯用奇兵的人，曾上书崇祯，想组建一只 1500 人的'特种部队'，专门用于奇袭和偷营，不过后来建成没有就不知道了。"说这话时，乐雨有意无意地瞟了一眼陆林，似是在说给他听。

"乐老师，人家那是农民起义军，你一口一个流寇叫得太难听了。"陆林发现乐雨看自己便接话道。

"起义军一定就全是好人吗？他们被称为流寇不是没原因的，走到哪儿就烧杀到哪儿，其中一些狠人，可是会饿极了吃人肉、冷极了寝人皮的主儿。历史就是一团糨糊，对错什么的，很难说清。"乐雨答道。 项昊此时已经没有刚才嬉笑的神情，肃立许久，他抬头对陆林说："林子，老赵，过来搭把手儿，帮我把这石碑抬开。"

陆林和赵庆华二人不明所以地走过来，项昊已经俯下身去抬石碑的一角，小心翼翼地清理掩埋着石碑下半边的土。

"咱把它抬到屋里靠墙立起来，让它少受点风吹雨打吧。"又低头对石碑说，"难怪您升官快，原来这官儿当得这么不容易。"

不久，整个石碑背面的四个边都被清理了出来。那间破屋实在太小了，陆林招呼几个还在里面的日本人先出来，他们要把石碑抬进去。刚才他清理的时候没顾上观察几个日本人的动作，现在仔细分辨着几个人的脸色。

三个年纪大的表情没有丝毫的变化，一切正常，很主动地让出了路，还笑着问旁边几个闲人这是怎么回事。只有最年轻的加藤阳也似是故作镇定，低着头面无表情，却不经意地用眼睛的余光瞟着屋内的一面墙。陆林顺着他的目光望去，发现靠近墙角的地方有一处明显被剥落的新痕迹，但只有巴掌大的一小块，似乎是才发现的，还没有完工。

陆林暗暗笑了，他不知道几个日本人来的目的是什么，也不知道那墙上有什么，但无论如何，阻止他们就对了。他随即对抬着石碑的几个人说："来来，放这边……"边说边向那面墙挪了过去，然后把石碑立在墙边，正好遮住那块痕迹。他不用看几个日本人的表情，就明显感觉到有几道目光狠狠盯在了自己背上。

等几个抬石碑的人完事儿转身回来，陆林没有从几个日本人的脸上看到任何变化，一个个好像并不在意，连最冲动的加藤阳也也只是转过头去不看这边。陆林不再留意他们，把注意力转回项昊身上，出于对自己兄弟的了解，他感觉项昊这次又激动了。

项昊拍了拍身上的土，站在石碑前面，表情异常严肃。就听他对着石碑低声道："小人无知，冒犯了大人的虎威。先辈之壮烈，我辈万分敬仰，小人在此给大人赔罪了。"说着，他竟然推金山倒玉柱地跪拜下去，对着残破的石碑恭恭敬敬地磕了三个响头，就好像那破败的碑文中有一股力量，让这个宁折不屈的高大汉子心悦诚服地低下了高傲的头，匍匐在石碑前。站在屋内外看的众人无不动容，项昊却没有在意众人的眼光，他认为自己就该这样做，这位古人值得自己一拜。

项昊起身。出人意料的是，一旁的赵庆华竟然也来到石碑前面跪了下来，同样恭恭敬敬磕了三个响头，看得众人大跌眼镜，怎么这磕头也能传染？

看到众人不解的目光，赵师傅操着乡音浓重的普通话理直气壮地说："咋啦，没听过吗？古代这些有本事的人都是星宿下凡，多拜拜没坏处！"说着一本正经地祷告："祖师爷保佑，保佑我家业兴旺，早点发财……"听得众人都无奈了。

“行啦同志们，别为古人担心了。吃也吃饱了，拍也拍够了，咱们继续出发吧。”陆林站起身活动了一下手脚，看这几位谈论得太投入，忍不住打断了他们。众人起身收拾装备，准备继续向上攀登。

“水静小姐，你知道刚才那座道观的来历吗？为什么一座不起眼的小道观前面，会有名臣的碑刻呢？”石井真试探着问水静。他关心的不是卢象升的碑刻出现在那里的原因，而是道观墙壁上为什么会刻有类似地图的纹理。出发前他反复研究过武当山地图，墙上一条条纹理的位置很像这里的神道，那是他无意中透过一块硬币大小的墙皮缺口看到的。残破的墙壁被粉刷过数层，每层的颜色差别明显，一看就不是同一年代做的。而那个缺口，正好透到了最里面的一层，这才把那纹理露了出来。这也许是个线索，几个人自然不会放过，开始扒开外面的一层层墙皮，可惜还没弄好，项昊就抬着石碑进来了。接着好不容易清理出的一块也被石碑挡住，这着实让四个日本人郁闷了一把。

水静很认真很认真地想了很久，然后坚定地说：“不知道。”

“……”

“不过师父说很久以前那里也是条上山的路，明末发生了滑坡，就是你们看到的那个石壁，以后就荒废了。”

“那这个雷神又是指什么呢？”石井真又问。雷神现世，威能震惊圣上，一般人只会把它当成神话故事，他却敏锐地留意到了。他们此行要找的本就是异乎寻常的东西，碑中所写的这个“大威能”雷神，会不会就是他们要找的东西呢？

水静说道：“雷神洞倒是有，不过从来没说听过雷神洞里走出来过什么雷神来。”

## 第八章 雷神显踪

石井真点点头没有说话，他也不想在众人面前说得太多。下午的路安静而平常，几个日本人像模像样地拍摄着，其他人都是边走边玩。摄制组又经过了几处古迹，却一无所获。这一路上只有在经过磨针井和太子坡这样的知名景点时，才会穿插回旅游路线。好在水静对这里的路极熟，怎么绕都能走回正路上。

相传玄武大帝未得道时是静乐国的太子，入武当修炼。初时，由于忍受不了清苦的修道生涯，太子曾想放弃，就此下山。下山路上，路遇一老妇在井边磨着铁杵。太子问："磨杵何用？"老妇答曰："磨针。"太子复问："铁杵如何成针？"老妇对曰："铁杵磨绣针，功到自然成。"太子顿时恍然大悟，遂回去继续修炼，最终功德圆满，得道成仙。后来人们便称此为磨针井，并在此处修建了一些建筑物。而太子复回修炼的地方，就被称为复真观，又名太子坡。

拍完太子坡已经傍晚了，但导演山中健太还要求再往周围走一走。一番折腾后，终于在太子坡附近的一个农家小院住了下来。

这是一户普通的农家，主人是一对老夫妇，三个儿子和儿媳妇都出去打工了，家里只有他们俩。因为认识水静，两个老人很放心地接纳了一行人。众人先分配好房间放下装备，四个女生一间，四个日本人一间，陆林、项昊、罗瑞和周伟一间，剩下的四个人一间。独住在山中的农家，夜晚非常安静。这里离太子坡大概一公里多，孤独地藏在山中一处地势平坦的空地上，背靠山林，院前一条小路经过，前后都没有人家。夜风吹过，背后的树林发出一阵阵沙沙的响声，空中群星璀璨。小院里只有一个瓦数不大的灯泡照明，走出院落，灯光即没。

"接下来我们怎么做？"加藤阳也问石井真，四个日本人在自己的屋子里终于有了独处的机会。

“山中和加藤，你们两个去把墙上的图拍完，野村和我留下一起监视这些人。来之前你们问我为什么要刻意招这么多人一起来，原因很多，其中非常重要的一个就是为了方便另一股势力的人混进来。对方只要知道我们招了那三个去过石洞的人，肯定会派人跟进来。与其让他们留在暗处，不如把他们直接拉进队伍里来。今天咱们的发现，落在有心人眼里肯定是逃不过的，对方今晚肯定要有所行动。咱们要早点把这个人查出来，但现在还不能惊动他，让他以为自己还在暗处。另外，你们拍完后不要把图毁掉，免得打草惊蛇。”石井真看着三个人说。找出对方的探子而不被其发现，是他计划里极为重要的一环。他现在还不能确定谁才是那个人，甚至对方有没有混进来都说不准。而那幅图，正好给他提供了一个很好的诱饵。

与此同时。

“中午几个鬼子在那个破庙里待了那么久，会不会有什么发现呀？要不要上报一下？”罗瑞小声问陆林，此时屋子里只有他俩和项昊三个人。

“我已经给‘相关部门’的人打过电话了，他让我们一定要保密，不要联络当地警方，也不要告诉其他同行的人，这边的情况他会注意的。”陆林说道。

“要不要回去看看那破庙里到底有什么？”项昊问，刚才他光顾着看石碑，根本没注意到这里。

陆林想了想摇头说道：“还是不要了，有‘相关部门’掺和进来的事，咱们知道的越少越好。不然以后时常被请去喝咖啡还是小事，万一打着国家利益的旗号让你去死，你怎么办？”

后半句话听得其余两个人毛骨悚然。虽然他们不愿承认，但一旦真的牵涉到国家利益，这种事未必不会发生。

“咱们不用出手，不过……”陆林似是想到了什么，并没有把话再说下去。

半晌，众人在简单的休整之后，从各自的房间走了出来，时间还早，谁也没想这么早就睡。乐雨想请水静再带自己去趟复真观，结识一下住持的道长。对于她这个历史学家来说，这里有太多可聊的东西了。算算时间，普通游人应该已经走得差不多了，正是论道的好时候。周欣听说后也来了兴趣，非要跟着去，说要体会一下现代人的古代生活，用非游客的眼光领略一下古典美。

这样一来，四女去其三，已经歇过劲来的齐艳也想去了。一个要带着哥哥，一个要带着老公，山中、野村和加藤说要去补拍一些夜景，剩下不愿待在屋里的干脆也要去。最后，只有陆林、罗瑞和石井真留了下来。

每个人的决定都那么随意，离开的人走在路上说笑着，留下的人坐在院子里聊着天，一切和谐而自然。深深的夜像是一层黑幕，把一张张黑与白的脸谱都遮在了下面，此时即使摘掉面具，也不怕被人发现。除了真正不知情的，这些揣着明白装糊涂的人都知道，第一次交锋就要开始了……

众人到了太子坡便分散开来，访道的访道，拍摄的拍摄。游客散尽后，他们才发现这座道观及它的周边建筑，远比白天时显得大多了，而且居住在这里的人并不少。山门口的九曲黄河墙蜿蜒曲折，又似曲径通幽。时不时能听到鞋与地面摩擦的踢踏声在设计独特的墙壁上回响，却看不到前面拐角后的人影。

拜访道长的一行人并没有几个是真正坐得住的，才聊了一会儿，就陆续有人溜了出来。野村有点头疼，这些人一个一个往外跑，他一个人实在有些监视不过来。按照计划，山中健太和加藤阳也趁着夜色下山去了那座破道观，他留下来监视同来太子坡的人，石井真留在农家看着陆林和罗瑞。

此时山中健太和加藤阳也在山间疾驰，下山的路并没有给他们造成什么困扰。在太子坡假模假样地拍了一会儿，二人趁人不注意下了山。下午刻意走了很多岔路，他们离道观其实并没有多远，直线距离大概只有四五公里。不到 20 分钟，两道身影已经站在了残破的道观门口。

“有人跟踪吗？”

“没有。”

“看来要靠野村了，干活。”

两个人一分钟也没有多耽误，径直走进那间破屋，开始搬动石碑。为了不引起怀疑，他们要尽量争取时间，早点把事办完回去。原本中午才抬过来的石碑被他们俩抬到一边放倒在地上，接着山中健太开始清理中午没有清理完的墙皮，加藤阳也打开随身带的小背包，拿出了相机、强光手电筒、一台小型笔记本电脑、一个像超市里扫码仪的东西，还有一些不知名的设备。日本人的细致显露无遗，显然他们并不是打算只把图拍下来就走。

一番忙碌之后，整个墙体的扫描基本完成，再也没有发现其他有用的东西。山中健太看了看搜集到的所有材料，对加藤阳也点点头，开始帮他把器材收拾进包里。他迅速收拾好东西起身，看看时间，一共用了 1 小时 18 分，再久可能就会被发现。不再迟疑，两个人开始迅速往回赶，很快消失在山路上。

十分钟后，一道黑影从庙门口迈步走了进来。黑影打亮手电筒四下照了照，强烈的光柱投射到前方，而光柱背后的整个人则完全隐在了黑暗里，连个轮廓都看不出来。黑影对着墙壁上的图拍了张照，随后看了看倒在地上的石碑，低声骂了句："真没素质！"

黑影随即关掉手电筒俯下身，双手搬住石碑中部，一使劲又把它立了起来，搬回到那面墙边。石碑刚刚碰到墙上，黑影此时正背对庙门口，突然，身后冷风乍现。

电光石火之间，又一道黑影冲了进来。紧接着，刀锋割裂空气的声音在一片漆黑的小屋里响起，呲呲声如同毒蛇在吐着信子。先进来的那个黑影并不慌张，听到门口有人的时候他就做出了反应，一只脚从后向身体另一侧一滑，整个人脱离了刀锋的范围，身体也完全转了过来。

第二道黑影似乎早有准备，紧接着就听到"啪"的一声，一道强烈的光柱照向了第一个黑影的眼睛。这样做一来可以认清对方的身份，二来，在这个距离被高能的强光手电直射眼睛，是可以引起爆盲的。

可惜让他失望了，他打亮手电的时候，第一个黑影已经不在原来的位置，同时拳风响起，显然他已经开始反击了，只一下就打掉了第二个黑影手中的刀。手电光只是一闪，随即便迅速熄灭在黑暗里，第二个黑影也不想暴露自己。

黑暗中传来拳来脚往的格挡声，速度极快，如爆豆般响成一片。第二道黑影的刀和手电全都脱了手，片刻之后，他开始感到害怕，因为之前数十记攻击全都被对方挡住，而从手脚感觉到的受力方向判断，对方只用了一只手格挡，而且没有还击，脚下更是连一步都没被撼动。

这时灯光一闪，第一个人影打开手电筒，也是一闪即灭，原来他另一只手一直拿着手电筒。可惜只看到了一身黑色的紧身衣和戴着头套的脸。

一看不是对手，第二道黑影用左拳划出一道拳风，拳刚出了一半就迅速向右后方退了过去。看对方要跑，第一道黑影终于出手。第二道黑影才退出一半，就感觉一股巨大的拉力把自己的头向前拉扯，原来是要扯掉他的头套。第二道黑影借着后跃之势猛地一挣，耳畔“刺啦”一声响，面罩被扯掉了一大块，好在他已经退了出去。一步落地，第二步又向正后方滑了过去，同时转身，再落地时已经到了门口。

“混蛋，看我以后不给你好看！”黑影在心中暗骂一声，再没有停留，直接向外一窜，急速消失在密林的黑暗里。

第一道黑影自始至终都没有追，任凭偷袭者消失在树林里。黑影站在黑暗中没有动，手里拿着半块黑布自言自语道：“不是来了两个吗，怎么就留下一个等我？太瞧不起人了。”随后便步出破屋，随手扔掉了扯下来的布片，也消失在浓浓的夜色里。

一行夜游太子坡的人如今已经回来了。回程时他们在上山的路口集合，全员一个都没有少，似乎每个人都有收获，大家聊得很热烈。一路上周欣还在意犹未尽地和水静讨论山上的植物分布，项昊向众人吹嘘着刚才和一个武当道长推手的经历。去时他自告奋勇要担任美女们的保镖，实则是心痒难耐，想见识一下传说中武当的内家拳。水静给他介绍了一个练拳数十载的中年道长后，他便跟着道长跑没影了。

“你们还别说！过去我一直不信有内功这种东西，但今天咱真是见识到了。刚才我和那老道推手，他的胳膊一直粘着我，让我有种有劲儿也使不出的感觉，特别别扭。然后左推右推不知道怎么推的，方寸之间突然生出一股大力，一下子就把我推了出去，试了好几次都这样。肌肉发力不会有这样的效果，所以我觉得是内功。其实也不是项爷我打不过他，推了几次不行，我就跟他说，您这个放到实战里根本没用，没人跟您推来推去的，要不咱正经练练吧，说完就拉架式。结果老道笑笑就走，不跟我玩了。”项昊语气中还透着兴奋劲。

“那不是内功，只是发劲的一种技巧，一种比较高级的借力打力。无量天尊，看来正容师侄这几年进步不小。”水静在旁边来了这么一句，又装起小大人儿了。

“人家正容道长上山的时候还没你吧？”项昊还是很尊敬刚才那位道人的，有点听不惯小道姑在这充大辈儿。

喜欢装成熟的小道姑最受不了被人无视，张牙舞爪地对项昊喊："正容他才练到懂劲儿，要是我师父在，摔死你个大狗熊！"

项昊被逗得哈哈大笑，安抚水静道："别生气妹子，是我错啦。你刚才说的懂劲儿是什么意思？"

水静气鼓鼓地说："懂劲儿是太极推手的一层境界。先是听劲儿，通过身体感知和精神来了解对手发力的大小和方向。再来就是懂劲儿，懂得如何借劲发劲，以对立而互生的贴走动作来应答对方。两者一个是发现，一个是反击。不过这些要对练过的人才懂，自己一个人打一辈子太极拳也学不会。"

"那什么是最高境界？"项昊又问，他对这刚刚摔得他很惨的功夫极感兴趣。

"推手嘛！发劲儿完整，沾衣即跌，也就是'沾衣十八跌'。当然，也没有小说里写得那么神啦，这是一种技巧，一种通过对手的力量控制对手的技巧，但不是内功。制人是技巧，打人才是内功。师父说，太极拳之于武道，检验拳法是否有成的唯一标准是'能打'！"水静说道。

"能打？"项昊听得啧啧不已。

夜深了，所有人都回到了自己的房间。

"几个人都留在道观，并没有人跟出来。会不会是你多疑了？"野村匠十分笃定地对石井真说道。

"我们也没发现有人跟踪，一切都很正常。"看着加藤在电脑上摆弄刚才拍的拼图，山中说道。

"不可能，他们肯定已经混进来了，可能是这次的对手太厉害了。都别放松警惕，往后的路上要更加小心。"石井真对三个人说道。三个人眼中闪过的那丝不屑让他很无奈，显然他们对各自的能力都极为自信。

"这些自大的家伙！"石井真心中暗骂道。

"不说这个了，现在把拍的图像调出来看一下。"山中说道，三个人对中国和武当都不了解，分析工作还是交给石井真。细看之下，石井真发现纹理边上还有几行小字，之前掩在墙皮之下，白天他们并没有发现。石井真精神一振，喃喃念道："'拜玄五，斗五龙，寻仙宫，雷神在其中'，雷神？又是雷神！这雷神到底是什么东西？"他首先想到了《封神榜》里背生两翅、长了一张鸟嘴的雷震子，那可以说是雷公的标准形象。

“会不会是什么动物？或者宝贝？总不可能真的有神存在。”山中说道，“再说这字未必就是锦衣卫留下的，玄武大帝的‘武’是武道的‘武’，这最简单的字都写错了。”

石井真摇摇头没有说话，调出各个版本的武当山地图与之印证起来，发现这些纹理中确实有跟武当山的山路和地形吻合的。高像素相机把图像放大了数倍后，那巴掌大图案下角一个小拇指甲盖大小的图案引起了他的注意，那像个是标记，而这个标记，石井真曾在东厂资料上见过。

“这个，这个！真的是东厂留下的雷神！一定就是这个雷神！”他一下子就激动起来，没想到第一天就有这么大的收获。其他三人也都围了过来。

野村匠凑上前说道：“我看资料， 说是在武当绝顶上有一座青铜神殿，殿内供着的就是玄武铜像，那会不会就是仙宫？”

山中听了皱眉道：“可我听说那个地方白天游客太多，晚上不让上去，青铜神殿更不许人进，似乎不太好勘察。”

“你们别急，等我先仔细对比一下地图，再和资料上提到过的相互印证一下。”此时石井真已经忘了刚才的不愉快，抬头目光炯炯地看着三个人，激动地说道，“我们预定的路线大概要改变一下，也许这风景秀丽的武当山里，真的藏着一尊雷神！”

农家的话应验了，还没等到天明，瓢泼大雨在后半夜便悄然而至，整整下了一夜。直到天明，雨势才算收住，转成了毛毛细雨。这一夜谁都没有睡好，因为下雨的关系，后半夜潮了很多。

吃过早饭，众人又背起背包，辞别老夫妇继续上山。这时雨已经非常小了，朦朦胧胧如烟似雾，行走在山间，看着高处那藏在雨雾中若隐若现的亭台楼阁，如同在仙境中一般。只是一夜的大雨让路上满是泥泞，两边的树林基本上不能进，众人的路线也从土路改成了石头台阶。

如此美景，号称摄制组的三人自然不能视而不见。野村匠给机器加上了防水罩，继续一路走走拍拍，偶尔还会为了远处的一个孤峰断崖脱离路线，跑到泥泞的山坡上拍远景。

“上校”自然不能跟众人一起上山，它已经提前飞到高处哪个地方躲雨去了。“包子”则围着众人转来转去，摇着尾巴要吃的。走到肖青身边时，嗅了几下便不肯走了，立起来作着揖，眼神充满了无辜，把大家逗得前仰后合。

“这都让你闻到了，真厉害！”肖青笑着从背包里拿出一袋已经开了口的酱排骨，把没吃的都给了“包子”。“包子”叼起排骨摇着尾巴，美滋滋地独自跑到前面啃了起来。

沿着旅游路线，众人走小道步入了逍遥谷。他们出发得早，而且今天天气不好，路上只能偶尔看到本地居民和道人，没有游客。逍遥谷是武当山唯一一个集山与水为一体的旅游景点，其中有湖，有潭，有栈道，有索桥。在落雨的影响下，水面飘起层层雾气，缥缈灵动，如梦似幻，确实印证了庄子《逍遥游》中的意境。

一路向上，越往高处走雾气越重。听水静说，摄制组这次赶得很巧，可能会拍到很多只有在雨雪季节才能拍到的武当山独特景致。

乐雨点头道：“没错，武当的很多美景，都是要有水时才能看到的。道家讲上善若水，而这座道教名山，同样是在有水的时候才愈发显出它的灵秀，冥冥中似乎真的与水有着不解之缘。”

这时野村匠又拍完一个远景回转过来，额前的一缕长发挂着雨珠。他一手拿着摄像机一手拿着三脚架，小心翼翼地走下满是泥的山坡。走到近处，待要把三脚架交给赵师傅，突然发现少了东西，便说：“赵师傅，刚才我在山坡上卸三脚架的时候，好像把快板弄掉了，你帮我去找找。”

赵师傅闻言准备脱下背包。他背的包是众人里最重的，这时要爬坡，就想卸下再来。但地上到处都是水，包里的器材如果泡出问题，那不是他赔得起的。看面前的野村匠也没有接包过去的意思，他无奈地又把沉重的包背了起来，准备爬坡。

项昊在一边看不下去了，说道：“老赵，你背那么重的包就别上去了，我替你去找。”说罢把包给了陆林，抬脚就去爬那山坡。

“等等项哥，这坡儿不小，我帮你，咱们分头找。”肖青把包递给郭凡成，随后也跟了过去。

等人的工夫，众人又聊起了昨晚在道观中的见闻。正说着，山坡的另一边传来一声惨叫，打断了所有人的思绪。

## 第九章　南岩

陆林心中一惊，举手间就把两个背包甩到地上，飞身跑上了山坡。他已经听出那声音不是项昊的，可作为名义上的安保人员，他不希望任何一个人出事。突然身旁白影一闪，原来是水静跟了过来。没想到这个小道姑的速度这么快，而且她比陆林更适应这里的环境，竟然几步抢在了陆林的前面。

山坡对面依然惨叫声连连，已经开始大呼救命，众人听出那是肖青的声音。紧接着石井真和周伟也甩掉背包爬了上去，连刚才不肯脱背包的赵师傅也不管那么多了，扔掉背包跟在两个人的后面上了坡，毕竟上山的两个人是为了代替自己。

众人先后翻过山坡，就看到项昊蹲在肖青的腿边。肖青背靠着一块岩石，身体后仰，两手紧紧抓着地上的湿草，似是在承受极大的痛苦，拼命地喊叫着。

离近了才看清楚，肖青的左腿被一个长近半米的捕兽夹夹住了，夹子上的锯齿深深陷入了小腿的皮肉里。项昊蹲在旁边两手扒着那脸盆似的夹子，使劲往外掰，可也只能掰开一点，便纹丝不动了。看到众人赶来，项昊停了手。

这时已经满脸冷汗的肖青才缓过劲来，倒吸着凉气对项昊说："项……项哥，别……别掰了。这又张开……又合上的，比一直夹着还疼。"

"这破夹子怎么这么紧？谁这么缺德呀！"项昊听得有点不好意思，开口骂起了布夹子的人。

此时罗瑞和拿着急救包的乐雨也爬了上来。"别急，别急，这东西我熟。"说话的竟然是罗瑞。他把夹子放平，用力把那开关一点点往下按，夹子真的一点点张开了。陆林把肖青的腿从里面拔了出来，罗瑞一松手，"啪"的一声夹子又合上了。

撩起肖青的裤腿，就看到腿两侧有三四个宽度足以插进铅笔的血洞。好在入肉不深，并没有夹断骨头。乐雨给他处理了伤口，然后包扎起来。项昊拿起捕兽夹，走到山坡边远远地扔了出去，嘴里还骂道："我让你再害人！

看你到哪去找夹子！”

“那个……你不怕砸到人？”罗瑞问项昊。

项昊：“……下山！下山！”

几个人不再逗留，扶着一瘸一拐的肖青一起下了土坡。水静提议找个人先陪肖青坐缆车上金顶，再往上的路不太好走。郭凡成自告奋勇应了这差事，他和肖青同车来的，处得不错。

待送走了肖青和郭凡成俩人，众人便在水静的引领下又回了山间小路。此时的队伍稀稀拉拉的，被人有意拉开了距离。

“是你干的吗，加藤君？”石井真的语气中带着一些愤怒，他真的担心这三个自大的家伙会坏了事，“我说过，不要轻举妄动。你发现那个赵师傅有问题吗？”在他看来，踩到捕兽夹并不是一个巧合，也许野村上坡的时候就已经发现了那个夹子。但原本他是要赵庆华上去的，没想到受害者阴差阳错变成了肖青。

“不是我。”加藤似乎对石井真的态度很不满，不做任何解释。

山中健太打圆场说道:“石井君你别生气,我相信加藤,他不是个冲动的人。这是上山以后第二次了，真见鬼，到底是谁干的？这人是个疯子吗？见谁咬谁！”

“妈的，肯定是小鬼子干的！看到上面有夹子，故意让老赵上去，削弱咱们的战斗力。”项昊跟陆林罗瑞走在后面，小声地骂着。认为这不是巧合的，显然不只有石井真一个人。项昊接着说道：“我真该谢谢肖青，他那下有一半是替我挨的。要是我一个人上去找那什么鬼东西，被夹住的肯定是我。”

“你别太敏感了，大概真是个巧合。他们就算真想暗算咱们，也该找个僻静点的地方。刚才那儿离旅游线路这么近，不但构不成威胁，反而会引起咱们的警觉来。往后的路上多加小心，别再让其他队员单独活动了。”陆林小声回应项昊。他隐隐感觉事情不会这么简单，捕兽夹的出现让他感到了不安。是日本人干的，还是队伍里其他人仍然惦记着对日本人下手？这人简直是个疯子。看似人畜无害的几个人，会不会脱掉画皮后变成厉鬼？太多情况不了解，太多事情不确定，陆林越发小心了起来。

一行人走走拍拍，终于到了南岩景区，武当山最美的一个景点。大圣南岩宫，依山势镶嵌在绝壁上，与山融为一体，体现着人文与自然的完美融合。再往上就只有一条路了，相当不好走，石井真便决定在这里一直休整到午饭后，下午再继续向上。按照武当的说法，真武大帝在此成仙，所以再往上走便是仙界了。此处海拔已经不低，宫殿楼阁间云雾缭绕，向下俯视云海涌动，众人如置身仙境一般。

步入景区与行走在山间自是不同，人文景观一下子丰富了起来。一路上乐雨当起了免费导游，反倒是水静在听着。

“这个雷神洞，相传是元朝时号称‘独冠武当’的著名道士张守清真人修炼清微雷法和祈雨的地方。相关记载里把此处说得很玄，张真人每每在此处求雨都非常灵验。元皇庆元年，京师不雨，皇帝便诏武当道士张守清祷雨，祷雨而雨，往后数次皆屡试不爽。他在得到加封的同时，也引起了元朝皇帝对武当的重视。《道藏》有关道经所列清微派中，称他为‘冲元雷使’。”路过雷神洞，乐雨对众人解说道，又扭头问水静，“真的有清微雷法吗？历史上提到的可不止张真人一个人修炼过。”

水静狡猾地眨眨眼，自然不能说没有，只说：“不知道，反正我是不会。不过我倒听过雷神洞的另一个传说。传说宝珠峰下有个放牛娃，每天要给员外家放牛，回来时还要割一大捆青草。有天他在一个山坡里挖到了一个破盆子，拿回家后，他往盆里放了一粒米，一夜后变成了一盆米。他娘又往盆里放了一个铜钱，一夜后竟然变出一盆钱。娘俩都知道这是宝贝，便藏了起来。

“放牛娃挖走盆子以后，原来埋藏盆子的地方每天狼烟大冒，武当山上云雾翻腾，非常不安静。蜡烛峰下有个黑蟒精，一看那云雾就知道是展旗峰下的镇山之宝被拿走了，便开始兴妖作乱。真武大帝在山中修行时发现了此事，便招来雷神，让其在岩洞里住下，降伏了黑蟒精，重新震住山脉的灵气。雷神住的那个洞，就是雷神洞了。”

“类似的民间传说……好像各地都有吧？”罗瑞听得有点无语，这个比祈雨的故事还要扯，属于全国各地都广泛流传的民间传说，太不靠谱了。

可惜几个日本人一听“雷神洞”的名字，就迫不及待地全钻了进去，没有听到水静后面的话。此时谁也没有想到过，有些时候，传说就是从真相演变出来的，它们之间可能只有一线之隔……

南岩景区的遗迹太多了，但要说最重要的，莫过于飞升岩，那是武当守护神玄武大帝飞升成仙的地方。此时，众人站在飞升岩前，继续听着乐雨的讲解。早在出发之前，乐雨就已经专门对武当做了无数功课。

"相传太子入武当修道42年终于得道。升天之前，有个美女以姿色诱之，太子拒绝，女子羞愧，便跳了崖。太子后悔莫及，决心赔那美女一命，便舍身从崖上跳了下去，却感觉身体犹如飘带腾空而起，低头看脚下，霞光升腾。五彩流光中，五条神龙将其捧拥升天，是为'五龙捧圣'。自此，太子功德圆满，飞升玉京，是为北方玄武帝君，又名真武荡魔大帝。"

"五龙捧圣？水静小师傅，关于这五龙的传说，还有其他的吗？"石井真问道。

"还有就是个祈雨的传说了，说是唐朝天下大旱，有人来武当求雨，后来遇到五条龙。五龙念其诚心，便施云布雨解了旱灾，朝廷便在武当修了一座五龙宫作为供养。不过五龙宫在另一条神道上，而且早就荒废了。"水静说道。

"五龙宫？"石井真沉吟不语。这时周欣指着一只探出绝壁的龙头问道："那是什么？"那只龙头悬岩万仞，直刺中天，大有欲飞之势。

乐雨解释道："那是号称'天下第一香'的龙头香，传说在上面烧香最为灵验，却也很考验人。下临万丈深渊，烧龙头香的人要蒙上双眼，跪着从窄窄的龙身上爬到龙头点燃香火，然后再跪着退回来，稍有不慎，就会粉身碎骨。自打明朝建成以来，从上面摔死的人不计其数。直到康熙年间，这烧龙头香才被禁止。"

众人闻言在绝壁前扶栏下望，透过流动的云雾，只能看到深处朦胧的山形轮廓，如在仙宫云海上开了一个深不见底的大洞。仿佛从此处失足跌下，就会一步从仙界落入地狱。

"几百年没人烧过，现在愿力会不会很强？好想烧上一炷。"周欣望着龙头顶着的小香炉自言自语道。

"也不是没有人烧，我师父还有一些老道长，每年都会偷偷烧上一炷。而且有时候清晨来这里，会看到还没有烧完的香头儿，应该是有人趁夜偷偷爬过护栏，上了龙头石烧香。"水静在一旁补充说。

“所以说高手在民间嘛，咱们中国的功夫是很了不起的。你师父会轻功？”项昊笑着说道。

还没待水静回答，旁边就有人听不下去了。文无第一，武无第二，中日之间武功、兵器切磋，从中国的三国、日本的邪马台女王卑弥呼时代就已经有了，千年来两国谁也打不服谁。眼下年轻气盛的加藤阳也听到项昊标榜中国功夫，心中顿时就不忿了。既然之前已经暴露了身手，他便不想再隐藏，四下看看没多少人，便说：“周小姐想烧龙头香，请让我来代劳吧。”随后不待众人阻拦，就翻出了护栏。龙头香正前方的路已经被一个更大的香炉堵死，他便绕到石柱的侧后方，身体从斜刺里向前一跃，在身后众人的一片惊呼声中，稳稳立在了龙头石上。

“谁把香扔给我一束？”加藤阳也笑着看了看项昊。出于朝拜的原因，有人在前面的紫霄宫已经买好了香。项昊虽然有些不乐意，却也暗暗佩服加藤阳也的身手和胆量，细雨还在下着，那龙头上肯定很滑。陆林也是心中一惊，戒备意识更强了，这几个日本人已不能用“不简单”来形容了。之前显露的功夫，只要学就可以练出来，但刚才那毫不犹豫纵身一跃的胆量，却绝对是经历过无数生死考验之后才能练就的。

加藤阳也接住李杰扔过来的香和打火机，脚下很稳，游刃有余。出于安保的身份，陆林还是让手长脚长的项昊跳出围栏，防备可能出现的危险。虽然项昊不是很乐意，不过人命关天，他还是依言做了，只是在心里不住嘟囔：“让你狂，一会儿摔死你个小鬼子！”

点燃了香，加藤阳也扭头对周欣说道：“许个愿吧，周小姐。”

周欣双手握在胸口闭眼默念了一会儿，抬头道：“好啦，谢谢阳也哥哥！”加藤阳也这才恭恭敬敬地把香插进龙头顶着的小香炉，按照日本的习俗拍了拍手，如履平地地转身开始往回走。他边走边和对面的人说笑，根本不看脚下，那张狂的样子看得项昊很是不爽。

只差一步就走回崖边的时候，异变陡生，加藤阳也抬起的那只脚竟然向石柱的边缘踩去。原本雨就没有停，石柱很是湿滑，他这一脚踩偏，立刻就滑了下去，一脚蹬空，重心已经转移到这只脚上，加藤阳也一下子整个人失去了平衡，身体随着那只蹬空的脚，向万丈深渊中沉了下去。

说时迟那时快，加藤一脚踩偏的时候项昊就已经做出了反应，叫了一声“抓住我”，便一只脚踩着崖壁的边缘，一只脚向后腾起勾住护栏。两只脚下踩上勾，几乎与崖壁成90度承受着全身的重量，整个身体伸展到最长，像面大旗一样向外展开，用手去抓加藤阳也。

其实这个动作非常危险，项昊也不能保证两只脚能否承受住两个人下坠的力道。但他被刚才加藤的大胆举动激起了比斗之心，所以一下子就来了个这么危险的动作。他那声“抓住我”并不只是喊给加藤阳也的，同时也是喊给陆林。

两人配合多年，默契至极。当项昊捞住加藤手的时候，陆林也抓住了他勾着护栏的脚，山中健太和野村匠也几乎同时到了跟前，一左一右抓住了项昊的小腿。下坠的力道太大，项昊也只是直着身子缓了一缓，腰上便吃不住力，被加藤带着弯下身去大头朝下。好在手上抓得很牢，脚也被死死地拽住。两个人此时虽然倒挂在空中，却已经没有致命的危险。

“你小子这么瘦，怎么这么沉？别往下看，我是不会放手的。抓紧我，别放手！”项昊瞪着加藤阳也的眼睛，命令式地吼道。

加藤阳也此时却表情怪异，没有恐惧，反而一脸痴呆地看着项昊。时间仿佛停止，这个场面对他来说似曾相识。

每个人心里都会有些秘密，加藤也不例外。第一次执行任务时，胆怯的加藤也像这样在摩天大楼的顶上失足坠落。看着他长大的大师兄就是这样从上面死死抓住了他，身中三枪都没有放手。第一次执行任务，就让他最亲近的人为他而死，这是他心里永远的痛。当时师兄的表情和语气，竟与此时的项昊如此相似，加藤不觉痴了。没有危险，没有害怕，仿佛上面那个就是最值得他信赖的人。

不理会挂在下面发呆的加藤阳也，上面的人七手八脚地开始一点点往上拽人。也就是一分多钟的工夫，两个人就都坐倒在了平台上。项昊坐在那里喘着气，捶了捶加藤的肩膀说道：“小子，吸取点教训，差点就没命了。别这么狂，下次就没有像项爷我这么好身手的人救你了！”

加藤阳也这才被捶得回过神来，眼前的救命恩人，又像是自己的大师兄，因此看项昊的眼神跟之前完全不同了。他身体前倾，把原来的坐姿改成了跪姿，说道："谢谢您，给您添麻烦了！"说完便向着项昊深深拜了下去。

这一拜反倒让项昊不自在了，他最怕别人来软的，一时间有些不好意思，连忙把加藤扶了起来，嘴上继续硬气说："知道了吧，以后别这么狂！快起来快起来，大男人怎么说跪就跪了，你们日本人是不是都这样？你再歇会儿，我去那边看看。"说着也不管加藤阳也，自顾自地站起来走去旁边。其实他也有自己的考虑，明知对方是敌人，他不想让两个人处出交情来。

另外两个日本人都在加藤身后，看项昊走远了，山中健太这个一脸笑容的胖子却严厉地低声说道："不能再有下次，不然我有权直接把你送回国。我们的任务很重大，不能因为你一个人坏事。"

野村匠的语气比他温和很多："你怎么那么不小心？"

加藤阳也这才有时间回忆刚才在石龙上的事，说道："不对，不是我不小心。刚才脚落下的时候，我突然感觉好像被针扎了一下，然后脚就踩偏了。"

"你能确定吗？"石井真问。

"不能。当时就是感觉一麻，也可能是身体绷得太紧，肌肉哪里出了问题。"加藤阳也回答。

"先前的捕兽夹可能是冲着野村，这次又是对付加藤的，看来有人想要我们的命呀。呵呵，如果真是有人暗算，那事情真是越来越有趣了。"山中健太还在低头笑。

此时石井真没有关心加藤的心情，南岩古迹颇多，时间宝贵，看他没事，就不再把时间耽搁在他身上。几个人又把南岩仔仔细细看了一遍，没有什么新发现，石井真便放弃了。"继续赶路吧，接着我们怎么走，直接上山吗？"他问水静。

水静还没答话，乐雨就抢过话头说道："还有一个地方，我认为你们应该有兴趣去看一下。武当今日的地位起于明朝，是大明皇室一手将武当捧上了神坛，而那里就是这一切的源头。是它，给了武当接近大明皇室的机会。"

"乐姐，你是说榔梅祠吧？那大家跟我来。"水静说着在前带路。

"这榔梅非常有趣，我给大家讲三个故事：一棵树，一种果和两个人。"乐雨边走边笑着说道。

"传说真武大帝年少修道，一日折了梅枝插于榔树上，祈愿曰：'吾若道成，花开果结。'之后四十二年，真武面壁修行终得道，成为武当道教的最高神明。那株嫁接的树木也存活了下来，开花结果，后被称为榔梅。再后来到了明初，起兵夺权的永乐大帝朱棣登基之后，一直对自己这个非正统的身份耿耿于怀，总是觉得名不正言不顺，百姓不接受他。这一年，久花无果的武当榔梅竟然结出沉甸甸的果实，被当时五龙宫的住持李素希作为贡品献给了朱棣，称其为祥瑞。真武大帝原本是北方的水神，发迹以后坐镇南方，号令天下。朱棣发起靖难之役，同样是从北方南下破南京，夺帝位，这让他在真武大帝的传说中，找到了另外一个神化了的自己。于是永乐大帝开始大建武当庙宇，以答神贶。真武大帝也在往后两百多年的时间里，成了明皇室的护国家神，武当山这才迎来了它的鼎盛时期。"

"呵呵，这个故事里最聪明的人是李素希李真人才对。真不简单，他能看准朱棣心思，适时献上榔梅，一举让武当顺势而起，兴旺了两百年。你们真别小看这件事，不知这李真人要费多少力气在背后下多少功夫，一个穷道士见皇上，哪有那么容易？"周伟轻笑着说。

"说完这因果，咱们再说这榔梅仙果。早在元朝时，榔梅便被当作一个自然神被信徒崇拜，是为榔梅仙翁。李真人把榔梅仙果进献皇帝之后，它便成了皇家特供，每年尽献于皇室。榔梅树也被垒在围墙里看守了起来，就跟如今传说有部队看守武夷山顶的大红袍似的。"乐雨边走边说道。

"那现在不是禁果了吧？一会儿能不能给摘几个？"项昊笑嘻嘻地问水静，水静像看傻子似的看着项昊。

乐雨替水静回答："榔梅明亡之后就没有了。元代时有人评价榔梅树'此木一枯，不出大寻，一株复荣，真仙果也'，说来也怪，这树仿佛真有灵验感应似的。大明朝灭亡之后，榔梅树也就此销声匿迹，不知所踪，再不复荣，仿佛是为了不给后来的统治者享用，从而选择以身殉明，以酬谢明皇室这两百多年来对武当及它的器重。"

乐雨歇口气接着说道："说完果子，我们再讲讲偷果贼的故事。要知道，越是这种皇家特供之物，越会因为它的神秘而被民间传得神乎其神。平民吃不到，就难免会想办法来取。这两百多年间，也不知道曾经有过多少人出于不同的目的，来求过榔梅、盗过榔梅。不过其中有两个榔梅大盗，却成了名垂青史的大人物。”

周欣听得津津有味，连忙催促她快说。

“其实这两个榔梅大盗偷果子的目的都很高尚，一个是为了世人，一个是为了尽孝；一个是医生，一个是大探险家。一个立志寻遍天下药草，搜求民间奇方，救济买不起昂贵药石的平民百姓，给穷人看病不收钱；一个立志游遍大江南北，让世人了解华夏江山的瑰丽。你们应该猜到了吧？前者是编纂了《本草纲目》的李时珍，后者就是写了《徐霞客游记》的自助游鼻祖徐霞客。

“相传李时珍当年来到武当寻草药，自然不能放过传说中能起死回生的皇家仙果。于是他到了五龙宫，向守山的道人言明自己是专门采集药材、研究药效的医生，想求两枚榔梅果做研究。道人不允，说此乃皇家圣物，不能给他，被发现了自己也会被杀头。李时珍再三请求，可那道人却怎么也不肯给他。李时珍悻悻下山之后茶饭不思，半晌后突然展颜而笑，弟子庞宪问之，李时珍只是笑而不答。夜深人静，李时珍又偷偷从另一条小道摸上山，此时五龙宫里一片寂静，道士们早已酣然入睡。他悄悄绕到后院，翻墙跳入院内，迅速采摘了几枚榔梅果和几片树叶，然后又翻墙出道观，连夜慌慌张张地跑下了山。

“相比起来，徐霞客就要聪明一些。他也是上门讨要，守山道人曰：‘此系禁物。前有人携出三四枚，道流株连破家者数人！’他不信，越发求得厉害。道人执拗不过，就给了他几枚烂的，而且要他一定不能说出去。徐霞客还是没有放弃，换了个门口继续求，观主还是不给。没办法，他开始在山上到处游走。不料不久后，那观主又差小道童唤他回去，说手头正好有两个果子，请他品尝。我看那道长是怕徐霞客来偷，所以才给的。当晚徐霞客去贿赂那个小道童，又得了榔梅果六枚。因为果子放不住，他便放弃了继续游武当的计划，第二天便启程往家赶，因为不久就是他母亲的寿诞了，他要以这六枚榔梅仙果为老母祝寿。”

走进小小的榔梅仙翁祠，众人简单看了看，并没有特别之处。这里只是祭祀的场所，乐雨说得神乎其神的榔梅树原来不长在这里，大家一阵失望。不过石井真说他们下山的路将会经过五龙宫，那里就是生长榔梅的地方。

再向上走，就是真正难爬的一段路了。此时细雨已停，山间弥漫着泥土的清新。在水静的带领下，众人开始了冲顶之旅。这是他们今天的目的地，晚上会住在山顶的太和宫，明天再下山。

“这个就是黄龙洞，当年李时珍在附近采药时居住的地方，还在里面修改过《本草纲目》。再往上还有一个隐仙岩，又叫尹喜岩。尹喜传说是老子‘紫气东来’西出函谷关时收的徒弟，得传《道德经》后便来到武当山修行，住在隐仙岩的石洞里。”乐雨跟众人解说道，“你们看向上的这条路，正是尹喜当年走的，后来被称为古神道。武当最难走的就是从榔梅祠到黄龙洞，再到朝天宫、一天门、二天门、三天门这一段。身临其境才知道，东周列国的时候从这条路上山，真的不太可能，太难走了。别看武当现在是全国著名的旅游区，那年头儿，这里可是什么都没有。”

“无量天尊，不好走也要走，这本身就是对道心的一种考验。”水静在一旁插话说，这里的事情，没有人比她有发言权，“没有石阶之前，走这条路登上过金顶的道人，又岂止尹仙人一个。”

# 第十章　武当绝顶

终于，一行人穿过三天门登上了金顶。金顶是武当山的最高峰，站在这里四下望去，确有“一览众山小”的感觉。七十二峰如火焰般环绕在四周，似是在朝拜金顶。此时雨过初晴，在空气与水分的作用下，山下的云海翻腾涌动，去势如潮，这正是武当著名的景色之一——陆海奔潮。七十二峰犹如一座座漂浮在云海中的小岛，朦胧隐现，却又千载不移。

“爬山就是这样，等爬上最高峰的时候，你会发觉一切辛苦都是值得的。”周伟此时心情大好，指着四周说，“你们看这云海，也许古人就是看到了这番景象，才会把武当山当作仙山来膜拜，引得无数人在此修道的。真美呀……看得我都不想走了。”

“想得美，还想住这儿？在明朝，普通百姓是不允许上金顶的，连紫禁城都不让进。想要朝拜，都要在下面紫禁城的城墙以外。”周欣说道，看到众人投来的奇怪目光，又补充说，“刚才我听静静说的。不过咱们可以住太和宫，晚上想上来看的也可以，对吧静静？”

“嗯，可以的。”水静平静地回答。她对这里实在太熟了，一点也没有如众人那样激动。

摄制组架上机器拍摄，众人对着四周的景色唏嘘了好一阵子，才开始仔细观察金顶之上的环境来。整个金顶最引人注目的就是中间的那座纯铜打造的鎏金金殿，重达数百吨。自 1418 年完工到今天，历经近 600 年风霜雨雪、烈日酷暑的考验，至今依然完好，密不透风。

乐雨指着金殿内向众人说：“你们看到祖师像前面的那盏长明灯了吗？它被人们奉为穿越了时间隧道的‘神灯’。金殿的门一直是敞开的，可这盏灯从 1416 年点燃开始，数百年来不摇不摆，无论山顶怎样狂风骤雨电闪雷鸣，到今天也从来没有熄灭过一次。原因是金殿超高的建筑工艺，使得金殿各构件之间严丝合缝，没有任何空隙，殿内外的空气完全不能对流，这样才造就了殿外山风呼啸，殿内神灯却纹丝不动的神奇景象。这种工艺至今也没有人能模仿。”陆林偷眼观瞧，发现几个日本人听得格外认真，目光紧紧盯着那座铜殿，似有所思。实际上石井真等人也没想到，所谓的青铜神殿竟然会这么小，几乎还没有一间柴房大。

“那个……”水静在旁边小声犹豫着，似是不知道该不该说，“我悄悄告诉你们一个秘密，你们能不能不对任何人讲？”

听到“秘密”两个字，众人的注意力一下子被吸引过来。只听她神秘兮兮地小声说道：“你们一定不能告诉别人哦！就是……我听我师父说，其实这灯灭过。”

“切……还以为什么事呢。天天开着门让风这么吹，虽说空气不流动吧，但偶尔灭一下也没什么大不了的嘛，明白明白。”罗瑞大失所望，还以为水静那么神秘是有什么惊天动地的秘密要说呢。

小道姑最受不了被人轻视，辩解道：“你们不住这儿不知道，这金殿真如乐姐姐说的那么神奇。我在这长这么大，也曾经遇到过山风狂作的时候，但从来没见它灭过。小时候我还趁没人的时候偷偷从门外向里吹，用再大的力气，那神灯的火头还是连晃都不晃一下。要说让这灯自己灭掉，真的不容易！就连我师父活了这么大岁数，他也只见这灯灭过一次。”

看到众人都开始聚精会神地听自己说话，小道姑不免洋洋得意，把知道的都说了出来：“那是在1954年1月12号的晚上，还没有过农历新年，那时我师父还年轻……”

“日子记得这么清楚？”故事还没开始，就被后面一直没吭声的项昊打断了。

“别打岔！因为第二天出了点事儿，所以我师父把日子记得特别清楚。”水静又沉浸在故事中，“当时师爷出去云游，我师父那阵子一个人借住在太和宫。那天晚上吃过晚饭，人还没有睡下，突然听到外面人声纷乱。师父也跟着出了屋，看到太和宫的道人们在往金顶上跑，好像出了什么大事，他也跟着人群一起跑上了金顶。很多道人围在金殿周围，太和宫的几位老道长站在最前面，看着金殿里面的情景面面相觑，后面的年轻道人一个个在交头接耳。顺着大家的目光，我师父也朝金殿里看去，感觉那里面比平时要黑，祖师的铜像都看不到了，这才发现原来是那长明灯灭了。几个老道长商议一番之后，便找人先守住上金顶的路口，问题解决之前不再让人上来。第一是因为当时才解放五年，国内还处于一个很敏感的时期，闹得动静太大，容易被人误会。第二就是这祖师殿的长明灯本来就意义不凡，让外人知道了，面子上难免不好看，也怕被人当成不祥之兆。

“因为当时这个决定做得很快，所以除了先上山的太和宫里的道士，没有其他人知道。为了把影响控制到最小，上面下了严令，谁敢把这事说出去，就逐出师门。然后又掐算了时辰，在第二天白天做了一场叩拜的大法事后，才让一个老道长进入金殿再次点燃油灯。”水静歇了一口气接着说道，“又过了几天，师父接到了云游到高邮的师爷的一封信，发信日期就是1月13号，也就是灭灯第二天。师爷在信里说，他要去做一件事情，可能会有生命危险。如果他回不来了，让师父把衣钵继承下去……再后来，师爷就再也没有回来，也不知道是出了什么事，师父就把1954年的1月13日当成了师爷的祭日，每年都要拜祭一番，念叨着那天灭了灯，没准儿就是应在师爷身上的。”

“1954年倒是发生过一场特大洪水，”乐雨说道，“近一百年里，长江流域一共发生过三次全流域型的大洪水，分别是1931年、1954年、1998年。1954年的洪水，湖北可是重灾区，但那已经是夏末的事情了，这灯灭和洪水的发生时间差了小半年，两者之间应该没什么关系。”

乐雨似乎不喜欢众人沉浸在这种神神鬼鬼的气氛里，转移了话题：“这里传说最神秘的，也是最少被人看到过的是‘雷火炼殿’。每当雷雨交加之时，金殿四周雷声震天，电闪撕地，天雷劈到金殿上，就会产生无数个脸盆大小的火球，在金殿四周不断滚动，火花飞溅，红光闪闪，耀眼夺目，望之惊心动魄。金殿经受一次雷击后，不仅毫无损伤，无痕无迹，反而其上的烟尘锈垢各种脏东西都会被烧成灰烬，雨水一洗，自然从铜质殿身上剥落下来，使整座金殿辉煌如初。”

“真的？那雷就能劈得这么准？”周欣问道。石井真的心思也被吸引了过来，雷火炼殿？他不由想起偈语的最后一句“雷神在其中”，此雷与彼雷是否有什么关系呢？

乐雨歇了口气又说道：“其实，这是一种自然现象。金殿本身就是一座庞大的导电体，雷雨前夕，带电荷的积雨云向金殿移动，当达到一定距离时，云层与金殿的电位差增大，使空气电离，金殿上的电荷与云中的电荷频频闪击，火球滚动，于是就产生了‘雷火炼殿’的奇观。当然，专家们也都只是猜测，他们都没见过就给定性了。这‘雷火炼殿’属于千古奇观了，世界范围内再没有听过。明朝是中国古代建筑史上的一个巅峰，不知当年的工匠花了多少心思才巧妙地设计出这样的效果。现代人一直在努力，可直到今天都没能让这一奇观重现世间。”

“重现？”周欣听得不解。

“是呀，‘雷火炼殿’在民国初年后就逐渐消失了。民国初年，金殿两侧和后面又修了三幢建筑。这三幢建筑物粗俗简陋，三面包围，破坏了明时专门设计出的美，使金殿黯然失色。也许不只是美，别看这只是伫立在山顶的一座铜殿，但武当建筑本就注重天人合一，也许铜殿与山顶环境之间，存在着很多不为人知的微妙联系，今天的建筑学也许还解释不了。据说修了那三幢建筑以后，金顶上屡遭雷击。可说来也奇怪，雷击的是三座新建筑，金殿却岿然不动。于是人们说这是大帝在打扫门前，不要它们在这里碍手碍脚。虽然这说法只是玩笑，可这客观的自然现象在当时却令人惊讶不已。

“后来，政府为了保护文物，避免雷击金顶，于1958年在金顶上安装了避雷针。可没想到，这样一来更糟糕，不仅被雷击的次数增多，损坏了父母殿，连金殿本身的‘须弥座’也多次被雷损坏。你们看那基座，很多破损都是在近代被雷劈的。从那之后，‘雷火炼殿’的奇观也完全消失。科学避雷却遭雷击，这也是一个令人费解的谜。不过据说之后的几十年里，‘雷火炼殿’还是出现过一两次的，你见过吗？”乐雨问向水静。

水静摇摇头道：“完全没有。听说有人在1986年见过一次，不过那会儿还没我呢。”

乐雨又说：“为了恢复金顶奇观和防雷，1980年，丹江口市又一次对金顶实施了新的科学避雷方案，安装了避雷网、避雷针。这一次，防雷问题解决了，但金殿的辉煌和‘雷火炼殿’还是没有出现过。其实中国古代的建筑工艺非常高超，未必比现在全盘西化接收过来的差多少，只是随着一次次战乱出现了一次次断层，太多东西已经失传。就如这以天雷洗圣殿的壮举，怕是如今的建筑师也做不到。”

一行人在金顶上待了一会儿，这才想起没有看到先来的郭凡成和肖青。水静说他们可能在太和宫，于是众人便下了金顶。今天先住在太和宫，之后什么时候想上来都行。石井真拨打郭凡成的手机，约了地方会合。众人来到他们两个说的转运殿，没想到在狭小的转运殿内看到了另一座铜殿。

乐雨介绍说：“这是中国现存最早的一座铜殿，铸造于元朝，当时曾置放在天柱峰顶，也被称为金殿。永乐大帝大修武当时，朱棣嫌其规模太小而另铸了一座金殿，下旨将元代铜殿转运至小莲峰保存，同时建一座砖石殿加以保护。因为这座铜殿是从天柱峰上转运下来的，所以这座殿房被称为转运殿。从字面上看，‘转运’有‘时来运转’的意思，于是有意无意之中，来武当的人都愿意沿着砖殿和铜殿，来到仅能通过一人的间隙转上一圈儿，据说能够解除厄运，转来好运。”

“为什么元朝要修一座铜殿放到山顶？有什么意义吗？”周欣扑闪着大眼睛问乐雨。

她无意中的一句话倒是提醒了石井真，他想起了东厂资料里的一段文字：“永乐十四年……仿其形……帝赐金殿于金顶……”难道记载中的“仿其形”，仿的就是这座铜殿吗？可没什么特别的呀，这种小事也会被记在东厂的秘档里吗？石井真没说话，等着听乐雨的回答。

就听乐雨道：“我还真不知道元朝为什么要修铜殿，大概把这当成祭祀真武大帝的一个标准了吧。你一说我倒想起来了，不只元代、明代修建过铜殿，到了清朝，平西王吴三桂还在云南修建过一座。”

听到这里，陆林猛地回想起在北京山洞里见过的吴襄留下的碑文：“重铸武当黄金殿……”这个吴襄可是吴三桂的老子，难道子承父业还真的修了座金殿？数百年前的石碑上的内容竟然一点点成真了，那后面写的“玄武降神”……陆林不敢再想了，他最怕的就是这武当山上真的有老鬼子所要寻找的那件东西。可眼下一切风平浪静，一个国家著名景区里，怎么可能有那种莫名的危险？

这时水静对众人做出了安排：“现在去歇吧，人都齐了，我先带你们把住处安排好。休息一会儿，然后你们可以自由活动了。”接着便把一行人引进道士们的起居区。放下背包，众人陡然一身轻松，开始自由活动，相约饭点之前回屋集合。

“石井君，听到刚才说的‘雷火炼殿’了吧？这座铜殿虽然小，但真的很有必要探查一下。”山中小声问石井真道。

石井真点头道：“嗯，一定要看看，就今晚。一起行动目标太大，你们都别动，我自己去。就算别人发现了，我也会说自己是偷跑上来的中国人。”

晚饭后，几个人各自回房间扎堆聊天。天已经黑透了，这时天空中突然雷声滚滚，紧跟着屋外也人声嘈杂起来。一问才得知，住在这里的外来人无一不想去金顶附近看看，如果能目睹传说中的“雷火炼殿”，那就实在太幸运了。一行人听得也动了心，连肖青都要一瘸一拐地去看看。只有项昊和罗瑞被陆林找借口拉在屋里不让去，似是有什么事儿要说。

一行人都走了，屋子里只剩下他们三个。室外雷声滚滚，似在天上，又似在山下，三个人从来没有听过距离自己这么近的雷声。那雷打得凄厉，让人闻之色变，似是真有一扫世间污浊的力量。

“要不怎么志怪小说里一说除妖都是用雷劈呢，听这雷声，真有气势。”罗陆说道。

“那群人还真去看什么‘雷火炼殿’，哪会这么巧，山上的道人几十年都没见过，咱们来了就出现了？”陆林说道。

“我说，你不让咱们去看到底有什么事儿呀？”项昊不太理解地问。

“怎么说呢，我感觉咱们今天白天碰到的事儿，透着那么一股不对劲儿……”陆林整理了一下思路开始跟两个人说。

可就在这时，屋外传来了敲门声，陆林的话也被打断了。

“谁呀？”

“贫道水静，有些事情。”

打开门，水静还是白天那身打扮，面容恬静地站在门口，脸上无悲无喜：“是这样的，我师父想见见你们三个，请跟我来。”

屋里三个人面面相觑……

“有什么事吗？”

“我也不知道，你们跟我来就是了。”水静边在前面引路边回答道。

三个人出了屋，看到水静手里提的竟然是一盏灯笼，微光照亮昏暗院落的一角。这时又是一道闪电划破黑暗的夜空，把院子照得雪亮，少顷雷鸣大作，好像马上就会有一场倾盆大雨。三个人不明所以地跟着水静穿过一层层院落，不知道在狭窄曲折的过道里拐了多少个弯，才来到了一个小院落里。

“在那间屋里，你们进去吧。我就在偏房，一会儿再送你们回去。”水静指着正中那间亮着灯的屋子示意三个人过去，便独自回了自己的偏房。

“你们说水静的师父找咱们干吗？”罗瑞问道。

“谁知道呢，不过正好可以向他讨教一下。太子坡的道士都那么厉害，她师父辈分这么高，应该不简单吧。”项昊说道。

另一边，四个日本人到了金顶之下，空中的道道雷霆似是打在头顶。金顶上的平台还是不让人进，而且这样的天气说不好还有被雷劈的危险。周围围了不少人在交头接耳聊着天，都等着看“雷火炼殿”。石井真小声对三个人说道：“你们在这等着，我绕到另一边去看看。”

“嗯，你小心。”山中点头道。又是一道闪电照亮了夜空，等夜空再暗下来时，人群中的石井真已经不见了。紫禁城上有前后两条狭长的石阶通上金顶，另外两侧全是绝壁和山墙，一般人根本上不去。雷声中，石井真攀着陡壁翻过山墙，踏上了四下空寂无人的金顶。绝顶之上，乌云中闪动的雷光仿佛压在头顶，山腰无尽的云海也在明暗不断地变幻着，似被挤在了两个云层之间。

金顶上只亮着几盏电灯，三座低矮的宫殿呈品字形默默矗立在暗蓝色的天幕下。每当闪电划过，正中的那座铜殿就会反射出金属独有的光芒，仿佛下一刻就会被雷霆劈中似的。山风凛冽，殿内那盏长明神灯却不摇不晃，仿佛绝世独立。石井真沉沉吸了口气，向着正中的铜殿走了过去。不料就在这时，另一边的山墙上突然也出现了一个黑影，他翻下山墙来到金顶之上。电光闪过，石井真只看到一身黑衣和对方脸上的黑色头套。对面的黑影也停了下来，一双露在外面的眼睛目露凶光，在不大的金顶上与他遥遥对望。

陆林三人站在小院门口你看看我我看看你，谁都不知道到底是怎么回事。一路上都被当成世外高人来敬仰的水静的师父，怎么突然要见他们仨？

三个人敲了敲门便进了屋，透过灯光，这才仔细打量起水静的师父来。

道人一身道袍非常干净，头发乌黑浓密，脸上皱纹不多，看上去最多也只有 50 多岁，明显没有几个人想象中的那么老，如果不是蓄了一把花白的胡子，真的可能被当成才过了知天命的年纪。皮肤黑里透红，很像是干了一辈子农活、风吹日晒的庄稼人，与白皙的水静对比鲜明。身高大概一米七，很瘦，两只耳朵长大，清瘦的脸上挂着亲切的笑容，看着很是和善，只是一双眼睛总是带着悲天悯人的感觉。

眼前道人的形象跟三个人印象里的世外高人实在差太多了，看上去太年轻，穿得也太干净。罗瑞跟陆林小声嘀咕道："不是说世外高人都是不修边幅、嬉笑人间、邋邋遢遢的吗？"

却不想那道人的耳朵很灵，闻言哈哈大笑道："你说的那是济公，是祖师张三丰，老道我算什么世外高人，只是多活几十年的一个痴人罢了。贫道李御清，几位抬爱了。"那笑声很是爽朗，给人一种自然的好感。

老道的屋子简单古朴，几个人进入的是客厅，侧面墙上另有一小门，想来里面应该是卧室。正面的墙上挂着一幅字，上书一个"道"字，行书体，走笔圆润，勾挑苍劲，笔法中正浑厚，又透出那么一股子飘逸出尘的味道。靠墙是一张八仙桌，桌两边各放着一把仿古椅子，看上去很有些年头了。客厅两旁也是如此格局，每侧两把椅子之间夹着一张茶桌，一侧的桌上还有半盏茶。两侧的墙上也挂着些字画，一应陈设非常精致，看得出这位道长生活非常讲究。陆林注意到只有墙边的几处死角积灰非常厚，屋子其他地方干净得像是刚打扫过的。

"几位坐，也没什么事，就是聊聊天。"御清道长招呼三个人在两旁落座，又亲自取了茶壶斟茶。碧绿的茶水倒到杯里，一时间满室茶香。

"呵呵，您看上去比我们想象的要年轻多了。"陆林说道。

"老道这一辈子没干别的，就琢磨怎么让自己多活几年了。你们要是吃一辈子素，再练一辈子童子功，也能跟我一样。不过你们现在想练也来不及了，哈哈哈……"讲究的御清道长说起话来却很是洒脱，说着又看了一眼罗瑞道，"咦，小伙子你倒是来得及。看着岁数也不小了，赶紧找个媳妇吧！"

一旁的项昊和陆林笑成一团。被老道一句话道出老处男的身份，罗瑞臊得脸都红了："师父您嘴下留情，别取笑我了。"

话题说到了练功，项昊想跟老道试试手，又觉得刚进屋就提这个不合适，不料御清道长先说话了："你们刚在门外的话我听到了，小伙子，你呼短吸长，似乎在跃跃欲试，是不是想跟老道试试手呀？听你中气浑厚铿锵，应该是练过的。不过刚则易折，像你这样力大拳猛的类型，如果遇到高手，很可能气息上会接不上，没有你身边这个小伙子那样悠长来得稳健。"说着他指了指陆林。

陆项两个人相互看了一眼，都看到了对方眼中的惊诧。只听呼吸就能看出这么多东西？项昊更是没想到老道会说自己不如陆林，这下他可有点不干了。

"师父，我看水静很有功夫，是您一手调教出来的？您是不是很厉害？"项昊问道，他的倔脾气又上来了，等着老道接茬。评头论足可以，但得先让他服气。

"哪有什么功夫？老道平时就是打打太极。出家人求道，求的是自然之大道，修习些简单的武道，只是感应自身、调理气脉的一种手段，所谓'强身体不如壮精神'就是这个道理。不过小伙子，我劝你还是别动手了，一会儿他们两个未必抬得动你。"老道依然笑眯眯的，可最后一句话着实是把项昊气到了。

"来吧师父，光说不练假把式，有什么话打得我服再说。"说着项昊就站了起来。

老道毫不介意，站起来往前走两步，笑眯眯道："来吧。"

"就在这儿？"项昊一指屋里。

"没问题。"

外面又是一阵雷鸣。

"小伙子你的心太不稳了，听到雷声呼吸就乱，这要是玩儿命的话，你现在就完了。"御清道长一点都不给项昊面子。

"这干打雷不下雨还真是烦人。得啦师父，来吧！"项昊一点点被老道的话激起了火气，说完一个近身，伴着屋外的雷霆，挥拳打了过来。

又是一道闪电，屋内一亮，再暗下时项昊已经摔倒在地上了。老道的手比陆林的眼还快，只看到那支枯瘦的手闪电般搭到项昊的腕子上，不知怎么一动，项昊就被放倒了。而且位置和方向控制得非常好，屋里的东西一件都没有碰到。

项昊在地上有些蒙。刚才只觉有只手搭上自己，片刻后有一股大力顺着手上传来，接着身体完全不受控制地倒了。

他自然不服气，站起来又试。数次以后，或拳或脚，不管他怎么攻击，最后的结局还是一样。他在场内动手，对被摔的过程感觉还不是很强烈。一旁观战的陆林，一直看着项昊上下翻飞连滚带爬地表现着各种摔法，而御清道长却一直只用一只手，身体偶尔左右闪避，脚下的步法浑圆不乱，几步后总是能回到最初站的地方。反观项昊就一塌糊涂了，只要被老道的手搭上，紧接着就会摔出去，没有例外。罗瑞则是在看热闹，只觉得双方相差太远，老道完全是在逗项昊玩儿。

陆林和罗瑞没有听到水静关于太极拳的讲述，不然他们立刻就会想到，现在看到的正是水静口中“太极推手的最高境界”——沾衣即跌。

陆林渐渐看出了门道，老道并不是单纯地借力打力，而是用项昊自己的力量在摔他。他了解项昊的攻击方法，虽然每一拳拳沉力猛，但依然会留有余力，力不用尽中途就能变招。但对上老道，这招完全不管用，只要被搭上，来不及收力，人就被甩了出去。看得出来，老道的手不但快，而且非常有劲儿。但即使看得明白，陆林一时之间也想不出破解之法，这是绝对的速度加力量，还有一种非常高明的导力手法的完美结合。

“行啦！不打了不打了，师父我服了。”项昊坐地上不起来了，既然是友谊赛，那耍个赖也没关系。而且他彻底被这老道给镇住了，摔了无数个跟头之后，终于想起了水静曾说过的“沾衣十八跌”。

“您这手儿真是一门艺术！嘿嘿，跟我们讲讲吧。”项昊语气中再没了之前的桀骜，反而一脸谄媚。

“呵呵，不算艺术，只是一种熟练的技术。你每次发劲我都听得懂，也知道你的重心，你哪个地方使不上劲，再把你的劲加上我的劲作用回你身上，就这么简单，熟练了谁都可以。武斗技击如行军打仗一样，无他，以强胜弱而已。”御清道长坐回了座位，端起茶品了一口。

“太极拳不是讲‘以弱胜强，四两拨千斤’吗？”项昊不解地问。

“四两拨千斤，这‘四两’也要用到那千斤上挨不着的地方，世界上哪有以弱胜强这回事？不过是找到了对手的弱点，分散对手的力量，待强弱逆转之后，再以自己的强来攻对方的弱罢了，说白了还是以强胜弱。小伙子你的爆发力很好，可太过刚硬，而且气息没我长，力气力气，有气才有力。都说太极阴柔，其实练到高处却是以刚化柔。把百炼钢变为绕指柔，全在这一口气上。”

“就是传说中的内功？我听水静说过，制人是技巧，打人才是功力，您说的这个气是指？”项昊又问。这厮听得太过粗心，反倒是陆林在旁细细地品味着老道所说的“以强胜弱”的道理，确实与曾经在军事理论课上听到的“兰彻斯特法则”强弱逆转的部分相通。

“道家的内功分为两种，一为养气，一为练气。气以心为体，心以气为用。两者虽同出一气之源，但却有着虚实动静和有形无形之区别，一个是精神方面，一个是体魄方面。养气之学，以道为归宿，以义为宗法；练气之学，以运使为效，以呼吸为功，以柔而刚为主旨。老道我还是推崇养气，练气只是逞一时之勇，养气却是心随道动，解一世之忧。善养气者，则大敌当前，枪战在后，心不为动，气不为馁，诚所谓泰山倒吾侧，东海倾吾前，心境本泰然，处之若平素矣。你们看老道我年轻吧，这都是养出来的。”老道说到最后又开起了玩笑。

“这个……您还是跟我们说说怎么逞一时之勇吧。”

老道被项昊的直率逗乐了，接着说道：“那咱们还是拿‘力气’来说，有‘气’才能有‘力’。肺为气之府，气乃力之君，言力者不能离气，此古今一定之理。大凡肺强者，其力必强；肺弱者，其力必弱。简单点说，就是通过呼吸来得到力量。

“呼吸的方法有很多，自然呼吸法以胸肌活动为主，道家练气则常以横膈肌活动为主。横膈肌的活动面积比胸肌活动面积大得多，因而吸入的氧气是自然呼吸法的三至四倍。长期练太极拳的人，会自然而然地从胸式呼吸变成顺腹式呼吸，若到了‘以心行气’‘以气运身’‘气遍身躯不少滞’的境界，呼吸还自然会转成逆腹式。再高深，就要有一定的功法来配合了，不然更容易出危险。呵呵，这个说是说不清楚的，要循序渐进，练到了才能体会。不过你们千万不要不懂就来尝试，呼吸之功，虽能扩充血气，但若是不慎，反而会伤身。”

老道又品了口茶，才继续说道：“其实无论养气还是练气，都不是一时半会儿能说清楚的，身体与精神，人与自然，其中的关系博大复杂，是多少道人探究一生而不得的。可偏偏有趣就在这里，大道至简至易，无论多么复杂，寻其本源，道理又是相同的。”

“什么道理？”陆林问。

“平衡。”老道说道。

这个说法陆林已经从水静嘴里听过了，想起过去看的武侠小说，便反问道：“无极生太极，太极生两仪，无生一，一生二，二生三，三生万物，那平衡就是‘二’了？之上岂不是还有‘一’和‘无’？”

老道听得眯起了眼睛，细细打量陆林，那眼神仿佛能把人看透。他叹口气又说道：“不错，说起来确实是这样，可知易行难，小伙子你能告诉我什么是‘一’吗？怎么才能做到‘一’？多少名真高道就在这‘二’上卡了一辈子，都说一朝悟道，这‘一朝’老道等了十年了。”

“平衡就很难了，因为世上总有强弱之分。比如人与动物，凡是对人有利的都发扬光大，凡是对人有害的都被取缔；比如那些带毒的动物，毒只不过是人家的一种生存本能，偏偏就是这种本能，让它们都快生存不下去了。”罗瑞接过话说。

此时项昊已经被“一一二二”说得不耐烦了：“你这是什么破例子，这种事哪分得清对错，还不是全看你站在哪一边？作为人来讲，它们害人，那它们的存在就是错的。你不能总拿自己当旁观者，得分清什么是自己要保护的，什么是该反抗的。”

“那你站哪一边？”说话的却是老道。

项昊没走脑子说了一句：“我？我站对的一边。”说完才想起来，自己刚还在说对错难分，便不好意思地笑笑说，“都被你们绕糊涂了。师父，咱能不能说点解馋的？嘿嘿嘿，有没有什么速成的功法，教咱一套？”

老道依然笑眯眯地看着三个人，眼神里却多了几分欣赏。在他看来，三个性格迥异的年轻人各有长处和想法。最难得的是，几近而立之年，眼神却都依然清澈。

老道想了想，说道："我倒是可以教你们一套简单的呼吸之法，长期练习，功行到了自然能体会其中的奥妙，要学吗？"

"要！"不待其他两人表态，项昊一口答应了下来。此时陆林也不好再说什么，只是觉得有些蹊跷。罗瑞则跃跃欲试。

之后老道便传了一篇行功的口诀，又传以运气的方法，拿出一张图给三个人看。整套法门开始的部分非常容易，只是让呼吸做到深、细、长、匀，然后有意识地体会气行到了身体哪处。但越往后越复杂，需要排除横膈肌的运动以及呼气吸气时意念的干扰，到最后整整八八六十四种不同位置、不同深度的呼吸按顺序排列在一起作为一个循环，整套练起来非常复杂，已经不是一个晚上能学会的了。陆项二人听得很认真，项昊干脆把它们用类似莫尔斯电码的长短标记记录了下来，以后再慢慢研究。

罗瑞则抱着一种玩儿的心态在学，一上来便奔着六十四呼吸排列中的高难度去了。一口气还没吸到一半，外面一声惊雷，罗瑞被巨响分了一下心神，气息为之一滞。这时他突然有一种岔气的感觉，有股酸痛从左肋直蹿上来，张嘴竟然咳出了一口血。

御清道长一直在调教陆林和项昊，看到罗瑞的异状，连忙过来给他推拿起来。陆林和项昊也被这突然的一口血惊得不轻，问他有没有事。前胸后背推了几下之后，罗瑞的气终于顺了，刚才他也被吓了个半死："有没有搞错，喘气都能喘出内伤来，这也太邪乎了！"

"没事了，还好你停下得早。看到了吧？道家内息最重循序渐进，顺其自然。若是之前的功法你们都掌握了，那最后这六十四吸自然就贯通了。若是基础没打好就硬来，则会像刚才这小伙子一样，他这算是轻的了。"御清道长顺手把罗瑞当成了反面教材。

现实的震撼摆在眼前，这场面像极了小说里的走火入魔，陆林和项昊两个人都被镇住了。他们现在不再考虑功法的内容，而是突然发现这功法显然并不是如老道刚才所说的那样，只是一套"简单的呼吸之法"。可是，为什么要传给他们呢？

"好啦，先把记下的收好，以后慢慢练吧。持之以恒，便能强身健体，长命百岁呀。呵呵，来，坐下说话。"老道似是看出了三个人心中的疑问，便不再提功法的事，让他们坐回椅子上。

“静儿这孩子还小，不谙世事，可人却很机灵。今天回来，她把你们一路上去过哪儿、发生过什么都跟我说啦，似乎，你们这一队人马，不简单呀。”御清道长低着头玩弄着杯盖，边喝了口茶边说道，谈话终于进入了正题。

这时天空又是一声惊雷，之后那一直憋着没下的雨，终于瓢泼似的下了起来。屋外的雨声“噼里啪啦”响成一片，跟着就密集到没有间隙了。

三个人对望了一眼，难道这老道知道什么？但他不提，自己这边肯定也不会说明。谁也没有开口，都等着老道把话说完。

“老道不知道他们到底要找什么，但应该所图不小。呵呵，这也不是第一次了，不过没想到还有日本人参与进来。牵一发而动全身，一子动则全局变，有些事情不是我们这小小的武当能够染指的，这份因果，我们招惹不起。而且，老道我是确实一无所知，当年师父去得太早，很多事情并没有告诉我。”

金顶之上，暴雨如注，刚才在下面看热闹的人此时都已作鸟兽散了，石井真和对面的黑衣人早在三座品字形殿阁中间的空地上战作一团。头顶大雨倾盆，雷声滚动，两个人拳脚快如闪电，激得周围雨花四溅。如果项昊在这里，一定会大吃一惊，此时石井真显露出来的身手，不知道比瞬间击倒七八个人的加藤阳也强了多少倍。而和他对攻的黑衣人竟然也不落下风，双方拼了个旗鼓相当。

石井真已经断定对方不是武当的道人，其出手刚猛狠辣，攻击范围一直没有离开过一击致命的要害，这绝不是以弱克刚的道家路数。云层压得更低了，仿佛只要跳上屋顶纵身一跃就能钻进云海里。这一阵雷霆似乎被吸引到了山顶，围在金顶周围不断劈下来，好像就在离两人不远的地方，没准哪一记就会劈到地面上。

周遭环境愈发危险，石井真边打边退，一点点往铜殿靠。对方似乎也有同样的意图，拳脚却不肯松懈。两个人踩着金殿外围的莲花石座和黄铜栏杆争斗不休，这时一个闪电打到了两人不远处的虚空里，再次把金顶照得雪亮。石井真不经意抬头，正好看到金殿内端坐的玄武大帝被电光映得闪亮，铜像上竟然倒映出了“金”“玉”二字。细辨之下才发现那是白天见过的殿内的一副楹联，上联是“金阙绕红云现十七光而道冠神佛”，下联是“玉京凝紫气历三千劫而位极人天”，“金”“玉”二字正是两联的首字在金顶雷光和殿内神烛的作用下，倒映在磨得溜光的铜像上而成。

石井真脑中像划过一道闪电似的，猛地想到一件事情。他虚晃一招，踩着石阶一个后翻急退出去，似是不想再入金殿了。黑衣人愣了一下跟着追了过来，石井真不想纠缠，叫道：“送你件兵器！”说着从腰间拔出白天当登山杖用的甩棍一甩，把已经伸长成一米的金属手杖向黑衣人扔了过去。在雷雨天的山顶上，这东西跟避雷针的效果是一样的，会引雷。黑衣人也不傻，看它临近便飞起一脚，踢花枪似的把手杖踢上了天空。

就在这时又一个雷劈了下来，正中空中的手杖，手杖两头的胶皮瞬间烧成了一个火球，从空中翻着跟头落下来。还在缠斗的两人听到山下突然有了动静，似是有人发现空中燃烧的手杖，大喊：“金顶上有东西！”暴雨中隐隐能听到踩踏台阶的脚步声，有人上来了。打斗中的两个人各自后退一步，对望了一眼后谁都没有犹豫，扭头向两边的山墙跑了过去。

小院里，陆林等人被老道的这几句话彻底弄蒙了，他们只是监视几个不知道在找什么的日本人而已。眼前御清道长说的，跟他们有关系吗？

“我们完全不知道您在说什么，您所指的到底是什么？”陆林看着御清道长的眼睛实话实说。

“知道也好，不知道也罢，戏已经开锣，你们既然已经卷了进来，就难免还要继续唱下去。不过，有可能的话，还是抽身出来的好，事情没你们想的那么简单，免得越陷越深，到时想要抽身怕是也不那么容易了。静儿说，除了那几个真正的普通人，你们是这群人里面身手最差的。”

“谁？还有谁在队伍里面？”不待老道把话说完，陆林就一下子站起来问道，最后一句话彻底引起了他的警觉。

“年轻人别激动，坐下坐下。”老道压了压手示意他坐下，“还有谁，我不能说。之前已经说了，我们招惹不起，希望你们能体谅老道我的难处。而且，知道得越少，对你们来说也许越好，只当是一次简单的旅游吧。也许过两天队伍一解散，就什么事儿都没有了。”

“那为什么传我们刚才那个……”陆林疑惑地问道。

“那个嘛……只是一个锻炼身体的法门而已。现在人用枪了，这些功法也就不值钱了。有缘见面，就当是送你们的一份见面礼吧。这个真不是什么高深的功夫，打打太极，你们自己都能领悟出来。”老道几句话说得言不由衷，含含糊糊应付了过去，老脸都有点发红了，一看就是不常说谎的人。接着，他迅速转移了话题，完全不顾三个还在云里雾里的人的感受：“嗯，静儿说你们在监视那几个日本人。静儿很少看错人，她说，这一队人里你们身手最差，但心地却是最好的，一点心机都没有，跟她一样。你们，到底是谁派来的？”

“国家。”陆林没有隐瞒，人家都看出自己在监视日本人了，再隐瞒也就没有意义了，而且没有什么理由，能比“国家”这两个字更加光明正大。其实陆林被老道说得心里相当不是滋味，什么身手最差、心地最好、一点心机都没有、跟小丫头一样……这到底是怎么回事呀？

“国家？呵呵……”老道没接着说，心中暗道：“如果国家真的参与进来，那几个人就不该存在得这么明显了。”他也不点破。

“其实事情也正如你们看到的那么简单，只是几个人在找点什么东西。至于找的是什么，老道我也不知道。你们无心找，就不要管。前途如遇危险，便沉下心来想想这太极之道。太极之道，你中有我，我中有你，生生不息之平衡也。”这已经是老道第二次提到平衡了，果如先前水静所说，在御清道长心里，道，就是平衡。之后老道便不再提这件事，向三人讲起道来。

陆林越听越觉得不对，从之前老道的话里可以听出他知道些什么，可就那么点了一下，让三个人别多参与，便只字不提了。他几次想把话题转回来，可遇到打太极拳出身的御清道长，陆林又怎么转得过他？每每被老道旁征博引几句，话题就又转开了。总之是一句话也没套出来。

三个人听得无趣，老道却聊得很投入，完全不考虑别人的感受。说到兴起处便站起身来，转身看向身后墙上挂的那幅“道”字，话锋一转：“你们看这‘道’字，下有‘足’，上有‘首’。首先，‘道’是要行的；其次，要一边走一边想，提醒人们动脑子走路。至于人的一生，便是要在走‘人生’这条路上的时候，多动脑子思考，不要走错路，不要误入歧途。

“古人把斩妖降魔称为‘除魔卫道’，把惩奸除恶称为‘替天行道’，很多时候，这‘道’字在人们心中，代表是‘对’，是人间的正道，是世间的正义。”说到这里，老道深深看了一眼对面的三个人。窗外雷鸣电闪雨暴风狂，却没有盖住老道的声音。闪电把御清道长的一双眼睛映得精光四射，如虚空生电，滚滚的天雷把那句“人间正道”衬托得更加苍劲铿锵。

“算了吧师父，照这么说，那人间岂不是从来没有‘道’？”被震慑到的罗瑞不甘示弱地反驳。

御清道长深深叹了口气，目光又移回“道”字上，说道：“年轻人不要这么悲观，如这阴阳鱼，有光就会有影，却总是能平衡的。天道有常，不为尧存，不为桀亡，人道却是无常，可叹世人贪婪，这人间道从来都是衰败不堪的。自古至今，都是如此。就如破船迷失在风雨巨浪之中，颠簸摇曳，四面进水，却总也不会沉。因为每当船要沉的时候，总会有人站出来往外舀水，把握方向。阴极生阳，否极泰来，每当平衡不下去的时候，也总会有人来做这‘护道之人’……”他没有回头看三个人，眼睛一直盯着墙上的“道”字，手有些颤抖。

“您就别说‘道’啦，咱要是真赶上船沉的时候，我第一个跳出来往外舀水。想当英雄，这不一直没机会嘛。嘿嘿，师父，咱还是接着说说‘逞一时之勇’的事吧。”项昊实在忍不住了，对于不喜欢思考的人来说，听这些就是煎熬，他干脆打断了老道的话。

闻言，老道转过身来，依然是笑眯眯的，眼神中却有一种浓重得说不出的感情，看得三个人有点发毛。“护道之人，又岂是那么好当的？安心做好自己的事吧。来，咱们接着‘逞一时之勇’。”

之后话题又转到了功夫上，御清道长深入浅出地给三个人讲解了练习内家武功的各种技巧和之前那套功法的修炼要点。除了内家拳以柔克刚的道理，还说了很多人体内各个系统、脏器、血脉及神经方面的问题。其中有很多古代武人与传统中医相互印证过的东西，是陆林和项昊闻所未闻的，两个人听得津津有味。

几个人又聊了约半个钟头，外面的雨已经开始小了，三个人起身告辞，水静已经等候多时。与老道作别后，他们便在水静的引领下出了小院。四个人走出了一段距离，院门口闪出一个黑影，撑着伞慢步走到老道的屋门口，敲了敲门便进去。屋内传来老道的声音：“呵呵，你又是哪家的？坐吧。”语气与刚才完全不同。对着陆林三个，老道的语气中多了几分庄严和亲切，而此时却很是随性，那腔调倒有些像罗瑞来时描绘的那种不修边幅、嬉笑人间的世外高人了。

离开的三个人并不了解御清道长以往是个什么样的人，如果当时水静也在屋里，她一定会发觉老道态度的不同。这个数十年来逍遥洒脱不拘世俗的人，面对陆林三人时却一直踌躇不定，他在做一个艰难的决定。

天地不仁，以万物为刍狗，圣人不仁，以百姓为刍狗。故天地无私，圣人亦无私。既做了这方外之人，便不该管俗家之事。一辈子信奉顺其自然、少问世事的御清子，面对这个即将形成的大漩涡，还是不能如天地般无私，终于在这命运的车轮上，轻轻推了一把。

## 第十一章　五龙传说

四人往回走的路上，陆林向水静问起了明天的路线。水静说按照上山前制定的计划，明天应该在山顶再待一整天，但石井真临时决定明天就下山。开始一段路线和上山时一样，从金顶下到南岩，然后不再拐进逍遥谷，而是一路向下到五龙宫，再往下走娘娘庙。这路线也就是古时的西神道。

回到住处时，周伟和周欣两兄妹正坐在院子里的椅子上逗“包子”。

“你们干吗呢？”项昊问。

“吸收天地灵气。你们闻这空气多新鲜，又是在仙山的山顶，在这吸口气比在城市里面吸一天都舒服，还能治病呢！对吧静静？”周欣在跟哥哥闹，此时玩笑着回答项昊。

“看到‘雷火炼殿’了吗？”陆林又问。

“毛都没看着！金殿那块平台不让上，一群人在下面隔着栏杆干站了半天，那个挤呀，大家都是带着伞上去的。不过等真的打起雷来，吓跑了一大半人，怕被雷劈。我们也回来了，只有真正的猛士才敢挺到最后，比如说那仨日本人。”周伟貌似吸天地灵气吸得很爽，神色中一点也没有白跑一趟的沮丧，“不过我们看到了武当的另一个著名的景观——平地惊雷！”

然后周伟开始绘声绘色地给三个人形容：“山顶上看附近的闪电看得特别清楚，而且那儿够高，闪电好像要打到头顶似的。你们看啊，这天上有云，山腰上也有云，雷一打起来，一道道闪电从天上的云层劈到下面的云层，而下面的云层也有闪电，就看着山腰的云层里这亮一下，那亮一下的，特别漂亮。等到云层开始密集起来，那简直就是遍地闪电撕破夜空，一个个炸雷震耳欲聋。而且山里还有回声，这叫雷鸣谷应，感觉就好像万炮齐发，炸得地动山摇、天崩地裂一样，那气势实在太震撼了！然后，这只‘小饭桶’当时被吓坏了，我就带她回来了。”

“哎，那其他人呢？”陆林看了一圈儿，每间屋子里都黑着灯。

“他们呀，看雨停了又各自出去溜达了。”两天下来，周伟已经和三个人混熟了，说话也没有了顾忌。

这时水静和众人告辞。项昊有些意犹未尽，便问明天出发前还能不能去叨扰一下。水静说明天师父应该不在这里了，他极少来山顶住。项昊无奈，也只能作罢。

三个人回了屋便再没有出来，老道突如其来的一番话带来的冲击让他们有点承受不了。本来是抱着抓特务的想法来的，没想到情况跟那个有关部门的人说的完全不一样。如果老道说的是真的，那么他们就成了几只野兽相互狙杀时被放到一边儿当成背景的小道具。

石井真已经回来了，向其他人讲述在山顶的遭遇。山中皱眉道：“那个黑衣人是谁呢？难道其他势力的人真的已经混进了队伍里？”他又抬头问石井真，“那你后来为什么退了下来？”

“当时我看着那座铜殿突然想明白了，先前太莽撞，竟然忘记了这铜殿就是朱棣修的。铜殿若是线索，他又何必派锦衣卫在武当山苦苦寻找？”他指着屏幕上昨天拍的照片说，“看到‘金玉’二字，我突然想起中国有种诗叫作藏头诗。昨晚山中君说咱们发现的留字里，玄武的‘武’被错写了成‘五’，你们说东厂的探子会不会是故意写错的？你们看这四句话结尾的四个字，连起来就是‘五龙宫中’，这会不会就是暗语呢？”

“五龙宫？”山中一听又来了精神，指着地图上的一点问道，“你先前不是说，这个有密集网格的地方就是五龙宫吗？‘五龙宫中’，那没错了，肯定就是这里！”

石井真没有接话，看着地图自言自语道：“这个雷神……到底是什么东西呢？”

深夜，积攒在天空的雨水继续下降，雨势依然不小，却再也没有雷声。伴随着哗啦啦的雨水，整座武当山也随着夜一起沉沉睡去了。

翌日一大早，众人被外面肖青拄着拐撞来撞去的声音弄醒了，他让郭凡成扶他上金顶拍日初。接着三个日本人也出了屋，除了齐艳和周欣，其他人都陆续起床。此时天还没有亮，但依稀能看到天空的色彩，没有厚厚的云层，想来是个大晴天。众人上了金顶，已经有游客早到了，都在等着看日初。

“道经有云：‘武当山势徘徊，如天关地轴之像。’天关是蛇，地轴是龟，而龟和蛇正是传说中玄武大帝座下的二将。你们看这下面紫禁城的城墙，随山势蜿蜒起伏，配合山形地貌，如蛇盘于昂首的巨龟之上。可这只有从高空才能看出来，不知当初不能上天的古人是怎么把它建得如此形象。”乐雨指着山下还是灰蒙蒙的一片对众人讲。

过了一会儿，远方的云海被照得通红，一轮朝阳在云中冉冉升起，身后没有被阳光波及的天空，在夜色与红光的作用下被映成了一抹很特别的紫色，说不出的漂亮。

拍完了日出，大家一起吃过饭，已经快8点了。又休息了一会儿，众人便背起背包继续上路，准备下山。肖青依然一瘸一拐走不了，他说不想成为累赘，就不跟大家一起走下山了。郭凡成主动陪肖青留下，二人准备一会儿坐缆车下到乌鸦岭，再直接坐景区大巴下到山脚，在前天出发上山的地方等其他人下来。

都说上山容易下山难，特别是通往金顶的最后一段路，上山时已经不容易，又下了一夜的雨，几个女人走起来非常小心，速度明显慢了下来。不过石井真走在前面却一点也不急，因为今天要赶的路本就不多，没有岔路，不再绕圈子，一条路下山，直指今天的目的地。

“昨晚上这一觉，睡得真舒服，今天起来整个人都好像不一样了。”齐艳打着哈欠挽着老公的胳膊说道，依旧是一副慵懒的样子。

“那是，咱昨天算是住在天宫里了。在老道的说法里，这就算是天上了。”李杰附和道。

乐雨笑笑说：“咱们这算是从天宫又往凡间走呢。在古时，武当山被严谨地分成了天、地、人三部分，从均州古城到太子坡，从太子坡到南岩，从南岩到金顶，高度比例正好是3∶2∶1，完全吻合了道家‘道生一，一生二，二生三，三生万物’的思想，也正是玄武大帝从凡间到修道再到最后成神的万物归一修仙之路。”

“均州？在这附近吗？地图上没见这个名字呀。”

“均州就是现在的丹江口市，不过，丹江口市却不是均州。看那边，”说着乐雨指了一个方向，“那边，就是亚洲最大的人工淡水湖，南水北调中线工程的源头——丹江口水库，现在也叫太极湖。整座千年古城均州，现在就在那湖底。”

“什么？”众人一起惊诧了，不约而同地想起了那座一夜之间被火山埋葬的庞贝古城，之前谁都没有听说过国内还有这样的事。

“中华人民共和国成立后，国家领导人提出了南水北调的庞大构想。专家考证后，便把这调水的源头指向了汉江。主席翻看地图，听取意见之后，便在丹江汇入汉江的丹江口处画了一个圈儿。1958 年，丹江口水利工程开始修建，在汉水之畔伫立了千年的均州古城，从此就永远沉没在了湖底，随之一起淹没的还有均州城中明朝时武当朝圣的起点——武当九宫之一的静乐宫，它是为纪念玄武大帝的父母而修建的，规模非常庞大。”说着乐雨叹了口气，作为历史学家，她不希望古迹被破坏。

众人听得唏嘘，罗瑞道：“千年古城呀……好东西不少吧？这要能刨点儿啥出来卖卖……啧啧……”

虽然知道罗瑞只是开玩笑，但乐雨还是给予了坚决打击：“想都不要想，刨到均州城里的东西你还是幸运的，这湖下有些东西要是被挖出来，足够让你坐一辈子牢的。”

“什么东西这么严重？”陆林不解。

“丹江口这一带古属楚地，是楚文化的发祥地之一。水库对面的淅川，就曾经发现过庞大的春秋楚国古墓群。1977 年夏天，由于长期干旱少雨，丹江口水库水位下降，一退就是好几公里，淹没于水下多年的龙山得以露出水面。当地群众在龙山南端发现了一座被库水冲刷破坏严重的古墓，并捡到了一些墓中随葬的青铜器和玉器。1978 年，当库区水位再次下降时，有考古队对该墓及周围进行二次钻探，竟然在这个小小的龙山山脊周围发现了大小春秋古墓葬 24 座，另外还有 8 座小型汉墓。仅在其中一座大型楚墓里，就出土了包括青铜礼器、乐器、车马器、兵器、生产工具、玉饰、骨器、料器等器物共计 6098 件，所出土文物种类几乎无所不包。

“一般来说文明的发源地都在河流附近，这里是汉江和丹江的交汇处，想来远古时就有人类活动了，到了春秋战国时期应该已经发展到了一定规模，难说这里就没有其他古墓群了。只是这水库当时建得太早，现在想发掘也没可能了。罗瑞你要是真创出点先秦的东西，不但没人敢买，而且还有掉脑袋的风险。”

“乖乖！我以为有点明朝的玩意儿就不错了，没想到还有春秋战国的青铜器，这就真不是闹着玩的了。”罗瑞悻悻地说道。

“乐姐姐，你说城里有静乐宫，我记得之前你说玄武大帝是静乐国的太子，是吧？好像释迦牟尼成佛前也是太子，真的有这么多太子吗？而且这个国家听都没听过，静乐国，清静安乐，听名字就觉得很有道家的味道，这个是不是虚构出来的？”周欣问道。

“欣欣，这个不能乱说。”水静说话了，这牵涉到了她根深蒂固的信仰。

乐雨回答道：“静乐国是真实存在的，你没听过很正常，它可以说是一个小诸侯国，也可以说是存在于奴隶社会的一个部落，从夏商时期一直存在到春秋战国，后为楚国所吞并。那个时期楚地巫风盛行，部落之间的信仰还停留在图腾崇拜的阶段，也许玄武大帝传说的最初版本，就脱胎于太子上山修道，然后学到了什么神通或者发现了什么奇特的自然现象，在人前演示之后，部落里的人就认为太子成神了。不过这事也许发生在春秋以前，那时候这里有没有文字还不好说，怕是永远都无法考证了。静静你也别生气，我就是瞎猜一下。”

看到水静脸有愠色，乐雨也住了嘴。周欣一看把小伙伴惹得不高兴了，连忙上前赔罪，又送吃的又逗笑，一会儿工夫，两个小女孩又玩成一团了。

一群人就这么边走边聊，继续下山的路。雨后的武当生机焕发，一切都被清洗一新，在秋日的阳光里熠熠生辉。

“石导儿，咱们到哪儿停呀？”走了多时，罗瑞有些累了，向石井真问道。

“五龙宫，再走一段就到了。”石井真没有回头说道。

“啊对了，是因为前面说的‘五龙捧圣’的段子才修的五龙宫吗？”

“也许‘五龙捧圣’的传说是有了五龙宫以后才出现的吧？五龙宫的来历，这要从一个唐朝的官儿开始说起。”乐雨的讲述继续开始。

“贞观年间，天下大旱，飞蝗遍地，民不聊生，朝廷下令有司于各个名山大川祈祷求雨，祈来祈去都不灵验。太宗李世民便把眼光投向了武当，命当时的均州刺史姚简在武当祈雨。传说，姚简在均州不受礼不贪财，公正无私严明法纪，把均州治理得夜不闭户、路不拾遗，男女老少都感激姚太守的恩德。之后天下遭遇大旱，百姓拖儿带女背井离乡，苦不堪言。姚简得了旨意之后，便准备求雨。听说武当山五龙岭上有个五龙池，里面住着五条龙，可以呼风唤雨，但性情暴躁，不易接近。姚简未建法台，想用诚心来感动上苍，便自背干粮，戴着草帽，独自一人偷偷进山访问。传说他一共翻过了五座大山，在每座山上遇到一个老头来难为他，不过姚简都一一挺了过去。

“终于来到五龙岭，他一下愣住了，路途中遇见的五个老者皆在此地打坐休息。他们说，姚大人，你的心肠太好了，回去吧，明天午时三刻一定下雨。姚简正要拜谢，五个老者忽然不见了。第二天午时三刻，果然风起云涌，雷鸣电闪，霖雨遍布天下，大旱一下子被解除了。唐太宗闻听姚简求雨灵应，便下令在姚简遇到五龙君的地方修建了‘五龙祠’。后来姚简有厌官慕道之心，欲归隐武当，得太宗恩准，遂弃官入道，领家人隐居武当山，潜心修道去了。”

“啊，又是求雨呀？之前不就遇到个求雨的了吗？”周欣记起上山时的雷神洞。

“是呀，说来也是奇怪，从唐朝到明朝，每一朝都有来武当祈雨灵验的说法。有的连求数次，次次都灵验。武当山玄武神最具神性的法力就是祈雨求晴，历史上有过很多次翔实记载。”乐雨回答，“五龙宫背靠五龙顶，是武当山古建筑群中最早的建筑单元。修炼之士到这里隐居最早亦可追溯到汉代，是武当道教的发祥圣地，历史上被誉为灵应之地，道家认为这块地域是群仙神龙居住的地方。过去这儿曾立有一块碑，上面刻着‘洞天在近，过往低声’，告诫人们这儿一面接着天庭，一面连着神府，在此过往要静肃低声，以免惊扰神灵。”

旁边几个别有用心的日本人一直支棱着耳朵听，此时野村匠忍不住问道：“真的有这么神奇？”

水静摇头道：“哪有，全是说说罢了，实际上五龙宫自唐修建以来已经被烧了无数次。说来有趣，一遇乱世，这求雨分外灵验的五龙宫必然会被火烧。乱世烧，盛世再盖，盖了烧，烧了盖。历经唐宋元明一代代的扩建，到明嘉靖年间已经有了房屋850多间。最后一次火烧五龙宫的是民国时期的一个土匪，850间房，烧得干干净净，现在只剩下地面上的台阶和几堵残墙，其余都成了长满蒿草的空地。不过前阵子听说，有人提出要重建五龙宫了。”

金顶到五龙宫的这一段路并不近，一行人一直走到午后，几番辛苦，终于到了五龙顶。向下俯视整个五龙宫，情形并没有乐雨说的那么凄凉。除了台梯，还是有一些算保存完好的建筑，多是些低矮的小屋，其中一些已经变成了民房有人居住，还有专门守在这里的道人。

远远望去，还有一些高大建筑的残骸显示出这里曾经的辉煌。“看到最高处正中间的那间小屋了吧，还有两边孤零零立着的那两面高墙。”乐雨用手指给大家看。

众人顺着她的手看去，台阶的最高处是两间农家院落似的小平房，两边相距十多米，各立着一面高墙。中间的小屋还没有墙的三分之一高，那两面墙差不多要有三层楼高了，形式甚是奇怪。

乐雨又说道：“那个地方曾经是五龙宫的元君主殿，有武当山最大的铜铸鎏金玄武造像。这一尊玄武造像高 1.95 米，重量超过十吨，现在就在中间的小屋里。民国那场大火之后，元君主殿除了两面十米高的山墙，其余全部烧毁，唯有玄武造像岿然不动，据说是因为里面掺了黄金。信众们无法凭一己之力恢复主殿格局，只好搭盖两间小庙，为玄武大帝暂时遮风挡雨。那铜像就蜗居在两间小屋里，这一蜗就是半个世纪。我倒希望五龙宫能早点重现辉煌，世道衰败时，连神仙们的日子也不好过呀……

“那里便是榔梅台，过去有榔梅树长在这里。后面是榔梅真人墓，前面提到过的进献榔梅的李素希真人便葬在这里。据说他活到 93 岁，旧志载：‘翌日焚化，骨齿皆青，人皆惊讶，知其为仙矣。’”

看了地势的全貌，众人开始下坡，向五龙宫的中央广场走去。奇怪的是，从上面向下看，五龙宫地处低洼，地势四面高中间低，如建在一块盆地里。按照常理，昨晚一场大雨过后，这里的积水应该非常严重。众人下山一路走来，在山间看到了无数积水，可这里除了凹凸不平的小水坑以外，却只湿了一层地面。不过大家现在已经管不了这么多了，众人的意见非常统一，下去后的第一件事——吃饭。

水静找了留守在这里的道人，准备在他们的厨房给大家弄点儿热乎的吃。李杰主动请缨帮忙，这个饭店老板最早是厨师出身。令众人大跌眼镜的是，水静竟然管一个年纪看上去要比她师父还老的老道人叫师兄，而那老道竟也欣然应了，水静的解释还是那句话："我辈份大。"

"刚才那老爷爷怎么也六七十了，应该是被你们这帮小道士叫'师爷'的主儿吧？天啊静静，你师父到底多老呀？"周欣小声感叹着，她并不知道已经有人见过那传说中的师父了。

等饭的工夫，石井真下到五龙宫广场的中间。地图昨晚已经传到了手机上，他找到正北方，转身让地图的方向和这里的方向一致，把图放大数倍，与周围的环境详细对比起来。

图上的中心应该是山顶，下山道路如蛛网般向四方伸展，线路比现在的地图多了很多条，还有一些中途就断了，这一直是石井真想不明白的地方。就在五龙宫的位置，没有规则的线路上出现了一个斜着的类似九宫格的图形，非常规则。其中有一条路线就像迷宫中的线路图，经过多个转折，刻痕比其他地方深了一倍不止。如果不是拍照的时候还绘制了深度图，这一点是很难发现的。

石井真发愁了，虽然整个五龙宫出自皇家建制，又有道家的中正风格，横平竖直，格局非常方正，可是他实在找不到这里能和地图上的九宫线路相对照的地方。

这时，加藤在高处的台阶上喊他开饭。"看来还是要靠乐雨和水静呀，吃完饭问问她们。"石井真想着走上了台阶。

简单吃过农家饭，众人这才走出屋子，开始在残垣断壁间徘徊起来，听乐雨说这些残破建筑在古时有多么多么高的规制，听水静讲这里面的一个个小典故。水静说这里与水有缘，所以她常常来玩。

"静静，我看这五龙宫的格局好像很有讲究，能跟我们讲讲吗？"石井真亲切地问。

"只剩下这些东西，'讲究'这两个字真的谈不上，只能看看这地面吧。"水静指了指地面上的台阶说，"比如这玄帝、启圣二殿，阶合九重，前五重为级八十一，后四重为级七十二。九是最大的天数，八十一是九的乘积，意为九九归一。七十二是九与九之外最大的数八的乘积，意指天地交泰，感生万物。再有什么我也说不太好了。"

石井真的心越听越凉，什么前五后四根本不是他关心的，难道这图上的标注已经在那场大火里完全被毁坏了吗？他的心一点点下沉，看来接下来的寻找过程不会太顺利了。

乐雨自然不会知道石井真的内心变化，她在一旁对众人讲述着这里的奇妙格局："五龙宫其实是建在一个莲花台座形状的盆地里，这种形式在传统建筑中有个名字叫'四水归堂'。"

"四水归堂？听名字是水都往这儿流的意思，而且广场这里确实比四面都低，可是……这里为什么没有多少积水呢？"陆林从山坡俯视这里时就发现了这个问题。

"的确，莲花座中如果遇到暴雨山洪很容易形成内涝，所以聪明的匠人们便在营造地基的同时，修砌了一套完善的下水道系统，足足覆盖了周围五万平方米，纵横交错地遍布于整个五龙宫的地面之下。这样不论什么地方有积水，最终都会顺着排水系统流到别处去。这套庞大的排水系统直到今天还悄悄地在地下正常运作，这才使得五龙宫残存的部分能够免遭内涝之患，得以保存至今。因为面积太大又太过复杂，有如迷宫，所以它也被喜欢探险的朋友称为'五龙宫地宫'。"

此言一出，石井真便如看到了黑夜中的一道闪电，地宫难道就是仙宫？原来是在地下！他一下子激动万分，连呼吸都急促了起来。几乎可以确定就在这下面了，没错，一定是下面！

沉默片刻，石井真对着山中健太使了个眼色。山中健太马上明白了石井真的意思，便提出要求，为了好好拍拍这个地宫，想对它做一次深入探访。

水静当场就拒绝了，几十年来这里面很少有人进去。里面曾经发生过游客进入探险，结果被困死在里面的恶性事件，而且不止一次。还有当地村民拿着松油火把下去探路，结果在里面完全迷路，困了几天差一点儿出不来。总之一句话：地宫里，非常不安全！

此时陆林也看出了些端倪，日本人下地宫的理由绝对不单纯。他上前阻止，说自己身为安保人员，有必要为摄制组的安全负责，不允许几个人下去。

无奈山中健太一再要求，非去不可，说自己是专业的野外摄制组，有过探洞的经历。而且这次出行，器材方面准备得非常充分，加上两个退伍军人来护卫，绝对不会出问题。同时还表示可以立刻签署免责声明，哪怕出了问题也与这里所有人无关。此时的山中健太舌绽莲花，晓之以理动之以情，上升到中日友好的高度，甚至说到中国文化的世界性传播，各种各样的理由和原因无所不有。水静虽然机灵但毕竟年纪还小，碰到如此老奸巨猾的人物，一上来彻底被侃蒙了，没有十分钟就败下阵来。

而陆林则被一句严厉的“我们只是拍摄，绝没有其他目的，这里我们才是老板！”彻底堵住了嘴，再拦下去，恐怕几个日本人真的会起疑心。

其他几个在场的人也感觉大开眼界，连一直擅长与人打交道的周伟都暗暗惊叹这个日本人的口才，当导演，实在太屈才了。

“贱导……”罗瑞故意这么叫着 ，“没想到你激动起来中文能说这么好。”

他们不知道，“话术”本来就是山中健太最擅长的技能之一，真正让水静和陆林这么快败下阵来的根本原因，不在于山中说的内容，而在于他的表情和语气。有研究证实，当面说服一个人，70%的成功率来自说话者的表情和语气，内容只占30%。山中健太专门接受过这样的训练，他能成为三人组的领队，不是没有原因的。

水静无奈，只得应了下来，暗暗自责道：“被人家几句话改变了主意，道心还是不够牢固呀。”之后便带人来到一山墙的后面。墙边的石阶上荒草丛生，石阶侧面竖立着一块石板，挡住了后面的一个洞口。加藤阳也不待山中吩咐就上前搬开了石板，露出后面一个拱形洞口来，高度大概一米左右。这里就是地宫的入口之一，向洞里望去，两米以外漆黑一片，说不出的深邃幽暗。

众人大多没见过这样的地方，特别是听说还有村农进去寻宝，一时间都生出了猎奇之心，跃跃欲试。其实大多数人的思想都存在着一个心理误区，他们固执地认为在旅游风景区里，特别是武当这种已经开发得相当完善的名山圣地，是不存在真正危险的。于是寻求刺激的想法战胜了对于黑暗洞穴的恐惧，何况又是一群人一起，连胆子最小的周欣都想进去看看这人迹罕至、保存着原始风貌的千年地宫。当然这些人里，不包括陆林等三个刚在风景区里钻了一夜洞的人，但偏偏这三个人却不得不下去。

石井真一把拦住了想往里走的李杰，冷静地对众人说，进去之前，一定要做好充分准备。这次出行之前，石井真对于装备考虑了很多。面对未知的旅程，他准备了数种不同环境下的户外求生用品，有普通徒步的，有攀岩的，有探洞的，甚至还有一些简单的潜水装备。但出于负重考虑，不可能每种都带齐，所以只采购了必需的部分，而且尽量简约。

他让众人把背包里的登山用品和帐篷睡袋之类的东西存放到道人那里，摄制组也只拿了一台加了防水罩的摄像机，随后从背包里拿出长长的防水鞋套分给众人。这种鞋套厚5毫米，轻便柔软，下面整个包住鞋，上面可以一直套到膝盖，而且有一定的保护保暖作用，只要不是太深的水，够用了。服装依然是先穿着冲锋衣，但包里带了连体服以备不时之需。另外还穿戴上了护膝、护肘和露指的手套，配备以头灯为主的照明系统。

众人信心满满，对于钻一个下水道来说，这已经算是武装到牙齿了。

罗瑞把“包子”留在了外面，放到道人那里让他帮着照看。又吹哨把“上校”招了回来，让它先自由活动，等听到哨声时再回来。按说有条狗跟进去绝对是一大助力，但事到临头，罗瑞却舍不得了。

“静静你不要去了。”乐雨对水静使着眼色。

“欣欣进去，我要照顾好她。”水静平静地说。她知道这队人不简单，担心周欣会有危险。两个投脾气的小女孩经过两天的相处，已经成为好姐妹了。

“到时候还不知道谁照顾谁呢！”周欣不服气。

一切准备完毕，水静先来到洞口指着里面说：“因为怕出事，前面不远有一截竖立在路中间的隔墙，是为防人进入的，非常不好过。”那块竖着的石板成功拦住了大多数想探险的人，但水静知道，对这群人来说那不是问题。她又介绍道：“这入口一直进去是一条主渠，长度差不多五百米，两侧有很多洞口，大的能过人，小的只能钻猫鼠。其中能过人的口有不少被石板封死了，你们先看看有没有办法吧。小时候我钻进去玩也只走过这条主渠，再往里就真不知道了。”

听罢，野村匠和加藤阳也不待吩咐就俯身钻了进去。洞内的通道呈长方形，一道隔墙竖立在正中，两人侧身穿过隔墙继续往里走。过了大概十几分钟，两个人又钻了出来，表示封死的洞口已经清理好了，而且这一段没有危险。

入口只够一个人通过，石井真打头探路，三个日本人随后。陆林和项昊把其他几个人护在中间，赵师傅走在最后。项昊是一万个不想再钻洞了，可是眼下也没有办法。石井真之所以走在最前面，是怕用手机查路线的时候被别人看到，而且万一真有什么发现的话，自己身后这三个人也能帮着挡住后面的人。

一行人鱼贯进入洞口，侧身挤过了那隔墙，其中项昊最是辛苦。穿过这堵隔墙，地宫之旅就正式开始了。

# 第十二章　巨大地宫

洞内非常潮湿，因为才下过雨的原因，通道里有将近二十厘米深的积水。这里的水非常清澈，灯光下可以清楚地看到水底说不出名字的小鱼，还有被冲刷得圆滚滚的鹅卵石、古时人类器具的碎片。罗瑞从水中捡起一片看，发现它已经被冲刷得不成样子，器形和花纹都无法辨认。他有些失望，旋即又丢回了水里。

方形的通道黑暗幽深，四壁是用大青石条铺就的，上面坑坑洼洼。众人的头灯没有开远光，只用近距离漫射把眼前照得清清楚楚。整个排水系统根据山势而修，高低起伏间有台阶可供上下。一行人慢慢向前行走，石井真在最前面，边走边看手机里的地图对照方向。

“哎呀，有东西咬我！”齐艳发出一声尖叫，走在她身前的李杰连忙回头，一脸紧张：“咬哪了？没事吧？”此时齐艳已经低头看向脚下，灯光也顺着她的视线聚了过来。

原来是一只小螃蟹用钳子夹在了她小腿的防水套上。其实她只是被吓了一跳，以防水套的厚度，根本不会感觉到疼。

“有鱼，有螃蟹，刚才我还看到一只藏在洞里的青蛙，这里简直就是一个封闭的生态系统。这些小东西估计没见过人，这儿简直就是小动物的天堂呀！”周欣兴奋地说，声音有点大，在狭小的空间里产生回音。

罗瑞接过话：“说句反人类的话，只要没有人类的地方，都是动植物的天堂，哪怕是南极或者赤道。”

“小点儿声欣欣，别惊出什么别的动物来。这里面潮湿阴暗，而且冬暖夏凉，是喜阴动物最理想的居所，应该会有蛇的。”乐雨说道。

还没等周欣说话，罗瑞就说道：“那就更应该大点声说话了，这叫打草惊蛇。很少有动物是不怕人的，声音可以把它们惊走。啊对了，住这儿的主儿可能没见过人，那就不好说了。不过欣欣你也不用怕，前面一排人肉盾牌给你挡着，要咬也是先咬他们。”

“嘿嘿，看我抓到了什么？”走在倒数第二的项昊说话了，“唰”的一下，前边一排头灯扭了过来，把他的眼都晃花了。

就看他举起的手里正抓着一只小乌龟，那小乌龟非常不习惯光亮，在数个头灯的照射下激烈扭动起来。

“得啦，快放了吧，看把那小家伙吓的，它招你惹你了。”罗瑞对于残害动物的行为很看不惯。

最前面的四个日本人一直没有搭腔，任后面的一群人说笑。他们是干正事来的，表情严肃，每一步都走得很小心。

“哎？这才秋天，怎么这里会有冰挂？”陆林走在日本人后面，第一个发现了通道顶部垂下来的几根冰挂，那形状就和冬天雪后屋檐上的冰挂一样，也在滴着水，不过并不透明，而是乳白色的。头灯向里照去，前面还有，短的三四厘米，长的十多厘米。

“等一等！”陆林身后的乐雨出声止住了队伍的脚步，细细端详起那根最长的十几厘米的冰挂来，说道，“这不是冰挂，这是钟乳石。”

“什么？”众人又被乐雨的话惊到了。

“钟乳石其实就是碳酸钙沉淀物，这里条件允许，同时也没人破坏，它是可以生长出来的。看这根的长度，怕是已经长了不下千年了。”说着乐雨拿出相机拍了张照，人类建筑中生长出钟乳石的案例非常少。

其他人一片惊叹，看着那些长短不一、以毫米为单位记录着岁月的钟乳石，众人这才真正感觉到千年地宫的久远和孤寂。钟乳向下的尖端还滴着晶莹的水珠，这水怕是也已经这样静静地滴了千年。地面上的喧嚣与繁华，似是没有影响到这个宁静的地宫。

“夏天看新闻，说德国人之前在青岛修的排水系统，一百年过去了比当代新修的还好用。看见没？咱这正宗的‘大唐制造’！一千多年前修的，就扔这儿没人管，一千多年过去了照样好用！牛，真牛！”项昊对这些古时的设计者和匠人佩服得五体投地。其他人没有说出来，却也有和他一样的想法。

此时罗瑞却突然想起了另一件事，这想法让他有点毛骨悚然。这里阴暗潮湿，有很多喜阴的动物，刚才听说有蛇，项昊又抓到了乌龟。钟乳石在这里可以长上一千年不被破坏，龟和蛇又都是极为长寿的动物，那这里会不会有一直活了很久很久的……

想到这他已经不敢再往下想了，虽然觉得这个设想太过荒谬，但只要一想，还是会觉得脊背发寒，甚至没敢告诉众人。

没走出多远，众人又发现了从地面向上生长的石笋。石笋的生长速度比钟乳石快，体积也比钟乳石大得多，长成一个直径和高都有半米多的半个圆锥体，靠在墙壁上，像是一大块融化了的冰激凌。可罗瑞偏偏说这像是一坨大象的便便，众人一时被他说恶心了。四周静悄悄的，只有鞋子踩在水里“噼里啪啦”的蹚水声，一切都让这些久住城市中的人新奇不已。

又走了一会儿，队伍已经上了台阶来到地势相对较高的通道，地面依旧潮湿却没有积水。石井真带着队伍拐了一个弯儿，在转角处他突然停住，两手向后张开拦住身后的人，一句话不说地站着。众人不明所以地从前面人的身体缝隙里抬头看去，一时间灯光聚拢到了前面的黑暗里。这一看不要紧，众人全都呆住了。

一条蛇正盘在前方不远处的通道中央，身体不是很大，比手臂还细一点。在强光的照射下，蛇头已经抬头看向众人。

蛇，大约出现在1.5亿年前，无毒。2500万年前，其中一些蛇的种类开始进化出毒牙。在传说里，蛇是一种很邪，也很有灵性的动物。在世界各地的许多文化中都出现过一种头尾相连的蛇的形象，埃及君主把环形蛇看成最高权威的保护神，印度人褒扬蛇的智慧，把世界比喻成一条咬着自己尾巴的蛇。而在《圣经》中，蛇被当作了魔鬼撒旦的化身，引诱亚当和夏娃吞食禁果。即使如此，蛇的形象还是很聪明，拥有超强记忆力，就连《圣经》中也有“温驯如鸽，智慧如蛇”的说法。在中国，蛇从远古就是很多部落的图腾，创世古神之一的烛龙人首蛇身，人祖伏羲女娲人首蛇身。到了后世，蛇被民间当作灵物，人们认为它是最容易修成仙道的动物之一。直到今天，有些工地上还流传着一些说法：施工时如果挖出蛇窝或者挖伤巨蛇大蟒会带来噩运。总之，在很多人的印象里，蛇真的很邪乎。

眼前这条不大的蛇就让大家觉得很邪，这是一条白蛇，除了两只眼珠是乌黑的，从头到尾，包括蛇类鼻子前面那块最容易出现不同颜色的地方，也没有一丝一毫的杂色。通体纯白，如一整块没有丝毫瑕疵的羊脂白玉。细密的鳞片犹如一匹纯白色的锦缎，在灯光下反射出一层淡淡的白色光辉，把整条蛇身罩在光晕里，显得圣洁而美丽。

罗瑞呆呆说道："动物如果长期生活在黑暗的环境里或者发生基因变异，就会失去保护色慢慢开始白化。白化的蛇我见过，但那种白看着干巴巴的，这条……也有点太白了吧！"这条蛇的白，给人一种光滑油润的感觉。

"哥，世界上是不是真的有白娘娘呀？我想拜拜……"周欣呆呆地拉着周伟的衣角，眼睛还是盯在白蛇身上不肯移开。

"别过去，也别有大动作！"罗瑞提醒石井真，"看到那蛇头没？已经抬起来了，这是在警告。你要注意看蛇身立起来的这段，如果蛇头开始向后弓，那就表示它准备开始攻击了。继续拿光照它，生活在黑暗里的动物一般都很讨厌光，等一会儿它可能自己爬走了。"

他又给大家解释说："蛇的眼神其实非常不好，对静止不动的物体极不敏感，几乎视而不见，唯一能看见的是在运动和摇晃的物体。不过蛇有另一套'眼睛'，就是热度感应，只要生物的温度比周围环境高，它们能感觉到一个模糊的图像。还有一些蛇的信子非常灵敏，能够捕捉到空气中的气味分子。生活在这里的蛇，视力应该已经严重退化了，它眼里看到的我们，应该是一个大大的光斑和十几团热乎乎的东西。"

那白蛇却好像非常不给罗瑞这个山寨"动物学家"面子，并没有被强光照得马上离开，而是优雅地抬着蛇头，慢慢移动，好奇地打量着一行人。蛇眼没有眼白也不会转动，就好像是镶嵌在白玉蛇头上的两颗黑宝石。蛇头上下左右缓慢移动，每到一个露出人头的地方，它就会停下注视一会儿，让人觉得它是在跟你的眼睛对视，怎么也不像是视力不好的样子。

水静最矮，一个小脑袋几乎挤到了下面的墙角才露出来，眼睛也充满好奇。黑暗幽深的地下通道，与反射着柔和光晕的这一抹圣洁的白，形成了强烈的反差。面对着这样一条如艺术品般美丽、与世无争地生活在孤寂地宫里的白蛇，众人心中没有了对蛇的恐惧，更起不了伤害的念头，反而升起一种宁静爱怜的感觉。双方就那么对视着，时间仿佛静止了。白蛇最后注视了水静好一会儿，这才扭动起身体懒散地向身后游弋，优雅缓慢地钻进不远处一个尺许宽的岔路洞口。

众人反而有点依依不舍了。“我忘记拍照了……”周欣噘着嘴悻悻地说道。

“你们待在这儿别动，我去看看它走远了没有。真美呀！你们中国神话传说里的白娘子是不是就是这样的？”石井真停了一会儿，边感叹边猫腰向前走，算算时间蛇应该已经爬走了。虽然那条白蛇看起来无害，但为了确保后面人的安全，他还是要先上前确定一下蛇是否已经走远了。

他小心地来到白蛇钻入的洞口边，没有直接探头去看。如果白蛇堵在洞口，探头肯定会被咬上一口。他把手机调成摄像模式，打亮镜头旁的补光灯，贴着墙将镜头伸到洞口边缘，自己在洞边观察手机屏幕的内容。补光灯并不是很亮，只能照到两三米远的距离，但这差不多就够了。里面空空如也，并没有发现那条白蛇的踪迹，想来已经爬到深处去了。

为以防万一，石井真从背包里掏出一块硬塑料板，在洞口比划了一下，比洞口大。他把塑料板堵在洞口用手按住，示意后面的人过来跟紧，通过的时候用手按住塑料板。只要暂时封住这洞口，白蛇即使想咬人也出不来。

众人依言走了过来，按着塑料板小心通过。只是此时这群人谁都没有留意，那条白蛇已经从他们身后另一个更小的分岔洞口无声无息地钻了出来，在距离队伍四五米远的地方慵懒地盘成一个圈，似乎刚才的举动只是为了给众人让开一条道。

石井真带领众人继续走着，并叫大家不要担心，每个拐弯他都会做好标记。

地宫号称 50000 平方米，可以想象成一个长 500 米、宽 100 米的大迷宫，但对于手里有地图的人来说，只要走着正确的路线，这曲折的五万平方米真的不算太大。石井真手里的地图只是几条横竖线，地宫里却是真正的纵横复杂，有无数个相互贯通的洞口。不过他发现真正能容人正常通过的路并不多，刻意走了两个弯路之后，他已经明白地图上的轨迹该怎么走，基本不会走错路。

过了白蛇钻入的洞口，一行人又在前面不远处拐了一个弯儿。

“静静，你知道这地宫中心有什么吗？你看咱们进来时候看到的是些小鱼小螃蟹，再往里走看到了蛇，都是些喜欢潮湿阴暗的家伙。按照自然法则，最强的动物有最好的领地，最里面会不会有什么可怕的东西？”

不待水静回答，罗瑞就先被这个说法紧张了一下。

水静回答道："应该不会吧。虽然这里面人迹罕至，但也只是武当山的一部分，有也只会是武当该有的生物，应该没有什么可怕的东西。再说，你看刚才那条白蛇根本没有攻击人的意思，放心吧。"

"放心吧，我们不会走到那么深的。"石井真也在前面安周欣的心。进了通道许久，除了刚才那条蛇，再没见过什么危险的东西，他的警惕也慢慢放松下来。

就在这时，突然听到走在最后的赵师傅叫了一声："前面小心！"

众人急忙回头，就听到"扑通"一声，有东西落到了地上。同时听到赵师傅说："有东西从我头顶飞过去了！"

大家又连忙低头看，竟然是那条白蛇！此时它正在迅速向前爬，眨眼间从缝隙里爬过三四个人的脚边，到了乐雨近前。

这时陆林动了，一只手闪电般按了下去，如钳子般牢牢夹住了蛇头。白蛇张嘴欲咬，可陆林的手在嘴巴后面，又怎么能让它咬得着？白绵似的蛇身来回扭动着，却对陆林构不成威胁。

众人这才回过神来，看着陆林手中的白蛇，明白了刚才是它从赵师傅头顶跃了过去，落到了队伍中。可是，蛇能跃起这么高吗？

"有人受伤吗？"陆林问道。

"我……我好像被咬了。"众人望过去，说话的人是李杰。

"咬哪儿了？"齐艳紧张道。

"咬手上了，不过是隔着手套咬的，好像没事。"李杰看到老婆紧张的样子，连忙安慰齐艳道。

"哪只手？让我看看！"齐艳拉着老公递过来的手，摘下了手套。

乐雨也挤过来查看李杰的伤势。露指手套的质地很好，而且非常厚实，几乎没有被蛇牙留下的痕迹钻破，只有两处开了个小口子，其他地方只是留下了一排牙印。再看李杰的手背上，有两道非常小的伤口。

"应该没事吧？"李杰说道。刚才他一疼，知道是被咬了之后便很害怕，这时冷静下来看伤口，发现只是擦破了点皮，入肉不过二三毫米，流了一点血出来。

"感觉到麻了吗？"乐雨问。看到手套上的痕迹时，她的心放下了一半。

一般毒蛇的两颗毒牙会比其他的牙粗大很多，而手套上的咬痕看起来很均匀，两个大牙也不过比其他牙大上一点儿而已。

“没有。”

“没有肿，也没有红紫，流出来的血也是红的。如果20分钟内还没有异常现象，应该就不是毒蛇。不过安全起见，我先给你放放血消下毒。”乐雨说道。

“好好，来吧。”

乐雨从背包里拿出一把小刀，消毒之后，在两个咬痕上各自划了一个十字形的口子，比蛇咬的那一口大了一些，一小股鲜血流了出来。之后她又给伤口消毒，简单包了一下，让李杰每过5分钟自己撩起来看一下。如果出现了肿胀或者红紫，就立刻告诉她。半小时后还没事，那应该就是没事了。

陆林手里的白蛇还做着张嘴欲咬的动作，身体拼命扭着，无奈怎么也挣不脱陆林的手。陆林把蛇头凑到眼前，对着白蛇说道：“你呀，长得这么漂亮，怎么可以乱咬人呢？你不该对自己吞不下的东西感兴趣呀对不对？太傻了，这下被抓到了，你说怎么办吧美女？”说完话，陆林不知怎么的，一下子愣在了那里，竟然觉得这蛇听懂了。

“……你不要连蛇都调戏好不好，会分公母吗你？别看着人家白就以为是女的。”罗瑞有点无语地说道，“有事儿吗？没事儿还是放了吧，人家在这住得挺好，咱们才是闯入者。”

此言一出，周欣和水静也都为蛇求情，不过她们求情的目标却是受了伤的那位苦主儿。水静更是说，在这里面，能不招惹蛇就尽量不要招惹。

李杰又看了看伤口，说道：“伤口还是那样，应该是没事儿。要不就放了吧，这点小伤不算什么的。”他在请示老婆。

“放了吧，我们家老李皮糙肉厚的，没事儿。”看老公没事，齐艳也安心了。她就是那种比较迷信的人，对于水静的说法很是认同。

“要不要把作案工具没收了？省得以后再害人。”项昊在后面说。

“千万别！那是它唯一的武器，没了牙它会饿死的。”周欣挤到陆林身边，看着白蛇在灯光下晶莹的蛇头，忍不住摸了起来，说道：“白娘娘你走吧，别再找我们了。我们不想伤害你，你也别再伤害我们了。你咬了李大叔，陆哥哥抓了你，咱们也算扯平了，别记恨我们哦。下次再看到长成我们这样的动物，你就快跑，躲起来。”

众人听得一阵莞尔，这个天真的小丫头呀。

既然都同意放，陆林把白蛇递给了石井真，让他把蛇往前放，这样安全一些，总比时时提防着身后好。石井真拿住蛇头的手法很特别，他平平地把蛇擦着地面送了出去。白蛇落地，这次再没了之前的优雅，迅速滑进黑暗中不见了。

大伙都松了一口气，人没事儿，那条漂亮的白蛇也没事儿。在这种环境里，人和动物相安无事才是最好的。

“它跑那么快，不会是回去叫人，啊不，叫蛇去了吧？”罗瑞有些忐忑，他怕的是打了小的，引出老的。

“放心，咱们才是站在食物链最顶端的生物。”一直不怎么说话的野村匠此时竟然开口了，又回头冲着众人神秘地笑了笑，似是早有准备。这个笑容，并没有平常看到的那么冷。

“别闹了，没事儿就继续走。”石井真发话了，路已经走完了一大半，快到地图上标注的终点，他也急切了起来。

接下来那条白蛇再没有出现过。长长的通道中，走在最后的赵师傅突然猛地一转身，闹出不小动静。

“怎么了老赵？”项昊问。

“没事儿。”赵师傅回头拿灯光来回扫着，什么也没有看到，“我刚才觉得好像有什么东西在跟着咱们。”

此言一出，众人也都回头看，把头顶调成远光聚焦模式，光亮一直照到通道尽头的拐角，依然什么也没看到。

“我说老赵，你是不是感觉到空气的流通了？没准儿就是一股强风从附近哪个气孔吹了进来，咱们头顶就是五龙宫的地面。人吓人吓死人的呀，下次别这么一惊一乍的。”罗瑞刚才听说有东西跟着，确实差点儿被吓死。

众人拐过一个下坡的弯儿，通道里的水又漫过了脚踝，石井真的心慢慢激动了起来，就在前面了！这条直直的通道给他的感觉格外长，谜底就要揭晓了。他提起精神，全神贯注地盯着前方。

一步步蹚着水，灯光的尽头终于不再是无尽的黑暗。随着距离的拉近，石井真的心开始一点点沉了下来。路的尽头，除了一面石壁，什么都没有！再没有拐角，通道至此断绝。这是一条——死路。

石井真不肯放弃，快步向前走了几步，把通道里的水蹚得“哗啦哗啦”直响，一直来到石壁跟前才停下来，开始来回摸索，希望找到什么线索。可惜他又一次失望了，堵住通道的石壁和他一路过来触摸到的所有石壁相同——坑洼、斑驳、阴冷、潮湿。难道是路被前人堵住了？难道东西已经被人拿走了？石井真心中大骂该死！

“石井真，是不是没路了？”陆林也看到前面堵路的石壁，“没关系，往回走吧，咱们已经走得不近了，你们拍得差不多了吧。”陆林心中暗乐，小鬼子碰壁了，这才叫真正的“碰壁”。众人听说前面没路了，开始拿石井真所谓的直觉开玩笑，嚷嚷着要往回走。

“稍等，稍等一下。”石井真的汗已经下来了，难道要这样无功而返吗？

就在这时，身后的山中健太拍了拍他的肩膀说道：“石井君，你看上面。”

石井真闻言立刻俯身抬头向上看，以通道的高度，不俯身是没法抬头的。头灯随之打过去，就看到他头顶刚才紧挨着的通道顶上雕刻着一幅图画：五条张牙舞爪腾于云端的龙，首尾相连围成一个圈，追逐着圈子正中一颗翻滚着火焰雷霆的火珠。通道的顶部太低，而这五条龙又都是阴刻进去的，因为光线和视角的关系，不在正下方，几乎发现不了。

整幅画直径半米多，它与通道的洞顶并不是一体，而是一块磨盘大的圆形石块整个镶嵌进了洞顶，与洞顶平齐。石井真又开始在这图画上摸索起来，这儿摸摸那儿按按地寻找有没有机关。让他失望的是，这确实是一块死硬死硬的石头。他又试着把整块石头使劲向上推，石块与洞顶之间几乎看不到的缝隙里“哗啦啦”落下了不少灰尘，“噼里啪啦”落进水里。真的推动了！石井真使出全身力气，才把那石块推高了二三厘米，之后就算是山中帮他一起推也推不动分毫。一松劲，那石块就又落回原来的位置。想来这石块是T字形的结构，上大下小，不然早该掉下来了。

难道是机关坏掉了吗？石井真没有放弃，又试。

“哥你看！”周欣兴奋地喊道。原来后面的人看石井真一直仰头看通道顶部，虽然不明所以，也开始往头顶看。周欣发现，周伟的头顶也有一幅图案。

这幅图画的是一个人在一座宫殿前举行祭祀，头顶上空一道道水纹似的图案像是波涛翻滚。

石井真问明情况，连忙催促众人在顶部找找，看还有没有什么图案。乐雨已经挤到了周伟的位置，细看起那幅图案来。

“大家再找找，你们头顶还有没有。赵师傅，你往回走走看看，这些可能是能够开启前面石墙的机关，也许后面有宝藏。”最后一句话，石井真完全是在引诱众人。

之后，项昊又在头顶发现了一幅有图的石块，画的是山顶上的天空中有一只乌龟，乌龟身上绕着一条蛇，正是神话传说中北玄武龟蛇相缠的形象。

看到后两幅图，众人一时都不说话，心里开始觉得不对。几个日本人没有走弯路，直奔到了这里，这多半不是偶然。

“石井真先生，我想，就算后面有宝藏，那也是我们中国人的。来打开它的人应该是我们的政府，而不是你们，你说对吗？”周伟第一个说道。虽然浑浑噩噩经商多年，但他的血始终是热的。此言一出，其他人也表示赞同。在这个问题上，没有妥协的余地。

石井真给了山中健太一个眼色，原田才待反驳，众人就闻到一股浓重的味道从身后传来，接着黑暗的深处传来一阵阵密密麻麻的“咝咝”声和地面上积水被搅动的声音。

众人连忙把头灯拧成远光去看通道的深处。四五十米远的地方，幽暗的积水中泛着磷光，密密麻麻的全都是蛇。蛇头高高地抬起，亦步亦趋地向前慢慢爬着，有青的，有花的，却看不到那条白蛇，也许是隐没在了蛇群里。

几个女人已经开始尖叫。在封闭的空间里面对如此多的蛇，众人大惊失色。

“大家不要慌！”野村匠在队伍前面说道。众人扭头看他，发现山中刚好从他身边起身，像是和他说了什么。野村匠说完就猛地一起身，踩在人与人的空隙里，灵活地几个闪身跃过最后面的赵师傅，向远处的蛇群奔了过去。

众人不知道他要干什么，在后面紧张地看着。逼近蛇群，野村匠在一块高出水面的石阶前停了下来，从身上掏出一些东西撒在石阶上，又往四壁整整撒了一圈，接着便退了回来。

“那是驱蛇粉，但效果有限，最多只能支撑10分钟，大家快想办法。”

野村匠边往回跑边说道。

看着远处的蛇群，众人下意识地看向头顶的图案，这也许是唯一的出路。

“还犹豫什么？推开这机关，石壁后面就有一条生路，不能再等了，快呀！”石井真催促众人。

原本反对打开机关的人此时也没有办法，打开机关移开前面的墙是唯一的生路。几个人很不情愿地把手放到石图上，准备一齐发力。

石井真喊了声“开始”，三块石图被一起向上推，差不多又是旋上去三厘米便不动了，松手之后，却不再掉下来。这时通道微微晃动一下，又没有动静了。众人面面相觑，紧张地看着远处那躁动不安的蛇群。周欣此时不自觉地想起了一个电影画面：一条蛇从一具尸体的眼眶里钻了出来，又从尸体的嘴巴里钻回尸体的肚子。再看看那些蠕动着的蛇群，她恶心得张嘴欲呕，急得眼泪都快出来了。

可偏偏前面堵路的石壁还是挡在那里，一点反应都没有，难道又错了吗？这下众人全都急了，机关失效，一会儿让后面的蛇冲过来麻烦就大了。所有人手忙脚乱地开始在通道顶部寻找起来，看是不是落下了什么机关没按。可陆林总觉得有什么地方不对。

两分钟过去了，通道里还是没有反应，众人在顶部也没有其他发现，一个个急得像热锅上的蚂蚁。蛇群不再前进，却越发暴躁起来，队伍里的几个女人都快疯了。这时陆林不经意地低头瞥了一眼脚下，终于发现是哪里不对了。刚才明明没过脚踝的积水，已经无声无息地只剩下了三分之一。陆林打了个激灵，一股寒意顺着脊背一直传了上来。原来机关触发的不是前面的石板，而是脚下。

“大家小心，地面有问题！”陆林大喊一声提醒众人，可是已经迟了。

## 第十三章　春秋古矿

长年不工作变得已经不太灵敏的机关，终于正常运作起来。脚下的石板“咔咔”两声，将近十米的地面开始剧烈运动，一声之后地面消失了一半，反应不及的几个人身体下沉，有的卡在了缝隙里，有的已经掉了下去。又是“咔咔”两声之后，整个地面全部缩进了侧面的墙体里。

陆林等人还想用双腿抵住两边的墙壁以止住下落之势，却忘了鞋上都套着原本摩擦力就不强的防水鞋套，又在这湿滑的地宫里走了半天，鞋底滑得如同抹了油一样根本撑不住。几个人全都踩空了，顺着惯性再也坚持不住，掉了下去。混乱中，有几个人在失足的一瞬间用两只手完全撑住了下坠的身体，可惜陆林和项昊没有注意到，否则一定会震惊于他们的反应和平衡能力。那几个人在空中犹豫了一下，还是松了手，跟着其他人一起掉了下去……

“扑通！”

“扑通！”

“扑通！”

……

众人接二连三地掉进一个大泥潭里。泥潭有半米多深，将众人的下坠之势抵消了大半。黑暗中头灯乱晃，大家相互呼唤着问对方有没有事，七手八脚地往泥潭外爬。几个先站起来的人抬头将灯光射向头顶，发现此地距离头顶的通道将近 7 米。如果不是有下面的泥潭，怕是有人已经受伤了。再看向四周，脚下的泥潭是个长方形，长度超过 6 米，宽度大概 2 米，正对头顶的通道。泥潭再向前是明显高出一截的地面，再远处就看不到了。

众人相继爬出泥潭，一个个都变成了泥人，一身白衣的水静也没有幸免。

“这是什么地方？”

“老公我害怕。”

“欣欣你没事吧？别怕！”

大家乱成一团，远远地离开了泥潭四周，生怕上面的蛇一会儿再跟过来。

几分钟后，众人安静下来听着上面的动静。远处的“咝咝”声并没有靠近，又过了一会儿，声音反而越来越小，最后竟然消失不见，想来是蛇已经散去了。回想刚才的情形，陆林心中一惊，暗道不好，中计了！想起之前山中健太在野村匠耳边低语的情景，怕是日本人为了让众人同意打开机关，才说所谓的驱蛇粉只有 10 分钟的功效。

“大家别慌！冷静，先冷静下来。听我说，以咱们的装备，上去一点儿都不难。”石井真沉稳的话让慌乱的几个人稍微安下心来，“我们有绳索，有探洞工具，想上去很容易。但是，我想大家也意识到了，现在上面并不安全。大家先看看周围，这里也是一条通道，也许会有其他路通到外面。要知道长年不通风的地下洞穴，人进去是会窒息的，而在这里我们没有感到不舒服，说明应该是有通风换气的出口。你们回想一下，我们是触发了机关，才掉到了这里，也就是说，这里是被人刻意隐藏起来的，真的有宝藏存在也没准儿。而且这里可能没有被人发现过，我们也许是近代第一批来到这里的人，这将是一个重大的考古发现！你说对吗，乐雨小姐？”他试着说服众人不要走回头路。

乐雨从出了泥潭就一直注意观察周围的环境，听到石井真的询问，便答道：“这里应该确实没被发现过，而且面积恐怕不小。如果上去不难，停留一下也不是不可以。不过同志们，在我们考虑这些之前，是不是该把衣服整理一下？穿着湿衣服体温容易流失，何况还有这么多泥。”

众人相互看了看，一个个跟泥人似的，乐雨的提议立刻得到了包括水静在内所有女性的支持。众人决定先往前走走，找个地方先把湿衣服换下来，好在包里都还有一套连体服。

定计之后，大家开始留意这里的环境。前方是一条两米宽的坑道，高度也在两米上下，众人跌落的地方想必是一个入口。四壁的岩石有明显开凿过的痕迹，路上有不少大小不一的石块。众人越发觉得此地不简单，在岩层中开凿出一条宽高两米的通道，人少的话显然是做不到的。头灯的光亮在宽敞的空间里明显有些不够用，纤细的光柱周围、大片黑暗笼罩过来。离开泥潭一段距离，男女分散开来，都换下冲锋衣，把探洞的连体服穿在身上。

石井真从赵师傅的背包里拿出了唯一一件大型照明装备——一个大功率LED灯组。随着LED技术的成熟，其节能高亮的特性越来越被人们接受，较低的电池消耗在野外是非常重要的。之后众人便围在一处吃一些东西，休息一会儿。

乐雨却没有闲着，换完衣服便开始四下转悠，想确定一下这到底是条什么坑道。陆林不放心让她自己去，也跟了过去。几个日本人同样不想闲着，他们要往前走走探探路。

暂时安全了，围坐的几个人，特别是几个女人，开始八卦刚才的那条白蛇和后来发生的事。

“我就觉得那条蛇很邪，还挺记仇的，带了那么多蛇来攻击咱们。”齐艳说道。

“后来你看到它了吗？也许不是它呢。”水静说，刚才她还特意在蛇群中寻找那条白蛇，却没有发现。

“你们说它会不会是这里的蛇王？不过我也觉得应该不是它。”

“为什么？”

“不知道，感觉。”

一会儿工夫，几个日本人先后回来了。往前走了一段，他们什么也没发现。接着陆林和乐雨也回来了，他们比日本人走得近很多，但搜索得非常细致。陆林和乐雨的手里都各拿着几件东西，众人的注意力一下子被吸引过来。

“小雨姐，你手里拿的是什么？”周欣问道。

乐雨的神色非常激动，她神采奕奕地说道：“是我和陆林在附近发现的一些古代器具。”

“这是一座古墓吗？”闻言，众人都有些激动了，这可是他们发现的！

“这个……从我现在掌握的情况看，怕是要让大家失望了。这里并不是古墓，也没有什么值钱的古董。但是，相比古墓来说，这里更有价值也更少见。我推测，这里是一座古矿，古铜矿。”乐雨很肯定地说道。她的激动不是没有道理，这很可能将是一个填补学术空白的发现。

“什么年代的？”谈到古物，众人最关心的还是它的年代。

“春秋时期，甚至更早。”

她拿起手上的几样东西开始对众人讲解，先是一块圆形的石头，中间有一圈凹槽：“这是我在掉下来的泥潭附近发现的，我想那个地方就是古矿曾经的一个出口。要知道，上面的地宫是紧挨着地表的，在它没建成之前，这里大概就是荒山上一个深十来米的洞口，用来下人，或者把采出来的矿石运上去。那个泥潭过去可能是个用来放置绞架的坑，我推测当时那里应该有一部绞机。这只石球，是一只滑轮。”

“你是说那时候的人已经懂得使用滑轮了？”罗瑞有点不相信。

“这有什么大惊小怪的？自车轮发明出来，古人就已经发现了圆形的奥秘。还有，在阿基米德要用一支杠杆撬起地球之前，中国人已经开始使用杠杆了，不要小看前人的智慧。春秋战国能出现《道德经》和墨家的机关术，就说明当时的中国对哲学和物理一类的研究已经到了相当高的一个程度。”

接着乐雨又举起手里另一个铲头形状坑坑洼洼的石头说道：“你们看这个，这应该是一把开矿用的铲子——青铜铲子。还有这个。”她又拿起一个圆柱体，八个面上竖直开了一圈长方形的洞，一只更小的圆柱将它竖着插了个对穿，“应该是一个大型水车上的枢轴。水车是用来选矿的，从西周开始中国就出现了溜槽选矿，用水流冲刷矿物质，由于重量的不同，矿物会聚在一起。这是现代重力选矿的雏形。

“还有这个，是古人采矿时为了防止硌脚穿的木屐。与这些器形类似的物品，都曾经在类似时代的湖北黄石铜绿山古铜矿中发现过，那个时代，是青铜器的时代。在中国，青铜和黑铁各领风骚两千年。你们别看那铜铲已经破成这样，但它却是很珍贵的文物。”

“就凭这些，你就确定这是古铜矿，是不是太武断了？”陆林说道，刚才一路上乐雨都当他是透明人，这让他很不爽。

乐雨也不生气，自信一笑。“最重要的根据，是这个。”说着她又拿起那只青铜铲，指着上面的一头说道，“看到这个标记了吗？”众人闻言凑上来细看，那标记已经风化得几乎看不出来，依稀可以辨认出一个轮廓。

石井真心中一惊，这个标记正和破道观里的那个一样，原来这并不是东厂才有的标记。

“怎么像是个头上顶着三座山、长着个蛇身的怪物？”周欣问道。

“欣欣你的想象力真丰富，那不是山，应该是角。这个说来话长了，还记得你之前问过我，玄武大帝出身的那个静乐国吗？”乐雨说道。

“记得，你不是说静乐国是一个诸侯国或者一个部落，从夏朝一直存在到春秋，然后被楚国灭掉了吗？”周欣忽闪着大眼睛说道。

“不错，说这矿之前，先要讲一讲这静乐国的历史。静乐国在春秋时期就没有了，也许玄武大帝的传说已经有将近三千年的历史，可能比老子出现的年代还早。静乐国还有另外一个名字，叫作古麋国，‘麋’就是麋鹿的‘麋’，中国叫它‘四不像’，也就是他们这个部落的图腾，这只青铜铲上的标记。相传麋最早时叫微，是夏朝的一支亲族，居住在山东。后面商的先祖打败了微的先祖，这只部落被迫迁徙到山西潞城附近。再后来商朝中兴，微与商再战再败，整个部族被驱逐出了中原地区，流落到汉水中游成为周的附属。武王伐纣时，麋作为周的联军参加了牧野之战，后来受封为子爵。还记得《封神演义》里姜子牙的坐骑吗？就是只‘四不像’。呵呵，有时候神话传说与史实之间的关系真的说不清楚。

“到了西周时期，周王不允许宗周附近有其他势力存在，麋国再次被迫迁移，翻过秦岭，来到汉水之畔，定都于武当山几十里外的郧县。之后逐步发展壮大，国力愈强，在春秋时期成了百越的盟主，这直接威胁到了邻近的楚国。公元前616年，楚王遣大将伐麋，麋国战败。往后两年战争不断，楚军还曾攻进麋的国都锡穴，但紧接着楚国发生了大饥荒，饿殍遍野。公元前611年，戎人伐楚，楚国处于内忧外患之际，麋认为报仇雪恨的机会来了，于是对楚国发起了反击，但这次交战的结果却是楚人灭麋。此后，这个神秘的古麋国就消失在了历史长河里。

“时间拉回到现在，2006年，考古队在郧县五峰乡乔家院发现了春秋麋国的古墓群，出土青铜器约70余件，其中一些上面还有铭文。考古队结合之前二三十年里从附近流失的青铜器数量得出了结论：在过去，乔家院地下的青铜器非常之多。这就产生了一个疑问：古麋国哪里来的这么多铜？要知道青铜在当时有着重要的军事意义和政治意义，是国之重器。麋国的青铜是从国外购买掠夺的还是自产的，众说纷纭，而在今天……”乐雨说着晃了晃手中的青铜铲，“这个疑问揭开了。”

众人听完，痴痴地看着一脸兴奋的乐雨，又看看她手里摇晃的青铜铲头，谁都没有说话，突然变得没精打采了。

“真的是一个矿呀？那就没搞头了。没有铜鼎，没有玉器，只有锄头、铲子、木块……”罗瑞叹着气说道。听了乐雨的一番推论，众人确信这是一座古铜矿，也正因为确信了，才会没精打采，确实没搞头了。

只有周欣跟着乐雨在兴奋，对水静说道：“静静你看，我们下跌了十米，却穿越了一千年，真神奇！”

“那欣欣你说，我们再下跌多少，才能回到现在的世界去？”水静还是一脸淡定。她的一句话把众人拉回了眼下的窘境，有没有古董并不重要，怎么出去，才是现在摆在众人面前最重要的问题。

“可不可以这样？假设上面已经不安全了，那么我们就要从下面找出路；假设上面是安全的，那我们在下面多停留一会儿也不是问题。我想，”乐雨调皮地笑了笑，“我们可不可以在下面多探索一段。”她现在已经不太想上去了。

石井真心里虽然非常想表示同意，但也清楚，保持沉默才是他们几个日本人现在该做的，否则很可能适得其反。

其他人你看看我，我看看你，表示同意。

商量完毕，众人再次起身。休息了一会儿之后，大家的体力和精神都恢复不少，探险的热情又高涨起来。未知幽深的春秋古矿，神秘古麋国遗留下来的青铜器，玄武大帝的传说，一切的一切，对这些平淡生活在城市里的普通人来说充满了诱惑。这是一场最最刺激的游戏，就好像远处的黑暗中有一个声音在招呼着众人：“来吧，走下去……”

收拾好东西，背起背包，一行人又向着矿洞深处进发了。

“罗瑞，你说这里不会有什么可怕的怪物吧？”周欣拉着哥哥的胳膊向罗瑞问道。

“这个应该可以放心，洞穴之类的地方看似危险，其实在一般情况下并没有可怕的大型动物。能在这么贫瘠的地方生活下去的，大多是一些弱小的无脊椎动物，最多碰上几只蜘蛛。而且这里也不是特别深，离地面不过十几米，又不是去地心，有什么好怕的？”罗瑞开着玩笑说道。没有在通道中看到老蛇巨龟，他的心已经完全放下了。

“十几米深？怕是不止了吧，我们可是一直在向下走。”陆林接话道，这个矿道确实是一直延伸向下的。

罗瑞全不当回事：“怕什么，我们现在还是在武当山上呢，一直向下，没准儿出去的时候正好到山脚。”

众人一路向下，中途发现了几处水源，都是一个个小水洼，想来是雨后透过排水系统和山间的石缝渗透下来的。四壁依然多是岩石，灯光下很多地方的石块显露出青黄的颜色，这应该就是含有铜的表现了。中间出现了几个拐弯，矿洞开始变得比初入时狭小。众人一直向前，并没有发现分岔的矿道，乐雨说受当时的技术所限，春秋时期的矿洞是一条一条的，彼此并不连通，挖完一条矿脉，再从山外重挖一条矿脉。不过这对于他们来说是一个好消息，因为技术限制，每一条类似的矿道都不会太长，也许不用走太久就会到矿洞的尽头，到时有没有出路就见分晓了。

黑暗的矿洞中并非全无生气，众人发现了白色的蜗牛，还有一些不知名的虫子。罗瑞说这个洞穴是人工开凿的，在那些天然生成的洞穴里，生存的生物要比这丰富得多。乐雨给众人讲着古代有关采矿的记载，不过春秋之前几乎是空白的。有几个人非常仔细地看着脚下，结果确实小有发现。周欣发现了一个卡在墙壁小洞上的陶片，乐雨说那是油灯。李杰捡到一个铲头，陆林走在最前面，也拾到了两件不知道是做什么用的青铜器。

“你们别看这一件件跟破烂儿似的，拿出去值大价钱，对吧乐雨？”罗瑞又动起了发财的念头。

“想都别想，这里地上的、地下的，包括你自己，什么都是国家的。”乐雨还没说话，项昊就替她回答了。

“你们看这个。”周欣指着一边的墙壁上，众人随着她的手指，看到矿道一侧的洞壁上有一块非常圆润的凹痕。之所以引起周欣的注意，是因为那凹痕实在圆润得有些过分了，就好像在厚厚的棉被上用钢球压出了一个印记，与周围那些用利器开凿出来的棱角分明的岩石形成了鲜明对比。

“乐姐姐，你说这怎么这么圆呢？”周欣问。

“这个我就不知道了，大概是长年被渗水冲刷出来的吧。”乐雨说，一时间她也不明所以。

前行了一段，一处类似的凹痕再次出现，椭圆形，差不多有脸盆大小。众人愈发惊奇，继续往前走，看到不远处一个直径一米多长的凹痕，形状依然圆润，不过上面裹着厚厚一层稀泥，看起来很脏。这个反而被忽视了，大家以为它是被水冲刷而成的。等再有雨水渗漏下来的时候，那层稀泥一样的东西被冲掉，露出了一层光滑的表面来。

“你们听，是不是有水声？”这时石井真说道。

“好像真的有！”陆林似乎也听到了，不过应该还离得非常远，水声听得很不真切，几乎轻不可闻。

众人安静了下来，确实听到远处若有若无的流水声，一时都兴奋起来。有水流，就等于有出路。石井真却越来越疑惑，“拜玄五，斗五龙，寻仙宫，雷神在其中”，为什么所有的情形和口诀中完全对不上？难道他们走错了？殊不知，真正的危险才刚刚开始。队伍中一双狠毒的眼睛，也在阴影里悄无声息地注视着众人。

“扑通”一声，李杰突然扑倒在地，把一直揽着他胳膊的齐艳也带了一个踉跄。想起刚才李杰被蛇咬，众人的心一下子提了起来，纷纷围了过来，乐雨让周欣卸下背包拿出急救包。

倒是李杰自己很轻松：“没事儿，让块石头绊了一跤。”听到此言，众人才松了一口气。

又走出十几米，周欣突然说道：“哎呀，我把背包忘在后面了，静静陪我去拿一下。”原来周欣刚才掏出急救包探看李杰，再出发时竟然忘把包背上了。这时也不待水静答话，拉着她就往回跑。两个人回到刚才发现凹痕的地方拿回包，又一溜小跑跟上了队伍。

“你们看那儿。”正走着，陆林又有了新发现，只见灯光尽头约二三十米远处，矿洞正中的地面上竖立着一件东西。众人快走几步来到近前，发现那竟然是一把斜插进地面里的青铜巨斧。

众人围了上去。这柄青铜巨斧的一角插进了地面，露出的部分高度超过半米，斧背厚度将近三寸，靠近背儿的一面两端各抻出三十厘米长的一根斧杆，整体看上去要比车轮还大。斧身锈蚀得很厉害，表面坑洼斑驳，包裹着一层将近半寸厚的铜锈和矿物质的混合物，但露出来的地方依稀还可以辨认出图腾性质的花纹，想来古人是想通过这些花纹与上天沟通，以获得神力加持产生更大的破坏力。斧刃上有很多磕碰出来的缺口，损伤比较严重，但仍有部分厚度只在数毫米之间。

“乖乖！这玩意儿也太大了，绝对属于一斧子能劈开城门的那种，在那会儿应该算是大杀器了吧？怎么矿里还有这东西，难道是两伙争矿脉的人在这里发生了械斗？”罗瑞一个劲儿地惊叹着，说出一个非常不靠谱的猜测。

“拉倒吧你，现代人抢矿也就用个铁锹什么的，这玩意明显是战场上才能用到的。啧啧……真够劲！”项昊对着巨斧啧啧称奇，他崇尚冷兵器，特别是个头儿大的。

乐雨笑呵呵地说道：“那你可说错了，它还真就是在这儿用的。这不是件兵器，而是采具。那时的人开矿没有钻头，就是用这东西来开凿矿洞中的岩石。不过看这个个头，怕是要数人一起动手才行。你们看这铜斧两边的两只把手，当时应该是拴有绳子或者链子之类东西的，用的时候将这铜斧挂起来，数人像荡秋千那样一起发力把它抡起来，将它凿进前面的洞壁里把矿石劈下来。铜绿山古矿里也曾经出土过类似的铜斧，不过比这只要小得多，重量也只有十八公斤。这只，怕是没有八十斤也有六七十斤。如此大的青铜器是非常罕见的，只是，当时的人为什么把它放在矿洞的中途呢？后面的路还得需要它来开凿呀。”乐雨说到最后变成了自言自语。

“那可以拿走吗？”罗瑞很眼馋地问，口水都快流出来了。这么大的春秋青铜器，就算不能当纪念品，哪怕能把它拿到地面上去，也是件很有面子的事儿。

“拿得走吗？前面的路还不知道怎么样，拿着这么个东西太累赘了。”乐雨皱着眉说道。她也很想把这一惊世的发现带出去，可是条件实在不允许。

“赵师傅，来，咱俩一起试试。”项昊说着就要上前拽那铜斧。

乐雨连忙阻止道：“别！这样没准儿会损害文物。这东西怕是已经在这戳了两千多年，下面也许已经和含铜的地面长成一体，现在哪怕只是破坏一个边角，都是不可弥补的损失。还是等专业考古队来吧，咱们现在没这个条件。”

“那得了，你们看吧。你们这些考古工作者，办起事儿真不利索。”项昊被乐雨一句话说得无趣，兴趣索然地退到众人后面。碰都不让碰，那还有什么意思？

站在众人围成的圆圈后面，项昊不经意回头看了一眼他们的来路。这一看不要紧，一下子毛发都倒竖起来。

“我靠！什么玩意儿？大家快跑！”项昊大喊一声，说罢两只大手一展，也不管前面是谁，推着就要向前走。

有了先前遇到蛇的经验，众人的反应好像快了很多，听到项昊喊声中的急迫，想来危险已经迫在眉睫，一行人头也不回地开始往前跑。陆林跑起来以后回头看，颠簸中并没有发现有什么东西追过来，矿洞里还是静悄悄的。可他确实感觉到一些不对劲儿的地方，只是仓促间也说不清是哪里不对劲儿。

跑出了二三十米，看没有东西追过来，众人纷纷停下来，开始向后张望。

“昊子，你到底看见什么了？挺大的个子一点儿都不稳重，你看清了再喊好不好？”罗瑞跟项昊说。

“你没看出来？”项昊反问道。

“无量天尊，怎么武当还有这种恶物？乐姐姐，你知道那是什么吗？”水静似是看出来了。

“我也不知道。”乐雨摇了摇头。

“我说，你们到底看见什么了？”李杰也问道。

“你们别看脚下，打远光，向远处的地面看。”陆林接话道，他终于发现是哪里不对劲了。

石井真干脆把大功率 LED 向后照了过去，一看之下，罗瑞的脸也白了。

灯光只照到青铜巨斧之后十来米，但眼前的情形实在匪夷所思。刚才的路上原本满是碎石和棱角分明的岩石，但现在看过去，灯光下那些碎石与棱角不复存在，朝上的一面变得平滑圆润，就好像刚刚被人打磨了一遍。

众人的视线顺着灯光向自己这边推进，刚刚跑过的矿道也变成了平滑的样子，只有青铜巨斧依旧斜插在那里没有太大变化。不过上面锈迹似乎少了许多，在灯光下似是反射出些许冷森森的寒光。

“那是什么？”周欣尖叫起来。

大家终于发现了这一切的始作俑者。

只见离他们十几米的地方，石头还是原来的样子，并没有变化。但在平滑与棱角之间有一片阴影，那阴影走过的地方，地面开始变得平滑，此时它正在向着众人站的地方缓慢蠕动着。灯光下，那阴影的面貌终于显现出来，竟然是一摊稀泥。

“是那个……刚才在圆坑上的那些泥巴，这是什么东西？”周欣一边说一边往后倒退，小脸吓得煞白。

“看到了吧，就是那东西。刚才你们研究斧子那会儿，我回头一瞟，路上全平了，当时那玩意儿差两寸就贴到我脚跟上了，就差那么一点儿。切石头跟抹豆腐似的，这要沾到肉上，人不得直接就溶了？大家往后退！”看那团东西还在向着众人涌过来，项昊提醒道。

众人一步步向后退，那团泥像一股液体流动着逼近众人，凡是被它覆盖到的地方都变得平滑圆润。大家躲到一角，想让出路让那东西流过去，不料那东西的前锋也跟着转了向。

“它怎么跟着咱们呀，要不咱们爬到墙上去？”周欣躲在哥哥身后一边退一边说。

“妹子，你忘了那玩意儿就是从墙上下来的？这玩意游得也不快，要不咱们跑吧，它追不上咱们。”项昊回答道。

“不行！趁着现在还有时间，得先弄清楚它为什么跟着咱们，不然万一跑进死胡同，那咱们就完了。”陆林此时已经冷静了下来，边退边想办法，头脑转得飞快。刚才众人路过的时候，那东西还在洞壁上。他计算着刚才众人行进的速度，目测这东西爬行的速度，加上路上耽搁的时间，想推算出它是从什么时候开始跟上来的，这样就能找出原因了。

那团东西不紧不慢地向前蠕动，众人一点点倒退，谨慎地用头灯照着它的一举一动。“哎呀！”周欣太过紧张没有看脚下，一下子被地上的石头结结实实绊了个屁股墩，把挡在她身前的周伟也一起绊倒了。就这么一耽误的时间，兄妹二人已经落在队伍的最后，距离众人有了三四米的距离，离那团东西却不到十米远了。

就在这时，那东西好像受了什么刺激，一下子速度快了一倍不止，眨眼间已经前进了四五米，猛地向坐倒在地上的兄妹扑了过来。

情况万分危急，站起来跑已经来不及了，周伟没有任何犹豫地把周欣搂在了怀里，将妹妹的身体遮挡在了臂膀之下。

“欣欣！”

“妹子！”

呐喊声中，三道人影不顾安危地抢上前来，是陆林、项昊和水静。

水静最快。这个心思单纯的小道姑也许什么都没想，看到姐妹遇险本能地冲了过来。她甚至没想好过来以后要怎么办，一冲上来就抢到了周伟前面，张开双臂，用她纤细的身体挺身挡在兄妹二人身前。

“小孩子别胡闹，后退！”紧接着到的项昊一把把水静拨拉到后边去，伸出两只大手去托周伟和周欣，想通过身高臂长的优势把两个人抱离地面。此时那团削平一切的东西，离几个人不过一米。

陆林本来跑在项昊前面，临到跟前，却没有往前去。他似是发现了什么，过来以后停在周欣身后，伸手去摘她的背包。陆林此时异常沉稳，曾经受过的训练教会他越是面对危险，越要冷静下来。电光石火之间，他三两下解下了周欣的背包，思绪飞转，如果自己的猜测错了，那几个人就都完了。此时那团东西眼看就要到项昊的脚前，说时迟那时快，陆林心中暗道一声：“拼了！”再没有犹豫，把背包甩了出去。

周欣的背包被抛起来，向那团东西的背后飞了过去。众人看出陆林的意图，一时间所有人的心都随着陆林丢出的背包悬了起来，时间仿佛停止在这一刻……

“扑通！”

背包重重落在那团东西的后面十几米外。原本周欣没有把背包扣好，一抛一落之后，包里的东西被摔出来，一个八寸长的压缩氧气瓶“骨碌碌”滚了出来，那是急救系统的一部分。氧气瓶滚落在背包旁边，还滋滋地冒着气。

那团东西在陆林扔出背包之后，停在了几个人的面前，仿佛一时找不到目标，之后便向着背包摔落的地方快速流动。五个在生死边缘挣扎的人，总算脱险了。

陆林和项昊对望一眼，长长松了一口气。周欣吓坏了，趴在哥哥的怀里呜呜哭了起来。周伟一边拍着妹妹的头，一边向赶来救援的三个人投去了感激的目光。此时说什么都是多余的，一辈子的交情都没有这几秒钟来得真切。

那团东西扑到背包上就不走了，在上面来回蠕动着。刚才一直躲在后面的其他人也安下心来，大家凑到周伟周欣跟前安慰了起来。

陆林向前走了几步，用头灯照着那团扑到背包上的东西。此时众人也都看明白了，那团东西是奔着周欣的背包来的。

"我想我大概知道它是什么了。"陆林说道，"你们注意到没有，它追逐的其实不是这个包，而是这个氧气瓶。"

顺着陆林手指的方向细看，果然如此，那团泥一样的东西堆得最厚的中心地方，正是那个氧气瓶。

"刚才老李摔倒了，我给他拿药，大概是收拾的时候把氧气瓶的开关碰开了，因此它们才会追上来。"陆林又道。

"那这东西到底是什么？生物吗？"石真井问。

"我也不太清楚，但听朋友提过一点儿。你们听说过生物冶金吗？生物冶金，就是以生物的方式提炼矿石的金属元素。常规冶金技术在低级矿物加工过程中成本高，污染大，而生物冶金技术，通俗地讲就是将含细菌的菌液进行浸泡，这些微生物以矿石为食，通过氧化获取能量。矿石由于被氧化，从不溶于水变成可溶，人们就能够从溶液中提取出矿物。生物冶金成本低，污染小，可重复利用，是未来冶金发展的理想方向之一。"

陆林先普及了一下知识，接着说道："类似这种靠吃矿石为生的微生物很多，目前人们还没有完全发现。咱们今天遇到的这团东西大概就是这类微生物，这是一种对氧气极为敏感的好氧生物。氧气瓶被打开后，它们感觉到了浓厚的氧气，才会一路追着咱们。刚才欣欣坐在了地上，包里的氧气阀又被撞开了一点儿，这才出现了它们最后疯狂向前扑的一幕。"

很多人是第一次听说生物冶金这个词，听陆林解释完，感觉很神奇。在一个两三千年前的铜矿里发现这种东西，大家纷纷猜测是不是春秋时中国就已经有了这项技术。

乐雨接话道："应该不是，可能是矿洞里自生的，毕竟它们是靠吃这个为生的。不过生物冶金，古代中国确实有。古人可能搞不懂道理，但他们确实做到了。唐朝一本书里有一个有趣的故事：广州某县境内有一个金矿，附近一家居民把自己家的鸭、鹅放养在矿山的水池里，结果在它们的粪便中经常见到黄金片。这家人大喜过望，便又养了许多鸭鹅，每天收粪淘金，竟可一日坐收半两至一两黄金，实在算得上生物冶金的首创者了。还有白蚁食银的故事，有银一百五十两为白蚁所食，白蚁死后投入炉中焚化，仍得银一百五十两。这都是真实发生过的。”

“早知道是微生物，就不用这么紧张了。不过就这么留着，到底是不安全，这玩意儿吃得太快了。”罗瑞摸着下巴看着那团微生物，一时也想不出什么消灭它的办法。说话的工夫，原本那团东西裹着背包的地方高高鼓起的一大块，现在已经将近平了。谁也不敢保证一会儿这团微生物吃完了东西，会不会接着追他们。

“我来吧。”野村匠靠近了那团东西，手一挥撒出一把白色粉末盖在了那团东西上。接着他顺手在身上什么地方蹭了一下，手落处一个火星飞起来，在黑暗中划出一道靓丽的弧线，落在了那团东西上。接着“砰”的一声，那一团东西猛地燃烧起来，接着又是一声爆炸，黑暗中爆出一团大大的火花——氧气瓶爆炸了。好在泄漏了很久，瓶中剩的氧气已经不太多。那团东西冒着火在那里一动不动，并没有挣扎。乐雨却说是那些微生物太小了，再怎么翻滚挣扎，众人也看不见。

烧了五分钟，火势渐渐小了，飞灰中似是有一片片东西。众人怕有没烧干净，不敢过去看，不知是否会像故事里火烧食银蚁出银那样，烧出铜来。

“怕是现在矿里用的那些微生物也没有这个好用，吃得太快了，不知道这东西要是带出去能不能卖钱。”罗瑞说道，引来众人嘘声一片。

“你们看那边！”水静指着来的方向喊道。

## 第十四章　幕后黑手

众人回头看，这才注意到背包落地的地方，离之前看到的青铜巨斧已经不远了。众人离得近才发现，此时的青铜巨斧已经不是刚才的面貌了。跳动的火光中，巨斧周身反射出青铜特有的金属光芒，光亮明灭中，古朴瑰丽的花纹若隐若现，散发出一种来自远古的荒蛮与磅礴气息。整个青铜巨斧比起刚才干净了太多，原本斑驳凹凸的表面已经不复存在，显然是刚才微生物包裹住巨斧的时候，把外面的一层杂质都腐蚀掉了，却没能损伤斧身。

“啧啧，刚才是垃圾成色，现在差不多八成新了。看来这斧子用料不错呀，那玩意儿吃不动。”项昊第一个凑了过去，他越看越喜欢这把斧子，忍不住伸手轻弹了一下青铜的斧身。

这一弹不要紧，只见巨斧开始一点一点儿向反方向倾斜，最后“咣当”一声轰然倒在地上，震得脚下的地面都颤了颤。项昊怎么也没想到会这样，那弹巨斧的手指停在空中，当场石化。

在此插了几千年的青铜巨斧，轻轻一弹就倒了，一时间众人都有点儿反应不过来。

“你怎么使这么大劲儿！”陆林赶紧过去查看斧身，真要是摔坏了，项昊的罪就大了。

“不怪项昊，刚才地面被微生物腐蚀掉一层，怕是那会儿已经不稳了。真该谢谢那团东西，清理得这么干净，让我们来做都做不到。而且斧身竟然一点儿也没损坏，铸造这斧子所用的青铜，必然不凡。”乐雨走过来，蹲下查看巨斧。

“必然不凡是吧？那就是啦，肯定没事儿，要不怎么项爷我一碰它就倒了呢？这就叫缘分。嘿嘿，我说小乐，小雨，乐乐……”项昊越叫越肉麻，“你看我们这么有缘，能让我把它带出去吗？反正也立不住了，你不怕咱们走了再有人来把它偷跑吗？迟则生变呀，眼下把它踏踏实实地拿走，这样最安全。

你放心，一回去我就上缴。”

乐雨眼珠转了转说道：“你能拿动就拿上吧，反正已经倒了，而且清理得这么干净，在这里再放些日子，怕是又要锈了。”

“好嘞！”说着项昊伸出大手抓着两边一样长的斧柄，把青铜巨斧从地面上拎了起来，两手上下一别，把斧身立在身前。他原本就高大魁梧，此时配上一柄巨斧，就好像一位古时的大将，愈发显得威风凛凛，众人齐赞他好力气。

“倒不是说特别沉，就是这两边一样长挺麻烦的，使不上劲儿。林子过来搭把手，咱俩一人一边。”项昊招呼陆林。陆林应声过来，单手抓起一边斧柄，两个人一人一手把斧抓在中间，看起来非常轻松。

诸事完毕，众人又开始向前走。多了一件如此珍贵的战利品，队伍一扫之前的颓势，气氛又活跃起来，大家对找到出口充满了希望。只有陆林不说话，低头沉默地走着路。

越往前走，水流的声音越大，看来出口不远了。陆林和项昊抬着巨斧走在最后面，低声说着什么。两个人的头顶灯突然灭了，片刻之后又亮了起来。突然发现后面照过来的灯暗了，众人问他俩怎么样。

“没事儿，可能刚才掉下来时进水了，接触不良，不过已经好了。”陆林回答道。

又往前走了一段，水流声清晰可闻，众人精神为之一振。就在这时，身后的黑暗里突然响起了如汽车防盗器般的警报声，那声音在黑暗深远的矿洞中回响着，听着格外刺耳。

突如其来的报警声把众人吓了一跳，齐齐回头看去，灯光下什么也没有，只有几十米外的黑暗中，有个小红点在一闪一闪。

“大家别慌，那是我们刚才放的红外防盗器。”陆林说着向后摆了摆手，示意大家不要紧张。

“怎么回事，林子？”罗瑞问道。

“没事儿，抓个贼。”陆林看着后方的黑暗回答道，又向后高声喊：“出来吧！都已经露馅儿了，再藏着就没意思了，你也不想走回头路吧？”

众人闻言看向黑暗，难道真的有人跟着他们？黑暗中突然凸起了一块，像是黑幕中的一小块被单独裁剪出来，推到前面一点点侵蚀着灯光。那块黑影越走越近，终于在强烈灯光的照射下拖出了一条长长的影子。

一个全身黑衣、黑布罩头的人从黑暗中走了出来，周身上下只有一双眼睛露在外面。那身衣服好像完全不反光，即使在强光下也只能看出个轮廓。如果不是离得近，灯光够强，根本看不出那是个人。黑衣人不再向前，只是冷冰冰地看着陆林。

陆林笑笑对黑衣人说："终于肯出来了，这一路上你可没少给我们找麻烦。其实真挺不想揭穿你的，可眼看就有出路了，我实在怕你再捣乱。"

黑衣人依然不说话，眼中充满怨毒。

"把面罩摘了吧，也不知道你哪来的这么多面罩。你那张脸已经是最好的面具了，真是看不出来呀，肖青同学。"

"什么？"众人听到陆林说眼前的人是肖青，一时都惊呼起来。

黑衣人咯咯笑了起来，越笑越响，很是嚣张。他抬手扯下面罩，一张清秀英俊的脸暴露在了灯光下，正是肖青。

"老郭呢？"陆林不再笑了。确定是肖青之后，他第一个想到的就是和肖青在一起的郭凡成。

"你怎么知道是我？"肖青没有回答陆林的问题，反问道。

"第一天我们觉得发现卢象升碑的道观里好像还有点儿别的东西，预感到晚上要发生些什么。我不方便过去，就让罗瑞把'上校'放了过来，鹰眼的视力好，晚上什么都看得清。可惜'上校'不会说话，不能告诉我们它当时到底看到了什么，但它把一块黑布带了回来。第二天早上，我让'包子'闻了那块黑布，路上它开始在众人中寻找，最后它找到了你。呵呵，它找的不是你包里带的排骨，而是你这个人，从那时我就在怀疑你了。"陆林把这事做得非常隐秘，当发现有嫌疑的人是肖青时，他连项昊都没有告诉，项昊这个人太冲动了。

"结合你前后的表现，我对你的怀疑越来越重了。加藤跟人打架的时候和你在一起，是你挑拨的吧？才上山时野村差点儿摔下山崖也是你有意推的吧？一路上你话语间总是有意无意地挑拨我们和日本朋友的关系，那个捕兽夹应该是你自己套在腿上的吧？开始我还以为真是意外，下了地宫才想明白，你是为了在下山的时候能离开众人的视线在背后做手脚。进地宫以后，那条白蛇袭击人，它是飞到我们中间落下的，蛇怎么会飞呢？明明是被人扔过来的。只是不知道你扔准了没有，真正想伤的是谁。在地宫尽头遇到的蛇群也是你驱赶过来的吧？除了蛇的腥味，我还闻到了雄黄的味道。之后在矿道里，那氧气瓶的阀门不是欣欣不小心打开的，是她忘记拿背包的时候你偷偷拧开的吧？还真是知识渊博呀肖青同学。你在队伍里时，所有事故的现场都能找到你，你不在队伍里时，所有遇到的麻烦又都像有人在背后做手脚。再加上那块黑布，猜到是你，并不难。”

“现在请你告诉我，老郭现在在哪儿？他一路上可对你不错。”陆林说到这里严肃了起来。

肖青笑得很邪，此时他如同恶魔附体，跟上山的时候判若两人：“他确实对我不错，所以我让他死得一点痛苦都没有。而且，是全尸。”

“你！为什么？”陆林的声音更冷了，后面众人的惊愕已经开始慢慢变成了愤怒。

“不为什么，我让他先走不用管我，他不听，非要搀我走，没办法，碍手碍脚的人总要清除干净。老郭的命很不错了，武当山呀，风水宝地，葬在这儿也许还荫福子孙呢。呵呵呵，不过你们也不用眼馋，就要轮到你们了。”肖青的口气像是在说一件小事，完全不把一条人命放在眼里，提到众人时也很是轻松，似乎谁都没打算放过。实际上他知道几个日本人不简单，但他算准了日本人是不会插手的。

“听口气，你还想把我们都干掉，就凭你？束手就擒吧，我们会带你出去的。”陆林冷着脸说道。他明白此时已经不能用正常人的思维揣测肖青了，他既然能当着大家的面儿如此轻松地承认杀了郭凡成，那么他确实没打算让这里的人活着出去。

“你试试不就知道了。”既然被拆穿，那就没什么好说的了。肖青不再说话，脸色一紧冲了上来，两步来到陆林面前。

陆林正准备进攻，却见已经逼近的肖青突然一抖手，两把虎爪刀闪电般地套在大拇指上，两手交叉顺势向上一撩。这一招突如其来，陆林也没来得及反应，只能往后退了一步。肖青抢了先机，便接着攻，两把爪刀上下翻飞，时而反握，时而转刀，刀刀不离陆林周身的关节要害。陆林连退好几步，终于把身上带的那把直刀抽了出来，挥刀格挡肖青的攻势。

两米宽的狭窄矿洞内，两人展开了一场近身白刃战。无论是肖青的爪刀还是陆林的直刀，刃长都不超过 15 厘米，就像是拳头的延伸。但对比拳对拳的近身格斗，方寸间的危险却大了很多。刀锋短而灵活，不易格挡，两个人贴身相搏，如此近的距离，一个不小心就会被划一道伤口、扎一个血洞。更何况此时对战的两人都身手不俗，每一刀都奔着对方的关节要害去的，只要一击得手，就算不致命也会使对方失去战斗力，一时间险象环生。两人之间几乎没有距离，陆林一脸严肃全神贯注，用右手的刀格挡肖青左手的刀，伺机进攻，左手磕着肖青右手持刀的小臂，挡住另一侧的攻击。

灯光下，刀锋寒光吞吐，反射的刀光时不时划过肖青狞笑的脸。他一脸轻松地进攻着，似是在逗陆林玩儿。爪刀刃不长，除反握之外，还能通过套在拇指上的圆环转刀。肖青的进攻很诡异，握刀前攻之外，时不时还从正反两个方向转刀，把直刺变成劈挑。再加上双刀的优势，让陆林招架起来非常吃力。

后面人的注意力都在这两个人的身上，却没有留意到项昊已退到了后面，悄悄对着周伟兄妹、水静和罗瑞使了个眼色，不动声色地推着他们向后退。这是他和陆林刚才商量好的，既然水静说他俩是这队人里功夫最差的，那正好利用这个机会，把队伍里的其他势力找出来。罗瑞几个虽然不明就里，但还是照项昊的意思悄悄往后退。

陆林也在边打边往后退，原本这就是他计划的一部分，诈败退到众人之中，让项昊在后面留心谁是高手。但怎么也没想到肖青竟然这么厉害，躲闪不及中已经被划伤两处，现在他已经是不得不退了。

项昊一直在留意众人的反应，眼看陆林就要退到身后的人群里。令他失望的是，剩下的李杰夫妇、乐雨、赵师傅几个人也全都在后退，而且从脚下的步伐根本看不出谁有功夫。项昊原本还想等陆林退到人堆中再细看，却发现陆林身上已经挂了彩，几乎被肖青逼得只守不攻，一下急了。

“林子，让我来！”说罢项昊也不看后面那些人了，扔下手中的青铜巨斧，抽出随身带的一把刀身满是宣花钢纹的大马士革匕首，冲上来支援陆林。

三人个战在一起，刀锋碰撞处常常爆出一团团火花。

肖青对战陆林和项昊两个，却应付自如，似是还有余力，此时陆项二人终于明白为什么水静说他们是这群人里功夫最差的了，只肖青一个人竟然就厉害如斯。可惜项昊冲得太急，忘了此时置身于狭小的矿洞内，近身相搏中，高大的身材反而成了拖累。他和陆林之间虽然配合默契，但二人怕伤到对方，一时反而有些放不开手脚。

就在这时，陆林被肖青一脚踢翻出去，肖青一手架住项昊的刀，另一只手反握刀由下向上划。项昊用手格挡他的手腕，却不料肖青反握着刀的手突然一松，大拇指在环扣里一转，爪刀向后转了一圈，变上挑为向下砍。他的速度太快，项昊再想收手已经来不及，小臂处的连体服立刻被划出了一道长长的口子，一股鲜血飞溅出来。爪刀作为一种攻击武器比直刀短上很多，灵活有余，但威力略显不足，所以应用时，高手多半会把攻击范围锁定在关节、动脉等一击明显见效的部位。

肖青并没有收手，爪刀转了一圈儿又变成反握，趁项昊受伤时手臂略一停滞中门大开，握着爪刀的手长驱直入，奔着项昊脖子上的大动脉直直扎了过去。电光石火之间，项昊再也来不及格挡，靠在墙上也没有后退的空间，一时间万念俱灰，心里暗道一声："没想到项爷竟然要折在了这里！"便准备等死了。

众人一片惊呼，水静刚才被项昊拉到最后面，现在即使想救援也来不及。就在这时，一个意想不到的人飞一般地跃过人群。奔跑途中，他俯身从地上捡起一块石头，顺着身体向上仰起把石头对着肖青的脸抛了过去，接着也不停顿，后脚猛地一蹬一旋，身体飞起，一个漂亮的反身侧踢，飞腿跟在石头后面直奔肖青的胸口。

连着两下的攻击速度极快，如果肖青不收手，肯定不能幸免。

肖青一手拨开石头，身体连着后退了两步停下攻击，与冲上来的那人对峙起来。先前的紧张气氛为之一松，众人惊奇地看着这个救下了项昊的人。

"项先生，您没事儿吧？"加藤阳也生涩地用带着日本口音的汉语问道，冲上来的人正是他。自从在南岩被项昊救下，加藤阳也对项昊就有一种说不清道不明的亲切感，无意识中这个高大的身影总是会和为救自己而死的大师兄重合在一起。刚才肖青出现，山中健太示意自己这几个人谁都不要管，可当加藤看到项昊受伤命在旦夕时，大师兄死前的一幕又浮现在他眼前。他不能容忍自己眼睁睁地看着“大师兄”再死一次，终于不顾山中的命令冲了上来。

“那个，”死里逃生的项昊咽了口唾沫，很不自在地说，“谢谢。”他怎么也没想到这时跑上来救自己的人会是加藤阳也，一时间也不知道该说什么好。

“小鬼子，别多事儿！把这几个碍事的家伙干掉，往后的路各走各的，到时候各凭本事。”肖青咬牙切齿地说道。看到加藤阳也冲过来，他的脸色一下子阴沉下来。无论出于哪方面的考量，此时日本人都不该插手。他现身之前已经想好，杀光这里的普通人，队伍里的其他势力也会暴露出来，日本人需要一个把这潭浑水分出清浊的人。到时他再和日本人合作干掉最强的那个，之后的事情就简单多了。可他哪里知道加藤阳也的心思。

“现在这里，最碍事的是你！”加藤阳也的汉语不太灵光，此时他不再多说，向前一迈步就与肖青斗在了一起。他手上什么也没拿，但胜在身手灵活，空手拍打着肖青挥刀刺过来的手腕，一时间竟不落下风。

站起身来的陆林和项昊对望一眼，再次双双扑了上来。三打一，肖青被围在了中间，情况急转直下。面对三个人的合击，肖青有些招架不住，只几个照面，他的左手就被陆林用两手一搅一绞，手腕被划了一条长长的口子，刀也撒了手。向加藤阳也踢出的右脚也被闪过，反被加藤一拳狠狠打到了踝骨上，一条腿立时不灵活了。肖青还待咬牙再斗，右手却被项昊擒住。趁着他右肋空虚，项昊一膝盖狠狠磕了上来，这一下够狠，肖青被磕得飞了起来，在空中喷出一口血。

看到肖青倒地，陆林一步抢了上来踩住了他的胸口，同时收了他手里的刀，两手抓着肖青受伤的左胳膊一扭一挫，把肖青的胳膊拧得脱了臼。肖青疼得大叫一声，用怨毒的眼光狠狠盯着陆林。陆林想得很明白，不管怎么说，他们不但不能杀掉肖青，还要带着他一起出去。带着这样的一个危险人物，想要保证队伍的安全，就必须先让他失去战斗力。这时如果再有妇人之仁，就是对大家的安全不负责任。

这下肖青就是想反抗也反抗不了，又咳出一口血，躺在地上不动了。他脸上挂着邪邪的笑，咳嗽着对陆林说："呵呵，你敢杀我吗？"

"我们不会杀你，还会带你出去。说吧，你到底是什么人？"陆林问道。

"我是什么人？哈哈哈，有本事你就想办法让我说出来。"肖青放声大笑，气焰还是那么嚣张。他用那只没脱臼的手撑着地面，摇摇晃晃地站了起来，似是站都站不稳，看来项昊那一膝盖顶得着实不轻。"要不是那个鬼子多事，你们现在已经被我收拾了！走吧，带我出去。"肖青吐了口带血丝的唾沫，怎么看都不像个失败者，好像众人带他出去是理所当然的，他料定几个人不会杀他。

"妈的！都抓住你了还敢这么嚣张！"项昊狠狠地在他肩膀上抽了一巴掌，打得肖青一个趔趄。

这时一直在后面的赵师傅走了过来，手里抓着一把从包里掏出来的绳子对陆林说道："我把他捆上吧，这小子太厉害了。"陆林点头，赵师傅便把肖青的手反剪到身后，用绳子捆在了一起，这次肖青并没有反抗。赵师傅特意把绳子一头留得很长，捆完便把另一头缠在了自己手上，从后面推了一把肖青说道："走！"又对众人说："放心，俺用这扣儿在俺们村捆过牛犊子，畜生都挣不开。"

一句话把众人都逗笑了，肖青还是一脸邪邪的笑。项昊向加藤阳也伸出了手，很认真地说道："谢谢你！"加藤伸手握住了，只是笑笑："没什么。"说完扭头往几个日本人中间走去，山中狠狠瞪了他一眼。

退到后面的几个人心怀畏惧地看着肖青。一路上温文尔雅的摄影师突然撕下人皮变成了一个魔鬼，这给几个人带来的震撼实在太大了。

陆林不敢让肖青离前面的人太近，让赵师傅在前面牵着绳子，他和项昊抬起巨斧走在了后面，三个人把肖青夹在了中间。

众人唏嘘着又上了路。出了肖青这件事，想想同来的郭凡成可能已经遇害，谁都没心情说话，只是听着越来越近的水声沿着矿洞向前走。陆林和项昊都有些郁闷，双战肖青不下，还要日本人来帮忙，这对他们来说是一种打击，也真正开始正视起水静说的这队人里他们身手最差的这种说法了。

石井真和山中健太时不时假装不经意地回头瞟几眼肖青。引出和他们抱有相同目标的中国势力本就是他们的目的之一，眼下真的暴露出来一个，他们开始考虑怎么从肖青嘴里得到一些东西。之前山中快被加藤气死了，就如肖青所说，他们几个不该插手。在他眼里，最好的结果就是肖青把这里的中国人统统杀死，然后他们几个再联手把他擒下，从他嘴里问出些情况，甚至引出他背后的组织来。

又走了一小段，肖青也不说话，一直很老实。远处的灯光下，矿洞似到了尽头，又走近了一点才发现，原来矿洞在这里拐了一个弯儿，水声已经近在眼前。众人快走几步转过了弯道，眼前却出现了惊奇的一幕。

转过弯道，灯光直射了出去，三十米外便是矿洞的尽头，洞口之外是一片黑暗，水声就是从那里传过来的。加藤阳也快跑几步到了最前面，看明了情况说道："下面有条地下河，水不是很深，但流速很急，不过应该可以通过。"

"又要蹚水呀？"周欣一听就有点郁闷了。

"没事妹子，不想蹚水哥背你过去。"罗瑞笑着说道。

"不用，谢谢罗哥哥！没准儿一会儿就出去了。"周欣还是很害羞的。

"收拾收拾吧同志们，还好已经换了连体服，再准备准备就要下水了。我说，你们两个能让斧子不沾到水吗？"乐雨问的是陆林和项昊。

"没问题，让昊子背在背后就行，是吧昊子？"陆林回答。

"没问题，这个得会使劲儿，就像背包一样，不能把重量都勒在肩膀上，要用腰和臀的力量把它抬起来。"项昊回答。他和陆林跟众人聚到一处，开始收拾准备下水，同时让人把铜斧绑在他身后。

很多装备都在赵师傅的背包里，这时他不得不放开了牵着肖青的绳子，到前面卸下背包和众人分配东西。之前肖青一直很配合，大家有些放松警惕。看到人都到了前面，肖青的脸色阴沉下来，他悄悄地向后退着，两眼射出恶毒的光芒，那只没有脱臼的手开始在背后灵活地活动起来。

"嘎巴！嘎巴！"两声清脆的关节响声伴随着喉咙里挤出来的狼嚎般的惨叫，打断了正在挑装备的众人。他们齐齐回头，就见肖青半跪在地上，脱臼的那只手撑着地，另一只手捂着肩膀，他竟然硬生生地把脱了臼的那只胳膊上了回去，脑门上冒出豆大的汗珠，恶狠狠地看着众人。

肖青把刚接上的胳膊活动了两下，又咳出一口血，在矿洞的拐角处与众人对视着。陆林心里一紧，没想到这个人对待自己这么狠。只见肖青把手伸进怀里，掏出一个烟盒大小的长方盒子，从盒子一头拔下了一个东西，那盒子开始发出了“嘀嘀”的响声。肖青把盒子向着来时的矿洞扔了出去，众人听到远处传来东西落地的声音，“嘀嘀”声在还在空旷的矿洞中回响着，而且声音来越来越急促。

“那不会是炸弹吧？”罗瑞小声问乐雨，他实在不相信在生活里会遇到这种东西。最后嘀嘀声没有了，变成了一声长音，紧接着拐角后传来了一声巨响，整个矿道被震得颤抖起来，传来大块石头砸在地面、矿洞坍塌的声音，持续了好一会儿才停下来。可想而知，众人过来的道路已被埋葬，如今没有了退路。

真的是炸弹！陆林在心里大骂自己愚蠢，刚才竟然忘了搜身。所有人都大意了，刚才肖青只是用刀，连把枪都没有，谁能想到他身上还藏着这么危险的东西。

一块被气浪炸飞的石子正好划过肖青的额头，留下了一道长长的口子，血一下子流了下来，染红了他半边脸，在灯光下形同恶魔般狰狞。

陆林在人群中一点点往前凑，同时分散肖青的注意力：“看样子你不想再让人进来了，可你堵了来路，自己怎么办？”

“我也不想再让人出去，你别过来！”肖青没有回答陆林的问题，手又伸进怀里掏出了另一个方盒子，威胁众人道。

看他手里还有炸弹，对面的人都不敢动了。

“肖青你别冲动！”周伟叫道，“你到底想要什么？有什么要求你说，我们都会满足你。”在周伟的人生经验里，人做一件事是有他的目的的，哪怕有些目的非常变态或者非常普通。

“我要什么？我要你们的命！”肖青狰狞地回答道。

“肖青冷静！冷静！你有没有想过自己做这些很不值，即使这里所有的人都死了，对你也没有好处，你能从中得到什么？你一路上做了这么多事，值得吗？哪怕是你背后有人命令你，这事也不是一定非要这么解决。说白了，你背后的人也是为了利益，没有什么是不能坐下来谈的。你不要这么冲动，没必要为了别人把自己也赔进去。我可以和你的老板谈，我保证问题能以更好的方法解决。当然，要先离开这个鬼地方。只要出去，大家不会说你的事，什么都不追究，也不会为难你，你可以放心。”周伟顺嘴就说出了一堆让人宽心的话。

“我要什么，你们是不会懂的，你们这些没有信仰的家伙！”肖青听了周伟的话明显迟疑了一下，但过后他的态度更加坚定了，举起手里的炸弹厉声叫道，“都给我听着，放下手里面的东西，从洞口跳到水里去，快点！”

众人谁都没有动，几个日本人也没有说话，自始至终看着肖青的表演。

“当爷爷傻呀！我们都跳下去，你把炸弹往下一扔，我们全完啦，你小子自己跑了，想得美！”项昊依然不客气，盯着肖青说道。

“你以为在这儿我就不敢扔了吗？都老实点儿！”肖青说着做出了引爆的架势。

“呀！”一直不显眼的赵师傅突然向肖青扑了过去。原本他站在队伍的最后，此时离肖青最近，在众人谈话间又不动声色地往前踱了几步，距肖青不过两三米。赵师傅一扑之下就抓住了肖青双手，把它们死死地分开，不让他有机会引爆开关。

肖青一脸惊异地盯着赵师傅，想把两条胳膊使劲拼到一起，却怎么也动不了。看到肖青被控制，陆林和项昊一同冲了过来。肖青知道这样下去必然再次被制住，想脱身就难了。他怕身上的秘密会暴露出来，于是不等二人靠近就发了狠，对着赵师傅诡异一笑，咬牙切齿地说道：“那就给我陪葬吧！”

说着他的两只手反过来死死扣住赵师傅的手，左脚跟狠狠往地上一跺，又抬起来使劲一磕自己的右脚跟，一股烟从他的脚踝冒了出来。那股烟越来越浓，冒烟的部位也开始从脚踝向上延伸，一路到了两腿、腰部，一直向全身蔓延。“砰”的一声，那声音就像点燃了浇过汽油的大型篝火，肖青身上凡是冒烟的地方都着起火来了，顷刻之间变成了一个火人。

这变故来得太突然，陆林、项昊一时都停住了脚步，不知该如何是好。那火烧得极快，此时已经开始顺着衣服灼伤肖青的皮肤，伴随着“滋啦啦”的声音，一股烤肉的味道开始在矿洞里弥漫起来。肖青死死反扣着赵师傅的手，赵师傅想往后挣脱，却无济于事。

“赵庆华是吧？一起死吧！”肖青咬牙狞笑着说道，火焰开始腐蚀他的脸，下巴已经被烧出了一块块疤，巨大的疼痛让他整个身体都在颤抖，牙齿都快咬断了，两只手却抓得更紧。赵师傅想扯着他往后退，可肖青的步子站得坚如磐石，怎么也扯不动。

陆林抽出刀对项昊大叫道："砍断他的手！"无论如何不能让赵师傅这么活活被烧死。可还没等二人冲上来，肖青手里那个盒子已经发出了嘀嘀嘀的响声。不知是不是高温的缘故，它竟然被启动了。如此近的距离，一旦爆炸，众人怕是难以幸免，可向前冲的陆林和项昊却没有停。

赵庆华从制住肖青开始就没说话，一切发生得太快了，火苗蹿到他的身上，连体服散发出一种类似烧橡胶的刺鼻气味。此时他也听到了炸弹的嘀嘀声，手又被肖青死死扣住，再想抽身而退已经不可能了。他看到陆林和项昊不顾炸弹愈发急促的响声还在向前扑，似乎拿定了主意，眼神中突然透出了一种决绝。他对冲上来的两人大叫道："谢啦兄弟！死一个好过死一群，你们都闪开！"说完大喝一声，不再向后扯，整个人向肖青猛地扑了上去。这决死的气势爆发出的力量奇大，他挣出了肖青的手，用两只粗壮的胳膊将已经变成了火人的肖青拦腰抱起来。火势顺着他的连体服烧了上去，好在连体衣材料特殊，燃烧得非常慢。他脸朝后仰腰后挺，把肖青整个人拦腰抱离了地面。肖青两脚离地，终于不能发力，只能任凭赵师傅摆布。

此时炸弹的响声更急促了。"你们都闪开！"赵师傅向后一转面向众人，没有停顿就抱着肖青向矿洞的出口冲了过去。肖青想挣脱出来，奈何两脚离地根本使不上劲儿。

众人早在肖青自焚的时候已经傻了眼，此时见两个人冒烟突火地冲过来，根本不用说就让开了路。在炸弹愈发急促的响声中，两个几乎烧成一团的人一起跃过众人。到了矿洞出口，赵师傅猛地向外一跃，抱着肖青向黑暗中的地下河坠落下去。

"扑通！"矿洞外传来重物落水的声音，又过了几十秒，处于惊呆状态的众人还没来得及过去看，就听到远处水中传来了"砰"的爆炸声。

一切都归于平静，只有地下河还在急促地流淌着。从肖青挣脱到赵师傅舍身埋葬这个疯狂的家伙，前后不到两分钟。众人面对这一连串突如其来的变故，一时有点儿承受不了，特别是最后，赵师傅竟为了这些素不相识的人牺牲了自己。这个衣服永远脏兮兮的赵师傅，这个一嘴乡下口音的赵师傅，这个贪小便宜被众人看不起的赵师傅，就这么为了他们死了。一切都是那么不真实，慢慢回过味来的众人陷入了一种浓浓的悲伤中。

“赵叔叔……”周欣抽泣了起来。

“也不知道他有没有家小。”项昊低声对陆林说道，“等出去了，让大家凑个份子吧。唉……真看不出来，老赵这家伙……”项昊说着又叹了一口气，人已经死了，现在说什么都于事无补，只希望出去之后能为老赵做些什么。

“是呀，人不到紧要关头，真是看不出。有时候认识了一辈子，都未必有这么一次了解得更多。”陆林也叹了口气。他们刚才已经尽力了，可没想到最后会是赵师傅救了他们。

“也不知道肖青到底是什么人，刚才他说为了信仰怕被再次抓到才这么做的，什么样的信仰才会让人如此疯狂，连生命都在所不惜呢？自爆机关明显是一早就有的，他似乎时刻准备着，什么样的组织才会设计出如此残忍的机关，并且让自己的成员穿在身上？也不知道他背后还有些什么人，这样的组织太可怕了。”肖青死了，关于他的一切都成了谜。陆林不再多想，只希望离开这里之后，不要再接触到这个组织。

## 第十五章　地下铜殿

又待了一会儿，在乐雨的提议下，众人来到了矿洞出口，集体肃立默哀，然后收起心神和装备，什么都不再想，继续上路，一切等回到地面上再说。

矿洞与河面的距离没有想象中的远，只有两三米，水流湍急。项昊捡起块石头扔了下去，发现水并不太深。陆林先跳了下去，水差不多没到大腿，感觉流速和深度都没有问题，他才招呼众人下来。不过安全起见，还是用了安全绳。

几个人一个个被接到了水里，他们本身穿着连体服，加上之前扎紧的防水鞋套，并不怕进水。下到水里后，众人开始向着下游继续前进。地下河比矿洞还要宽大，不规则的河床足够四五个人并肩而行，洞高四五米，顶部凹凸不平，棱角却不是很多。

走出几步，齐艳发出一声惊叫。众人顺着她的眼光抬头看去，见到高处一块突出的石棱上挂着一段人的肠子。接着周欣也跟着发出一声更高分贝的尖叫，两个人跑到边上“哇哇”呕了起来，把下矿洞时吃到肚子的东西全吐了出来。之后两个人再也不敢四下乱看，只是盯着脚下的路。

陆林和项昊倒是想看看还能不能找到赵师傅的部分遗体，四下看了半天，却一无所获，仿佛鲜血和残肢断臂被湍急的流水冲得干干净净。头顶的岩缝里时不时有水滴渗下来，乐雨说矿洞大概是挖到地下河才停了下来，也许还死了人。

她指着头顶对众人说：“你们看这洞顶比较平滑，大概是被冲刷过的，也就是说水量大的时候河水可能会淹没整个洞穴，一直没到那里。如果古时采矿人正赶上雨水多的时候，以当时的条件，怕是会被淹死在洞里。”

“嗯，很有可能。武当山号称‘七十二峰朝大顶，二十四涧水长流’，雨水旺的时候，山中的二十条名涧有不小的水流，山上地下河的水量应该也不会小。”水静说道。

“喂喂，你们别乌鸦嘴啊！别忘了，这两天的雨水很旺。”罗瑞跳出来说道。被闷死在漆黑的地下河水里，怕是尸体泡烂了也不会被发现，这个死法实在太凄凉了。

“应该不会，咱们早上出发的时候是个大晴天嘛，而且之前下了两天的雨，你们看矿洞出口的地方可有积水？显然差得还早呢。”乐雨回答道，她的话让众人很安心。

“你们看项爷我帅不帅？”项昊走在最后傻呵呵地笑着。刚才看了水的深度，乐雨怕青铜巨斧沾到水，项昊干脆在肩膀上加了个肩垫，把斧背往肩上一放，斧刃向上，抓住斧柄，把青铜巨斧整个扛在了肩上。扛着这个超大号的斧子，项昊精神抖擞，连走路都端起了架势，颇有些威风凛凛的感觉。

“这个造型在漫画里一般是大叔摆的，项大叔！”周欣打趣道。

“哈哈哈……”项昊哈哈大笑起来，声音在洞中回响着，接着他又问道，“我说林子，你既然早就发现肖青可疑了，为什么不早点揭穿他？”

“这叫变‘敌暗我明’为‘敌明我暗’，太早说出来，他要是再隐到暗处怎么办？而且他受伤以后我就犹豫了，当时以为是我错了。唉……谁能想到，这小子竟然这么狠！”对于郭凡成和赵师傅的死，陆林很愧疚。其实当时两个人一起离开队伍的时候，陆林已经隐晦地提醒过郭凡成了。

众人有一搭没一搭地聊着天，在漆黑一片的地下水洞中行走，不说话能把人压抑死。陆林和项昊心里并没有这么轻松，看似相安无事，其实安静流淌着的冰凉的地下水，正悄悄带走人们身体上的热量。只在水中待一会儿感觉不到有什么影响，但如果在冷水中待得过久，体温严重流失，会对身体造成非常大的伤害，甚至失去行动能力。野外生存中很重要的一点，就是无论在什么环境下，都要尽可能保证水和能量的供给，保持体温。当体温低于32度时，身体会进入“冬眠”状态，关闭手臂和腿部的血流，急剧降低心跳和呼吸频率。连体服比专业潜水服的保温性差很多，在水中待得过久，就有患上低体温症的风险。但二人谁也没有说，因为此时提这个，只会让大家更担心，倒不如保持着良好的心态，争取早一点儿找到出口。

因为水的阻力，众人的行进速度大大降低。又走了二十分钟，几个身体弱的人已经觉得冷了，周欣紧紧靠着哥哥。齐艳发现看似强壮的老公竟然打起了哆嗦，便叫道："你们别走那么快！"说着架住老公，去摸李杰的额头，"怎么这么烫呀？小雨你过来看看，我们家老李好像发烧了，是不是之前那个蛇有毒？" 她一下子紧张起来。

乐雨连忙过来检查李杰的状况，说道："情况确实不好，不过在这里看不出来。现在连个坐下休息的地方都没有，太不方便了，先打一针退烧针看看情况吧。咱们得快点儿找到出口，至少也要找到一块干燥的地面，总泡在凉水里体内的热量会流失得越来越快。"她终于说出了陆林和项昊担心的问题。可现在除了洞顶，四周全是水，灯光所及的范围内根本没有可以落脚的地面。

乐雨说完就催促众人加快速度，可在冰冷的水中热量流失得越来越严重，大家感觉力量在一点一点消失着。没多久，李杰的情况更严重了，几乎是齐艳在架着他走。李杰感觉到妻子的吃力，一边说着安慰的话，一边想挣开她自己走，可齐艳死死抓着不松手。石井真发现夫妻二人走得艰难，便也来到后面搭住了李杰的另一边肩膀。

"我……我好像……发现了一个问题。"罗瑞冷得说话有点儿不利索了，"你们有没有发现，这里好像比来的地方水深了。"

"不是水深了，是水位在升高。"乐雨回答道，她刚才就发现了，但这个消息对众人无异于火上浇油，于是没有说出来。她想到了一种可怕的可能。

"这水位升高得非常迅速，刚才还只是到大腿，现在快到我腰上了。"乐雨道，"有一种可能，那就是外面又下起了大雨，这条地下河的水位还会继续升高。记得我之前说的吗？水量最大的时候，可以把整条洞穴灌满。"

"你！你怎么不早说！"陆林埋怨道，刚才他脑子里一直在想着肖青和赵师傅的事，完全没有注意到环境的变化。他当机立断，让众人把不太重要的装备统统扔掉，然后把重量集中到他和项昊这样身体素质好的人身上。减轻负担以后，众人速度明显快了。他又扶起了罗瑞，让水静和周伟扶好周欣，把最弱者夹在中间，尽量提高整体行进速度。

陆林偷眼看前面的三个日本人，他们把装备扔了好多，野村匠连摄影机也扔掉了，只留下了硬盘。三个人的动作依然扎实有力，显然身体素质极好，受到的影响并不大。不知道是外面的雨下得太大了，还是这条地下河上游本就汇聚了很多支流，水位几乎在以每分钟 1 厘米的速度上涨着。又走了十几分钟，水流明显已经没过了乐雨的腰。照这个涨法，最多再有一小时，水深可能就要没顶了，众人心急如焚。这条地下河，比他们先前预想的要危险得多。

“你们看那里！”加藤阳也把大功率 LED 顶在头上对众人说道。

众人顺着灯光看去，灯光的尽头有一块露出水面的黑影，像是一个矗立在河床正中的小金字塔，中间高而尖，两边低，向后有延伸，露出水面的部分呈等腰三角形。

再走近几步，众人确认那是一块露出水面的岩石，现在还有 1 米以上的部分没有被水淹没，向后延伸七八米长，足够众人停在上面。这时大家面临着一个选择，是继续前进，还是爬上去休息一会儿，补充下体力再走。谁都想上去休息一会儿，可让人担心的是，如果水还是这样不停地涨下去，这块岩石会不会也被淹没？就算水位不会涨到那么高，等众人离开这块岩石继续前进的时候，他们面对的将是一个比现在行走更困难的高水位。

“先休息一会儿吧，哪怕十分钟，先看看我们家老李的情况。小雨，他好像还是烧。”齐艳央求众人道。

听了她的话，所有人表示同意，日本人也不方便反对了。大家努力走到那块岩石跟前，相互搀扶着爬了上去，在岩石最高处的尖端坐了一排。离近了才发现，这块岩石有点太规则了，不像天然生就，而像是人工修造的。此时大家也管不了那么多，纷纷从包里掏出补充热量的食物，抓紧时间吃了起来。山中健太让加藤阳也趁休息时间去前面探路，实际是想让他找找前面有没有肖青二人被水冲走的碎尸，看看能不能从尸身上找到什么线索。

乐雨来到李杰身边检查，发现情况非常不乐观。刚才在水里的时候，李杰已经有些意识模糊了，几乎是在两个人的搀扶下无意识地向前拖着步子。此时他脸色煞白，额头烫手，尚有意识，但反应非常慢。

“那蛇可能有毒，大概是溶血性的毒素，毒性并不强烈，所以先前一直看不出来。直到下水以后长时间的低温，使人体免疫系统工作不正常，这才暴露出来。”乐雨猜测道。

“那怎么办？小雨你想想办法！”齐艳抓着乐雨的手紧张地说道。

“这次带的是些常用药，对解蛇毒的作用不会太大。我不是专业的医生，我们现在先尽量抑制住蛇毒的发作，然后等找到出路，立刻联系当地的医院。”

乐雨现在也没有更好的办法，之后水静也来看过，同样是束手无策。

陆林、项昊和罗瑞坐在一起讨论着眼下的情况。罗瑞现在有些害怕了，另外两个在安慰他。

“如果你被困在无人的野外，没有野外生存的经验和知识，也没有任何装备，但是你一定要有两样东西，它们可以让你获救的概率增加两倍。第一，一定要保持好的心态；第二，不要放弃！它们比任何工具和知识都重要。另外……”项昊一本正经地忽悠罗瑞，把罗瑞唬得一愣一愣的。他难得有一次教导罗瑞的机会，一时间心情大畅，抬起胳膊想要活动一下受伤的手臂，不想他忘了身边还放着青铜巨斧。

刚才他爬上来后，小心地把铜斧斧刃朝上，横担在了岩石上放在身边。他这一抬胳膊正撞在斧身上，铜斧立时失去平衡，向一边倒了过去。“咣当”一声巨响，铜斧侧倒在了岩石上，顺着斜坡向水中滑去。项昊连忙起身下水去捞，磕坏了他可赔不起。此时的水又涨了不少。

这“咣当”一声却引起了陆林的注意，他招呼乐雨道：“乐老师，乐教授，你过来一下。”

乐雨闻言走了过来，陆林低声对她说道：“听到刚才那声响没有？这动静不对呀！”

“你是说……”乐雨刚才在思考李杰的病情，没有留意这边的情景。

“我听这声音……这下面像是空心的。”陆林回答。

此言一出，立刻引起了乐雨的注意。她站起身越过陆林，去看刚才铜斧与岩石碰撞的地方。岩石被铜斧撞击的地方碎了一块，留下了一些碎屑状的小石块，乐雨把这些小石块扒拉进水里，岩石内部的情况露了出来。她贴上去用头顶灯仔细照了照，又伸手摸了摸，失声说道：“天啊！这到底是个什么？”

“怎么了？”罗瑞问道。闻言众人凑了上来。

“这个，”乐雨激动得一时不知道该怎么说，指着脚下的岩石说道，“这个不是石头，应该是青铜，你们看这里！”

她指着被铜斧砸碎的一块：“你们摸摸，跟石头绝对不一样，我敢肯定，这是金属！”

说着她站起来，转着圈看脚下的岩石：“这一大块可能都是青铜，大概是因为年代太久远又藏在地下河的深处，长年被水垢、上游冲刷下来的泥沙附着，在上面形成了一层石壳，才会变成这个样子。天啊，这是个什么东西？”

其他人也惊奇地看着脚下的岩石，那形状确实像是人工打磨而成的。有人试着去摸石皮下露出的那一块，感觉像是金属。如此规则的形状，其中又是空心的，一时谁也不知道这是个什么东西。

“你们说这会不会是艘潜水艇？”项昊想出一个很不靠谱的答案。

“你怎么不说他是外星人遗留在这里的战舰呀同志？潜水艇要造成这个形状怕是会浮不上来。”罗瑞被项昊的异想天开雷到了。

“昊子，用斧子再砸开一块看看。”陆林提议道。还不等乐雨反对，项昊就用斧背在岩石上狠狠磕了一下。他不敢用斧刃，怕真的磕坏了。

“咣当”一声巨响，那层石壳又被磕碎了一块。项昊站在岩石的尖端，一斧砸到了一侧向下的斜坡。这次众人听得真切，那声音像是砸到了中空的金属上。

剥掉被砸碎的石皮，更大一块青铜面露了出来。这次更加明显，青铜表面虽然满是锈垢，但触手的质感与石头非常不同。特别是这次露出的巴掌大的一块，倾斜的平面上有一个横向凸起的长方形铜条，高一寸，宽两寸，两边一直延伸到石皮之下，不知道有多长。这个方正的形状，绝对是人工制造出来的。

“我说，咱还走不走啦？这水好像又涨上来不少。”水静在后面提醒众人。她并不关心脚下这东西是石头还是青铜，自小修道让她有了一颗淡泊的心，她现在是这队伍里最冷静的。大家现在的处境，不适合做什么考古研究。

“再等一等，静静。”乐雨没回头就说道，她对眼前的发现充满了好奇。看着这块岩石的形状，她有一个大胆的猜测，却又觉得不太可能。接着她又对项昊说道：“事急从权，再拿铜斧把这块附近清理一下，但要注意，别太用力，已经清理出来的地方不要靠太近。”

“砸就说砸呗，整那么文绉绉的词儿干吗？”项昊闻言又抡起斧子开砸，这活他干得很上瘾。

一阵“叮叮当当”的响声之后，斜坡上的石壳已被砸开好大一片，众人这才看清那块长方形凸起的原貌。长度差不多两尺，与下方的铜壁是一体铸就的，但这块铜壁却比四周的铜壁低上寸许，在倾斜的坡上，形成了一个长两尺宽两尺的正方形凹槽，细看才发现两者之间有一圈缝隙。

“这里可能是一个推拉式的活门！”乐雨指着有长方形凸起的那块铜板说，“这块铜板也许是活的，凸起这一块是扳手，四周的内侧大概有个插槽，就像过去的门闩那样，把一根木头横插在两扇门中间。项昊你再拿斧子在这四周轻轻磕一下，把缝隙里的污垢敲碎一点，但一定要轻，不要让这铜板变形。”

项昊闻言便准备开始干活，这时前方一道灯光打了过来，原来是探路的加滕阳也回来了。他从头到脚全湿透了，一脸沮丧。“前面，怕是过不去了。再往前走两到三百米，出现了一个落差将近 10 米的地下瀑布，地下河的水几乎是呈 90 度往下泄，我差点被冲了下去，不知道下面的水有多深。快点回头吧！”还没走到近前，加藤阳也对众人喊道。

众人闻言变了脸色，以为出口就在眼前，却没想到遇到了更大的问题，大家一时都不说话了。加藤阳也喊完话才反应过来，现在已经没有回头路可走了，矿洞早被肖青炸得坍塌了。如果逆流而上，那难度更大，需要的时间也更长。而且水还在涨，另一头是否能出去还是个未知数。这时，搂着丈夫坐在远处的齐艳传来了低低的抽泣声，想来是李杰的情况更加不好了。也许他们已经没有那么多的时间再去探寻地下河的上游，众人不约而同看向了脚下的铜板。

“我来试试。”项昊双手持着两边的斧柄，开始在铜板周围磕了起来。他做得非常小心，虽然不知道下面是什么，但这可能是众人的一条出路，是李杰的一条活路。敲了一会儿，他又俯身趴下，在缝隙间吹了吹，然后用力拉长方形的扳手，可扳手却纹丝不动。

“妈的，还卡得挺紧！”项昊骂了一声就要硬来。

“别！”罗瑞拦住了他，“别硬来，不知道关了多少年的东西，是说弄开就弄开的吗？你得动脑子，看我的。那个谁，野村，你不是有那个着火的东西吗？往里边吹一点，点着它。”

其他人闪开，野村依言做了，缝隙中有火苗冒出来，半天没有熄灭。烧了两分钟，罗瑞捧了一捧河水上来，往缝隙里浇进去，“滋滋”声中有烟冒了出来。接着他又从陆林那里要来润滑油，在凹槽上滴了一圈。又等了几分钟，算算应该已经渗入得差不多了。“来吧，林子你跟他一起，再试试。”罗瑞怕还是扳不开扫了面子，特意把陆林也叫上帮忙。

两个人把住长方形的两端，数着一二三同时向后拉，这次铜板确实有了松动的迹象。众人心里一喜，陆林和项昊继续用力，铜板一点点在凹槽里往后挫着，一道缝隙由窄变宽，最终露出了一个长方形的黑洞来。

陆林俯身把头探了进去，用灯光四下扫着，对众人说道：“空气没有异常，应该是流通的。我感觉，这里，这里好像是一间屋子。”陆林说出了个自己都有点不相信的判断。他起身又说道：“下面不深，我先下去看一眼，如果没问题再招呼你们。”说罢开始在背包里翻安全绳，用最快的速度一头拴在腰上，一头给了项昊，让他把自己顺下去。

绳子不过放了五六米，陆林就到了底。因为之前看过了下面的全貌，他很放心地没有用任何安全措施就下了洞。不多时下面传来了他的喊声：“没问题，这里空间很大，通风，不过地上有具骸骨，不知道死了多久。而且……还是你们自己下来看吧。对了，最后一个下来的人记得把那盖子再拉回去，就算没出路，我们也能在这里等到水位降下去。”

之后的人用安全带接了快挂，用较稳妥的方式开始下洞。最先下来的是乐雨，接着是齐艳和已经半昏迷的李杰，接着是周伟兄妹、罗瑞和水静。几个日本人和项昊在铜板背面做了一个方便之后从里打开攀爬出来的小机关，也跟着下到了里面。

进入这座空心的青铜物，好像被罩进了一座铜钟里，地下河摩擦着头顶的那层石壳，水声从里面听上去“轰隆隆”如同雷鸣。

乐雨一下来就开始打量四周，这里从内部看确实是一个古代房屋的样子，长方形的格局，三角形的屋顶。不过除了他们开的这个天窗，屋顶的其他地方都是平整的青铜天花板。四根足有一尺宽的青铜巨柱立在屋的四脚，正前方是两扇铜门，铜门上有一个类似门闩的东西，不知多少年没人开启过。在锈污的包裹中，门闩几乎和铜门融为一体。整个铜屋有了不同程度严重锈蚀的痕迹，很多地方结出了一层像壳一样的锈污，不过比起屋顶上那一层石壳，这里实在要好多了。铜门的侧后方倒着陆林说的那具骸骨，不知是多久以前的人，如今已经烂得干干净净，只剩下骨架在这里。除此之外，屋内一无所有。

陆林说的不同之处，便是这空空如也的房屋，还有地上那具骸骨。那骸骨从头到脚几乎都是黑的，好像被火炙烤过很长时间一样。不过谁也没有心思想这个，都被眼前这座青铜房屋迷住了。

“乖乖……这个不会也是那个四不像国造的吧？放这儿有什么用？”项昊把青铜巨斧拄在地面上，这里也只有地面是岩石的。

“不可能！虽然看不出这里的年代，但这绝对不是一个小诸侯国可以修造出来的，就是把整条矿脉的铜都用上也不够，而且各方面的技术也不可能达到。不过看屋顶和这里的形状，却像是秦甚至先秦的风格，这正是讲不通的地方。别说是春秋时期，就是到了明朝，中国的建筑水平达到巅峰时，也没有记载出现过这种大手笔。你们别小看这一间铜屋，武当金顶上的金殿才那么大点儿，就重 150 吨，想想这里的总重量会有多少？身在地下，运输进来几乎是件不可能的事，这绝对是一个足以震惊世界的奇迹！”乐雨还在感叹着，又说道，“美中不足的是这里什么都没有。我想可能是有后人来过，把这里的一切都搬走了，只留下了这搬不走的四个墙角。”其实她还有一点没有说出来，确认这里是一间铜屋之后，她首先想到的是地宫尽头机关上的那幅石刻——那个有人祭祀的水下宫殿。

乐雨的几句话触动了石井真，让他想起了东厂资料上的一句话：“……仿其形……帝赐金殿于金顶……”他暗暗心惊：“山顶那个是铜的，这个也是铜的，难道‘仿其形’说的是这里吗？难道明朝时这里就被发现，这里就是他们探寻过的一个地方？之前发现的地宫地图上面标注的不是地宫的终点，而是这里的入口？仙宫，这里一定就是仙宫了！天啊，我们到底在寻找什么呀！”看着这间巨大的铜屋，石井真不由得想起了他们此行的目的：一个被明皇室寻找了近三百年的秘密。接着他又有些失望，这里全都搬空了，什么也没留下。如果路只到这里，那么也许武当之行至此，已经确定是要白跑一趟了。

这时空旷的铜屋中回荡起一个女人幽幽的哭声，在头顶轰鸣的水流声中，那哭声若隐若现。一直在研究铜屋的众人回过神来找哭声的来源，原来是抱着丈夫坐在铜屋一角的齐艳。这个女人把老公搂在怀里低低抽泣着，此时的李杰身体滚烫，意识时而清醒时而模糊，两个人低声呢喃着，似在说着诀别的话语。

夫妻二人的对话并没有传到众人耳朵里，但齐艳断断续续的抽泣声还是让大家心里很不是滋味，可此时的情况任谁也束手无策。

陆林研究着门上的那个门闩，想快点找到出路。这里之所以空气流通，全凭这两扇大铜门中间有将近两寸的缝隙，他透过缝隙向门外望，灯光下还算平坦的地面一直延伸到灯光不及的黑暗里。打开这扇门，外面也许就有出路。可是门闩完全锈在一起了，想要打开，怕是又要费一番工夫。

“乐姐姐你看这里，这是不是个机关？”周欣顺着铜壁将屋子绕了一圈，走到铜门这里，看到倒在一侧的骸骨，吓得不敢往前走了。她手扶到一个圆形的凸起，离近了细看，却是一个镶嵌在铜壁上巴掌大的圆形铜盘。这是她走过一圈后唯一看到的一件镶在铜壁上的饰物，一时好奇就叫乐雨来看。

闻言围拢过来的不只乐雨，还有石井真和项昊。下来之后，陆林打手势让项昊盯着几个日本人的行动。乐雨端详着那块铜盘，上面已经锈蚀得认不出它本来的样子。项昊上前用小刀在上面刮了刮，依稀能看出它与铜壁之间的缝隙，伸手试了试，不能活动。他干脆用铜斧在上面敲了敲，叮当声把众人吸引了过来。

一阵敲打之后，项昊也不待吩咐，便去拧那铜盘，这次真的拧动了。动了一点，又动了一点，铜盘在项昊的掌中磕磕绊绊做着顺时针旋转，一直转了 180 度，才听到“咔吧”一声响，像是齿轮啮合的声音，之后铜盘再也转不动了。

接着，整个铜屋开始轻微震颤起来，这铜盘似乎真的触动了什么机关。众人四下张望着，用灯光扫过屋内的每个角落，但紧接着，颤动停了下来，只留下轰鸣的水声还在屋顶回响着。可此时，每个人觉得心里一颤，生物的本能让他们几乎同时感觉到似乎有什么不对，可四周依旧静悄悄的什么变化都没有。那来自内心的惶恐好像在告诉众人，一场灾难就要发生了。他们彼此对望着，谁都没有说话，但能看出对方眼中的恐惧。陆林走到机关前面，他很想骂项昊太莽撞了，看都没看就触动了那个机关，可现在说什么都晚了。

紧接着，每个人的头灯也好像感觉到了危险，开始明灭不定地闪烁起来，众人的心一下提到了嗓子眼。项昊和加藤阳也最先发作，不约而同去掰铜门之间的门闩，想用蛮力把它打开。可那铜闩好像锈死了，竟然纹丝不动。

陆林愈发觉得不妥，那种心惊肉跳的感觉越来越强烈，这里肯定有什么不寻常的事要发生。他无意间瞥了一眼脚边那具焦黑的尸骨，脑海中似乎突然闪过一个念头，只是这念头一闪而过，他还没有来得及抓住它就消失不见了。陆林拼命回忆，那感觉好像非常熟悉，似是在哪儿见过，或者在哪儿听过，自己刚才到底想到了什么呢？

脑中思绪飞转，闪烁的头灯，焦黑的骷髅，地宫机关上那幅空中有水纹、人站在宫殿前祭祀的雕刻……宫殿？这里就是水下，难道那个宫殿指的是这里？不对，刚才想到的不是这个，线头又断了。危险的感觉还在蔓延，陆林着急地一拳打在墙面上，铜壁发出一声轻轻的闷响。听到这声闷响，陆林脑中像划过了一个惊雷，他想起来了！他想起了刚才想到了什么，在这里，那是个绝对不可能的可能，可情况就这样实实在在摆在眼前。闪烁的头灯，焦黑的骷髅，铜制的宫殿……铜殿！

刚才他想到的就是那个在山上被乐雨和众人反复提过，让人十分向往却数十年几乎没有人见过的奇特景观——“雷火炼殿”！他抬手掏出了早就没有信号的手机，发现屏幕在扭曲着，亮度也在一明一灭地变化。此时他来不及细想，对众人大喊道：“大家都到屋子中间去，远离这些铜壁！谁的背包里还有防潮垫或者睡袋之类干的东西，掏出来垫在身体下面。快！这里有电，快！”

乐雨第一个明白了陆林的意思，头灯的闪烁和他们心头那种危险的感觉，都源自这附近的电场开始发生巨大变化。虽然看不见摸不着，但生物的本能还是提醒了他们。她马上照着陆林的话去做，别人跟着也七手八脚地从背包里掏东西。

众人聚拢在铜屋中心，所有头灯都已经关掉，只留了一盏放在他们几米之外的地方向上照着明。众人尽可能在地面上铺了一层绝缘体，李杰因为不能起身，夫妇二人被围在中间，其他人小心地站成一圈静静等待着可能出现的变化。过了一分钟，什么都没发生，但众人心头的那种不适感却愈发强烈了。就在这时，屋顶的天花板里除了流水声又多了一种细小的声音。

“噼里啪啦！”“噼里啪啦！”像是电棍爆出火花时发出交流电的声音。

跟着，四面铜墙和铜柱上也相继响起了这种声音，时不时还会蹦出几个微小的蓝色电火花。之后，这声音开始慢慢变大，走样……

“咔啦！”“咔啦！”交流电声开始变成缩小了无数倍的雷声，偶尔在铜壁上闪出的电火花也开始出现得越发频繁，越来越大。最后，铜壁附近有长度盈尺的幽蓝色电光在闪动，“咔啦啦”的声音响成一片。众人被眼前的情形惊呆了，求生的本能让他们紧紧拥挤在一起，生怕稍微靠外一点，会被那看得见的电流蹭到。

这时天花板上突然凭空冒出了数个直径超过半米的巨大火球，散发着橘黄色的光芒，开始沿着四周的铜壁游弋起来。乐雨看得心头一紧，那哪里是什么火球，分明是传说中“电”家族里最神秘、脾气最古怪、破坏力最大的球形闪电。

球形闪电，它们疯狂起来时威力足以超过天雷。20世纪40年代，在法国的小城镇里，有3个士兵在一棵树下躲雨时被雷击毙，但他们仍然站着，像没事一样。雷雨之后，行人跟他们说话，却不见回应，当行人去触碰他们时，3具尸体顿时倒地，化成了一堆灰烬。球形闪电又喜怒无常。1956年夏的一个正午，苏联某个集体农庄，两个孩子在牛棚里躲雨。突然，房前的白杨树上滚落一个橙黄色的火球，直向他们逼来，一个孩子踢了它一脚，“轰隆”一声，火球爆炸了，牛棚里的12头牛炸死了11头，孩子们被震倒在地，却没有受一点伤。美国一位主妇从市场回到家里，打开电冰箱一看，她放进去的生鸭、生肉全都变成了熟食。后经科学家的研究才明白，是球状闪电把冰箱变成了电炉，奇怪的是冰箱没有损坏。有时它们也很幽默，俄罗斯一位教师有过一段惊心动魄的经历，一个80厘米直径的球形闪电在他头上来回跳动不下20次，然后悄然消失，这个教师却一点事儿都没有。这个古怪的球形闪电，直到今天科学家也不明白它是怎样产生的。

眼下众人遇到的球形闪电，肯定不是幽默的那种。一个个橘黄色的火球划过墙壁，它们所到之处的锈垢要么变成一团灰烬落到地上，要么成块从墙上崩落下来。一个火球划到一根铜柱的顶端，接着那橘黄色的光芒包裹住铜柱，从上向下缓缓滑，速度不快，但所过之处如摧枯拉朽一般，原本包裹在铜柱上的锈迹和污垢全被炸成了碎片，被一股能量从铜柱上剥落下来远远抛了出去。那团橘黄色闪电像一个称职的清洁工，从上到下一丝不苟地擦掉铜柱身上所有的污渍之后，悄悄钻进地面不见了。

此时众人大惊失色，在这座雷霆闪电织成的牢笼里，被任何一道电光击中都足以引起连锁反应。火球在铜壁和天花板上来回滑行，他们紧张地看着这美丽炫目，却又充满致命威胁的景色，不用陆林提醒，自然而然地想到了“雷火炼殿”的传说。他们居然成了为数不多有幸从内部欣赏到“雷火炼殿”的人，门前的那具骸骨应该也和他们一样，只是触动机关后他像刚才项昊和加藤那样拼命去开门闩，才会被雷劈了个外焦里嫩。唯一不明白的是，这些电从哪里来？现在没有人有心情感叹雷火的美丽，只是希望这炼狱一般的情景赶快结束，可时间在这一刻却仿佛变得特别漫长。

时不时有被雷劈下来的污垢飞溅到众人身边，有些甚至在空中燃着火星化成了飞灰，吓得他们心惊肉跳。一场微型雷爆持续了将近三分钟，所有的铜壁几乎被清理了一遍之后，那些闪电开始从上到下消失，最后如一条条雷蛇钻进了地下。那个机关不知道在什么时候已恢复了原位。

“吁……”几乎所有人同时长长出了口气，他们真是吓坏了。在这种环境里，任凭你有再大的本事，面对这天威般的雷霆也会灰飞烟灭。众人还是没有挪动，怕这机关还有什么变化。等了半天，铜殿内再无动静，刚才绷得紧紧的神经终于彻底放松了下来。罗瑞和周欣两个人一屁股坐到了地上，大口喘着气，好像所有的力量都已经流失了。

“有没有搞错，在地下也能被雷劈？这也太刺激了！”罗瑞喘着粗气骂道。

“可谁也没被劈到，说明我们这里都是好人。”水静平静地说道，危险过去了，但精神冲击力还在，“无量天尊，贫道在武当生活了十多年，没想到这山腹中还有如此神迹，这定是古时的神人所为！”她被刚才的景象彻底折服了。

“确实很神，不知道是谁修的这铜殿，又是怎么做到的。球形闪电呀，到今天人们都不解其秘。”乐雨不相信这是什么神人所为，她的专业决定她的世界观里不会有神，再高超的工艺也脱离不了物理定律。只是她一时也想不明白，一座空旷的铜殿，怎么能突然产生如此多的电流来。头顶的水声还在轰鸣，她抬头看了一眼封得严严实实的天花板。

"也许是这天花板里有什么秘密，头顶的地下水被这里利用了。"石井真也注意到了这一点。他是说给三个同伴听的，示意他们留心。

"我上去看看。"山中健太这一次准备亲自上去。这个胖子虽然狡猾，却有一颗功利心。作为第一个发现者，也许能从组织得到最大好处。

"等等。"陆林一把拉住了他。刚才的雷暴对他的冲击同样不小，如果秘密在天花板里，那说什么也不能让日本人得到。虽然之前他还对项昊和罗瑞说一定不能掺和这里面的事，但现在联络不上外面了。面对这种情况，他还是做出了一个中国人该做的选择。

## 第十六章　溶洞妖蟒

“你们看李杰的情况更不好了，我们是不是应该先找找有没有出路？反正这铜殿在这里，回头再来研究也一样。”陆林找了一个很巧妙的借口。之前见识了加藤阳也的厉害，他现在还不想和这几个人有冲突，最好是先把他们忽悠出去。只要能上到地面，这几个日本人不用想再进来了。

山中健太心里一紧，但脸上依然挂着笑，他没有急着开口，只是笑眯眯地看着陆林，其实杀意已起。这时石井真突然对他使了一个眼色，示意不要冲动。

“好吧，人命才是最重要的。”山中仍然笑着，硬生生把杀意压了下来，实则对石井真非常不满。

先前的“雷火炼殿”，把铜门和门闩锈成一体的污垢劈了个粉碎。项昊来到了门闩前，努力吹出里面的灰烬，门闩也有了松动的迹象。一通忙活后，门闩总算被打开。

“原来是垂直的，看来最后出去的人应该是从外面锁上的门。”项昊说道。

“咣当！咣当！吱呀呀……”两扇不知道尘封了多少年的青铜门，终于再一次被打开。灯光照到的地方是一片宽敞平坦的地面，宽度足有二三十米且越来越宽，自铜殿前呈喇叭形向外延伸到黑暗里。

“老公！老公！”众人站在门口正待一探究竟，就听到了齐艳焦急的喊声，到后来这声音变成了嘶喊。她还搂着李杰坐在原来的地方，刚才门开了，她想叫醒老公一起出去，却发现李杰好像已经沉沉地睡去，怎么也叫不醒，嘴角还挂着一些白沫。这下齐艳吓坏了，她拼命地摇晃李杰，怀里的男人却纹丝不动。

乐雨连忙走过去检查李杰的情况。李杰昏迷了，此时他的呼吸和脉搏非常微弱，整个人热得烫手。乐雨一时不知道该说什么，想了想还是决定把实情告诉齐艳：“齐姐，你们家老李……怕是坚持不到出去了。”

“不可能！你胡说！这次糟糕的旅行我们不该来，别以为我看不出来你们是些什么人！”齐艳像疯了一样歇斯底里地叫喊着，乐雨想去搀她，被她一把推开，“滚！你们都不是好人，你们走，都走！我们不要跟你们一起走了！”面对齐艳的吼叫，乐雨并没有反驳，只是同情地看着这个可怜的女人，等她发泄完。

齐艳喊了一会儿，把心中的压抑叫了出来，又低声抽泣着。她低着头一边哭一边说道：“你们走吧，我们老李走不了了，我也不走了，我要留下陪他。”

乐雨又去拽齐艳：“齐姐你别这样，我们不会丢下你们不管，总会有办法的。”其实她也没有任何办法。如果李杰真的死在这里，怎么也要把齐艳救出去。

乐雨拉了半天，齐艳却一动不动。她现在有些癔症了，像是精神不正常一样，自顾自地搂着老公，低声在他耳边呢喃着他们年轻时的事儿。

众人看着辛酸，却束手无策。如果李杰真的没救了，齐艳也执意不走，这两个不幸卷入此事的普通人，也许真的会葬身在这里。周欣也走过来安慰齐艳，未经历过太多世事的水静已经掉下泪来。

“都怪肖青！那条白娘娘也真是的，干吗要咬人呢？她盗仙草救许仙，这会儿却来咬别人的老公！”周欣想起那条咬人的美丽白蛇，却怎么也恨不起来，如果没有肖青，也许一切都不会发生。

听了她的话，水静似是想到了什么，猛拍额头骂自己糊涂。在众人的注视下，水静快步走到了罗瑞面前，对着他伸出手说道：“拿来！”

罗瑞被她说得一呆，自己藏了什么吗？没有呀！他一脸无辜地回问水静：“拿来什么？”

“仙草，救命的仙草呀！就是你在山上采的那株‘七叶一枝花’，那是解毒的圣药呀！”水静着急地说道，眉间却有喜色，也许李杰有救了。之前经历了这么多事，众人早把上山时一时兴起的采摘活动忘得一干二净，谁都没有想起罗瑞在山上采的那株草药。刚才水静听到周欣说白蛇盗仙草的典故，这才猛然想了起来。

七叶一枝花，药名重楼，主治痈肿疮毒、咽肿喉痹、乳痛、蛇虫咬伤、跌打伤痛、肝热抽搐。歌诀中有“家种七叶一枝花，毒蛇咬伤不怕它”的说法，李时珍也在《本草纲目》中写道："虫蛇之毒，得此治之即休"。它是清热解毒的良药，此时正对李杰的症状。

罗瑞闻言不敢耽误，拉开连体服的拉链，从内衣口袋中拿出一个小塑料袋，他之前把采到的那株"七叶一枝花"装袋压平放进了内兜里。水静接过草药跑回夫妇二人身边，齐艳听说老公有救，一时间精神也有好转，对着水静千恩万谢，就差给小道姑跪下了。水静示意她别急，忙用清水将草药简单清洗了一下，一边把根上的泥土冲了去，一边说罗瑞采到的这株品相相当不错。她先把根掰了下来，用小刀切碎，把一堆碎块和着水给李杰灌了下去。然后开始推拿李杰周身的数个穴位，似是很有讲究。按照这个顺序，她又把草药的茎和叶分别照旧做了一遍。照她的说法，这"七叶一枝花"每部分的药效不一样，这么做是为了最快、最大地发挥草药的功效。

服下药后过了一会儿，李杰张口吐出一摊黑水，接着腹内肠鸣如鼓。他的眼睛也睁开了，虽然目光还是涣散，却有了些神采。他看着老婆说道："我想上厕所。"齐艳看到老公醒了过来，喜极而泣，搂着李杰哇哇大哭起来。不过李杰的样子似乎很急，人有三急的时候，什么都挡不住。众人相互望了一眼，这是要排毒了，大家在这儿也不方便，于是乐雨说道："齐姐，你们先不要往前走了，老李才吃了药，你看着他让他休息一会儿。我们继续去前面探路，如果找到出路回来叫你们。放心吧，我们是不会丢下你们两个的。"

齐艳哭了一会儿，看老公的情况有了起色，原本已经沉到了谷底的心又看到了希望。她擦干眼泪，一边对水静表示谢意，一边同意了乐雨的建议，现在的李杰确实不适合继续走。

安抚好夫妇二人，其他人又继续前进。经历了地宫、矿洞、地下河道的狭窄之后，这个喇叭形张开的地下空间让众人感觉异常宽大。

再往深处走，可以看到灯光远端一些石柱的模糊轮廓，密密麻麻的锥形石柱影子映入众人眼帘。眼前的景象，众人觉得非常眼熟，似是在什么地方见过。

罗瑞第一个说了出来："这不会……这不会是……"他有点磕巴，不太相信自己的判断。

"是不是，再往前走走不就知道了？"乐雨加快了脚步。

“罗先生，你说这里不会是什么？”山中健太并没有从眼前的景象中联想到什么。

罗瑞嘿嘿一笑道：“你们那地方小，可能没见过这种地貌。我是说看着这个地方，怎么那么像个溶洞呢？不过也不对呀，我记着溶洞里钟乳、石笋都是五颜六色的。”

“那是灯光照出来的，没有灯光的溶洞就是这个样子。这个溶洞也许从没有被发现过。”话一出口，乐雨就自嘲地笑了起来。开口时没有细想，人家把铜殿盖到洞口了，这里怎么可能没被发现过，大概是少数人的秘密吧。

“原来是这样，谢谢指教。”山中健太很礼貌地对罗瑞鞠了个躬。日本的溶洞不多，他确实没有见过。他又向水静问道：“可是，这里是武当山呀，怎么会有溶洞呢？”

“武当山怎么不能有地下溶洞了？湖北省本身有非常丰富的洞穴资源，在鄂西有大片发育得非常充分的喀斯特地貌。中国目前最大的溶洞、世界特级洞穴——腾龙洞，就在湖北利川。而且武当山东西两侧的十堰市和丹江口市，都发现过溶洞。前阵子的新闻说，在离此不远的郧县，发现了一个面积超过10000平方米，垂直高度120米的大型溶洞。”水静答道。

说着，众人走近了眼前的石群，发现那些锥形石柱确实是由从上垂下的钟乳和从下向上生长的石笋组成的。只是在一片黑暗中，微弱灯光的作用有限，这里跟那些灯光点缀色彩斑斓的溶洞完全不是一个感觉。

凹凸起伏的石笋把原来宽大的空间分割成了无数没有规律的岔道，灯光下，鳞次栉比的各色钟乳显得光怪陆离，水滴从钟乳的尖顶落到地面和石笋上。大自然用水做刻刀，以千万年的时间完成了这鬼斧神工般的迷人景色。这里的垂直高度虽然没有百米，却给人一种宏伟的感觉。石笋大多极其高大，短的大概一米，数米高如同石柱一般的随处可见，更有些高达七八米的大型石笋，如擎天柱一般支撑起这个宽大的地下广场。还有一些生长得非常独特，有低头沉思的老者，也有抬头望天的诗人，还有架在陆地上的石桥，凝固在空中的飞瀑。众人一时看得痴了，沿着脚下石与石之间的空隙，走进了这个尚未公布于世的美丽溶洞。

“真是鬼斧神工呀！没想到没有灯的溶洞也能这么漂亮。”周欣拉着水静说道。

脚下的路有时很狭窄，几个人不得不一个个排队过去，有时候也会从旁边的石笋后绕过去。前行了几十米，队伍被这石间的岔路分成了好几股。好在彼此距离不算远，呼应得到。只有四个日本人在转过一根足以遮住四个人身形的巨柱后不见踪影，似是走了岔道，和众人分开了。

“应该就是这里了。”石井真对身后的三个说道，“你们多留意周围，如无必要，不要和他们冲突。一旦东西找到了，马上找路出去。”

“这些人要不要……”山中做了一个抹脖子的手势。

“没必要，他们到现在为止什么也不知道。如果真到了那个地步……”石井沉吟了一下，“没我的命令，谁也不要伤人。”

项昊扛着青铜巨斧，一路上已经不知削断了多少根千辛万苦才从洞顶长到接近地面的钟乳。乐雨一路上观察这里是否有人类留下的痕迹，之前的青铜大殿带给了她无数的遐想和猜测，遗憾的是，到目前她什么也没发现。走在前面的陆林却敏锐地发现了一个问题，这里无论是钟乳还是石笋，朝向他们来路的一面生长得很粗糙，上面有很多天然形成的疙疙瘩瘩的起伏，而朝向他们前方的一面，却相对来说平滑很多。陆林也一时弄不明白。在野外，植物会因为阳光的照射而分出枝叶浓密和稀疏的两面，可在这不见阳光的地下，这又是如何形成的呢？陆林谨慎地看着前方，也许前面，就有他想找到的答案。

越往前走，众人越有一种感觉，这个溶洞的整体面貌应该是个不太规则的圆形。大家相互印证了一下，发现大家所见略同。可问题是，他们根本看不到这洞的全貌，只是穿过一丛丛石笋向前走，怎么所有人会下意识地产生这种相同的判断？

唯一一盏大功率照明灯被日本人带走了，他们为了隐藏自己的位置刻意没有用。黑暗中几点头灯的光芒像是漆黑中的萤火虫，完全照不亮四周的环境，所以他们几个并没有发现，这一段路的地面附近散落着数片巴掌大的鳞片。

突然，众人的脚步戛然而止，眼前的景象震撼得他们一时间谁都说不出话来。

“我终于明白大家为什么会觉得这里的空间是圆形的了。”乐雨看着前方，喃喃说道。

在灯光尽头模糊的轮廓中，众人看到了一排倚天接地的巨大“牙齿”。

那些巨大的“牙齿”，是由一根根向上的石笋和向下的钟乳构成的，它们长度差不太多，一上一下地分布，犬牙交错般呈弧形排列成一圈，所有石柱的尖端向外倾斜，让人很自然地联想到野兽们向外龇的獠牙。它最大的特点，就是大。每一根都很大，估计超过十米，像是一排三四层楼高、可以撕碎一切的巨大獠牙。众人感觉仿佛来到了恶魔的嘴边。

“这个……这个跟圆形有什么关系？”罗瑞虽然知道那只不过是一排石柱，却还是被那恶魔之牙的气势吓得有些说不出话来。他想赶紧转移一下注意力，最好扭头就走。

“你们往两边看，那些巨型石笋钟乳的弧度一直延伸着，我怀疑它们可能围成了一个圈儿。至于为什么说是圆形……你们看到它们的尖端向外倾斜了吧，呈向外辐射状。你们再看近处一点的石笋，有一定向外倾斜的角度，只是这个角度随着我们进来的方向慢慢变小，小到我们很难发现。眼睛传回大脑的视觉信号，有超过一半不会被我们的意识所分析。来的路上灯光扫过周围，视觉信号传回大脑，四周所有的石笋以此为圆点向后倾斜，只是倾斜得太不明显，以至于它被我们的意识所忽略了，也可以理解为我们理智的大脑根本注意不到这点儿。但潜意识却完全接收到了这些信号同时做了分析，给出了判断，于是我们才会觉得这里是个圆形。”乐雨解释道。

“哎？还真是，这些都长歪了！”周欣看向四周，果然，所有石笋的尖端都是向着那排牙齿的反方向倾斜的。如果不是那排巨型牙齿长得太过整齐，可能众人到现在也发现不了。

“别看了，继续向前吧，那里也许是这个溶洞的中心。看来这里的面积没有我们想象中的大，这就好办了，一会儿穿过那里一直到边缘，绕着走一圈，有没有出口就一目了然了。只希望不要出现太多出口，我讨厌做这种选择题。”看众人停步不前，陆林给大家打气。

众人闻言觉得有理，跟着继续向前走。出现太多出口大家不敢奢望，只要有一个就谢天谢地了。这时前方传来了一阵响动，似是从那些巨牙间传来的。

“那些日本人跑得够快的，已经到中间了。不行，咱们也得赶紧过去。”

项昊说着催促前面的人加快脚步。

“对！不能让他们先找到宝贝，加油哥！加油静静！”此时最兴奋的是周欣。看着奇异的景象，她总觉得溶洞的中心有什么不同寻常的东西。初下地宫时那个寻宝的劲头又上来了，她拉着水静就往前跑，也不顾周伟的阻止，一下子超过了陆林跑到了最前面。既然日本人已经到了里面，就说明恶魔之牙后面并没有什么危险，众人也没有阻拦，反而在周欣的带动下加快了脚步。

“你慢点儿。没看到前面的缝隙是堵着的吗？小心撞墙！”水静提醒道。原来周欣跑起来没抬头，她们所走这条路尽头的两根牙齿之间，被一块高1米多的白色巨石堵上了，像是卡在两根牙齿之间的一块牙垢。水静看着前面，第一个发现了那堵路的白石。

几十米的距离，说话的工夫就跑完了。两个小女孩来到白石前没急着翻越，迫不及待地打灯向溶洞的中心照了过去。

周欣先是一呆，然后头慢慢抬高，头灯的光束一点点向上扫，她的脸色变得越发惨白，像受到了什么巨大惊吓，一时间回不过神来。直到头灯几乎扫到洞顶，她才反应过来，猛地张开嘴就要尖叫。

还没来得及叫出声，周欣的嘴被另一只手给堵上了，然后整个人被按到了白石下面。“别出声，别往上照！”按倒她的自然是水静，她也看到前面的情景，却比周欣冷静得多，按倒周欣后向后面的人打招呼，示意他们小心走过来，把灯光打低，不要闹出动静。

两个女孩的异常让众人原本放下的心又提了起来。他们来到白石后面，用白石和两边两颗高大石笋掩住身形，好奇地向里面看去。

里面哪里有什么日本人，在恶魔牙齿围成的圈儿里，地面相当平整，几乎没有石笋，形成了一个直径差不多二三十米的圆形大广场。广场的中心有一根巨型石柱，下粗上细，立在地面最粗的地方目测直径超过四米，高度几乎延伸到了洞顶。最特别的是，这一根石柱看表面不像是石笋，而像是天然生成的岩石，刚才听到的响声正是从这根巨柱上传来的。

众人头灯的光芒照射到了石柱上，随着光线一点点抬高，他们的表情也变得如刚才周欣那样有趣。石柱三分之一高的地方，首先映入眼帘的是一条粗大的满是白色鳞片的大尾巴，最细的尖端也比茶杯口要粗大。再往上，是在坛子口般粗细的石柱上不停滑动的蛇身。那是一条巨大的白蛇！

“有条蛇！是那条白蛇的祖宗？”项昊第一个叫了出来，不过声音压得很低。

“不是一条，是两条！你再往上看！”陆林表情严峻地低声说道。

项昊再向上看，果然又看到了一条长满青黑色鳞片、足有水桶粗细的大蛇。它没有那条白蛇长，身体却几乎粗了一倍不止。一黑一白两条大蛇交错缠绕在巨大的石柱上，蛇头一直伸出石柱顶端，让整个石柱看上去像一个巨大的权杖。不过权杖上的这两条蛇是活的，而且一直在动，高过石柱的蛇头下面的部分快缠到了一起。众人怕引起两条巨蛇的注意，没敢拿灯细照它们的头，只是在蛇身上看了一圈儿。他们从未见过这么大的蛇，面对这两条张口吞牛的巨兽，一时升起了退却之心。

“白的是蛇，黑的那条是蟒。不用那么小声，蛇没有外耳，基本就是个聋子，趴低一点不动就行了。擦！我这辈子没见过这么大的蛇，两条完全纠缠在一起，可能是在交配。你们看它们柔软的身体，配上这纠缠在一起的样子，是不是觉得非常……不雅？”当着两个小女孩的面，罗瑞憋了半天才想到这么一个形容词，“正因为这个，在有些宗教里，它们才会被视为爱欲、淫荡和邪恶的象征。”他故作镇定，身体却一直在抖。原本出了地宫，他不再去想有没有活了千百年的生物存在，没想到在这里竟然噩梦成真了。

“不是在交配，你们看地上，这应该是一场地盘争夺战。”乐雨第一个注意到巨柱周围的地面上散落着一大片黑白两色的鳞片，还有几摊黑红色的血迹，似是这里刚经历了一场猛兽间的战争。显然，大蛇与巨蟒的战争还没有结束，从地上一直打到了空中。两条巨大的蛇身在巨柱上环绕着不停扭动，想把对方缠死，时不时还发生剧烈的碰撞。

“你们看那边的地上有一条水迹，我看了一圈儿，只有一条，而且还没有干，看来两个里面有一个家伙刚过来不久，这场仗，开打的时间还不长。”陆林听到乐雨的话也开始看广场的地面，发现了一条线索。

“你说，会不会跟咱们触碰了铜殿的机关有关？”乐雨突然冒出了一个异想天开的想法。

“没错！原来这一圈儿石笋上有一张大型的电网，这些石柱就是发射塔，外面任何东西不能靠近。咱们打开机关，把这里的电抽走了，电网关了，于是有一条蛇过来抢地盘，你说对吗乐教授？亏你还是教授，这么荒谬的事儿都能想出来。”陆林故意气乐雨。

“你们，就一点儿不担心自己吗？我们现在怎么办？”众人被眼前这既惊险又刺激的一幕吸引，只顾着看两条大蛇打架，却忘了自己的处境，水静不得不提醒众人道，“这两条蛇哪一条都不是咱们能对付的，无论哪一条赢了，我们都会是它们眼中的食物。别忘了，铜殿那里几乎是没有退路的。”

“最好是它俩打个两败俱伤，可看样子那条白蛇明显快支持不住了。要不咱们绕路吧？惹不起咱们躲得起。”周伟边说边看向罗瑞，希望他能有什么办法。

“一个好消息，一个坏消息，先听哪一个？”罗瑞边看着前面那场生死战边说道。

“好消息！”

“坏消息！”

两种声音夹杂在一起同时爆发出来，众人你看看我我看看你都笑了，原本有些紧张的心为之一松。

“好消息是，这一蛇一蟒现在伤得不轻。不过别想着两败俱伤，那条大白蛇怕是输定了。”

“坏消息呢？”

“坏消息是，它们应该发现我们了。你们看那两条蛇的战斗，一条蛇在石柱上扭动身体，另一条也马上会做出反应，所以到现在谁也没有缠死谁。它们不是看到了，而是感觉到的，这说明，这两种蛇对石柱表面的震动非常敏感。明白了吧？它们对地面的震动非常敏感，也许我们刚到的时候就被它们发现了，只是现在没时间搭理咱们。”

“那我们现在跑吧？”水静一听吓坏了。

“想都别想，人家双S路线走个来回都会比咱们快得多！”罗瑞叹口气说道。他也不知道怎么办才好。

“要不……”周欣很犹豫地说，“咱们帮帮那条白蛇？”

“怎么帮？人家那层次的战斗咱掺和不起。看那劲头，一尾巴甩过来咱们几个就能一起飞出去。”罗瑞又叹了口气。他觉得周欣这个想法还是不错的，可是不现实。

众人一时没有了主意，时不时提出一些逃走的办法，却马上被否决了。

“欣欣你别搂我，痒痒！”水静对身边的周欣说道。

“啊？我没搂……”“你”字还没出口，周欣脸色大变，身体僵在那儿不动，费了很大劲才稳住心神，哆嗦着小声对水静说道：“静静，别动！别扭头，一定不要扭头！陆哥哥你快来！”

人很奇怪，越不让看越想看，水静闻言不自觉地把头扭向了一边，却看到一双黑宝石一样的眼睛在与自己对视着，还有东西在挠自己的脸。水静并没有惊慌，眼睛重新聚焦到近前，才看清眼前竟然是地宫里的那条白蛇，挠着自己脸的是蛇的信子，原来刚才被搂的感觉是白蛇顺着她蹲下的身子缠了上来。她抬手制止住要过来的陆林，示意众人不要动。

白蛇似乎并没有咬人的意思，只是咝咝吐着信子。

一直以来，爬行动物给人很恐怖的感觉，除了它们的外形和一身的鳞甲，最主要的就是它们没有表情，总会让人觉得冷漠、恐怖，而它们脸部的局限使得它们不能表达出自己的情感。

可眼前这条白蛇却让水静觉得它是有表情甚至有情感的，她也不知道为什么会有这样的感觉。那白蛇看看她，又扭头看看旁边一圈儿人，然后伸长了蛇头看向石柱的方向，似是要指给众人看。

这时大家离得都不远，灯光聚焦到白蛇身上，陆林又想起了在地宫里抓住它的那一幕。他当时觉得这蛇能听懂他的话，此时他终于发现了当时为什么会有那种感觉，这条蛇，会眨眼！细看之下才发现它竟然有眼睑，就是这一眨一眨的眼睛给了他这样的错觉。要知道，蛇是没有眼睑的，不会闭眼，更不会眨眼和转动，而这条白蛇配上两只纯黑的眼珠，总给人神秘莫测的感觉。

“它能从地宫钻到这里，说明两处是通着的，能不能让它带咱们出去？”周伟问道。

“它能钻过去的地方不代表咱们也能过去呀，而且场上挨打的那位明显是它家亲戚，它怎么可能会走？”陆林回应道。

"它的意思好像是让我们帮帮那条大白蛇。"看到蛇没有攻击，周欣的心也有些放下了，说出了一个大胆的猜测。

## 第十七章　随和双宝

“其实如果真能帮上忙的话倒不失为一个办法。关键是现在咱们碰上熟人了，如果白的赢了，多少能确保咱们安全一点儿。咱们救了它，它应该不会恩将仇报吧？”罗瑞摸着下巴说道。他当然听过农夫和蛇的故事，不过只当那是寓言。在他“动物世界”的世界观里，最没人性的就是人。

“怎么救？我和林子爬到石柱边剁了那条黑蟒？”项昊反问道，“我们俩的两把刀连到一起也没那货的腰粗呢！估计连皮都捅不透，捅了跟没捅一样。对付这么大的东西，至少得有把大点儿的家伙才行呀！”

话才出口，一排人两眼放光齐刷刷地向他看过来，就好像一群饿鬼突然看到了烤乳猪，看得项昊心里毛毛的。细看才发现众人看的不是自己，而是手里正拄在地上的那把青铜巨斧。项昊的眼睛也亮了起来，确切地说，是比别人更亮。

“我靠！那就刺激了！来一出神斧斩蟒？”项昊两眼放光。人都希望能击败比自己强大的对手，就像猎人打到野鸡野兔不会激动，但如果能打到一头如山大的野猪，那绝对是一件极其值得自豪的事儿。

白蛇还在水静身上，一直很温顺，并没有咬人。它大概也不明白众人在讨论着什么，只是时不时扭动几下身体去看战况，口中发出的咝咝声越来越急促了。

众人还没讨论出个结果，就听到石柱方向传来“咚”的一声响，像是重物落地。大家扭头去看，却是那条大白蛇被巨蟒叼着脖子狠狠从石柱上甩到了地面，半天没有动。大白蛇的样子相当凄惨，身上有几块地方的白色鳞片彻底掉光，还有无数道几寸长的伤口在向外流血，整条蛇身上一片血污，远没有这条如玉般的小白蛇漂亮。此时它从石柱上摔下来，爬行非常缓慢，似是已筋疲力尽。

盘在巨柱上的青黑色巨蟒，也开始顺着石柱缓缓爬了下来。它突然抬起斗大的蛇头向着众人的方向看了过来，还吐了吐信子，之后又低下头把注意力集中到大白蛇身上。巨蟒也是伤痕累累，只是在青黑色鳞甲的掩饰下并不明显。

“坏了！那货往咱这边看了，怕是真被发现了。这是准备打完了过来吃大餐呀！”罗瑞吓坏了，“你们赶紧拿个主意！”

项昊向上指了指白石两边的两根高大的石笋，又指了指巨蟒，做了一个向下斩的手势。

“试试吧！”陆林想了想说道，然后用手指着缠在水静身上的那条小白蛇，“我们可以帮你，但你得让你家亲戚把黑蟒引过来才可以。”白蛇眨了眨眼睛，也不知道听懂了没有。虽然知道蛇的视力不好，但陆林也没有别的办法，打着手势比划了半天，示意它告诉那条大白蛇，把黑蟒引到这两根石笋中间来。说话的工夫，石柱下的形势又发生了变化，大白蛇愈发不是黑蟒的对手，开始在广场四下躲避，时不时会被黑蟒缠上，一番挣扎之后又开始跑，但始终不出石笋围成的广场。两条蛇的身长都超过了十米，巨大的蛇身在中心的广场上兜起圈子，像是在玩贪吃蛇。

“没时间了！”陆林指了指石笋的顶端，又指了指自己，对白蛇说道，“一会儿我们上去，你叫你亲戚过来。”说罢也不管白蛇听没听懂，叫项昊开始准备，又让众人远远地躲到一边去。之后他掏出绳系住了铜斧两边的手柄，和项昊一人叼起一个绳头开始攀爬石笋。

怕石笋又细又斜的尖端承受不了人的重量，他们只爬了五六米就停了下来，然后开始拉绳子，把铜斧吊到了半空。两根石笋间的距离加上臂长，刚刚能让两人各抓住一只斧柄。刚做好这一切，只见那条巨大的白蛇拼命地向着他们这个方向滑了过来。

蛇没有声带所以不会叫，不知道小蛇是怎么跟大蛇沟通的，没想到竟然真的成功了。但两人只有一次机会，一旦青黑巨蟒开始反击，凭那巨大的蛇躯和狂猛的劲力，不用缠就能将他们一击毙命。

大白蛇像是奋起余勇，向着两根石笋之间一头扎了过来，临近中间的白石时，抬起蛇头上攀，轻松地从两根石笋间滑了过去。黑蟒在后面紧追不舍，几乎是前后脚来到两根石笋之间，同样抬起蟒头攀上白石就要穿过去。

陆林大吼一声："就是现在！"两个人的腿一蹬，身体向中间靠拢，四只手用力地抓住了两边的斧柄，同时抬臂把铜斧举高，接着两个人直直落了下来。那巨大的青铜巨斧像断头台上的铡刀，留下一条金色的残影，如黄金瀑布般向着白石上的蟒头狂泻下来。

快到蟒身的时候，两个人又把抬起的手臂狠狠向下一压，两股劲合到一起，就听到"扑哧"一声，紧接着又是"咣当"一声巨响，陆林和项昊落到了地上，接着被一股巨大的冲击力带得连人带斧滚了出去。

在他们之前滚出去的是一颗斗大的蟒头，那蟒头骨碌碌滚得飞快，直到撞上前面的石笋才停了下来。两人这一斧把蟒头整个斩了下来，还把垫着的那块白石也斩掉了好大一块，蟒身所产生的巨大前冲惯性，把两个人顶了出去。蟒身还在扭动着，没有头的空腔子里一股腥臭的蟒血狂喷而出，喷出很远，溅了陆林和项昊满身满脸。

"Yeah！"看到陆林项昊一斧干净利落地斩了巨蟒，大家欢呼着跑过来，但跑到近处，谁也不往两个人跟前凑。这两个血人，太腥气了。众人四下眺望，一大一小两条白蛇已不知去向。

"呸！呸！这得做多少血豆腐呀。"陆项两人吐着飞溅到嘴里的蟒血，脸上的表情同样很兴奋，看看彼此的狼狈相，哈哈大笑起来。亲手斩了一条如龙般的巨蟒，带来的成就感是不可言喻的。项昊起身去把蟒头捡了回来，拎着蟒头来到蟒身旁边，对着周欣说道："来妹子，给拍个照，回去我要放大了留念。"

周欣细看了那蟒身一眼，把数码相机递给周伟道："哥你给他们拍吧，太恶心了。"然后躲到了后面。周伟倒是痛快，接过相机给两个人和蟒尸一通乱拍，然后换人来拍，自己也去合影，连罗瑞也上去凑热闹。

罗瑞大着胆子把蟒头接了过来，细看蟒头，对众人说道："你们看看这个，这蟒也不知道活了多久，快长出角来了。"

乐雨闻言也过去看，只见蟒的头顶正中有一个高寸许的疙瘩，摸上去很硬，不像肉瘤，倒像是坚硬角质。"古人说蟒化蛟，蛟化龙。蟒真能长出角吗？"乐雨问向罗瑞。

"这个还真不清楚，主要是因为太少见了。不用说太早，现在中国的野生动物数量比之明清十不存一，那个年代很稀少的品种，到现在基本上绝迹了。不过我想蟒化蛟的说法，可能指的是一些蟒活得久了，身体巨大并长出角来，让人很容易联想到龙，所以才有了'蛟'这么一个说法。但大概也只是长出角来，至于兴风作浪之类的传说不太真实了。”罗瑞也只是猜测，从没见过如此大的蟒，更没见过长角的蟒。此时他的心里很是惋惜，如果不是威胁到了众人的生命，他实在不愿意看到这么一条稀有的巨蟒这样被斩了。

罗瑞跟陆林要过小刀，费了很大劲把蟒头上的那块小角割了下来，递给陆林。“拿着吧，战利品。”接着他又小声说道，“虽然不知道干吗用，但我可以肯定，这玩意儿绝对是好东西。”

陆林笑笑，接过那块小角装进了内兜里。

咔嚓！闪光灯又是一闪，正在给乐雨拍照的水静突然停了手，指着站在蟒尸前的几个人说道：“你们看身后那块石头。”

众人闻言回头，原来水静指的正是刚才大家藏身的那块白石。刚才斩蟒时，白石被劈掉了好大一块，露出了里面洁白的石芯，在头灯的照射下反射出温润的光芒。

“这石头怎么了？”项昊回问水静，乐雨和陆林蹲下身看了起来。

“你没发现吗？刚才石头被劈开以后，蟒尸停在上面，那个截面上流满了蟒血。你再看看现在，一滴血也没留下，全都顺着石壁流到了地面上。”水静回答。

“这块石头材料不一般呀。”罗瑞听了提醒也猫腰细看，发现确实是这样。这白石去壳之后露出来的部分光洁如玉、白如羊脂，那一身玉鳞的白蛇与之一比也要黯然失色。最特别的是，整个露出的截面竟然没有一丝杂色和瑕疵，通体纯白光润，好似那石身上柔和的光润不是灯光反射出来的，而是石头自身散发出来的。

“这不会是玉吧？”罗瑞说着擦了擦白石的截面，然后双手摩擦热手心，开始在截面上一块光滑的地方猛蹭。“我听人说，鉴别真玉假玉，就拿起来在手心搓。搓完以后摸摸，如果变热了就是假的，如果还是凉的就是真的。”他边蹭边说道，蹭了一会儿又把手背贴了上去，感受着温度，“真是凉的！”

“不可能是玉。武当山附近确实产玉，不过产的是绿松石。虽然说也是中国四大名玉之一，主产地在郧县那边，但它的质地颜色却不如和田玉，多是蓝色、绿色，偶有白色，也是那种石灰白。更重要的是，湖北境内从没有发现过这种看上去比羊脂白玉还要细腻光洁、颜色纯白的玉。”

“你怎么这么懂玉？”项昊和罗瑞一起问出口。

“嘿嘿……”水静不好意思地笑了笑，“山上卖给旅游者的纪念品中，常被称作‘武当圣玉’的就是米黄玉和绿松石，我也偶尔，嘿嘿，挣个零花钱什么的，导游词都背熟了。”

“还出家人呢！”项昊伸手弹了一下水静的脑袋。

“别看啦同志们，赶紧赶路吧。既然湖北从不产白玉，那这肯定不是玉了，可能就是一种石英石，只不过卖相好一点儿而已。”陆林说道，他对这东西没什么兴趣。

“不！湖北地区也许出过一块质地很好的白玉，就在离此百里的荆山，与武当山之间只隔着神农架。”乐雨抚着白石的截面若有所思，头也不回地对众人说道。

众人扭头看她，听到她又说道：“春秋时期，一个楚人看见一只凤凰落在荆山的一块青石上。古人传说凤凰不落无宝之地，于是他认定那块青石中必有宝玉，便把它献给了楚王。楚王找玉工来鉴别，玉工说这是一块石头，楚王大怒，命人砍下了他的左脚。老楚王死后，新楚王继位，他又去献宝，玉工再鉴，还说是块石头。于是他又因为欺君之罪而失去了右脚。待到第三任楚王继位，他又去献宝，新楚王命玉工剖开了石壳，发现里面果真是一块稀世宝玉，遂命人将此玉雕琢成玉璧。”

“我怎么越听越觉得这个故事耳熟呢？荆山玉？”项昊挠着头打断了乐雨。

“你当然耳熟啦，中国人有几个没听过这个故事？传说此玉冬暖夏凉，百步之内蚊虫不敢飞近，为稀世之宝。因为献宝的楚人名叫卞和，楚文王遂将此玉璧命名为‘和氏璧’……”提到“和氏璧”三个字，乐雨叹了口气。

“你……你……你是说，这……这是和氏璧用的那种玉？”罗瑞激动得话有点说不利索了。

“我没说是，只是猜测。因为之前在地质学家和历史学家之间一直存在着一个争论，史载的和氏璧虽然模糊，但至少证明它应该是一块白玉。但在地质学上，就如水静说的，湖北不产白玉，于是有人推测它是一块色泽斑驳有斑块的独山玉，独山玉有青有绿，基本都是花的。而这又引出另一个疑问，如果它只是湖北、河南这一带的普通玉石，卞和献宝的时候，前后数位宫廷玉匠怎么会无一人认得？这和氏璧虽然有名，但实际上我们连它到底是什么质地也说不清楚。史学家说它是白的，可地质原因又证明它只能是花的。我也偏向于和氏璧为白玉的说法，古人用玉的洁白比喻君子，这种做玉玺的镇国之宝又怎么会找块花玉呢？呵呵，这就像你们看电视剧里杜撰的那些故事，对于历史，对于古代，我们以为已经了解很多了，但实际上很多是后人想象出来的，有太多事情是我们不知道的，有些已经成为永远的谜团。眼前这种石料可能从未被发现过，如果这真是块玉的话，其质地好过极品的和田白玉，确为难得一见的珍品。那么它也就打破了楚地无白玉的说法，或者和氏璧原料的猜想也能因此得到解释。”乐雨摸着白石上露出的一块儿说道。

“我看这个卞和才值得争论呢。这个故事传了两千年，没人质疑它的真实性吗？”周伟凑过来说道，他也想看看这疑似和氏璧原料的无瑕美玉，“自古这就是个传说，可按照常理、按照人性来讲，根本解释不通呀。你们想想，我看到一块石头，上面有只疑似山鸡的动物落过，然后我就认为它是宝，献给王，然后为了这块石头少了条腿。换届之后，我得是本着什么样的想法，才会冒着再少条腿的风险去献宝？而且这前后怎么也得隔着十几年吧，我抱着这块石头，没想过凿开它看看？两条腿没了之后，还有第三次，第三次呀！若还是不行，怕是要砍头了，但我还是敢去，还是不打开看看就把性命赌上了。这符合‘传奇’的逻辑，但合乎人性吗？你可以认为古代人愚昧，但绝不要认为古代人傻。”

乐雨笑笑说道：“这个完全是模糊的记载，类似于现在某些事情的官方说法。卞和献宝故事的真相，怕是永远也解不开了，不过眼下这块也许真的与和氏璧用料一样。你们发现了吗？咱们到这里以后，没见过一只虫子，倒是有些像‘百步之内蚊虫不敢近’的说法。”

“嗯，确实是个宝贝。那年头连纸都没发明出来呢，更别说玻璃了，打开窗户什么都往里飞。我估计呀，每到夏天秦始皇吃饭的时候，饭桌上也爬满了大绿豆蝇，与文武大臣聚餐，宫殿里也‘嗡嗡嗡’全是苍蝇蚊子，然后老秦把玉玺往桌上一放，世界清静了……”罗瑞摸着下巴一脸向往地说道。

“你还能说得再恶心点吗？”陆林捶了下罗瑞的肩膀。

“不会的，古时没有化学药剂，但应该会有驱虫的秘药或者花草。其实有些植物到夏天，蚊虫是不敢近的，只是现在的化学药剂太多，植物又太少，所以一般人注意不到罢了。那时人的生活，一切取于自然又归于自然，这些天然的驱虫之宝肯定会被注意到的。”周欣纠正道。

罗瑞退到一边捡起了刚才被铜斧劈掉的一大块白石说道：“那块留着做研究我不管，但这块算我们的了啊。”说着翻看手中的碎石，发现也有白玉，一时大喜。被劈掉的这块个头儿不小，足有几十斤重，可罗瑞却好像突然天生神力，拿在手里举重若轻，三下两下塞进了包里，再也不肯拿出来，然后心满意足地把包往背后一背，看那样子好像一点儿不觉得沉。

“瞧把你美的，鼻涕泡快冒出来了。”乐雨笑罗瑞，“其实这宝玉虽好，也终只是件死物。你手里这块玉质地也许比羊脂白玉好，却也终究是块玉，并不一定多值钱，因为你不能证明它就是和氏璧用的那种玉，说了也没人会相信。那种存在于传说中的天下至宝，它再美也美不过人类的想象，一旦出世，肯定会让人们失望的。而且和氏璧本身在秦朝以前，也不过是‘春秋双宝’之一，撑死了也只是价值连城的一件奇珍。真正让它变成无价之宝的，是那八个字和一个人。”

“这我知道，是秦始皇，‘受命于天，既寿永昌’嘛！还磕掉过一个角，拿黄金补上了，是为金镶玉。”罗瑞难得能在历史学家面前卖弄一下学问，抢着说道。

“是呀，‘受命于天，既寿永昌’。自秦始皇以来，这和氏璧成了中华的传国之宝。它早已经不是一块玉璧，而是一种象征，象征着一统九州、天下在手的至高无上的权力。”乐雨说着又去摸那白石的截面，看着洁白的美玉，她言语中带着唏嘘，“这东西就像有魔法，苍天之下，亿万人之上，江山的主人，人间的帝王，它是所有野心家最终极的欲望，见证了我华夏千年的兴衰。千百年来，为了它，万里江山寸寸被血浸透，亿万百姓世世涂于战火。如果问天下间什么最邪恶，就是这用千百年的时间、亿万人的生命凝练成的一方玉玺。可玉又有什么错呢？都是人的欲望呀。”

听到乐雨的一番话，众人也不禁唏嘘。

反倒是水静不太懂这俗世间的纷扰，好奇问道：“乐姐姐，你说和氏璧是‘春秋两宝’之一，那另一宝又是什么？”

乐雨笑笑说道：“比起‘受命于天’的和氏璧，另一宝默默无闻多了，只是一件奇珍而已。说起来它倒是与我们先前的经历有些相似，便是……”

乐雨的话还没说完，被一阵沙沙声打断了，那是巨大的蛇鳞摩擦地面的声音，那条大白蛇回来了。众人抬头望去，就看那大蛇口衔一颗精光璀璨的明珠，缓缓地蜿蜒而来，想是受伤极重，不过伤口已不再流血。

众人看它衔明珠而来不免有些诧异，乐雨表情更是精彩，有些痴呆，有些惊喜。

“它不会是来送礼的吧？”周欣小声问罗瑞。

“没准哦，蛇的报恩嘛。”罗瑞回答。

大白蛇蹒跚着滑到众人面前，用一双乌溜溜的大蛇眼打量了众人半天，然后低头把衔在口中的明珠放到众人脚下。接着它又抬起头吐着蛇信子看了众人一圈，鞠躬似的低了低头，似是真的要把明珠献给众人以作报答。虽然知道白蛇没有恶意，不过这粗大的蛇身着实骇人，仅是立起来的一截有一人多高，蛇头高高在上，几乎是俯视着众人，没有表情的脸给人一种强烈的压迫感。

“它怎么还不走，是不是要咱们把珠子收下呀？”罗瑞小声说道。他一说话那巨大的蛇头扭过来看着他，吓得他马上闭嘴。

“也许吧。”陆林小心地俯身探手，从地上捡起了那颗明珠。珠子坚硬光滑，与蚌珠的感觉截然不同，在灯光下熠熠生辉。

大蛇看有人拾了明珠，便向众人点点头，竟然还眨了眨眼，给人一种可爱的感觉。之后大白蛇便不再停留，拖着满是伤口的躯体，扭头向另一个方向的黑暗深处爬去，大概是报完了恩要养伤去了。

众人不敢动，一直到它完全隐没在黑暗里，才围到陆林身边看那明珠。

“静静你不是问‘春秋两宝’的另一宝是什么吗？我说与咱们的经历有些相似，却没想到竟然真的这么巧。”乐雨摸着陆林手中的明珠道，“‘春秋两宝'便是'和氏之璧'和'随侯之珠'。相传春秋时，随国国君随侯在一次出游途中看见一条受伤的大蛇在路旁挣扎，心生恻隐，便令人给蛇敷药包扎，然后放归草丛。第二年，这条大蛇痊愈后衔一颗夜明珠来到随侯住处，说：'我乃龙王之子，感君救命之恩，特来报德。'这颗明珠洁白圆润，光彩夺目，近观如晶莹之烛，远望如海上明月，一看便知是颗宝珠。这就是被称作'灵蛇之珠'的'随侯珠'，与和氏璧并称为'随和二宝'。"

"就是夜明珠吗？"周欣好奇地问道。

"应该是，历史上《搜神记》描述它'径盈寸，纯白而夜光，可以烛室'。《墨子》有云：'和氏之璧，随侯之珠，三棘六异，此诸侯良宝也。'后来秦始皇统一六国，随侯珠便与和氏璧一起落在了秦始皇手里，但际遇却是一个上天一个入地。'和氏璧'成了传国玉玺，'随侯珠'却自此不知所踪，有专家推测它作为陪葬品被埋进了秦始皇的皇陵里。"

"夜明珠？关灯关灯，咱试试！"罗瑞听得两眼冒光。

众人也好奇，关了头灯，之后四周便陷入了一片黑暗……

……

"唉，看来咱这条蛇没有随侯碰上的那条富裕呀……不是夜光的。"罗瑞有些失望。失去了灯光，明珠也跟着暗淡下来。漆黑的地下没有一点光源，众人陷入了伸手不见五指的黑暗之中。

"别灰心，也许这珠子有别的功用，不然那蛇也不会把它送给咱们。"乐雨安慰大家。

"你们看这石头，比这珠子亮。"项昊说道。一片黑暗中，确实能看到浅灰色的一片，正是白石截面的位置，这是黑暗中唯一能看到的东西。

"谁知道它是干吗的！得啦，在外面待了这么久，进去看看吧。"陆林打开头灯，把那颗珠子装进背包里。

众人跟着也打开了头灯，一起向广场中心的巨柱照去，此时里面再没有其他动静。大家绕过白石，进入了一圈石柱的内部。罗瑞恋恋不舍地摸着白石绕了过去，却发现石头向里的一面有些奇怪。

"你们看这石头，跟溶洞里的石笋一样。"罗瑞说道。众人回头，看到白石向里的一面与地面相连的地方，呈一个弧度向里伸出了一块，地面上还有一条浅浅的被拖动的痕迹。

“像是被推出去似的。不过这不是石笋，是石头呀。又不用继续生长，怎么会这样呢？”水静问道。

“抱歉，这里没有地质学家。”乐雨打哈哈道。

“真是很奇怪，所有的东西被挤得向外延伸。咱们进去吧，看看里面到底有什么东西值得两条大蛇这么玩命抢，还把咱们的传国之宝给挤到牙缝里。”罗瑞的话让众人心里一紧，大家既兴奋又害怕，决定去广场中心一探究竟。

## 第十八章　锦衣再现

走进圆形广场，众人没有发现异常，只是偶尔听到头顶石缝渗落下来的水滴打到地面上发出的“吧嗒吧嗒”声，还有踩在散落在地面上的蛇鳞时发出的“咔吧”声。

“静静你看这白蛇的鳞片，真漂亮！”周欣从地面上捡起了一片，擦掉上面的土，蛇鳞在头灯光线下如白玉般晶莹。

“确实漂亮。”水静无心地应了一句，她还在想着刚才的两条蛇。作为玄武大帝成神的武当山，龟和蛇在这里意义特殊。特别是后来灵蛇献珠的举动，更引发了她很多联想。

“能上去看看吗？”乐雨问陆林，此时众人到了中央石柱的下方。刚才看到两蛇缠柱而斗，乐雨感觉这石柱不同寻常，可她绕着柱子照了一圈儿，没有发现什么特别之处，只好寄希望于柱顶了。

“差不多。”陆林掏出安全绳和攀爬工具，又脱掉了防水鞋套，开始试着向上爬。整个石柱斑驳坑洼，可以抓扣的地方很多，一会儿工夫陆林上到了柱顶。

“怕是要让你失望啦！”陆林从柱顶向下喊，下面的人只能看到漆黑的高处有一盏灯，“不过以前可能有什么东西放在上面。中间有一个坑，像是放东西的，又像是砸出来的，现在什么也没有啦。”众人听后一阵失望。

躲在暗处的石井真一伙人也是一阵失望。他们早就到了，跟众人分开之后，他们毫不顾忌地施展出真实本领，不仅早到了中心的石笋圈，甚至还越过了这里在后面找到了一条疑似出路的通道。加藤去探路，剩下的三个人绕回了石笋圈。他们远远注视着一蛇一蟒大战，躲在另一侧，隐没在巨牙外面的石林里，同时目睹了之后发生的所有事。直到最后陆林爬上石柱，他们都没有现身。有人帮自己蹚雷是求之不得的好事，即使真的发现什么东西，他们也有信心把众人埋葬在这个漆黑的地下溶洞里。没想到的是，又一次扑空了。

听到陆林的喊声之后，几个日本人的心跌到了谷底。

山中小声对石井说道：“斗五龙，说的会不会是那大蛇巨蟒？它们已经斗了，可雷神在哪里？”

石井真摇头道：“不知道。宝物这种东西应该非常显眼才对，可这洞里你们有没有感觉缺了些什么？围绕四周的石笋，中间的巨柱，好像少了什么最重要的东西。”

“会不会是被人取走了？比如这眼前尸体的同伙？”野村问道。

“静观其变。”石井真挥手不让他们再说，继续关注那边的动静。

陆林顺着安全绳又爬了下来，掏出手机，把拍的柱顶的照片给乐雨看。看到众人失望，他打趣道：“人要知足，又是和氏璧又是随侯珠的，你们还想要点啥？还是找出路吧。”

“呃……”罗瑞没精打采地应了一声，低着头绕到石柱后面去了。

“我想这个溶洞的空间并没有我们想象的那么大，大家分成几队向后走走，但愿不远的前方有条路在等着我们。”乐雨招呼众人分头探路。

“那边有东西，好像又是个死人。”罗瑞眼尖，绕过石柱向远处斜刺里一照，竟然发现在3点钟方向的两根石笋之间，有一具尸骸一样的东西。

众人顺着罗瑞的灯光望去，数盏头灯一齐照射，石笋间的情形立时清晰了起来。那里真的躺着一具尸骸，刚才众人在广场外，谁也没有发现。

那尸体身上的衣服竟然还在，但却不像今时的款式，一时众人围了过去。这是他们发现的第二具尸体了，铜殿里的那具大概是因为被雷火劈中，只剩下一副骷髅。这里也许是因为环境特殊，尸身保存得相对完整，但也已经高度腐烂了。身材高大，呈仰卧姿势，两手下垂，靠在一侧的石笋上。

尸骸身上穿着的长衫已经分辨不出颜色，绣着花团锦簇、龙纹波涛，有些部分可能是用金线绣的，在灯光下依然光彩熠熠。头部有些地方还有一层枯皱的皮肤，有些地方露出了白骨。整个鼻子部分塌陷下去，形成了一个三角形的黑洞。身体下面露出一个刀柄，看来有兵器被压在身下。周欣只看了一眼就“嗷嗷”叫着跑回中心石柱的旁边，再也不敢过来看。

“这是……哪个朝代的？怎么还有龙？不过是四爪的，这算是蟒袍吧？难道是王侯？”周伟问道，他多少有些常识。

乐雨俯身小心翼翼地拿着刀柄，把尸骸下的兵器拿了出来，捧在手里仔细打量。“那不是龙，你看到龙身两边的翅膀没有？是山海经中的飞鱼，飞鱼外形类蟒，这个叫飞鱼服。”说着她又把手中的刀给众人看，深吸一口气说道，“飞鱼服，绣春刀，这也许是大明朝的锦衣卫！”

“锦衣卫？”众人同时一声惊呼。

项昊要过乐雨手中的刀端详着，问陆林道:“哎？这跟咱们的那把，啊不是，咱们见过的那把不一样呀！”想想场合不对，他马上改了口。

“嗯，比咱们见过的那把还要短，但装饰的花纹更加精致。”陆林看着刀说道，但此时他心里却在想着另一件事：“锦衣卫？又遇到了锦衣卫！这么说，这里和上次的那个石洞，都是锦衣卫来过的地方？难道这具尸骸也是东厂的人，都是明朝皇室指派的？他们来这里干什么？跟这群小鬼子是同一目的？小鬼子到底是在找什么……”他隐约想到了一个头绪，无奈信息太少，也仅仅是一个头绪。

乐雨跟古尸打惯了交道，并不惧怕。她换上一副手套，蹲下身在古尸身上轻轻翻找了起来。一会儿工夫，她几乎没有翻动尸身就从古尸全身上下掏出了数样东西，众人啧啧称奇。

“我说，你到底是盗墓的还是考古的呀？这也太熟练了，我看新闻里演的考古工作者可没翻尸体东西的习惯。”陆林看着乐雨不停翻飞的纤纤玉手打趣道。

“那是对着摄像机！尸身上有东西总不能任由它放在里面吧？”乐雨没有抬头反驳道。

又过了一会儿，乐雨把尸身上下翻完了一遍，找出了数样东西依次放在地上。

乐雨低头边整理发现的东西，边对众人解说道：“这是个钱袋，这些是碎银子，不过已经氧化得很厉害了。”说着她从钱袋里掏出了块黑得看不出颜色的金属块。

“哎？看这个！”她又掏出一个拇指大小的暗黄色元宝，“金子！氧化得很慢。”她把金银装了回去，放入一个密封塑料袋中。

她拿起一块玉牌来看着上面的字。“东司房，武字一百一十三号！万历四十二年造。万历四十二年是……”乐雨快速地回忆着，“大概是 1613 到 1616 这之间的一年，记不清了。这人不是锦衣卫镇抚司的，而是东厂的。”

“万历年间的人？有名字吗？他怎么会出现在这里？”周伟听过陆林几个人的故事。锦衣卫出现在这里，让他敏锐地感觉到此次旅行怕是从一开始就不那么简单，一定跟那次陆林等人的发现有关，难怪当初他们一直拦着自己。周老板是见过世面的人，想想一路上的经历，他确定这次怕是卷入了一场不该卷入的事件里。

“怎么会有名字？你听说过戴笠、毛人凤，什么时候听过他们手底下特务的名字？他们这行，出名就离完蛋不远了。”陆林说道。

乐雨点头同意陆林的话道：“没错。不过，这尸体也未必是万历年间的，他的这身官服，上绣金线，明显不是普通的总旗、小旗之类的底层编制。他如果是万历四十二年加入的锦衣卫，那混出头怎么也要一段很长的时间。嗯……万历之后是天启、崇祯，从万历四十年一直到崇祯上吊，前后也不过才三十年，这三个年代都有可能。”

“这人没准儿还是三朝元老，没想到会折在这里。”项昊感叹道，伸手将那块玉牌要过来把玩。他清楚地记得上次他们发现的那块也是象牙的，想看看二者有什么不同。

“四朝，中间还有位皇帝就干了一个月。”乐雨把牌子递给了他，让他小心点，又拿起一个密封得非常好的大号油纸包，长度足有一尺，刚才别在尸身的后腰上。乐雨拆开纸包，里面是一只样子很奇怪的器物。一头是一个把手的形状，另一头是三根铁管铸成一体的东西，有点像三根竹节钢鞭被捆在一起。表面雕花精美，每根铁管粗的一头有一个孔洞。

“这是经过改良的三眼手铳。万历年间的《神器谱》里有过记载，不过这应该是为锦衣卫镇抚司特制的，更适合单兵作战。嗯，也就是明朝时的手枪，在当时应该算是非常犀利的单兵武器了。当年崇祯在李自成攻入北京的时候出宫而走，手中提的兵器就是这东西。看来死去的这位身份确实不低，很多明朝的将领都没有这待遇。”乐雨兴奋地说。

“你是说明朝中国就有手枪？”陆林惊诧道。

“这个算是手枪的先祖吧，你莫要小看了明朝对火器的研究。”

“没错！”不待乐雨说完，罗瑞就插话道，“有次看《百家讲坛》，说当年八国联军进北京的时候，找到了一个尘封的武器库，里面雪藏的火枪比当时英国军队装备的还先进。一问才知道，是前明的火器库。但满人却弃之不用，封存了起来，他们认为骑射才是立族之根本。”

“还是再看看其他东西吧。”说着她把三眼手铳递给了早已眼馋的陆林，又拿起一个小袋子，已经有些腐朽的袋底漏出了一些粉末，“这包可能是个药囊，有好几个小纸包，不过已经漏了。闻味道可能有雄黄之类驱蛇的东西，应该还有刀伤药、毒药之类的药物。还有这个包，应该是类似绿林人百宝囊之类的东西，里面有飞虎爪等几件很原始的攀爬和凫水工具。看来这位仁兄也是常常从事野外作业的。我还在他身下发现了一个打开的油纸包，不过里面是空的，可能是干粮吧。看他带的东西准备得非常充足，也许他之前来过这里。”

“你们说这个人会不会跟被雷劈那位是一起的？一个被劈死在了铜殿里，一个来到了这里。看出来是怎么死的了吗？”罗瑞问。

“不知道，没有明显的刀伤。不过我感觉这个人死的时候岁数应该不小了，怕是有四五十岁。呵呵，也许是位级别很高的一线特务，就像现在软件公司里的高级程序员，虽然不管人，但级别高，能做事，像007那种。”乐雨回答道。

“007深入地下溶洞大战黑蟒怪！”罗瑞一拍脑袋，想好了本集007的名字。

“除非时光倒流，不然四百年前这里发生了什么，谁也不会知道，有太多秘密是不会被史学家记载下来的。这也算是个发现吧，尸体留下，这些东西我要带走。我们还是继续找出路吧。”乐雨把几件东西装进了包里，又跟项昊要那玉牌。

“再让我玩会儿。”项昊嘟囔着松了手，可偏巧乐雨听了他的话也收回了手，玉牌落向了石头地面上，“嘎巴”一声摔成了两段。

“这可不算我的啊，是你没接住！”项昊抢先说道。

乐雨没跟他争辩，她第一时间看向那摔成两半的玉牌，接着又像是发现了什么，猛地蹲下身去。

“这不是你摔坏的，它本来就是两节插在一起的，我还从没见过做了机关的腰牌。”乐雨把腰牌捧了起来，在头灯下仔细看着，“咦？这是……”两节玉牌的截面部分一凹一凸，组成了一个插槽，内部有一块镂空的小空间，一边空间里露出了一个叠着的纸角。

乐雨一脸兴奋地拉着纸角抽了出来。这实在是个意外的发现，两节玉牌快长到一块了，不摔这一下估计发现不了。里面是一张折了好几折的纸，从纸背隐约能看到里面的墨迹。

“什么东西？快快打开看看！”罗瑞一脸兴奋。

“别那么激动，再重要的机密，也是四百年前的东西了。最多只是明朝的一个秘闻，或者一个秘密任务，再不然就是这位兄台的私房钱，还能是张藏宝图不成？于现在一点用没有。”乐雨打击罗瑞道，说着展开了那张纸，发现上面并不是文字，“哎？这个……还真是一张图！”

“这哪儿呀？怎么一个字都没有？”罗瑞凑上前问道。

“应该是内部的地图吧，知道情况的不用字也知道这是哪儿。这样就算落到外人手里，他们也找不着什么地方。”乐雨回答道。

“我说，你还是先仔细收起来吧。想研究，等出去了回到地面上再看，反正现在你也认不出来是不是？”陆林一边说一边使劲对乐雨使着眼色。他反应很快，又遇到东厂的锦衣卫，他怕这是日本人的目的。这张地图在此时突然出现，绝对不是什么好事。最好在几个日本人赶来之前，把这事先揭过去不让他们知道，等回到地面上就不用担心了。

“这个诸位不必担心，没有字我们也会找到的，呵呵呵……”一阵阴冷的笑声从众人身后传来。

看到有地图出现，一直躲在暗处的日本人终于现身，图穷匕见的时刻到了。山中健太走在最前面，脸上挂着阴冷的笑，一手还拉着瑟瑟发抖的周欣。刚才发现尸体的时候，周欣因为害怕跑回了中心石柱旁边，众人一时疏忽，把她一个人丢在了那里，此时陆林后悔莫及。

“你们也都是有本事的人，拿个小姑娘当人质，好意思吗？要不要脸呀？把我妹子放了，咱们单挑！”项昊一看就明白了他们的意思，立时被气炸了。他知道这几个不是一般人，却没想到他们会出此下策。

“不好意思？哈哈哈……”山中健太笑得飞扬跋扈，似是想把一路上的怨气都吐出来。刚才他挟持周欣没有跟石井真等人商量，风险过去了，肉在嘴边，该是露出牙齿的时候了。既然发现了东厂遗留下来的重要线索，他没打算让几个人活着出去。

“没什么不好意思的，虽然在我眼里，诸位根本构不成威胁，但遗憾的是，君子斗智不斗力，那是一张四百年前的纸，谁也不能保证你们会不会耍什么小动作。万一损坏了，杀了你们也于事无补。抱歉了诸位，我们要确保万无一失才行。乐雨小姐，请你把地图和玉牌都交出来好吗？我们无意为难你们。”山中健太笑眯眯地说道，身后站着的野村匠一脸漠然。石井真严肃地看着乐雨手中的图，并没有要阻止的意思，他明白，为了完成任务，山中健太这么做没错。事实上这张图于陆林几个人来说一点用都没有，他们就是当场烧掉，也肯定不会把它给这几个别有用心的日本人，但眼下周欣被挟持了，陆林几人不得不生出了投鼠忌器之心。

“石井先生，不用这样吧。呵呵，咱们一路上处得不错，大家都是朋友，而且你们中间……”周伟笑着说道。妹妹被挟持了，现在心里最着急的就是他，可他明白越是这样的时候越不能乱。他早就看出这几个人里石井真才是头，于是把说服对象锁定在了他身上。

“够了！别再说了周先生，令妹的脸蛋很漂亮，我怕不小心划花了她。”山中健太抓着周欣的手打断了周伟的话，他虽然没有付诸行动，但小姑娘已经花容失色，“你们中国人有句老话，叫‘好马出在腿上，好汉出在嘴上’。在我看来，这群人里最难对付的就是你。语言是个神奇的东西，也是最强的武器，它虽然不能伤害肉体，却可以攻击千万人的心。不可否认，你很了解人，也很会话说。所以，不要再说了，还是跟你身后的人商量商量，快把地图交出来才是正事。”

“放了我妹妹！她年纪还小，你们挟持我！”周伟听罢他的话表情一变，一脸冰冷地对山中健太说道。既然话说到这份上，没必要再客气。

“算了吧周先生，挟持你？就算你无条件跟过来我也不要。带上一只小白兔就够了，没必要再在身边留下一匹狼，把功夫用在你身后那群人身上吧。”山中健太还在笑。

这时远处有人奔跑过来，边跑边喊道：“那条路真的可以出去！你们猜那条路通到哪里？”是去探路的加藤阳也，语气中透着找到出路的兴奋。说着他已经跑到了近前，在远处时他只看到众人的头灯聚到了一起，离近了才发现双方气氛不对。

“你们这是……”加藤阳也一脸疑惑地看着山中和被他挟持的周欣。

“别说话，退到后面来！”山中健太厉声说道。

“哼！”加藤似是对山中的做法很是不屑，但还是服从地退到了他身后。

“年轻人，你的大久保老师没教过你吗？对于我们来讲，完成任务才是最重要的，其他的哪怕是我们自己也不重要。”山中健太此时心情很好，看到加藤脸上的不屑说教道，“陆先生，乐小姐，别耍小动作了，你交到她手里的是什么纸？想要调包吗？”

趁着加藤阳也的到来分散了众人的注意力，陆林半身隐到项昊身后，不动声色地从背包的侧兜里掏出了一张他在路上绘的图，揉搓了几下便迅速递到乐雨手里，把她手里的地图换了过来。如此黑暗的环境里，这点小动作很难被发现。陆林设想得很好，他把地图掉了包，日本人并没有见过真图的样子，最多知道那是张纸。而且周围光线昏暗，他有八成把握不会马上被发现。就算被发现了，只要双方的距离拉近，他就有机会救出周欣。

“这小鬼子眼神怎么这么好？早知道把真的换过来了。”陆林在心中骂道。他突然想起了多疑的曹操在华容道上，被诸葛亮用“虚则实之，实则虚之”算计的故事。

“小鬼子，你说，是周欣对我们重要，还是这地图对你们重要？这图就在这儿，你说我敢不敢毁了它？”陆林拉着纸角一甩，把那张纸在空中摊开，边说着话边把手里那张四百年前的纸甩得哗哗响，似是完全不当回事。

可山中健太的心却随着地图的一起一落、一揪一揪的，生怕再多一下地图被撕烂。他气急败坏道：“少来这套！那张图如果被撕了一块，我就断她一只手！”说着把周欣的一只手死死攥在手里，疼得周欣哇哇哭了起来。

关心则乱，周伟急忙扭过头去，用求助的目光看向乐雨和陆林。以这几天对陆林的了解，他明白陆林是在救周欣，可明显这一招对山中健太不管用。

罗瑞为周欣着急的同时也在为陆林和项昊担心，两个人是带着任务来的，交给他们的任务里明确指出过，遇到这种情况，一定要阻止日本人得到有价值的东西。如果此时陆林交出了那张纸，先不说日本人得到它会不会影响国家利益，单是违反了有关部门的命令，被有心人追究起来，那就是犯罪。

陆林知道此事怕是没有回旋余地了。对手太厉害，又抢到了先机，想救周欣，只能把地图给他们了。"连一个小女孩都保护不了，还谈什么保护国家？"陆林心中暗叹。他也知道交出地图可能带来的后果，但保护"国"的目的是为了保护"家"，如果一个国家连一个孩子保护不了，那所谓的国家利益就是个笑话。他看了看乐雨，她并没有表示异议，又和项昊对望了一眼。

"给他，真窝囊！小鬼子，这次我们认栽了，把图给你，放了我妹子！"项昊毫不犹豫地答应了。

"好，把图折好扔过来！"山中健太看几个人服了软，也放松了攥着周欣的手。

拿定主意，陆林没有再犹豫，把图折了折扔了过去。山中健太伸手接住了图，手却还抓着周欣，依然一脸笑容道："很好，谢谢诸位的配合，这样多好，不伤大家的和气。不好意思，周小姐还要受点苦，你们都不要动，我们要先出去。加藤，带路！"

"小鬼子你怎么说话不算数！"项昊怒了。

"我说过什么时候放她吗？呵呵呵，怪就怪你们太不小心。地图都交出来了，不差这一点儿，你们说对吧？"山中健太步步紧逼，提高自己的要求。大家都明白温水煮青蛙的道理，可现在周欣在他们手里，谁也没有办法。

"我们走！"山中健太不再和众人纠缠，回头对另外几个日本人说。

野村匠面无表情地走在最后，石井真对着众人鞠了个躬，说了声"对不起"，便头也不回地跟着走了。

"还道歉？真虚伪！"水静气呼呼地说道。

"周总你别担心，咱们跟上他们，找机会把欣欣救出来。"陆林安抚着周伟。

一行人跟了上去，山中健太这次却没有喝止众人。

溶洞果如众人说的一般没有多大，没走几步到了边缘。灯光中众人看到一条安全绳从洞壁的上方垂了下来，想来是加藤阳也刚才拴的。

"看到了吗诸位？"山中健太指着绳子的上方说道，"那里就是出路。但请诸位不要着急，我们要先确保能够安全离开才行，所以麻烦几位好好在下面等着，一个小时之内不许上去。当然，你们要自己准备绳子。”原来他们发现的出口在高处，离地面有六七米高，远远看去斜向上延伸着，直径不过1米。

“你什么意思？图你们已经拿到了，路也找到了，把欣欣放了！我们保证一小时内不上去总可以了吧？”乐雨愤怒地说道。

“别激动嘛，乐雨小姐，我们一向是很讲信用的。我保证，只要我们出去，肯定放了她。再说，你们有讨价还价的权利吗？”山中的笑容很是灿烂，似乎众人的愤怒给了他巨大的满足感。

“小鬼子！等出去了，老子要跟你单挑，项爷非撕了你不可！”项昊的火实在压不住了，如果不是周欣被劫持，他现在已经冲上去玩命了。

山中健太见众人被安稳下来，便让加藤阳也先抓着绳子攀上去接应，接着又逼迫周欣系上安全绳，把她拉了上去。周欣开始想反抗，却被山中健太抽了一巴掌，再不敢反抗。长这么大连哥哥都没打过自己，她此时只得依言系上安全绳。周伟在后面大骂，他是真急了。

接着石井真、野村匠爬了上去，山中健太留在最后，笑容可掬地看着众人，完全无视对方满眼怒火。他伸出食指说道：“1小时，1小时之内不要跟着来。放心吧，我们会遵守诺言的。”说完他扭头抓着绳子飞蹿上去，动作敏捷得让众人为之一惊。刚才陆林想在他攀爬的时候把他制住，两方来个交换人质可谁也没想到这个四十多岁身材臃肿的胖子，竟然这么灵活。

项昊拍了拍周伟的肩膀，安慰他别着急。这时搭在洞壁上的绳子被收了上去。

“昊子掏绳子，我们现在上去，你们先等着，一会儿我们回来再把大家救上去！”陆林招呼项昊道。对手虽然抢先一招，他们却不能坐以待毙任由摆布。周欣在对方手上，如果山中够聪明，就该发挥出她最大威慑力，而不是动不动伤害她。

这时上面传来山中健太得意的声音：“诸位，有件事忘记告诉你们了，我们在这洞里转了一圈，只发现了这么一个出口，应该再没有其他的出路了。请稍等一下……”声音渐渐远去，像是在边说边往后走，接着就听到“轰隆”一声，整个溶洞轻微摇晃了几下，高处的洞口猛地冒出一股浓重的灰尘，岩壁上出现碎裂，一堆碎石哗啦啦滚了下来。

谁也没想到竟然出现如此惊变，陆林和项昊一时再顾不上别的，一下子把人向后扑倒过去。

“哈哈哈！现在真的没有出路了，谢谢诸位的配合！”山中健太的狂笑声远远传来。他从地图出现时就想好了这一切，杀人灭口，不能让这些人活着出去。这时洞穴外传来周欣的哭骂声，喊着“哥”，似是想挣脱开日本人，但她哪里是那几个人的对手，混乱中，哭声渐渐远去了。

“混蛋！”项昊大声怒骂。可洞口已经堵上了，再没有回话传来。“这帮混蛋！”众人极其愤怒，没想到这些日本人毫无信用可言，还这么狠毒。

看着已经封上的洞口，众人的心情跌到了谷底。周伟更是失魂落魄，比起自己的安危，他更担心妹妹。

“真没想到这些日本人这么坏！”水静埋怨道。

“是咱们太笨了，兵不厌诈，妈的！”陆林也骂了句粗口，一边暗暗自责，这几年的安逸生活让自己的反应迟钝了，“我认识一个谈判专家，他说警方跟劫持人质的歹徒谈判时，会完全顺着歹徒的意思，答应对方的一切要求，哪怕是答应只要他放了人就能既往不咎。但一旦救出人质达到目的，刚才做出的那些承诺全不算数。在他们崇高的理由下，所有的不讲信用都是合理的。警方都能如此，更何况一群跨国来的小鬼子。”陆林咬牙切齿道，恨自己低估了这群日本人。

“别说这些了，想想有什么办法出去。”周伟说道。他强迫自己冷静下来，一定要出去，出去才有机会救妹妹。刚才山中说出去就放了周欣，现在看来，这也只是句鬼话。

“昊子，你沿着洞转一圈儿，看看还有没有出口，多注意脚下和头上。瑞子，你去把李杰和齐艳接过来，咱们先凑到一起。我上去看看，但愿洞口堵得不是太严实。”陆林说道。

安排就绪，项昊和罗瑞分头行事，陆林开始准备攀爬工具，让周伟帮忙清理一下堆在岩壁下的碎石。他刚拴好绳子，就听到了周伟的声音。

“咦？这是……乐雨，你来看看这个，我在石头堆里找到的。”周伟在碎石中找到了一件东西。

“这是个荷包？在石堆里找到的？”乐雨惊讶地从周伟手中接过一个绣着云纹的小布袋，“这东西……也像是件古物，难道是那个锦衣卫的东西？怎么会在这里？等我看看里面有什么东西。”

乐雨伸进荷包，挑出了一个包得很严实的油纸包，还有两颗已经完全干瘪的果核，两枚果核外还裹着一层干巴巴的腐烂黑褐色果皮，想来原本应该是两颗果子，放置得太久，水色完全流失之后变成了这样。乐雨又拆开了油纸包，里面却又是一叠折了几折的纸。

“不会又是张地图吧？”陆林也不爬了，几个人面面相觑。

“不是地图，有字，等我打开看看。包裹用的这张油纸和我刚才在尸体上发现的那个空油纸包用料一样，这东西可能是那个锦衣卫的。”乐雨边说边抽出里面已经泛黄的纸张，看到纸里有墨迹，纸背还有一些红字，正反两面都写了东西。

展开纸，这次却是两张。她迫不及待地把正反两面的文字看了一遍，眼睛越睁越大，一脸惊愕，似是发现了什么了不得的事情。看完之后，乐雨不禁呆在了那里，走火入魔一般地轻轻念叨：“怎么会……怎么会……怎么会……”一时间一连串的疑惑涌上心头。

## 第十九章　惊天真相

陆林看她神色有异，便问道："怎么了？写的什么？"说着从乐雨那儿拿过了纸。

"我没事，没事，让我冷静冷静，让我先想一想……先想一想……"乐雨自言自语，任由陆林抽走了手中的纸，两手抱着肩膀，低着头沉思起来，不自觉地开始来回踱步。

陆林接过两页已经泛黄的纸，先看正面，页首粘着两滴黑色块状物，似是不慎滴落的火漆残渣。开头写着"秘字"两个字，其后一行行黑色墨迹的夹缝里还有朱批。黑色与红色两种笔记明显不同，一看就知是出自两个人的手笔，最后还有一个印章。这应该是一份被批复过的公文吧？陆林暗想。

他开始细读公文的内容：

"（秘字）罪臣方泽三请复探太和疏：卑职自万历年入厂伊始，已历四朝，蒙督主不弃，着卑职秉成祖之遗志寻洪荒之匙于太和。受命以来，战战兢兢弗敢有误。独探地穴，力斩妖蛇，终于水宫中觅得一宝。卑职窃喜之余，未经查实便报于督主。孰料异宝非宝，更非秘匙，实为祸基之本！

卑职之失察，竟引得灾星现世，此万剐难赎之罪！工部以格术试之，一试于工部，西城尽毁，京师内尸骨遍地。此不祥之物，工部反曰神器！二试于西北，顷刻三县皆亡！幸得今上继位，言神器难控，不复再用。蒙督主开恩，未治卑职之罪，使卑职镇灾星于光明洞内。

然京师甘陕十二万亡灵若何安息？卑职每日思之，彻夜无眠，倾四海之水难洗心中之悔，覆五岳之土难填胸中之恨！灾星虽镇，必不久常，其不及秘匙之万一，然放任之必会流毒无穷。常听人言，一物必有一克，毒物之侧必有解毒之方！卑职不才，愿携长子校尉方信再探太和水宫，寻克制之物，以赎卑职之罪！否则心实难安，父子粉身碎骨亦不惜矣！三请上疏，望督主成全。

卑职方泽叩拜。崇祯元年四月。”

如果石井真看到这篇公文，他就会解开出发前的一个疑惑：为什么到了明朝后期，东厂对于武当山的探访变少了？那是因为他们已经找到了想找的东西，至少，他们以为那就是他们想找的东西。

看完正文的陆林一头雾水，文中所提似是发生了什么大灾难，但在历史中却从没有听过。他又去看那红色的朱批，红字笔法柔美，似出自女子之手，只有短短的两行字：

“今上继位不久，眼下时局动荡。西北之事勿忧，所历者皆已灭口，方公人才难得，量力而为即可。”

在文字的最后写着一个“准”字，上面盖着司礼监掌印太监的私印。

“这什么乱七八糟的？还十二万亡灵，说得也太匪夷所思了，真要死上十二万人，历史上还能没有记载？”陆林不太相信这上面的内容。他隐约感到，所谓“灾星”跟他们现在要找的东西不无关系。最好这只是某个抽风的明朝官员的一通胡说，根本没有这个东西。

“没有记载的太多了。崇祯年间，天灾人祸不断，内外战事频发，根据史料记载，最保守的估计，在崇祯三年中国的人口已经破亿，甚至有可能突破两亿。但经历一场内外战乱和屠杀之后，直到康熙二十年，全国人口才不过4651万。明末前后二十年间，死于非命的百姓何止百万千万。乱世人命比草贱，如果确有其事，这十二万亡灵充其量不过是隐藏在历史背后的一场血案而已。”乐雨此时不再那么魔怔，听了陆林的话回过神来。

“那这到底算是怎么回事？”陆林向乐雨晃了晃手里的纸问道，“哎？背后这也是红字，不过像用血写的。”两页纸上下飞舞，让他注意到了背后快变成黑色的暗红字迹。

“再等等，我还没有想明白。你先把背面看完吧，打死你也想不到在纸背留书的第三个人是谁。”乐雨头也没抬，她的思绪还沉浸在这两页纸的内容里，头脑飞转着。

陆林闻言去看纸背，字迹潦草，笔画无锋无折，想来不是用毛笔写成，而是仓促之间咬破手指写的，听乐雨的意思，这纸背的血书另有出处。秘奏背后出现血书，的确很不平常。将这作为公文来回传递的，一个是东厂的锦衣卫，一个是管理东厂的司礼监太监，那将这公文当成草纸留下血书的第三个人又是谁呢？陆林觉得这第三个人，一定是最后一个留字的人。他带着疑问读起了纸背后这一封血书：

"复游太和山求果，不料误入此绝地，绝粮二日矣。此刻松油将尽，不时便要没于黑暗，诀别之际留书一封。呜呼哀哉，弘祖踏尽千山，足迹游遍天下，其间多遇天险，每逢怪谈，总能脱困，不料坐困于此洞之内。虽知出路，无奈穴口高悬头上，灵猿亦难渡，此次料难幸免。

然徐某一生游历，遍览五湖明月、北地南国，胜俗人久矣！平生历天地之大美，探山川之奥妙，夫复何求？便若倒毙于旅途，虽死不惜。唯家中有至亲病重，求得灵果却不能归家，此生大憾！若有君子误坠于此，如能得脱，烦请赴常州府江阴县马镇南旸岐徐弘祖家，将吾行囊内之鲜果五枚，交予长子徐屺。此袋内三枚榔梅仙果，权作报答。

洞内有厂卫遗尸，或涉本朝大秘，勿携其物，恐引祸端。其言妖异，徐某欲穷其秘，奈何生不久矣。绘天下名山胜水为通志传于后人，此弘祖平生大愿，壮志未酬，脱困无望，嗟叹号啕。

崇祯二年暮春，霞客绝笔。"

看到最后，陆林的反应和刚才的乐雨一样，嘴里念叨着："怎么会……怎么会……徐弘祖……霞客？徐霞客！第三个人竟然是徐霞客！这玩笑开大了吧？"他抬头失声问乐雨。

"这应该不是玩笑。徐霞客是什么人？中国旅游第一人，一生都在玩户外。咱们这些半吊子都能到这里，何况是他，也许他就是从上面那个洞口下来的。看样子他应该在这里被困了很久，本来以为死定了，才留下了这封血书。可后来不知又用了什么方法绝处逢生，从上面的洞口逃了出去，攀爬过程中却把这只荷包遗失在了哪个岩缝里。刚才那几个日本人炸毁洞口的时候，它才被震了出来。"乐雨说道。

"你的意思是说，咱们徐老师出来玩，到了这里看见尸体，以为出不去要挂掉。因为没有带纸笔，他把从锦衣卫身上翻出来的秘奏当草纸留了遗书？"陆林一口气说出了全部猜测，叹口气道，"他当时肯定是没有发现玉牌里藏的地图，这才只把那封秘奏拿来用的。要是他能发现玉牌中的藏图就好了，总比小鬼子拿到好。”

陆林又看了看手中纸页上徐霞客亲手留下的歪斜的字迹，想象四百年前他站在这里命在旦夕的情景，仿佛这位中国最伟大的大探险家此时正站在自己身前。不说他平生行走于林莽间的探险经历，只一句“绘天下名山胜水为通志传于后人，此弘祖平生大愿”，徐霞客就值得万代敬仰。陆林突然觉得他很应该谢谢徐霞客，谢谢他最终没有放弃，谢谢他能从这里活着出去，谢谢他把一部激励无数“行者”不断跋涉探索、行走天地间的奇书传留了下来。

“《徐霞客游记》中提到的太和山游记是在1623年，此外再没有提到过。不过崇祯二年即公元1629年，他确实曾经从江南一路北上直到京津地区，但此次的游记却丢失了，而且……”说到这里乐雨停住，又沉思起来。

“那这三位是怎么回事？”

“那他有没有写怎么出去的？”

陆林和周伟同时问道。此时的周伟已经不像刚才那么从容了，见识到了日本人的狠毒，他实在为周欣的安全担心，现在一门心思想要早点出去。

“周总，你别着急，欣欣还有利用价值，他们不会这么快对付她的，而且我们肯定能出去。四百年前的古人都出去了，我们也一定能出去。”陆林拍了拍周伟的肩膀安慰道，语气坚决。

“这两张纸的内容或许比那张地图的价值还要大。对于前前后后的这一切，这个……我有一个初步的猜测，不过可能有点不靠谱……”乐雨一边想，一边不太确定地说道。

正说着，一旁有头灯照了过来，原来是罗瑞和齐艳搀扶着李杰回来了。人还没有到，罗瑞的声音就传过来了：“那个破庙里一定还有机关！刚才听齐姐说，咱们走了以后不久，那铜殿的大门自己关上了，还自动上了锁。”

“先别说这个啦，老李好点了吗？”陆林问道。

“好多了，谢谢。”李杰在两个人的搀扶下来到了几个人的近前。虽然脚下还有些发软，但他的意识已经清醒，可以自己活动了 。

“那铜殿一定不简单，要不要回去看看？”罗瑞锲而不舍地又问。

“还是先想办法出去吧，欣欣还在他们手上，那个回头再说不迟。而且，你还想再被雷劈一次吗？”陆林反问。

罗瑞不出声了。

“你刚才说很不靠谱的是什么东西？”陆林回头问乐雨。

“最不靠谱的就是你！”项昊的声音从远处传来，“怎么还在下面聊呢？上面还能出去吗？我在后面这面石壁走了一圈儿，除有一些人钻不进去的小洞，没什么发现。也不知道刚才那条大蛇钻哪去了，不然还能问问它是从哪走的。我说，你赶紧上去看看！”

“等会儿，有新情况。”陆林闻言又转头看向乐雨。

“让我想想该从哪儿开始说……”乐雨托着下巴若有所思地回答道。当所有的传说和记载汇集到一起，一个可能的真相已经在她脑海中形成。

“咱们先从这上面提到的灾难说起吧。秘奏里提到了两件东西和两场灾难，一件是东厂本来要寻找的秘匙，另一件是他们找到的所谓‘灾星’。‘格术’即格物之术，研究事物的原理，可以理解为古时一些物理化学之类的科学研究。秘奏中并没有写明这‘灾星’是什么时候被运进京城的，不过似乎工部在研究了一段时间之后，做了两次实验。之前说过，明朝很重视火器的开发与研究，已经有了相应的科研部门。两次实验一次在京中，一次在西北，都引发了灾难性的后果。照秘奏的内容推断，这个叫方泽的锦衣卫，应该就是在这里找到了那东西。因为发现了‘灾星’的危险性，他这才二次来到这里想找到能克制它的东西，没想到丧命于此。铜殿中被雷劈的尸体，可能就是和他一同来的儿子。”乐雨边说边组织词汇。

“照文中所说，继位的新皇为崇祯，那么这些事发生在崇祯之前的天启末年。而在天启末年，京城确实发生过一件骇人听闻且死伤惨重的神秘灾难事件。这个可能你们也听说过，1626 年，也就是天启六年，五月，端午节的第二天，北京西南的王恭厂军械库附近发生了一次原因不明的大爆炸，史称‘天启大爆炸’。那次爆炸范围半径大约 750 米，波及面积达到 2.25 平方公里，共造成约 2 万余人的死伤，万余间房屋建筑变成一片瓦砾。据估算，爆炸的威力大约相当于 1 万至 2 万吨的 TNT 炸药。据说当时原本晴空万里，突然天就黑了下来，然后一声巨响，雷鸣连天。之后房倒屋塌，地面出现了长达数公里的大裂缝。以当时的科技，这种量级的爆炸不可能是人为造成的。而且那次爆炸时的一些情形非常诡异，不同于火药炸药的爆炸，于是对于它的成因就有了地震说、龙卷风说、陨石说、火药爆焚说等多种说法。但它形成的原因至今仍是个谜，也许从此之后，又会多一种说法。”乐雨说着晃了晃手中的纸。

“因为发生在白天，又是在人口密集的京城，所以相关的目击记录非常丰富，后人从中总结出了四大诡异之处。

“其一，事先有征兆。初六清晨，一个橘红色的大火球在附近腾空而起，又没入地下，之后传来震天的爆炸声。

“其二，有人口失踪。同一时间，不同地点都发生了人口失踪现象。一个新任的总兵出门拜客，一声巨响之后，他和他的七个跟班连人带马都消失了。某会馆36名师生，也完全没有了踪迹。承恩街上有一抬走在街上的八抬大轿，巨响后，大轿被打坏停在街上，但轿中女客和八个轿夫消失了。

“其三，石狮腾空，碎尸落地。爆炸发生时，许多合抱的大树被连根拔起，石驸马大街的一尊数千斤重的石狮子竟被一卷而飞，落在10里外的宣武门外。人畜家禽纷纷被卷入云霄，又像下雨似的落下。据说长安街一带落下了很多人头人脸，德胜门落下了很多四肢，一场碎尸雨一直下了两个多小时。人头、人臂以及少了四肢的人、无头无脸的人，夹杂各种禽畜尸体从天而降，惨状无法形容，情景有如末日。

“其四，伤亡者无论男女，尽皆裸体。无论是在街上还是在家中，很多人的衣服鞋帽尽数不见。更离奇的是圆宏寺街有一女轿经过，爆炸发生轿顶被掀去，女客全身的衣服不见了，赤身裸体坐在轿中，但她竟然没有被伤到半点皮肉。”

乐雨说到这里顿了顿。

“无量天尊，实在太惨了。”水静听得无限悲悯。乐雨对于碎尸雨的描述实在太震撼了，让她感觉生命如此脆弱，好像有一双大手，从地上捞起了一大把蚂蚁使劲揉搓，把蚁群全部捻碎一般。

“橘红色火球，烧人不烧衣服，烧衣服不烧人，人员失踪也可能是人被烧成了灰烬……我听着这几条……怎么这么像之前说过的球形闪电呢？”罗瑞挠着头说着，众人闻言不约而同地看向铜殿的方向。

“嗯，确实像，不过威力却大得多。我感觉秘奏上写的第一次灾难，是指天启大爆炸。不过第二次的西北灾难，就不见史载了，显然这次实验的规模比之前一次大了很多，造成一起三个县大概十万人全部死亡的惨剧。秘奏中写'所历之人都已灭口'，想来是死的人太多，所以官方选择了'捂盖子'，把整件事保密了起来。而且当时的西北非常不稳定，已经出现了农民起义，为了不火上浇油，'捂盖子'封锁消息也是合情合理的。天启大爆炸是1626年，1627年明熹宗朱由校驾崩，其弟朱由检即位，也就是崇祯帝，秘奏中提到的新皇。秘奏的日期是崇祯元年也就是1628年，那么第二次实验，时间就应该是在1626到1627年之间，时间基本是对上了。"乐雨又说道，"最重要的是天启大爆炸中出现了疑似咱们在铜殿里遇到的球形闪电，也许它们的出处和形成原理存在着一定关系。"

"然后呢？"一说西北的大规模实验，项昊首先想到的是新中国的第一次核试验，同样选择了地广人稀的地方。一段大明的恐怖秘史，让众人听得全神贯注，只有周伟还在想着妹妹。可他明白，现在着急也无济于事，不如先把事情的因果弄清楚。

偏偏这时乐雨话锋一转："天启大爆炸先不提，咱们再来说说这武当山吧。你们还记不记得武当山玄武大帝诸般神通中，哪一种最为灵验？"

被乐雨一问，众人沉思了起来，在地下走了这么久，之前阳光明媚的仙山之旅早已被忘到九霄云外。

"冲元雷使，五龙传说。"乐雨提示道。

"你是说张守清真人和姚简求雨？"罗瑞想起了路上水静曾说过，玄武大帝的诸般灵验感应，最灵的就是求雨。

"嗯，我们试着换一个角度来看这些求雨的记载：一个元代的道士常年在武当修真，无意间坠入一个洞穴，在里面发现了一样不同寻常的东西，从此具备了祈雨的能力。一个唐朝的当地官员，因为天下大旱，苦于无计可施，无意听到一则秘闻，或是发现古时的记载，他循着线索找到了五龙宫这片当初还是一片荒芜的山坡。所谓的数座大山，并非是在地上，而是一片高大石笋。他历经险阻，终于在洞穴中找到了秘闻中的东西，祈雨成功。后来他请旨修建五龙宫，把一切秘密隐藏在地下，晚年辞官又回到这里隐居。如果我的推测正确，那么记载中所谓的雷神洞也好，五龙池也罢，其真实的位置是在这里，我们的脚下。也就是说，这里在历史上曾经不止一次被发现过。”乐雨指着地面一字一句地说道。

这个猜测太大胆也太匪夷所思了，众人一时有些接受不了。

“可是不对呀，你说唐时建五龙宫是为了隐藏秘密，但这里肯定不在五龙宫的下面，五龙宫的下面是……”水静说到这里突然呆住了，她努力摇摇头道，“不可能！”

“静静你别生气，我说了这只是我的猜测。”乐雨拍了拍水静的肩膀道。

“你俩打什么哑谜呢？”项昊完全没理解。

“我们说的是最早发现这里的人，一个被当作神来膜拜的人。”乐雨严肃地道。

“神？不会吧！”陆林也想到了。

“快说快说！”项昊还是没明白。

“五龙宫地下是什么？”乐雨问。

“同时期修的地宫呀。”项昊答。

“那地宫之下呢？”

“古铜矿嘛！”

“谁的古铜矿？”

“古麇国的嘛！”

“路上我们是怎么说古麇国的？”

“古麇国就是静乐国！”

“静乐国的太子是谁？”

“静乐国的太子就是……”说到这里，答案呼之欲出，项昊也傻了，“不会吧？”他挠挠头目瞪口呆。

“你们别太当真，我也只是猜测。”乐雨回答，“有一件事能肯定，古麇国的铜矿既然挖到了附近，那么这个溶洞被发现的概率非常大。不过毕竟年代太久远，很多事无法考证。作为当时的一个部落制小社会，很多说法未必如今天这样，比如这个太子的头衔。春秋时楚地巫风盛行，一个能展现神迹、呼风唤雨的人，都会被当作神来膜拜。也许当时他真的是上山修道，也许他在铜矿监工，当时铜属于战略资源，非常重要，更也许他只是一个矿工。

不过太子的地位大概是真的，假设某日他在监工，矿洞被凿穿，众人发现了地下河，于是下去探看，之后便……因为在一众发现者里他地位最高，按当时的规矩，这就该是他的。”

“于是他发现了东厂要找的那个什么秘钥？”项昊问。

“不，当时他遇到的应该是东厂秘奏里的那个‘灾星’！”乐雨回答。

话题又回到了“灾星”上，陆林不禁问道：“可天启大爆炸和求雨又有什么关系？”

“不，我想说的不是雨，而是雷。球形闪电也好，天雷也好，都是闪电的一种。关于这里的求雨记载都提到了雷，雷雨相生，在我们人类眼里，雨能滋润万物，所以它比雷重要。但是作为一种自然现象，它却是不分主次的。天启大爆炸之所以有名，是因为它灾难性的破坏力，但谁也不会注意到大爆炸之后的数日，是否会下一场普通的雨。为什么说太子遇到的也是这所谓的‘灾星’？你们想想这地下的铜殿，金顶的‘雷火炼殿’，名为做‘清微雷法’的法术，被称为‘冲元雷使’的人……最重要的是，你们还记得在路过‘雷神洞’时静静提到的那个传说吗？”

众人不禁想起了水静对大家说的那个故事：放牛娃挖走宝盆以后，原来长青草的地方每天狼烟大冒，武当山上云雾翻腾，非常不安定。蜡烛峰下有个黑蟒精，一看那云雾就知道是展旗峰下的镇山之宝被拿走了，便开始兴妖作乱。真武大帝在山中修行时发现了此事，便招来雷神让其在岩洞里住下，降伏了黑蟒精，重新振住山脉的灵气。雷神住的那个洞，就是“雷神洞”了。

谁能想到这里真的有黑蟒，而且是快成精了的那种。“所谓‘灾星’，恐怕就是这位‘雷神’了。”说着乐雨又向中央石柱的方向望了一眼，“‘传说’这种东西，人物的身份会随着时代的变化而不停变化，所以年代几乎是不可能考证的。别小看这种地方性口口相传的故事，也许古麋国发现这里时，那座地下青铜巨殿已经存在了。它是与雷神同时出现在这里的，目的是为了祭祀雷神。我预感，这个传说也许比玄武大帝的传说还要早，并不是玄武大帝派遣雷神来到了这里，而是他在这里发现了雷神。这件东西不知道何时出现在了这里，历经春秋、唐、元、明多次被人发现，直到被东厂的锦衣卫带走离开这里。当然，也许这中间还有一些未载于历史、我们不知道的事情发生过，谁知道呢？”

水静一直在听，她不愿相信乐雨说的，可又无从反驳，非常不情愿地低声问道：“乐姐姐，那你说，大帝成仙时惊现‘五龙捧圣’的场景，还有唐朝的姚大人来求雨时遇到的五气龙君，会不会是咱们先前遇到的那种大蛇？他们遇到了五条，我们会不会……”

## 第二十章　蛇穴古墓

此言一出，在场的人为之一惊。龙蛇相似，如果蛇真能长角化蛟，那古人没准儿真的在此地遇到了五条巨蛇。刚才他们只发现一蛇一蟒，难道还有四条大蛇潜伏在这附近？

“也许吧，”乐雨给了个模棱两可的回答，“不过就算蛇很长寿，也不大可能活过两千年。更何况按照你的想法，两千年前它们就大如龙了，也许几个朝代的人遇到的不是同一条，而是它们的后代。我虽然不知道那个所谓的‘灾星’是什么，不过这个溶洞里的石笋拥有特殊的结构和形状，多半是因为某种能量。我们遇到的大蛇，可能也是因为它的祖先长期居住生活在这附近，从而产生了变异，衍化形成了此地特有的一个，也可能是五个族群。不过大家也不用太担心，咱们来半天了，也没见有其他蛇出现。而且明朝离咱们较近，秘奏里不是也写着‘斩妖蛇’嘛。他没写清楚是斩了几条，没准儿当时也是有五条不同颜色的大蛇，被锦衣卫斩了三四条，把那几个族群灭了个干净，于是只剩下咱们来时遇到的这一脉了。”

“但愿吧。你们等着，我上去看看。”陆林嘴里虽这么说，但还是加了小心，生怕一不注意哪边再冒出几条大蛇来，之后便系上安全绳准备到头顶那个洞穴再看看。

乐雨又晃了晃手中的纸道：“那几个日本人多半也不知道这个，他们可能跟第一次来到这里的锦衣卫一样，把那东西当成了另一样东西。秘奏中写到‘灾星’镇于光明洞，怕就怕日本人抢走的那张图是光明洞的地图，而他们又根本不知道要去找的东西有多危险。”

“是呀，欣欣还在他们手上，我真不放心，咱们得赶快出去。”周伟忧心忡忡地说道。

众人说话的工夫，陆林已经从上面下来了。看他摇着头一脸失望的样子，就知道上面的洞口被彻底堵死了。

“我真希望那条大白或者小白赶紧再回来一趟，把咱们带出去。其实不只是欣欣，咱们也不安全呀。别看现在没事，等到没电没吃的之后，咱们才是真的危险呢。”罗瑞挠着头说。

“难，那条大蛇伤成那样了，估计没几个月的修养不会出来见人。对了，咱们能顺着它的血迹找找呀。那么粗的蛇，它能钻的洞咱们肯定也过得去。”项昊突然想到一个主意。

“你不怕走进蛇窝里去呀？”罗瑞反问。

“试试看吧，现在也没什么好办法。”陆林拍板敲定了主意。

言罢众人回到了中心石柱附近，循着刚才大白蛇爬走时留下的血迹找了起来。这血迹开始顺着他们的来路，然后斜斜侧滑。蛇走的是“S”形路线，路上的血也洒成了“S”字形，不太好辨认。罗瑞说以那条大蛇的体积，它的巢穴恐怕不会比这个溶洞小多少，更有可能这里是它的巢穴，只是不知道它现在钻到哪里去了。

跟着血迹，众人绕到了一片石笋群的中间，终于发现一个可容人爬行的洞口。此处并不是溶洞的边缘，难怪日本人和项昊刚才没注意到。灯光照进去，洞内曲折，圆形的洞壁却很平整，想来是蛇身常年摩擦的结果。

“等我下去看看。”陆林仗着胆子第一个钻了下去。

过了将近十分钟，他才爬出来。“太长了，我没探到底。只有开口这段向下，后面是平行的，单我爬的这段距离，就已经穿过了溶洞壁。”

“要不，下去看看？”项昊提议。时间一点点儿过去，他们出去得越晚，日本人走得越远，周欣也越不安全。

“我下！”周伟说道。这可能是蛇穴，众人一时有些犹豫，但周伟却不想再等，只要有一线出去的希望，他就愿意尝试。

“我也下。”水静第二个表态。

“就从这下吧。”李杰也说话了。刚才众人没有丢下他，如今听说周欣被劫，自然也不能退缩。

“那走吧，我们下去，还是我在最前面，昊子跟着我。”陆林说道。

统一了想法，众人抓紧时间吃了点东西便不再耽误，陆续钻进了洞里匍匐爬行。好在洞口够宽，青铜巨斧竖着刚刚够放进去，不然只能扔下它了，毕竟这东西再好也是身外之物，没有人命重要。为了防止洞内通道突然变窄，把斧子卡住堵住后面人的路，陆林用之前斧柄上系着的绳子将斧子拖在最后面。

“过了这么久，那几个鬼子会不会已经下山了？”罗瑞边爬边说道。他只是想挑起个话头儿来说说话，让时间过得快一点儿。

“带着个女孩子他们走不太快的。”乐雨说道。

“那他们会不会……”水静担心几个鬼子会不会嫌周欣累赘而杀人灭口，但只说到一半她发现说错话了。

“应该不会。”周伟倒显得很沉稳，“不然刚才炸毁洞口之前他们会把欣欣留下来，这里才是最适合杀人的地方。我现在最担心的是，咱们就算出去了，也不知道他们去了哪里。”

“周总不是我说你，像你这种有钱人，摊上一个这么漂亮的傻妹妹，该给她手机里装一个 GPS 定位。平时用不着，但真要是遇到点什么事儿，这能救命呀。”罗瑞说道。

“嗯，等这次把她救出来了，肯定要装一个。”周伟觉得罗瑞的建议很好，半开玩笑地答应道。

“他们去了哪里，也许我知道一些……”乐雨斟酌着说道。

“哎呀，下来前忘了件事，应该把那个锦衣卫埋了。”项昊没听到她的话，突然一声吓了大家一跳，“看那个秘奏，上面躺着那哥们儿曾经探地穴、斩妖蟒，绝对是个高手。更难得的是有担当，出了事儿以后主动请缨三次，上折子要再次涉险解决问题。嗯，这人不错。还有之前的卢大人也不错！”项昊觉得这个四百年前的方泽很对自己的胃口。

几人在洞内匍匐爬行，还不忘你一言我一语聊着天。

“你们说徐霞客是怎么出去的？”水静问。

“你是不是有什么想法呀？说出来听听。”罗瑞打趣道。

“听乐姐姐说，他写的袋子里有三颗榔梅果，可咱们只看到了两颗。我猜，他是拿了一颗果子贿赂大白蛇，让它把他顶上去的。那个距离人是不好爬的，但对那么长的大白蛇来说只要使劲探探脑袋。”

“我说妹子，看不出你文静的外表下竟然还藏着一颗科幻的心呀，你还真敢想。哎呀昊子你踢我干吗？”罗瑞光顾着说没看路，一头撞到了前面项昊的脚上。

“停！停！怎么了林子？”项昊感觉到前面的陆林突然停下，他这才也停了下来。

“到出口了，不过这里像是……你们先别动，等我先出去看看。”陆林说着从洞里钻了出去。一行人在洞里等了十几分钟，终于等到陆林的头灯又照进了洞里。

“都出来吧，那蛇没在这里。这是个密闭的三居，我估计外面的血迹是大白第一次走的时候留下的，在这里止的血，顺便叼了那颗珠子。等它给了咱们珠子之后，不是从这里走的。”陆林的声音里充满了失望，本来以为是条出路，没想到又进了死胡同。

众人相继钻出了洞。

“什么密闭的三居？”项昊出来后，四下张望起来。

“这里……好像是座古墓。”陆林说出了自己的判断。

“什么？”众人又是一惊。

乐雨催促着前面的人快出来，迫不及待地想看看，还没站稳就打着头灯四下观望，只看了两眼就大概确定了年份：“这可能是一个秦以前的古墓，请大家不要动这里的东西，我要先看看。”

这个墓很是简陋，像是三个并排在一起互相联通着的小房间，非常低矮，要稍微猫点腰才能进去。停放着的棺椁盖子已经被打开，不知道是不是那蛇顶开的。四周给人的感觉很是潮湿，棺椁里的尸体似乎连骨头也烂掉了，和棺椁内的陪葬品混杂在一起像一团烂泥。乐雨辨识了一些骨器、陶器和青铜器，然后把注意力集中在了棺椁里。

她边翻弄棺椁里的东西边说道：“这可能是一个春秋早期的楚国贵族墓，看这些器物上的一些标记，墓主出自熊氏，熊氏就是楚国的贵族。在先秦以前，‘姓’和‘氏’的意思是不同的，只有贵族才有‘姓’和‘氏’，平民虽有‘姓’，却没有‘氏’，有的甚至连‘姓’也没有。这墓的规格不是很高，可能墓主人的地位不高，而且看陪葬的这些东西，应该是春秋早期的。陆林你过来给我搭把手。”

“混蛋！”周伟一拳狠狠砸到了墓室的一面墙壁上，所谓墙壁，其实就是地下土地的横截面。周伟现在非常不爽，原本看到了希望，可面对这个封闭的墓室，所有的希望破灭了，想再找到一个出口，不知道还要用多少时间。出去得越晚，周欣的情况越不利，他怎么能不着急？可这一拳打上后，他一愣，叫道：“你们来看看，这墙后面像是空的！”

几人闻言凑了过来。“昊子你感觉一下。”周伟指着墙说道。

“我试试！”说着项昊抡起拳头砸到了墙壁上，虽然没有“咚咚”的响声，但拳头上传来的触感确实不像是打在厚实的土地上，能感觉到墙壁有极轻微的颤抖。

“咱们把它撞开，也许后面有路。”周伟此时已经不管不顾了，只要能出去，他才不在乎是不是古墓。

“来，试试！”项昊说着又去拿扔在洞口的青铜巨斧，这东西他用得越来越顺手了。

“你们小心点！可能后面也是间墓室，别砸坏了东西。”乐雨头也没抬嘱咐道，现在最要紧的是找出路，她自然不会阻拦。

“行啦放心吧！”说着项昊把一边斧柄递给周伟，两个人决定像在春秋古矿里那样把眼前这堵墙撞开。

“一，二，三！”

“咚！”

“一，二，三！”

“咚！”

巨斧撞击着土墙，发出一声声闷响。

“你把这个装起来。”乐雨在棺椁内翻着，从里面拿出一件东西，套上密封袋后交给了陆林。陆林接过来看，是一块巴掌大的铜牌，分量很足，两指厚的一块铜，给人的感觉却不下六七斤重。铜牌两面刻着两张非常丑的人脸，面目扭曲，邪恶狰狞，张开的嘴里露出一颗颗獠牙似是在笑，三分不像人，七分倒像鬼。很多地方生出了半寸厚的铜锈，凹凸不平的，像是脸上的疤痕。

这时突然“轰”的一声闷响，那面土墙真的被两人用铜斧凿穿了，但意想不到的事情发生了，一大股浊水从刚凿开的土墙洞里疯狂灌进墓室，接着这股浊流不但没有变小，反而把凿出来的洞口越冲越大，那面土墙被冲得一块块向里坍塌。水流入得越来越多，顷刻间覆盖了整个墓室的地面，而且像是开了闸般不停从洞口狂泻进来，众人一时间面临着巨大的危险。

一切发生得太快，狂灌进来的洪水让众人一下蒙了。电光石火间，陆林突然想起了下山时乐雨说的那一番话："1977 年夏天，由于长期干旱少雨，丹江口水库水位下降，水一退就是好几公里。淹没于水下多年的龙山得以露出水面，当地群众在龙山南端发现了一座被库水冲刷得破坏严重的古墓。"

"外面是水库的淹没区！"陆林一下子明白了。想不到从地宫开始不辨方向地一路向下，此时竟然走到了邻近水库的地方，难怪这里这么潮湿。被冲开的洞口还在不断扩大，水流更急了，看来不用冲垮这面墙，这里就会被填满。水已经快没膝了，突逢灭顶之灾，有人吓得哇哇大叫手足无措，一时间混乱到了极点。

"大家镇定听我说！"陆林大叫一声，压下了众人的声音，之后语速很快地说道，"大家镇静！这里不会很深，不然水压会更大，所以不要慌。一会儿水淹上来以后，室顶会形成一个空气泡，等快要没顶的时候，大家深吸一口气，等到墓室内外压力平衡以后，咱们从洞口游出去。别灰心，只要能冲出水面，我们就得救了。大家记住浮升时要慢慢呼出憋住的气，上升时肺里的空气会膨胀，如果不在出水前把多余的气呼出来，有可能会伤到肺。罗瑞一会儿你架住李杰，昊子和我殿后。这里有不会游泳的吗？"

"没有！"众人异口同声说道。

等他把一连串话说完，水已经没过了腰。众人听他的话聚集在一起，相互间紧紧挽住胳膊抵御湖水的冲击，等待没顶之前的那一刻。墓室本就矮小，众人要猫着腰站着，自然不用担心脑袋会够不着。

才不过片刻，冰冷的太极湖水便漫过胸口，冲出来的洞口直径已经超过一米，成了一扇隐没在水中的门，只是墓室里的水位还在不停涨着。

"大家准备，一会儿深呼吸，罗瑞和齐姐先架着李哥走，然后是乐雨、水静和周总，我们两个最后出去，有问题打手势，我们会随时接应。大家出了洞口努力上浮，只要我们能浮到水面就出去了。"说话的工夫水马上要没顶了，陆林继续喊道，"现在，准备吸气！一，二，三，潜！"

“咕噜噜……咕噜噜……”一连串的小气泡冒出水面，众人依次潜到了水下。头灯光在水中变得更加昏暗，大家摸着被水冲出来的洞口鱼贯而出。此时洞内外水压基本持平，几个人没感到什么阻力就游了出去。

刚一出洞口，众人看到了头顶浑浊中的一片光明，那是日光透过水面照射下来的影子。这一刻所有人都激动了，虽然从入地宫开始，在黑暗中潜行的时间并不算太长，可给人的感觉却漫长得像一个世纪。大家奋力向着那片光明的水面游了上去。

陆林也看到了天光，看样子此处离水面的距离并不远，应该是离岸边很近的地方。看到众人都没问题，他的心也放下了，这才注意到身边不见了项昊。他回头却看到项昊还在洞口不远处，手里拉着两根绳子在使劲拽着，绳子那头拴着的竟然是那柄青铜巨斧，原来是项昊舍不得扔下它，想把它也一起带走。陆林这个气，心中骂项昊这个蠢货，这不跟抱着个铁锚游泳一样嘛，打死也浮不上去。他敲了下项昊的头，然后拖着他让他松手，两个人一起浮了上去。

罗瑞扶着李杰向上游，时不时向陆项二人的方向看上一眼，怕他们掉队。水下的光线不好，朦朦胧胧之间，他看到另一边水底的深处，有一块足有五六米见方、磨盘形状的圆石，上面黑乎乎的一片似是长满了藻类。恍惚中，他好像看到那圆石突然动了一下，不是平移，更像是一起一伏爬动了一下。罗瑞想起溶洞中的那条大白蛇，又想起了之前在地宫曾经想到的那个可怕的可能。此处是丹江口水库，什么生物都可能存在。念及此处，他吓得一连串的水泡从嘴里冒了出来，再不敢细看，努力向上游去。

“哗啦！哗啦！哗啦！”一个个人头相继露出水面，好在那座古墓的位置离水面不过十几米，众人一番努力后终于安然无恙地浮出了水面。大家举目四望，发现岸边离他们不过几十米的距离。

“Yeah！”看到了久违的天光，罗瑞忍不住开心大叫，接着放声大笑。众人被他的笑声感染，也大笑了起来，充满劫后余生的喜悦。刚才水灌入墓室的那一刻，大家以为死定了，没想到生死之间只是一线之隔，冲出了桎梏，就是一场绝地大翻盘，众人顷刻间回到了光明中。

“先上岸，上了岸再笑也不晚。”陆林笑着说。

此时已经是第二天的清晨，黎明女神揭开了沉睡的天幕，晨晖中的水面上还有昨夜没来得及散去的袅袅烟雾，刚刚睡醒的武当山依然如昨天一样宁静安详，岸边的泥泞显示出昨天又下了一场雨。大家七手八脚地游到岸边，相互搀扶着上了岸，找到一片干燥的地面一屁股坐了下来。这里与漆黑的地下最大的不同，是阳光下的安全感。身处黑暗中一直紧绷着的神经，终于在坐下的这一刻彻底放松了下来，众人感到一阵前所未有的疲惫，悬了一夜的心终于放下。明媚的阳光下，即使在这里倒头就睡也没什么可担心的。

“林子，接下来怎么办？怎么找那几个鬼子？要不要报警？”周伟喘了几口气又担心起妹妹来，催促大家想想办法。

“周总你先别急，咱们比那群鬼子晚出来两三个小时，他们应该走不太远。”陆林安慰道，之后又转头问乐雨，“我记着在洞里的时候，你说你可能知道他们往哪个方向走。你怎么知道的？哪个方向？”

“这不是一两句话说得清楚的，不过我感觉他们应该往西去了。”乐雨回答。

“往西？西天取经吗，乐教授？中国的西部很辽阔哎。”罗瑞调侃道。

“我明白你问方向的意思，你们想让‘上校’跟去对不对？它见过他们的车，你们还有来的时候拍的照片，只要沿着正确的公路飞，不难找到他们，对吗？至于我怎么知道他们的方向，这个说来话长，还是先把‘上校’放出去吧。嗯，让我先想想。”乐雨说道。她计算着时间，又掏出手机似是查着什么，两分钟后指着一方向说道：“那边！一群日本人深入中国西部，他们肯定不认识路。石井的车上有 GPS，按 GPS 给的路线，他们多半会走 GXX 高速，而从这里下山找高速入口，他们只有一条路。”

“等我先把‘上校’叫来。”罗瑞开始吹哨招鹰。

“好。周总你也先别忙着报警，我没准儿能找到比警察更好使的主儿。这个，一会儿回去再说，咱们的东西还在五龙宫，先回去一趟，然后下山。”陆林说道。

“那个……我和老李不跟你们一起走了，你们看我们家老李的这个身体……”齐艳为难地说道。经历了这么多之后，这对普通夫妇只想早点回家。

“也好，等下了山，你们回去吧。还有乐雨、瑞子你们也回去吧，水静你也回山上，我和项昊、周总去就行。”陆林说道，“其实之前的这些罪不应该是你们受的，往后的事不需要你们冒险了，我会向有关部门报告的，还有老郭和欣欣的事。我和昊子是安保，这次出这么多事，我们有很大的责任，会追下去。”

“我也要去！”三个声音同时响起，乐雨、罗瑞和水静谁也不肯离开。

“日本人要找的东西非比寻常，又涉及古时秘闻，我要去！而且路上你们还需要我。”

“咱们是铁三角嘛，我怎么能不去？再说，‘上校’还得我来照顾。”

“我也要去救欣欣！”

“走，先回五龙宫，路上再说。”陆林撑着爬起来。对于准备继续追赶日本人的他们来说，时间并不充裕。

## 第二十一章　追逐徐霞客

衣衫褴褛的众人找到公路拦了辆旅游大巴，很快回到了五龙宫。一路上陆林还是无法劝动那三位非要去的人，最后只好答应一起去。在五龙宫，众人拿回装备，罗瑞也领回了“包子”。听到人们说，石井真几人并没有回来过，想来是怕暴露，因此一脱困就上了路。陆林拿出一个微型 GPS 信号发射器，拴到“上校”脚上。这是他们来时带的装备，可惜下地宫时放到了这里。罗瑞拿着相机里几个日本人和他们车的照片对“上校”一通比划，然后指出了乐雨给的方向，示意它沿着公路飞。罗瑞抚了抚“上校”毛茸茸的小脑袋，掏出几块肉干喂给它吃，之后便把它放了出去。他并不担心“上校”会丢，只要他们沿着“上校”飞行的同一条公路下去，就算他们看不到“上校”，“上校”也能找到他们。

水静留了书信托五龙宫的道人交给师父，众人结伴下山。在山脚下，李杰和齐艳与众人作别，这夫妇二人历经磨难，感情比来时好了很多。陆林等人趁日本人走得不远，根据乐雨猜测的路线，循着“上校”的指示开车一路向西追了过去。

两辆车行驶在下山的公路上。大家都很累，先由陆林和项昊开车，约好一会儿换班。其余几个人一上车就睡着了。

“我替你开，你去睡会儿吧。”颠簸了一个多小时，乐雨醒了过来，想换陆林的班。

“没事，我不困。事情成了这样，我睡不着，你再睡会儿吧。”陆林回答。

“那说会儿话吧，我也睡不着。”乐雨伸了个懒腰，理了理披散开的秀发。

“你怎么知道他们会往这个方向走？”陆林问道。

“这个，是它告诉我的。”乐雨从口袋里掏出一个小密封袋，里面装的是那份锦衣卫的秘奏。

“是它？你是说西北试验？你这理由也太苍白了吧！”陆林反问道。

“不，不是锦衣卫给出的内容，而是背面徐霞客的留书，这位伟大的探险家告诉了我们很多事情。”乐雨笑着回答。

“有吗？”陆林开始回想徐霞客遗书的内容，似乎除了感叹要死在这儿，找人帮忙向家里捎东西，没提到过别的，而且他又怎么会知道这些呢？“我说乐大教授，你要想到什么直说，别故弄玄虚了。”

“你这是请教人的态度吗？”乐雨此时似乎心情很好，竟然跟陆林逗起了嘴。

“那行那行，我不耻下问，您快点说吧！”陆林说道。

“谁‘下’呀！还是这么贫嘴，在部队就是这个样子，你这几年算是白活了，哼！”乐雨嘴上说说却没生气，面色一整又说道，“徐霞客给我们的线索，不是在他的遗书里，而是在遗书外，这要从徐霞客的生平说起……

“徐霞客从二十二岁起放弃科举，在母亲的鼓励下走出山村，一生大部分时间都在旅行。除非遇到一些特别的事情，比如娶妻生子、母亲去世、儿子成婚、长孙出世这类人生大事，他会留在家里。他的遗书中写道，因为家里有至亲病重，于是来太和山求果，这也间接解释了《徐霞客游记》里他游太和山的原因，因为当时他又有一位至亲病重了。1622年，徐霞客的母亲病危，他没有出游。但在1623年春天，他突然游了嵩山、华山、武当山三座佛道名山。之后徐母身体渐好，1624年徐霞客还陪着母亲游了荆溪和勾曲。我想到一种可能，也许在1622年底，徐母病入膏肓，1623年初徐霞客才会踏上一条祷告求药之路，于武当山采到榔梅果之后，他便立刻回了家。可能榔梅并不如我们想象的那么简单，本来病危的徐母靠着它续寿了两年。”

“榔梅还有这个作用？”罗瑞听到两个人聊天也醒了。

“我说了我只是猜测。”乐雨纠正道，“我觉得正是因为榔梅有用，他才会在又有亲人病重的时候，第二次来武当山求果。但这次却发生了意外，他掉到了溶洞里。因为牵涉到大明的机密，所以他并没有把这次经历记入游记。也可能记入过，却被别人抹去了。”

“但这些跟你说的方向没关系呀！”陆林说道。

“急什么，一路上慢慢说嘛。徐霞客的性格中有一大特点，那就是充满好奇心，不惧险阻。他留下那封遗书的时间是崇祯二年，也就是1629年。遗书中写道：‘洞内有厂卫遗尸，或涉本朝大秘，勿携其物，恐引祸端。其言妖异，徐某欲穷其秘，奈何生不久矣。’但他并没有死在这里，而是出去了，你说，他会‘欲穷其秘’吗？这个找不到证据，但之后他的种种行为，却让我感觉他真的这样做了。从武当山离开后，他继续北上到了北京。他去北京都干了什么，我们无从得知，这些游记全都缺失了。要知道，在当时他已经是非常有名的大奇人，完全有能力从官府那儿打探到一些消息。当然，其中不会有机密，最多只是一些东厂的简单动向、光明洞在哪里什么的。真要是有大消息的话，他应该轻易能找到藏‘灾星’的地方，而不是像后来那样大费周折。”

“大费周折？他费什么周折了？他后来不还是继续旅游吗？”罗瑞听得也精神了，在副驾上问道。

“那是因为你们只知道他还在旅游，却不知道他线路上的改变。1629 年从这里出去之后，从 1630 年开始，直到 1641 年去世，这之间的十多年里，他旅游的路线发生了很大的变化。1629 年之前他行走的路线一直在中国东部，但从那之后，他的大半时间用在了探索中国西南地区的广西和云贵高原，他的足迹几乎遍及云贵全境。除了‘中国旅游第一人’之外，他还有另一个称号——世界上最早的岩溶学家和洞穴学家。知道他在云南和贵州探索了什么吗？探洞！1630 年以后他在广西、贵州、云南三个省，亲自探查过的洞穴超过 270 个。”

“那你的意思是说，那个什么洞在西南？几个鬼子也是去了西南？”陆林问道。

“我没说是在西南，我只是说西南的概率是最大的。1640 年，徐霞客完成了他人生最后的一次旅行，从云南回到了他的老家，1641 年死在江苏的家里。如果你们读过《徐霞客游记》，会发现虽然他走遍了西南，但留在游记中的记载却很少，徐霞客在西南地区游历的笔记大部分丢失了。更加离奇的是，在徐霞客死后，他的家乡附近发生了农民暴动，乱民冲进徐家，大肆烧杀抢掠。徐氏家族被毁，徐霞客笔记的很多手稿在这次洗劫中被烧毁。现在去查徐霞客的生平简历，1631 年之前的部分，每一年的记录都很明确，这些年份的手稿都保存了下来。但在 1631 年之后，很多年份的记录缺失，特别是他游历西南部分的经历。也就是说，传说中被烧毁的那部分游记内容，大多记载的是游历西南的经历。你们想想，烧掉也许只是一种说法，但总之是找不到了。如果这些手稿不是被烧毁，而是被人拿走了呢？”

“这个我知道。我看过一部纪录片，徐霞客最后一次旅行去的是云南鸡足山，和一个素不相识的和尚结伴。结果和尚病死在了路上，但他还是把和尚的骨灰送到了鸡足山。你的意思是说，徐霞客从这里离开后，不但去找了，而且还找到了一些线索，以至于在他死后还有人在打他手稿的主意？而这些线索，指向了中国的大西南？”罗瑞仿佛一下子开窍了。

“还有一点儿，你们听没听过？在云南腾冲打鹰山附近发生过一件离奇的事，一个响雷震死数个牧羊人和五六百只羊，被称为‘雷毙羊’奇案。徐霞客在云南的时候，曾经特意去探查过。”乐雨继续说。

“雷毙羊？又是雷？你是说那个光明洞在腾冲？”陆林惊问。

“不，以我的推测，不在腾冲，也不在云南。”乐雨回答，“其实所谓的‘雷毙羊’在近代也发生过。我看到过一条新闻，北京昌平区某村的一个山坡遭遇雷击，当时在山坡上的27只绵羊被击毙，放羊的夫妇侥幸生还。所以并不能说发生在云南的‘雷毙羊’一定和那个雷神有关系。”

“那你凭什么说那个什么洞不在云南呢？”罗瑞问道。

“记得刚才我说徐霞客西南部分的游记大部分丢失了吧？相对来说，他在云南游历的这部分经历比较完整，足迹遍布曲靖、昆明、玉溪、红河、楚雄、大理、丽江、保山、德宏、临沧等县，这些都有过记载。相反，他‘贵州游记’的部分几乎找不到多少资料，也就是说贵州之行的记录才是丢失的那些游记中的主要部分。所以我觉得这个光明洞，更可能是在贵州。”乐雨继续说道。

“好像还真有点儿道理。”陆林摸了摸下巴说道。

“我倒是知道贵州有个‘阳明洞’，是明代大儒王阳明在贵州龙场当官时住的地方，相传他在此悟道创立心学。可从来没听说过什么‘光明洞’呀。”罗瑞说道。

“这个到了自然知道了。不论是云南还是贵州都没关系，西南的交通不发达，从这里出发前往那儿的路线并不多，如果那几个日本人真的去了西南，他们没有多少路能选择。咱们现在只要知道他们目前的大概路线就可以了，至于地图指向的到底是云南还是贵州，这就要看你的鸟了。只要他们能被‘上校’发现，咱们就跟着‘上校’身上的GPS一路追下去。但如果我的判断出错，那就没什么办法了。对了，你联系警方了吗？”乐雨问陆林。

“这个……嗯，我已经联系过了。”陆林含糊地回答道。他回忆起之前给有关部门的那个自以为是的少校赵元良打电话的情形，当他把所有情况告诉赵元良后，要求他跟当地公安机关联系寻找郭凡成的尸体，并根据日本人的车号留意高速上的车流，但赵的回答含含糊糊，似乎很多事情他做不了主，需要上报，只说已了解所有情况，让他们继续跟下去，其他的事不用担心。想想也正常，其中牵涉到境外的间谍组织，在重大问题上，他一个少校肯定没有决定权。

这时车载广播中突然播报了一条特别的新闻：昨夜凌晨三点，武当山五龙宫附近出现了一幕离奇的自然景象，雷雨中，一团巨大的磨盘状黑云悬浮于半空中，其上还围绕着一道道明灭变幻的闪电，久久不散。这一现象一直持续近二十分钟才消失不见，专家称这是一种罕见的自然现象，历史上也曾出现过，并不存在危险。《道藏》中曾绘有一张《黑云感应图》，描述了《大岳太和山纪略》中记载的明朝万历十年发生在武当山的一件事。永乐皇帝派大臣隆平侯、驸马都尉沐昕带着御制祭文到武当山各大宫昭告真武神。夜间，整个玉虚宫突然间像被遮了一块黑布，全场一片黑暗。人们发现，原来是一团状如车轮的“黑云”从西北天空中向玉虚宫后的山顶飞来。黑色的“车轮”发出闪电般的光芒，伴有隐隐的轰鸣之声。当时人们根据自西北而来属坎水之象，又据“黑色”为玄，推断这是真武神显灵，急忙朝“黑云”祭拜祷告。过了许久，这黑色的“车轮”突然消失得无踪无影。专家称这种现象与昨晚的雷雨及空气中的静电及气压的变化有关，实属罕见。

车上的三个人听得面面相觑。“凌晨三点，差不多是咱们触发‘雷火炼殿’机关的时间吧？”陆林回忆道。

乐雨也点点头说道：“嗯，时间上差不多。你们还记得在地宫尽头看到的那三幅浮雕吗？第一幅‘五龙争珠’大概就是溶洞中有五条蛇，第二幅‘水下宫殿’应该就是那座铜殿。第三幅‘玄武浮空’我一直没弄明白，现在看来，应该就是新闻里提的这种特异的自然现象。黑云为龟，那缠着黑云的闪电就是蛇，也许这真跟咱们触发了铜殿的机关有关系。”

“鬼才知道有没有关系。”罗瑞嘟囔了一句。之后谁都不说话了，也许身后的武当山还有很多秘密是他们没有发现的，但此时那个所谓的“灾星”却让众人心头蒙上了一层阴霾。窗外的景物飞一般地后退着，车轮扫过金黄的落叶，深秋的景色依然美丽，可众人再也没了看风景的心情。

秋水长天，一夜的大雨带走了空气中的灰尘，碧空如洗。如果不注意，谁也发现不了一个小黑点在高空翱翔着。大金雕在俯冲捕猎的时候，时速最高能达到300公里以上，飞翔中时速也能超过200公里。“上校”不辱使命，沿着公路没有用多少时间就发现了几个日本人的车。一声鹰啼，“上校”在空中一个盘旋，降低飞行速度紧紧跟了上去……

黄昏，夕阳下，日本人的车也在公路上急驶着，石井真几个人现在心情很好。原本在溶洞中他们已经放弃希望，没想到一番辛苦后终于有所收获。通过把地图扫入电脑，再把它跟放大了一千倍后的中国军用地图一点点做详细对比，大明锦衣卫的秘密地图终于得到了破解。他们想不到陆林一行人竟然能够逃出生天，以为自己的行动很隐秘，一路上说笑着，对于接下来的旅程充满希望。

唯一不开心的是周欣，这是她生命中过得最漫长的一天。哥哥被掩埋在了地下的溶洞生死未卜，自己被坏人抓住成了人质，这一天里她的眼泪没有断过。原本上了高速之后，山中健太想杀了她抛尸荒野，但除他之外的三个人都不同意。杀不能杀，放又不能放，只能带着她一起上路。一路上石井一伙把她看得很紧，不给她任何与人接触的机会，连上厕所都不让在服务区，只能在高速路边的山坡下解决，她长这么大从来没受过这种委屈。

“喂喂，看路！”陆林大声提醒开车的乐雨。

乐雨这才猛地一回神，急打方向盘，与前面一辆大货车擦身而过。

“马路杀手呀你！你是不是没睡够，发什么呆呢？”陆林气急败坏地问道，刚才差一点儿和前面的大货车亲密接触了。

“呃……我在想些事情，要不还是你来开吧。”乐雨注意力还是不怎么集中。

“又想到了什么？”

“我在想徐霞客，在想那东西到底是什么。徐霞客在西南走了这么久，你猜他找到了吗？但愿他已经把那东西带走了，虽然希望不大。”乐雨回答道。

“哦？说说。”陆林听得来了兴趣。

“之前说过徐霞客为了查探‘雷毙羊’事件，曾经调查过云南腾冲打鹰山的火山遗迹，并带走了几块火山岩的标本。而且据说他临死前，手里还紧紧握着考察中带回的两块石头。”乐雨继续说道。

“你的意思是说，他要找的那个东西是块石头？这说不太通吧，人家是地质学家，找几块石头不用联想这么多。”陆林对这种不靠谱的猜测不屑一顾。

“你去查查他是从什么时候开始研究石头的再说。那你知道，有一种石头叫雷公墨吗？”乐雨又说。

“雷公……墨？又是雷公？”陆林听得一惊，“什么石头？”

“按照现在的说法，应该是一种成分以二氧化硅为主的玻璃陨石。它的形成原因有陨石说、火山岩说等几种说法，比较统一的意见是，它是由岩石在极高的温度下被熔化、汽化然后急速冷却重新结晶产生的。美国第一颗原子弹爆炸后的试验场上，高温导致地面的沙子瞬间融化，冷却后形成了玻璃状的物质，和这个很相似。关于雷公墨的记载最早出现于唐朝，说它是天外来的陨石，但到现在也不能确定以今天的标准认定的雷公墨与当初古籍中记载的‘雷公墨’是同一种东西。徐霞客带回家的火山岩也被他称为雷公墨，想来在明朝时关于雷公墨的记载非常模糊。”乐雨解释说。

“那雷公墨就不是那东西了呗。”陆林回答。

“嗯，应该不是。不过那次考察，他是奔着‘雷毙羊’去的，却带回了雷公墨。所以我觉得那个雷神恐怕应该是一块石头，一块带有特殊能量的石头，甚至可能是一块陨石。”乐雨还在想着，“现在我最担心的是那东西会不会非常危险。”

“那东西不危险，让鬼子找到才危险。”陆林随口附和了一声，心中却不以为然。他心中此行的目的更偏重于救人，而不是找什么古董。

两队人，一只鸟，在通往云贵的高速路上相互追逐着。在这个一日千里的高速时代，从中国的中部到西南，也不过是一两天的路程，两队人不日就进了贵州境内。一路上陆林一边追踪，一边根据“上校”的飞行轨迹画出了日本人的路线图。进入贵州山区之后，这项工作变得困难起来，从高空俯视的“上校”并不用跟着石井真的车一圈圈绕盘山道飞行，于是路线开始模糊错乱，只能把握住大体的方向。

“‘上校’怎么停下了？”罗瑞看着GPS上的显示问陆林，显示器上的小圆点不动了。

“不会是被发现击落了吧？”陆林也探头过来看。

“呸呸！闭上你的乌鸦嘴！”罗瑞一听就不干了。

乐雨看了看地图，开解罗瑞道：“别担心，你们看它现在停留的位置，脱离了地图上标注出的所有道路，进入了大山深处，大概是已经到了。”

“到了？我看看，这里是……”陆林也瞄了一眼地图。“上校”停下的位置一片空白，四周根本没有路，那是云南曲靖与贵州毕节地区之间的一片广袤的山区。

“这里是云贵的交汇处，山多洞多，珠江与乌江自此发源，古代夜郎文明的国都也在这附近。”乐雨说道。

“先别管这些了，追过去再说。”罗瑞还是有些担心“上校”的安全，那几个鬼子可是认识它的。

几个日本人确实认出了“上校”，他们拉着周欣进山以后，便一头扎进了茂密的丛林，“上校”为了继续追踪不得不降低了飞行高度，被机警的石井真发现了。

“是他们的那只鸟，他们竟然逃出来了！”加藤阳也惊呼道。

“该死！没想到它竟然能追到这儿来，他们肯定追了过来并且报了警，要不要干掉这只鸟？”山中健太怎么也想不到“上校”在万里高空上追了他们一路。

“不，它身上肯定有追踪装置，现在杀它已来不及，而且我们不能再耽误时间了，陆林他们或者中国警方的人随时会到。地图上标注的就是这附近，我们要加快进度。加藤你操作探测器，野村君，别让那只鸟再看到我们。”石井真命令道，其实他心里还是很喜欢“上校”的，并不想伤害它。

数小时之后，陆林一行人来到刚才日本人站的地方，路上还是耽误了一些时间。想到目标依然是个洞穴，众人不得不把各种照明工具重新整理了一遍，还绕到市区买了一盏大功率探灯。此时“上校”落在罗瑞身边，瞪着一双鹰眼左顾右盼，它不明白为什么一直盯着的那个几人怎么突然找不到了。可惜它不懂得表达，只能这样四下转头看着。大家自然也不懂它的意思，四周没有一点日本人的踪迹，众人开始担心是不是搞错了，面对静悄悄的一片大山，一时间不知所措。

“肯定是追丢了。唉，鹰眼也有不好使的时候呀。”罗瑞爱惜地摸了摸“上校”的头，看到它没事儿，也就放心了。

看着跟热锅上的蚂蚁一样的周伟，陆林安慰道：“周总你别着急，大家再仔细找找。既然“上校”能一路追到贵州，那咱们路上的猜测多半不会错。现在他们既然弃路进了山，说明离目的地应该不远，也许线索就在附近。”

大家也觉得有理，散开四下寻觅起来，“包子”也开始像模像样地在灌木丛中嗅了起来。不过众人对它一点信心都没有，从上山开始它就一会儿追个兔子一会儿逮只老鼠，一点有价值的信息也没闻出来。

“你们快来看！”水静在一株灌木前蹲着身子，招呼其他人。

“发现了什么？哎，这个是含羞草吗？”乐雨眼尖，一眼看出了水静前面那株植物的不同，它有叶子如含羞草一样细长，有几片缩了回去。

“不是含羞草，不过跟含羞草差不多，被碰到以后叶子会缩起来，我们那里叫它山扁豆，也叫含羞草决明。你们快找找附近还有没有。”水静欣喜地说道。

“你的意思是有人走过碰到了它，它才缩起来的？”陆林问。

“对！你们别忘了欣欣是学什么的，这肯定是她故意留的标记，大家快找找！”周伟兴奋地说道。

灌木中的山扁豆并不多，众人很容易在其中找到了那些叶子缩起来的，众人沿着山扁豆的指引一路向上，终于在一处山扁豆丛尽头的杂草中找到一个洞口。

看着这个开在地面上、向下延伸的直径不过两米的小洞，众人一阵失望。

“不会就是这么个洞吧？这么个小洞，还光明洞？我去！还以为是个多了不起的地方呢。”罗瑞说道。

“别小看这些洞。云贵地区山多洞多，是世界著名的洞穴王国，很多洞是没被探明过的，其中有不少表面上只是个不大的洞穴，但内里却深达二三百米，有些甚至一直通到山下的河边。贵州紫云县有一个大洞穴，里面有一所学校，教室、运动场和娱乐区应有尽有，它通到山上的子洞，也不过就是些不起眼的小洞口。”乐雨说道。洞穴是大地最后的密境，洞穴的研究也一直是中国地理研究的一大空白。直到今天，中国的大多数洞穴是由外国人探明的，其中一些人甚至为此付出了生命的代价。

“哦？我来看看。”陆林拿着探灯向洞穴的内部照去，果然灯光所及之处黑洞洞的一片，根本看不到底。众人倒吸一口冷气，这洞的深度怕是将近百米，甚至更深。

“又要钻洞，都快变成鼹鼠了！”项昊抱怨道。

“一回生，二回熟，别嘟囔啦，时间不等人。我先下去看看，如果是条死胡同，那就说明不是这里，咱们再找。唉，早知道是这种洞，就该多准备点儿东西，但愿下面情况不要太复杂。”陆林叹着气说道。对付这种洞穴，对于他们带的这些半探洞半登山的装备来说，难度实在有点大。他换上连体服，固定好安全绳，拴好快挂、上升器和安全带，打亮了头灯准备下洞。他又嘱咐道：“下面如果没有问题，一会儿我、昊子和周总下去就好，瑞子还有你们两位女士在上面等着，也帮我们看着点绳子。”

“不行！哥们也是男的，凭什么单单留下我！”罗瑞第一个不干了。

“不行！这下面很可能有明朝的人类遗迹，我也要下去！”乐雨反驳道。

听了两个人的话，水静才待开口，却被陆林抬手制止住。他语重心长地道：“行啦小姑奶奶，算哥求你了，你还未成年呢，这种危险的事情你不该掺和进来。而且上面不留个人，绳子如果被人割断我们就完啦。再说，‘包子’还留在外面呢，万一碰上打狗的呢？”

“哼，荒山野岭的，鬼才跑到这里来打狗，骗三岁小孩子去吧！”陆林的理由让她无法辩驳，不过这里不留个人确实不安全，水静噘着小嘴气鼓鼓地跑到一边不说话。

看她没有反对，陆林终于松了口气，实在不该让这么小的一个女孩子来冒险。他不再耽误，正了正头灯，紧了紧安全带，顺着绳子下到了洞里。

这个洞口虽然不大，但与同尺寸的基井有着明显的区别，石壁上坑坑洼洼凹凸起伏，也不是垂直的。有了前两次的探洞经验，置身于黑暗的洞穴中，陆林再也没有了之前的那种若有若无的恐慌。但黑暗带来的压迫感依然存在，也许这是所有生活在阳光下的生物摆脱不了的阴影。

## 第二十二章　光明洞

几分钟之后，焦急等待的几个人听到了陆林从下面传来的喊声："我到底啦！深度大约六七十米，附近没有问题！里面的空间很大，你们下来吧，记住一个一个下，静静留在上面。"说到最后他不忘嘱咐水静一句。

"听见啦，等着！"项昊回应了一声，便扭头让其他三个人先下。与之前一样，他和陆林分担了一头一尾的工作。

过了大约半个小时，除了水静之外的几个人下到了洞底。下面的空间果然很宽敞，一头走不远是死路，另一头却照不出有多深远。地面平整，似有人工雕琢过的痕迹。众人这才发现头顶的这个小洞更像是一个地下走廊里天然形成的通气孔。大家不再耽误，向着黑暗的一边摸索过去。

就在众人进入黑暗的时候，守在洞口的水静没精打采地坐在一块石头上玩弄着狗绳。这时"包子"突然叫了起来，然后低着头一边嗅着一边往山上跑。水静连忙拽绳子想把它拉住，可竟然被它带得站了起来。她怕使劲会勒伤"包子"，只能随着它一起往山上跑。

向上攀登了两三百米，她翻过山顶来到山脉的另一侧。顺着"包子"叫的方向，水静看傻眼了。原来她所在的这段山脉形状如同倒卧在大地上的一弯新月，从她所站的位置向西南方向延伸出一个明显的弧度，而在数公里外转折过去的山脚下，可以清晰地看到一个高度大约十米左右的大型山洞口。

"天啊！不会这个才是……那他们岂不是走错了？"水静惊道。她连忙掏出手机想给陆林打电话，却发现一点信号也没有。没办法，她又拼命拉着"包子"翻过山顶，跑回到众人探查的那个洞口，向里面大声喊叫起来，却没有得到一点回应。

"要不咱们先去看看，留个条子给他们？"小道姑摸着"包子"的头对它说。

也不知道"包子"听懂了没，汪汪叫了两声又要往山顶跑。"呐，这可是你非要领我去的啊，他们回来要怪得怪你！"她写了个纸条压在了洞口边的一块石头下，然后牵着狗向山顶跑去。

与此同时，众人在山洞里前行了一段距离，对于上面发生的一切一无所知。这个洞与他们之前见过的溶洞迥然不同，四壁比较光滑，也没有石笋之类的东西，越看越像人工开凿过的。只是地面上有无数缝隙，想来是为了给那个露天洞口在下雨时排水用的。灯光所及之处，他们竟然发现一个高数米的拱形门洞。

“没搞错吧，真的有人工建筑！荒山野岭的他们修到这里干吗？秘密军事基地呀？”罗瑞不禁惊叹道。

“看来我们的方向没错，走！”一群人里最着急的就是周伟，他加快了脚步奔向那门洞。

五个人虽然预见到了将会遇到人类建筑，可来到拱门前眼前的情景还是令他们一惊。没有雕梁画栋亭台楼阁的宫阙，也不是走廊交错的地下迷宫，只有一条路和两个坑。洞穴至此陡然宽大起来，两侧洞壁相距十多米，门洞正对着的是一条宽度四五米的石棱，石棱向上的一面被人工打磨得非常平整，两侧则是一片漆黑的深渊。

陆林打亮大功率探灯向两侧的深渊照去，在深处形成了一个不大的光点，他看了看说道：“没多深，大概三四十米吧。”

“这还不深？掉下去等于从十几层的楼上摔下来。”罗瑞看着中间石棱形成的那条路有点心虚。

“等等，不对！”陆林神色一凛，调大了探灯的光圈，指着坑底的大光斑说道。

其他人顺着他的手望去，都倒吸一口冷气。之前看不清，以为坑底都是尖利的青绿色石块，这时才发现，坑底铺满了一层层变了颜色的人类骸骨，叠在一起足有三四层厚。

“这怕是得有几千人吧？”周伟的声音有些颤抖。

“妈的！又是个鬼地方！”项昊骂道。

“哥哥，这种地方，就别提鬼啦！”罗瑞的声音打着战，他也有点怵了。

“怕个屎！活人都不怕，还怕死人？还铁三角呢，给咱长点脸行不行！”

“是呀，没什么好怕的，会被集体屠杀在这里的，多半只是一群悲哀的可怜人。”乐雨叹了口气，这不是她第一次看到这种殉葬坑似的地方，但她对于这些亡魂更多的却是怜悯。不夸张地说，中国的历史就是一部用百姓的鲜血写成的史书。

她无意间一回头，一样东西引起了她的兴趣，原来在拱形门洞墙壁的前面，竖立着一块石碑。刚才一行人穿过门洞向前走，没有注意到它。

“你们等等。”乐雨快走两步来到石碑前。这块碑高约三米，下方还有一个不太宽大的底座，上面密密麻麻的是一寸见方的小字。

陆林和项昊这才发现身后的这块石碑，不过上面字太多，两个人懒得看，只等乐雨看完来讲。但二人有了新的发现，身后的石壁两侧排列着数个灯盏，且沿着洞壁两侧一直延伸到前方的黑暗中。

项昊用头灯照着自己头顶上方的一个灯盏开始掏兜：“这不错啊，不知道还好不好使。”说着他丢了个火上去，那一点火星刚刚落进楔在墙上的灯盏里，“砰”的一声，一团火焰从灯盏上方蹿起来，一下子亮了。所有的灯盏似乎被一条引线连接着，它两边的两盏紧接着也燃烧起来。接着“砰砰”声不断，一盏盏火球沿着石壁两侧依次亮了起来，一直向前延伸着，快速将前方的黑暗一段段驱散。这个一直隐藏着真容的洞穴也被扯下黑色的面纱，将本来面目暴露在众人眼前。

原来眼前众人所处的空间只是这洞穴的一部分，往前数十米外又收紧了口，尽头依然是一个拱形门洞，门洞顶上左右各镶嵌着一只大铜镜，上方还刻着三个大字：明心堂。

刚才发生的一切没有打断乐雨看石碑的内容，此时她看得差不多了，长长呼了一口气直起腰。

“看明白了吗？上面写的什么？”陆林问道。

“这里的确是那个‘光明洞’，不过我们恐怕走错了，几个日本人应该不是从这里进来的。”乐雨说道。

“什么意思？”周伟一听日本人不在这里，马上急了。

“别急，我们顺着路向深处走，应该会碰到他们。附近应该还有一个大洞口，他们大概走的那条路。咱们进来的这个洞口，是整个洞穴的尽头。”

“你是说他们是从另一个入口进来的？”陆林接着问。

“没错。”

“那上面有没有提那个‘灾星’什么的在哪里？”

“没有。不过这个洞不简单，算是一个没来得及启用就被废弃的特殊基地。”

“基地？培养恐怖分子？”项昊对“基地”两个字比较敏感。

“不，培养封疆大吏。”

“啥？”四个大老爷们一起叫出来。

“别急，听我慢慢说。这个洞是明朝建造的，要说明白它，就要先提三个人，两个首辅，和一个圣人。咱们边走边说吧。”乐雨回答道。

她接着说道：“路上罗瑞提到过贵州有个阳明洞，这里的确和那里有关系，这就要从那位圣人说起。如果说要从整个明朝的历史人物中，挑一个最具代表性的文化符号出来，那这个人多半会是王守仁。王守仁，号阳明子，‘阳明心学’的开山祖师，一生立德、立功、立言，是绝顶的传奇人物。《明史》对他的评价是‘终明之世，文臣用兵制胜，未有如守仁者’。其用兵如神，曾平定过宁王之乱，一生南北征战，立下十大军功，稳住了大明摇摇欲坠的局面。但这相对于他在思想上取得的成就，实在不值一提。明朝前期，整个大明依然沿袭着宋朝流传下来的程朱理学，从科考到立身处世都以它为标准。但随着时代的进步，理学所引发的各种负面现象，使读书人乃至社会陷入一种困惑中。就在这样的环境里，阳明心学横空出世，如一道驱散了黑暗的光芒，点亮了一个时代。”

“阳明心学？这个好像在路上听石井真提过，说是阳明心学传播到日本，拉开了后来明治维新的序幕。”陆林回想着说道。

“是的，它对日本的影响非常深远。从战国时期心学传入日本起，王阳明的这些异国学生中涌现出无数人才。心学在日本经过数百年的发展和融合，成了整个社会价值观的重要组成部分，把‘精进’这两个字深深烙印在了这个民族的骨子里，让他们努力把工作做到极致，就像花道、茶道这样，做到‘道’的境界。日本的阳明学权威安冈正笃在二战后一直致力于用中国文化经典去教育日本的管理者，他的学生几乎囊括了日本政治、军事与财经界的所有高层管理者，其中还包括四届日本首相。另外曾国藩和蒋介石都是阳明心学的忠实拥护者，台湾有座阳明山知道吧？那就是蒋中正逃到台湾后命名的。”乐雨回答道。

“这么厉害！怎么过去没听说过？我就听过王守义。”项昊笑着问，王守仁这个名字他从没有耳闻，但既然能被提到圣人的高度，那应该是和孔孟比肩。

“那是因为心学在中国的传播只有一百多年，从清朝开始被取缔了。心学具有思想解放的意义，提倡独立自主的思想意识，不盲从权威。阳明心学发展到明末，催生出了民主思想、工商皆本、非君浪潮、重视自然科学的科学精神、市民觉醒等一大批先进思想，清朝统治者深感心学对其统治的危害，所以将程朱理学重新提升到一个更正统的地位。”

乐雨接着又说道：“其实心学不错，但知易行难，现在的国人从小被树立了唯物主义世界观，学起这个会很难。如今太强调外在环境因素，忽略了人自身的修养。”

“二位，咱聊点正事儿好吗？”陆林把脑袋伸过来，拦住了两个人的话头。

乐雨白了他一眼，又说道：“王阳明三十六岁时得罪了宦官刘瑾，被廷杖四十，贬至贵州龙场当驿丞。嗯，龙场离咱们现在的位置大概有一百多里。自幼便一心要成圣的王阳明在龙场这个既安静又困难的环境里，回顾十几年来入仕的遭遇，日夜反省。他居于石洞，寝于棺椁，面对理学带来的困惑，苦苦寻找着一条明路。十年磨剑，终于一朝顿悟，一个雨暴风狂的夜晚，他在雷鸣电闪中仰天长啸，原来苦苦寻找的光明不在别处，就在自己的心里。至此，他开创了‘良知为本’的阳明心学，这就是历史上著名的‘龙场悟道’。而他悟道的那个洞穴，被后人称为‘阳明洞’。这个‘光明洞’跟‘阳明洞’大有渊源，这要从他的两个做过首辅的门人说起……”

“你不是说首辅相当于现在的总理吗？两个？”项昊回头问罗瑞。

“别打岔，听！”罗瑞回答。

“其实明朝中后期的精英阶层中大多都是王学门人。徐阶字子升，是王阳明的再传弟子，凭着十多年的隐忍斗倒了严嵩，成为大明的首辅。他为大明做出的最大贡献不在于政绩，而是培养出了一个优秀的接班人，并最终将他也推上了首辅之位，那就是他的学生张居正——一代最伟大的政治家，推行改革，拯救了处于崩溃边缘的大明，使奄奄一息的明王朝重新获得生机，是王阳明之外另一个明朝历史的代表人物。这个光明洞，就是徐张两代首辅秘密修建的。”

“他们修这个干吗？”罗瑞问。

“把它修在离阳明洞不远的这里，一来是为了纪念王阳明，更重要的是为了培养王学门人。刚才石碑上的内容是张居正手书的，上面记录了前因后果。徐阶还没成为首辅之前屡受严嵩的打压，他就想培养一批坚定的王学门人入朝做官。说白了，一来能扩充自己的势力，二来对国家也有好处。成为首辅之后，他便开始着手准备，请东厂探子在阳明洞附近秘密选址，历时七年，终于在阳明洞百里之外找到了这个最符合要求的洞穴。地址之所以挑选得这么严格，是因为他希望学子们能如王阳明在阳明洞内一样，一朝悟道。”乐雨说道。

“这悟道是悟出来的，还能造出来不成？”周伟问。

“这个碑文上并没有写明。”乐雨继续说道，“因为地处偏远，行动又要保密，因此进度非常慢，直到徐阶下台也没修好一半。再后来张居正上台，继承了恩师的愿望，暗中继续维持光明洞的修造。当时皇帝年幼，他与太后、总管太监三方结成联盟，张居正的权势之大，甚至超过严嵩父子。光明洞建成之时，他派人将亲手写的序竖碑立在这里，当时是万历九年。才 57 岁的他大概怎么也没想到，自己会死在万历十年。再有一些是我的推断，这个光明洞没有启用就被废弃了，因为张居正死后，朝廷的风向发生了巨大变化。

“张居正没能如他的老师一般找到合适的传人，自己又功高震主，且在推行改革的末期，把手伸向控制着这个国家的官僚地主阶层。他活着的时候权势滔天，那些人就算恨透他也没办法。他死后人亡政息，那些人开始反击，才见起色的明王朝再次停滞。他的追随者贬官的贬官，发配的发配，然后张家被抄，搜出白银十万两，张居正长子自尽，家眷饿死的饿死，流放的流放，一代能相之家至此败落。之后万历皇帝废除新法，大肆搜刮民财，囤积金银，兼并土地，上下成风，加剧了通货膨胀，使得普通民众生活更加困苦，最终导致崇祯年间的财政全面崩溃。”

“换句话说，张居正一死，他的整个布局和势力顷刻间土崩瓦解，所以你才说这个洞建成之后还没来得及使用就被废弃了？”陆林复问。

“就是这个意思。”乐雨点头。

“才抄出十万两！啧啧，那可是首辅呀，看来还真是个清官。”项昊权当在听故事，听得还很入迷。

“人是有多面性的，下面这些尸骸，大概就是修造光明洞的数千工匠，应该是在建成之日被东厂灭口，抛尸在这里。”乐雨指着石棱下的深渊说，“我猜测后来的事是这样的。东厂用它镇压‘灾星’是崇祯初年的事，此时张居正已死去很多年。虽然光明洞还没使用就被废弃，张居正一脉的知情人也失了势，但东厂参与了这里建造的整个过程。也许是他们了解到这里有什么特殊之处，所以才选择把‘灾星’放到了人迹罕至的这里。”

“这些老爷真是有病，用了几十年几千人，在这荒郊野外修了这么个东西，结果最后还没用上。”项昊对于这种劳民伤财的做法很是不忿。

乐雨纠正道：“别这么说，中华人民共和国现代人接受的是西化教育，无法明白儒家在古时特别是明清时的地位。八股取士的明朝，读书人一辈子沉浸在‘子曰诗云’里，朝廷议事也会动不动提及往圣先贤。无论是出于环境还是自身的原因，他们把这些精神、理论上的东西看得极重。说白了，提倡的是精神文明建设高于物质文明，重社会科学而轻自然科学，一大批读书人把这些当成他们一辈子的信仰和为人处世的准则。阳明心学是‘致良知’的修心之学，在当时是有些人生命中的一切。”

说着五个人到了刻着“明心堂”三个字的圆形门洞前，透过前方的火光，他们看到门洞另一边的景象非常诡异。

进入明心堂，两边的洞壁上依然点着一排灯盏，一直延伸出去数百米。但在火光的尽头，却是一大片浓重的黑暗，看不出再往深处是什么情景。最引人注意的是，原来路两边的深坑不见了，代之的是平整的地面，但地面上却密密麻麻插满了一根根铜管。铜管细长，大概鸭蛋粗细，一头扎根在地下，一头伸进了数米高的洞顶，每根铜管身上开着很多指头粗细的小洞，但开洞的位置每根都不一样。铜管间的距离差不多一样，刚好能容一个人通过，在宽大的洞室内不规则地排列着，众人如置身于一片竹林中。洞顶每隔一段距离镶着一面铜镜，有些锈迹的表面在火光中泛着青光。四周的洞壁上绘满了彩绘，但不知是不是因为年头太久，一些地方的色彩被冲淡了甚至冲没了，留下的部分看上去非常不协调，给人的感觉很不舒服。

“知道这是干什么用的吗？”陆林摸着一根铜管问乐雨道。

“不知道，从来没见过。别总问我，你们也动动脑子，别总想着不劳而获。”乐雨似乎有些不耐烦。

几个男人面面相觑，一路上从没见过她这样。

“得得，我们自己想办法，好像离了你我们出不去了似的。”项昊说着拿手指敲了一下身边的一根铜管。

当的一声轻响，铜管被他敲得微微颤动，接着就听到不远处一根铜管也跟着发出嗡嗡的声音，然后接二连三地有铜管自行颤动，由近及远。嗡嗡声在寂静的洞穴内不断传导，跳跃着传到灯火的尽头，似是要逃进黑暗里，听不出有多少根铜管在作响。几个人大惊失色，没想到这一敲之下竟然能弄出这么大动静，连忙扶住项昊敲的那根铜管。

又过了两分钟，这令人躁动不安的成片“嗡嗡”声终于平静了下来，手还扶着铜管的罗瑞长长出了口气，擦了擦脑门上的冷汗对项昊说道：“我说项大爷，您能消停会儿吗？”

“还‘明心堂’呢！什么玩意儿，迷魂堂还差不多。”项昊也被刚才突然的一幕弄得有点不自然，不敢再碰这些铜管。

“不用大惊小怪的，可能是共振效应，或者刚才响的那些铜管本来是连接着的，没什么大不了。大家别停，往前走。”陆林嘴上安慰着众人，心里却不是这么想的，他总有一种很奇怪的感觉，这地方怕是没有那么简单。

几人小心地穿过一根根铜管，偶尔有金属装备不小心碰到铜管上，又会迎来一阵此起彼伏的嗡鸣声，弄得人心烦意乱。一根根林立的铜管和它们投射在地上密密麻麻的阴影，仿佛组成一个看不到尽头的牢笼。为了不发出响动，所有人走得小心翼翼，像是一群规规矩矩绕过看守的囚犯，无精打采。

“我怎么感觉，好像有什么东西在跟着咱们？”周伟突然小声对陆林说。

“别疑神疑鬼的，是你自己吓唬自己。”陆林又说了一句言不由衷的话。其实他也有周伟的这种感觉，但他几次用余光瞄四周地上的影子，除了队员和铜管留下的阴影外，什么也没发现。因为火光照明的因素，只要有其他人跟着他们，必然会留下影子。这里不是古麋国矿洞中那样绝对的黑暗，即使如肖青那样一身黑衣也会无所遁形，四下里绝对藏不住人。更何况只要抬头看看头顶上的铜镜，不用回头也能轻易看到身后。

又走了几步，项昊猛地一回头，高大的身体撞得身边的铜管当当做响，一时间嗡鸣大动。“不对！有东西跟着咱们！”他一边扶住身边的管子，一边说道。

“你看见什么了？”陆林问道。

“没，什么也没看，就是有种感觉。咱们不动，它也不动，咱们一动，它就动了！”项昊边四下张望边回答。

“你不是把自己的影子错当成什么了吧？”

“肯定不是！”

“我也感觉到了！”

“肯定有东西！”

看到大家都这么说，陆林无话可说，只能安抚道：“见怪不怪，其怪自败。它不惹咱们，咱们就当没看见。”

话虽如此，其他人谁也没有再说什么，但在环境影响下，那种深深的压抑和恐惧感却依然萦绕在心头。

陆林扭头看了看乐雨，想从她那里得到一些帮助，却发现乐雨一脸疲惫，似乎一点脑子都不想动。他又看了看项昊，项昊四下张望着，眼神中透露出暴躁，像是一匹被关在笼子里的狼。周伟轻轻摸着身边的一根铜管，大概是担心妹妹会不会已经出事，表情中透着深深的沮丧。而罗瑞一直在轻轻地发抖，这里的异常让他恐惧。

似乎所有人现在的心情都不太好。不对！陆林猛地醒悟：“不是心情不好，是所有人都不正常。那我呢？我有什么不对的地方？”他回想刚才的表现，却没发现什么不对，除了……非要众人对眼前的异常视而不见。

他悄悄来到乐雨身边，小声把刚才的发现告诉乐雨。乐雨一听也是一惊，她似乎也发现了自己的不对劲，可脸上的疲惫一点儿没有少。她想了想说道：“这里是两代首辅准备用来培养人才的地方，这地方叫‘明心堂’，似乎处处有机关，让人心乱神迷。也许这是一个试炼场，或者说，是一个考试的地方。”

“你的意思是说，这里是一个考阳明心学的考场？而且这场考试并不是写在纸上的那种。”陆林惊问。

“有这个可能，我也不知道。”乐雨挠着头道，说到后面她又不想动脑子了。

“我突然有一种上学的时候走错教室的感觉。那你懂吗？你倒是说说阳明心学是什么呀！我有种感觉，如果这场考试考不好，咱们恐怕会有大麻烦。别挠头了，让你说呢！”陆林催促道，却没意识到自己的语气又不对了。

“不会！不是跟你们说过了嘛，现代人学心学很难。我从小受的教育跟你们一样，唯物世界观已经先入为主，对这些东西会产生本能的抗拒。”乐雨此时的脾气也不怎么好，似乎意识到自己的失态，又接着说，“我只知道一些书本上的介绍，但我不懂。阳明心学讲的是心外无物，天理不在外物，而在于心内，保持一颗良知的清明之心，则人人皆可成圣。其核心理论是‘致良知’‘知行合一’和‘心即是理’，这三点都很重要。

“有一个很著名的例子。一次王阳明出游，一友指山中花树问他：‘天下无心外之物。那如此花树，在深山中自开自落，于我心亦何相关？’王阳明答：‘你未看此花时，此花与汝心同归于寂。你来看此花时，则此花颜色一时明白起来，便知此花不在你的心外。’引申到做学问上，就是知识一直在那里，但只有当人去发现它研究它，它才会变成人知识的一部分。”

“可是你说的这些理论，跟旁边的这些考题……”陆林指了指身边的铜管，“一毛钱关系也没有呀！”

“这我就不知道了。少啰唆，接着走，见招拆招。”乐雨真的不想动脑子了。结果她挥手间敲到了身边的一根铜管，“铛”一声响后，又是一阵令人烦躁的嗡嗡声。

陆林连忙用手按住还在颤动的铜管，不小心按在了管身上的小孔，这一按，却发现大小刚刚合适。“你们说，这东西会不会是像笛子一样，能吹？”他说着低头用手按住两个孔，向一个小孔里猛地吹了一口气。

“呜——”一阵低沉而尖锐的声音传出，似是箫声，那铜管竟然真的被吹响了。紧接着，“呜——”“呜——”“呜——”声音由近及远，无数根铜管跟着一起响了起来，声间尖利哀婉，带着股说不出的凄厉。

原来寂静的山洞内突然响起了如百鬼夜啼一般的呜咽声，在只有火光与铜管的空洞中，就好像凭空钻出了无数看不见的鬼魂站满了整个洞穴，在各处低声哭泣着，仿佛是身后殉葬坑里层层叠叠的尸骨下的无辜冤魂，时隔百年依然不肯散去。几个人感觉有一股凉气从脚心一直冲上头顶，头发似乎被吓得竖了起来，又变成一根根钢针扎进心里，先前在武当山遇到的那么多困难也没让他们如此害怕过。

罗瑞和周伟疯了一样循着声音传来的方向四下转着身，有如惊弓之鸟，生怕有一只恶鬼突然呜咽着出现在背后。接着，两个人的脸色更加不好看了。罗瑞一脸神经质，声音似是被压抑在喉咙里，发出低沉的吼叫："有鬼，真的有鬼！壁画……壁画在动，所有的壁画都在动！"周伟也全身颤抖，仿佛看到什么恐怖的东西，疯狂地转着身体，梦魇一般直勾勾地扫视着墙壁上的每一个角落。

# 第二十三章　心灵试炼场（一）

其他几个人被他俩的表情吓坏了，陆林死死摁住罗瑞的肩膀不让他再动，看着他的眼睛厉声喝道："瑞子，清醒点儿！什么事都没有，壁画没有动！"

罗瑞被他摁得不再扭动，此时那成片的呜咽声也终于停了下来，洞穴中又归于平静。罗瑞一点点回过神来，陆林扳着他的脸又去看洞壁上的壁画："你看，没动吧？别自己吓唬自己！"

"刚才……"

"刚才我也看到它动了！"不待罗瑞说完，周伟把话头接了过来。一个人会看错，两个人总不会一起看错吧？

两个人当然不会一起看错。陆林挠着头想不明白，又去看岩壁上的壁画，不禁自嘲地想着："壁画怎么会动呢？这里叫明心堂，乐雨说它是个考场，那考的会不会就是这些让人意乱心迷的机关？如果心智不坚定，人可能会被逼疯，但只要波澜不惊地一路走过去，是不是就能出去？"他暗暗寻思着，不经意一抬头，正看到高悬在头顶的一面铜镜。铜镜镜面外凸，有些像公路拐弯处的安全转角镜，面积虽不太大，却能照出下方很大的一片区域。几个人的身影在镜中头大脚小，一个个扭曲着，像是被狠狠捏过的面人儿。

"我们去边上看看。"乐雨说道，既然两个人都说壁画在动，那肯定是有原因的。

正说着，几个人突然感觉洞室内的光线一阵晃动，所有火光剧烈抖动起来，片刻后又归于平静。此时几个人都瞪大了眼睛看着墙上的火苗，原本明黄色的火光明显暗淡了不少，一团绿色的火苗在灯盏顶上跳动着。

罗瑞的脸都绿了，小声嘟囔着："发丘印，摸金符，护身不护鬼吹灯呀……这地方太邪了！你们谁身上有犀牛角做的小物件？"

"干吗？"周伟回头问。

"没听说过'犀照通灵'吗？传说烧犀牛角能看见鬼，咱们也好避一避呀。"

罗瑞哆嗦着回答。

“见你个大头鬼呀！别乱说，最多是套活见鬼的机关，别怕！走，我们看看那些壁画去。”陆林拉着罗瑞往一侧的岩壁跟前走去。眼前的情形虽然诡异，但让他相信有鬼，那是绝对不可能的。不过他心里也没底，这里给现代人的感觉这么恐怖，笃信鬼神的古代人来这里估计会被吓出毛病。如果这里真是个考场，能考什么呢？

几个人绕过一根根铜管，来到了一侧岩壁面前。近距离看墙上这些彩绘，几个人彻底无语了。之前离得远只能看出个大概形状，现在近距离只看到一条条支离破碎的彩块，别说整幅壁画的内容，就是每条彩块上的画面都很难看出是什么。

几个男士还在瞅着壁画发呆，乐雨此时恢复了几分历史学家的本色，四百年前的壁画勾起了她的一丝兴趣。她来回走动观察着，细心的陆林注意到她的脸色越来越不好。

“发现什么没有？”陆林问道。

“你们过来看。” 乐雨指着壁画上靠下的一个小彩块说，“这个应该是拔舌。”

几个人顺着乐雨的手指依稀看到一条长的明显不成比例的舌头，舌尖上夹着一个黑色长条，像是钳子。这个小彩块上除了舌头和铁钳，再无其他。

“我怎么看着像是古装上的那种飘带呢？” 项昊有些疑惑，不过想想自己在这方面和乐雨根本没得比，她多半不会错，他还是自动放弃去问这个可能会被嘲笑的问题。

“这个是剑树！”乐雨又指着另一个彩块，接着也不管众人看明白没有，又向前走着，边走边指，“掏肠、挖心、刀山、血海、石磨、刀锯！”所有的彩块没有一块完整的画面，但依稀能看出那么个意思。

“你的意思，这画的是……”陆林问。

乐雨不再前行，突然回身，一字一句地说道：“十八层地狱，十殿阎罗！”

“嘶……”身后的几个人倒吸一口凉气。

“这是想让咱们唱一出《游十殿》呀。”虽知道这可能只是一场心的考验，可陆林还是被这里的诡异震惊了。

这时，一只哆哆嗦嗦的手突然搭到他肩膀上，罗瑞颤抖的声音又在身后响起："你……你们……看……对面墙上的壁画，它……它又动了！"

几个人闻言扭过头去，陆林无意间扫了一眼头顶上的铜镜，一扫之下整个人便定在了那里，再没心情去看什么壁画。此时此刻，他的世界观都有些动摇了。铜镜仍然静静地镶嵌在头上的洞壁上，映着下方的景象，地面上的铜管、幽暗的岩壁、一个个灯盏都静静地倒影在那里，却唯独少了他们五个人的身影。仿佛这间昏暗的洞室里，从来没人来过。

"哎？真的动了！"项昊这次扭过头去也看到壁画动了。

乐雨待在那里似是在想什么事情，感觉有人敲自己的手背，扭头看却是陆林。就听他小声说道："别看壁画了，看看头顶的铜镜，咱们怎么……好像没了？"乐雨闻言抬头，一时也呆在了那里。

其他人注意到两个人的异常，随着他们的目光望上头顶，看清铜镜里的情形后，全都愣住了。

"不用找鬼了，原来咱们变成鬼了。"周伟脸色苍白地说道。一路艰辛创业过来的他虽然也遇到过不少事，但这种怪事还是头一次。辍学太早的缘故，几个人里他算是最迷信的了。好在这是个见过大风浪的人，并不气馁，随即咬着牙发狠道："就算是真的做了鬼，老子也要把欣欣救出来！兄弟们，咱们肯定要好好的，别让这些花活儿给吓着。真敢跳出来个鬼，不用你们，老子就一口一口嚼碎吃了它！"一路上温文尔雅的年轻商人，终于露出他强悍的一面。

"就是，这不什么事都没有呢嘛！人死鸟朝天，项爷连妖蟒都斩过了，怕它个屎！"项昊接着响应道。原本在这幽暗洞穴中被负面情绪缠身的几个人，终于被不断增加的压力逼出了一点士气。其实到目前为止并没有出现什么危险，真正让人感觉害怕的，是这里的未知。未知，才是众人不安的真正原因。人就是这样，一旦未知的危险实体化了，反而未必会这么害怕。

陆林这时才又回神去看对面的壁画，它好像确实动了一下。只是离得太远，昏暗中模糊不清，隐约间只看到似有云气翻腾。待定睛再看，它又不动了。陆林不明所以，想问乐雨，却发现她此时正在慢慢沿着岩壁踱着步看地面，又时不时抬头向上看，打亮头灯蹲在地上找着什么。

还不待他说话，乐雨叫他了："陆林，你站到通道中间去。"乐雨头都没抬地说道。

陆林依言走回通道中间。"你再看看，现在能看到自己了吧？"乐雨还是没抬头，依然蹲在岩壁旁边，一点点向前蹭着。

"看到了！我还能看到你，可为什么看不到他们几个？"陆林抬头看着铜镜问道。此时铜镜里模糊地倒映着他的影子，还有岩壁边的乐雨，可看不到另外几个人。他们虽然也站在岩壁边上，可在铜镜中却什么都没有。这种感觉很是诡异，就好像你和几个朋友一起站在一面大镜前，镜子里有你，有身边环境里所有东西，可正站在身边的那几个朋友，却像鬼似的没在镜子里留下半分影子。

陆林随即反应了过来："是光吗？"如果说乐雨做了一件别人没有做的事，那就是打亮了头灯。

"没错！我们被自己的眼睛骗了。"乐雨长出一口气，站起身拍了拍手套上的灰尘说道，"这里设计得太精巧了，简直可以说是奇迹。"

"说说吧，女博士。"陆林开玩笑道。怪异的现象有了合理的解释，他也松了一口气，其他几个人闻言也围到乐雨的身前。

"大家先注意看这里的灯盏，一盏一盏仔细看，你们会发现，这里至少有六分之一的灯盏，是不存在的。"

几个人不明白她的意思，只得依言去看头顶的那些灯盏。在他们印象里，头顶的灯盏分布得非常平均，之间的距离差不多。项昊很快发现了问题，指着一边道："真的哎！这边这两盏灯之间没有。哎？我去！不是没有，中间那盏是画在墙上的。"从他们这个角度看上去，两边灯盏间的岩壁空空如也，但站在中间的陆林，费了好大劲才分辨出来那盏灯是画上去的，跟两边的两盏实在太像了。之后几个人又相继发现了好几处这样的"无灯之灯"，但依旧不明就里。

这时就听乐雨继续说道："像真的吧？刚才咱们之所以没发现，一是因为一路走来，大家习惯性地认为灯盏是平均分布的，在灯盏该出现的地方看到了灯盏的形状，就形成一个心理误区，认为那是真的。二是因为它们太像，但灯盏画得像不是关键，关键在于它们周围。它们周围形成的光影效果与那些真实的灯盏几乎一模一样，所表现出来的颜色和亮度与周围的火光完全一样，以至于我们一路走来都认为这岩壁和壁画的颜色是大致统一的，甚至现在站在岩壁前，如果不留心观察，也不会发现。但实际上，这些假灯盏周围的一大片岩壁和地面，与其他地方的颜色是不同的。简单来说，这些假灯盏虽然在暗处，但它周围岩壁被涂上了一层比其他地方更亮的颜色。如果熄灭所有的火光，在洞顶装上大片白炽灯照明，我们就会发现，这里的岩壁每隔一段就会有一处明显的颜色差异。

“这是个利用颜色和布光做出来的高明骗局。当时的建筑者一定是综合考虑了这里火光的颜色和亮度，计算了每个灯盏的流明，然后在相应的地方留出一定空间量，再把岩壁和地面加以精确着色，才形成这样一个和周围真实亮度融为一体，光与影平衡的特殊颜色空间。”看几个人一时消化不了这些信息，乐雨又补充道，“其实说难也不难，现在这样的实验很多，说白了，就是一种错觉。比如把一块色板放在阳光下，另一块色板放在阴影里，两块色板的颜色看上去完全一样，但把两块色板放到同一个照明环境里的时候，就会发现他们颜色是完全不同的，之所以会看错，是眼睛欺骗了我们。当然，这里的布置要比实验复杂得多，才能形成这样的效果。我想古人就算拿着火把进来，也会因为火把与灯盏火光的颜色相似而发现不了这个奥秘。”

“那为什么刚才在镜子里看不见自己？”罗瑞问。

“跟前面说的是一个道理。刚才灯光不是突然暗了下来吗？其实那时两侧岩壁下方的照明环境，已经不足以让我们在铜镜中看到影像了。换句话说，刚才铜镜上看不到的不只是我们，还有脚下的地面、身后的岩壁。这是真假灯盏相互配合，用光与影创造出的另一个幻境。”乐雨说着关闭头灯又道，“刚才我打开头灯，破坏了这里光影间的平衡，把我周围照亮，于是铜镜上又能看到我了。不信你们也可以试试。”

几个人打开头灯去看铜镜，果然看到了自己。就好像在房间的一个阴暗角落开了一盏灯，原本看不清的东西历历在目。同时众人发现了乐雨所说的颜色不同，之前总感觉这里颜色一样，在白色灯光下才发现差别非常大，有明有暗，有的泛绿，有的泛黄，根本不一样。

“那壁画在动呢，也是错觉？”陆林问道。

“没错。其实人的眼睛很好骗，一秒钟 24 格的胶片可以变成电影，一秒钟 15 格的图片可以变成动画。在日本，一些小成本粗制滥造的动画片，甚至一秒钟只有 8 格，但在人眼中，它们依然是动画。因为当眼睛把影像传回大脑后，那些不连贯动作中间的空缺，被大脑自动填补上了。比如早期电影理论中有一个著名的实验：在一个纸板的两面，分别画上一个鸟笼和一只鸟，当把纸板旋转起来时，眼睛看到的会是一只关在笼子里的鸟。”乐雨继续说道。

“那这里的壁画……”

“是因为这些铜管。”乐雨又说，“岩壁上一条一条的色块，并不是长期腐蚀的结果，而是它们本来这样。这些图应该是透过铜管的遮挡来看。这里每一根铜管所在的位置，是精确计算过的。当色块间是留白的时候，我们看不出它是什么。但当铜管组合在一起，挡住了色块间的空白，这部分会被大脑自动填充上，得出完整的图像，甚至可以通过我们自身的移动，使遮挡的角度和距离发生变化，形成连续的遮罩变化，让原本静止的画面产生动画效果。”

罗瑞听明白了因果，不像刚才那么紧张了，挠着头问道：“前半段听懂了，就像网上流行过的一个游戏：拿一张比基尼美女的照片，把比基尼的部分打上马赛克，或者用别的东西遮住，剩下露出来的部分给人的感觉就好像……嘿嘿嘿……”罗瑞笑得很猥琐。

“没错，遮挡会让大脑做出一些错误的判断，自动把挡上的那部分补上。至于动画这部分，这里做得太精巧了，比现代的一般实验复杂得多，说也说不明白。不用理解它的原理，你一边仔细注视壁画，一边往前走，自然就会看出来。刚才你说看到所有的壁画都在动，估计是你当时转得太快了。”

罗瑞闻言，一边看着对面的岩壁，一边绕着铜管向前走。发现看不清，就又走到洞穴的中央，果然看出一些端倪。随着他的走动，对面岩壁上的壁画真的动了起来。“哎，真的动了！还挺好玩。”罗瑞此时已经不怕了，看着壁画向前走几步，又后退几步，乐此不疲，结果乐极生悲，一不小心脑袋“铛”的一声，结结实实撞到前面一根铜管上。

陆林发现乐雨还在一边走神，走过去问道：“怎么了，还有没弄明白的地方？”

"嗯，你说，他们修这些东西干什么用呢？"乐雨摸着壁画自言自语道。

"这个嘛……总归会有用吧。"陆林摸着下巴四下张望。为了不再被这些视觉幻术所欺骗，他也打亮了头灯。这时身边的一根铜管引起了他的注意，原来铜管上的空洞附近雕刻着一些浅浅的符号，这是开灯之前没有注意到的，他连忙把发现告诉乐雨。乐雨闻言也在身边的一根铜管上找了起来，果然也有。

"这像是……明代乐器上的标记。"

"你是说，这玩意还真是吹的？不会吧，别吹，刚才那声音真够吓人的！"陆林想起刚才自己吹的那一下，把众人吓得不轻。

"那是你不会吹。"乐雨白了陆林一眼，俯下身看铜管上的一排孔洞，找到吹孔后，她轻轻把嘴唇贴了上去，又试着按住管身上的几个孔洞，轻轻吹了两个音节。洞穴里又是一阵声音的跳动，不过她吹的明显没像陆林那么大劲，声音轻而短，听起来有几分悦耳。铜管的一阵骚动把众人的注意力吸引了过来。

"想不到你还会吹箫呀乐雨。"项昊对着她的方向喊道。

"白痴！箫是竖着吹的，横着吹的是笛子，'笛引凤、箫引鬼'听过没有？"罗瑞接着他的话损了一句。

这时洞穴内的火光又是一阵跳动。乐雨没有搭理两人，也没去看那跳动的灯盏，皱着眉盯着眼前的铜管。陆林却像来了灵感，一脸喜色地催促道："对，对！就是这样！别停，接着吹，最好是吹个曲子出来！"乐雨扭头看了看他，若有所悟地点了点头，接着便深吸一口气，对着吹孔又轻轻吹起来。

当一连串音符组成一支抑扬顿挫的曲子后，给人的感觉完全变了，再没有之前的鬼哭狼嚎。笛声清亮，仿佛风卷云开，水秀山明，渺于凡尘。每个不同的音阶响起，会有不同的铜管跟着一起奏鸣，无数辅音欢快跳跃迎合着主音，犹如百鸟穿林，轻快流利，竟没有一丝拖沓。

其他几个对古曲造诣基本为零的家伙，听着乐雨吹奏的曲调耳熟，却不知道是什么曲子，只觉得在无数铜管的交响声中，仿佛在听一场特殊的交响乐。没有西洋乐器交相辉映，也没有中土乐器的纷繁，却主次分明，好像一只领头的凤凰率领天下群鸟穿云破雾翱翔于山河之间，时而舞于九天之上，时而留影碧波之间。高亢处犹如明月下跳出水面的锦鲤，一尾绞碎倒映于湖面的满天星河，击起的无数银珠叮当作响落于玉盘之上；低沉处犹如山雨欲来乌云压城，闷雷声中两支大军默默对峙，万马齐喑，只有压得人喘不过气来的沉重呼吸声。

其实乐雨的笛艺未必多好，只是这一套乐器不同寻常。几个人听得入迷，弹奏间谁也没有注意到，四周灯盏里的火焰随着音乐的抑扬也跟着跳动起来，忽明忽暗闪烁不定，哪里的铜管响得多，哪里的火花就跳得厉害。还是陆林第一个回过神来，注意到洞穴内光线的变化。联想到刚才的猜测，他招呼众人道："都把头灯关了，大家走走看看墙上的壁画。"

乐雨之外的几个人听他这么一说，依言在铜管间绕了起来，没有在意方向，也没有走得多快，因为在视线移动中，他们的注意力被壁画里的内容吸引住了。明暗交错中，透过一根根铜管，所有壁画动了起来，几个人仿佛正在透过格栅门和百叶窗，现场观看一场盛大的庆典。

两边的壁画露出它们的真容，好似展开了一卷明朝的"清明上河图"。画中景色似是大明全盛时的金陵，从深处的皇城到城外的远山一应俱全。最让人惊叹的是所有的景物都在动，仿若真实。城外竹林中有文人癫狂买醉，赋诗作画，但眉宇中却有一些落寞，仿佛陪伴他们的只有眼前的山水。一个农人担着柴进城去卖，顺着他的路线转看城中，却是一片与城外迥异的繁华景象。

大街上人流如织，车水马龙，门店处处开张，伙计老板站在门口看着街的另一头；秦淮河上画舫如云，艄公摇着橹，船上的人向岸上张望着什么；河边秦楼楚馆的高楼之上站满妙龄女子，莺莺燕燕地笑着，倚楼向街上观望，原本被乐雨当成拔舌地狱的彩块，也变成她们飞扬的裙摆。空中祥云翻腾，龙游凤鸣，仙女穿云游弋，盘旋在长街上空，似是也在羡慕人间的繁华。

画中所有人的注意力集中在长街上，顺着他们的目光看向长街另一端，半条街被人挤满，万人空巷，人头攒动。一列队伍格外引人注目，最前排鸣锣开道，牙牌林列，队伍后面是三班衙役。前呼后拥之中，一匹罩着银鞍的白马格外醒目。马上人面如冠玉，目若朗星，一身大红官袍，胸前花团锦簇，原来是新科状元。

画中状元郎意气飞扬，鲜衣怒马，成为万众瞩目的焦点，一举一动被描绘得非常传神，把金榜题名后成为天子门生的尊贵和荣耀表现得淋漓尽致。光影流转中，伴随着耳畔的重重笛声，那画面犹如在身边流过，一行人看得痴了，让人分不清这到底是壁画还是身边的真实场景。

这四百年前原汁原味的繁华再现，是今天影视剧所难以表现的，神奇得让人难以置信。一群大男人变成了看到最喜欢的玩具的小孩子，不停打着转，边看边傻笑，不约而同地对画中的状元产生了艳羡之情。朝为田舍郎，暮登天子堂，天上麒麟子，人间状元郎！罗瑞傻笑得嘴都合不拢了，口水一个劲往下流。

不知过了多久，乐雨一曲吹奏完毕，轻轻用手扶了扶身边轻颤的铜管。其他几个人还在中间傻笑着转圈，每一个细节都吸引着他们，对这流动于身边的壁画怎么也看不够。又过了片刻，随着音乐的停息，火光也恢复了平静，洞室内的光线再次稳定下来。失去了光和音乐的衬托，壁画归于平静，众人半天才回过神来，看到彼此脸上还未褪去的傻笑，都不好意思地笑起来。刚才的一切仿佛南柯一梦，却又那么真实，就像一只小手，轻轻撩拨着隐藏在众人心底的欲望。“我算是相信这是个培养官儿的地方了，看得老子都想当官儿了！”项昊第一个说出自己的感受。

“是呀，咱们这些看惯各种新式传媒的现代人尚且如此，那些古人看到这一幕，不为之疯狂才怪。有了这么个经历，还不得发了疯地想当官儿？”周伟赞同道，“真了不起，虽然刚才听乐雨说了原理，但还是觉得不可思议。”

乐雨点头道：“没错。根据这里设计的初衷，会到这里来的要么是官员，要么是准备当官儿的人。看到你们几个的样子，就知道这场面所能起到的激励作用是不可想象的。这哪是考试，分明就是引诱！陆林，你是怎么想到的？”

“我想起刚才你讲的那个心与花的故事，还有心外无物的理论。这里既然是考场，总该考点什么。刚才你说出了这里光线的秘密，又吹响了铜管，呵呵，谁能想到原本跟鬼叫似的东西能吹出这么好听的音色。”陆林停了停又说，“我就想，建造这些东西的目的，会不会是利用主观意识让人把这些外物融合到心里？原本活见鬼一样的场景竟然能变得如此梦幻，看来我是蒙对了。如此大的反差，就好像从地狱飞上天堂一样，怎么能不震撼人心呢？刚才的场景肯定能勾起考试者对于功名的无穷欲望，既阐述了将外物藏于心内的道理，又坚定了对于仕途的决心，一举两得！”

“你不说我都忘了，刚才这里的那个鬼样子……人生大起大落实在来得太快。”罗瑞一边擦着口水一边说，他现在心情大好，完全没有刚才的恐惧，“不过话说回来，没发现这里秘密的，估计最后吓疯了，发现了的，确实会很爽！但要说这样就能悟道……是不是太简单了一点儿？”

似乎是为了回应罗瑞的乌鸦嘴，他话音刚落，洞室里的灯开始从后向前一对对熄灭。这个过程无声无息，原本热烈讨论的几个人傻在了那里。

陆林反应最快，叫道：“别愣着啦，快往前走！一会儿全黑下来，这布满铜管的路肯定不好走。”可惜灯盏熄灭得太快，众人没走几步，眼看着火光要熄灭到尽头。这时诡异的一幕发生了，随着最远处一对灯盏的熄灭，原本前方灯盏尽头的大片黑暗中，又有一对对灯盏点燃起来。

众人停下脚步，隔岸观火似的看着亮起来的灯光。“看来第一场我们通过，第二场考试要开始了……”乐雨严肃地说道，“我们得抓紧时间，不知道这些灯是因为过关才灭的，还是时间到了灭的。如果真有一个计时器存在的话，咱们得加快速度。”

“对！大家快点儿，第二场开始计时了，咱们得赶快过去。”陆林笑着说道，他现在反倒觉得这里的所谓考试很有趣。一行人打亮头灯，加快速度穿过一根又一根铜管。

几分钟后，大家走完铜管阵，来到了黑暗的尽头。虽然之前隔着很远看到了前方的情形，可谁也没有说破，暗自怀疑是不是眼花了。

## 第二十四章　心灵试炼场（二）

走到近前的几个人的目光被前方金灿灿的一堆东西牢牢吸引住了。左前方有差不多一丈见方的石槽，但看不出多深，因为里面堆满了一个个足有拳头大的金元宝，高度几乎漫出了地面。黄金的抗腐蚀性很强，以至于在此放了数百年，此时在火光中，依然散发着柔和的金色光晕。几个人齐齐咽了口唾沫，直勾勾地看着那堆足以让人疯狂的金黄色。

埃及人把黄金作为太阳神的象征，在古埃及文中它的含意是“可以触摸的太阳”。在古罗马，黄金是黎明女神的名字。公元前 5 世纪，古希腊抒情诗人品达说：“黄金是宙斯之子，蛀虫与铁锈无法侵蚀之，但人的灵魂却被这至高无上的财富所侵蚀。”人类对于黄金的喜爱，似乎已经被深深地写进了基因里。不管几个人愿不愿意承认，看到这么多的黄金，他们的第一个念头就是全部带走！

挂记着妹妹安危的周伟第一个回过神来，唤醒了旁边的几个人，大家这才开始留心第二段洞穴的面貌。这一段很短，洞穴前方十米左右的地方被人为地用一堵墙砌死了，只在中间留了一个拱形石门，而此时石门被一道铁闸门堵上，格局倒像是一个大房间切分出的一个小房间。

房间左前方是堆满黄金的地槽，左后方是几排书架，上面摆着的书几乎烂得不像样子。右前方是一个石台，石台上平平地摆着一块块金属物体，离得有些远，分辨不出那是什么。右后方是一张大约有五米长、五米宽的大石床。

大致看了一圈儿房间，几个人才留意到不远处立着一块只比膝盖高一点的小石碑，上面写了四个字：尽可取之。

几个人长长出了一口气，一下子放心不少。随便拿，那应该没危险吧？

“这是真的吗？”罗瑞迫不及待地先从石槽里捞了一个金元宝出来，拿在手上来回端详着。他想咬一下试试，又想起这是几百年前的东西，太不干净。

“应该是真的，分量很重，一个差不多有十几两。而且，放置 400 年还能保持这样成色的金属，除了黄金真不多。”乐雨也拿了一个来回看了看，又扔回了元宝堆里。

“如果一个按十两算，以现在的金价……”罗瑞还在想着。

“差不多十几万吧。”

“这就是十几万？”项昊对这东西的行情并不了解，惊问道，“乖乖！那这一槽子要是都卖了得值多少钱！”

“一文不值，而且你会罪加一等。”乐雨又说，“国家有规定，只有有许可证的厂矿生产的黄金才可以进入流通渠道销售，其他的一律视为违法。你要是带出去，无论把它算古董还是算储备，都会被没收。”

“别规定规定的，大家淡定！我感觉这东西咱们带不出去，先把自己活着带出去再说吧。”陆林适时泼了众人一头冷水。

围着元宝堆的几个人这才算把目光挪开，来到那张石台旁边。石台上面摆着一块块方形金属，有高有低有大有小，每一块上面都有一个把儿。颜色有黑的，有绿的，绿多黑少，绿的是生了锈的铜，黑的有些地方还能看出小块的银白色，应该是银制的。看着太脏了，谁也不愿拿手碰它们。

“把金子放坑里，桌子上却摆了这么一堆破玩意儿，这些人有病吧？”罗瑞为憋屈在石槽里的金元宝鸣不平。

乐雨回答他道：“那你就错了，这些东西确实比那些黄金值钱，最早明白这个道理的是吕不韦。这个富甲一方的大商人受辱于一个小小的门吏后，却无可奈何，当时他就明白了，财富这种东西，在权力面前不堪一击。别看这些东西不起眼，它们都是印，明朝的官印。”说着她从台子上拿起一块个头不小的黑色两层银制方块，又说道，“不用太贪，差不多这一块就顶上那整坑的黄金。”

“你说这些是官印？这也太丑了吧！我看电视上演的那些印，不是刻着龙，刻着虎，刻着狮子什么的，最次也得刻只乌龟吧？”陆林问。台子上摆的印看上去都很平庸，顶上只有一个直直的印把子。

乐雨纠正道：“那个东西叫‘纽’，这些叫直纽，也叫橛纽，明朝大部分的官印都是这个形状，其他少见的比如将军印为虎纽，就是上面有只虎的。《明史》关于官制的记载中提过，朝廷一、二品官员为银印，三品以下官员为铜印。正一品，银印三台，方三寸四分，厚一寸；六部、都察院并在外各都司，俱正二品，银印二台，方三寸二分，厚八分……”乐雨说着又晃了晃手里拿的那枚大印，“这个，相当于现在的部长了。还有那两枚最大的银印，就是朝中的一品大员。”

众人拿了几枚官印把玩，印的底部是反刻的方方正正的篆字，除了乐雨谁都看不懂上面到底写的是什么官职。这些过期的权力并没能引起众人的多大兴趣，他们又转身来到另一侧的书架前面。

书架侧面挂着一口带鞘的古剑，第一时间就被项昊拿在了手里。古剑一看就不是明朝之物，并非如近代宝剑一样窄而薄。剑身长度差不多一米，青铜剑鞘，圆柱形的剑柄长约二十多厘米，末端处变成一个圆形的盖子，其上雕刻着繁复的方形云纹，其中似有一个吞云吐雾的猛虎。方形吞口与剑鞘起点处的雕刻合成一个方形的虎头兽面纹，整个剑鞘上也雕满了东西，似是方正的篆字，又似云雷纹的方形花纹。拔出剑看，剑锋宽三指，背厚一指，一面接近吞口的地方还刻着两个字，项昊却不认识。剑刃钢锋犹在，但剑身却长了不少大小不一的黑色锈痕。

“怎么看着那么像《英雄》里李连杰用的那剑呢？方方正正的，是秦朝的吗？”项昊把剑递给乐雨看。

“这种样式周正、宽锋厚背儿的剑统称‘汉剑’，整个剑身一共八个面，所以又称‘八面汉剑’。这剑身不是铜的，也不是普通的铁，我推测应该是东汉时的铸造工艺。中国古代东汉时出现了‘百炼钢’，就是反复加热、折叠锻打数百次，使得铁内杂质尽去，减低碳含量，最后锻造出最精纯的钢。这样的技术很费工，动辄耗费数年才能得神兵三五把。”乐雨摸着剑鞘说道。即使是在宫廷的工艺品里，她也没有见到过多少雕刻得如此精致的花纹。它更像是件艺术品，而非一件武器。

“神兵？你是说这把？”项昊两眼冒光，其他三人闻言也围了过来。

“百炼精铜，这是除了宋代灌钢锻铸法以外最好的铸造工艺了，含碳量也是最少的，这应该是把好剑。”乐雨说着又翻过剑身看另一面铭刻的两个古字：定汉。接着她又发现在两个大字的下面还有几个小字，几乎磨得看不到了，只有开头两个字还勉强能辨认出是“光武”二字，想来刻的应该是铸造年份。

“果然是东汉的。古时名剑中有一把是光武帝刘秀的‘秀霸’剑，传说是他未当皇帝时在南阳鄂山所得。不过这把定汉剑我却未在史书上见过，想来要差一个品级，可能是赏赐大臣的，多半是武将。”乐雨接着说道。

众人传看了一遍，最后项昊耍赖皮似的非说这剑是他看到的，所以就是他的，抱在怀里死活不给别人。想到他在水库底抓着青铜巨斧死活不肯放手的“光辉事迹”，大家也就不与他争了，让他先拿着把玩。

“我说，要不要拿点东西试试？”项昊跃跃欲试，想看看乐雨口中的神兵能否真的切金断玉。

“哎哎，先消停会儿，也不看看咱们现在什么处境。”陆林终于发话了。除了观察这把剑，他还发现几个人的情绪注意力很容易会被一些东西吸引过去，情绪化的感情被放大了，让大家忘了该干的正事。

“对啊，把正事忘了。”罗瑞也回过神来，拨拉着书架上的一堆堆碎纸屑，偶尔能挑出来一两片写着几个字的，想来是些很少见的古书真本。他抓了一把纸屑问乐雨：“这算什么呀？书和剑？文明与野蛮？”说完他也觉得不太合适，这把定汉剑中正平直，合鞘温良大气，出鞘锋芒毕露，给人的感觉正合“兵中君子”的说法。说它野蛮，真的不太合适。

“剑从来没有被用来代表野蛮。实际上在汉代，铁剑的地位非常高，官吏们佩剑是一种义务。而且西汉是冶铁业的一个大发展时期，军队开始用铁制武器来对抗匈奴的骑兵，可以说它是支撑起大汉盛世的一股伟大力量。把剑放在书架旁边，也许是寓意用剑来保护文明。正如英国古兵器学者理查·伯顿在书中说：‘剑的历史，就是人的历史。它成就了世界，塑造了国家，代表了人类创造文明、维护家园的决心。’呵呵，我猜的，也可能代表着文武之道吧。”说着乐雨面色一紧，“但大家别忘了，我们现在还在考场里，虽然写着‘尽可取之’，但这里绝对不会那么简单，谁都不要松懈。”

看过这个快烂掉的书架，几个人又把目光聚焦在那张空空如也的大石床上。“这个是干什么的呢？”陆林摸着下巴自言自语，罗瑞也在一边挠头，周伟则皱着眉。

“这还不好猜？”乐雨把手向后一抬，做了个请君观赏的动作，“武器有了，财富有了，权力也有了，床上该放点儿什么？”

“女人！”四个男人几乎异口同声地喊了出来。几个人一呆，你看看我我看看你，哈哈大笑起来，一副心照不宣的样子。

“臭男人！”乐雨心中暗骂一句，又说道：“人是活物，不能一直放在这儿，大概只有在考试开始之前，才会把精心挑选的美女安排在这里。你们看石床正上方有个挂钩，应该是用于吊幔帐之类东西的。这下子，你们男人喜欢的东西都全了，只是不知道安排这些是干什么用的。”

“唉……四百年过去了，美女都老死了，武器都生锈了，权力都过期了，文化都烂透了……”说着罗瑞抚摸着手里的金元宝，像抚摸着一只小宠物，一脸贱笑地接着说道，“嘿嘿嘿，只有你才是真的。”

陆林说道：“都看过了，大家商量一下吧，我们怎么办？‘尽可取之’，我们取点儿什么？”

“那还用说，能拿多少拿多少呗！”

“反正剑我得拿走！”

“不行！别忘了我们是在考试。”

一时间大家争论不休。

乐雨定了定心神，提高音量喊道：“大家先停一停，别争了！现在，忽略你们手中东西的价值，冷静地想一想，如果你是这个考场的设计者，你会用这些东西来考验什么？换句话说，这些东西肯定不是白让咱们拿的。一会儿时间到了，这里的灯火会熄灭，前面的石门会打开，到时候再发现错误就晚了。现在，咱们面临的是一道选择题，拿什么，拿多少。别被眼前的东西蒙蔽，我们现在面临的最大问题是如何通过这场考试。”

被她这么一喊，几个男人冷静了下来。

“是呀，如果我是设计者，应该希望考试的人多拿还是少拿呢？”罗瑞挠着头说道，“考的是心学是吧，不是说心外无物嘛，那这里的东西就该都是我的，当然是随心所欲，想拿多少拿多少。”

“不对，你忘了刚才乐雨说的，阳明心学中很重要的一条是‘致良知’，良知呀！这些东西全都拿了，良知还要不要？”陆林不同意罗瑞的话。

这时周伟又提了不同意见：“官场上的‘良知’跟老百姓的‘良知’不

一样好不好！真要按那个标准来衡量，张居正他都未必合格。先不要管心学了，你们想想，如果乐教授之前说得没错，来参加这场考试的都是官员或者准备当官儿的人，要挑选的是干吏能臣，那么这些考题一定是非常务实的。官员呀！破家的县令，剥皮的太守，灭门的刺史，‘三年清知府，十万雪花银’的封建官员呀！你们明白的，想让他们不贪不占不好色，可能吗？”

几个人一起摇头。“这么简单的道理，你们都懂，在官场中摸爬滚打一辈子的首辅会不懂？整个朝廷里的人心知肚明的潜规则，不用拿来做考题，所以这里不可能是考验清廉的地方。相反，官场自古是精英聚集的地方，聪明人才懂得怎么满足自己的欲望又不会耽误前程。不拿钱未必能办事，好好先生当不了领导。这里要挑选的是能臣而不是腐儒，所以我认为，‘尽可取之’的意思，就是告诉参考的人，贪一点儿没关系；同时这个‘尽’字也在告诉这些人，尽可以展露出自己的欲望。所以这些东西是肯定要拿的，但拿什么、拿多少的权力则留给了考生自己？”说到这周伟突然闭了嘴，他发现问题又绕了回去。

“没错，这是场很务实的考试，如果从一个官员的角度来想这些问题，东西一定要拿。如果真是一身正气、两袖清风什么都不带走，那他不可能融入官场，这样的人也不好控制。如果是单纯伪装清廉，故意什么都不拿，那他就不够聪明，没有明白上官的意思。两种人都不合格，会被淘汰。”陆林摸着下巴喃喃说道，“反过来讲，太贪肯定也是不行的……唉，官场真是个考验智商的地方。”

乐雨点头道：“是呀，这是道‘唯心与违心、良知与欲望’的选择题，越是聪明人，越会被困在这里。”众人相顾，一时没什么好办法，沉默了下来。

项昊看气氛一下子消沉下来，就说道：“那就别做聪明人呗！想那么多干吗，心里怎么想的就怎么做。说了半天心学，连心里怎么想的都不遵从，还考个屁呀！而且就算像瑞子这么贪财的人，他也会知道悠着点儿，不能太贪。所以我说呀，想拿什么拿什么，想怎么拿怎么拿。反正，这把剑我得拿着！”

“是呀，我们是不是考虑太多了？已经见识过上一关的精巧了，我看咱们还是别抱侥幸心理耍小聪明了。阳明先生说‘心即是理’，又没说过拿点东西就算泯灭良知，怎么想的就怎么办吧！”乐雨苦思了许久也没个头绪，同意了项昊的意见。

说话间，最后面的一对灯盏突然熄灭了，墙上原本关着的铁闸门开始一点点向上抬升。

陆林喊道："糟糕！时间快到了，大家别耽误了，想拿啥拿啥，快点！"

越是在危机面前，人们越容易暴露出内心的真实想法。众人不再犹豫，有的拿黄金，有的拿官印，只有项昊抱着那把剑站在原地看众人忙活。好在大家心里还清醒，这里的东西不是为了满足欲望，更重要的作用是过关。

一阵慌乱后，每个人手里拿了几样东西。这时灯盏已经熄灭得差不多了，那道铁闸也快升到顶端，几个人就算想打开背包尽量多装一些东西也没有时间了。与之前一样，最后一对灯盏熄灭，石门里面的黑暗开始亮了起来。众人站在门前深深吸了一口气，穿过石门，进入了下一个洞穴。

从最开始进入明心堂到之前的那间石屋，基本都是一条长长的通道，眼前被分割出来的这个洞室，倒有些像一个天然形成的圆形大厅。直径大概三十米，洞顶依然镶了几面铜镜，灯盏沿着石壁围了一圈，正中的顶壁上还高悬了一盏大灯，把整间洞室照得通明。跟上一个房间一样，对面的路被砌死了。不同的是这儿明明有一个将近两层楼高的大型门洞，却被一块巨大的石板封得死死的，只在石板底部开了一个不到二尺高的小洞，其中还竖着铁闸，怎么看都像一个狗洞。

最让人奇怪的是洞室中的东西，圆形大厅的正中竖立着一根一米高、半米粗的铁柱，其上蹲着一只铁铸小兽，形状像虎。铁柱并非实心，正对着的四个方向各有一个长条开口，每个开口伸出了一根铁棍，看样子铁棍是可以在开口里上下活动。四根不一样长的铁棍组成一个不规则的十字，就像两根交叉插进柱身中心的跷板，一头垂到地上，另一头高高扬起。它们的长度差别很大，伸向四个方向，尽头处连着四件完全不一样的东西。

正对着众人的一根铁棍是抬着头的，铁棍下方铸着一根拇指粗的小铁棍垂直扎进地面，末端托着一个高三寸的大铁盒子，大铁盒正对几个人的侧面上写有四个字：封金于盒。铁盒朝上的一面布满椭圆形的凹槽，那深度和大小比先前拿到的金元宝大上一圈，正好可以把元宝镶在其中。

"这财去得也太快了吧……"罗瑞两手捧着一堆金元宝，看到那四个字后脸色都变了。

“先别急，看看其他三个脚上是什么，这里应该正好对应着咱们上一间屋子里看到的四种东西。”陆林说道。

众人绕过眼前的铁棍去看其他三根。封金盒旁左边的铁棍是四根中最短的，末端架在了一个四米见方、高约寸许的铁铸台子上。透过间隙，可以看到铁棍末端也有一根拇指粗的细棍插进地里。同时，铁台平平镶嵌在石头地面上，中间也有四个字：携美于台。

绕过携美台，就是封金盒正对着的那根铁柱，这根铁柱的末端除了插进地面的小铁棍外别无他物，但距它半米的前方却有着这间洞室内最特别的东西——一大片用铁板拼成的地面。这是由许多小块铁板拼接成的一个方阵，长宽都有将近八米，其上密密麻麻分布着一道道纵横交错的凹槽，整体看上去有点像电脑的电路板。凹槽旁边还有不少小字，大多凹槽内还卡着很多印有篆字的铁块，有方有圆。最前方的铁板上有一行字：挂印于阵，按品级入列。

众人不及细看，绕到了最后一根铁棍前。铁棍扬起，下方挑着一个铁制的小书架，书架竖着分成一格一格，每格宽度大概只能放一本书。侧面刻有四个字：藏书于匣。

最后，几个人来到了中心最粗的铁柱前面。铁柱是空心的，只是外面裹有一层厚厚的铁皮，有点像一个倒扣在地上的铁桶。铁桶一圈雕刻着不少花纹，那只卧在柱顶的铁铸小兽只占了最靠后的一点地方，面前空空如也。中间是一条拼接留下的缝隙，整个顶部倒像是由两个半圆组成的可以打开的盖子。两片盖子上一边刻着一句话，合到一起就是：狴犴当前，切勿私藏。欺骗上官，永不录用。

乐雨指了指那只铁铸小兽，解释道：“狴犴，形似虎，名宪章，龙生九子中的老七。相传它主持正义，天生能明辨是非，是公平公正的化身，因此常被放在狱门上下、衙门大堂两侧以及官员出巡时肃静回避的牌上端，意为铁面无私，明镜高悬。”陆林听了她的话似乎突然想起了点什么，可一时又抓不住头绪。

“那咱们现在怎么办？你们看懂了吗？”转完一圈，周伟对这些东西完全不明白，最急的就是他。

“现在还说不好，不过咱们想过关的话，必须得按照上面写的意思来办。走一步看一走吧，时间耽误不少了，咱们先动起来。”乐雨说道。

“可咱们没有美女，也没带书呀？乐雨你站上去行不行？”项昊指的是携美台。

“这种考试没带着美女绝对是好事！”陆林制止了他胡说，“先从那金盒开始，既然把它放在门口堵路，那肯定是让我们先动它。而且咱们一共拿过来两样东西，黄金和官印，你们看最后那个挂印阵，复杂得跟八阵图似的，还是先弄明白怎么个意思，最后再蹚这个大雷吧。”

“好吧。”罗瑞极不情愿地同意了，看着怀里圆滚滚的金元宝，一脸不舍。事实上所有人或多或少都拿了点儿，只不过他拿得最多。

五个人回到封金盒前面，把手里的黄金一块块放进凹槽里。其他人不过拿了两三块，只有罗瑞抱了得有十来块，他依依不舍地把怀里的宝贝一个个放进凹槽，简直像是在从身上割肉。

放完元宝等了一会儿，整个洞室静悄悄的，什么也没发生。

“这玩意是不是年头太久坏掉了？”项昊忍不住对着铁盒“咣咣”砸了几下。这一砸还真管用，铁盒里发出一阵“嘎巴嘎巴”的机关啮合声，其中还夹杂着铁锈碎屑落下的声音。紧接着，放在凹槽内的元宝突然往下一沉，原来凹槽底部是能活动的，像一块块小翻板一样，把所有的元宝都翻到了盒中，然后又自动翻了回来。这下罗瑞真是欲哭无泪，想拿都拿不回来，彻底跟金灿灿的宝贝说了再见。

接着听到元宝在铁盒中滚动的声音，然后又有机关作响，这次的响声一直从铁盒延伸到铁柱内，又向着中央粗柱传了过去，发出好一阵绷簧弹动、齿轮啮合的声音，其中似乎还夹杂着微弱的流水声。然后这声音开始向几根铁柱传去，甚至石头地面下也传来一阵颤动，整个机关像是被彻底启动。五个人立在原地，静观其变。

一串响动之后，室内终于有了变化，四根铁柱如四根触手一般动了起来。携美台和藏书匣的两根铁柱原本一高一低，此时像一根杠杆似的，低的一头上升，高的一头下降，最后平衡成“一”字停在当空。细心的几个人发现，这平衡来自铁柱尽头插进地面的那根铁棍，一根向下拉，一根向上抬，巨大的机械力甚至在铁棍插入地面的孔洞里挤出了些泥土。

封金盒的一端原来是抬起的，此时也开始被铁棍一点点向下拉，正对着的那根原本垂在地上的铁柱开始上升。可这次它们却没有如另两根一样平衡，反而一头越来越低，一头越来越高，直到另一端高高翘起，封金盒差两寸碰到地面才停下。两根铁棍之间没有形成 180 度的平角，看上去倒像是一根半截插在水里的筷子。

一串动作后，机关响动终于停了，可对面那个小闸门没有一点儿打开的意思。

几个男人不约而同看向乐雨，这种动脑子的事只能指望她了。乐雨低头沉思片刻，边理着思绪边说道："首先，我们假设这是一个考试用的机关，它不存在危险，只在于权衡。我们进来只做了一件事，把金子放进了盒子里。前一间石室里的四样东西，正对应这里的四根铁柱。机关开启后，假设携美台和藏书匣里是因为都没放东西才平行成了'一'字，我们动了封金盒，所以这一头沉了下来，另一头才抬了起来。那么我推测，这是一个十字交叉型的杠杆。嗯，没错，是杠杆！"乐雨最后一句似是在鼓励自己继续说，"这样一来，前一间石室里的'尽可取之'就可以理解了。"

"怎么理解？"其他几个人一起问道。

"杠杆是什么？是平衡呀！"乐雨进一步解释，"假设我们是来考试的古人，前面那个房间里的东西可以随便拿，但别忘了，时间是有限的，把注意力放在黄金上，那么其他几样就照顾不全，反之亦然。也就是说，无论你是喜欢财、喜欢色、喜欢书还是喜欢权，总会有一个偏重。没错，就是这'偏重'二字！越是偏重哪个，相对应的一边越会沉下去，不知不觉间，就暴露出自己的欲望。"

"可这有什么用呢？看看从前一个房间带过来的是什么不就行了？"周伟问道。

"还是那句话，杠杆代表的是平衡，这里要考的，大概是欲望与能力的平衡。'尽可取之'没错，什么都可以拿走，贪财好色可以，多拿多占也可以，但是，你得有相应的能力，否则别想过这一关。就如这杠杆，拿得越多，压得越低，过关的难度可能就会越大。"乐雨回答道。

“那我们把官印放到对面不就平衡了吗？”陆林指着挂印阵说道。

乐雨摇头说道：“不会这么简单，如果只是把印放上就行，又何必弄出那么复杂一个阵来？我想，那阵就是考验能力的地方，过关的办法就在那座阵里。甚至，有可能其他这三项都是在为最后的‘挂印于阵’做权衡。别忘了，这里是个考官儿的地方。”

几个人闻听此言，不约而同地看向最远处的那座阵里。

此时再仔细看这个“挂印于阵”，铁板上一道道纵横交错、宽窄不一的凹槽相互连通穿过，形成了一张不规则的大网，大网上有很多刻着篆字的铁块，像是通路上的一个个节点。离众人最近的这一边凹槽一直延伸到铁板边缘，排列成一组各不相同的缺口，每个缺口旁边刻着字。阵左右两边的边缘似是两把标尺，每隔一段距离就有一个刻度，其上标有数字。

乐雨看着这个阵皱着眉不说话，陆林拍了拍她的肩膀问道：“那些字写的是什么？”

“官职。”乐雨深深吸了口气，“正方形铁块都是明朝的官职，圆形铁块上有一些是权术手段，有一些是事件，凹槽边上刻的这些也是事件。从中央内阁、六部、都察院到地方上的巡抚、知府、知州，大部分的官职都有了，而且全是实权派的正职。不过刑部、兵部这类掌刑、制军的职务很少，武官也很少，大多是文职官员。这个阵，几乎是整个明朝官场的一个缩影。”她指着几个有代表性的铁块依次说道：“吏部尚书、户部尚书、顺天府尹、左都御史换到今天的官职，都是了不得的大人物。如果这个阵设计得如第一关那般精妙，咱们怕是过不去了。”

“别灰心，试试再说。这个‘挂印于阵’是往哪儿挂？”陆林打气道。

乐雨举起手中的一块官印翻来覆去地打量，又时不时看向地面，拿出另一块印来看。“你们看，前一个房间里的这些印，底部有一些细长的凹痕。刚才没注意，还以为是为了与真印相区别刻意留的，现在看来，这应该是为这些边缘的缺口留的。换句话说，这些都是卡口，不同品级有不同的卡口，要按照官印品级所对应的卡口，把印从这缺口处卡进去。”

说着乐雨挑了一个五品知州的印放进对应的凹槽里，果然正好。这样一来，密如蛛网的凹槽就变成了可供滑行的轨道，不过不同品级轨道的卡口不同，只能在自己的轨道中运动，而那些圆形铁块则不受限制，起到了桥梁和纽带的作用。凹槽的开始处没有分叉，乐雨把印向前一推，这枚印正好与标注的第一个刻度平行，再往后就是岔路和拐角了。这时，身后传来一阵机关响动声，几个人一起回头，正好看到封金盒的铁柱向上抬了一分，而印阵一侧则向下降了一分。

果如乐雨所说，这个阵才是关键。

“我明白了！”罗瑞一拍脑门，兴奋地说道，“这个机关，是个简单的称重机关。这个天平分别用三个标准来测量除了官印之外这三种东西的重量，然后把它们统一量化，反应在印阵前面这根铁棍上。放美女和放书的两边空置，所以开启机关后，它们回到了平衡的位置。元宝这边加了重量，才导致官印那边升了上去。升上去以后，想让它回到平衡的状态，就要走这个阵。阵旁边的刻度，就是铁棍上升的高度，每通过一个刻度，天平就会平衡一点。等到其他三方产生的重量使天平平衡起来，就算通过了。”

“有道理。”周伟赞同说，“这样正符合了‘尽可取之’的意思，得到多少金子和女人，就要有多少的能力。不过我觉得书应该是减重才对，就像这样，把三样东西通过这个机关换算成一个单位，金子达到一定数量减一分，女人达到一定重量减一分，书达到一定重量加一分，最后得出一个总分。总分作用在印阵前这根杠杆上，让它抬升到相应的高度，再通过这个阵把分数实体化，每通过一个单位的距离，总分减少一分，最后达到平衡。这就是个人的欲望和能力的平衡，如果能力达不到，门就不会开，就算不及格了。”

“女人怎么算重量？”项昊问。

“他们完全可以用100斤以下的美女呀。超过100就是两个，超过200就是三个，那个携美台上最少可以站四个。唉，咱们傻乎乎地把黄金一口气放进去了，要是只放进去一个，也许现在已经过关了。”罗瑞惋惜地说道。

“现在说这个没用。如果这个阵真能检验出一个官员的能力，那它肯定会很难，咱们现在应该好好想想要怎么破它才对。”乐雨一句话又把众人拉回了眼前的困境。

## 第二十五章　心灵试炼场（三）

回头去看镶嵌进铁板的官印，第一个刻度后的转角有一个行政事件。刚才乐雨放上去的是个知州，级别差不多是现在县级市的市长，摆在他面前的是一起天灾，要求他想办法尽量申请更多的救灾款，同时规避上下层官吏的层层盘剥，最大限度把救灾款用到实处，再与户部、工部合作救灾。这是一项制衡上官，又要与多个部门协调的工作。阵纹的设计非常巧妙，各部门分别卡在分叉通道上，横向又相互关联制约，有点像游戏华容道和推箱子，但推进的方法不是利用空格把前面的挪走，而是要利用它们之间的关系和那些权谋的圆形铁块，否则接口不对是推不动的。这一切解决完之后，数条通路能通到第二个刻度，但每条通路的后面又有不同的新难题在等着他们。

乐雨总结了一下说道："这个……棋盘有点像大富翁，走几格会遇到事件；棋子又有点像军棋，官大一级压死人；玩法有点像推箱子，不过不是空间感好就能出去，有级别和关系在这里限制着；甚至还有点像三国杀，要用锦囊，里面那些卡口也都不一样，要用正确的方法推，它才能动。一个棋盘，要遵守四个游戏的规则，不容易呀。试试吧！"

说着乐雨蹲下身推着印向前移动，推动一个圆铁块向知府（今地级市市长）的方向挪去。圆铁块上写的是一个类似赈灾法的明代法度，结果圆块一下卡在了这条官道里，连带把整条通道都堵死了。接着身后又传来一阵机关运作声，天平上原本已经降下去的那一点又抬了起来。

众人一阵无语。

"跟上官讲律法，还想不想干啦？之前真没看出来，这么大学问的乐教授，情商这么低。"陆林挖苦道。

"我不行你来！"乐雨干脆撒手不管了，她虽然了解这些官制的职能，却欠缺与官场人打交道的手段。

"唉，早知道就拿个大一点的官印了。官居一品，所向无敌，往这阵里一放，还不得到处通行无阻？”罗瑞念叨着。

“你以为大官好当呀？小官是对付成千上万的百姓，大官对付的可是成千上万的官员，一个个都是人精。”周伟反驳道。

乐雨也点头赞同：“是呀。就比如这救灾，需要动用一品大员去救灾的，至少也是一省之灾。小官只要管一隅，大官却要统揽全局方方面面，管束好手下的一大批官员。而且作为一个派系的掌舵人，无论是对人、对事还是对时局的把握都要准确，一人之下万人之上的位子，不是那么好坐稳的。你最好不要拿个一品的印去试，保证过不去。身居高位者，随随便便一个决定都能左右千百万人的命运，心不狠，做不了大官。”

“让我来吧，”周伟深深吸了口气，看着面前的印阵说道，“估计你们对官场都没有我熟。在北京混了这么多年，主要就是跟这帮人打交道。”他这话倒是说得不错，进京这些年，他至少有三分之一的时间在是跟官员周旋。他又说道：“不过乐雨，一会儿你得跟我说说这些官职放到今天的意思，主管哪些方面。它再复杂，还能复杂过今天的体制？那些官员再聪明，还能聪明过今天的官员？”

在一堆官印中挑了许久，本着官职不要太大、挑自己熟悉行当的原则，周伟选了一个“户部浙江清吏司郎中”的印。虽然六部之首是主管官员的吏部，但户部却是六部中的第一大部，其职权范围差不多相当于今天财政部、民政部、交通部、建设部、国土资源部、统计局、央行、发改委等多个国家部委权力的总和。乐雨说道：“你挑的是一个分管江浙地区钱粮税赋的官职，江浙的富庶千年来稳居全国第一，这浙江清吏司更是肥得流油的差事。在京中身不动膀不摇就掌握着整个江浙过半的财富，看来外面的那些印真不是随便摆在那里的。”

周伟遇到的第一道题便是手中只有一笔钱，却有救灾与军饷两头等着用钱。一笔钱，用在其中一头，另一头就没钱；分成两半花，两头都不够用。

“这个太简单了，让官兵去救灾，按劳取酬；或者发军饷，然后让全国捐款！”说话的竟然是最粗线条的项昊，这种事放到现在还真不算难，他不假思索地说出了两个解决办法。

“抱歉，两条都不通。”乐雨一句话否决了他，“第一，士兵不会参与救灾。

你以为那时的军队能跟我们的子弟兵一样吗？国内外的历史上，让军队大规模承担救灾任务的国家并不多，这可以说是我们国家的一大特色，是从主席‘人民军队为人民’的思想中延伸出来的。第二，大规模的全国性捐款也不会有。古时大多数时候由国家拨款赈灾，就算有民间捐赠，规模也要小得多。”

“其实我觉得捐款也算是个创举了。真要国家拨款，钱不出行局大概就会开始一层层被扒皮，到地方上能剩一半就不错。像捐款这样委托给一个专门机构，中间少转了好几道手，虽然扒皮现象还会存在，但已经轻得多了。你再把这个清吏司的职能给我说说，还有是什么军队的军饷，他们的军官是什么职务。”周伟不急着动手，又问道。

乐雨一番讲解之后，他开始动了，大致方针沿用了刚才项昊提的士兵救灾思路。虽然这事公对公不好办，但换成公对私或者私对私就未必不好办了。从乐雨口中了解到要发饷的是江南卫所兵，卫所兵是明朝军队的重要组成部分，与普通士兵的不同之处在于除了备战，他们每人都还有一定份额的土地需要屯垦，每年只给朝廷交一部分地租，其余都是自己的。这本是一项养兵的好政策，但到明代中后期，大量军屯土地被军官占有，兵卒生活日苦，以至于从明朝中期出现了“御史清田”的惯例，意为查抄多余的田产。

周伟的设想很简单，户部虽然没有调动军队的权力，但小规模调动地方军官还是可以的。“萝卜”与“大棒”两手准备，先用清田的御史镇住军官，另一方面从拥有大量土地的军官手里用高于市价的价钱买粮和物资，但军官代价是出兵救灾。之后再把粮交给地方各级州府官员，同时抽一小部分钱发动百姓自救，凡士兵和愿意干活的百姓，每天都能得到少量报酬。

他这个做法有几个好处。首先，喊着要军饷的是军官而不是士兵，伸手要救济是官员而不是百姓。两者的共同点是，不论把钱给哪一边，都未必能到真正需要的人手里。这样来回一转，用御史和高价买粮堵住军官的嘴，又把钱变成物资塞住官员的手，同时让灾民得到了最大限度的实惠，唯一有些吃亏的是士兵。不过没办法，这已经是周伟能想到的最好办法了。而且这之中最大的好处是进可攻退可守，一系列运作后，他本身不用承担任何责任。

理清了思路，他开始在印阵上挪动一个个方、圆铁块。印阵毕竟是个死物，比真正的官场要容易得多，只要按部就班把思路表达出来就好。周伟先用御史横向推动军官，把它放到一个路口，再纵向推动下方一个圆形的标有“钱粮”的铁块，这时军官正好把一个原本卡着的“分兵”铁块推了出来。之后军官撤回腾出路，把分兵推出来之后，再把军官推进去，一直推到知府旁边，用分兵和钱粮一起推动死死卡在入口处的灾民。如此一来，军官和灾民两个通道都打通了。

周伟的“户部浙江清吏司郎中”印顺利通过灾民通道，进入了下一关。与之前一关相关联，大灾之后需要做的是税收工作，既要保证税赋一点不少地收上来，也不能给受灾的百姓造成负担。乐雨解释说这中间牵涉到了张居正改革的重要组成部分——考成法。考成法简单说就是根据官员的政绩来决定升迁和任免，至于税收，就是从上至下层层摊派，而且是必须完成、否则追责的那种。这样的做法，在丰年自然能提高工作效率，但在灾年却是能要人命的。哪个官少收了，乌纱就可能不保，于是最后全都压到了百姓身上。

“这好办，劫富济贫呀。”项昊看前一个意见被采纳了，又踊跃发言。

“呵呵，不可能。劫贫济富没人有意见，至少有话语权的人没意见。但谁要是想动官绅阶层，谁就死定了，千年来几乎没有例外。”乐雨摇头否决了他，周伟压根就当没听见。这个想法本来是最合理的，可在官场逻辑中却显得很幼稚。原本很容易解决的一个问题，在夹杂着私心和利益的现实中却行不通。

项昊看意见没被采纳，自觉无趣，干脆也不看了，跑到一边坐下，开始拿小刀刮起定汉剑身上的锈迹来。一旁的罗瑞也不看了，蹲到项昊身边。“这些动脑子的事还是交给你们吧，向古人展示一下咱们现代人智商上的优越感，智勇大冲关，加油吧同志们！”说着又叹了口气，“唉，就是最后通过了全部的考验，也没人请咱们去当封疆大吏。”

陆林抬头看室内的一圈灯盏，说道：“看来这个是真不容易过呀。耽误了这么久，这圈儿灯一点熄灭的意思都没有。”

周伟皱着眉一步步推动着。官场玩儿的是妥协的艺术，追求的是各方势力利益的平衡，无数的博弈看似复杂，但当把公事看成私事牵涉到个人利害时，一切都会变得简单起来。周伟通过各种手段推动着一个个官员，编织出了一张大网，把周围各府和朝中相关的很多官员都编织到了网里，把一件大事一点点分割成了许多小事。原本四品大员解决不了的问题，却通过中央和地方上一些八、九品的主簿、大使、检校摆平了。当然，这离不开上官的默许。

推开挡在最后的障碍，终于进入了下一关。看着背后的杠杆又下移了一格，满头大汗的周伟终于松了口气，但紧接着，前面又有更大的难题在等着他。

时间一点点过去，周伟和乐雨在印阵里来回穿梭，移动一个个铁块。其他三个人无所事事地在旁边聊着天，顺便在杠杆被压低时鼓掌叫好，充当一下啦啦队的角色。不知多久之后，那枚“户部浙江清吏司郎中”印终于走完了一大半路程，杠杆眼看就要平衡了。按照之前的经验，只要过完眼下这一关，杠杆就会平衡，机关就会打开。原本坐在旁边的三个人也坐不住了，来到印阵前提心吊胆地看着头顶的灯盏。

只差最后两步了，众人齐齐松了口气，胜利就在眼前。可就在这时，头顶的一圈灯开始一盏盏熄灭。

“周总别急！马上就通过了，不差这点时间。”陆林一边说着一边打亮头灯。

越来越暗的光线中，周伟终于走完了最后两步，伴随着黑暗的降临，封金台与挂印阵的杠杆终于平衡，中央铁柱内传来“咣当”的机关啮合声。灯盏已经全部熄灭，透过前方的门缝，能看到下一个洞室透过来的光线，那个狗洞似的小铁闸缓缓开启。大家松了一口气，总算又通过了。

“没耽误多少时间，我们快走。”陆林说道。

“这关过得真憋屈，爷长大这么还没钻过狗洞呢！”看着大石门上开的那个小铁闸门，项昊抱怨道。

罗瑞提醒说：“那个……好像最近这阵子咱们真没少钻过。”

就在这时，背后突然又传来一阵连贯的机关响动，接着就是两声铁板相互碰撞的声音，把几个人吓了一跳。机关的运动竟然还没有停止！

回头看，中央铁柱顶上的两片铁板已经分开，在铁铸的狴犴小兽前形成了一个洞。一件晶莹璀璨的物什从中缓缓升起，大家一起围了过来。

“还没完？”罗瑞惊讶道。

那是一座还在往下滴水的五彩琉璃天平，似乎被水冲刷了好久，这把最温柔的刻刀把它雕琢得圆滑光亮，色彩斑斓。众人凑近看，这只小天平非常工整，样子似是加了框的西方天平。底部的琉璃盘撑起了天平的两端，沉下去的一端托着一个玉制的小印，抬起的一端放着一个金盘，金盘上连着一只白玉酒樽。酒樽没有脚，平平地贴在金盘上，个头不小，看上去能装三四两酒的样子。上方的方框伸出一根细细的金丝，金丝一直伸到樽中，中间还系着一个小漏斗，平平整整地盖住了酒樽的顶部。

天平的底座上刻着“衡此衡器，大道在前。水没仁字，洪淹一县”，众人这才注意到白玉酒樽内壁上部镶着一个金色的“仁”字，而那根金丝也正是从“仁”字后穿过，一直延伸到天平的底座里。再看中央铜柱里，内壁一圈是各种明时的机簧螺丝，此时已经停止运作。中央是一个密封的圆筒，里面有一股清泉咕嘟咕嘟地涌着。正中是托起天平的那根圆柱，想来小天平之前一直沉在这里面。

“这意思是不是，只要这个小东西弄平了，就不用钻狗洞了？”项昊指着身后的两扇大门说道。

“有可能，不然那两扇大门就是摆设了。”罗瑞赞同道。

“开个狗洞咱就费了这么大劲，这扇门这么大……还是算了吧。”陆林觉得不会那么容易。

“不管那个，能走大门就不走狗洞，来试试！”项昊说着从下面的水源舀水往酒樽里倒。随着水被倒进酒樽，天平一点点平衡起来，樽中的水位也一点点接近“仁”字。

“停！”乐雨突然喊道，“没看后半句吗？洪淹一县！这种常年运作的机关背后一般都是水、风等自然力量推动的。别忘了，咱们附近有两条江的源头，这里不缺水。如果真如刻字所说，水没过了‘仁’字，会打开其他地方的水闸，引得山洪暴发，那后果不是我们所能承受的。”

“还真能有洪水？都四百年了，有也早干了。”

“宁可信其有，不可信其无！”

“能不能用手把这一边给压下去？”

“不行，那根金丝怕是个机关，还是别想着作弊的好！”

看几个男人在争论，乐雨又说话了：“还没看出来吗？这也是考题，如果要两边平衡，那水必定要漫过‘仁’字，这边的重量才够，这个‘仁’就是考题。前面那些平衡考的都是能力，而这最后一个，考的却是心性。凡是通过挂印阵的人将会面临这个选择，摆不平这个天平，就得老老实实去钻狗洞。”

几个人听得一愣，周伟最先反应了过来说道：“没错，心性，是那种‘宁可我负天下人，不可天下人负我’的狠劲儿！有时候这东西比什么都重要。”

“你是说，这些参加考试的人为了从大门过关，水淹‘仁’字，而这可能会使得下方暴发山洪？怎么可能！”项昊不信。

罗瑞说道：“从大门走和从小门走肯定不一样，为了一个更大的官职，未必就没有人肯下狠手，而且其人多半不简单。别忘了，那句‘宁可我负天下人，不可天下人负我’是谁说的，是‘治世之能臣，乱世称奸雄’的曹丞相呀！历史上那些做成大事的人，没有一个是不狠的。所谓‘仁者无敌’，不过是成王败寇后的自我标榜而已。嗯，这道题，真讲究！比前面的加到一起还考验人。”

“把樽里的水盛出来吧，别真出了事。”乐雨看着酒樽里已经接近“仁”字边缘的水说道，“‘仁’是儒家思想核心中的核心，这种题竟然出现在群儒林立的官员考试中，真是可笑又可怕。不过话说回来，有通过挂印阵的能力，又真能下得了这份狠心的人，真的很适合当官，当大官！也许真的能选出另一个张居正来。”

话虽如此说，乐雨却悲哀地看着酒樽内那个金光灿灿的“仁”字。“仁”是儒家道德的最高标准，是孔子向世人展示出的人性最光辉的一面，难道“仁”有错吗？一定要淹没吗？为“仁”就要从狗洞里钻过去吗？第二个考场的精巧设计，让她不能不承认这是场充满了理性与智慧的考试，对这里的设计者有一种发自内心的敬佩。但这考验人性的天平，竟然要以灭绝人性的“不仁”为通过条件，她实在有些接受不了。

陆林似是看出了她的心事，便打趣道：“我看不一定，也许还有另一种通过方法呢？刚才瑞子说曹操，你们猜我想到谁了？刘备！咱们仁义的刘皇叔，也不比曹操差嘛。谁说一定要淹没了‘仁’字才能过关？”

“别绕弯子了，林子你有办法？那快呀！”项昊催促道。

陆林笑笑答道：“又想升官，又不想祸害百姓，没听说过‘舍身成仁’‘求仁得仁’吗？你们知道，同体积鲜血的重量是超过清水的。”

“你是说……”说着项昊做了一个割腕的姿势。

陆林把脸一板，故作严肃地说道：“仁，是要做出牺牲的！”然后又笑笑道，“我乱猜的，不试试，谁知道行不行？”

乐雨一拍脑门，“我怎么没想到？”她非常难得地给了陆林一个“算你厉害”的微笑，“没错！第一个方法可以，第二个方法也可以。能过挂印阵的官员，无论是为了权力引发洪水滔天，还是不肯钻狗洞又愿意为了山下百姓牺牲自己的，都不是一般人能做出来的，两种人有资格从大门走。”设计者给出的第二个答案让她非常开心，似乎是在告诉她，不是只有泯灭人性才算通过考试。当人性的光辉绽放出最灿烂的光芒时，前方同样会是一条光明大道，善良是会得到回报的。她一个劲儿地拍着脑袋念叨着：“我怎么没想到呢……”

陆林坏笑道：“这就叫‘智者见智，仁者见仁’！”“智者”是指乐雨，“仁者”当然是指自己。不过乐雨现在心情好，并没跟他计较。

“那么……我们现在怎么办？”罗瑞指了指前方已经打开的狗洞。

“怎么办？钻呗！前面还有几个鬼子等着咱们呢，现在可不是献血的好机会。”项昊虽然不愿钻洞，但他很明白几个人现在的处境，没准等通过了考试，还会有一场硬仗在等着他们。他抚了抚手中的定汉剑，无比惋惜地说：“如果不是现在不是时候，项爷我还真想试试。别人都在钻狗洞，项爷我洒一樽血酒，然后风风光光从大门走出去，让其他人惭愧去吧！哎，那会儿我肯定会觉得自己特别牛！”

罗瑞打趣道：“你也可以倒一杯清水，轻松淹没山下上万条人命，然后一副人挡杀人、佛挡杀佛的表情，很霸道地走出去。”

“上帝说肯为别人做出牺牲的人能上天堂，这是一扇天堂之门，同时也是地狱之门。门外是通向未来的两条道路，一条是王道，一条是霸道。如果考试者在这里做了选择，可以想象几十年过后，他们会画出两条完全不同的人生轨迹，就如孟德和玄德。我现在突然觉得庆幸，幸好这里没被启用就废弃了。”乐雨感叹道。

“抱歉，天堂未在本国设立办事处，本天庭能成仙的永远是少数人，等下次投胎再找机会吧。”陆林打断了她，“喂喂同志们！别抒情了，这里还有第三条路在等着我们呢。”陆林指着狗洞说道。几人又被拉回到了现实，他们既没有引发滔天洪水的狠心，也没有割脉洒血的勇气，只能老老实实钻狗洞了。

想想确实已经耽误了不少时间，几个人不再闲聊，向着狗洞似的小铁闸门走去。那洞口小小的，颜色却暖暖的，可以从洞口看到下一间石室透过来的橘黄色的火焰光芒。现在他们必须加快速度了，不知道下一个考场，还有什么样的考验在等待着他们。

他们急，有人比他们更急。

“他们出现了！”一个声音兴奋地叫道，那是加藤洋阳也的声音。

“他们总算出来了！”山中健太、野村匠也是一脸兴奋的表情。被绑在旁边一根石柱上的周欣，则是又着急，又长长松了口气。

如果陆林几个人在这里，一定会惊诧为什么几个日本人会为他们的过关而兴奋。甚至，原本一直想躲开他们的石井真，也从来没有像此刻这样想见到他们。

这里是整个洞穴的核心位置，石井真一行人带着周欣从水静发现的那个大洞口来到了这里。其实他们一伙走得也不容易，进入大洞穴后，不远就是一层层密如蛛网、相互交错的大小洞道，如果没有正确的路线，几乎不可能找到里面的人工建筑。靠着地图，他们终于找到了深藏在洞穴深处的基地。

令一行人没想到的是，当他们来到基地的核心大厅——地图上标注存放“灾星”的地方，眼前的情形却让几个人傻眼了。“灾星”就放在大厅的正中央，只不过是装在一个大型容器里。石井真研究了大半天旁边的文字，终于弄明白了，这里是存放一场特别考试的奖品的地方，当有人通过了全部的考试来到这里，机关才会自动打开，将奖品呈现在胜利者面前。

几个人试了很多种办法都没能打开这个容器，炸药又不敢用，怕炸坏了里面的东西。山中健太打起了那个考试的主意，虽然不知道是什么考试，但根据这里的情况，他们把考场的位置锁定在了一扇巨大石门的后面。但石门同样异常坚固，他们也没什么办法。

宝贝就在眼前，却没办法拿到，着实让几个人郁闷了许久。就在石井真一筹莫展的时候，镶嵌在大厅上方的一圈铜镜中的一面亮了起来。铜镜的微光中有扭曲的画面，是从一个方向反射过来的。虽然非常不清楚，但他们还是能从画中人的装束分辨出正是一路追来的陆林等人。一圈铜镜设计得很特别，如果对应的洞室内没有灯火，镜子中就是漆黑一片。随着灯火的明灭，铜镜交替显出了图像。开始时第一面亮了起来，当它黑下来的时候，第二面又亮了起来，接着第二面熄灭，第三面亮了起来。如果陆林在这里，一定会想起乐雨在形容“狴犴”是正义象征时用的“明镜高悬”这个词，他们同样是在一个“明镜高悬”的环境里。原来古人在这里真的不能作弊，他们一直被监视着。

几个日本人看陆林等人是在代替他们完成这场考试，一时间大喜过望。没想到最困难的一件事，竟然被敌人帮忙做了。他们甚至有些迫不及待地想看到陆林等人突破层层机关来到这里，帮他们打开容器时的表情。到现在为止，他们都不认为对方有能力跟自己抗衡，所以根本不担心双方再次碰头。这里，同样是个杀人弃尸的好地方。他们幸灾乐祸地看着陆林等人的表演，虽然那个模糊扭曲的画面只能看个大概，并不能让他们明白对方到底都遇到了什么。显然，并不是只有陆林几个人的情绪被这里的环境影响了。

只有被绑在石柱上的周欣在暗暗着急，既希望哥哥等人能从重重机关中脱困，又怕他们最后反而让日本人阴谋得逞。

与此同时，一个瘦小的身影带着一条大狗在洞穴中穿梭着。水静走了一大段的山路，终于进入了那个大洞口。如果不是“包子”超常发挥追踪到前一批人的气味，水静百分之百会迷失在这交错的洞穴里。透过头灯微弱的光，近处的房屋、远处亭台楼阁的阴影、一连串的人工建筑出现在眼前。小道姑从小生活在武当，对古建筑并不陌生，虽然这里的规制没有武当那些宫阙高，却还是一眼看出它们皆系明时的风格。如果不是亲眼看到，谁能想到在这偏远荒僻的巨大洞穴内，会藏着这样一片明代建筑群。但此时隐身在黑暗中的建筑群空空荡荡的，没有一点声音，没有一点光亮，宛如一座鬼城。

水静沿着中间的一条大道不停向前走，两边阴森森的黑屋让她有点发毛。走了一段后，她发现这里大多数房屋跟地面建筑不同，都是依据洞穴的走势修建，为了节省空间，很多房子没有顶，把岩洞的顶壁当成了房顶。她时不时好奇地四下张望，灯光透过一扇扇窗格照进漆黑的屋子里，只能照亮很小一片区域。这里数量最多的是住房，大概是考虑到来的人的身份，都是一个个独立房屋。另外还有两层藏书楼、如私塾般的教室、衙门公堂、二三百平方米的道场，还有数间有点像放大了的游戏室，放了很多稀奇古怪的东西和个头儿超大的棋盘，搞不清楚是做什么的。这些房室鳞次栉比，却又被宽窄不一的洞穴分成了好多区块。

“狗狗别怕，老头子说了，心中无恐惧，则无所畏惧。”水静死死抓着狗绳，与其说她是在安慰“包子”，不如说是在安慰自己，“我在之前的那些洞口上做了记号，等乐姐姐他们发现走错路，一定会来找咱们的。嗯，肯定能找到咱们！”“包子”也在发着抖，大白狗虽长得块头很大，其实胆子很小，进洞以后再也不敢撒欢儿似的跑在前面，老老实实跟在水静身边，有点风吹草动就吓得往后躲。

完全没有生机和人气的建筑，比黑暗的旷野更让人害怕。瘦小的身影坚定地追踪石井真一伙人的气味，向着核心大厅前行。机灵的小女孩却没有发现，她并不是唯一的追踪者，在她身后很远的地方，还有一双眼睛盯着她。

时间一点点过去，陆林几个人还在路上，他们已经被各种各样的考题折磨得心力交瘁。通过第二场挂印阵之后，各种试练接踵而来。第三场考的是关于儒释道传统意义上的“三教”知识，好在有乐雨，这关过得很轻松。到了第四第五两场，真正关于心学的考验开始了，这让他们像脱了层皮一样难受。大概是因为来这里的是读书人，所有的机关都没有致命危险，有考验耐心的，有考验勇气的，但大多数都是一些变着法儿出现的选择题。

有人说人生就是一场连续不断的选择，而这里的选择题，却几乎是由人生中那些最重要、最难做出的选择组成的。与其说性格决定命运，不如说性格决定选择。当所有选择累加在一起，就注定了一个人的命运，而有些注定的选择背后往往是别无选择。虽然一路下来没有生命危险，但大家却觉得生不如死，太折磨人了。好在到了第六场，乐雨终于找出了规律，只要活用阳明心学的三大核心理论，这里的难题还是可以应付的，因为它们本身就是照这个设计出来的。几个人从这些试练中明白了很多心学的道理，三大核心理论原来是层层递进的。心即是理，打通心与理之间的关联，从心中求天理；致良知，抛去心中的杂念与私欲，用通明的心境去分析对错得失，使心中理真的变成天理；知行合一，知然后行，将良知表现于身外。

道理好说，可这一路上真的做起来，却把五个人难为得差点吐了血。不过这是真正对于“心”的磨炼，在重重危机和困难中求出路，让众人的精神和意志在极短时间内悄悄升华。几个人从来没有这样直面过自己的心，面对一次次选择和结果，他们渐渐明白了“良知”的含义，但每个人的领悟又各不相同。总的来说，那是一种无论面对什么样的困难，都让自己自信、冷静、勇敢、坚定面对的一种力量。世界在每个人面前是客观一样的，但每个人的心是不同的，当一个人用一颗强有力的心面对这个世界时，他就是强大的。此时众人也明白了，对于任何参加这场考试的人来说，这都是一次打磨心灵的旅途，一场人生中难得的试练。

唯一让众人遗憾的，就是他们的前进速度越来越跟不上灯熄灭的速度，往往才完成不到一半，灯盏就会熄灭，需要打开头灯来完成剩下的考试。当下一关的门打开后，他们就会奔命似的冲进去。

## 第二十六章　此心光明

“我说，到底还有多少关呀？比打仗还累！”项昊大声抱怨着。

“闭嘴！有力气别浪费在唾沫上，现在不是发脾气的时候，大家都淡定点，不然谁都出不去！”陆林喊道，却没注意到自己的脾气也不小。抛弃私心杂念，用清明的心来思考问题，保持这种近乎绝对理智的状态真的很难。积压在众人心里的压力越来越大，稍微有一个突破口就会被发泄出来。受了古人的窝囊气，现在谁的脾气也不好。

“我说你们能消停点不？”周伟体力不如众人，喘得上气不接下气，“别吵架了，等这次救出了欣欣，我豁着倾家荡产，一人送你们一套花园洋房，外加香车美女还带一条狗！”他在众人里算是最懂得克制情绪的一个，眼看大家情绪越来越不稳定，不得不想办法激励一下。

“周总，这可是你说的！狗和美女不要了，有车有房了咱自己找。不过话说回来，你确定你买得起5套花园洋房吗？”罗瑞一边喘一边打趣道。

周伟听得一愣，自嘲地笑道：“我发现我好像还真买不起。”

“你们几个别闹了，谁有力气没地方用了，有说笑话的心情过来做题。”乐雨在最前面愠道。她才是一行人里最累的那个，现在感觉头脑昏昏沉沉的，有种随时会昏过去的感觉。

此时几个人身处在一个迷宫中，大概是到了整片山洞中面积最大、地形最复杂的一个段落，由一连串小洞穴组成，每走一段都会出现分岔。有些洞壁是人工用土石堆砌出来的，明显是为了分割空间。每次遇到岔洞口，旁边会有一道选择题，每个洞口对应不同的答案。他们要做出判断，然后选一个洞做好标记后进去，继续前行。几个人转了几圈，现在完全分不清方向了。之前做错了好几道，众人走进了数条死路，甚至有几条路的尽头还有陷阱、翻板之类的惩罚。

好在他们做了记号，可以原路退回去重新选择。只是这一来一去耽误了不少时间，灯盏已经全部熄灭，现在几个人只能跑了。他们在进入这一关时得知：如果不能在灯盏全部熄灭之前通过最后一关，那么即使他们通过也不会有出路，必须原路返回。这显然是他们今天听到最坏的消息了，几个人少不得一通大骂，这种通知不写在开始而写在半道上，实在是太坑人了。

没有太多时间判断，到了岔洞口简单做出选择，然后他们就一头扎进去，好在到了后期已经很少走回头路了。在最前面开路的乐雨解答得也越来越顺，她开始觉得越往后的题反而变得越简单，有些甚至就是王阳明《传习录》上的原话。她暗自纳闷，难道是因为这里的修建顺序？

正式入口在另一个方向，那么当初修建这个考场的顺序应该是从最后一场往第一场这样反方向修的。难道设计者开始时没什么经验，所以才会在最初把题出简单了？那最后一场，也就是最早修建的一场岂不是应该很容易能通过？如果真是这样就好了，乐雨心中暗暗期盼着。实际上越来越容易的考题，让她基本上认定了这种可能。

又跑了一段，他们看到了一扇石门。几人现在对于石门有种莫名的亲切感，因为每到石门出现，就代表着这一场考试到了尽头，他们要过关了。乐雨快跑几步来到门前，发现门旁的考题依然是一句《传习录》中出现过的句子，同时还提到下一关就是最后一关。几个人一阵兴奋，终于要结束了。乐雨毫不犹豫地按下了代表正确答案的机关，石门开始缓缓开启，前方的情景让众人不由地发出一声尖叫。

前面是一条几十米长的笔直洞道，洞道尽头的倒数第二对灯盏，此时在五个人眼巴巴的注视中悄悄熄灭了。偌大的通道，只剩下最远处的一对灯还亮着。

几个人如遭雷撼，眼看所有的努力要功亏一篑，只在原地发呆了一秒，大叫一声“跑”！之后燃烧起身体内剩余的全部力量，发疯似的向着通道的尽头冲去，成败在此一举。

大家谁也没再说话，铆足了劲儿向前跑，现在他们至少还有做题的机会，一旦时间到了，一切都完了。全速跑完几十米长的洞道不过十几秒，可众人感觉几十米的长度在此时仿佛变得没有尽头。最后一对灯盏随时都有可能熄灭，他们在心里反复叫着：“为什么还没有到？”

越来越近了，几个人终看清洞道尽头的情形，那是并排的两个洞口，一个洞口内漆黑一片，一个洞口内隐隐有光。在最后两个灯盏的光照下，隐约能看到两个洞口的上方分别刻着两个字，漆黑的一边写着“心内”，有光的一边却写着“心外”。与其说是考题，不如说更像是个哑谜。“心外无物”，心外既然无物，那“心外”一边自然是死路，又因为一切理、一切办法皆由心内而生，那“心内”自然是一条生路。

谁也来不及细想，只是撒腿狂奔，但生物对于光明的本能渴望却让他们心里很别扭，真的要钻进漆黑的洞口而舍弃光明的一边吗？明明有光的那一面才更像是出口，可是如果按照心学的理念，正确的出路肯定是在“心内”呀！众人心中踌躇着，脚下却没有停，已经没有思考的时间了，眼看离洞口越来越近，几个人即将面临生与死的选择。

乐雨依然跑在最前面，现在几个人唯她马首是瞻，她越发肯定了之前的想法：因为最后一关是最开始修的，设计者经验不足，所以越往后越简单。而且这道“心内”与“心外”的选择题，也正是道出了唯物与唯心的根本区别。两个洞口，代表着两大哲学思想的分水岭，作为最后一关，义无反顾地选择没有光亮的洞口，也表达出参考者对于“心学”的决心。乐雨心中选定目标，奔跑的路线开始向标注着“心内”的洞口偏移。

身后的几个人也看出了她的意图，眼看那个黑暗的洞口越来越近，任谁心里都有些抵触，可也没有更好的办法，且乐雨又是一行人里最少犯错误的那个。陆林时不时瞟向另一个透着光亮的洞口，心里进行着激烈的思想斗争。如果放在之前，他会留下后手，哪怕第一次选错了，还能有第二次选择的机会。可现在已经没有时间了，机会只有一次，如果乐雨错了呢？旁边那个洞口怎么看都像是出口，难道就因为上面标着“心外”两个字而放弃它吗？也许古人这样安排另有他意呢？明明那个才是出口呀！可是……如果乐雨是对的呢？

他的思绪飞转着，洞口越来越近了，五米……四米……三米……

机会只有一次，成功和失败五五开，五个人必须同进退，是跟着乐雨，还是挑战她和古人的权威呢？陆林抬头看了一眼洞顶刻的“心内”二字，纷乱的心突然豁然开朗，原来答案早就写在这里了。心学，一切道理自心中求，心中早就看出了哪一条才是出路，却因为古人和权威而不相信自己的判断。如果连自己心中的想法都不能遵循，还考哪门子的心学？

想通了此理，陆林陡然感觉轻松许多。虽然他也拿不准对不对，但没时间犹豫了，他大喊一声：“跟我走！”之后猛地一发力，两步冲到了几个人的最前面，在最后两米的距离里，带头跑出了一条弧线，向着另一边透出光亮的洞口冲了进去。身后的几个人微微一犹豫，还没弄明白是怎么回事，但既然说好了共同进退，就不能让陆林一个人进去，不得不转了方向，跑向刻着“心外”的洞口。

当队伍最后的周伟跑进洞口的一瞬，通道中的最后一对灯盏幽然熄灭，两个洞口同时有断龙石轰然落下，截住了后退的通道。众人终于在规定的时间里答完了所有的题，被封住的退路，犹如交卷后打上的铅封，对也好错也好，此时已盖棺定论。

穿过狭窄的洞口，几个人又向前跑了十几米，洞穴陡然开阔起来。最让大家意想不到的是，刚才看到的那一缕光芒竟然真的是天光。洞顶几十米的高处开了一个大大的洞，一束天光从上面照了下来。身处漆黑的洞穴，淡淡的烟尘中，那光芒愈发显得圣洁，像是从天堂照进地狱一般。来不及看四周的情形，几个人喘着粗气一屁股坐倒在地。不管成绩如何，这场该死的考试终于结束了。从黑暗回到阳光下，人总会不自觉地放松下来。

“我想，我们对了！”陆林坐倒在地上，沐浴在阳光里放声大笑。他看到前面是一座巨大的石门，结合这里的阳光，认定它就是出路。“哈哈哈……我明白了！最后一关的考题，不是所谓的‘心内’与‘心外’之别，而是要相信自己。心学也只是为我所用的工具，就如同乐雨提过的阳明先生的一句话，‘儒、佛、老、庄皆我之用，是之谓大道’。最后一关是要告诉我们，一切知识和常识都是辅助，自己的思想才是最重要的，要利用心学而不被它约束。就像刚才，出路明明在眼前，如果一味迷信心学而选了另一条路，那才是真正落了下乘。哈哈哈，我明白了！”陆林还在笑，最后关头做出了正确的判断，极大增强了他的信心。

看着他的样子，乐雨有些羡慕，也许这还不算一朝悟道，但这种心的经历和体会，是别人所不能明白的。就如王阳明的龙场悟道，世人只知道他悟道了，却没人知道在当夜的一片惊雷中，他的心里到底经历了怎样的变化。看着眼前的那扇石门，乐雨确定了开门的机关，陆林便提议先休息一会儿吃些东西。大家跑了好长的一段路，此时心身俱疲，走出这道石门，大概要直面那几个日本人了，最好利用现在的时间先稍微调整一下状态，以免一会儿力不从心。

刚才的情况太过紧急，谁都没有细想，现在冷静下来回忆，乐雨不禁失笑。“也许我们又让古人忽悠了。在最后一关里，当前一关的石门机关启动时，这个通道里其实只亮起了最后两对灯盏。石门完全开启后，倒数第二对会自动熄灭，以此来营造出一种紧张的气氛，让所有进最后一关考试的人来不及思考，在电光石火间迅速做出判断，直指本心！甚至包括头顶的这道天光，也是刻意设计出来的，只为危机过后可能产生的一丝明悟。”说着乐雨抬头望天，雕琢般的美丽脸庞沐浴在阳光中，“你们知道王阳明生前说的最后一句话是什么吗？临终前弟子问他还有什么遗言，他只说了一句话：‘此心光明，亦复何言。’”

“此心光明……”被乐雨一脸圣洁的光芒感染，几个人不由得抬头望天，细细品味着这光明中的含义。其实王阳明一生军功颇著，同时也造了不少的杀孽，其中未必没有无辜，也有一些是被官府迫害而落草为寇的百姓。此种做法显然与现代意义上的“良知”背道而驰，但他却始终能坚守本心，问心无愧，就因为他始终坚信自己的所作所为是对的。

乐雨又说道：“另一条路应该也能出去，但最后的得分肯定不如这条。那是一条遵从者的道路，把自己的行事准则放到心学之下，为其所拘却不能变通。前者可以成为立派的宗师，而后者最多也只是大师，这就是追随者与创造者的区别。”

“可能真是这样，能走到最后一场的都是人才，不存在取消资格这种事，只是得分不同罢了。拘泥在心学以内和明悟在心学之外，往后的成就肯定是不一样的。哲学这东西，可以说它没用，也可以说它是一切行事的准则。”罗瑞点头道。

吃完东西，项昊拍拍屁股站了起来说道：“起来吧同志们，我那妹子还在前面等着咱们去救呢，这次一定给那帮小鬼子好看！”

“走，一会儿真碰上了，还是要小心一点，那几个日本人不简单。身手是一方面，我现在最担心的是他们会不会有枪。我和昊子在前面，你们几个先别出去，等我叫你们。”陆林也站了起来，嘱咐几个人要小心些。

五个人来到巨大的石门旁，宏伟的石门似是预示着门后会有一条康庄大道等待着通过了所有考试的胜利者。想想大家齐心协力终于闯过所有关口，以胜利者的姿态来到这里，几个人信心满满。陆林坚定地按下机关，石门两侧一阵响动，缝隙中有灰土沙沙落下，两扇门缓缓向左右分开。经过了明心堂试练的五个人，此时的心境与刚来时截然不同，无论门后有什么在等待他们，他们都会拿出必胜的信心去面对。五个人全神贯注，等待着真正战斗的开始……

巨大的轰鸣中，当缝隙足够通过一个人之后，陆林一马当先走了出来，项昊紧随其后。两个人走得很慢，细心观察周围的环境。其他三个人没有跟出来，通过门缝向外张望着。这是一个灯火通明的圆形大厅，大厅正中耸立着一根青铜巨柱，巨柱底部插进了一个直径超过三米的大铜球里。而在大铜球前面，站着四个笑容可掬的人，正是石井真一伙。山中健太的老脸笑得像朵菊花，似是对于几个人的出现期盼已久，怎么看也不像之前那个想把他们活埋在武当溶洞的人。

“欣欣！”周伟看到被绑在石柱上的周欣，不管不顾地从石门后冲了出来想往前去，却被项昊死死拦在身后。此时的周欣比两天前憔悴很多，头发凌乱，俏脸苍白，两只大眼睛红肿着，不知道哭过了多少次。周伟一阵心疼，他怒视着几个日本人，两眼通红，血灌瞳仁，一对眼珠子似乎要瞪爆了，那表情像是要把石井真一伙生吃了。

“哥！”周欣也看到了哥哥，喊叫得撕心裂肺。小姑娘这几天受的委屈像潮水一样爆发出来，“哇”地哭了。没哭两声，她突然想起件很重要的事情，便止住哭泣对众人喊道：“别让他们拿到铜球里的宝贝，那是我们中国的！”

## 第二十七章　忍者

“别激动周先生，我们没有碰过你妹妹一个指头。自始至终，我只是想完成任务，对你们，我没有任何恶意。”石井真连忙在旁边解释道。几个人中他是最矛盾的一个，一方面组织的任务一定要完成，另一方面他并不想置陆林等人于死地。如果不是他一直拦着，周欣大概活不到现在了。说到底，这个在中国生活了二十年的人，并不觉得自己是一个外国人。

他一脸无奈地还想再解释什么，项昊打断了他的话：“狗屁任务！别把你们小偷和强盗的行为说得这么冠冕堂皇，这里的一切都是中国的，不管你们想得到什么，都别想拿走！”

这时乐雨也从门后走了出来：“石井先生，你们走后我们又经历了一些事，现在我可以肯定，那里面不是你们要找的东西，你们搞错了。而且那东西具有很强的破坏力，极度危险，最好让它安静地放在这里。如果你们真的把它带回日本，那将是日本的一场灾难！”

不待石井真答话，山中健太一步抢上前道：“很强的破坏力吗？那正是我们要找的东西，谢谢乐小姐告诉我们。同时我还要谢谢你们，如果不是你们帮我们通过了那个什么考试，这个东西我们还真没办法打开，请允许我献上最真诚的谢意。”他一脸嘲笑，仿佛是在看着几个死人。

“你们休想！”项昊手握定汉剑，迈起大步向大厅中央走去，陆林也跟了上来。多说无益，再拖下去机关真的会打开了。陆林密切注意几个人的手，并没有发现武器。

这是不可调和的矛盾，只能来硬的了。石井真叹了口气发话道：“大概要石门完全打开，这个机关才会启动，你们三个先过去拦住他们。如果可能的话……先不要杀他们。”他犹豫了一下，还是说出了最后一句话，虽然心里很明白，不灭口会很难办。

“嗨！”山中健太、野村匠、加藤阳也三个人答了一声，便并排走下台阶，向陆林和项昊走了过来。

“真没想到，连那个溶洞都没有困住你们。不得不说，陆先生，你们很幸运。来吧，能让我们亲手终结你们，应该是你们的荣幸。”笑似乎已经成了山中健太的习惯，气氛剑拔弩张，他依然笑得很从容。

此时只有罗瑞还在石门边，其他人都来到近前，双方保持着距离对峙。陆林皱眉道：“荣幸？有个问题困扰了我很久，你们到底是些什么人？日本右翼组织，或者间谍，还是杀手？”

听到陆林问话，山中笑着说：“呵呵，这个问题我现在可以回答你。身份谈不上，我们是一群卑微的人，不是官方的间谍，杀手嘛也不算，更不是右翼组织。我们是没有自己的思想、忘记了名字、舍弃了自尊与性命、一心只为主人效力的卑微的奴隶。”

乐雨的表情陡然严肃起来，惊问道：“你们是忍者？”

“正式认识一下吧，”山中健太表情一整，双手在胸前结印，微微鞠躬道，“伊贺，上忍，山中健太。”

“伊贺，下忍，野村匠。”

“伊贺，下忍，加藤阳也。”

忍者，是日本自江户时代开始出现的一种特殊职业。他们接受忍术的训练，被私人家主所圈养，主要从事特战杀手、特战间谍的活动，是日本战国时代诸侯混战的产物，与其说他们是人，不如说他们是主人手里的工具。在乐雨的印象里，日本的几种武者中，忍者是最不好对付的。他们没有武士的尊严，也没有空手道的禁忌，正如山中健太所言，他们会为了主人的任务不要尊严，不要性命。一群为达目的可以不择手段、不要性命的普通人已经不好对付了，何况眼前的几个还是受过专门训练的。

她低声对陆项二人说道：“你们两个去对付野村和加藤，山中交给我们。”

“那个可是上忍，你烧糊涂了？”陆林惊问。

“笨蛋，下忍又叫‘体忍’，他们才是真正身手过硬的杀手和间谍。‘上忍’差不多是智囊的意思，是行动的策划者，他们的强项在于头脑而不是四肢。”乐雨小声回答。

“那好，你们小心点！”陆林点头嘱咐道，之后便和项昊把注意力锁定在野村匠和加藤阳也身上。

“项先生，我并不想与你为敌。”加藤一脸尴尬，“刚才石井说了，他也不想伤害你们。而且不要否认，你们不是我们的对手，争斗起来只会徒增伤害，不如大家……”

“闭嘴！从你们挟持周欣开始，你我之间就是不可调和的敌我矛盾了！我们五个人，你们三个人，别以为就吃定我们了，动起手来还不一定呢。之前我救过你一次，你也救我过一次，咱们两清了，一会儿谁也不用留情！”项昊拦住了加藤的话头，厉声道。

加藤一脸无奈，面对这个像自己大师兄的人，他实在不愿动手。

“加藤，去吧！”山中健太狠狠瞪了他一眼，示意他快点动手。

听到命令，加藤无奈向前迈了一步，说道：“项先生，不管怎么说，你救了我，我不会用武器的，请吧。”说着把项昊往旁边引，远离核心机关。

山中冷冷地看了他一眼，心中暗叹：“唉，到底还是太年轻了。加藤，你是忍者，不是武士呀！”

“不用你让着我，来就来！”项昊向来刚烈，自然不会占他的便宜，而且对这个年轻人，他并不觉得讨厌。他把手中的剑递给了陆林说道：“林子，帮我拿着，他不用武器，我也不用。”

“你小心点，他们是想拖住咱们等那个铜球打开，速战速决。”陆林接过定汉剑嘱咐道，随即把目标锁定在了对面的野村匠身上。

看着两个人走开，山中扭头笑着对陆林说道：“陆先生，你应该为你的朋友担心才对。别看加藤年轻，他是我们三个里最厉害的。‘飞加藤’听过吗？战国时代赫赫有名的三大忍者之一，那是加藤的先祖。”

“别听他的，他在分你的心！”乐雨在后面提醒道。这个山中健太非常狡猾，上忍不以四体为能，最强大的武器是头脑和一张嘴，他的战斗，已经开始了。接着她厉声对山中说：“少吓唬人！你们那个所谓的战国没什么了不起的，统一后丰臣秀吉把在日本吹得跟战神似的大将一个个全派到了朝鲜，还不是被我们一个李如松打得屁滚尿流？”

“你们的话太多了！”野村匠发怒道。他阴着脸迈出一步，向陆林逼了过来。每个民族都有自己的英雄，一些名字，是不容许外人诋毁的。

“你小心点，还记得他在武当驱蛇、烧微生物吗？这家伙身上可能带了很多秘药，不是项昊那种硬碰硬就能解决的。”乐雨低声对陆林说。

“你们也小心！”陆林说着便往后退。先把这两个体忍从几个普通人身边引开，他们也就安全了。况且自己这边还有三个人，对付一个靠嘴巴混饭吃的山中，应该绰绰有余。

陆林在急速后退中看了一眼项昊的方向，两人已经斗在一处了，拳来脚往中项昊占尽上风。但陆林看得明白，是加藤阳也一直没有反击，只守不攻。正如他刚才所说的，加藤只是想拖住项昊，而不是真的和他拼命。

“你这样不认真,会送命的。”野村匠的声音在对面响起,他这才回过头来。

“我靠！”一回头陆林着实吓了一跳。转眼的工夫，对面这位竟然连衣服都换了，正是电视中常见的黑色忍者服，还戴上了头套，只把眼睛和一双白皙的手露在外面。手中提着一把乌黑的忍者刀，刀身像是涂过特殊涂料，几乎不怎么反光。

“一路上你话最少，但也不用这么敬业吧，又不是在拍电影。”在现实格斗中看到这身装束，实在让陆林哭笑不得。

“加藤那孩子太年轻了，根本不懂‘忍’的奥义，我不同。知道吗？忍术起源于你们中国的《孙子兵法》，体术只是手段，智谋才是核心。‘忍’从来不是公平决斗，利用一切可以利用的手段完成任务，才是最重要的。至于这身衣服，”野村匠冷冷一笑，“你马上就会明白了。”话音刚落他抬手就向陆林撒出了一团东西。

陆林心有防备，急忙闪躲，但还是沾到了胳膊上，那团东西碰到身体马上爆开。好在陆林退得快，只在袖子上沾了一些粉末。还不待他反应，野村匠又动了，不知从什么地方掏出一把六方形暗镖，另一只手如闪电般从中拿起一枚向斜上方掷了出去。接着他也不停歇，连续取镖向身前身后数个方向掷出去，眼睛却一直在盯着陆林。这正是忍术中著名的“八方投掷术”。

此时两个人退到了圆形大厅的一角，野村投掷的目标并不是陆林，而是附近的灯盏。只听一阵“叮叮当当”的响声，镖没有落空，附近的灯盏被六角镖掀了个底儿掉，全都灭了，四周陡然暗了下来。

“该死！”陆林刚才被野村弹无虚发的这一手给镇住了，四周暗下来才注意到刚才爆开的粉末原来是荧光粉。

野村匠冷冷一笑道："现在，我们该开始了。"说完身体向后轻轻退了一步，便隐没在了黑暗里。

人眼在暗处，颜色越深的东西分辨起来越困难。附近虽然没有陷入彻底的黑暗，但野村的身影已经不如刚才好辨认了，他的目的并不是要陆林完全看不到自己，而是通过黑暗增加陆林的识别难度，从而减慢他的反应。近身搏击中，攻击反应哪怕只慢半秒，都是致命的。

陆林看穿了野村的目的，自然不能让他如愿，笑道："我可没说要按你的规则玩，愿意藏着就藏着吧，我去找石井真。"说着紧盯野村消失的位置，小心地向后退。整个大厅里暗下来的只有这一隅，野村躲进了最深处，只要陆林自己退出来，他的用意也就不攻自破了。这一招攻其必救，野村想不出来都不行。

果然，黑暗中一个黑影动了，没有刀光，只有一阵劈风声响起，野村匠出刀了。环境的确拖慢了陆林的反应，等他辨认出黝黑的刀身时，刀已经劈到眼前了。陆林连忙侧闪，野村冲到了他前面，"唰、唰、唰"一连劈了数刀，把他彻底逼回黑暗里。

相比野村匠的忍者刀，陆林的那把直刀实在太短，根本用不上，被野村一连串的抢攻逼得左躲右闪，连还手的机会都没有。对手若隐若现，自己像只大萤火虫，成了黑暗中的活靶子，只能被动挨打，这种彻底被缚住手脚的感觉实在让人无力。陆林强压下烦躁的心绪，此时也管不了手中剑是不是古董了，按剑柄，推绷簧，将剑鞘向后一甩，定汉剑出鞘。陆林双手握剑上扬，与斜劈下来的忍者刀撞到一起，爆出一团火花。这一剑力大势猛，把野村匠撞得倒退了数步才停下。定汉剑剑身一阵轻颤，发出如凤鸣九天般的轻响，仿佛在诉说自己守候千年，终于再次出鞘的喜悦。

大马士革刀、马来克力士剑和日本武士刀并称"世界三大名刃"，忍者刀脱胎于武士刀，锋利异常，换做一般的现代工艺品宝剑，这一撞怕是也断了。然而，作为世界东方中心的中国，虽然没有兵器登上名刃榜，却与周边这三大名刃有着千丝万缕的联系。马来剑的冶炼工艺传自宋末逃亡到南亚的工匠，武士刀改良自唐代的唐刀。唐刀汉剑，是中国冷兵器的两个巅峰，但工艺失传在了一千多年的战乱里。定汉剑沉寂千年，曾经千锤百炼的钢锋依旧坚利如新，对比现代冶炼的冷兵器，竟然不遑多让。

借着喘息的机会，陆林一个侧滚翻，俯身退到了另一边，总算止住了野村暴风骤雨式的攻击。他感到野村的力量并不大，也许正如山中所说，加藤才是几个人里最厉害的，对面这个的强项在于秘术。

“太没经验了……”看陆林竟然没有乘胜追击，野村冷笑，刀一横又扑了上来。这时蹲在地上的陆林动了，他也一甩手，扬起了一团灰尘。野村连忙转头闭眼，身体向旁边一让，再抬头时，迎来了陆林狂风暴雨般的反击。剑光如雪，成片倾泻了下来，把野村打得节节后退，无论他怎么隐藏，陆林总能锁定到他。野村低头看，原来陆林撒的正是刚才散落到地上的那些荧光粉，这下他无所遁形了。

正如陆林的判断，野村匠的强项其实是隐藏和幻术，真正的战斗力并不强，硬碰硬起来他不是陆林的对手。但紧接着他变了战术，忍者刀成了辅助工具，只在一击必杀的机会才动，另一只手玩起了花活儿，各种说不出名字来的药粉层出不穷，有分散注意力的，有影响视觉听觉的，有类似镁的闪爆，有难分真假的火球……还有次不知野村撒了把什么东西，出手即燃，像一条火龙似的向陆林罩了过去。还好他闪得快，只粘到了剑上，到此时剑上的火还没有灭。野村在各种骚扰中寻找一击必杀的机会，有几次差一点得手，被陆林险险躲开，但也在他身上留下了数道伤口。这是一场梦幻般的比斗，野村匠像是个神奇的魔法师，一只手不停地爆出各种魔法，华丽灿烂，耀眼夺目，光影变幻中却步步暗藏杀机。

开始时陆林极不适应他这种打法，说白了，野村是通过手段给对方造成各种不适和错觉，再从中寻找漏洞一击格杀。随着越来越适应野村的这些小花招，他也找到了对策，一手持剑，一手拔出直刀，与野村展开了贴身白刃战，主攻那只放烟幕的手，不给野村施展秘术的空间和机会。陆林心中暗道：“难怪在武当拍片的时候，这厮对光影和色彩那么敏感，原来他就是玩儿这个的。”

看陆林越打越顺手，野村匠越发急躁。他发了狠，白皙的手向陆林眼前一挥，再次爆出一团闪爆。陆林早有准备，转头向后一退避开了闪光。但再抬头的时候，他着实被吓了一跳，厉声骂道：“难怪你长得这么妖，原来还真TM是个妖人！”

他身前不远，半隐在黑暗中的野村匠两手各持一把忍刀，摆出了一个奇怪的姿势。但真正吓到陆林的是闪爆过后，野村的脖颈上竟然长出了三颗脑袋。

面对着三个脑袋的野村匠，陆林着实一惊，趁他愣神的工夫，对面人已经冲了过来。野村双刀一挥就到了近前，向左一转身，右后方的脑袋对着陆林一刀挥了出来。陆林挥剑格挡，却发现自己的剑不知怎么就偏了，竟然没有碰到对方的刀上，忍刀顺势而入，又在他身上划了一道伤口。接着野村的攻击方式完全变了，时不时地转身，出刀的角度变得无比刁钻，陆林顿时险象环生。

吃了几个小亏后他终于弄明白了，不是野村的刀路越来越怪，而是自己的判断出了问题。这是忍术中的一门高级幻术，名为三面变妆术，三个头正对三个方向，相隔60度，两假一真，只有前面的是真的。由于每个头斜对着一个方向，无论从哪个方向看都像是一个侧身的人，从而使对方产生错觉。

这一忍术传承已久，到了现代因为化妆术的进步，假头越做越像，加上野村刻意蒙面，在昏暗的环境中完全分辨不出真假，正是这错位的脑袋让陆林的判断出了问题。普通人乃至有经验的武者，习惯从对方动作一开始就预先判断运动轨迹和攻击方向。在光线不好的地方，区分身体正反面、左右手最重要的特征就是头部位置，对身体方向的判断错误，会导致对关节运动方向的判断错误。站在陆林的角度，比如对方侧身一个向下甩臂的虚招，可能因为对身体方向的错误判断，被他当成一个力猛的下劈，挥剑格挡时，忽视对方另一只手的杀招。虽然两个假头只是个把式，但给人眼和大脑带来的错觉实在太大了。配上野村专门的步法和刀招，愈发让陆林防不胜防，一时间连连吃亏。

斗到现在陆林终于明白了，正如先前水静说的，自己和项昊真的和这几人有着很大差距，哪怕是这个以幻术见长的野村，也不是自己能对付的。他不由得为其他两队人担心起来。

项昊与加藤阳也没有陆林那边热闹，他们手中没武器，却是实打实的拳拳到肉，两人嘴角都已见血。开始时，项昊看加藤只守不攻都能拦住自己，越打越急，终于打出了真火，疯了一样地进攻。这下加藤想只守不攻也不行了，项昊与他之间的差距还没大到那种地步。两个人都身材高大，加藤更灵活一些，项昊力量更大一些，加上加藤有意相让，双方斗了个旗鼓相当，双方或多或少都受了些内伤。但项昊知道，自己伤得要比加藤重。

最和谐的就是乐雨、周伟和山中健太这边，三个人一直在说。与野村的幻术、加藤的体术不同，山中健太修的是话术，即忍术中的“五车之术”，通过喜怒哀乐恐五种情绪刺激、感染对手，在与对手谈话中攻击对方心理。俗话说：“好马出在腿上，好汉出在嘴上。”这本该是所有忍术中威力最大、足以以一敌万的高明技艺，可偏偏在这实战时最派不上用场。饶是这样，乐雨和周伟两个也被压制住了。

两个人最初想得很好，一上来就动手，先试试山中的深浅，如果他真没功夫，就直接拿下这个胖子。像周伟这种没上过多少学走野路子起家的老板，发家之前也是敢在田间地头拿铁锹拍人的主儿，还真不惧打架。可两人只向前迈了一步，就被山中健太用一张嘴制住了。话术的最高境界不是巧舌如簧、口吐莲花，而是无论说什么，都让人相信是真的。无论是煽动还是诱惑，只有让对方相信了，才是有效的。山中健太的汉语并不是很灵光，可配合表情和语气，还是做到了这一点。他一看两个人迈步，张嘴就开始说，威逼、利诱、挑拨，无所不用其极，一张嘴说两家话，把面前的乐雨和周伟定在了那里。

在武当明明已经被这个胖子坑过一回，可乐雨和周伟还是不自觉地被他带走了思路。他俩算是几个人中聪明的了，也在唇枪舌剑地反击，却连自己都觉得这反击是那么无力。如果不是刚刚接受了心学的试练，怕是此时已经分不清对错，不知道自己该站在哪一边了。

“厉害呀，简直像是催眠术。”看着山中健太一脸真诚，乐雨猛地醒悟，“没错，是山中的表情！这肯定也有催眠术在里面。不能再这样下去了，他在攻击着我们的思想，时间越长，催眠的效果会越明显。”她想再往前，可潜意识里却总有个声音在阻止她：等等，再等等，现在向前会有危险，再等一下陆林他们就会回来。实际上这个想法也是山中刻意灌输给他们的。

此时的山中健太一点也不着急，胜券在握地跟两个人磨着嘴皮子。他的想法很简单，只要拖到另外两边的战斗结束，眼前这两个也就完蛋了。

就在此时，身后的轰鸣声戛然而止，两扇厚重的大门全部敞开。大厅中为之一静，两方人马为之一呆，全都停了手，同时看向大厅正中巨柱下的圆形容器。片刻安静后，地面一阵颤动，似是又有机关启动了，紧接着听到铜球中一阵阵“咔吧咔吧”的机关声响起。果然，石门打开后，用来存放奖品的容器开始活动了。石井真站在旁边静静地等着铜球打开，可被绑在后面的周欣却着急了，小姑娘高声尖叫道：“快呀！没时间了！”

周欣的话像是吹响了冲锋的号角，两方人都回过神来。陆林等人想到那个“灾星”可能产生的破坏性，无论如何不能让它落到日本人手里。早在武当山，这群日本人就想置他们于死地，如果真让他们抢到那东西，自己人必死无疑，更何况背后还可能会牵扯到千万人的性命。眼下已没有时间，只能拼了。众人拿出了120分的精力，想要尽快结束这场战斗。

乐雨和周伟开始向前迈步，山中且说且退，语速越来越快，表情也越来越丰富，似是要将催眠术升级。“打断他！”乐雨对周伟低声说道。被误导了半天，她终于想明白过来，只要不让山中说话，他的话术也就不攻自破。周伟猛地一跃，想抓住山中健太，却被他躲开了。这个胖子虽然不会体术，但反应非常灵敏，周伟试了几次都被他躲开。

陆林已经有数处受伤，眼下也不顾了，一手长剑一手直刀，又贴到了三头野村的身前，长剑格挡，短刀直刺，再次展开了贴身白刃战。他还想出一个歪招，打亮头灯把它转到侧后方，调到最大亮度。刚才在黑暗中为了不让自己目标太明显，他一直没有打开头灯，受到野村的启发，他想到强光和错觉一样可以降低人的反应速度。而且如此近的距离，头灯光会非常刺眼。野村被光晃得眼前发白，还没恢复过来，第二道光又到了，三头术的节奏被渐渐打乱。

项昊和加藤的肉搏越来越激烈，每一拳越来越重，现在谁都不留情了。项昊以伤换伤，拼着挨了加藤重重的一记肘击，继而狠狠轰了加藤胸口三记重拳，直打得他吐血。

铜球内的机关响声越来越大，这边几对人也胜负在即。

“小子，用全力吧！是输是赢就是现在了，项爷没时间跟你耗！”项昊一拳猛过一拳。

“好！”加藤咬牙答道，铜球就要打开，能不能完成组织的任务在此一举。

眼看着项昊拼命，他也不能再留情。“项先生，我们各为其主，但你我之间并没有任何仇恨，就算被你打死我也不会有怨言。同样，也希望你不要怨恨我。”加藤说完，攻击速度陡然加快，开始大举反攻。

“奶奶的！别拿你们的强盗行为和爷爷这维护民族利益的壮举比！你们虽然厉害，但就算从这儿出去，你们也只是群见不得光的老鼠！项爷就算死在这儿，那也是英雄！”项昊边吃力地抵挡着加藤的进攻边喝骂道。此时的他心智坚定，没有一丝动摇。

加藤被项昊骂得一阵烦躁。正如山中所言，他不是一个合格的忍者，还太年轻。年轻人总有自己的想法，他们的血总比成年人更热一些，对于对和错的反应也更激烈一些。他们眼中只有黑与白，却看不到两者间那浓重的灰色。虽然被教育要服从组织的决定，但项昊的话却让加藤对自己行为产生了一丝怀疑：“难道组织错了吗？难道我错了吗？我们这样的做法，真的是老鼠吗？”这个问题让他突然觉得气闷，发泄似的狠狠踢出一脚，心神一阵恍惚。

趁着加藤失神，项昊竟不躲开，忍着被这一脚踢断一根肋骨的剧痛，一拳狠狠打在了加藤的喉结上，打得他向后一翻。人的喉咙由11块软骨作支架组成，如果喉结处的软骨被击碎而得不到及时救治，极有可能会窒息而死。项昊这一拳留了分寸，只想让加藤失去战斗力，而不是要他的命。挨了这一拳的加藤此时捂着喉咙躺倒在了地上，看样子一时半会儿起不来。项昊不再理会他，向着陆林的方向喊了声“林子，快点！”就向石井真的方向踉跄着跑了过去。

此时陆林和野村匠也斗到了分际，他的贴身战成功了，一手的直刀插进了野村的腹部，刀口不深，血却流出了不少。但野村的两把忍刀也交错钳住他的长剑，其中一把刀的刀锋，贴在了陆林的脖子上，还在一点点压住长剑向前蹭着。陆林单手持剑，明显有些挡住不两把忍刀的力量，脖子已被划出了血痕。野村被腹部这一刀伤得不轻，身藏秘药的他自然有止血药傍身。但他明白，最后关头一定要拖住对手，拼个血流不止，哪怕不要性命，也要把全身的力气用在手上。他的意识已经模糊，但心中只有一个念头：一定不能让陆林过去！

两个人已经较了半天的劲，趁着野村因为加藤的战败分神，陆林抓着直刀的手一松，反手抓住定汉剑长长的剑柄，两只手一正握一反握，身体向后一倾，双手用尽全身的力气一绞。"呛啷啷"的一阵凤鸣声中，定汉剑如挣脱了枷锁的火凤，爆出一长串火花，竟然把两把忍刀绞成了四段。陆林随后又飞起一脚，正蹬在了插在野村腹部的刀柄上，把不到三寸的刀锋送进了野村的身体里。

"好剑！"陆林握着手中的剑一声轻叹，看野村匠此时连行动也吃力了，就不再耽误，提剑往大厅正中跑去。他不知道中了几刀，血流不止。

"八嘎！"看到两个伙伴竟然被击败了，山中健太急得骂了一句，但他可没想过要跟对面两人拼命。越是聪明人，越爱惜性命，虽说完成任务很重要，但自己的性命更重要。那两个失败了，只要自己还能拖住眼前这两个，就算完成任务了。山中正要开口说话，突然觉得后脑一阵剧痛，眼前一黑，昏了过去。

"我说你俩真够可以的，听着他'嘚啵嘚啵'说了半天，怎么不动手呢？一板儿砖的事，让你们拖了这么半天。"罗瑞的声音在山中身后响起。原来他在门内看得清楚，这边三个人站在这里谁也不动手，等得他实在看不下去了，从地上捡了块石块，绕了好大一个圈子，蹑手蹑脚地绕到山中身后，一石块砸了下去……世界清静了。

乐雨和周伟长长出了口气，好像人都要虚脱了。"瑞子，你是没让他发现，不然你也跑不了。这张嘴，太厉害了！"周伟喘息着辩解道。其实他说得不错，如果不是罗瑞没被发现，他也逃不过山中健太那近乎催眠的精神影响。三个人不再耽误，随着陆林和项昊一起向大厅中心汇拢。

巨大空心铜球的正中，在"嘎巴"声中裂开一条缝隙，分成了上下两个半球，之后便如莲花般一点点展开，似是放置得太久导致机关不灵活，速度非常慢。

项昊和陆林先后跑上中心的台阶，冲到石井面前，二话不说想把他从铜球边上架开。两个人对于石井的印象不坏，此时只是怕他碍事。这个在中国生活了二十年的中年男子，一路上和他们的关系都很好，大家聊一聊，未必不能让他回心转意，应该不会像三个从日本来的人那样危险死硬。

可这时异变陡生，石井真竟然率先出手。陆项二人仓促应战，才一交手，陆林就心中一沉。这个一路上斯斯文文的石井真，不但力量奇大，而且招数精巧，动起手来竟然比刚才那三个还要厉害。自己和项昊以二敌一，这才开始竟然感觉到难以招架。石井真也不说话，只管动手，任谁也看不出一个这么礼貌稳重的人，动起手来竟然如此狠辣，辗转间表现出的攻击力，深得日本武术中“其疾如风，其徐如林，侵掠如火，不动如山”的真髓。

没有两分钟，陆林和项昊双双从台阶上被打飞下来。乐雨三人被石井真这一手镇住了，谁也没敢上台阶，见陆项二人跌下，连忙把他们扶了起来。几个人还没站稳，就听到前面传来了拉动枪机的声音。

## 第二十八章 “灾星”现世

“那三个自大的家伙，出发前听说同行的只是两个退伍兵和一群普通人，说什么也不肯带枪。唉，到底还是出问题了。”石井真拿着手枪指着五个人一脸无奈地说道，“几位，我真的无意与你们和你们的国家为敌，我只是想完成组织给我的最后一个任务，然后过普通人的生活。我喜欢中国，我的妻子和女儿都是中国人，我的家在这里，我的余生，会在中国度过。但是，这次任务是我必须要完成的，我要给我的祖国一个交代。我现在可以放你们安然离开，请你们，不要再逼我了。”

虽然一接触就击败了陆项二人，石井真脸上却没有一点得意的表情，反而充满了深深的矛盾。他并不想与几个人发生冲突，所以在先前的战斗中一直袖手旁观。他想得很明白，山中一伙完成任务会回到日本，而他却还要留在中国。任务是一定要完成的，因为他的根在日本，但冲突要尽量避免，因为他的家在中国，妻子和女儿是他唯一的亲人。石井真一直希望事情能得到和平解决，他预想到的最好结果，就是陆林一伙被山中擒下，通过威逼利诱把他们也拉下水，这样就算活着放他们出去，他们也不会乱说。在中国生活了二十年，他自以为很了解中国人，高官是可以收买的，何况这些挣扎在生活中的普通人？但当他看到陆林和项昊的一身伤痕时，就明白今天的事情不会轻易解决，自己还是要面对这个“国”与“家”的选择。

“石井，你已经生活在中国了，放下日本的一切，在这里做一个普通人吧。”陆林开口劝道。

项昊也说：“是呀石井，你现在放手还来得及，你们的一举一动‘相关部门’都在盯着，跑不了的。我们可以帮你联系他们，只要你配合，就把你的底洗白，既往不咎，抱着老婆孩子高高兴兴回家过日子，不是挺好吗？”

“如果……这背后还牵涉到你的祖国，你会这样做吗？”石井真惨笑，反问项昊。

乐雨接话道："但这真的能牵涉你的祖国吗？国家是人民组成的，面对普通的日本平民，你们的所作所为真的是在为他们着想吗？那东西真的很危险，带给他们的只会是灾难和战争。驱使你们的只有那些野心家和阴谋家，醒醒吧！"

石井真又是惨笑，没有接乐雨的话，对众人说道："我真的希望它会是一件武器！你们不了解核爆过后的广岛，你们不了解被美国驻军后的北海道为什么被称为白人的天堂，你们不了解我们这个每十几年就会发生一次大型地震、海啸的岛国。所以，你们不会了解我们的国家是多么希望拥有一件强大的能保护自己的武器。任务我是一定要完成的，这是我对天皇最后一次尽忠。这次之后，我再也不会参与这些事儿。现在，请你们不要动，不然我只能杀光你们，谢谢。"说罢，他黑洞洞的枪口又指向众人。

铜球已经开启了三分之一，可以看到铜球内密布的机械正中有一个球形的黑影。周欣着急地想喊，但就在这时，她的小嘴被一只白皙的手捂住了。她惊得扭头一看，水静正对着她摆出一个噤声的手势。周欣很自觉地把小嘴闭上，两只大眼睛使劲打眼色，让水静赶紧解开她。

水静已经到了一会儿，她自知不是石井一行人的对手，又看周欣暂时没有危险，便没有妄动，一直带着"包子"躲在暗处，伺机救人。眼看石井真的注意力被众人吸引了过去，这才蹑手蹑脚地绕到绑着周欣的石柱后面，安抚下周欣，便立刻开始解绑住她双手的绳子。

水静咬着周欣的耳朵小声说道："咱们先别过去，那家伙手里有枪，你哥他们都被制住了。咱们先躲在暗处，有机会把那家伙手里的枪打掉。"

看到才认识不久的水静竟然为了救自己远涉千里，周欣心里有说不出的感动。她知道水静说得没错，强忍着在眼眶里打转的泪水点点头，跟着她躲到了石柱后面。两个小女孩悄悄注视着大厅中央的形势变化，此时铜球已经打开了三分之二，露出了里面深灰色的球体。灰色球体差不多有一个半篮球的直径，顶端和底部都伸出了一根长约 10 厘米的金黄色触杆，分别连接到外面两个大型半球中心的机关座上。

周欣眯着眼睛细看，灰球表面十分光滑，正对着她的一面有一个大大的明代工部压印，压印旁边是"工部虞衡清吏司""工部军器局""东缉事厂"

三个机构各自的图章烙印，形式有点像是三个部门共同监督、核准后盖上的印章。这些印章旁边还刻有几行字：

灾星不祥，封铅而藏。
乾坤倒转，雷起苍黄。
赤地千里，饿殍盈岗。
葬天之地，另觅洪荒。

——大明天启七年十二月

周欣看得一阵糊涂，她被日本人劫持，并没有经历众人后面经历的事，更不知道眼前的灰球是被陆林等人深深忌惮的“灾星”。同样，石井真也不知道。陆林等人被逼到了台阶之下，对他已经构不成威胁，此时他一脸热切地看着马上要全部打开的球形容器，一步步靠近过去。

球形机关已经打开，分瓣裂开的球体，上半球在上方撑开形成了伞状，下半球紧贴地面，内侧叠成一个个小台阶。上下两个半球的中心各伸出了一根结构复杂的铜柱，将灰球卡在了正中间。

“就是那东西？会不会一碰就爆呀？”陆林小声问乐雨。他紧张地盯着远处的灰球，生怕那位“雷神”一旦发作起来，将大厅中的众人劈成齑粉。武当地下铜殿里的仿制机构如此厉害，面前这个可是货真价实的“灾星”。再想想锦衣卫方泽秘奏中提到的“顷刻间三县皆亡”的恐怖威力，他着实捏了一把冷汗。

乐雨摇头道：“应该不会，你看那个光滑的外壳，应该是人工加上去的。看那个颜色，再考虑它的功用，我推测应该是个铅壳。很多陨石带有辐射性，加个铅壳可以防辐射，正主儿被封在那里面。”

“那两根触角是金的吗？”罗瑞指着灰球的上下两端小声问。先前痛失金元宝，此时他对黄金的颜色异常敏感。

“不知道，有可能吧。不过按照现在对导电金属的处理，更可能是铜镀金。铜的导电性是最好的，镀金是为了防氧化，这些要到近处才能确定。”乐雨回答道。

“反正不能让那玩意儿落在石井手里，我们怎么办？”项昊问陆林。

陆林想了想答道：“一会儿他取那东西的时候肯定顾不上咱们，到时候就上，拼了！真没想到他这么强，那三个加一块儿恐怕也没他厉害。”

石井真一步步向铜球打开的中心走去，慢而小心，时不时回头看一眼台阶下的众人。近了……更近了……来到灰球前，石井真心中产生了一种莫名的压力，他小心翼翼地向中心的灰球伸出了手。

就在石井真的手要碰到灰球的一瞬间，陆林一碰项昊的肩膀，发出了进攻的信号，之后便向着台阶的方向起跑，项昊紧随其后。石井真似是早料到他们会有这么一手，猛然回头举枪。另一边的水静看到陆林起跑，知道机会来了，对周欣说了句：“待着别动！”不待她回答就闪到石柱前向石井真冲去，目标正是他手中的枪。

一切发生得太快，时间仿佛在此处定格，陆林项昊登上台阶，水静从另一个方向举步偷袭，石井真的枪口电光石火间瞄准了陆林，手开始扣动扳机。战斗一触即发，如果水静不能在石井扣下扳机前偷袭成功，那陆林必难幸免。

就在这生死一瞬间，大厅的尽头突然响起了一个雄厚的男声：“全都住手！”那声音中气十足，浑厚响亮，仿佛一个炸雷把大厅震得嗡嗡直响。

几个人被突如其来的一声喊吓了一跳，全都定在了原地。两方以为在这个荒僻的洞穴内再没有其他人了，此时突然冒出这么一号，一种“螳螂捕蝉，黄雀在后”的恐怖感同时在石井真和陆林两方人的心头升起，惊得他们脊背发凉。

“不好意思，带了两个累赘实在走不快，我来晚了。”刚才的声音又说话了，听着有些许耳熟，大厅入口处的黑暗中传来一阵脚步声。众人都停了手，石井真和陆林对望着，都看到了彼此眼中的疑惑和担心。水静身处的位置比较偏，此时也停了下来，机灵的小姑娘看没人发现自己，连忙找了根附近的柱子，小老鼠一样躲在了后面。

黑暗中的脚步声越来越近，五个黑影显露出来，一人在前四人在后，其中有两个黑影步履踉跄，被另外两个推搡着。临近大厅，随着那人越走越近，一张脸渐渐被火光照亮，众人不约而同地惊叫出来，仿佛受到了极大的震撼。项昊目瞪口呆，失声问道：“怎么可能是你？！”

来人身材不高，却如半截铁塔般壮实，粗壮结实的手臂青筋隐现。那是张熟悉的面孔，却看得众人不寒而栗，因为那是一个已经死了的人——在武当山古麋国矿洞中为救众人与肖青同归于尽的赵庆华。此时他身着紧身利落的明黄色连体探洞服，挺直的腰板，沉稳的步伐，浑身上下散发着刚猛霸道的气息，再也不是先前一口土话、满身油渍、见人就弯腰的卑微形象。

“你没有死？”陆林阴沉着脸问道。看到赵庆华由内而外的气质变化，他就知道上当了。先前的赵庆华明显是在扮猪吃老虎，连最后为了众人牺牲，现在看来也是别有用心之举。眼下在最后关头，他突然现身，多半不是好事。敌友未明之前，陆林可不会天真地认为这个人是来帮他们的。

赵庆华没理项昊和陆林，反而看向石井真。卸去身份的伪装，在他的心里，两个退伍兵只是蝼蚁，这里能引起他重视的只有石井真一个人。

“没想到我也被骗了，你到底是什么人？”石井真眯着眼问道。对陆林等人来说，赵庆华是敌友未明，但对他来说，肯定是敌非友。他猛然想到了什么，又问：“我们延庆监测点的人是不是你们杀的？过去每次破坏我们组织行动的是不是你们？”

赵庆华一副胜券在握的表情道：“我是什么人？我是被派来专门负责接待你们的人呀。延庆的事是我们做的，但其他的……呵呵，我也想知道你们有过什么行动，去过什么地方。所以，这次真的非常感谢你们，不远万里来到中国，把东厂的资料送到我们面前。”

说着他笑了笑，众人所表现出的震惊，让他对自己武当的表演很满意：“怎么样，之前我演得不错吧？加入摄制组时，那三个从日本来的人我并没有在意，真正让我意外的是你。出发之后我才发现你不简单，就算是我，也没把握能赢得了你。本来一路相安无事，可下地宫之后，因为对你的判断失误，再加上肖青的破坏，局面已经超出我的控制。”

“所以你就诈死？我记得当时抓住肖青后，是你绑的绳子，也是你在看管他。你是故意放水，让他挣脱开的？”陆林又问。

提到自己的高超演技，赵庆华毫不吝惜地回答道：“没错，绑他的时候我就发现他身上藏着东西，只要他把炸弹掏出来，我总能找到个跟他同归于尽的机会。那家伙是个疯子，真让他把你们都杀掉，这次行动就失败了。不过也多亏了他，当时局面超出控制，是他的诈伤给了我启发，这个自残的主意确实不错。可惜他一路上太不安分，暴露得太早了。”

“肖青到底是什么人？”陆林又问。

“我也不知道，不过我大概能猜出他的身份。跟我们比起来，他们才是真正唯恐天下不乱的人，那就是一群狂热的疯子。”赵庆华说完便又看向石井真，指着他伸向“灾星”的手戏谑道：“现在，可以把手放下了吗老板？另外还请你把手里的东厂卷宗交能我。你很厉害，我不想和你冲突。只要你放弃，我可以保证让你离开，甚至如果你愿意的话，可以加入我们。我们的力量是你想象不到的，想在中国生活，没有一座大靠山是很辛苦的。”说着赵庆华哈哈大笑起来，一副吃定石井真的样子。

石井真面沉似水，握了握手里的枪，盯着赵庆华的眼睛道：“在武当你没把握赢我，现在就能有把握了？”此时他的心已沉到谷底。原本打算用陆林三人引出潜伏在中国的“肥羊”势力，现在看来，他最初的计划成功了，而且一次引出了两股势力。可让他没想到的是，当“肥羊”们先后脱下羊皮外套，露出恶狼真面目时，竟然一只比一只凶悍。这次行动从一开始就被人算计得死死的，成功就在眼前，情势却急转直下，真正的功败垂成！此时此刻，为了帝国，他只能拼死一搏了。

“没有十足的把握，我不会出现在这里了。你知道吗？肖青这个自残的计策真不错，不但可以隐在暗处看你们表演，还让我了解了你们劫持人质离开后发生在武当地宫的事。另外……呵呵，最重要的是，它让我有时间腾出手来做一些其他的事。老板，来看看，我精心为你准备的两件礼物……”赵庆华说着向身后的人打了个手势。

黑暗中两个踉跄的身影被推到了前面，身后两个人扯掉了堵住他们嘴的胶带，两个女人的声音响起：

“老公！”

“爸爸！”

石井真如遭雷击，呆在了那里。

同游武当山时通过闲聊，摄制组的人知道石井真是孤儿，他唯一的亲人是生活在北京的老婆汤琳和女儿汤美月。赵庆华也正是了解到这个情况，才想到派人去取这张可以完全控制石井真的必胜王牌。陆林几个人自然也知道这些，眼下的情形，不言自明。

“赵庆华，你们赵家人行事什么时候变得这么下作了！你不觉得这样的做法太无耻了吗？”一个尖利的女声带着一股怒不可遏的高亢在台阶下响起，说话的赫然是乐雨。作为女人，她实在不能容忍这种绑人妻女作为要挟的卑鄙手段，一时间忍无可忍，压抑不住的愤怒终于爆发出来。

喊完这声，乐雨怒视赵庆华，却没有注意到，身旁几个人看她的眼光全都变了。

“喂，什么赵家呀？”罗瑞小声问乐雨。

“这个一会儿再说。”乐雨头也不回地答道，依然盯着赵庆华。

“小妞儿，看在你家大人的份上今天放你走，别多事！”赵庆华厉声说道。接着他把石井真的老婆和女儿往身前一抓，又对身后的两个手下说道：“先把那三个小鬼子干了！”

“是！”两个手下应声道，接着便拔枪进入大厅。他们无视陆林等人的存在，径直从几个人身边走过，第一个目标是捂着肚子上的伤口再次站起来的野村匠。他原来还想过来给石井帮忙，只是行动不便走得很慢，数声枪响后，这位幻术大师倒在了血泊里。

当两个枪手再次瞄准躺在地上捂着喉咙喘息的加藤时，身后一个肥胖的身影陡然跳起，猛地抱住了其中一个枪手的脖子，突袭的正是山中健太。他早醒了，但看到情况急转直下，惜命的他躺在地上装死，静观其变。眼下再装死就要被补枪子，这个狡猾的家伙终于不能再躲了。山中虽然身手一般，但拼起命来还是不含糊的，他死死卡住枪手的脖子，两手向两边用力一转，扭断了他的颈椎，又伸手去扶他的胳臂，准备拿他手中的枪对付另一个枪手。

但赵庆华带的两个人也不是吃素的，一个被山中攻其不备，另一个已经反应过来，举枪对准山中健太。两个人都摸到了枪，接着便是一阵对射。枪手和山中都中了不少枪，双双倒地。山中健太拼着最后一口气，使出生命里最后的一次话术，向着石井大喊道：“石井真！别忘了你是个日本人！”喊罢便没了声息。

“他奶奶的！”看到两个手下突然毙命，赵庆华咬牙骂了一句。但他现在顾不上这些，真正的劲敌是对面的石井真。

石井真从看到妻女的一刻就定在了那里，一直没有回过神来。他眼神闪烁，似是震惊，似是心疼，举棋不定，为了自己的工作而祸及家庭的感觉让他窒息。石井真一直是个理智的人，但正是这份理智让他的心裂开了。如果对面是两个陌生的中国女人，那他会毫无顾忌地和赵庆华一拼到底。但对面是自己的妻子和女儿，是他的一切。如果她们出了意外，那他所谓的退休就再也没有了意义，“平凡的生活”更是化为泡影。

山中健太临死前的一声大喊把他从天人交战中叫醒了，可带来的却是更大的痛苦。石井真怒视赵庆华道：“你想怎么样？”

“我刚才已经说过了，老实点儿，别想耍花招！”赵庆华声色俱厉地说道。两个手下的死激怒了他，同时也提醒了他，变数无处不在。刚才的好心情已经烟消云散，赵庆华又提起全部精神对付石井真这个劲敌。他把两个女人挡在自己身前，一手扣着一个人的脖子道：“把枪放下，你敢耍小动作，我就先杀一个给你看看！”

“老公，先救孩子！”

“咳咳，爸爸！”

听着妻子和女儿的喊声，石井真牙快咬碎了。他缓缓放下两只手，却没有扔掉手里的枪，面色铁青两眼通红地瞪着赵庆华，愤怒在心底疯狂燃烧，一点点侵蚀他的理智。他咬牙切齿地说道：“你们这些支那人，真卑鄙！”

一句“支那人”让原本有点同情他的项昊听不下去了。“你们这群鬼子还不是一样绑了我妹子？这就叫现世报！”接着他又对赵庆华说道，“我说老赵，你这手段确实有点太下贱了。不如你把他老婆孩子放了，咱们一起对付他，别让鬼子看不起咱们。”

赵庆华轻蔑地看了他一眼道：“你以为你们有这个分量吗？还想活着出去？他赢了不会放过你们，我赢了……也一样。”有背后的庞大势力做依靠，他是真不把这两个没有组织的退伍兵放在眼里。他顾忌乐雨的身份，不会动她，但其他几个人就未必了。

一句话把项昊激怒了，他想上前，却被陆林死死拉住。他们被两大势力夹在中间，现在最好的办法就是静观其变。赵庆华的嚣张、石井真的愤怒、乐雨的义愤填膺……在这剑拔弩张的环境里，每个人只看到想置自己于死地的敌人，却忘记了很早之前他们就发现，在这个神秘的洞穴里所有人的情绪都会被放大……

## 第二十九章　化魔

“竭尽全力效忠天皇，是每个大和子民应该有的觉悟。你在中国待得太久了，但你不要忘记，你是一个日本人！”

“石井真，别忘了你是个日本人！”

“老公！”

“爸爸！”

石井真的眼神有些空洞，茫然地立在那里，自顾自地在用日语小声嘀咕着，似乎只是说给自己听，谁也不知道他在说什么。他不停说着，过了一会儿，声音一点点变大，语速也一点点加快……空洞的双眼依然无神地看着前方，声音越来越大……语速越来越快……越来越大……越来越快……最后，他开始不停地重复一句话，不停地重复……声音由说变成了喊……由喊变成了叫……由叫变成了咆哮……他声嘶力竭地大声咆哮着，不停地重复那一句话，像一个鬼哭狼嚎的疯子。

妻子和女儿被他的样子吓得哭了起来。一起生活了这么多年，她们从来没见过他这个样子，可石井真置若罔闻。乐雨在台阶下叫道：“石井真你不能……”但她的声音被石井的叫声压制得轻不可闻。

“啊！”石井真捂着脸仰天狂叫，仿佛要把所有的压力都发泄出来，不似人声的疯狂叫声在洞穴内回荡着……

片刻后，啸声的回音还未散去，他陡然举起手里的枪。

“不要啊！”当看到他枪口所指的方向，一旁陆林几人失声喊了出来。

“砰砰砰！”

子弹出膛的声音不间断响起，一条条火线自石井真的枪口喷出，向着赵庆华的方向射去。赵庆华看着石井被自己逼得发疯似的喊叫，正在得意，完全想不到他会在这种情况下对自己下手，何况两个女人还挡在自己身前。直到石井扣下扳机的一刻，他才慌乱得一缩脖子，把两个女人向前一推。

血花迸溅中，数条火线穿过石井真妻子和女儿的身体，钉在了赵庆华的身上。一颗子弹打穿他的喉咙，血“咕嘟咕嘟”向外冒着，他一句话也说不出来，只能用圆睁的双眼表达着自己的难以置信。生活在一个以血缘为纽带的环境里，他不相信有人会这么做。刚才石井真开枪，并不是想让妻女受伤成为劫持者的累赘，也不是简单开一枪让子弹击伤妻女后能击伤他，而是彻彻底底下了死手！一连串毫无顾忌的射击，无视眼前的亲人，唯一的目的就是要他的命！

在武当山的破道观里，赵庆华单手打发掉了前来偷袭的肖青，实力毋庸置疑。如果公平战斗，他未必会输给石井真。偏偏他出于谨慎绑架了石井真的妻女，在掌握了这张自以为必胜的“王牌”后又太自大了。当他自信满满地以为抓住了毒蛇的七寸后，却不料被毒蛇反咬一口。必胜王牌最终却成了催命符，赵庆华带着难以置信的表情轰然倒地。他看错了石井真，所有人都看错了石井真，这个被赵庆华高度重视的对手，终究还是出乎了他的意料。

“她们是你的家人呀！你还是人吗？你这个畜生！”乐雨在台阶上泪流满面地喝骂着。如果不是陆林死死拽着她，她现在已经冲到石井真面前大声质问了。

“刚才他一直喊的那句日语是什么意思？”罗瑞在旁边不合时宜地小声问着。

“那句话的意思是……”乐雨的抽泣中似乎饱含愤怒，咬牙切齿地一字字说道，“天皇万岁。”

这句经常出现在战争片中，日本军人死前喊的话，听得众人心中一寒。

冒着硝烟的枪口，叮当落地的弹壳，打光了弹夹里所有子弹的石井真就那么举着枪站在那里，面目狰狞。他对乐雨的质问充耳不闻，从举起枪的那一刻，他就不再是人了。那颗“人”的心，已经在刚才的高声吼叫中死掉了。这个自小被右翼组织养大，灌输军国主义思想的少年，在经过二十年平静生活的洗涤之后，本以为能永世深藏在心底的军国主义烙印，最终还是在最后关头吞噬了他的一切。

“石井君，你疯啦！”加藤仰卧在地上震惊地问道。项昊那一拳虽不致命，却打得他几乎说不出话来，他用尽力气，才从喉咙中挤出沙哑的声音。

“闭嘴！完成组织的任务才是最重要的！”石井真一脸狰狞地对加藤吼道，这个已经下了狠心的人，对唯一幸存的同胞也不假辞色。开完枪他再也没敢去看倒在血泊中的妻子和女儿，他怕她们的死不瞑目会让他动摇。既然已经下了狠心，就要狠到底。但开枪时妻子和女儿的眼神，却刺穿了他的灵魂，撕碎了他整个心。那眼神中饱含的不是愤怒和恐惧，而是担心以及深深的心疼……

石井真是个孤儿，他唯一的亲人就是妻子和女儿，北京的家是他的一切，完成这次任务，他就要退休了，从此再也不用提心吊胆地做两面人，可以安心地守着自己的家过平凡的生活……

而现在，这一切被他亲手毁掉了。亲人死光了，家再也没有了，随着妻子和女儿一起离开的，是他的灵魂和他所有的一切……扭曲的信仰强压下欲死的哀伤，他现在只是一部完成任务的机器，再也没有未来，再也没有希望。

加藤被石井真恶魔般的表情吓了一跳，这个才认识不久的上司，给他的印象是礼貌温柔。他和山中三个人刚从日本来的时候，石井真曾在家里款待过他们，那是个充满温暖和快乐的家庭。体贴丈夫的妻子、喜欢老爸的孩子，让年轻的加藤阳也羡慕不已。他曾一度把石井真当成榜样，希望以后也能组建一个这样幸福的家庭，做他这样的丈夫和父亲。刚才发生的一切让他恐惧，感觉眼前的这个叫石井真的人根本不是他认识的那个人。“完成任务才是最重要的”原本是忍者辞典里最重要的一句话，可现在听起来，却带给他无尽的寒意。加藤阳也的眼中充满了迷茫。

陆林项昊几个人呆呆地站在台阶下面，原本自以为是主角的他们，从赵庆华出现的那一刻起沦为了看客。两股巨大势力的代表碰撞在一起上演了一出出大戏，人性中最狠毒、最残忍的一面显露无遗，让他们这一群看客不寒而栗。陆林不禁想起了明心堂试练场中，通过“四称”考试后出现的那一个刻着“仁”字的酒杯和那扇巨大的石门，又想起很久以前听乐雨讲过的，武则天为了皇后的位置亲手掐死亲生女儿的故事，心中不胜唏嘘。

“心不狠，门不开呀……”陆林暗暗叹了口气，又连忙收拾起心情准备应付接下来要发生的事。坐山观虎斗的计策成功了，一只老虎已经被干掉，另一只老虎却升级成了恶魔。谦恭和礼貌的石井真已经死了，眼前这个亲手杀掉妻女的魔鬼再也不会心软，也不会手下留情，此时挡在他道路上的只有自己这伙人，是拼命抵抗，还是把路让开？

也许现在才想把路让开已经来不及了，更何况，他们绝不能让。

“现在怎么办？”罗瑞一脸见鬼的表情看着石井真，小声问陆林道。

“怎么办？打呗！”不待陆林回答，项昊接过了话。

“你们打得过吗？”周伟一直在边上看着，此时心虚地问道。他们连那三个忍者都打不过，更何况眼前的这个比忍者三人组加起来还厉害。

陆林和项昊看着彼此这一身的伤，相视苦笑。本事不够，拿命拼吧！两个人深深吸了口气，并肩又要步上台阶。

石井真面无表情：“你们还不放弃吗？好吧。”那语气像是死人在说话。说完他退掉了枪里的空弹夹，又从身上掏了个压满子弹的弹夹。他竟然想用枪，连动手的机会都不给他们。

这时，一个瘦小的身影如幽灵般从石井背后冲了出来，速度极快，奔跑中竟然起落无声，连上弹夹的石井真都没有发现，来人正是水静。看着刚才石井真的作为，她早已义愤填膺，眼下看他又要用枪，终于忍不住挺身而出。水静临近石井，猛得跃起踢出一脚，无声无息，竟然连风声都没有带起来。等到石井真发现的时候，那脚已经踢到了他的手腕，把他手中的枪远远踢飞出去。

石井真看也不看，回手就是一拳。水静毕竟是个孩子，根本不是他的对手，刚才的偷袭成功全凭一身灵巧。眼下行迹已经暴露，她用双手去格挡石井真的拳头，只觉得一股蛮力袭来，直接破开了防御，打在了她的肚子上。石井真这一拳没有留手，虽然被阻了一阻，却还是把水静打得倒飞起来。等小姑娘捂着肚子跌落到地上的时候，已经爬不起来。

“静静！”看到水静受伤，周欣终于忍不住从石柱后面跑了出来，一把扶起表情痛苦的水静，把她抱在怀里，侧身挡在她前面，满脸通红地对石井真道：“你个混蛋！小姑娘你都欺负！”

石井真自始至终没有回头，打完水静那一拳，陆林项昊两个冲上台阶，三个人此时已经战到了一处。陆项二人还想用以伤换伤的办法，即使比石井真伤得更重也要制住他。可这招却不好使了，因为石井真的速度太快，往往伤到他们的同时，又能以极快的速度回防拦截下他们的攻击。没有多久，两个人又被打下了台阶，这次比上次伤得更重。

想到锦衣卫秘奏里描述"灾星"引发的人间地狱般的场景，陆林和项昊已做好了拼命的打算，缓过一口气，撑起身体又冲了上去。就这样，上去，被打下来，再上去，再被打下来，反复了数次，两个人都已经伤痕累累，却只让石井真受了点轻伤。罗瑞还想像一板砖拍晕山中健太那样从后面拍石井真，可惜他不是水静，才一近身就被正应付着陆林的石井真一个侧后踢远远蹬了出去。

看到罗瑞受伤，一直跟在水静身边的"包子"摇着尾巴跑到主人身边舔着他的脸，乐雨和周伟也奋不顾身地冲上台阶。一番惨烈的搏斗后，四个人全都被打了下来。项昊感觉自己至少又断了根肋骨，陆林脸色苍白，身上的大小伤口一直在渗着血，两个人兀自死撑着。石井真已经被轮番进攻累得气喘吁吁，嘴角挂上了血迹，身上也被定汉剑划出了几道伤口，但还是死死守在灰球附近不让众人上前一步。战斗还在继续，陆林和项昊每次倒下都会站起来继续拼搏，可他们的速度越来越慢了，脚下也越来越踉跄。倒在地上的乐雨看着两个人一身伤痕，还在壮烈地以死相拼，忍不住掉下了泪，劝他们不要再上前了，可谁都不听。

渐渐地，一连串战斗接近尾声，先是陆林，然后是项昊，终于支撑不住，先后倒在了台阶上，再也站不起来了。整个洞穴里，只有石井真还站在大厅中央。陆项二人的拼命打法也并非全无效果，石井的肋下被划出了一道长长的口子，后背至少挨了项昊三记重拳，左腿已经不太灵活，一只眼睛也看不见了。

石井真没有一点儿胜利的喜悦，木然地看着倒在地上的众人。终于没有人阻拦自己了，他又把手伸向了不远处的灰球。

乐雨趴在地上，从身上掏出锦衣卫方泽的那封秘奏，向石井真的位置投了过去，对他喊道："石井真，你要相信我，这份秘奏就是证据。你要相信我呀，那个东西只会给你的国家带来灾难和战争，不要碰它！"

石井真没去看乐雨扔过来的秘奏，不过听到乐雨喊话后，他似乎也谨慎起来，停下了伸向灰球的手。他慢慢踱着步，绕着灰球仔细观察了一圈。当走到刻着三司封印和那四句话的一面，他停下了，一字一句地念了出来："灾星不祥，封铅而藏。乾坤倒转，雷起苍黄。赤地千里，饿殍盈岗。葬天之地，另觅洪荒……灾星？还真让你们说中了。嗯，这是什么？"离近了他才发现，在灰球伸出的两只触角上各有一个小小的标记。

他说这些话的时候并没有回头，不然他就会发现乐雨的脸色越来越难看。刚才他念的四句话里蕴含了太多信息，她猛然想到了一些事情，又似乎有无数头绪从脑海中掠过却来不及抓住。但此时顾不上去想那些缥缈的东西了，眼看要出大问题了。

石井真眯缝着眼睛凑近去看触角上的小标记，那标记极小，只有小孩的指甲盖大。上面一只触角刻的是并排的三道横杠，下面一只刻的是六道短横杠，同样并成三排，正是先天八卦中分别代表着"乾"和"坤"的两个符号，熟悉中国文化的石井真自然明白这两个符号的含义。

"原来'乾坤倒转'是这个意思。"他暗暗想着。

看着石井真呆立在灰球前没动，身受几处重创的乐雨爬到了倒地的几个人中间，小声说道："我知道徐阶等人要把光明洞修建在这里的原因了，也终于明白为什么东厂会把'灾星'封印在这里了。你们还记得吗？咱们在试练场的时候发现大家的情绪不对头，但到了后来谁都没注意过。现在看来，各种负面情绪的泛滥，加大了试练场的难度，需要人更专心更理智才能过关。而这样的环境，也正是一个在逆境中锻炼修养的好地方。"

"乐大小姐，眼前不是考虑这些的时候。"陆林四仰八叉地躺在台阶边，打断了乐雨。

"拣有用的说！"其他几个男人异口同声道。

"我要说的是，这里的环境很特殊，不只是因为洞穴结构特殊，环境中还存在着一些我们看不到的东西。正因为如此，修建光明洞和镇压'灾星'才会选择了这里。"乐雨答道。

"什么东西看不到？"

"你们注意到没有，咱们一路过来，一些有人工开凿痕迹的地方，偶尔会露出一些跟普通石头不太一样的岩壁？当时光线不好，大家没有注意。现在想想，那些不是一般的石头，我猜测它可能是一种带有特殊磁的超基性岩。

超基性岩是火山岩的一种，一般生成在地表3000米以下的深成岩，像这里这样分布在地表的非常少见。正因为它的存在，才会把这里变成了一个特殊的环境——一个强磁场的异常区。”乐雨继续说道。

“强磁场？”

“小声点儿！别让石井真听到。我也是听到刚才的四句话，结合我们情绪的变动才想明白的。先说情绪，人体的生物电会受到磁场的影响，而且现代科学已经证明，强磁场可以影响人的脑电波。简单说，其实人脑的活动就是一连串有节律的神经电活动，频率变动范围在每秒1～30次之间，根据情绪的变动一步步递增。极度疲劳和昏睡状态下的频率大概是每秒1～3次，极度亢奋、恐惧的状态大概是每秒15～30次。这里的强磁场，可以通过打乱甚至诱导我们脑电波的变动频率来影响我们的情绪。”看到石井真还没动，乐雨又快速说道。

“但这些都不重要，重要的是这里的强磁场对‘灾星’的镇压作用。先前我们推论过，‘灾星’即为雷神，它能通过我们不知道的办法，使周围的环境产生雷电，说白了，就是造成大气中的放电现象。‘电磁不分家’都明白吧？电动生磁，磁动生电，整个地球被包裹在一个磁场里，那么同时也存在着一个电场。这里也一样，既然存在强磁场，那么必然也有一个电场存在着。

“我想那个‘灾星’，可能是一种带有强大磁力的特殊物质，也许能改变或者吸引空气中的正负电荷而产生雷电，当然，更可能是通过现代科学所不了解的方法，毕竟我不是物理学家。东厂的人之所以选择这里镇压‘灾星’，大概就是发现了这里的强磁场对‘灾星’的能量起到了抑制削弱作用，这样一切都解释通了。你们看这里的环境，没有因为‘灾星’的影响而像武当山地下溶洞那样发生变异。但无论是电和磁，都会牵涉到‘正负两极’的问题，你们看那个机关的构造，一上一下连接到灰球的正负极上，显然是通过一种巧妙的方法，让附近强磁场的正负极与‘灾星’的正负极发生了作用，极大削弱了‘灾星’的影响力。但是，你们想想，如果反其道而行之，把‘灾星’的正负极颠倒过来，那就会……”

“乾坤倒转，雷起苍黄……”陆林喃喃说道。他的脸色惨白，不知道是失血过多，还是吓的。

"小点儿声，千万不要让石井听到！这个人已经疯了，我怕他会干出什么过激的事儿。"乐雨又小声嘱咐道。几个人闻言，抬起头看向石井真。

可惜几个人不知道，明代工部的官员为了不把两极接错，刻意在触角上标注上了乾与坤的符号，而石井真也发现了这些。他刚才呆立不动，是在想要不要把这乾和坤倒转过来试试，乐雨说这个"灾星"危险，他犹豫了。沉思许久，他拿定了主意：在这里试，总比带回本国试要好。

想着他便去搬那个灰球，"咔吧咔吧"两声，两头插进机关的触角被他掰了出来。能感觉出这个机关两边的接口中有机簧和啮合，一推一拔就把灰球卸了下来。他抓着两个触角看了看，便把上下两端调转过来，想要往回插。

众人嘀咕完抬头，正好看到了这一幕，一下子惊呆了。

"住手！"已经伤痕累累筋疲力尽的陆林和项昊，此时不知从哪生出来一股力气，一声大吼，又挣扎着爬起了身，向着石井真扑了过去。但紧跟着是"扑通扑通"两声重物落地的声音，两个人又被双双打飞到台阶下面。他们从进入明心堂就没有休息过，再加上先前的两场大战，早已毫无力气。此时面对这个强大的敌人，空有一腔激愤，却有心无力。

石井真一手抱球，一手打发掉两人后便再没有耽误，回身双手握住两个触手，对准机关的上下两个触点，一按一推，"咔吧咔吧"两声，把灰球反接了回去。

洞穴里一下子安静了下来，众人在石井真反接灰球的一刻就已呆若木鸡。在未知的灾难面前，他们像一群被吓傻了的孩子似的不知所措，静静等待着即将要发生的事情。时间一点点过去，众人想象中如'雷火炼殿'似的雷光地狱并没有出现，也没有大爆炸发生。洞穴里静悄悄的，好像什么也没发生过。但无边的恐惧感却如同涨潮的海水，一点点在他们心中漫延着，从脚下渐渐升腾，直到淹没了头顶。

遭遇'雷火炼殿'时那种发自生物本能的恐惧感再次出现，四周依然平静，但一阵阵心悸的感觉却不停敲打着众人。人类对于灾难的预感其实是非常迟钝的，可现在他们像发生地震前的那些反应异常的动物，敏锐地预知到一场灭顶之灾即将降临。

"嗡……"

支撑着灰球上下的支架突然发出一阵轻微的颤动，紧接着大厅里一圈灯盏的火苗一阵晃动，躺在地上的众人感觉到一阵清凉从脚底一直延伸到头上，使得这些在地下待了许久的人精神为之一振。

“起风了。不对，这里怎么会有风？”这股清凉使得罗瑞心中一阵安详，可旋即他发现不对。这里是空气流通不畅的洞穴，怎么可能感觉到风？

“是空气在流动。你们看那些火苗晃动的方向，火头是往中间聚拢的，那个东西在搅动这里的空气。”乐雨皱着眉说道。

她话音刚落，火苗又“噗”的一声被吹向了反方向，向外侧绽开，好像风势比刚才还要大。过了片刻，风停了，隐约中一阵“咕嘟咕嘟”如水开锅般的声音响起，声音由轻转重，越来越大，却不似是从这洞穴内发出的。众人寻找声音传来的方向，发现它竟然来自试练场出口的那扇大石门之内。

“是那个洞！”陆林猛地想起，在石门后的洞室内，有一个开在顶部让天光照下来的大洞，应该是它把外面的声音传了进来。

这时一道霹雳声从石门后响起，虽然身处地下离得甚远，但这一声炸响却像是打在了众人头顶，同时也打在了他们心上，如平地惊雷般把他们最后的侥幸心理打得粉碎。随着这一声霹雳，石门后雷声大作，一声声巨响震得洞穴有些轻微颤动。众人像置身于风暴肆虐的汪洋中随时可能倾覆的小船上，紧张地感受着自九天之上不断落于沧海的巨大威力，仿佛这天地要被它撕碎了。

雷声越来越大，越来越密集，几乎成了连成一片的爆豆般的雨声。石门后，原本黑暗的洞穴被一道道闪电照如白昼。众人心中的恐惧不断增大，而这天雷的威力似乎也在不断攀升。

“一定要把那个‘灾星’摘下来，必须阻止他！”乐雨在巨响中扯着嗓子大喊，但声音很快被雷声淹没了。她想努力爬起身来，可才撑起一点，就又扑倒在地上。其实她也已经绝望了，石井真是集众人之力都不可能战胜的，肆虐的“灾星”也已经启动，他们不了解外面的情况，也许现在一切都迟了。

陆林看了眼身边的项昊，项昊也在看着他，彼此看到了对方眼中的绝望，还有坚决。也许一切已经不可避免，但身在局中的他们，不愿在这最后一刻做一个看客，然后被默默埋葬在这里。每个人都想成为英雄，没有人甘心像囚徒一样被缚着双手，毫不反抗地等待死亡。短暂的休息又让他们缓过了一口气，两个人拖着一身伤痕艰难地爬了起来，步履踉跄地向石井真走去。

原本被“灾星”威力震惊在当场的石井真发现两个人又要上前，看着陆林身后地面上那长长的一道血迹，眼中闪过一丝敬佩。但敬佩归敬佩，他还是向前跨出一步，准备先发制人。就在他要抬起拳头的一刻，异变陡生，一双大手从他身后伸了出来，将他拦腰抱住，把他的上半身连带胳膊牢牢抱在怀里。

石井真骇然回头，待看清身后来人时，他又惊又怒，喝骂道：“加藤，你疯啦！”

## 第三十章　逝者如烟

突袭的人正是“忍者三人组”中硕果仅存的加藤阳也，原本一直倒在地上的他不知道什么时候绕到了石井真的后面，在陆项二人准备进攻的一刻突然发动了对石井的袭击。滚滚雷声中，他对石井真大声喊道：“我是昭和六十年后出生的人，你离开日本的时候我可能还没有出生，但你知道吗？现在的日本已经不是你那个时候的日本了！它不是天皇一个人的，它是属于日本人民的！见鬼的组织，见鬼的任务！我绝不会成为你这样的人，更不允许你把这鬼东西带回去！”

刚才石井真杀妻女的一幕彻底把加藤阳也震撼了，那是一种来自灵魂深处的战栗，这个激进的年轻人根深蒂固的信仰开始动摇了。如魔鬼一样残忍，真的就是自己所追求的武士道精神吗？在这条路上走下去，自己会不会也变成石井这样的人？自己所在的，到底是一个多么可怕的组织呀？他扪心自问。天雷响起时，他彻底被震醒了，末日般的场景，让他开始相信乐雨的话，眼前这个东西，只会给日本带来灾难和战争。

“还愣着干什么？来呀！”加藤向着愣住的陆林和项昊叫道。这意想不到的援军让他们看到了战胜石井真的希望，陆林和项昊奋起余勇加快了脚步。

加藤并没能制住石井真多久，雷鸣的连天巨响中，一场搏命的乱战再次开始，每个人都拼尽了全力。四个人都不是庸手，招招瞄准对方的要害。刚才数轮战斗已经让他们的伤势沉重不堪，陆林和项昊伤得最重，如果不是靠意志支撑，怕是早已站不起来。这一轮战斗不如先前的激烈，却惨烈无比。斗到最后，陆项二人又被打下了台阶，项昊的一条胳膊断了，陆林也伤了根肋骨，两人彻底动不了了。加藤原本受了伤的喉结软骨又被石井一拳打碎，他趴在地上急促地喘息着。石井真则被定汉剑穿胸而过，终于轰然倒地，胸口血流如注。

大厅内再没有一个站着的人，只余下越来越急促的雷声轰鸣在众人头顶。

石井真被打倒了，“灾星”却还没有被阻止。

“让我来！”一个清脆的女声响起，周欣终于鼓起勇气跑了出来，整个大厅里唯一一个没有受伤的人就是她。看到石井真不再是威胁，她蹑手蹑脚地从两个日本人身边绕了过去，准备去拔那个灰球。

周伟看到后急了。刚才“灾星”没有启动，石井真拿着没事，可现在这满天的雷鸣都是它造成的，如此威势，又岂是说拔就拔得下来的？

“欣欣，别碰那个！”血脉亲情的力量支撑着周伟猛地站起了身。他只是一个普通人，山外是否发生了浩劫他可以不管，但不能让唯一的亲人涉险。

趁着周欣被他叫住发愣的工夫，周伟不知哪来的力气，几个箭步冲上了台阶，把妹妹远远推开，站在灰球面前做了一个深呼吸，仿佛是下了极大的决心，将双手向灰球的两只触角伸了过去。

周伟的手伸到灰球近处却停住了，隔着10厘米，他已经感受到球体表面的那股灼热。他猛然把手收了回来，开始脱罩在身上的连体服。雷声轰鸣的压迫中，他的动作有些慌乱，费了好大劲才把连体服脱了下来。周伟把它团成一个长条当成隔热垫，分别把两头垫在手中，去拔“灾星”的两个触角。

刚一接触，他就感到一股炙热从触点传来，隔着叠了数层的连体服都觉得烫手，甚至能感觉到手里厚厚的垫子正在慢慢变薄。“该死，烧透了！”周伟暗骂一声，再也不敢耽误，使劲攥住两支触角上下晃动。此时支撑着灰球两端的支架在轻微颤抖，这给周伟增加了难度。他好不容易才对准了上下的机簧，一推一拔间突然发出一声惨叫，终于把灰球拔了下来。

灰球刚一从支架中脱离，周伟就猛地松开手，把它甩了出去。在取下灰球的时候，连体服折成的护手垫已被高温彻底烧透了，周伟的两只手紧紧抓在灰球的两根灼热触角上。十指连心，一股钻心的痛从手上蔓延开来，这才疼得他刚拔下灰球就松开了手。

周伟的两手，有不少地方被烫脱一层皮，起了血泡，还有一些被烧化了的织物粘在手上。

“哥！”被推开的周欣跑了过来，看着周伟的两只手，心疼地哭了起来。如果不是哥哥推开了自己，那么现在受伤的该是她了。“哥你别动！”周欣边说边在身上摸索着，她还是有一点急救常识的，那些熔化掉的织物如果不及时清理，冷却之后可能会跟皮肉彻底连在一起。

众人紧张地注视着翻滚到一边的灰球，唯恐它会爆炸，同时还注意着石门后环境的变化。

好在灰球滚到一边再没了动静，人畜无害似的静静躺在那里。石门后传来的雷声也开始变得稀疏起来，动静越来越小，似乎少了“灾星”的支持，现在只是发泄着剩余的能量。等到雷声彻底隐去，众人这才长长松了一口气，原本支撑起身体的那点力气也没了，都四仰八叉地躺在了地上。

项昊不知想起了什么，又挣扎着爬起身，艰难地走上了台阶。他走到加藤阳也跟前，检查他的伤势。此时加藤的呼吸已经弱不可闻了，喉结被打碎，他拼命想呼吸空气，却只有阵阵窒息的感觉，他快支持不住了。看着项昊走到身前，加藤眼中闪过一丝欣喜，这个很像大师兄的人，并没有忘记自己。

看着出气多、进气少的加藤，项昊心中突然掠过一丝悲伤。他对这个日本青年的感情非常复杂，去武当的路上，加藤的狂妄言论激怒了他，当时在心里给加藤贴上了“小鬼子”的标签。从武当山上一开始的较劲，到后来的相互救援，到对战时的以死相搏，再到刚才的舍命相助，项昊说不清是把这个年轻人当成了敌人还是朋友。

眼下看加藤阳也奄奄一息，项昊心中一阵难过。他抓着加藤的肩膀轻轻说道：“兄弟，刚才谢谢了。”

听了项昊的话，加藤目含欣慰。他努力张开嘴想说些什么，喉咙中发出一阵呜呜的沙哑声，却一句话也说不出来。他急促地喘息起来，看样子马上不行了，眼睛睁得大大的，似乎是不想闭上。他还年轻，对这个世界充满了不舍。最终，加藤吐出了最后一口气，缓缓闭上了眼睛，一条鲜活的年轻生命就此逝去。

“唉……”项昊叹了口气，松开了加藤的肩膀。这时他突然感觉周围有什么地方不对劲，举目四望，陡然惊叫道：“石井呢？”地面上只剩下一大摊血和染满血的定汉剑。陆林听到喊声一惊，也踉跄着站了起来，却只发现一条像被墩布拖出来的粗大血迹，从刚才石井倒下的地方一直延伸到台阶之下。

刚才谁都没有留意这边的情形，石井真不知什么时候拔出了插在胸口的定汉剑，然后匍匐着一点一点爬下了台阶。他的伤早足以致命，却一直支撑到现在，爬出了好远的一段，还在地上艰难地爬动着。陆林看了一眼他爬行的方向，并没有去阻止，只是深深叹了一口气——那是石井真妻女倒下的方向。

临死之际，那个谦恭礼貌的石井真似乎又回来了，他用尽最后的力气，只是想回到妻子和女儿的身旁。泪水不停地流着，石井真爬完最后一段距离，抓住妻子和女儿冰冷的手，心中一阵安详，那是与家人重聚后踏实的感觉。他抓着妻子和女儿的手轻声地说着："本以为要交接了任务才能团聚，我还真怕追不上你们，没想到这么快我们又能在一起了。"那颗一直生活在双重身份阴影中的心终于得到了解脱，他面带微笑闭上眼睛，像一个疲惫的旅人终于在旅程的终点回到了家园……

陆林和项昊支撑着坐到了台阶上，看着一地的死尸，唏嘘不已。两大势力全灭，他们成了大厅里唯一的幸存者。

"我说瑞子，你趴得文明点好不好？赶紧的，换个姿势！"休息了一会儿，周欣对大家的伤势做了简单处理，众人的精神和体力恢复了一些，项昊又开始奚落罗瑞。

"你这才叫站着说话不腰疼呢，我能动早动了。刚才石井打了我两拳，跟被卡车撞了一样。"罗瑞不服气地回嘴，"包子"守在他身边。

"其实石井真也蛮可怜的，为了他们那个不知道什么组织的鬼任务，把一家子搭进去了。我觉得他本质上应该是个好人，要不是路上他一直拦着，没准儿我早就没命了。"周欣守在哥哥身旁说道。在她做人质的这一路上，石井真是最照顾她的一个人。眼下逝者已矣，她不由地心软起来："他们过他们的，我们过我们的，不是很好吗？我觉得石井真也算是一个受害者。"

乐雨叹息道："在国与国的博弈里，我们和他们只不过是一群被灌输了统治者意志的傀儡。两国离得这么近，碰撞是不可避免的，不同的只在于统治者想达到什么目的。你们知道唐朝时日本的遣唐使制度吧？其实很长一段时间里，这一制度在国内只有书面记载，直到 2004 年，在西安发现了一位唐代日本留学生的墓碑，这才算找到了遣唐使制度的实物证据。墓志铭上说这个留学生'国号日本，才称天纵。衔命远邦，驰骋上国'。他在年轻的时候渡海来到中国学习文化，因为成绩优异被留在了唐朝做官，在中国生活了一辈子，最终埋骨在大唐的长安。他的名字，叫作井真成……”

千年前的井真成，眼前倒下的石井真，他们都是被上位者指派，抱着不同的目的来到中国这片土地，也最终都埋骨在这里。这跨越时空的巧合，让众人心中一阵感慨。陆林轻轻叹了一声道：“如果没有这档子事，石井真大概也会在北京终老吧……”

他忽然又想起了另一件事，便问乐雨道：“我说乐教授，那个赵庆华到底是什么人？你们认识？”

乐雨此时也坐了起来：“我不认识他，至于他是什么人……怎么说呢，在武当山的时候，咱们发现了卢象升的石碑，项昊给石碑磕了个头之后，赵庆华也磕了一个。你们还记得他当时说的什么吗？”

“那谁记得住呀？”项昊叫苦道。

陆林苦苦回忆着：“他说‘祖师爷保佑，保佑我家业兴旺’，等等，祖师爷？”有太多古人被今人供奉成祖师爷，当时大家没有在意一个民工的祷辞，以为他就是随口说说，但现在联系到赵庆华不一般的身份，陆林突然发现了不妥。

乐雨答道：“嗯，我先前也不知道他的身份，直到刚才他再次出现，结合那句‘祖师爷’，我才终于确定了。你们还记不记得，当时我曾经说过，卢象升曾经上书崇祯，想组建一支1500人的‘特种部队’，专门用于奇袭和偷营，只是不知后来建成了没有。现在看来，他建成了。”

“等等，这也太混乱了，那可是明朝的事儿！”罗瑞在旁边听得头大，难道赵庆华还是从明朝穿越过来的？

“别急，听我慢慢说。这背后牵涉到非常古老复杂的一些事儿，不是一两句话能说清楚的，咱们还是先从赵庆华的身份说起。明末卢象升组建了他的特种部队，但最后他还是因为失去兵权战败身死，这支特种部队在满清入关后就销声匿迹了。现在看来，他们没有解散，而是被收编了，成为一个大势力的私人武装力量。这个大势力至今仍然存在，这支私人武装力量也因此延续了下来，赵庆华就是他们其中一员，而且好像地位不低。”乐雨说道，她似乎不愿透露太多。

“什么大势力？就是你刚才说的赵家？”陆林步步紧逼。

乐雨犹豫了一下，还是老实回答道：“没错，赵家，一个扎根在华北地区的大势力，他们的历史比那支特种部队还要古老得多。明末，卢象升组建的‘天雄军’可以说是当时‘天下三大强军’之一，而他募兵的兵源就是河北邢台、邯郸一带，那里正是赵家的势力范围。不知是在‘天雄军’组建之初，赵家就已经打入这支部队的内部，还是在卢象升死后，赵家利用地缘关系收编了这支本地军队的精华。其实之前我也不知道这些，只知道赵氏在元末的战乱中丧失了原本的武装力量，终明一代，他们一直在不断寻找一支战斗力强、可以信任的劲旅。要知道，这种地方势力大到一定程度，如果没有自己的武装力量保护，那就等于是待宰的羔羊。之前我只听说清初他们才又秘密组建了自己的地下武装力量，并没有想到‘天雄军’身上。直到赵庆华身份暴露，联想到他那声‘祖师爷’，我这才想通。这支部队战斗力强，又建成于赵氏的地盘，再混以赵氏子弟……血脉相连，没有比这个更好的选择。”

“这个‘赵’，不会是‘燕赵’的那个‘赵’吧？”罗瑞在一旁惊问。

“是，也不是。”乐雨给了个模棱两可的回答。

“那这个赵家到底是好是坏呀？”不待罗瑞再问，项昊抢着说道。

乐雨笑了笑：“天下事哪有非黑即白的？什么组织都是既有它好的一面，又有它坏的一面。它的好坏，我真不好说。不过这次‘灾星’没有落到他们手里，绝对是件好事。”她巧妙地转移了话题，似是不想多说。

“是呀，”陆林赞同道，“不过这地方已经暴露了，难保不会还有人来，咱们还是把它带走吧。也不知道地面上怎么样了，好在现在一切结束，不然刚才那‘灾星’如果真的发动起来，附近可都要遭殃了。”

“都结束了吗？怕就怕一切才刚刚开始……”乐雨皱着眉，有些担心地自言自语。

“你说什么？”

“没，没什么，我想起些其他的事。”乐雨沉默了，好像在想什么事情。

陆林可不想放弃追问，又接着问道：“那赵庆华的事先不提，乐大小姐，你是不是也该跟我们说说自己了呀？大家同生共死了，你就别装了。那个姓赵的怎么说认识你家大人，看来你也不简单吧？”

终究还是没能躲过追问，乐雨暗暗叹气。陆林说得没错，大家已经同生共死了，而且都牵涉进了这件事里，她只好答道：“好吧，我会告诉你们的，不过这不是一两句话说得清楚的事，你们身上的伤也需要及时治疗。我们还是先出去，到时我再给大家细说。”

乐雨整理了一下蓬乱的头发又说道：“你们听过一个笑话吗？前任美国总统克林顿下台后，为了偿还自己的债务，满世界地收费做广告。国内一个历史悠久的酒品牌曾经邀请过他，在发布会上，克林顿的演讲稿里有这样一句话：‘这个品牌的历史是美国建国历史的6倍。’念到这里的时候，他摇着头笑了，似乎在笑这个已经老到步履艰难，被一层层祖宗的枷锁套住的古老国家，还在倚老卖老。呵呵，他不知道的是，我们这个有五千多岁的古老国家，从来不是表面上这么简单……”

## 第三十一章　世家

“阿嚏！阿嚏！”陆林躺在病床上连着打了两个喷嚏，揉着鼻子道：“唉，肯定是谁又在想我了。”

“少臭美，肯定是有人在背后骂你才对。”项昊坐在旁边的一张床上说道。

离开光明洞已经一周了。七天前，当众人筋疲力尽地从石门后山洞顶部的开口爬出来时，看到的是一片火海。先前的雷击引发了山林大火，众人出洞时，正好看到山下远处正赶来的救火车队。众人不由想起山洞里的尸体，一旦山洞被发现，怕是有理也说不清了。一念及此，大家不顾身上的伤痛，跌跌撞撞地下了山。

开始，大家还担心是否会出现大面积火灾，后来看了当地新闻才知道，着火的面积有十几平方公里，官方的解释是天气异常产生的雷爆引发了大火。担心“灾星”会造成大破坏的众人终于松了口气，只有乐雨闷闷不乐。严格来讲，伤患最好不要坐飞机，大家在当地医院做了简单的处理后不愿耽搁，不顾乐雨反对坐飞机回了北京，下了飞机直奔医院。

最幸运的是周欣，一点儿伤都没有，跟着众人蹦蹦跳跳的。乐雨、罗瑞、水静也恢复得很快，治疗一两天出院了，水静暂住在周家。受伤最重的陆林和项昊以及烧伤了手的周伟还在留院观察，不过医生说他们第二天也可以回家休养了。

出院在即又赶上周末，众人又到医院探忘他们三个，围在陆林和项昊的床边聊着天。一群人从远赴武当开始朝夕相处，在危难中建立起了深厚的感情，眼下大家即将回到各自生活的固定轨迹上，颇有些不舍。

“我说乐雨，你属黄花鱼的吧？在洞里时你说出来了告诉我们你的事儿，结果出来了就去医院，出院了就赶飞机，下飞机又进医院。好不容易等我们好点儿了吧，你又溜边儿跑了。放弃侥幸心理吧，你跑不了的。难得今天又凑齐了，不说清楚不许走！”陆林一脸坏笑地对乐雨说道。

“知道太多对你们来说并不是好事。”回来这些天她一直对这个问题避而不谈，这次是真躲不过去了，“好吧，在说这些之前，大家先听我讲一个真实的故事。明代中期，一个退休知府阖家迁移到两广一带的某个小村，做了一方的地主，这个家族便在这里开枝散叶。之后又有子孙入朝做官，虽然不过是些芝麻绿豆大的小官，却也使得家族愈发兴旺起来。再后来满清入关，族中为官的两个人降了清，整个家族也跟着降了清。改朝换代，虽然家族势力受损严重，却终究还是靠着委曲求全挺了下来。一晃又是两百多年过去了，小村发展成了县镇，到了清末，这个家族成了周边百里内最大的势力。随后经历了民国和人民政府，谁来了，他们就依附于谁。虽然在土改过程中受了不小打击，但还是靠着乡土的力量生存了下来，甚至还有亲族在县政府里担任了些小职务。因为善于见风使舵，又地处偏远，直到今天，这个家族依然把持着当地县政府多个部门的权力。”

看众人听得大眼瞪小眼，乐雨又解释道：“这是一个真实的案例。其实没多复杂，说白了，家族就是靠血缘关系联系在一起的同姓之人。它就像一棵大树，随着开枝散叶，强干弱枝也在不断地转变，有些家族随着地域的分散不再明显，但根终是在一起的。这样的小家族只属于地方势力的一种，并不多见。跟大家说这个故事，只是想说明一件事，这样能传承数百年的家族是确实存在的，虽然其中大部分是不显眼的地方势力。在云贵这样民族混杂、统治薄弱的地区，甚至有传承了千年的土司家族存在。”

看众人还是一头雾水的样子，乐雨歇口气说道：“家族就像人，随着年纪越来越大，就会因为各种疾病而死去，活得越久越少见。老势力落幕，新兴势力上台，这种交替不断重演。先前故事里那种传承近400年的地方势力不多见，但从清末民初到现在，已经传承百年的家族却多如牛毛。他们有大有小，往往只体现在代表人物上，所以大家没有注意到。”

“这个我知道！”没少看过八卦的周欣抢着发言道，“那个王怡然的爷爷和台湾张伟志的爸爸民国时是北大的同班同学。还有谭笑，他爷爷是北洋政府里的高官。啊对了，还有徐云慧，曾祖是清末的官儿，祖父进了民国政府，后来跑去了台湾！”她一口气说了好几个娱乐圈人物。

“嗯，还有李楠希，他们家从明朝就在当官，一直到现在还是。”周伟也想到了一个人。

“没错！”乐雨接话道，“欣欣说的那些因为都是明星，背景才很容易在媒体在上看到，周总说的那个更是当今的一个旺族。家族并不鲜见，其实我们每个人身后都有自己的家族，只是现代人习惯了以‘家’为单位思考问题，忽略了身后的那个‘族’。稍微有些底蕴的家族，都明白团结的重要性。以一族之力托起族中的一些人，再由这些人回过头来带动全族的势力。”

当把家族的概念转到大家生活中知道的普通人身上，众人终于有些了然。“东方世界是很注重血缘关系的，以血缘关系为最终纽带，即使到了今天也是如此。家族就是这样，有大有小，有生有灭，一人得道，鸡犬升天，一人落地，祸及满门。那些具有庞大势力和影响力的，我们可以称之为氏族或者世家。其实国外也是一样，日本三井财阀的历史可以追溯到1654年，南亚一些小国依然存在着当了数百年地主的地方豪族。就算是作为新兴国家的美国，也存在着亚当斯家族、罗斯福家族、肯尼迪家族和布什家族四大政治世家和洛克菲勒家族、摩根家族这样一批商业财阀。

“拿跟中国很相似的印度来说吧。同为四大文明古国，印度的历史很长，但印度的战乱比中国少，于是在‘种姓制’下，一些大家族得以安静地传承了千年，也积累下千年的财富。但中国不同，这是个崇尚绝对权力的国家，每次改朝换代都是你死我活的搏杀，用旧贵族的血，染红新贵族的旗。但偏巧中国又是最注重血缘关系的国家，于是出现了诸多庞大的家族，其中最大的一家，便是天家，也就是皇族。

“如果细数一下这些皇族背后的历史，你们会找到血缘在他们背后起到的作用。秦始皇能统一六国，是因为他的父亲留给他一个足够强大的秦国；刘邦出身草莽，但与他争天下的项羽却是楚国贵族；三分归晋，司马昭走的是父兄为他铺好的路；杨坚建隋，其父杨忠是西魏和北周的军事贵族；李唐更不用说，李氏本来就是当时天下的四大氏族之一；赵匡胤出身平凡，但把他推上高位的结拜大哥却是周世宗柴荣，而柴荣之所以能当皇帝，则是因为他有一个手握重兵的叔父；朱元璋投身白莲教起家，没有家族势力为后盾，但这也间接地造成了他称帝后没有安全感，大杀功臣。而他却又是一个十分注重血缘的人，为了朱氏的江山，杀了多少曾经同生共死的将领，就像他对太子说的：‘我杀人就是像去掉荆棘上的尖刺一样，这样你将来才可以安坐天下。’在中国，那些大的家族势力可以成为一方的统治者，甚至足以威胁到上面的统治。这也就造成了每逢改朝换代，总有一大批超级家族会被满门灭绝，连根拔起。家族因为权力的扶持而登上天堂，却也会因为失去权力被打入地狱。从灯火楼台到烟消云散，便如红楼一梦，所以在中国漫长的历史上，大型家族势力多如繁星，却鲜有能长存于世的。”

“可是，”听得不明所以的陆林终于插话说，“你说的这些跟咱们的话题好像没关系呀？”

乐雨笑笑说道：“别急，说了这么多，只是想让你们先接受‘家族’这个概念。因为往下要说的事儿，你们听起来可能会觉得匪夷所思，但它却是真实存在的。”

“你是想说像咱们之前碰到的赵家那样？”罗瑞问道。

乐雨点点头：“没错。先前说了，家族就像人，寿命越长久的越少见，鲜有能长存于世的，但是，这并不代表没有。世事更迭，大浪淘沙，偶尔会有一些家族可以从一次次内部与外部的浩劫中挺过来，汲取教训之后选择远离权力中心，在不显眼的地方得以传承千年。这样的家族一般没有那种红极一时的显赫势力，因为太显眼的势力在一次次战乱中被毁掉了。这个有点像达尔文的进化论，物竞天择，适者生存。恐龙霸主灭绝了，小型哺乳动物却因为能适应环境的变化而生存下来。就像先前咱们遇到的赵家，也可以叫赵氏，就是这样从微末处起家，至今已经传承千余年。赵氏的家史我也不清楚，因为年代太久远，等到它成长千年被有心人发现的时候，已是庞然大物。有说赵氏是战国时赵国贵族的一个远支，也有说它是秦末楚汉争鼎时作为赵国后裔加入义军的赵国普通氏族。”

“那岂不是有两千年了？这太夸张了吧！”虽然刚才乐雨说了很多，但罗瑞还是不能接受现实生活中有这样古老的东西存在。

“其实你们一辈子也未必能发现他们的存在，世家没那么容易碰上。两千年的时间里存在着太多的不确定性，王朝都毁灭了无数，更别说家族了，能一直生存到今天的很少。历史中出现过的中央及地方的大家族浩如烟海，真正能跨越千年生存到今天的，我想也不过一掌之数。而且这个过程里存在着很大的侥幸成分，也就是运气。现存的世家并不都来自同一时代，也不是固定不变的。可以说世家的存在是必然的，但到底是哪儿家能存在下来，却是千百年来无数的不确定性共同作用下的结果。有先来有后到，有新生也有死亡，就像上帝掷出的色子。嗯……就像物种，”乐雨换了个罗瑞能听懂的方式，“进化的过程中不断有新物种出现，也不断有老物种灭绝，但也有一些像鳄鱼、乌龟、蛇、蟑螂这样极能适应环境的，在亿万年中生存下来。只是，这样的物种极少。”

“哦，差不多就是一种稀有动物的意思吧？”罗瑞有些明白了，“听你说得这么玄，还以为多厉害呢。”

“真的很厉害，不然也不会生存发展上千年了。”乐雨的表情很严肃，“这次惹了赵家，千万不要掉以轻心，你们根本不知道这些世家的力量有多大。”

“我们不知道，你知道？”陆林从乐雨的话中听出了一些其他味道，她对这些似乎知道得很多。

乐雨停了停，似是终于下了决心。“虽然我对赵家的底细不太清楚，但我对另一家却多少有些了解。”说着她扫视了一圈儿众人继续说道，“其实，我姓洛。”

众人听得一愣，一时间没明白这句话是什么意思，虽然改姓的事不多见，却也并不少见，需要刻意强调吗？陆林也没有往深处想，一脸惊诧地问道：“你是说，你应该叫洛雨？”就像明明认识了很久的一个人，却突然发现原来对她一无所知。

周欣反倒沉迷在秘史里，这时一下子反应了过来。“你是说，洛家也是一个世家？”

“没错！江南洛氏，起于秦汉，传承千载，历经两次灭门大祸，一直生存到了今天。”乐雨缓缓说道。

“既然是以姓氏为族，那你为什么又改姓‘乐’呢？”周伟问道。

“明末清兵入关，洛氏为避战火，举族迁往海外，只在中土留下了一些旁支分散各地，相约每十年祭祖相见一次，待到天下太平，迁往海外的人还会回来。失去了洛家这棵大树，这些旁支没能躲开三百年来的战乱天灾，颠沛流离，大多改姓埋名，开始了以家庭为单位的生活。他们中就有我的先祖，我是洛氏旁支中的一员。”乐雨继续说道，“一晃就是百年，离开的人并没有回来。清代时中外交通不便，到了民国又是遍地战火。三个世纪的漫长等待，海外洛氏与国内洛氏的联系愈发淡了，俨然已经分道扬镳。像我这种已经边缘化的家族成员，对于如今洛氏的真正实力并不十分清楚，但仅从我掌握的情况看，它非常庞大。

“虽然他们没有回来，我却不怪他们，反而有些羡慕。1645 年，洛氏离开中土。他们离开后的两百年间，世界东西方的天平在扭转，中华民族开始一点点落后于西方，而他们是没有被落下的那群人。从封建社会向资本主义转型，到工业革命，再到对美洲的探索，他们什么都没有落下。作为一个已经拥有完整商业体系和运作方式的大家族，他们在欧洲发展得非常迅速。1652 年，一位叫洛君烈的先祖率领洛氏船队跟随欧洲商人一起前往美洲大陆。1652 年呀！比美国建国早了一百年。”乐雨似乎沉迷进了那个波澜壮阔的大时代，“美洲大陆最早期的开拓者，你们知道这意味着什么吗？同样是 1652 年，荷兰人为了维护他们在美洲大陆的落脚点，在他们小堡垒的外面修建了一堵围墙，现在那里叫华尔街。你们不明白，当我第一次听父亲说起这段家族历史的时候是多么自豪，那是个跑马圈地、活力四射的奔腾年代，它不只属于白人，也属于我们。”

“冷静！冷静！”看着乐雨两眼冒星星的样子，陆林阻拦道。

乐雨被拦得一滞，也调整了下情绪：“又过了一百多年，洛氏把大部分的家族势力迁移到了那个欣欣向荣的新世界，在美国扎了根。到今天，它已经在西方世界悄悄经营了数百年，这张网到底有多大，怕是只有家族中的核心人物才知道。我只听说，很多大型跨国公司，甚至一些小国的军队，背后都有它的影子。其实说这些，只是想让大家不要小觑世家的力量。对于赵氏我知道得不多，但别忘了，从元朝开始，燕赵之地就是拱卫京师的直隶重地，最重要的就是一个‘稳’字。卧榻之旁岂容他人鼾睡？它能安然盘踞在此地数百年，必定有不为人知的过人之处。所以，大家一定要记住，事情未必就此了结，不能掉以轻心。”

“没这么严重吧？不怕，大不了移民呗！”周伟一副无所谓的样子，做了一拍两散的动作。

“哎？哥，你手上是什么？”周欣突然盯着周伟的手掌问道。

“嗯？”周伟被问得不明所以，举起两只已经拆了绷带的手看了起来，“没什么呀，就是指纹和掌纹烫得没剩什么了。”他两只手的烫伤非常严重，一层皮肤在灰球的高温下熔掉了很多。看了看自己光秃秃的双手，他自嘲道：“其实这样挺好的，除了算命会受到点影响，以后做个案什么的，连指纹都不会留下。”

“我不是说这个，你别这样看，你来。”周欣说着来到周伟身上，抓着他的两只手摆成一个奇怪的角度，“这么看，你们看像不像个什么图案？”

众人闻言围了过来。

“这是个什么？好像不全呀。”陆林端详着周伟的手说道。原来周伟两只手掌上的烫伤痕迹从某个角度看，边缘正好能衔接在一起，可其余的部分却不够完整，众人也分辨不出那是个什么形状。

乐雨皱着眉看了一会儿也分辨不出，问周伟：“会不会是你取下’灾星’时，它两只触角上的花纹也被高温烙印了下来？”

“有可能，不过我记得那两只触角好像看不出有花纹。”陆林抓着周伟的手说道，回来以后他们细看过那颗被铅封起来的“灾星”。离开了光明洞之后，它似乎并没有众人想象中那么危险。

“会不会又是张地图？就跟武当山下捡的那种似的。或者，那东西的使用说明书？”周欣兴奋地猜测着。她似乎对探险的生活乐此不疲，一副好了伤疤忘了疼的样子，周伟看着她的表情一阵无语。

“回头我把那两只触角拓印一下就知道了。对了，你是怎么保存那东西的？”乐雨回头问罗瑞。之前在项昊的强烈要求下，“灾星”和定汉剑一起被以工艺品的名义托运了回来。他们暂时还没考虑上缴这两样东西，整件事情实在不好解释，何况还死了人，只能徐图后计。于是两样东西就被伤得轻一些的罗瑞先拿到项昊和陆林家里。

“我实在想不出那玩意儿该放哪儿，最后拿毯子裹了裹放在了衣柜里。你们是没见，当时我抱着那玩意儿一进他们家那栋楼，就看到蟑螂蚂蚁一堆堆开始往外搬家，盛况空前！这比杀虫剂好用多了。我说，你们该买个保险柜了。”罗瑞回答道。

“切！那东西回头还是交给乐雨，啊不对，应该叫洛雨才对。是吧洛大小姐？”陆林开玩笑道。

“叫什么无所谓，我只是我，现在我们家跟那个庞大的世家没有多少关系了。我掌握的关于他们的消息，也大多是一两年前甚至更久远的，说不定再过个一百年，关系彻底断了。不过那个灰球真的该想办法认真处理一下，不说它毁灭性的巨大威力，只说现在至少还有三拨人在惦记着它，我们就不好办。而且……”表明了真实身份的洛雨，似乎真的对她身后的洛氏没有多少感情。

“那个肖青也是世家的人吗？”洛雨还没说完就被陆林打断了。

## 第三十二章　辐射

“我也不知道，不过他的行事风格不像。”洛雨答道。

“这次死了这么多人，真不会有事儿吗？”罗瑞有些担心，“中国人丢了未必有人管，但四个日本人失踪可是大事儿。”

“是呀是呀，1937年卢沟桥边上有个日本人失踪了，然后咱就打了很多年，这事儿怕是真的会很麻烦。”

陆林说道：“我跟先前找我们的那个有关部门的人联系了，他说没关系，他会摆平。但我总觉得那小子路数不对，而且他也姓赵，这其中没准儿藏着什么猫腻。不过这样也好，他要真是那个赵家的人，这件事该是他们担心才对。”

“这倒也是。”洛雨赞同道。

这时病房的门响了，一个小护士走了进来，问道：“隔壁的周伟在这里吗？”

“我就是，什么事儿？”周伟回答。

“刘主任说你明天不能出院，还要留下来观察几天。”小护士把话传完扭头想走。

“那我们呢？”陆林问道。

“你们……”小护士翻了翻手里的夹子，“陆林和项昊是吧？明天可以出院了，不过也只是出院，离康复还差得很远，回家要好好休养。”

“那我呢？我也可以回家休养呀。”周伟问道。没有人喜欢常住医院，除了不想上学的孩子。

“那我就不知道了，回头你们问刘主任吧。”小护士说完便推门离开了。

“不会是受伤时耽误得太久，现在出什么问题了吧？”周欣有些担心。

“欣欣别担心，一会儿我陪你去找医生问问。”洛雨安慰周欣，又扭头对陆项二人说，“听到刚才护士的话了吧？离康复还差得很远，伤筋动骨一百天，现在就算不用一百天，你们至少也得好好歇一个月。等出院了，我抽空去你们家把‘灾星’拿走，再找朋友仔细检测一下。唉，没准儿回头我还得找你们。”洛雨欲言又止。

“什么事？”项昊问。

“这个……到时再说，大概是我想多了……”洛雨还没说完，被她包里的手机铃声打断了，“我先接个电话。”说着她掏出手机走到了窗口。

“静静，你再多玩几天吧。”趁着话题中断的工夫，周欣对水静说道。这一周里，水静被周欣好好招待了一番，养好伤之后跟着她在北京满世界吃，满世界玩，这几天两个小丫头快玩疯了。水静决定这一两天要回武当山，周欣非常舍不得。

“天下没有不散的筵席，相聚离别总是免不了的。不过现在交通这么方便，有时间我们还可以见面呀。”从小修道的水静倒是看得很开，像个大人似的摸着比自己还大两岁的周欣的头安慰道。

想到聚散无常，众人一时有些沉默，病房里安静了下来，只剩下洛雨在窗边接电话的声音：“嗯……嗯……好的……什么？人头？”

大概是“人头”两个字太有震撼力了，众人望向洛雨。

“嗯……好的……我这就去。那先这样，再见。”洛雨挂了电话，回头发现众人在看着自己，吓了一跳。

“人头？我说你不会除了历史学家之外还兼了份法医的差事吧？”罗瑞惊诧道。

“不是真人的头，”洛雨笑笑说道，“学校打电话让我去趟颐和园，说是新发现了个石头人头，让我去看看是什么年份的。”

“这还用找你？”陆林好奇地问道。

“像这种小物件在颐和园里经常能发现点儿，有的是过去建筑物上掉下来的，有的是被损毁的小景观。园方对这些的态度是既不值得重视，但又不能不管。偏巧我们学校离得近，所以偶尔会找我们帮着鉴定一下。”洛雨解释道，“听那边说这次的发现挺有意思的。昨天晚上，有一个清理河面垃圾的员工看到水面上漂着的一个纯净水瓶上聚集了不少萤火虫，他就把船开了过去。驱散萤火虫捞起瓶子，他手里的杆子不小心碰到了水里的一个东西，捞出来一看，竟是个石头人头。”

“颐和园里还有萤火虫？”周欣惊喜地问。

“我之前也没听说过。不说啦，我出去一趟，完事儿我还回来，你们慢慢聊。”洛雨起身准备离开。

“早点回来乐姐姐，啊不，是洛姐姐。洛雨，落雨，好好听的名字，等你吃饭哦！”周欣坐在旁边笑眯眯地说道，“要是看到萤火虫，替我抓两只回来，嘿嘿……”似乎最后一句才是重点。

洛雨走后，大家又热闹地聊了起来，时值深秋，窗外碧蓝的天空中白云朵朵。又过了一会儿，周伟被叫走做检查，半天没有回来。这时一个中年医生走进了病房，问道：“你们谁是周伟的家属？”

“我是。”聊得正开心的周欣从床上蹦了下来。

医生表情严肃，看了一圈屋里的人，说道：“还有其他岁数大一点儿的吗？我要说下周伟的病情。”跟家属说病情？一句话让病房内的气温仿佛下降了好几度，周欣一下子笑不出来了，她被吓到了。

陆林拍了拍周欣的肩膀，示意她先坐下。他知道这对相依为命的兄妹再没有其他亲人了，便说道：“没关系，您说吧刘主任，我们都是周总的朋友。”

“那好，是这样的……”刘主任停了停又说道，“周伟的手伤只要再休养一阵就没有大碍了，不过住院过程中，我们在周伟做的常规检查里发现了一些其他问题。目前还不能确定，不过我希望你们能做好心理准备。”

“什么问题？”周欣蹭地一下站了起来，紧张地盯着刘主任，一双眼睛满是迷茫。医生的话给了她一种不祥的感觉，一时有些不知所措。

陆林依然冷静：“能具体说下吗？”

“我们初步判定，他身体内的部分细胞出现了恶化变异的症状，也就是……‘癌’。”

# 第一部 完

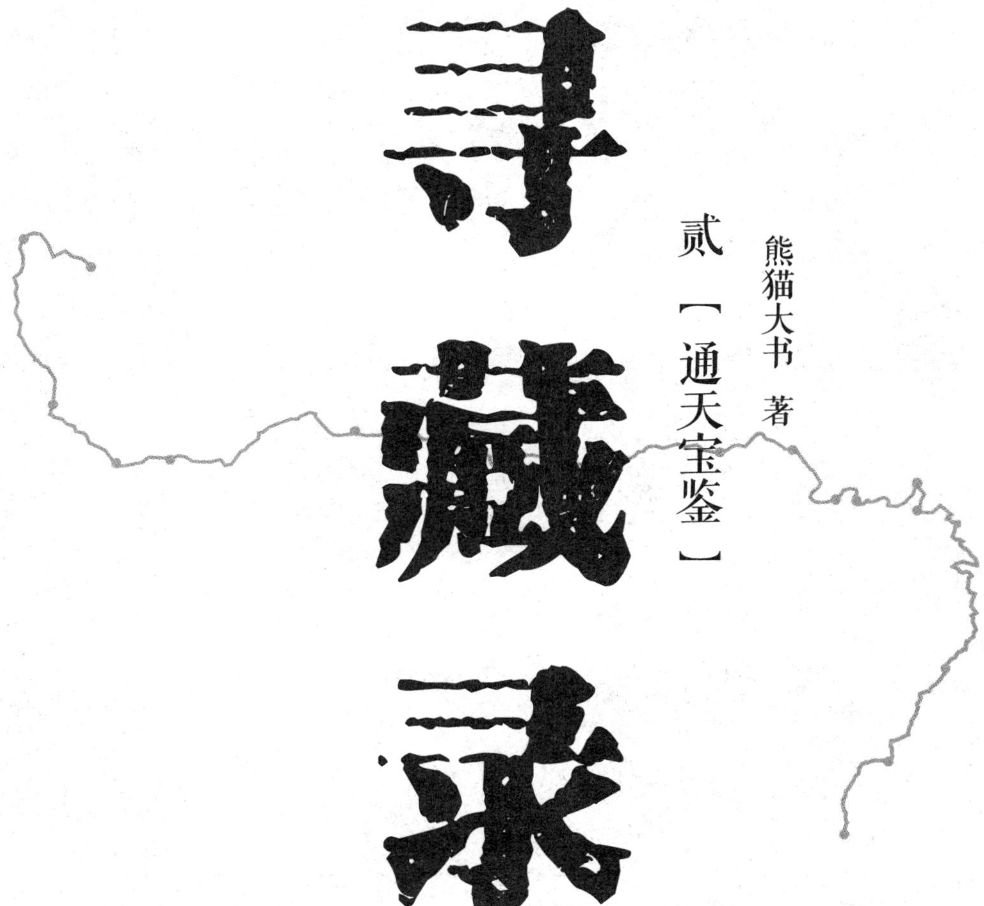

# 寻藏录

## 贰【通天宝鉴】

熊猫大书 著

長江出版傳媒 | 长江文艺出版社

图书在版编目（C I P）数据

寻藏录. 贰，通天宝鉴 / 熊猫大书著. -- 武汉 :
长江文艺出版社， 2018.4
ISBN 978-7-5702-0212-6

Ⅰ. ①寻… Ⅱ. ①熊… Ⅲ. ①长篇小说－中国－当代
Ⅳ. ①I247.5

中国版本图书馆 CIP 数据核字(2018)第 032750 号

责任编辑：周 阳 林 子　　责任校对：陈 琪
封面设计：黑 匠 包 包 小 篙　　责任印制：邱 莉 杨 帆

---

出版：长江出版传媒 长江文艺出版社
地址：武汉市雄楚大街 268 号　　邮编：430070
发行：长江文艺出版社
电话：027—87679360
http://www.cjlap.com
印刷：京山德兴印刷有限公司

---

开本：720 毫米×1020 毫米　1/16　印张：28.5　插页：2 页
版次：2018 年 4 月第 1 版　　2018 年 4 月第 1 次印刷
字数：381 千字

---

定价：80.00 元（二册）

---

# 目　录


楔　子　001

第一章　来自石人的线索　004

第二章　黎明女神　015

第三章　俄罗斯　024

第四章　出境　035

第五章　脱轨的旅途　047

第六章　冰原之战　056

第七章　尸骨之路　068

第八章　冰封地狱　077

第九章　丛林雪怪　088

第十章　森林里的火车头　099

第十一章　克格勃　109

第十二章　实验日记　120

第十三章　灵魂研究所　128

第十四章　神秘力量　139

第十五章　祭祀之地　149

第十六章　唐代冰尸　163

第十七章　马戏团　172

第十八章　再遇训练营　184

第十九章　黑市拳赛　197
第二十章　贝加尔湖畔　206
第二十一章　荒城之战　218
第二十二章　一路向西　231
第二十三章　叶卡捷琳堡到莫斯科　243
第二十四章　彼得墓园　255
第二十五章　莫斯科地下城　267
第二十六章　两家会面　279
第二十七章　圣彼得堡　287
第二十八章　皇宫中的平安夜　299
第二十九章　永夜之城　308
第三十章　冰海奇航　321
第三十一章　深入海洞　335
第三十二章　祭坛的核心　347
第三十三章　地狱的入口　358
第三十四章　神秘宗教　366
第三十五章　妖人和妖怪　379
第三十六章　镇狱巨蟹　392
第三十七章　北极弧光　403
第三十八章　冰海之下　416
第三十九章　惊变　430
第四十章　永夜的黎明　444

# 楔子

公元 1293 年，元，至元三十年，大都，皇宫。

“启奏大汗，去年跟着马可·波罗的和亲队伍一起被派往伊尔汗国的匠人传回消息，说最后一座腾格里祭坛已经建成。托太祖和大汗的洪福，我大元开拓下这无边的疆土。如今，北至北海，南至安南，东起高丽，西至大秦，在这纵横两万余里的疆域上，49 座明阵、81 座暗阵已全部修建完成。臣设计的四极苍穹大阵终得以完工，只等加上阵眼便可启动，这次必定能找到腾格里沉睡的地方。”一个消瘦的身影跪倒在阶下奏报到。

“总算完工了！从腹里到十一行省，再到四大汗国，修建这些祭坛，前后用了快二十年了吧？可笑朕的那几个兄弟子侄还在笑朕，又是和亲又是封赏，却只为了建这几座华而不实的东西，他们又岂能知道祭坛里暗藏的深意？先派人把那个东西送出去吧，可惜国师说的十六天魔本源金身和丘神仙对祖父提到过的尹喜手书都还没有找到，怕是要耽误一阵子了。纵横两万余里？朕还是觉得不够大！东面还有日本，西面还有天竺和大秦。咳咳，这天下，还有大片的土地等待我们去征服……”说到这里，年老的皇帝剧烈咳嗽起来。他一生被祖父和兄长的荣光鞭策着，此时像一头年老的狮子，即便失去了捕猎的能力，却还保留着一颗掠夺的心。

次年，皇帝驾崩，一段鲜为人知的历史就此尘封。贪婪无度的贵族，内蒙外汉的高压政策，将这个人类历史上疆域最大的帝国一点点拖入泥潭……

七百年，沧海桑田，世界的中心从东方转移到了西方。进入新千年后，人类迎来了一个崭新的时代。

英国，伦敦。

大英博物馆门前的广场上人流如织，吸引了无数游客在此驻足。如果大本钟象征了不列颠的自信，那么大英博物馆，就是他们曾经征服过世界的证据。

“布莱恩，你说，真的会有人出那么高的价格买一幅画吗？”大英博物馆门口的台阶上，一个叫巴克的六处特工向身边的同事问道。

“我没有那么多钱，所以不知道有钱人的感受，伙计你这个问题我实在回答不了。”棕色头发的布莱恩头也不回地说，一双蓝色的大眼睛一直在盯着台阶下面广场上的人流。

MI6，军情六处，英国最著名的情报机构。虽然它是007的东家，并且曾在二战中起了举足轻重的作用，但如今它给世人的印象却不如CIA那样无孔不入，仿佛往日的一切辉煌都已烟消云散。其实很多事情并不像看到的这么简单，人们只知道这个国土面积曾经超过3000万平方公里、掠夺全世界的“日不落”帝国，最终将势力缩回了英伦三岛，却不知道当年这个庞然大物在撤退时，偷偷把无数触角隐藏在了地下。就如同很多人知道曼斯菲尔德·史密斯·卡明爵士在1909年创立了军情六处，却没多少人知道，曾经挑起鸦片战争、控制数个国家、拥有20万军队的不列颠东印度公司，也有一位姓卡明的股东。

一周前，军情六处拦截了一条很有趣的信息——有人想买通大英博物馆的副馆长，出高价让他从地下藏室偷一幅很普通的中国古画出来。大英博物馆的中国藏品非常丰富，仅历代的稀世珍宝就超过两万件，那些一直存放在十多个巨大藏室中的普通藏品更是多如牛毛。副馆长之前甚至不知道那幅画的存在，从中拿一幅不起眼的画，对他而言并没有多难。

这不是大英博物馆第一次遇到这样的事，也不会是最后一次。这些可能存放到世界末日也不会从地下被拿出来的劣等藏品，偶尔少上一两件并不奇怪，每年因为维护不当而损坏被处理的藏品都要比这多得多。这种事六处的人即使发现了也会睁一只眼闭一只眼，全世界还有很多更重要的事情在等着他们。然而这次对方却开出了一个足以打动他们调查下去的天价——5亿英镑！这异常的现象引起了六处的重视。买家为了表示诚意，已经预付了2000万的订金，更重要的是，对方是美国人。

为了找出幕后的买家，六处并没有惊动副馆长。今天上午，双方约定要交货，狡猾的买家把交货地点定在了人多拥挤的公众场所——博物馆门前的广场。于是六处不得不出动了上百名特工，分散在广场的各个角落全方位监视，布莱恩和巴克就是其中的一组。

“上帝啊，5亿英镑！那些白痴的美国佬怎么不找我？我也可以把它弄出来。如果我有5亿英镑，我肯定会辞掉这份该死的工作。”巴克小声对布莱恩埋怨着。

“算了吧老伙计，如果你有5亿英镑，那就真的该死了。”布莱恩还在盯着对面的广场。

“我觉得我们会白等一天。你想想，美国佬来英国买中国人的一幅画，而且是用超过梵高、毕加索画作的天价，这太离谱了！”巴克还在抱怨。

“别急，不会白等的。无论过去还是现在，中国都强大而神秘，也许那画真的值那么多钱。”布莱恩笑着回答，眼睛依旧盯着广场。

“强大？中国？呵呵，来吧伙计，我告诉你什么叫强大，”巴克说着扳转布莱恩的肩膀，正对大英博物馆的正门，“在这里，你可以找到世界上任何国家的顶级珍宝，这就是一部征服的史诗。看一个国家是否强大，不要只看他们楼盖得高不高，还要记得看看他们的博物馆。”

布莱恩没有再说话。正在这时，副馆长出现了，他夹着一个公文包从博物馆里出来，慌慌张张地从两人身边走过。

“卖家已经出现，现在就等买家来了。”看着副馆长走进广场，巴克的表情严肃了起来，低声对布莱恩说道。

“他早来了，一直等在那边。”布莱恩向着一个方向扬了扬下巴。

“什么？他来了？”巴克闻言一手按住枪，一手去拿口袋里的通讯器，但他随即又停住，猛地抬头问，“你怎么知道？”

“抱歉巴克，我也是他们一伙的。”说话间布莱恩掏出枪，毫不犹豫地扣动了扳机。

“砰！砰！砰！”布莱恩站在这大英博物馆门口，对着巴克的胸前连开三枪。一切发生得太快，巴克倒在地上的时候还没明白发生了什么事，突如其来的变故让他们周围的几组特工也都呆住了，四周的游客更是一片混乱。

# 第一章　来自石人的线索

北京，夜，周伟家里。

周伟因为受到辐射，身体产生了不明的病变，正当众人束手无策时，洛雨带来了好消息。她在一尊守墓石人的头上发现了惊人的线索，而这线索也许能解决眼前的难题，这让大家又燃起了新的希望。

众人围坐在周伟家里，听洛雨缓缓说道："先前说过，石人头上的图形跟灾星触角上的印痕相似度非常高，我怀疑它们之间有什么关系，后来深入调查了一下。这要从石人头的出处说起，那天我去颐和园鉴定，可人头在水中浸泡的时间太久，表面很多地方腐蚀严重，凭外观很难看出它的年份。"

"那后来呢？"罗瑞问道。

"我当时不好做出判断，只能从它的出处——颐和园的历史来判断了。从石人头的面貌依稀可以分辨出那是个翁仲，传说翁仲生前是秦时的大将，威震匈奴。翁仲死后，秦始皇为其铸铜像，立于咸阳，意为镇守宫阙。到了汉代，翁仲像被当作辟邪三宝之一。再后来，它的形象广泛出现在宫阙庙堂和陵墓前，也就是古时放在陵墓外的那种石人，所以这个石人头在落入水中之前很可能是用来镇陵的。"洛雨说道。

"颐和园里有陵墓？那肯定是清朝的喽？"罗瑞猜道。

洛雨摇头。

"那肯定是明代的！传说颐和园里有个明代皇妃的墓，乾隆修颐和园的时候挖了她的墓，结果挖到断龙石的时候，工匠全死了。断龙石上刻着八个字：你不动我，我不动你，吓得乾隆也不敢挖了，还在其上修了佛香阁镇压厉鬼！"罗瑞又猜道。

洛雨摇头，笑道："这个段子传了有些年头了，但具体怎么回事，我也不知道，不过它极有可能是从我下面要说的这个传说里衍生出来的。别猜了，其实京西北这一带背靠玉泉山，怀抱昆明湖等众多水系，自古便是风水宝地，历代的墓葬也不会只有一处。”

“不止一处？那岂不是你也不能确定是哪个墓的？万一是个普通财主的守墓石人，你去哪里查墓主人的身份？”罗瑞有些不服气。

“错了，我有八成的把握能确定。墓主人生活在元代，而且大名鼎鼎，你们肯定听说过。”洛雨接着说。

“是谁？”众人异口同声问道，都被勾起了好奇心。

“辽太祖耶律阿保机的九世孙，蒙古帝国的一代名臣——耶律楚材。”洛雨答道。

“真的假的？耶律楚材不是契丹人吗？怎么葬在这里？”罗瑞又问。

洛雨解释道：“他是契丹人不假，不过却是土生土长的北京人。耶律楚材出身契丹贵族家庭，世居金中都，也就是今天的北京。蒙古军攻占燕京后，成吉思汗得知他才华横溢，满腹经纶，遂将其收于麾下。耶律楚材是经世之才，他支撑起成吉思汗连年用兵的经济压力，让蒙古帝国从奴隶社会跨越进封建社会。他推行汉化，使中原地区先进的农业文明得以保存，也为后来忽必烈建立元朝奠定了基础。耶律楚材死后，遵照他的遗愿，被安葬在了故乡的万寿山旁、昆明湖畔，也就是现在的颐和园。耶律楚材墓在明代曾一度荒废，直到乾隆修建颐和园的前身清漪园时，发现了耶律楚材的棺木等物，这才又为他重修坟墓，再造祠宇，一直保存到今天。在颐和园昆明湖东岸北头有一个小庭院，那就是耶律楚材祠。”

“可就算耶律楚材的墓在颐和园，你又怎么确定这个翁仲一定是他的呢？”陆林问道。

“首先是发现石人头的位置，不过更重要的证据，却是那天我去之前跟你们提到的那件趣事。当时工人是在清理一个爬满萤火虫的瓶子时发现石人头的。史载明末的一个夏天，每到夜里，耶律楚材墓前的一对翁仲，其中一个的眼睛就会闪闪发光。明人看之，原来是大群的流萤集中在其眼部。当时的人迷信，被这一现象吓坏了，以为有妖异，就把翁仲的头砸了扔进水里，只留下一个无头的翁仲。萤火虫和水里，这俩一对应，应该没有错了。”洛雨解释道。

“可它上面又怎么会出现灾星触手上的图形呢？”

"不只这一点关系。你们知道上次这个人头吸引萤火虫是在什么时候吗？是明代天启七年的七、八、九月左右，在这之前从没有过翁仲发光的记录，之后也没有，我问过颐和园的工作人员，这十几年内他们也没有发现。我有个大胆的猜测，算算第一次出现异象的时间，差不多正是工部做完西北实验把灾星带回北京铅封的日子。而前些天出现异象的时间，正好是我们时隔数百年第二次把灾星带回来的时候。再加上它们图形上的相似，我怀疑那石人头里有东西可以感应到灾星的临近。"洛雨接着说道。

"可天启大爆炸发生时的天启六年却没有关于这个的记载呀？"周欣也有疑惑。

"这个我也想过，大概是因为流萤只在夏天才出现吧。出事时还没到夏天，它就被带出北京城了。"洛雨答道。

"那你剖开看了吗？"周欣追问。

"那东西怎么也算件文物，虽然没什么价值。但放在人家地头上，也不是我想怎样就怎样的。"洛雨答道。

"给我一周的时间，我把它弄出来。"周伟想了想说道。

"其实不剖开一样可以找到我们想要的。这些天我围绕着石人头查了不少资料，也找到了很多线索，不过真正让我把这一切串联起来的，却是那天我给远在武当的水静打的一通电话……"

"这个耶律楚材墓还跟武当山有关系？"一直在认真听的陆林忍不住问道。一个是元代北京郊外的守墓石人，另一个是明代无上的精神圣地，两者相差得太远了。

"不是地方有关系，而是人有关系。你们猜耶律楚材的墓是谁建的？"洛雨似乎很享受陆林一头雾水的样子。

"当然是耶律楚材喽。"项昊想都不想地答道。

"白痴啊你，死人能给自己修墓吗？"罗瑞趁机奚落项昊。

"那就该是国家或者他的后人吧？"陆林边想边说道。

洛雨点头道："没错。耶律楚材有两个儿子，大儿子耶律铉，二儿子耶律铸。耶律铉没什么建树，耶律铸却不简单，23 岁就接了老爸的班，嗣领中书省事，到忽必烈时期官拜左丞相。呵呵，他就是金大师《神雕侠侣》里耶律齐的原型，耶律楚材的墓就是他修的。”

“《神雕侠侣》里郭芙的老公、丐帮的帮主？”陆林一听提到武侠小说就来了精神。

“那些事儿是虚构的，不过耶律铸的真实经历也很精彩。他经历了蒙哥与忽必烈两个皇帝，几次被罢免又几次被复用，位高权不重。还有野史说，他一直向着忽必烈，蒙哥的死可能跟他有关，蒙哥就是小说里被杨过用飞石打死的那个皇帝。”洛雨接着说道，“那个翁仲里如果有什么东西，我想多半就是他放进去的，这个人或者知道灾星的一些事，而当时灾星应该还在武当。有趣的是，耶律父子的信仰截然不同，耶律楚材笃信佛教，而耶律铸好求仙，信扶乩，自号‘独醉道者’。想到他与武当也许存在某些联系，我不由得联想到另一个人。一个既接触过灾星，又有可能和耶律铸有交集的道人。”

“你给水静打电话就为查这个？过去快一千年了，这怎么可能查得到？”罗瑞觉得非常不靠谱。

洛雨不以为然：“怎么查不到？事实上咱们刚才还提到了他，元初被称为‘冲元雷使’的张守清真人，便是弃官修道的。我查了下，他跟耶律铸有一些从属关系。而且很巧的是，1283 年耶律铸因罪免职，张守清开始在家修道，到 1284 年更是拜了数位名师。1285 年耶律铸去世，张守清辞官，开始正式经营武当。抱着试一试的心态，我联络了水静，想让她帮忙查查有什么线索。很幸运的是，我从水静师父的口中得到了一条线索。”

“什么线索？”众人异口同声问道。

“先前说过，张真人擅长‘清微雷法’，能祈雨，故被称为冲元雷使。御清道长说，他曾看过一本藏于武当的张真人遗留下的修炼札记，其中提到他刚开始修炼雷法的时候，曾引得天雷大作，武当附近天象异常，自己也差点走火入魔，伤了气血，后来身体出了问题。你们想想，这像不像咱们接触灾星后的反应？”洛雨问道。

“对啊！那他后来是怎么解决的？”周欣迫不及待地问道。

“他从大都借了件东西回来，以其辅助修炼两天，之后便‘天清气爽，体征全无’了。记载很模糊，御清道长也记得不是很清楚，所以我让水静帮忙找找这本书，现在等她的消息。”

陆林试着把所有的线索串联起来："耶律铸在老爹墓前的翁仲里放的东西跟灾星有关，他死后，他的下属去了武当，也接触到了灾星，还曾因为运用不当回北京借过一件东西……有借就得有还呀，你们说，那东西会不会现在还在北京？"

洛雨点了点头："不排除这个可能。虽然不知道那是个什么东西，不过现在有三条线索可以追寻下去：一是石人头内部到底有什么；二是张真人留下的修炼札记；这第三条刚才没有提过，是 1998 年在颐和园里发现的耶律铸夫妇合葬墓，我想陪葬品和墓志中说不定会有线索。听我的老师说，发掘时出土了 180 多件器物，是当年北京的十大考古发现之一。不过据考察，那个墓早年被盗过，可能一些有价值的东西已经找不到了。"

洛雨话还没说完，手机突然响了起来。"是水静！"看着来电号码，她兴奋地说道。

"喂？静静，托你查的事怎么样了？嗯……嗯……用完就还回来了？嗯……那有没有说还到哪里去了？……什么？又送走了？……送到哪儿去了？……哪儿？……不会吧！……嗯……你再查查……那等你消息，再见。"

挂了电话，洛雨无奈地看着众人道："大家再好好休养一段时间吧，我也追一追另外两条线，恐怕回头咱们还得折腾。"

"什么情况？"陆林问道。

"静静说，张真人的札记中提到，他用完之后把那东西送回了大都。数年后因为别的一些原因，他又想去借，却被告知此物干系甚重，已经被送到别处去了。"

"送到哪去了？"众人异口同声问道。

"告诉他的人也不十分清楚，只知道是在大泽之西。"洛雨答道。

"大泽？大泽乡起义的那个大泽？"罗瑞问道。

"要是那个就好了，"洛雨说着叹了口气，"至少安徽也不是很远，说去就去了。可问题是，元代时的大泽指的是贝加尔湖。"

"贝加尔湖？那不是到西伯利亚了？"罗瑞惊得直接喊了出来。

"是呀，问题就在这儿。大泽以西的范围太大了，事情又已经过了千年，现在想找到那东西，简直就是大海捞针。"洛雨很沮丧。

“那怎么办？洛姐姐我求你了，想想办法，一定要救救我哥！”原本已经看到希望的周欣一听就急了，说着眼泪流了下来，抓着洛雨的手哀求道。

洛雨摸着周欣的头安慰道：“欣欣你先别急，咱们不是还有两条线索可以查吗？等我再找找。而且这也不只是你们兄妹两个的事儿，”说着她抬头扫视了一圈众人，“先别管线索的事儿了，不知大家最近有去做体检没有？我去了，发现跟周总有同样的问题。”

众人听到这里脸色一黯，最担心的事情还是发生了。他们虽然没去体检过，可连当时离得稍远的洛雨都中招了，这次怕是谁也跑不了了。

洛雨又说道：“刚才我也说了我的猜测，虽然局部气象灾害是否会出现还是未知数，但天灾这种东西，真的太可怕了。问题是就算说出去也没人会相信我们，反而可能被当成造谣者而被限制人身自由。这样的话，我们只能靠自己了。已经入冬，即使真有旱灾之类的，最早也要明年开春才会出现。现在我们找到了一个解决办法，所幸还有时间，于公于私，我们都应该先努力找找试试。如果能查到线索，我会接着找下去。不愿去的就留下等我们回来，还有谁想一起？要先说明的是，有了前两次的经验，大家应该明白跟这些世家和组织一起玩儿会有多危险。”

“我！”周欣第一个举手道。

“欣欣就算了，太危险。”洛雨扑灭了她的热情。

“不行！我哥是代替我去碰那个灾星的，现在他出了事，应该由我这个做妹妹的来承担。这次你们谁也别想丢下我，我死也要去！”周欣一改往日的娇憨，表情严肃且坚定。

“可是你会成为累赘呀小饭桶。”周伟爱怜地敲了敲妹妹的头。话虽刻薄，心中却是很温暖。

“谁说我是累赘？最后在那个破山洞里，如果不是我给你们一群爬不起来的人包扎伤口，你们能出来吗？反正我要去，我认真的，不让我跟着我就自己去！”看着她那坚定的眼神，大家明白怕是劝不住了。

没想到第一个表态的会是周欣。接着项昊也说道：“如果靠一个人的力量能阻止天灾发生，让我死都值。就像洛雨说的，于公于私，都该找下去。我去！”说着他又看向陆林。

“去就去呗，反正咱们假要休到年底呢。”陆林无所谓地说道，又指着周欣对周伟说道，“带上她吧，放家里更不安全，你忘了石井真的老婆孩子了？活生生的教训呀。”

最后大家一致同意继续找下去。商量好一切，众人相继散去，约定做一些准备，同时等待洛雨的消息。

第二天，二环附近的一个四合院。院子从外面看并不显眼，门前是一条可以并排通过三辆车的胡同，高高的围墙和朱红大门内的影壁挡住了外人的视线。乍看上去，除了门两边的围墙长一些、高一些外，似乎和普通的北京民居没什么区别。与众不同的是被尘封得看不出颜色的琉璃垂花门头，以及锈透的青铜门环上闪着的点点金光。更特别的是，时常出现在富贵人家门前寓意“九世同居，家族兴旺”的九狮抱鼓门墩，在这里却刻了十八只狮子。

这是个足有三进、占地数千平方米的大院落，院内古色古香，设计者匠心独具，把现代的科技悄无声息地融入古典建筑中。如今二环内保存完整的大型四合院非常少见，它们的主人往往非富即贵。曾有好事者打听此间主人的背景，却被告知主人非常低调，房子也租了出去。只知道这是从民国以前传下来的祖产，房主姓赵，大概是个过了气的破落户吧。也曾有试图收购此宅的人询问相关事宜，往往最后都不了了之。庭院幽静，在鱼龙混杂的庞大帝都中并不显眼，外人难以窥视到其中的秘密。

“你是说，上次那伙人昨天又碰头了？”一个声音问道。

“是，两个退伍兵没离开过住处，那对兄妹一直在四处求医，剩下那两个正常上班，直到昨天他们才在那个商人家又碰了面。小区档次不低，门口盘查得很严，我们怕惊动他们没进去，只在两个退伍兵出门的时候隐约听到一句‘事儿还没完’。”另一个声音回答道。

“‘事儿还没完？’呵呵，有意思。四儿啊，盯紧一点儿，但不要为了庆华的事冲动，说不定这群人有惊喜给我们。”

不知道周伟用了什么办法，真的在一周后把石人头拿了回来。洛雨很细致地对其拍照，又做了个纹理一模一样的仿品之后，决定剖开石人头。

当石人头被彻底剖开之后，一个拳头大小的金属物件从人头中空的核心位置被取了出来。

“这是个……什么东西呀？”看着洛雨手中的东西，陆林皱眉问道。

那是由数个刻着符号的铜环组成的球体，环环相套又圆心相通，几根支架穿插其中，分别固定着不同的环。八个凸出的龙头形成了八个锁扣，从八个特定的角度限制铜环旋转的角度，旋转铜环，龙头又会锁住不同的地方。整个球形正中是一个三角形黑色石块，上下两个顶点也各有一个锥体凸出，看上去似是件非常精密的机械。

罗瑞皱着眉说道：“我怎么觉得这东西很眼熟呢？好像在哪见过。对了，有点像历史书上的浑天仪！”

“嗯，确实有点像。不过汉代的肯定没有这么精密，应该是后人改良过的器物。”洛雨点头道，“你们看铜环上面的符号，是古时天星的标记，这里还有刻度，我想这应该是件古时的观星工具。其他部件都是铜和铁的，大概中间这个三角形石块能感应到灾星的存在，可能是特殊的磁石或者陨铁。”

“可这玩意儿有什么用呢？”项昊从洛雨手里拿过这个类似浑天仪的东西，转着上面一个个的圆环，研究了半天也没明白。

“等我回去查查资料吧，古时的这些观星工具，我是真的不懂。”洛雨摇头苦笑，这次她也不灵了。

“你不是说要去查耶律铸的随葬品吗？有结果没有？”陆林问洛雨。

洛雨摇摇头：“没，再也没有找到相似的图形或者与之有关的文字记载。考古就是这样，90% 的秘密是不会被文字记录下来的。不过我打算下午去潘家园转转，那个耶律铸的墓好像也是因为盗洞才被发现的，换句话说，被盗的时间还不是太久。如果运气好的话，没准儿在潘家园会有什么发现。”

又聊了一会儿，洛雨不再耽误，把石人头连同那个不知名的机械留在了周伟家，自己离开，准备先去查“浑天仪”的资料，再去逛潘家园。

当夜，某私人俱乐部顶层。一个高大的身影穿过四处镀满黄金的大厅，来到最深处的私人套房，在门口恭敬地说道：“二娘，下午懿宝斋的老宋传来消息，有个女人到潘家园四处托人打听，有没有从耶律铸墓里倒出来的玩意儿。”

“哦？她是什么人？”房里的灯亮了，沙发上蜷坐着的一个抱着猫的美丽妇人。这个被称为“二娘”的女人站起身，竟然比来人矮不了多少，身高至少超过 1 米 75。一双修长的美腿长得有些不成比例，蜂腰豪乳，高鼻深目，一双浅蓝色的大眼睛，皮肤白得不似黄种人，但一头长发却是黑色的。光彩照人的美丽容貌中散发着一股英气，眼神中透出一股凌厉的气势。

男下属虽然见过二娘无数次，可还是被惊艳得呆了，咽了口唾沫，迅速低下头，心中暗叹道："二老爷也真是的，没儿子还要霸着权力不放，非让个娘们儿来坐镇京师。怎么那么个丑爹还能生出个这么漂亮的女儿来，啧啧，比毛子娘们儿还来劲，真正的天使面孔，魔鬼身材，要人老命呀……"

"啪！"

男下属的意淫还没有结束，就结结实实挨了一记响亮的耳光。

眼前的美人厉声道："老娘来的时候就立了规矩，什么话都别让老娘问第二遍，怎么你们那么多人就跟没听到似的？"原来刚才她又问了一遍，下属竟然没听见。

下属赶忙回答道："那个女人是京大的一个历史学博士。"

"问没问她为什么要找耶律铸墓里的东西？"二娘又问道。

"问了，她没说。不过接到消息我们跟了过去，结果发现还有另一拨人在盯着她，好像是赵家老四的人。"下属答道。这些大势力利用多年积累的人脉和势力编织出了一张看不见的大网，一旦网上某个点有异动，都会引起蜘蛛的警觉，洛雨已经不知不觉地自投罗网了。

"赵四儿的人？有意思，还有呢？"

男下属似乎已经熟悉了这种问话，早有准备："这女人之前和一群人出了趟远门，有的人失踪了，回来的人都受了不轻的伤。而且，失踪的人里还有赵四儿的弟弟。"虽然赵家一直想瞒天过海，可这招只能瞒上却不能瞒下，一些消息还是通过下面人泄露了出去。

"赵家一向很规矩，上次那么大的事他们都没现身，难得看到这只老乌龟冒个头出来。那女人是他们的人吗？"二娘边想边问道。

"不是，那女人姓乐，好像只是个老师。不过她想找的不是普通的坛坛罐罐，而是要有字或者有画的。"下属答道。

二娘想了想道："会不会跟老爷子当初交代的事有关？用当年咱们从耶律铸墓里拿出来的那东西试试她。如果不是冲那个去的，那东西对她没用。"

“可那东西不是很重要吗？”

“重要有个屁用！从挖坟到现在十几年了，大老爷少说派了上千人出去找过，这还不算当地的老毛子。可西伯利亚实在太大，这么久了一点线索没有。”二娘想了想又说道，“别拿原件，做个拓本给她，然后盯着。赵四儿想盯就让他盯，反正出了关就是咱们的天下。”

第二天，洛雨兴冲冲地付了钱，从一个贩子的手中接过一个只有几张纸的拓本，迫不及待地翻了起来，全然不知已经落入彀中。

当天晚上，她又把众人召集到周伟家，拿着几张纸兴奋地说道：“有线索了！这上面记载的是当年耶律铸当左丞相时遇到的一些特别的事，其中有这样一条：忽必烈为了做件大事，曾派人以璇玑玉衡为指引，去西北寻找刘好礼在益兰州做官时曾上报过的日不落之山，说是要在那里修建阵台，之后便要把宝鉴送过去，有大用。这宝鉴似乎跟耶律家有什么关系，所以他才会得知此事。但忽必烈所做的大事到底是什么，连他这个左丞相也没有告诉。而在张真人手札中，他就是把那件东西称为‘宝鉴’的。”

“那就是说那个宝鉴现在应该在日不落之山？”陆林问道。

“别打岔，先听我说完。宝鉴似乎一直放在耶律家，这次被忽必烈征用却又不被告知原因，于是耶律铸就留了个心眼儿，把指路用的璇玑玉衡复制了一个私藏起来，希望有朝一日，后人能通过它找到日不落之山，再把宝鉴找回来。”乐雨兴奋地说。

“那璇玑玉衡是什么？日不落之山又是怎么回事？”周欣急切地问道。

“是这样的，元初疆土太大，开辟了很多人烟稀少的荒芜领土，忽必烈曾派保定人刘好礼管理其中的益兰州。之后刘好礼曾经奏报过，在辖区内发现了一座太阳不会下山的山。史料记载，据说他们当时眼看太阳就要下山，开始准备晚饭，烤好了一只羊之后，太阳竟然又升起来了，似是到了日不落之地。其实在高纬度的地方，这样的现象在昼长夜短的夏天很普遍。”

“那这个益兰州又是哪里？”罗瑞问道。

“大概位置就是贝加尔湖以西到叶尼塞河上游之间的这片区域。这样的话，和张真人听到宝鉴后来被送到大泽以西的传闻就对上了。”洛雨说道。

周欣迅速打开电脑，按洛雨说的位置查了查地图，抬起头哭丧着脸道：“可这片区域的面积都快相当于中国的两个省了，又是在国外，这怎么找？”

“别急欣欣，上面提到，当初他们是以璇玑玉衡为指引来确定日不落之山位置。璇玑玉衡就是古时对浑仪的一个称呼，所有用来测量天体坐标的天文测量仪器都可以被称为浑仪，也就是浑天仪。而我们手头，正好找到一个。”洛雨说着叹了口气，向放在客厅另一侧飘窗边的浑天仪望去，沮丧道，“只可惜我们都在课本上见过它，可是没人会用呀……哎？”说到最后，她突然呆在了那里。

众人顺着她的目光望去，全都呆住了。月光下，那个拳头大小的金属机械，竟然缓缓转动了起来……

## 第二章　黎明女神

“这是怎么回事？”众人围到窗边，好奇地看着那个兀自慢慢转动的璇玑玉衡。速度非常慢，如果不是有两个龙头朝相对的方向运动，他们可能发现不了。中间的三角石块也在被机关牵引着慢慢运动，可又与圆环转动的步调不一致，似乎是在相互作用。

洛雨把它拿起来，在手里翻来覆去地端详。这一来那几个环转得更急，却变得杂乱无章。

“会不会是月球引力的作用？”项昊抓着脑袋，问了句很不靠谱的话。

“也不是没有可能。它能感应到灾星，也许就是因为感觉到灾星特殊的磁场。当夜晚到来，地球自转到近月面的时候，磁场会对它产生影响。”洛雨指着中心的三角石块道，“这几个龙头也很有讲究，似乎和中间的石块相互作用。你们先等等。”洛雨看着天空，一手托着最下面的支架，一手把球体上方刻着紫微星标记的圆锥对准北极星，又把最内一环标着月份的圆环转动到相应的月份卡在龙头里，然后轻轻松开手。

“紫微星就是北极星，这应该是一个固定的坐标，而月份则是一个固定的时间。从人类出现以来，千万年来天空中的星辰基本没有什么变化，这是一套亘古不变的坐标体系，只是不知道它会把我们指引到哪里。”

浑天仪继续转动，龙头既是锁扣，又是轨道，推动几个圆环的层次不断变换。终于，整个浑天仪停了下来，上方的圆锥依然向着北极星，但几个环的轨道却全变了。三角形石块最尖锐的一个角，朝向了西北方。

“大概就是这样！”洛雨兴奋地说道。

“这真是元代造出来的东西吗？也太精密了。”周欣惊叹道。

洛雨点头道：“千万别低估了古人的智慧，你们应该看看地动仪的原理图，那可是汉代造出来的。用最简单的结构得到最精准的结果，靠的只是与地面的联动，这是真正顺应自然规律的机械。”

“别吹啦，这玩意儿再怎么好，它也有一个致命的缺点，”陆林在旁边打趣道，“只能晚上用。”

众人想想果然是这样，观星工具嘛，当然要看得到星星的时候才能用。

“那接下来我们怎么做？用这个什么玉衡去找日不落之山？”陆林又问道。

“最好还是再等一等，这次的线索来得太快了，咱们还没有准备好。特别是你们的身体状况，养伤这种事是急不来的，现在是 11 月，怎么也要到 12 月再出发。而且，冬天进西伯利亚可不是闹着玩的。当年的日不落之山，也许现在就是荒原中的一座高山，别说找东西了，生存都不容易。”洛雨斟酌道。

周伟对众人说道：“那行，我可以先帮大家办俄罗斯的签证。但路线是个问题，如果只带普通的旅行用品，那当然怎么走都可以，可我预感这次的旅行会很危险，没准儿赵家人还会出现。出了国，他们会更加肆无忌惮。咱们要是想带一些防身的特殊装备，过边检就不容易了。”

周欣在网络上搜到了一张西伯利亚地图，大家都围坐过来。虽然过去总能从天气预报中听到“来自西伯利亚的冷空气如何如何”，但这些一直生活在内地的人，对这片广袤而神秘的荒原以及它背后那个浴火重生的庞大帝国，其实一无所知。

陆林盯着地图，摸着下巴道：“如果能在出发前把赵家人甩掉，那后面就安全多了。你们看这样好不好？咱们来个明修栈道，暗度陈仓。我记得有一列北京到莫斯科的国际列车，咱们先大张旗鼓地订去莫斯科的机票，出发当天先去机场，上飞机的时候杀个回马枪，去北京站坐火车从陆路出发。而且坐火车还有一个好处，就算有人跟踪，咱们也可以找个小站，在开车前一分钟下车，随便换乘一班俄罗斯国内的火车继续走，再不行就多换两次。到时候往那儿一躲，打死他们也找不到。伟哥说的装备也不是问题，咱们可以过了边检再采购，不一定非要从国内带过去。这样正好，咱们出了国境先下车，然后大采购一番，再换乘俄罗斯的火车继续前往目的地。”

“嗯，这样好。”周伟点头道，“咱们可以坐火车到贝加尔湖附近，然后从当地租辆车或者买辆车，再仔细搜索那片区域。那现在只剩下一个问题了，”他抬头扫了一圈众人道，“会俄语的举手。”

大家你看看我我看看你，最后竟然是洛雨和陆林举起了手。

“别看我，我俄语也就是看看路牌儿、买买车票的水平，对话就不行了。”洛雨抢先说道。

“那完了。”项昊和罗瑞一起失望道，看都不去看陆林。

“我说你俩什么意思？”陆林不干了，然后叽里咕噜说了一长串似是俄语的东西。

“你以前真是养猪的？”项昊眯着眼问道。

“我边养猪边自学不行吗？”陆林回答完就迅速岔开了话题，“不过到达目的地之后，还是要找个熟悉当地的向导。”他指着地图上的一个点，那是贝加尔湖西侧一座叫作伊尔库茨克的城市。

终于看到了希望，周欣的心情似乎好了很多，喜滋滋地说道：“那就这么定啦！下个月出发，目标西伯利亚。给咱们这次的行动起个代号吧，嗯……咱们要找的是太阳升起就不会落下的日不落之山，那么本次行动的代号就叫作‘黎明女神’，Yeah！”

周欣举起手一个人兴奋了半天，却发现大家像看傻子一样看自己，于是噘着嘴放下了手。

“见笑，见笑。”周伟一脸戏谑地拍着妹妹的头对众人说道。

陆林玩笑道：“‘黎明女神’这个名字也不错呀，至少她没给咱们起个‘小白兔春风旅行团’之类的名字。”

“你们这群大叔，要是静静在就好了。”周欣有些想自己的小姐妹了。

结果两周以后，水静真的来了。

“静静！”

前来接站的周欣和洛雨远远看到独自站在站台边的水静，她身穿月白色道袍，瘦小单薄的身影在十二月的寒风中亭亭玉立。

“你怎么穿这么少？走，咱先买衣服去。”先跑过来的周欣抓着水静冰凉的小手，摸着她身上薄薄的道袍说道。

“没事儿，冬天山上没有暖气，我习惯了。你们北方人真怕冷。”看着快裹成毛球的周欣，水静笑着说道。

“那本札记的复本，用相机拍下来发邮件不就好了，何必还麻烦你专门送一趟。”洛雨也走到了跟前。

“师父让我来的，他说让我跟着你们一起去。”之前周欣给水静打电话，已经说了他们要去贝加尔湖的事。

“好啊！”洛雨似是想到了什么，一口答应下来，“别站这儿说啦，先去买衣服，这两天怪冷的，别再把你冻坏了。”

“不行，师父说了，出家人就得有个出家人的样子。”水静狡黠地一笑，“我得先去趟白云观办点正事儿，回头再换这身衣服。”

“你还有正事儿？”周欣一脸不相信的样子看着这个十五岁的小道姑，“白云观？路过好多次，我还真没进去过。”

“什么话，我也是有组织的人。白云观是我道门全真派的北方祖庭，中国道教协会、中国道教学院都在那里。”

五十多年来，每周都会有两辆国际列车往返行驶在北京与莫斯科之间的铁路线上，它们的编号分别是 K3/4 和 K19/20，其中 K3/4 由中国方面负责。每周三的清晨，K3 次列车由北京站发车，向西北经过张家口、大同，由二连浩特进入蒙古国境内，再经过蒙古国首都乌兰巴托进入俄罗斯境内，并入西伯利亚铁路，一路向西开往莫斯科。

而 K19/20 则是由俄罗斯负责。每周六晚 11 点，K19 次列车从北京站发车，下行至天津，之后一路北上，出山海关，经过沈阳、长春、哈尔滨，由满洲里进入俄罗斯境内，并入西伯利亚铁路。全程超过 8000 公里，经过六天六夜的旅程，到达莫斯科。

两列车一个出境到蒙古，一个出境直接到俄罗斯，众人出于出境后方便换乘和采购装备的考虑，选择了 K19。

十二月的北京，气温已经降至零下，很多湖面开始结了冰。夜幕下，寒风中的北京火车站依然灯火辉煌，站前广场上人流涌动，半个世纪以来从没有过一刻停息。在交通不发达的年代，这里是绝大多数人进入祖国“心脏”的门户，很多人的旅途从这里开始，很多人的旅途在这里结束。高挂在车站顶部的两只四面大钟，默默见证着半个世纪里，曾经在这里上演过的无数相聚与分别。作为北京的十大建筑之一，它硬朗的线条、高大宏伟的俄式风格，即使到今天也不显得过时，反而总能让人联想到二十世纪五十年代初那激情澎湃的峥嵘岁月。

一行人站在广场上，每个人背着个不太鼓的旅行包。因为把采购地点定在了国外，所以大家没有装太多的东西。面对未知的旅程，众人心里既紧张又兴奋。

“欣欣，在这儿给我照张相吧。”水静突然说道。

“在这里？”周欣四处望了望，除了行色匆匆的旅人，这里好像没什么好照的。

“你不知道，”水静有些不好意思地说，“除了上次去贵州，我几乎连山都没怎么下过，也从没来过北京。记得小时候我问师父，咱们国家的首都是什么样子，他拿出一张黑白老照片，说这就是北京。那是很早以前他来北京参加宗教界会议时，在北京站前拍的，就是这里，这是我对咱们国家首都的第一印象。今天我终于也来到了这里，也想在这里照一张，拿回去给师父看。”

“你早说嘛，早知道上次你来北京时，咱们就来拍了。”听完原因，周欣二话没说就掏出背包里的单反相机，“给静静拍完，咱们也来合张影吧，算是本次‘黎明女神’行动的出发留念。”她建议道。

众人欣然答允。等拍完了水静的单人照，大家聚拢到一起，周欣把相机交给一个路人，拜托他帮忙拍照。

“准备……一……二……三！”

“茄子……”

“咔嚓！”

快门声中，宏伟的北京站与众人的身影被一同保存了下来。画面上，大家欢笑着摆出胜利的“V”字手势，那灯火辉煌中的一张张灿烂笑脸，似乎把这个冬夜都温暖了。此时，谁也没有想到，这不经意间拍的一张照片，后来竟然救了大家一命。

“好啦好啦，别站这儿挨冻了，进站吧。”陆林招呼众人进站。

检票后走上站台，已经有很多人开始上车。与国内列车不同，外国人在这里随处可见，每节车厢门口站着的列车员，清一色都是俄罗斯人。

列车的车厢很新，据说前不久才把过去的绿壳车淘汰下来，崭新的车厢与内饰也象征着一个时代的终结。20 世纪 90 年代，K3 和 K19 这两列国际列车总会被装得满满的，连硬座车厢的过道上也挤满了人。那时，这是一段承载财富梦想的旅途。中国的倒爷们总是带着一个个几乎塞不进火车的大个包裹，里面塞满了服装和日用品，开始他们六天六夜的漫长旅程。新世纪到来之后，随着俄罗斯经济的复苏、亚欧间运输业的发展，国际列车的地位渐渐被公路、航空运输所取代，记载无数人艰辛发家史的绿壳车，也退出了历史舞台。

现在，乘坐国际列车的人比起那时少了很多，特别是在冬天这样的淡季。每节车厢上写着不同的目的地，安排卧铺时，似是为了方便管理，他们将中国人和外国人分开来。周伟给大家订的是四人一间的软卧，他们至少要在这个狭小的空间中度过两天两夜。七个人占了两个包间，多出的一张床位空着，显然人还没有来。

一上车，众人就闻到一股混合着酒精的烟草味道。洛雨说俄罗斯人不分男女，一律嗜酒吸烟。空调已经打开，配合着车厢里橘黄色的灯光和窗外的夜色，大家感到一阵舒服。两个房间自然而然地被分成男女生宿舍，四个男人一间，三个女人一间，趴在上铺的周欣说希望空出的那张床的主人也是个女的。

这时一个中年男人从房间门口经过，向内望了一眼，显然被房内的三个美女惊艳到。

“看什么看？赶紧走别挡道儿！”背后一个粗豪的东北声音喝道，中年人被吓得赶紧往前走。

一个拽着拉杆箱、个子不低的男子出现在房门口，他径直把拉杆箱放到空着的铺位旁边。周欣当时就噘起了嘴，失望到极点。

可没想到事情还没完，一个女声在房门外响起：“行啦，放下东西，给老娘滚蛋。”

男子快步走到门口，恭敬地说道：“那二娘我走了，您一路顺风。”之后便如遇大赦似的急急走了。在这女魔头的高压统治下生活了数年，这次她终于肯挪窝了，男子想着差点儿笑出声来。

“狗东西跑这么快，一定是回去庆祝了。”那女人又骂了一句，随即走进房间。洛雨三人不约而同地打量起这位新室友，只见她身材高挑，外面套着一件黑色裘皮大衣，内里穿着一套火红色的紧身皮装，一身打扮干练到了极点，也嚣张到了极点。惹火的身材，雕刻般的美丽脸庞，浅蓝的眼睛，黑黑的头发。

“好美呀……”周欣看得有些失神，不由得痴痴说道。

新来的美女抬头向三人笑了笑，眼神一滞，似乎也被洛雨等人的容貌震了一下，之后便低头收拾起东西来。

这时车厢一阵晃动，窗外的景物开始慢慢后移，列车终于启动。车站穹顶上的冷光灯化成了一道道蓝色流光，与车内房间的橘色形成鲜明的对比。23 点整，开往莫斯科的 K19 次国际列车缓缓驶出站台。

不得不说，漂亮的女人总有过人的吸引力，而且吸引对象不仅仅限于男人。

“姐姐，刚才送你的是什么人呀？你男朋友吗？你是去旅行吗？”看着下铺的美女收拾好东西，周欣套近乎地问道。

“就那货？我呸，他就是我的一个下属。”美女似乎听到了一个天大的笑话，“姐姐我是去做生意的，这次要做一笔大生意，如果成功了，马上升职加薪。你们去哪儿啊？”对眼前这个瓷娃娃般的小姑娘，她的态度远没有对下属那么严厉。

“我们的票买到了伊尔库茨克，不过可能出了境就会下车吧。姐你到哪儿？”周欣没心没肺地把自己的底儿交了出去。

“哈，我跟你们差不多。认识下吧，我叫萧卓。”美女说着向对面的洛雨伸出了手。两个风格不同的美女，年纪又差不多，都注意到了对方。

“我叫洛雨。”洛雨笑着与她握了握手，力度很轻，似是蜻蜓点水般的试探。

“你姓肖？小月肖？”洛雨突然问道。此言一出，周欣和水静也猛省了过来，之前肖青给她们留下的印象太深刻了。其实洛雨也是有意提醒她们：想想上次旅程中的肖青和赵庆华，不要太轻易相信人。

“不是，契丹萧太后的‘萧’，卓越的‘卓’，萧卓。”美女答道。

洛雨笑笑道：“哦？萧太后姓萧名绰，深沉干练，巾帼不输须眉。你姓萧名卓，似是把巾帼这最后一点牵绊的绞丝也去掉了，只为追求卓越呀。”

“哈哈哈，你真是我家老爷子的知己。”萧卓爽朗地笑着回答道，“妹妹好学问，这是要去做学问吗？”

上铺的周欣和水静突然感觉气氛好像有些不对，轻言浅笑中，下铺两人的眼神间似有电光流动。

“姐姐，你对俄罗斯很熟吗？”周欣岔开了话题。

“熟，常去谈生意，姐姐我是这白山黑水间土生土长的哈尔滨人。”萧卓答道。

“你是中俄混血儿吧？真漂亮！”

隔壁的男生宿舍里。

“我说，‘上校’真的能跟上来吗？”陆林担心地问道。

“没有问题。我配了个高频鹰哨，咱们听不到，但它能听到，哪怕相隔很远。”罗瑞很有把握地说，“而且就算它跟丢了，也能自己回家去。”这次跨国的火车旅行，“包子”是不能再跟着大家了，不过“上校”可以，罗瑞干脆让它跟着火车一路飞到西伯利亚去，那里本就是大金雕的家园。而且最重要的是，带着一只几乎没有天敌的猛禽进入辽阔的荒原，既能一定程度上保证大家的安全，也能在需要时充当“天眼”，等于带了架侦察机。

“怎么老毛子火车的卧铺也这么窄？真难受。”项昊抱怨道，1 米 98 的身高加上壮硕的身材，他被这小床挤得受不了。

“我说你慢点儿，别把人家的铺弄坏了。”陆林打趣道。

静悄悄的夜晚，K19 在车轮与铁轨的碰撞声中向北行驶。众人沉沉睡去，不知不觉火车已经出了山海关。待到第二天早上醒来，列车驶入了沈阳站，站台上已经有不少人在等候了。众人洗漱完毕，项昊提议去餐车吃早饭，实际上是想赶紧换个宽敞的地方，他快憋屈死了。

在众人离开卧铺找餐车的时候，一个从沈阳站上车的男子敲开女生宿舍的门，此时只有萧卓还在。

“二姐，您这次自作主张离开北京，二老爷听了很生气，想让您给个解释。”

“回去告诉我爹，我是为了他。这些年咱们家一直被大老爷他们压着，这件事之前一直是他们家在查，这么久了也没有头绪，偏偏老不死的对这事儿非常重视。如果这次我能成功，咱们就能反压大老爷他们家一头。告诉我爹，这次我如果成，下届的当家就是他了。”萧卓说道，“好了你下车吧，我要找那帮人去了。”

“好的，那我走了。您自己也小心点。北京刚传来消息，今天早上赵家人也动身了。”男子说完就离开。

陆林一行人来到餐车，餐车此时坐了不少人，大多是老外。几个人挑了两张相临的桌子坐下，点好了东西正在聊天，就听到身后传来一个带北京口音的声音：“哥们儿，这有人吗？”

众人回头，看到一个四十多岁的中年男子站在他们后面。男子微胖，大光头，额角有道两寸多长的疤痕，脸上的横肉笑起来有些狰狞，不过最引人注意的，是他指着座位的那只手没有小拇指。

男子不待众人回答就一屁股坐了下去，自来熟地对众人说道：“哥儿几个也是去莫斯科的？买卖人？我也是，嘿嘿，叫我老赵就行。”

“噗！”周欣把才喝到嘴里的一口水喷了出来，然后惊恐地看着眼前这个不似善类的大光头。自从洛雨讲了世家的故事之后，众人对这个“赵”字就格外敏感。

# 第三章　俄罗斯

“哎呀不好意思，怪我，吓到小姑娘了。叔叔就是个糙人，别害怕。”老赵不以为意地笑着说，同时挥了挥那只满是裂纹还少了个指头的手。

聊了几句之后，众人才从老赵口中得知他是在俄罗斯做生意的商人，从1992年就开始往俄罗斯倒腾服装和日用品，算是最早的一批中国倒爷。不过生意一直做得马马虎虎，现在在俄罗斯的几家大型批发市场里有几个摊位，时不时地要回国内进货。虽说现在国际物流发达得很，不用像过去那样自己拎着大包小包上火车，但他有严重的恐高症，不敢坐飞机，于是每次发完货都要坐自己十分熟悉的国际列车返回俄罗斯。

“这趟车比以前宽敞多了，九几年那会儿，哪儿都能挤满人，一水儿往苏联倒腾东西的。当时还是绿壳车，也没空调，冬天冷得不敢开窗户，到处还都是抽烟的人，再加上脱了鞋凉脚的，整个车厢里那个味儿呀，别提了。几天几夜熏下来，下车的时候鼻子都不灵了。夏天更受罪，大家为了逃关税，就把带的衣服尽量往身上穿，床单下面、座位上也铺着毯子。那边的夏天有30多度，裹得那么厚，车上又挤，我还爱出汗，那个受罪呀……”老赵向众人吹着自己早年的奋斗史。

“这么受罪，赵叔你还去？”周欣听得入神，忽闪着大眼睛问道。

“苦是苦了点，可当时是真来钱。呵呵，当然跟现在卖地卖油的比不了，不过那会儿大家伙儿生活水平都差不多，全是平头老百姓，哪见过那么多钱？有这么一条挣钱的道，再辛苦也得奔呀。当时赵叔我倒腾了两次之后，拿挣的钱一下就给家里买了冰箱彩电录像机，在胡同里倍儿有面子。当时就觉得，值了！”老赵似是在缅怀自己的光辉岁月，“那会儿这条道上的钱是真好赚，基本不用到莫斯科，带的货在沿途就能卖完。当时这路上的每个车站，铁道两边都好多老毛子在等这趟车，车停了，我们就拿货下车卖，有时候来不及，就从窗口一手收钱一手往下扔货。等到半路上把所有货都卖光，我们就下车把卢布兑换成美金，然后搭下一班火车直接回国。”

“唉，钱是挣到了，可身体不行啦。”说着他让众人看他那两只全是口子的手，“这都是那会儿冻的，脚上也有，还落下了很多毛病，有些冻疮这辈子都好不了。”

“这个指头也是冻掉的？”陆林指着老赵的手问道。

“这个不是，嘿嘿，别提了，另一码事儿。”老赵正笑着，看到对面车门口有一个俄罗斯乘警走进来，一下子不笑了，声音也小了许多，就好像突然从一个话痨变成了哑巴。“多吃点儿，趁这会儿挂的是国内的餐车。等过了满洲里，换成老毛子的餐车，那菜是真难吃。”他小声转移了话题，弄得众人有些摸不着头脑。

直到乘警消失，他才又恢复了之前的状态：“见笑见笑，习惯了。说了这么半天，你们去西伯利亚是干吗的呀？”

“我们去旅游。”陆林抢着答道。

“啥？”老赵的表情有点不自然，那眼神好像在说“你们吃饱了撑的吧”，接着他赶快调整了下，玩笑似的告诫道：“坐这趟车的背包客我见多了，可你们看看，有几个是中国的？等过了边检到后贝加尔的时候记得别下车，那地儿乱。”

他想想又说道：“要是都不会俄语，到目的地之前最好都别下车。说句难听的，中国人坐这趟车，不出点事儿都不正常。唉，好好的跑出来受这罪，祝你们好运吧。”

“别呀赵哥，您这说得也太玄乎了，给我们讲讲吧。”陆林笑着说道。他们对这条线路都不熟悉，听老赵说得这么严重，自然要问问。

老赵组织了一下语言，说道：“这么说吧，中国人在俄罗斯，对三种人一定要小心：第一是警察，第二是黑社会，第三是同胞。老毛子的警察就是土匪，野蛮、暴力、滥用职权，跟他们比起来，咱中国的警察就跟天使一样。那边的警察不富裕，捞外快的时候，经常对外国人下手，特别是对中国人。也不怕你们笑话，刚才我那样，就是让那帮孙子给欺负出习惯来了，弄得现在回了国也怕警察，改不了了。记住，见了老毛子警察躲着走，一旦被盯上，不出点儿血别想了事。

“年轻那会儿不懂事，有次卖完货我就拿钱跟人家显摆，这一露财就让警察给盯上了。他要看我护照，看了以后说照片跟本人不像，怀疑我是偷渡的，就把我关起来了，交一万卢布才能走人。当时年轻气盛，那是几千块人民币呀，哥我挣的都是血汗钱，凭什么喂他们？说什么我也不交，结果活活被关了一个月。”

“然后你胜利了？”周欣兴奋地问。

“胜利？呵呵，然后我交了。”说着老赵晃了晃自己缺了小拇指的手道，“当时我要是再不交，他们准备敲我的第二根指头了。交完钱，连个收据都没开就把我扔了出来，什么偷渡不偷渡，就是讹钱！”

老赵歇口气又道：“黑社会就不用说了，到哪都得小心黑社会。看我额头这块疤，不交保护费让人给打的。后脑勺还有一块，晚上被打闷棍留下的。老毛子这边现在流行光头党，看到穿得痞气剃光头的年轻人都留点神。”

“那怎么还得小心同胞呢？大家都是中国人呀。”水静问道。

“呵呵，”老赵笑得有点无奈，“中国人才了解中国人，才知道怎么欺负中国人。东欧的一些港口和陆运点，有些不干正事的中国人，外国人的货不敢动，专门刁难同胞。赵叔我在俄罗斯做了这么多年生意，被坑得最惨的一次就是同胞干的。再有，1993 年中俄列车大劫案听过没有？发生在从蒙古出境的那列车上，一路上从车头到车尾被抢了四次，专抢中国人，干那活儿的也全是中国人。”

接下来的几分钟里，老赵用负面案例生动地给众人描绘出了一个地狱般的俄罗斯，大家不由得对这次旅途又多了几分担心。

正聊着，项昊突然腾地站起来，手指餐车一边的门口大喝道：“孙子，给爷放开那姑娘！”跟着就离开座位走过去。

众人回头看，近门处两个有点儿喝醉了的老外一前一后堵着路，正在调戏一个黑头发的美艳女子。

“哎？那是萧姐姐，跟我们一个包厢的。”周欣说道。

那女子正是萧卓，挡在身前的老外手抓一沓钞票在她眼前晃，一脸淫荡地调笑着。她不为所动，只是抱着肩膀冷笑。

项昊上前从身后一把抓住老外的肩膀：“孙子，姑娘再漂亮也是我们中国的，由不得你们这么放肆，给爷老实点儿！”他五指如钩，一用力，疼得那厮酒都醒了，身子直往后缩。这一英雄救美的行为，赢得了车厢里乘客们的一片掌声，还有老外吹着口哨看笑话。

后面那个看到同伴遇袭，想上前帮忙，却没想到身前的美人一个肘击，打在了他胸骨以下胃部以上的鸠尾穴上，那老外当时跪在地上。项昊看在眼里，暗道这婆娘真狠，鸠尾穴可是死穴，打重了会出人命。

萧卓又抱着肩膀，丢了句“老娘要你帮忙了吗？多事！”就施施然从还抓着个人的项昊身边走了过去。

“我说你这婆娘怎么说话呢？分不清好赖人呀？”项昊不干了，松开手里的人转身问道。两个老外只是喝多了有些得意忘形，把一身紧身皮装的萧卓当成了小姐，此时已经疼得酒醒，慑于项昊的高大身材，相互搀扶着灰溜溜地走了。

“你说谁是婆娘？”萧卓猛地回头瞪眼问道。

“自己人，自己人，别让外人看笑话。”周欣跑过来当和事佬，挽着萧卓的胳膊往座位处领，边走边笑嘻嘻地道，“姐，你真是条汉子！”

刚才老赵看项昊去管闲事，怕一会惊动警察会连累到自己，找个借口溜走了。水静感叹长得那么凶的一个人，胆子竟然这么小，洛雨却说旅途中的朋友就是这样，人家没理由为下车就不会再见的人承担风险。俗话说“江湖越老，胆子越小”，这个小生意人被艰辛的生活磨砺得失去了勇气。

周欣对萧卓说了刚才老赵讲的那些反面案例，问道：“萧姐姐，俄罗斯真有那么乱吗？”

萧卓笑笑：“呵呵，他说的那些都是真的。其实吧，这毛病都是惯出来的。老毛子的警察发现中国人好欺负，既然你好欺负，那人家不欺负你欺负谁？不过他们对待自己人也是这德性，狠起来对美国人也是这样。刚才那两货，一大早喝多了，不用说就是俄罗斯人，但挨了打他们也不敢去找乘警，怕给自己找麻烦。”

萧卓有一半的俄罗斯血统，对俄罗斯并无恶感。她又接着说道：“俄罗斯乱也是真的，老毛子出口最多的四样东西：伏特加、AK47、妓女和黑社会，能不乱吗？特别是东西伯利亚这边，地方穷又山高皇帝远，丛林法则盛行。

不过话说回来，人家也有优点，就像刚才说的老毛子警察，看谁不顺眼就敢整谁，哪怕你是美国人，他们也不怕。这是个用铁和血打赢卫国战争、打垮纳粹、又和美国争夺过世界霸权的国家，俄罗斯这个民族是有自己的骄傲的。你可以说他们野蛮、无赖，但他们敢用野蛮和无赖的态度面对全世界。刚才那人说得有点片面，这个民族要真那么差劲，也不会第二个造出原子弹，第一个把人送上太空，还孕育出托尔斯泰、普希金这样的作家。老毛子除了开车快，干什么事儿都慢慢腾腾的，而且没事就酗酒，不过他们认真起来是很厉害的。怎么说呢，就像苏联那会造的老机器，简单、粗糙、皮实，但同一批产品之间的质量差距，能从天上差到地下去。运气好，捡个认真时候造的，跟德国造的一样好用，而且几十年不会坏；运气不好捡个他们喝醉时造的，三天两头就会出毛病。不管怎么说吧，虽然一身的坏毛病，但这是个从来没有倒下，也从来没有被征服过的民族，毕竟拿破仑失败了，希特勒也失败了。”

“错了，”洛雨在一旁说道，“不是没有被征服过，蒙古帝国四大汗国之一的金帐汗国，统治了俄罗斯两百多年，比元朝统治中国的时间还长。”

“妹妹你真是好学问，这个我还真不知道。”对于洛雨的纠错，萧卓不以为意地捋了捋头发道。

“那萧姐姐，如果我们想出境以后采购装备，你觉得从哪儿下车比较好？”周欣又问。

“这要看你们想采购什么装备了，一般旅行者在乌兰乌德和伊尔库茨克集结的比较多，但要是想买些市面儿上买不到的……呵呵，后贝加尔连‘喷子’都有得卖，换其他地方，没路子是买不到的。”萧卓回答得很随意，实则是在有意引导众人。

陆林和项昊闻言，悄悄对望了一眼，似在询问对方，要不要买上两把枪。

此时列车已经驶出沈阳站，在城市边缘的低矮房屋和农田间开始加速。清晨的阳光透过纱帘照进车厢，窗外的景物不断变化着。

“泥号！”对面餐桌突然有个声音传来，众人抬头看，却见是个老外。老外友善地笑了笑，用非常糟糕的中文继续说道，“你好，我是……霉……美国人。刚才……听到你们说美国和俄罗斯……能喂……喂……”

“别喂了，你还是说英语吧。”项昊用英语说道，他有点受不了这四不像的中文。

“项大叔，你还会说英语？”老外还没说话，周欣却被项昊一口流利的英语镇住了。

“什么话，我怎么就不能会了？部队上学的。”项昊说道。先前他发现陆林的俄语说得很流利，也不由得想表现一下。

之后老外就和大家聊天，周伟和水静听不懂，周欣在一边小声地翻译。这个美国人叫艾伯特，坐在旁边的是他的妻子杰茜卡，两个人是职业旅行者。见识了刚才项昊英雄救美的行为，他们觉得这一行人很有意思，就想认识一下，夫妻二人已经习惯了在旅途中认识些有趣的新朋友。

“我们原本生活在加州的一个小镇里，两个人都在超市工作。”艾伯特介绍道，“上帝呀，当时的生活真无聊。结婚以后，有一天我对她说，我们去周游世界吧！她同意了，于是我们就策划了一次旅程，从西海岸到日本，再经过中国、东南亚、印度、北非，最后回到欧洲东海岸。可转完了这一圈儿，我们却好像哪儿都没去过似的，只记得在不停地赶路、赶路、赶路。唯一的收获，就是我们把拍的照片发给了国家地理杂志，结果有几张被采用了。我们的游记也被登在了一本旅游杂志上，这让我们挣了点儿小钱。”

艾伯特说着跟杰茜卡对望了一眼，眼里满是甜蜜：“后来我们就想，为什么不能这样生活呢？于是我们辞掉了工作，开始旅行。我们每年至少有6个月是在旅途中度过的，其余时间则是在整理游记，给杂志、网站和类似孤独行星（Lonely Planet）这样的自助游指南出版商投稿，今年是第四年了。”

“这个很挣钱吗？”周欣在一边问道。

“不，只够维持生活，能被选中的文字和照片永远只是少数，偶尔还需要在旅途中打工，但我们喜欢这样的生活。周游世界之后，我们发现想把游记写好，就要真正去感觉一个地方或者一个民族，去了解它去触摸它。每次只去一个地方，多待些日子，一次旅行半个月到一个月。这次我们打算用两个月的时间，来一次俄罗斯冬季的深度游。”艾伯特回答道。

“两个月？用得了这么久吗！”陆林惊问道。

“可能还不够，我们打算明年夏天再来一次。去年来中国，我们在北京住了两周。俄罗斯是地球上最大的国家，国土东西跨度几乎绕了地球半圈。

除了没有热带雨林和赤道，几乎地球上所有的自然美景都可以在这里找到翻版，更有北极熊、西伯利亚虎等无数野生动物。辽阔的土地、美丽的自然风光、丰富的动植物资源，没有几个国家能和俄罗斯比。只一个贝加尔湖，就占了全球淡水量的20%，是美国五大湖库容量的总和。'冷战'和苏联解体，使这里成了常常被人们忽略的旅行圣地。如果单纯为了看风景，一趟俄罗斯走下来，许多国家都不用去了，真的很划算。而且……”艾伯特笑笑道，“来这里旅行真的很便宜。”

“你们不担心安全问题吗？”洛雨问道。

“担心，不过有问题我们会找使馆。”艾伯特不假思索地答道。

众人相顾无言。从老赵开始，他们一个早上听了三个不同版本的俄罗斯，颇有些罗生门的味道。此时他们对这个国家的印象，反而变得越来越模糊了。

餐车内。

早饭吃得很慢，大家谁也不着急。餐车变成了临时酒吧，来自不同地方的旅客在这里相互交流。不过外国人居多，有俄罗斯人，也有世界各地来旅行的背包客，还有些人是专门为了乘坐这趟列车而来的。广播中来回放着舒缓的苏联老歌，里面有老俄罗斯人钟爱的手风琴声，悠扬的旋律在车厢里回荡着。旅行者们像久违的老朋友一样聊着天，气氛怀旧而温馨。列车在铁轨上飞快奔驰，明媚的阳光融化着两旁平原上的积雪。

在众人享受着美好旅途时光的同时，北京的一处四合院里气氛却正紧张。

“你们这群饭桶！让你们盯紧他们，你们就这么盯的？竟然让这么一支杂牌队伍给耍了，咱家的脸让你们丢尽了！这下好了，所有的准备白费了。你们知不知道，一旦出了境，想找他们有多难？”

“那个，四哥，咱们也不算跟丢了。当时元凌在机场外面发现他们出来，就一路跟上去，而且已经跟上了火车。”一个手下辩解道。

“我当然知道他跟上去了，可一个人跟上去有什么用？咱们所有的准备都在莫斯科，在莫斯科！现在要从头来做了！”四哥的火儿还没有消。

“至少咱们没有追丢。”下属小声嘟囔了一句，看四哥又要骂他，连忙说道，“那四哥，我们下一步怎么做？早上已经发信，让去莫斯科的人回来了。而且刚才元凌传回话来，他好像在车上看到了萧家的那个娘们儿。”

“萧家人也掺和进来了？”四哥闻言恢复了冷静，“让元凌继续跟着他们，看他们的目的地是哪里。现在看来，他们此行多半是冲着西伯利亚去的，那咱们的处理方式就得改改了。那边的环境不同于莫斯科，是远东最乱的地方，又是在国外，而且萧家还掺和了进去……”

他想想道：“让去莫斯科的那20个人赶快回来，从里面挑6个俄语最好最熟悉环境的，然后派他们马上去咱们外蒙的训练营调300人出来，每个带50人，分批从外蒙进俄罗斯，到了西伯利亚再会合。”想到目标可能是西伯利亚之后，他将这次行动的整体方针做了调整，先前派去莫斯科的人只能算是间谍性质，而这次，则是真的要动用赵氏的私人武装了。

“四哥，为什么先前去莫斯科只派了20人，这次却要300人呢？”旁边一个手下问。

四哥缓缓说道：“你们不了解那边的情况。我去西伯利亚打过两次猎，那里太辽阔也太乱了，偏离了公路铁路，在荒原上随便放枪都没人管。力量小了别说找人，连自身都难保。何况萧家那娘们儿也去了，她对这里可比咱们熟悉。不过出了国境办事儿也方便，300人听着不少，往森林里一撒根本看不出来。那娘们儿要是想跟咱们碰一碰，咱就跟她碰碰试试。行了，你下去准备吧。”上次去日本，这四哥只带了5个人，因为东京的环境不允许乱来。但此次深入蛮荒则完全不同，不但环境允许，而且也是任务的需要。

深夜花园里四处静悄悄
只有风儿在轻轻唱
夜色多么好
心儿多爽朗
在这迷人的晚上……

夕阳下，陆林坐在车窗边轻哼苏联老歌，为众人填写入境登记卡，享受着傍晚的宁静。列车此时已经过了长春、哈尔滨，行驶在白雪覆盖的黑土地上。一路向北，气温越来越低，内外的温差让车窗上结起了一层白雾。天空中大片大片的云层被镶嵌了一层金边，时而高飘成鳞，时而低团成簇，时而遮蔽天日。当金黄色的阳光透过云层的缺口形成一道道光束照亮雪原的时候，那美景宛如天堂。

三个女生关在包厢里恶补俄语，项昊、罗瑞和周伟则拉上了临时入伙的萧卓一起打牌。陆林写写停停，时不时望向窗外，似在回忆。

“但愿明天也能这么平静吧……”陆林暗暗想着。明天早晨，K19 次就要驶入俄罗斯境内了。

时间过得很快，转眼天已经黑了，窗外不知什么时候下起了雪。众人再次移师餐车，享受国境内的最后一顿晚餐。夜晚总能让人们表现出感性的一面，此时餐车的气氛完全变了。座位几乎被坐满，俄罗斯人多了很多，旅客们叼着烟，喝着伏特加，时不时举杯相敬，大声地唱着、笑着、吵闹着，很多人已经醉了。气氛空前热烈，艾伯特夫妇也在，招呼他们过去坐。

看着一帮群魔乱舞的老外，众人一时有点不适应。萧卓笑着说道：“不用太紧张，咱们现在过的是俄罗斯时间，你们得习惯老毛子的生活方式。没有含蓄没有中庸，想做什么就做什么。”说着她也倒了杯酒，转身对着热闹的人群举起杯，用俄语高声叫了句 “为了相遇，干杯”，说罢一饮而尽。

“乌拉！”美女的敬酒得到了人们热烈的回应，虽然他们之中很多并不是俄罗斯人。

“如果你想了解美国，就去拿本书。如果你想了解俄罗斯，就去拿把铲子。科学家、传教士、诗人……他们都被埋在这里。”一个俄罗斯人用带有俄味的英语和艾伯特神侃着。

“我怎么觉得他在说中国。”周欣小声对洛雨说道。

“这伏特加比国内喝的烈多了，来劲！”项昊干了一杯后对陆林说道。亢奋是一种容易传染的情绪，众人很快融入了周围的气氛里。黑暗中时常有雪花砸到车窗上，却迅速被餐车内的融融暖意融化了。大家全然没有注意到，人群中有一双不怀好意的眼睛在注视着他们。

一直闹到十点，他们才回了包厢，几个男人都有点喝多了，在女生们的极力要求下才回房休息，她们实在受不了车厢里的那股膻味。十一点多的时候，陆林被包厢外走道上突然传来的一阵吵闹声惊醒。他依稀能听到，有个旅客在跟乘务员和乘警大声争吵着，大意是他的护照丢了，要求乘警赶快给他找。

又过了一会儿，声音渐渐平息了下来，有个人在供应热水的锅炉夹缝里拾到了他的护照。

赵元凌余怒未消地回到包厢，刚才他从餐车出来，突然发现身上的护照不见了，找乘警和乘务员讲了半天也没个结果。“妈的！之前真是白喂他们了！”赵元凌暗骂道。为了方便行事，上车后他就贿赂了乘务员，把买到同一包厢的旅客调配到别处，自己占了一个包厢。刚才护照不见了，他找乘务员求助，可她们却完全不管。好在有个穿着高领皮风衣、戴着帽子和墨镜的中国人捡到了他的护照，否则明天出不了关，他的麻烦就大了。

“真怪，大晚上还戴墨镜。”赵元凌又想起了还他护照的那个人，好像自始至终都没能看清他的面貌。想着他喝了口水，便翻身躺倒在卧铺上，全然不记得离开前他根本没往杯子里倒过水。大多数人都睡了，车厢里静悄悄的，只有窗外夹杂着雪花的北风声和车轮碰撞铁轨的声音在不停地响着。

几分钟后，桌上的手机响了，赵元凌想起身拿手机，却发现身体竟然动不了了。这时包厢的门被拉开，一个穿着高领皮风衣、戴着帽子和墨镜的人走了进来。赵元凌惊恐地看着来人，似乎有些明白了。那人并没有理他，径直拿起桌上的手机，按下通话键。

“嗯，是我。”皮风衣举着手机说道。让赵元凌震惊的是，这人的声音竟然和自己一模一样。他想喊，可喉咙却发不出任何声音。

“放心吧，一切正常，明早出境……嗯……嗯……300人是吗？……好的……确定了他们的落脚点再联系……嗯……您放心吧，再见。”

挂了电话，皮风衣这才回头看动弹不得的赵元凌。当他翻下遮着脸的高领，摘下帽子和墨镜，赵元凌的脸刷一下就白得没有一丝血色，他仿佛看到了世界上最恐怖的事——对面站着的那个人，竟然是自己！毫无反抗力的赵元凌倒在床上，站着的那个“自己”看着他的眼睛，缓缓俯下身，咧开嘴笑了。那笑容在他眼前越来越近，他的嘴角仿佛能滴出血来……

第二天清晨，在K19经过的一座铁路桥下的冰河里，警方发现了一具全身赤裸、脸皮和指纹都被剥掉的男性尸体。尸体似乎经过了特殊处理，被发现时已经开始腐烂，死者的身份和死亡时间无从判断，但死亡原因一目了然——死者心脏位置有缝针的痕迹，打开胸腔后发现心脏处的几根主要静动脉被剪断，胸腔内积满了回流的血液，却一滴也没有流到外面。

凌晨，粗心的乘务员唤醒全车厢的人，让大家准备边检的时候，并没有发现少了一个人，也没有注意到给过她钱的那位旅客，身边多了一个上车时未曾出现过的超大号旅行箱，以及他包厢里那股淡淡的血腥味。

## 第四章　出境

众人是被乘务员的一阵敲门声吵醒的，再过一会儿，列车将要到达满洲里。所有人起身洗漱收拾东西，准备接受出境前的边检。陆林看了下表，凌晨3点。雪还在下着，冬季的夜晚总是特别漫长，在车窗外的一片黑暗中偶尔能看到远处的点点灯光。

终于，列车驶进了满洲里站。凌晨的车站静悄悄的，站台的灯光下，除了身穿皮大衣、头戴皮帽子的正在执勤的武警战士和准备进行边检的工作人员，再无其他。众人准备好了护照和出入境登记卡，在包厢里静静地等待着。

过了很长一段时间，车厢的尽头传来了开门声，中方的边检人员终于来了。第一拨是检验检疫人员，接着是海关，他们只是随便看看，并没有要求打开行李，整个过程气氛轻松。检查陆林包厢的是一个年轻的东北小伙，进来看了两眼就出去了，待看到隔壁房间的一屋美女后，干脆坐下聊起了天。听说一行人是来旅游的，他的眼神也变成了昨天老赵的那样。临走时，他一脸惋惜地对美女们说了句“旅途愉快”，弄得周欣心里毛毛的。

最后一队检查人员是边防武警，将护照上的照片与本人核对之后，他们便收走了护照盖章。萧卓说列车还要等上两三个小时才会开，从北京挂的餐车也会在这里甩下来，嘱咐大家不要着急，之后便又回去补觉了。洛雨留在了车上，其余人想下车活动活动，周欣和水静从来没有来过这么靠北的地方，穿上厚厚的羽绒服，急急地跑下了车。才下车，两个人就被冻得直跳脚。12月的满洲里，最低气温已经低到了零下20 ~ 30度之间，没来过的人真的受不了。

“你不把‘上校’招过来看看？万一它没跟上呢？”陆林对罗瑞说。

“开什么玩笑，没看武警端着枪吗？被打下怎么办？再把我当成走私珍稀动物的，那就麻烦了。过了边检再说。”罗瑞搓着手说道。

“有这么冷吗？”看一群人冻得发抖，项昊不禁问道。

“你不冷？”所有人一起反问。

陆林和项昊对望了一眼，两人似乎都不觉得很冷。他们掌握了御清老道所传的六十四息的前八息，并且逐渐开始在日常生活中使用起这种奇特的呼吸方式，也许这就是原因所在。满洲里的夜色在风雪中别有一番风味，远处的雪雾中有很多俄式风格的建筑，但大多只能看到一个轮廓和点点灯光。

周欣冻得像只兔子一样在站台上不停地跳着，周伟忍不住对她说道：“上车吧欣欣，别蹦了。”

“不行，往后的路都是这样的温度，我必须适应。”周欣一脸认真地回答道，“哥，这次大家是为了救你才来的，我不想成为大家的累赘。”这个平时被哥哥照顾惯了的小女孩，在得知周伟的病情后成熟了很多。

又待了一会儿，大家相继上了车。周欣看到车厢入口不远的地方挂着一本厚厚的留言本，那是专为旅客准备的。想到还要等上好久，她好奇地把本子取了下来，看起里面过往旅客的留言。类似的留言本里总能找到一些有趣的内容，这大概是BBS最古老的一种形式了。还没学会几句俄语的周欣挑着有意思的中文念给大家听。

“‘第一次出国，第一次一个人旅行，很害怕，很兴奋，美丽的贝加尔湖，美丽的西伯利亚，我来啦！’嗯，这字真秀气，肯定是个女孩子写的。”周欣念完点评道。

接着她又找了一条：“‘终于要下车了，再见了狐臭的世界。’哈哈哈，跟他同屋的肯定都是老毛子。”

“再看这条——‘我走向地狱，穿过魔鬼林立的山脉，我无所畏惧！’这肯定是个信教的。”几个歪歪斜斜的大字占满了一页的空间，周欣回头对水静道，“静静，你知道吗，俄罗斯信东正教的人很多！”她翻到下一页，发现歪歪斜斜的大字还没有结束。

“‘总有一天，我要成为这山中最强大的魔鬼！’”众人都笑了，弄得周欣很没面子，“呃，这是个什么样的变态呀！”看看日期，却发现已经是三年前的留言了。

又往后看，“‘终于逃出来了，终于进入了国境！永别了西伯利亚！祝你早日被埋葬进地狱里！’哎？这个……”周欣迅速往前翻看，之后又翻回到后面，皱着眉说道，“这是刚才一个人旅行的那个女孩的字迹，只是写第二次留言的时候，她的手好像在一直抖。不对！她不是去旅行的吗？怎么前后的留言时间竟然差了一年！”她看向众人颤抖地说道：“天啊，她这一年里到底遇到了什么呀！”

“她可能在那边结婚了吧。没事的，往后看吧。”周伟安慰妹妹道。说完他与其他几人对了下眼神，心中都有一丝沉重，看来这边真的不太平。

周欣被这条留言吓得没了心情，草草把留言本翻到最后，却发现最后一条竟然是昨天写下的。“这人也太急了，一上车就留言。”她撇撇嘴说道，接着便念出来，“‘你的眼即是我的眼，你的心即是我的心，你美丽的脸庞是我最珍贵的收藏。黑色的西伯利亚之瞳呀，你的渔夫回来了。’写得倒挺有诗意，可西伯利亚之瞳，指的应该是被称为‘西伯利亚的蓝眼睛’的贝加尔湖吧？他为什么说是黑色的呢？”

一直等到天蒙蒙亮，雪已经停了，七点整，列车终于再次启动。不过萧卓却说别高兴得太早，因为更长的等待，马上就要来了。列车缓缓驶出了满洲里站，一段时间之后，众人便看到了长长的国境线和中俄两国遥遥相对的国门。高大的国门近在眼前，众人这才感觉到它的宏伟和庄严。跨过这扇门，外面就是完全不熟悉的异国他乡，“祖国”两个字在此时愈发显得动人。

穿过中俄两国国门，到此，列车正式进入了俄罗斯联邦后贝加尔边疆区。国境线两旁荒凉而平坦，与中国一侧的情景相比，俄罗斯这边很是破败，除了一个个的边防哨塔和东正教教堂，只有一些零星分布的破旧平房。火车又向前行驶了一段，到达后贝加尔斯克。进入城区后，铁路两边依然破败，好像刚打过仗一样。萧卓说远东的俄罗斯穷得掉渣，也不产粮，全靠咱们的东三省供给。透过车窗看去，路上走的全是白人，建筑也都是俄式的，到处都是俄语标牌，再也见不到一个中文。这里与满洲里相距不到三十公里，却似乎有一种力量，把另一个文明牢牢地挡在了外面，完全看不出在《尼布楚条约》签订之前，这里曾经属于中国。列车缓缓驶入火车站，俄方的边检将在此进行。

虽然和国内的检查项目差不多，可中俄边检给人的感觉却天差地别。所有的检查者都是俄罗斯人，所有人都被要求下车，所有行李都被要求打开。俄罗斯的边检人员大声呵斥着，最后还没收了周欣带的所有零食和大家绝大部分的食品，并要求众人付 500 卢布的罚款，折合人民币约一百元左右。昨天见过面的老赵说，他们专罚中国人，换成白人的话，他们连个屁都不敢放。闻听此言，项昊的暴脾气又上来了，非要和那个扣他们东西的边检员理论，语言不通的时候，拳头同样可以解决问题。不过陆林和周伟死死拉住了他。

“看见他那身皮没？那玩意就代表着国家机器！你抽他，就等于和国家过不去。这是人家地头儿，吃的回头再买，罚的又没多少钱，忍忍算了。”周伟说道。

列车被拖进了换轨车间换轨，俄罗斯的铁道轨距是 1520mm，中国的标准轨距是 1435mm，必须调整车轮的轨距，K19 才能正式进入西伯利亚铁路。艾伯特说他来之前看杂志上的介绍，中华人民共和国成立后刻意把轨距修窄了。所有人都等在候车大厅里，老赵又一次强调千万别出站，不过萧卓对他的说法嗤之以鼻。

陆林和项昊还是出站了。他们之前已经商量好，鉴于传闻里后贝加尔斯克的乱象，其他人不出站继续乘车向前，留下他们两个采购一些“特殊的装备”。周伟等人会在前面的赤塔站下车，一面等候两人，一面采购常用装备，众人会合后再换乘俄罗斯国内火车继续深入西伯利亚。萧卓自告奋勇当起了翻译，愿意陪同众人耽误一天的时间。

做完所有边检，陆林和项昊走出车站的时候，已经 10 点多了。坐了一天两夜的火车，终于“脚踏实地”。项昊要求先去填饱肚子，于是他们在路边找了家小饭店吃点东西。之后便像萧卓所说的，向后贝加尔斯克最乱的一片区域寻了过去。

街上人不多，两个人找了间酒吧走进去。一个喝得醉醺醺的俄罗斯男子竟然操着东北口音的国语问道：“兄弟，要粉儿吗？”

陆林笑着看着眼前的人，心说这儿还真够乱的，索性直接问道：“有枪吗？”

经过一番周折，给了那个男子 200 卢布的中介费之后，陆林项昊二人终于在一个贩子手里看到了几把马卡洛夫 9mm 手枪，简称 PM，外号校官手枪。作为二战后最出色的紧凑型自卫手枪之一，马卡洛夫 9mm 自 1951 年被前苏联作为制式武器广泛装备于军队和执法机构，一直服役了半个世纪，到 2003

年才开始遭到逐步淘汰。主要原因是在现代战争中，9mm 的铅芯圆头弹丸已经不能满足击穿敌人防弹衣的需要了。摆在陆项二人面前的是几把出厂已经快 20 年的老枪，弹容量只有 8 发，不过保养得都还不错，这一型号大概是俄罗斯黑市中最常见的手枪了。

“都是军用制式，比警用的好。单弹夹 300 个美金，双弹夹 350 个美金。”枪贩子是个中国人，看着两个人面无表情地说道。

一番讨价还价之后，双方最终于以每把 400 美元配双弹夹及 5 盒（80 发）子弹的价格成交。两人一共买了三把，多出的一把，暂时还没考虑好给谁。钱货两清后，把刚才验枪时拆开的零件都组装起来，项昊就迫不及待地拿起枪把玩了起来。刚想找个荒僻的地方开枪试试，却被陆林拦住了：“想死呀你？赶紧装起来！咱这还是在边境线上，想玩也等进了西伯利亚再说。”也难怪项昊这么激动，抛开多年没有摸枪的原因不提，中国军队有自己的制式武器，中下层的官兵几乎没有什么机会接触那些世界名枪，哪怕他曾是特种兵。

“嘿嘿，出了国就是方便呀。啧啧，就是小了点儿。”项昊边说边喜滋滋地把枪揣了起来。

折腾完一大圈儿，已经下午四点多了。两个人不敢再耽搁，径直去了长途汽车站，却被告知最后一班到赤塔的长途汽车早就发车了。火车没有，汽车也走了，这下两个人傻眼了。

“Chita！Chita！Come on！”身后突然传来一声带俄味的英语。

两人回头，看到路边停着一辆中巴车，司机正向他们招手。

“怎么老毛子这边也有拉客的？”项昊叹道。

“还不如咱那边呢。你看那车破的，估计得是八十年代生产的了。”陆林说道。那车是圆头的，外形像极了国内电影里七八十年代的公共汽车。俄罗斯没有硬性的汽车报废年限，只要机械性能正常，二战时期的车也能上路。

两人上前询问，司机说了一个小村的名字，那是这车的目的地，他声称从那走不远就可以到赤塔。两人不疑有他，买了票上车，破旧的中巴车又等了一会儿，算上陆林和项昊一共只拉上了 5 个乘客，这才开始向城外驶去。在公路上晃悠了半个多小时，其余乘客都陆续下车，只剩下陆林和项昊两个人。那个小村庄已经到了，司机又往前开了十多分钟，突然停车让陆、项两人下车。

“到了？”陆林用俄语问道。

“到了，下车吧！”司机不耐烦地回答道。

陆项二人一对眼神，知道出问题了。

“到你大爷！坐火车都得几个钟头，你这才开了多远！”项昊也不管他听不听得懂，揪着司机的领子径直把他从车上拖到路边。

两拳之后，这个俄罗斯司机才说了实话，他的车根本不是跑赤塔的，刚才那里就是终点站。他看两个人是中国人，这才打算骗点钱再把他们扔下，没想到踢到了铁板。司机边求饶边许诺，愿意退钱并把两个人送回后贝加尔斯克。

“孙子，你也太损了吧！”项昊又是一拳，把司机打翻在地，扭头问陆林道，“咱们怎么办？”

两个人这才注意到周围的环境，天马上要黑了，四周一片荒芜。陆林想想道：“跟他商量商量，看能不能送咱们去赤塔，给他加钱。”

“还加钱？白送都是应该的！小子……”项昊扭头去找被打翻在地的司机，却发现人没了。这时停在路中间的车子突然启动，原来那斯不知道什么时候钻回了车里，打火、挂二挡、踩油门。那辆破车机械性能还真好，噌一下就蹿出去，冒着黑烟跑了。两人再想追已经来不及了，大眼瞪小眼地被晾在了荒野里。这才叫阴沟里翻船，丢人丢大了！项昊在那跳着脚骂街，可四周静悄悄的，只有夜幕在一点点地降临。

“省省力气吧，咱们往回走走，看看能不能找到人家儿，不然就得露宿荒野了。”陆林活动一下筋骨说道。路两边的荒野到处都是没有融化的积雪，入夜气温开始下降，在这种地方过夜可不是闹着玩的。

又过了一阵，天已经完全黑了。星光下，两个人沿着公路往回走。头顶的夜空繁星闪烁，可此时谁都没有心情去看。

“有车灯！”陆林惊喜地喊道。远处的黑暗中有两只明亮的眼睛正朝这边靠近，躁动的引擎声渐渐传来。

“哈哈，这下有救了！”项昊兴奋地说道。

车灯越来越近，晃得两人有些睁不开眼，引擎声也越来越大。终于，在两人不远的地方，车停下了。

“你们是什么人？”有人了下车，用俄语问道。

陆项二人避过灯光，这才看清了人和车。那是辆体型和悍马 H1 一样彪悍的大型越野车，下车的人一身戎装，赫然是俄罗斯边防军。

“我们是旅行者，打算去赤塔，被一个无良司机扔在了路上。”陆林回答道。

检查了两个人的护照，那名二十来岁的边防军人一连说了一大堆，大意就是一句话：“你们不可以留在这里。”

“我们也不想，但我们该去哪呢？”陆林反问道。

边防军小伙也没碰上过这样的事，有些束手无策。他跟车上另一个人商量了两句，回头说道：“你们跟我走吧。”

陆项二人依言上了车，此时再想说不走，恐怕就容易被误会了。坐进宽大的车内，项昊好奇地问这是不是悍马，在对方一番解释后才知道，这是俄罗斯自产的虎式装甲汽车，广泛装备于军队。出于保密的原因，俄罗斯的轻重武器很少见诸媒体，实际上虎式的性能与大名鼎鼎的悍马 H1 相比不遑多让，而且价格便宜，只在 6 万美元上下。

沿着公路开了一段，虎式吉普车开上了一条小路。陆林正在纳闷会被带到哪里的时候，目的地已经到了。那是一个边防哨所，差不多相当于国内一个连级部队的驻地。看到兵营，陆林的汗一下子就出来了。他突然想到一个要命的问题——现在他和项昊身上可都是装着枪的！两个中国人带枪进入俄罗斯边防站，一旦被发现，对方是可以直接开枪的。汽车停稳，边防军小伙子招呼两人下车。陆林在心中暗叹：“这下麻烦大了。”

哨所大院内除了训练场地，主体建筑是一座老式板楼。带他们来的小伙子把两人领进板楼，来到了食堂，要两人坐下等一会儿，便离开了。此时正是饭点，很多士兵都在食堂里吃饭，看到两个中国人进来，不少人往他们这桌看。在异国的军营里被人围观，感觉很奇怪，陆林干脆向看他们的人行了个军礼，项昊也跟着做了，似乎是想告诉那些边防军，我们曾经是同类。于是，有人也向两人回了礼。

“那哥们儿什么意思，请咱们吃饭？”项昊小声问陆林。

“想得美。估计那孩子是个新兵，碰上这种事不知道该怎么办，又不能把咱们丢那儿不管，这才把咱领了回来，然后请示领导去了。”陆林一边说着，一边观察周围的情形。除了普通士兵外，在食堂的角落里坐着一桌人，军服和其他士兵的不一样，而且，只有那桌上有酒。

“老毛子的兵真壮！”项昊看着周围一边吃饭，一边大声吵闹的士兵说道。虽然赶不上他的身材，但这些边防军普遍比国内的士兵高壮不少。

“别光顾着看，得想想办法，最好能让他们送咱们回去。”陆林说道。

“那还不简单，看我的！”项昊说着打开背包，掏出了他在后贝加尔斯克买的两瓶伏特加，打开盖举起瓶用俄语说道：“干杯！”他一路上总共学会了三句俄语：你好，谢谢，干杯。

结果还真就有人凑过来要酒。“你们平时可以喝酒吗？”陆林问道。

那个士兵哈哈大笑道：“俄罗斯有句谚语——‘俄罗斯人相信上帝，但是俄罗斯人并不认为上帝创世之前世界一片虚无，至少还有伏特加！’这是个浸泡在酒里的国家，伏特加，就是俄罗斯的神！”

历史上戈尔巴乔夫禁过酒，他的家乡是个很不“俄罗斯”的地方，根本不了解伏特加对苏联人的意义。在那个年代，伏特加当货币使比卢布还要靠得住，70%的凶杀案件是因酗酒而起的，它的力量远远强过他手中的权力。这个国家每个人一年平均喝掉15公斤白酒，伏特加是俄罗斯一切罪恶的根源，却也是支撑这个民族的精神。二战时，在冰天雪地里，苏联人喝干半瓶伏特加，口冒浓浓的白气，脸色潮红，精神亢奋，提起冲锋枪狂吼着“乌拉”爬出战壕向德国鬼子冲锋……无数胜利都是这么取得的。

两瓶酒瞬间就被分完了。这才有人问道：“你们是中国军人吗？”

陆林答道：“曾经是，他还是特种兵。不过我们都退伍了，这次来是俄罗斯是旅游。”之后便把他们的遭遇说了。

这时，带他们来的那个小伙子也回来了。“上级说你们不能住在这里，跟我走吧，我想办法给你们找个住的地方。”两人闻言松了口气，早点儿出去是好事，身上带的枪被人发现就麻烦了。

“等等！”唯一有酒的那桌突然站起了一个人。那人身高竟然和项昊不相上下，而且还要更粗壮一些，像一头立起来的狗熊。他晃晃悠悠地走过来坐到项昊对面，似是有些醉了。他把手放在桌上做了个掰腕子的姿势，挑衅地说道：“赢了我，今天让你们住在这里。”

“不用了，谢谢。”陆林心里巴不得现在就走，又对小伙子说道，“能送我们回后贝加尔吗？或者去有车可以到赤塔的地方。”

“安德列，你喝多了，回来！”与狗熊同桌的一个军官模样的人喝道，那人比这个叫安德列的矮不少，但也有一米八以上的样子。

“你们是特种兵，他们也是特种兵，比比吧！”旁边的边防军士兵一起起哄道，两人这才知道那桌人的身份不一般。

起哄的人越来越多，人一多事情就不好办，乱哄哄中，事态隐隐有升级到关乎两国军人颜面的高度的可能。那个俄罗斯军官也不再叫安德列了，只是笑笑做了个请的手势。

“他们笑什么呢？”项昊听不懂，便问陆林道。

“别问了，上吧。”陆林拍拍项昊的肩膀道。这个时候不能认㞞了。

喧哗声中，两个壮汉的腕子扣在了一起，另一只手把着两边的桌角。一声“开始”后，较力开始了。客场的坏处就是没人给加油，桌边围了一圈圈边防军，一边倒地在给安德列呐喊助威，气氛空前热烈，房顶都快被吵翻了。

“安德列，如果输了罚你禁酒一周！”刚才的军官也加入了鼓劲的队伍。

项昊这边只有陆林，嘈杂中他扯着嗓子喊道：“加油，昊子！看到没，这帮老毛子拉偏架！咱更不能输，丢不起这个人！”

较力中的两个人都瞪着眼使劲，两只粗大的前臂绞在一起抖动，却谁也奈何不了谁，僵持着悬在正中间。项昊可以说是天生神力，那个叫安德列的竟然一点都不次于他，看得陆林也捏了把汗，大声地给项昊鼓劲。

两人僵持了足足有五分钟，其间都在拼尽全力。安德列喘着粗气，一张脸憋得通红，额头上全是汗，隐隐有些气力不济，但还在拼命坚持。项昊则比他好很多，虽然脸也憋红了，额头也冒汗，但呼吸匀称，八个呼吸一个小节，平缓地喘着气。边防军的喊声更大了，生怕安德列挺不住。陆林则放了心，知道是老道传的六十四息又起了作用。力气比拼到最后，多半是看谁先上气不接下气。项昊应该是不会输了。

可就在这时，旁边伸过来一只手，把安德列的腕子拔开了。众人回头看，却是那个军官。他阴着脸道：“不用比了，你们今晚可以住在这里。”之后狠狠瞪了一眼安德列，似是对下属的表现很不满意，可又不想让他输得太难看。

这一犯规的举动引起了边防军的一片嘘声，似乎两拨军人并不是很熟。

看到对方变相认输，项昊也不好发作，却听那军官又道："明天，我和安德列两个人，和你们两个人比一场。如果你们赢了，我开车送你们去赤塔；如果你们输了，也把你们送到有车站的地方。"

"二对二，那如果平了呢？"陆林问道。

"也送你们去赤塔。"

"比了！比什么？"

"日常训练项目，放心，不射击，不格斗。"

"好！这么多兄弟看着呢，到时候不要食言。"

那军官权力似乎不小，真的让两个人住了下来。陆林也只好给洛雨一行人打电话，说要明天晚些时候才能回去。

翌日清晨，阳光照在哨所外的雪地上。没去巡逻的士兵都出来了，等待着两方的比试。据说哨所的中尉长官还开了盘口，双方赔率一赔十。陆林很奇怪，安德列昨天明明已经输了，为什么这些边防军还是这么看好他们。

昨天的军官名叫索科洛夫，他和安德列换上一身普通的迷彩服，说着比赛项目：即先从哨所外的荒野开始，进行负重四十公斤进行十公里越野跑——中途遇到障碍和泥泞不许绕开，要穿过去——跑回哨所之后利用这里的训练设施开始障碍翻越、跑轮胎等项目。做完这一切，谁先跑过终点算谁赢。这是场没有多少技巧，单纯比拼体力和耐力的比赛，而这两点，正是斯拉夫人的强项。

一声哨响，比赛开始了。四个人背着沉重的背包冲出哨所，在规定路线上奔跑起来。荒原雪地非常不好走，有些地方的积雪没过了膝盖，有些地方则融化成了深度将近一尺的泥泞。恶劣的路况使得完成这个赛道要比完成普通越野跑多耗费一半的体力。更难的是不能减速，一旦落后就可能会输掉。

索科洛夫从一开始就跑得不慢，一直到赛程过半，他竟然没有一点减速的意思。一路上都是他在打头，其他三个人在后面紧紧跟着，这一前三后的格局，一直保持到他们跑回哨所，10 公里下来，谁都没有掉队。最后一段陆林和项昊开始加速，可还是被前后脚落在了后面。卸下沉重的背包，四个人又开始翻障碍。陆林心说，这个索科洛夫实在太厉害了，他和项昊的呼吸已经开始乱了，可这厮跑完全程到现在都不减速，耐力简直无敌。

做完这些，只剩下最后几十米的冲刺了，索科洛夫把三个人甩开将近十米，遥遥领先，终点边上的边防军玩命地给他呐喊助威。后面三个人全都开始最后的加速冲刺，可也只把距离缩短了两三米。最后十米，眼看他胜券在握！

项昊虎吼一声道："林子，我送你过去！"说罢用尽最后的力气向前猛跑两步，又回身去抓陆林的胳膊。两人心意相同，陆林也伸出了胳膊，四只手扣在一起，项昊的腰一拧劲，把陆林向前甩了出去。这一甩之力足有四五米，离索科洛夫还差一点点。落地的一瞬间，陆林利用惯性向前猛地一个虎扑，终于以微弱的优势率先翻过终点，弄得两旁下注买他们输的边防军一阵叫苦。他松了口气，心中暗道："这下行了，就算昊子输了也算平手。"

他回头看，项昊果然因为这一掷耽误了时间，被安德列甩在后面。可奇怪的是，他在离终点不到几步的地方不跑了，面色古怪地给自己使眼色。顺着项昊示意的方向望过去，陆林喘得通红的脸刷一下白了。原来刚才那一掷一纵一翻之间，他用力过猛，全然没注意到，贴身藏的那把枪不知在什么时候被甩到了地上。

陆林想去捡枪，却怕引起更多的人注意。他偷眼观望，却见有些边防军已经注意到了地上的枪，而对面的索科洛夫正一脸玩味地盯着他，显然也发现了。这下坏了，陆林思绪飞转，却一时也想不出个好主意把这事遮过去。

就在这时，索科洛夫俯身把地上的枪捡起来，向发现此事的几个边防军示意这枪是他掉的，之后很自然地把枪装起来，对陆林伸出手冷着脸道："漂亮的合作，这场算平手。"

陆林被他的"救火"行为弄得一愣，但也伸出了手，与索科洛夫紧紧地握了握："这么说，我们把车票省下来了？"

"没问题。不过，我们不是该先换身衣服吗？"索科洛夫笑得没什么温度。的确，刚才的越野和剧烈运动，已经让几个人的衣服湿透了。由于陆项二人太过紧张，谁都没有注意到裤腿上有些湿透的地方已经结了冰，他们还是太不了解这里的天气。

老毛子办起事来就是慢，洗过澡换过衣服，索科洛夫又非要吃过午饭再走。陆项二人无奈也只有等了。好在一场比试过后，双方熟悉了不少，颇有些惺惺相惜的味道。饭桌上双方聊了起来，言谈中陆林了解到，索科洛夫带领的这支特种小分队一共十二个人，他是队长，外号雪狐，安德列是二号人物，外号白熊，隶属于俄联邦内卫部队。这次来边疆区是为了寻找一小股从北高加索流窜到远东的恐怖分子。这个哨所只是临时的落脚点，过两天他们也会离开。

得知这支小分队并不是分属于大名鼎鼎的“阿尔法”或者“信号旗”，陆项二人也就没太往心里去，俄罗斯以“特种”二字命名的部队太多了。小分队成员的军衔都不低，在哨所里不受什么限制，相当霸道。双方聊得很投契，在餐桌上又喝了不少酒，吃得相当尽兴。一直磨蹭到下午，雪狐和白熊才晃晃悠悠地准备送他们去赤塔，赢了钱的边防军热烈地欢送着，嘱咐他们下次来多带点酒。其实大家也只是在热闹地开着玩笑，谁都明白，萍水相逢，哪还会有下一次。

要离开哨所进城，两个特种兵又换回昨天的军装，还戴了帽子。“老毛子也检查军容风纪呀？”宽大的虎式越野车里，项昊开玩笑道。但接着，他的注意力就被两个人戴的那顶棕色贝雷帽吸引了。他从白熊那里珍而重之地接过帽子，戴上去照后视镜，边照还边对陆林说：“上午咱输得真不冤。”

陆林不明所以，就问项昊这帽子有何不同之处。

## 第五章　脱轨的旅途

“你没听过？栗色贝雷帽呀！”项昊难得有次在陆林面前卖弄的机会，“俄罗斯所有的特种兵，每年除了打仗，最重要的就是参加栗色贝雷帽的选拔赛。无论参赛者的军衔多高，出身的部队多著名，都要经过地狱般的考试，才能取得特种兵的终极荣誉，号称‘特种兵中的特种兵’！”

他又晃了晃手里的帽子：“这就是枚勋章，象征着精英中的精英！”说完才把帽子还给开车的白熊，挑起大拇指道：“老白，牛！”

白熊没听懂，陆林解释说就是非常非常厉害的意思。然后白熊松开方向盘回身，也挑起了大拇指，用古怪的俄罗斯腔对项昊说了句：“牛！”把两个人都逗笑了。

雪狐掏出陆林掉的那把枪还给他：“陆，现在没有别人了，你可不可以解释下，你们真是来旅行的吗？”

“我们真是来旅行的，为了寻找一处古代的名胜古迹，叫‘日不落山’。”陆林严肃地回答道，“西伯利亚太乱了，带枪完全是为了自卫。放心吧，我们保证不会做伤害你们俄罗斯利益的事，也绝不会先开枪。”

“我相信你，希望你不要让我失望。”雪狐严肃地说道。其实在他眼里，复员的特种兵带把枪并不算是大事，俄罗斯的枪支管理并没有中国那么严。

虎式越野车卷起一路雪花，在破旧的公路上高速飞驰。

同一时间，赤塔市中心的列宁广场。一行人的大采购还没有结束，转累了的三个女生坐在广场边的咖啡馆里，洛雨正在给周欣和水静讲历史。

“西伯利亚铁路，东起海参崴，西到莫斯科，全长9000多公里，是世界上最长的铁路线。它是俄罗斯物资运输的大动脉，在这条线上跑的货车比客车多，被称为俄罗斯的‘脊柱’，对俄罗斯乃至欧亚的经济都有举足轻重的影响。”洛雨说道。

自古以来，西伯利亚就是战俘、政治犯、思想犯的流放之地，更是禁锢文学家、革命家的囚牢。普希金、陀思妥耶夫斯基，还有那位，”她指了指广场中心高大的列宁雕像，“都曾在这里服过劳役。”享受着暖暖的咖啡时光，看着窗外满城的积雪，她又说道：“其实流放也不错，不像咱们过去都是株连九族。听说当初沙皇给列宁的流放条件就不错。流放的路上，列宁有肺炎，于是沙皇就把他安排到号称‘西伯利亚小瑞士’的地方养病，还有工资拿。要知道，当时列宁的弟弟可是刚刚刺杀沙皇未遂呀。”

“那个人好奇怪，”边上的水静突然说道，“你们看坐在广场上那个提着大包箱的人，好像也是个中国人，从我们坐在这里开始他就待在外边，不冷吗？”

“也许人家在深切地缅怀十二月党人呢。哪像你，这么感人的故事都听不进去。哎？他们回来了。”周欣正好看到罗瑞和周伟从出租车上卸着大包小包，看来真是买了不少东西。

他们确实买了很多装备，这几天切实体会到西伯利亚的寒冷。在这种可以要命的事情上，周伟一点都不吝啬，买的东西去南极都够用了。

“哥，你们买这么多，咱们怎么带呀？”周欣问道。

“这有什么难的？上火车托运，下火车买辆汽车运，汽车走不了的地方就扔一点儿。收拾收拾吧美女们，一会陆林他们就到了。”周伟一边搬东西一边说道。

傍晚，一辆横冲直撞的虎式越野车开到了列宁广场。陆林、项昊下车，向雪狐和白熊挥手告别后，就和众人会合了。吃过晚饭，众人将装备办了托运，登上了开往伊尔库茨克的火车。

这列俄罗斯列车要到第二天才会到伊尔库茨克，于是众人又买了软卧，坐在包厢里聊起了分别后的经历。

“哎？装备不是都办托运了吗？怎么还有个大包放在这里？”萧卓指着铺下的一个大包问道。除了几个人的背包，其他的大号行李都没有放在包厢里。

“啊，这个呀，这是我们从国内带来的，还是不要和装备放到一起了。”陆林敷衍道。他们担心离开北京后家里不安全，把灾星也一并带了出来。俄罗斯的边检收走了他们的食物，却把这件大杀器给漏掉了。

这一天众人过得太累，大家很早就睡了。车上的人非常少，卧铺车厢里没有几个人，好几节硬座几乎空着。列车行驶在西伯利亚无尽的森林里，满地的白雪反射着微弱的月光，整片大地像是铺上了一张银白色的地毯，地毯上是无尽的森森树影。荒野中静悄悄的，除了轰鸣的列车，一切都沉沉睡去。

这一觉睡得特别香，众人一直到第二天临近中午才相继被冻醒。不知道为什么，车上的暖气竟然停了。

“这老毛子的火车太离谱了，这么冷还停暖气，人少也不能这样呀！”罗瑞抱怨道。

“停就停吧，估计没多久也就该下车了，先去餐车吃饭吧。”项昊提议道。

于是众人摆驾餐车，坐下来等待乘务员拿菜谱，可等了半天也没看到人影。

“是不是还没睡醒呢！这服务也太次了。”罗瑞又抱怨道。

“你们看外面树的长势，咱们不是该向西走吗？可车怎么好像在向北开。”对植物最了解的周欣问道。

“大惊小怪，铁路哪有修成一条直线的，总要有拐弯的地方。”周伟不以为意。

“不对，真的不对！”陆林噌地站起来，向临近餐车的卧铺车厢跑去，停了的暖气、没有乘务员的餐车让他隐隐不安。当他推开一扇扇包厢的门时，彻底傻眼了，整节车厢除了他们，竟然一个人都没有！

“昊子，我这边没人，看看那一头有没有！”陆林喊道。

项昊闻言赶快去开另一头的门，但接着就是一声惊叫，随即众人也都惊叫了起来，被眼前的一幕惊呆了。项昊开门用力过猛，门打开了，他整个人抓着门把手悬在门外。眼前是铺满白雪的铁路线，两边是飞速掠过的无穷无尽的白雪森林，原本该挂在餐车后面的车厢，竟然全都不见了！透过车窗，只能看到孤零零的两节车厢，在车头的牵引下向前疾驰。他们像是孤儿，被人遗弃在了西伯利亚白雪覆盖的无边森林里。

“怎么……旅客呢？车厢呢？怎么把他们全都扔下了？”周欣被眼前的场景震撼傻了，望着车门外痴痴地说道。

“不是他们被扔下了，是我们被扔下了！快关上门，真冷！”周伟和罗瑞费了好大劲才把项昊拉进来，只在外面挂了一会儿，他就冻得够呛。

关上车门，一群人相互对望着，还没有从刚才的震撼中回过神来。

"咱们，咱们被扔下了？那这是哪里？这列车在向哪儿开？"水静突然想到了一个关键的问题。

"不知道，"洛雨脸色苍白地盯着窗外，"西伯利亚铁路不是只有一条主线，作为物资运输的大动脉，在这条路上跑的小火车非常多，岔道也非常多，通向不同的矿区和林场。从这些地方运输物资到大站，汇总后才上主线。换句话说，这里有无数的终点。是谁干的？他们想带我们去哪里？我们快去车头！"

"该死！"周伟却想到了另一个问题，"所有的装备都托运了！"

陆林不再耽误，拔出了马卡洛夫手枪，向最前面的火车头摸过去，项昊紧随其后。打开门，穿过狭长的机组通道，项昊双腿蹲低，双手举枪瞄准，陆林猛地打开驾驶室的门。

"哗啦！哗啦！"宽大的驾驶室里，四个黑洞洞的枪口对准了他们。四个身穿厚厚羽绒服的中国人手持着 AK47，似是已经等候他们多时。想来刚才他们在后面折腾的时候，前面就已经听到了。

"醒啦！还没到呢，回去再睡会儿吧。"副驾驶的座椅转向了后面，裹着裘皮大衣的萧卓跷着二郎腿舒服地倒在座椅里。

"是你！"陆林皱眉道。他已经对这个泼辣的女子心存防备，可谁能想到她竟然弄出这么大的动静，让火车都改道了。

"怨我，昨天药下少了，咱还得待会儿才能到呢。要不，你们回去再睡会儿？"萧卓似是全然不把对面的人当一回事，一边修着指甲，一边无所谓地笑着。

"早就觉得你这婆娘有问题，还说自己是生意人！"项昊气愤地吼道。可眼下自己的两把小手枪，怎么可能跟对方的自动步枪拼。

"再提'婆娘'俩字，老娘现在就阉了你！"胜券在握，萧卓心情不错，没跟项昊计较，她笑笑又道，"我真是生意人，你们就是我的生意。"

"说吧，你到底想怎么样？"陆林比较冷静。

"没什么，想问你们些事情，到地方再说吧，枪放下。竹竿，送他们回去！"萧卓发话道，"几位，别想反抗，也别想逃跑。我保证，出去你们会死得更快！"

四人中一个瘦高的男子端枪走了出来，晃了晃手里的 AK47，示意几个人退回去。

面对前面的自动步枪，身后又有手无寸铁的周伟等人，陆林和项昊无奈地交出枪，在竹竿的监视下退出车头，回到了卧铺车厢里。包厢中一时愁云惨淡。

“这个萧卓到底是什么人？怎么连火车都能调动？”罗瑞很纳闷。

“是呀，那个女人不简单。不过调动火车未必有多难，这里的小矿区和伐木场不少，很多都有自己的火车头。只要在一个小站把咱们的车厢卸下来挂到他们的车头上，搬搬岔道就能出去。欣欣，车还在向北开吗？”洛雨问道。

周欣看了看窗外道：“没错，是向北！”

“难道我们向北走了一夜？难怪他们连个看守的人都没留，他们不怕咱们跑。装备都托运了，这么出去非冻死不可。”罗瑞咬牙道。

“拼一拼？”项昊一边问陆林一边从身上掏出了第三把枪。还好先前他们没把第三把枪拿出来。

“先装起来，现在不是拼的时候。就算把他们全打死，咱们怎么办？谁会开火车？开去哪儿？咱们都不知道自己在哪儿，对环境太不熟悉了。弃车徒步穿越森林的话，如果一天内找不到有人烟的地方，咱们晚上冻都冻死了。”陆林说道。

“先看看咱们在哪儿。”罗瑞翻背包，找出了GPS，边看边说道，“这是咱们现在的位置……嗯，这里是赤塔……天啊！咱们现在在赤塔以北一千三百公里处，距离离咱们最近的城市雅库茨克四百公里。雅库茨克我听说过，那是号称全世界最冷的一座城市！”他脸色苍白地抬起头。

听闻一个陌生的城市名，众人这时习惯性地看向洛雨。

“雅库茨克，远东最古老的城市之一，四百年前沙皇入侵远东最北端的据点。身处东西伯利亚腹地，纬度不算高，但因为大陆性气候特征明显，整座城市又修建在永久冻土层上，使得这里冬天极冷。一月份平均气温零下40度，最冷时达到零下60度以下，但夏天最热的时候达到零上40度，温差能达到100度！”

“温差100度！”几个人一起惊呼起来，他们很自然地联想到了一个词——地狱。

“我是说冬夏温差，又不是一天之内，慌什么？既然有城市，人类就能在这里生存，大家别怕。”洛雨安慰众人道。其实她心里很明白，人类能生存，是因为那里是城市。这种气温在野外的话，普通人恐怕连三天都活不了。

“就怕他们未必是要带我们进城。”陆林皱眉说道，“刚才也说了，附近有矿区和林场。而且据我所知，苏联解体后，类似的小地方废弃了不少……”坏消息一个接一个传来，众人相顾无言。现在真的是一点办法都没有，如果反抗，不说危险有多大，就算是赢了，他们也会被困在冰封的森林里；如果不反抗，只会离敌人的老巢越来越近。一时间大家陷入了两难的境地。

“二娘，咱们这是要去哪儿呀？”四个持枪男子中的一个问道。他们都是被萧卓紧急征调过来的，此时看列车还在向北，忍不住问出了刚才就想问却一直不敢问的问题。

“去我的一个私人据点，家里没几个人知道。”萧卓看着前方无尽的白雪森林说道，“这次事关重大，又是在大老爷的地头办事，大家一定不能走漏风声！贝加尔南部他们的势力太密集，我始终不放心。白天在赤塔，我有一种被人盯上了的感觉，这才临时改变了计划。”她又回头严肃地对下属道：“叫你们来，就表明你们都是我最信任的人，希望你们别让老娘失望。”

“二娘放心。嘿嘿，听您的话，我们连手机都没带。”刚才问话的那位谄媚地笑道，“咱们卸了两节车厢，这个没问题吧？”

“没事儿，那列车的终点就在伊尔库茨克，那边的人已经打点过了，说是借两节车厢送送客人。一个电话就让乘务员把人都调配到别的车厢里，呵呵，远东真乱，不过乱也有乱的好处。”萧卓一副胜券在握的样子。

卧铺车厢一个不起眼的包厢里，铺位下面有一只似被旅客遗弃的大箱子，箱子对面床下的漆黑死角里蜷缩着一个人，此时他正在小声地打着电话：“喂，四哥吗？我是元凌。咱们的人已经过边境了吗？……别去伊尔库茨克，他们被萧家娘们儿劫持了！……对对，四哥你别急，我已经跟上了，现在正在一直向北……嗯……嗯……好，等车停了，我把坐标发给你。”

众人一筹莫展之际，周欣提议道：“要不咱们跑吧？也许有希望呢？”

“跑？”洛雨叹口气道，“欣欣，你往两边看，看到两边的森林了吧？这片森林叫做泰加森林，面积超过 700 万平方公里。700 万平方公里呀！这面积相当于把咱们中国除去新疆、西藏以外的所有领土全部都种满树！就算长期生活在这里的猎人都不敢深入太多，连他们都会迷路。”

“好大呀……”周欣惊叹道。

“你们快看！”水静指着车窗外喊道。

众人还以为发现了人类的痕迹，纷纷探头看，原来是一只棕熊站在离铁路线十几米远的森林边缘，正向着火车张望。那熊个头不小，四脚着地，脊背的高度差不多快到人的胸部。它一脸迷茫地看着火车，好像从来没见过这种东西。

“天啊，还有熊！”看了那熊的个头儿，周欣也不说跑了，这才意识到这里是真正的荒原，危险不只来源于无尽的森林、冰冷的空气，还有凶猛的肉食动物。

“这是好事儿，”陆林说道，“至少我们知道冰原上是有食物的。”

“谁是谁的食物还不好说呢，瞧把你拽的。食物是个问题，不过西伯利亚动植物资源之丰富，在全球都是排得上号的，用心的话总能找到些吃的。”洛雨不紧不慢地说了一句。

“广袤的土地、丰富的动植物资源、地下无尽的矿藏……唉，这地儿要是咱中国的就好了。”罗瑞叹口气道。

洛雨答道：“元朝的时候确实是，明朝也差不多，乌拉尔山脉是亚欧大陆的分界线，它以东都是咱们的。不过中国一直是传统的农业社会，就农业而言，西伯利亚是块不折不扣的不毛之地，中国也就一直没去打它的主意，可以算是块遗弃之地吧。俄国人进入西伯利亚，最初是因为商业利益。十六世纪，欧洲上流社会流行貂皮，而貂皮的主要产地在东欧。经过长期的滥捕滥杀后，东欧貂的数量日趋减少，俄国商人就不断进入东部，终于，他们翻过了乌拉尔山，进入了东西伯利亚。后来的一两百年间，在沙皇的授意下，俄罗斯开始一点点地向东蚕食。直到俄国探险队摸到了雅克萨，与中国签订《尼布楚条约》，这才算是正式确立了俄罗斯对整个西伯利亚的拥有权。”

“现在还不一样是不毛之地？要是没有矿的话，这里真不值钱。别感叹啦，继续想办法吧，其实最要命的还是温度。”陆林说道，“这里就是个全世界最大的冰箱呀。”

“呜——”

"呜——"

就在这时，汽笛长鸣的声音响起。在众人讨论的这段时间里，目的地竟然已经到了。众人围到窗前，想看看萧卓把他们带到了一个什么样的地方。铁路两边开始出现一些零散的老式小木屋，都是用圆木横着一排排搭建起来的，屋顶正在冒着一股股蒸汽。远处还有几座像是食堂的大型木制建筑，年份看上去都很老，不过屋顶上加装了不少现代设备，想来是用老房子改建的。

整个聚居点面积不大，房屋大概有几十间，两边的路上还停了不少越野车。入口处的两棵大树上有两个岗哨式的木屋，可以看到里面端着枪的人，除此还有随处可见的电子眼。向远处望去，朦胧中可以看到没多远就是森林的边缘。室外看不到一个人，所有建筑的底部都用木头支撑着离开地面一定高度，顶上都冒着白烟，把雪原深处的这座小村庄全部笼罩在了雾中。

列车在村庄尽头的一间高大木屋前缓缓停下。

"下车吧，帅哥美女们，你们是这里的第一批访客，欢迎你们。"萧卓裹着厚厚的裘皮大衣，戴着裘皮帽子出现在了门口，一脸的笑容，"别都板着一张脸嘛，我又没把你们怎么样。等我真的把你们怎么样了，你们再恨我也不迟。"她一如既往地把好话坏话都说出来。

众人无奈，只得跟着她下车。一阵冷风吹过，他们的羽绒服就好像没用似的，个个被吹了个通透，周欣猛地打了一个激灵。萧卓见状把大衣脱下来，披到了她的身上。周欣想挣开，萧卓却说道："快进屋。放心吧妹子，姐真不是坏人，至少现在不是。"

"这里附近曾经有一个小金矿，不过在20世纪70年代开采完了，进入80年代这里就被废弃了。后来被我发现，就改成了现在的样子。环境还不错吧？"走进木屋，萧卓介绍道。她往已经点燃的壁炉里添了几块木头，又指着屋子一边几个宽大得可以坐进两只棕熊的俄式沙发，示意众人坐下。

"现在可以告诉我们你的目的了吧？你是不是在北京就盯上我们了？"洛雨不客气地问道。

"也没什么，听说你们在找些东西，我也想凑凑热闹。姐姐，'盯'这个字用得不准确，要不是我，你以为你真那么容易找到十几年前就已经被盗出来的耶律铸墓里的明器吗？"萧卓答道。

“是你！”洛雨心中一惊，难怪当初的拓本来得那么容易。

“你们也不用太紧张，我们家已经找那东西很久了，其实咱们完全可以合作。你看，在北京的时候，我就把我手里的消息告诉了你们，现在，是不是该你们告诉我一些了？”萧卓依然是那副风轻云淡的样子，似乎吃定了他们。

“抱歉，我们从不和用枪指着我们的人谈什么合作。”项昊一口回绝。

## 第六章　冰原之战

“怎么每次找茬儿的都是你呢？”萧卓歪着头笑道，“还真把自己当盘儿菜啦？老娘跟你们客客气气的，是看她们几个女生的面子，一路上我们姐妹相处得不错。你算老儿？”

“你！”项昊气得当时就想上前动手，却被陆林死死拉住。因为刚才项昊前冲的一瞬间，他听到屋外有拉枪栓的声音。陆林笑着问道：“如果我们不想跟你们合作，你能不能看在她们的面子放我们走呢？”

“你们知道吗？”萧卓说着用靴子跺了跺地板，“这下面除了地表一米多深的冻土层会在夏天融化，再往下全是永久冻土层。人埋在这里可以不朽不腐，即使千万年后再挖出来，容貌依然栩栩如生，比国内的火葬场强多了。几位都这么年轻，需要这个青春永驻的机会吗？”刚才还和风细雨，现在就是赤裸裸的威胁了。

把利害都告诉了众人，她又说道：“这样吧，你们不用急着答复我，我给你们一晚上的时间考虑，明天告诉我结果。我给你们安排住的地方，把通讯设备都交出来。合作点，这里是训练营，外面各个都是玩枪的，你们跑不了。”说最后一句时，她的脸已经板起来了，招呼人进屋把众人领去休息。

“四哥，我是元凌，人来了吗？”火车最后停到了森林边缘，驾驶员走后，一直蜷缩在铺位下面的人站起来打电话，报出了一个极为精确的GPS坐标后，他又对着手机说道：“一定记得要让兄弟们多穿点儿，这边太冷了！这里全都是荷枪实弹的武装人员，好像是萧家娘们儿的一个据点……嗯，嗯，现在刚到中午，开得快的话夜里应该能到……好的，号码记下了，我直接跟领队联系……一定让兄弟们穿厚点儿，不然别说偷袭，不把自己冻死就不错了！”

陆林等人被送到了一间只有沙发和椅子、没有床的房间，想来萧卓是不想让他们好好睡觉了。午饭时间，有人送来了吃的，全是高脂肪肉食，做得还很难吃，几个女孩觉得难以下咽。

罗瑞在旁边开导道："别挑食了大小姐们，在这里每天不摄入10000卡路里的热量是生存不下去的。你们知道西伯利亚的狼是怎么过冬的吗？它们每天要奔跑200公里寻找猎物，因为如果每天不吃够9公斤的肉，它们就没有足够的热量在野外度过西伯利亚的寒夜。狼不会挑食，不吃的话就会死。"10000卡路里的说法虽然夸张，但也确实是眼下的实情。

"听那婆娘的意思，不合作，她明天就要毙咱们。难道咱就这么坐以待毙？"项昊和陆林商量道。

"当然不能，实在不行就合作呗，咱这次本来就是为了治病活命来的。"陆林话锋一转，"不过你看这里，有吃的有穿的，有武器还有交通工具，这么好的条件，咱们晚上总要做些什么吧？"

众人定计完毕，约定今夜先试试能不能利用这里的条件离开，如果不行，明天再与对方虚与委蛇。毕竟离找到宝鉴还差得很远，半路再想办法也不迟。于是大家开始商量逃走的细节，怎么跑，要带什么东西。不过萧卓似乎也在防着他们跑掉，从他们进屋以后就不让出门，木屋前后都设了岗哨。通过窗子偶尔能看到有人走在外面，有黄种人，也有白人。

"到晚上，门口肯定不会留人，留了也会变冰雕，咱们就趁夜里出去。"项昊边想边说道，"你们说汽油不会冻住吧？"

"应该不会，汽油的理论凝固点是零下60度，但一般来说到了60度以下也不会凝固，这里的油不会掺酒精。现在还没到一月份，不会那么冷。"洛雨答道。

"可就算有车，咱们也没钥匙呀。"周欣说道。

"太瞧不起哥哥了，开车还用钥匙？"项昊笑道。

"我有一招，咱们肯定能出去，而且还肯定跑得了。"陆林一脸坏笑。众人不约而同向他望去，他低声道："咱们这么着……"

几个女孩听完以后眉毛拧在一起，洛雨一脸厌恶的表情："陆林你也忒损了吧？还真没看出来，蔫儿坏蔫儿坏的，你这种人最邪恶！"一旁的周欣水静纷纷附和。

众人有一句没一句地商量着，转眼日已西沉。

夕阳下，几辆大巴和越野车在冰原的公路上高速行驶。赵纪辉坐在最前面的一辆越野车里，手拿 GPS 看着路线，他是这次行动的总负责人。照这个速度，大概要凌晨才能到了，他心中暗想。之前四哥交给他的任务是把陆林一行人全都抢过来，尽量避免和萧家人的冲突。但如果必要，就速战速决，尽快离开，毕竟在这边赵家的势力没有萧家大。

“辉哥，实时的军用卫星地图传完了。”副驾上的人把手里的笔记本电脑递给赵纪辉。

“这个破网络，一张图传了一下午！”赵纪辉接过电脑，把已经打开的地图放大，开始研究起萧卓的据点来。由于是军用卫星拍摄，整张图精度极高，连哪个屋顶上装了电子眼都能看得一清二楚，整个据点的布置在此暴露无遗。一条火车道在此到了尽头，一条破旧的公路贯通南北，离据点几百米远的森林里，还有一块几平方公里的训练场。他很快就从地图上找到了武器库的位置以及外围的监控系统，又在几个大一些的住宅上做了标记，确定对方指挥人员大概住所的位置之后，便开始进一步的筹划。这次以有心算无心，在夜幕降临，所有人进入梦乡的时候突然袭击，萧卓的据点怕是危险了。

萧卓邀请众人共进晚餐，陆林等人终于出了屋，利用这个机会好好观察了一下地形。大家再次坐到一起，可气氛与之前在旅途上的却是天壤之别。

“你们怎么一个个看着都不太高兴？来到这以后，我又没把你们怎么样，好吃好喝地供了起来，还不满意吗？我真的很有诚意。”萧卓如沐春风地笑道。

“大婶，你别这么得意。没听说过吗？出来混迟早要还的。”罗瑞讥讽道。

“来了这么久，我们连你是什么人都不知道，谈什么诚意？还有，当年耶律铸的墓是你们盗的？跟这次绑架我们是同一个原因？”洛雨想多从她嘴里套出些话来。

“说这些话前，可不可以先说说，你们是怎么被赵家盯上的？”萧卓反问道。

“你知道赵家？你也是世家的人？”洛雨惊问，她之前并没听过有姓萧的家族。

“哦？看来你们还真听说过。没错，关外萧家。说说吧，你们是不是也要找那个什么破宝鉴？那玩意儿是干吗的？”

“我不知道你在说什么。什么宝鉴？你找的是哪个？都不知道干吗用的你还找？”陆林把话头接了过去。

“那就是我们家的东西！少装蒜了，你们如果真的不知道，那就连一点价值都没有了。”萧卓不客气地答道。

“急什么？不是说考虑到明天吗？先吃饭。”陆林避而不谈，“你这里怎么就只有自己呀？连个作陪的也没有。外面看上去人也不多，有多少人多少条枪呀？”

“作陪？你以为老娘什么人都待见吗？要不是为了那个破玩意儿，几位的档次还真都差了点。这里有多少人我还真不知道，都是底下人在管，有时候派出去几个，有时候招几个进来，偶尔再死几个，谁知道呢，不是我操心的事。你们没看到人，是因为天儿太冷，户外训练时间缩短了。呵呵，你们还是太不了解世家了。”萧卓不以为意地答道。

陆林小声对坐在对面的洛雨道：“你看看人家这排场，再看看你。你们洛家也太惨了点吧？”

“去死！”洛雨白了陆林一眼，又问萧卓，“看来你地位不低，那个东西对你们很重要？”

“重要个屁，充其量也就是老爷子一直惦记着的宝贝，那玩意儿对我一点儿用都没有。东西不重要，但想要这个东西的人很重要。真要是牵扯到家族利益，迎接你们的不会是这么个小场面。”萧卓答道，“看来你们还是没想通嘛。没关系，还有一个晚上。看我这人多随和，来了这么久，除了收走手机，一点儿都没有为难你们。”

“不过呀，”萧卓若无其事地晃了晃放在桌上的手机，“你们知道这玩意儿最值钱的地方是哪儿吗？不是能打电话，也不是里面那些私密照片，而是电话簿。这里面，有你们的整个世界。”她说得很轻松，似乎手中握住了众人的世界，轻轻一捏就能把它碾碎。轻巧的言语中，已经是露骨的威胁了。

“祸及亲友？喂喂，好歹你也是有身份的人，没这么玩儿的！”罗瑞喊道。

“白痴，有身份的人才有资格这么玩儿！”萧卓道，“算啦，吃饭吃饭，明天再说。”该说的已经说了，这个干脆的女人不想多纠缠，明天听结果就好。

饭后，一群人郁闷地回到屋子里。长夜漫漫，大家东倒西歪地靠在沙发上，一边回想自己的电话簿，一边商量怎么逃出去，转眼已经到了后半夜。

凌晨1点，赵纪辉领着人终于到了外围的树林里。为了不让马达声吵醒这个沉睡的村庄，他们在五百米以外的地方就下了车。寒冷的冰风中，三百多个黑影徒步穿过森林，集结在小村外，每个人被皮衣皮帽裹得严严实实，只露出一双眼睛。

“还好元凌提醒多穿衣服，这天气真不是人受得了的，比蒙古还冷！”赵纪辉领着队在最前面，又问身边人，“联系上他了吗？”

“没有，电话一直打不通。这么偏的地方他都能跟来，过去可没见他这么能干。这小子不会是冻死了吧？”身边人答道。

“不等了，再冻一会儿就真没力气行动了。传我的命令，先干掉外围监控，然后分两百人把这里整个围住，着重把守公路两头。再派一百人进村，分五十人埋伏在几个指挥人员的住所两边，剩下的人抓个‘舌头’，问清楚人关在哪儿就进去抢人。没有我的命令，谁也不许开枪！”赵纪辉一条条下达命令，做好两手准备。黑影晃动中，整支队伍有序地动了起来。

这里是冬天的西伯利亚荒原北部，附近五百里内全是森林，连个村庄都没有。这个据点在地图上找不到，成立伊始到现在，连个迷路的外人都没有。这是连鬼都不愿意来的寒冰地狱，何况居住在这里的还是一群荷枪实弹的恶人，因此整个村庄的防卫很松懈。

陆林和项昊轻松地从后窗爬了出来。整个小村除了亮着的几盏路灯，连个人影都看不到。两人偷偷地从阴影里摸进了厨房，准备进行陆林那个很损的计划。刚打开一罐辣椒酱，两人的身后突然就被枪顶住了，似乎有人比他们先到，埋伏在这里。

“说！你们今天是不是劫持了几个中国人进来！”身后的人用俄语问道，显然把他们当成了本地人。

陆林和项昊惊诧地对望了一眼，没有说话。

看两人都不说话，身后的人就想举起枪托往下砸。就在这时，一串AK47子弹出膛的声音响彻夜空，彻底撕碎了整个村庄的美梦。

“该死！谁开的枪？不是说了没有我的命令不能开枪吗？”赵纪辉骂道。

一串枪响过后，原本平静的村庄活了起来，陆林等人白天没有看到的村民，这时都生龙活虎地冲出来。这些人训练有素，枪响刚过，他们立刻就做出了反应，不但没有开灯，还把仅有的路灯也关了。一道道彪悍的身影冲出卧室，以极快的速度隐没在黑暗里——他们是去拿枪。上百号人如同一股股黑潮，“哗”的一下分别涌进几个武器库里，紧跟着又分散着冲出来，隐没在村庄的射击点里。这是他们的地盘，对这里的一切，他们都太熟悉了。

紧接着，几颗照明弹冉冉升起，如启明星般把整个村庄照得亮如白昼。从这些人冲出房间到完成一切，不超过3分钟。可赵纪辉的人还没有布置好，而且遵守他的命令谁也没有先开枪，有几个人暴露在照明弹的强光里，瞬间就被自动步枪的子弹打成了蜂窝。

“开火！留点人守住路口，让外围的人包抄进来！”赵纪辉在森林外愤怒地下达命令，现在不打都不行了，不然进村的一百号人非让人家包了饺子不可。此时他恨死了刚才开枪的那个人。

接着枪声如雨点般响了起来，大战彻底爆发。一边人多，而且有心算无心，已经有了布置；另一边人少，却熟悉环境，适应这里的低温。一时间谁也压不倒谁，激烈地进行着交火。

厨房里，被枪顶着的陆林和项昊听到身后有人用中文说道：“我们出去支援，你们两个留下来继续问，问不出来就做了他们。”接着就听到身后传来一阵脚步声，好像其他人全出去了。

留下的两个继续拿枪顶着陆林项昊，问道：“说！今天抓来的中国人……”

两个持枪人话还没说完，就被陆项二人反击成功，打晕在地上。

“好险，还好刚才没动手，咱们身后至少有二十多人！”项昊嘘口气，“这是些什么人呀？整的动静跟打仗似的。”

“看来盯着咱们的不止一伙人，会不会是赵家的追来了？可他们怎么可能找到这里？”陆林说道。

“咱们怎么办？”项昊问道。

“改变计划，不用等到白天。现在找吃的，找枪，找车，然后走人！”陆林边说边在厨房里转。最终，两人一人背了一大袋冻得硬邦邦的肉。在准备找机会出去的时候，另一边的一堵墙被手雷轰然炸开，留下了一个大洞。接着就是一串流弹飞了进来，有几颗子枪打中了他们，还好是打在了背后的肉袋子上。

"快走！"项昊说着去开门。

"等等，走这边！"陆林拉住他。原来手雷正好炸中了两个房间的隔墙，露出了另一边的武器库。刚才的手雷估计是想炸毁武器库。

"快！太悬了。刚才的手雷要是再准一点儿，咱们就被炸飞了。"两个人不再啰嗦，从洞口爬进了武器库。

"这群人的家伙够杂的！AK、M16、AUG，还有RPG（单兵火箭筒）！"项昊看着摆放在枪架上的突击步枪和手枪，一把把地挑来拣去，全然忘记外面打成了一锅粥。

"快点儿！谁知道他们下一颗雷会不会扔得更准，拿完枪赶紧走！"陆林催促道。于是两个人不敢再耽误，挑了两条长枪，又胡乱装了几个弹夹，从枪声相对稀疏一边的窗户翻了出去。

远离了主战场，两个人小心地跑回自己的房间。

"怎么回事？我还以为外面那么热闹是你们搞出来的呢！"罗瑞问道。

项昊指着外面的枪声和爆炸声道："开玩笑，俩人能整出这动静？是两伙人在火并，另一批不知道是什么人，不过可以确定是冲着咱们来的。"

"咱们什么时候变得这么受欢迎了？"周伟问道。刚才几个人很兴奋，以为陆项二人要像电影里的蓝波一样把整个据点端掉，谁知道竟然是另一伙人。

陆林着急地说道："这些出去再说！大家收拾好东西，咱们赶紧走！一会不管哪拨人控制了局面，咱们再想走就麻烦了！"

"可是……可是……外面现在……"周欣紧张得有点结巴。明白了真实状况后，大家有些害怕，毕竟谁也没经历过这样的事。门外面就是货真价实的枪林弹雨，任谁都会想要不要先留在室里，至少暂时安全。

"走，我们出去！"此时洛雨很坚定，又安慰众人道，"我现在也很害怕，可是大家想想，如果等在这里，一会外面无论是谁赢了，等待我们的都会是更糟糕的结果！别被萧卓友善的面具蒙蔽了，那是因为我们对她有用。听听外面的枪声，这些背后的大势力都不拿人命当回事。别抱有侥幸心理，也别犹豫，我们走！"

水静附和道："没错，大家看长远一点，这个房间就是个安全的陷阱，没有比这里更危险的地方！”

两个女孩的决绝给了众人动力，谁也不再啰嗦了，开始收拾东西。

“瑞子和伟哥扛上那两袋肉，我们走！我打头，昊子在最后！”收拾好东西，陆林第一个翻出窗户。一行人沿着一排排木屋的边缘蹑手蹑脚地前行，好在房后这一面枪声不是很密集，双方的主战场集中在小村中央那条铁路附近的房屋周边。偶尔看到前方有正在交火的小股敌人，他们就想办法悄悄从木屋另一边绕过去。陆项二人尽量避免与另外两方人马交火，虽然两个人身手不错，但在枪林弹雨中，个人的力量实在不值一提。现实的战场不会像美国大片那样，中了枪还能继续反抗。军用枪械和警用的不同，力求一击制胜，达到最大的杀伤力。只要被一颗步枪子弹打中，哪怕是打在四肢上，人也会立刻失去作战能力。

一颗颗照明弹升上天空，枪声、爆炸声不断从小村中央传来，众人小心地在雪地上向着枪声较为稀疏的一头潜行。靠着陆林的机警，他们无声无息地绕过了三股小范围交火的敌人，偶尔会看到一两具尸体，几个女孩一路都在发抖。看到前方木屋边上又有一个火力点，众人绕到了另一侧，但还没往前走几步，就有一排子弹把他们身前的雪地打出了一团雪雾。

“这边有伏击！快进屋！”项昊在最后面开枪压制对面的火力，推着众人进了间木屋，刚才绕过的火力点正是在这间房的后窗下。

“怎么？”两头都是敌人，罗瑞有些慌了。

“怎么办？凉拌！”陆林看到屋里有一大盆还没有结冰的水，就把它端起来，顺着被打烂的后窗户“哗”的一下倒出去。接着就听到外面窗下传来一阵惨叫，片刻后，那叫声更凄厉了。

陆林向窗外看了一眼，两个武装分子扔了枪抱着手，便打开窗户，对众人说了声“走”，率先跳出去，把那两个人打翻在地。

“他们手怎么了？被烫到了？”看到刚才一幕的水静问道。

洛雨回答道：“应该是水在刚才瞬间变成了冰，衣服被冻成了冰甲，他们的手、手套和枪全粘在了一起。他们想摘手套，没想到手掌的皮也一起被撕了下来。”

越往前走，枪声越稀疏，似是安全了很多。但就在这时，前方突然跑出来一队人影，与众人狭路相逢。

“站住！再动开枪了！”最前面的两个人举起枪说道。他们一共八个人，只有两个人举着枪，后面六个全都把枪背在背上，一起抬担架似的拎着一个人。

陆林和项昊也不说话，双双把枪举过头顶，刻意向旁边走了四五米，与洛雨等人拉开距离。两个人配合默契，同时做缴枪的样子把两支步枪向着来人的头顶上方扔了过去。那些人的注意力被吸引，警戒却没有放松，陆林猛地向侧面一扑一翻，二次分散了他们的注意力。对面的人连忙调转枪口，但此时已经晚了，真正的杀招是项昊。陆林开始动作的时候，他已经如风般地拔出仅有的一把手枪，瞄准对面的人开始击发。

项昊双手托着手枪，连着八个快速地点射，对面八个人应声倒地。

“其实，这该算是我第一次杀人。”项昊眼中有些茫然。

“快走！不开枪等他们杀咱们？这会没工夫感叹了，别跟个娘们儿似的！”陆林拍了拍身上的雪催促道。他把丢过去的步枪又捡起来，突然惊叫道：“不是吧？他们抓的是萧卓？！”

原来这伙人正是刚才埋伏在指挥人员住所外的一组，萧卓一出屋就被八个彪形大汉按倒在地上。他们知道这女的是重要人物，便打晕了带走，准备绕过主战场去找赵纪辉领功，可以得到真金白银的奖励。

“昊子带上她，碰上她的人能当挡箭牌，咱们快走。”陆林说完又去前面探路，项昊把昏迷的萧卓像扛麻袋似的扛到肩膀上。一行人绕过尸体继续向前。

此时枪声小了很多，似乎战斗接近了尾声，众人因为一直在擦边走，现在还没有看到车的影子。前面再远些就是村庄的尽头了，不远处，有个人正在慌慌张张地启动路边的一辆车，似是想跑路。

“别动！”陆林把枪伸进车窗威胁他。

“别，别杀我，求求你们了，我什么都给你。车上已经加满了油，还有点吃的，爷爷们，放过我吧！”被制住的人说着汉语，边说边向后退。项昊检查了下车，这是辆比他们在后贝加尔坐过的圆头中巴更小一号的面包车，正好能坐下他们几个人。

“给你们，都给你们，别杀我。”那人拉开另一侧车门跳下来，抱头哆嗦着跑进黑暗里不见了。

“别理他，我们快走！”陆林上车对众人喊道。等所有人上了车，圆滚滚的小面包车开始向小村的尽头驶去。

“该死！有人守在路口！”没开出两步，陆林就看到有人把守在村口。

项昊想开枪，却被陆林阻止了。一定不能交火，哪怕只是车窗被打碎，逃出去后寒冷也会要了他们的命。他眼珠一转对项昊道：“昊子，一会我说扔，你就把咱那两袋肉扔出去，扔得越远越好！”

村口临近了，路口的十几个人全都举起了枪，警告他们停下。

陆林没减速，开窗对前面喊道：“别开枪，我们投降了！你们要找的人在这里，我们不要了，给你们！放我们走就行！”又回头道，“扔！”

项昊明白了他的打算，打开后座车门把两袋几十公斤重的肉足足甩出去十几米远，那落地的声音确实像是人。此时车眼看就要到村口，把守的人一分神，听到喊声抢功心切，躲开了冲出村口的面包车，也没有射击，“哗啦”一下全向着两个麻袋围了过去。

冲出村子，这惊心动魄的十几分钟终于结束了，一群人实在是吓得不轻，他们从未遇到过这样的事。此时狂跳的心稍微有了一丝平静，可看着前面雪夜下的茫茫森林，以及延伸在其中的破旧小路，众人不由得又升起了一些担心。他们现在连方向都分不清，如果这条路的尽头没有公路，他们就会彻底迷失在这冰封的森林里。

就在这时，夜空中传来了一声响亮的鹰啼。

“是‘上校’，它竟然追过来了！”罗瑞惊喜地喊道。

“‘上校’，好样的！我们的天眼回来啦！”周欣扯着嗓子叫着，似乎只有这样才能表达心中的激动。只要有它在，他们一定不会迷路。众人的欢呼声从小面包车里爆发了出来。

看着车尾灯消失在森林的深处，一个人影从黑暗中走了出来，他正是刚才被陆林等人抢走面包车的那个人。此时他不再发抖，也不再害怕，自言自语道：“走吧，好好地替我把东西找出来，但愿你们不要让我失望。”

话一说完，这个引来了赵纪辉，又开枪引发火并的始作俑者，再次拎着他的大箱子隐没进了黑暗里。

圆滚滚的小面包车在破旧的公路上急速行驶，月光把白雪覆盖的路面照得很亮，车轮时不时卷起一片雪雾，飘飞的雪花随即被寒风吹进了两边的森林里。这是片没有被砍伐过的针叶林，厚厚的积雪把树枝压得歪歪斜斜。平均树高超过四五层楼，小面包车像是行驶在两排沉默的巨人中间。

车内外温差很大，陆林这时才注意到车窗玻璃是两层的，外面一层已经结了冰花，里面一层也蒙上了雾气，时不时要擦一下。月下的白雪森林，景色美得像童话一样，但头顶的一轮明月放射着洁白清冷的光辉，配上这银装素裹又毫无声息的大地，让人觉得更加冰冷。从刚才的亢奋中平复心神，原本直冲脑门的肾上腺素又落了回去，众人这才感觉到寒冷。

先前托运的装备估计已经先他们到达贝加尔湖畔度假了，留在众人身边的大多是从国内带来的小物件，身上的衣服也不是很抗冻。这些应付南西伯利亚零下二三十度的天气还可以，可在北部这零下四五十度的世界寒极里，明显是不够用了。好在鞋和手套是在国内专门买好直接穿戴过来的，不然连最基本的活动能力都可能丧失。把“上校”也接到车上之后，项昊检查了下车里的东西，有一整壶备用汽油，食物却并不是很多。算上个俘虏，一共有八张嘴要吃饭。虽然脱离了险境，但一堆新的问题马上出现了。

车辆的颠簸中，萧卓从昏迷中醒了过来，却发现自己被捆得跟个粽子似的。“这是哪儿？你们救了我？”她问道。

“嘿嘿，萧大美人儿，昨儿我怎么说的，出来混迟早要还的，让我说准了吧？简直是现世报呀！”罗瑞幸灾乐祸地说道。绑匪和肉票的角色大转换，让他觉得很爽。

“我的人呢？”萧卓皱眉又问。

“不知道，我们是直接跑出来的，没掺和你们的事儿。要不是碰上抓你那伙人，我们可没时间去救你。”项昊答道。

“什么我们的事儿？赵家人就是奔你们来的！人是不是你们引来的？不对，要是你们引来的，现在就不用跑了。”萧卓想了想说道，“那就怪了，这么隐秘的地方，他们怎么可能找到？”

“还用说，有内奸呗！”罗瑞答道。

“不可能！北京可能会有，但这里绝对不会有。”萧卓猛地一抬头，“你们想把我怎么样？”

“不怎么样，当储备肉而已。如果我们食物都吃完了还走不出去，就吃掉你。”罗瑞开玩笑道。

但萧卓闻言，脸刷一下白了，身体似乎也跟着抖了起来。

“喂喂，你这是什么表情？不会当真了吧？开个玩笑嘛，太不识闹了。”罗瑞悻悻说道。

“如果你听过‘当纳聚会’的故事，就肯定不会拿这个开玩笑了。”萧卓冷笑道。

罗瑞求助似的看向洛雨。

洛雨解释道：“那是很久以前一个吃人的聚会。美国兴起西部淘金热的时候，有一个87人组成的小团体走捷径去加利福尼亚。当时那里可没有好莱坞，只有所谓的白人定居点。这87个人走到当纳湖的时候，遇到了雪暴。食物消耗殆尽，他们开始杀牲口，接着，他们吃掉了自己的狗。最后，他们将兽皮和毛毯熬成汤来喝。最终，最强壮的15个人出发寻求救援。第六天，一个人丧生，两周后，他们开始公开讨论吃人的话题，决定等某人自然死亡后就吃掉他。就这样，活着的人从陆续死去的人的尸体上割下肉烤着吃。一个月后，他们到达定居点时，只有7个人活了下来。当第二年春天，救援队来到当纳湖边时，仅发现了47名幸存者。”

“姐我求你别讲了，我都快吐了。”周欣叫苦道。在宁静的荒原中听这样的故事，让人觉得格外恐怖。

# 第七章　尸骨之路

“萧卓害怕的是，罗瑞突然给大家灌输了这个想法。当我们真的遇到那种绝境的时候，潜意识会驱使我们真的那么做，毕竟温饱是人类的第一本能。”洛雨又扭头看萧卓道，“放心吧，我们绝不会那么做的，我们一定可以出去。”

“没错，我们绝不会那么做。”周欣附和道，“姐，你是不是冷了？我分你一件。”萧卓只穿着皮装，周欣把裹着的毯子取下来披在她身上。

“谢谢你欣欣。”想起自己先前对待众人的态度，萧卓有点儿不好意思。可她还是有一种不好的感觉。她曾经听过热恋中的情侣受困荒野后，男人把女人吃掉的新闻，求生的力量甚至超过了爱。现在这些人说得好听，如果真的到了那一步，当理智压抑不住本能的时候……萧卓忍不住胡思乱想。

周伟说道：“萧卓，你对这里比我们熟悉，希望你能帮助大家一起走出现在的困境，这对你对我们都是好事。”

“熟悉？”萧卓苦笑道，“训练营已经是我到过的最北端的地方，而且一共也没来过几次，更别说是这里。”

“先别说这个啦，我们有客人。”项昊看着后车窗说道。很远的地方有两点豆大的灯光，像是车灯，“他们好像追上来了。”

后面车里坐的正是赵纪辉等人，他们真的追上来了。战斗以人多的一方获胜告终，他们全歼萧卓的人，自己也付出了惨重的代价，死伤惨重。原本三百人的队伍减员严重，只剩下一百四十多人，其中还有三十多个伤员失去了战斗能力。把守公路的人说一群讲中文的人逃跑了，他立刻判断出那是陆林一行人，于是分了辆大巴把伤者送回南部，自己带着剩下的人急急追了上来。出师不利，伤亡惨重，不但没有收获，还得罪了萧家的人，如果抓不到陆林一伙，他无法交差。

“这群人还真是阴魂不散。”陆林加快了车速。后面的车灯越来越近，不远处，小公路终于并入了一条宽敞一点的大路。陆林再次加速，来不及分辨方向便开了上去。

几个小时过去，追逐一直持续到天色蒙蒙亮。在雪地上，双方开得都很小心。寒冷的空气把灰尘冻成了冰晶掉在地上，空气中异常干净。金黄色阳光斜斜地从地平线上升起，通过浓密的森林，被分割成一缕缕光束，像是一条条横挂在路上的金色光带。雪原日初的壮丽景色并没有打动众人，现在视线极好，敌人的几台大小车辆终于暴露出了真容。

“这不是我的人！”萧卓脸色苍白地说道，她知道自己的据点完了。

“怎么办？打他们玻璃？”项昊问陆林。

“别，他们可不止一辆车，要是提醒他跟咱们也来这手，咱就完了。”陆林说道。

“注意！后面车上有人露头了！”周伟关注着后窗说道。

“他们不会想先开枪吧？”陆林转头看后视镜，“我靠！趴下！”他猛地往边上打方向盘，身后还没有反应过来的众人就感觉有个手臂大小的东西，拖着一长串白烟从他们车的一侧快速飞过。

“RPG！”项昊惊叫道，那是一枚单兵火箭弹。伴随着他的喊声，那枚火箭弹在众人前方四五百米远的路上轰然爆炸，炸起一大团如蒸汽般的雪雾，留下了一个大坑。

“他们不是想打咱们，是故意打到前面吓唬咱们的。娘的，爷们儿是吓大的！”陆林发狠，猛地一踩油门，此时双方相距将近百米。

“这些坏蛋！”周欣也不知哪来的气，从不大的蔬菜袋里取出一个西红柿，打开窗户瞄准向后扔了过去，边扔边喊道：“给你们！”之后快速关上窗户哆嗦着。

“别浪费粮食。”罗瑞笑道。后排的人看着那个飘飞的西红柿，可惜它飞出十几米远就落到了地上。

“我……我是想让它撞到后面的车上，然后变成番茄汁挡住驾驶员的视线，电影里不都是这么演的吗？”周欣不好意思地说道。

正在她失望的时候，戏剧性的一幕发生了。后方跑在最前面的越野车碾过地上的西红柿，接着整个车都被西红柿硌得倾斜了起来。驾驶员把握不住方向盘，车一头撞进了路边的森林里，整个车队只得停下来救人。

“怎么……怎么会这样？”罗瑞结巴着问。

“大概因为汽车碾过那个番茄时，它已经冻上了，就像在高速路上压到一块石头一样。”洛雨说道。

“这也太神奇了。”周欣目瞪口呆地回望自己的战绩。

“没什么大不了的，这地方，拿个香蕉在室外放一会儿，就能当锤子用，拿来钉钉子。”萧卓说道。

“欣欣你真是个福星！”水静抱着周欣的脸蛋狠狠亲了一口，车内笑成一团。看到对方停下来，众人松了一口气。

小面包车继续沿着公路向前，趁着没有追兵，陆林迅速停车把另一桶油也加到油箱里。之后的路上，大家总算放心了，疲惫了一天一夜的几个人相继睡去，只剩下陆林强打着精神开车。

“啊！”

不知过了多久，宁静的车厢里突然响起高分贝的惊叫声，众人一下子被吵醒。惊叫的人是周欣，她头上竟然冒出了冷汗。

“怎么了欣欣？”跟她靠在一起的水静问道。

“我……我做了个噩梦，我梦见了‘当纳聚会’。不！我梦见咱们迷路了，在风雪里困了好久，然后你们就把我吃了。”周欣说着流下了眼泪。

大家沉默良久，相互对望着，欲言又止。看到情形不对，洛雨突然举起手开口道：“刚才我做了跟欣欣同样的梦，你们如果还有谁梦到了，现在说出来。如果咱们都做了同一个梦，那这事儿就不对了。”

结果除了陆林外，大家竟然都默默举起了手，一时间一个个被吓得脸色惨白，不约而同地向开车的陆林看去。陆林双手抓着方向盘，两只眼睛闭着，眼皮偶尔快速翻动，露出里面的白眼仁，脸色同样苍白，似是沉睡在噩梦中还没有醒来。一股寒毛倒竖的恐怖感蔓延开来，众人这才注意到，前方已经不再是公路，而司机刚才竟然也睡着了！

“林子！林子！醒醒！”项昊又摇又晃，终于把陆林叫醒了。陆林迷迷糊糊地睁开眼道：“刚才我做了个梦……”

“先看路！”后面的人一起喊道。

陆林这才猛地想起自己在开车，紧张之余把刹车缓缓踩了下去。小面包车向前滑行了一段，这才停住。

“呼——”众人都松了一口气，这才开始留意周围的环境。车下是平整如镜的一片空地，远处依然是山和森林，他们回头看，数百米内同样平整如镜，远点儿是稀疏的几棵树，再远点儿就是公路。原来他们脚下是公路边上的森林中一块已经被冰封了的湖面。刚才面包车应该是从那几棵稀疏的树中间驶过，才一路开到了湖面上。公路前面不远处有一个小弯，弯下是条沟。好在众人运气不错，也许是陆林在梦里挣了一下，才没到拐弯处就把车开到了湖面上。

“我刚才做了个梦……”陆林又说。

“梦到你被我们吃啦！”身后的人异口同声地说道。

“你们怎么知道的？”陆林回问。

“我们也做了同样的梦。真是奇怪，这里面一定有问题。”洛雨说道。

“你们看那边，他们又追上来了！”水静发现公路尽头出现了一个车队，正是追着他们的赵家人。

“哎？他们好像没看见咱们。”周欣说道。对方的几辆车依然沿着公路快速行驶，似乎并没有发现森林冰湖中的小面包车。

“好像真没看到，他们还在往前开。不可能呀，旁边连个遮挡都没有，咱们的目标太明显了，他们怎么可能看不到？”洛雨看着已经超过了众人还在继续前进的车队，猛地一惊，“难道他们也……”

话音未落，对方的车队已经驶到了公路的拐弯处，可他们却没有想转弯的意思，不减速地径直向前开。接着，车队好像一群排队走在悬崖边上的梦游者，前赴后继地一辆接一辆翻进了沟里，无一幸免。

“嘶——”周伟倒吸了口凉气，“幸亏林子做着梦还知道挣扎一下，也幸亏欣欣胆子小被吓醒了，要不然咱们也跟他们一样了。”

“嘿！真是见鬼了，难道他们车上的人也都睡着了？”项昊说道。

“见鬼？”他的话似乎提醒了萧卓，“没错儿，就是见鬼了！该死，我怎么把这个忘了。”萧卓恍然大悟道。

“切，哪有鬼呀！你迷信不要紧，但没一点儿常识就有点儿说不过去了，鬼是晚上才出来的！没文化，真可怕。”罗瑞打着哈哈。

“说谁呢你！老娘没常识没文化？”萧卓白了罗瑞一眼，“咱们被他们追着一直向北开，你知不知道这是哪里？知不知道这条路是什么路？白痴！”

“什么路？还能是黄泉路？少说什么见鬼见鬼的，就算真有个鬼蹦出来，项爷我也打得它再去投胎！”项昊是个彻头彻尾的无神论者。

“黄泉路？差不多吧。如果真的有鬼魂存在，那么这条上千公里长的公路上，就会一个紧挨一个排满了鬼魂。咱们一路开车过来非常平静，但其实两边的路基下埋满了尸体，因此这条路被称为‘尸骨之路’，还经常会发生一些无法解释的车祸。”萧卓说道，接着又一脸疑惑，“可是不对呀，那种情况一般只发生在夏天，现在是冬天。”

“你是说，咱们已经进入了那个传说中的‘死亡圈’？”洛雨问道。

“我想应该是的，我的据点离雅库茨克不算太远，咱们一路向北，估计现在应该到了雅库茨克和上扬斯克之间的地带。这片区域的公路是当年被流放的犯人修的。”萧卓回答道。

“我说你俩别只顾自己好不好？给我们也讲讲。”陆林说道。

“俄国历史上曾经向西伯利亚流放了数百万人，其中很多死在了那里。雅库茨克周围一片区域因为气候最恶劣，死亡率也最高，被称为‘死亡圈’。传说囚犯们修这里的公路时，每修一米都会有人死去，死者会直接被埋在路两边。附近的公路加起来足有上千里，死了几万甚至几十万人。因为死的人太多了，所以这条路又被称为‘尸骨之路’。”洛雨解答道。

“你是说，咱们在两排尸体间走了一路？”周欣听后打了个哆嗦，“难道这里真的闹鬼？”

萧卓补充道：“我也没来过，只是听人提起过，这是全世界最恐怖的公路之一。它冬天是条公路，但夏天一下雨，就会变成一条上千公里长的沼泽。这里一米以下是永冻层，但地表一米每到夏天雨水来临时就会融化成泥潭，浅的地方能没过半个车轮，深的地方能吞下整辆车。偏偏夏天是这条路最繁忙的时候，经常有上千辆车被堵在这里。车辆一般要在泥泞中挣扎数日，要么出去，要么被吞没掉，其间抢劫、斗殴、绑架时有发生。最恐怖的是，这条路上发生过大量令人无法解释的车祸，现场勘察结果和少数幸存者的经历都显示，车祸发生前，车上的人已失去了意识。那些活下来的司机，全都不记得车祸前的事情，就像咱们刚才一样。有人猜测，是地下有类似瓦斯的催眠气体渗了出来。也有人说，是埋在路两旁的冤魂在作祟。”

“这就说得通了，也许真有一种催眠致幻的气体存在，能引发人内心的恐惧。刚才我们谈论的最后一件事情是‘当纳聚会’，人吃人的恐怖景象被灌输进所有人的潜意识里。当气体诱发大脑幻想恐怖经历时，刚才的故事不约而同地被投射进我们所有人的梦境里。可就算是这样，现在是冬天，那些气体怎么会渗出来呢？”洛雨边想边说道。

“会不会是那枚单兵火箭弹？”陆林回忆着刚才发生的事，“它把路面炸出了一个洞，偏巧欣欣又打开窗户扔西红柿导致另一队人翻车，其他成员也停在了那里，所以他们吸入了更多的气体，比咱们的情况还严重。”他回头去看翻车的方向，“该死！有人爬上来了！”

众人回头，远处的路边果然已经有几十号人从沟里爬了出来，还在救着下面的人。

“这么多人！”罗瑞叫苦道，他们还是第一次看到对方的人数，“快走快走！趁这帮人车翻进沟里，咱们开回公路往南走。”

“嘘……”水静突然做了一个噤声的手势，“大家别出声，你们听。”

众人闻言不明所以，却都安静了下来。嗡嗡的引擎声中，他们渐渐听到了一阵“咔吧咔吧”的声音。大家寻找声音的来源，发现竟是来自脚下。陆林猛地想起，汽车启动后，汽油燃烧产生的气体温度在 300 ~ 800 度之间，经过三元催化和底盘下长长的排气管，尾气排出时会降温，热量却留在了车底。现在车是在结冰的湖面上，那么……

“大家收拾东西下车，快！冰面要裂开了！”他喊着就从前门下了车，打开后门把众人一个个往下拉。也许踩油门能离开这片裂开的区域，但陆林不敢尝试，一旦不成功，一车人死定了。此时车下的冰面有了明显的裂纹，“咔吧”声越来越大，众人吓得拖着背包就跑。萧卓还被捆着，项昊只得把她扛了起来。周伟还想回头去拿更多的食物，却被陆林一把拉了下来，此时车下的冰面已经开始崩裂。

“来不及了，快走！”一群人拎着各自的包往远处跑，身后冰层的断裂声紧追不舍。才跑出十来米，就听到身后“咔吧！咔吧！哗啦”一阵响动。

再回头看时，如镜的冰湖上已经裂开了一个直径三四米的大洞，小面包车一头陷了下去，接着便“咕嘟咕嘟”地冒着泡，缓缓沉进了冰湖里。

“真倒霉！”看着冒了几个气泡就平静下来的湖面，项昊抱怨道。

“是咱们停错了地方。雅库茨克再往北就快进入北极圈了，一般的冰面哪会这么薄？”被扛在项昊肩头的萧卓说道，“快把老娘放下来！扛得很过瘾是不是？”萧大美人现在的样子实在不雅。

“去你的，谁愿扛你呀！”项昊可不是任人骂的主儿，手一松，把萧卓摔到了冰面上。

此时没人有心情再斗嘴，目前的情况很糟糕——前无去路，后有追兵，交通工具又没有了。

陆林向四周看了一圈儿，远处的人还在往上爬，路边站了将近百来人。如果这样走回公路上，一定会被敌人追到。他又看了眼湖对面高低起伏的山谷和森林，说道：“往这边走！进森林先把那群人甩开，咱们有上校，不用担心迷路。你们看，上校不是飞过去了吗？也许前面有出路。”上校刚才下车后飞了起来，在湖面上空盘旋了两圈儿，之后扎进对面的森林里。

事急从权，眼看远处的敌人就要脱困，也只有这一条路可走了。面对前方白雪覆盖的茫茫森林，回忆起先前的那个梦，大家难免有一丝犹豫。绝境是考验人性的地方，而面前无尽的冰封森林，也许就是绝境。那个梦像是个征兆，也许他们马上就要面临“当纳聚会”那样的处境。食物只有一袋，在生存的本能面前，人真的可能失去人性。面临选择时，众人不由自主地想，知人知面难知心，身边的人会不会像梦里那样……

这时洛雨突然开口道：“放心吧！无论遇到什么样的困境，刚才梦境里面的事情一定不会发生！我相信自己，更相信你们这些在生死关头没有放弃过同伴的朋友。”说完她迈开坚定的步伐，头也不回地向森林的方向走去。

“是呀，武当地宫、大光明洞，咱们都手拉手闯过来了，哪是那群美国人能比的？”罗瑞说道。洛雨的表现激励了众人，大家相互对望一眼，那团被怀疑熄灭的信任之火又燃烧了起来。但众人接着又相顾失笑——就一会的工夫，所有人的眉毛上、衣领上都挂上了一层冰粒，像是群白胡子老头，呼出的热气刚到空中就变成了冰碴。

“洛姐姐，等等我们！”周欣拉着水静的手一起追赶洛雨。

项昊解开了萧卓的绑绳，脱下了自己的防寒外套扔给她：“你走吧，回到公路上，也许你的人会来找你。”他又回头对众人道：“咱们走！”一行人迈开脚步，朝着洛雨的方向走去。

萧卓把衣服捡起来，不客气地穿在身上，一溜小跑地跟上众人：“后面都是赵家的人，你们想把老娘一个人扔在这里，门儿都没有！”

阳光把几百米宽的冰湖照得像森林里的一面大镜子，浅浅的一层雪上留下了他们一串长长的足迹，众人一步步走进了寒冰地狱。

空气依然冰冷，众人被呼出的冰碴粘得须发皆白，但大家的精神头都很足，美丽得一塌糊涂的雪景让周欣不停地按动相机快门。她还想打雪仗，却被陆林强烈制止住。手套里进了雪相当麻烦，曾经就有人因为双手太冷，手指没有知觉，以至于没办法划着火柴，活活被冻死。罗瑞把乱飞的上校招回来，让它去找有没有出路，周伟、洛雨等人也看不出它是不是听懂了，反正是扑扇着翅膀飞了出去。

“我说罗瑞，你这鸟靠得住吗？”萧卓问道。她还是第一次看到上校，如此大的鸟把她吓了一跳。

“它靠不住，你靠得住？要不你飞出去找找？”看到萧卓怀疑自己的爱宠，罗瑞不客气地回嘴。

“你这张嘴真欠揍！”萧卓怒道。不过人在矮檐下，她也只有忍了。

没一会儿，远处传来一阵鹰啼，上校飞回来在众人头顶绕了一圈，又向一个方向飞去，似是在叫众人跟着它走。

“还把衣服给人家，耍帅冷吗？”背着步枪走在最后的陆林调侃项昊。项昊把外套给了萧卓，现在穿的是件备用的薄了很多的外套。

“冷！真他娘冷！”项昊深以为然地点点头，“但哥是爷们儿！”

“活该！”陆林又道，“等着吧，现在快到中午了，是一天里最热的时候，等晚上你才知道什么叫冷呢。”

“晚上咱又不待在外边过。”项昊说道，“对了，等到个两三点钟，咱们就得找地方了。”

“是呀。”陆林点头，又对前面的人喊道，“一会儿吃过中饭，大家走快一点，咱们走到下午三点钟，然后开始在附近找可以露营的地方。”

“那么早？咱们完全可以多往前走走。”洛雨说道。

“你也有不懂的东西？”陆林笑道，“三点已经很晚了。现在是冬天，按照萧卓的说法，这里临近北极圈，那么可能在四五点钟，天就会黑透。太阳下山，气温会直线下降，所以之前必须留出一两个小时的时间，在附近寻找过夜的地方或者搭建庇护所。如果露宿野外，夜里被冻成冰棍的概率至少有八成。”

## 第八章　冰封地狱

“说得有理，”罗瑞点头道，“要不走到两点钟吧？安全第一。”

无边的冰雪森林里，阳光普照，白雪皑皑。众人在几乎没膝的积雪中艰难前行，即使在温度最高的中午，这片冰封的世界依然给众人带来了无穷的麻烦。上校时不时会飞回来，在众人头顶盘旋两圈，似是催促众人快走。

“你这只破鸟真是飞着不腰痛，还催我们。”萧卓抱怨道。

“有本事你也飞去呀。”罗瑞正说着，绕完一大圈的上校又飞了回来，似乎还抓着什么东西，有些吃力。快到众人头顶的时候，它俯冲下来，在离地面三四米高的地方一松爪子，把抓着的东西扔了下来。众人这才注意到它抓的是只活物，像条大狗。大家围上来才看清楚，那竟然是一头小鹿，个头很小，似是才出生，背上还留着上校的爪印，有条腿摔伤了，卧在地上瑟瑟发抖，不知道是吓的还是冻的。

“这么冷的地方怎么会有鹿？”陆林很好奇。

“这是头驯鹿，在西伯利亚很常见。它们很扛冻，圣诞老人住在北极，他坐的就是驯鹿马车。听说生活在这边的雅库特人，他们主要的交通工具就是驯鹿雪橇。”

“这是上校给咱们送吃的来啦！”项昊大笑着在上校的脖子上亲了两口，又对众人道，“我突然发觉，咱们刚才对食物的担心完全是多余的。”

“食物？你是说吃了它？这么可爱的小鹿，你们也太没人性了吧？不可以！”周欣喊道。看着那头人畜无害、受了伤还打着哆嗦的小鹿，包括萧卓在内的几个女生爱心泛滥，周欣和洛雨过去检查小鹿腿上的伤势。

“喂喂！我说你们是不是还没有搞清楚状况？咱们不是在野营。没看过动物世界吗？冬天的西伯利亚，所有动物都在为了生存而挣扎。咱们到了这里，就得跟它们一样。瑞子，给她们普及点野外知识！”陆林边说边给罗瑞打眼色，意思是这群女人不吓唬吓唬是不行的，她们还真当这是过家家了。

“咳咳，”罗瑞清了清嗓子，开始上课，“就从这鹿开始说起吧。你们都知道小鹿是吃草的对吧？在北极圈里的埃尔斯米斯岛上，气候极其恶劣。有多恶劣呢？咱那边夏天下雨会长出一层苔藓类植物，在那边每五十年才能生长一厘米。可依然有动物能在那里生存下去，包括鹿。但是，那里的鹿是吃肉的，而且会捕鸟。”

“净瞎说，食草动物的消化系统能吃肉吗？”洛雨反驳道。

“听我说完。它们抓到鸟以后吃进嘴里，嚼呀嚼，嚼碎了再吐出来。”罗瑞道，“后来研究发现，它们不是在吃肉，是在通过这个方法获取鸟骨头里的钙质。没错，它们在给自己补钙。因为那里太贫瘠，生活在那里的动物普遍营养不良，它们不得不这样做，这就是为了生存呀同志们，生生把鹿逼成了食肉动物。你们必须得适应这个环境……”

“去，说了半天找不到重点。”陆林一把拍开了罗瑞，“女士们，你们大概还不了解咱们的处境。这里气温零下四五十度，什么概念呢？人造革的皮鞋在路上走几分钟就会断裂；把一条泡过水的毛巾拿到室外甩两圈，它就会变成一块硬板；从湖里钓一条鱼出来，当它摔到冰面上，就已经冻成了一根鱼棍。你们现在不觉得太冷，是因为在你们跑呀跳呀的时候，身体正在拼命调动体内的热量，保护核心部位。但如果体内的营养跟不上，没有热量可调动了呢？你们就会觉得‘哎呀全身都好冷，好想回屋子里面呀’。”说到最后，陆林故意学着女生用娇滴滴的语气。

“但在这个时候，你们就会发现，没有屋子可回！只有无尽的冰原在眼前。寒冷很温柔，不会像火烧得那样烈，也不会像溺水时感到窒息，它只会一点点带走你们体内的热量。这时，你们会觉得越来越冷，就想向前走，赶紧找个有房屋的地方。越往前走，热量消耗得越快，等到它支撑不住身体温度的时候，你会觉得又累又困。走着走着你就走不动了，想靠在一棵树下休息一会儿。接着，你会慢慢地睡着，到第二天早上，就会变成一具冻得硬邦邦的尸体。这样的故事在冰原上重演过无数次，哪怕是专业的探险家。所以，”陆林脸色一正道，“千万不要在这里任性。身在丛林，就要遵守丛林法则，除非你想做舍身饲虎的佛祖！”

两个小女孩似乎被吓住了，但两个大女孩却不太吃陆林这套。洛雨道：“咱们反正还有食物，先带着它，不许吃。”萧卓拍了拍陆林的肩膀冷着脸说：“以后不要再学女人了，真的很恶心。”

“那点吃的估计也就够这一顿了，八个人一只鸟，谁都不能少吃。”周伟在远处说道。趁大家聊天的工夫，他在边上找了块树木相对稀疏的地方架起了树枝，准备做饭。“从车上就抢救出这么一袋肉，咱们烤肉吃。可惜没调料，应该会很难吃，凑合吃吧。”

“我有调料！”周欣说完开始翻包，“找日不落山嘛，肯定要进山，我就想着没准儿会野炊，于是特意带了盒调料来。”她从背包里拿出了个分成好多格的小圆盒递了过去。

“你还真是个吃货。”陆林笑道。

“你们知道怎么找到日不落山的路线？”萧卓问道。

众人才想起这还有个别有用心的女人，便找个借口敷衍过去，开始烧烤。因为调料的出现，众人的一顿午饭吃得非常舒服。烤好肉，陆林把带来的大保温杯当成锅，装上雪烧了一大杯开水。在冰天雪地里喝着热水，烤着暖暖的篝火，吃着烤得吱吱冒油的金黄色烤肉，着实让这些人有一种回到人间的错觉。

“酒足饭饱，出发吧，可惜没能从你家厨房拿两瓶伏特加出来。”项昊一脸遗憾地对萧卓道。

于是众人继续前行，其中还闹了一个笑话。几个女生结伴方便，却被一只长得怪模怪样的动物吓了一跳，周欣喊着“袋鼠吸血鬼”就跑了出来。后来经过罗瑞鉴定，那东西叫“麝香鹿”，长了袋鼠一样的脑袋，鹿的身子，最显眼的是嘴外面露出两颗足有两寸长的獠牙，很像电影里的吸血鬼。

转眼到了下午，众人已经在零下四十度的野外待了好几个小时，谁也没有了上午的折腾劲儿，一个个默不作声地走在起伏不平的山地里。手机没带出来，周伟的那块劳力士手表也冻坏了。陆林四指并拢，测量着太阳与地平线间的距离，这是在部队上学来的测时方法。之后他招呼众人不要再赶路，开始在附近寻找可以露营的地方。

众人的运气不错，在太阳就要下山，满天都是绚丽晚霞的时候，终于找到了一个山洞。那山洞宽高两三米，但周围太暗，看不出里面有多深。

“太好喽，晚上有地儿住喽！”被冻坏的周欣跳着脚欢呼道。

“别急着进去，先看看里面的情况。”陆林翻着背包找手电筒。

罗瑞点头道：“是呀，可得先看看。这种天然的庇护所太珍贵了，相当于北京二环内出现一个一平米两千块的楼盘，随时能引发一场血战，是西伯利亚所有……”他的声音戛然而止。

“林子，过来。”项昊低声说道。

“嗯？”陆林掏出手电筒，此时他背对山洞站在洞口，一抬头却发现众人在轻轻地往后退，眼睛惊恐地看着山洞里。陆林知道出事儿了，他猛一回头，却看到洞内的黑暗里亮起了一对乒乓球大小的眼睛。他扭头的同时，那对泛着红光的眼睛猛地加速，向洞口冲了出来，接着是一股劲风夹杂着野兽的腥臊味扑面而来。

情急之下，陆林把手中的背包往身前一挡，一股大力传来，他好像是撞在了火车头上，整个人倒飞出去，靠在三四米外的一棵树上。

“是……是西伯利亚所有动物最理想的巢穴。”看到陆林落地，罗瑞才把刚才憋住没说完的半句话说了出来。

晚霞中，山洞的“主人”冲了出来。那是一头棕熊，立起来比项昊还要高出两头，身躯肥大，一身油光的皮毛，四肢着地时像一辆坦克。此时这头棕熊两眼通红，似是非常愤怒。作为陆地上最大的食肉动物，它可以杀狮吞虎，拥有无敌的蛮力。棕熊看了一圈儿围在家门口的直立动物，又立起来发出惊天动地的吼叫声，似是在宣布对这片区域的主权。

“都别动，谁动它攻击谁！”罗瑞小声警告着。众人此时退到了七八米外，但回头跑肯定不现实，一来，他们半路为了方便行走，穿上了自制的足有羽毛球拍大的雪履。二来，这看似蠢笨的四脚动物，其实身体极其灵活，全力奔跑的时速能达到 56 公里。

“瑞子，这可比你们动物园里的熊大多了！”陆林挣扎着从地上爬起来，感觉两只胳膊快要脱臼了，背包里的金属保温杯似乎也被刚才那一掌拍瘪了，“昊子，我吸引它注意力，你开枪。记住，打眼睛！”说着他把背包往远处一扔，招呼棕熊过来。

陆林本就离得最近，现在又开始做挑衅的动作，那头暴怒的棕熊忍不住扑了上去。为了给项昊瞄准的机会，陆林不敢跑得太快太远，只是在几棵树附近跟棕熊玩起了绕圈圈。可那巨熊的敏捷还是超出了他的想象，好几次险象环生，差一点儿被熊掌拍上。

绕了两圈，那熊看怎么也打不到陆林，更加狂怒。它干脆不跑了，挥起熊掌对着面前那棵比碗口还粗的桦树拍了上去，桦树应声而断。似是为了显示自己的力量，它又立起来仰天咆哮。那熊吼声声震苍穹，四周大片树木枝头的积雪被震落下来，一根根枝杈颤抖着，似是对这位森林中的王者充满了畏惧。

棕熊咆哮完了，干脆把挡在面前的几棵树一掌掌全拍断。此时，原本已经勉强能走的小鹿吓得跪在了那里，几个人也开始瑟瑟发抖。在这最原始最狂暴的野性面前，大家的恐惧感油然而生，那是在蛮荒时代就被写进基因里的对于兽王的本能敬畏。这是他们第一次真正体会到了大自然狂野、危险且充满了兽性的另一面。

陆林也被棕熊的气势所慑，竟然一时忘记了闪躲，眼看巨熊就要扑到眼前，等他回过神来再退已经来不及了。陆林暗道一声“拼了”，身体向后一蹲，又像根弹簧似的猛地向前弹了起来，向侧前方的一棵树跳了过去，接着在树上一蹬，身体又拔高半米，竟然超过了棕熊扑来的高度。那把直刀已经拿在手里，陆林胳膊向前挥，做了一个准备向后戳的姿势，与扑过来的熊对冲过去。

陆林打算跃过棕熊头顶后，回手刺它的后脑或者熊头与身体连接的脊椎处。就在他跃过熊头准备动手的时候，项昊的枪响了，“啪！啪”两个点射，一枪打中了左眼，一枪擦着左眼的眼眶灌进了熊脑。两颗大口径子弹入脑，那熊竟然没有立刻就死，又向前猛冲几步撞倒了两棵树，这才轰然倒地，不动了。

“你就不能等我帅完这一把再开枪吗？”陆林落地后，喘着气对项昊说道。其实刚才的一搏非常危险，如果刺不中熊的要害，等它调过头来就完了。

“你那一刀刺下去，熊皮还要不要啦？爷我还冻着呢。”项昊笑道。他确实冻坏了，刚才一直在瞄准，生怕把这张皮打坏。

陆林又向山洞深处照了照，深度大概八九米，确定没有危险之后，这才招呼众人赶紧入洞。那千斤重的熊尸可不是几个人能抬动的，而且在里面剥熊味道太大，索性就在野外动手。猎杀一头熊，对众人现在的处境来说无疑是捡到了一座宝库。食物、保暖、防冻各种问题都能从棕熊身上得到解决，真正的一身都是宝。项昊把陆林的直刀要过来，急忙开始剥熊皮，他在和温度抢时间。此时太阳已经下山，任你生前是再凶猛的动物，也会在死后迅速变成硬邦邦的一个冰坨，项昊必须在它冻结之前把整张熊皮剥下来。

“让他剥吧，那货烤全羊吃得太多，快到庖丁解牛的境界了。”陆林对众人打趣道。大家摘掉防止雪盲的护目镜，发现眼睛一圈跟脸部其他地方完全是两个颜色。虽然一个个满脸冻得通红，还好没有出现冻伤。因为之前烤肉的时候，陆林让大家从肉上抹了一些油脂涂到脸上做防冻油用。

一会儿工夫，项昊把整张熊皮剥了下来，卷成卷递给陆林，让他好好清理一番。他又把内脏埋在了远处的雪地里，把肉切成块，一部分拿进洞，一部分做了记号埋在了洞外。大家并没有进入洞的最深层，那里熊的味道太重了，只围坐在中段用桦树皮生了一堆火。桦树是油质树种，天然的引火物。等项昊也进了洞，陆林就在洞口也点上一堆火，这样既然保暖，也能避免夜晚野生动物的侵袭。大家围坐在火堆边，一边烤食物，一边活动着有些失去知觉的手指和脚趾。

“都抹一抹熊油，这是最好的防冻油了。”项昊手里端着一坨坨像脂肪一样的东西从外面进来，他还拔了几颗熊牙给大家做纪念，“刚才我在远处埋好内脏，又回过头来切肉，就听到那边有动静，打开手电一照，你们猜我看到了什么？几只松鼠在挖我埋的东西！”

“这里的冬天就是个战场，所有动物都要在这场生存大战中拼命挣扎。”罗瑞感叹道，“过去听同事说过，这里的松鼠饿极了敢攻击落单的狼。几十只松鼠一起上，把狼抓咬致死，然后吃掉它所有的内脏。这就是丛林法则，都是为了生存。”

“无量天尊，师父总讲天人合一，我这次算是看到这‘天’的另一面了。”水静对刚才的“熊威”还记忆犹新，似乎对于道的领悟又多了一层。

“是呀，为了生存，动物这样，植物也是这样。”周欣捡起一个路上众人采集的准备做晚饭的坚果感叹道，“就像这坚果，里面含有大量的脂肪、油、维生素和能量，是这里最有营养的食物之一。可它为什么要长成这样呢？完全是为了这里动物的需要！因为只有富含脂肪、油脂这些可以提供热量的东西，它才会受到这里动物的喜欢。动物爱吃，它们的种子才会传播得又多又远，这就是植物的智慧。”

那张很大的熊皮被陆林割成了数块，之后的细活交给了一众女子，他们准备给每人做一个穿在外套里面的马甲，那样明天就能舒服很多。趁着洛雨等人忙碌的时候，周伟和罗瑞好奇地围到陆项身边玩两个人的枪。陆林拿的是把 AK47，项昊的枪两个人却没见过。

“这是 M14 自动步枪，大名鼎鼎的 M16 的哥哥，”项昊解惑道，“大口径、大破坏力、高精准度、射程远，还能当狙击枪用，唯一的缺点就是笨重。本来是越战后被淘汰的老枪，但在伊拉克战争中又被重新启用，用来射击 M16 无法射穿的沙袋和墙壁，攻击其后的敌人。至今依然保持着 30 秒内激发 16 次、击毙 16 人的狙击记录。要不是这枪，刚才那熊还真未必打得动！”

做完一切，大家拿着各自的熊皮做垫子，枕着背包准备休息，几个男人约定轮流值班看着篝火。那头小鹿似乎也不再害怕众人，此时在周欣的怀里睡着了。第一个值班的是陆林，他坐在火堆前发着愁。这一天他们大概只走了十几公里，照这个速度，除非运气好，不然真不知道什么时候才能看见人。要不走两天就回头吧，赵家那帮货没准儿不会追来。他暗暗想着。除了呼呼的风声，月光下的白雪森林静悄悄的。

第二天一大早，上校腾空而起，众人继续启程上路。有了第一天的经验和熊皮马甲，众人走得舒服多了。洛雨把一路上大家说的常识总结成了一句话：“防雪盲，防冻伤，防低体温，忌闲忌累，保持干燥，远离冰水。”只是早上项昊扒开雪地拿熊肉的时候，却发现怎么也找不到了，看着雪地里浅浅的爪印，罗瑞说昨晚可能有狼来过。众人一阵后怕，庆幸在洞口生了火。只是食物又成了问题，陆林开玩笑说，昨天吃了泰迪，今天要吃斑比，结果被一众女子强烈鄙视。

走了两三公里，不远处突然传来一阵鹿鸣。前方的山坡后面树影晃动，似乎有不少动物。身边的小鹿鸣叫了两声，周欣说他们找到小鹿的本家了，要翻过坡把它送回去。众人上了山坡才看到，前面有一个由几十头驯鹿组成的驯鹿群，整个鹿群躁动不安。原来在高大的鹿群里有三四匹狼在来回穿梭，伺机捕猎。

“行啦，今天不用吃斑比啦。”陆林摘下了枪开始瞄准。人类的出现，让猎手与猎物的关系瞬间转换。虽说猎杀野生动物是一行人很反感的行为，但那是人类世界的法则，而在这里，为了填饱肚子，只有弱肉强食的自然法则。

数声枪响后，几匹狼相继倒地，被枪声惊吓到的驯鹿群惊恐地看着一群陌生的访客。这时小鹿蹒跚着跑下山坡，回到了一头母鹿的身边。这时众人才注意观察这个群体，这些鹿个头儿小一点的像小牛犊子，大的几乎赶上了骏马。其中有一头雄鹿两只角大得吓人，身材比昨天的棕熊还魁梧，想必就是鹿王了。

“走，咱们下去。大家不用怕，这些鹿看着个头大，其实除了在交配季节外，胆子都很小，好奇心很强，很温顺。冬天它们除了睡觉以外，基本就做两件事：边走路，边刨开雪地吃草。”罗瑞说着第一个翻下山坡。

那些鹿确如罗瑞所言，晃晃悠悠地走着，时不时停下刨开雪找草吃。看到它们前进的方向和众人一致，陆林招呼道：“昊子，赶快从那狼身上割点肉下来，没时间剥皮了。咱们跟上它们，我有一个大胆的想法。”

中午过后，众人每人骑在一头驯鹿上，这就是陆林大胆的想法。大概鹿群对他们杀掉狼，又送回小鹿的行为有些好感，在众人一上午又是喂草又是梳毛的哄骗下，有几头驯鹿竟然心甘情愿地当了坐骑，大家现在一个个趴在毛茸茸的驯鹿背上慢悠悠地在森林里晃着。其他的鹿看到几个外来者没什么威胁，也就没搭理，埋头找草，只有鹿王会时不时回头机警地看一眼，似是还没有完全接纳他们。

一直行到晚上，今天众人没了昨天的好运气，再也找不到山洞。好在鹿群是真正的野外生存专家，挑了一个四周高中间低的盆地雪谷过夜，雪下竟然是厚厚的干燥的苔藓类植物，简直是张天然的床垫。但对于没有浓厚皮毛的人类来说，这些还远远不够。有山洞和没山洞真是天差地别，今夜将是一个大考验。

众人在爬冰卧雪的鹿群中央找了棵树，要在太阳下山前利用一切材料搭建庇护所。他们清理掉树下的积雪和苔藓，开始在冻土上挖坑。费了好大劲，终于以树干为圆点，挖好了一个直径两三米、深不到半米的圆形坑，再把苔藓垫在坑内。之后把一根根砍下的树枝，一头搭在坑边，一头斜靠在树干上。

围了一圈后，帐篷的骨架算是搭好了。之后他们在骨架上铺满厚厚苔藓，用绳子固定好，最后再往苔藓上铺一层积雪，一个树井式的庇护所就搭建好了。因为地方太小，众人只能坐下蜷缩着腿睡。唯一庆幸的是，四周有一群机敏的动物哨兵，他们晚上不用担心被野兽偷袭。

艰难地熬过又一个冰冷的夜晚，几个人都没睡好，因为庇护所内不能点火，好几次都有人被冻醒。但比起第二天早上一头被冻僵在雪地里的驯鹿，他们已经是幸运的了，至少，他们又看到了新升的太阳。众人吃过早饭，翻上鹿背继续赶路。

一直走到中午，人和鹿在路线问题上发生了分歧。陆林还要往前，可鹿群却要改道，死活不肯再往前。罗瑞找到鹿王，连表情带比划，希望把它牵到直行的方向。可鹿王那张没有表情的脸似乎在表示不同意，罗瑞拽它，它就摇晃两只大犄角，最后哞哞地叫了几声，带着鹿群向另一个方向走了，把一群傻眼的人扔在森林里。

如果鹿王会说话，刚才它就会告诉众人，它们不能再往前走了。因为再往前，就是这片森林里狩猎之王的领地。

"我说，你那鸟真的靠得住吗？第三天了呀，这样下去想回公路上也不容易了。要不咱跟着驯鹿走吧？或者回去，赵家那帮人总不能在公路边上守三天吧？"萧卓第二次问罗瑞这个问题了。她的耐心正在一点点消失，同时也对上校带的路产生了怀疑。

"我对上校绝对有信心！不过呢，我也感觉他们不可能在那里守三天，就算进山来找咱们，估计也不会跟咱们走一样的路，这里太大了。要不……咱们回去？"罗瑞看向陆林，有些犹豫地问道。

"这两天我也在想这个问题。但你们想想，赵家需要有多大的决心，才会派出一百多号人，从中国万里迢迢地跨国追到俄罗斯来？他们真的会这么轻易就放弃吗？我看他对咱们是志在必得。"陆林边走边说道，"往回走绝不是好办法，至少也要兜一个圈子才安全。"

洛雨点头表示赞同："至少这三天走下来，咱们还是安全的。想想之前，上车第一天，咱们就碰上了这位，"洛雨说着一指萧卓，"出境第二天晚上，咱们被下了药，第三天醒来，就已经深入冰原了。然后第三天晚上，赵家人带着私人军队出现，我们几乎没有安全过。而进入森林这三天两夜，基本上是咱们进入西伯利亚后最安全的一段时间了。在我看来，咱们不如先等一等，风声没有这么紧了，再出去也不迟。”

“也对，反正咱们也算适应这里了，先跟着上校吧，看看能不能找到其他出路。”周伟笑着说道，“虽然冷是冷了点，不过要是总这么玩，估计真的会上瘾。”

“辉哥，还要往前吗？天快黑了！”巨大的轰鸣声中，下属问道。

“找，接着找！还有时间！”赵纪辉大声回答。

陆林的决定是正确的，赵纪辉真的没想这么放弃。虽然四哥知道情况后把他臭骂了一通，但还是决定行动继续。翻车事故又伤了十多号人，送走他们之后，赵纪辉并没有紧跟着追进森林。如果进入森林，光这百十号人的食物问题就是一个噩梦。

把车从沟里拉出来以后，他在路边等了一天，终于等来了三架从附近城市租来的直升机。卸下帐篷和物资，他开始组织人手在森林边缘建立营地。从第二天开始，三架直升机分别从三个不同的方向在森林头顶低空搜索。和直升机的速度相比，一行人的脚力真不算什么，陆林等人没被发现，实在是很幸运。

一行人在雪地里跋涉，上校时不时在头顶绕着圈，向远处飞去。

“我说，是不是快到了？”陆林看着天空中的上校问道。

“我也说不准，动物的习性到底不是咱们人类能完全理解的。”罗瑞也不确定。

行到下午三点，众人停下了脚步，开始寻找驻地。依然没有山洞，不过他们找到了一个小雪坡边凹进去一块的断崖，正好可以搭上树枝做庇护所。于是大家忙碌起来，做饭的做饭，搭屋的搭屋，一切井然有序。夕阳西照，满天晚霞，干净的空气里，一切景象美得好像教堂里壮丽的油画。如果不是头脸手脚被冻得生疼，他们真的不想离开。

当篝火点燃，世界瞬间温暖了。搭好庇护所，疲惫了一天的众人围坐在一起吃着昨天的狼肉，看着满天星河，这是他们一天中最轻松的时候。

“这里要是不冷就好了。”周欣看着星空说道。

“算了吧，这里要是不冷了，估计北极的冰山也开始融化了。”洛雨说道，“其实这一天估计不远了。过去，两大寒极一直是人类禁区，进入北极圈的外人往往一夜之间就能被冻死。可随着科技的发展，寒冷对人类的威胁越来越小，环北极的大国例如俄罗斯、加拿大这些，都准备着手开发北极了。从工业革命开始，人类就致力于改造环境，这最后几块净土，估计也快保不住了。”

“说得真好听，直接说破坏环境不就完了？”罗瑞说道，“说到冻死人，我倒听说过天山那边的一个古老习俗。咱们北疆也很冷，白毛风一刮，偶尔会有晚上走在雪地里被冻僵的人。按说这些人死定了，不过传说有一个办法，只要人还没死透，就能把他救活。就是宰一头骆驼，把它肚子剖开，然后把人放进去，整个裹在骆驼里面，然后虔诚地祈祷。被裹在骆驼里的人，过一阵子就能有活气儿了。”

“西伯利亚也有这个传说，”萧卓边吃烤肉边说道，“不过不是杀骆驼，是杀驯鹿。但也就是个传说而已，从来没听说过有谁真是被这种方法救活的。而且呀，那些地方还不够冷，在这里，等你把人塞进去，估计外面的骆驼也已经冻硬了。”

众人聊到吃完饭，就钻进庇护所里睡觉了。此时众人身心俱疲，连续72小时生活在冰冷的野外，身体机能为了抗寒，无时无刻不在全速运转。其实他们是幸运的，如果不是周围到处都是能烧火、能搭屋的树海，也许他们挺不过第一个晚上。

第二天清晨，众人被一阵阵鹰啼声吵醒了。大家钻出庇护所，看到被朝阳染成紫色的云霞里，有一个小黑点在来回盘旋着。上校飞得太高，地面上的众人根本看不清楚。

“不对，还有一只！”罗瑞惊呼道。被他一指，众人才看到在另一边的天空里也有一个小黑点，跟上校一样在绕着大圈飞，两只鸟在空中画出一个个同心圆。正说着，两个黑点在天空中碰到了一起，接着朝同一个方向飞了一段距离，又在天空中绕起了圈。两个黑点大小差不多，看来对方是一只个头儿不比上校小的鸟类。

“不会遇到劲敌了吧？该死！我怎么忘了，西伯利亚可能有野生大金雕。”罗瑞看着天空，无比懊悔。

## 第九章　从林雪怪

“你是说它们在打架？”一听这话，陆林和项昊都慌了，他们可是看着上校长大的。长年生活在温室里的鸟儿，怎么可能是这绝境里长大的猛禽的对手？

项昊举起了枪，对罗瑞道：“你让上校飞低一点，把另一只引下来，爷们儿一枪崩了它！瞎了它的鸟眼，敢欺负咱家人！”

不知是不是上校看到了众人，它开始降低高度，靠近地面却依然很远，翼展超过两米的庞大身形看上去比只麻雀大不了多少。另一只鸟也追了下来，两只大鸟不停地在天空中画圈，时不时地碰一下。

“它们真是在打架吗？可我怎么觉得它们飞得好美，像是在跳舞。”水静看着天空喃喃说道。

一直抬头看天的罗瑞听了水静的话，似乎想到了什么，头也不低地伸手向旁边瞎划拉，摸到项昊举向天空的枪后，一点点地把它压低下来：“同志们，不用担心了。用心看天空，现在全世界亲眼见过它的人不超过一万。这是上校呈献给我们的，是传说中大金雕的‘求偶之舞’！”

“求偶？”众人都惊呼了起来，总算搞清楚了状况。

“这只破鸟不会是专门飞到这边来泡妞的吧？”萧卓有些气愤地说道。不过没人理她，大家都专心地看着天空，此时的情形又变了。

上校和另一只大金雕并肩飞了一圈后，像两支箭一样猛地一飞冲天，转着圈飞到了一个让人眩晕的高度。之后它们又碰在一起，这次再没有分开，而是把四只鹰爪牢牢地扣在一起。四只垂天巨翼也不再扇动，静静地展开，像飘在风中的三角大旗。两个扣在一起的鹰身一个向上一个向下，像一根两头都插上了大旗的旗杆，翻着跟头从高空中坠落下来，引得众人一片惊呼。

之后不知是哪只雕调整了角度，一上一下的姿势稳稳地变成了全都大头朝下，四只翅膀加上尖锐的鹰首像两个粘在一起的三角形，如陀螺般旋转着向地面俯冲下来，一直坠进远处的森林。众人的惊呼声还没有结束，它们又像两架刚表演完俯冲的飞机，冲天而起，鸣叫着掠过众人头顶。

“天啊，太美了！”几个女孩感叹道。周欣兴奋地回头对罗瑞说：“瑞子哥，一定要把另一只也骗走！”

洛雨看着天空痴痴地说道：“雕是很重感情的动物，一旦遇到就分不开了。可即使另一只肯跟咱们走，把它们带回现在的人类世界，真的好吗？如果有一只出了问题，那么另一只……‘问世间情是何物，直教生死相许。天南地北双飞客，老翅几回寒暑……渺万里层云，千山暮雪，只影向谁去’。”她不由得想起了金大师武侠小说里的那对雕儿。

万里层云，千山白雪，正是众人现在所处环境的真实写照。天空中望不到尽头的云层，被朝霞染成了紫红色。看着天空中两只雕儿欢快地并肩飞舞，在雪原上投射下成双的影子，众人不禁有些伤感，也许这里比人类世界更适合上校吧。

罗瑞好半天没有说话，呆呆地看着天空，艰难地张口道：“也许这里……啊呸呸呸！”

他才开口，身旁的一棵树上突然掉下了一大团积雪，正好拍到他脸上，有一部分塞进了他嘴里。众人一阵哄笑，便不理他，又抬头看上校的表演。

罗瑞低下头抹掉脸上的雪，睁开眼时猛地一个激灵，发现面前的雪地上，有一个黑影正在迅速变大。“上头又有雪掉下来了！”罗瑞本能地往后一退，同时抬头看，好大一团雪正从几米高的地方坠落下来。不对，那不是雪，是一个全身长满白毛的怪物！待罗瑞看清时已经迟了，那怪物落在身前，身形不大，动作却极为凶狠凌厉，落地的同时，它满是白毛的爪子向着罗瑞劈了过来。幸好罗瑞刚才退了一步，此时吓得叫了一声就往后倒。那爪子从他胸前掠过，外罩的防寒服一下子被划开，连里面穿的熊皮马甲也被划出了几个通透的口子。

一击不中，怪物的另一只爪子又向坐在地上的罗瑞的面门划过去，这时枪响了。听到叫声，项昊没有瞄准就仓促开枪，打到了旁边的树上，一大块树皮爆裂开来。一身白毛的怪物似乎被这一枪的威力吓到，它舍弃罗瑞，反身跳到了最近的一棵树上，后爪抓住树干，腰往上一挺又伸出前爪，一下子爬高了将近两米。三下两下，一身白毛隐没在了压着厚厚白雪的树冠里，接着跳向了另一棵树。

头顶的树一片白色，众人根本分辨不出哪个是怪物，哪个是积雪，只看到周围几棵树一阵轻微的颤动。等一切安静下来后，四周再也找不到那怪物的身影。

“那是个什么东西？”项昊放下枪惊呼道。

“没看清，就看到一身白毛。”罗瑞坐在雪地上喘着粗气。刚才他吓坏了，一切发生得太快。从那东西跳下树，到项昊开枪，再到它重新回到树上，前后不超过十秒钟。身后是白茫茫的树海和雪地，在这白色的背景布下，众人只看到一团移动极快的白影。

“昊子，那玩意儿可能还没走，精神点儿。”陆林边说边给枪上膛，密切注意着周遭的情况。

这么警惕了大概有三分钟，周围还是没有一点动静，众人这才放松下来。

“吓死大爷了！就差那么一点点儿，还好我够灵活。”罗瑞边说边给众人看他衣服上留下的爪痕，那厚厚的熊皮马甲上竟然留下了三道两寸多长的通透裂缝，可见那怪物的爪子有多锋利。

这时，上校扑扇着翅膀从天空中飞了下来，另一只大金雕已经不见了。它停在罗瑞身边叫了两声。罗瑞慈爱地轻敲上校脑袋说道：“行啊你，才多大就知道泡妞了！叫你带路，你不会就是为了这个才往这边飞的吧？带它来见家长？见色忘爹呀你！”

上校又叫了好几声，不过估计一人一鸟谁都没听懂对方的意思。

“咱们怎么办？还让它带路吗？”结束了鸡同鸭讲后，罗瑞回头问陆林道。

不待陆林说话，萧卓就插话了：“老娘先前说什么来着，出事儿了吧？听我的，找条河，沿河一直往下游去，肯定……”

“给爷闭嘴！”项昊打断了她，“刚才你不也看得挺爽的吗？谁挥着拳头在那儿嗷嗷叫‘上校！泡它！’来着？你知道回国想找只大金雕有多难吗？咱先把这门亲事定下来再走多好，反正看样子离得也不远了。”

“哼！回了国，老娘给它做只纯金的都没问题！”萧卓抱怨了一句没再说话，刚才看求偶之舞时，叫得最响的就是她和周欣。

“按原定路线走吧，不过大家要用点心，谁知道刚才那玩意儿还会不会出现。”陆林说道。

罗瑞又把上校放了出去，向着它飞走的方向，众人继续前进。正走着，突然有一物从天而降，“砰”的一声落在他们脚前，砸起了一大团雪雾。众人惊得后退两步，陆项二人连忙举起枪。细看，原来那是一个头骨。

罗瑞双手把那个脸盘大的头骨捧了起来，倒吸一口凉气：“这是个熊头骨。乖乖，这货活着的时候至少有三米高，比咱们打的那头大多了！”

“可它怎么会从上面掉下来呢？”周欣问道。

“是那东西干的，展示自己杀掉过的动物，显示自己的强大。它在警告我们！”罗瑞抬头说道。可森林依然平静如常，什么都没有。

“管它呢，不出来是它的运气，再快还快得过枪？咱们走！”项昊抓过头骨一扬手就丢到后面，迈大步带头就走。他刚跨过熊头掉下的位置没走两步，异变陡生，前方的地面竟然是空的！项昊一脚踩空就要掉下去，旁边的陆林眼疾手快，一把抓住了他的一条胳膊，罗瑞也抢上前抓另一条胳膊，总算抓牢了他高大的身躯。就在此时，那满身白毛的怪物无声无息地从雪里爬出来，用四只爪子快速地向前爬了两步，抓住那个头骨，朝救人的罗瑞狠狠甩了过去，接着便夹着雪雾猛地蹿了起来。

怪物跃过走在最后的周伟和水静，袭向了周欣，似乎已经感觉到一行人里，她是最弱的一个。两只后爪还没落地，它的前爪已经深深地插进了周欣背后的背包里。同时，头骨也砸到了罗瑞背后，疼得他全身一抖，手就松开了。陆林拉着项昊猛地向下一坠，眼看就要跟他一起掉下去。众人还没反应过来，那怪物落地的同时抓着周欣的背包猛地向旁边一弹，把周欣整个人拽了过去，瞬间将她拖离了队伍，眼看要隐没进身后的密林里。身后那片树林非常茂密，不用走进多深就无法分辨出人在哪，显然这发动攻击的地点是它事先挑好的。

一个巧妙的首尾夹攻，打了众人一个措手不及，前后两边全都危急万分。

一切只发生在转瞬间，队伍里剩下的两个身手最好的人同时行动，萧卓一个箭步跑到陆林身后，抱住他的腰往后拽，帮他恢复了平衡后，又去抓项昊的另一只手。水静随着那怪物的后退飞一般地飘出队伍，那怪物退得像阵风，而她轻踩雪地飘得像朵云。接近了，她伸出双手，一只手去解周欣束在腰间的背包扣，另一只手使出太极柔劲，抓着周欣的肩膀一推一拉，一只肩膀上的背包带被卸了下来，接着又一转，周欣便斜着坐倒下去，另一只背包带也松了下来。

那怪物看猎物脱困了，两只前爪从背包中抽出，一双利爪并举，向水静斜劈下来。水静反手去抓怪物的前爪，把那股大力往下一带，借着它的力气空中画圆，反手变正手把怪物甩了出去。那白毛怪物落地后翻了个跟头，回头看到前面的项昊就要爬出来，便四爪齐奔跑进了密林里，还"嗷嗷"地发出了两声奇怪的叫声。

陆林看项昊自己能上来了，便松手抓枪。眼看怪物就要消失在密林里，他瞄准那厮扣下了扳机。就在这时，一只手从旁边伸来，托住了枪的前把手向上抬，"别开枪！"洛雨的声音随之响起。

"砰！"枪声响起，这一枪打向了天空。

"怎么了？"陆林问道。

洛雨看着怪物消失的方向喃喃说道："别开枪，那好像是个人。"

"什么？"刚松了一口气的众人又惊呼起来。

"你是说，那是传说中的西伯利亚雪人？你怎么看出来的？"罗瑞问道。

"不！不是雪人，是跟我们一样的人！你们难道没听出来，它跑的时候喊的那句，像是走了音的俄语里的'离开'吗？或者说是'滚开'。"洛雨说道。

"你能听懂？我们怎么没听出来？"队伍里最精通俄语的陆林和萧卓同时问道。

洛雨摊手做了个无奈的表情："我说的俄语，你们不是也经常听不懂吗？那声音像是从哑巴喉咙里扯出来的。而且你们刚才忙着救人，可能没注意到。"

"如果那真是个人，还是个用四肢爬行的人，"罗瑞摸着满是冰碴的下巴说道，"那我们岂不是遇到了一只人猿泰山，或者狼孩？"

"真的有这种人？"洛雨问道。

"有，被父母遗弃在森林里被野兽收养的孩子，并不是没有，特别是在这个有广袤森林的国家，他们被称为'莫格利'，这是迪斯尼动画《森林王子》中主角的名字。今年俄罗斯还抓住过一个，但送到莫斯科的医院后，不到24

小时他就躲开了警卫，利用‘生存技能’逃掉了，据说现在可能游荡在莫斯科的郊区。可如果它真是狼孩，那就不应该会说人类语言呀。”罗瑞回答道。

对方真的会是人吗？众人一时觉得很荒谬。陆林拢着嘴大声向森林用俄语喊道：“我们没有恶意！我们只是路过的旅人！”可回答他的只有呜呜的风声和山谷的回音。

项昊检查了下那个坑，坑是天然的，但盖在上面的树枝、白雪，坑底插着的尖锐的木桩却肯定是人为的。会制作陷阱的，肯定不是动物。

“接着走，要是再遇到，能沟通就沟通，不能沟通就开枪把它吓走，不伤害它就是了。其实吧，这货比咱们危险多了，它不来伤害咱们就谢天谢地了。刚才多危险，我和昊子差点就报销了。”陆林说道。

一行人又在林中跋涉起来，上校不再往远处飞，只是在前面绕着圈，想来离它给众人指出的出路已经不远了。中午众人吃过饭，陆林还专门往熄灭的火堆旁扔了一大块烤肉，向着森林大叫了几句才离开。如果那个森林王子还跟着他们，就先给点甜头买个好儿。

一直走到下午，上校一头扎进前面的森林里，估计快要到了。众人加快脚步，穿过一片茂密的树林，出现了一小块空地，眼前的景色让大家为之一惊。只见上校和另一只跟它差不多大的金雕并肩停在一起，而它们脚下，竟然是一座被藤条树枝包裹得严严实实，又覆盖上了一层厚厚积雪的长方形房屋。那房屋样子很怪，像是躺倒在地上的一截无比粗大的树干，却又没有那么圆。积雪下全是树枝、藤蔓、苔藓这些东西，根本看不出里面的材质，想来这些是经过一个个夏天积累下来的。众人之所以觉得这是间屋子，是因为可以分辨出在它的一头有一个小门。

“我说，”陆林拍着罗瑞的肩膀道，“你看它们约会挑的地方，那只雕，不会也是有主儿的吧？”

“那要真是个房子就有可能，可谁会住这里呢？”罗瑞看着眼前的长条房屋，猛的一个激灵，“那个野人！难道这是它的巢穴？”

“咔吧！”“咔吧！”陆项二人又把枪端了起来，全力戒备。但接着洛雨示意二人把枪放下，让陆林对着树林喊起话来。如果对方能说话，那就能沟通，能沟通就好办。陆林学聪明了，不再说一大堆出来，只是重复着“朋友”“你好”等几个简单的词，希望那斯可以听懂。

一会儿，几棵树一阵晃动，沙沙声中落了一些雪下来，一个长满白毛的脑袋从屋后露出来，警惕地看着众人。大家屏住呼吸看着这一幕，同时心中齐齐一震，那真的是双人类的眼睛！只是眼睛、嘴巴之外的地方，全被白毛遮住了。

“滚开！滚开！”那怪物又用他含混不清的声音向众人吼道，也许是因为太久没有说过话，忘记了该怎样发音，那声音听上去更像是野兽的嘶吼。

周欣摘下已经破了洞的背包翻起来，从里面找出最后两块她从赤塔珍藏到现在一直没舍得吃的巧克力。拆下包装，她从上面掰下一小块，然后把大块的向着怪物扔了过去，比划着把小块巧克力放进嘴里，做起吃的动作。那怪物狐疑地看了两分钟，便像只受了惊的狼一样四脚着地飞快爬出来，捡起那块巧克力又躲了回去，放在嘴里大嚼起来。

洛雨适时走到他前面，一脸温和地指了指那怪物，又指了指自己，用俄语说道：“朋友，你好。”

陆林在后面看着，抱着肩膀对罗瑞说道：“你说当年欧洲的探险家是不是也这么哄骗印第安人？”

“咱们的友善传达了，重要的是看他一会儿肯不肯跟咱们分享食物。真要是会说话，一切就容易多了。”罗瑞答道，“咦？好像有戏！让这群女人先调戏着‘王子’，我去看眼我‘儿媳妇’。”说着他往长条房子走了过去，两只金雕正在屋顶。

才到房屋侧面，抬头看雕的罗瑞突然被雪地里埋着的一个硬物绊了个跟头。待看清绊他的东西，罗瑞一脸震惊地又去看那房屋，接着便失声对众人喊道：“你们快来看！这怪物的房子竟然是……竟然是……”

“嘘！”

罗瑞话还没说完，就被陆林一个噤声的手势打住了，又听他小声说道：“待会儿再说，关键时刻了！”

罗瑞被他弄得一愣，抬头看才发现情况有了变化。那怪物还躲在屋后，不过看向众人的眼神温和了很多，似乎还在回味刚才巧克力的味道，时不时从屋后蹿出来，又迅速躲回去。洛雨试着一步步靠近，动作缓慢且温和，在那怪物两米外停了下来，蹲下后把周欣给的另一块巧克力托在手里，继续表达着自己的善意。

那怪物似是经不住甜美食物的诱惑，一步步从屋后爬了出来，警惕地注视着身后的陆林等人，四肢爬行着到了洛雨面前，一双眼睛凌厉地盯着洛雨，小心地去拿她手里的巧克力。洛雨的眼神更加温和，嘴角挂着善意的笑，她这才注意到，那两只尖利的前爪是套在手上的某种动物的爪子，被磨得异常锋利。

怪物没有再退回去，蹲在洛雨的跟前慢慢吃着巧克力，似乎很后悔刚才那块吃得太急，因此对这块倍加珍惜，一点一点地细嚼慢咽，回味着满口浓香的滋味。他蹲在那里，跟对面蹲着的洛雨差不多高，看来应该是个成年人。

“说话。”洛雨笑着对怪物说道。

“啊……啊……”怪物吐出了几个简单的音节，可洛雨完全听不懂，它似乎连人类的发音方式都忘记了。

“我叫洛雨。名字？你，名字？”洛雨又试着引导。

怪物依旧只说出了几个音节，但这一次她听懂了，它在说：“忘了，名字。”

怪物把手里的巧克力吃了一半，又抬头递回给洛雨，洛雨似乎从它的眼中看到了笑意，那双眼睛纯洁得如一汪湛蓝的湖水。这大概就是分享食物的意思吧，她暗暗想着，接过来也咬了一口说：“吃。”然后又递回给怪物。

那怪物没再吃，而是从缝隙把巧克力塞进白色毛皮的下面，似乎是舍不得吃了。

“朋友。”洛雨指指自己和身后的人，又指了指怪物。

“朋友。”怪物学着她说道。

“你，怎么，在这里？”洛雨还是一个音节一个音节地问道。一方面她想多了解些情况，另一方面则是在鼓励怪物说话。她曾经听说过，如果一个人远离人类社会，太久没有听过、说过人类语言，哪怕之前是一个正常人，他说话的能力也会一点点丧失。也许这怪物就是这种情况。

几个女孩看他没有了攻击性，也都好奇地围上来。也许是同情怪物从小一个人生活在这寒冰地狱里，连被她攻击过的周欣也不怎么怕了。洛雨嘱咐他们只能说俄语，别说太快。身后的陆项二人虽然把枪放下了，却依然紧张地戒备着。

罗瑞怕破坏了这和谐的气氛，蹑手蹑脚地从远处走过去，回到陆林身边。他迫不及待地小声说道："这怪物绝对不是狼养大的，你猜他这房子是什么？"

"什么？"陆林没在意，回问道。

"是节火车车厢！"罗瑞答道。

"什么？你确定？"陆林惊问。难道这里还真有人类聚居地？

"刚才我在边上绊了一跤，结果你猜是什么绊的我？竟然是铁轨！然后我就从侧面看到那屋子下面是两排轮子，这不是车厢是什么？"罗瑞答道。

这边正说着，却听到对面的女孩们发出一阵惊呼。随着洛雨站起，那怪物竟然也站了起来，比洛雨还高一点。

"你能站起来？"萧卓吃惊地用俄语问道。

"打猎，方便。"怪物回答道。

"他可能是想说，在打猎的时候，用这种四肢爬行的方式，比直立行走更方便。"洛雨跟众人解释道，她长长出了口气，"以四肢爬行的方式狩猎，生活里再直立行走把双手解放出来干活。刚才它一直在爬行，也许是想在我们威胁到它的时候方便逃跑吧。现在它肯站起来，大概是不把我们当成猎物了。"

身后的男人们看到大家相安无事，也都走了过来。刚才洛雨怕人太多吓到怪物，没让他们上前。

"小子，你很厉害呀！"项昊大笑着走在最前面，他想捶那怪物一下，又怕引起误会，就伸出手作握手状。怪物哪会握手，抓着他的手翻来覆去确定没有食物后，就"啪"地把他的手甩开了，引得众人一阵大笑。

天色已晚，大家开始准备做饭。身后怪物的长条式房屋，应该足够大家全住进去。至于怪物肯不肯让大家住，就得看这顿饭的质量了。怪物从雪地里刨出了两块冻得生硬的肉递给众人，又进屋拿出了一块吃一半的肉，正是中午陆林扔下的那块。

"这样，吃！"怪物说道，像是想让众人按中午的做法再烤肉。这怪物虽然也会用火，但他从小一直吃的是没有放任何调料的食物。自从吃过中午的烤肉以后，他就觉得自己做的东西实在太难吃了。

“他还真捡走了，看来这货一直跟着咱们。”项昊说道。

“难得看到跟自己一样直立行走的同类，他当然好奇了。”罗瑞说道。

“你问问他，这房子是谁给盖的？”陆林小声对洛雨说道，眼下几个女孩跟他比较熟。洛雨依言问道。

之前一直在说话，怪物的听力和表达能力似乎好了很多，闻言脸色一黯，这次连陆林都听懂了，它说的是“爸爸，妈妈”。

“那你爸爸妈妈呢？”陆林又问。

“死了。”怪物回答道。

“他们怎么会到这里来？”洛雨问道。

“囚犯。”怪物回答。

又问了几个问题，大家大概明白了这怪物的来历。他的父母也许是被流放到西伯利亚做苦役的囚犯，两个人逃进了森林里。因为害怕被抓到，一直躲着没有出去，后来就生下了他。在怪物很小的时候，父母死掉了，他开始利用父母留下的简单工具，一个人艰难地在这片冰雪森林里生活。

众人看向怪物，却只能看到他露在白色皮毛外的两只眼睛，根本看不出年纪。

众人边吃边聊，很快吃完了饭。怪物抓着洛雨的手道：“走，洗澡！”

“什么？”众人一阵惊喜，难道怪物的房子里还有淋浴设备？

他指着车厢后的森林说道：“温泉！温泉！”想来后面的森林里有一个温泉。

众人听后一阵大喜，大家可是有些日子没洗澡了。

“妖怪，你的生活还不错嘛！一个人住在森林里的小火车上，还能天天泡澡。”陆林拍着怪物毛茸茸的肩膀说道，“不过，你可能不太懂咱们人类社会的规矩，男人不可以跟陌生女孩子洗鸳鸯浴，王子也不行。所以嘛，还是先带我们去吧。不好意思啦女士们，这个温度能不能泡温泉还不知道，试验的任务当然是交给我们男同胞，所以我们就先去啦。走吧男同志们，洗澡去啦！”他笑嘻嘻地说完，拉着怪物往森林里走。

“喂！喂！”萧卓和洛雨气愤地叫了半天，却又没脾气。一众女孩当然不愿意泡这些臭男人泡过的水，可就像陆林说的，这里夜间零下五十多度，能不能露天泡澡还是两说，只能先让他们去试了。

不料陆项等人进去没多久，又都从森林里出来了，一个个满脸通红表情尴尬："他哪儿是什么森林王子，分明就是森林公主嘛！"

# 第十章　森林里的火车头

“记得泡完澡马上在雪地里滚一滚，把身上弄干，不然结冰就麻烦啦！”陆林向走进森林的几个女孩喊着。

“去死！”洛雨等人异口同声地回答。

“我说的是真的！这群女人，不分好歹。”陆林闭上了嘴。

几个女孩在白雪森林里走了将近百米，看到了奇异的一幕。月光下的温泉冒着缕缕蒸汽，如烟雾般笼罩着这个直径近十米的水潭。夜空如嵌满了钻石的深蓝色天幕，倒映在水面上，仿佛一片坠落于雪原中烟云缭绕的星海。袅袅薄纱中，一个白人女孩的身影露出水面，洁白的肩膀，一头略微发红的金发。

女孩转过头发现了众人，便毫无顾忌地从齐腰深的温泉里站起身，招呼她们快来。雪白的身体，如刀刻般美丽的脸庞和婀娜的身材，在月光、蒸汽和水的作用下，她的身上似乎笼罩上了一层洁白的光晕，看得几个女人也有些窒息。她们无法把眼前这个人，与刚才那个一身白毛，在地上爬行的怪物联系在一起。

周欣咽了口口水，喃喃说道：“这要是耳朵再长一点，手里拿上把弓箭，简直就是童话森林里的精灵女王呀。”

萧卓用肩膀拱了下周欣怂恿道：“想不想把她带走？从现在开始教她中文！”

“嗯，一定要带走！”周欣攥着拳头说道。

“喂！她不是宠物，你们用看人类的眼光看她好不好？”洛雨斥责道，“这是个很可怜的女孩子。真不知道她一个人，是怎么在森林里生活了这么多年的。”

众女渐渐走近，在女孩的热情招待下泡进了温泉里。待到看清她的身体，洛雨等人都不由得倒吸了口冷气。洁白的身体上有很多浅浅的伤疤，看上去都是旧伤，估计是初学捕猎时留下的。她们自然不会明白，一个不懂事的小女孩成长为这片森林中的狩猎之王，背后隐藏着多少艰辛的故事。

怪物今天好像特别开心，也许是因为孤单了太多年，如今终于有了朋友，时不时地跟她们闹一闹。可众女看着她一身的伤痕和孩子一样的笑脸，却感到阵阵心酸，真希望能把她带出去。怪物没有名字，周欣给她起了个很应景的中文名字——雪儿。

怪物愉快地接受了，她怎么看都像个未经世事的孩子。其实雪儿年纪已经不小，至少也是二十四五岁的样子。至于为什么她的父母是二十世纪四五十年代，而她却如此年轻，众人就不得而知了。

“这里要是不冷就好了，真的美得像个童话世界。”周欣说道。虽然身体泡在温泉里，可露出水面的脸还是会觉得冷。白雪森林、月光温泉，抬头或者低头都能看到满天星河，四周一片安静，这是她们一行人这几天来第一次夜间活动，一阵阵银铃般的笑声在森林里回荡着。

当换陆林他们泡的时候，一行女子跟着雪儿跑进了她的房子。

一进入雪儿的房子，众人就被眼前的一切震惊了。在外面的时候，因为一层层厚厚的树枝藤蔓和积雪，大家看不出它的样子，罗瑞猜测这是一节火车车厢。走进内部，她们才发现罗瑞猜错了，这不是车厢，而是一个老式的蒸汽机火车头。

老式火车头和现在的内燃机不同，前方有超过一半的空间都是蒸汽机的设备，之后才是不大的驾驶室。驾驶室后面是一个装煤的拖斗，行驶时司机负责开火车，还有一个专门的添煤工把煤铲进燃烧的锅炉里。雪儿的这个房子，驾驶室和后面的拖斗是完全打通的，但前面一截蒸汽机的结构并没有变化，以至于房子内的活动空间比外面看上去要小得多。

这已经不能说是个驾驶室了，两代人住了几十年，如今这里已被布置成居家的样子。墙壁上挂着一张弓，还有一把积满尘土的老式猎枪。房间一侧有一些简单的生活器具，有些是老式的苏联风格，有些是用木头自己做的。另一侧还有几把自制的桌椅，桌子靠墙的地方还倒着一个工艺粗糙的小木人。这些东西看上去有些年头，一件件被磨得很是光滑。

对待朋友和对待猎物，狩猎之王是两个完全不同的态度。雪儿拿起小木人向几个人炫耀，跟她们分享自己的玩具："爸爸，爸爸。"想来这是她爸爸给她做的，也许也是她这些年来唯一的玩具吧。

"雪儿，跟姐走吧，姐那里可好了。"萧卓笑着说道，眼圈儿有些红。

过了一会儿，陆林等人也回来了，进屋后同样一阵赞叹。陆林看了看满是灰尘的猎枪，应该是很久没有用过了，想想也对，估计早就没子弹了。他又指着墙上的弓箭问雪儿道："对付我们时为什么不用这个？"

"你们，太慢，不配。"狩猎之王骄傲地回答道。那是对付她追不上或者太危险的动物时才会用到的杀器。

陆林等人被她说得脸色一沉，可又不好意思说什么，一群男人对付不了一个小姑娘，还要用枪，的确有些丢人。他又去房间另一头的驾驶室看了看，各种操作杆要么被杂物盖往，要么挂着东西。

他突然灵机一动，把洛雨拉到边上悄悄问道："你说，这个火车头还能开吗？"

"别打歪主意了，这是雪儿的家。"洛雨毫不客气地打断陆林的话。

"可以带她一起走嘛。"看洛雨面色不善，陆林又道，"好吧好吧，总之要征得雪儿的同意再说，行了吧？这玩意儿怕是锈在这里半个世纪了，估计不太可能启动。"

"终于又可以睡在屋子里啦！"周欣在一旁欢呼道。洗了澡又不用睡草棚，这是她几天来最开心的时刻了。

虽然整个房屋空间不大，但比拥挤的草棚好多了。原本添煤的炉子被当成了烧木柴的壁炉，室内只有一盏燃烧着动物油脂的昏暗油灯。地面铺了很多兽皮，其下是干燥的苔藓，脱鞋踩在上面也不会觉得冷，整个房间很温暖。雪儿像个孩子一样，对他们带来的一切都充满好奇，从身上穿的衣服到被她抓破的那个背包，都成了她研究的对象。而大家也研究起她身上穿的一身白毛，罗瑞说那可能是一张北极熊的皮。众人却觉得不可能，虽然他们也不知道现在在哪里，但怎么也不相信这里竟然接近了只有在电视里才能看到的极地。

洛雨道："也不是没有可能。北极圈是指北寒带与北温带的界线，纬度是北纬 66° 33′，俄罗斯、加拿大、挪威、芬兰等国家，都有土地在北极圈内，特别是西伯利亚东部，有大片区域在北极圈内，比如萧卓提到的上扬斯克。

说不定有不长眼的北极熊，从北冰洋溜达到内地来了。”

“不管那些了，今天先好好睡一觉，有问题明天再说。”罗瑞躺在软软的地面上说道，“白天我还真怕咱们遇到了什么怪物，现在回想一下，遇到雪儿真是幸运呀。”

“没错！”周伟笑着道，“想不到雪儿还这么会享受生活。”

难得不用天一黑就睡觉，大家闹到很晚，约定明天不再前行，在这里好好休整一天。雪儿也非常愿意众人留下，白天她对这群陌生人既好奇又害怕，才一直警告他们离开，眼下已经把他们当成了朋友。从父母离开后，她孤单太久了。

第二天一大早吃过饭，众人想和雪儿去打猎，陆林则要看看门口的铁路通向哪里。昨天洛雨问雪儿这火车头的来历，雪儿也不知道。她从出生就在这里，好像是她的父母在森林流浪的过程中发现火车头，便定居了下来。早上陆林仔细观察了这两条铁轨，火车头朝向的一面通向西边的森林深处，而另一端的铁轨在车屁股后面十几米的地方就没了。最末端的地方是个雪丘，扒开积雪和冻土能看到一个石礅，似乎是没有修完就停了下来。

“你一个人去？小心点儿。”洛雨嘱咐陆林道，“别抱太大希望，记得我在新闻里看过，西伯利亚铁路的最北端修到雅库茨克附近，咱们所处的位置可比那里靠北多了，没听说过这边还有铁路。”

直升机巨大的轰鸣声中，赵纪辉愁眉不展。三天过去了，他们依然一无所获。他甚至开始怀疑，这群人是不是早就冻死在这片冰冷的森林里。

“赵哥，咱还找吗？”坐在身边的手下问道。就在昨天晚上，三架直升机中的一架因为返程得太晚，夜幕降临后在冷空气和云层中冰晶的作用下，出现了大面积的积冰，还没有飞回营地就迫降了，机体大面积受损，眼下能用的直升机只剩下两架。这打击了队员们的信心，三天来他们同样过得苦不堪言。

“找！活要见人，死要见尸！”赵纪辉咬牙说道。其实他也明白，如果那几个人真的冻死了，现在多半已被野兽分食了，或者被埋在了白雪之下。死要见尸，谈何容易。

“元凌，你跟了一路，他们到底是什么样的人？你觉得，他们有可能在森林里生存下去吗？”赵纪辉问坐在前排的赵元凌，他是两天前自己找到营地来的。

“除了两个退伍兵，剩下的就是群老弱妇孺，他们八成活不下去。呵呵，死了还不好？咱们就能回去交差了。”赵元凌说道。

“真的吗？要是那样，之前在萧家训练营的时候，那些职业雇佣兵一个没能跑掉，他们怎么可能从我们的包围圈里逃出来？我发现你好像不是很希望找到他们？”赵纪辉又问道。

“没错，早完事早回国，这个鬼地方我是一天都不愿意多待了。”赵元凌大大方方地承认了，心中却是一惊：“这个赵纪辉是不是怀疑自己了？”

“哼！你们这些元字辈的，一个比一个不懂事。”赵纪辉冷哼一声没有再说话，直升机里沉默了下来。他跟小他一辈儿的赵元凌分属不同的部门，本就不是很熟。

打猎的一行人收获颇丰，等他们拉着食物回到住地时，陆林还没有回来。一直等到三四点钟，众人才看到他哆哆嗦嗦地从森林深处走了回来。

“好消息坏消息，先听哪一个？”陆林烤着火说道。

“坏消息！”罗瑞抢答道。

“坏消息，往前十几公里，两条铁轨中间竟然长出了一棵树！”

“那好消息呢？”洛雨又问。

“我走了一天也没走到这条铁路的尽头。另外还有一个好消息——我看到了一架直升机，呼救了。”陆林答道。

“真的？那后来呢？”罗瑞着急地问道。

“后来？后来我明明感觉他们看到了我，可还是飞走了。唉，老毛子太冷血了。”陆林一脸的失望。

“你有没有想过，万一那是赵家人怎么办？”洛雨有些担心。

“当然想过，所以我刻意离了铁路很远才呼救的。而且看直升机没有救人的意思后，我就故意跑进了北面的树林里，让他们看着我一直跑。跑了很长一段距离之后，我才钻进一片密林里藏起来，差点没力气走回来。就算是赵家人，估计现在也应该从那里往北狂追过去了吧。至少短时间内，我们不用担心他们了。”陆林手托下巴说道。

“是呀，这样走下去不是办法，人家要是连直升机都出动了，咱们靠这两条腿早晚被捉到。”周伟说道。

“也许，我们不该连累雪儿。”洛雨抓着雪儿的手，有些犯难。

“也许，我们离开这里才叫连累她。对方的直升机应该还没有搜索到这边，但这里很显眼，而且可以起降。咱们要是走了，她要是跟那帮人发生了冲突……”罗瑞没把话说完，但大家都明白他的意思。

“这样吧，多住几天，到时看看雪儿愿不愿意跟咱们走。”陆林说道。

大家用中文交流，雪儿完全听不懂，干脆不听了，一会儿把周欣给她的发卡戴在头上，一会儿去翻众人的背包，从里面掏出她没见过的东西把玩。众人看她一脸无忧无虑的样子，心中难免有些歉疚。

“你确定只有一个人吗？”营地里，赵纪辉向身边的手下问道。

“没错，就一个人。那家伙开始在呼救，看我们不搭理他，还向天开枪呢！”手下回答说道，“那片林子太密，没办法降落，我们就一直跟着他。”

“然后跟丢了？”赵纪辉的脸沉了下来。

“没办法呀辉哥，那小子跑得跟兔子似的，蹿进一片密林，我们稍不注意就找不到了。不过坐标我都记录下来了。”说着他拿出电脑指给赵纪辉看，“这是发现他的地方，这是最后跟丢的地方。”

“会不会真的就剩他一个人了？其他人全都死了？这小子还敢往北跑，真是不知死活，估计他也迷路了。”赵元凌说道。

真的全死光了吗？赵纪辉皱着眉不说话，总觉得事情有蹊跷。

“辉哥，别犹豫了，好不容易有了线索，追下去吧！四哥那边也快等不及了。”赵元凌在旁边催促他快点做决定。

“好吧。”赵纪辉叹口气道，“明天开始，营地前移，直升机主要从发现那人的位置开始向北搜索。”

赵元凌诡异地一笑，然后马上恢复正常。

转眼又过去了两天。众人与雪儿相处得非常融洽，除了打猎之外，就是跟她讲一些人类社会现在的情况，教她学习一些简单的汉语。雪儿很聪明，学得很快。第三天晚上，众人委婉地向雪儿发出了邀请，希望她能跟他们一起走，离开冰冷的森林，回到人类的世界，那里也许会有很多烦恼，但至少不会有危险。虽然依然要为生计奔波，但至少不会饿肚子，而且，可以交到很多朋友。

大家之前以为，想让雪儿离开生活了二十多年的森林，需要苦口婆心地好好劝说一番。没想到只是这么一提，她立刻欢喜地答应了，背起弓箭，又把她的木头娃娃和几件杂物装进一个自制的兽皮袋子里，说现在就要走。

“雪儿别闹，如果离开的话，可能以后都不能回来了。你还是认真地考虑一下再决定吧。不过你也不用担心，等回去了，姐一定好好照顾你。”萧卓认真地说道。

后来大家才了解到，雪儿父母临终时的遗愿，就是希望有人能把她带回人类社会。没人愿意自己的女儿一个人在森林里生活一辈子，只是他们去得太早，而这一天，又来得太晚。最大的问题解决了，陆林又打起了火车头的主意，问雪儿愿不愿意乘坐她的房子一起走，她也欣然同意了。于是大家决定明天把这火车头内外清理干净，好好试一试。

第二天一大早，大家把车内的蒸汽机部件涂抹上一层动物油脂，又把外面车轮等几处的树枝藤蔓清理了一下。令他们惊喜的是，车头的最前端竟然有特制的铲雪装置，估计是为适应这里的环境专门装上的，这样一来，被白雪覆盖的铁轨也不再是问题。蒸汽火车头需要加大量的水，好在周围的雪很丰富。没有煤，却有取之不尽的桦树林。清理完一些部件的锈垢之后，众人试着点燃了蒸汽锅炉，当萧卓触动一根摇杆的时候，火车头猛地一震，竟然真的动了一下，但接着好像哪里被卡住了。

一时间，众人信心大增。这种老式机械，虽然有各种问题，却胜在结构和部件相对简单，应该有很大希望让它动起来。

就这样又忙碌了两天，不大的房间里堆满了木柴，一切准备就绪。点燃锅炉，当萧卓扳下拉杆，列车缓缓启动，抖落了一身的白雪，冒着白烟，像一个裹满了藤蔓的绿色大草丛，在铁轨上缓缓滑行。两边的树林距离铁轨非常近，偶尔会有树枝撞到车头上。也许是因为烧木柴的关系，小火车跑得非常慢，像是一条在林中悠闲散步的大号毛毛虫。

陆林站在车门边说道：“你们猜，这条铁路会通到哪里？”

“通到哪儿？估计又是个林场矿区什么的，再不然就是接到西伯利亚铁路上。”罗瑞看着车窗外心不在焉地回答道。

“唉，要是有张地图就好了。”洛雨叹了口气。

“笔记本电脑在托运的旅行箱里，手机扔在了先前的营地。啧啧，这都得谢谢咱们的萧大娘。”罗瑞说道。

“你们要是肯早点合作，哪有这么多事？老娘的训练营还因为你们毁了呢！”萧卓还是嘴硬。

“最好是通到西边的哪座城市里，然后咱们赶紧去伊尔库茨克，都耽误一星期了。”罗瑞接话道。

周伟说道：“没关系，我给大家办的是 90 天商务签，时间绝对充裕。不过这森林我真是受够了，时间长了，再好的风景也看腻了。”

“是呀，这几天看哪里都是一片白，感觉自己都快雪盲了。不过话说，我们没有冻死在这里，算是不幸中的万幸了。不然真像萧姐说的，被冻成万年冰尸，那才叫恐怖呢。”周欣说道。

“其实这也是种不错的葬法，我倒是希望死了以后能被埋在这里。”洛雨接过话头道，“你们听过楼兰小河墓葬群吗？因为新疆沙漠高温无菌的环境，尸体被埋葬后可能不会腐烂，而是会一点点失去水分变成干尸。小河墓葬群就是这样，据考证，那片墓地修建于 4000 年前。你们想想，4000 年呀，比秦始皇皇陵的修建时间都早。以前我都想过，等我快死了，就走进沙漠里把自己埋了，等着千年后的人们再来发现。”

“你这个女人脑子有问题。”陆林撇了撇嘴，“不过好像也不错，总比死了三天就尸骨无存烧成灰好。”

洛雨点头道：“是呀。这里的环境比沙漠还好，尸体几乎可以不朽不腐，完美地保存尸体。如果有一天家人来看你，也会觉得你跟睡着了一样。古代人费尽力气用各种防腐手段保存尸体，不就为了这个吗？”

“呸呸，什么家人来看我，太不吉利了。”陆林边说边往炉子里扔了两块木柴。

裹满了植物和雪的火车头在森林中缓慢行进，项昊计算了一下速度，每小时大概还不到 20 公里。众人干脆不再着急，坐在厚厚的地毯上，安心享受着住在房子里的冰雪森林之旅。车上的木柴烧完了，大家停车继续去砍。就这样走走停停一直走到日落。因为没有车灯以及夜间的低温，他们必须停下休息。好在这一天火车直接穿过陆林之前侦查的最远点，他们也没有遇到直升机，好运气一直持续到第二天。

“辉哥，我发现了一个……一个跑在铁轨上的大灌木丛！有点像……像……”直升机上，搜索队员用麦克风向另一架直升机上的赵纪辉报告消息。

“什么乱七八糟的！咱都飞了这么多天了，这里哪有什么铁路？像什么？你说清楚点儿！”赵纪辉在另一头骂道。

“像是个火车头，还冒着烟呢！”

“火车？是那群人吗？”赵纪辉又问道。

“对，是个火车头！看不到里面的人，要跟上去吗？”

“只有火车头没有车厢？跟上去！这次别跟丢了，我一会儿过去跟你们会合！”赵纪辉结束了通话，又对飞行员说道：“回营地！”

“怎么不直接过去？”赵元凌问道。

赵纪辉发狠道：“回去拿家伙！不管是不是，一会先把车逼停了再说！”他的耐心已经被磨没了，眼下只想快点把此事了结。租的三架都是民用直升机，没有拦截火车的能力，只能先回营地拿武器，没有武装的直升机就没有威慑力。

火车里的人同样发现了直升机。

“要不要弃车？”看着空中一路跟随的直升机，项昊皱眉问道。

“不行！我们现在连公路都找不到，离开火车就彻底迷路了！那飞机上没武器，奈何不了咱们，拼一拼，加速！”陆林咬牙说道。

直升机与火车头在森林中展开了追逐。螺旋桨的轰鸣声，车轮与铁轨的摩擦声，一个在天上，一个在地上，一齐向着西边延伸过去。

又过了一会儿，赵纪辉的直升机也追了上来。他飞回营地叫了两个人，拿上一挺转盘机枪和单兵火箭筒，就匆匆赶过来。先是一轮威慑性的机枪扫射，7.62毫米的机枪子弹以每分钟5000发到6000发的射速如雨点般倾泻在火车前的雪地和树林里，打出了一大片雪雾。有几棵树被打断了，轰然倒下。

但地面上的列车不为所动，依然固执地向前行驶。

“不是民用直升机吗？这帮孙子怎么什么家伙都有！真是来打仗的吗？”项昊骂道，刚才的一轮扫射着实让他捏了把冷汗。

“别废话了，过来帮添柴火！有老娘在，他们不敢真开枪！”萧卓边往锅炉里扔柴火边叫道。车头内气氛异常紧张，大家乱成一团，都在忙着往炉里添加燃料，以期速度能再快一点儿。

“你们快看，前面要没路了！”周欣负责看路，此时她绝望的声音在车门边响起。

众人闻言又是一惊，陆林连忙去看，只见往前一公里左右的地方是一个向上的大陡坡，而两条铁轨延伸到坡下后便戛然而止，既没有隧道，也没有上坡。一公里的距离近在眼前，罗瑞喊道：“快想办法，要来不及了！”

## 第十一章　克格勃

“辉哥，前面没路了，他们要撞山了！”赵元凌看着地面上的情形说道。

“该死！他们还不减速？”赵纪辉骂道。他绝不愿意看到自己辛苦搜索了几天的人就这样死去，更何况里面还有一个萧家的重要人物。

“把铁轨炸了！宁可出轨也不能让他们撞山！”赵元凌气急败坏地离开座椅，对操作武器的人喊道。

那人手忙脚乱地换过单兵火箭筒，装弹瞄准就要发射。就在扣动扳机的一瞬间，火箭筒的末端却被赵元凌不经意地向下撞了一下，那枚飞弹打偏了，直直地向铁轨消失的山脚处一头撞了上去。巨大的爆炸声中，无数的石块横飞，雪雾弥漫。

随着雪雾一点点消散，众人透过那层薄薄的白雾，看到铁轨的尽头有一个漆黑的山洞露了出来。

“刹车呀！要撞上了！”陆林对萧卓喊道。此时火车离洞口不过两百米，而爆炸使铁轨的尽头堆满了石块。

“别碍事！老娘不知道刹车呀？快关上炉子！”萧卓一边喊一边用力扳下了刹车杆。

“吱——”

一串急刹车的响声中，铁轨与车轮间迸出一团团火花，火车头向挡路的那堆石块轰然撞了上去。幽深的山洞与铁轨上的碎石越来越近，眼看就要到众人眼前，萧卓奋力把刹车杆扳到底。终于，火车头撞上石堆，这才停了下来，众人在车内被猛地一震。

“呼——”大家长长出了口气。陆林道：“看来火车原本是通到山体里面的，没准那是一个隐蔽的军事设施。倒霉，怎么就不是个城镇呢？”

项昊道：“就差那么一点儿。行啊，萧家娘们儿，你在哪儿学的开火车？”

“绑你们的路上跟司机聊过几句。”萧卓干练地一甩头发，“快点收拾东西，进林子还是钻洞，你们快拿主意！”

“当然是进洞！不然飞机上的人再扫射，咱们就完了。”罗瑞说道。众人快速收拾好东西，拉着雪儿跳下了车头。

“再开枪，别让他们进洞！再飞低一点儿，没错，就是他们，竟然一个都没有死！”飞机上的赵纪辉看到火车被成功拦截，可山体却被炸出了一个洞，一时气愤至极，“混蛋！怎么就这么巧？快开枪，不能让他们进洞！”

转盘机枪又疯狂地射击起来，暴戾的弹雨反倒加大了众人躲开他们的决心。一下车，陆林就让众人钻到车轮下面匍匐着向前爬。列车底部是射击死角，周围又没有飞机的降落条件，虽然这样行动迟缓，却是最安全的。四周激飞着被流弹打起的碎石和雪沫，机枪子弹组成了一张严密的火力网，众人哪怕只中一枪，都会瞬间失去行动能力。

“跑！”

转眼爬到了车头前部的铲雪装置处，陆林第一个钻出车底，飞快地翻过堵路的石堆跑进了山洞。接着他摘下枪向空中射击，掩护后面的众人，可惜这样的射击对停在空中的直升机根本构不成威胁。大家相继跑进山洞，里面空间很大，刚才开的洞似乎正是门的位置，两条铁轨真的延伸到了山洞里。透过外面的光线，能看出这个山洞是人工挖掘的，完全是苏联时期的建筑风格。

“往里走吧！”项昊对躲在洞口另一侧的陆林喊道，子弹时不时会透过洞口射进来，众人都躲在了两边。

“走！”陆林回应道。外面的弹雨还没有停止，门口太不安全了。

“等等！”罗瑞指着他们身后叫道，“你们看！”众人顺着他的手指看去，原来门洞两边的墙壁上，竟然各有一扇金属窗以及一架固定在支架上的苏制DShK重机枪，想来是这里防御系统的一部分。DShK重机枪是二战期间苏军中常见的武器，被广泛应用于低空防御和步兵火力支援。

“帅呀！”项昊兴奋地大叫起来。被直升机在屁股后面追了一路却全无反击之力，他心里着实憋屈。两挺重机枪的出现像是一剂强心针，给了他们反击的机会。

“林子，看看还能不能用，把那两只苍蝇干了！”项昊叫着就去摇窗口边的轮栓，要将窗户升起来，把机枪架出去。

两挺机枪的机械性能全都完好，两人从地上的弹药箱中抽出长长的子弹链装上去，使劲一推支架，把枪口伸到窗口外面。陆林对身后众人喊道："你们都离远点儿，这玩意儿动静太大！"

项昊通过瞄准器盯着天上的直升机，自言自语道："刚才打项爷打得挺过瘾是吧？现在该换你们了！"说着他抓紧两只把手，按下了扳机。

"嗒！嗒！嗒！……"

巨大的出膛声中，一连串火线冲天而起。超过 2000 米的对空最高射程，一下就让悬停在低空中的两架直升机变成了靶子。口径超过 10 毫米的子弹毫无悬念地撕碎了直升机的外壳，一颗颗镶进机体。其中一架飞机被打爆，在空中变成一个燃烧的大火球，向着下方的森林直坠下去，落地之后发出一阵剧烈的爆炸声。

"这……这……"另一架直升机上的赵纪辉惊呆了，他做梦都没有想到山洞里竟然还有武器。回过神来，他立刻对飞行员喊道："降低高度！后退！快！"他想躲进身后密林的射击死角里，可已经来不及了。陆项二人集中火力干掉了一架，又把枪口瞄准了他的座驾。

天空中火线一扫，重机枪的子弹已经叮了上来。其中一发穿过机体打中了飞行员，一团血花在窗户上绽开，飞机立时失去了控制。

"该死！这群人还真没让我失望！"赵元凌骂着打开舱门。此时情况万分危急，飞机眼看就要撞到下方的树林，子弹还在不断地侵蚀着机体。他向下扫视了一圈，看准落点，便没带任何护具向下扑出舱门。

"元凌！"看着他扑出舱门，赵纪辉吃了一惊，暗道这小子什么时候这么有种了？眼看直升机就要坠毁，他也学着赵元凌的样子跳了下来。两个人利用一层层树枝减缓着下坠的力道，手套和衣服被划出无数口子，最后双双落在积雪里。接着，直升机坠落在离他们不远的地方爆炸了。

"Yeah！"看着两架直升机都被击坠，众人一阵欢呼。他们没有发现在坠机前有人跳了下来，以为自己已经完全脱离了危险。

"弄出这么大动静都没人来，看来这个军事设施应该是被废弃了。"周伟说道。他之前听说苏联解体的时候，俄罗斯废弃了大量军事基地。

"不对呀，废弃了为什么还会有武器留下？"陆林不解地说道。

“走，看看不就知道了？最重要的是看看有车没有。”项昊打亮手电，带头向山洞深处走过去。

“呸呸！”赵纪辉吐掉嘴里的雪，踉跄地站起了身，不顾多处被划伤的痛苦，边走边抽出手枪，越过了落在他前面的赵元凌，头也不回地说道：“元凌，跟我进洞，这次绝不让他们跑了！”

这时他突然觉得背后一凉，接着一股钻心的疼痛涌了上来，身后一个陌生的声音响起：“我要是你，就绝不进去。那个地方曾经是个地狱，连我都不想再进第二次。”

赵纪辉艰难地回过头，却发现那声音是从赵元凌嘴里发出来的。“你……你……你不是元凌……你是谁？！”赵纪辉用尽最后的力气说完这句话，就一脸震惊地缓缓倒下。

“我是谁？我就是你呀。安心上路吧，我会替你活下去的。”赵元凌冷笑着，竟然用赵纪辉的声音说道。

众人走进山洞，发现这完全是一个人工建筑。穿过大厅中的一扇大铁门，后面是一条条走廊和一个个鳞次栉比的房间，这里更像是一个老式办公楼。铁轨并没有延伸多长，拐了个弯就终结在离入口不远的一座空空如也的仓库里。沿中线一直前行，两边全是大小不一的房间，通道看不到尽头，整个地下设施的面积要比他们想象的大。

黑暗的环境，混凝土的建筑，紧闭着的钢铁房门，似乎把众人带回了铁幕重重的冷战时代——那个红色、强硬而冷漠的钢铁帝国。大多数的房间锁着，手电筒的光束透过铁门上的小窗户，能看到里面摆放的办公用品和床铺，还有一些他们叫不出名字的仪器设备。偶尔遇到没锁的，他们就进去翻一翻，发现这里的人好像是突然撤走的，床上用品都没来得及拿。黑暗中，四周静得吓人，只能听到众人踏在水泥地板上的脚步声。

“等等！”洛雨叫停了众人，举着手电照向一个房间，“陆林，用枪把这扇门打开。”

陆林依言对准门锁的位置开了两枪，枪声回荡在空旷的建筑里，子弹与铁门的碰撞声格外刺耳。洛雨端着手电走进房间，边走边说道：“你们发现没有？这里不像是个军事设施。除了门口的两挺重机枪，这里一点部队的影子都没有。作为哨所，它不可能有这么大的面积。刚才几个屋子里的东西你们注意到没有？我看这里不是什么军事设施，倒是像……”洛雨犹豫地说出了自己的判断，“倒是像一家医院。”

“我也觉得像。”萧卓点头说道，“你们看先前那几间屋子里的铁床，说是宿舍吧，可摆设又不对，倒像是过去医院里的病床。还有那些老设备，好像是专门为病人服务的。”

“可这里前不着村后不着店的，别说人了，连只生病的鬼都没有，怎么会有医院建在这里呢？”水静问道。

“肯定不是普通医院，你见过哪家医院门口放两挺重机枪，修得跟个碉堡似的。”项昊说道。

“嘘……你们听！”周欣说道。

大家不知她听到了什么，都静了下来，果然听到了一阵“喀拉喀拉”的微弱电流声，轻不可闻。众人细细分辨声音传来的方向，却看到雪儿不知道什么时候蹲在地上，盯着陆林手里提的旅行袋，那声音好像就是从这里面发出来的。

众人心中一寒，这是他们从出发到现在一直带在身边的行李。里面除了简单的日用品之外，只有一件东西——那颗让众人出生入死才抢回来的灾星。一路上它都很安静，像个普通篮球一样老老实实地躺在旅行袋里，此时却发出了声音，大家不禁汗毛倒竖。

“坏了！过了边检忘了把它套上了。”洛雨说道。出门之前，她为灾星特制了一个隔绝电和磁的绝缘套，出境时曾被要求打开，后来走得匆忙忘了套回去。

“这个到底是什么东西？”萧卓皱眉问道，“你们好像很多事没说实话呀！”之前她也在过边检时见过这个灰色的球体，以为那只是个什么玩具，也没有留意，此时才注意到这东西似乎不简单。

“没啥，就是一形状可爱的收音机，不知道怎么，把开关打开了。”陆林戴着手套，把绝缘套小心地套上去，“说了你也肯定不会相信，别问啦。总之是颗扫把星，谁碰上谁倒霉。”

“哼！就知道你们这群人有古怪。”萧卓气哼哼地没有再问。

“古怪还能古怪过你？开着火车劫我们！”项昊白了她一眼。

套上绝缘套，灾星果然不再响了，虚惊一场，众人长长出了口气。而这一切，都被萧卓看在眼里。解决了灾星，众人又回过神来观察这个房间，刚才洛雨让陆林打开锁，屋里一定有什么东西吸引了她。

这是间不大的办公室，一侧墙边立着一个大文件柜。正对着门的是一张铁制办公桌，桌上有一盏老式台灯。桌上的玻璃板下压着几张有女人和孩子的老照片，想来是这间办公室主人的家人。手电筒的光束继续在黑暗中游走，照到了办公桌后面的墙上，一个大大的玻璃相框里镶着一张类似于国内奖状的文件。

“授予亲爱的耶尔米亚诺维奇同志……嘶！”陆林倒吸了口冷气，又念道，“苏联国家安全委员会。”

“那不就是……克格勃吗？”项昊惊问道。

“没错，KGB。”陆林眉头深锁，“能跟他们扯上关系的，肯定不是什么好地方。”

“克格勃是什么？”水静问周欣。

周欣答道：“就是小时候看的007电影里，那些总跟007作对的苏联特务。一个过了气的情报机构，早就没了。”

“切，那是你太小，不知道他们的厉害。”陆林说道，“克格勃是冷战时期排名第一的情报机构，什么美国的中情局、英国的军情六处，看到克格勃全都得腿软。1950年的时候，克格勃国内工作人员达到150万，海外谍报员达到25万，间谍人数快赶上一支军队了。就像007电影里演的，英美的情报员经常处于劣势，但最后能不能像电影里那样翻盘就不一定了。比如007电影原型是出身英国军情六处的特工，六处负责海外谍报工作。还有一个五处，冷战时负责国内事务，监视从首相到平民的一切人是否有不利于国家安全的行为。结果你猜怎么着？五处的头子竟然被发展成了克格勃！你说讽刺不讽刺？当时西方国家那么怕苏联，有一半都得归功于克格勃。”

“情报局的头子反倒是敌方的间谍？这么厉害？”罗瑞也是第一次听说这些。

陆林笑笑道：“冷战嘛，咱们国家感受不是很深。当时的西方对苏联都是谈虎色变。

“不会吧？”周欣和罗瑞惊呼道。

“有什么不会的？那些都是抓人小辫、威逼利诱拉人下水的专业人士，一旦被他们盯上，普通人谁对付得了？陆林说道。

洛雨补充道：“不过克格勃却走出不少人才，普京就不用说了，另外还有两个总理、多位高官，都是出身克格勃。卡巴斯基你们知道吧？俄罗斯的杀毒软件，开发者就叫卡巴斯基，他过去就是克格勃的技术人员。苏联解体以后，无数的克格勃被西方国家挖走，从事顾问或者教练之类的工作。”她敲了敲桌上玻璃板下的照片，叹息道：“这位同志，看来又是一个锦衣卫。”

“大家找找，看看有没有什么资料。”陆林说道。

大家打开高大的文件柜，拉开办公桌的抽屉翻了起来。都是一些人员的档案和出勤记录，再有就是关于人事变动，比如什么人来了、什么人走了之类的记录，其中不乏医生和科学家。这位耶尔米亚诺维奇同志，也许是一位中层监管者。这应该是一个在克格勃严密监管下的单位，奇怪的是，这些资料自始至终都没有提及这个单位的具体职能是什么，连抽屉里的私人信件也没有提到只言片语。似乎这位监管人事的诺维奇同志，也并不了解这些医生和科学家从事的是什么研究。

“看来这里是克格勃建立的。”周欣沉思着，“会不会是像日本 731 那样拿人类做活体实验的？”说完她自己也吓了一跳。想想刚才经过的房间里也许曾经摆放着各种人体器官和残肢断臂，真的让人不寒而栗。

“活体实验？恐怖片看多了吧！”项昊笑着说道，他根本不信。

“没准儿真有可能。”罗瑞点头说道。

洛雨说道：“都别猜了，咱们再往前走走看看。也未必是活体实验，大家别想得太恐怖。到目前为止，咱不是连根手指头都没发现吗？”

众人没再耽误，回到长长的走廊里，举着手电在黑暗中向前摸索。灯光在这座空无一人的地下医院中缓缓移动，幽深的走廊里只留下一串“嗒嗒嗒”的脚步声。

粗大的黑色电缆连接着满是按钮、指示灯和仪表盘的老式设备。因为当年没有电脑芯片，它们的体积都很庞大，像是一个个大铁块，彰显着那个时代的科技。巨大的排风扇、手术台上高悬的无影灯、墙壁上随处可见的革命标语和伟人头像，越往深处走，曾经大国的烙印越明显。有冷风从走廊里吹过，当墙壁上开始出现点点血迹时，这家寂静医院给人的感觉陡然阴森了起来。

“要不咱们出去吧？”周欣拽着哥哥的手说道。

“这个不用想了，咱们已经迷路了，现在即使想找公路都不知道去哪儿找。最好是能有辆车，一直用腿走不是办法。”罗瑞说道。

“停！”陆林停在一个敞开的房间门口突然叫道，“胆小的都别往里看啊，特别是欣欣你。”

“什么情况？”罗瑞好奇地把头伸过来，“哎呦！这位同志死得也太惨了。”看清屋内的情况，他吓得连忙转过了脸不敢再看。

他的表现让众人一惊，心道，终于还是遇到尸体了。胆小如周欣之流，干脆躲在后面不往前凑。陆林、洛雨等几个人走了进去，打量着这个好像刑房一样的房间。屋子正中是一把类似电椅的大椅子，无数根电线把它同旁边的各种设备连接在一起。电椅上坐着一具尸体，也许是因为常年低温的缘故，尸体只是有些萎缩显得干瘪，看上去像是刚死不久。死而不化的尸体都可以称为僵尸。这具僵尸的手脚被牢牢固定在电椅上，胸部和颈部也被皮带扣住。罗瑞之所以说他死得惨，是因为他的天灵盖没有了，发际线以上被整个切割下来，露出了里面已经干枯泛黄的大脑，像是个蔫了的核桃仁。时间像是冻结了，他的肉体一直保持着死亡那一刻的样子。

电椅靠背的顶端伸出一个镂空的头罩，上面同样装满了各种侦测设备。一根根像针一样伸出的尖刺，插进了尸体的大脑里，把那颗核桃仁扎得像个刺猬。

“嘶……这人犯了多大罪，才能被人这么祸害呀。”项昊倒吸了口冷气。

萧卓打趣道：“还好咱们来得晚，这要是新鲜的，连汤带水白乎乎的一片，看着多恶心。”

“这不是处死犯人，是研究。”洛雨皱着眉看了尸体一眼，把视线转向旁边的桌子，希望能发现些有用的线索。随着手电灯光的挪开，尸体又隐藏进了黑暗里。

“你是说，他是活着被锯开天灵盖，然后往脑子里插针的？”陆林问道。

“如果不是活体，把实验设备插进大脑还有什么意义？”洛雨拿起桌上一本像病历一样的硬皮夹子翻看。病历上的实验品不只一个人，似乎是因为每次实验对象都会死去，所以这样的实验每周才进行一次。里面详细记录了实验者的年龄、身体状况，甚至还有他们的性格和血型，着重描述了在实验过程中实验对象的反应，以及他们大脑不同区域脑电波的变化，还有一些她看不懂的数据。

“看来还真让欣欣说中了，这是个拿人类做活体实验的研究所。”洛雨合上了夹子，抬头说道，“可是很奇怪，这位老兄应该是最后一个实验对象，可为什么没人把他放下来，而是让他在张椅子上这么坐了几十年？”她把手电筒照向电椅上坐着的僵尸，突然手一抖，手电摔到了地上。

“怎么了？”萧卓把手电捡起来还给脸色有些发白的洛雨。

“没什么，可能是我看错了。我记得咱们进来的时候，这尸体的嘴角是耷拉着的，可刚才照过去，却发现他的嘴角是翘着的。”洛雨又拿起手电照向尸体的脸，果然，那僵尸的嘴角微微上翘，像是露出一个很诡异的笑容。

“肯定是你看错了！”萧卓笃定地说道，“姐姐，这里已经够冷了，你就别再吓唬人了。这种地方，千万别提那种东西。”

“走吧，现在最重要的是找找哪个房间里面有这里的建筑结构图。别管这些虚无缥缈的东西，咱在光明洞又不是没见过。”陆林带头走出房间，其他人相继跟了出去。

大家继续前行，水静和周欣拉着一直想到处乱跑的雪儿。罗瑞小声对陆林说道：“你猜雪儿的父母会不会是从这里逃出去的？”

“谁知道？这恐怕是永远无法证实了。”陆林心不在焉地答道，又回头问洛雨，“你听过克格勃的第八特工部和‘生物信息实验室’吗？”

“你是说那个专门研究超自然现象的部门？”洛雨问道，“你是说这里……”

“是呀，我感觉这里可能跟他们有关系。人体实验未必就是研究生化武器，可能是更加虚无缥缈的东西。比如刚才那具尸体，明显是针对人脑的一个实验，不是毒气那么简单。”陆林分析道。

“什么研究超自然现象的部门？”旁边的罗瑞把头探过来，这下大家都听到了。

洛雨解释道："克格勃不但受命于控制国内情势和发展海外谍报，它还被赋予了一项特殊的使命——研究种种超自然现象，从中找到能为国家所用的部分。俄罗斯这个民族从很久以前开始，就信奉超自然力量的存在。沙皇时期的妖僧拉斯普京你们听过吧？相传他有强大的法力，在贵族阶层中被尊为神一样。得到皇室的信任后，他开始祸乱宫闱，还给沙皇戴绿帽子。利用一战沙皇出征的机会，他把俄国折腾得乌烟瘴气，客观上给了无产阶级革命的机会。"

大家继续往前走，偶尔会看到倒在实验台上的实验体，还有泡在罐子里冻结的器官。但谁也没有对这些僵尸产生兴趣，当务之急是找到代步工具离开这里。

"沙皇被推翻了，但这个国家的红色领导者依然相信超自然力量的存在。他们对于超自然和超能力的追求，在冷战期间达到顶峰。随着后来苏联的解体，一大批克格勃的秘密情报被解密，也可以说是变卖，其中就有很多文字和影像资料是关于克格勃对超能力的研究。他们主是要通过超能力控制个人的意识，制造僵尸间谍，通过意念杀人、遥视和透视，甚至还研究过鬼魂的存在。据说在当时，苏联领导人生病或者不舒服，有时不看医生，而是请超能力者帮助治疗。"洛雨继续对大家解释，"不过随着冷战的结束以及科学技术的进步，人们对现实世界的认知越来越清晰，超能力的说法也就渐渐淡出视野了。"

"真的有超能力吗？"周欣问道。

"不能说一定没有，但十有八九没有。"陆林回答道，"其实所谓'克格勃档案'的真实性也值得怀疑。冷战时期跟现在不一样，那是个各种谣言、各种烟幕满天飞，各种阴谋论遍地横行的时代，美苏两国故意炮制各种消息震慑对方，迷惑对方，比如说刺杀肯尼迪的是被苏联人控制了意识的僵尸特工，美国费城实验把整艘战舰都变没了，逃进了南极的纳粹，各种飞碟和外星人的消息……可半个世纪过去了，哪一条也没得到证实。而且它们有说大话的习惯，就拿苏维埃的官方报纸《真理报》来说，苏联解体以后，这家报纸就常以各种耸人听闻的消息为卖点，怎么忽悠怎么写。所以别太当回事，所谓的超能力，所谓的超自然力量，像那个冷战时代一样离我们很遥远了。”

“那你怎么解释这里？”萧卓问道。

陆林答道：“研究了也未必会取得成果呀，而且这里恐怕跟超能力没什么关系。苏联的超能力理论，是建立在所有生物本身存在着生物磁场这一基础上的。磁场越大，能力越强。传说当时的特异功能大师尼娜库拉金娜可以用意念移动一磅重的物体，可以随意加快或减慢身边人的心跳速度。科研人员记录她发功时，心跳会达到每分钟180次，身体周围的电磁能量比一般人强大许多倍。对超能力的研究有从生物能入手的，据说在赫鲁晓夫时代，苏联人还制造出了生物能发生器。

“但这些不足以满足执政者的野心，就算真的存在超能力者，数量也极少，对于大国间的争锋起不到决定作用。于是进入冷战后，克格勃把大多数的注意力，又转回到普通人身上，他们一直试图找到一种方法来控制人的意识。从布尔什维克成立的那一天起，他们就很关注对思想领域的控制。想一想，一支完全不畏惧死亡、完全没有人性、完全服从命令的铁血军队；让敌人瞬间变成自己的工具。让美国总统的保镖刺杀总统，或者干脆控制总统让他成为苏联的代言人；更甚至将全球数十亿人口，驯化成坚决拥护苏维埃领导的僵尸民众，那世界将会是一个什么情形？

“这大概类似于催眠或者洗脑，但威力却绝对大很多倍，可以说是克格勃在研究生物和意识的领域里，追求的终极目标。你们看看这里的设备，还有刚才那位露脑兄，这里大概就是研究这个的。当然，他们绝对没有成功，不然解体的就不是苏联，该是美国了。”

水静突然停住了脚步，指着一个房间道：“咦？等等！你们看那个是不是你们说的建筑结构图？”

# 第十二章　实验日记

“你们先等等，我进去看一眼。”陆林和项昊走了进去。

“没有尸体，都进来吧，这个真是这里的结构图。”陆林说道，大家这才放心走了进去。

这间办公室与先前那个克格勃的很不一样，四面的橱柜里摆放着各种专业书籍和实验器具，学术气氛重了很多，估计是一个研究人员的。

“咱们是从这里进来的……”陆林指着结构图对众人说道，“现在是在这里。没错，颜色标注不一样的这个代表的是我们所在的办公室……咱们是从西边进来的，原来那条铁路是通到这里的后门。从这里再深入是中心研究区……然后是各种实验室……嗯……再往前北边是尸体焚化场和发电机组……哎？这个感应区是什么意思？……找到了！在建筑尽头有一个南门，这个是正门，车库就在旁边！”

“有车就一定有路，不知道还有没有汽油。”项昊想着说道，“没有油，给辆坦克咱也开不出去。”

“过去看看再说，咱们走了不到一半呢。欣欣，把你相机借我用用，我把整张图拍下来。”陆林说道。

周欣从包里翻出相机递给陆林，这是她现在最宝贵的财产了。一路上从赤塔的咖啡馆到冰雪林中的日出，从寒冷夜晚那有说有笑的篝火烤肉到月光下的美丽温泉，这些快乐的回忆都被她记录了下来。刚才进入这座研究所，她还不忘拍几张。

保险起见，陆林还想让洛雨画一份草图，却发现她被桌子下的一个红皮笔记本吸引了。洛雨走到办公桌后面，拿起笔记本，吹了吹上面的尘土，翻看起来。

“这个……像是一本日记。”洛雨皱眉看着，很多词看不懂，就把它递给了这里俄语最好的萧卓。

萧卓翻着日记本，缓缓念了起来："4 月 13 日，离开科学城已经七天了，终于到达了目的地。看到这里有最先进的实验设备，筋疲力尽的同志们显得很兴奋。比耶夫司基同志说我们的工作非常重要，将会为解放全人类做出巨大的贡献。虽然这些天没有睡好，但我还是兴奋地失眠了。非常想念佳伊诺娃，留在科学城的你还好吗？这里实在太冷了，真不明白他们为什么把实验安排在这个鬼地方，还有那些比天气还冰冷的克格勃。"

萧卓向后翻了几页道："这些实验数据老娘看不懂，就不念啦。"

"6 月 7 日，今天被克格勃叫去审讯了，他们说我不应该在给佳伊诺娃的信里，透漏这里的工作内容，这群盖世太保！实验取得了一定的进展，但我心里充满了疑问。"

"8 月 11 日，他们又从森林融化的冻土层里挖出了一具蒙古人的尸体。我和比耶夫司基大吵了一架，我终于明白为什么实验室会建在这里了……"

冰冷黑暗的房间里，众人围在萧卓周围，只有手电的光束打在日记本上，由下至上反射出的光芒照在众人的脸上，显得倍加阴森。

"科学城是二十世纪五十年代，在新西伯利亚市建立的苏联科学院西伯利亚分院，是苏联时期开发西伯利亚的一个重大举措。"洛雨对大家解释道，"他说从这里挖出了蒙古人的尸体，会不会是元朝的人？"

"那这里会不会就是……"周伟听得一惊，不过当着萧卓的面，他没有说出"日不落山"几个字。

"不会！"洛雨很肯定地答道。昨晚她还看过，那方向还是指向西方，看样子离得还很远。

"别打岔，"萧卓似乎看得很投入，又念道，"8 月 29 日，研究取得了突破性的进展！我们在7具古代蒙古人尸体中的两具，检测到了微弱的生物能。作为科学研究者，我绝不相信那是千年不散的鬼魂，但这座堡垒里，也许真的存在拘禁灵魂的力量。佳伊诺娃呀，我真想向你诉说我内心的矛盾。每当听到其他实验室里传来的惨叫声、怒骂声，还有像疯子一样诡异的笑声，我总会忍不住怀疑，我们真的是在解放全人类，而不是为整个人类套上枷锁吗？那些疯狂的实验，有时我真的很庆幸，目前为止我们还没有成功。"

"什么鬼魂灵魂的，有点瘆人了。"周欣抱着水静的胳膊说道。

罗瑞在旁说道："'21克'听过吗？科学家实验过，在人死亡的瞬间，身体会失去10至40克的重量，这个重量被统称为'21克'，至今也找不到合理的解释，于是人们认为这是人类灵魂的重量。西方很多笃信鬼魂的学者认为，鬼魂是一种电磁波，因为人本身有一个生物磁场，人死后，这个磁场就不见了。但根据能量守恒定律，能量是不会凭空消失的。于是这个消失了的磁场，也被认为是灵魂。不过说真的，我也不懂他的话是什么意思。'拘禁灵魂的堡垒'，是说他的处境吗？"

不理会众人的议论，萧卓还在往后翻日记，把那些生活的内容略了过去。她皱着眉道："好奇怪，这个人每周都至少写两三篇日记，可10月到11月这几周里，他竟然一篇也没有写，跟断片儿了似的。"

"12月13日。在克格勃监视下的蜜月假期结束了，佳伊诺娃，我亲爱的妻子，一个月的假期实在太短暂了。工作对我们真残忍，好希望能马上飞回你身边，诉说我对你那无尽的爱意。回来已经三天了，这个冰冷的研究所似乎也变得春意浓浓。比耶夫司基不再生我的气了，他热情地跟我说，他的研究也取得了突破。那些克格勃也变得不再冷漠和刻板，连实验中的囚犯似乎也面带笑容，所有人都那么和谐。也许一切都是我的错觉吧，我亲爱的佳伊诺娃，这是爱的力量吗？唯一的遗憾是今天下午出了事故，负责监视咱们假期，又和我一起回来的瓦西里，被误当成实验对象送上了实验台，等发现时他已经死去了。虽然他是个克格勃，但最近的接触让我不得不承认，他是一个机敏、果断、坚定而聪明的革命战士。

"12月16日。佳伊诺娃，我亲爱的妻子，也许这是我最后一次这样称呼你了。我以为，我对你的爱足以融化整个西伯利亚的冰雪。如果上帝不允许有爱的人上天堂，那么我愿意带着对你的爱在地狱中沉沦。我以为我永远都不会变，可我错了。因为今天，我遇到了她……"

萧卓不忘加了句评论："才回来一周就变心了！哼，你们这些臭男人！"

"别废话，接着念接着念！"项昊催促道，"我怎么听着，总觉得有什么地方不对呢？"

众人也都有疑惑，却一时说不出到底是哪里不对劲。

"12月17日。今天的灌输实验中又有一个实验对象疯了，可是很奇怪，他刚进实验室时一直在像个疯子似的傻笑，反倒是实验结束后开始惊恐地喊叫，面无人色，更像是个正常人。能量侦测组的盖伊博士今天跟一个克格勃发生了冲突，那个克格勃前一秒还笑着，下一秒就抽出枪打碎了盖伊博士的脑袋。对待同志怎么可以这样，这些克格勃真的是魔鬼吗？我又见到她了，莫名的快乐在心中沸腾，真不相信会有这样的情感，上帝啊，这是只有在人类最美好、最纯洁的梦中才会幻想出来的。为什么你这么狠心，偏偏让她盛开在了这个冰冷的地狱里？”

“这次连我都觉得不对劲了。”罗瑞说道，“也许是这里的生活太压抑了吧，怎么听着人跟有病似的？还有那什么‘只有在人类最美好最纯洁的梦中才会幻想出来的……’，形容得也太过分了，这得是个妖精成什么样的女人呀！”

萧卓接话道：“一见钟情呗，感情这东西谁说得清，有人为它都肯自杀。”

“12 月 20 日。上午有个实验对象摸上前往伊尔库茨克的卡车逃跑了，这人一定是个疯子。之前一直找不到他，我们都以为他在第三次实验后死了，是负责清场的记录人员疏忽，忘了做死亡登记。没想到，他竟然在泡满尸体的福尔马林标本池里躲了整整七天，靠生吃那些尸体活了下来！工作人员下午清点那些蒙古人尸体的时候发现少了一条胳膊，这些粗鲁的搬运工。回忆起昨晚和她共进晚餐时的情形，甜蜜的感觉还在心中流淌。在一团和气的研究所里，其实所有人都有些古怪，平静安逸的外表下是一触即发的愤怒。只有她是最好的。”

一阵阴风从门口吹进来，钻进了众人的脖颈，冷得他们一个哆嗦。刚读到如此恐怖的情节，萧卓吓得手一抖，日记本“啪”地掉到了地上，几张照片从夹页里散了出来。

“这是……”洛雨俯身捡起了日记本和照片，把本子交给萧卓，拿着照片看了起来。最上面是一张结婚照，照片中是一对穿着礼服和婚纱的男女，脸上洋溢着幸福的笑容。男的留着一把大胡子，年纪却显得不大，女的很漂亮，背景是一座教堂外面。

“这个应该就是那个佳伊诺娃吧？真漂亮。唉，新婚燕尔，应该很甜蜜才对呀，怎么才回来一周就变心了？”周欣惋惜道。

后面的照片中，有一张是这个大胡子男子站在一具尸体身边拍的。看起来那是一具黄种人的尸体，保存得非常完好，可身上的衣服样式却不似近代。

“这应该就是日记里写到的蒙古人尸体了，他身上的服饰真的是元朝的样式。”洛雨说道。

之后还有几张是大胡子和一些同样穿白大褂的研究人员的合影，背景有的是森林，有的是研究所的生活区域，可以看到照片背景中还有些人穿着带编号的病号服，和先前见过的开颅尸体身上的服装一样，估计都是这里的实验对象。

最后，一张大胡子的单人照引起了大家的注意。这是一张侧面半身照，似是抓拍的，背景是一组高大的实验设备和控制台。大胡子站在照片左边四分之三的位置，面向右边一脸笑容，像是在盯着情人看。那笑容和表情很古怪，就好像一个拥有极大幸福的人，正在经历人生中最甜蜜的一刻，哪怕在先前的婚礼照片上，他都没有过这样的表情。只是那幸福感好像有些过头，给众人的感觉很不舒服，觉得那不应该是一个正常人类该有的表情。

最古怪的不是这些，而是大胡子甜蜜注视着的那个方向。照片的右边，除了在最右侧的位置有一堵似是金属质地的墙壁外，他视线所及的范围里空空如也。

“嘶……”众人几乎同时倒吸了一口凉气。

罗瑞有些颤抖地说道：“原来不是美丽的女人，而是美丽的女鬼，倩女幽魂呀！还说别人都有问题，原来真正有问题的是他！”

“都跟你说了在这种地方别提那个字！天知道曾经有多少人惨死在这里。”萧卓责怪道。

项昊取笑道：“哈哈，看不出来你这老娘们儿胆这么小！放心吧，没事儿，再邪乎的我们都见过了。”说着他还向其他几个人笑了笑，一副心照不宣的样子。明心堂的经历，让他们的精神强大了很多。

“哼！”萧卓似乎不想跟他一般见识，又开始翻日记本。

“12 月 22 日。圣诞节马上就要到了，不知道是谁弄坏了食堂里的暖气设备，原本打算在那里举行的平安夜舞会，不得不被挪到了感应区。真的很讨厌那个阴森的地方，可除非去森林里，这里实在找不到面积够大的地方了。不过我想，能把她带进大家的视线里，她一定很高兴。也许是圣诞节的关系，大家显得很兴奋，好像憋足了劲想在舞会上露一手，没什么心情工作了。听一个克格勃说，中校同志决定让实验对象也来参加这次的舞会，真不知道他是怎么想的，难道要我们在荷枪实弹的警戒中一起跳舞吗？比耶夫司基这个领导很不称职，从我回来就没见他们组工作过，整个研究小组每天都在磨洋工，这些家伙真不怕被枪毙吗？怀着兴奋的心情准备睡觉，亲爱的，今晚你会来吗？

“12 月 24 日。再有一会儿，舞会就要开始了。节日气氛空前高涨，白天大家在实验室里就唱起了歌，那些女研究员换上了美丽的衣服，迫不及待地等待着夜晚的到来。亲爱的，你在吗？上午哈夫告诉我，他今晚会让我们大吃一惊。哈哈，这个傻瓜，等我把你介绍给他们，那才叫真正的大吃一惊。不过今天感应区发生了件很扫兴的事，一个实验对象在实验过程中突然失控。他好像受到了极大的惊吓，打伤了研究员，又空手拔掉了自己好多头发。之后他抠瞎了自己的眼睛，又把铅笔插进了两只耳朵。真不知道是什么吓到了他，克格勃还没有赶到，这个失明又失聪的可怜人就用电线把自己勒死了。”

“这个死法也太血腥了吧！”周欣声音发颤。

“别说话，后面还有。”萧卓打断道，她的两只手也不自觉地开始发抖。

“我又回来了。刚才还没写完，就被突然来访的比耶夫司基打断了思绪，把想到的全忘了。这个家伙今天出了事故，醒来以后变得怪怪的，一副唯唯诺诺、惊慌失措的样子，不知道是不是被电傻了。特别是刚才，他还对我说了一堆莫名其妙的话，什么每年年底是附近磁场最活跃的时候，还很隐晦地提醒我不要去参加舞会。哈哈，结果话还没说完，他就被他的小组成员架去舞会，比我去得还早。

“现在，舞会马上要开始了，走廊里的欢呼声、怪叫声此起彼伏。我要走了，虽然不能回家过圣诞，但有她在，还有这些热情的朋友，我相信，这将是我毕生难忘的一个平安夜！”

念到这里，萧卓停下了。日记至此戛然而止。

洛雨的面色很难看：“我想起来了，刚才翻过的几本实验记录里，最后的日期都是在同一年的 12 月 24 日以前。先前我以为，是这个研究所在那段时间被撤销了。从日记里看，他们当时一点散伙的意思都没有。在那个圣诞节的平安夜舞会上，一定发生了什么事情！”

大家久久没有说话。最后还是周欣开口道：“咱们别管这些了，都是几十年前的事了。就……就当没看过这本日记。咱们还是赶紧找车，然后离开这里吧。”

事实证明，越是惧怕恐惧，恐惧越会找上门来。正当大家点头称善的时候，却听到房间外的走廊里突然传来一连串“啪”“啪”的声音，紧跟着门外的灯亮了起来，房间里的应急灯也跟着亮起来，原来那是电流点亮应急灯的声音。暗红色的应急灯灯光中，众人脸色惨白。这座在冰雪森林中废弃了数十年的研究所，竟然突然来电了。

“会不会……是有其他人进来了？总不能是那个做的吧？”周欣颤抖着说道。灯光是有了，但那暗红色的应急灯，明显是为出现紧急情况时电量不足和提醒人们注意危险而设计的。整个建筑蒙上了一层血色，愈发让众人心中不安起来。

“当然是有人进来了，除了人还能有什么？”陆林一副神鬼不惊的样子，其实也很紧张。

“不管这些了，最重要的是赶快找交通工具离开这里。这本日记里有好多古怪，但有些事不能细想，越想越怕。”萧卓像扔掉毒蛇似的把日记丢到了桌上。

“是呀，真的好多古怪，特别是他结完婚回来以后。我觉得……”洛雨边想边说，“哎呀别想了，快走吧！”她话还没说完就被周欣和萧卓一起拽着往门外走去，她们一分钟都不想在这里多待。

因为开了灯的关系，整个走廊都不再是一片黑暗，众人可以看到远处的深红色灯光中有一个宽敞的出口，那里大概就是中心研究区了。一行人疾步向前走，来到走廊的尽头。

与此同时，在研究所最深处存放发电机组的角落里，一个人影刚刚拉开了电闸。灯光照在他脸上，赫然是刚才坠机的赵元凌。他的眼中有一种与他的年纪不相符的沧桑感，默默注视着周围的一切。

“这群家伙也真够倒霉的，去哪儿不好，偏偏一头扎进了这里。真没想到，我也有回来的这一天。”赵元凌无限感慨地自言自语道。他用手敲了敲旁边机器上的那个苏维埃标志，“因为你，我失去了所有的亲人！因为你，我失去了人的尊严！因为你，我在西伯利亚流浪了10年！我发过誓，总有一天，我要一百倍一千倍地让你偿还！”说到这里，他的表情格外狰狞。

但接着，他又歇斯底里地笑了：“现在我已经一点都不恨你了。没想到报仇的机会来得那么早，你们垮台那两年，我的仇已经一千倍一万倍地报过了！而且，我还要谢谢你，没有你，就没有今天的我……”

他还想再说什么，声音却突然止住了，好像触电似的猛一哆嗦，接着整个人都紧张起来。他快速地在原地转圈，像个惊慌失措的孩子在空气中捕捉到了凶猛野兽的味道。

“该死！还在吗？”此时的赵元凌似是受了巨大的惊吓，除了脸色依然正常外，全身都在颤抖。“该死！该死！”他像疯了一样喊道，似是远去的可怕回忆又浮现出来，“小白鼠们，这次我可帮不了你们，自求多福吧！”

赵元凌说着向配电室的深处跑去，惊慌失措间还被电线连绊了好几个跟头，可他完全顾不上，跌跌撞撞地撞开角落里一扇通到外面的小门，狂奔着跑进了森林里。

## 第十三章　灵魂研究所

众人结伴走进中心研究区。这是一个面积不是很大的圆形大厅，四周数条通道呈放射状分布，把大厅分割成了好几块，每块都是不同的研究区域。

“这个就是那个大胡子提到过的蒙古人尸体吧？”站在中心研究区的一个角落里，罗瑞指着一具躺在金属箱里的尸体说道。那具有些发干的尸体胸腹部处罩着古时的皮制铠甲，里面是羊皮袄和厚厚的棉袍子，面貌是典型的东方人特征。

“应该是吧，服装像是元代早期的军官服。这尸体保存得真好！”洛雨惊叹道。

“都瘪成这样还说好？”周伟指着尸体干瘪的皮肤说道。

“你没见过古尸，历经千年脱水的干尸和数十年就脱水的层次感不一样。你们看这个脱水的情况像不像那具实验对象的尸体？也就是说，他是被挖出来送到这里以后，才开始在几十年里快速脱水的。在此之前，他也许被保存得几近生人。”洛雨解答道，“你们看，这具尸体有些皮肤和组织被切除了下来，看来除了日记里提到的检测生物能外，他们还拿尸体做过其他实验。”

“看得那么细致，你还真不嫌恶心。”陆林在一旁点评道。

洛雨没搭理他，绕到旁边的桌上去翻那些文件。在夹杂着各种实验数据和笔录的文件堆里，她竟然找到了一张苏联科学院签发的文件。这个代号“泽塔 13”的古人类研究课题，起源于克格勃前身——列宁时代的“契卡”（全俄肃反委员会）于十月革命后在沙皇的档案室里找到的一篇记录，里面记录了古时蒙古帝国的军队在进攻中亚和欧洲期间，发生的一次耸人听闻的事件，但具体的事件内容却没有提及。那是从沙皇时代流传下来的高级机密，这份文件语焉不详。

趁着她翻阅资料的工夫，几个男人把整个中心区转了一圈。每块研究区域里都有很多稀奇古怪的设备，比如那个灌输实验区有一个配有电视和音箱的观察室，观察室中央的大皮椅上，除了固定手脚的装置外，还有很多电极贴片。想来都是往实验对象身上用的。

罗瑞感叹道："难怪叫灌输实验，从视觉、听觉、触觉全方位地灌输，这简直就是强制洗脑呀！估计这里逼疯过不少人。"

"不错啦，疯了总比死了好。"一边的周伟说道。

其他几个研究区各不相同，有药物实验，有心理学实验，有射线实验，有人类意识实验，有纯外科手术针对脑丘和松果体实验，甚至还有两小块是超能力和神学实验室。所有实验室的实验目的都是相同的——攻破实验对象闭锁的心灵之门，想办法控制人类的意识。

偶尔还发会现几具死相很惨的尸体，都绑在试验台上没被放下来，似乎被那些急着参加舞会的研究人员遗忘在了这里。

几个女孩围在洛雨身边，萧卓拿着一张张实验报告给大家翻译，谁也没敢去参观四周的实验室。只有好奇心最强的雪儿不知疲倦地玩弄着这里的实验器材，这个亲手解剖过无数动物尸体的女孩子，似乎对这里的阴森有很强的免疫力。转了一圈回来的陆林对洛雨说道："你看够了没有？这种光线下阅读可对眼睛不好，差不多该走了。"

"走吧。没什么新发现，貌似他们真的从这些蒙古人尸体上找到了什么，但没有明确的记录。"洛雨放下了手中的文件。

血红的灯光中，大家继续前行。穿过中心研究区后，按照结构图的指示，众人向整个建筑东南角的车库走去。似乎那些残忍的实验被安排在建筑的中部和西部，东部的情况好了很多，他们再也没有看到尸体。周欣等几个胆小的松了一口气，那灯光似乎也没那么吓人了。

"乖乖！我没有看错吧？真的有坦克！"走进车库，项昊兴奋地叫了起来。大型车库的最深处停着两辆苏制 T–62 主战坦克，前面还有装甲车、宽大的老式吉普，最外面的是几辆卡车，这可能是根据平时的使用频率排列的。跟他们进来的那个洞口一样，车库出口的地方也有两挺重机枪。

"这里的安保规格真够高的，估计看守这里的不只有克格勃，还有驻军。"陆林赞叹道。

但接着，大家就失望至极：所有的车，全都没有汽油！油箱都是空的，也许是在这一年年的闲置过程中蒸发掉了。这对他们来说是一个天大的麻烦，等于没有找到任何代步工具，也许要被困死在森林里！

“怎么办？”周伟很失落，“要么，咱们再走回去，开着火车回雪儿家？”没有汽油的汽车，就等于一堆漂亮的废铁。

“我有个办法，”萧卓说道，“我知道有个地方肯定有油！这里的电不是电网拉线送过来的吗，现在灯还能亮，说明发电机组还在工作。柴油在这么寒冷的地方很容易冻结，我想这里使用的多半是大型汽油发电机组。现在它还在工作，就说明那里肯定有油！”

“发电机组……”陆林拿出那张手绘地图看了起来，“嗯……就在车库的北边，位于整个建筑的西北角。不过……真是怕什么来什么。要去发电室，就必须先穿过尸体焚化场，还有当年老毛子召开‘平安夜舞会’的那个‘感应区’……”

陆林的话让众人鸦雀无声。刚才大家一个个看似平静，尽量对研究里曾经发生过的事置若罔闻，其实心里都明白，在“平安夜舞会”一定发生了什么变故，以至于这里所有的人都不见了。而所有的线索，都集中于挡在他们寻油之路前的那个“感应区”。

“日记里那个出了事故的专家说，每年年底是附近磁场最活跃的时候……”周欣的目光有些呆滞，“咱们出来的时候已经是12月了，那么现在……好像也差不多快到圣诞节了吧？”

从这里突然来电之后，大家就一直想逃避那些日记里提到的诡异经历，希望可以相安无事地离开。可眼下该面对的终究还是要面对，于是全员再次出发，离开近在咫尺的出口，向着暗红色的研究所深处走去。

“你们说咱们该不该多研究一下那篇日记再过去？”周伟边走边说道。四周的暗红色灯光并没能让人觉得有丝毫温暖，反倒似乎有阵阵凉气袭来。

“有什么好研究的？就是一群人很欢乐地开了个舞会，然后就……没有然后了。”罗瑞回答道。

“对了，大家多提防一下周围，刚才那个灯肯定不会自己亮。也许真的有坠机人员潜了进来，而且比我们早到发电室。”陆林提醒道。

穿过刚才来的走廊继续向北，便是焚尸间。透过高大的窗户看过去，这里空间不小，高大的烟囱耸立在靠着外墙的一侧，像一个黑色的巨人，炉门是打开的，炉口比一般火葬场的大很多。炉子内壁上黑乎乎的一片，像是层干燥掉的油脂。靠墙的一边散落着几个推尸车，上面还有些没来得及烧的尸体。

“等等。”洛雨说道。

她走进焚尸间，翻起一具尸体脚上绑着的标示牌念道：“实验项目：生物制动及电磁场影响。实验目的：改变动物习性。实验结果：阳性。评语：缺少足够数据。”

萧卓也掀起一块标示牌念道：“实验项目：药物对动物思维的影响。实验目的：改变动物意识。实验结果：阳性。评语：缺少足够数据。”

“你们看那里！”水静指着远处一辆推尸车说道，“那个也是蒙古古尸吧，怎么会被送来这里？”众人顺着她手指的方向望去，果然有一具身着古装的尸体。

“这具已经被实验折磨得体无完肤了，估计算是报废品。”洛雨她翻了翻尸体，没有发现标牌，“哎？这是什么？”她翻开古尸的袖子，似乎有所发现，众人围了上来。

“这是汉字吗？怎么念不通？”罗瑞看到古尸的手臂上刻着一行字，很明显是汉字，可他却无法理解这些字拼凑在一起的意思，还有几个根本看不懂。

“是金文，在八思巴创造蒙文之前，蒙古并没有文字，这应该是金国的女真文字，是根据汉字创造的，所以很像。估计老毛子也以为是汉字，可翻译不通，就没有在意吧。”洛雨说道，接着念了起来，“我们被看不见的敌人袭击了，大汗的旨意还没有完成，监工的百夫长就死了，但哈日苏勒德终会带领我们走向胜利。长生天保佑。”

“看不见的敌人？难道蒙古人来的时候就遇到过了？莫非这里有个千年老妖，不对，千年老鬼？”罗瑞哆嗦着问道，“哈日苏勒德是什么？”

“那是成吉思汗的战神之旗，其实就是种象征。你们在电视里应该见过，一杆大枪，上面有好大一团红缨的样子。”洛雨说道。

“别管元朝的事啦！咱们快走，我现在最担心是不是真的有什么看不见的敌人在咱们附近。”陆林说着走出了焚尸间，身后的众人紧跟了上去。

走廊的尽头是两扇紧闭的金属大门，看上去尘封已久，上面写着俄文，意思正是“感应区”。眼看就要来到门前，众人不由得紧张起来。那两扇紧闭了数十年的大门挡住了他们的去路。回想大胡子日记里的内容，众人心里都明白，推开这扇门，平安夜舞会之谜也许就能解开。他们可能会看到满地的尸体，所有人都消失了，也许就是因为所有人都死在了这里面！

大家心照不宣，谁也没敢说出口。众人在门前踌躇了一会儿，项昊说话了：“林子，咱俩一人一边把门推开，你们往后退。”

众人退开了十来米才停下脚步，陆项二人喊着“一二”一起使劲。在门闩“嘎啦啦”的响动中，两扇金属大门缓缓向两侧分开，一股阴风从门内“呼”地吹出来，众人不寒而栗，那股冷劲仿佛钻进了骨头缝里。待到大门全部大开，沉浸在血红色灯光中的“感应区”彻底展现在眼前，那情形让众人目瞪口呆。

这是一个足有数千平米的长方形大厅，上方一片黑暗，看不出有多高。一圈暗红色的应急灯照亮了四周靠墙的大型仪器，其中有些高大得让人咂舌。高出地面两米的钢架挨着这些大型仪器搭建出一圈宽度近五米的二层平台。平台下方和墙角里紧密地排满了桌椅和小设备，可能是开舞会时被临时挪到四周的。

最引人注意的是入口正对面，在整个大厅的中后部，竖立着一堵高大的金属墙壁，或者说，那是一块像墙壁一样高大的金属板。大厅正中间被腾出了一块面积不小的空地，散落着很多玻璃碎片和纸屑，像是摔碎了的酒杯。空地边上有一圈桌椅，桌上摆放着一些空酒瓶和空杯子。一切就像是舞会刚刚散场的模样，什么都没来得及清理。

最让大家感到意外的是，这里竟然没有人，连一个人都没有！幻想过无数种情况的众人，已做好面对尸山血海的准备，现在却空有一腔盛勇无处发泄。这着实让人泄了一口气，也松了一口气。

“呼……”罗瑞紧绷着的那根弦松了下来，重重地出了口气，“怎么这里也没人？难道都消失了？跟那个幽灵船似的？”

“也许还在后面吧。”陆林皱眉说道，“没人还不好？平平安安地找到油，然后咱们赶紧撤。”

“啊！”周欣一声轻呼，就听她颤抖着小声说道，“我刚才往后瞥了一眼，好像……好像看到，门后蹲着个人。”

众人闻言连忙回头，果然看见门后的角落里蜷缩着一具尸体。他坐在地上，双手抱膝，头埋在胸前。这姿势与他的身形有些不太协调，看起来像是个身材高大的成年男子，可姿势却像个吓坏了的小女孩。

几个胆大的围上去观察这具尸体。他穿着白大褂，深埋在胸口的脸有些干枯，眼睛紧闭，像是只把头埋进地下等死的鸵鸟。这是他们进入大厅后看到的唯一一个死人，那么，其他人呢？

“尤里比耶夫司基。”陆林把别在白大褂上的工作牌揪下来念道，“这个会不会就是大胡子日记里提到的那个人？”

“他手里有东西！”萧卓注意到尸体抱在膝间的右手握着一支笔，还有一个纸团。

“等我把他掰开。”陆林绕到另一边开始掰尸体的手。但他全身都已僵硬，加上这里的低温，尸身就像一个冰块，想掰开谈何容易。“喀吧！”陆林最后猛地一使劲，竟然把几根手指掰了下来。

陆林把他手里的纸团抽出来，展开后发现是张便签纸。“感谢上帝让我在最后的时刻从幻境中醒来……”陆林只念了一句话，抬头看向众人。事情似乎被揭开了冰山一角，难道这里曾经出现过一个幻境？

“幻境？难道还有其他人沉迷在幻境里，然后在舞会那个晚上把所有人都杀了？也不对呀，这里连滴血都没有。”周伟说道。

“但如果咱们现在也在幻境里呢？眼前不是真实的，其实这里满地都是尸体，只是咱们看不到？又或者……”水静有些惊慌地说道，“咱们在进入研究所的时候就睡着了，现在是在梦游？这里根本就没有来电，我们也没看过什么日记，一切只是大家的一个梦？”这样的推论着实让众人对她另眼相看，大家这才想起她是比较信这些的。

“武当山也允许看恐怖片吗？”陆林拍拍水静的小脑袋问道。

“不是恐怖片，大概是庄周梦蝶吧？”洛雨安抚水静道，“放心吧静静，不会那样的，这是个真实的世界，咱们肯定不是在梦里，不信你掐自己一下看疼不疼。”

水静依言真的在胳膊上轻掐了一下，惊悚地抬头道：“不疼！”

“那是冻得没感觉了！别大惊小怪。”项昊说道，其实他也悄悄掐了一下自己，比较使劲，相当地疼。

“感谢上帝让我在最后的时刻从幻境中醒来，”陆林接着念道，“请原谅我们的罪过。愚蠢的我们想给人类套上枷锁，却先把枷锁套到了自己的头上。那次实验原来竟取得了空前的成功，她真的出现了，充斥在研究所的每一个角落，幻化成欲望潜伏进每一个人的心里。新婚的伊万呀，原谅我的谩骂吧，你说得对，我们真的错了。你本是最晚回来的，为什么这么快就被她控制了？”

“新婚的伊万？他是说那个写日记的大胡子！”周伟惊呼道，“可我记得日记里不是说，大胡子结婚回来时和这个人和好了吗？”

“那就说明当大胡子回来的时候，这个什么司基已经不清醒了。”萧卓沉重地说道，“当这个司基清醒过来以后，他来找伊万是想让他赶紧走，可话还没说完就被人拉来这里了。”

罗瑞接话道：“伊万没有走，他当时已经不清醒了。可看他写的那些日记，除了有点爱得过分，完全是个正常人呀！天啊，太可怕了！他根本没有意识到自己不知不觉间被控制了，这简直比僵尸间谍还厉害！”

“其实我比较在意的是那句‘充斥在研究所的每一个角落里’。”洛雨有些不安地说道，“如果伊万不知不觉被控制以后，还能像个正常人一样，那我们现在……”她没有说完，但意思大家都明白，洛雨想说的是：我们现在还正不正常？

“还有呢，”陆林不想让众人想太多，又念了起来，“原来这些日子里每一个清醒的人都死了，只剩下我。看着那些沉醉在欲望美梦里笑着去死的人，我才知道我们错得有多可怕。当人性失去理性臣服于欲望的时候，就会变成欲望的傀儡、快乐的僵尸，心甘情愿地钻进圈套里。一直以来，我总认为欲望是推动人类进步的基石，可眼前的一切却用最残酷的方式告诉我，我幻想中的理想国实则比地狱深处还要恐怖。看着那一张张痴迷的笑脸，我宁愿在清醒中恐惧地死去，也不要变成咬饵的金鱼。现在，我要死了，但我和他们不一样，这是我自己的选择。没有人性的科学是毁灭人类的毒药，若有人来到这里，请毁灭它。在这之前，你们是逃不出去的。如果，你们还清醒的话。”

众人骇然抬头，一个个面色惊恐。

“他最后两句是什么意思？什么叫逃不出去？”周欣惊呼道。

"别听他瞎咧咧，故意吓人的玩意儿！咱们不是已经走到出口了吗？"项昊说道。

"可是走到出口，我们却没能走出去，反而所有人都心甘情愿地回头，来到了这个当年的事发现场。就目前而言，那个决定是我们自己做的，至少我们是这么认为的。"洛雨阴着脸说道。

"你是说，我们可能已经不清醒了？"罗瑞的脸色也变了。

"我不知道，这个根本无迹可寻。几十年前在这里的是些什么人？他们是科学家、医生、克格勃，都是人类中的精英呀！可你没看他说的吗？所有人都被控制了，连他们都没有发现自己和别人的异常，一个个心情愉快地沉醉在这里！"洛雨脑子有点乱。

感应区里静悄悄的，除了暗红色的灯光和偶尔吹过的冷风，一切都平静如常。

"那个监视伊万结婚，又和他一起回来的克格勃，也许是个清醒的人。"陆林沉思着，"他在被同化之前，发现了研究所里气氛异常，于是被当成实验对象送上了实验台。那根本不是事故，而是一场谋杀。还有那两个在实验过程中一死一疯的实验对象，应该也被实验刺激醒了。你们记得日记里有这么一句话吗？'一团和气的研究所里，所有人都有些古怪，平静安逸的外表下，是一触即发的愤怒。'这大概就是所谓的没有理性了。"

"清醒过来的人都极度恐慌……那咱们现在到底是清醒还是不清醒呀？"萧卓有些急躁。

"大家过来看！"水静站在感应区的中央，暗红色的灯光中，她环视四周，指着身后那块如墙一样宽大的钢板说，"这里，就是那个大胡子拍摄那张只有他自己的双人照的地方。"

众人闻言都围过来，果然，背景是高大的实验设备，对面是一堵金属墙壁，除了近处的桌椅被搬走外，和照片上的布置一模一样。

"他当时站的是这个位置……面向的是这边……"陆林回忆着照片的内容，走到大胡子当年拍照的位置，然后向着大胡子当时看的方向望过去，但除了对面的金属墙壁，他什么都没看到。他又绕到金属墙壁的边缘，端详起这块大金属板，依然什么发现也没有，只看到金属板下有个敦实的底座，上面连接着不少线路。

“真是怪了。”陆林一边摸着下巴思考，一边靠到了旁边的一台设备上，没想到胳膊肘竟然无意中磕到了一根拉杆，把拉杆推了上去。接着，身后的机器传来一阵嗡鸣声，伴随着轻微的交流电声，然后旁边和它后面的高大设备开始亮起灯，机器的运作声也越来越响，似乎有什么大件设备被启动了。

齿轮旋转的声音越来越急促，在金属墙壁的两侧和后面，很多控制台上的屏幕亮了起来。

“啪！啪！”

两个电火花在墙壁高处的黑暗里打响，一闪而逝的微弱冷光照亮了墙壁顶部的一隅，那些原本全是雪花点的屏幕稳定下来，全部黑屏，如果不是偶尔有干扰信号出现让画面晃动两下，就会让人误以为它关机了一样。机器正常运转起来之后，除了金属板的反面时不时冒出一两个火花，四周依然笼罩在暗红色的灯光里，一切都没有变化。

“哎？雪儿你手里拿的是什么？”周欣注意到刚才跑到边上玩的雪儿，不知道从哪里找了一个形状奇怪的头罩。

那个头罩外面有几道铁圈，里面是皮革制的软垫。最特别的是它前面有目镜，目镜的样子非常奇怪，不是一块镜片，而是在一层层宝塔形的金属镜架上，镶嵌了从大到小颜色不同的一排镜片，足有五六片。每个镜片的边框上还有一个扳手，可以单独把某一片翻上去。忽略掉可以翻镜片的细节，这个目镜像极了一个被剥了壳的相机镜头。雪儿大概是觉得那一片片五颜六色的镜片很好看，就把它拿了过来。

“这是什么东西？”周欣摆弄了一下没明白，干脆戴到头上。目镜上的两排大镜片让她一阵眩晕，透过一排镜片看出去，眼前黑咕隆咚的，只有最靠后的两个大镜片边缘能漏进些散射的光。她摸到头顶的位置好像有个插座形的东西，摘下来一看果然是插座。

“原来是要插电的，难怪什么都看不见。”周欣嘀咕了一句，又把帽子递还给了雪儿。

众人没理会她和雪儿在后面的小声嘀咕，把注意力集中在设备的屏幕上。

“好像不是黑屏了，显示的是什么？”罗瑞皱眉问道。

“不是黑屏，你们看得出有东西动吗？”周欣说道。

“好像有。”水静说道。

屏幕是全黑的，但可以看得出这种黑跟关机不通电时的黑不一样。众人能感觉到有东西在流淌，似水，似烟，可却看不出它的形状，就好像是往一盆墨汁里倒入同样是黑色的墨汁，你明知道它进入盆里后会流动、会扩散，却因为四周的颜色和它一样而看不出来。

“不知道显示出的东西是什么，不太像是数据。”萧卓说道。

“大概是某种实时信号吧，要么就是机器坏了。”周伟说道。

“肯定没坏，那几个亮着的指示灯上标注着‘正常’的字样，这机器应该是在运作。”洛雨说道。

陆林围着那块金属墙壁转了起来，摸着下巴似是自言自语，又像是问众人：“你们听过‘克里安照相法’吗？”

“什么东西？”罗瑞问道。

“是一个名叫克里安的电气工程师研究出来的，一种能够捕捉到能量场的照相法。一般的照片通过光的反射来成像，把景物留在感光的胶片上。而‘克里安照相法’是用电来代替光，用电流信号的传导代替光的反射。这个研究的理论依据就是所有的生物都具有能量场，而这些能量会干扰电流的信号，从而留下痕迹。

“基本的做法，就是把要拍的物体放在一块钢板上，然后用高频的微弱电流穿过钢板，通过设备记录下电流穿过钢板时留下的印记。用相机的原理简单解释，电流就是光，钢板既是镜头也是底片，放在钢板上的物体自带的能量场，就是要拍摄的影像。这样拍出的图像，就可以看到物体的能量场在电流中通过时，因其对电流产生干扰而留下的影像。虽然并不准确，但克里安照相法却第一次用可见的方式揭示了在所有生物周围，确实有一个复杂却又完全感觉不到的能量场存在。那个著名特异功能大师尼娜库拉金娜，就被邀请过做这个实验，当她把手放到钢板上运用超能力的时候，确实被检测到阻碍电流传递的能量光环。”

“你的意思是说……”洛雨面色微变，指着那块高大的金属板，“这可能是个超大号的能量场照相机？”

“也许大胡子在那张‘单人合影’上看的是这块金属板，或者是这里。”陆林一脸凝重地指着一台紧挨金属板的仪器说道，那上面有块漆黑的屏幕。

“可这上面分明什么影像也没有留下。”罗瑞盯着漆黑的屏幕说道。

“那在什么情况下，照相机拍出来的照片是全黑的？”陆林反问道。

“当然是在没有光线的时候，比如说把镜头整个遮住！”罗瑞随口说道，但话一出口他就一个激灵，猛地抬头去看那金属板，接着又牙关打颤地问道，“你是说……这上面之……之所以什么都没有……是因……因为……有东西把这整块大胶片包起来了？”

“也许被包裹住的不只是这块大胶片，想想那司基是怎么说的？‘她真的出现了，充斥在研究所的每一个角落里’。唉……也许从进入研究所开始，她就一直在咱们身边，只是直到现在，我们才通过这台机器发现了她。这到底是什么东西？”洛雨有些泄气，她已经不敢确定自己现在是不是正常。

“谁知道，不过我想咱们还是把这鬼机器关掉吧，我总有一种不好的感觉。反正都被咱们完全无视地跟了一路了，我们就当没看见过，眼不见为净！”陆林来到刚才被他撞上去的拉杆旁边，向下一拉拉杆，把机器关上了。

## 第十四章　神秘力量

大厅里机器的嗡嗡声顿时小了下来，四周的暗红色灯光中，整个环境又归于平静，似乎一切都还跟先前一样。刚才提心吊胆的紧张气氛骤然缓解下来，众人齐齐松了一口气，似乎随着设备的停机，危险一下子过去了。

项昊长长出了一口气，叹道：“切，刚才紧张死爷了，原来是故弄玄虚。我看这里的人多半是因为什么原因在圣诞节当夜撤离了，门口那个是没跑成，最后才死在了这里。”

“有这种可能，人们察觉到危险后撤离了，并没有在这里造成大规模的伤亡。”洛雨笑着说道，“真是虚惊一场，看来咱们是被一本莫名其妙的日记搞得疑神疑鬼了。”

“就是！我就说没有危险吧？西伯利亚里类似的废弃建筑多了去了，哪有那么多危险？没事没事。”萧卓说道。

周伟看着周围的环境说道：“你们还别说，这心情放松下来，突然觉得老毛子还是挺会布置的，一个实验区弄得还挺有节日气氛。”

陆林点头道：“其实这里条件不错，避风，有电，还有交通工具，如果没有外面那些恶心的尸体，真是个合适的休息点。前面一直提心吊胆的，要不咱在这里休整一下吧。”

众人似乎全忘了外面的威胁，一致同意陆林的建议。他们确实太累了，不说前面被追杀时的一路狂奔，单只研究所里的那本日记带来的精神压力就让他们恐惧得透不过气来。眼下看着空无一人的感应区，预想中的景象并没有出来，众人的疑虑被彻底打消。完全松弛下来的神经和危险过去的喜悦，让大家感到有种沁入骨髓的疲乏，却又怎么也睡不着，反倒觉得这感觉异常舒适，希望能保持着这种状态。众人干脆找了几把椅子坐下来，七嘴八舌地聊起天。

罗瑞此时的心情很好，他找了一个角落里的沙发坐下，把脚高高地翘在前面的桌子上，独自看着天花板，感受现在莫名的好心情。经历过外面的严寒后，他觉得这里非常温暖舒适。很多在家乡和上学时的美好思绪不断涌上心头，头顶暗红色的灯光似乎也幻化成了一缕阳光，那时爸妈还在，日子过得真好呀。但接着，让人无奈愤怒的一些人和事不知怎么漂了上来，他感到说不出的厌恶，只想把它们远远丢到脑海深处不去想。

点点滴滴的回忆慢慢变成了畅想，阳光中，他似乎看到了未来的美好景象，思绪如同空中的飞鸟，在脑海中不断翱翔，越飞越高，越飞越远。其实西伯利亚真不错，人少地广，还有各种各样的野生动物。除了冬天冷一点，夏天这里简直是动植物的伊甸园。罗瑞不禁回忆起一路走来看到的皑皑白雪中的大森林、湛蓝的星空、温顺的驯鹿群。这里在夏天会是怎样一个美丽的模样呀？罗瑞在心中感叹着，不着边际的胡思乱想让人有种说不出的愉悦，似乎一切的美好都会在明天发生。上校也一定非常喜欢这里吧？对了，俄罗斯不是在外包这里的土地吗？可以包片地来创业！在正中间盖间大房子，门口要有秋千，屋后要有温泉泳池，让包子住屋里，让上校住树上，要在树上搭一个大窝，天气好的时候还能带着上校和包子去打猎。罗瑞想着想着就不自觉地哈哈大笑，全然沉浸在了自己的憧憬里。

创业干点什么呢？养貂！老毛子不是都喜欢貂皮大衣吗？那玩意一本万利呀！貂皮大衣，还有貂皮围脖，他在商场里试过一次，那东西是真暖和呀，现在要是有条围脖就好了。对了，这个基地里没准就有，一会儿找找带条出去，就不用怕冷了。哎？桌子上那不就是一条吗？赶紧拿过来戴上试试。想到这里罗瑞情不自禁伸手把桌上的围脖捡起来，抖了抖就围在脖子上。怎么围上不暖和呢？再围紧一点吧！使劲在脖子上摩擦了几下，再围紧一点！似乎好一些，有点热了，再围紧一点！思绪无边地飞舞着，这种感觉很奇妙，罗瑞突然觉得头有点晕，似乎是困了，心道这样也好，先暖暖地睡一觉吧，醒了再说。

如果罗瑞能看到自己正在做什么，一定会吓死！他一脸陶醉，面带微笑，正在用一根粗大的电线使劲勒着自己的脖子！脖子已经被电线磨出血，舌头也吐了出来，可闭着眼的罗瑞却表情沉醉，似在享受这美妙的时刻，还在不断地加大力道。用不了一分钟，他就能把自己勒死。

这一幕太诡异了，周围却没有一个人上来阻止。陆林和项昊大打出手，就像他们平时切磋时那样，唯一不同的是，这次招招下的都是死手！项昊一拳把陆林轰出去六七米，陆林张嘴喷了一大口血，翻过身来卸了项昊的一条胳膊。项昊右臂抬不起来，只用一只手还在和陆林奋力厮打。他们似乎感觉不到疼，还在不断大笑着叫好，夸赞对方这一招来得漂亮，加把劲继续。

周伟把周欣搂在怀里，慈爱地小声念叨："爸妈刚去那会儿，哥哥就是这样抱着你，在田间地头跟农家讨饭的。那时候你才这么小……"他似乎并没有意识到搂着妹妹脖子的那只胳膊力道有点大，周欣已经翻了白眼，眼看快憋死了。水静拿着一只打着火的打火机，一脸庄重地念经文，把两寸高的火苗往自己脸上凑。眼看火焰到了鼻尖，几缕垂下来的头发被火焰炙烤得开始卷曲，冒出了烧焦的味道。

萧卓和洛雨在吃着东西，好姐妹似的时不时喂对方一口，还赞叹着："这个冰激凌真好吃！"可哪里有什么冰激凌，她们不住往嘴里送的是桌子上寸许厚的灰尘和早已冰冻成石块的几十年前宴会上的食物。两个人的嘴巴、脸上沾满了灰尘，牙齿被硬物割出了血，却依然吃得兴高采烈。

宁静的感应区里回荡着一行人几乎癫狂的笑声，不知道的人还以为这里正在举行一场盛大的派对。一切都充满了诡异，一行人不知道危险并没过去，反而在他们启动机器那一刻才刚刚来临。陆林、项昊二人互殴得吐血不止，罗瑞也吐出了长长的舌头，周氏兄妹正在亲热地杀死对方，萧卓、洛雨把自己吃死也只是时间问题……一行人不知不觉地一步步走向死亡。

桌上的食物中还夹杂着没有来得及收拾的办公用品，此时洛雨抓住了一支尖尖的铅笔，正把尖如钢锥的一头往嘴里塞，笔尖伸进了洛雨的嘴扎破了口腔，一股鲜血顺着嘴角流了下来。眼看她就要闭上嘴，笔尖可能会穿透她的口腔把脸扎出一个血洞。

突然，一只小手稳稳地抓住了洛雨的手腕，小心地把她的手从嘴边拽出来。来人竟是水静，她满脸冷汗，把点着火的打火机贴到洛雨面前，自己则脸色严峻地默念道家经文。洛雨的眼神渐渐聚焦到火苗上，眼看要烧到脸的时候，她一下子惊醒过来。

"静静？"她看着眼前的水静一愣，似乎不记得刚才发生了什么，看到周围众人诡异的表现更是一惊。眼看大家就要把自己弄死了，洛雨大声叫着却不知道先救谁好。

“别分神！看着火，看着火！想……想办法！”水静似乎用尽全力才说出几个字，冷汗不断地流淌下来。

看着如同疯了一样的伙伴们濒临死亡，洛雨浑身颤抖却无能为力。如果没有水静的唤醒，自己可能就要无声无息地死在这里，一念及此，她就不寒而栗。最让她胆寒不已的是几十年过去了，那股神秘的恐怖力量并没有消失，随着众人的到来，它再次出现了。从刚才大家突然放松警惕开始，众人就已经落入它的彀中。她努力让自己的心平复下来，恢复一丝冷静想办法。

“这到底是怎么回事？我们开了机器又关了机器，还是让那东西醒了吗？可来电的时候为什么没事？难道这所谓的感应区是它影响力最大的地方？可我们刚进来时一样没事呀！不对，不只是电！”她眼角的余光突然瞥到一样东西，数十米外，那个装着灾星的旅行袋竟被忘在了门后。

那是刚才陆林动手掰开尸体手指的时候放下的，之后他便拿着那张便签纸念了起来，把旅行袋忘记了。

“难道是灾星？”洛雨心中一惊，危及关头她来不及多想，急切地拉着水静的手道，“灾星！灾星！”

水静顺着洛雨的目光望去，立刻明白了她的意思，飞身跑到门口，拎起装着灾星的袋子就往回跑。她似乎感到脑子里那如虫蛀般的难受劲儿突然变弱了，神志也比刚才清醒许多。她是众人里心志最坚定的一个，修道之人都有走火入魔一说，意思是指在精神高度集中的时候突然出了岔子，被外魔入侵了心神，所以他们比一般人更注重精神的修养，排除心中杂念，保持心神清静，是谓“炼神”。铸就一颗“抱元守一”的坚定道心，是修道的重要组成部分。饶是如此，若没有刚才一缕火光的唤醒，她也难以幸免。

她飞快地提着袋子跑回洛雨面前，把袋子往当中一放，回身就去拉周伟兄妹。周欣已经没有进气了，情急之下她一掌斩在周伟后颈上，把二人生拉硬拽到了袋子旁边。两个人的变化明显，虽然没有醒，但至少停下了动作，虚脱般地倒在一旁，水静不及细看又去拉别人。

此时洛雨回想着刚才的细节。水静用打火机唤醒了自己，难道那东西怕高温？她突然想起，陆林先前提过他从萧卓的训练营里拿了两颗照明弹出来，那东西燃烧的时候温度极高，也许会有用。洛雨起身去翻陆林甩在地上的背包，果然找到了。她快速掏出照明弹和短把发射枪，装弹，举枪，向着黑暗中的大厅顶部果断扣下了扳机。

“砰！”一团明亮的光芒飞了起来，照得她眼睛生疼。她只看到受创颇重的雪儿也醒了过来帮水静一块拉人，之后眼前就白茫茫一片，什么都看不到了，那是强光引起的暴盲。

“啊！”在洛雨眼睛还没适应过来的时候，水静和刚醒来的周欣突然惊恐地尖叫起来，仿佛受到了极其巨大的惊吓。特别是周欣被勒得嗓子哑了，此时喊起来如同一个溺水求救的哑巴，撕心裂肺却发不出多大的声音。

“灾星，火焰……难道这样还不行吗？”洛雨缓缓睁开眼睛，模糊地看到大家聚集到了灾星周围，一个个狼狈不堪，好在都安静了下来。萧卓正蹲在地上呕吐，陆、项二人更是浑身是血。九米左右的高处有一团亮光，照明弹并没如她预料般被天花板反弹掉落回地上，而是被什么东西卡住了。

视线越来越好，在照明弹明灭不定的火红光亮中，眼前的一切也越来越清晰。整个大厅亮了起来，洛雨也终于明白水静等尖叫的原因，那景象让她惊骇欲死：火光下，大厅的门和地板上被投射出了一个个重叠着的巨大人影，每个都高大无比。抬头看去，原本漆黑一片的天顶被照亮，洛雨看到了一排排悬在半空中的脚……

感应区的天花板高度超过十米，在临近顶棚的地方有数个高空作业台，几排带护栏的钢网走廊从一侧的墙壁延伸到另一侧，刚才的照明弹就是落到走廊上。那投射出的阴影来自一条条走廊的下方，每条走廊的护栏边挂满了一排排人！

那是一具具吊在半空中的尸体，全是吊颈而死。几条走廊下面吊得满满的，看上去至少有三四百人，像是一排被挂起来的腊肉。他们的姿势都一样，双手自然下垂，头向下耷拉着，仿佛一直注视着众人在感应区里的一举一动。一条条细而长的像是蛇信子般的干肉条从嘴里吐到外面，那是脱水以后风干了的舌头。所有人张着嘴，嘴角上翘，仿佛在诡异地笑着，似乎临死的那一刻，他们的心情非常好。

原来参加平安夜舞会的人在这里，几十年来，他们这么静静地吊着。洛雨注意到了他们脖子上挂着的绳圈并不一样，钢缆、电线、安全绳，甚至还有皮带，似乎他们把能用的材料都用上了。

她突然想起那个苏联专家遗书上的一句话："当人失去理性臣服于欲望的时候，就会变成欲望的傀儡，快乐的僵尸，心甘情愿地钻进圈套里去！"

原来他们真的心甘情愿地钻进圈套里！一个诡异的画面浮现在洛雨眼前：所有参加舞会的人有说有笑地排着队，井然有序地从梯子爬上高处工作台。之后他们开始兴奋地在走廊上找空位，把刚才准备好的绳子一头拴在护栏上，一头套在脖子里，然后就迫不及待地笑着从护栏里翻了出去。

那个苏联专家也许就是看到了这一幕，才会在死前做出那样的忏悔。虽然不知他们被诱导出了什么样的欲望，但通过日记可以知道，肯定比挂在这里的一排排吊尸还要让人觉得恐怖，就像刚才的他们。此时大家安静下来，但所有人的状态都不好，即使是清醒过来了也是一副半死不活的样子，刚才他们差点儿死在这里，一个个都伤得不轻。好一点儿的只有周伟，但他差点儿掐死亲妹妹，整个人濒临崩溃。他们来到感应区不过一盏茶的时间，却在鬼门关里走了一圈，差点全军覆没。最让众人后怕不已的是，这危险来得无声无息，如同一个飘荡在空气中的幽灵，无处不在，随时都可能乘虚而入。

每个人都惊恐万分，他们知道，这里是危险的中心，眼下并不安全，一个不小心他们就会成为吊尸中的一员。

"咳咳……我靠！好多吊死鬼儿！咳咳咳……"罗瑞从昏迷中醒过来，一眼就看到高处的无数吊尸，惊得喊了出来。

"他们就是当年研究所里的人，一个都没跑出去。不要放松警惕，我们现在非常不安全！"洛雨大声喊道。

一具尸体被刚才照明弹的火花点着了，枯皱的衣服烧了起来，脖子上套的那根绳子被烧断，整个人像个小火球一样从高空摔到了众人脚前不远的地方。一股热浪袭来，众人同时觉得心中一轻。

"我好像……好点儿了。"离那堆火球最近的周欣说道，不过尸体身上的火焰眼看就要熄灭了。

"静静，你去找找后面的出口在哪里。罗瑞周伟，你们把陆林项昊搀起来。

欣欣帮我做火把，咱们得赶紧离开这儿！”洛雨听了周欣的话，当机立断地说道。也许火真的有用，她决定再试一次。

听了安排，大家分头行动。他们手里没有油，洛雨只能把众人包里几件备用的衣服拿了出来，撕成条之后裹在一个凳子腿上。这样的火把支撑不了多久，但现在也管不了那么多了。

一会儿工夫，火把点燃，水静也从远处跑了回来。

“后面有两个侧门，通到一个全是机器的大房间里。”她对洛雨说道。

“那里是……那里是……”洛雨猛地想到，那里应该就是他们要找的发电机组所在的位置，那里有油！

“好！好！我们走！”洛雨兴奋地喊道。不料就在这时，原本已经没有大碍的几个人，突然觉得脑子里嗡的一下子，好像被人狠狠捏了一把，大脑似乎被什么东西塞满了，大家都停在原地不动。

好在有灾星和火光的守护，他们还有一丝反击之力。水静意志最为坚定，看到众人的异样，她举起火把在大家面前努力晃动，尽量让这些头脑昏沉的人精神起来。众人的情况渐渐有了好转，但看起来仍是疲倦到了极点，反应也很慢，就像一群几天几夜没有睡觉的人，脑子一点都不想动，只是发呆。

“都给我精神点儿！跟着我走！”洛雨搀扶起萧卓，向着几个兀自发呆的人大声喊道。

已经打成血人的陆林和项昊被大家连拉带拽，一起绕过金属墙壁，向感应区的后部踉踉跄跄走了过去。那影响力似乎还是没消除，大家都感觉到有个声音在心底不断地呼唤着自己，让自己不要走，留在这里。众人费了好大劲才走出感应区，从后面的小门进入发电机组的房间，可大家却觉得非但没有好些，反而又有要沉沦进去的趋势。那股神秘力量似乎发挥出自己最大的威力，铁了心要把众人留在这里。

这个发电区很大，为了能满足前面房间里的各种大型设备和整个研究所的正常用电，一台超大的电机和数十个发电机组共同工作着，中间还伫立着数个容积上百立方米的粗大油罐。站在这一排排苏联重型机械面前，习惯了电网用电的众人不由得目瞪口呆。

“你们看那边，那儿有个门！”水静指着房间对角的位置突然说道。

大家望过去，果然是一扇门，一束白光从中透了进来。那是一扇通到外面的门，正是刚才赵元凌逃走时来不及关上的。

“快走！先出去再说！”洛雨此时也顾不得什么汽油了，先出去，有了万全的准备再进来也行。可就在这时，周围突然一暗，那只临时用织物拼凑起来的火把竟然在关键时刻熄灭了。众人脑海中的思潮轰然涌动，大有反扑之势。

“快走！快走呀！”稍微清醒点的几个人拼命喊道，拖拽着还在发呆的人向前走。离出口只有数十米的距离，但稍有不慎大家就会万劫不复。

脑子里越来越乱，众人只是惯性地疾步穿过机器之间的过道，向着远处那扇光明之门移动。近了，越来越近了！就在马上要到门口的时候，洛雨感觉脑袋里面“嗡”的一声，所有被压制下的思绪像是受了什么引诱，彻底爆发出来，比一开始还要来得猛烈。

“完了！”洛雨心中一凉，那股神秘力量似乎也在玩命，竭尽全力要留下他们。洛雨仅存的理智告诉她不能这样放弃，“横竖都是死，拼了！”看着那几只大油罐，洛雨咬牙叫道。

她反手摘下项昊背上的枪打开保险，对着最远处油罐的底部瞄准，扣动了扳机。

“砰！”

这一枪打中了那油罐前面的一台机器，爆出了两点火花。洛雨微调枪口，她感觉脑子开始不听使唤了。

“砰！”

又是一枪，子弹击穿油罐的侧面，一股浓浊的液体漏出来流到了地上，却没有如洛雨想象的那样爆炸。意识开始不清醒，她也彻底豁出去了，瞄都不瞄，向着那个方向扣下扳机不再松手。

“砰！砰！砰！……”枪声不断响起，终于有一发子弹打到了油罐底部，在漏满油的地面上擦出了一串火星。

满地的汽油“呼”的一声着了起来，眼看那火焰顺着油路顷刻间就要烧到油罐。大火一起，众人突然清醒过来，千钧一发之际，求生的本能让大家不约而同地大喊一声“快跑”，一个个拼命地向着身前不远的门跑过去，连伤痕累累的陆林和项昊此时也奋起余勇一路狂奔。

当第一个人摸到门口的时候，远处的火焰已经点燃了油罐，闷雷似的爆炸声中，大火喷薄而出。爆炸产生的熊熊烈火和冲击波被四周的机器阻挡了一下，就奔袭过来。好在此时众人跑出了门口，冰冷的空气和明媚的阳光让大家的精神为之一振，跑出门后没有停下，飞快地向着前面一个满是树木的山坡上跑去。

身后的爆炸声不断，而且越来越大，似乎其他几个油罐也被点燃，形成了一次规模巨大的连锁爆炸。众人逃出的那个门口是凹进山体内部的，灼热的气浪被困在山体内无处宣泄，那扇铁门被巨大的气浪从门框上撕了下来，高高地飞过众人头顶，削断了前面好几棵树，才一头插进了远处的雪里。

地面颤动着，山体内的爆炸还在继续，那个门口被山体边缘震落的巨石埋葬了。众人把头埋在雪里等了良久，那此起彼伏的爆炸声终于停了，研究所建造的位置偏低，汽油没能把山体炸开，能量都在内部被消化掉了。根据那几个油罐的体积以及现在的动静来推断，估计整个研究所都完蛋了。

“这下好了，油没了，车也没了。”陆林伤痕累累半死不活地躺在雪里，看着还在震动的山体喃喃地说道，“我说昊子，你下手也太狠了吧？我感觉半个身子都让你打残了。”

“差点连命都没了，你还惦记这些。你还别说我林子，你下手也太黑了吧！撩阴腿都用上了，我感觉下半辈子的幸福都差点让你打没了。”项昊回答道。两个人四仰八叉地躺着，任凭水静给他们上药包扎，死鱼似的动也不想动一下。

这时，雪儿突然躁动起来，指着棵树爬了上去，向众人招手。那意思好像是想招呼众人全都上树。

“雪儿这是要干吗？最刺激的部分过去了，怎么还这么激动？”萧卓疑惑不解。

“不对！还没完，大家别说话！”水静突然说道，“你们仔细感觉，这地面……这地面……”

就在她说话的工夫，不用众人仔细感觉，大地的剧烈颤动已愈发明显。

“怎么回事？怎么回事？”罗瑞惊慌地叫道。

“一定是因为刚才的爆炸！雪崩？泥石流？山体滑坡？”萧卓叫道。地面的抖动更剧烈了。

“往高处跑！”陆林指着身后的山坡，强打起精神催促众人往坡上爬。

身后的动静越来越大，研究所所在的大山包开始剧烈颤动，山顶处的积雪、岩石“哗啦啦”地往下掉，刚才汽油爆炸破坏山体的力量彻底爆发了出来。只有亲身经历过的人才能明白泥石流的真正含义。数万吨的雪块、石块、冻土，汇聚成一股坚硬的浊流，从山顶倾泻下来，激起的烟尘和雪雾遮天蔽日，山的顶部一下子没了。

众人亡命似的不停向上跑着，那浊流在他们后面穷追不舍，顷刻间把两个山包间的低谷填平了。终于跑上雪坡的顶部，众人停了下来，看到滑坡所产生的那股泥石流追不上了，这才喘着粗气坐倒在地上，回望起身后那一大团雪雾来。

“这下连火车也没了，咱们算是倒霉到家了。”罗瑞叹气道。

“真壮观！”周欣看着那滔天的雪雾说道，众人一阵无语。

整个雪丘顶部的三分之一全没了，大家倒在地上休息。刚才大脑中的一番天人交战让他们太累了。过了十几分钟，那团灰尘和雪花组成的烟幕又落回了地面。

“房子！房子！”跑到树上的雪儿用生涩的汉语向众人喊道。

## 第十五章　祭祀之地

“不会吧，研究所又被翻出来了？”罗瑞坐起身向雪丘的方向看去，紧接着他目瞪口呆，“起来！起来！看！看！”

“怎么了？”陆林等人也都坐起了身，向着他们逃出来的方向望了过去。

“哗啦啦……”

对面的雪丘上偶尔还有碎石从高处落下，尘埃落定后，原本的山顶不见了，取而代之的是一座坍塌了半边的中式古建筑。因为刚才的滑坡，它从山体里露了出来，显现在众人眼前。

“天啊！这地方怎么会有咱们中国的建筑？”周伟惊呼道。

“也未必是中国的，古时这里应该是无人区。从草原到西伯利亚南部，历史上大多时期是游牧民族的地盘，算起来，也包括这里，也许是女真、契丹之类的少数民族修造的。不过那个建筑，倒真像是中土的风格。”洛雨说着站了起来，想过去看一看。

“等会儿，”萧卓一把拉住了洛雨，“没看还在坍塌吗？”

洛雨笑了笑，她感觉萧卓对待自己的态度明显不一样了，便说道：“那就等等吧，反正它在那里也跑不了。大家饿了没？从早上开始折腾一天了，先准备吃点东西吧。”

从一连串的紧张中回过神来，众人现在又冷又饿。雪儿自告奋勇要去找吃的，这里没人比她更适合这个工作，便由她和项昊一起行动，走进森林觅食。余下的人找了一块没有树木的宽敞地面，开始伐木生火。汽油全都烧了，车也被埋在了山里，再想走出去，难上加难。反倒是周伟看得很开，总说一些“大难不死，必有后福”之类的宽心话。

“洛姐，你说那东西到底是什么？它为什么会怕火呢？”周欣问道。

“我也说不好，应该是高温引发了一些连锁反应吧。不过克格勃应该是发现了这里的异常，才把研究所修建到这里。”洛雨说道。

“他们肯定也没想到这里会这么异常。唉，刚才真是吓死我了，就好像一场梦一样，偏偏所有的感觉那么真实。”周伟说道，“看那两份日记和遗书的内容，估计克格勃的这个研究所研究的领域就是精神控制。结果研究成功了，这些工作人员反倒成了第一批实验品。”

“幸好没人注意到，不然真把这种力量用于战争，全世界都危险了，比僵尸还恐怖。”陆林说道，“对了，那个大胡子不是说这里有拘禁灵魂的力量吗？会不会指的就是这里的异常？”

“你是说这里能抓鬼？”萧卓不太相信地问道。

“我想他的意思不是抓鬼。罗瑞不是说过关于灵魂的‘21克’吗。陆林，你的意思是不是指，这片区域可以在人死后，不让生物能消散？”洛雨问道。

“嗯，我是这么猜的。好像到现在，科学都解释不清生物能到底是种什么能量。除了电和磁，还有很多我们不了解的东西。这些研究结果之所以经常被用电磁来表述，只是因为人类的研究手段仅限于对这几种已知能量的控制。大概是附近有什么天然的能量场，可以让这些原本应该消散掉的生物能保留在这里。这些能量本来就是生物的，跟刺激大脑活动的能量属于同一种，所以人类才容易被它控制。经过苏联人的实验以后，这些生物能就聚集到了一起，而且开始有规律地影响人的思维，就像那个专家遗书里写的‘引发欲望’。”陆林说道。

“你怎么对克格勃的这套东西了解得这么多？”洛雨问道。

“我小说里看到的。”陆林笑着答道。

大家都看得出他没说实话，恰巧这时来了解围的人，雪儿和项昊回来了。带着两只大金雕去打猎，一切都变得容易多了。这次他们打了两只山鸡似的大鸟，连罗瑞也说不上名字，翅膀不大，身体很肥，看上去就是不太会飞的那种。大家围着已经点燃的火堆，项昊去一边拔毛，其余人又聊了起来。

“我觉得咱们中招也许是一个意外，刚进入那里时没事，也许是时间太短，也许是灾星护住了我们。直到进入感应区，两三百人都死在那里，也许那里是能量场最强的地方。偏偏咱们把旅行袋忘到了门后，陆林又把那个机器启动起来，咱们这才真正遇险。那东西可能从我们离开灾星一段距离之后，就开始侵蚀我们的意识，只是陆林的突然关机，催化了这个过程。”洛雨说道。

“你们袋子里那个到底是什么东西？”萧卓问道，她愈发觉得那个灰球不简单。

“不管它啦！反正有啥都烧成灰了。吃饭，吃饭！”项昊拿着两只拔了毛去了内脏的山鸡走过来，适时岔开话题。

“我猜，那个建筑应该是蒙古人建的，所以这里才会发现蒙古人的尸体。”周欣说道，“那群老毛子估计做梦也没想到，他们满地挖古尸的时候，头顶上就有这么一座古代建筑遗迹。”

“也不是没有这种可能，焚尸间里的古尸不是提到过监工吗？也许指的就是修造这个东西。”洛雨点头道，“可问题是，即便是蒙古人也很少会来到这么高纬度的地区。他们来这里建这么一座建筑，是出于什么原因呢？”她边说边想着。刚脱离危险，在职业本能的驱使下，她的好奇心又泛滥了。“一定要过去看看！要么咱们晚上别搭庇护所了，直接住在那里怎么样？”

“不干！”

“不干！”

周欣和萧卓一起反对道：“万一那东西还在怎么办？”

“不会了吧，研究所都毁了。咱们这次小心些，你们还想住在低矮的庇护所里吗？而且……”洛雨笑得像只狐狸，给自己找借口道，“别忘了，咱们这次是追着什么线索来的。这个遗迹既然可能是元代的，就更应该去看一看。”

“哎？雪儿，你拿的是什么？”陆林突然注意到边上的雪儿戴着一个有好几层镜片的头盔，自己在那里玩得不亦乐乎。

“那个是雪儿在感应区捡到的。”周欣解释道，“要插电才能用，镜子里黑漆漆的一片，啥都看不着。”

“可透镜怎么会是黑的呢。”洛雨说道，“对了，你们什么时候发现的？”

“就是你们鼓捣机器那会儿。啊！我当时看到的不会也是那东西吧？”周欣猛醒过来。

“有这种可能。”洛雨跟雪儿要来头盔，“这种叠加式的镜片，是二战和冷战期间被使用到的一项光学技术。最简单的用法，是几片过滤不同颜色的镜片叠加到一起，看彩色线条组成的密码。当时可没有计算机和PS，对于颜色的处理很多时候都要靠光学仪器。”

“你是说这东西能看到能量场？”罗瑞问道。

“有这个可能。其实光能算是最早被人类利用的一种能源了，我们能看到物体的颜色，就是因为光的反射。就像克里安照相法是用电能把东西描绘下来一样，戴上这个目镜，也许能通过光线的作用看到那东西。”洛雨说道。

“这可能吗？”萧卓问道。

“举个例子，在阳光下，我们看不到风，但可以肯定，光能同样作用到了风和空气，我们看不到，只是因为我们的眼睛接收不到颜色以外的光能信息。还有，比如只能在紫外线灯下才能看到的防伪信息。你们看这些镜片，”洛雨指着花花绿绿的镜片说道，“这些镜片应该不是用普通玻璃制造的，很可能是一些稀土元素之类的东西。这种材料制成的镜片对于光的折射和反射，可以起到非同寻常的影响。现在的一些高档相机镜头，为了更好地还原颜色，加强清晰度，就会在镜片组中加一块萤石镜片。早期甚至还出现过用放射性金属‘镧’制造相机镜片的例子，都是为了过滤空气中的杂质和杂光带来的影响，更好地还原被拍摄物体。还有那些大型天文望远镜，通过这些特殊材质制造的镜片，能起到意想不到的效果。在那个没有芯片和纳米技术的年代，光学研究可是很重要的一门学科。”

“我怎么听这个意思，这些镜片像是用什么稀有元素制造的，好像很贵的样子？”罗瑞问道。

“应该说是非常高端的光学仪器，不过这镜片没准儿也有放射性。”洛雨的一句回答说得罗瑞一抖。

她把头盔戴在头上，透过镜片去看周围，效果果然不一样。这目镜制作得很粗糙，除中心以外，三分之二的边缘区域呈模糊的放射状，好像透过劣质的放大镜看东西。中心区域也有些模糊，地面是蓝色的，眼前的篝火是一团比实际体积大很多的白光，坐在身边的人的面貌都看不到，只是一个个灰色的影子，远处的森林也是一样，像是一根根灰色的木棍，不过颜色有深有浅。一切都显得与众不同，好像是从另一个角度看这个世界。

才戴了一会儿，洛雨就觉得眼睛很累，模糊得让人受不了。从目镜里看到的到底是什么？是光能反射出的能量场吗？她也说不请。再想让别人戴时，大家怕有什么放射性物质都不肯戴，只有陆林愿意试试。不过大家明白，这恐怕是件很有价值的战利品，也许是国家级别的秘密武器。

两只山鸡吃得差不多了，黄昏也渐渐来临，洛雨终于用目镜说服了众人，透过目镜，对面的山丘再也没有先前看到的黑色。大家决定，夜宿在山顶的那座遗迹里，好好地探测一番。

天已经黑了，众人踩灭篝火，点起了火把，踩着刚刚被填平的山谷，深一脚浅一脚地朝遗迹走去。刚从山顶滑坡下来的土石很松散，脚下甚至能够感觉到原本深埋在山体内部的这些永久冻土所冒出来的寒气。大家一手举着火把，一手抱着一大堆准备晚上用的木柴快步前行。从太阳下山的一刻起，气温陡然降低了不少，现在大家深切体会到深入骨髓的寒冷。好在对面的雪丘是个缓坡，不然光上山耗费的体力就够大家受的了。

“我是不是眼花？那个石头怎么那么像条胳膊呢？”罗瑞指着远处的地方说道。火把只照亮了身前的一隅，稍远一点儿的就看不清了。从对面的山上走下来，近距离观察这片刚刚从山体里翻出来的泥土，罗瑞感觉有些蹊跷。

“哪儿？”陆林顺着罗瑞指的方向看去。大概十来米远的地方，有块长方形的土黄色石条。他举着火把走了过去：“不是吧？还真是条胳膊！”陆林惊呼道。

洛雨闻言也走过去看，那是一截人的小臂，手握成拳，臂上裹着厚厚的棉袄，看款式不是当今之物。“这应该和研究所里那些蒙古人的尸体一样，是埋在山体里的古尸。”洛雨说着又用脚踩了踩，连棉袄都是硬的，像是个大冰坨子，“大概是因为时间太久，这些尸体和山体已经冻结在了一起。滑坡时山体破碎，它们跟着冻在一起的石块被撕碎了。”

“你是说它们本身就已经变成了冰块的一部分，冰块碎了，它们也就碎了？”陆林问道，“那就没什么好怕的了，跟化石差不多。”

他又转头对众人喊道：“没事，继续走！估计就是建造这个东西时冻死的匠人，被就近埋到了附近，刚才滑坡的时候翻了出来。”

也许是先前在研究所的经历太难忘，这个山丘给人的感觉阴森森的，众人都走得极快，一盏茶的工夫就来到了遗迹前。走近了，他们才发现这建筑的样式非常奇怪，石木混搭，屋顶已经没有了，只余下没有房盖儿的三层楼，顶屋上似乎还放着什么大东西。整个建筑有些像是塔，可又太粗了；有些像北京天坛里圆形的祈年殿，可内部却被石墙分割成了数个房间。

整个遗迹有小半边已经完全坍塌，内部的格局露在了外面。不过保存下来的一部分却非常新，不像是千年前的建筑，连屋内墙壁上为了保暖而铺就的一层兽皮和木板，也完好地保存了下来。也许是因为它很早以前就被埋进了雪丘里，这千年的岁月也似乎被西伯利亚的寒冷封印住了。

众人在一层挑了个背风的房间作为晚上的住所，一进屋就开始支起木柴点火。虽然建筑已被剖成两半，内部全露在了外面，但由于其独特的设计，一道道错开排列的石墙既起到了承重的作用，又有效地阻挡了从外面吹进来的冷风，起到了保温的效果。

“这里倒不像研究所里的情况，应该是被废弃了。”周欣说道。

“是呀，没有尸体，第一层像是个生活区，有灶台有火炕，不过连口锅都没有，好像除了拿不走的都拿走了，应该是正常的人员撤离，把这里废弃掉了。”陆林看了一圈说道。他手里拿着半个破碗，是在其他房间找到的。

虽然吃过了饭，但大家无心睡觉。进入森林以后，难得有一个在夜晚还能正常的活动场所，一个个学着洛雨的样子考起古来。

令众人失望的是，在整个一层里，除了找到几件破碎得不能使用的生活用品，什么有价值的东西也没有。

“这才叫文物呀，”罗瑞拿着一个破了个大洞的瓷罐说道，“一个字都没有，平平实实的。哪跟那些仿品似的，非在瓶底写上哪哪年造什么的，生怕别人不知道。洛雨，元青花不是特值钱吗？你给看看这个。”

“你拿的那个不叫青花。看风格倒像是元代早期的，不过应该是烧制工艺成熟之前的作品，不是很有价值。”洛雨拿着手电筒四下照着，虽然基本确定是元代建筑，但如果找不到一点文字性的东西，判断它的来历会非常困难。

“走，上二层看看。”洛雨说着从篝火里抽出一根火把，大家跟了上去。二层的情况与一层非常不同，一根粗大的铁柱立在中间，下方有个枢轴，上方一直连通到三层。一个大号的绞盘套在铁柱上，向外伸出一圈把手，看上去是可以推动的。绞盘上还有几根带支架的铁棍直通到上层，似是个联动装置。残破的圆形墙壁上平均分布着很多箭楼似的长方形孔洞，不知是为采光还是御敌准备的。

“地面上好像有纹路。”水静说道。众人把火光照向地面，果然有一圈圈刻纹，标记着天干地支之类的刻度，像是个不能转动的风水罗盘。

周伟在墙壁一角发现了一个刻在石板上的简单图案，洛雨分析这应该是一张简单的机械原理图，是教留守在这里的人怎么使用这设备的。意思大致是当阳光透过一圈孔洞照到地面上的某一个刻度的时候，把绞盘转到某一个位置。石板的旁边还刻着一行蒙文，洛雨不认识，但萧卓却会满文。满文本就脱胎自蒙文，于是她蒙出了个大概的意思：祭祀腾格里的地方。

“腾格里翻译过来就是‘长生天’，蒙古人信奉的自然之神。”洛雨说道，“可我知道的祭祀长生天，一般是杀牛宰羊的‘红祭’、用奶制品的‘白祭’，这样拿机器祭祀，真是闻所未闻。”

“看看是什么机器再说吧。一层是生活区，二层是工作区，咱们上三层看看？”萧卓问道。

众人称善，可这才注意到两层到三层间没有阶梯。台阶可能被修建在了已经崩塌的半边，现在没办法上去。

“没事，看我的。”陆林来到建筑崩塌掉的那一角边缘，在项昊的帮助上抓住了上三层的楼板，一个旋身翻了上去。又从下面人的手里接过一个火把，顺手把非要上来的洛雨拉上了三层。

“你说，这个第三层会不会就是没有房顶？就像炮楼那样是个瞭望塔？”站在第三层的崩塌边缘，陆林问洛雨。第三层没有遮挡的平坦地面，中间有一片巨大的黑暗，两人离得稍远看不清楚。但没有坍塌的墙壁倒像是长城上那样的城垛子，貌似是一处露天的平台。洛雨没有说话，举着火把向中间的巨大黑影走去。

这里是附近丘陵的一个制高点，向四周远远望去，雪白的月光下是一望无际的白雪森林，一点灯火都没有。头顶蔚蓝的星空，像是个镶满了宝石的蓝水晶玻璃罩，放眼望去，一切宁静而美丽。

三层中心的巨大黑暗露出了本来面目，形状有些像他们手里的璇玑玉衡，只不过被放大了无数倍。四方的支架上，数片弯月形的万向转环连接着几个套在一起的大铁环。

“这不会也是件古代的观星工具吧？怎么都修成这样圆滚滚的？”陆林说道。

“天圆地方嘛，而且未必是观星工具。你有没有觉得，这里面好像少了什么东西？”洛雨问道。

“有点。你看，那个铁环里有一圈把手，应该有什么东西被托在上面才对。”陆林说道。

洛雨点点头没有说话，用火把去照这机械的底座。“这里有字！”她兴奋地说道，又一字一字地念出来，“至元二十年，工部军器局铸……铸匠……督造……督造……”

上面的一行字被阴影挡住了看不清，洛雨又绕到另一边。当火光照亮这一行文字时，她先是一愣，又仔细辨认了一下，不由得失声说道：“怎么会是他们两个？”

“哪两个？”陆林凑过去看，也是一愣。

洛雨走到断口处让周欣把相机和她的背包都递上来，她先是对着那个机械拍了几张照片，又从背包里掏出璇玑玉衡，把枢轴对准北极星的方向。

玉衡缓缓转动，方向还是指向西边。洛雨一阵失望，看来他们还没有到达目的地。

“这边还有字！”陆林用火把照着机械的另一个脚，“四极 · 北 · 北海 · 第四阵。总铸三十一号。”

“最后的应该是它的编号，前面的像是个详细的地址。四极即是东南西北四方，北是北方，北海是指北冰洋地区，第四阵，应该指的就是这个遗迹。古时的天文仪器，因为放置位置的经纬度不同，看到的星象也会不同。为了达到最精准的效果，放在不同经纬度的机械，设计上要做相应的改动。这个仪器应该是专门为这座遗迹的位置设计的。而且……”

“你说，这玩意儿会不会也是那人造的？”陆林指着她手中的璇玑玉衡说道。

“肯定是！在那个年代，没有人在天文方面的造诣能比他高。”洛雨点头说道，“先前想不通的，现在终于明白了，难怪这玉衡能做得如此精巧。前人成就，高山仰止呀！”

“我说，你们还有完没完？两人在上面嘀嘀咕咕干什么呢？”在下面的项昊等得不耐烦了，扯着嗓子喊道。

“人家好不容易有点独处的空间，你别破坏气氛！”萧卓的声音从下层传来，说得洛雨一阵脸红。

“咱们还是先下去再说吧。”洛雨说道，“真美呀，要是不冷就好了。”她这才留意到周围的风景，不禁感叹道。

两个人从断口处翻下了二层，众人便一起回到生着篝火的一层房间。洛雨把上面的情况跟大家说了说，又翻出相机里的照片给众人看。

“督造……光禄大夫刘秉忠，太史院院使郭守敬。”周欣看着照片念道，“郭守敬我听过，历史课本里学过。”

“你当然听过啦，他可是中国历史上伟大的天文学家之一，编制了《授时历》，还有……还有……”罗瑞想了半天也没想出来，便求助性地看向洛雨。

洛雨说道：“还修建了西夏和元大都的水利工程，北京成为帝都后最早的水系工程，就是他负责设计修造的。但他最大的贡献还是在天文学上，开创性地实现了天文仪器大型化，大大提高了观测精度。光是他设计制造的天文仪器就有十多种，这还不包括在编制《授时历》时发明的各种辅助工具。郭守敬从小就是个制器天才，相传他十几岁时，他得到了一张莲花漏图，是北宋时期的一种计时器，结构相当复杂。他仅凭那张外观图，就摸清了其中的原理，将它仿制出来。史书上说他熟知天文、算学，擅长水利技术。”

“哎？”罗瑞似乎想到了什么，“过去只知道郭守敬是个大科学家，一直没深入了解，听你这么一说，他又会观星，又懂水利，怎么听上去……倒像是个学过‘上观天星，下察地脉，寻龙点穴’的摸金校尉？”

“那叫风水先生。”周欣纠正道，“不过，好像还真的有点像。历史书上说他是科学家，我也就一直这么信了。可瑞子哥刚才这个说法，好像也可以成立。毕竟古时候的科学和迷信，从某种程度上说本来就是一回事，不是说人类最早研究星象，就是为了占卜吗？”

“对了，这个刘秉忠又是谁？排名还在郭守敬之前，可好像没听说过这个人。”周伟问道。

“那是因为在横扫一切牛鬼蛇神的历史课本上，不会出现一个宣扬封建迷信的反动学术权威。”洛雨说道，“真有你们的，科学家都被说成风水先生了。这位才是货真价实的风水先生，他堪舆的是整个大元帝国的风水。”

“我听过他。”水静说道，“传说刘秉忠和龙阳子冷谦冷真人，还有我武当的三丰祖师，都是莫逆之交。”

“很有名吗？我也没听过。”罗瑞问道。

“刘秉忠是忽必烈时期的重臣，官拜三公中的太保，参领中书省事，相当于宰相。如果说忽必烈是大元帝国的缔造者，那么他就是大元帝国的总设计师。帝国成立之初，国家的典章制度都由他设计草定，迁都北京也是他提议的。元大都的设计和营建由他一手主持，连帝国的国号‘元’也是他起的。可以说，终元一世，他是汉人中影响力最大的一个人。说来有趣，郭守敬算是刘秉忠的小老乡，都是河北邢台人，在刘秉忠的提携下，郭守敬才进京做官的。刘秉忠负责都城市营建，大都的水利工程则交给郭守敬。

“不过像静静说的，刘秉忠认识张三丰，那是因为他还有一个相对神秘的身份，以至于后人谈到他时，不会叫他宰相或者设计师，而称他为‘数术奇人刘秉忠’。”

“就是作为‘反动学术权威’的那一面？”陆林问道。

“是的，他当过道士，做过和尚，学兼儒释道三教，自号‘藏春散人’。精通《易经》及邵氏《皇极经世》，精于占卜，能知前后事，奇门遁甲天下无双，人称‘数精皇极，祸福能决，谁其似之，邵君康节’，邵康节就是梅花易术的开派祖师。刘秉忠在奇门遁甲、易经八卦、数术占卜这几个领域里的成就，要高于他在官场中取得的成就，是当时易学领域的顶级大师。关于他占事之准，明代一位首辅的札记中还记载过一件有趣的事。嘉靖年间，刘秉忠的墓被盗，有人在墓中发现有石刻写着：为盗者李淮。后来事情传到官府，盗墓者被捕，果然是李淮。不过这事是不是真的，就无从考证了。”洛雨说道。

“那就是说，当时顶尖的数术高手、风水大师和占星奇人、机械天才，共同设计铸造了上面那台仪器？这也太牛吧！”周欣惊叹道。

“对……不对！”洛雨还待说话，却好像突然想到了什么，一脸惊异地说道，“我记得刘秉忠在至元十一年就死了，他怎么可能督造至元二十年才被铸造出来的机械？”

“可能是最初参与设计制造的人里有他吧，这架机械又不是第一架。”罗瑞说道。

洛雨有些迷茫：“是呀，这又是一个疑问。看样子这种机械应该不止造了一架，这样的祭祀长生天的场所应该也不止一个。这里只是北方，北冰洋地区的第四个祭祀场所，仪器的编号是第 31 号，也就是说至少铸造了 31 架这样的东西。想象一下，这些仪器被分布在天下四方，仅仅在北方的极北地区就至少建了 4 个祭祀场所，这该是场多么盛大的祭祀呀！恐怕所有的祭祀地点连起来，能够覆盖大元帝国的版图。可为什么在历史上从来没听说过？难道如此浩大的工程量，真的只是为了一场祭祀吗？”

“会不会……跟咱们要找的日不落山有什么关系？”萧卓问道，“耶律铸的札记里提到过，当时忽必烈为了做件大事，才把‘宝鉴’送到日不落山修建阵台的。难道……就是为这场大元帝国的全境祭祀准备的？！”

“不知道你在说什么，我们只是来旅游的。”项昊说道。可他太不会撒谎，说完脸都红了。

“少跟老娘装蒜！到这份儿上了你们还不信任我？”萧卓不干了，大声质问道。

“信任你什么？等咱们脱困了，我们还能信任你吗？你还不乐意了？不乐意滚蛋！”项昊一点不给她面子，比她声音还大地喊道。

“你们别吵了！脱困以后的事等脱困了再说。”洛雨说道，“听萧卓这么一说，我倒是真想起一件类似的事来，不过不是全国范围内的祭祀，而是观测。忽必烈在北京修建了一座当时世界上最大最先进的天文台，之后便授意郭守敬组织了一次全国范围内的大规模观测活动。”

“观测活动？就是看星星？”罗瑞问道。

洛雨摇头道：“不是那么简单，那次观测，在世界天文史上都足以称为‘兴师动众’。史载，这次观测活动起因是元朝疆土过广，昼夜长短不同，日月星辰去天高下不同。为校准历法，记录星象，忽必烈派出了十四位天文学家，在全国各地修建了二十七座测影所，进行了数项重要的天文观测。这些测影所遍布天下，其中北至北冰洋岸边，南至西沙群岛，东至朝鲜，西至俄罗斯，几乎把整个的元帝国的疆土都涵盖了，史称‘四海测验’。”

“所谓的‘四海测验’，会不会就是这一次？”陆林拍了拍遗迹的墙壁问道。

“不会，”洛雨摇头，“第一，时间不对。第二，‘四海测验’用了不长的时间就完成了，想来当时的测影所应该只是一些简易建筑。如果都修成这个样子，怕是十年也测不完。我看过那张测影所分布图，整个西伯利亚地区不过两座，而这个祭祀场所，好像只在北冰洋附近就有四座。要知道，以当时的条件，想在这极北之地建造工程，是要用一条条人命往里填的。这场祭祀，显然比那次观测活动要宏大得多。”

“那还真是怪了，一场祭祀搞得这么隆重。别说红祭白祭了，那达慕大会也没这么大规模。不过，如果它真和咱们要找的东西有联系，那肯定不是祭祀这么简单。”萧卓说道。她又把话题扯回要找的东西上，像是在套众人的话。

周欣说道：“再有，他们竟然跟千年后的克格勃选了同一个地方修建这个祭祀场所。咱们在研究所里不是也看到那个古人类研究计划了吗？蒙古帝国的军队在进攻中亚和欧洲期间，发生的一次耸人听闻的事件，会不会和这个有关？”

洛雨摇头道：“应该不会，至元二十年，这里早就平定了，所谓的耸人听闻事件应该在这之前。当时的蒙古人不可能像苏联人这样，通过科学的方法发现这里的异常。我想，这些选址的工作也多半是刘秉忠和郭守敬完成的，他们应该是通过星象或者风水，来确定每个祭祀场所的位置。两个国家选了相同的地方，可能是因为这里的地理位置确实有特异之处，但也可能只是巧合。”

陆林往篝火里又扔了两根木柴，拨拉了一下火头说道：“随便吧，反正明天还要继续赶路。咱们还是多考虑考虑眼前的困境吧，活着出去都成问题了，你们还有工夫替古人担忧。”

“话不能这么说，弄清楚这座元代遗迹，应该会对我们……”话到嘴边，洛雨改口道：“应该会对我们这次旅行有很大帮助。”

“哼！别装了。”萧卓不屑地说道，“不管你们怎么说，反正老娘认定了，你们肯定是去找那东西的，只是不知道你们是怎么确定它在哪里的。”

“你总说那东西那东西的，是不是对那段历史了解得很多？你知道这所谓的祭祀活动到底是什么吗？”洛雨问道。

“我也不知道，反正不会是祭祀那么简单，多半跟扩张地盘、征服更多的土地有关系。早期几代蒙古大汗，脑子里只有这个。”萧卓说道。

洛雨点头道：“征服更多的土地……想象，这两个相隔千年的帝国有很多共同点。它们都是人类历史上疆域最大的国家之一，迅速崛起，强势扩张，都以征服世界为己任，只是口号不同而已。蒙古人说要征服土地，奴役土地上的人，苏联人则声称要解放全人类，内部矛盾越来越大之后，同样迅速消亡了。”

“元朝好像没有苏联大吧？我记得苏联没解体时有两千多万平方公里呢。”罗瑞说道。

洛雨解释道：“细说起来，元帝国和蒙古帝国是两个概念。成吉思汗死后，他的帝国分崩离析，最终分裂成了五部分，除了属于大汗辖区的大元帝国外，还有四大汗国：控制着大半个欧洲的金帐汗国，控制着西伯利亚西部的窝阔台汗国，控制着新疆和中亚的察合台汗国，控制着波斯湾和中东伊斯兰世界的伊利汗国。四大汗国加上元朝，面积超过 3300 万平方公里，横跨欧亚大陆。除了殖民地遍布 24 个时区的‘日不落帝国’，蒙古帝国的面积在人类历史上排名第二，第三便是苏联。”

“从欧洲，到中亚，到中东……那岂不是几乎把当时人类的所有发达文明都征服了一遍？”罗瑞惊叹道，“英国那是开荒，到处欺负土著人。苏联是结盟，好多小国并到一起。蒙古人可是一路屠城杀过去的，上帝之鞭，奴役全人类呀，太牛了！”

“哼，上帝之鞭？别说得这么好听，那是文明屈服于野蛮，是人类历史上最大的一次倒退。”洛雨难得阴沉着脸说道，“在成吉思汗的西征路上，超过 100 万人的屠杀就发生过数次。他们在中国杀过多少人，你自己去查。”

洛雨叹口气又道：“不过杀戮和蒙昧也给蒙古的彻底崩溃埋上了祸根。一个从草原上走出来的部落，没有自己的文化，攻占了大片土地后，不但没能有效地管理，反而被当地人迅速同化。在欧洲的开始信奉天主教，在中东的开始信奉伊斯兰教，在中国的开始信奉佛教和道教，之后便是不计后果地穷奢极欲。相比四大汗国，元朝已经算是先进的了。但严格来说，元代也不能算是封建社会，反而更接近奴隶社会。灭宋后，蒙古人把统治区的人分为四等，因为南宋先前的拼死抵抗触怒了蒙人，于是南宋的汉人被划到了最低等。元代的奴隶叫驱口，当时人数众多。元代的法律规定，驱口与钱物相同。杀蒙古人偿命，杀色目人罚银八十两，杀汉人罚一头毛驴的价钱。总而言之，那个时代的汉人生活得很惨。”

“这才能显出成吉思汗的厉害嘛！带领着一个奴隶制社会的部落，打垮了当时所有的高等文明，屠虐了全世界，这得是个什么样的人才能做到？”罗瑞不服气地说道。

“什么样的人？一个把死于传染病的尸体切成块，用投石机扔进城里的人；一个把敌国的百姓当作肉盾，挡在军队前面攻城的人；一个为达目的不择手段，欲望吞天，一生活在杀戮和掠夺里的人！”洛雨的言辞愈发激烈。

“别提它啦，都过去了。”陆林北怕他们两个又争起来，在旁边转移话题，“大家还是早点儿睡吧。明天是继续赶路，还是休整一天？难得能住上房子，你们拿主意。还有，往哪边走？是沿着铁路回雪儿那里，再绕回咱们来时的公路，还是继续往西走，走到哪儿算哪儿？”

“往回走也未必安全，咱们从研究所变电室逃出来的时候，你们注意到小门外的雪地里有一串脚印吗？那恐怕是当时直升机上的人。”水静说道。

## 第十六章　唐代冰尸

“有吗？”大家好像都没注意到。

“雪儿你看到了吗？脚印？”陆林问道。

雪儿点点头道：“脚印，有的。”每个猎手都是追踪专家，她自然不会注意不到。

众人商量来商量去，还是决定不走回头路，接着又聊起了头顶上的那台机械。这件元代两位顶尖人物制作的仪器，绝对是一件重量级的文物，而且其中还有很多疑团没有解开。大家决定明天天亮以后再上去看看，没准儿会有新的发现。渐渐地，累了一天的众人沉沉睡去，转眼到了第二天的清晨。

天一亮，大家相继上了遗迹的三层，只有周欣怕这少了半边的建筑会因为人多坍塌下来，不愿上去。阳光下，那台巨大的机械露出了本来的面貌。现在可以肯定，那圆环的中间确实缺了一些东西，但缺了什么，众人却是一点线索都没有。前前后后转了数圈，谁也没有新的发现。洛雨拍着脑门说是她疏忽了，如果这机械真的和星象有关，那么夜晚才是了解它用途的好时机。虽然二层的工作室要求白天转动绞盘，但众人可没有当初两位设计者的水平，把满天星斗都网罗于胸中，哪怕在白天都能知道它们的大概位置。

“照我看，这机器肯定不是用在好道儿上的。”萧卓说道，“昨天洛雨说，成吉思汗是个一生都活在征服和杀戮里的人，其实忽必烈又何尝不想效仿先祖？你们想想，苏联人挑这里建研究所是为了什么？当年蒙古人挑这里做祭祀，多半也没安什么好心。”萧卓的话得到了大家的一致赞同。

“你们快来呀！这边也有好多古尸！”周欣的声音从雪丘的另一面传来。

众人听得一愣神，可就在这时，一声比刚才的喊声高了无数分贝的尖叫声又钻进了大家的耳朵里：“啊！哥，静静，救命！这里有怪兽！”

“是欣欣！”周伟听到妹妹的求救声后也紧张起来，急急忙忙往断口跑。水静更快，看起来像是飘下了二层。

其他人先是一惊，接着一个个下楼。“怪兽？难道是遇到了什么大型野生动物？”罗瑞说道。

“雪儿，欣欣危险，帮忙！”洛雨简单地对雪儿说道。

结果雪儿更生猛，她没有翻下缺口，而是把两只原本已经反扣的兽爪翻到了前面，扒着遗迹的外墙蹿了下去，后面的人都看傻了。

“我说，估计咱这儿谁也没有雪儿这两下子。那怪兽她要是对付不了，咱们也悬。”项昊攀着断口下楼，对陆林打趣道。

“嗯，这孩子开挂了！”已经翻下二层的陆林一边回应项昊，一边摘下枪往一楼跑。

才跑出遗迹，他发现先跑下来的几个人停在雪丘的东坡上，似乎没有遇到什么危险。周欣也在，她还有些喘，好像刚从下面跑上来。

“那面……那面……那个坡底下，也有古尸，还有……还有只怪兽！不过……不过……好像是只死的。”周欣边喘边说道。

看到她没危险，大家也就放心了，古尸和怪兽之类的，估计就是冻死的元代工匠和动物。

“什么样的怪兽？”罗瑞问道。

“像是……像是……剥了皮的鳄鱼……不对……像超大号的蝌蚪，比鳄鱼还大的蝌蚪！”周欣尽量平复着呼吸说道。刚才她想下坡看看，没想到走出不远，就看到了那些东西，吓得急忙跑回来。

“长成那模样的大家伙绝对是珍稀动物呀！”罗瑞说道，“对了，雅库茨克附近的永久冻土层里，挖出过好几具保存完好的猛犸尸体，前不久还挖出一具最完整的，除了脱水以外跟活的没两样，那可是一万年前的尸体了。我想那里能发现，多半是因为雅库茨克附近人类活动比较频繁。同样高纬度的地区应该也埋藏了很多，只是人迹罕至才未被发现。咱们所处的地方比雅库茨克的纬度还高，要是能发现一具，咱就发了！”

“那你扛着它走出西伯利亚吧，别指望我们帮你。”项昊从他身边走过去，“欣欣，你说的地方在哪儿？带我们去看看。”

“切，一个破干尸能卖几个钱，撑死能做个标本。”萧卓撇撇嘴不屑地说道，也跟了上去。

众人走过一个高出一块的山坡，果然在它后面看到了数具古尸。确切地说，应该是碎尸，几乎没有完整的，在山体崩塌时随着石块一起被绞碎了。乍一看，这些尸体与先前发现的似乎不太一样，服色不同，保存得还要好一些。不过按照发现的位置说，恐怕比先前的尸体埋得还要深。

“这个……”洛雨俯身观察，“这身打扮不像是元代的，倒像是……”那些衣服很多只剩下土黄色，而且都是些残躯，实在不好判断。

“倒像是什么？”陆林问道。

洛雨一边仔细看着，一边说道：“倒像是唐初时的胡服，确切地说，是胡化了的汉服。自周以来，中国的服饰都是宽衣大袖，不是很方便。到了唐代，胡汉同为一家，服装出现了双轨制。正规场合，穿汉人的传统服装；生活中为了方便，常穿窄袖束身的胡服。而且，这样式还有几分像戎服，也就是当时的军服，不过却华丽了很多。”

“不是元代吗，怎么又冒出个唐代来？你没搞错吧？”萧卓在一边皱眉问道。

“我也拿不准。”洛雨摇头道。

“欣欣，你看到的怪兽呢？”罗瑞问周欣道。相比这些古尸，他还是对怪兽比较感兴趣。

“在那里，那个雪窝子里。”周欣指着身后不远处的一块高地，众人这才注意到那高地下面是空的，形成了一个高一米多的小断崖。断崖下趴着一只巨大的爬行动物，体形酷似鳄鱼，长度足有两三米，身后还甩着一条大尾巴，骇得众人倒吸了一口冷气。

往头上看，没有鳄鱼的大嘴，倒像是长了一只滚圆的蛇头，两只眼睛却比蛇的大很多，像青蛙一样高高鼓出来。身体也不似鳄鱼那样粗糙干燥，更像蛇，看上去仿佛裹着一层非常光滑的黏膜，在阳光下熠熠生辉，如同身披一层黑紫色的霓虹。

“这是……娃娃鱼？”项昊问罗瑞，那样子很像是电视里见过的大鲵，也就是娃娃鱼，“有这么大个的娃娃鱼吗？”

“别往前去！”罗瑞先止住了迈步向前的陆林，这才回答项昊的问题，“不是大鲵，应该是大鲵的近亲。生活在极寒地区的小鲵科动物只有一种，国内称作极北鲵，学名西伯利亚蝾螈，是距今有2亿3千万年进化史的上古珍稀动物，堪称‘活化石’。不过西伯利亚蝾螈一般就是壁虎那么大，是种很小的两栖动物。这条不知道活了多久，简直是长成了鳄鱼的壁虎。娃娃鱼是现存最大的两栖动物，最大的也不过一米多长、百十斤重，眼前这条算上尾巴长度超过三米，要是能把它背出去，哥们儿直接从饲养员升级成知名动物学家！”他兴奋地说道。

“为什么不能过去？”一边被拦住的陆林问道。

罗瑞回答道：“这是种很奇特的动物，它不怕冷。上学时我听一个东北老师讲过个故事，他是东北林大最早几届的学生。有次他听老师讲课，说极北鲵即使被冰冻很久，也可以活过来。当时极北鲵还没现在这么稀少，他不信，就在冬天抓了一只，往它身上挂了个环冻在冰里，偷偷塞进了他妈工作的冷库的一个角落，再后来他把这事忘了。过了七八年，冷库改建，结果有人从废墟里抓到只奇怪的小动物，就让他帮忙看看，没想到竟是他冻的那只西伯利亚蝾螈。”

“你是说怕它活过来？不会吧？”陆林问道。

“听过开矿时挖出几千年上万年前冬眠的青蛙或者蛇的故事吗？醒了以后它们还能活很久。那些只是个别案例，西伯利亚蝾螈比它们还神。它也有冬眠的习惯，而且一睡N年又活过来的现象很常见。国外的科学家也做过这样的实验，西伯利亚蝾螈的血液里含有几种未知的特殊成分，能使它哪怕被冰冻几年、几十年，解冻以后照样生龙活虎。那些还只是壁虎大的西伯利亚蝾螈，眼前这条这么大，万一能活过来呢？”罗瑞两眼放光地看向蝾螈，很盼望它能活过来。

“做梦吧你。洛雨说边上那些尸体是唐朝的，这货也许是同一地层里的东西，少说也在下面埋了一千多年了。活？活你个大头鬼！”陆林听明白原因，很是不屑，便又往前走过去看。他边走边回头跟众人开玩笑道：“你们说冻了一千年的肉还能吃吗？”

走到近处，他俯身去看这只千年怪兽，好像有什么发现似的又凑近了一些，摸摸这儿摸摸那儿，吓得罗瑞在远处一个劲地让他小心，别碰坏了。

“要坏也早坏了，你就死心吧，这条肯定活不过来的，肚子都被剖开了。”

陆林很笃定，但他似乎看到了什么很难理解的事，就招呼众人道，“你们大家也过来看看，我可能眼花了，这东西的肚子里……好像有个人。”

“什么？”众人闻言围了上来。怪兽肚子里有人，难道这是发生在千年前的一件血案？

西伯利亚蝾螈的尸体被冻得硬邦邦的，走到近处才能看到，其身体的侧下方肚子与两肋之间的地方，有一条长长的裂缝。那裂缝闭合得很严，刚才陆林就是感觉这伤口不一般，才想试着动手拨开它。可尸体冻得实在太结实，他费了半天劲，才把裂口最大的地方掰开了一小角。从那个缝隙里，他看到了几根伸出来的指头。

“不会是这货当时吞了个人，然后那人又从内部给这货开膛了吧？好厉害！”项昊说道。

“你当蝾螈是蟒蛇呀？不会的。”罗瑞说道，又觉得这说法不严谨，补充道，“应该不会。”他也想一看究竟，趴在地上，双手去撑被翻开的一角，咬着手电往蝾螈肚子里照。

好半天他才爬起来，拿下嘴里的手电对众人说道：“这姿势太难拿捏了，看不清。不过感觉这蝾螈肚子里很空，没有看到内脏。那只手抓着裂缝的边缘，好像是想从里面把这伤口合上。而且好像有什么金属物体，还能反光呢。”

“没有内脏？那人应该不是被吞下去的。会是个什么人呢？”周伟说道。

“要不，把它抬上去烤烤火，等软一点儿再看看？”周欣提议道。

“抬多麻烦，在这生堆火就好了。”陆林说道。

“还记得咱们路上讨论过的那个救治冻伤者的办法吗？”萧卓说道，“把人整个塞进骆驼，或者驯鹿里……”

“不会吧？卓姐你说这是在救人？”水静问道。

“没准儿是他自己钻进去的。你们忘啦？雪儿说她有次晚上没能回家，为了抵御寒冷，就钻进了驯鹿的肚子里。而且罗瑞还说这肚子上裂开的口子，是从里面合上的。”洛雨说道。

“真要是这样，估计这厮生前也是个狠人。”罗瑞叹道。

“唐朝狠人？是不是，挖出来看看就知道了。昊子，走，跟我砍柴火去。”陆林站起身说道，“我提议，今天再休整一天，一来研究研究这位‘狠人兄’，二来多打点猎，利用这个现成的避风港好好准备一下。往后的路，估计又要搭庇护所了。”

陆林的提议得到了大家的同意，从被追击开始，一切都太仓促了。眼下又要开始新的旅程，寒冷的威胁一点都没有减弱，随着一月的临近，天气会越来越冷。众人的衣服在奔跑中被树枝划破不少，已经有些透风了，他们深切地感觉到这可能是个会要命的问题。再出发前，他们一定要做好准备。

简单的分工后，大家又各自忙碌起来。唯一让众人很内疚的是，雪儿的火车之家被埋进了山里，这孩子算是无家可归了。大家约定只要最后能回国，就一定带上她，让她过正常人的生活。萧卓大包大揽，声称一定让雪儿至少比罗瑞过得好，罗瑞听得非常郁闷。

转眼到了中午，大家吃过午饭，陆林等人又去看那具西伯利亚蝾螈的尸体。怕把尸体烤坏，火堆摆的稍远一点。眼前已经差不多了，众人把蝾螈从断崖下拉了出来。在罗瑞放弃了把它扛出森林的念头之后，大家准备动刀子，在蝾螈的脊背上开个口子，这样可以保证腹内人尸的完整。陆林下刀，当背脊的皮肉被缓缓割开，眼前的一幕让所有人都震惊了。

“这个……这个……真是一千年前的死人？”周欣觉得不可思议。

“不知道……也许是咱们弄错了。可能是苏联研究所里正巧有中国人，正巧被埋在了这里，正巧……”罗瑞说道。

“不可能，你看那些老毛子的尸体都干巴成什么样了？这个看上去好像是昨天才死的一样。不会是哪个剧组来西伯利亚拍戏吧？这身戏服真漂亮。”萧卓说道。

“剧组？剧组有这样的戏服，还能有这样的剑？你们看，剑鞘上沾着血。”项昊说着就想用手去碰。

“别碰！”洛雨喊道，她刚才也是大吃一惊，怎么也没想到蝾螈里的人会是这样，“大家先别碰，碰坏一点儿，都是国家的损失。”

蝾螈的肚子内是一个蜷缩着的人，看穿着样式，应该是个男子。他像大虾一样蜷在蝾螈的肚子里，一头长发遮住了半边脸，一只手抱剑在胸，另一只伸到蝾螈肚子的边缘，就是陆林最初发现的那只。一身黑色裘皮大氅内衬锦衣剑袖，其上团花朵朵似是金线串成，两只皮制护臂上嵌着精美的鎏金饰件，确实很像是某些古装大片里的服饰。腰带和靴子非常特别，镶满了鎏金的甲片和极美的花纹。腰带正中是一个鎏金兽头，像是古时盔甲上才该出现的东西。

最特别的不是这身装扮，而是尸体本身。虽然只能看到半边脸和两只露在外面的手，却足以让人震惊。这些地方的皮肤上竟然连一点褶皱都没有，宛如活人。众人这两天来不知见到了多少干尸，从千年前的元朝人，到数十年前的苏联人，保存得再好，也多少有些脱水，无论是面部还是四肢，都有塌陷下去的痕迹。而眼前的这具尸体，皮肤饱满，面目如生，除了有些苍白外，就好像一个穿着古装、刚刚在这里睡着的现代年轻人。无论是华丽的装扮，还是年轻的面貌，都很难让众人把他跟"唐代干尸"这个词联系在一起。

"喂喂，"陆林碰了碰还在发呆的洛雨，"你专业一点儿好不好？"

"嗯？嗯！"洛雨回过神来，开始用专业的眼光看待这具尸体，"只从保存程度和他出现的这个地点来说，他比马王堆女尸的价值要大得多。世界上从没有出现过保存得这么完整的古尸，哪怕是5000年前的阿尔卑斯少女和4000年前的小河公主也不会有这具古尸带给世界的震撼大。真不敢想象，在唐代我们的军队就到达过北极圈附近。"

"确定是军人吗？那应该是个将军吧？真年轻。"周欣说道。

"嗯，看战靴和腰带，这应该是个军人。贞观之后，大唐国力鼎盛，天下承平，统治集团的奢侈之风日益严重，戎服和铠甲的大部分设计脱离了实用的功能，最大化地追求美观豪华，演变成了一种以装饰为主的礼仪服饰。所以大家不要惊讶于他服饰的华丽程度，剧组的豪华古装一般也不过几万，那时的贵族花上千两黄金打造一副铠甲却并不是什么大事。你们要学会用看现代时装的眼光，来考虑当时人穿衣的心情。"洛雨解释道。

"在这里穿铠甲不是找死吗？"罗瑞说道。

"这人多半也是穿着厚厚的裘皮大衣和软甲走到这里的，估计是遇到了紧急情况，比如大风雪什么的，又碰巧撞上了这头蝾螈，为了保命，才在情急之下脱掉厚重的外套，剖开蝾螈的肚子钻了进去。"洛雨说道。

"可他肯定没想到自己就这么冻死在里面。"陆林说道，"蝾螈的保温功能不好，但保鲜功能真是没话说。会不会就是因为瑞子刚才说到的那个血液里的不明成分呢？那他现在会不会很快烂掉？"

“应该不会吧，在永久冻土层里冻了这么久，大概就跟一块在冰箱里放了一年的肉一样，拿出来化开也还是块肉嘛。而且现在的西伯利亚就是个纯天然超低温的大冰箱，平均零下40度的气温，想让他烂掉都难。”萧卓说道。

“我想……”洛雨有些犹豫说道，“我想把他带走！”

“什么？你开什么玩笑？咱们能不能走出去还不一定呢，再带上这么一个累赘？”陆林第一个反对道。

其他人没有说话，但看那样子也不太乐意，毕竟他们的路还有很远，不可能一直带着具尸体。而且一旦离开荒原无人区，到了有人烟的地方，带着具尸体怕是会说不清楚。

“我想，我们做一件事，首先要关注的不是它有多难，而是有多大意义。如果回报超过付出，我们就会去做，哪怕它很困难。但也有些事情，即使没有回报，我们也同样会去做，因为我们知道什么是对什么是错，良知会告诉我们，哪些事是一定要做的。你们别把这当成一具尸体，它是一件文物，一件足以震惊世界的中华文物，带它出去，不是为了我们自己，而是为了这个民族。”洛雨歇口气又说道，“如果能离开这片森林，我会想办法联系国内，争取通过特殊途径把它送回去，咱们不用一路带着他。老话说得好，大丈夫有所不为，有所必为，你们决定吧。”

她突然把问题拔高到国家民族的高度，众人谁也没有说话，一时有些尴尬。更重要的是大家都明白，她说得没错。

“你这大帽子扣得我们压力很大呀。”陆林说道。

“其实要是做个简单的雪橇，在雪地上拉着这玩意儿走，应该也不是特别费力。”罗瑞似乎被说动了。

“带上它可以，但有一个条件。”周伟说道，“在万不得已的时候，该丢掉就丢掉，不能为了一个死人伤害到活人。”

“你们这群人一个个怎么心都这么软！”萧卓无奈地说道，接着看也不看洛雨又说道，“等出了森林，你要是运不走，我帮你想办法。”似乎一副心不甘情不愿的样子。

“卓姐，我就知道你是好人！”周欣在旁边笑眯眯道。

一切商量妥当，大家忙了起来，打猎的打猎，做雪橇的做雪橇，洛雨带着陆林和罗瑞把尸体从蝾螈肚子里清理出来。

一直到太阳落山，打猎的项昊和雪儿回来了，这次他们收获颇丰，主要是为了明天带着在路上吃。其余人早已生起篝火，那具唐代的尸体也被蜷缩着远远放到了几根树枝和一小张皮革拼成的简易雪橇上。

尸体完全僵硬，洛雨也不敢把他的四肢舒展开，只是保持着原样，不过看得出这个年轻人生前应该是个瘦高个。全方位地拍了几张照之后，尸体连带雪橇被放到了离火堆很远的地方。

陆林和罗瑞两个人在清理尸体的时候翻了翻这唐代将领的衣服，竟然在尸体腰带兽头后面的暗兜里，找到了一张残破的皮地图。这唐将除了手中的剑和腰里的图，身上再没有一件物品，想来是危急关头只拿了最重要的东西就躲进了蝾螈里。那张皮地图也不知是什么皮做的，残破不堪，似乎是从一整张地图上扯下来的一部分。根据现在的地理知识辨认，可以找到中国的东部地区，差不多从秦岭向西的部分全部都被撕掉了。唐尸所在的地方，已经是这张残图的边缘了。地图中北部被撕掉的地方依稀能看到一个篆字的“海”，洛雨说那应该是“北海”，指的是贝加尔湖，这张图不是唐朝的。

想想也对，这年轻人的一身衣物保存完好，只有这张图如此破碎，想来是千年前他拿着这张图来到这里时，图已经是这样的了。因为有萧卓在，三个人没有把发现地图的事宣扬出去，只当没发生过。他们感觉到事情好像不简单，比如这里，苏联人来过，蒙古人来过，竟然连唐朝人也来过，这背后恐怕不只是巧合。

## 第十七章　马戏团

一夜相安无事，第二天一早，大家把一切收拾整齐。出于躲避低温的考虑，他们向着西南方连着走了四天，其间走过高地，走过低谷，唯一不变的就是白茫茫的树海。在寒冷和孤寂的作用下，众人感觉疲惫不堪，他们深切地体会到这片森林的广大，周欣说如果放在地图上，他们可能连一厘米的距离都还没有走到。

大部分晚上找不到庇护所，他们只能自己搭建，为了防止有野兽来破坏那具唐尸，还要专门把它也遮盖一下。幸好一路上众人相互扶持，虽然旅程满是艰辛，但谁也没有丧失斗志。一直走到第五天，一个要命的问题突然降临到众人头上——下雪了……

刺骨的冷风中，一行人拉着雪橇，冒着大雪前进，身上头上全都白了。他们决定今天一定要早点休息，搭建一个够结实、够保暖的庇护所，不然这夜会很危险。正走着，雪儿突然示意众人停下——这是一路上都没有过的事。

她俯身做出了四肢爬行的样子，向着上风口努力用鼻子嗅着，表情越来越严肃，似乎从冷风中捕捉到了危险的气息。

“怎么了雪儿？”陆林问道。

雪儿表情难看地说道：“附近有野兽，很多很多野兽！老虎、狼、熊，很多，还有，不知道是什么。”

众人一路上都没见过狩猎之王露出如临大敌般的凝重表情，心都提了起来。本来这场突如其来的大雪已让他们焦头烂额，眼下又很可能会冒出一大群野兽，大家陡然紧张到了极点。他们只有七八个人一两支枪，要是碰上只独行的野兽还能应付，如果真的出现一群凶兽，他们没准儿要葬身于此。

“咱们调头吧？”水静提议道。

“没用的，野兽的鼻子肯定比雪儿的好用，她能发现它们，它们也肯定能发现咱们。”罗瑞在一边说道。

“雪儿，哪个方向？大概有多远？”陆林问道。

雪儿的表情依然严峻，指向了西北方。那里有一道不是很高的山梁，从远处的东北方向一直延伸过来，挡住了众人的视线。

“跑不是办法，我先过去看看到底是什么情况，你们隐藏好。”陆林摘下背后的枪，打开了保险。

“别过去！万一把它们引过来怎么办？而且如果真是老虎和熊这样的大型动物，一枪未必打得死，太危险了！”周欣说道。

“没关系，那我就引它们往另一个方向跑。要是动物不是很多，昊子你就趁机从后面开枪。如果很多的话……”陆林说着犹豫了一下，大片雪花落在他脸上，“你们就别管我，赶紧往南边跑。”

“可是……”众人还待说什么，却被陆林挥手打断：“都别说了，大家还没有意识到现在的情况多严峻吗？我们在暴风雪中遭遇了兽群，这是随时都可能会全军覆没的绝境，我能把它们引开已经是最好的结果了。如果……放心吧，我不会有事儿的。”

他没有往下再说，但大家都明白，兽群能被引开是最好的结果，如果引不开，那众人就全完了。冰冷的空气仿佛在这一刻冻结，风雪中，众人久久没有说话。

陆林不想让这不祥的气氛引得众人不安，没有再多说，笑着做了个胜利的手势，便提枪扭头走进了风雪里。大家从出发走到现在都没有放弃过，每每遭遇绝境都坚强地撑下来，全靠良好的心态。但这几天的跋涉，他渐渐感到众人开始消沉下来，此时风雪与兽群的同时到来，很可能成为压垮骆驼的最后一根稻草。在这个随时可能致命的环境里，失去什么都没有失去信心可怕。

项昊摘下枪，护在众人前面，目送着陆林爬上山梁，什么也没有说。萧卓搂着周欣的肩膀轻轻说道：“不能哭，眼泪会冻在眼圈上的。”

气氛有些沉重。陆林接近山梁之后便开始在雪地里匍匐爬行，大雪瞬间将他覆盖。天地间白茫茫一片，在夹杂着大片雪花的白毛风里，众人已分辨不出他在哪里。

又过了一会儿，一个雪白的人影在山梁上缓缓站起了身，一动不动地看着山梁的另一边，似乎在发呆。

“这货疯了吧？怎么自己站起来了？”罗瑞替他紧张。

就看远处的陆林先是发了会呆，接着竟然扔了枪翻起跟头，一副欢呼雀跃的样子。虽然风雪中听不到他的笑声，但众人感觉到他在放声大笑。接着他挥了挥手，像是想让大家全都过去。

“什么情况？难道雪儿弄错了？”罗瑞说道。

“雪儿，你是不是弄错了？”萧卓问道。

雪儿的表情依然严峻，非常肯定地摇摇头，一脸的戒备，让人感觉她肯定没有弄错。

“不管了，先过去看看！”项昊提着枪大步走过去，只有雪儿在拼命阻止众人，似是对自己的嗅觉非常自信。洛雨安抚了她好一会儿，她才摆出一副准备拼命的架势跟项昊并肩走到了最前面。

这一小小的举动让大家很感动，也许是雪儿真的孤单了太久，所以对于身边的这些朋友格外珍惜。

走近了，众人渐渐听到了陆林的喊声，依稀能听到“野兽”“出来”之类的词。他那股兴奋劲儿还没有退去，似乎真没什么危险，于是大家加快了脚步。

“没有野兽！是个马戏团！找到公路啦！我们出来啦！”

当听清他的话之后，所有人爆发出一阵欢呼，也都长长地出了一口气。找到公路了！他们终于出来了！而且还在一到冬天就人迹罕至的西伯利亚北部公路上遇到了人！

“哈哈哈……山重水复疑无路，柳暗花明又一村！原来是马戏团，马戏团呀！难怪会有野兽，逗死我了！出来了，我们真的走出来了！”周欣笑着在雪地里打起了滚。

“这里怎么会有马戏团？你听说过这边有马戏团吗？”洛雨没有周欣这么乐观，扭头问萧卓。

“姐姐，我不是早跟你说过吗？我那个据点是我到过的最北端了，这里我也没来过，我哪知道？”萧卓翻着白眼回答道。

“别想那么多，先过去看看。有路总比没路好，有人总比没人好。”周伟笑着说道，同时加快了步子。虽然语言不通是个问题，但与穿越冰雪森林比起来，那简直不算问题。

陆林看他们走近，便翻过山梁下去了。众人小心地拉着雪橇一路赶到了山梁上，看到陆林手里端着一杯热气腾腾的咖啡，站在一顶从卡车车身支起的长方形棚子下，跟一个岁数很大的苏联老人聊天，旁边还站着两个年轻人。这辆卡车前后停着几辆车，加起来差不多有七八辆，除了打头的是一辆圆滚滚的小面包，后面是清一色的苏联老式卡车，不过好像都改装过。所有卡车隆起的挂斗上，都套着一层印刷得花里胡哨却已掉色严重的聚乙烯塑料棚。棚子下面盖着厚厚一层棉被似的保温织物，透过塑料棚和织物的缝隙，可以看到里面是一个个笼子。

那些塑料棚上印刷的宣传画中有空中飞人，有老虎钻火圈，还有马术，绘画风格好像把人带回了苏联时代。每辆车宣传画最显眼的位置印有一行大大的俄文，萧卓说那个意思是“尼古拉耶夫马戏团”。

“喂喂，情况好像不是很乐观呀？似乎谈得不太愉快。”罗瑞说道。

众人站在山梁上望去，果然，陆林一直赔着笑脸，但那个老人和两个年轻人都绷着一张脸，一点没有笑的模样，偶尔抬头看一眼山梁上的众人，眼神冷漠。

“我下去看看。”项昊说着要往前走，却被罗瑞一把拉住。

“算了吧你，你去还不得直接跟人打起来？我看还是让伟哥、卓姐去看一下比较好。”罗瑞说道。

“嗯，还是我去吧，不过带着具尸体，咱们最好先统一下口径，不知道林子怎么跟他们说的。要是他还没提到，咱们就说……嗯……”周伟说到这里想了想。

“就说咱们是中国来的救援队，前阵子有个剧组被困在西伯利亚，有个明星失踪了，我们来找他的尸体。现在找到了，要把他运回国去。不然这身古装实在不好解释。”罗瑞说道。

“好蹩脚的借口。看咱这一群老弱妇孺的，哪像什么救援队？”萧卓说道，“不过一时真想不出什么好借口来。幸好这位唐朝猛人兄没变成干尸，不然怎么解释都没用了。”

“别说别人，一会儿你跟人家客气点，别一张嘴就老娘老娘的。”项昊嘱咐道。

商量好，周伟和萧卓一起下了山梁来到车前，陆林还是赔着笑脸，手里那杯刚才还冒着热气的咖啡现在已经结了个冰盖。

看到两人过来，陆林解释道："他们是个巡回演出的马戏团，刚从上扬斯克回来。有辆车出了点小毛病，风雪又太大，他们才在这里停车休息。这位是团长，安德烈·尼古拉耶夫，这两个是他的孙子。"接着他又把周伟和萧卓介绍给了团长。

周伟用国语简单地说了一下众人想的借口，没想到竟然与陆林刚才对安德烈团长说的理由一样，都是救援队来找人的故事。安德烈团长只是对两人面无表情地点点头，又和陆林聊了起来。片刻后两个人才发现，原来气氛并没有想他们想象的那么紧张。

经常行走于大海、冰原、沙漠这些人迹罕至的绝境的人，只要条件允许，一般都有救人的习惯。一来，面对这样的绝境，如果他们再见死不救，遇难者多半必死无疑；二来，他们也不能肯定，是否有一天被施救的会是自己。

安德烈团长原则上愿意带上他们，但两个年轻人却不愿意带上一具尸体，这才半天没有达成共识。这情景落在陆林和萧卓眼里，觉得对方颇有点分唱红脸白脸的味道。萧卓提出给钱，把众人带出这片森林付一万美元，尸体另给两万美元，而且尸体不用放进车里，装进木箱跟他们的道具一起绑在车顶就好。但现在众人身上没钱，只能到达有人的地方再付。

三万美元的高价让两个年轻人心动了，折合卢布相当于数十万，比他们全家人辛苦地演出一场挣的还多。虽然现在拿不出一分钱，但看两个人身上的气场，特别是萧卓那自然而然流露出的贵气，他们相信那绝对是见过很多大场面才能磨练出来的。倒是老安德烈团长似乎不太喜欢萧卓的态度。

谈妥一切，陆林把其他人招呼下来，一老两少依然板着面孔，直到看到雪儿和罗瑞养的两只大金雕，他们才难得地露出了笑脸，一副非常羡慕的样子。总算找到共同语言，气氛也轻松了很多。周欣悄悄问萧卓，为什么这几个人都喜欢板着脸？萧卓说，俄罗斯人有句谚语：无端发笑是傻瓜。这是个不爱笑的民族，但这并不代表他们不好客。

正说着，最前面那辆圆滚滚的小面包车的拉门开了，呼啦啦竟然下来了十多个人。

众人怎么也没想到一辆面包车能挤下这么多人。下来的多是女子，有三四十岁的妇人，有一二十岁的少女，还有两个一男一女约六七岁的小孩子，漂亮得像两个洋娃娃。一问之下，他们才知道这些都是安德烈团长的女儿、儿媳、孙子和孙女。男人们都在开车，女人们挤到了前面的面包车里，现在她们要坐回卡车里去，给肯出大价钱打车的VIP们腾地方。

女眷们好奇地打量着这群中国人，周欣等人也在打量着她们。两个小孩子长得太可爱了，几个女孩忍不住上去亲近一番，简单的举动让大家的距离拉近了不少。一行人坐进了面包车，虽然有点挤，但重新投入现代文明怀抱的感觉非常舒服，已经很破旧的座椅坐上去也让人觉得无比柔软。

马戏团的车队还要多停一会儿，一个中年妇女从搭着篷子的那辆车里走出来，拿着一个铁皮咖啡壶和两个大茶缸，来到面包车前递给他们，示意大家轮流喝点热乎的。陆林项昊和那两个年轻人忙着把尸体装箱，打好包放到车顶。

“安德烈爷爷，你们的马戏团怎么会来到这里呢？”坐在车里的周欣喝了口热咖啡问道。聊天过程中，他们发现安德烈其实很健谈，不过由于语言不通，只能由萧卓翻译。

“我们每年要做一次俄罗斯全境的巡回演出，开着我们的大篷车，从圣彼得堡附近的村庄一直到雅库茨克，从北面的路线来，从南面的路线回去，每年把俄罗斯走一圈。不过我们也是第一次来这里，在雅库茨克演出的时候，一个上扬斯克的人找到我们，付了笔钱让我们去一趟，那个一千多人的小镇什么娱乐项目都没有。我们演完了，才从那边来到这里。”安德烈团长说道。

“西伯利亚东部不是人很少吗？挣不到什么钱吧？”萧卓问道。

“就因为挣不到什么钱，所以马戏团来得少，但这样才有市场，特别是圣诞节前后的一段时间。如果是在圣彼得堡，上座率能达到两成就不错了。”坐在驾驶席上的那个叫艾伦的中年人说道，他是安德烈团长的大儿子。

“圣诞节？过完了吧？”洛雨说道。

“没有，还早着呢。”艾伦回答。

“哎？难道咱们记错日期了？”洛雨自言自语。

“安德烈爷爷，这是你吗？真帅！”周欣指着贴在车顶的照片说道。这些汽车是马戏团的半个家，面包车里贴了不少照片。周欣指的那张黑白照片里，舞台上一个很帅气的年轻人搂着一头狮子。

“是我，那是我年轻的时候。”老安德烈难得笑了笑说道。

“苏联大马戏团？”洛雨指着照片背景里的横幅念道，“您是苏联大马戏团的？”

“过去是，现在不是了。”

“什么苏联大马戏团？”周欣问道。

洛雨解释道：“俄罗斯有三大传统表演项目：芭蕾舞、歌剧、马戏。苏联大马戏团是当时世界上规模最大、表演水平最高的马戏团体。从18世纪起，每一位沙皇都有专属的皇家马戏团，其中的表演者大多以家族为单位，把马戏、驯兽等节目当做家族的终身事业，代代相传。后来，几个当时最顶尖的马戏家族在莫斯科组成了‘莫斯科马戏团’。十月革命后，列宁签署命令，全国的各级马戏团都要归于苏联马戏团旗下。不过真正意义上的‘苏联马戏团’，就是再次融合了很多个马戏家族后的‘莫斯科马戏团’。二十世纪五十年代，他们还曾作为第一批访问中国的苏联文艺工作者，给主席表演过。基本上能进莫斯科马戏团的，都是顶尖的马戏世家才对，怎么……”

洛雨话没说完，不过大家都明白了，她是想问这个安德烈团长怎么混得这么惨。

“你也来过中国演出吗？整个马戏团都是家人？你们不会一直流浪在路上吧？”萧卓一口气问了三个问题。

“五十年代那会儿我还小，作为替补去过中国，但没能上台。不过，前两年我还去北京旅游过。”安德烈逐一回答问题，“是一家人，马戏是要从小开始训练的。我被踢出苏联马戏团的时候，我的团队只有妻子、我的两个儿子和一个女儿。现在，哈哈，我们已经有一大家子人了。刚才那两个年龄小的，就是我最小的孙子和外孙女——阿廖沙和艾琳娜。”老安德烈说到这里似乎很自豪。

“当然不会一直流浪在路上，我们的家在圣彼德堡郊外，每年的演出季结束，全家人至少要歇三四个月，休息、训练，或者去旅游。”他的大儿子补充道。

“那您是怎么离开苏联马戏团的？因为苏联解体吗？”洛雨问道。

“不，在那之前。这要感谢那该死的克格勃和苏维埃！”安德烈嘲讽地说道。

“马戏团里也有克格勃的事儿？”萧卓好奇道。

安德烈回忆道：“1982年，苏联发生了钻石走私案，涉案者有团长、女驯兽师、美工，他们全都被克格勃带走了。我们一些老团员早就看不惯团长的官僚作风，他没少贪，案发以后，我们向克格勃举报了一些情况。当时这是一件大案，共和国功勋演员费多罗娃在家中遇害，珠宝被洗劫，案情牵出了走私钻石的黑手党，还有很多文艺界的人。最后，幕后主使者竟然牵涉到了一些高级领导，我们这些举报过此事的无名小卒，就被克格勃带走了。”

“那后来呢？”周欣在旁边问道。

安德烈回答道：“后来？主持审理此案的克格勃第一副主席是勃列日涅夫的连襟，因为这个案子，他不明不白地死了。再之后，一切都不了了之，我们被放了出来，但也被踢出了马戏团。其实我们什么都没做过，也没有说过谎。他们的斗争跟我们这些小人物一点关系都没有，可就因为多说了两句话，这些混蛋不但毒打了我，还断了我们一家人的生路。”

“这个我听过，费多罗娃珠宝案是当时的一件大案，至今还是个未破的悬案。”萧卓说道，“主审的克格勃副主席茨维贡也在调查过程中自杀了，不过据说当时疑点很多，官方说是自杀，但坊间流传着很多不同说法。大叔，知足吧，遇到这种事，您能从克格勃手里囫囵着出来，只是被开除，已经很幸运啦。”

“我看那些人多半是被拉上贼船作挡箭牌的，他们想发财，还用做走私这种小生意？所谓悬案，大多数时候不是案件有多难侦破，而是有人不想侦破，不能侦破。有些盖子是不能揭开的，因为下面的东西不堪入目。”周伟在一旁说道。

听了萧卓的翻译，安德烈很赞同周伟的说法，点头道：“走私对他们来说真的是小生意。”

萧卓扭头对安德烈道：“这个话题太沉重了，还是聊聊您的家族吧。您的马戏团也是马戏世家吗？”

“是的，严格来说，我们是个驯兽世家，从我的祖父开始就在和野兽打交道。我已故的妻子以前是空中飞人，她把这项技能传给了两个女儿。我的两个姑爷，当时是其他马戏团的年轻演员，因为爱，后来也进入了我们的大家庭。”老安德烈说道，提到家人，他似乎很满意现状。

“你们打算来中国演出吗？听说前几年经济状况不好的时候，很多苏联著名的芭蕾舞团、马戏团都来中国走穴呢。”萧卓问道。

安德烈摇头道：“没打算，成本太高了，不是我们这种小马戏团能应付得来的。听说前两年原本分散到乌克兰、立陶宛等国的马戏团又重新组成了莫斯科大马戏团，他们去过中国演出。我们这样也挺好，一家人开开心心，不用被人管着。而且一些每年必去的小镇和我们关系很好，很欢迎我们。当年来看我们一家人表演的小孩子，现在带着他的孩子来看，这种感觉很好。”

“那我们可以看马戏吗？”周欣问。

“当然可以，要到有车站、机场的地方，还要经过好几个交通不发达的小镇。在这些地方，你们连幕后都能看得到。”艾伦答道。言下之意也是在暗示众人，他们不会为了送他们而结束沿途的演出。

“后面那些车上全是野兽吗？看上去真多。”雪儿说道。这么多猛兽同时出现的情况，她真没有碰上过，虽然没有扒开罩子看，但光闻气味她就知道了。与大家不同，她是用看待食物的眼光来看待这些野兽的。先前众人说她是西伯利亚的向导，虽然安德烈感觉她的穿着怪怪的。

艾伦点头道：“全是动物，不过不会全都上台，有些已经太老了。我们可没有公办马戏团那么好的条件，动物老了可以送它们到动物园养老。它们中很多都是从小被我们买来训练，是我们看着长大的，在舞台上为我们表演了一辈子，和整个家庭的感情很深。现在它们老了，该安享晚年了。我们会尽力照顾好它们。”

“哈哈，是呀，现在团里最老的棕熊贝利亚，当年就是艾伦一手把着娃娃，一手抱着小熊一起喂大的。”老安德烈团长笑着说道。

“他也是喂动物的，动物园的饲养员。”萧卓指着罗瑞，说完才意识到说漏嘴了，连忙又补充道，“救援队只是兼职。”

“哦？北京动物园吗？你们有动物要卖吗？”艾伦很感兴趣地问道，似乎没注意他们的身份问题。

“没！绝对没有。”罗瑞坚定地摇头道。

车窗上结满了霜花，透过后窗可以模糊地看到后面陆续有人下车，跑到搭着篷子的那辆车跟前要东西吃。那似乎是辆餐车，在他们搭棚表演的时候负责贩卖食品。这家人大概习惯了这种停停走走，随时钻进餐车吃点零食的生活。又耽搁了一会儿，风雪小了一些，古尸被装进箱子放到了车顶，后面的车也修理好了。流浪的马戏团再次启程，车队缓缓行驶在森林中白雪覆盖的公路上。

老安德烈拿着地图说，再向前走两三百公里有一个小镇，那是他们今晚的落脚点，可能会在那里耽误一到两天举办一场演出。不过同时也提醒众人，如果雪还是这么下，往后的路上不能开快车，如果赶不到有人家的地方，可能就要在森林边上宿营。但他让众人别担心，这些小问题难不倒尼古拉一家人。

“也难不倒我们，我们赤手空拳在森林里转悠好几天了！”周欣自豪地说道。她还想说雪儿都在森林里生活了很多年，不过还好没说出口。

风雪中，车队渐行渐远……

另一边，在大雪覆盖的森林深处，一个人在冰原中孤独地跋涉了好几天，他是赵元凌。现在，他终于回到了先前的营地附近。

“凌哥，你回来了！辉哥呢？这两天找不到你们，我们都急疯了。”一个队员手里提着只大皮箱，在这里等候多时，他是被赵元凌叫出来的。

“他们遇到了点麻烦，我先回来了。我叫你出来的事儿，你有没有告诉别人？”赵元凌问道。

“没有。你说事关重大，队伍里混进了内奸，我又不知道谁是内奸，怎么敢跟别人乱说？你叫我带的东西我也带来了，内奸到底是谁呀？”来人回答道，说着把大皮箱递了过去。

“做得好！”赵元凌赞许地接过皮箱，同时另一只手一挥，风雪中一道闪光在他指间迸现。来人只觉得脖子处一凉，还没反应过来就听赵元凌又说道：“内奸就是我。不过从现在开始，内奸是你了。”

在风雪中走了一天，积雪越来越厚，路也越来越不好走，好在马戏团在天黑之前来到了目的地。此时雪已经很小了，他们把车停到小镇的边缘，找了一块比较宽敞的空地准备开始搭帐篷。由于公路一路向南，此时几百公里开下来，气温回升不少，不像先前在北极圈附近那么冷。

马戏团打算今天把帐篷搭好，贴出海报，挂起彩灯，明天开始演出。男人们开始从两辆车上卸下各种支架，女人们带着小孩拿着一摞摞崭新的双面胶海报走进小镇，整个马戏团里，似乎只有这些海报是新的。

那辆一路上提供食物的车又把篷子搭了起来，还挂起了霓虹灯。两个中年妇女一面做着众人的晚饭，一面把要贩卖的小食品和各种玩具放在架子上。卡车上的布套被掀开，让闷了一天的动物们透透气。

陆林一行人上去帮忙，洛雨几个女孩子都进了镇。从蛮荒的冰原回归人类社会，要做的事情实在太多，至少也要先洗个澡，地图、手机各种东西一样都不能少。萧卓的问题也暴露了出来：她一旦能和外界取得联系，会不会再做出什么不利于大家的事？实在不好说。

老安德烈也进了镇子，初到贵境，少不了要跟地面上的人打个招呼。当一串串彩灯被挂起来，两只破旧的大音箱放起了音乐和马戏团的介绍时，气氛一下子就出来了。众人仿佛置身于热闹的游乐场，食物的香气吸引来了一些小孩子。

第一次走出森林的雪儿对这一切既好奇又陌生，开心得像个孩子一样。她还动手去抢镇上孩子买的食物，一旁的罗瑞看到连忙制止，不得不自掏腰包给她买了零食。不知道是不是雪儿身上有什么奇怪的气味，那些笼子里的动物看她离近都往后躲。

共同劳动让两方人熟悉了很多，安德烈一家人为了省钱会住在帐篷里，陆林等人决定进镇找找有没有旅馆或者愿意留宿的人家。他们在森林里走了太久，需要好好整理一下。

当夜，众人住在了镇长家，镇长非常欢迎这些少见的中国客人，他把俄式二层小楼的二楼腾给了他们。大家围坐在一起，主要是想讨论萧卓的问题。可一起经历了这么多，谁也不好意思先开口，最后还是项昊起了头："萧卓，你说吧，你想怎么办？大家在一起这么多日子了，有话直说，别回头玩阴的。"

"我不想怎么样。刚才我连手机都没买，态度已经很明确了，我没想联络家里人，决定跟着你们一起走。别忘了，马戏团的账回头还得我来结。"

萧卓说道。虽然众人一再否认，但她非常肯定他们此行的目的。

“那……如果我们到达目的地了呢？”周伟问道。

“到时候的事，到时候再说，我承诺不了什么。但如果你们不带我玩，等我回去马上全力堵截你们！”萧卓回答道。

# 第十八章　再遇训练营

“嘿！我说，你这女人怎么跟狗皮膏药似的？大不了我们不玩了，直接回国！”项昊不乐意听了。

带着不是，丢下也不是，大家有些为难。主动权似乎全掌握在萧卓手里，她依然是一副吃定他们的样子，谁让这个女人背后的势力这么大。

“大不了这样，到了目的地，就算我有什么打算，也会先告诉你们，咱们把一切都摆在明面上解决。”萧卓撇撇嘴道。

“要不就先这样吧，至少到达目的地之前我们可以安心。但要先说好，一旦你有什么异动，我们立即放弃这次行程。”周伟说道。项昊还想说什么，却被周伟止住了。路还长，会有无数的变数，眼前没有太好的办法，只能先把萧卓稳住徐图后计。

转眼到了第二天，大家一觉睡到中午才起。从离开北京开始，这还是他们第一次真正意义上的睡在床上。马戏团的演出准备开始了，由于镇上的人不多，安德烈一家也没想多演，从下午三点到晚上七点每两小时一场，现在是观众等候时间。

众人来时，不算太大的马戏棚里坐了不少人，看来小镇上平时确实没什么娱乐活动。一匹白马被打扮成了独角兽的样子拴在帐篷前，引得家长带着孩子争相拍照，当然，这是要付钱的。棚里并没有让观众们干等着，两个小丑在表演简单的搞笑杂技，时不时能听到孩子们的笑声。两个小丑画得满脸是油彩，以至于众人都认不出来他们是谁了。问过旁边的年轻人，才知道那竟然是安德烈和艾伦。他们是马戏团里最年长的，这种比较轻松的演出由他们来完成。

又过了一会儿，表演终于开始了。马戏团的各种动物纷纷上场，在不同驯兽师的带领下陆续进行着或灵巧或滑稽的各种表演。昨天大家认识的安德烈家族成员，此时在台上如同换了一个人般神采奕奕，明艳照人。

“我说，”罗瑞撞了下陆林的胳膊说道，“这家人不简单呀。刚才我数着，那几只狼和后来的狗熊都表演了三十几个动作！”

“怎么了？”陆林问道。

“你不知道，在国内的时候，有次我去马戏团领一只老黑熊回园里，跟那里的驯兽师聊过天。他说其实驯兽是件非常困难的事，一般的驯兽师，能让动物掌握十几个动作就非常不错了。就算是在欧洲，能把动物训练出二十多个动作的，都算是著名驯兽师了。刚才表演的几组基本上都是能做出三十多组动作呀！”罗瑞说道。

“那你回头倒是可以好好跟他们请教一下，反正回去了你也是跟动物打交道，利用职务之便开展个第二职业也不错。”陆林不以为意地说道。

老虎钻火圈之后，表演进入了高潮，几个空中飞人登场表演起了不借助任何道具的人体支撑。这下连项昊都开始叫好了，很多动作他和陆林也无法完成，可那些年轻男女似乎非常轻松地做了出来。台上精彩不断，周欣等几个女孩子也一直在台下叫好，只有雪儿对这些视而不见，盯着孩子们手里的食物流口水，一个劲儿央求众人给她买。斗兽也好，空中飞人也好，这些都是她的强项，对她来说，还是美食的吸引力更大一些。

表演一直持续到晚上，连续三场表演过后，安德烈一家人累坏了，边吃饭边算着账。陆林等人和他们一起，对今天的表演大加赞赏。其实这只是马戏团里普通的一天，观众很难看到演员的另一面。比如一家人流浪在旅途中的孤独。两个年纪最小的孩子很可爱，但大多时候他们和动物在一起，很少有机会与同龄孩子一起玩。

夜里又下起了雪。考虑到小镇的人口太少，他们决定明天启程去下一站，当夜收拾东西重新装车，争取明天早一点儿出发。

第二天一早，马戏团又启程了。经过两天的接触，大家不再那么生疏，罗瑞在萧卓的翻译下真和老安德烈聊起了驯兽的诀窍，而陆林、项昊则向几个年轻人请教空中飞人和人体支撑术。周欣和水静带着雪儿混到了那辆餐车上，准备慷萧卓之慨大吃一路，到地方一起算账。风雪中，车队缓缓行进着。

“安德烈大叔，你们好厉害，竟然能驯服动物们表演那么多动作！”罗瑞说道。

艾伦很得意："那当然，我们家族还在沿用最古老的法语驯兽口令，那是几百年前马戏团刚出现时最早的驯兽语言。这是驯兽师家族代代相传的语言，一般的驯兽师可不会。"

"兄弟，那你回头教我几句怎么样？"罗瑞死皮赖脸地套近乎。

"那要看你的表现了伙计。"艾伦说完又叹了口气，"不过和这些大家伙们在一起，特别是它们不高兴或者饿了的时候，我能清楚地感觉到它们想袭击我，甚至想吃了我。和它们相处的那种感觉，和马、狗是明显不一样的，野兽就是野兽，会再多的驯兽语言也驯服不了它们的野性。"

罗瑞点头道："还真是这样，野兽和被驯养的家畜完全不一样。就像狗，大家都知道狗是由狼驯养过来的吧？但小狼和小狗就是不一样，狗对人类有一种天生的亲近感，但狼就不行，哪怕是从小养大的，野性上来了也控制不住。这就是天性，已经写进基因里了。原始人对动物很有一套的，猪牛羊鸡鸭鹅还有马和狗这些家禽家畜，其实都是从野生动物驯养演化过来的。但那是发生在很久很久以前的事，在近一万年里，人类没有再成功驯化过任何新的物种。"

"是呀，也不知道那些原始人怎么做到的，只有常年跟动物打交道的人，才知道驯服一只动物有多难，更别说成功驯养一个种群了。"艾伦深有体会地点头道，"想知道驯兽口令吗老兄？那你真得给我点好处才行，其中一些从古希伯来语里演化出来的古老口令，即使对待在野外碰到的野生动物，都是很有效果的！"

众人聊着天一路行到中午，开车的艾伦突然兴奋对安德烈说道："爸爸，你看那边！"

顺着他指的方向，众人看到公路边伸出了几条宽阔的马路。两百米外，可以看到一个大广场，再往里走，两边有很多建筑。这似乎是一个非常大的镇子，比他们先前演出的那个小镇大了好几倍。

"太好了！这个镇估计能有几千人，我们开进去。"安德烈高兴地说道。他们预计晚上才能到达下一个落脚点，眼前这个大镇子实在是意外之喜。对于四海为家的流浪艺人来讲，人越多的地方越适合他们演出。

"爷爷，你来过这个镇吗？地图上好像没有呀。"翻着电子地图的伊戈尔说道。

“我也没来过，要不是去上扬斯克，咱们也不会走这条路。”安德烈说道。车队缓缓驶下公路，正准备开进广场的时候，却被站在路口的两个大个子拦住了。

“嗨！老头儿，干什么的？”一个身穿迷彩、留着板寸头的壮汉问道。当看到坐在面包车里的萧卓等女子后，他一脸惊喜地问道：“你们是马戏团吗？太好了！快进来快进来，我们这儿好久没有热闹过了。”

“你们……”老安德烈看到那壮汉的一身打扮还有胳膊上的刺青，有了一丝犹豫，“你们这里叫什么镇？”

“我们这里是公司。别犹豫了老头，这里的人都很有钱，很寂寞的，有很多钱可以挣，快进来吧！”另一个壮汉大笑着说道。他从后腰里摘下了对讲机说道：“有个马戏团来了，我放他们进来啦，有很多漂亮妞儿！”

安德烈隐隐觉得有什么地方不对，但架不住两个壮汉的催促，还是把车开进了广场。穿过公路两边的森林，他们才看清这个广场的真容。这哪里是什么广场，倒更像是个体育场，还有几队人在外围的跑道上跑圈，冰天雪地里上身只穿黑色紧身背心，已经跑得满头大汗。看到马戏团的车驶进来，一些正在活动的小队顿时围过来，几乎是清一色的壮汉。

“咱们好像来错地方了，这哪像什么公司呀？”罗瑞小声说道。

“这次怕是真的走错地方了，也许是家 PMC 的训练营。”萧卓一脸凝重地说道。

“PMC ？生产及物料控制？”洛雨问道。

“是 Private Military Contractor，私营军事承包商！ MPRI 听过吗？”看众人一脸迷茫，萧卓说道，“黑水总听过吧？被美国政府雇佣打伊拉克那个！”

“听过，黑水保安公司嘛。1998 年由 6 个退役老兵成立，借着阿富汗和伊拉克战争的东风一路发展，在伊拉克有数万雇员，号称是全球最大的保安公司。”项昊如数家珍地说道，他猛地回过味来，“你是说，这里是个雇佣兵团的训练营？乖乖，这可比你那个训练营气派多了。”

“什么全球最大，黑水不过是比较高调而已，在美国本土，它最多也只能排进前四。我那个纯属私人性质，这种可是打开门做生意的。佣兵我了解，里面可没多少好人，这下糟了。”萧卓说完就用俄语对安德烈说了一遍，他的脸色也变了：“上帝啊！西伯利亚怎么还有这样的地方？雇佣兵不是只有法国才有吗？”

“你们一家还真是老实人。苏联解体后，哥萨克人在国际佣兵市场上很受欢迎。几年前的新闻听过吧？在车臣剿匪的90个哥萨克伞兵和2500个悍匪激战了三天三夜，战斗到最后一刻，只有6个人生还，这在当时可是轰动俄罗斯的大事。国际市场上的俄罗斯籍佣兵，可不一定都是出了国才受训的。而且，谁说西伯利亚的训练营就一定是俄罗斯的？”萧卓说道。

“怎么办？怎么办？”那些壮汉眼看着就到车前，老安德烈急得团团转，现在想走怕是也不容易了。

“羊入虎口呀，该死！你们谁把手机借我一下？我要打个电话，这次想不联系都不行了。”萧卓着急地说道。

“卓姐，MPRI是什么，是不是就是那个？”周欣指着窗外问道。那是广场边一座相对高大的建筑，屋顶上有一排企业标志，第一个就是MPRI。

“MPRI，军事承包领域里低调的深海巨兽，黑水每年从美国政府手里接到的订单还不到它的零头，号称公司里每平方米的将军比五角大楼还多！”萧卓一边回答一边从洛雨手中接过电话。当她抬头看到那一排标志时，手一抖，电话掉到了地上。接着她也不再打电话了，沮丧地把手机还给了洛雨。

“怎么了？”洛雨问道。

“看到最后一个标牌没有？那是我们家的，这个电话我没法打了。”萧卓说道，那是一个狼头的标志。

“这里你们家也有份？那不就好办了？”项昊说道。

“好办个屁！这里的产业都是大老爷家的，跟我不是一条心。不怕告诉你们，我这次来西伯利亚的事绝对不能让他们知道。我在这边的势力不及他们的十分之一，如果让大老爷家知道了你们此行的目的，谁也别想活着走出俄罗斯！”说着她一阵泄气，垂头道，“上层势力调动不了，这次老娘是彻底没辙了，全靠你们了同志们。”

此时跑过来凑热闹的一队人到了车前，后面几辆车上的马戏团成员不明就里，下车开始卸东西。刚才站在路口的两个壮汉也跟了过来，敲着车窗对安德烈喊道："老头儿，快点儿下车，快点儿搭帐篷！我们要看姑娘们的演出！你们这里有钢管舞吗？"

"那个……对不起，对不起，我们好像走错路了，我们现在就走。"安德烈哆嗦着说道。在他的潜意识里，几千佣兵就是几千有武装的流氓，这可比超级狼群难对付多了。

"你什么意思？以为我们付不起钱吗？"那壮汉顺着窗口甩进来一沓钱，而且全是美金，声色俱厉地喊道，"钱你已经收了，想走没那么容易！"

陆林和项昊对望一眼，又看了看车上的大小美女和马戏团的女眷们，不由想起中国的那句老话："当兵满三年，母猪变貂蝉。"看这群吊儿郎当的雇佣兵，他们这次怕是送羊入虎口了。

围过来的人越来越多，佣兵们嬉笑着，对着洛雨等女子吹起了口哨。安德烈被先前路口的壮汉揪下了车，看到场面越来越混乱，他不得不先应承下来，让壮汉把人支走，等马戏团准备好了再来。那壮汉似乎有些地位，还真把几队围观佣兵说走了，但也留下几个人看守着。

"别担心老头，我们不会为难你的。在这鸟不拉屎的地方，实在太寂寞了，好好演出。这里的人都很有钱，而且非常舍得花钱。嘿嘿，如果你愿意的话，"壮汉似有所指地看了眼马戏团里几个被吓坏了的小女孩，"你可以从这里挣走很多钱。"

看实在走不了，安德烈也只得招呼家里人开始搭帐篷，却再也没有放音乐挂彩灯，暗暗念着上帝保佑。

萧卓宽慰他道："你也别太担心了安德烈大叔，至少他没说假话，这里的人都很有钱。佣兵的收入一般不错，驻伊拉克的美国佣兵每天光津贴就1000美元，还不算别的收入。很多年轻人参加法国的外籍兵团，就是为了干满十五年，在三十多岁的时候退休。像这样设立在西伯利亚深处的训练营，还真是缺少娱乐项目，好好演吧，这些佣兵不把钱当钱的。"

好在现在是白天，训练营里的训练还在继续，安德烈一家人搭起了马戏棚。陆林和项昊留意着那些训练的雇佣兵，他们纪律相对散漫，整体水平和特种部队还是有不小差距。

“伙计们，没想到我们这么快又见面了。”一个声音从远处传来。

陆林愕然回头，旋即露出了喜色。来人竟然是他们刚进俄罗斯时在边防站遇到的特种兵——雪狐索科洛夫和白熊安德列。

“天啊！你们怎么会在这里？”陆林惊喜地问道。

“这个说来话长，咱们换个地方聊。”雪狐示意他不要多说，反而盯着陆林问道，“你们不是旅行者吗？怎么看上去这么狼狈，还跟马戏团混在一起了？”

“别提了，如果你在北极圈附近的森林里走上两周，肯定还不如我们。我们迷路了，要不是这个马戏团，我们大概还在森林里转悠呢。”陆林又扭头对其他人说，“我们遇到个熟人，去聊一会儿。”说完跟着雪狐走了。众人的心稍微放下了一点，也许事情有转机。

雪狐带着两人穿过广场，走进了一座营房，白熊见了项昊也很亲热，虽然两个人都不知道对方在说什么。他们走进一个四个人的房间，这里条件不错，卫浴一应俱全。雪狐示意白熊守在门口，然后和陆林聊起了来此地的原因。

“上次见面跟你说过了，我们这次的任务是寻找一股从北高加索流窜到远东的恐怖分子。离开边防站后，我们去了伊尔库茨克，可一直没找到他们的踪迹，他们就像从西伯利亚蒸发了一样。后来我们收到消息，他们曾在东北部出现过，于是我们扭头折返来到这里。这里算是东西伯利亚一个比较大的据点，它可不只是训练佣兵那么简单。”

“你是说，你们是混进来的？这里不只训练佣兵，还训练恐怖分子？”陆林问道。

“不训练恐怖分子，只是跟他们有些联系罢了，他们很可能在这里落脚。我有个过去在‘信号旗’的老朋友，现在在这里做教官，于是我们混了进来。记住，不要暴露我们是现役军人的身份！”雪狐强调道，“其实这里的人员流动很频繁，被送过来的一般都是佣兵和准佣兵，短期培训三个月，长期培训一年，常驻的只有几大公司的工作人员和教官，总人数常年保持在5000左右。呵呵，其实这里还有一个更有趣的身份。”雪狐神秘地笑了笑。

“什么身份？”陆林问道。

“你知道，所有大公司在光鲜的外表下面，总有些见不得人的东西，更别说这些战争承包商了。”雪狐向窗外的那些标牌努了努嘴，“残酷的环境，高明的教官，人迹罕至的位置，给他们提供了一个干脏活的好地方。这里除了刚才提到的5000人外，还有500人常驻，他们会在这里接受3到5年的训练，专门为大人物提供服务，有的人离开这里就死了，大多数人活不过50岁。跟他们比起来，那些佣兵简直就是乖宝宝。”

“你是说，杀手？”陆林狐疑地问道。

“杀手、保镖，但最多的还是黑市拳击手。西伯利亚出来的拳手，在全世界的地下格斗场里非常受欢迎，就像这里的寒风一样，会让对手战栗。”雪狐笑得有些残酷。

“嘶……”陆林倒吸一口冷气，那种不死不休的地下拳赛他也听说过，但那些故事离中国太遥远了，“这里简直就是个毒瘤，你不是现役军人吗？怎么不上报铲平它？”

“你觉得在满天都是卫星的今天，这么大一座训练营真的藏得住吗？别幼稚了陆，没有上面的默许，那些美国佬怎么会把营地建在这里？”雪狐说道，“你们应该担心自己才对，这里的纪律比起法国的外籍军团差远了，现在是白天，大多数人在训练，一旦到了晚上，你们的麻烦就大了。这里的生活很枯燥，那些兵痞更是很久没见过女人了。”

“我明白，可进来容易出去难呀，你能帮我们离开这里吗？今天就走。”陆林问道。还不待雪狐回答，广场上就传来了一阵喧哗声。

另一边，看到陆项二人跟着两个俄国人离开，安德烈一家不明就里，洛雨道明原因，他们也松了口气。边上有人看着，帐篷还是要搭，白天演一演没关系，只要今天能离开就行。罗瑞周伟几个人凑在一起聊天，时不时还会有人跑过来看热闹。过了一会儿，一个陌生的声音从背后传来：“你们是中国人吗？”对方竟然说的是国语。众人回望，发现是个高大的年轻人，黑头发，黑眼睛。进入俄罗斯后，他们很少看到东方人，没想到在这里还能遇到同胞。

“是呀，小伙子你也中国人？在这里做佣兵？”罗瑞问道。

“嘿嘿，算是吧。我听说有个马戏团来了，还有东方美女，就过来看看。我叫李飞虎，大家都叫我彪子。”来人答道。这人比项昊矮一点儿，但比项昊还显粗壮，国字脸板寸头，举手投足间有一股憨气。

聊了一会儿，大家发现这个彪子的外号真没有取错，好像脑子里缺根弦，说起话来彪乎乎的。而且这人竟然不是来当佣兵挣钱的，反而自掏腰包交了一大笔培训费，每年 5 万美元，已经学了三年。

“你为什么这么做呀？这不是花钱找罪受吗？”水静问道。

“你彪子哥我从小就是武术冠军。四年前有次打擂，差点儿让人给我打残了，哥我就发誓，一定要成为最强的人！这里的训练就是玩命，教官个个都他娘的是王八蛋。但是，哥来的时候就立誓了！”说到这里，他表情严肃起来，用那憨憨的声音郑重地说了一句非常不着调的话，“我走向地狱，穿过魔鬼林立的山脉，我无所畏惧！总有一天，我要成为这山中最强大的魔鬼！”

“这话怎么听着这么耳熟呢？”周欣在一边喃喃说道，之后猛地想起了什么，目瞪口呆地惊呼道，“啊！是你！我想起来了，你是在 K19 上写过留言簿的那个家伙！”

“什么留言簿？”他被说得一愣，“啊我想起来了，哥那个誓就是在火车上立的，你们看到了？缘分啊！”彪子摸着脑袋哈哈大笑道。

“彪子，你能帮我们离开吗？我们想走，他们不让。”洛雨说道。

“没问题，哥们儿就是这里的一霸！”彪子话还没说完，就听到身后有个人用俄语阴阴地说道：“老虎，这些小妞是你的朋友吗？给兄弟们介绍一下呀。”

说话的是几个外国人，光头，胳膊脖子等露出来的地方全是刺青，看起来不像好人。

“滚！这里没你们的事儿。”彪子脸一沉，又扭头对围观的佣兵说道，“都别看啦！散了散了，他们要走啦！”那些佣兵好像很怕他，悻悻地离开了。

“等等！这里不是你说走就能走的。”光头又说道，他身边的人也围了过来，看架势是不准备让他们走。“你又想打架了是不是？”彪子怒喝道。

“你这个粗鲁的家伙，不能因为你一个人破坏大家的好心情，是不是呀伙计们？”那光头叫道。还没走远的佣兵听到了，也跟着起哄。

“彪子，你不说你是这里的一霸吗？”罗瑞小声问道。

“是，但他们一伙是另一霸。”彪子有点为难地说道。他再傻，也知道众怒难犯的道理。

“这里没其他中国人吗？”周伟问道。

“有，但不是很抱团，真有事儿指不上他们。”彪子答道。

营房里，陆林透过窗户看到有个陌生的中国人似乎在为他们出头，几个人被围了起来。

“你知道的陆，在这里我也算外人，这个口不好开，他们也不会信服我……”雪狐站在他身后说道，“那几个人打扮不像是佣兵，恐怕就是我刚才跟你说的那种人。事情难办了，这些家伙都是些亡命之徒。”

“你就一点儿办法都没有吗？”陆林问道，“可不可以找这里的高层谈谈？”

“呵呵，这里的高层？无非是大流氓带着一群小流氓罢了。办法倒是有一个，但是非常危险。围着你朋友的那些人是拳手中不小的一股势力，只要能说服他们，你们肯定可以安然无恙地离开，佣兵们也不会拦着。但想说服他们，却是件很危险的事儿。”雪狐说道。

“你是指用拳头说服吧？”陆林问道。

“嗯，面对几个人解决问题，总比面对几千人要好，但是会很危险，非常的危险。那些家伙是靠拳头吃饭的，你们几乎不可能赢。”雪狐说道。

正说着，下面的吵闹声更大了，隐隐有要打起来的意思，陆林坐不住了，拜托雪狐去找他认识的教官，实在不行就只能用那个办法了。他招呼一声就和项昊跑出了营房。

广场上，彪子这边也来了几个帮手，和光头一伙越说越僵，双方似有宿怨。陆项二人了解了情况，和彪子相互认识了一下，便让他别那么激动，把他拉到了旁边小声聊了起来。提及在路口遇到的那个壮汉，他竟然是此处职位不低的一个教官，事情愈发难办。陆林说了雪狐出的主意，又问彪子有没有更好的办法。可惜这人似乎头脑太过简单，连连称雪狐那个办法就是最好的办法，自己没有主意，但愿意出力，打起来算他一个。

一会儿工夫，雪狐带着他认识的教官来了。当听到陆林说打算用拳头解决问题一对一单挑的时候，这里所有的人都笑了。他们太了解自己的拳手，这简直不是打赌而是来送死。路口的大汉哈哈大笑道：“赌啦！赌啦！如果我们的格斗家连你们几个路人都打不过，那这里所有的人都回家抱娃娃吧。”

“没问题，五局三胜，但比赛要定在晚上。等我们人齐了，格斗中心擂台上见。”光头阴笑着对洛雨等人说道，“小妞们，如果我们赢了，你们今天谁都不许走，任我们处置。”他还是耍了一个花招，欺负陆林他们人手不足，刻意把场次安排得多了一些。

“你们靠不靠谱呀？这太危险了！”当听说这里还有黑市拳手，萧卓着急地说道。

陆林双手一摊：“我也没有更好的办法，反正咱们就这几个人，从五个人里杀出去总比从5000人里杀出去要容易得多。而且也不是一定要守规矩，实在不行你就找你家大人，先解了围再说。又或者，到了晚上，你让马戏团的人把东西收拾好，趁着热闹赶紧跑，别管我们。”

一群路人甲要对战西伯利亚最顶尖的格斗高手的消息传出，寂寞的训练营沸腾了……

最后商定的结果是，收了钱的马戏团下午仍然卖票演出，晚上在格斗中心举行五对五的比赛，没有量级的限制。由雪狐的朋友、路口的壮汉、光头、彪子四个人做保，输的一方要愿赌服输，不得赖账。光头还想把女眷们当成赌注，却被陆林等人严词拒绝，只肯拿能否离开当赌注。但谁都明白，一旦他们输了，怎么也逃不过任人宰割的命运。如果陆林等人赢了，不但今天可以离开，还会得到开赌盘口的一成抽成。是的，既然是赌局，自然有人愿意作庄家开盘口，两方赔率1赔10，没人相信马戏团的小丑们会赢。

安德烈一家惶惶不安，他们虽然技艺精湛，却真的是一家老实人，玩杂技可以，玩命不行。其实他们最不放心的是陆林等人的实力，他们一行人算到一起才四个男人，看样子能打的也就项昊一个。这样的阵容，几乎没有赢的可能。

马戏团的演出开始了，吸引了不少佣兵来看，但大多数人感兴趣的不是野兽，而是那些穿着暴露的女驯兽师和空中飞人。调笑声、口哨声时不时从马戏棚里传来，如果现在不是白天，真不知道这些人会做出什么事。

帐篷外，罗瑞担心地说：“你们这决定做得太草率了。我看过几篇介绍黑市拳赛的文章，听说世界顶级的黑市拳赛死亡率接近100%。绝顶高手们一般都保持着只差一场就全胜的记录，输的那一场就是最后一场，明白什么意思吗？输就意味着非死即残！多少地下拳王都出自西伯利亚，听说真的高手身体就像机器一样，两条腿像铁柱，可以踢断钢筋。只要一脚踢实了，就可以把脊椎踢断，一击毙命！实力悬殊的比赛，有时一分钟里就有人死亡。这些人很冷酷，他们只关心两件事：一是性命，二是奖金。”

“你那是小说看多了，哪有那么厉害？世界顶级的拳击比赛，看上去也没有三流电影里拍得精彩，别太相信谣传。”陆林听着也有点怵，故作轻松地说道。

“其实……”边上的彪子说道，“如果是很细的钢筋，我也能踢断。”

……

“没什么啦，如果打不过，咱们就跳下拳台认输呗。”陆林继续故作轻松。

“那个……”彪子又说道，“比赛不是在拳击台上，而是在铁笼子里。”

“什么？”众人惊呼道。

“黑市拳赛都是这样，你连这都不知道也敢答应下来？陆，你的胆量比你的身材大多了。”雪狐在一旁笑着说道，“在笼子里也是可以认输的，但对方肯不肯接受投降，就要看他的心情了。不过放心吧，我会让我朋友帮忙制止的。而且，我愿意替你们分担一场。”

“真的？”陆林惊喜道。

“我对西伯利亚的拳手闻名已久，说真的，我也想试试他们是不是真的像传说中那么厉害。不过事先说好，如果打不过，我会认输，不会真的和这帮亡命徒拼命。”雪狐又扭头问彪子，“老虎，我可以这样叫你吗？这些拳手有什么弱点吗？”

彪子想了想说道：“有！他们耐力一般都不好。龟缩着不进攻会被人耻笑，所以我们基本上一上场就会全力以赴，体力的消耗非常大。如果能挺过一二十分钟的攻击，往后就好办了。”

“在一击毙命的攻击里挺一二十分钟？这也算弱点吗？”罗瑞惊呼道。

“算上彪子，我们凑够四场了，剩下一场交给我吧。”水静自告奋勇地说道。

“你不行！你还小，而且量级差太多了。我明白，太极以柔克刚，你想拖，但档次差太多也会克制不住吧。不用为最后一场发愁，别忘了，咱们还有一件终极人形兵器呢。”陆林说着看了一眼坐在旁边悠闲吃着糖果的雪儿，“而且，真正的比赛在场下呀。”

转眼到了晚上，马戏团的表演结束。很多白天在外面训练的佣兵也都回来了，听说晚上有屠杀擂台，一个个跑去下注，赔率从 1 赔 10 一路飙升到 1 赔 40，而且还在涨。这些佣兵真的很有钱，下注最少的都有两三百美元。没人看好陆林他们，特别是听说还需要有女孩出赛的时候。

众人吃过晚饭后被安排到了一间营房，安德烈一家人都被下午的佣兵吓坏了，他们有些埋怨陆林等人，不该打这场赌。打探消息的彪子回来了，对众人说道："问清楚了，今天准备出场的是'绞肉机''火山''鲨鱼''铁幕'和'兽王'。前三个还好，只是中等偏上的水平。但铁幕和兽王两个比较麻烦，他们不是学员，过去是苏联的克格勃，现在在这里做教官。铁幕交给我，兽王你们想办法，其实我也没有必胜的把握。"他把自己当成陆林一方最强的，于是主动把难对付的一个揽了下来。他现在也有些后悔，当时不经大脑地赞同了这场赌局，看看对方的阵容，再看看陆林这边，赢的几率太小了。

和雪狐一同出去的周伟和陆林也回来了。一屋人脸色都不好，他们俩还有说有笑，一副胜券在握的样子。陆林笑着说："安德烈大叔，你们下注没有？我们想下来着，可身上全是卢布，而且不多。"

"你是说买你们赢吗？听着陆，你们愿意为我们出头，我真的很感谢，可你们能赢吗？"安德烈忧郁地问道。

"随机应变吧，放心，不会有事儿的。"陆林安慰道，又扭头对同伴说，"实在不行，我们不是还有萧大姐嘛。"

这时一个佣兵出现在门口，一脸嘲笑地说道："比赛要开始了，出来吧小丑们。"

一行人跟着佣兵走进了格斗中心，这里并不是训练场，而是为富豪们准备的真正赛场。四面全有看台，现在上面已经坐满了佣兵，他们是来看屠杀的。看着这些嗷嗷叫的佣兵，陆林冷笑道："真是不明白这些赌徒是什么心理，自古说十赌九骗，可他们还是一厢情愿地相信，所有的赌局都是公平的。"

"说吧，到底想到了什么办法？看你一副胜券在握的样子，是不是和开赌的人商量好了？"洛雨在旁边问道。

## 第十九章　黑市拳赛

“嘿嘿，还真瞒不过你。其实只要跳出来想一想，就会发现这场比赛很扯淡。我们是为了脱身，他们是为了……你明白的。只有这些观众才傻乎乎地认为有好戏看了，还真当这些都是义务演出。就像美国的职业拳击赛，所有人都是为了那条金腰带吗？大多数人是为了钱吧。世界大赛也一样，不爆冷不出黑马，还有什么看头？庄家还挣什么钱？开赌的没几个好人，为了赢，他们有的是办法。这是周伟的主意，当这场义气之争变成商业合作的时候，有共同利益在面前，一切都好谈了。”他又在洛雨耳边小声说道，“那边跟两个教官已经谈好了，最后两场会放水。教官只负责教学，挣的还没出去过的拳手多，两人一人压了一年的薪水买咱赢。现在已经超过 1 赔 40，打完这场比赛他们就能直接退休，谁没事愿意玩命呀。”

“这就是你所谓的‘真正的比赛在台下’？难怪你要把雪儿也加进去，是故意抬高赔率吧？一点体育精神都没有，你们也太坏了！”洛雨说道。

“什么话，想想这比赛是出于什么原因？他们本来就不怀好意，咱们是出于正义的目的，在做一件不损害好人利益的事。用头脑解决问题总比用拳头解决好，你还真想让他们俩上去跟人拼命呀？”周伟凑过来说道。

“你看那里，”陆林指着笼子旁露出的一角有些发黑的地面说道，“雪狐的朋友跟我说，刚建成时那里是白的，这几年流的血太多，已经渗进去擦不掉了。真正比赛的时候，笼子里经常到处都是血。”洛雨听得打了一个寒颤，不再说什么。

这样一来，前三场比赛只要赢一场就能完全胜出，压力一下子小了很多。出场顺序安排是项昊、陆林、雪狐、彪子，最后是雪儿。项昊看不惯陆林的做法，他想认真地打一场，但不可否认，这办法是最保险的。吵闹声中，他和那个叫“火山”的拳手走进了铁笼。对手个子不高却很粗壮，两个人只戴了护腕，谁都没有戴拳套，真正的裸关节比赛。可以用腿，可以击打任意部位，唯一的规则就是没有规则。

从一开场，项昊就牢牢占了上风。随着对六十四息修炼的不断加深，他出招几乎不用回气，一连串无间歇的组合攻击把对手打得摇摇欲坠。但是，他犯了两个致命的错误：第一，他大意了，看对手好像站不稳了，他得意地认为所谓的黑市拳击也不过如此；第二，他心软了，从没有真正意义上杀过人的他，忽略了罗瑞先前说过黑市拳的高死亡率。于是，他用脊背迎接了火山的爆发，对方只用一腿就让他喷了血，半边身子都不灵活了。在他的强烈抗议下，陆林等人还是替他认输了，毕竟已经留了后手，没必要真的拼命。好在那个叫火山的家伙并不是真的顶级高手，疼痛只是暂时的，骨头没断就好。

第二场陆林赢了，他用跟马戏团学的那套爬竿和空中飞人的技巧，在笼子里和比他高一头的对手打起了游击，引得佣兵们一片嘘声。和项昊不同的是，他比对手狠得多。一击打在对手后脑的穴位上，那台“绞肉机”晕了过去。实际上那也是个死穴，而且打晕和打死需要用的力道是一样大的。

陆林开心地下了场，这下他们赢定了。雪狐走上台，拍拍陆林的肩膀说道：“放心吧陆，我会尽力的。”让陆林不明白的是，他的脸色看起来不太好。

周伟一把把他拽到边上，异常紧张地说道：“刚才开赌的家伙来了，他们说有大股东临时到场，如果那两个教官敢放水，别说钱了，命都可能要保不住！合作取消了，快想办法！”

陆林的脑袋“嗡”的就大了，那样的话，剩下的三场比赛，他们至少要赢两场才行，还要面对两个教官！最要命的是，其中两场的拳手都不是真正意义上的自己人，雪狐和彪子未必会为他们拼命，这下遭了！

虽然很多时候，决定一件事能否成功的根本因素，在于做事之前的准备，但正所谓“谋事在人，成事在天”，突如其来的大股东，把他们的布置彻底打乱了。

“怎么回事？什么大股东？问清楚背景了吗？有没有办法解决？”陆林急忙问周伟。

“鬼知道是什么大股东，只说是偏巧今晚飞过来的，听说有比赛就来看了。这下他们是彻底不敢作弊了！”周伟答道。

“我知道是什么大股东，是我堂兄，大老爷家的老二，出了名的喜欢这东西，很残暴的一个人。他就坐在笼子前面不远处，千万别让他看见我，不然咱们就完了！”萧卓不知在什么时候躲到了后排，把头埋在前面人的肩膀中间说道。

“你堂兄？不会这么巧吧？怎么都赶到一起了！你藏好，不到万不得已别出来。”陆林拍着脑袋道。

“好！咳咳……”坐在一边养伤的项昊根本没理这些茬儿，专心看比赛，此时看到精彩处大声叫起好来，牵动了伤口。两个人这才抬头注意笼子里的情况，双方激战正酣。那个叫鲨鱼的对手非常凶猛，满脸是血还在不断进攻。雪狐的情况比他略好，但嘴角也挂着血，眼眶也肿了起来。大概是搏击习惯不同，他更侧重于用拳，脚下的步子非常灵活。比赛持续了三分钟，双方都挨了不少下，最终，雪狐一个由下至上的勾拳打在对手的下巴上，鲨鱼把自己的舌尖咬掉了一小块，满嘴是血地结束了比赛。

“谢谢，雪狐！”看着走出铁笼的雪狐脸上的伤，陆林由衷地说道。这个只见过一面的外国朋友只是笑笑没说什么，但陆林肯定他受伤了。雪狐为他们赢得了一场宝贵的胜利，后面将要面对是两个教官。听彪子的意思，他们会比这些学员厉害很多，如果对方真的不放水，后两场将会打得非常艰难。现在在学员身上赢了两场，只要再赢一场，他们就胜利了。

彪子这时凑过来说道：“下一场我来，我最多也就能对付这个‘铁幕’，但也不保证能赢，做好打最后一场的准备吧。你们赶快想办法，别让那丫头上了。要不林哥你再打一场，真没看出来原来你们这么厉害！不过一定要小心，知道那家伙为什么叫‘兽王’吗？因为他残忍，比野兽还残忍！这家伙虽然没打过比赛，但在平时训练里可是打死过不少学员的。他比‘铁幕’厉害多了，千万要小心！”

彪子说完就上场，众人只能默默祈祷，但愿这另一个外援能胜利吧。第四场比赛开始了，佣兵们咆哮着给“铁幕”喊加油。他们怎么也不相信在前三场比赛里，这些外来人能够赢两场。第一场项昊输了，他们认为那是理所当然；第二场陆林赢了，他们叫骂着那是不符合拳赛规则的投机取巧；直到雪狐又赢了一场，他们才发现对方只要再赢一场，他们就输了。作为一个出产暴徒的地方，他们绝不能忍受在家门口被一群路人打败。

那些观战的黑市拳手叫嚣得更厉害，这牵涉到全体拳手的尊严，他们纷纷责怪前几个家伙没用，要重新比过。他们最不能接受的是，彪子作为他们的一员竟然帮着外人。光头那一伙更是借着这个由头明目张胆地说，如果彪子帮外人赢了这场比赛，他们会宰了他！

与此同时，铁笼里的格斗也越发激烈。作为一个已经受训三年的黑市拳手，彪子的打法跟陆林等人完全不同，一上来就是大开大合、妄图一击毙命的狂攻，充分地展示出西伯利亚拳手彪悍的一面。众人感觉他应该比刚才那三个对手都厉害，项昊说就算自己也未必打得过他，难怪他会说自己是这里的一霸。

可惜在他面前的是一道铁幕。对方没有彪子魁梧，年纪也不小。他灵活地闪躲着，两条胳膊仿佛一堵墙，把彪子所有的攻击都挡在了外面。偶尔"墙"会裂开一道缺口，从中发出凌厉的一击，彪子几乎没有躲开过。看那教官的表情，他一边打还一边在说教，似乎对彪子的进攻不满意。

陆林等人都为彪子捏了把汗，这教官还真不是盖的，强弱差距太悬殊了。彪子拼命的打法一点儿都不奏效，反而连连受到重创，脚步开始踉跄，眼角、鼻子和嘴都破了，满头满脸都是血。但彪子似乎被打出了凶性，还在坚持着，而且越战越勇，笼子里的地面上洒满了他的血。

然而实力间的巨大差距不是靠拼命能填补的，他终于筋疲力尽，在"铁幕"的一记重拳下轰然倒地。他起了几次才非常努力地又站起来，但紧接着的一拳彻底击溃了他最后的反抗，他再次倒地，晕了过去，没能再爬起来。

"二比二了！彪子说最后一个比这个'铁幕'还厉害，要不我出面吧，别让雪儿上了！"萧卓躲在后面说道。

"好！再想办法，不能让雪儿上，这些教官太厉害了。"陆林点头道。正说着，台上突然响起一阵潮水般的骚动，传说中的"兽王"上场了。他同样不年轻，却有一副让人望而却步的身板，比项昊高出一头多，还要壮得粗上三圈。随着他步伐的迈动，浑身上下的肌肉也跟着一块块隆起落下，好似铁铸一般，看上去更像一台机器。

陆林等人神为之夺，纷纷倒吸一口冷气。他回头对雪儿说道："雪儿，下一场不用你上了，我来。"说着就要起身。

没想到雪儿一把抓住他的胳膊，把他拽回了椅子上。已经看了四场比赛，雪儿怎么会不知道眼下是什么状况？她眼神异常坚定地说道：“那是我的猎物。”说罢便不理众人的劝阻，走上了台。

看到一个美丽的俄国女人走上台，看台上佣兵们的起哄声更大了，嘲笑陆林他们不是男人，竟然让一个漂亮小妞出来送死，还朝“兽王”喊着一些不堪入耳的话，让他在台上扒雪儿的衣服。那“兽王”做着猥亵的动作一个劲地大喊：“来吧小妞！让我们快点开始吧！”

“等等！”陆林冲上台喊道，雪儿猛地抓住了他要抬起的手，非常严肃地说道：“相信我！”

陆林无奈，只得改了口。双方拳手的量级相差过大，他希望在征得对手同意的前提下，可以让雪儿使用武器。当看到雪儿那两只翻出来的兽爪后，铁塔般的壮汉哈哈大笑起来，嘲笑那两只猫爪子连自己的肌肉都挠不破，毫不犹豫地同意了。

雪儿翻出兽爪，走进笼子，再次做出了四肢着地的样子，观众席上的哄笑声更大了。

比赛开始，雪儿四脚着地在笼子里游弋，像一只等待机会的狼。这让兽王很别扭，双方高度相差太多，如果不弯腰，用拳头根本打不到她。几次进攻都被雪儿敏捷地躲开了，还被雪儿的利爪在小腿上留下了几道口子，那场面就像一头直立的狗熊在扑一条小狗。几个回合下来，雪儿一直在躲闪，几乎没有进攻。兽王愈发急躁，拳头完全发挥不出威力，自己被划伤了数处，却连雪儿的边都没有碰到。外面的起哄声让他更烦躁，他扭头举起双臂对观众席咆哮道：“都给老子安静点儿！”

就在这时，雪儿动了。趁着“兽王”回头的一瞬间，她猛地蹿到他的背上，双腿夹住他的腰，两只兽爪向着大汉的腋窝扎了进去。没有人可以把肌肉练到那里，兽爪瞬间全插了进去，雪儿两手用力一转，一撕，伤口立时被扯开。她立刻把兽爪一收，将两只手伸进伤口。

很少会有人用这么残忍的格斗技法，但雪儿面对的对手从来都是没有人性的野兽，所以兽中之王在狩猎的时候，也是一头野兽。

一切发生得太快，当“兽王”听到佣兵们惊呼的时候，腋下钻心的剧痛已经传来，雪儿的两只手似乎伸进了肉里，要去抓他的骨头，那里正是关节所在，他的两条胳膊彻底不能动了。但这巨汉并没有放弃抵抗，两只胳膊动不了，他猛地跳了起来向后仰倒，想用庞大的体重压垮背后的姑娘。

可雪儿就在他腾空的一瞬间，两手抽出按在了他的肩膀上，使劲向下一撑也翻了起来，跳得比他还要高。当“兽王”仰面朝天落地的时候，雪儿也从半空中落下，而且是头朝下扑下来的。两只兽爪不知什么时候又翻到前面，对准“兽王”张开两臂的肘关节内侧，狠狠扎了下去，同时顺势一俯身，一口咬住了他的喉咙。

原本喧嚣的看台瞬间安静，一切只在数秒之间，但造成的视觉冲击力实在太大，那帮佣兵彻底被镇住！

“天啊！她在吸血！”

“这女人是野兽吗？”

“那家伙是真的在吸血！”

“太残忍了！这伙人是吸血鬼吗？”

无数人小声议论着，却没人敢喊。这些人自诩残酷，可在真正的野兽面前，看到不是人类该有的行为，还是胆怯了。雪儿还在吸血，连陆林等人也被吓住了。近日来的和睦相处，几乎让众人忘记了当初袭击他们的白毛怪物，忘记了雪儿曾经茹毛饮血的生活。在狩猎的过程中，她就是一只野兽。“兽王”被咬住喉咙说不出话，两只肩膀完全使不出力，被死死地钉在地上，两条腿一蹬一蹬只剩下抽搐了，也不知是快死了还是吓的。

有了第一场项昊失败的经验，陆林并没有叫停，生怕兽王再跳起来反击。直到对方的人忍不住了，再不认输，“兽王”怕是真的完了。有四个人进了笼子，但谁都没敢往前去。直到陆林叫雪儿松口，他们才把“兽王”抬了出去。

雪儿满嘴是血地站起身，用手擦了擦嘴走出笼子，似乎这只是场和过去一样的普通狩猎。当笼门“咣当”一声关上的时候，那些佣兵才意识到雪儿赢了，三比二，他们输了，满是佣兵和黑市拳手的训练营竟然输了！现场气氛变得很诡异，佣兵们交头接耳，他们怎么也不相信这是真的。

陆林带雪儿回到座位上，躲在后面的萧卓把身体俯得更低，说道：“快走，萧成荣没准会看上雪儿！连那种人都能打败的拳手，还是美女，哪个拳赛老板看了都会动心的，真没想到她竟然这么厉害！”

陆林等人一刻都不想停留，跟雪狐和他的教官朋友打了声招呼，又狠狠瞪了一眼门口遇到的大汉。那大汉再没有先前的盛气凌人，看着雪儿的眼神甚至有点畏惧。

周伟说道："我说，咱们最好把彪子也带走，哪怕过几天他伤好了再回来，先避避风头也好。现在他状况不好，咱们走了，等这群人回过味来，非把账都算到他身上不可。虽然输了，但他确实已经尽力了，别为了咱们连累他。"

这个建议得到了众人的赞同，大家在台下看得清清楚楚，彪子已经为他们拼命了，不能不管他。趁着现在的古怪气氛，他们架起彪子，毫无阻拦地出了格斗中心。马戏团的人一直在旁边观战，此时对陆林一伙肃然起敬，特别是对一路上只知道吃和玩的雪儿。

一直走到他们停车的地方，众人纷纷上了车。所有人都去看比赛了，他们竟然没有受到任何阻拦。

格斗中心的窗边，几个人默默看着这一切。一个人问道："二爷，怎么不拦住他们？那个女的太有价值了！"

"再好的拳手，也不值得我这个好妹妹一个人亲自从北京跑到这里来。跑得还真快，让他们走，谁都别拦。呵呵，看着吧。"被称为二爷的人说道。

格斗中心的嗡嗡声越来越大，马戏团的车队趁着夜色悄悄开上了公路，消失在黑暗里。

看着后面没人追来，众人齐齐松了一口气，安德烈一家决定连夜赶路，到达下一个镇前都不再停留。在车上，脱险的众人热烈地讨论起了刚才的战况，如果不是雪儿在最后一局力挽狂澜，干掉了那个他们几乎不可能摆平的大家伙，今天怕是真的很难脱身了。彪子还没有醒，不过看样子更像是睡着了。

开着车的艾伦突然问道："陆，你们真的是救援队吗？一支救援队能打赢黑市拳手？还是像电影里演的那样，你们中国人都会功夫？还有你们的这位向导，她显然更适合做猎人。"

他的话问得大家一下子冷场了，就听他又说道："放心吧，你们不愿说，我就不问，把你们送到后，我们也不会跟人提起。谢谢你们救了我们一家，孩子们今天真是吓坏了。"

"谢谢你艾伦。"陆林说到。气氛不由得又沉重起来。此次西伯利亚之行险象环生，可到现在他们连自己的目的地在哪儿都不知道。他们真是救援队，他们要救的不但是自己，还有那可能出现的气象灾害。然而目前为止，除了知道要继续向西以外，他们什么都不了解。夜色深沉，黑暗得如同他们的方向。

"废物！一群废物！"

同一时间，森林深处的蒙古祭坛遗迹里，赵家老四正在发火——他亲自来了。

"我给了你们300人！你们不但把人跟丢了，还折了这么多人手，一群饭桶！"

"四哥，主要是出了内鬼。如果不是跟萧家的那场遭遇战，情况应该不会这样。"赵纪辉唯唯诺诺地在旁边说道。他们晚上才赶到这里，先前赵纪辉向他报告的情况是：陆林一伙逃进了废弃的军事基地，将他们的两架直升机击坠；赵元凌身死。

四哥一气之下自己赶过来，下午才到。因为低温的关系，直升机夜间不能起飞，但他怕跟丢了陆林等人，还是出动了，在天黑之前把直升机停在了森林里的一片空地上，冒着入夜的寒冷一路徒步走到了这里。当发现所谓的基地已经被夷为平地，一座中式古建筑出现在山顶时，他也意识到这里绝对不简单，愈发气愤手下这群废物把人跟丢了。

此时，他们身处遗迹内部，一地的灰烬告诉赵家人，陆林他们曾经来过这里。四哥越来越肯定对方一定是知道些什么，不然这么大的西伯利亚，他们哪里不去，偏偏来到了这里，而且还有所发现？他发完火又说道："明天白天再调两架直升机来，多带些人手，把顶上那东西拆了运回国去。在附近仔细检查一遍，找不到其他东西的话，就把这里炸了就地掩埋。"

"四哥，从这把东西运出森林很困难的，那机器……是什么呀？"赵纪辉问道。"改头换面"后，第一次带队回来时他也傻了，怎么也没想到研究所的上方竟然有座千年前的遗迹。

"我也不知道，不过，会有人知道的。"四哥说完看了一眼赵纪辉，凌厉的眼神吓得他一哆嗦。

四天后的中午，马戏团的车队缓慢行驶在风雪里。这几天他们路过了两个小镇，进行了两天的演出。今天早上发生了一件怪事，装着唐代古尸的那只木箱，在装车时突然找不到了，可昨晚是陆林亲手把它卸下车的。一起丢的还有两个装演出服的箱子，老安德烈怀疑是镇上的小偷，然而找了一个上午也没找到。洛雨心疼坏了，遍寻无果后也只能放弃，毕竟那具尸体并不是他们此行的真正目的，实在找不到也只能算了。

车队顺着公路绕过一个小山坡，面前的景色让人眼前一亮。白雪森林的尽头，是看不到边际的冰封大海，还有几只海豹在岸边的冰面上慵懒地晒着正午的阳光。

周欣突然反应过来，惊呼道："我们不是一直在向南走吗？怎么会有大海？怎么会有海豹？不会是走到了北冰洋吧？"

## 第二十章　贝加尔湖畔

听陆林翻译了周欣的话，安德烈一家哈哈大笑起来，老安德烈说道：“小姑娘，那不是什么北冰洋，世界只有一个地方生活着淡水海豹，那就是贝加尔湖。”

“我们到贝加尔湖了？那我们已经临近伊尔库茨克了？耶！”周欣欢呼道。

“还早呢，这里只是贝加尔湖的东北角，离西南端的伊尔库茨克还有将近1000千米。这个湖可是全世界最大的淡水湖！”艾伦说道，“那个，我们要在这边多耽搁几天，因为沿湖附近的城镇很多。”

“没关系，反正都到贝加尔湖了，回到西伯利亚南部，办事就方便多了。”萧卓抢着说道。

众人听了齐刷刷看向她：什么方便多了？再绑我们一次？看得萧卓连忙转移话题，指着岸边停着的一艘船问道：“那船好奇怪呀，怎么看上去不像渔船也不像游船呢？”

“呵呵，那是寻宝者的打捞船。每年都会有人来寻宝，还有些人在这里找了好多年，我们每次路过贝加尔湖都会看到一些。”艾伦说道。

“寻宝者？这里有宝藏？”陆林好奇地问道。

“你们听过尼古拉二世的宝藏吗？”安德烈问道，“十月革命以后，败退的白俄军队带着尼古拉二世多年来从民间搜刮来的500吨黄金向西伯利亚东部撤退。当时是冬天，整个贝加尔湖都结冰了。可当他们为了节省时间从冰面上穿过时，湖面上的冰层突然裂开，那500吨黄金全部沉进了贝加尔湖里。从那以后，无数的私人寻宝者乃至俄罗斯的官方，都曾来这里组织打捞。可贝加尔湖实在太大了，至今也没人成功过。但很多人都没放弃，有些职业寻宝者和打捞公司，在这里打捞好几年了。”

“好几年？整天不干正事在这里耗上好几年？”陆林问道。

萧卓说道："寻宝就是人家的正事。几年也不算长了，当年梅尔·费雪一家人为了寻找西班牙的运金船阿托卡夫人号，前前后后用了三十年，以至于'寻找阿托卡'成了美国的常用短语，意为坚持梦想，必会成功。不过回报同样是丰厚的，他们从船上打捞出了 40 吨财宝，其中黄金就有 8 吨，宝石超过 500 公斤。这叫'十年不开张，开张吃一辈子'。"

"竟然真找到了？太传奇了！美国梦呀，听得我都想捞了。"罗瑞向往地说道，心算道："500 吨黄金，换算成人民币就是……天啊！1000 亿到 1500 亿！我不走了，我要留下！"

"也有人在这里终老一生却什么也没找到。"萧卓说道，"这个传说我还听过另一个版本。沉入贝加尔湖只是个烟雾弹，真正的黄金被掩埋在了别的地方。省省吧罗瑞，那是俄罗斯政府都没找到的东西。而且，咱们正在找的东西，可不是用金钱可以衡量的。"

"正在找的东西？萧卓你是不是知道什么？透露一下吧。"洛雨说道。

"行啊，把你们知道的也透露一点儿给我，我就说。"萧卓答道。洛雨为之气结，他们手中的倚仗只有那个玉衡，这个自然不能告诉萧卓。

"贝加尔湖真大呀！"看着窗外景色的陆林岔开话题道，"这里夏天一定很漂亮。"

艾伦点头道："是呀，无边的湛蓝湖水清澈见底。天气好的时候，在湖面上可以看到水下 40 多米深的地方。听说除了日本的一个湖，它是世界第二清澈的。除此之外，它还是全世界最大的淡水湖，有数百条河流入贝加尔湖，只有安加拉河一条流出，汇合叶尼塞河投奔北冰洋。传说安加拉河是贝加尔湖宠坏的女儿，与小伙子叶尼塞私奔了。"

"叶尼塞河……"洛雨不禁想到了他们目的地，"安德烈大叔，您听过叶尼塞河附近的日不落之山吗？"

"这个还真没听过。"安德烈摇头说道。

"这里五百年前是我们的呀。"罗瑞看着那汪洋似的冰冻湖面喃喃说道，"当年苏武牧羊不就是在这里吗？"

水静接话道："还有当年的丘处机丘真人，他也来过这里。"

"全真教长春真人丘处机？王重阳的徒弟，郭靖的师父？来过贝加尔湖？”陆林惊奇地问道。

“是重阳真人的徒弟，却不是郭靖的师父。”水静纠正道，“当年成吉思汗西征时已经垂垂老矣，听身边的太监说丘真人有长生不老之术，便请丘真人西行传法。当时成吉思汗的弟弟正驻守在贝加尔湖，丘真人路过这里时，他也想请教延年益寿之事。可没承想，正当丘真人准备向他讲授之时，突然风雪大作，那将军认为是因为自己想抢在大汗哥哥前面得知长生秘术而引起了天怒，于是只好作罢。”

“那后来呢？他真的去给成吉思汗传授长生之道了？”周欣问道。

水静继续说道：“丘真人带着徒弟一路西行，终于在大雪山面见了成吉思汗。成吉思汗见丘真人果真是仙风道骨，十分高兴，便开门见山地向他讨要长生之术和长生不老药。不料丘真人直言道：‘世上只有卫生之道，而无长生之药，短命之人皆因不懂卫生之道。’之后丘真人便在成吉思汗身边住了一年，传授其‘卫生之道’或者说‘养生之道’，后来因为不适应高原气候，便返回了中土。”

“跑那么远就教了套太极拳？”陆林不以为然地问道。

“那你就错了，”一旁的洛雨把话接了过来，“这是一次伟大的西行之旅。当时丘处机修道于山东，在中国北方声誉甚隆。蒙古使者找到他时，正好与南宋皇帝派来的使者碰到了一起。道人们起了分歧，多认为南宋才是华夏正朔，蒙人杀戮成性，难以理喻，弄不好还有生命之灾。丘处机写了一首诗以明志：‘十年兵火万民愁，千万中无一二留。去岁幸逢慈诏下，今春须索冒寒游。不辞岭北三千里，仍念山东二百州。穷极漏诛残喘在，早教身命得消忧。’为了生活在蒙古铁蹄下的北方百姓，他以 73 岁高龄毅然踏上了西行之路，历时两年多，行走三万九千里，完成了一件不可想象的任务——劝说成吉思汗‘止杀’。”

“止杀？”周欣问道。

洛雨点头道：“是的。丘处机面见铁木真之前，蒙古军队几乎每战必屠城，但丘处机来了之后，蒙古军队的屠杀基本上停止，铁木真后来还专门下达了‘止杀令’。一言止杀，只这一项就不知道救了多少中亚和欧洲的老百姓。另一方面，蒙古人入侵中原之后，把大批百姓当成了自己的奴隶，当时叫作‘驱口’，也就是牲口的意思。丘处机回到中土之后，便用成吉思汗赐下的虎符跟蒙古人要人，解救了数万百姓。同时，老百姓还争相索取他的诗文，因为‘只要有此一纸，就可免于元兵的杀戮’。忽必烈时期，他的弟子尹志平执掌全真教，凭借他留下的虎符玺书，同样庇护了很多人的生命。守襄阳的郭靖是假的，但西游的丘处机是真的。侠之大者，为国为民！”

“无量天尊，前辈高义，我辈楷模。”水静在旁似有所感。

“不过静静，有件事我一直想不通。”洛雨话锋一转，聊到这位道家的传奇人物，她不免想问问身在道门的水静，“丘处机只是教了成吉思汗‘卫生之道’，为什么成吉思汗会对他言听计从呢？邀他西行时只派了二十多人，73 岁的丘处机带着十八个弟子孤身上路，远赴万里。但他回来时，成吉思汗却派了 5000 蒙古精骑护送，而且赐丘处机虎符玺书，号神仙，爵大宗师，让他掌管天下所有的出家人，永远免除道家的税赋。这简直是罗马教皇一样的待遇！

“成吉思汗还把金国的御花园赐给丘处机修道观，也就是今天的白云观。后来他给丘处机写过好几封信，信上说：‘朕常想念神仙，神仙别忘了朕。朕所有的土地，你想住哪就住哪。’我一直想不通，一个所谓的‘卫生之道’，怎么就值得成吉思汗这么重视呢？”洛雨说道。

“那我就真不知道了。”水静平静地摇头答道。

“你们说‘卫生之道’，倒让我想起一样很不‘卫生’的东西。”罗瑞听了半天说道。

“什么东西？”水静问道。

“黑死病。”罗瑞摸摸下巴说道。

“喂！你什么意思？”罗瑞的话颇有污蔑先贤的意思，水静当场就不干了。

“别激动别激动！”罗瑞连忙摆手道，“我不是那个意思。我是想说，丘真人会不会是找到了黑死病之类的防治之道呢？都说黑死病是大草原上的老鼠，跟着蒙古人被带到了欧洲，可为什么蒙古人就没事呢？所谓的‘卫生之道’会不会就是提高蒙古人免疫力的一个工程？”

洛雨摇头道：“别乱猜，黑死病的源头是否来自蒙古人，到现在都没有统一的说法，而且欧洲爆发黑死病是从 1345 年开始的，当时已经是元末，跟成吉思汗西征差了一百年。黑死病的源头是个谜，有人说来自草原上的老鼠，也有人说来自中国的商船。总之，这是一个来自东方的黑色魔鬼，将黑暗笼罩了整个欧洲。”

“这个黑死病是怎么来的？它真是蒙古人带去欧洲的吗？”水静问道。

“蒙古人给欧洲带来黑死病的说法，指的是发生在黑海之滨克里米亚半岛的一场战役。1345 年，一个汗国的蒙古王子借着当地的宗教冲突，向控制着富饶的卡法城的意大利人发起了袭击。在这之前的几年，黑死病已经在中亚出现了。一次自然灾害严重破坏了当地的生态平衡，于是在自然本能的驱使下，这种杆状细菌开始了它的死亡之旅。携带瘟疫的老鼠从中亚的发源地动身，开始向人类居住地慢慢迁移。”

周欣认真地听着，一阵冷风透进车里，让她打了个哆嗦。洛雨又说道：“蒙古人与意大利人的攻城战延续了一年，那些老鼠悄无声息地到来。它们追上了蒙古军队，瘟疫在军中爆发。早在成吉思汗西征时，蒙古人就用过向城内投掷染病尸块的战法，那个蒙古王子自然也效仿了，于是卡法城里爆发了不可想象的严重瘟疫。城中完全失控，意大利人的船队仓皇启程，想要逃回意大利。但是，有关卡法城被瘟疫笼罩的消息已经在欧洲大陆传开，因此当这支船队回到欧洲时，没有一个国家敢接收他们，所有的港口都拒绝他们登陆。这只庞大的船队孤零零地在地中海上漂泊着，时间一天天地过去，黑死病在船上蔓延，大部分的船都全员死绝，满载着尸体漂在水上。”

“没人接收？那黑死病就该绝迹了才对呀。”水静说道。

“是呀，如果全都死在水上，也许就真没事了，但天灾背后往往都有人祸。有一艘船幸存了下来，船上的人用大量财宝买通了西西里岛的一位总督，并声明他们并没有感染瘟疫。最后一条船最终在西西里岛被允许靠岸，登陆后，当地人立即将船员们隔离，而且要求隔离 40 天。可惜一切为时已晚，因为小小的老鼠已顺着缆绳爬到了岸上。就这样，一个可怕的幽灵，悄悄地降临到了欧洲。之后，黑死病在不到一周的时间里传遍了西西里岛，接着是整个意大利，装满尸体的车子像洪水一样涌向教堂。黑死病没有放过欧洲的任何一个角落，在不到十年的时间里，杀死了欧洲三分之一的人口。严重的地方，整座城市死得只剩下几个人，沦为一座鬼城。”洛雨继续说道。

“当时他们不是已经知道要隔离病人了吗？怎么还会这么严重？”

“那是因为他们隔离的都是人，直到十八世纪，科学家才发现原来老鼠是可以携带病菌的。而且当时的欧洲不像今天，那时他们的生活条件非常差，根本没有‘卫生’这个概念。一般都是很多人挤在一个小屋里住，满身都是跳蚤，满屋都是老鼠，就算贵族也好不到哪去。还有个说法，黑死病是中世纪时教廷大量屠杀女巫所引发的诅咒，因为猫被当作女巫的助手，于是欧洲人杀了很多猫，这才引得鼠患横行。不过话说回来，黑死病的肆虐也彻底改变了欧洲社会的政治、经济结构，引发了一连串大变革，拉开了文艺复兴的序幕。世界东西方之间的天平，由此逆转。”洛雨总结道。

“说起来，欧洲人好像抵抗力很差。黑死病死了几千万人，我记着后来还爆发过一次天花，也死了几千万人。DNA 存在缺陷吧？”罗瑞调侃道。

“可是人家能发明青霉素。”陆林打岔道。

听了罗瑞的话，洛雨似是想起了什么，说道：“你提醒了我，丘处机的‘卫生之道’，倒真的有可能是你刚才说的防病、治病这类的方法。我想到了一种可能，不过这要从满人说起。明末清兵入关以后，大量满人感染了天花。他们长期生活在北纬 40 度以北，也许是因为不适应气候变化，入关南下后，他们对天花一点抵抗力都没有。屠虐江南的豫亲王多铎、董鄂妃、顺治帝，对外公布的死因都是天花，在满人眼里，这是一种发病率极高的不治之症。顺治死后立年幼的康熙为帝，很重要的一个原因就是康熙出过天花，对其有终身免疫力，可见满人对这种病怕到什么程度。不过康熙虽然没死，却也因此留下了一脸的大麻子。也正因为这个原因，他后来才大力推广种痘法防疫天花。”

“这跟蒙古人有什么关系？”周欣问道。

“蒙古人和女真人生活在高海拔，不惧寒却怕热。他们一路从大草原打到中亚、中东的沙漠，未必就不会遇到跟满人同样的问题。中国古时的种痘术和很多疾病的治疗之法，就是源自道家，如果丘处机真的能帮成吉思汗解决类似的问题，那他得到再多的封赏也不为过。当然，”洛雨话锋一转，“成吉思汗对丘处机的看重也可能压根不关‘卫生之道’的事，而是出于史书中没有提到过的其他原因。毕竟我们对蒙古帝国元朝以外的那段历史，知道得很少。”

水静点点头，但她还是没打算放过罗瑞，严肃地说道：“不要怀疑丘真人的用心。他生活的那个年代，金宋连年争战，乱世中，百姓深受战争蹂躏，苦不堪言，特别是生活在金国治下的汉人百姓。作为一个出家人，他曾写诗质问苍天：‘天苍苍兮临下土，胡为不救万灵苦？万灵日夜相凌迟，忍气吞声死无语。仰天大叫天不应，一物细琐徒劳形。’他要问的不是天，而是那些当政者，宋金两国的政治腐败让他彻底失望了。当时两国皇帝都笃信道教，数次下诏相请，他都不应。成吉思汗的一道诏书，却让他以 73 岁高龄毅然踏上了万里西行路。旅途中，他曾写道：‘道德欲兴千里外，风尘不惮九夷行……我之帝所临河上，欲罢干戈致太平。’可见丘真人历尽千辛万苦会见成吉思汗的目的，就是为了早日平息干戈，解救战乱中的百姓。”

“丘真人的眼光真是不错，蒙古人实现了大一统。可战乱平息了，百姓的生活却没有好转。好啦静静，别生气了。”罗瑞赔笑说道。

马戏团的车队还在公路上行驶着。到了下午，大雪又下了起来，贝加尔湖被山丘和树木遮挡得看不到了。

“看到了吗，朋友们？”安德烈指着山坡下被丘陵环绕的一处洼地道，“那就是我们的下一站。我们一般都是走贝加尔湖的南线，我也有十年没有来过这里了。”

众人顺着他手指的方向远远望去，那里比先前路过的小镇占地面积大了不少，应该是座小城。远远望去，白雪皑皑的起伏中，一排排的老式板楼模样都差不多，倒像是八十年代的中国小城。其中有些特色的是一个小游乐场、一座教堂，还有悬挂着苏维埃标志的一座建筑，貌似是政府大楼。

“爸爸，我记得上次来的时候，我们把帐篷搭在游乐场里，叶卡捷琳娜还是个小女孩，坐在旋转木马上怎么也不肯下来。一转眼都十年了，我也老了。”艾伦感慨地说道。

“我和你妈妈刚开始巡演的时候，你还是孩子呢！真快呀，又一个十年。”老安德烈说道。

汽车又开了一会儿，缓缓来到小城的边缘。过来的路上，众人隐隐觉得这里似乎不太对劲。此时到了近处，艾伦突然把车停下来，众人终于发现了是哪里不对了。顺着街道望过去，一个人都看不到。很多建筑的玻璃全是破的，入眼的房屋里也都是空的。除了被风吹起的雪花，这座城里的一切都是静止的。

“这是……鬼城吗？”周欣看着空旷的街道颤抖着问道。

天已黄昏，马戏团的车队静静地停在空城的边缘。风雪中，气氛沉默而诡异。

“安德烈大叔，你知道这是怎么回事吗？”陆林注意到安德烈的脸上并没有惊恐和不安，反而有一种浓浓的失落感。

“又一座城市没有了，”安德烈喃喃地说道，“知道世界上最大的废墟在哪儿吗？在西伯利亚。这里废弃的不是农舍、工厂，而是整座整座城市，整片整片村庄。城市的水泥被风化成了沙土，钢材、路灯被锈蚀变成了金属碎碴，村舍变成木屑和泥土，一切都被岁月无情地焚化着，这里是世界上最大的城市墓场。在苏联成立以后，各种流放和对开发西伯利亚，曾让远东出现大量的村庄和城市。但苏联解体后，这里人口锐减，剩余的人又向欧洲回迁。于是，一座座城市和村镇就这样被废弃了。”

“你是说，这里是一座被废弃的城市？整座城市都被废弃了？”陆林问道。

“是呀，西伯利亚被废弃的村庄有上万个，城市也很多。这些年来，我们总会遇到一些曾经来过、再来时却人去楼空的村庄。没想到靠近贝加尔湖的地方也会发生这种事，唉，整座城市呀，看着让人心痛。”安德烈伤感地说道。

“整座城就这么不要了？这不是一个小区，而是一整座城市呀！中国的鬼城都是房子太贵卖不出去才出现的，这里白住都没人住？差距也太大了吧？”看着那一栋栋整齐的板楼，罗瑞感叹道。

“我要是留在这里，是不是整座城都是我的，而且一分钱不花？”已经醒来的彪子羡慕地说道。

“嗯，没水没电有野兽。住吧。”周伟调侃道，“你看那边。”顺着他指的方向，众人果然看到一只长得像狼却比狼小的动物，好奇地看着马戏团的车队。

“今天赶不到下一站了，我们就住这里吧，反正到处都是不要钱的房子。”安德烈说道。

于是马戏团还是把车开进了这座空城。由于没人清理，街道都被白雪覆盖了。近距离看那些楼房，大多都没有了玻璃，部分墙体开始掉皮，大部分的室外设施都已开始生锈。漫步其中，就好像一群侥幸躲过世界末日的人，走在人类已经灭绝的废墟上。

整座城都是空的，他们想住哪里就住哪里。在市中心一个宽敞的广场边，他们住进了那座有苏维埃标志的大楼，那是这里最高大的一座楼，保存得也相对完整。

“太好了，今晚每人四个房间都够分了！”走在空旷的楼厅，周欣兴奋说道。

“冻死你，还是挤挤吧。”周伟敲了下她的脑袋，“应该有两面都不透风的房间，大家找找，这个传达室就不错。”

吃过餐车的饭，大家分别找了几间空屋点起了火，每间屋都空荡荡的只剩四个墙角，他们一点都不担心会引起火灾。马戏团的人各自去睡了，陆林等人还想多待一会儿，就在一个房间里围着火堆聊天。

夜幕下，罗瑞站在窗边，看着风雪中一栋栋漆黑的建筑感叹道：“住惯了鸽子笼，看到整座城没一个人特不适应。哎，我现在突然有一种想烧它一两栋的冲动，就算把整座城点着了也没人管。啧啧，想想就觉得刺激。”

“你这什么心态，想想就算了，外围可还是森林呢。我上楼顶看一看。”洛雨说罢起了身。

“我跟你一起去。”陆林也跟了出来，他知道洛雨想看什么。

楼顶上，洛雨拿出了玉衡，雪还在下，星空并不晴朗。玉衡缓缓转动，最后指向了西北方。

“还要往西呀，我还以为快到了呢。”陆林很失望。

“坦白说，元人要找的日不落之山是以这个玉衡的最终坐标为准的，未必就是古籍中提到过的那座。咱们在森林里的时候，指针向西，现在改向西北，恐怕那座山的纬度会很高。但愿不是什么高山吧，在最冷的时候攀登高海拔高纬度的雪山，咱们未必应付得了。”洛雨叹口气说道。

“车到山前必有路，别急。”陆林安慰道。

两人刚要下楼，远处一串子弹出膛的声音突然划破了夜色的宁静。紧接着，另一个方向同样响起了枪声，可以看到远处黑暗中一道道一闪即没的火光。这座荒城里竟然还有别人！

陆林被突如其来的变故吓了一跳，还以为是有人袭击他们，拉着洛雨迅速地下了天台。楼下的人也听到了枪声，项昊和彪子都跑了上来。

“怎么回事？这里还有人？”项昊问道。

“应该是，而且分别在两个方向。洛雨你先下去，我们再上去看看。”说罢三个人又一起潜回楼顶，趴在护栏边上向外看，发现这枪声并不是冲着他们来的。两三百米外，火线分别从两个方向射向对面，位置差不多正是他们看到的那所教堂内外，想来应该是两方人马在交火。

“什么情况？有人在这里打仗吗？”罗瑞、周伟和萧卓不知什么时候也跑了上来。对面双方的交火还在继续，一点没有减弱的样子。

陆林摇了摇头道：“从火力上看，双方人数都不多，一二十人左右吧。”

“还好不是冲着咱们来的。”罗瑞说道。

“可咱们已经暴露了，点了那么多火，他们不可能看不到。一会儿打完了，谁知道他们会不会找上门来。”项昊说道。

“这样吧，火都不要熄灭，咱们把人都送到离这远一点的楼里去，然后在对面楼建立狙击点。他们不来就算了，敢来的话，咱就来个将计就计。”陆林说道。

“我怎么看着教堂外这伙人的身形有点眼熟呢？”项昊关注着战况说道。枪火出膛的微弱光亮中，他们只能看到一些大概的人形轮廓。正说着，一颗手雷在教堂外一伙人的阵地前爆开，他们附近一下子被照亮了。

火光中，陆林项昊不约而同地惊呼道：“是雪狐他们！”

“难道他们跟恐怖分子遭遇了？昊子你去转移人，按咱们刚说的办，我去帮忙！”陆林说完就下了楼。一路上他们欠了雪狐两次人情，现在雪狐的小队遇到麻烦，他们自然不能不闻不问。

两方的激战还在继续，陆林绕到了阵地后面十几米的地方。雪狐一队人很快发现了他，看到熟人，雪狐便从战线上退了下来。客套话一句没说，他脸色阴沉地开门见山道：“愿意帮我吗，陆？我遇到麻烦了，大麻烦！”

“我就是来帮你的，说说吧，怎么回事？里面是你们追踪的那伙恐怖分子？”陆林问道。

“是的。你们走以后，我们在训练营里发现了他们。原本我们一直不了解他们从高加索潜入西伯利亚的原因，所以只是一路跟踪，迟迟没有动手，打算放长线钓大鱼。”雪狐的表情似乎非常失落，“直到今天晚上跟到这里，我们终于弄明白了他们的意图。可是我们觉悟得太晚，东西已经被他们拿到了。”

“你不会是想说，这座废城里有没被运走的核武器吧？”陆林突然想起那些美国大片里的情节。

“没有核武器。”雪狐摇头说道。

陆林才待松一口气，却听雪狐继续阴沉地说道：“是生化武器。”

“什么？”陆林一听傻了，“你……你是说这里有生化武器？而且已经落到了恐怖分子的手里？”

“我们先前并不知道这里有那些东西，一切都晚了。”雪狐惨笑着说道。

“是不是弄错了？这么致命的东西怎么可能放在这里？一座荒城？一座教堂？”陆林还是不信。

“你不知道，陆，苏联在冷战时期曾经拥有超过 4 万吨的化学武器，其中相当大的一部分分布在俄境内一些不起眼的城镇，就那么没有任何包装地堆放在木架上，存放在像简易木屋一样的建筑里，就像一个酒窖。”雪狐说道。

“怎么可能？”

“都是真的，这是冷战遗留下来最恐怖的遗产。”雪狐继续惨笑，“苏联解体后，美国人和我们一样担心这颗定时炸弹。他们曾经参观过一个小镇，在那里看到了超过 5000 吨的沙林和 VX，那剂量足够毁灭人类三次！这些生物化学武器，要比核武器更具危险，因为对于个人来说，这种武器更容易被利用。恐怖分子只需发动一次袭击，就可轻易杀死 30 万至 50 万人。那些年，这些武器库就像一个个店门大开的仓储超市，里面有恐怖分子梦寐以求的一切。在解体后最困难的那段时间里，下层官兵都穷疯了，没人知道是不是已经有一些生化武器流入了军火黑市。美国人吓坏了，他们投入数亿美元来帮我们销毁这些武器。非常侥幸，到现在为止，一切控制在军方手中的生化武库都还算安全。”

“那这里呢？”陆林问道。

“这里，我们并不知道，它不是军方的。看到恐怖分子潜入教堂很久没有出来，我们把位置报告给了总部。内卫部队的资料库查不到，联邦武装力量的系统同样查不到，最后在一批刚刚录入电脑的克格勃旧资料中才找到它的信息。这里曾经是他们的一个小型生物武器库，那些混蛋做事太隐秘了，这地方解体之后根本就没人知道！”雪狐愤怒地说道。

“那恐怖分子怎么会知道？”

雪狐叹气道：“不说这些了，陆，我需要你们的帮助。预防和对抗生化攻击部队最快也要天亮才能到，在这之前，不会有普通的部队过来。我和队员们已经商量好了，哪怕在这里把它们全部引爆，也一定不能让他们带着东西离开西伯利亚！”

陆林从雪狐眼中看到了决绝，如果阻止不了这些人，他和他的小队会选择在这座荒城里，与那些恐怖分子同归于尽。看着一身戎装配合着坚毅表情的雪狐，陆林想起了卫国战争中，那些高喊“为了祖国！为了斯大林！”发起死亡冲锋的苏联红军。

这时白熊突然跑了过来，对雪狐说道：“头儿，他们开始后撤了！守在后门的伊万和尤里怕是已经……”

# 第二十一章　荒城之战

“你带两个人先绕到后面去，一定不能让他们跑了！”雪狐说道。陆林这才注意到他们这边的阵地上已经有两人倒下，只有7个活人，不禁问道：“你们小队只有这些人吗？”

“还有三个，为防止教堂里的家伙逃跑，我让他们去破坏交通工具，并在附近街道上安装监控。”雪狐答道。

正说着，他突然扶了扶挂在耳朵上的麦克：“什么？他们已经跑过去了？嗯，11点钟方向……16个人……狙击手？阿列克谢！阿列克谢！”似乎是耳机里没了声音，雪狐呼叫了半天也没人应答。他有些失魂落魄地说道：“现在，我们只剩下7个人了，对方还有16个人，其中至少有两个狙击手。”

“别这么沮丧雪狐，还有我们！给我十分钟把同伴们疏散一下，马上回来。他们没有了交通工具，跑不出去的。对了，通讯器给我一个。”陆林说道。雪狐没再说什么，从阵地边死去的同伴身上摘下了一副染着血的通讯器和自动步枪。陆林擦了擦上面的血把通讯器戴到耳朵上，向他们落脚的那栋楼跑回去。

苏维埃大楼的对面，马戏团的人和项昊他们挤在一起，听着外面的枪声依然没有停歇的意思，都很紧张。陆林回来，对大家大致讲明了情况，只说是雪狐一行人在与恐怖分子激战，刻意没有提生化武器的事儿，怕引起恐慌。他声称战斗可能升级，威胁到附近整个区域，让洛雨等人跟着安德烈一家马上走，没了交通工具的恐怖分子可能会来夺车。大家赶紧下了楼，只有陆林和项昊小声在后面嘀咕。

“你们快走！别回头，一直开，越远越好！到地方联系我们，回头我们会去跟你们会合。这次事情很复杂，会很麻烦。”大家都上了车，陆林嘱咐道。他特意看了一眼开车的艾伦，虽然没有多说，但那眼神中饱含告诫的意思。

“你们自己也小心点儿。”洛雨等人还没搞清楚状况，被稀里糊涂地推上了车。安德烈一家很害怕恐怖分子夺车，那可是他们的全部家当和生路。没有停留，马上发动汽车顺着公路开出了城。

“你们小心点儿！路还长，别在这儿就挂了！”萧卓透过车窗对两个人喊道。

“我怎么觉得，她是在跟你说呢！”陆林打趣道。

“你刚才说的生化武器，是真的？”看着车缓缓开走，项昊没心情开玩笑，站在陆林身后沉声问道。

“他们不会拿这种事开玩笑的。”陆林说着打开通讯器，向雪狐问明大概位置，对项昊说道，“走吧，我们绕到前面堵他们，小心狙击手。”

此时，荒城中正在上演一出激烈的巷战。雪狐的三个队员用生命布置的红外监控系统发挥了巨大作用，让他们掌握了另一伙人的逃窜路线。几次路口的突袭，让对方的人数从 16 锐减到 6，但接下来没那么顺利了，这伙恐怖分子绝非乌合之众，他们将计就计，用大部分人吸引注意力，等雪狐的小队追袭过来，躲在暗处的狙击手开始发动攻击。双方在一栋栋废墟间奔跑、隐蔽，距离越来越近，两队都在迅速减员。

陆项二人绕了一个大圈埋伏在撤退路线的前面，作为一支奇兵隐在暗处。两人并没有急着开枪，而是先锁定那两个狙击手的位置。在他们的配合下，雪狐小队迅速分出了两个人悄悄进入两栋废楼。一会儿，刺目的白光从窗口透出，闪爆弹爆炸后就是数声枪响，那两个打黑枪的家伙被击毙。

最后四个同样穿迷彩服的恐怖分子越跑越近，他们只注意到身后追击的雪狐，没有发现陆项二人。陆林在等，等待一个一举全歼他们的机会。距离越近，命中率越高，这是射击的铁律。月光下，他们距离陆项二人只有十几米了，趁着四个人找到掩体回身射击的时机，两人暴起发难，火舌喷吐中，数十发子弹全部镶到了四个人的背上。

雪狐这边也只剩下四个人，他们追上来后来不及向陆项二人道谢，先翻起了地上的四具尸体。

“没有！”“没有！”“没有！”每个队员都这样回答雪狐，让他的脸瞬间阴沉了下来。

“东西没在他们身上，刚跑出教堂的时候，他们是拿着一个金属箱的！

该死，难道还有一个人？”雪狐一边懊恼地说着，一边疯狂切换手里微型接收器的频道，检视一个个监控画面。

就在这时，远处一阵汽车引擎声传来，众人大惊失色，难道那个漏网的人要跑了？雪狐黑着脸把接收器递给陆林，陆林接过后看了一眼画面，险些惊呼起来。孤单行驶在城中的，竟然是他们一路上乘坐的那辆马戏团的小面包，它竟然又调头开了回来。

“这帮货怎么回事？！”陆项二人气坏了，向雪狐打了声招呼就跑过去。拿着金属箱的最后一个人还没找到，危险尚未解除，他们却在此时送来了交通工具！

两个人也顾不上危险，不找掩体擦着街边跑了过去。就在这时，身后一声枪响传来，就听到雪狐和白熊一声惊呼，又有队员中枪了。但预想中的交火并没发生，看来剩下的那个也是狙击手，雪狐等人连他的位置都没找到。这家伙很狡猾，用大部队吸引火力，自己却带着金属箱躲在暗处。

小面包已经开进市区，两只车灯分外显眼。开车的似乎被刚才的一枪吓到了，开始往另一个方向拐弯。陆林两人一路追过来，身后又有枪声响起，雪狐一行人依然没有反击。这不是好现象，他们原本也只剩四个人，现在恐怕只剩下两个了。

两个终于拦住了车，陆林一看开车的是安德烈，洛雨一行人都在车上，劈头问道：“你们怎么回事？怎么又跑回来了？找死呀！”

安德烈被骂得一愣，旋即说道：“本来到了最近的一个镇了，只是，艾琳娜的娃娃落在楼里，没那个她睡不着觉，而且他们一个个都非要回来不可，于是我们就等在城外，等枪声停了这才进来。陆，你们真的有一群好伙伴。”他笑着瞥了一眼后座上的众人。老人想回来找孙女的娃娃，又架不住一众人的哀求，但他不想让儿子来冒险，这才把艾伦赶下车，开车带着众人回来。

“刚才走得太急，被你们忽悠了！”周欣说道，“训练营三五千人我们都共同面对了，这个时候怎么可以丢下你们？”

“说实话，你俩可是我们的主心骨，没你俩我们找不到日不落山。”洛雨说道。罗瑞也附和道：“其实刚才我就不该走，铁三角嘛！”

陆项二人知道他们是不放心自己的安危才等在外面的，可眼下的情况他们根本不了解。又要劝众人快走之际，陆林的通讯器里传来了雪狐的声音:“陆，你们快躲起来，他好像往车那边去了，这家伙要逃！”

“该死！”陆林听了暗骂一声，抬头观察周围的环境，这才发现他们竟然回到了刚才交战的教堂附近。“来，把车停到这边来！”他边说边引着安德烈往教堂侧面的墙根开，那里暂时是射击死角。车被特意停到了窗户边，一行人砸开窗户跳进教堂。项昊瞄准了窗外，如果那条漏网之鱼敢来偷车，他就是活靶子。

远处的枪声再次响起，这次比刚才离他们近了很多，接着又是两枪，估计是雪狐他们终于找到那厮的位置，开始反击了。陆林不放心他们，雪狐小队也只剩了两三个人，稍有不慎就可能被那个狙击手全部吃掉。北高加索的狙击手在第一次车臣战争时，在巷战中让苏军吃过不少苦头。这种小规模的遭遇战里，一个好的狙击手足以左右战局成败，就像眼前这样，胜负的天平正在被这个幽灵一样的狙击手一点点扭转。

他看了一下教堂内的情况，正门处用桌椅建了个简易攻势，后面有两具武装分子的尸体。教堂内十字架正下方的地面上开着一扇厚厚的活门，一排向下的阶梯深不见底，这里大概就是他们找到那批生化武器的地方。

“雪狐，你那边怎么样？”陆林扶着耳机问道。

“刚才白熊当靶子帮我引那家伙出来，他打中了白熊，我却没能打中他。只剩下我一个人了。”雪狐的声音中充满了沮丧。

“雪狐你别难过，向我靠拢吧，我们在教堂。那家伙肯定会来抢车的，我会在阁楼上掩护你。”得悉白熊的噩耗，陆林也很难过。他跟项昊简单交代了两句，便起身上台阶，向教堂最高处的阁楼爬上去。

他没有让众人点灯，一个人静静地在阁楼的窗口架起了带有红外瞄准镜的狙击步枪。狙击手的铁律——不可以在一个地方停留太久，因为一旦射击位置暴露，他会成为靶子。所有人都被集中在教堂里，他自然不能离开，所以开枪的机会只有一次。

雪不知什么时候停了，月光下，教堂外的能见度依然很低。除了风声，一切都静悄悄的。陆林在等，雪狐在等，暗处的狙击手一样在等。

“陆，看好了！”雪狐在耳机中说道，接着把一颗闪爆弹扔到路中间。

光线的传导是随距离减弱的，从陆林所处的位置看过去并不会致盲。地面上雪白的亮光中，陆林果然看到了远处的一个黑影，对方离教堂大概三百米，他似乎也没受到闪爆的影响，陆林还没来得及瞄准，他就一俯身隐没在了废墟里。

“雪狐，你没事吧？他在你身后 8 点钟方向，两百米左右。”陆林一边对麦克说着，一边用红外瞄准镜扫视刚才那个区域，“刚才很奇怪，那人的左眼好像在反光，可能是只假眼。”

“没事。”话音刚落，一声枪响传来，“娘的，这家伙好像看到我了！等等，你是说，那人的左眼在反光？” 雪狐在通讯器中说道。

不待陆林回答，通讯器里又有一个陌生的声音传来：“索科洛夫，你猜到了吗？是我。”

“瓦西里？是你！”雪狐一边移动着位置一边惊呼道。难怪对方刚才能知道他在哪里，原来他捡了死去队员的通讯器，能听到他和陆林的谈话。

“我的好学生，你长大了。”那陌生的声音幽幽说道。

“怎么会是你？瓦西里！你是莫斯科狙击学校的精英！你是被授予过列宁勋章、勇敢勋章的苏联英雄呀！”雪狐愤怒了，他怎么也没想到敌人竟然是自己曾经的老师。他没用麦克，对着身后的黑暗咆哮，回答他的是又一声枪响。

接着那个声音又在通讯器中响起：“我是为了我的父亲。卫国战争中他们用血和生命捍卫的祖国，却被一群可耻的蛀虫毁灭了！我父亲也曾是苏联英雄，是参加过斯大林格勒保卫战的伤残军人，却被他们无耻地抛弃了。1992 年时他已经 75 岁了，权贵们在忙着夺权和瓜分国家财产，没人管这些老兵。没有养老金，没有看护，他被活活饿死在了公寓里，而我却还像个傻瓜一样待在军营，帮他们教育你们这群蠢货！我恨他们！索科洛夫，如果你知道这批武器的目标是哪里，你也会很乐意看到的。”

“雪狐，沉住气，他在分你的心。”陆林提醒道。

“小东西，干掉他以后我会去找你们的。”那个叫瓦西里的又说道。

“瓦西里，我不管你是出于什么理由，这是我的祖国，我死也不会让你们得逞的！”雪狐向身后怒吼道。他又对着麦克喊：“陆，我相信你，再来一次！看好了！”雪狐说完又甩了一枚闪爆在身后，这次他人也跟着冲出来，利用身后的强光，呈一条斜线向教堂跑过去。他知道，那闪爆未必能闪到瓦西里，他可以快速躲起来。只有以自己为目标，瓦西里才会为了狙杀他而暴露。阁楼中的陆林看得心中一颤，刚才白熊也许就是这样做的。但他旋即又恢复了理智，这时再激动也没有用，否则只会浪费掉雪狐用生命给他争取的射击时间。

“砰！”“砰！”

两声枪响几乎同时响起，透过瞄准镜，陆林看到了瓦西里胸口爆出的一大团血花，而雪狐也倒在了教堂的门口。他扔下枪招呼项昊到门口救人，两个人把雪狐抬进了教堂。他后背中弹，子弹穿过肩胛，右肺叶被打穿了。大部分狙击手都有打胸部前后的习惯，因为胸部比头部的面积更大，更容易命中，而狙击步枪的大口径子弹在人体内造成的空腔效应，让他们不用担心目标中弹后是否还能活下来。

“索科洛夫，你的同伴很好。”两个人刚把雪狐放在地上，通讯器里又传来了瓦西里气若游丝的声音，他竟然还没死！“你很好。但是，我就算带不走它们，也不会让你们收回去的。”接着通讯器里再无人声，几声“嘎巴嘎巴”的声音传来，似是打开箱子，又似组装机械。紧跟着，听到一阵喷气声，之后只剩下杂音。

原本抽搐的雪狐猛地一激灵，挣扎着抓着陆林的袖子，紧张地说道：“快！快！启动了！”

“你躺好，交给我们，放心吧！”陆林和项昊飞跑两步来到教堂外，却看到有两颗橄榄球大小的弹头被支在两个像单兵火箭弹底座一样的支架上，正像两颗照明弹一样冉冉升起。那个疯子瓦西里竟然把偷的弹头发射了。

陆林深深吸了一口气道：“这玩意儿离地面越远，炸开后覆盖的面积就越大，咱们肯定跑不了。管不了那么多了，先试试能不能把它们拦截下来，那样至少能让附近城镇上的居民安全。我左你右，一枪机会！”说罢架起了枪，但他拿枪的手有些发抖。如果两枚生化武器注定爆炸，那么它们的覆盖面积是只限于这座荒城，还是扩大到整个贝加尔湖，完全取决于他们两人的这一枪。项昊同样深吸了口气，什么也没说开始瞄准。

转眼间两颗飞弹升到四五十米的高度，屁股后面留下了一串白烟。两人在瞄准镜中追寻飞弹的轨迹，计算风向和提前量，双双扣下了扳机。

一两秒后，两声烟花爆开的轻响从空中传来，两颗飞弹全部命中！像两个被炸开的面粉袋子，天空中的那片区域瞬间被一大团粉尘似的东西覆盖，它们飘忽不定，缓缓下降。

两枪全中，可陆林项昊却没有心情高兴。最可怕的事情还是发生了，夜色下，一场生化危机，即将在这座西伯利亚的荒城中上演。

天空中的烟尘飘落得很慢，看来还要一段时间才能覆盖到地面上，却在空中不停扩散。

"怎么办？"项昊问道。

"呵，好在他们没让上校和雪儿的那只雕也飞回来。"陆林苦笑道，"会有办法的，总不能等死吧？还有时间，现在不是放弃的时候。"两个人对视一眼，随即飞奔回教堂，现在多耽误一秒钟都会增加一分危险。

"雪狐，我们把它们打爆了，范围大概能控制在这座城里。你们的反生化袭击部队什么时候到？"陆林扶起雪狐问道。

"最早也要明天早上。我们……"雪狐的意识似不太清楚，"下面，十字架下面！那个生化武器库！我们可以在那里躲到天亮，应该可以的。"

听到真的有生路，陆项二人又燃起了希望。众人还没明白他们到底是把什么打爆了，两个人就推搡着他们下了那条地道，最后抬起雪狐匆匆进入，按动开关，把那扇厚重的活门又推了回去。脚下的台阶一直向下，最深处似乎有光亮，应该是那些恐怖分子下去拿东西的时候弄的。

"好深呀……深得像是地铁站的台阶。刚才你们狙爆的是什么？太帅了！"周欣说道。

"别说那么多，快下！到下面再跟你们说！"陆林呵斥道。他从来不这么说话，听着那语气，大家知道事态比他们想象的还要严重。

台阶一直向下延伸了足有一两百米才到底，尽头是一扇打开着的超过半尺厚的隔离门，再向前的通道上是一圈紫外线杀菌灯，边上的玻璃柜里还挂着很多老式防化服，这似乎是一间消毒室。过了消毒室还是一扇非常厚重的大门，看到两扇门，陆林悬着的心总算放下了，这个绝对可以起到隔离作用。

他把人引到里面，把两扇门全关起来。穿过消毒室是一个亮着灯的大厅，里面有几张满是尘土的长椅和铁柜，看上去倒像是避难所。另一边是一堵四边密封的玻璃墙，透过玻璃能看到里面有两个金属架，架子上摆放着数排玻璃瓶。大厅往里还有一间小屋，“嘟嘟嘟”的声音从里面传出，应该是有一台小型发电机在工作，这些恐怖分子走得也够匆忙的。众人倒不担心这里的换气系统，苏联的工事是按照防核战争的标准修建的，特别是这种存放生化武器的地方，应该有一套内外双过滤的换气系统。

项昊把大致情况跟众人讲了，当听到刚才爆炸的两颗是生化弹头的时候，所有人脸色大变。萧卓喃喃说道：“娘的，生化危机都碰上了，自从跟上你们这伙人开始就没碰到过好事。还有安德烈大叔一家也是，从救了咱们起就没消停过，你们简直有成为扫把星的潜质！”

“屁话！你要不在火车上劫我们，我们现在没准儿回国了！”项昊反驳道。

陆林在检查雪狐的伤情，那伤口很大，流了很多血，军装都被浸透了。虽然大家都没说，但在现在这个缺医少药的地方，怕是救不过来了。这个在训练营帮过他们大忙的人，这只面带微笑的雪狐，生命即将走到尽头。

“那人曾经还是你的教官？他也太狠了。”陆林想尽量找些轻松的话题缓解一下气氛。

雪狐满是血沫的嘴笑了笑，说道：“这不怪他，我们只是生在了不同的时代罢了。他是苏联的英雄……苏联最后那几年，国家太困难也太糜烂了……就算退休的最顶尖科学家，一个月也连10美元的退休金都拿不到。我们赢了军备竞赛，却输了国家……瓦西里深深地爱着苏联，他的心跟着国家一起死了，所以才会那么痛恨那些把国家搞跨的人……而我，是新俄罗斯联邦的军人，人们现在生活得很好……我不允许有人破坏它。”他开始小声絮叨，好像到了弥留之际。

萧卓在玻璃墙边站了很久，似乎在看里面的东西。此时走了回来，小声对众人说道：“是炭疽，那两个架子上全是！”

“就是‘911’以后袭击美国的那个邮件危机？这个算是生物武器还是化学武器？”周伟问道。

“生物武器。”萧卓说道，“炭疽杆菌是一种毒性强、易保存、高潜能、高隐蔽性的病菌。和沙林那类毒气不同，那些毒气一出现马上会引发群体的共同反应，容易被发现。就像东京地铁沙林事件，密闭空间里数千人中毒，却因为救治及时最后只死了 13 个人。而炭疽杆菌有一定的潜伏期，可以通过皮肤、呼吸道、食物等各种途径传染，发病者会出现身体溃烂和恶性水肿，在几天内迅速死亡。这玩意儿相当危险，可以在地下存活 70 年，非常不容易被杀死。而且传播途径隐蔽，只要握个手、拆个封信就可能被传染，非常适合于暗杀，难怪克格勃会保存这个。”

“幸好这座城已经荒了，不然真是一场屠城的瘟疫呀，就像那个黑死病似的。”周欣感慨道。

“应该说幸好冷战没有爆发为热战，不然老毛子的这些核武器和生化武器，足够把人类灭绝好几十次的。成吉思汗那个年代的生物武器，都让欧洲死了近一半的人。”罗瑞接话道，“唉，这两个大帝国还真是蛮像的。其实这些东西跟老百姓一点关系也没有，可最容易被这些大杀器伤害的却是老百姓，都是统治者的野心在作祟呀。”

“但愿那支防生化部队赶快来吧，这样不是办法。炭疽杆菌会被风传播到附近，时间耽误得越久面积就会越大。即使是在荒凉的西伯利亚，谁又能保证在它存活的数十年内不会被人碰到？再说这城里还有动物，它们会带着病毒游走，难免会到有人类的地方。最重要的是，它是活的，会繁殖，会传染，会变异！”洛雨皱眉说道。

萧卓同样很担忧：“是呀，环贝加尔湖附近是东西伯利亚人口最密集的地方，那东西还可以一直在这个全世界最大的淡水湖中繁殖生长。但愿今晚不要起风，不然一场生态大灾难在所难免。我美丽的西伯利亚呀……”

“贝加尔湖北部这一带，大概生活着十到三十万人……”老安德烈刚才听到生化武器的事后忧心忡忡，一个人呆呆地坐在旁边。

“雪狐！雪狐！索科洛夫！”众人讨论之际，陆项二人一直关注着雪狐的伤势。他快不行了，陆林握着他的手想唤醒他，可雪狐意识模糊，他睁大一双空洞无神的眼睛，似在看陆林，又似望着虚空，喃喃说道：“瓦西里，是你吗？回来吧，苏联没有了，但人民还在，而且他们生活得更好了……回来吧，像你当初教导我们的那样……我们一起，保卫我们的祖国……祖国……”

雪狐握着陆林的手缓缓松开，无力地垂到了地上，这位在俄罗斯认识的新朋友就此逝去。雪狐和他的小队用生命兑现了先前的话，哪怕与敌人同归于尽，也不会让这可怕的武器流出西伯利亚。陆项二人的泪在眼眶里打转，最后还是咬牙忍了回去。

陆林把雪狐的尸体放平，从他身上摘下了与先前在城中布下的监控系统连接的监视器，信号接收正常，一个个画面平静如初，荒城还是那座荒城。雪儿好奇地把这个有画面的东西要过来玩，周欣也凑了上去跟她抢。

“等天亮了，请把他也抬上去。”安德烈说道。他站在雪狐身前深深鞠了三个躬：“他不该被留在这里，应该盖着国旗，被风风光光地葬在新圣女公墓里。他是这个国家的英雄，俄罗斯联邦的英雄！”

大家沉默着。

周欣面色煞白地来到陆林身后，拍拍他的肩膀喃喃说道：“林子哥，起风了。”说着把接收器递了过去。画面中，地上的雪花被吹了起来，荒城里刮起了白毛风。

可以想象，随着凛冽的北风，这些散落在城中的炭疽杆菌将会再次起飞，开始它们向南的扩张之旅。离天亮还早，也许防生化部队来的时候，为时已晚，等待他们的将是数以万计的感染者和不可能完全清理的大片感染区以及被病菌当作繁殖温床的世界最大淡水湖。

“那玩意儿很难杀死是吗？”陆林咬着牙问道。他双眼通红，似是悲愤，又似在做什么艰难的抉择。

萧卓点头道：“是的，非常难杀死。要杀死炭疽病毒，用沸水煮要半小时，用150度的高温炙烤要3小时，它们能在零下一二十度中存活四年以上。别想了，这种事咱们不可能帮得上忙……”

“那如果是1000度的高温呢？”不待萧卓把话说完，陆林扭头对雪狐的尸体自言自语道，“兄弟，你没做完的事，我帮你做完！”

陆林深深吸了口气，似是终于下定决心，平静地对罗瑞说道：“瑞子，旅行袋给我。”这话让大家的心都是一颤，那袋子里，装着灾星。

“陆林！你别冲动，想清楚。”洛雨沉声说道，她现在也不知道该怎么办好。

“十万人的生命，和臆想中可能存在的气象灾难，哪个更重要？！”陆林问道。与眼前的灾难比起来，那虚无缥缈的大旱真的不太重要。何况这里是荒芜的西伯利亚，没几个人是靠天吃饭的。

“可是……你打算怎么办？”洛雨实在想不出拒绝的理由，何况眼下的情况确如陆林所说。也许还会有辐射，但和数万人的生命比起来，也只能先把它忽略掉，事后再跟几个不知情的人讲。

“你拿它做过实验，应该比我了解，不是用电磁什么的激活过它吗？不知道发电机可不可以。”陆林看着大厅旁边还在“嘟嘟嘟”响的房间说道。电和磁可以相互转换，只需要一些简单的设备就能实现。

“你们到底在说什么？”萧卓盯着那只旅行袋不明所以地问道。一路上她已发现那只灰球非常被重视，但谁也不肯告诉她那是什么。听了两个人的对话，她愈发觉得这东西不简单，难道，它能阻止外面的生化危机？

陆林从包里拿出灾星，回头对众人道：“没时间耽误了！昊子过来帮我，说不定会有危险，你们谁都别进来！欣欣，好好看着接收器，有效果了告诉我。但愿还能有一台备用发电机，不然材料真的不好凑。”说罢他抱着灾星走进放有发电机的房间，项昊也跟了过去，紧紧关上门。接着他惊喜地说道：“还真有台备用的！”

安德烈、彪子、雪儿和萧卓完全不明白他们刚才的举动，但经历过的人回想起光明洞中的一幕，不自觉变了脸色。周欣小脸儿煞白，拿着接收器的两只手不住地发抖。看着他们一个个的样子，萧卓觉得心慌，好像陆林在小屋里要放出盒子里的恶魔。

小屋里不停地传来“叮叮当当”拆机器声音，大概过了十几分钟，一阵阵“刺啦啦”的交流电声又响了起来。洛雨等人聚精会神地看着周欣手里的接收器，他们知道，就要开始了。这个装在旅行袋里沉寂已久的灾难之星，终于要为做一件“对的事”而再次启动，目标只有一个：拯救贝加尔湖附近的所有生灵。

“好像……好像……开始了。”周欣不确定地说道。她快速切换着一个个监视器的画面，似乎有光芒一闪即逝，但太短暂了，她不能确定。这里是地下一二百米，听不到地面上的任何声音，唯一能让他们了解地面情况的只有手中的监视器。

“开始了！真的开始了！”罗瑞惊恐地叫道。闪光开始密集，他们像是在通过一个小屏幕看一场黑白的无声电影。那闪光越来越密集，开始有雷电直接劈到地面上，雪地上瞬间蒸发出一个坑；劈到岩石墙壁上，墙壁瞬间就黑了。雷电的威力还在一点点加大。

“这是怎么回事？是你们带的那个东西搞出来的？！”萧卓在旁边失神地问道。没人回答她，接收器的画面给出了最好的答案。天仿佛亮了，闪电几乎没有间隔，一个个霹雳打在地面上，仿佛要把大地撕开一条裂缝，无数的木质建筑物开始燃烧。看着那毁天灭地般的威力，萧卓几乎瘫软到地上。她已经尽量高估那灰球的能力，可眼前的景象实在太震撼了，仿佛是手持雷电之杖的宙斯举起他的权杖，对世人降下了清洗世间邪恶的惩罚。萧卓一阵后怕，原来自己竟然跟这么可怕的东西同行了这么久，这群人简直是带着核弹在旅行呀！

“天火焚城！上帝啊！天火焚城！”老安德烈被那小小的画面吓坏了。他颤抖地跪在地上，手划十字架祈祷，嘴里念叨着：“感谢上帝！感谢上帝！愿您的国降临，愿您的旨意行在地上如同行在天上！请宽恕我们的罪，拯救我们脱离黑暗，进入光明……”《圣经》的“创世纪”篇中，曾经有两个充满罪恶的城市：所多玛和蛾摩拉。耶和华将硫磺与火，从天上降于所多玛和蛾摩拉，把那些城和整个平原、城里所有的居民，连同地上生长的一切全都毁灭。眼前的情景，竟与传说如此相似！

众人在光明洞时就身处地下，现在他们也是第一次看到灾星所引发的雷暴到底是什么样的一个场面。他们大气都不敢出，凝神观看。此时的雷电密集得像雨点一样，闪电与闪电之间几乎没了间隔，仿佛一场倾盆大雨在清洗着这座荒城，又像有一道与城市面积同等大小的巨大闪电，如瀑布般不停灌到地面上，到处都是火焰和焦黑，他们甚至看到有两根裸露钢筋开始熔化。

“沙沙……”又一个画面变成了雪花点，数个监控被劈坏了。随着雷霆越来越密集，正常工作的监视器越来越少，最后只剩下了一个，大概是被安装在室内什么地方，还在继续转播画面。

时间一点点过去，雷暴还在继续，而且越来越大，屏幕几乎只剩下白茫茫的一片。众人开始相信那个锦衣卫在密奏中提到的“西北实验，三县偕亡”的说法。监视器对面有一栋 7 层高的楼房，现在只剩下三层以下还在熊熊燃烧着，上面四层已化为齑粉。

时间久了，众人似乎对这炼狱般的场景麻木了。现在唯一值得庆幸的，就是这座城里没有人。大概过了一两个小时，屏幕上除了雷电再也看不到别的，偶尔露出的画面也只是一望无际的废墟，眼前再没有什么可以遮挡视线的东西，一切都被夷为平地。地下室里静悄悄的，仿佛什么都没有发生过，那画面只是来自另一个时空的幻象。

“陆林，差不多了，停下吧！你们没事吧？”洛雨对着发电室喊道。

“没事！好了吗？这就停下！准备好，要关灯啦！”小屋里传来二人的声音，众人也都松了一口气。接着，地下室所有的灯熄灭了，发电机也停止运转。过了四五分钟，发电机启动的声音再次传来，地下室恢复了光明。

“等会儿就出去，这玩意儿需要点时间降温！”陆林的声音传来，“你们去那个消毒室里拿几件防化服穿上，一会儿弄好了咱们就走！”

## 第二十二章　一路向西

众人依言打开来时的门，抱了一大堆老式防化服进来，各自套在身上。过了一会儿，陆项二人抱着灰球走出来，重新把它像个篮球似的装回了旅行袋里。萧卓紧紧盯着那灰球一点点后退着，像是在看一颗定时炸弹。

“再等一会儿，上面烧得差不多了，我们上去看看。问题已经解决了90%，咱们就别等军方的人过来了，要不实在说不清楚。”陆林边穿防化服边说道。

又等了半小时，几个打头的人先后穿着防化服走上台阶，来到地道的入口，小心地按下了开关。活门缓缓推开，露出了压在通道入口的两块还在燃烧的木块。教堂的天花板已经不见，可以看到头顶的夜空。项昊把两块挡路的木板踹飞，第一个爬了出来。

整座城完全消失了，远处的森林也被燃烧了一大片，放眼望去全是废墟，除了一地瓦砾，连栋超过两层的楼房都没剩下。原本的教堂不见了，入口边上那个固定在地面上的十字架竟然没有倒，孤零零地立在废墟的瓦砾中熊熊燃烧。

所有人重新回到地面上，被眼前世界末日般的场景惊呆了。

“天啊，我们真把整座城都点着了。”罗瑞的语气中似乎还有些难以名状的兴奋。

“你们……你们一群平头老百姓，从哪儿找的这种东西？还带着它到处跑！太危险了！”萧卓喃喃说道，突然她表情一变，“不过话说回来，有了这东西，什么研究所，什么训练营，全他妈的是浮云，到哪儿都能横着走了！天啊，这简直是希腊神话里宙斯的权杖！”

“放在国内被你们这些人盯着，更危险。”洛雨回答道，“眼前的惨状你都看到了，换你你敢用它吗？所以有跟没有没区别。别大惊小怪了，你不也说过，我们寻找的东西是不能用钱来衡量的吗？”

"原来那老家伙一直要找的东西竟然这么变态！难怪他一直不死心。为了这样的东西，费多大力气都值了。"萧卓心中暗想。

大家动手清出一块平地，把雪狐的尸体轻轻放到地上。天亮以后，军方的人会发现他，作为反恐英雄，他会得到应有的待遇。将军难免阵前亡，作为一个军人，雪狐用生命捍卫了他的祖国，保护了他的人民，他死得其所。担心还有尚未消灭干净的病毒，众人没再多停留，先前的面包车已经被烧得只剩下一个金属架子，于是他们只能穿着防化服步行离开这里。

走着夜路，老安德烈告诉众人十几公里以外有个小镇，之后就再没说过话。好在有了先前在高纬度地区行动的经历，夜间的寒冷并没有给他们造成太大麻烦。沿着公路一直走到将近黎明，他们终于看到了前方不远处稀疏的灯火。这时老安德烈突然让众人停下，很为难地对他们说道："朋友们，前面就是城镇了。但是，恐怕你们不能跟我们一起走了，你们还是自己到镇上再想办法吧。"

"老爷子，你不会真当我们是扫把星了吧？别听那婆娘乱说！"项昊说道。

"不是，不是，你们别误会！我不知道该怎么跟你们说……"老人连连摆手，接着是一阵沉默。他一副愁眉苦脸的样子，搓着手不知所措，似乎不知道该怎么跟众人说。足足过了两分钟，老安德烈这才下定决心，有些无奈地抬起头，看着众人道："好吧，我告诉你们一个秘密。这秘密连我的家人们都不知道，包括我死去的妻子。其实，我也是克格勃。"

"什么？"众人全都愣住了。眼前这位和蔼的安德烈大叔，他是克格勃？做过人体实验、残害过无数好人、埋藏过生化武器的克格勃？

"还记得我给你们讲过的那个牵涉到太子党的'珠宝走私案'吗？原谅我没有对你们说实话。"安德烈有些踌躇地说道，"他们把我抓了以后，并不是无缘无故就把我放出来的。就像那天你们说的，遇到这种事还能全身而退非常不容易。事实上，我也没有能……"老人说到这里变得非常难过。

"您是在那时候加入克格勃的？"萧卓敏锐地问道。

"我也不想！是他们逼我的！"安德烈悲愤地说道，"他们要发展我，如果我不答应，他们有无数种办法把我整死在监狱里，连我的亲人都不放过！我只是一个普通人，我有老婆孩子在外面，我没有办法呀！这件事在我心里藏得太久了，是他们授意我离开马戏团的。直到克格勃解散前，我都在演出路上给他们提供情报。我不敢告诉家人，到妻子去世我都没敢告诉她。当他们的走狗,这是耻辱呀！你们不会明白的,她临终前,我抓着她的手有多内疚。”说到最后安德烈老泪纵横。

“克格勃为啥要一个流浪艺人？”水静小声在后面问道。

罗瑞回答道：“间谍不是都像007那样的，就像明朝用锦衣卫治国那会儿，没准儿哪个官府里的下人会被发展成锦衣卫。也许像这种小人物搜集到的情报大部分都是没用的，但没用不代表不需要收集。当时苏联100万间谍，它总人口才多少？小人物，哪怕一生只能收集到一条重要情报，那么发展他也是值得的。比如说……灾星。”

“是呀，安德烈大叔也是受害者。像先前咱们讲的海明威、萨马兰奇这样的人物，都曾在威逼利诱下被发展成克格勃。他这种小人物，又怎么斗得过庞大的特务组织？人在江湖，身不由己呀。”陆林颇为同情地说道。

“克格勃不是解散了吗？这跟咱们能不能一起上路有什么关系？”洛雨问道。

“叶利钦解散了克格勃，20万世界顶尖特工一夜之间全都失业了。可我很高兴，终于不用再做这种事了，但接着发生了变故，克格勃解散了，叶利钦突然发现，一夜之间整个莫斯科都是外国间谍，因为克制他们的克格勃没有了。后来的几年里，他重新组建了俄罗斯联邦国家安全局，一大批老人被征召回来，一大批暗线被重新起用。1998年的一天，他们又找到了我。”安德烈回忆道。

“就是说，你现在仍然在为他们工作？”萧卓警惕地问道。这非同小可，如果俄国人见识到那座小城现在的样子，不可能不对灾星的威力动心。

“是呀，我还在为他们工作，马戏团里有他们的定位装置。当听说有恐怖分子出现，我已经偷偷把情报汇报上去了。后来又返回那座城，也是他们授意的。所以，你们一定不能跟我走！”安德烈说道，“你们都是好人，一路上救了我们好几次，刚才还拯救了整个贝加尔湖！放心吧，我不会出卖你们的，不然也不会跟你们说这些了。”

“可他们问起那座城里的事儿您怎么说呢？”萧卓问道，她并不完全相信安德烈。

“除了你们，我是唯一活着出来的人。我会告诉他们，那几个中国人全被恐怖分子打死在城里，尸体被雷火焚烧了，只有我躲进了教堂的地下室才得以活着出来，其他什么事儿都没看到。”安德烈说道。

“这倒不失为一个办法。”陆林点头道。

众人又商量了一些细节，最后周伟让陆林问安德烈要了联系方式，并且告诉他，灾星是有辐射的，这一行人就是因为被辐射了才会远赴俄罗斯来找解决的办法。同时让安德烈不要着急，等他们找到了解决办法会联系他。

周伟是特意让安德烈知道这些的，不只是为了让他知情，也是为了给众人的安全多一层保障。作为一个在国内商海沉浮近二十年的成功商人，他早已不轻信别人。善良？善良是可以被收买和要挟的。只有一行人的自由和对方的生命挂钩，对他们来说才是最保险的。

大家脱掉防化服，集中在森林中的一块空地上烧掉掩埋。老安德烈跟众人告别，一个人先走了，大家准备从另一个方向进镇子。夜幕下，众人继续赶路，走着走着陆林竟然摔了一跤。

“想什么呢？连路都不看了。”周伟笑道。

“我是在后怕呀。”陆林说道，“你们想想，如果不是安德烈大叔最后良心发现，不忍暴露咱们，咱们就会这么跟着他一路回到马戏团，那会是什么样的结果？刚才在路上的那一会儿，才是咱们进入俄罗斯以来最危险的一刻呀。被一个国家盯上，就等着束手就擒吧。匹夫无罪，怀璧其罪，最后可能死都不知道怎么死的。所以才说特务治国是很可怕的，谁都没有安全感。那么好的一位老人，竟然也是个暗桩！”

“你不说我差点儿忽略了，真的好险！咱们一关关都闯过来了，但刚才那一关，真是侥幸。”周伟赞同道，“幸好安德烈是个好人，宁肯放弃荣誉和奖金也不愿出卖咱们，不然咱们绝对完蛋了。”

洛雨附和道：“说起来，克格勃真可怕，研究所里的科技幽灵，训练营里的克格勃教官，废城中的生化武器。对了，雪儿也是间接的受害者，一个美丽的女孩，生生变成了丛林雪怪。还不止这些，最可怕的是，这架恐怖的冷战机器竟然到了今天还在悄悄运转着。刚才只差那么一点点，咱们就要自投罗网了，这才是苏联遗留下来的最恐怖的遗产……”

“你们这群人真不厚道！特别是周伟你个奸商，还骗老头儿说有辐射，看把人家吓的，太不厚道了！”萧卓笑骂道。

“那个……辐射是真的……不然你以为我们为什么来？”洛雨说着扑哧笑了出来，对她来说，捉弄萧卓是件很有趣的事，“好啦别担心啦，短期以内没事的，而且也不能确定是恶性的。”

“什么？”萧卓脸色煞白地呆立在原地，好半天才回过神来，众人都走远了。她一边追一边喊道：“别跑！你们这帮扫把星！给老娘说清楚！”

回答她的是星空下众人的一片哄笑。

第二天上午，西伯利亚训练营。

“二爷，跟着他们的十几个人全没了。最后收到的消息是二老爷家的小姐跟那伙人进了座废城，城里发生了枪战。”

“被发现了？这群废物，再派人就是了。”萧成荣懒散地靠在皮椅上说道。

“没被发现。您先看看这个，毛子卫星拍下来的。”来人递过几张照片，角上有时间标注。最开始的几张照片里是一座平静的荒城；接着几张，云层把下面完全挡住了，似有光芒闪烁；最后几张，云开雾散，地面上什么都没有，只剩下在火海中燃烧着的废墟。

看到照片的萧成荣猛地直起身，阴笑着道：“难怪我这个好妹妹会从老窝跑出来，还真让她发现了一些了不得的事情！”

西伯利亚公路上，四哥正带着赵纪辉一行人一路南下。他通过关系调到了距离研究所最近的两个镇的监控录像。这个季节里车很少，几乎所有车都是南下的，于是他大海捞针似的追了下来。这时一个来自国内的电话打了进来。

“四哥，昨晚卫星监测到西伯利亚贝加尔湖北部，发生了一场毫无征兆的大雷暴。那情形似乎和先前发生在贵州的很像，没有任何天气变化，它就突然发生了，而且规模大了很多。”

“一定是他们！这伙人还说他们在贵州的路上翻了车，什么都不知道。两次事件肯定都与他们有关，老五可能也是他们害死的！快，把坐标给我！”四哥向着电话怒吼道。

“我说，咱们接下来怎么办？”小镇上的旅馆里，罗瑞问道。

“接下来继续向西，等确定了大概方向，再往北走。”洛雨说道，她刻意没提玉衡的事。

“咱们的东西都被火车运到伊尔库茨克了，而且看地图，那边的交通还更方便一些。不如先去那里，先回到贝加尔湖的南端，从那里再开始找。”水静提议道。

“可那就要绕一大圈了，咱们的目标在西北，现在还往南走，太浪费时间了。东西缺什么再买就是了。”周伟说道。

“不行，一定要去！”水静说完发觉自己失言了，一捂嘴巴。

她的反常引起了大家的注意，洛雨问道：“为什么？”

“不为什么。”水静不会说谎，此时一张小脸儿涨得通红。

周欣道：“静静，你好像没说实话哦。”说着要去捏水静的鼻子。

水静像兔子一样嗖的一下蹦到洛雨身边，抱着她的胳膊哀求道：“原因我不能说，但真的要回贝加尔湖南部一次，你们相信我啦，绝对有好处的！”

众人相互望了望，难道水静真的有什么隐情？不过她应该是可以信任的，不说一定有不说的理由。洛雨翻了翻地图说道：“这样吧，咱们先回伊尔库茨克，然后从那里直接飞到叶尼塞河畔的克拉斯诺亚尔斯克——西伯利亚第三大城市。记载中提到的日不落之山，位置大概就在贝加尔湖和叶尼塞河之间，咱们从那里开始找。”

“静静，到底是为什么呀？你就说吧，要不，你就告诉我一个人好不好？我保证不说出去。”周欣说着又要粘上来。水静对她一点办法都没有，丢下一句“八婆”跑回了自己的房间。她忘了那是她和周欣两个人的房间，周欣笑得像只小猫一样一溜小跑追了过去。

西伯利亚公路上，赵纪辉正在接一个电话。

“停车！我去方便一下。去吗四哥？”挂了电话，赵纪辉问道。

“嗯。”四哥应了一声，也跟着下车，走进路边的森林。

“先前你寄走的那个大皮箱，是什么东西？”四哥问道。

“没什么，就是刚入境那两天买的小东西，准备回头送朋友的。”赵纪辉答道。

“刚才的电话也是朋友打的吧？”四哥笑着问。

“是呀。”赵纪辉嘴角不经意地抽动了下，边提裤子边随意地说道，“他们有个计划，不过现在计划变了。”话音未落，寒光乍起，犹如划过一颗流星，一闪之际就到了四哥的咽喉处。

但紧跟着，星光戛然而止，停在了四哥咽喉前一寸的地方。黑影中光芒散去，那是一把手术刀，现在它像一只被蛛网粘住的蝴蝶，被牢牢地夹在两根手指之间。四哥的高大身躯背着光，居高临下冷冷地看着比他低一头的“赵纪辉”。赵纪辉抽了几下没把手术刀抽出来，马上弃刀后退，退出十来米才停下。

“你朋友这个电话，我已经等了好久了。”四哥冷笑着说道，“知道哪出问题了吗？我跟纪辉不熟，但他是兵营里出来的人，坐有坐相，站有站相，这是长年养成的生活习惯。可你那个样子，连他那群手下都不如！早看出你有问题了，要不是等你后面的人，你以为你能活到今天？你怕是不知道吧？我们赵家的手机都是特别定制的。”

“不愧是这一代的领军人物，赵家老四，名不虚传。”赵纪辉阴笑着盯着四哥道。

“少废话！老老实实跟我回去，继续装你的赵纪辉。你上面给你多少好处，我给十倍！”四哥说道。发现这个赵纪辉是假的，赵家这支小队先前发生的一系列问题也就找到答案了，他觉得眼前这个人不简单。

“他们能给的，你给不了。如果我还想继续装下去，就不会这么早解决你了。再说，你真以为吃定我了吗？你还是来得太晚了。”他掏出一只遥控器似的东西，“这东西落地，你身后的那帮虾兵蟹将就会被炸上天。”说着他把遥控器抛了起来，抛得比较高，但距离不是很远，正是一个人努力追赶差不多能接住的距离。他盘算好了，对付赵家老四这种狠人，只是威胁没用，必须把选择的机会留给自己。

在四哥眼里，身后百十号赵家子弟的性命显然比眼前的赵纪辉重要，他纵身追了出去，眼看快要追上时，飞身跃起，一手抓住遥控器，另一只手在空中拔枪，一个旋身就转过了头。可刚才还站在那里的赵纪辉已经不见了，地上连个脚印都没留下。四哥拿着遥控器举目四望，树上全是白雪，根本看不出有人。

“小子，我知道你没走远！招子放亮一点，没有下次了！” 他对着虚空说道，之后又回头边走边对着车队喊，“所有人下车，拆炸弹！一群蠢货！”

两天之后，众人坐着一辆包来的车来到贝加尔湖南端的伊尔库茨克。司机本想从结冰的湖面上直接开过去，因为这是最近、最方便的路。用他的话说，直接踩着油门，方向盘都不用把就到了。广大无边又平整如镜的贝加尔湖就是最好的公路，冬天还会有人专门把这里当成极速试车场。可众人有了先前面包车沉湖的经验，说什么也不肯，于是多花费了一天时间，从湖边一路绕了过来。

第二天一大早，众人分头行动，陆林、项昊和罗瑞去火车站取行李，周伟和洛雨去机场订机票。萧卓承诺不跟家里联系，但到了这座东西伯利亚的最大城市后，资金问题算是解决了。周欣缠着萧卓让她帮自己租辆车，问原因又不肯说，萧卓脸一板抱着肩膀道：“大人不在，你个小孩儿不许乱跑！万一出点儿事，等你哥回来非吃了我不可。”

“不是我一个人，还有静静！再不行……就带上雪儿！有雪儿在你总该放心了吧？”周欣继续央求道。雪儿现在已经是众人公认的战斗力第一了，绝对的终极保镖，金牌打手。

“那我也去，反正在旅馆里也没事干。”萧卓说道。

“卓姐你不能去！这是我跟静静的秘密，连我哥他们都不能告诉，反正是件很重要的事。”周欣说道，言下之意我哥他们都不能说，你就更不能说了。雪儿天真烂漫，反倒不被周欣防着。原来那天水静没能抵挡住周欣的软磨硬泡，告诉了她一些事情。原本该她一个人做的事，被周欣兴奋地揽了过来，非要一起不可，言称好姐妹，同进退。

“不行！至少你得告诉我你们去干吗？不然他们回来我交代不过去。”萧卓说道。

周欣挠着头想了想，苦着脸说道：“好吧，但我只能告诉你一句，不许再问了。”看萧卓点头，周欣才故作神秘地在她耳边小声说道：“我们要去寻宝。”

众人回来时，萧卓等人正在看电视，新闻中正播放着一条新闻。荒城的事已经过去三天了，军方似乎终于搞定一切，将这消息公布于世。当然，电视上播放的是删改过后的版本，这种事情官方是不会把真实情况告诉人民的。

一群潜入西伯利亚的恐怖分子，妄图偷窃苏联遗留下的武器库，被一路追来的英勇俄罗斯联邦特种部队拦截在一座废城里。恐怖分子人数超过一百，特种部队寡不敌众，却一直英勇奋战。最终，队长索科洛夫引爆武器库，与恐怖分子同归于尽。

之后，雪狐小队成员的照片一张张在画面中出现，他们的背景被一一介绍，就像所有的英雄报道一样，他们是俄罗斯的英雄，他们的英勇行为将会被俄罗斯人民永远铭记。最后，军方表示，网上流传的贝加尔湖出现生化武器的消息纯属谣传，穿着防化服的部队照片也是很早以前的旧照，请居民安心生活。

“总算是给了他们一个光荣的身份，”陆林叹道，“人其实就是这样，两眼一闭，最后能得到一个官方的肯定，就是最大的荣誉了。盖棺定论嘛，证明这一生没有白活。”

周伟问道：“哎，欣欣呢？”

“她和静静、雪儿出去寻宝了，我拦不住。”萧卓说道。

“这孩子怎么又胡闹？！”周伟急了，拿起电话就要打，却被洛雨拦住。

“让她们去吧，应该是因为静静，我大概猜到是怎么回事，对咱们来说应该是好事。”洛雨笑着说道，“放心吧，有雪儿和静静跟着，应该不会有事的。”

直到天黑，三个女孩才开着车施施然地回来。一个个灰头土脸的，水静和雪儿还好，周欣似是累坏了。

“找到了吗？”洛雨问道。

“找到了！”水静开心地答道，说完发现自己又失言了，一副做贼心虚的样子。却不料累得一塌糊涂的周欣接话说：“别提了，还以为真有宝藏呢，找了大半天，结果就看见那么个破玩意儿……”话还没说完就被水静堵住嘴拽回了房间。

“回来就好。”周伟看到妹妹平安回来没有多问，陆林几个人也没把这种小孩子过家家似的寻宝游戏放在心上。

一夜无话，第二天，众人登上了飞往克拉斯诺亚尔斯克的航班。这是架图 –134 小型客机，无论外观还是机内的座椅都相当破旧。听萧卓说这是在 1986 年就停产的型号，也就是说至少已服役二十年，弄得众人对去买票的俩人一阵埋怨，这简直是在玩命呀！

两座城市间直线距离为900公里，是这附近相距最近的两座大城。飞机上只有七十个座位，倒像是辆加长的大巴。一会儿工夫，座位被带着各种行李的乘客坐满。小飞机在剧烈的颠簸中起飞，众人的心都提到了嗓子眼，他们从来没坐过可以颠簸成这样的飞机。

升空后萧卓松了一口气道："吁……吓死我了，肺都快被颠出来了。其实在俄罗斯，这样超龄服役的老飞机还有很多，机械性能还是比较让人放心的，还有一些被私人买家改装成了私人飞机。我们家就有两架，不过都是手下人在用，老娘没坐过这么不稳的飞机！"刚说完，飞机好像遇到了气流剧烈晃动了一下。

窗外的风景很美，大地一片雪白，森林、冰湖、高山、低谷尽收眼底，但大家没什么心情看，这种提心吊胆的状态一直持续到几个小时候后飞机降落。面前又是一座美丽的冰城，俄罗斯境内水量最大的河叶尼塞河静静地从城中穿过，一路向北流入北冰洋。每到冬季，这座城市会变得绝美无比，无数的俄式老建筑、大教堂和歌剧院，此时变得银装素裹、蒸汽弥漫，仿佛进入了童话中的仙境。叶尼塞河的河面上全是雾气，两旁结冰，中间还有一部分在静静流淌着。两岸是厚厚的积雪，阳光下闪着光的是岸边的树挂，所有的枝杈都被白雪包得严严实实，犹如白银打造。

玉衡只能在晚上工作，现在天色还早，众人决定放松一天，于是他们租了车在城中闲逛起来。饱览河畔的美景，周欣的相机快门不停地响着。直到晚上，大家慷萧卓之慨，在城里最豪华的餐厅吃了一顿丰盛的俄罗斯大餐，才心满意足回了酒店。

洛雨再次拿出来玉衡测量，令她意想不到的是，指针依然指向西北。

"这玩意是不是坏了？"陆林在一旁皱眉问道。按照他们预定的计划，这日不落山应该就在叶尼塞河和贝加尔湖之间的某个高纬度地区。本以为到了叶尼塞河河边，指针就会转向到东北，然后他们就可以走公路向东，把方向一点点校正过来。可眼下指针还是指向西，也就是说，要么是玉衡坏了，要么是这日不落山不是古籍中提到过的那一座！

"应该不会，这玉衡设计精妙，但机械部分并不非常复杂，全靠天星指路，除非是星空出了问题，不然应该不会错。”洛雨说道。可头顶夜空中那些闪烁了亿万年的星辰从鸿蒙初开时就在那里了。跟它们的寿命比起来，人类的全部历史加起来也只不过是弹指一挥间，它们又怎么可能出问题呢？

“难道还要往西？要不直接飞莫斯科算了。”陆林叹气道。原本以为来到这里，离目的地就不远了，可看眼下情形，前途一下子又渺茫起来。

“我也不知道，看看大家的意思吧。”洛雨说道，“其实咱们并没有走出多远，现在离出境的满洲里直线距离大概 2000 公里。横跨 8 个时区的西伯利亚，我们连一半都没走完。蒙古帝国的版图实在太大了，这还不算西伯利亚以西的东欧部分。”

回到酒店，洛雨对大家说了大致的情况。史书上记载过的日不落山基本被否定，如果继续向西，也许还有万里征途在等待他们，原本驾车前往的计划只能放弃。众人看着地图最终决定，采用蛙跳式的搜查方法，向西把一座座大城市挨个飞过去，到哪一站指路针开始转向东方，就从哪一站回头开始找。从现在所在的克拉斯诺亚尔斯克到新西伯利亚，再从新西伯利亚到叶卡捷琳堡，每座城之间相距一到两千千米不等。再往西，就要翻越乌拉尔山进入欧洲大陆了。如果到了叶卡捷琳堡还是不行，他们就直飞莫斯科。

新西伯利亚市是西伯利亚最大的城市，俄罗斯的第三大城。第二天众人订好当晚的机票，在夜幕降临后，坐上酒店的出租车启程了。谁也没有注意到，在身后的黑暗里，有个拎着大皮箱的人在默默注视着他们。

三天后的清晨，一行人风尘仆仆地来到位于俄罗斯中部的重镇——叶卡捷琳堡。在新西伯利亚一无所获之后，众人连夜启程，来到这座坐落在乌拉尔山脉的欧亚大陆交界线边的城市。叶卡捷琳堡被称为“乌拉尔之都”，在市内的一些小路上，很多地方分别标注着“亚洲”和“欧洲”。这里的人们喜欢说：“俄罗斯是只双头鹰，一头看着亚洲，一头看着欧洲，我们叶卡捷琳堡就是这只双头鹰共用的脖子。”

萧卓对众人介绍道：“这里在二战期间被称为‘英雄之城’，因为当时西部战况吃紧，斯大林将欧洲的大型工厂和重要机构大量转移到乌拉尔地区，叶卡捷琳堡也就成了一座巨大的兵工厂。那些设备运来以后，来不及修厂房，就在露天的条件下投入运行。但即使是这样，这里的人们也努力工作，将坦克大炮源源不断地运送到前线支持卫国战争。所以德国人有一种说法：是乌拉尔打败了德国。

“嗯，听说早年国内的拖拉机厂，大多数都是这里援建的。可既然是军工之城，怎么管理这么宽松？”罗瑞问道，他们很轻松就出了机场进入市区。

萧卓解释道：“早几年可不是这样的，冷战那会儿，有次美国人的侦察机来这里侦察，结果被地对空导弹打了下来。哪怕在苏联解体之后，这里也是外国人可以进来、但本市人想出国会受限制的情况，因为这里有很多军工人才。这么说吧，这里有些稍微偏远一点的工厂，在苏联时期是生产核弹的。”

“生化危机已经遇到过了，但愿别再闹个核弹危机什么的。其实上次真是侥幸，也就是碰上炭疽这种生物武器，咱这东西才有用武之地。要是毒气的话，越是高温蒸发得越厉害，扩散得越大。”陆林摇头说道。

“你说这个倒让我想起来了，很巧，好像是二十世纪七十年代末，这里也发生过一次生化危机。”萧卓说道，“当时，一种突然出现的怪病袭击了叶卡捷琳堡，短短几天内，几十人死于炭疽病菌感染。当时苏联政府没收了所有医院的数据，对外解释是由于食用了被感染上病菌的肉。但当时西方情报部门怀疑这起炭疽热的真正起因没有这么简单，直到后来，相关部门才在一次采访中承认是他们的军事研究出了问题。最让人愤怒的是，出事之后他们并没有停止实验，在往后的十年里，发生过疫情的那个区人口呈明显下降趋势，新生儿中有中枢神经问题的超过 80%。”

“萧卓你怎么对这里这么了解？”洛雨问道。

## 第二十三章　叶卡捷琳堡到莫斯科

“我祖母就是这里的人，是听她讲的。

“无数人的牺牲只是为了少数人争霸世界的野心，真可悲，真不值。”萧卓叹道。

众人找好酒店，坐了一夜的红眼航班，现在本该好好休息一下，洛雨却被报纸上的一则小新闻吸引了。她的俄语还没达到自由阅读的水平，可报道配的那张小照片却是认得的，那是件文物，但绝对不是俄罗斯的风格。陆林给她翻译了一下，意思大概是有一批非常珍贵的金帐汗国时期的文物，目前正在叶卡捷琳堡艺术博物馆展出。

洛雨对此产生了浓厚兴趣，非要去看一看，于是大家不得不陪她开始了博物馆一日游。

进入博物馆金帐汗国的展厅，玻璃展柜中大多是一些元代的盔甲兵器和丝绸制品。百余件文物中，唯一有文字记载的，是一本类似于国内州府县志的古籍残本，也就是记载某行政区域在一段时间内发生的事件的记事簿，它被摊开平放在展柜里。

整本县志都是回鹘文写成的。回鹘文是中古世纪维吾尔族使用的文字，属于突厥文的一支，随着伊斯兰教传入新疆而渐渐消失，却在四大汗国一直沿用到了清初。洛雨对回鹘文没什么研究，打开的页面上也只认识两个词，但正是这两个词深深吸引了她。那是两个相临的词，意思分别是“天”和“祭坛”，如果把它们用蒙语的意思表达，那就是“长生天祭坛”！

“长生天祭坛？”洛雨猛地想起了他们在克格勃研究所崩塌后，发现的那个元代遗迹。当时萧卓翻译的是祭祀长生天的地方，难道这才是它真正的名字——长生天祭坛？

“这也许真是条线索，没有想到金帐汗国的记载中也提到过那种建筑！”洛雨兴奋地说道，但接就是脸色一黯，“该死，剩下的字我一个都不认识。

如果传回国内找专家翻译，至少也要三五天时间。”

“那就先拍下来再说。”周欣举起相机就拍，这时一个苍老的声音在身后响起。

“1343年初春，正午的阳光下，早已荒凉百年的天之祭坛被一道来自远方的耀眼光芒笼罩，接着一道如车轮般粗的金光射向东南方的天空，犹如长虹贯日。传说祭坛是一位东方的可汗修建在这里的，为此他还贿赂了钦察的汗。这里一直被视为禁地，早年被蒙人把守着，被人们渐渐遗忘在了荒野上。一个百户派人查看，发现祭坛顶部的机械全都熔化了。”

众人愕然回头，一个看上去六十多岁的亚裔老者站在他们旁边，读着古迹上的内容。看众人望过来，他笑眯眯地说道：“钦察汗国是金帐汗国的另一个叫法，现在的年轻人，已经很少有对这些老东西感兴趣的啦。不错，不错。”说罢扭头就要走。

“等等老先生，您认识这上面的字？”洛雨追了两步上前搭讪道。

聊天中众人得知，老者名叫岳洪，也是中国人，是一个研究突厥和回鹘文化的专家。因为学术需要，经常会在西伯利亚和中亚之间往来。听说这里有金帐汗国的文物展，他特地从莫斯科赶了过来。

洛雨想请他多翻译几段古籍中的内容，岳洪欣然同意，可其他内容再也没有与长生天祭坛相关的。大概是那次事件被当成了一段奇闻或者怪异的天象，这才被记入了官方的日志里，但总共也只有那么几行字。

失望之余，洛雨还不死心又问道：“那岳教授，您知道这本县志大概是出自于什么地方吗？”

“里面提到的几个地名，大概是在中亚的土库曼斯坦和伊朗附近的里海沿岸。”岳洪教授答道。

“竟然是在那边。”洛雨喃喃说道。他们发现的祭坛是在北极圈，眼下古籍中提到的这个却是在中亚，这到底是一场多大规模的祭祀活动呀？

周伟和老人攀谈了起来，发现他们住的是同一家酒店，他会再待一天，后天返回莫斯科。大家相谈甚欢，一起把展览看了一遍，再没有其他发现之后，便一同返回酒店。一直等到天黑，洛雨迫不及待地拿出玉衡再次测量。虽然早已有了心理准备，但当结果摆在眼前时，她还是震惊了。指针依然指向西北，这次连她也怀疑这玉衡是不是坏掉了，再往西翻过乌拉尔山，就进入欧洲大陆的板块了。

经过一番商量之后，众人决定，按照原计划直飞莫斯科。餐桌上，当岳洪教授听说众人的下一站是莫斯科时，欣然邀请他们后天与自己同行。

“我们还有两个办了托运的行李没到，后天怎么样还说不准呢。这样吧，回头我们去找您好吗？”周伟说道。他们确实有行李还没到，就是装着两只大金雕的笼子。一日千里的旅行已经不是两只鸟儿能够承受的了，运送也比较麻烦，于是它们被装进宠物箱，搭上了另一架飞机。最麻烦的还是雪儿和彪子，一个压根没有身份，一个所有东西都落到了训练营，最后萧卓找人帮他们办了两个假身份证明。

“好啊，如果后天要走的话，就来找我吧。我在莫斯科还要待上两周，岁数大啦，总想找几个人聊聊天。”岳洪教授笑着说道。

饭后，众人聚到一起商量往后的行程。萧卓说叶卡捷琳堡是俄罗斯通往欧洲的门户，翻过乌拉尔山，越往西走人口会越密集，环境与西伯利亚大不相同。

“现在看来，那个关于长生天的祭祀越来越诡异了。如果记载中的异象不是一次偶发事件，而是与祭坛本身有关，那就说不通了。明明是忽必烈时期修造的东西，却在一百多年后才运转起来，而且估计那是第一次也是最后一次运转，只这一次机械就都熔化了。还有那光会是什么呢？当时根本不可能出现可以快速熔化钢铁的技艺。”洛雨说道，她还在想着白天看到的那本古籍。

“是呀，建造与使用相隔了一百多年，有点太说不过去了。”罗瑞说道，“对了，也可能是时机不到，毕竟有刘秉忠和郭守敬这两个数术、天文大家参与进去，人家要是推算就要一百年后用，忽必烈也只能留遗嘱告诉子孙了。”

“还有这个日不落之山，难不成真要到莫斯科去找？这已经出了元朝当时的疆域了吧？如果还要向西呢？”周伟问道。

众人说了半天也没个结果，眼下已经一脚踩进欧洲大陆了。唯一可以肯定的是，如果那个什么宝鉴没有被送出蒙古帝国的版图，那他们的目的地应该不太可能在西欧，也许并不需要走出俄罗斯。

第二天一早，萧卓带着多数人去逛街，这里有很多古迹，末代沙皇一家人也是在这里被秘密枪决的。过去一直有传言说，沙皇最小的女儿阿纳斯塔西娅公主并没有死。虽说前些年俄罗斯在这里新挖出了两具遗骨，比对 DNA 后确定了遗骨的公主身份，但人们还是更愿意相信公主没有死的那个故事。陆林、罗瑞和雪儿去机场接两只今天被送到的大金雕，彪子也非要一起来，他非常喜欢这两只鸟儿。办完手续，一行人去取两只宠物箱，让陆林觉得奇怪的是，工作人员看他们的眼神似乎有点不对。

“自己拿吧，你们的三个箱子都在这里。”工作人员冷漠地说完就去办别的事，临走还丢下一句，“真晦气！”

“什么三个？明明就是两个才对。”陆林也没多说，径直去取行李。可让他们意想不到的是，真有三个箱子的标签上都写着他们的名字，两个宠物箱压在一只长方形的木箱上，三件都是他们的。

“这是不是咱们的？这木箱看着挺眼熟的。”罗瑞说道，但紧跟着，他惊呼道，“我靠！这不是咱们装唐朝人的那只箱子吗？这货怎么自己跟过来了？”

陆林示意他小声点，别惊动别人，这才仔细看起这只木箱来。真是他们装唐代尸体的箱子，货运的标签上也明确写明是遗体运送，而且所有手续俱全。也就是说，这具在路上丢失的唐代古尸，被人用最正规的方式，毫不掩饰地又送回他们手里。

陆林觉得头皮发麻，倒不是因为古尸自己回来，而是这件事说明他们依然在被人盯着，而且对方对自己一行人的行踪了如指掌。边上罗瑞和彪子已经从木箱探讨到灵异事件，他挥手制止了二人道：“回去再说！”

酒店房间的温度很高，害怕古尸会解冻，他们只能交一部分费用，先把木箱放进酒店的地下冷库里。白炽灯下，一行人无言地站着，陆林开了锁打开木箱盖，身后传来一片惊呼。古尸还是那具古尸，摆着当初那个姿势蜷缩着，只是他的额头上，竟然被人贴了一张纸条。

陆林伸手去撕那纸条，身后传来了周欣的声音：“别撕！撕了它会蹦起来的！”

“蹦你个大头鬼！这么点大的孩子就这么迷信。”陆林本就不信符咒镇尸之类的传言，而且他已经看清楚了，那纸条上不是什么符咒，而是一串打印的俄文。他把纸条撕下来，上面写的是一个地址：莫斯科－伊斯梅洛沃－彼得墓园－13 号。写纸条的人似乎很喜欢恶作剧，偏偏把它贴到了古尸的额头上。

“最近太大意，咱们不能再坐飞机了。”周伟看着那张纸条喃喃道，“如果是像萧卓他们家那样的势力，随便查一查机场的记录就能掌握到咱们的行踪。而且他们先前把古尸偷走，现在又送回来，到底是什么意思？到底是谁干的？”

“是呀，会是谁干的呢？赵家不会做这种脱裤子放屁的事，他们是想直接抓咱们。难道是你们萧家？或者还有其他人？”项昊问萧卓道。

“我也不知道，反正我觉得肯定不是什么好事。还有他留的这个地址，咱们要不要去看看？”萧卓问道。

“这人到底是什么意思？”陆林自言自语道，又问萧卓：“你听过这个彼得墓园吗？”

萧卓摇头道：“没，莫斯科我就听过列宁公墓和新圣女公墓。伊斯梅洛沃倒是知道，那里有一个俄罗斯最大的二手市场，性质就跟北京的潘家园差不多，有沙皇时期的古董，也有二战时的防毒面具、勋章什么的。他奶奶的，还是个 13 号，不会是让咱去挖坟吧？”

“一切答案到了莫斯科自然就知道了，反正咱们是要去的，不过还是改走陆路吧。”洛雨说道。古尸失而复得，她却一点也高兴不起来，莫斯科之行再次笼罩在了阴霾里。

同一时间，伊尔库茨克。正如周伟所担心的，回到文明世界后，便利的交通带来了效率，却也让他们变得容易暴露。世界从没有像如今这样高速运转过，机场、车站、高速路口，一个个点编织成了一张覆盖全国的大网，它是交通网，也是监控网。这些地方的公共信息一旦被私人调用，那么他们的行程很容易被绘制成一张完整的路线图展现在对手面前。

现在，这张路线图已经被打印出来握在四哥手里。赵家在俄罗斯的势力远没有萧家大，但曾经腐败成风的运营部门，还是给了他们钻空子的机会。从伊尔库茨克开始，陆林等人的每一次登机记录都被他掌握在手里，他已经包下一架航班，准备在今晚带领全体队员，直飞叶卡捷琳堡。

此时赵家老四还在想着几天前监听到的，假赵纪辉和他上线之间的那通电话。那个上线的话里用了很多暗语，说得并不十分清楚，似乎是情况发生了重大变化，让假赵纪辉不用再阻拦赵家，直接去跟上陆林一行人。而且，谈话中透露出很多赵家人不知道的消息，特别是对于陆林一行人要找的东西——那蒙元时期失落在金帐汗国的秘器，对方好像非常了解。直到现在，四哥都不知道陆林一行人到底是什么情况，双方从没正面接触过。可想到自己亲弟弟的死可能跟这群人有关，他现在只想赶快抓住他们。

在赵家人算计陆林等人的同时，伊尔库茨克的另一端，也有人在算计他们。

"二爷，卓小姐一行人到了叶卡捷琳堡，他们的行李里竟然还有一具尸体。卓小姐今天买了部车，可能明天要改陆路继续动身。另外，赵家的人包了架飞机，准备今晚出发去追他们。"有人向萧成荣汇报着。

"拖他们一晚上，明天再让他们走，得保证我好妹妹的安全呀。"萧成荣笑着说道。强龙不压地头蛇，于是，萧家二爷的一句话，让赵家四哥的航班以各种理由晚点了。

蒙在鼓里的陆林等人根本不知道，背后的大势力早已含而不露地开始交锋。

萧卓确实买了辆改装过的中巴车，他们原想推辞岳洪教授的好意，第二天改陆路继续出发，可没想到这个有趣的老者说他还从没试过走公路看看俄罗斯，竟然退掉了机票非要跟他们一起。于是第二天一早，他们带上了老头一起上路，为了防止追踪，他们离开叶卡捷琳堡时选了一条小路，连高速都没敢走。

"既然你们是来旅行的，我还是推荐你们把精力多花在圣彼得堡一些，那里可比莫斯科好玩，风景也更美。"岳洪教授很健谈，上车就开始跟众人神侃。当然，他并不知道头上放在车顶的行李里，还有只装着尸体的木箱。"有个说法嘛，莫斯科是俄罗斯的首都，但圣彼得堡是俄罗斯的灵魂。陀思妥耶夫斯基说：'这是世界上最抽象和最有思想的城市。'无论是沙皇冬宫的艺术品，还是围城 3 年的列宁格勒保卫战，都代表了这个民族的精神，你们真应该好好看看。"

"那您对莫斯科了解吗？我是说，金帐汗国时期的莫斯科？"洛雨问道。她希望这里是他们此行的最后一站，一切问题能在莫斯科得以解答。

岳教授斟酌了一下说道："怎么说呢，金帐汗国对俄罗斯的统治，比元朝对中国的统治时间长得多。如果用心观察十月革命前的俄国历史，你们会发现很多蒙古帝国的影子。从某种意义上来讲，是蒙古人成就了莫斯科。最早的时候，莫斯科只是一个货物集散地、几个公国间的一座小镇。拔都带着蒙古铁骑来到这里，用了几天时间就把莫斯科踏平了，整座城烧成了一片废墟。在金帐汗国的统治时期，投靠蒙古人的尤里被封为莫斯科大公。随着他的权力日益增大，莫斯科才开始高速发展，地位越来越高，势力越来越大，直到最后脱离了蒙古人的控制。16 世纪中叶，莫斯科大公伊凡四世统一俄国，自封为'沙皇'，这才奠定了莫斯科的首都地位。"

"这么说来，莫斯科和蒙古人还真是关系不浅。那您听说过彼得公墓吗？"周伟又问道。

"这个还真没有，这是个景点吗？"岳教授问道。

"不是，就是听人说过的一个地方。"周伟答道。这时汽车突然一个刹车停了下来，原来是路边有个人在招手。那人穿得非常单薄，在寒风中瑟瑟发抖。最重要的，他是一个亚裔，也许是个中国人。

"哥儿几个是中国人吗？能不能搭我一段儿？我让人给抢了！"那人用国语说道。他自称叫吕雁白，是在莫斯科做生意的中国商人，带了一车货从叶卡捷琳堡回莫斯科，没想到在路上遇到了坏人，连车带货，还有自己那件名贵的裘皮大衣都被抢了。

众人明知已被人盯上，都很小心，但在异国他乡遇到同胞，见死不救这种事他们做不出来。而且，俗话说得好，不怕贼偷，就怕贼惦记，眼前的吕雁白如果真是别有用心的人，与其让他在背后算计众人，还不如把他放在视线内更安全。大家眼神交流了一下，还是让他上了车。吕雁白连称等回到莫斯科，一定好好招待众人。

中巴车继续上路，大家对吕雁白怀有戒心，岳洪教授却和他聊得很投机。最失落的人是周欣和雪儿，她们一边吃着零食，一边想念安德烈爷爷家的餐车。

叶卡捷琳堡，陆林一行人先前入住的饭店。

“四爷，前台说他们的人今天早上已经全走了。”

“知道去哪了吗？”四哥问道。

“不知道。不过他们打听过飞莫斯科的航班，不知为什么后来没有订票。听门童说，他们是坐一辆中巴走的。”

“改走陆路了吗？这伙人还真是小心。”四哥说道。

“我们要不要继续追？”

“不用了。这次总算知道他们的目的地了，咱们直接飞去莫斯科，张开网等他们。”四哥冷冷地说道。与其一直跟在对手屁股后面，不如走在他们前边做好万全准备，等待他们自投罗网。

另一边，萧成荣依然停留在伊尔库茨克。当听说赵家人要直飞莫斯科后，他也准备动身了。

“二爷，咱们真要去帮卓小姐吗？”

“帮，当然要帮！那是我妹妹，肥水不流外人田嘛。真没想到，老头子撒出人在西伯利亚找了那么久的东西，竟然会在莫斯科。到了莫斯科，也就等于到咱家了。等她把东西找到，咱们再抢过来就是了……”

通往莫斯科的公路上，陆林小心地观察着吕雁白，心中的疑虑一点点消除。此时这个人正在对众人讲苏联的笑话，他对俄罗斯似乎很了解，应该是在这里生活了很久，不像是专程为他们而来的。

“参观完美国的空降师，国防部长问随行的空降兵司令怎么评价美国的空降部队，空降兵司令就说了：‘如果我进行的是这样的训练和演习，您会马上把我撤职！’”吕雁白绘声绘色地讲着故事，众人也听得津津有味。

彪子问道：“老白，我在俄罗斯也待好几年了，你讲的笑话我一个都没听过，怎么都这么老呀？”

吕雁白微微一愣，解释道：“你还是来得太晚了，像我们这些苏联刚解体就来的老家伙，喜欢讲的都是这些。”

岳洪教授在旁边问道：“小白呀，你在莫斯科待的时间长，伊斯梅洛沃你知道吗？听说那儿的二手市场有很多老物件，我想去转转，看看有没有蒙古时期的东西。”

听到伊斯梅洛沃，众人的注意力不由得被吸引过去。就听吕雁白说道：“知道，那边做生意的中国人很多，不过我不混那边，也不是很熟。游牧民族都快没了，您还找那些东西干吗？”

“是呀，匈奴帝国、突厥帝国、蒙古帝国全都没有了，游牧文明快没了，可农耕文明还不是一样？”岳教授感慨地说道，“别忘了，满清在融入汉文明之前，也算是游牧文明。其实东西方都被游牧文明蹂躏过，不同的是，西方是两次，东方是三次。西罗马帝国被游牧民族灭亡的时候，中国处于五胡乱华时期；蒙古征服俄罗斯，给欧洲送去黑死病的时候，中国的反元斗争已经开始；只有最后一次中国遭遇满清入关，而欧洲文艺复兴刚刚结束，西方科学开始萌芽。”

“真不能怨人家，谁让明朝自己不争气。”萧卓说道。

“这个没什么好争论的。反正咱们现在是亦步亦趋地照搬西方的工业文明，什么农耕，什么游牧，全都过时了。”洛雨说道，“不过有时我会想，如果我们没有落后，与西方一同发展，我们的农耕文明会发展成什么样子？西方的工业文明，从第一台烧煤的蒸汽机被制造出来，就注定了其向自然掠夺资源的本质。相比之下，农耕文明是一种善的文明。特别是中国，在儒家和道家文化的影响下，它需要的是顺天应时，与万物同生共长。如果东方的文明之路没有断绝，那会是个什么样子？”

“等咱们办完正事你再考虑这些虚无飘渺的东西吧。”萧卓很不乐观。莫斯科可是大老爷家向欧洲挺进的桥头堡，一旦自己的目的被他们发现，那里无异于龙潭虎穴。

转眼到了第三天，因为下了一天雪的关系，众人的行程被拖慢很多，今天他们终于来到莫斯科的边缘。看着大片的森林，他们很难相信竟然到了莫斯科的郊外。萧卓说莫斯科是世界上绿化很好的城市之一，绿化面积占全市面积的 40%。它有 11 座自然森林，全城 1000 多万人，人均拥有绿地 30 多平方米。

穿过一片森林再往里走，就是世界五大超级城市之一——莫斯科，众人仿佛置身于一个加大号的北京。同样宽阔大气的马路，同样拥挤的车流，唯一不同的是许多建筑看上去都很有年头，是苏联时期的板楼风格。但是，你可以说它过时，却不能否认即使在今天，它们依然显得那么庄严、坚固和冰冷。

市区之外，这些宽阔的马路配上两边风格相差无几的板楼，让众人感受到一种令人窒息的沉默力量。拿破仑止步在这里，希特勒也止步在这里，这里，就是曾经那个冰冷的红色帝国的心脏。

“我还是第一次看到比北京还要大气的城市。”周欣感叹道。

萧卓赞同道：“欣欣你这句话说到点子上了，无论是苏联还是沙皇时期的建筑，最大的特点都一样——大气！老毛子好像就好这口儿。回头姐带你看看斯大林七姐妹，特别是莫斯科大学，保证震晕你！”

“咱干脆别进城了，先去伊斯梅洛沃转一圈吧，听说里面比北京还堵。”陆林看着地图提议到。眼下天色还早，他赌对方不会这么早知道他们来了。与其坐等他们发现，不如先来个突然袭击，看看那个彼得墓园到底是个什么。他们是从正东进入莫斯科外环线的，伊斯梅洛沃是在这个圆形环线的正南。

吕雁白没有下车，岳洪教授更是想去看看，于是一行人绕着环线直奔伊斯梅洛沃。殊不知这突然的变道又让他们躲过一劫，因为赵家人算准了他们会走这条路进莫斯科，四哥带着他的人早已在城中守候多时。

令大家意外的是，他们并没有在伊斯梅洛沃找到那个彼得墓园，问过当地人也没人知道，无奈之下只能等查清地址再来。不过天色尚早，洛雨和岳洪都想去逛逛那个著名的二手市场，淘淘玩意儿，于是众人也只得跟了上去。这里真跟潘家园差不多，有开店的，也有摆地摊的，从套娃、皇冠、早期的油画、哈萨克骑兵的战刀到二战的纪念品、克格勃的工作证，琳琅满目。

众人漫步其中，好像整个俄国历史在眼前展开，让人应接不暇，总有一些小玩意儿在吸引他们的注意力。这里的东西很多比他们的年纪还要大，透过这些老物件，沙皇时期的华丽、二战时期的悲壮、铁幕时期的冷酷，都被一一表现出来。走着走着，他们发现洛雨掉队了。陆林心中一沉，众人连忙回过身寻她，却发现她驻足在一个摊位前一动不动，仿佛被定在了那里。离近了才发现她看的是一幅很古旧的油画。待看清油画的内容，一行人呆若木鸡。

那是一幅风景画。海岸边，风雪中，背景是无边的大海。画面左边五分之二的地方是一座不太高的断崖，崖顶有一座顶部被白雪覆盖、坍塌了一角的堡垒，崖底有一个半淹没在海水中的山洞。阴霾的天空下，那山洞口的海面上却泛着一缕缕金光。吸引众人的是那座堡垒，它的格局和风格，特别是一些细节，竟与他们在冰雪森林中见过的那个长生天祭坛一模一样！只不过这一座高了很多也大了很多，看样子至少有七到十层，周长也大得不成比例，像是一座粗大的无顶宝塔。在坍塌的一角，透过模糊的笔触，他们似乎可以看到那里面全是机括。

引起众人注意的还有崖底洞口的金光，这可能是艺术的加工，但也可能是画家忠实地记录下的一幕奇景。总的来说，这是一幅非常平实的作品，没有视觉冲击力，没有明快和谐的色彩，从构图、用色到明暗调子的掌握都表现平平。油画的左下角标注着“1621”，还有一个陌生的俄文名字。也许作者只是文艺复兴大潮中的一个绘画爱好者，或者一个不起眼的落寞画家。这并不是一幅出色的油画，但画面带给众人的冲击力却无以复加。

“这个好像……跟咱们见过的那个不太一样。”水静说道。

“是呀，大了好多。不过这是画又不是照片，会不会是画家画错了？”周欣问道。

“应该不会，富有写实性的透视关系，本身就是文艺复兴时期最具代表性的绘画风格。”洛雨解释道，她深深吸了口气，“恐怕这一座非常特殊，没准儿就是咱们要找的那个地方。真没到想，直到17世纪，它竟然还保存着，不知道现在还在不在。”

“最好不是这里，不然到现在要么被拆迁，要么被翻个底儿朝天了。”陆林感叹道，“这就叫缘分呀，它就伫立在某条海岸线上，400年前的某天被一个无名画家记录了下来，然后几经辗转来到这里，被400年后的我们发现了。不过话说回来，不认识的人看见了也只会把它当成一座古堡，谁会去深究它的出处？”

“咔嚓！”“咔嚓！”周欣对着油画拍了几张照。萧卓请教店主，知不知道画中是什么地方。那个店主只说这画是不知道倒了几次手才收上来的东西，至于作者出处什么都一概不知，只知道是件老东西，摆了好多年都卖不出去，如果他们想要可以便宜点给他们。

其实有一张照片就足够了，但萧卓还是花了四万卢布把它买下来，她说这是缘分。油画被卷起装进画筒，萧卓背在背后。众人都隐隐感觉那里就是他们要找的地方，可又怕被陆林一语中的，那里真的什么都没剩下。

众人正逛得入迷，萧卓突然被猛地撞了一下，接着感到身后一轻，一个人影从众人身边蹿过去，手里拿着一支画筒。

“抓小偷！”萧卓马上反应过来，自己的画被抢了！就在她喊的时候，那小偷不过才蹿出三五米远，只见他把画筒向前面的人群里一扔，快速转弯跑进了另一条过道。

## 第二十四章　彼得墓园

众人盯着画落下的方向追过去，他们刚认准人群中那个接住画的人，画就被再次向前抛起，那人一俯身也消失在拥挤的人群里。那画筒不停在空中被抛来抛去，离他们越来越远。陆林喊道："昊子追画！我去抓人！"说完便跟着一个刚钻进一家店铺的小偷追过去，只要能抓住一个团伙成员，这画就丢不了。

店铺后墙有一个过道，在店主惊异的喊声中，陆林追了进去。穿过几米长的货仓，再出来时却到了另一条街上。街对面依然是林立的小店，那人早已没了踪影。他失望地又从过道钻回来，发现众人也都回来了。街上人太多，对方接应的人也太多，最终还是没能把画筒追回来。

"这事儿好像有点不对。"萧卓说道，"在这里华人被偷被抢不是什么稀奇事，可是，咱们这么一群人，有雪儿，有西伯利亚出来的打手，还有两个当过兵的，竟然没抓住一个小偷？你们自己信吗？这几乎是不可能的事儿！会不会就是冲着咱们来的？"

这时吕雁白扶着吁吁带喘的岳洪教授也追了上来，劝解众人道："别追了，真追上未必是好事！莫斯科的黑帮团伙很凶的，不就是一幅画嘛？就当破财免灾了。"

"算啦，没了就没了吧，反正咱们有备份。"周欣晃了晃手里的相机道，还好她事先拍了下来。

"怪可惜的，四万卢布呀，还没捂热乎就没了。卓姐别太伤心了，说明那画跟你就只有一面之缘。"罗瑞开导道。

可萧卓似乎还在介怀，她忧心忡忡地小声道："画丢了是小事，我是怕这偷画的人动机有问题！你们不明白大老爷家在这里的势力！"

出了这事，众人一时游兴大减，也没心思再闲逛了。驱车返回莫斯科后，他们住进了岳洪教授先前住的那家位于莫斯科南城的酒店。吕雁白晚上请众人吃了顿饭表达谢意，便就此告辞，连个联系方式都没留下。是夜，洛雨再次用玉衡检测方位，得到了一个令人惊喜的结果。指针终于不再指向西北方，而是指向正北。

另一方面，萧卓白天被偷的那幅油画，现在正安静地被摆在萧成荣的办公桌上。

“二爷，会不会是弄错了？也许这只是卓小姐偶然看上的一幅画，跟她来这边要办的正事没有关系。”

“多半不会。我妹子的品位我了解，瞎了眼她都不会看上这种破画。而且，他们来了以后没进莫斯科，而是直奔二手市场，这本身就很古怪。这画又是他们在那里买的唯一一件东西，肯定不会没关系。”萧成荣说道。

身边的下属申辩道：“可我们根据画的透视比例做了三维复原，又通过顶视图鸟瞰海岸线去查相似的卫星地图，什么都没找到。说实话，海岸线看上去都差不多，但细致观察就会发现它们的弧度、比例不一样。我们连北极圈里的那些群岛的海岸线都一点点比对过了，根本找不到有这么个海滩。这画到底是在什么地方画的呢？”

“找不到就算了，看来还是要靠萧卓这丫头，她会引导我们的。”萧成荣喝了口酒说道。

这是一局棋，每个玩家都有各自的优势，却也都只掌握着一部分信息。他们一边猜测，一边算计。哪怕是连续被耍了数次的赵家四哥，此时也准备反击。

小河静静流微微泛波浪
河面泛起银色月光
依稀听得到
有人轻声唱
在这宁静的晚上
我的心上人坐在我身旁
默默看着我不作响
多想对你讲

却又难为情
多少话儿留在心上
长夜快过去天色蒙蒙亮
衷心祝福你好姑娘
但愿从今后
你我永不忘
莫斯科郊外的晚上……

夜晚，莫斯科的街头。陆林一行人哼唱着老歌在街心花园闲逛，他们刚坐地铁从红场回来。缺席的只有两位女士，洛雨要查彼得墓园的位置，萧卓担心被家里人发现，也没有跟出来。年纪稍大一点的国人，多少会有一点苏联情结，来了莫斯科，怎么可能不去红场？见面不如闻名，红场的面积远没有它在世界上的名气那么大，不过克林姆林宫和升天大教堂等世界著名建筑还是让他们大饱眼福。

“我一直以为那个洋葱头就是克林姆林宫，原来那个叫瓦西里升天大教堂。真他娘漂亮！”项昊说道。月夜下的花园静悄悄的，很难想象这里身处市区，虽然它只是莫斯科700多座街心花园里很普通的一座。

“那个是伊凡四世为了纪念打败蒙古军队而修建的，也就是第一任沙皇。听说为了别处再不会出现这样美丽的教堂，他还下令弄瞎了建筑师的眼睛。”周欣回忆着出门前做的功课说道，“真该多坐几站地铁，卓姐说，莫斯科的每一个地铁站都是由不同的艺术家专门设计的，风格都不一样，是世界公认的最美地铁。”

“是呀，旧是旧了点，但确实有一种古典美，简直不像是公共交通设施，而像是一座地下艺术馆。”罗瑞赞同道，“不过，你们听说过莫斯科地铁灵异事件吗？”

众人相问，他便讲道：“二十世纪七十年代的某天晚上，一班满载乘客的地铁在莫斯科地下行驶。原本，它该在十四分钟后到达下一个地铁站。十四分钟过去了，二十分钟过去了，下一站的工作人员依然没看到它进站。那列地铁完全联系不上，也没有在任何一站出现过，就好像消失了一样。这下管理人员慌了，急忙将整个地铁的运行中断，在整个地铁系统里搜索失踪的那列车。”

“怎么听着像幽灵船的故事？后来呢？”周欣问道。花园里静悄悄的，她突然觉得有些冷。

罗瑞故意用轻飘飘阴森森的声音继续讲道：“莫斯科和北京一样，在平静的地面之下，有一个庞大的地下世界。工作人员沿着铁轨一路找下去，在一段有岔道口的地方，发现了一段原来根本不存在的岔道。那个岔道延伸到一面被堵死的墙边就消失了，而墙面上却没有留下被撞击过的痕迹，一丝一毫都没有。后来他们终于弄明白，那墙是一扇巨大的防水闸。当相关人员把防水闸打开后，那列地铁竟然安安静静地停在墙后面，但是，整列车上一个人都没有。报纸、晚餐、行李……散落了一地，可是所有人都不见了，就那么凭空消失了。”

“那后来呢？”水静问道。

“没有后来了。他们再也没有找到失踪者，实际上，他们根本不知道失踪者都有谁。”罗瑞说道。

一阵电话铃声突然响起，吓得两个女孩一哆嗦。电话是洛雨打来的，她兴奋地说那座彼得墓园终于找到了，让大家快点回来商量下行程。十几分钟后，众人走回酒店。

“明天去彼得墓园转一圈，看看把咱们唐朝朋友拐走的人到底是何方神圣，然后调头向北吗？”陆林问道。

“嗯。”洛雨没有反对，“我在想白天被偷的那幅画。你们说，画中的场景会不会是在圣彼得堡呢？它靠着波罗的海，又是俄罗斯的艺术之都，艺术家多如过江之鲫。而且，圣彼得堡在莫斯科的北方稍偏西一点，相距七八百公里，位置似乎也对得上。”看来洛雨是把那幅油画和他们要找的地方联系在一起了。

“那下一站就定圣彼得堡吧，如果不在那里，咱们再慢慢修正。”周伟说道。

“先把明天过完再说吧。”萧卓慵懒地说道，“彼得墓园 13 号？对方给了我们一个死人的住址，到底是什么意思呢？”

第二天上午，众人来到酒店大堂准备出发，却看到来了好多警察，似乎正在勘察什么。边上围了好多酒店的工作人员，一个个面色怪异交头接耳。萧卓拉了拉旁边一个服务生，问出了什么事，那服务生支支吾吾不肯说。一会儿，警察从后面抬出了一具蒙着白布的尸体。

萧卓塞给那服务生一千卢布的小费，他才小声对众人说道："今天清理旧仓库的时候，在里面发现了一具尸体，是我们这里的服务生伊万。这还没什么，最恐怖的是，警察说鉴定尸体的死亡时间应该是昨天晚上。可是上帝作证，今天早上我们还有很多人见过他，跟他说过话！"

"切，又是一起不靠谱的灵异事件，老毛子怎么神神叨叨的？"项昊不屑地笑道，又把昨天罗瑞说的莫斯科地铁灵异事件，跟当时不在场的洛雨和萧卓讲了一遍。

萧卓闻言说道："别听罗瑞瞎说，那是报纸上忽悠人的。哪有什么幽灵地铁，只有不了解苏联情况的人才会信。那根本就不是什么灵异，估计是那列车走错路，开进了一个它原本不该进的地方。"众人上了车，注意力都被她的话吸引过来，就听她继续解释道："莫斯科地下其实是有两套地铁系统，平时老百姓乘坐的是一套，另外还有一套非常神秘。这是苏联早已经公开的秘密，很多人都听过，却很少有人见过。它虽然从来没有得到官方的承认，但人们相信它的存在，一般称它为莫斯科地铁二号线。"

"是不是就跟北京传说的，从哪哪儿直通西山军用机场的地道一样？专供战时领导安全用的？"陆林问道。

萧卓点头道："没错，就是那意思，军用的，同样是防核战争的设计。传说那条秘密地铁有些地段比普通地铁要深几十米，最深处直达地下800米，再深就是不适宜地铁工程的花岗岩岩层了。最早的修建者是斯大林，从克林姆林宫直达他郊外的别墅，再后来到冷战时期，当时的领导人又把很多国家重要部门纳入了这条二号线。"

水静想了想说道："这样的话，那次地铁灵异事件就容易理解了，防水闸实际上是二号线的一个隐秘出入口。当时那辆地铁司机大概不小心走错了岔道，把车开进二号线，然后被军方或者克格勃的管理人员发现，全体乘客被勒令马上下车，在军方的押解下从秘密出口被送回到地面。当时是七十年代，以人们对克格勃的恐惧，一旦被要求守口如瓶，那他们出去了也不敢多说一个字。民用地铁的工作人员，最后就算知道是怎么回事，也不会说出来。听说修地铁很花钱，这二号线怕是从来就没用过吧？太浪费了。”

萧卓继续说道：“没什么奇怪的，地下设施在世界上很多大城市里都起着国防作用。你们想想，北京光防空洞改建的小型旅社有多少？莫斯科是北京的老师，地底下东西多一点很正常。庞大的地铁系统、排水系统以及配套的地下掩体、仓库和发电站……”

萧卓掰着指头一点点数着，又说道：“其实每座大城市都有一座不为人知、深埋地底的倒影之城，而且这样的设计确实有用。二战期间，为了避免德军轰炸机的狂轰滥炸，苏军许多参谋作战指挥中心就在地铁的秘密坑道里办公。斯大林时期，二战的爆发打乱了莫斯科奥运会的安排，斯大林就在主体育场选址的地方，建了一座带有豪华大厅的超级地堡，再配合上庞大的地下设施，被世界上一些喜欢地下建筑的探险者统称为‘莫斯科地下城’，它直到今天还没有被解密。”

“随便吧，反正我是再也不想钻洞了。”周伟打着哈欠说道。汽车行驶在如织的公路上，再次向莫斯科南郊的伊斯梅洛沃驶去。

相比萧家，赵家在莫斯科的势力就小多了，虽然有不少生意，却也只限于生意。好在这里的警察很好买通，他们悄悄动用国家机构的力量，查到陆林一行人入住的酒店。事到临头，四哥却犹豫了。这里是萧家人的地盘，在这里动萧卓，一不小心就可能被反咬一口。他并不知道萧家大房二房间的龌龊，但保险起见，还是决定先找个机会把他们诱出城再下手。不料第二天一早，众人就出了门，而且是往郊区方向。这下正中他的下怀，连忙率人跟过去。密集的车流中，他牢牢地跟上了陆林一行人的中巴车。

“你是怎么找到这个彼得墓园的？地图上没有呀。”项昊看着车上的导航说道。

“那里现在被划到了一个文物保护区里，并不是一个单独的地标。”洛雨回答道，“我也是查了很多资料才发现。那是一个森林中的小庄园，是沙皇时代一个皇室中的小贵族留下的，现在是莫斯科 8000 多处古迹中的一个，不过属于非常默默无闻的那种。网上关于它的消息也少得可怜，就像北京某些名不见经传的小景点一样，几乎没什么人去。我也是好不容易才查到，彼得墓园是整个庄园的一部分，在庄园的最深处。”

“庄园？就像《傲慢与偏见》里的格鲁姆布里奇庄园吗？每天穿着漂亮的衣服和姐妹们谈论珠宝名著、骑马还有喝下午茶……真的好想体验一下大革命之前欧洲贵族们的那种生活。”周欣向往地说道。

周伟批评道：“欣欣你这想法太小资了，一群吃饱了撑得没事干的寄生虫有什么好？男青年每天想着决斗，女青年每天想着情人，男主人想着调戏女仆和家庭教师，女主人想着偷情。这种生活太糜烂了。”

“我就是想做一条吃饱了就没事干的寄生虫呀，所以老哥你要加油哦！”周欣撒娇道。

洛雨说道：“别说得那么龌龊啦老周，在欧洲，庄园是一种文化。俄罗斯的庄园和英法有些差别，却另有一番味道。而且俄国人虽然嗜酒，但他们也很喜欢看书，是世界上喜欢阅读的民族之一。除了黑社会和妓女，这里同样盛产诗人，这是个热爱文学和诗歌，文化气息非常浓厚的国家。不过偷情也是真的，俄国当时学习法国，于是在贵族中形成了这么一种特殊风气——以偷情为荣。”

接着她话锋一转道：“不过有些时候这些贵族们还是蛮有诗意的，比如说，为了爱情而决斗。普希金听过吧？被誉为‘俄罗斯诗歌的太阳’，俄罗斯最伟大的诗人。普希金令沙皇感到非常头痛，沙皇便收买了一个流亡在俄罗斯的法国军官，让他调戏普希金的爱人。事后，普希金明知不是对手，还是为了爱情毅然选择与法国军官决斗。诗人最终倒在军人的枪口下。诗人死了，整个俄罗斯哭了。后来，那个法国军官的女儿长大了，她痴迷于普希金的诗，当得知自己的父亲是杀死普希金的凶手后，羞愧地投河自杀了。”

“好浪漫的故事！”周欣说道。

“终于明白老外的追星传统是哪来的了，在中国李白都没这待遇。你们这些女人，怎么总喜欢男人们为你们拼命呢？”陆林撇撇嘴说道。但后一句话立刻遭到车上全体女同胞的鄙视，除了听不太懂的雪儿。

终于，众人来到森林中那座庄园的门口。就像洛雨说的，这里非常不好找，眼下连一个游客都没有。破败的围墙和栅栏，已经掉色的标牌，门岗处只有一个老人。这里是免费对游人开放的，老人既是门岗，也是唯一的保安。

用他的话说，这里太难找也太破旧了，连小偷都不会感兴趣。

天空中又飘起了雪，众人把车停在门口，走进庄园。这里比他们想象的要小得多，曾经的花园草地盖满了白雪，主体的木制别墅被风雨冲刷得露出朽木的本色，彩色玻璃做成的窗户破旧不堪，几处景观水系也都干涸。很难把它和电影里鲜花盛开的走廊、绿意盎然的草坪、夜夜笙歌的舞会这些庄园该有的样子联系起来。穿过主建筑群，走过一片森林后，就是所谓的彼得墓园。远远望去，墓碑后倒塌着的十字架，墓园中心耸立着被雕刻得异常精致的断了一只翅膀的天使，隐隐能看出这里往日的奢华。远处还有几间圆顶小屋，每个屋顶都有一尊天使的雕像，有的打开翅膀居高临下作降福状，有的收起翅膀卑躬屈膝似在对苍天祈祷。天使无声，落雪亦无声，一切都静悄悄的。

当他们开始在风雪中搜索13号陵墓时，又有几辆车悄悄停在庄园门口。四哥带着人到了。

五辆轿车并没有停得太近。车门打开，下来了将近三十人。四哥一袭黑色皮风衣走在最前面，边走边叮嘱手下的人一定要抓活的。弟弟的死并没有冲昏他的头脑，发生在荒城的那场雷暴，让他愈发觉得这群人太重要了，所以，只能抓，不能杀，更何况这里是另一个国家的首都，对方的人里还有萧卓。他甚至担心手下人被陆林一行人袭击时，会忍不住开枪自卫，所以干脆让他们把枪都留在了车上。看门的老人被捆起来堵上嘴塞进了角落，所有人穿着便装，分成数组进入庄园，之后便呈扇面形散开，向庄园深处包抄过去。

“二爷，他们进去了。我们要不要跟进去？”远处的一辆车上，有人给萧成荣打电话问道。

“废话！拦住他们！”萧成荣在电话另一端下命令，犹豫了一下又说道，“尽量不要开枪，不让他们打扰到萧卓就行，没必要把赵家得罪死。”赵家老四在族中地位很高，如果在这里出了事，两家怕是难免要开战了。

于是，悄悄停在远处的萧家车队也“呼啦啦”下来了一大批人，朝着庄园的门口快速跑去。

“四哥！又一伙人来了，看上去有五六十人。”守在门口把风的两个人报告道。

四哥闻言皱起眉头，难道是螳螂捕蝉黄雀在后？他发话道：“你们先进来。

赵元军，你带二组三组迎上去。咱们的枪都在车上，尽量不要动武，随机应变拖住他们。一组跟我来。”

很快，有将近 20 人集结在门口挡住萧家的来人。四哥对他们很放心，虽然人数有差距，但这次带来的都是精锐，不是随便几只阿猫阿狗就能应付的。而他自己，则带着八个人继续深入庄园。

另一边，陆林一行人对身后发生的事毫不知情，他们正站在 13 号墓前面。跟想象中的不太一样，这并不是一块墓地加一块墓碑，而是一间圆顶的石屋。一扇古旧木门上雕满了西洋花纹，两边是两座哭泣天使的雕像。向屋内望去，圆形墙壁的一圈全是精美的浮雕和镂空花纹，天光透过镂空的部分照进来，在室内留下花一般的影子。正中是一座有着巨大基座的石棺，石棺上面也有一座雕像，那是一个俯身侧坐在棺盖上的少女。那少女雕刻得惟妙惟肖，正低着头做亲吻棺盖的动作，似是在寄托亲人们对逝者的哀思。

“原来坟墓也可以修得这么漂亮。”水静看着那些雕像喃喃道，这是她从来没有见过的西方艺术。

“你还没去新圣女公墓看过呢，每个墓碑都比这个漂亮。”萧卓在旁说道。

看着圆形墓室里空无一人，罗瑞不禁说道：“那张条子的意思，不会真的是让我们来挖坟吧？”

“先四下看看，这棺材盖子少说也有一千斤重，不是那么好开的。而且，”陆林回头问洛雨，“咱们这算不算是触犯了俄罗斯的法律？”

“你把人家整座城都烧了，现在才想起法律吗？”洛雨玩笑道，“这里好像完全没有被保护过。已经被破坏成这样了，咱们开不开棺对里面的尸体影响不大，大不了打开看一眼再盖上。说真的，我还真没开过老外的古墓。”她似乎也很好奇。

众人在石屋里看了两圈，没什么发现，最终还是决定开棺看一下。好在队伍里有力气的人不少，几个人一起使劲，推动棺盖被少女亲吻的那一端。一阵巨石摩擦的声音响起，棺盖被他们推开了一个角。

一股腐臭的霉味从棺内传来，胆子小的周欣躲到了后面。众人好奇地向棺内望去，看到的是一个已经枯烂的死人脑袋，那难闻的味道就是它发出来的。这是一具老年男尸，头顶还有一些稀疏的白发。尸体枯朽腐烂得非常严重，身上的衣服也全是被虫蛀的小洞，早已经没了下葬时的华丽。下面的铺垫全是尘土且开始腐烂，整个棺材里似乎并没有什么多余的东西。难道那张纸条不是让他们挖坟吗？

“等等！他脖子上挂着东西。”眼尖的水静说道。

众人闻言望去，果然看到尸体的脖子上有一根发黑的金属链，不知是银的还是铁的。那链一直延伸到尸体胸前的衣服里，胸口处有一块东西高高鼓了起来。彪子没轻没重地去拉那条链子，在听到两声如掰断木棍似的骨骼断裂声后，胸口的那件东西被拉了出来。他被洛雨好一顿说教，但大家的注意力在那东西上。看形状，那像是一把长约 20 厘米的大号钥匙。钥匙头上是雕成一朵花状的扁铜片，再向下是四个十字型伸向四边的钥匙齿，长两寸，高度接近一寸。

“这个花的形状好眼熟，好像刚在哪见过。”萧卓说道。她低头不经意看到地上的影子，惊呼道：“是墙上这些镂空雕花！”众人闻言四望，那些阴刻进墙内的立体花纹和手上钥匙凸起的花纹正好相反，非常不好辨认，倒是地上天光留下的阴影和它很像。

难道这钥匙是开启机关用的？众人于是看着地面找了起来。这些花纹虽然相似，但真正完全相同的却还没有找到。他们专心致志地找着，完全没有注意到石屋外远处的灌木丛里有几双眼睛正在盯着这里。

“找到了！”水静兴奋地叫道。顺着阴影被投射过来的方向望去，那片阴影来自一面墙壁高处的数个孔洞。范围缩小了很多，众人很快从中找到了与钥匙形状完全相同的一个。

洛雨既兴奋又紧张地把钥匙插进了镂雕的空心部分，竟然严丝合缝！她轻轻转动钥匙，身后又是一阵巨石摩擦的声音响起。那巨大的石棺底座，有一块竟然收了进去，露出下面幽暗的地道。

“留字条的人大概就是指这个吧？走，下去看看。”陆林掏出手电说道。

一行人鱼贯钻进地道，沿着与地面呈 30 度角的陡峭台阶，大概向下走了二三十米到了尽头。那是一扇打开的木门，光束照进去，里面像是一个放了很多架子的房间。走进这间一百多平米的房间，灯光照在一排排布满蛛网的架子上，上面摆放的东西与他们先前预想的大相径庭。

“咳咳，这里大概五百年没人来过了吧？”被尘土呛得咳嗽的萧卓说道。

“不会，这座庄园还是十八世纪修的，到现在最多也就两三百年。这里难道是这家人的藏书馆吗？”洛雨拿出手电到处照着说道。

所有的架子上，全都是书，各种各样的书，有纸制的，有羊皮卷，还有厚厚的金银封皮，上面镶嵌着宝石。其间还有一些被卷在一起的画轴和散放着叠压在一起的纸张。每个架子上有很多金属标签，似是为了方便查找而刻意打造的，倒是真像一个图书馆。

大家拿起书翻了翻，或者打开画轴看看，没发现什么让他们感兴趣的东西，相继放了回去。“这就是留字条的人让咱们找的东西吗？还以为有什么线索呢，原来都是些破书。”项昊拿起一本硬皮书拍掉了尘土看了两眼，上面的字一个也不认识，便又失望地扔了回去。只有萧卓和洛雨两个人，从走近木架就一直没有说话。

“吁……”萧卓看了一本书半天，珍而重之地把它轻轻合上，又轻手轻脚地放回原处，这才深深出了一口气。她扭头不屑地对项昊说道：“老帽儿，你说这些是破书？如果把《兰亭序》《洛神赋图》《清明上河图》的真本放在你面前，大概你也会说是破字破画吧？”

“俄罗斯大是大了点，但我还真不信，它能有一屋子跟你说的那几样东西媲美的国宝。”项昊撇撇嘴说道。

“在欧洲人眼里，这些东西的价值就跟中国那些字画一样。就像我刚才看的那本神学的书，是古拉丁文的手抄本。古拉丁文是中世纪欧洲和埃及的通用语言，古罗马的官方语言，天主教的核心语言。内页里还有梵蒂冈的印章，这恐怕是印刷术流传到欧洲之前，从梵蒂冈流出来的手抄本，就好比唐僧西天取经带回来的原本。唉，我跟你这种野蛮人说不明白，东西方的文化差异呀。”萧卓说道。

“爷是野蛮人，爷不懂这个，但这不妨碍爷心情不好的时候抽你一顿。”项昊呛着火说道。

“你试试！老娘我也还不信了！”萧卓也不是省油的灯，针锋相对地说道。

“你……”项昊憋了半天，最后泄气地说了一句，“算了，爷不打女人。”

“你们别闹了！”洛雨说道，“这些书确实珍贵，刚才我翻的那一本是《罗洁爱尔之书》。传说《罗洁爱尔之书》是上帝七大天使之一罗洁爱尔撰写的，由于同情即将被赶出伊甸园的亚当，就将书送给了他，后来书被嫉妒天使夺去扔进海里，上帝又派暴力天使把书取回，传说诺亚就是根据书中的知识建造了方舟。最后这本书被所罗门王得到，后来下落不明。”

“真的假的？这是本魔法书？”周欣惊奇地问道。

“呵呵，上面的传说跟传世的这本《罗洁爱尔之书》没什么关系，听说这本书是欧洲的术士们打着那本书的名号编著的。但即使这样，它最早的拉丁语版本手抄本，在全世界也只传下来了五本，这个，是第六本。在教廷时期，所有的魔法都被称为黑魔法，就跟中国那些捉鬼画符的书差不多，没多少研究价值。”洛雨说道。

“这本书上镶的是宝石吗？”周欣指着一本书不解地说，“怎么一个小贵族的图书馆里会有这么多珍贵的书？”

“应该不会是个小贵族的藏品，我大概知道这些藏书是谁的了。”洛雨小心捧起书架上的一本书。

## 第二十五章　莫斯科地下城

“谁的？”众人不约而同问道。

洛雨没有直接回答问题：“俄罗斯最著名的宝藏有三个，一个是被沉入贝加尔湖的500吨黄金；一个是二战时被德国人抢走的‘天字第一号珠宝盒’琥珀大厅；还有一个是克里姆林宫地下的钻石库。这第三个有点意思，俄罗斯的沙皇们好像都非常喜欢黄金和珠宝，特别是女皇叶卡捷琳娜二世。她疯狂地喜欢钻石，收藏了不计其数的钻石，世界十大钻石有三颗都在她的宝库里。仅加冕时佩戴的皇冠，她就让工匠镶嵌了4900多颗钻石。女皇的钻石不仅镶嵌成首饰，就连她日常用的东西都要镶满钻石。她有一本17世纪的《圣经》，银制的封面上镶嵌了3000颗钻石。十月革命时，这些钻石在转运的过程中丢了七成，剩下的被封存在克里姆林宫的地下室里，后被苏联收归国有，认定为国宝。呵呵，刚才我突然想起安德烈大叔讲的钻石走私案，不知道那些走私的钻石是否有这里面的。

“可以说，这三个宝藏每一个都是价值连城，甚至是倾国之宝。但其实还有第四个宝藏，它同样珍贵，只因为不是黄金珠宝这样的直接财富，没有那么大的吸引力，所以常常会被人忽略——沙皇的藏书，确切说是从统一俄罗斯的伊凡四世开始收集的一批最珍贵的古书和文件。因为狂暴，他又被称为伊凡雷帝。在统一过程中，他从贵族手中搜刮了大量非常珍贵的古代手抄本和重要文件，加上从家族继承来的，都被存放在克里姆林宫的两间地下室里。俄罗斯人喜欢阅读，之后这个书库被历代沙皇扩充着，但与一般的皇室图书馆不同，这个书库一直只存在于传说里。世人猜测它根本不存在，因为它从来没有开放过，到现在也没有被找到，真正见过的人屈指可数。如果它真的存在，那么它就是一件真正的文明瑰宝。”

“这个传说我也听过，你是说这里就是……”萧卓呆呆地说道。她怎么也不相信传说中的宝藏，竟然会出现在一个小贵族的墓地里。

“我觉得有可能，至少应该是其中的一部分。除了那个书库，我实在想不出俄罗斯哪里还会有这么多珍贵的古籍抄本。”洛雨说着又看了看手中的《圣经》手抄本，叹息道，“其实这才是真正的财富呀，是书传承了人类的知识和文化，记载了历史与辉煌。黄金和钻石的光芒是上帝赋予的，如果有一天人类灭绝了，它们会一文不值。只有这些记载着文字的东西，才是我们人类创造的光芒，文明的光芒。”

“这些是西方文明的光芒才对。可问题是，留字条的人，为什么要把我们引到这里来？不会是让我们把这些东西带走吧？”陆林说道。

“真要那么珍贵，我们如果拿走的话可能会引起国际纠纷。不过要是能换几件中国的文物好像也不错。”罗瑞说道。

“恐怕没有这么简单，走，我们往里看看。”洛雨打着手电向深处走去。越往里走，让他们惊叹的书籍越多，莎士比亚的手稿、达芬奇的素描本都被随意地陈列在木架上。洛雨说，如果发现这里的是西方学者，他现在大概已经心脏病发作了。

水静突然停下脚步说道：“你们看这个架子，上面的灰尘比别的地方少了很多，好像被人动过！”众人闻言望去，那个架子确实不太一样，有被翻动过的痕迹，几处灰尘比其他架子薄了一半多。这里应该有人来过，而且在这个架子上翻找过东西。

“鞑靼人？就是蒙古人吗？”陆林问道，“这架子上大概都是金帐汗国的东西吧？”几个人翻了翻，其中大多是些用回鹘文、突厥文写成的文件，众人都不认识。一个装订成俄式风格的夹子引起了陆林的注意，所有被翻乱的东西里，它被放在最上面，显然就是来过这里的人，最后翻阅的那件东西。翻开看，夹子里竟然是一份俄文报告。

“‘遵照您的命令，我率领一千近卫军探索了蒙古人的祭坛。’”陆林只念了这一句，便猛地抬头道，“这里有关于长生天祭坛的记载，他想让咱们看的应该就是这个夹子！”

众人闻言都围过来，不料就在这时，入口外突然传来了一阵下台阶的脚步声。四哥已经在外面听了很久，此时终于放开脚步声，缓缓走了下来。

身后突然出现的脚步声，一下让众人神经绷紧。

“诸位太让我失望了，等了你们这么半天，原来找的只是一个夹子。”一点微弱的火光出现在门口，四哥一行人没带照明工具，他举着一个打火机走下来，火光照在他的脸上，看得众人毛骨悚然。

“鬼呀！”周欣尖叫道。

“老赵，你没死？”项昊惊问道。微弱的一点火光中，那张脸像极了赵庆华。

“被石井打成筛子，怎么可能不死！看清楚了，赵庆华比他矮多了。你是谁？”陆林问道。这人不是赵庆华，却肯定跟赵庆华脱不了关系，赵家人还是追上来了。

“呵呵，老五的死果然跟你们有关。我叫赵庆中，是他的亲哥哥。”四哥缓缓说道。

“你别误会，我们可没杀他。”陆林说道，接着把在光明洞中发生的事简单说了一下，赵庆华劫持石井真妻女，却被石井真狠心连同妻女一起打死。

赵庆中默默听着，半天才说道：“好，我暂时相信你们，私事不说了，咱们聊聊公事。东西放下，你们跟我走。”说着他一挥手，身后又“呼啦啦”出来数个手下。黑暗中其中一个还不小心绊了一跤，这让赵庆中有点没面子。

“赵四儿，老娘你也敢抓？！”萧卓挺身说道。

“萧家的婆娘，省省吧，没你家里人，你什么都不是。不过我还真没想为难你，愿意走你现在就走，没人拦着。但他们，一定要跟着我走！”赵庆中说道。

“就这几个人，还想让我们跟你走？哥们儿，你太看得起自己了吧？”彪子不屑地说道。

“是你们太看得起自己了！对付你们这几块料，我一个人就够了，只是这里有点黑。”赵庆中慵懒地说道，随即把手中的打火机扔到侧面不远处的一个书架上。那些在干燥环境中存放了数百年早已干枯透了的纸张，瞬间就烧了起来。火苗不停往外蹿，飘飞的火星点燃了下层和临近的书架。

“这样就亮堂多了。你们刚才不是说光芒吗？这些书要这样才会有光芒嘛。”火光中，赵庆中笑着说道。

“混蛋！”平时连重话都很少说的洛雨愤怒了，她想冲上去救火，却被周欣和萧卓死死拉住。“既然我们刚才的谈话你都听到了，就该知道这些书有多珍贵！你怎么可以这样，你这是在对人类犯罪知道吗？”眼看这些人类文明的瑰宝在烈火中迅速成片燃烧，化成一缕缕飞灰，她的心也烧了起来。这些不是黄金和珠宝，一旦被烧毁，就灰飞烟灭了！

“老物件儿我也喜欢，不过只限于咱中国的。不就是烧几本破书嘛，看你紧张的。当年他们烧咱圆明园的时候，还不是一样就这么一把火？”赵庆中笑着说道。

“娘的，这才叫真正的野蛮人。”陆林骂道。眼前这人刚才的举动，突然让他想起了那撕碎南宋王朝、踏平欧亚大陆的蒙古帝国曾经做过的事。原来文明在野蛮面前竟然这么脆弱，这么不堪一击！一把大火，就烧掉了见证欧洲从摇篮走向强大的文化瑰宝；一次兵祸，就让中华文明受到了冲击。

“越看你这货越欠揍！洛姐等着，我给你报仇！”彪子说着就走到前面。接近对手后，他一个侧踢向赵庆中扫了过去。彪子动作很快，不料赵庆中更快，他站在原地不动，伸出一只手闪电般地抓住彪子踢向他的脚踝，之后身子用力一拧，把彪子整个人甩了出去。彪子高大的身躯被丢出数米，砸塌了两排书架。

“乖乖，这家伙好像比训练营的教官还厉害！”罗瑞在后面看着失声说道。彪子的实力他们清楚，与陆项二人也只在伯仲之间，想不到竟然不是眼前这赵庆中的一招之敌。

“你们现在可以跟我走了吧？别想跑，外面还有几十人守着，除非，你们想跟这些狗屁的文明瑰宝一起葬身在这里。”赵哥冷冷地说道，他带的八个手下也围了上来。

“让雪儿上吧？”周欣小声说道。

罗瑞阻止道：“不行，没听他说外面还有好几十人吗？这样不是办法。”

身处最后的周伟突然说道：“你们往后看……”

项昊把被埋在书堆里的彪子拉起来，两边的火眼看要烧过来了。彪子额角被书架划出一道长长的口子，满脸是血的他还要上去和赵庆中拼，却被项昊拽了回去，在他耳边小声说道：“你傻啦！拼什么拼，刚才周伟看见了，房间最后还有扇门！”

大片的书架烧成了火海，对方又堵住了出口，而且眼前这个赵庆中厉害得超乎想象。最要命的是，外面还有几十人守着，来时的路怕是不能走了。过道里，众人把最矮的水静挡在最后，让她悄悄探一探后门通向哪里。

“说实话，你不是唯一盯着我们的人。但他们都没在这动手，你这样当马前卒先冲出来，是不是有点太傻了？”陆林为给水静拖延时间，转移话题道。

“行事风格不一样，让那些蠢货盯着去吧。等把你们真正控制在手里，他们就只有干瞪眼的份儿。”赵庆中说道。

这时水静悄悄从后门溜回来，小声对众人说道：“后面还是向下的楼梯，出去以后跟迷宫似的，可能就是你们路上提过的那个地下城。”

“这里怎么会跟苏联的地下城连在一起？”陆林自言自语，又说道，“先不管了，原路已经回不去，咱们下去！”

众人开始慢慢向后退，洛雨急切地说道：“大家都帮忙拿一些架子上的书，能拿多少算多少，求你们了！”眼看着火势越来越大，自己一行人又不得不退，她也明白，这个藏书室是保不住了。

火势一直向后蔓延，照亮了房间的后部，赵庆中也看到了那扇小门，他劝说道：“还想跑吗？你们好好想想，逃得了一时，也逃不过一世，不如跟我合作，你们可以继续自由行动，而且还有赵家做你们的坚强后盾。”

“行啊，等你抓住我们再说！”陆林项昊一人一边，把两边燃烧的书架向中间踹倒，一排排冒着烈火的书架像多米诺骨牌一样向中间聚拢倒下，逼得赵庆中向后退了两步，飞起一脚踢向了倒过来的书架。厚重的军靴把着火的书架踢了个粉碎，燃烧着的纸屑木片迸得到处都是，后排倒下的书架彻底把路堵住了。趁着这个工夫，众人从最后排的几个书架上胡乱抱了一些书，钻进了后门。

面前的火堆并不能拦住赵庆中多久，可就在这时，他的耳机响了：“赵老四，我是萧成荣。”

“萧二爷？久仰大名。”赵庆中冷冷说道，心中一惊，暗道怎么会是他？

“你要是还想见你们家这几个小崽子，马上给我上来，顺带把我妹他们放了。赵四爷，带出来的人都不错嘛，十几个人制住了我们五十多人，还要我亲自带批人来。不好意思啊，刚才不小心弄死了两个，剩下的十几条命你如果还想要，就马上给我出来。”

“别动他们！我上去可以，不过你妹和那几个人跑了，我可交不出来。”说完他叹了一口气，回身对正在清除阻路火堆的手下道，“别再收拾了，咱们上去。把这里炸了，路堵死。”今天带来的人都是精锐，也是赵家的直系子弟，赵庆中不能置他们于不顾。而且更重要的是，萧家的大部队来了，就算抓住陆林一伙也是为他人做嫁衣，今天注定只能无功而返。

手电光下，密道两边的墙壁上全是精美的雕刻，跟在庄园外看到的家族徽章一样。众人一路向下，走过一段干燥的通道，之后便是一排伸向不同方向的洞口。怕赵庆中继续追赶过来，众人随便钻进一个岔路口跑了好长一段，看身后没有动静才停下。再抬头时，才发现好像走进了一个地下大厅。昏暗的灯光下，全是钢筋混凝土浇筑的高大管道，管道壁上布满了线路和钢管，不知是地铁隧道还是下水管道。

“最开始那段一定是十月革命前修的，大概是沙皇时期的老地道和苏联后来修的重合了。”萧卓喃喃说道。看着这些粗大的阴暗管道，众人都明白，他们大概闯进了那个传说中四通八达、密如蛛网的莫斯科地下城。

“他们好像没有追过来。”一行人个个抱着几本书，站在寂静的管道边听了半天，除了有些管道偶尔会发出轰鸣声，一切静悄悄的。那声音似是从极远的地方传来，也许是地铁，也许是下水道。

又过了一会儿，陆林孤身回去探路，却发现来路的那扇后门被乱石堵死。“萧卓你对莫斯科最熟，咱们该往哪边走？”周伟问道。

萧卓说道：“我熟的是地面以上那部分，地面以下的我哪来过？传说倒是听过不少，据说莫斯科最早的地道是伊凡雷帝时期修的，那时的克里姆林宫有很多密室，像刚才说的钻石库、藏书库，还有地牢和各种通道。后来叶卡捷琳娜女皇专门聘请了意大利最优秀的建筑师设计了一个庞大的水渠。可以说沙皇时期，对各种地下设施的修建就没停过。十月革命以后，天然气管道、电线、电话线、取暖管道又是修了一层接一层。到了期大林时期，又有地铁轨道、克格勃的监听站、军事工事、防核地堡。这些数百年积累起来的地道，经常会在不经意间重合，有时现代人也会利用古时留下的通道，久而久之，就形成了一张大网。就算是对这里感兴趣的探险者，在没有向导的情况下也不敢轻易下来。”

“没这么恐怖吧，一直向上走不就行了？总会有出口通到地面上的。或者找条下水道一直向下，只要不遇到瀑布，总能找到排水口。再不行，就沿着地铁走，爬上个地铁站台不就行了嘛。”周欣说道。

陆林带头开始向前走，边走边说道：“走走看吧。我可记得你们先前说过，地下城最深的地方挖到过地下800米。伊斯梅洛沃在大环线的边上，莫斯科南北长度三四十公里，咱们向南走个十几公里，就快到市中心了，到时候没准儿能从哪个井盖里钻出去。”

事情并没有他们想得那么简单，走出不长的一段之后，他们迷路了。地下管道错综复杂，根本辨不出方向，而且相比起其他用途的管道，地铁隧道的数量实在太少。之后路过一条下水道，众人听到水声本想跟着走下去，不想那根本不是下水道，沟渠里流淌的是黄色的泛着一股刺鼻酸味的化学液体，待久了没准儿有中毒的可能。众人无奈，继续向前，尝试着找各种出口。

十几公里的路在地下好像特别漫长，这之间他们遇到了千奇百怪的地道。有些像防空洞，十米宽、数十米长的通道，尽头是牢牢关闭的不知道多厚的水泥大门。有的像是供暖管道，一根粗大的传输管道几乎占据了地道所有的空间。还碰上了一条尽头是地下悬崖的通道，陆林差点儿掉下去。拿手电往下照，凿雕出的石头台阶一路盘旋向下，雕花的铁护杆已经腐朽断裂在崖下，看上去应该是沙皇时期修建的。

“也就那么回事嘛，没有钟乳石，没有石笋，比武当地宫差远了。放心吧，咱们一定能走出去！”罗瑞给大家打气道。

“什么武当地宫？”萧卓问道。

“武当山下的一个千年下水道，里面好多蛇。”项昊解释道，“对了，咱们应该离供暖管道远一点儿，现在是冬天，那地方最暖和，说不定也有什么大家伙！”经他一提醒，众人不由得想起了当初看到的大蛇，心中一凛。

没想到，他们没有见到蛇，却见到了人，确切地说，是听到了。大家正往前走着，头顶突然传来了一声女人的尖叫。那声音很闷，像是离得很远，被金属管道传送过来的；又像是头顶的水泥层太厚，让这声音不能穿透下来。众人停住脚步凝神细听，那惨叫一声比一声凄厉，好像在被人用极刑慢慢折磨着。

“这里是双层的，上面还有一层，”周欣说道，“上面一定出事了！”

惨叫声还在继续，细细听来，那声音好像就在他们头顶。众人不能漠视一场谋杀发生在自己头顶，大家抬头大声呵斥着，猛砸洞墙，希望把头顶的人吓走。陆林项昊向两头搜索，想找到向上的通道，可这密如蛛网的通道里，哪有通向第二层的道路？结果是令人无奈的，也许一场凶杀案此时正发生在他们头顶二三十厘米的地方，可众人竟然无力阻止。冰冷的管道隔绝了一切，大家只能听着那惨叫声慢慢变小，最后归于寂静。

“唉，看来这座地下城里不但有人，而且不太平。”周伟感慨道。遇到这样的事，众人心情有些沉重，默默地继续赶路。又走出一段，他们竟然发现了一间屋子。这是一个修建地下管道时留下的凹槽，似乎很久以前有人在这居住过。一张破沙发和几件破家具烂得不成样子，还有老鼠钻来钻去。沙发扶手上靠着一把已经断了弦脱了色的吉他。墙上全是涂鸦，有彩虹，有被打上叉子的镰刀铁锤，还有“和平”“我爱披头士乐队的”之类的文字。

“大概是某个在地面上混不下去的流浪歌手，曾经住过这里吧，估计得是三四十年前的了。”洛雨说道，“忍者神龟的故事，大概也是漫画家得知纽约的地下住着人之后才创作出来的吧。”

“是呀，每座大城市都有自己的另一面，天堂与地狱同在，只是我们普通人接触不到罢了。如果不是走投无路，谁愿意住到这种地方来。”罗瑞叹息道。

众人继续寻路。大概是离市区越来越近的关系，涂鸦之类的痕迹多了起来。突然，走在最前面的陆林停住脚步，示意大家噤声。静下来后，众人听到前方传来一阵阵嗡嗡声，像是一群和尚在诵经。悄悄靠近一些，通道前方很远处有灯光，那是数条管道的交界点，空间宽大。大家看到有数十个戴着帽子的背影背对着他们，跪在地上向一个十字架祷告。进入俄罗斯以后，众人看到的大多是东正教四边等长的正十字，但眼前这十字架是倒放着的，上长下短，其上还盘踞着一条长着翅膀的蛇。

“我靠，邪教！”罗瑞小声说道。逆十字架，往往代表着反基督、不需要救赎和向魔鬼祈求救赎的意思。

“换条道走，别惹事儿。娘的，这地下还真是什么都有！”项昊提议道。

众人轻手轻脚地退了回去，他们的麻烦已经够多了，没必要惹上这种麻烦。附近一片区域似乎就是那个宗教的活动区，大家在洞壁上看到了不少描绘着恶魔和写着“666”的涂鸦。

离开了那片区域，萧卓抱怨道：“这个破地下城真邪门！来过莫斯科多少次了，从来没想过同样的一座城里还会有这样的地方，这样的一群人。呵呵，还真像罗瑞说的，在大城市里，天堂与地狱同在。我记得小时候听人提过，莫斯科曾经有个在黑暗中经营的鬼市，主要是卖一些违禁品，其实也不乏一些见不得光的珍贵珠宝和名画。过去我一直以为那‘黑暗’指的是晚上，现在看来，多半是在这地下了。”

周欣抱怨道：“到底出路在哪儿呀？我现在开始怀疑‘莫斯科地铁灵异事件’中，车里的人根本不是被克格勃带走的，他们也许又找到了别的密道，从那里钻了出去，可最后迷失在了这座地下城里。”说着，她自己打了个冷战，不敢再往下说了。

“你又想听灵异事件了是不是？我给你讲个真的。每年的9月9日，在列宁图书馆的地铁站附近，坐在地铁上的人总能看到行驶中的窗外有一张女人的脸。而且经常会有年轻女子在车上无缘无故地抽风，据说症状就跟咱中国传说中遇上撞客似的。”萧卓吓唬周欣。

可话说完，她并没有得到周欣的回应，回头去看她，却发现周欣两眼直勾勾地盯着前面，浑身打着哆嗦。原本已经迈出的一步似乎让身体失去重心，摇摇欲坠，眼看就要摔倒。

“欣欣！”走在后面的周伟发现了周欣的异状，赶紧扶住她，但她手里的书“哗啦啦”掉了一地。

周欣此时已经晕了过去，像个犯羊痫风的病人一样不停抽搐着，闭上的眼皮不断颤抖，只能看到眼缝里的眼白。

“欣欣？欣欣？怎么回事？刚才还好好的！”周伟急坏了。

“老周你先别急，她原来有过这样吗？你们家有遗传病史吗？倒像是得了什么急病的样子，是不是这两天冻着了？”洛雨边摸周欣的额头边问道。

“没有！她从来没这样过。就算有病，这里也没法治呀！不行，咱们得赶紧找路出去！”周伟脸色都变了。

这里最懂医术的是水静，她抓起周欣的胳膊想给她号脉，惊呼道：“你们看她的手！”众人闻言低头，灯光下，周欣原本白嫩的小手此时透着一股暗灰色。水静抬着周欣的胳膊又说道：“难道是书上有毒？可我们为什么没事儿？”

洛雨俯身去看周欣抱着的几本书，最上面的那本引起了她的注意。她戴上手套小心翻开书，上面的字她一个都不认识，甚至连是哪国的文字也不知道。配的插图，也是一些稀奇古怪的动植物，还有些各种图形组成的图案。再有，就是一些看似非常邪恶的人形生物，有些像西方宗教传说中的恶魔。那些画面晦暗、丑陋，让她本能产生了一种厌恶感。

“这恐怕又是一本所谓的魔法书。”虽然厌恶，却也不能把这些珍贵的古书扔掉，她掏出一个塑料袋，把那几本书套起来装进背包里。

水静给周欣检查完，除了脉搏跳得有些快，没发现其他异样，也不像是中毒的症状。水静替她按摩了几处穴道，周欣不再发抖，像是沉沉睡了过去。大家不再耽误，项昊背起周欣，一行人加快了脚步。出乎意料的是，三五分钟后，周欣竟然清醒了过来。开始还有点迷糊，之后便像没事人似的，手上的暗灰色也不见了。

众人啧啧称奇，问周欣，她说刚才觉得身上特别冷，然后就人事不知。众人最终也没找出原因，只能说这地下城果然很邪门。周伟还是不放心，催促众人赶紧找路出去，想去医院给周欣查一查。

陆林想了一个办法，跟着地道里的人类痕迹走。按常理说，进入地道的人应该不会走得太深，不然也会迷路。大家一路过来都在留意脚下的地道，却把这点忽略了，也许刚才他们就错过了不少出口。涂鸦、生活垃圾越多的地方，应该就越接近出口。照着这个思路，众人走了将近半小时。阴湿的地道中滴着水，偶尔会听到远处管道中传来地铁的轰鸣声、水管的敲击声，他们竟然还听到了男人和女人的吵架声，出口似乎越来越近了。

“不会还有人住在下面吧？”听到吵架声，周欣问道。

“也难说，现在俄罗斯的工资水平比中国高，但莫斯科的房价比北京还贵。咱们要不要循声过去，打听下出口。”萧卓说道。

正说着，前方不远处突然传来了脚步声，似是在向他们这边走来，众人一下子提起了精神。转弯处闪出一个人影，那人似乎听到了众人刚才的说话，并没有惊讶，只是看了他们一眼，礼貌地笑了笑，就要继续向前走。

众人却被他的一身打扮惊呆了。那是一个俄国年轻人，整齐的发型，铿亮的皮鞋，笔挺的西装，腋下还夹着公文包，一身标准的白领装备。如果在写字楼里看到他一点都不奇怪，可他与眼下这个环境明显格格不入。萧卓叫住他，言称自己一行是来探险的游客，但是迷路了，希望他能给指一个出口。年轻人很乐意地答应了，愿意把他们带出去。

同行时，陆林笑着问年轻人为什么这身打扮出现在这里。年轻人不好意思地笑了笑，说自己是从外地来莫斯科找工作的。先前一直找不到工作，钱也花完了，住不起旅馆就睡公园。后来一次偶然的机会发现了这里，还找到了一个不错的地方可以当房间用，就搬到了地下。现在他找到了一份工作，但工资很低，市区的房租负担不起，郊区又嫌远，干脆就在这地下免费住了下来。每天西装革履地上班，晚上从一条小巷内的废弃通风口回到地下睡觉。

他带着众人转了几个弯，便到了自己常走的出口，把众人送到地面上。年轻人与众人告别后又下了地道，众人看着黄昏的夕阳长长出了一口气。萧卓感叹道："还是这阳光下舒服，什么样的人才会愿意生活在地下呢？"

洛雨从她身边走过，轻声说道："走投无路的人、见不得光的人、穷人……因为各种原因不能见到阳光的人。"

众人一路回到酒店，简单打理一下又聚到一起，开始细看陆林找到的那个夹子。

陆林缓缓念道："'尊贵的伊凡陛下。遵照您的命令，我率领一千近卫军探索了蒙古人的祭坛。那是东方的大汗，贿赂了鞑靼的大汗修建在那里的。百年前，那里绽放出的耀眼光芒几乎传递到了莫斯科公国。莫斯科的教皇说，那是异教徒在挑衅上帝。只有英明的您才会敏锐地想到，那里一定蕴藏着某种神秘的力量。'"

"原来俄国人当时也发现了。"萧卓皱着眉说道，她担心要找的地方会不会已经被人捷足先登了。

陆林继续读："'您告诫过我，那里是遥远东方的魔法师设计修建的。请原谅我的愚蠢，一开始我并没有把这些异教徒放在眼里，直到那祭坛中的高大机械和密布的机关，夺去了三百条近卫军战士的生命后，我才意识到那些异教徒有多可怕。上帝啊，我们付出了三百人的牺牲，终于登上了塔顶。认识鞑靼文字的神父却告诉我，真正的秘密在塔基以下。于是我带领着余下的七百人，开始寻找向下的通路。谁能想到，一场噩梦就这样开始了。上帝啊，直到现在想起来，我还会颤抖……’”

之后，这位写报告的军官，非常详细地描述了一个地狱般恐怖的世界。原来那祭坛地上有九层，地下还有九层。他详细描述了每一层内的见闻，什么会飞的火鸟、把人碾成肉泥的钢铁战车、成排的箭矢、喷射毒水的巨龙、把人吹成白骨的黑风沙、只有泰坦巨人才能使用的巨大弓箭、像幽灵一样飘在空中洒下火雨让人整个燃烧起来的火圈……

洛雨说这些应该都是机关。在今天看来，所谓的钢铁战车，应该就是金宋交战时出现过的铁滑车。巨大弓箭，应该就是蒙古军队从南宋缴获的床子弩。剩下的火鸟、火圈、黑风沙什么的，大概就是一些元代的火器和西域的奇毒。当时元人征战天下，对于有军事价值的东西都很重视。从中国到波斯、中亚这些占领区的各种武器，都为其所用。

“你们说那贴字条的人会不会是想帮咱们？这明显是在告诉我们那里有哪些机关嘛。”罗瑞说道。

“那可不一定，这个回头再说，后面还有吗？”洛雨问道。

## 第二十六章　两家会面

陆林继续念道："'进入第九层，上帝啊，我和仅存的两百士兵们都再也不敢往前走了。您一定不相信我看到的，但我可以向上帝起誓，我说的都是真的！上帝啊，在第九层里，我看到了沉睡的魔鬼！尊贵的陛下，请相信我，我真的看到了。那就是《圣经》中的魔鬼，太可怕了！我有预感，如果我们再往前走，那些魔鬼就会睁开眼睛！请原谅我陛下，我宁愿接受死刑，也不愿活着走进地狱。死去了太多人之后，我在地狱的入口胆怯了。我们把火把扔进了那座大厅，发现满地都是鞑靼军人，和另一群穿着奇装异服的鞑靼人的尸体。我们再不敢往前走了，也不敢从原路回去，沿着鞑靼人未修建完的阶梯向下，我们走到了塔基的尽头，石壁后是阵阵轰鸣声。

"'唯一活下来的神父说，这是处断崖，那是浪头拍击礁石的声音。我们应该已经下到了海边，如果把石壁凿开，我们应该可以出去。剩下的两百士兵听说不用再往回走，都来了精神。我们用了一天一夜的时间，终于把石壁凿穿了。可是神父说错了，这里不是海边，而是海底！当岩壁被凿出了缺口，汹涌的海水一下子倒灌进来，那缺口被冲成了洞，我们所有人被卷进了大海。只有我和十几名水性好的士兵游回了岸边，最后的两百人全部葬身在了海底。上帝啊！仁慈的陛下，您忠实的扈从请求您，请再也不要派人去那里了。那里是地狱的入口，如果东方的恶魔被吵醒，整个俄国都将陷入黑暗！'"

之后就是一些当事人向沙皇求饶的话，再无其他。陆林叹口气道："太惨了，一千多人进去，死得就剩下十几个人。不过咱们倒是好像可以利用他们凿穿的那个洞口进去，避过上面的机关。这么看来，咱们要找的地方应该就是那幅油画里描绘的地方了。可是，这军官为什么只字不提那地方在哪里呢？而且画上的洞明明有一半是在水面以上的。"

"他不想再让人去了，又怎么会把地方说明白？我想，也许是那些人开凿了一天一夜之后，正好遇到涨潮，原本露出海面的部分也被淹没了。"洛雨说道，“这样描述太夸张不能全信，但对我们来说，再危险也得去呀。倒是报告里提到的大厅里的尸体很奇怪，那里似乎发生过一场的战斗，一方是蒙古军，另一方显然也是黄种人，会是谁呢？”

陆林伸了个懒腰说道：“不管是谁吧，我们总算离真相越来越近了。大家今晚好好睡一觉，明天咱们继续出发！目标，圣彼得堡！”

时间回溯到白天，当陆林一行人进入地下城之后。赵庆中让人把通向地下城的入口炸毁，随后施施然回到地面，自始至终没看一眼满屋已被烧的不剩多少的藏书。赵庆中的性格更像个军人，杀伐果断，以完成任务为第一位，不为外物牵绊。这些古本再好，也是欧洲人的，充其量不过是给当今无比耀眼的西方文明多加两道光环而已，对赵家没有任何好处，对东方也没有任何好处。

当陆林等人在地下城游荡的时候，赵庆中与萧成荣坐到了一起。两大家族并不是没有接触，但所谓王不见王，真正高层会面的机会还是很少的。萧成荣慵懒地坐在沙发里，与赵庆中的军人气质比起来，他更像是一个纨绔的衙内。可赵庆中却知道，眼前这个二少爷一点儿不傻。

两个人默默对视了一分多钟，还是萧成荣先说话了。

“赵四爷，久仰大名。来了莫斯科也不打声招呼，好让小弟尽一下地主之谊。”

“萧二爷客气了，我的人呢？”赵庆中冷着脸问道。

“四爷别急着走呀，你的人很好，放心吧。平时大家都忙着生意，难得这次机缘巧合碰在了一起，实在应该多亲近亲近。”

“没什么好亲近的，各凭本事罢了。我可以明确地告诉你，盯着那伙人的可不止你们萧家和我。”赵庆中说道。这句话是颗钉子，既能让萧家这条地头蛇不要总盯着自己，又能让那个一路躲在暗处祸害自家部队的势力不好过。

“那四哥有没有想过，咱们如果合作的话，胜算是不是大一些？”萧成荣不置可否地问道。

“好啊。”赵庆中顺口答应。

“我怎么听着你好像没多大诚意呢？”萧成荣依然笑着。

“彼此彼此。”

“那就这么说定了。”萧成荣煞有介事地伸出手，赵庆中也与他握了握。其实大家心知肚明，只有当双方利益一致的时候，这个口头约定才会生效。

“四哥，顺便把情报也共享一下吧？”

“你妹子和那伙人混到一起了，想必现在掌握的情报很多了吧？”赵庆中意思很明白，你先说。

“那东西本来就是我们家的。”萧成荣自然不会把家中的龌龊事告诉外人，敷衍道。

“抢来的也算？”赵庆中冷笑。

“抢来的怎么了？秦始皇抢了六国的土地，天下便姓秦，刘邦又抢了秦，天下便姓刘。天下尚且如此，一件小玩意儿怎么能不算？”萧成荣振振有词。

“那就看这次你还能不能抢回去吧。不过‘天下’这东西，一旦丢了，还没有谁能成功抢回去过。”赵庆中回击了一句，此时已经明白萧成荣的心思，他是怕自己离开后再去追萧卓等人，才故意拖住自己。赵庆中索性也不急，换了一副生意人的面孔跟他耗起来。抛开此行的最终目的不谈，这倒是一次难得的接触机会，既然走不了，不如聊一聊其他事。最后他们干脆遣散所有人，两个人单独聊了起来。

直到傍晚得知萧卓一行人回了酒店，萧成荣这才把那几个手下还给赵庆中。

酒店内。

“你好，客房服务。”敲门声打断了陆林一行人的商议，一个服务生推着餐车走进来，正是早上跟萧卓说过酒店命案的那人。

“是你呀，对了，你们酒店的灵异事件调查得怎么样了？不是说死亡时间不对吗？有没有请个神父驱驱邪？”萧卓八卦地问道。

“没什么的，大概是死亡时间算错了。请慢用。”服务生把餐车停下来，上面放的是众人订的披萨。就在这时，一阵振翅声从窗口传来，两只大鸟从外面飞进来，正是入夜后被撒出去放风的两只大金雕。上校落在窗框上，两只爪子一撑又飞进屋里，竟然向送餐的服务生扑了过去。

那服务生被吓了一跳，连忙伸手格挡，锋利的鹰爪还是抓破了他的袖子，在手臂上留下了一道长长的爪痕。一旁反应过来的罗瑞连忙制止上校的继续攻击，连连给那服务生赔着不是。萧卓又掏出两千卢布塞给他，算是医药费。那服务生没敢多停留，钱都没要就退了出去。

“你这孩子学坏了！人家身上就算有饭味儿，你也不能直接扑上去呀！”罗瑞拍着上校的脑袋教育道，上校叫了两声，也不知道它听懂了没有。

“说起来今天真是奇怪，为什么赵庆中后来没有追上来呢？”萧卓说道。

“也许追上来了，只是在地下城里没跟咱们碰上。对了，你们是不是认识？”洛雨问道。

“在北京的时候听过，不过没见过。赵老四是个不简单的人物，你们可千万不要小看他。赵家的体系很大，除了正常的商业运作之外，还有一个很大的地下决策体系，除了维护家族利益，做出重大决定，还会替那些正规生意做一些见不得光的事。”萧卓说道，“如国家一样，这体系细分起来，不外乎心腹、耳目、爪牙。赵家的爪牙中最厉害的名为‘狼组’，赵老四便是这狼组之首！听说他实力十分了得，而且御下有方。但这还在其次，关键是这个人的心计！他是个有大智慧的人，惯用阳谋，可以说是赵氏年轻一代中最杰出的人物之一，非常不好对付。”

“那咱们后面的路怕是不得安生了。”罗瑞沮丧道。

“也不是没有办法。”萧卓一句话把众人的注意力都引了过来，“所谓‘匹夫无罪，怀璧其罪’。等找到东西以后，你们把它和旅行袋里的那件宝贝一起给我。东西不在你们手里，他自然也不会为难你们，有问题让他来找我就好了。”萧卓笑嘻嘻地说道，回应她的是众人的一片嘘声。

这时突然又传来敲门声，是同住酒店的岳洪教授。老人白天来过一次，发现众人不在，这才晚上来拜访。当得知他们要在明天赶往圣彼德堡的时候，他也来了兴趣，问能不能和众人再同行一次——他也好几年没去过圣彼得堡了。这座俄罗斯的灵魂之城，有太多东西让他留恋。

众人相互看了看，还是答应了他。洛雨突然想起他们从书库里抢救出来的几本书，想请岳洪教授帮忙看一下。可转念一想，如果让他知道他们发现了沙皇的藏书库，而那书库又因为他们被烧毁了，老头儿非被刺激得住院不可。于是洛雨便只拿出一本，正是在地下城中周欣晕倒前抱的那本魔法书，称是在那二手市场买的，想请岳教师帮忙看看此书的来历。

老教授从口袋里掏出一副手套，之后才珍而重之地把书接过来。简单翻阅了一下，他抬头对众人道："这些文字，我也不认识。一时半会，来历也说不好。不过它看上去未必是欧洲的东西，装饰风格不像，插画也不像，倒让我想起了另一本书，一本很神秘的书。"

"什么书？"众人齐声问道。

"上个世纪初，一位美国的珍本书商人伏尼契在罗马的一个图书馆里，意外发现了一份奇怪的手稿。这份两百多页的手稿上，写满了如音符一般奇特的字母，还有很多奇异的植物、怪异的机械、未知天体的插图。这份手稿看起来像是中世纪炼金术士或草药医生的参考书，但里面的那些单词没有一个人认识。有人认为那是一种未知的文字，也有人说那是一种密码。它被称为'伏尼契手稿'，性质和这本书差不多，充满了没人认识的文字，不明含义的插图。不过那本书的照片我见过，上面的文字和眼前这个明显不一样。"

"那后来呢？那本书里写的是什么？"周欣问道。

老人摇头说道："没人知道。往后的一百多年里，许多世界顶尖的译码专家和古文字专家都被它难倒，包括一些在二战期间破译过轴心国绝密电码的译码专家。有人说这也许是中世纪的一个骗局，但更多人还是坚信这份手稿的真实性。这种没有人能破解的文字被称为'伏尼契文'，直到今天，它还是一本内容不明的神秘书籍。"

"那我们发现的这本，是不是也会用我们的名字命名呢？！"周欣兴奋地问道。

"哈哈哈，这个我说了可不算。"岳洪教授笑着说道。

又寒暄了一会儿，他起身告辞回房间。陆林看着老人离开，说道："想跟咱们去圣彼得堡，要不是看老头儿岁数实在有点大，我多半会认为他别有用心。"

"别总把人想那么坏。对了，咱们车还在彼得墓园外呢，明天还要把车先取回来。"洛雨说道，"说起来真是奇怪，为什么传说中在克里姆林宫地下的藏书库，会在一个墓园的密室里？偷走古尸给咱们提示的人，和在藏书库里留下痕迹的人应该是一伙的。看来他们掌握着不少我们不知道的情况，可为什么他们要帮我们呢？”

“我也知道一些情况，可不还是跟着你们？”萧卓说道，“也许他们并没有掌握祭坛的位置吧，那份报告里对具体位置只字未提。但愿那地方现在已经不危险了，我可不想去面对一个足以消灭上千军队的庞大机关体系。”

“四哥，咱还抓那些人吗？”离开了萧成荣的地盘，赵庆中手下的人问道。

“暂时不要碰。碰也没有用，现在萧家人盯得太紧。”若是二击也不中，再闹一出今天这样的事，他的面子可就丢大了。他心中已有定计，便没再多说，吩咐道：“记得把那个看门人放了。那里去的人少，咱们要是不管，那老头儿多半会被捆在暗处活活饿死。”

第二天，陆林和项昊去彼得墓园附近取回了车。直到中午，众人才收拾好一切，把装唐代古尸的木箱又放到车顶上。当全员上车，汽车缓缓驶出酒店停车场时，一串警笛声传来，两辆警车一路开来停到酒店门口，那架势与前一天差不多。

“不会是又发生命案了吧？这地方看来真是挺邪的。”罗瑞看着窗外说道。

此时汽车已经上了公路，大家不再理会酒店里发生的事，安心驶向下一个目的地：圣彼得堡。这是一座在黑暗丛林、沼泽泥潭中建立起来的城市，它是俄罗斯脱离农奴制社会走向发达的“欧洲之窗”；它是十二月党人为了理想牺牲一切的殉道场；它是十月革命的摇篮，是布尔什维克诞生的地方；它是二战历史中，用70万人的生命谱写出的壮丽民族史诗；它是俄罗斯坚强不屈又瑰丽多彩的灵魂。

“我靠！无量天尊！尔等快看！”

众人在路上正闲聊，原本一直在后面玩的雪儿突然叫起来。这些日子的相处中，她已经在周欣和水静的谆谆教诲下学了不少国语词汇。雪儿非常聪明，但教她的两位老师风格却相差太多，周欣用词比较时髦，水静却比较复古，偶尔还会冒出“之乎者也”，以至于雪儿说汉语时，经常把两种风格迥异的表达方法混在一起，让众人听得脑袋都快短路了。

大家听见她的喊声便回头，却看到她不知道什么时候又把从克格勃研究所里带出来的那副眼镜拿了出来，此时她正戴着眼镜头看车顶。

“那眼镜是什么？样子真奇怪。”坐在前面的岳洪教授问道。

“没什么，就是在二手市场买的一副望远镜。您坐着，我过去看看。”陆林敷衍着起身。

此时离雪儿最近的周欣和水静也都走了过去，问道：“怎么了雪儿？”

雪儿把眼镜摘下来，想了半天也没想到怎样用汉语表达，干脆把眼镜塞了过去，指指上面让他们自己看。陆林已经走到跟前把眼镜拿过去，戴上之后望向车顶。他似乎也有什么发现，在车内前后走了走，变换着各种角度。

最后他又回到了最后面，摘下眼镜道：“洛雨，你来一下。”

其他几个知道这副眼镜的真正来历，也都不明所以地围到后座上。陆林表情有点奇怪，把眼镜递给洛雨道：“你看看，是不是我看错了？”

洛雨接过眼镜戴上，这是她第二次戴这副眼镜。跟上次差不多，眼前的众人变成了一个个灰色的影子，好像整个世界都不一样了。“抬头看车顶。”陆林提醒道。洛雨依言抬头，车身似乎不能透过眼镜分辨出来，唯独车顶上的一个地方，有一团极其微弱的灰色，大小像是个人形，但颜色却比眼前众人身影显示出的颜色，浅了很多。

“嘶……”洛雨倒吸一口冷气，她知道，那个位置正是存放唐代古尸的木箱所在。

“你说，会不会……”陆林小声说道，看洛雨的反应，他知道她也看到了。之前他们谁也没有试过用这眼镜去看古尸，如果不是雪儿偶然发现，怕是现在也不会注意到。

“不可能！咱们检查过多少遍了，完全没有生命迹象！”洛雨小声回答道。坐在前排的岳教授可不知道，他们车顶上还放着一具尸体。

其他几个人也戴上眼镜看了看，全都啧啧称奇。罗瑞突然说道：“我想起来了！你们还记不记得？那个苏联专家的日记上有这么一句话：‘我们在7具古代蒙古人尸体中的两具上，检测到了微弱的生物能。作为科学研究者，我绝不相信那是千年不散的鬼魂，但这座堡垒里，也许真的存在拘禁灵魂的力量！’”

项昊拍了拍罗瑞的肩膀道：“说点人听得懂的行不？你们不会是想说他能活过来吧？”

“不可能。”洛雨否定道，“罗瑞，你的意思是不是说他就像研究所里的那几具蒙古干尸似的，还保留着微弱的生物能？”

“是呀，记得我说过人死之后重量都会减轻 21 克吧？还有那个研究所下面能聚集生物能的古怪磁场。假设真的有人死后灵魂离体、生物能消失这种事，所谓‘拘禁灵魂的力量’，就是指那个山谷的磁场可以不让生物能消失，而阴错阳差，当时那具唐尸裹在了西伯利亚的蝾螈里，也许蝾螈隔绝了磁场的吸引力，使唐尸的生物能没有汇入研究所的那个怪物身上。也就是说，这个唐尸的生物能还保存在身体里，或者是说，”罗瑞说着抬起了头，表情有点不自然，“这唐尸的灵魂，还在他自己的身体里。”

这样的结论让众人一时都失语了。半晌，洛雨才说道：“那就等到了圣彼得堡之后再好好检查一遍。不过别抱什么希望，不说咱们检查过无数遍，单是研究所里那几具蒙古人的尸体，苏联专家研究了那么久，你们可曾看出有过一点能活过来的迹象？我估计咱们刚才看到的，最多也只是人死后生物能没有消散的现象罢了。”

众人想想也只能先这样，眼下有岳教授在车上，让他看到尸体不太好。

## 第二十七章　圣彼得堡

与此同时，赵庆中还在莫斯科四下动用关系打听一行人的行踪。萧成荣却遇到了点小麻烦，不知道什么原因，萧家在莫斯科的两处产业竟然被俄国国家安全局盯上了。现实中的克格勃可不是好对付的。他一边动用上层关系阻止调查，一边大骂赵庆中不是东西，这分明是为了拖住他而设的局。

当两条巨鳄同时浮出水面争夺同一只猎物的时候，它们开始紧张，动作也越发快了。他们跟随着陆林一众由一路向西开始改道向北。这些隐藏在暗处的势力也隐隐感觉到，他们也许离目的地已经不远。

圣彼得堡距离莫斯科不到一千公里，原本应该一天走完的路程，却在最后 200 多公里时被一场突如其来的大雪打断了，众人无奈找了一家汽车旅馆住下来。趁着入住的工夫，洛雨、萧卓几人悄悄把木箱中的唐代古尸抬进车里，又认真做了一遍检查。俄罗斯的冬天就是个大冰箱，所以即使唐尸被折腾了这么长的一段路，依然保持着刚被发现时宛若活人的样子。自从白天发现他身上还带有生物能之后，每个人都希望有奇迹发生。可结果令人失望，和先前的检查结果一样，他没有一点生命迹象。

失望之余，大家又把古尸放回去，结伴进了旅馆。吃过晚饭，众人围着旅馆大厅里的壁炉坐在一起，周欣被墙上的几幅照片吸引了。一张照片上，最上方是湛蓝的天空，最下方是蔚蓝的大海，海天之间是一座颜色明快的庞大宫殿。青色的墙，白色的柱子和雕塑，金光闪闪的装饰花纹，简单的三个颜色，繁杂的雕刻与装饰，整齐划一的结构，给人一种雄浑厚重却又十分干净的感觉。这座高不过三四层、宽度长不过现代 SHOPPINGMALL 的古代建筑，却因为一抹亮色和庄重统一的风格，显得那么壮丽。

“这就是冬宫。”萧卓走到周欣身边说道，“圣彼德堡最著名的地标，昔日的沙皇皇宫，现在与大英博物馆、卢浮宫、大都会艺术博物馆并称为世界四大博物馆。有藏品 270 万件，如果一件看一分钟，看完全部馆藏要五年。

前面这条河是汇入波罗的海的涅瓦河，博物馆后面是恢宏庞大的冬宫广场，广场正中是高 50 米、重 600 吨的用整块大理石制成的亚历山大纪念柱，柱顶伫立着一个脚踩毒蛇、手持十字架的天使。”

“真漂亮。”周欣感叹道，“卓姐你多讲讲圣彼得堡的事吧。”

坐在一边的岳教授接话道：“让我来给你们讲讲吧。其实圣彼得堡的建成历史不过三百多年，其中有两百年都是俄罗斯的首都。相比八百多年历史的莫斯科，它是一座很年轻的城市。三百年前，欧洲正处于高速发展的阶段，而俄罗斯还处在农奴制社会。历代沙皇都梦想得到一个通往欧洲的出海口，而彼得大帝将这一梦想变为了现实。他通过与邻国征战获得了这块波罗的海沿岸芬兰湾的土地，并开始在这里建设一座全新的城市，将其命名为圣彼得堡。之后百年里，它从最早的兔子岛上的一座堡垒，慢慢扩建成现在的圣彼得堡市。

“三百年前，这里还是一片黑森林和沼泽。曾经留学欧洲的彼得大帝不满足俄式传统的木制建筑，便邀请了无数欧洲的艺术家、建筑师、雕塑家来设计建造这座城。因为这里不产石料，彼得大帝甚至还颁布了法令，在全俄罗斯禁止用石头建房，把全国所有的石匠和石料都运送到这里修建帝国新的首都。”

“这也太劳民伤财了。”在边上听的项昊说道。

“但事后证明这一切都是值得的。彼得大帝在这里组建了庞大的波罗的海舰队，以圣彼得堡为窗口，让欧洲的文明之光照进了腐朽落后的沙皇俄国，让俄罗斯帝国跻身于世界强国行列。自那以后，圣彼得堡就成了一座灯塔，汇聚无数的诗人、艺术家和文学家，向整个俄罗斯传播最先进的思潮和最灿烂的文化。沙皇俄国从这里走向辉煌，但两百年后，也从这里开始落幕。百年前的一天，游弋在涅瓦河上的‘阿芙乐尔’号巡洋舰炮击冬宫，打响了十月革命的第一炮，宣告了十月革命的开始和沙皇时代的终结。

“再后来，首都迁走了，纳粹却来了。希特勒扬言要用一周的时间，占领当时被称为列宁格勒的圣彼得堡，摧毁这个国家的灵魂。但当 15 万枚炮弹、10 万枚飞机炸弹落下后，生活在废墟中的圣彼得堡人，用生命向世界展示了这个国家的灵魂到底有多强大！纳粹怎么也不会想到，原本一周的占领计划，竟然变成了长达 900 天的漫漫围城，二战历史上最悲壮最伟大的一幕在这里上演。当时纳粹封锁了整座城，在最困难的时期，全城人口粮的供给只能靠一条冰上公路来维持。”

“您知道得还挺详细。”周伟说道。

“呵呵，老头子嘛，像我们这么大岁数的，或多或少都有一些苏联情结。”岳洪教授笑笑说道，“列宁格勒保卫战的胜利是因为这里的人民。他们在无尽的寒冷、饥饿、恐惧和炮火中苦苦守候了将近三年。姑娘们冒着炮火、挎着小篮子给前线的战士们送饭，神父把数千信徒聚集到教堂的地下室保护起来。大家没有吃的，就开起音乐会，歌唱家、芭蕾舞演员为人们表演，希望能用精神食粮战胜饥饿。博物馆的工作人员把所有的藏品都搬到地下，却把支架和画框留在地面上——他们坚信他们终将会胜利，艺术品终将会回来。说起来，这是战争之外的另一种残酷，七十万人，就在这默默的坚守中悄悄死去。卫国战争是他们心中永远的骄傲。因为那胜利是来自无数挥洒热血的年轻战士和人民。你们听过‘喀秋莎’的故事吗？”

“您是说那个‘喀秋莎火箭炮’？”项昊问道。

“不不，”岳洪教授摇头，接着轻轻哼唱起了老歌，“正当梨花开遍了天涯，河上飘着的柔曼轻纱！喀秋莎站在那峻峭的岸上，歌声好像明媚的春光……驻守边疆年轻的战士，心中怀念遥远的姑娘。勇敢战斗保卫祖国，喀秋莎爱情永远属于他！”众人这才明白，原来他说的是一首老歌。

“这大概是唯一一首有自己纪念馆的爱情军歌，直到今天，它还是俄罗斯军队指定的队列行进歌曲。”岳洪教授缓缓说道，“苏德战争爆发之初，斯大林根本没有准备，德军部队用不到一个月的时间横扫阻挡它的苏联红军。要阻挡这股钢铁洪流，只有用这个民族最生气勃勃的年轻人筑起一道围墙。开战之初的几个月，被送上战场的士兵绝大多数是回不来的。在几个最为惨烈的战场上，士兵们的平均存活时间不到 24 小时！很多年轻人穿上军装征召入伍，连告别信都没来得及写就上了战场。

“1941 年 7 月的一个黄昏，一个步兵师离开莫斯科开赴前线，奉命阻挡德国最精锐的古德里安装甲部队。这是一场注定要失败的战斗，一场不可能有回程的旅途。送行的人群中有很多士兵们的恋人和妻子，姑娘们用《喀秋莎》为年轻的战士们送行，战士们伴着歌声含泪走上前线。不久之后，这个师的战士们在战场上全员阵亡。他们用血肉之躯拖住了古德里安装甲部队，为苏军组织最后的防线赢得了宝贵的时间。

“之后，《喀秋莎》便在苏联一千多公里长的战线上，被年轻的战士们争相传唱。它变成了一个象征，象征着家，象征着爱情和幸福，象征着这些年轻人哪怕战死沙场也要拼命保护的东西。这之中还有一个故事，一场阵地战的间歇，苏军听到对面的德军阵地上传来《喀秋莎》的音乐。连长拿起望远镜，看到一伙德军正围着留声机听着这首歌。战士们怒不可遏，没有请示上级就对德军阵地悍然发起了冲锋。当付出惨烈代价攻陷德军的阵地之后，士兵们围在那还在唱着歌的留声机周围，全都哭了。战士牺牲性命想保护的不是一架留声机，而是一份希望。在那个绝望的战场上，这就是他们最宝贵的东西了。”

“真感人，我还从没听过这首歌呢。”周欣说道。陆林也在旁边静静听着，不知怎么，这故事让他想起了雪狐。

岳洪教授感叹道：“数千万人死在卫国战争中，这是俄罗斯人永远的痛，也是他们永远的骄傲，因为他们赢了！1945 年的春天，在那个梨花盛开的季节，200 万苏联红军齐唱《喀秋莎》，一路猛攻到了柏林城下。而伴随着悠扬歌声的，是 2000 多门喀秋莎火箭炮的轰鸣！纳粹德国至此被炸得粉碎。呵呵，喀秋莎火箭炮大概就是因为这首歌得名的，这是战士们最爱的东西。”

“唉，不过呀，现在时代不同啦，喀秋莎没有了，谢廖沙也没有了……”看着除了萧卓外，其他人投来的不解目光，他笑笑说道，“等你们到了圣彼得堡自然就明白了。”

众人又看向萧卓，希望她给个解释。萧卓笑笑说道：“老爷子的意思是，现在的年轻人没有当时那样的精气神儿了！二战的列宁格勒是英雄之城，但现在的圣彼得堡是犯罪之都，是俄罗斯黑帮最主要的盘踞之地。苏联留下的各种利益纠葛，使这里发生过很多大人物在光天化日下，就被枪手打死在家门口的事件。前两年圣彼得堡警方缴枪，查出了 2000 多件武器，其中包括手雷和重机枪，但警方自己都承认，这只是冰山一角。二战时，无数年轻小伙子用鲜活的生命抵挡住纳粹的铁蹄，可现在的小伙子，呵呵，他们剃了光头，在身上纹起纳粹的反万字标志，拜希特勒为偶像，做起了‘光头党’。喀秋莎们也不会在白桦林里等回家的战士了，她们很多做起了小姐。《真理报》说俄罗斯最大的跨国征婚网站上，70% 的跨国征婚都是由黑帮控制的。当然，良家妇女肯定有，但那种特别漂亮的就说不准了。一旦嫁到国外，这些姑娘们要么是玩神仙跳，要么就是熟悉环境之后想办法把她的姐妹们也弄过来开拓市场。”

“怎么差距会这么大呢？”水静喃喃说道，这两个人说的真是同一座城市吗？

萧卓拉着周欣道：“别听岳老爷子讲了，他的故事太沉重，听我的！你看这张照片！”萧卓指着墙上的另一张照片又说道。那是一座跟冬宫风格相似的宫殿，但面前不是河流和广场，而是一片由不同颜色草坪组成的各种图案的大花园，蓝天下，几个洋葱头似的金顶在宫殿顶部熠熠生辉。

就听萧卓继续说道：“这就是叶卡捷琳娜宫，叶卡捷琳娜就是先前说过的那位超级喜欢钻石、日子过得穷奢极欲的女沙皇。她在前人的基础上扩建了这座宫殿，比冬宫还要长几十米，内部比冬宫更加奢华。最特别的是，这是一座为女人修建的皇宫。与庄严的冬宫不同，叶卡捷琳娜宫的格局精巧淫靡，色彩明快柔和，弥漫着女性特有的柔美和娇媚。

“它真正的美丽在内部。整个皇宫，纯白的墙上几乎有一半的空间都镶嵌了精巧绝伦的镀金饰件。光是这些镀金装饰，就耗费了 40 吨黄金！这还不算那座完全用当时比黄金还贵 12 倍的琥珀制造，到处镶嵌满了宝石、钻石和黄金，奢华得可以让人疯掉的‘琥珀宫’！”

“琥珀宫不是被德国人抢走了吗？”路上听众人提过此事的水静问道。

萧卓点头道：“没错，现在的这座是赫鲁晓夫时代重建的，据说跟真品比差了很多。原来的那座真品在二战时被德国人抢走了，不过过去那座‘琥珀宫’最早就是叶卡捷琳娜二世从德国人手里抢过来的。总之，这是一座奢华到你无法想象的宫殿！而且所有的华丽和优雅都是专门为女儿家准备的。”

她又把话题引回了圣彼得堡：“圣彼得堡是一座可以把人们带回沙皇时代的城市，除了冬宫、皇村的叶卡捷琳娜宫，还有布满了金色雕像和喷泉的夏宫以及无数大教堂。很多建筑还保持着 300 年前的原貌，整座城市充斥着气势恢宏、富丽堂皇的巴洛克风格。最难得的是，它把从巴洛克风格开始一直到今天现代派的建筑风格完美融合在一起，使整座城市成为了一个整体。

“除了建筑，每座美丽城市都不可或缺的一样东西，就是水！圣彼得堡比邻波罗的海，涅瓦河和几十条支流穿城而过，所以这里又被称为‘北方威尼斯’。伏尔泰曾经说：‘圣彼得堡集欧洲所有城市的精妙于一身。’每一个亲眼见过圣彼得堡的人，都会认为它是世界上美丽的城市之一，它也是整个俄罗斯毫无争议的‘全国最美城市’。”萧卓歇口气又道，“不过这个季节不适合来玩，太冷了，河面结冰了，树也不绿了，夏天来才好。”

“冬天也应该别有一番情趣吧！”听了萧卓的描述，周欣无限憧憬地说道，好像把自己的正事都忘了。

转眼到了第二天，众人都怀着一份憧憬，开始了距离圣彼得堡最后两百公里的旅程。两小时后，他们的车慢慢开进市中心，他们发现很多古典建筑上悬挂着新鲜亮丽的装饰，很多广场和大商场门口，也架着各式各样的彩灯。街上的人很多，抱着大包小包行色匆匆。

“今天是什么日子？怎么看着跟过节似的？”周伟说道。

“你们不知道？”岳洪教授一脸惊奇地问道，“我还以为你们就是为了这个才来圣彼得堡的呢！”

“不知道呀，什么？”陆林接口问道。

“圣诞节呀。”

“岳教授，你是不是记错日子了？今天都已经……”陆林算了算日子，“今天都已经 1 月 5 号了，圣诞节那会儿，我们还在西伯利亚呢。”

“是 1 月 5 号没错，可俄罗斯过东正教的圣诞节——西历 1 月 7 号。明天是平安夜，后天就是圣诞节了。”岳洪教授说道。

“我记得在研究所看到的那本日记上提到过圣诞节，他们过的不是 12 月 25 号的圣诞节吗？”洛雨小声问萧卓道。

“他们两个都过。不过在俄罗斯，东正教的影响力比天主教大得多，所以 1 月 7 号这个也比 12 月 25 号的盛大得多。”萧卓解释道。

“咱能过完节再干正事吗？”周欣可怜巴巴地问洛雨，“在这么一座有历史、有传说、有宫殿、有威尼斯一样水系的古老城市里，过最盛大的节日，洛雨姐你不动心吗？”

"这个……"洛雨看向陆林等人，她确实也有点动心了。

"你又不信教，过什么洋节？好吧好吧，到时候看情况。"看到洛雨也在看着自己，陆林挠挠头说道。

"耶！过节喽！"周欣兴高采烈地欢呼道，"其实就是找个理由聚聚玩玩。静静，你知道圣诞节吗？"接着她开始向一个小道姑普及起了圣诞知识。

也难怪几个女孩都这么动心。汽车沿着一条河岸边的公路徐徐前行，冰封的河面上有孩子在玩耍，时不时有一座被装饰得花枝招展的桥横跨在河两岸。路边地面上全是白雪，树枝上缀满银白色的树挂，上面挂满了彩灯彩带。两边的建筑古色古香，门前摆放着挂满了装饰的、大小不一的圣诞树，还有随处可见的宏伟教堂，时不时能听到唱诗班演唱悠扬空灵的宗教歌曲的歌声。极少出国的众人，仿佛身处一个异域的童话世界。连平时一贯严肃的俄罗斯人，似乎也因为即将到来的圣诞露出了笑脸。

最后，众人在离冬宫广场不远处订了一家酒店。那是一座洛可可风格的古建筑，临着河边，远眺可以看到芬兰湾。大家把行李收拾了一下，把唐朝古尸存在酒店的冷库里，将在笼子里关了两天的两只大金雕顺着窗口放出去。之后周欣就嚷着要去逛街，一路上听了这么多，眼下终于有机会亲自欣赏这座城市了。

吃过午饭大家便出了门。沿着河边一路散步，雪后明媚的阳光照在地面上，冰冷的空气也变得暖融融的。见识过了红色的莫斯科，圣彼得堡给了他们一种完全不同的感觉。不得不承认，俄罗斯的美女真的很多，这里东方人相对少见一些，一行人中又有不少相貌出众的，于是时不时就会有一些小伙子的口哨和年轻姑娘的暧昧眼神飘飞过来。有两个很直接的美丽女孩，邀请项昊合照，还主动给他留了电话。

"俄罗斯妹子是这样的，很热情，很开放，珍惜机会哦！"萧卓在边上开项昊的玩笑。

"切，懒得理你。"项昊撇撇嘴。

河上结了冰，冰面上有孩子在嬉戏，还有人凿开冰窟窿钓鱼。周欣童心大起，也下到河上，在冰面上滑着往前走，看得河边的周伟连连嘱咐她要小心一点。

“哥，你们走快点儿！卓姐，你看这上面写的是什么？”已经在河上滑出了好远的周欣向后叫道。这段河面上没有人，在她前面，一块十几平方米的冰面被人用栏杆围了起来。围栏正中的冰面上有个水桶粗的冰窟窿，边上还竖着一块牌子，周欣问的就是那牌子上俄文是什么意思。

萧卓看了眼说道：“那上面写的是‘水怪出没，行人绕行’。”说着她自己也笑了：“什么人这么无聊，什么时候圣彼得堡有水怪了？”

边上走过的一个俄国小伙子看到她笑那牌子，上前两步说道：“那个牌子是真的，快把你朋友叫上来吧。”

“没搞错吧？圣彼得堡还会有水怪？”萧卓问道。

那小伙点头道：“没错！我住在附近。去年冬天，有个人在河里凿窟窿钓鱼，水里跳出来一个东西，一下就把他撞晕了。等他在医院醒过来的时候，一条小腿已经没了。医生说那条小腿被啃得只剩下骨头，只能截肢。后来还发生了好几起袭击事件，甚至连小臂粗的地铁电缆都被咬断了。后来听说那是一种身体像鳗鱼，却长着食人鱼牙齿的怪鱼。本来去年市政方面已经把它们杀光了，可就在前不久，这里又发生了一起袭击事件，那东西从水里蹿出来，把一个小女孩儿的小拇指咬掉了。报纸上说，那是亚马逊河食人鱼和涅瓦河独有的七鳃鳗杂交后的产物，被命名为‘比尔鳗’，全世界只有芬兰湾这里有。”

“欣欣，快上来！”周伟听了萧卓的翻译，急忙向周欣喊道。

“没事，反正河里的东西又上不了岸。有这种事怎么没见新闻里说过？”萧卓说道。

“小事儿，北京的水系里还有食人鲳呢！只是数量太少形不成杀伤力罢了。”罗瑞说道。

周欣看一行人不走了，便回头问道：“怎么了？你们说什么呢？”谁也没有注意到，围栏中冰窟窿里的水开始慢慢搅动起来。

“那个，还是让你们朋友快上来吧。”刚才说话的小伙子又说道，“知道为什么护栏围得那么大吗？因为那东西是一种两栖食人鱼，可以上岸，不然也不会破坏地铁电缆。”

“欣欣，快上来！”萧卓听说那怪鱼会上岸，连忙又喊周欣。可她话音未落，就听到冰窟窿的方向传来“哗啦啦”一阵水响，紧接着，一条长近两米、比小臂还粗，长得像条蛇的怪鱼，从水里直接跃到了冰面上。

周欣离那洞口不过三四米，被突然冒出来的怪物吓了一跳。好在一路上历经艰险，此时她并没有吓傻在那里，而是扭头就往回跑。可她忘了现在是在冰面上，转身起跑太急，一下子失去重心摔倒了。那怪鱼却爬得飞快，像条蛇一样滑过来，三四米的距离眼看就拉近了一半。

从那怪鱼跃出水面，这边陆林一行人就行动了。可他们在岸上离周欣有三十多米远，眼下根本赶不及救援。周欣在冰面上爬了两下，回头看怪鱼竟然已经到了脚前。那鱼长得像鳗鱼，可张开的嘴全是锯齿一样锋利的牙齿。此时它已经爬到周欣脚边，身子像弹簧一样往后一缩，接着就是猛地一弓，竟然凌空跃起半米多高，张着大嘴向着周欣露在外面的手咬了过去。身后众人离她还有一段距离，此时周欣已经绝望，心想这一口怕是躲不过去了，身体缩成一团准备挨咬。

没想到就在这时，她突然感到一阵风刮过，接着头顶一暗，似有什么东西把阳光遮住了。耳边传来一声响亮的鹰啼，巨翅扇动中，两只钢钩一样的利爪一把抓住怪鱼的身子，把蛇一样的身体整个拽到空中。

是上校来了！

它抓着那条将近两米长的蛇形怪鱼飞起二十多米高，接着爪子一松，把怪鱼狠狠摔到冰面上。上校在空中一个盘旋又俯冲下来，那怪鱼还待挣扎，却被两只鹰爪按住鱼头，直插进它的鳞甲里，接着上校低头狠狠啄了几口，那鱼头眼看着就被啄烂了。

此时雪儿的那只大金雕也飞下来，按着怪鱼的后半身啄了起来，从鱼身上往下撕肉，两只大鸟似乎打算就在这冰面上就开餐了。刚才那怪鱼出水时，两岸边有不少人看到了，接下来发生的事更是让他们惊呼连连。此时看到小姑娘脱险，很多人为上校鼓起掌来。

陆林等人也赶到了，周欣抱着上校好一阵亲热，连连说上校是好样的，罗瑞在一边更是一副与荣有焉的样子。为了不引人注目，众人把两只鸟打发回圣彼得堡湛蓝的天空，吃剩的一半怪鱼尸体丢到了冰面上。围观的人慢慢散去，一行人重新回到了岸边的马路上。刚到路边，一个戴墨镜穿风衣的高大俄国男子走了过来，说道："几位，我老板想和你们谈一谈，就在前面。"

说着，他一指路边一辆停在酒店门口的白色加长悍马。

众人不明所以，但那车停在几米外，便没有多想跟了过去。走近后，车门并没有为几个人打开，后排的一扇窗户降了下来，露出了一张五十多岁俄国男子的脸。那人光秃秃的头顶上有两道疤，脖子上依稀能看到不太明显的纹身。身上裹着一件名贵的裘皮大衣，脖子上是一条手指粗的金链子，扶着窗边的一只手上戴满镶嵌着宝石的大金戒指。他只瞟了一眼众人，似乎有点看不起这些黄皮肤的东方人，冷冷说道："刚才那鸟是你们的吗？不错，我买了。"

"对不起，我们不打算卖。"陆林听了那人的话，没跟罗瑞说就直接拒绝了。

"这货看起来像是黑帮的。"萧卓一脸厌恶地盯着那人，用汉语小声说道。

"光头党？"周伟问。

"光头党没这么好的车，应该是个大家伙。"萧卓说道。

那人看陆林拒绝了他，其他几个人自顾自地小声议论，自己被无视了，似乎也不生气，底气十足地继续说道："我是伊万科夫，在圣彼得堡还没有我想要却得不到的东西。"两只眼睛冰冷地看着众人。

"嗨！"坐在伊万身边的人说话了，那是个美艳的俄罗斯女郎，"趁伊万发火之前，快答应他吧。现在还有一个好价钱，要不一会儿你们是要双手奉上的。"

"我现在就已经不想买了。"伊万科夫冷冷说道，向着刚才叫他们过来的墨镜使了个眼色。墨镜和另一个站在车外的男子分别贴到陆林项昊身后，陆项二人同时感觉被那两个俄国人手中的一件硬物顶住了后腰，应该是两把枪，这个黑帮老大似乎没什么耐心，看陆林不卖，竟然想抢。

"娘的！"彪子刚才一直在后面听着，看这伊万科夫要用强，此时忍不住要发作。他来到车前一把抓住了伊万科夫的衣领喝道："一个流氓还事儿事儿的，你还真把自己当个玩意儿了！爷们连佣兵训练营都踏平了，你算个什么东西！穿得跟个吉祥物似的，不愿搭理你你还蹬鼻子上脸了！"每说一句，就照着伊万科夫的脸上轰上一拳。几记重拳下来，这位黑帮老大鼻青脸肿地晕了过去。

从彪子开始动手时，两个手下想上前帮忙，可手里的枪变魔术似的跑到了陆林项昊手里，瞬间被制住了。车里的俄罗斯美女吓得尖叫起来，众人怕闹得动静太大，把那两个手下也押进车里。之后把车窗一关，钥匙一拔，门一锁，把两把枪连带车钥匙一起扔进河里，快速离开了现场。

想想那个黑老大从开始的牛皮哄哄，到被揍了个红眼青直接晕过去，众人都哈哈大笑起来，只有萧卓和周伟埋怨彪子太冲动了。

“他们都动枪了，我们难道做错了？”项昊埋怨道。

萧卓说道：“你们没错，但你们这章法不对。动枪又怎么样？那人最多也就是个二流货色。这本来是亮几块招牌就能解决的问题，可现在人也打了，仇也结下了，想安心在圣彼得堡过圣诞节，咱们得更加小心了，这群人打黑枪相当在行。回头我托人捎个话，看看这事能不能揭过去。尽量别和这些家伙冲突，没必要。”这里她并不太熟，刚才的一幕又完全是义气之争，这种不涉及利益问题的冲突，萧卓并不想动用家族力量解决。

“瑞子，把上校他们叫回来吧，太扎眼也太危险了。”周伟说道。

“别太担心，这么大一座城呢！就像在北京，你抽了一个陌生人然后跑了，估计这辈子也不会碰上他第二次。所以同志们，不用往心里去，好好享受圣诞吧。”陆林故作轻松地说道，其实他一直在留意有没有人跟踪他们。

这个小插曲很快就在花枝招展的圣诞世界里被众人淡忘。大家逛了几个教堂，又去冬宫广场转了一圈。夜幕降临的时候，众人坐上镶了一圈彩灯的复古马车，从到处都是由串珠彩灯组成的美丽雕塑和镭射彩绘激光的街头，去了圣彼得堡圣诞市场。

此时的节日气氛非常浓厚，挂满精美礼品和彩灯的圣诞树亮起了灯，两排俄式风格的店铺，店内橘黄色的灯光下摆放着各种礼物和玩具。与其说这是个市场，不如说是一场盛大的嘉年华，除了商铺，还有旋转木马等各种游乐设施，很多人在领着孩子采购，为明天的平安夜做最后的准备。

游玩尽兴之后，大家回了酒店，洛雨站在酒店门口，拿出玉衡对着北极星测量起来。令她意想不到的是，指针微微下垂了一点，方向却依然指向北方。

“不会吧？”陆林在一旁说道，“还要往北？”

洛雨深深吸了口气道：“别玩了，明天继续出发吧，看来圣彼得堡还不是咱们旅途的终点。唉，什么时候才是个头儿呀。”她的语气中透着一些沮丧。

“不着急，玩过这两天再走也不晚，就当冲刺前的最后休息了。你也精神点儿，别垂头丧气的，我们一定可以找到那里！”陆林看着她的样子，给她打气道。

“嗨，你们也是来玩儿的吗？我也住这儿，才来就能遇到同胞，真是太巧了。”身后一个声音说道。两人这才注意到身后不远处停了辆出租车，一个中国人刚从后座的车门里钻出来。

对方也是一个中国人，看上去三十多岁，嘴里正叼着一支烟。洛雨连忙把玉衡收起来，陆林答道：“是呀，过个圣诞节，待两天就走。”

“我上海的，下一站打算去欧洲，你们去哪儿？”那人热情地问道，显然把他们也当成了旅行者。

“我们再待几天就回去，不玩儿了。真难为你呀老兄，带着伤还出来玩？”陆林笑着指了指他右手袖口露出的一小段绷带头。

“这个呀，”那人这才注意到，不好意思地笑笑，把松了的绷带又塞进袖子里，“别提了，出来以后受的伤，俄罗斯还真是蛮乱的。”他还待多说几句，可出租车司机似乎等得不耐烦了，径自下车，打开后备箱把他的行李卸了下来，然后开车一溜烟走了。那人显然没想到会这样，便向两人招呼了声：“我先办入住手续，咱回见啦。”说完便提着大皮箱匆匆走进酒店。

“到哪儿都能碰上中国人呀！走，咱也回屋吧，明天去哪儿玩？”陆林边往回走边说道。

“别在城里转了，去夏宫和皇村吧，但愿那个黑老大不会成为问题……”洛雨说着也步入酒店。

## 第二十八章　皇宫中的平安夜

转眼到了第二天，按照洛雨的提议，他们今天打算先去夏宫，也就是彼得宫。又名普希金城的皇村则是第二站，那也就是叶卡捷琳娜宫的所在地。没想到，今天一早又遇到了昨晚在酒店门口碰见的那人。他让众人叫他老贾，称自己一个人出来旅行，在这里人地生疏，也不会说俄语，希望能和众人搭个伴。还让大家看他手臂上的绷带，说这就是在莫斯科留下的，自己是真有点怕了。

“我们昨天可是刚打了个黑帮大佬，跟着我们才叫不安全。”周伟说道。

老贾听得一愣，苦笑道：“你们还真能惹事。不过这才叫有本事的人，不怕他们。看在同胞的分上，就带上我吧。”大家架不住他苦苦哀求，岳教授也说出门在外谁都不容易，最终还是带上了他。

彼得宫坐落在芬兰湾旁边，被水系分割在一个独立的小岛上。原本是可以一路坐船过去的，可现在河面结了冰，只能走陆路过去。夏宫，顾名思义，是夏天才该来的地方。此时是严冬，喷泉全都没开，直通芬兰湾的水池也结了冰，盖上了厚厚的白雪。金色雕塑一夜白头，一派冬日的萧瑟景象。

众人大略转了一圈就到了中午，吃过午饭便又驱车赶往郊外的皇村，不知不觉，天空又飘起了雪花。没想到的是，众人再一次失望了。叶卡捷琳娜宫里，宽大的草坪上铺满了一层干净的白雪，远看上去像是一张雪白的地毯。主宫殿门外立着一棵大大的圣诞树，可这一切都与众人无缘，庄园门口镀金雕花的铁门紧锁，他们被告知工作人员也放假了，圣诞节前后这里不对外开放。

眼看就要乘兴而来败兴而归，大家又把希望寄托在萧卓身上。本来已经约好不联系家里的萧卓，无奈还是找朋友打了几个电话。

她的本意是让这里留守的工作人员带他们进去转一圈，没想到这些想巴结萧家的人格外卖力，不知怎么竟然联系上了直管这里的重要人物，最后反馈回来的结果是出人意料且让人兴奋的——他们获准以临时工作人员的身份，在叶卡捷琳娜宫的偏厅里住上一夜。当然，活动范围是受限制的，琥珀宫和摆放重要文物的展厅不许进入，那些地方都额外加了锁。

得到这个消息后，几个女孩异常兴奋，真的可以住进女王的宫殿里，这是她们先前做梦也没想到的事情。虽然很多房间不让进，但眼前花园里的一切，足够她们好好欣赏一番了。同行的老贾也大为吃惊，连称自己运气好，出门就遇到了贵人。

可以住皇宫，自然就不想住酒店。于是行程再次改变，下午在这里玩一阵之后，便先回城过圣诞节，晚上再回这里过夜。没有进皇宫，众人在花园里漫步起来。叶卡捷琳娜二世时的沙皇俄国空前强大，就如中国的大唐。不得不说，女皇的生活奢华得让人嫉妒，仅那些风格相似却功能各异的配套建筑，就让众人啧啧称奇。先前在门口等消息耽误了不少时间，圣彼得堡的冬天日落时间非常早，他们不敢耽误太久，反正晚上还有的是时间回来看，便早早回了城。

离开寂静的皇村回到市中心，天已经黑了。今天是平安夜，一场盛大典礼已经开始。城市的圣诞焰火表演被安排在靠近冬宫的一座小岛上，一支接一支礼花弹不停飞上夜空，绽放出各式各样的光的花朵，照亮了天际，也倒映在那些没有冰封的水面上。冬宫广场上站满了人，亚历山大纪念柱周围，一圈粗大的激光灯柱冲天而起，笔直地照向夜空。飘飞在光柱中的雪花像深海中的一个个气泡，给人一种似真似幻的感觉。广场的一端搭起了演出台，一队队唱诗班的孩子在上面唱着圣诞歌，演着耶稣出生时的故事。冬宫高大的外墙变成一张大幕，彩色的光绘打满了整面墙壁，给所有人呈现了一个光怪陆离的世界。

众人一路开车寻找，但几乎每个教堂里都站满了手持蜡烛的信徒，可谓是“站无虚席”。圣彼得堡的一千多所教堂，也许今天全都满员了。在街头一直游逛到午夜，平安夜的钟声敲响了，如海般的钟声汇集成了一首旋律悠扬、沉重而温柔的歌，深深敲打进了每个人的心灵。时间似乎定格在了这一瞬间，大家像群孩子一样傻笑。他们想去找那钟声的来源，却发现它竟然无处不在。

听过平安夜的钟声，众人心满意足地结束了平安夜之旅，在风雪中驱车返回皇村。路程并不算长，可当他们在雪夜里再次站到叶卡捷琳娜宫门口的时候，却被眼前的场景深深震撼住了。

周欣喃喃说道："我们这是穿越了吗？怎么好像回到沙皇时代了。"

通向宫殿的那条长长的道路两边，每隔数米的小铁柱都插上了一只罩着玻璃罩的油灯，一直延伸到宫殿门口。整个叶卡捷琳娜宫灯火通明，几乎所有的房间都被点亮。暖暖的烛光把每一个房间染成了橘黄色，与窗外飘飞着的雪花形成了鲜明的对比，仿佛把人们带回了那个贵族们在点满蜡烛的大厅里夜夜笙歌的年代。众人走进花园，才从开门的工作人员口中得知，原来是线路出了问题，整个皇宫停电了。而今天是圣诞节，不能让所有房间黑着灯，这才点起了蜡烛。

大家在宫殿内转了一大圈，总能发现些让他们赞叹不已的艺术品。到了后半夜，蜡烛相继熄灭，众人玩了一天，也心满意足地回了各自的房间。今晚是平安夜，吹熄了最后的一支蜡烛，整个叶卡捷琳娜宫都沉沉入睡了。

是夜，洛雨和萧卓的房间外响起了一阵轻轻的敲门声。

"洛雨，是我。"陆林的声音在门外响起。

一阵窸窣的穿衣声后，洛雨出了房门。陆林问道："咱们明天就走吗？要不要再确定一下方向？我有种不安的感觉，也许我们错了。"

"这会儿？开什么玩笑，门都锁了，出不去怎么用玉衡？"洛雨睡眼蒙眬地回答，"不用担心，回头再跟那幅油画对照一下，应该能找到那个地方。不过估计到时候还得看水静的。"

"画？水静？那画原件都被抢了，还有可能找回来吗？"陆林问到。

"欣欣拍下来的应该就可以，你忘了？"洛雨偏着头皱眉看着他说道。

"哦，对对！"陆林恍然大悟，"我都快忘了。那没事了，你回去睡吧，其实就是不太安心罢了。"陆林说着就往回走，洛雨看他进了房间，感觉好像有什么地方不对，却又说不出来。困意袭来，她也回了房间。

"抓贼！"

一声尖叫打破了夜色的宁静，接着就听到一连串急促的脚步声从走廊传来，越来越远，最后消失不见。陆林和项昊第一时间冲出房间，循着尖叫声，他们来到了周欣、水静和雪儿三个人住的房间。

"有小偷，想偷我的相机！静静受伤，雪儿追出去了！"周欣急促地说道。

“昊子你看着静静，我去看看！”陆林说完转身追去。

黯淡的天光下，雪地反射着微弱银光，透过一排整齐的大窗户照进走廊。陆林一路急奔，周围却一点声音都没有，他也不得不放慢脚步静静聆听，可长长的皇宫走廊里只有他的呼吸声。举目四望，地上有一串血迹，陆林心中一紧，他真担心雪儿会出事。而且这件事也透着蹊跷，周欣的相机虽然挺值钱的，可这座皇宫里到处都是宝贝，什么人会放着珍宝不偷而去偷一部相机呢？他一边想一边循着血迹往前走，不知不觉转过了一个拐角。突然一阵怪风袭来，手里的蜡烛一下就灭了，一只手闪电般地堵住了他的嘴。

陆林刚想回身反击，却听到一个女声说道：“闭嘴！”那是雪儿的声音。陆林这才松了口气，就听雪儿用生硬的汉语小声说道：“那货……那厮……里面……好多影子……不敢进！”雪儿指着身旁的一个房间说。陆林刚才没注意转角后的房间，只记得它好像不小。

陆林小声对雪儿说道：“我进去引他，你守在门口，找到机会，打！”说完后起身，在房间门口点亮蜡烛。房间的深处陡然亮起一道微光，一个手持烛台的人影出现在那里，光线从下向上照得那人的脸色格外可怕。定睛一看，才发现对面原来是面大镜子，镜中人正是自己。虚惊一场后，陆林抬脚走进房间，看到对面站着三个自己，靠近门的一面墙壁上也有很多他的身影。这是一间有很多面镜子的房间。

房间很长，四周静悄悄的，那些镜子的个头儿很大，都有一个雕刻得非常精美的金边落地镜框。虽然这里充满了古典韵味，美轮美奂，可身子一动，千影摇晃的景象看上去还是让人毛骨悚然，总感觉身后那面镜子里的影子不是自己的。陆林端着烛台一步步向房间尽头走去，烛光一点点照亮前方，后方一点点陷入黑暗，他看不到人，听不到脚步声，一切还是静悄悄的。就这样一直走到房间的尽头，另一端也有一扇门，却是紧紧锁着的。

他又把烛台举高，天花板上的油画被照亮了，他和镜子里的影子都隐在黑暗里。就这样一步步又从房间的尽头走回门口，依然没有发现任何异常。再次转身面向房间，这次他蹲了下去，把烛台放低，学鸭子一样蹲着走了起来。没走出几步，他突然发现烛光尽头的镜框前，多出了一双脚！几乎与此同时，那双脚动了，一阵劲风吹熄了蜡烛，房间再次陷入一片黑暗……

陆林感觉一股劲风袭来，猛地向后一跃，轻轻落在地上不动，静下来分辨对方的方向。门外的雪儿此时也动了，从门口像阵风一样掠了进来。对面那人脚步甚轻，但动作极快，竟然跃过了陆林向门口袭去。接着房间里一下子静了下来，刚冲进房屋的雪儿也失去目标。片刻安静后，门外突然响起了脚步声，那人竟然跑了出去！脚步声越来越远，陆林没想到那人竟然这么快，叫了声“雪儿快追”，便起身追出门。

雪儿在房间里又停了一下，她并没有感觉到那人出去的动作，怎么一下子就跑了？来不及多想，她也追了出去。黑暗中脚步声不断，几个人在偌大的皇宫里展开了追逐。

两个人起步晚了，只听到远处的脚步声，却看不到人。转过一道道走廊，渐渐地，前面的脚步声越来越小。雪儿和陆林并驾齐驱，微弱的光线下，她的视力比陆林还好。可这庞大的宫殿里太大也太复杂，兜了数圈后，两人还是把人追丢了。而且，他们在一条条走廊和房间里迷了路。

“算了，咱们找路回去吧。”陆林停下脚步对雪儿说道。人已经追丢了，而雪儿又带着伤。两个人往回走，没多远就看到前面有烛光亮起，一个人走了过来，边走边问：“你们没事儿吗？”来人竟然是老贾。

“你怎么在这儿？”陆林边说边瞄了一眼他的鞋。那是一双拖鞋，跟在房间里看到的那双不一样。

“我听到有动静，就出来找找你们。你们没事儿吧？”老贾举着烛台问道。

“没事儿，抓个小偷，让他跑了。”陆林回答道。

这么一闹，工作人员也被惊动了，混乱了好一会儿才重新安静下来。老贾和岳洪教授回去睡了，大家凑到房间里看水静的伤势。同样是一道刀伤，伤在胳膊上。

“刚才的事不对！”烛光下，陆林说道，“这里晚上不会放外人进来了，工作人员又没有动机，刚才的人，应该就是我们之中的一个！”说着他向老贾和岳洪的房间使了个眼色道。

“那个老贾很有嫌疑，没准连这个姓都是假的。说来真巧，咱们刚说起相机的事儿，就有人来偷相机，会不会那时有人在旁边偷听？”洛雨说道。

“我什么时候问你相机的事了？”陆林不解地问道。

“就出事之前呀！”洛雨说道。

“做梦了吧你？”陆林说道。

“哎？明明就是刚才……”洛雨有些混乱了。那会儿她本来就睡迷糊了，整个过程意识不太清醒，难道真是个梦？

陆林没在这个问题上多纠缠，又说道：“大家都注意点，小心一点儿这个老贾。他说过完圣诞节去欧洲，看他明天走不走。”

“过个圣诞节也不安心，看来咱们真的不如想象中的安全。”周伟叹口气说道。

“不管怎么说，这次都玩儿够了吧？明天继续向北。”陆林说道。

“下一站咱们去哪儿？”水静问道。

“我也不知道。”洛雨摇头说道。

危机四伏而前途未明，这个平安夜谁也没有再睡踏实。转眼到了第二天，按照先前说好的，离开之前工作人员把他们带的随身物品都检查了一遍，之后众人便驱车回到市区。令大家没有想到的是，老贾真的跟众人辞行离开了。

“难道真的不是他？”项昊小声问陆林，“难道是老岳头儿？不可能啊，那岁数连打套太极拳都费劲，怎么可能把水静和雪儿都伤了？”

“不管是谁，只要他别有用心，总会露出马脚来，静观其变吧。”陆林一时也没有好办法。不想当岳教授得知他们要继续向北之后，也离开了，众人一时有点不知所措，难道昨晚的事真是外人干的？大家提高了警惕，为了避免夜长梦多，决定今天就走。

从皇村回来已经耽误不少时间，等把行李都收拾好，已是中午。吃过午饭，一行人再次启程。这次他们连目的地在哪儿都不知道，只能一路向北。

车行驶在河边的公路上，萧卓指着一艘停靠在岸边的大船说道：“你们看，那就是‘阿芙乐尔’号巡洋舰，十月革命就是从那里开始的。罗马神话里，‘阿芙乐尔’是黎明女神，她唤醒人们，送来曙光。说来列宁当时也真会挑船，就是它的一声炮响，拉开了曾经笼罩了半个世界的红色大幕。”

“卓姐你不知道，我们这次行动的代号就是‘黎明女神’！”水静笑着说道。她的伤不重，包扎之后睡了一夜，现在已经没有大碍。

“还‘黎明女神’呢，这边天黑得多早啊！但愿不要太远，我是真不想进北极圈了，冻死了。”裹得跟个毛球一样的周欣说道。

汽车渐渐驶出圣彼得堡的市区，沿着公路一路向北。

“欣欣，把你相机给我看看。”洛雨说道。看着路两边荒凉的雪地，她还在对昨晚的事耿耿于怀。怎么对方会惦记上周欣的相机呢？难道是为了那幅油画？洛雨接过相机，再次翻看起那幅油画。

孤独耸立在岸边的长生天祭坛，漫天飘飞的雪花，闪耀着金色波光的洞口，波涛汹涌的大海……等等！波涛汹涌的大海？洛雨仿佛又回到彼得宫的观景台上，眺望着冰封的涅瓦河和波罗的海。没错，就是这里！涅瓦河和波罗的海都冰封了，他们再往北走，前面的广大水域只剩下了白海和北冰洋。那幅画里雪花飘飞，显然是在冬天画的。可俄罗斯境内比圣彼得堡更高纬度的地方，怎么可能有波涛汹涌的大海？

“我明白了！我知道我们的目标是哪里了！”她终于想到这幅画的问题所在，兴奋地从座位上跳了起来，把同车人吓了一跳。

“我知道了！我知道了！这次是真的知道咱们的目的地在哪儿了！”洛雨兴奋得手舞足蹈。众人闻言围上来，可看了相机屏幕上的油画依然不明就里，只等洛雨解答。

洛雨深深吸了口气道：“我们先前以为这画上的海就是波罗的海，可我们在圣彼得堡看到了，那里的海岸线是冰冻着的，而我们的目的地比圣彼得堡的纬度还要高。在俄罗斯的境内，从沙皇时代就有人类聚居，且冬天也不会冻结……这样的地方只有一个，就是俄罗斯的北方重镇、北海航线的起点——摩尔曼斯克！”

“你确定？”陆林问道。

“我也不确定，只能说可能性最大。”原本兴奋的洛雨被问得有些泄气。

“好吧，咱们把下一站暂时定在那里。不过听你刚才的分析，多半是不会错了。”陆林笑笑说道。

圣彼得堡和摩尔曼斯克直线距离一千多公里，他们出门晚了，这天一直行驶到午夜，才在一个小镇住了下来。洛雨打开玉衡测试，指针还是向北，那针头却向下沉了不少，看来他们真的离目标越来越近了。

第二天天还没亮，众人就相继起床，在夜幕下继续赶路。

路上，开车的陆林问罗瑞："瑞子，你表几点了？我表好像坏了，天还没亮呢，就显示十一点半。"

"哎？怪了！我的表也是十一点半。"罗瑞看着表说道。

"你们表都没坏，天不会亮了。"萧卓说道，"我虽然没来过，但听说过。在冬季结束春季来临的这些日子里，这里没有白天，只有黑夜，即使到正午也是黑的，也就是平时我们所说的'极夜'。这里和西伯利亚的上扬斯克有些不同，冬天没有白昼，夏天没有黑夜。"

说着萧卓叹了口气："难怪我们家先前一直找不到，谁能想到他们没有把东西放到西伯利亚而是放到了这里？原本以为古籍里提到的'日不落之山'只是形容纬度高、每到夏天入夜不会超过两三个小时的地方，没想到那竟然是真正的'日不落之山'！摩尔曼斯克每到夏天，有两个月是没有日落的，24小时全是白天。但同样的，摩尔曼斯克的冬天，也有将近两个月时间是极夜，24小时全是黑夜。我们来得真不是时候，现在，那里正是一座'永夜之城'！"

"卓姐你是说……白天跟晚上一样，也是一片漆黑？"水静问道，她从没听说过世界上还有这样的地方。

萧卓点头道："是的，一天24小时，太阳全在地平线以下。不过根据纬度的不同，极夜的长短和亮度也会不同，纬度低一些地方，极夜的时间短一些，白天正午时会像天蒙蒙亮时的样子。但像南极点和北极点这样的世界顶点，每年有将近半年时间全是极昼和极夜，几乎没有白天或者夜晚。"

"那岂不是极阴又极阳的地方？真想去看看。"水静向往地说道。

"那里夏天也能冻死人！没有昼夜交替的地方可是很难受的。"萧卓说道，"说起来，好像摩尔曼斯克就有供人去北极旅游的核动力破冰船。不过咱们还是先担心眼前的问题吧，按照洛雨的推断，目的地是摩尔曼斯克基本可以确定。可问题是，那里有一些海岸线是我们不能随便进入的。"

"比如说？"罗瑞问道。

"摩尔曼斯克不但是北极圈里最大的城市，俄罗斯最大的渔港，同时，它也是一座军港，有很多禁区，比如俄北海舰队司令部。俄罗斯的舰队可以从这里进入北冰洋，然后不经过任何国家的领海就能到达世界上的任何海域。"萧卓说道。

“这个我知道！”项昊说道，“二战期间，各国就是通过摩尔曼斯克向俄罗斯源源不断地输送物资。德国为此还派出了最精锐的特种部队，发动了代号‘北极弧光’的特种战。这是经典战例！”

“那里有什么著名的山脉吗？如果能确定‘日不落之山’在哪儿，那条海岸线就好找多了。”洛雨问道。

# 第二十九章　永夜之城

“怕是要让你失望了，那里几乎是三面环山一面朝海，整座城市都是依山势呈阶梯状修建的，与其把希望寄托在‘日不落之山’上，不如好好找找油画上的地方。”萧卓说道。

风雪中，通往摩尔曼斯克的道路并不好走，进入极夜地区后，经常会有打着远光的大货车野蛮地超车，或者从对面横冲过来，着实让众人惊心动魄。

萧卓解释道：“没办法，那边绝大多数物资都需要外部供给，所以都是大货车。慢慢适应吧，天不会亮了，这种路况会一直持续下去。不过话说，回头我们得多采购一些照明工具。”

路过加油站，大家吃过饭，换项昊开车。陆林看洛雨还在盯着相机里照片发愁，便过去一把把相机抢过来，安慰道：“别发愁了，总会有办法的。现在应该养精蓄锐，凡事往好处想想，看咱们这一路上玩得多开心。”说着他拨动转盘，翻起了相机里的照片。

“你看，这是莫斯科的……这是圣彼得堡的……”他一边说一边翻照片，在车上无聊的众人听着也都围了过来。一直都是周欣在拍，他们并没怎么看过。

“这是叶卡捷琳娜宫……这是……哎？”陆林说着停了下来。

“你翻到头啦！这是第一张，咱们出发前在北京站照的。”周欣在后面扒着椅子说道。

“我说怎么看着像国内呢。”陆林放大照片，看着大家出发前在站前广场上的一张张笑脸，一切仿佛都发生在昨天，众人却已经历了无数险阻。画面随着他的手一点点移动，“等等！停，你们看那个！”水静突然喊道。随着她的喊声，画面定格在了焦外众人身后的背景里。

放大，继续放大，北京火车站的站前广场，从来都会聚集很多人。照片中，众人身后的背景里，路灯下，一个个或拎包疾走，或站在当场的人都被定格在那里。随着水静手指的指引，众人终于看清了她在指什么。那是一个模糊的人影，拍照时，他正站在众人身后十几米远的地方注视着他们的方向，身旁放着一只大号皮箱，皮箱上的一个金属扣反射着灯光，形成了一个星芒。

由于是焦外，人影和皮箱都很模糊，众人不明所以，全都看向水静等她说明。水静的脸色有些苍白，颤抖地说道："你们没看出来？你们看这个反光的扣，一般箱子上应该一边一个成一对，可他的这只箱子上只有一个，另一只扣没了。你们没注意到吗？那个老贾的箱子上也只有一个扣！"

"那又怎么了？"周欣忽闪着大眼睛问道，但旋即反应了过来，小脸也刷的一下白了，惊恐说道，"你是说，照片上那人就是老贾？他从北京开始就在跟着咱们？"

水静点头说道："你还记不记得，咱们在赤塔的咖啡馆时，看到窗外的广场上站着一个拎着大皮箱的人，他在那里站了好久。他的箱子，老贾的箱子，还有车站这个人的箱子，都好像。可是也不对，如果一个人经常出现在我们身边，我肯定会记得他。而且在西伯利亚森林里的时候，更不可能有人跟着我们。"

其他人都被水静的推论震惊了，陆林更是面色阴沉。难道真的有一个人像跗骨之蛆一样跟了他们一路，而他们竟然一点都没有察觉？那人如果想对他们不利，岂不是同样易如反掌？他可不相信这种一直在暗处行事的人会是什么好人。

"这张上有！这张上也有！"周欣拿过相机翻动，在一张张照片间搜索着，结果发现至少有三五张照片，都有那么一个拿着大皮箱的人出现在背景里，这都是他们出了森林后在不同城市拍摄的。夜幕下，车外雪还在下着，可众人出了一身冷汗。这种被悄无声息跟踪万里的感觉实在太可怕了，就好像有一个鬼魂，一路上一直跟在众人身后。

但看着那些照片，问题也出现了，箱子一直是那只箱子，但拿箱子的人却不是同一个人。有些照片中那人的身影还算清楚，一眼就能看出他不是老贾，甚至每张照片上都不是同一个人。

"往前翻……往前翻……就是这张！我怎么觉得这个人有点眼熟？"萧卓指着他们在叶卡捷琳堡的一张照片说到。

"这是……这是……"周欣似乎想到了，她颤抖得不成样子，额头已经开始冒汗，带着哭腔说道，“这是吕雁白！那个搭咱们车去莫斯科的吕雁白！天啊，怎么会这样？我们到底是被什么人盯上了？”在她的印象里，那原本是个路人，到了莫斯科之后就离开了。可当发现路人不再是路人，而是一个缠着他们的鬼魂之后，她吓坏了，情绪有些崩溃。

“应该是一个组织才对！也许那皮箱就是他们的标志，他们根本就不是同一个人嘛。”项昊说道。

“等等！你说什么？”陆林看向项昊问道。

“我说他们是个组织。”

“不是，最后一句。”

“他们根本就不是同一个人，怎么了？”

“吕雁白？老贾？同一个人？同一个人！”陆林不知想到了什么，突然打了一个冷战。他抬头问洛雨：“在叶卡捷琳娜宫的那个晚上，你说我去找过你，到底是怎么回事？”

洛雨不明白他的意思，但已经知道事情的严重性，便把记忆中那晚发生的事又详细说了一遍。

听完以后，陆林沉默了好久。他深吸口气，抬头说道：“我有一个猜想，可能大家听起来会觉得匪夷所思。但是，我实在找不到更好的解释。跟着我们的人，是一个会变脸的人。”

此言一出，众人哗然。

陆林抬手示意众人噤声，又说道：“那晚我绝对没有去找过洛雨，如果真有一个‘我’出现在她门口，那么那个人也绝对不是我。就在那个‘我’得知相机里有油画的照片之后，当夜就发生了偷相机事件。当时的环境外人进不来，我认为老贾的嫌疑最大。可是后来他却离开了，这误导我把他排除掉。但现在几乎可以肯定，当夜敲洛雨门的那个‘我’，就是老贾，一个会变脸的人！”

“就凭这一点儿？是不是太武断了。”萧卓问道。

陆林没有回答，而是又问洛雨：“你还记不记得？当时咱们在酒店外第一次看到老贾的时候，他不但提着那只大皮箱，还不小心把袖子里的绷带露了出来？”

看到洛雨点头，他又说道："大家还记不记得？当天在莫斯科酒店的时候，上校飞进窗户，抓伤过一个服务生的胳膊？"

"你不会是想说，这两个完全不相干的人也是一个人吧？仅凭胳膊上都有伤口？"大家有些明白他的意思，但还是感觉难以置信，这几乎是不可能的。

陆林放大声音，似是警告般地说道："你们忘了吗？在莫斯科的那两天，咱们入住的酒店里发生过凶杀案？或者说，是灵异事件。死亡时间明明是在前一天的晚上，可是很多人在第二天上午还跟遇害者说过话。如果死亡时间没有判断错误，而又不是灵异事件，那么那件事该怎么解释？唯一的解释就是，死者在前一天晚上已经死了，他们在第二天见到的是另一个一模一样的人。"

"可凶杀案是在早上被发现，那服务生是在同天晚上才被抓伤的呀！"水静说道。

"咱们第二天早上出发的时候，不是又有警车赶去酒店了吗？可能是那个服务生的尸体被发现了，他是第二个。"

"嘶……"众人齐齐倒吸了口凉气，他们开始相信了。

"吕雁白也好，服务生也好，老贾也好，也许还有很多我们没有注意到的人，在跟咱们有过接触之后离开了。大家会自然而然地认为他们只是路人，跟我们只是偶遇，对他们不会有任何戒心。但是，如果我的假设成立，他真的是个可以变脸的人，那么，那个人可能一路都在不停地变换面孔和身份，其实他从来没有离开过我们周围！甚至，"说到这里他的脸又沉了下来，"他就在我们之中！"

听了陆林最后的推论，现场的气氛仿佛结了冰，谁都没有说话，也不敢去看其他人。大家真的有些担心，有同伴已经不是本人了。

陆林继续说道："很显然，刚开始的一段路上，他离我们比较远，只躲在暗处。到了叶卡捷琳堡之后，这人不知出于什么原因，开始公开和我们接触。而到了圣彼得堡之后，也许是因为离目标越来越近了，他竟然开始扮成我们中的人，于是也就有了那晚相机被盗的一幕。如果他真的可以随意变换容貌，那么他可以扮成我，也就可以扮成我们中的任何一个人。哪怕现在他没有在我们之中，这最后的一段路上，他也绝不过放过我们！"

他可以变成我们中的任何一个人！这是一个可怕的推论。周欣打了一个激灵，她猛然想起了香港恐怖片里常见的一个桥段：鬼上身！一群朋友遇到了鬼，鬼上了他们其中一个人的身，被上身的人一切如常，但已经不再是他自己了。朋友们谁也不知道鬼到底上了谁的身，猜忌和恐惧传播开来，开始害怕身边的人。为了防止鬼害人，大家把所有人都绑起来。可当所有人被绑起来之后，这些任人宰割的人才发现，那个绑人的人才是鬼！

这就和他们眼下的境况差不多，一个鬼在跟着他们，随时都有可能变成他们中的任何一个人！想到这种事不知何时要活生生地发生在自己身上，而且是在这只有无尽黑暗的雪夜里，那种恐惧感犹如潮水一样袭来。

"难道真的有变脸人存在吗？易容术？"罗瑞自言自语道。

萧卓说道："易容术有没有我不知道，不过化妆术是真的存在。如果只是单纯地改变面貌而不被认出来，好莱坞的二流化妆师都做得到。当年没有数字技术的时候，那些恐怖片里的人物就是他们一个个化妆化出来的。但如果说要化得跟另一个人一模一样，那至少也要脸型有几分相像才行，就像咱们国家扮演领袖人物的那些特型演员。"

陆林一直在注意众人的反应，却没有发现一点异常。这时他才松了口气，说道："昊子先停车，大家相互说说自己过去的事，相互确认一下身份。"

"我们女生好办，那人明显是个男的，要冒充也只能冒充你们，你们还是多想想自己吧！"水静说道。

众人相互说了一些陈芝麻烂谷子的事儿，新加入的几个人，萧卓说了在北京时算计洛雨的事，彪子说了在 K19 列车留言簿上写过的那段话，而雪儿……没人能模仿四肢着地时的雪儿。

"光这样不行，现在没有混进来，不代表以后安全。那个人随时都有可能混进来，咱们最好给每个人做个记号。"水静提议道。

最后大家决定使用双保险。先是一个暗号，大家相互通报了一下各自的生肖。之后的路上，如果有一个人报出自己的属相，那么其他人也要跟着报出来。卡住的那个，多半就是有问题的。然后他们在每个人身上做了一个记号，记号的位置非常刁钻，在耳朵后面。那是一个死角，既不容易发现，也不容易模仿。周欣用圆珠笔在每个人的耳朵后面画了一朵小花。

做完这一切，汽车再次启动，在风雪和黑暗中继续缓慢前行，一千多公里路程显得格外漫长。在无尽的永夜中，生物钟被打乱，作息时间也被打乱，早午晚的三个饭点儿已经不存在了。不知走了多久，众人在路边看到一块牌子：摩尔曼斯克之前最后一个加油站。

雪越来越大，众人担心后面会遇到风雪阻路的问题，还是决定在这里停一停。加过油，大家又简单吃了点东西，之后便相继回到车上。

"瑞子，快点！"周伟向同去厕所却还没有出来的罗瑞招呼道。

"来啦来啦，马上好，催什么催呀！"罗瑞在厕所里回应道。

又过了两分钟他才出来，边走还边抱怨："上个厕所也不让人安心。"

众人上了车，陆林有意无意地看了一眼罗瑞的耳朵后面。这一看不得了，他浑身汗毛倒竖。周欣画在罗瑞耳朵后面的那朵小花，竟然不见了。

眼看这个"罗瑞"跟大家坐在一起，陆林不动声色道："瑞子，你那个包呢？是不是落在饭馆里了？快点去看看别让人偷了。"

"包？我去看看。"罗瑞闻言慢吞吞下了车，从他身上竟然看不出一点异状。等他离开车几米的距离，陆林也蹿了下来，看着罗瑞的背影说道："狗！"

"什么狗？怎么了？"洛雨在车上问道，话刚出口，她立时明白过来，陆林说暗号了，一定是发现了什么。她马上报出自己的生肖，接着众人也都相继反应过来，一个个报出了自己的生肖。

刚才下车的罗瑞停下脚步，诧异地看着众人："你们……这是怎么了？怎么变动物旅行团了？"

看他没有说暗号，项昊和彪子也都下了车，一脸凝重地盯着他。陆林一脸阴沉地缓缓关上车门，如果眼前这个罗瑞是假的，那么真的罗瑞会不会已经……他不敢往下想了，收拾心神沉声道："真是说曹操，曹操就到。真心谢谢你，你要是早来一天，我们怕是真完了。"

"我说，你们几个抽什么疯呢？"罗瑞一脸不解地问道。

"孙子！别演了，你那只皮箱呢？你说，你把瑞子怎么了？"项昊喝道。

听到"皮箱"两个字，刚才还一脸不解表情的"罗瑞"像被踩了尾巴的猫一样，脸色瞬间变了。眼神中先是流露出一种恐慌，但很快又平静下来。

也就这一愣神的工夫，陆林三个人已经成"品"字形站立把他围在当中。

"周伟，你带上雪儿去男厕所看看！瑞子要是出事了，我们扒了这家伙的皮！”陆林又扭头对面前的罗瑞道，“别演了，就算骗过了我们，你也骗不过上校！你选错人了，这次真的穿帮了。”

“先别激动。”一个众人完全陌生的声音，从眼前的“罗瑞”口中传来。大家被这个声音吓得一个激灵，刚才他们多少还有些侥幸心理，至此，才最终确定眼前这个“罗瑞”是假的。原来，真的有变脸人的存在！

“放心吧，他没事儿，我还不想和你们结仇。”那个声音继续说道，音色圆润饱满。

“你是谁？跟了我们一路，到底有什么目的？”打发周伟去找罗瑞后，陆林皱眉问道。

“我的目的，就是你们的目的。其实我很好奇，你们是怎么发现我的？是因为箱子吗？哦对了，欣欣她一路都在拍照，看来我真的大意了。”假罗瑞自顾自地说道，“至于我是谁，我第一次跟你们正式见面时，不就自我介绍过了吗？我叫吕雁白。呵呵，不用怀疑，我真的叫吕雁白。一个用别人的容貌和声音的人，如果连自己的名字都没有，那就真的太可悲了。”

“欣欣不是你叫的，这一路上你都在我们身边？”项昊厉声问道。

“是呀，先前我犯过一个小错误，导致表演失败了，呵呵，赵老四真是个精明的人。跟上你们之后，我吸取了教训，不着急融入你们，而是悄悄地在周围了解你们每个人的语言和生活习惯。前天晚上我扮成陆林试了下，效果还不错。唉，真可惜。我今天正准备正式加入你们这个大家庭，没想到一上来就被识破了。” 吕雁白抑扬顿挫地说道，一副痛心疾首的样子。

“有什么招术明着来，离我们远点儿！”项昊怒吼道，但他这一嗓子有点没底气。他在后怕，如果不是早了一点发现有这么个人存在，这家伙真的混进来了。而他的混入，则代表着被顶替者多半遇到危险了。

“抱歉先生们，那是不可能的。” 吕雁白一脸阴笑，那表情出现在罗瑞脸上，让大家看着很别扭，“这次真可惜，如果多相处几天，你们就会发现，我比那个罗瑞有用多了。而且你们真的不该对我有这么强的敌意，你们被萧大小姐绑架的时候，如果没有我把赵家人引来又挑起火拼，你们有机会逃吗？你们在枪林弹雨里当没头苍蝇的时候，如果不是我提供的那辆车，你们能逃得了吗？如果不是我混在赵家人里暗中作梗，他们又怎么可能穿越了半个西伯利亚都没有追到你们。我一直是在帮你们呀！”

众人第一次听到这些发生在他们背后的事，虽然不甚明了，却也知道大概的意思。这时周伟跑回来，绕过几人来到车边道：“拿几件衣服出来。瑞子没事，就是让他给扒光绑在了厕所里。”

几个人听说罗瑞没事，这才松了一口气。陆林沉声又对吕雁白说道：“收起你那副好心肠吧，你和他们还不是抱着同样的目的？只不过是怕我们落到他们手里罢了。听起来你好像真帮了我们不少，但对不住了，与其让你下次再扮成我们中的哪一个，我还是觉得把你抓起来带在身边比较保险。”他说着迈步向前，三个人组成的包围圈开始缩小。

“我要是你们，肯定不会再往前走。我说过，我现在还不想和你们结下什么深仇大恨，但动起手来我就不敢保证了。”吕雁白镇定自若地说道，他扭头对彪子笑了笑，“你不错，下次就是你了。”

彪子呆住了，他听到的是自己的声音，还以为那是从自己嘴里说出来的。“喂？喂！”彪子咳嗽了两声试着音，真当刚才是自己说话了。趁他一愣神的工夫，吕雁白动了！他贴着彪子的身边冲出了包围圈，之后把彪子往另外两个人身上一推，便迅速地消失在黑暗里。

“我还会再来的！陆林，看你下次还认不认得出来！”声音在夜幕下渐渐飘远。

没想到就这样让他逃了，陆项二人脸色阴沉地看着前方的黑暗。这场鬼上身的游戏还没有结束，吕雁白像个幽灵似的沉沉压在了众人心头。他们真的很担心，当他再次出现在队伍中时，大家会分辨不出谁才是鬼。

罗瑞被扶了出来，现在还在瑟瑟发抖，他冻坏了，也吓坏了。记忆中的最后一幕，是他看到镜子里有两个自己，身后的另一个自己抬起手打向他的脖子，之后他便两眼一黑晕了过去。回到车上缓了一缓，罗瑞开始大骂吕雁白缺德，如果不是陆林发现得早，等众人离开加油站，他八成会被冻死在厕所里。也许那块写着“摩尔曼斯克之前最后一个加油站”的牌子，本身就是一个局。

在已经不能用一天或者一夜为时间计量单位的极夜里，众人不知道走了多久，终于看到远处一点点密集的灯火，摩尔曼斯克到了。远远望去，这是一座灯火辉煌的城市，一栋栋建筑顺着山势的高低起伏，错落有致地排列在山上的不同位置，那些亮着灯的窗户组成了一个立体的大屏幕。时不时可以看到有船靠近灯火通明的渔港，近海都被照亮了，山上的城市灯光在水中形成了如梦似幻的倒影。也许是因为这座城一直被笼罩在黑暗里，所以人们把它用灯火装点得格外美丽。

但众人却对这美景熟视无睹，他们的心沉沉的。吕雁白离去了，临走时却在众人心头留下了一个疙瘩。大家约定往后谁也不能单独行动，不管去哪都至少要两个人一起，绝不能再给那人可乘之机。看他扮罗瑞时那惟妙惟肖的样子，一旦被他潜入，就绝对是一个最致命的危险。

“你们看那港里！娘的，那个是潜艇吗？”罗瑞看着港口的方向叫道。

临近近海的水中，有一个圆头圆脑、形状像一颗鱼雷的黑影，它一半沉在水中，慢慢向前游弋着，比它身边经过的小型渔船的黑影大了很多。

“这里的潜艇很多的，你们还是少知道一点好。”萧卓笑得很玩味，又说道，“记得前几年俄罗斯‘库尔斯克号’核潜艇沉没的事故吗？一百多名官兵全部遇难，就是在这里。”

“我知道，2000年的事了，那是号称‘世界吨位最大、武备最强’的核潜艇。据说只靠这一艘潜艇就足以对抗整个航母战斗群！船上二十多颗核弹头，每颗的威力相当于两颗广岛原子弹。结果没打过敌国，先把自己的艇员害死了。”项昊说道。

进城之后，众人先找了个地方住下，准备多采购一些照明工具后再开始下一步行动。目的地到了，可从哪开始行动呢？望着这座灯光之城和远方的军港，大家有些不知所措。

由于没有白天，玉衡使用起来方便了很多，行至摩尔曼斯克，夜空中的北极星异常明亮，几乎是高高挂在头顶正中。玉衡的指针终于不再向北，而是垂直向下。可这就出现了另一个问题，作为一只定位工具，玉衡到底能精确到什么程度呢？哪怕只沿着海岸线寻找，这范围也太大了。而且另一个问题也摆在众人面前，这里日日夜夜都是黑暗的，那些没有灯光的海岸线，几乎没有能见度可言，想靠肉眼辨识海岸线的走向已经不可能了。好在他们有一架长着两只鹰眼的“空中侦察机”。

安排好住的地方，采购了照明工具和一些夜视装备，大家准备好好休息一夜，明天正式开始。

这时，萧卓接到了一个电话。

“小卓，我是二哥呀！”听到这个声音，萧卓毛了，这是她走出森林后买的新号码，没人知道。萧成荣可以把电话打到她手机上，说明他正掌握着自己的行踪。

“二哥，你怎么有我的电话？”萧卓说道，语气中透着惊喜，只是声音有些颤抖。

“没工夫说这个了，小卓你听我说，赵老四已经带上人追你们去了，很快就会到。我知道你们在摩尔曼斯克，他也知道。一切小心，等我抽出身来去帮你。”萧成荣在电话另一头说道。

“二哥你弄错了，我就是和几个朋友来玩，没什么事儿。”萧卓尽量掩饰语气中的慌张，想要拒绝二哥的好意。

“小卓，看来你真的误会二哥了。二哥是真的想帮你，一笔写不出两个萧字，我是真想帮你把东西找到。毕竟不管怎么说，咱们还都是一家人，总比便宜了那个姓赵的好！”萧成荣在电话那边语气真诚地说道。

之后，兄妹二人又着实“亲热”地聊了一会儿，这才挂了电话。萧卓面如死灰，仿佛遇到了灭顶之灾似的喃喃说道：“大老爷家知道了，萧成荣是怕东西会落到赵家人手里才打这个电话的，怕是过不了多久他也会来，这下麻烦大了。”

而同时，还有一群人也在通往摩尔曼斯克的公路上追赶着陆林等人，为首者正是那个名叫伊万科夫的黑帮大佬。

“别说了！这个仇我一定要报！”此时他正在对着电话大吼。

“你知道吗？圣诞节那一晚，我顶着一脑袋的伤进了教堂，你知道当时在教堂里的都是些什么人吗？是圣彼得堡乃至俄罗斯黑道上有头有脸的人物！我原本该和他们一样，体体面面地坐在那里祈祷，可就因为这鼻青脸肿……现在我成了整个圣彼得堡的笑柄，他们甚至给我起了新外号叫‘熊猫伊万’！都是那伙人害的，我一定不会放过他们！如果不把他们的皮扒下来挂到客厅里，我这个 BOSS 也当不下去了！”伊万科夫脸上的伤还没好，在圣诞前夜被胖揍一顿真的是件很影响形象的事。在各地大佬汇聚一堂的时候，被打成猪头的他洋相出大了。于是，他怒气冲冲地带上手下追来了。

第二天上午十点，室外依然一片漆黑，众人还是不适应这里的环境，没有阳光的感觉让人很压抑。站在一个山坡上，眺望着除了港口外没有一丝光亮的海岸线，大家一筹莫展，有一种不知道从哪里开始的困惑。

罗瑞把油画的照片冲洗出来，让上校辨认了好久，连说带比划之后，便把它和雪儿的大金雕一起放了出去。萧卓不知从哪弄来了军用地图，一番比对之后还是没找到任何线索。陆林和洛雨去加工玉衡，希望能让它更精确一些。地方到了，可面对黑暗中辽阔的大海，大家彻底没了辙。

“为什么这里的海不结冰呢？圣彼得堡的波罗的海都结冰了，这里可是北冰洋呀！”水静喃喃自语道。

“我听他们说，因为北大西洋暖流每年从这里经过，它一路北上到这里，再顺流而下，形成一个环形，千年万载，周而复始。不过，听说因为全球气候变暖，北大西洋暖流的势力正在逐年减弱，欧洲和北美东部的气候开始变冷。”周欣说道，“唉，真是不习惯，没有白天的日子原来这么难过。”

水静说道：“一个‘千年万载，周而复始’的环形？你说当年的刘秉忠、郭守敬等人，会不会通过天星风水之术测算到这里的不凡，才把最重要的祭坛修建在这里？所谓天地有真性情，宇宙有大关合，古人也许不懂，不了解，但这并不妨碍他们找到其中的一些规律。

“我总感觉这天地间有一股强大力量，它不显于世，却运行着万物。挟山超海不足以形容其壮丽，纤毫毕现不足以形容其精细。它翻云覆雨以滋润万物，它变换四季以春华秋实，它授万物以弱肉强食，却又让一切和谐共生。万里鲸鲵也好，蚤上之虱也好，一花一木，一虫一兽，都有它自己的位置，多一分则尽，少一分则绝，单是这把一切都安排得‘刚刚好’的一个‘谐’字，便是人类千般万般都做不到的。”

“你又在讲道了是不是？”周欣笑着问道。

“不是道，是自然。人法地，地法天，天法道，道法自然。”水静一字一句地说道，表情严肃地教育周欣道，“不要觉得古人蒙昧无知，未来的人看这个时代的人，同样会觉得我们蒙昧无知。过度迷信科学和过度迷信传统没区别，牛顿和爱因斯坦研究了一辈子，最后还不是都醉心神学了？”

“静静你怎么了？”周欣很少见水静这么说话。

静静淡淡地摇头道：“没什么，我只是想起那个沙皇大臣提到的魔鬼。他把那里形容得极度危险，可我们却一直忽略了那些东西。在今天看来，那种宗教迷信也许是蒙昧的，但如果我们真的遇到一些科学无法解释的事儿呢？长期迷信的科学不灵了之后，我们会不会也被吓得像他一样？”

“静静，你别打击我们了！”在旁一直听着的萧卓叫苦道，“就算没有你说的那些不靠谱的东西，光是那些‘很科学’的东西，已经让我现在怕得要死了。”

“卓姐你怕什么？”周欣问道。

“我怕咱们要找的地方会在那边！”她指着远方的一片漆黑说道，那边应该是海面，可现在什么都看不到，“那里有块墓地。”

“你还怕鬼？”水静问道。

“呵呵，要是有鬼就好了。那墓地不是人的，是潜艇的，是核潜艇的墓地！那是一片巨大的漂浮在海上的核废料垃圾场。”萧卓缓缓说道，这也正是昨日众人谈及潜艇时，她不愿多说的原因，它太压抑也太可怕了。

众人大惊，细问之下，才知道这墓地之说是怎么回事。原来在二战之后，美苏曾一度为争夺海上霸权扩编舰队，其中驻扎这里的北海舰队，就是当时苏联最强大的一支海军舰队。苏联海军中三分之二的核潜艇和核舰艇都驻扎在北海舰队，这里是苏联最大的潜艇建造基地，并且在摩尔曼斯克兴建了大量的核设施。但在苏联解体之后，这些都变成了定时炸弹。由于支撑不起庞大的军费开支，100 多艘已经废弃但没有进行处理的核潜艇，就那么被丢弃在海中，燃料棒、反应堆一应俱全，而且这里还存放着大量的核废料和核燃料。不只是俄罗斯，连附近的北欧国家都对这个定时炸弹非常头疼。如果说摩尔曼斯克是北冰洋沿岸最耀眼的一颗明珠，那么这片核废料垃圾场就是这明珠上一块洗不掉的污渍。

又过了一阵，陆林洛雨还没回来，空中却传来一声鹰啼，是上校两口子回来了。上校在众人面前停下，对着罗瑞叫了几声。大家谁也听不懂，便都望向罗瑞。罗瑞好像也拿不准，看着众人道：“可能是上校有发现了！”

众人听得精神一振，便不再等陆林两人，发动汽车让上校带路。其实大家心里也是没底，让一只鸟通过一张油画在黑暗中找到一片相似的海岸线，这是否有点太高估上校的智商和鹰眼的灵敏了？

## 第三十章　冰海奇航

上校一路低飞，车上的众人也只能在夜空中模糊辨识着两个黑影，跟着它们一路前行。越往后，目标越明确，他们的心也越发沉重，上校竟然真的是往潜艇墓地那个方向飞。这次连罗瑞都绷不住了，大呼："不会这么背吧？"

越来越近了，众人甚至能隐约看到远处那一艘艘横七竖八被丢弃在大海里的黑影。有的半沉在水中，有的大头朝下扎在那里，有的搁浅在岸边，如一条条已经死去的钢铁巨鲸，林林总总有数十艘，像一堆玩具似的，被密集地撒落在离海岸不远的地方。

离那片区域越来越近，大家的心都提到了嗓子眼，好在又走了没多远，上校就不再往前飞，而是在前面一片区域的上空绕着圈飞了起来。众人停下车观看，不由得大失所望。微弱的天光下，远处那片海岸是平齐的，清一色是高出水面一两米的黝黑岩石，其中倒是有一块凸起的缓坡，但看上去最多不过五米高，几乎可以用一马平川来形容这里。这与油画上数十米高的海崖、弧形的海岸线完全不同。

"瑞子，回去给你那头傻鸟检查下视力吧。完全不搭边的两种地形，亏它也能认错。"萧卓失望地说道。

上校又在空中飞了两圈，看到众人不为所动，便一个俯冲向海岸线附近扎了下去，作势欲扑。两声鹰啼后，竟然在那岩石的雪原灌木中惊起了一片飞鸟。众人都觉得稀奇，却又隐隐感觉哪里不对。罗瑞先一愣，之后似乎想到了什么，喃喃说道："我大概明白它的意思了，原来上校比咱们都聪明。"

"什么意思？你别告诉我是上校问了这里的鸟，这些鸟告诉它的。"萧卓说道，"你们说不同种类的鸟之间可以沟通吗？"

"应该不可以吧？不然怎么会有'鸡同鸭讲'这个成语。"周欣说道。

罗瑞却打着手电筒在看那张冲洗出来的油画照片，没有接她们的话茬，过了片刻才说道："就是这些鸟告诉它的。刚才有两只鸟飞得比较近，车灯下我看清了，那是白颊黑雁，在北半球分布很广。你们看这幅画！”说着他把画展示给众人看，“在这里，这里有几只鸟。”他边指边说，灯光下，众人看到画上天空中有几个不大的“V”字形，那应该是正在展翅高飞的鸟儿。

“你们看到这个白边没有？”罗瑞指着“V”字形的中间，那里不是很明显，不仔细看还以为是一个笔误，“先前我也以为是画家画错了，现在看来，应该是白颊黑雁的白色身体。这画上的鸟应该就是白颊黑雁，千年前它们就生活在这里了。可问题是，这个季节，它们不应该在这里。

“夏日的北极，几乎是所有鸟类的天堂。这里有丰富的苔原和鱼类，又没有人类的打扰，每年都会有很多鸟儿来这边度夏。但冬季以前，它们都会飞向偏南一点的地方过冬，也就是随季节迁徙的候鸟。换句话说，冬季的北极几乎没有鸟。”罗瑞继续向众人解释道。

“冬季的北极圈寒冷，一片黑暗，鸟儿都会离开。这油画上应该是初冬，可那时也不应该有鸟类生活在这里了。上校的理由很简单，也许是鸟类对同类比较注意吧，它大概是注意到了油画中的鸟。呵呵，我也不知道一种鸟类对另一种鸟类的习性到底有多了解。这么说吧，这个地方，这个季节，不会有鸟儿存在！但如果存在，那么它有可能就是一直存在的。它大概是没有找到相似的海岸线，却发现了这附近唯一有鸟群生活的地方，于是就把咱们领到了这里。”罗瑞说完停了下来。

“这……这算什么理由呀。”项昊在一边完全没有理解。

“画上的白颊黑雁，可能就是咱们眼前这一群白颊黑雁五百年前的祖先。动物的迁徙很神秘，就好像每年有六种太平洋大马哈鱼都会洄游到勘察加半岛产卵，产卵之后就会死去。可它们的后代却总能在同一时间，沿着同一路线，甚至是同一条河继续游回勘察加半岛繁衍后代，上千年来，年年如此。类似的还有非洲大草原上的角马，圣诞岛上的螃蟹……好像无师自通，这个习性已经写进了它们的DNA里。再说这候鸟，其实很多鸟儿都很聪明，它们在一个地方过冬后离开，第二年回来的时候，甚至还能栖息在前一年的同一棵树上。就像信鸽一样，即使飞出千里，回来时还能找到家。而一个族群的鸟类一旦把一块地方视为栖息地，它们可能每年都来。

“说真的，人类其实根本不了解这些可以自由翱翔在天空中的精灵们，它们眼里的世界是什么样的，我们一无所知。眼前这一族群的白颊黑雁，也许每年都会在摩尔曼斯克过冬。我也不明白是为什么，也许是因为北大西洋暖流。刚才已经说了，因为习性的关系，如果不碰到特殊情况，这些白颊黑雁每年都会到相同的一片区域过冬。如果冬季的摩尔曼斯克只有这一个鸟群，那么，油画上白颊黑雁的栖息地在祭坛附近，现在的这群白颊黑雁，它们的栖息地应该也在祭坛附近。呵呵，动物习性这种东西，也许上千年都不会变。”

正说着，对面来了一辆车。“你们怎么在这儿？”陆林的声音从车上传来。他和洛雨两个人来了。

“哎？我们还没问你呢，我们过来也没联系你们，怎么找到这里来了？”项昊问道。

“靠这个呀。”洛雨晃了晃手中的玉衡。已经到了目的地，她也就不背着萧卓了。他们对玉衡的加工很简单，为了不破坏它本身的精度，只是在指针最下方加了一个几乎没什么重量的夜光刻度盘，这样就能轻易分辨出玉衡的指针是不是垂直向下。而此时，玉衡正是垂直向下，指向刻度盘的中心点。

“来的路上我们试了下，一个刻度 1 毫米，换算比例尺大概 10 ～ 20 公里。换言之，那片区域应该就在这附近半径 10 到 20 公里的范围内。我们转了好几圈都找不到画上的地形，跟人打听了一下，附近好像在苏联时期填过海。唉，这已经是玉衡的最高精度了，这里的地形又变了，怕是真不好找了。而且这还不能保证当年寻到这里的蒙古军队是不是也能定位得这么准确，真的把祭坛修建在玉衡的中点上。如果他们存在误差，那我们再精确也没用。”陆林叹道。

难道上校真的对了？难道在一千年前，或者五百年前，眼前那岩石组成的海岸曾经是一道山梁？夜空中传来那些被惊起的白颊黑雁如鸭子一样的叫声，嘈杂而混乱，听在众人耳中却有种令人肃然起敬的感觉。

眼前的白颊黑雁大概跟油画上的属于同一族群，保持着同样的迁徙习性，每年冬天生活在同一个地方。千年已过，可生物的本能却通过一代代繁衍，写在 DNA 里被留传下来。天翻地覆，沧海桑田，繁衍不息，唯我常在，这让人不得不感叹生命的伟大。大自然移山填海想要掩盖秘密，却被眼前的几只鸟儿用最意想不到的方式出卖了。

当众人把上校的发现告诉了陆林和洛雨后，两个人也惊呆了。接着大家一阵狂喜，玉衡与油画两相印证，地方不会错了，那祭坛一定就在这附近！

但当他们冷静下来之后，才意识到更大的问题摆在了眼前。原本几十米高的山崖变成了一两米高的海岸，那么原本贴近海面的洞口现在应该在水下几十米的地方，甚至整个洞穴内部都已经被海水淹没了。退一万步说，就算洞穴内部没有进水，可他们要怎么进去呢？潜水吗？显然不现实，这里是沉睡在漫漫长夜中的冬季的北冰洋。

确定了这里就是曾经修建长生天祭坛的地方，众人把车停在了路边的野地上，打着手电筒在四周搜索，希望能找一些祭坛的痕迹。令大家失望的是，什么都没有。

“大概那祭坛在沙皇时代就被毁了，不然它下面的秘密不会隐藏到现在，看来只能从这下面想办法了。”洛雨指了指远处沉睡的大海。

众人来到岸边那个高耸出一块的缓坡上，如果这里真的是曾经的山崖，那么当年沙皇大臣逃出长生天的洞口应该就在这下面。夜色中，脚下是一望无际的大海，手电光照下去，可以看到海面上有一层薄薄的冰碴。冰冷的海水不停翻滚，轻轻拍打着堤岸，一阵阵夹杂着咸腥味的海风，吹到脸上如刀割一样。

“下面怕是也不好下去，这里可比泰坦尼克撞冰山的地方冷多了，咱们怎么下去？”周伟犯愁道。

“眼下还有一个更紧迫的问题。”萧卓说道，“赵老四已经追过来了，我那个二哥怕是过不了多久也会到。酒店不能再住了，那里太显眼也太容易被找到。”

“那咱住哪儿？总不能住车上吧？冻也冻死了。”周欣说道。

“地方我已经看好了。”萧卓指了指岸边十几米远的地方，“刚才搜索附近的时候，我看到了一个废弃的小木屋，就是那个。破是破了点，但装上玻璃点着壁炉就能住。此地处于城区和军区的中间，又是条偏僻的小路，这个时节应该没什么人会来，让赵老四他们在城里慢慢找吧。其实这里跟远东的情况差不多，有很多废弃的屋舍，苏联解体的那段日子不知有多少老百姓迁移走了。这里气候条件太恶劣，对他们来说，无论去哪儿都算是去温暖的南方。”

这个想法得到了众人的一致同意，对于他们来说安全太重要了。再者说，不过是打扫一下装几块玻璃而已，在冰原上住过树坑庇护所之后，住什么地方都会感到舒服。

一番商议之后，大家决定先解决眼前的危机再说。估计赵庆中用不了多久就会到，何况后面还有萧卓的那个堂兄虎视眈眈。众人不再耽误，直接驱车回城，退房，采购。

忙活了五六个钟头，他们成功地在海岸边的小屋里生起了壁炉。简单地把几个房间打扫一遍之后，几张行军床被抬进来安置好，一个临时居所就算成形了。担心唐代古尸放在室内会解冻，他们便仍旧把它装在木箱子里放到室外。

昼夜不分后的一个大问题，就是不知道什么时候该休息，什么时候该工作。安顿好一切，大家继续讨论起寻找入口的问题。想到终究是要下水，众人还是采购了潜水装备，虽然他们大多数人都不会用。

“就算咱们租条船，从附近下水找到了洞口，但如果洞里也被海水注满，咱们也没办法。在这种环境下潜入一个复杂的水下洞穴，怕是专业潜水员也会出不来。”洛雨说道。

“你们说，边上那几艘破潜艇还有能用的吗？要不，咱试试？”项昊摩拳擦掌地说道。

“别做梦了你，跟核污染沾边的东西，你敢碰吗？再说那些东西放在水里这么多年，没维护保养过，怎么可能还能用？就算能用，我问你，你会开吗？那玩意儿是你们这几块料说开走就能开走的吗？”萧卓问道。

一下子众人都沉默了，北极圈以内本是人类的禁区，面对极地的严寒，虽然有些问题在地面上可以解决，但下到水里还是不行。

陆林说道：“萧大小姐，你能调动一下家里面的力量吗？从北海舰队借点潜艇和水手过来，载咱们一段。”

“你开什么玩笑！那是世界上排名第二的俄罗斯联邦的武装力量，国家的军队是外国人随便能借到的吗？潜艇每次出港都会有记录，想让他们为咱们跑一趟？天方夜谭！”萧卓翻了个白眼说道，“要是大老爷家，也许真的可以想办法弄到一次出航的机会，但是肯定不能用他们家的力量，不然等于把入口明白地告诉了他们！”

“是呀，而且大家别忘了，我们不清楚那个海洞入口到底有多大，以潜艇的个头能不能钻进去还不一定呢！恐怕就算借到潜艇，也会因为个头太大进不了洞。”洛雨说道。

大家再次沉默，眼前的一片冰海，是一道不可逾越的天堑，跃不过去，就要功败垂成。周伟想了想说道：“反正没有办法，不如进渔港问问当地人，有没有这个季节潜水的办法。你们不是说核动力破冰船能用在旅游业上嘛！还有新闻上也播过，在俄罗斯宇航局，交 2000 万美金能让你上太空玩一圈。也许潜艇的问题不如咱们想得那么难，关键是咱们不是本地人，不了解行情。”

于是众人抱着一线希望又驱车进了城里。事后证明，周伟的提议是对的，专业问题找专业人士解答，是一个非常正确的选择。几番打听之后，他们在渔港里找到了一位老船长。这是个曾经参加过二战的老水兵，从战舰上退下来之后便做了渔船的船长，一辈子都在跟大海打交道。

收了萧卓的一笔顾问费之后，他笑呵呵地把众人从码头领到了一个离港口不远、满是破船的垃圾场里。灯光下，众人还看到了几艘拆卸了武装的小型舰艇。老船长举着手电东找找西找找，问他却笑而不答。

“找到了，就是这个！”他停了下来，对着一根半埋在土中的黑色铁柱踢了两脚说道。那铁柱长有四五米，直径将近一米，横倒着埋在土里。

“我们是要潜水呀老爷子！这是个什么东西……”项昊边说边俯身去看，之后猛地跳了起来，“娘的这是鱼雷！”

众人听到都惊退了一步，老船长哈哈大笑，示意众人不要紧张。

“怕什么怕，一个壳而已，里面是空心的！”陆林拿手电照着说道。

“你们不是要下水吗？用这个最合适。”老船长解释道，“这是二战时的老东西了，名叫‘人操鱼雷’，说白了，就是一个人操控的微型潜艇。二战时期由意大利发明，后来其他参战国也多有仿制。每艘荷载一到两人，出洞时会在艇身的下方安装鱼雷或者炸弹，由战舰或飞机投入海中，是二战时期专门从事水下奇袭、港口潜入的一种特殊武器。德日英俄都曾用它组建过袖珍潜艇部队，曾经有过一人一艇炸毁万吨补给船的战例。你们要下水，买儿艘简单改装一下就够用了。”

“单兵潜艇？这玩意儿好！”项昊兴奋地说道，但旋即又犯了愁，“不过就这一艘也太少了点儿。”

“这东西现在全世界都不好找，但别忘了，这里是苏联最大的潜艇制造基地。听说他们试制过不少稀奇古怪的玩意儿，这种小东西也造过不少，它们可比造船容易多了。解体之后，这里生产的鱼雷卖得出去，这东西却没有销路，因为没有实际用途。他们连核潜艇都废弃了，这些小玩意更不用说，卸掉武器之后就被抛弃了。垃圾堆里还有，但成色好一点的都在废品收购站或者二手商人的手里，想要的话，我可以帮你们联系。应该不贵，除了你们这种古怪用途的，没什么人用得着它。”

之后，萧卓以每艘三万人民币的价格，从二手商人手中购买了十艘老旧的人操鱼雷，又以每艘五万人民币的价格找了一家小船厂帮忙修复改装。这些毕竟都是放了几十年的老东西了，密封性和抗压性都未必过关，而且他们要潜入的深度也未必是这些微型潜艇能够达到的，这还不包括加装现代化设备、水下照明等一系列问题。老船长给他们介绍的船厂不错，有很多从潜艇制造基地退下来的老工人，双方约定改装将在三到五天内完成。

回来的路上，周欣笑道：“三万块买的东西却要花五万块改装，实在有点本末倒置。但八万块买到一艘私人潜水艇，却又实在太划算了！”

萧卓却摇头道：“这些东西没准儿就是贩子们从垃圾场里捡回去的，一堆垃圾卖出几万块，他们已经赚大了。不过细算起来，花 80 万就解决了眼前的问题，真的已经很值了。如果按陆林的想法调动服役中的潜艇，别说 80 万，就是 800 万也没戏！那是国家军队，不是有钱就能调动的。”

“其实最值的是那笔咨询费，老头儿人不错，收了咱的钱还真卖力气。趁这几天改装的工夫再找找他，看能不能找个教练艇让咱先学学。坐个小铁壳下海可不是闹着玩儿的，稍有差池就甭想上来了。”周伟说道。

众人点头称善，决定先回去休息，第二天再去找老船长。

“老大，还是找不到他们。”一个手下向熊猫伊万汇报。此时他们已经到了摩尔曼斯克，通过本地的地下黑帮势力寻找着陆林一行人的踪迹。

“一点儿消息都没有？”熊猫伊万的两个眼圈好了很多，他盯着手下问道。

"有，有两个消息。"那个手下忙不迭地回答道，"第一个，咱们的人问了几家酒店，结果发现还有一批人在打听这些中国人。我们问了，那也是一群中国人，好像跟咱们差不多。第二个，根据先前了解的情况，咱们一直认为袭击您的是一群旅游者。可是今天咱们在圣彼得堡的人传来消息，他们详细地了解了一下这些人在圣彼得堡的情况——特别是了解了他们采购的那些装备，以及得知了酒店人员听到的他们的一些对话之后——说他们不像旅游者，反倒像是……"

"像是什么？说呀！"熊猫伊万催促道。

"像是……来寻宝的！"那手下拿不准地说道。

"寻宝？"熊猫伊万不说话了，盘算着这事的可信度，突然想起了一个传说。回想起那群人的身手和他们带的鹰，他渐渐开始相信，甚至觉得寻宝者就应该是那个样子。寻宝？难道这里有宝藏？难道那个传说是真的？想到这些，他脸上的伤也不疼了，心情愈发激动，血冲顶梁口干舌燥，一股热辣辣的欲望从心头升起。如果寻个仇最后能寻出真金白银来，那他的这点伤就太值了。

"你不是说还有一群中国人在找他们吗？找！先把这群人找出来！管他们是不是黑社会，这是咱们的地盘，来个黑吃黑！哈哈哈……"熊猫伊万大笑着说道。这个倒霉的黑老大，灾星未退，贪心又起。

翌日。

"慢点！雪儿慢点！"周欣站在船上大声喊道。

利用出发前宝贵的三天时间，众人开始熟悉"人操鱼雷"的性能。老船长真给他们找到一艘可以下水的教练艇，于是大家在明白了简单的操作后，都轮番试起手来。这种一个人操作的袖珍潜艇，可比那些动辄百米长的钢铁巨鲸容易多了，比开车难不了多少。但出于安全考虑，大家还是决定只在海面附近活动，不做深潜。

这种潜艇是没办法从岸边独立下水的，只能通过大船运载到海中，再吊到水里。四周是一片漆黑的海面，只有渔船的探照灯和潜艇前部的头灯亮着。此时驾驶潜艇的是雪儿，前些日子她已经学会了开车，可大家都不敢坐她开的车，那简直是在公路上体验生死时速的感觉。眼下无遮无拦，四周全是海水连块礁石也没有，上了潜艇她就玩疯了，驾艇在海面上狂飙，好几次差一点撞到众人所在的渔船上。

“船长，咱们能往那个方向走一走吗？”陆林指着他们现在驻地的方向说道。简单潜航了几次都没有问题之后，他希望能认真下潜一次，在众人出发前，先把洞口的位置和洞内的大致情况摸一遍，同时也正式试验一下这东西是否能让他们坚持到进洞。它与个人潜水相比，虽然相当于多加了一层钢铁的外壳，可在里面依然会觉得很冷。

渔船在离岩石海岸还有一公里的地方停下，陆林下了水，不过为了确保安全，他戴了全套的潜水装置，还有一只保温杯大的氧气瓶。即便这样，大家还是千叮万嘱，让他即使找到了洞口，也一定不要潜入得太深。

钻进潜艇，陆林竖起大拇指做了个飞行员的手势，便关上舱盖。渔船上的吊臂把潜艇缓缓吊了起来，再次从船上放到了海中。陆林点亮潜艇的头灯，启动涡轮，那袖珍潜艇便如一颗鱼雷在海面上缓缓行驶。渔船上的探灯一直照着，那颗鱼雷慢慢加速，开始下沉，不一会儿消失在了海面上，只有一串气泡“咕嘟咕嘟”地冒了出来。

平静的海面下是一个鲜活的海底世界，鱼雷头部的那盏灯加得仓促，只能照到前面十几米远的地方。这里是俄罗斯最大的渔港，虽然没有日光，水下一片漆黑，但眼前灯光中的情景，让陆林大开眼界。

随着他一点点下潜，鱼雷周围的鱼也多了起来，时不时就会有一条撞上来。陆林突然想起了电影《泰坦尼克号》里深海打捞的场面，和眼前的情况何其相似。手中的定位系统还有信号，他一点点向岸边的崖壁靠拢，摸索着他们先前确定的那个范围。所谓的日不落之山，原来就是海边的一座悬崖。而此时，悬崖变成了海岸。当他的鱼雷靠近岸边的时候，灯光照亮了崖壁，对面仿佛是一座沉入海底的大山，眼前是笔直的悬崖峭壁。

为了保证灯光能照亮更大的范围，鱼雷一直离断崖较远。眼前的景色很是奇特，就好像一个从悬崖上跳下来的人，以超慢镜头一点点欣赏掉落过程中眼前的崖壁。眼前的这座山，已经附着了不少的贝类和藻类，还有一些小鱼在植物群中钻来钻去，既像海底，又像山崖，说不出的怪异。突然，灯光似乎失去了作用，照射到了一片漆黑中，什么都看不到。

陆林心中一颤，但很快就明白过来，灯光是照到了空虚中没有被反射回来，找到那个洞了！他连忙向后倒，想离远一点看清楚洞口的全貌。高耸的海底绝壁面前，一只亮着灯的小鱼雷缓缓向后退着，对面是岩壁上的一个幽深洞穴。待看清了洞口的面貌，陆林倒吸了一口凉气，这洞直径少说也有二三十米，就算是真正的潜艇也足够钻进去了！这是多年被海水冲刷出来的吗？陆林简单记录了一下现在的确切位置，便继续向前，准备看一看洞内的情形。

不料，就在鱼雷接近洞口、灯光照射进去的时候，洞内突然潜流涌动。水中传来一股大力，把小艇推得向后一滞，似有什么东西要出来。陆林当时就毛了，难道这洞被什么大海兽当成了巢穴？

不待陆林细想，一股更大的潜流涌出，小艇被猛地向后一推，接着又是一股强劲的吸力，一下把小艇抽进了洞里。陆林顿时紧张起来，即便是头巨鲸也没有这么大的吸力吧！小艇被一口气吸进十几米，灯光中却没有发现异状，浑浊的海水中漂浮着不少杂质，还有小鱼从洞内往外游。

就在他考虑是否还要深入的时候，又一股推力传来，要把他挤出洞去。陆林一咬牙，心想早晚是要进去的，便启动发动机继续向前。那一呼一吸之力交替不断，仿佛有只巨兽在洞内呼吸一样，如此往复三四次，小艇向洞内深入了五十多米。又是一阵吸力，小艇陡然快了起来，灯光中前方突然出现一物，眼看就要撞上了。陆林连忙开倒车向后急退，好在这时推力再起，把小艇向后推了一把。陆林冒着冷汗将小艇停下，透过灯光看前面的东西。

那是一尊石雕，就如古时大户人家门口的石狮子一样，不过石头底座上的不是狮子，而是一条大鱼。倒退几步细看，另一边也有一条石鱼，两鱼中间是一串宽近三米的台阶，台阶逐级向前延伸，石鱼后方不远就是石壁，看来洞穴已经到头了。这里，应该就是沙皇大臣报告中，提到的蒙古人没有修完的最后一段。当年他们应该就是从台阶向下直到洞底，然后将洞穴凿穿引得海水倒灌，使得人尽为鱼鳖。抬头向台阶上层看，陆林倒吸一口冷气，一幕让他无法理解的画面出现在眼前。

原来洞穴顶部开着一个方形洞口，台阶就是从这洞口内一路延伸向下修建的。这还不算什么，光线照进上面的洞口，他看到那里正好有一只巴掌大的小螃蟹“噗通”掉下来，激起了水花，个头看着也变小了。水花不会出现在水里，个头变化说明光线折射了，也就是说，洞口处竟然就是水面，上层竟然没有水！可这里是海平面以下 50 米的地方，巨大的水压下怎么可能留出一块没有被海水填满的空间呢？

“林子没事吧？！”通讯器里传来项昊的声音。他已经半天没跟上面联络了，众人在船上等得心急，生怕出现什么意外。

“没事！有个好消息，一会儿上去再说。”陆林对着麦克说道。他心中释然，不管那无水的洞穴是什么原因形成的，至少这是一个对他们有利的发现。先前一直担心那一进一出的潜流是什么巨兽在呼吸，此时陆林也算是完全放心了，那巨兽就是大海本身。洞口内黑漆漆的，什么都看不真切，陆林不再深入，调头开始返回。

“看到什么了？什么好消息？”

“有鲨鱼吗？”

“有海怪吗？”

回到船上，众人便七嘴八舌地问了起来。

“好消息是咱们不用一直闷在艇里。鱼有，鲨鱼没有，开玩笑，这是岸边！海怪？什么海怪？”陆林一个个回答问题。

“北冰洋海怪呀！这你都没有听过？就是巨型乌贼还是章鱼什么的，北欧传说中的大海怪，电影里常出来！”周欣说道。

“理论上来讲，一些软体生物是可以无限生长的，那玩意就算有也是出现在深海里！再说那就是个传说，谁见过？”罗瑞在一边对周欣扫盲。

“你说咱们不用一直闷在艇里是什么意思？”洛雨问道。

“那洞的上层好像没有水，也许是因为气压什么的吧，我也不知道。不过上面的洞里什么都看不到，我没上去，具体情况不明。”陆林答道。

“没有水……”洛雨听了也觉得匪夷所思。

这时老船长招呼大家要返航了，训练时间结束，渔船要回港了。

城市的另一边，一家酒店的高级套房里。数个房间的墙角边蹲了一排人，他们双手抱头，面对着墙，从里到外差不多四五十个。客厅正中的地毯上跪着只穿了一条印着卡通图案四角裤的熊猫伊万，此时，这位黑老大的张狂做派已经荡然无存，跟陆林他们在加长悍马上见过的伊万科夫判若两人。原本已经快消肿的两只眼睛再次被打成了黑紫色，鼻青脸肿更胜上一次，整个人都胖了。

“老大，求您了，不要再打了，我说，我都说！”熊猫伊万跪在那里颤抖地说道，光头上全是冷汗。先前，他打听到了赵庆中一行人的落脚点，便带上人兴冲冲地赶过来，想把赵庆中一伙一锅端了，从他们嘴里套问出关于陆林一行人的情况。

不承想事态的发展跟他预想的不太一样，当他们叫开门端起枪冲进去时，一切都逆转了。最后的结果就是眼前这样，所有的弟兄都被缴了械，自己又被人家胖揍一顿。

坐在沙发上的赵庆中一直没怎么搭理他，埋头看昨天撒出去的人带回来的消息。刚擒获伊万时，他问伊万为什么要袭击他们。身为大哥的伊万自然不能就这么跪了，于是顶了一句。赵庆中没说话，挥挥手让人把他拉下去暴打一个钟头。其实像伊万这种在黑帮中一步步爬上来的人，最懂得欺软怕硬、能屈能伸的道理。当初遇到陆林那样的旅游者时，可以硬气得像天王老子，但遇到一些真正惹不起的人时，他装孙子装得比谁都像。

不待赵庆中再问，他就把怎么要鹰怎么挨打又怎么想报复的经过都说了一遍，却只字不提宝藏的事。赵庆中一直冷冷地盯着他，发现这厮眼珠一直在转。

“不珍惜机会！”他挥手又要让人将伊万拖出去打。

这下熊猫伊万毛了，连声叫道：“还有还有！我知道他们是来寻宝的！你们也是！”

听到此言，赵庆中放下手里的资料，饶有兴趣地看着他道：“哦？寻宝？说说吧，你都知道什么？”

“我什么都不知道呀！不然也不会上门来找您了！”想到此处，伊万悔恨得都快哭了，早知道说什么也不来找这麻烦，“我只是听过一个传说，传说苏联……”

“哦？呵呵，这种宝藏你都敢要？不提它是个传说，就算真的存在，你就不怕下地狱吗？”赵庆中听完后笑着问伊万。

“如果真的有地狱存在，哪怕没有这个宝藏，以我过去的所作所为，将来也一定会下地狱的。”熊猫伊万自嘲地笑了笑。

“你倒有自知之明，我喜欢够贪心、够坦率的人！好吧，让他们都站起来吧！”赵庆中向手下说道，又对跪在地上的伊万道，“你也起来吧。这里你比我熟，不如我们合作怎么样？帮我找出那帮人的下落，如果真的能发现宝藏，所有的黄金和钻石都是你的，我只要一样东西……”

三天时间转眼就过去了，十艘手操鱼雷改造完毕，出发的日子到了。

现在是下午五点，大多数渔船的正常作业结束了，港口两边的海岸上有很多人在忙碌着，似在搭建一个大平台。老船长今天给他们找来一艘大渔船，大到可以把十艘手操鱼雷全都放到甲板上。虽然陆林说洞里可能没有水，但众人还是做了万全的准备。这三天里，他们戴上特制的潜水服和水肺，在寒冷的北冰洋里练习潜水。十艘小艇做了很多改造，大功率的潜水灯、循环供氧系统、更好的保温层和通讯系统、可以在水下强迫打开的密封罩……但比起他们要去的地方，这些准备还是太少了。潜水不是开玩笑，一个不小心，这小小的鱼雷会变成让他们长眠在深海中的铁壳棺材。

站在甲板上吹着海风，老船长感慨道：“姑娘们，小伙子们，我与大海打了一辈子的交道，却还是不得不佩服你们的勇气。说真的，在海上待的时间越长，我就越是感到人类该对大海心存敬畏，而你们竟然要去寻访海底洞！我听说过，水下探洞是全世界最危险的运动之一，它不存在受伤的说法，一旦在海底出事，结果只有死亡。我听过很多关于水下探洞的传说，全是悲剧。比如说，一位潜水员在岔路口选错了方向，氧气用光后，他只好抓起石头，潦草地在洞壁写下几句与家人永别的话；一位失恋的女潜水员，因为注意力不集中迷失在洞穴里，她疯狂地游着，不知游向何方。直到今天，她窒息时的指痕仍然深深地刻在洞壁上。

“但不可否认，水底有全世界最美丽的风景，水中的失重感让人觉得自己仿佛在飘。一片蔚蓝中，在那些无法想象的海底洞穴里，形状颜色各异的鱼儿就像飞在你周围一样，当然，它们可能是有毒的。一万个人里也未必有一个体会过那种感觉。但还有个问题，这里的海底，关上灯后会只剩下一片漆黑，潜游在黑暗的海中的感觉会非常恐怖。”

“您就别说了，我们真不是什么探洞爱好者。”罗瑞愁眉苦脸地说道，美丽什么的他没听进去，危险倒是听了满耳朵，“要不咱们回去吧，辐射什么的还能多活几年，眼下这玩意儿没准儿直接要命呀！”

“放心吧，那洞不长，然后咱就上岸了。”陆林安慰他。

“要不欣欣留在上面吧？”周伟说道。

周欣拼命摇头道：“不行！我一定要去，就是拼了命我也要治好哥哥！再说，留在上面更不安全，万一碰上赵家人怎么办？”

“还是让她跟着吧，在外面，真没跟咱们在一起安全。”萧卓也帮着说话，她在担心自己那位堂兄。

大家相互嘱咐着，项昊等得不耐烦，便第一个钻进了小艇，对众人喊道：“别耽误啦！有啥话回来再说，我第一个！”说着招呼人用吊臂把他放进水里，然后就把密封罩放了下来。

众人看他已经开始，也不再耽误，各自站在艇前准备起来。

“你们真不用我们等在这里吗？如果出了问题……”老船长担忧地问道。为了不暴露洞穴的位置，今天陆林并没有让渔船靠近岸边，也不让渔船等他们。如果一切顺利，那么他们完成任务浮出水面的地方，就该在岸边小木屋的附近。为免夜长梦多，这三天时间里，他们已经在岸边加装了几卷绳梯，到时从那里上岸，之后一刻也不耽误，尽快回国。

吊臂把第一艘小艇缓缓放进水中，小艇亮灯，启动，缓缓向前行驶。接着是第二艘，第三艘……夜色中，一艘艘小艇相继被放到海中，在海面上连成一串，十盏明亮的圆形船头灯如海面上的一串浮标，又如黑夜中海神的珠串。

“成败在此一举啦同志们，下潜！”陆林打开通讯器说道。片刻后，十艘小艇开始缓缓没入水中。

## 第三十一章　深入海洞

海洋中一片漆黑，大家仿佛举着手电走在一个幽暗闭塞的大箱子里，除了眼前被照亮的一片区域，四周是完全的黑暗。而这个箱子实在太大了，大到无边无际，无论怎么往前走，尽头依然是一片漆黑。四周一点声音都没有，即使有鱼从身边游过。如果不是还能听到自己的喘息声和发动机的转动声，他们多半会以为自己聋了。后面的人跟着前面人的灯光行驶着，入水后不久队形就散了，时不时可以听到通讯器里传来的惊叹声，这里太新奇也太压抑了。

“大家别紧张，如果你们感觉到心慌心悸，感觉到了恐惧，都不要惊慌，这是身处深海中的正常反应。放心吧，我们的路不长，三五公里就到了。”陆林安慰着大家的情绪，还特意用俄语嘱咐了一遍雪儿。没想到这孩子完全不怕，而且已经被偶尔出现在灯光里的那些小东西迷住了。

很多不认识的鱼和软体生物在灯光前游弋着，特别是那些如水母般的软体动物，它们挥动着透明或者半透明的白色肉翼，在水中翩跹起舞，仿佛一只只美丽的精灵。罗瑞解说道：“这地方不适合潜水，太冷也太黑了。但同样的，这里的回报也更丰厚，有很多其他海域所没有的美丽生物。特殊的寒冷和光照不足，给了它在其他海域不可能出现的美丽。”

“真漂亮。”周欣痴痴地说。一片半透明如水晶软糖般的薄纱从她头顶飘过，细看之下才发现那竟然是活的。

不过海洋世界的另一面也同样在上演着，一只乒乓球大的白色水母扑扇着华盖一样的身体游过周伟灯前，突然一条黑影遮住了光线，再亮起来时，那水母已经不见了。他着实被吓了一跳，依稀能看出那是一条半米长的鱼，拍拍胸口说道：“还好北冰洋没鲨鱼。”

“这你可就错啦伟哥！”罗瑞听到他的话说道，“北冰洋鲨鱼很少，目前只发现了一种，个头比大白鲨还大！能在这里生活下去的食肉动物，那都是相当凶残的，个头也相当大。不过放心，它们大多生活在深海。”话音未落，他的小艇咣地被撞了一下，力道极大。

“鲨鱼呀！”罗瑞尖叫道。

众人被他吓了一跳，全都回头去看，但罗瑞此时已经沉默了，还停了螺旋桨，似乎被什么东西惊呆了。背光中，前面的人看到一条大鱼的轮廓，在旁行驶的周伟调转灯头，继而一连串的赞叹声响起——那竟然是一头长约三米的白鲸！

白鲸，它们那可爱的胖脑袋和憨厚的长相经常会被人误以为是海豚，通体的洁白使它们成为了鲸鱼中的公主。那头小白鲸似乎对眼前这长得像鱼一样还会发光的小艇很好奇，它“嘎嘎”叫着，那叫声在幽静的大海中听得格外清楚，又撞了几下罗瑞的小艇，才摇着尾巴慢悠悠地游开了。

过了半晌，罗瑞才长长出了口气，重新启动螺旋桨，喃喃说道：“它们也快灭绝了。”通讯器里传来众人的叹息声，这种近距离的接触非常震撼，刚才那叫声仿佛是来自大自然的忧伤。

过了一段时间，众人终于来到海底的洞口。陆林已经跟众人交代过洞中有潮汐般暗涌的事，为了防止相互碰撞，他要求大家都不要靠太近，一个一个来。第一个上岸之后，第二个再去泊艇。项昊是第一个，他殿后。按照预定方案，他们会把小艇拴在洞穴尽头台阶两边的石鱼上，出舱后还要在水中潜游十几米的距离，顺着台阶上到没有水的上一层。

大家保持着很远的距离相继进入洞穴，陆林走在最后。洞穴尽头始终是黑暗的，因为每到那里，小艇就要停机，船头灯自然也就熄灭了。看着前方再也没有亮着的灯光，守在洞口的陆林开始前行。靠近洞穴的尽头，他看到小艇都已经被系在两边的石鱼上，他们用的是一种简易缆绳，即便是周欣也能轻松地把艇拴好。他戴上氧气罩，熄灭发动机，打开舱口。水涌进驾驶室，内外水压平衡后，他出舱后又盖上密封罩。这是预先设计好的，为的是方便众人在水下离开小艇，驾驶室的排水系统和艇内的水箱连在一起。

一片黑暗中，大家应该已经在上一层等他了。陆林向着有灯光的方形出口游去，可没游两米，他突然感觉似乎有什么地方不对。打开防水手电，他向两边的石鱼照去，一边的石鱼上拴着七个绳圈，另一边是四个。他又去照水中的小艇，数了两遍，都是11艘，竟然多出来了一艘！一种毛骨悚然的感觉在他心底弥漫开来，刚才大家离得比较远，只能看到远处的一点点灯光，分辨不出谁是谁，也没有认真数过。可眼前这多出来的一艘小艇，着实让陆林感到恐惧，他猛然想到了一个人，那个如幽灵般尾随了他们一路的吕雁白！

想到此处，陆林一阵胆寒，难道一个不留意被他钻了空子？他不由得为上面的人担心起来，赶忙加快速度。待他从洞口冲出起伏不定的水面时，却发现众人没有等着他，而是在前面不远的地方站成一排，打着头灯交头接耳地看着对面。

陆林默默数了下人数，算上自己正好十个，难道有人已经被替换了？想到这里他一阵心疼，强压下心中的不安，脱掉潜水服走到众人身后，一边留意他们耳朵后面的记号，一边心不在焉地问道："看什么呢这么认真？"

"海鲜。"周欣喃喃答道。

"海鲜有什么好看的？"陆林从左向右一步步走着，留意众人的耳朵。

"螃蟹，大螃蟹！"

"螃蟹？我上次来就看到过。"他一直走到最后一个人，却发现每个人耳朵后面的记号都在。是自己想错了，还是吕雁白已经知悉了他们的暗号？陆林没有再说话，如果第二个暗号吕雁白也知道了，那么他说出来不但没有作用，反而会打草惊蛇。

陆林抬头，在众人头灯灯光的交汇处，看到了惊奇的一幕。地上有很多长满尖刺的扁圆形石头，大小不一，形状却差不多。有的石头竟然在动，细看之下，才发现那是跟地面颜色差不多的节肢。竟然全都是螃蟹，非常大的螃蟹！不算节肢，小的也有碗口大小，大的几乎赶上一个小脸盆！如果算上节肢，蟹身的长度几乎超过一米！

"这什么玩意儿？海鲜大餐呀？"陆林惊问道。

"这是帝王蟹，又叫岩蟹，最大能长到二十几斤。不过它们应该生活在深海才对。"罗瑞在旁边解释道，"这还真是道大餐，海鲜中的极品，国际地位相当于大闸蟹在中国，不过贵多了，这么大的一斤怎么也要100美元！这么多，至少咱不用担心饿死了。就像古代住在阳澄湖边的穷人，买不起米粮，每天用大闸蟹充饥。"

"省省吧你，谁吃谁还不一定呢。它们不会攻击咱们吧？"周伟说道。

罗瑞摇头道："不知道，我又没吃过。不过听说日本海有比这还大的食人蟹，最大可以长到四米，那种是真能吃人的。帝王蟹算是很怪异的一个物种，螃蟹嘛，儿歌怎么说的？一只螃蟹一张嘴，两只爪子八条腿，可帝王蟹却只有六条腿，而且会竖着走。不过照理说，它们应该不会对自己吃不下的东西感兴趣。"

陆林把灯光照向远处，这才注意到他们所在位置是一条超过五米宽的通道，灯光所及的几十米内，少说也有几百只螃蟹。通道墙壁上有不少斑驳的洞穴，看来附近有个螃蟹窝。这时一只大螃蟹挥舞着两寸多长的蟹钳向众人爬过来，如此大的甲壳动物，放在餐桌上还能接受，看到活的实在让人发毛。眼看它越爬越近，六条腿把身子架起一尺多高，两只长长的眼睛盯着众人，那对巨螯眼看要碰到项昊了。

项昊一脚踢过去："看什么看！再看爷把你煮了！"这一脚穿过螯足之间，正踢到底盘上，那螃蟹登时就翻飞起来，六脚朝天地落到地面上。前方突然传来一片"哗啦啦"甲壳碰撞的声音，如穿着盔甲的士兵在厮杀。那些巨蟹被惊动了，成群地挥舞着巨螯向众人扑了过来。

"你这货也忒能惹祸了！"罗瑞抱怨道，说完才发现大家齐刷刷地都看向自己，似是希望他能赶紧想个办法。来的时候小艇里的空间太小，一行人带的装备非常有限，唯一的防身工具就是几把手枪。

"啊……啊……"罗瑞呆在那里，看着一堆小坦克似的巨蟹，甲壳铿锵地涌过来，同样不知所措。说话的工夫，就有螃蟹到了他们跟前，陆林项昊彪子三人挡在众人前面，手里都多出一把直刀。

"跟着我们走！"项昊第一个开始迈步。

他飞起一脚踢飞一只，接着抓起另一只蟹的螯钳，狠狠甩了出去。前面空出了一块地方，他向前迈步又踢飞另一只，但巨蟹的钳子已经夹在他的腿上。项昊痛得一抖，手起刀落把蟹钳斩了下来，只留下一只巴掌大的蟹螯依然钳在腿上。他也顾不得去摘，挂着蟹螯继续劈荆斩棘向前走。

陆林与彪子的情况和他大同小异，不过片刻，每个人身上都挂了几只连着节肢的大钳子，小的长如食指，大的一只就能装上一盘。周伟和罗瑞守在两侧，把女孩们护在中间，在蟹群中艰难前行。可螃蟹涌过来的太多，一行人的速度越来越慢，反击也越来越跟不上。

罗瑞突然一拍脑袋，骂道："娘的！刚才被吓傻了，再大的螃蟹也是螃蟹，习性也该一样才对！开灯，开灯！大家把灯都调到最大功率，就是几米内暴盲的那种效果！这东西趋弱光，怕强光！"

部分人也有过在海边捉螃蟹的经历，只是刚才看到这一群横冲直撞、来势汹汹的大家伙，全都紧张得忘了。听了罗瑞的话，大家连忙把头灯调到最亮，顷刻间，众人脚前被照得亮如白昼。

这一招还真管用，那些被照到的巨蟹有的瞬间就不动了，有的开始往后退，再没有敢凑过来的。项昊打头，一路踢翻挡道的帝王蟹，带着众人极速向前突进。约摸跑出了七八十米，通道终于到了头，面前又是一段向上的台阶，而此处已经没有螃蟹了，估计它们只盘踞在入水口那一带。

"我怎么感觉，这通道像是弧形的呢？"水静说道。

"应该是弧形的，只是弧度小，不容易看出来。行啦，把灯亮度调小吧，它们应该不敢过来了，晃死我了。"洛雨说道。他们已经尽量不去看身边人的灯了，可这有近距离暴盲威力的灯光还是刺得大家眼睛发疼。

陆林一边揉着眼睛，一边回想着刚才遇险时众人的表现，他想透过这个找出哪个人才是吕雁白假扮的。可想来想去，却发现每个人的反应都正常，很符合他们各自的性格。他不由想起上次吕雁白离开时说的那句话："看你下次还认不认得出来！"念及此处，瞬间冷汗直流。

等到众人的眼睛再次适应了光线，他们便继续向前，来到台阶处。灯光向上照去，众人全都大惊失色，那台阶上竟然布满了枯骨，横七竖八地倒了一地。洛雨示意大家先别动，自己上前查看，陆项二人也跟了上去。大部分的尸体都只剩下裹在衣服中的白骨，他们身着盔甲，手拿兵器，样式却不似中土之物。很多尸体残缺不全，似被利刃所伤。一些头骨上还残留着头发，有褐色的，有金色的，黑色的却极少，想来这些是俄罗斯人。

"不是说死于海难吗？怎么尸体都在这里，出口处倒没有？"周欣问道。

"未必是没有，也许被那些螃蟹吃了。"萧卓说道。

"这些人恐怕是沙皇派来探秘的那支军队了，可这些人并不像死于机关，要说是死于海难，他们更不应该在这里。哎？"洛雨翻动着尸体说道。她发现几乎每个人的背上都有一个包袱，可能是当时的行军背囊，她脚前的背囊被碰得散开，里面竟然全是大块的石头。她又翻了旁边几个，里面装的也是石块，每个背囊估计有几十斤重。“难道这些人是背着几十斤重的大包袱战死在这里的？可那大臣的报告上为什么没提呢？”

“这还不简单？”周伟说道，“要么就是你判断错了，他们确实死于机关；要么就是那个沙皇大臣写报告的时候，因为某些原因没有说实话！”

这里一点机关的痕迹都没有，显然，洛雨没有错，那就只有第二种解释——那位沙皇大臣在写报告的时候，说了谎。看过报告之后，大家以为对这里很了解了，可眼下的情况似在提醒，其实他们一无所知。

“真是奇怪，这些人拾这么多石头干吗？”项昊从地上捡起一块背包里漏出来的石块说道。那石块里混杂着一些沙粒似的物质，有些像金属矿物，却又不怎么反光，跟从山岩上凿下来的普通山石差不多。洛雨也捡起一块，看了看跟项昊那块差不多，不同的是石块的一侧露出了一角米粒大小的透明结晶。

“这好像是一种含有水晶的矿物。”洛雨把石块展示给众人看。

萧卓走了出来，在灯光下仔细端详石块，半晌才说道：“美女，你对珠宝太没研究了。你知道水晶、宝石和钻石最大的区别是什么吗？它们的切面和折光性是不同的。这不是水晶，是钻石！”

“钻石？”众人惊呼道。其他人也捡了几块石头，结果在其中十之一二的表面发现了这种晶体。这还没有把石头剖开，可想而知，这些石块中的钻石含量是多么惊人。

“随便一块石头里就有钻石，南非产量最高的钻石矿也没有这种密度，太惊人了！哎？”萧卓把玩着手中的石块似是有了新的发现，她把石头在地上磨了磨，又吹了吹，掏出点火器来烧。火焰在石头上烤了半天，其他部分都黑了，那些反光的金属沙粒竟然没有变色。她指着石块上沙粒般的金属，有点不确定地对众人说道：“你们谁对矿物有研究？来帮忙看看，这些是不是黄金？”

此言一出，众人更是惊诧。如果那是黄金，这地方富足得简直不可想象！要知道一般金矿里，一吨岩石能出十几克黄金就算是富矿了。可看这些石块上金沙的比例，怕是一公斤岩石就能出几十克黄金！难道黄金和钻石出现在同一地层同一片区域里？而且含量都高得吓人？！

“天啊，元朝人这是找到了个什么样的地方？这太不合常理了！怎么可能会有含量这么丰富的矿藏？而且还是在海岸之下，隔壁就是海床了！”周伟叹道。

洛雨摇头道：“也不一定就没有，只是还没被发现罢了。人类对地下世界知之甚少，比如说钻石，其实是碳在高温高压的环境下历时百万年形成的。越往地心，温度和压力也就越大，有专家预言，在极深的地下有礁石般大小的钻石，只是人类还没有能力到那么深的地方。理论上讲，满是黄金钻石的矿脉是可能存在的，但是会很深，在几十公里深的地壳之下，厚达数千公里的地幔里。如果把地球比作一只苹果，那我们最深的钻井，也还没有钻透这层苹果皮。对于苹果皮下的世界，我们更是一无所知。”

看到罗瑞也想装几块放进包里，水静阻止道：“别拿！你看看装了这些石头的人是什么下场，还是先弄明白情况再说吧，也许他们是为了这些财富自相残杀而死的。”

洛雨在几个背囊和尸体衣服上看到了一些白色的结晶，检查了下说道：“这是盐，可又不是所有人衣服上都有，说明不是海水淹到了这里，而是这些人下过海，只是又回来了。”

“这个好理解，背着这么沉的石头又怎么可能游得出去？于是他们又从下面回到了这里，真是一群舍命不舍财的家伙。人呀，太贪心了！”罗瑞自嘲地笑了笑，把手中捡起的石块又扔了回去。

“喂！你怎么了？”洛雨发现了陆林的异样，小声问道。这么半天他一句话没说，而且一副魂不守舍的样子。

陆林看了她半天，沉声说道：“狗。”

这一下把洛雨说愣了，她猛地回忆起在加油站时识破吕雁白的情形，惊得差点叫出来，被陆林一个噤声的手势拦住了。她小声问陆林：“你确定？”

陆林摇头道：“下面停了 11 艘艇，多了一艘。”

“嘶……”洛雨倒吸一口冷气，照这么说，倒真像是吕雁白跟上来了。

“等等！”洛雨拦住众人，“有件事要大家商量下。”

“喂！”陆林小声阻止。

洛雨回头道：“捏捏脸就能看出来的事，越拖越麻烦！”

她把陆林的发现和猜测跟众人说了，大家也全都变了脸色，不自觉地开始和身边的人拉开距离，这个鬼上身的游戏又要开始了。

“哥！”周欣一把抱住周伟的肩膀，在他脸上捏来捏去，她明白在水下被替身的人会是什么下场。

萧卓退开得最远，她似乎换了一副面孔，目光凌厉道：“照这么说，虽然不能确定吕雁白是不是真混进来了，但可能性很大。大家都分散一点，一会儿如果真把他抓出来，别给这厮可乘之机。”

耳朵后面的标记已经检查过了，众人核对了一遍暗号，没有错。大家开始简单说几件过去的事，也都对上了。

“对了！上次吕雁白逃的时候对彪子哥说……”水静想起前事惊呼道。被她一提，众人也都想了起来，吕雁白当时用彪子的声音对他说：“下次就是你了！”一念及此，众人都后退了两步，项昊甚至拔出枪，把彪子一个人孤立在当场。

“没有！我真是我呀！”彪子这下急了，团团转也想不出怎么解释好，想起刚才洛雨的话，他说道，“你们看着！”说完就开始扯自己的脸，把整张脸都扯得变形了，好像做鬼脸一样。如果真有人皮面具或者化妆术存在，那么这就是最简单直接的识别办法。

那鬼脸很滑稽，可大家谁都没心思笑，如果不是他，又会是谁呢？陆林还是不放心，开始一个人一个人地捏脸。结果出乎意料，所有人的脸都是正常的。

“要么是那姓吕的根本没混进来，要么就是这货的变脸方式跟我们想的不一样。可如果不是他，那坐第 11 艘艇来的人会是谁呢？”罗瑞说道。其实众人的潜意识里还是偏向第二种解释，因为除了吕雁白之外，不可能有第二个人。

洛雨事先没想到，这样竟然都分辨不出谁才是假的。眼看着大家疑神疑鬼的样子，她也有些后悔了。

“无量天尊。大家把这事先放下，团队中的信任如果没有了，比混进来一个鬼更可怕。既然现在查不出来，就先不要去想。假的终是假的，他总有露出马脚的时候。但如果为他一个人让人心散了，那咱们后面的路才叫危险。”这时水静用清澈的眼睛扫视了一圈众人，又奕奕有神地对彪子说道，“放心吧，真的假不了，假的也真不了！”

众人无言，眼下也只有先如此了。但大家对彪子的戒心却没有消除，所有人都不了解他的过去，回忆辨真假的办法对他不起作用，加上吕雁白临走时的那句话，大家还是觉得他的嫌疑最大。虽然明知吕雁白当时这么说是为了混淆视听，可这根刺在心里，还是有人会不自觉地躲着他。

陆林看在眼里，转移话题道：“团结！团结呀同志们！既然说不去想，就先不要去想了，权当没有这回事。继续向上吧，让咱们看看，这些黄金和钻石到底是从什么地方来的。”说着，他举步上了台阶。

走在台阶上，水静留意到一侧的墙壁，说道：“这里好像也是弧形的，不过圈子太多，几乎看不出来。”

“静静你看墙上的纹路，像不像树干？”周欣摸着台阶内侧的石壁问道。石壁上有很多竖向的裂纹，最窄的也有半米宽，裂缝中有很多如经络般的岩纹脉络。

“不像。”水静往前指了指，“怎么可能有这么粗的树？”前面的通道看不到尽头，弧度小到几乎看不出来，如果这是圆形树干的一条小边，那树的粗度不可想象。

“你怎么知道史前世界没这么粗的树呢？”周欣不服气地说道。

“别说史前世界，就算神话世界里也没几棵这么粗的树。”洛雨接话道，“中国神话里的三大神树倒是有可能这么粗，一是位于昆仑连接天地、高有百仞的建木；二是位于北海之外、长千里的寻木；三是生于西极荒远之地、长于若水之源的若木。对了，还有东海之外，长两千丈粗两千围的扶桑。这几棵树如果存在，应该有这么大。不过咱现在不在中国神话区，如果从这附近的北欧神话里找，这么大的树只有一棵，就是世界之树。”

“世界之树？”周欣问道。

洛雨点头道：“你没听过？北欧神话中的神树。传说这棵树支撑天地、奇大无比。树上衍生出了九个王国，树顶是神王奥丁的国度，他和诸神生活在美丽的亚萨园里。树根下有怪物和邪神，还有死人国度，也就是地狱。人、精灵、矮人住在中间。九个王国构成了整个世界，直到诸神黄昏的来临。”

“这个我好像听过，‘诸神的黄昏’到底指什么？”水静问道。对于其他文明的信仰，她也很好奇。

洛雨说道：“北欧神话中的一个预言，即‘天国崩塌，诸神陨落的时刻’。神话中，这一切源于光明神之死，世界没有了光明神，从此也没有温暖。三个寒冬过后，到处都爆发战争，一切美德都消失了，人类变得极端自私自利。贪婪和妒忌两只饿狼趁机吞噬了太阳和月亮，世界陷入无尽的黑夜和暴风雪中。山脉崩塌，河水暴涨，海洋淹没了大陆。毒龙啃食着世界之树的根，所有王国摇摇欲坠。诸神的力量开始减弱，被镇压的怪物们纷纷脱困，其中包括同为神族一员的奥丁邪恶的兄弟洛奇。他联合死者国度、邪神和巨人们一起攻打神的国度，预言中，诸神的黄昏就此降临。末世之战并没有使众神畏惧，他们率领从人间挑选进英灵殿的英雄们，与敌人展开终焉一战。魔狼咬死了神王奥丁，一个个英雄们与敌人同归于尽，世界之树在大火中熊熊燃烧。在北欧神话中最凄美最惨烈的高潮中，世界走向毁灭。最终，诸神与敌人同归于尽，世界树毁灭。浩劫过后，只有几个神和两个躲在树干中的青年男女存活下来。废墟中，世界就此重生，进入了更美好的新纪元。”

“好像是个很有哲理的故事，可我怎么琢磨不明白呢？那活下来的一男一女叫亚当和夏娃吗？”一旁的项昊挠着脑袋说道。

“北欧神话和《圣经神话》是两个体系，不搭边的。”洛雨纠正道。

随着通道一点点向上，那树干一样的岩壁上开了个大洞，众人从那里走进了沙皇大臣报告中提到的地下第九层。眼前是一个伫立着很多石柱的宽阔走廊，隐约能看到走廊深处的正前方有一个大门形状的阴影。当大家把灯光射向走廊的两侧，几个女孩惊叫起来，连忙把灯光转向别处，大家被墙根边的东西吓呆了。

黑暗中一切静悄悄的，众人心情稍微平静了一点后，又把灯光小心翼翼地照向两侧的墙壁。看着那不可思议一幕，洛雨喃喃说道：“没想到那沙皇大臣说的竟然是真的！难道世界上真的有魔鬼吗？”

当陆林一行人在海底洞穴步步惊心地前行时，外面的世界也并不太平。

在赵庆中的威逼利诱下，熊猫伊万屈服了，心甘情愿地做了赵庆中在摩尔曼斯克的耳目。他带领手下与当地的黑帮分子频繁接触，像一群猎狗一样疯狂寻找陆林一行人的踪迹。这是一座白人的城市，中国人出现在这里是很显眼的，但熊猫伊万却没有找到人，赵庆中心急如焚。与此同时，萧成荣来了。

解决了圣彼得堡的麻烦，萧成荣得以脱身，一路急追到这里。萧家在这里的势力非赵庆中可比，没用多长时间就锁定了一行人的位置。当一行人在海中练习操艇时，他在岸上看着。当他们正式潜入海底寻找洞穴时，谁也没有发现在身后极远的黑暗里，有一艘庞然大物在悄悄跟随着。这条默默潜行于水下的钢铁巨鲸没有一丝灯光，发动机声也轻不可闻。

这是一艘用于科研考察的阿穆尔级第四代常规动力潜艇，不到百米的艇身，三十人的载员，搭载着大量水下照明和探测设备，却简化了原本非常强大的武器系统。今天它接到了一项特殊的任务，奉命搭载一群东方人出海进行一项科考，务必全力配合。

“已经接近海岸，雷达显示，目标从二十分钟前开始一直没有活动。”艇员报告道。

“开灯！”艇长命令道。

潜艇前方的外部照明灯被打开，超高照度的水下照明设备瞬间照亮了大片岩壁，那个巨大的洞口透过开启的舷窗展示在萧成荣眼前。

“呵呵，不错，应该是到地方了。”萧成荣关上舷窗笑着说道，“熄灯吧，咱们就等在洞口，等小卓给我带礼物回来。等他们拿到东西返航的时候，我要给他们一个惊喜！”他很享受这种让别人恐惧的感觉。想象一下，当萧卓一行人满心欢喜地拿到宝贝，重新回到小艇准备离开洞穴时，看到洞口突然灯火通明，一艘庞然大物早早等在了那里，他们会是什么心情？

艇长命令熄灯，他有些不安地对萧成荣说道：“萧先生，咱们这次任务申报的是出海勘测，这里离港口不远，如果停留太久，很容易被人识破的。”

“怕什么？诺瓦将军命令你都听我的，我没说，你就不用考虑。呵呵，艇长，收钱的时候我可没发现你胆子原来这么小。”萧成荣笑着小声对他说道。

“哼！”艇长愤愤地看了萧成荣一眼却不敢反驳，只是在心中骂了声白痴，真不知道诺瓦将军收了他多少好处，才肯出动潜艇帮他。

雷达画面上还有几个不同深度的小亮点在他们周围，不过没人在意它们，那些只是海面上过往的渔船。此时，正有一艘渔船停在他们头顶上方，赵庆中和伊万都在船上。

“咱们不能跟他们一样等在外面吗？”伊万委屈地问赵庆中。

“如果你也能给我找来一条潜艇，我当然愿意等在外面。”赵庆中一边穿着潜水服一边说道。

之前他们一直找不到陆林等人，却意外发现了萧成荣，于是聪明的赵四哥开始在他身上打起主意。他明白萧家在俄的势力有多大，自己找不到，萧成荣却未必不能。于是螳螂捕蝉黄雀在后，在萧成荣盯上萧卓的时候，却没发现自己也被人盯上了。发现潜艇停在了贴近海岩的地方，赵庆中知道不能再等了。萧成荣有能力守株待兔，但他不行。

先前准备不足，知道对方要下水的时候已经来不及准备。眼下只有一个办法，穿上潜水服直接下海。50 米的深度不是问题，但潜水于寒冷的冰海却是在挑战人类的极限。赵庆中爱惜赵家子弟，决定只身下海，命令所有人在船上等候。一旁的熊猫伊万却坐不住了，眼下他愈发认为这些人是来寻宝的，就想让自己带来的人下水，可是谁也不肯。难道真要与近在咫尺的宝藏擦肩而过吗？一番激烈的挣扎后，贪心终于战胜了恐惧，他也从船上要了一套潜水装备，要跟赵庆中一同下水，咬牙拼了！

“你还真是要钱不要命，呵呵，我越来越喜欢你了。”看着手忙脚乱穿潜水服的伊万，赵庆中冷笑道。

“老大你还不是一样！”伊万媚笑道。两日的相处，他愈发感觉到这个新老大的厉害，和他一起下海，应该不用怕那些人。

“哼！”赵庆中鄙夷地看了他一眼，“下水后用近距离照明，不要被潜艇上的人发现！”说完他便下了水，没有丝毫犹豫。

“宝藏！宝藏！”伊万嘟囔着给自己打气，把眼前黑暗的海水想象成黄金和钻石。这催眠似乎起了作用，不知哪来的勇气，他大叫一声翻身下到海中。两个人一前一后，向着茫茫的黑暗中潜去。

## 第三十二章　祭坛的核心

地下祭坛第九层。

“别过去洛姐，它们可能是活的！”众人在走廊中僵持了良久，洛雨决定要去墙边查看，却被周欣一把拉住。

“估计当时沙皇大臣来的时候，它们就是这个样子，几百年过去了，怎么可能是活的？”洛雨说着来到近处，仔细观察着那些站在墙边的生物。

它们站在墙边一座座石台上，高大的身躯靠着墙根，最大的一个高度将近 2 米 5，最小的也比项昊高一头。硕大的头颅有些像狗，却比狗头多了很多褶皱和尖刺一样的绒毛，两只耳朵如两把钢刀般竖在头部两侧，嘴角一直咧到两腮附近，两颗犬牙露在外面，看上去非常狰狞。真正让它们看起来像极了插画和电影中地狱使者的，是那一对巨大的肉翼，肉翼顶部被骨骼撑起，收在身前裹住了它们的整个身体。两只肉翼的尖端伸出一对如人指骨般一节接着一节的角质利爪，如鹰爪一样只有三根。向下看，肉翼的下端长着两条肉膜高高鼓出的粗大腿骨，连接着一对支撑着身体的兽爪，隐约看出背后还有一条不算很长的尾巴。难怪当年的俄国人被吓坏了，在那个笃信鬼神的年代，陡然看到只出现在传说中的可怕生物，任谁都会惊恐。

“太像了！难道真的是地狱吗？”洛雨喃喃说道。离近了以后，她并没有感受到它们有活物的气息，但谁知道地狱中的东西是不是活物？难道真如水静先前所说那样，他们遇到了科学无法解释的东西？这一刻她不禁也迷惑了。那些生物两只肉翼合在胸前，双眼紧闭像是睡着了。如果说这些都是尸体，那它们一千年来保存的完好程度，几乎可以和那具唐代古尸媲美。

其他人也围了过来，看着这些生物啧啧称奇。“也不知道元朝人从哪里找来的这门神，忒瘆人了，会不会是灭绝了的未知生物？这个头，这牙口，活着的时候肯定不是什么好鸟。当年沙皇大臣看到它们时，恐怕真的以为走到地狱门口了。”萧卓说着看了一眼走廊尽头处大门的阴影，没来由的一阵胆寒。谁又能保证，前面的大门里不是地狱呢？

“从没听说过真有长成这样的。”罗瑞摇头道，“如果有，那一定是在《圣经》故事里。我的世界观都有点混乱了，怎么会有这种东西？”

“你们看它们像不像……”水静一手捏着下巴思索着说道，“……蝙蝠？”

“蝙蝠？”

“不可能！”

“哪有这么大的？”

大家几乎同时反驳道。可话说完，得了水静的提醒再细看，与蝙蝠还真有几分相像，但大家还是无法把眼前的巨物和那老鼠大小的小东西联系在一起。

“被你这么一说倒是有几分像，不过蝙蝠还真没听说过有这么大的，但也说不准。”罗瑞说道，当魔鬼变成了动物之类的研究对象后，他放松了许多，“大家都存在一个误会，以为蝙蝠是一种动物。其实它是所有翼手目动物的总称，翼手目是哺乳动物中仅次于啮齿目动物的第二大类群，也是哺乳动物中唯一真正能飞的族群。它们都被称为蝙蝠，但细分起来有九百多种，比食肉目和偶蹄目的种类加起来还要多。最小的不到一厘米，最大的将近一人高，翼展接近两米，吃肉的、吸血的、吃水果的各种各样。可眼前这样的从没听过，翼展肯定超过五米，而且还有尾巴。”

“你的意思是不是说，这东西可能是翼手目中一种未被发现的生物？可它怎么长得这么像西方的魔鬼呢？”萧卓问道。

“也许西方就是根据蝙蝠的形象创造的魔鬼。”罗瑞说道，“蝙蝠这东西习性太奇怪，厌恶阳光，喜欢半夜活动，爱住洞穴，而且倒挂着睡觉，是常见的可以飞的动物中长得最丑的。对古人来说，飞行是很了不起的事。中国的神仙们腾云驾雾，西方人则给偶像加上翅膀。鸟的翅膀给了天使，那这最丑的翅膀自然就给恶魔了。”

“也可能，所谓的恶魔就是眼前这种生物。”洛雨说道，“过去我一直认为这是人类幻想出来的，可眼下真的看到这种生物。也许所谓的恶魔，就是一种生性凶残、喜欢吃肉或者吸血的极为罕见的大蝙蝠。它偶然被人类发现，于是就成了恶魔的化身。”

“也许是蝙蝠的某种祖先吧！真不知道元朝人是从哪找来的，还一下就找到了……一、二、三……”罗瑞边说边数着，“还一下就找到了十六只！”当把这些恶魔当成标本来看待，罗瑞对眼前的这种未知生物产生了浓厚的兴趣。他从陆林手里借过小刀，竟然去剖那恶魔裹在胸前的肉翼。

肉翼不厚，就像骨头撑起的一张皮。他做得非常小心，用刀尖在肉翼上轻轻一挑，想划开一个小口，没想到刀尖竟然没扎进去，只留下了一道白印。这让罗瑞吃惊不小，印象里蝙蝠的肉翼只是薄薄的一层肉膜。他调亮灯光细看，惊叹道：“乖乖！简直都快变成角质了！这东西的皮干巴巴的，怎么这么结实？”说话的工夫他一仰脸，正看到大蝙蝠从高处俯视他的一张怪脸，心中一阵发寒，不由自主地向后退了两步。原本已经认定了这东西就是大蝙蝠，可突然间又有些拿不准了。

“看这皮，这东西应该是生活在热带，北极的环境不适合没毛的动物。而且你们看这些角质的颜色，好像长时间被高温炙烤过似的。”罗瑞又用刀在上面划了划说道。

“你直接搬下来看多省事呀。”项昊说道，“彪子，过来搭把手。”说着他也凑到恶魔身边。彪子听到项昊叫他，便跟了过去。

项昊一手抓住那生物的肉翼，一手抓住脚爪道：“你抓那边，咱把它抬下来放平了研究。”

彪子依言做了，有些委屈地小声对项昊道：“项哥，我真是我，真的没被调换。”

“行啦行啦！我啥时候怀疑过你？”项昊小声回应道，“彪子，别往心里去，该怎么地还怎么地，哥信你！怪就怪吕雁白那孙子太难缠，大家难免有点担心。放心吧，真的假不了，我们早把你当自己人了。你要真出了事，老子非剁了那姓吕的不可！”

“放心吧项哥，你当我是自己人，我就是自己人！”彪子看着项昊感动地说道。

那生物的尸体被抬到地上，两个人着实费了一番力气才把两只紧紧裹住身体的肉翼掰开，露出了里面的身体。大多数脊椎动物的骨架都差不多，这生物的上半身被一张皮紧紧包住胸骨，两只与肉翼连在一起的大腿却非常粗壮。

“就是蝙蝠！我见过蝙蝠骨架，只不过这个多了条尾巴。”罗瑞说着又用刀在胸口划了两下，还是没有划透，“这货的皮真不是一般的结实。”

一旁的雪儿对罗瑞温柔的刀法看不下去了，从罗瑞手里抢过刀，对着那生物的肚子就扎了下去。扑哧一声，刀刃没入腹中，一股恶臭从尸体里涌了出来，熏得大家连连后退。

“走吧走吧，管它是什么呢，反正都已经死了，办正事要紧！雪儿，快走啦，你真不嫌脏！”陆林捂着鼻子道。

其他人都躲开很远，只有雪儿竟然把那个切口剖大，将戴着手套的手伸进肚子里。她在那东西肚子里来回摸索，似乎在掏什么东西。

“刚才一刀，我似有感……”雪儿歪着头想着用什么词来表达，半天才说道，“珠子！”众人没听懂，片刻后听到雪儿一阵欢呼。她掏出了一个东西，这才兴冲冲地跑来和大家会合。

“什么东西呀？不会是结石吧？”罗瑞捏着鼻子问道。那是一颗核桃大小、坑坑洼洼外形不规则的小圆球，像是骨质又像是结石，那味道熏得他一阵眩晕。雪儿摇头说道：“不知道，厉害！”然后笑嘻嘻地套上防水袋，把它装进了自己的小包里。众人对她喜欢收集各种古怪东西的恶趣味已经习以为常，皱皱眉都没说话，开始继续往前走。

黑暗中的门被一点点照亮，首先映入眼帘的是地面上横七竖八的尸骨。尸骨上的衣服看上去很像元时中土的风格，但众人很快发现还有一些尸体明显不属于一个年代，那是他们在通道内见到过的沙俄时的军服。

“那个大臣不是说他们没进来过吗？他又说谎了。”洛雨说道，“也许他说假话的原因，就在这里。”

众人迈步走进大门之后的那座大厅。大厅极为宽大，四周墙壁上有灯盏，里面有没点完的油脂，萧卓便用点火器点燃了一盏，没想到这里的灯盏也由暗线连接，竟然七七八八亮起了一大半。大厅里一下子亮了很多，大家这才看清楚，此处是一个半天然半人工的大洞穴，长宽都接近百米，形状很不规则，人工痕迹不多。洞壁凹凸起伏，有的地方棱角分明，如同从洞壁上伸出的一把利剑，形状很是吓人。

火光所及之处，地上有不少枯骨，靠墙角处也立着两只形似大蝙蝠的古怪生物。隐约可以看到，在大厅正中靠后的位置，有一个高高隆起的圆形阴影，像个小山包似的体积很大，似是一座小号的地堡。

洛雨俯身观察那些尸骨，一方服色统一，全是元代的军服，另一方却是穿得比较驳杂，还有几个裹着兽皮。

“这是两拨人，一方是元军，另一方不好说。不过看服装，肯定也是来自中土的人，不是金帐汗国的蒙古士兵。”洛雨想从尸骨上找一些辨识身份的东西，发现那尸体腰刀的护手上刻着“至正二年造”的字样，“记得咱们在叶卡捷琳堡参观博物馆，那卷县志上写着祭坛发生异象的时间是1343年，也就是至正三年，和这些人是同一年代。也许就是异象前后，这里发生了变故，一群中土来的人和守在这里的元军发生了激战。估计从那以后这里就废弃了，不然尸体不会没人收敛。”

“另一群人会是什么人呢？”洛雨自言自语，又去翻另一个人的衣服。可以看出，当年发生在这里的搏杀一定相当惨烈，两方人马同归于尽，一方人的尸体旁必有另一方人。让她失望的是，翻了几具尸骨，除了武器和食物，这些人身上竟然什么线索都没有。跟服装整齐的元军比起来，这些人穿得简直像是叫花子。为了防冻，把一层层破破烂烂的布片裹在身上，有的人脚下连鞋都没有。洛雨翻动一具头被砍掉的尸骨，那人怀里竟然还掉出了半个几乎石化了的烧饼。

几个胆大的人也帮着洛雨翻尸体，希望能找到一些线索。

“不对，这些人好像不是普通人。”萧卓在一旁皱着眉说道。

“嗯！”项昊似乎也表示同意，“高手，全都是高手！你们看这个！”项昊蹲在两具尸体旁说道。这是两个同归于尽的人，一个压在另一个身上。穿着元代军服的人被压在下面，他的手边有一把刀，卡在了上面那具尸身的肋骨里。这一刀是从上向下劈的，劈断了肩胛骨、锁骨，之后力道未消连断数根肋骨，被卡在倒数第三根肋骨里面。用一把普通军刀几乎劈开了敌人半个身子，其力道可想而知。

“这一个更厉害！”项昊指着元人上面那具尸骨说道。那人的右手在元人的军服里，军服被抓出了一个洞。项昊从洞的位置把军服一扯，众人赫然看到那只手竟然伸进了元人的胸腔里，正是心脏的位置，护着内脏的肋骨直接被打碎。“看这一拳，穿胸而入，竟然空手就把心给掏了，太牛了！”

“你们看这人！好家伙，比昊子还壮！”周伟在墙角一边说道。众人向周伟望去，被他边上的几具尸体吓了一跳。几具骸骨靠在墙边，就像一个大人抱着四个孩子。其实大人怀中的四具衣衫褴褛的尸骨都是常人高矮，实在是那个大人太大了。他身着一身尺码大得出了圈的元人军服，靠墙坐在地上，竟然不比身边站着的周伟低多少。“身高绝对超过两米五，臂骨比欣欣的胳膊还粗上几圈，这人活着的时候块头儿得多大呀！肯定是蒙古人中的巴图鲁！”

“你是想说蒙古第一勇士吧？巴图鲁是满人的叫法，蒙古人应该叫巴托尔。”洛雨说道。众人好奇地围上来看这位异人，远看的时候就像一个大人抱着四个孩子，很安详的一个场面。走近了才发现，那四个孩子人人手里都有一把钢刀，全都深深插在那巨人的身上。而那巨人的怀抱也不甚温柔，怀里四个人的骨头都零零碎碎，他竟然凭借两臂之力把四个人的上半身全都夹碎了。

“天生神力呀，这绝对是军中的顶级高手！看来双方出动的都是精锐，真不知道当年这里发生了什么事。”陆林在一旁感叹道。

对另一伙身份神秘的人调查无果，众人又把注意力集中到沙皇军人的身上。比起前两者，他们的数量少多了。有的死在门口附近，好像是想往外逃的时候突然遇到了袭击；有的死在大厅深处那座地堡的旁边；还有的就在岩壁边上，手里攥着石块，和通道里那些尸骸相同的是，每个人都背着一袋石头。

“看来他们的那些石块就是从这里刨的，这岩壁和地面似乎都是这种石质，你们看那几个坑，估计就是他们挖的，简直就是用黄金和钻石铺成的地面！怎么会有这样的地方存在呢？而且，这些人一个个尸骨不全，又是怎么死的呢？”周欣说道。

“是呀，确实不像自相残杀。按那个大臣的报告上说，他们来到大厅外面看到了恶魔，然后没人敢进来，就直接下到底层。本想挖洞逃出去，没想到碰上海水倒灌。可这跟咱们眼下看到的情形，却完全不一样，他们肯定进来过，而且从这里拿走了很多矿石，之后才到下面挖洞。”洛雨说道，“对了，我还发现一个问题，死在这里的沙皇士兵的军服，跟下面那些有点不同，恐怕是军官。"

"会不会是这样？"周伟说道，"在这里搜刮一番之后，这些军官不满足，命令士兵下去挖洞，自己则找机会又来挖矿石。之后，这里出了一些事，让这些人都死掉了，比如机关、致幻气体什么的。应该不会是有敌人出现，不然这里不可能只有他们一方人的尸体。这时下层海水倒灌，一些舍不得财宝又没被冲走的士兵就躲到了通道里，于是他们也受了波及。"

"可他们能碰上什么事呢？又是什么，导致那个大臣连报告都要说假话呢？"陆林摸着下巴接着周伟的话说道。

众人谁都没有注意到，原本在阴影里，靠着墙角的那两只大蝙蝠似的生物尸体，不知在什么时候已经不见了。

大家对尸骨研究一番之后，又去看那座地堡。离得近了，这才渐渐看清它的真容。地堡正上方的洞顶有一条垂直向上的隧道，应该是当初直通地上祭坛塔顶的。现在上方的祭坛已毁，口已经堵死了。地堡上覆盖了很多石块和灰土，应该是上方坍塌造成的。蒙尘之下，看不清地堡的材质，只感觉不是木石，倒像是什么透明的晶体。

众人绕到地堡后方，发现了一个机关，旁边倒着一具元人尸体，看服装，官阶应该不低。萧卓重重地咽了口吐沫道："应该就是这个了！"她有些抑制不住心中的激动，家族里不知寻找了多久的东西，如果能被自己带回去，那么自己这一支立刻就会登上家族的顶峰，再也不用被大老爷家压制。旋即她冷静了下来，突然想起身边的众人，先前一路波折，目的地遥遥无期，让她没有心思考虑这个，可眼下却到了要决断的时候。

"先把土清一清，看看从哪进去。"洛雨招呼众人道。

于是劲大的人往下搬石头，剩下的人开始清理上面的浮尘。越是清理，众人越是震惊，隐隐感觉这地堡不简单。大约一顿饭的工夫，一切都做完了。火光下，众人被震惊得无以复加，眼前这座圆形无顶的小建筑，已经不能称为地堡了，因为就算世界上所有的地堡加起来，也不会有眼前这一座耀眼。

"这……这是元人修的？怎么可能？他们怎么可能有这样的技艺？好漂亮！"周欣有些痴呆地说道。

"你们说这玩意要是搬出去，得值多少钱？真刺眼！可是刺得我好舒服。"

罗瑞流着口水说道。

“那些俄国人怎么没有把它搬去呢？因为太大了吗？”周伟说道。

洛雨说道：“这肯定不是蒙古人修的，今天也没见过这样的工艺。我想，这个地堡最初应该是元人用这里的岩石和土壤修造的，后来经历了一场突如其来的高温，是一瞬间达到极高温度的那种。之后，所有杂质都被烧成了劫灰，黄金熔成了金水，随着钻石的缝隙流入，就像金镶玉那样把钻石固定在了那里。”

“这不是他们能运得走的，但他们应该试过，于是他们死了。你们看这附近的尸体，恐怕他们就是想打它的主意，最后触动了机关。”水静说道，“都醒一醒，不过是件俗物而已，有什么大惊小怪的！”

不过她的话似乎没有打动众人，因为眼前这座俗物实在太少见了。看到它的真容，众人很容易想到了“聚沙成塔”，可眼前组成塔的那些比沙粒稍大一些的小颗粒，却全是钻石！无数大小不一的钻石堆叠成塔，所有的缝隙都被黄金填满，就这么自然地融合在一起，形成了一个内部中空、上方无顶的钻石之塔。灯火中，无数的钻反射着异样的光彩，看得让人迷醉。

“就在这里面吗？可里面好像有不少东西，还是先想办法把它打开吧。”周欣说道。透过钻石墙壁的折射，大家可以看到里面一条条纵横交错的阴影，似是机械的轮廓。这座钻石塔的一面有扇黝黑的大门，连接着嵌入外墙中的一圈圈金属骨架。这些骨架是整座塔身除了钻石黄金外唯一没有被熔化的材料，不过现在已经通体发黑，似是被高温炙烤过，也看不出是什么材质。若是没有这支撑结构的骨架，这座钻石塔怕也不会成形。

铁门正中是一个大圆盘，圆盘上盖着一个细长的十字形金属条，金属条四边都挖了很多小洞，其下的圆盘主体上是从大到小的圆环，如一个风水罗盘一样层层相套。一层层圆环上全是不同的枢机和字符，枢机相连，环环相扣，密密麻麻的少说也有数百字。刚才大家在清理的时候就发现了它，感觉这应该是密码锁，于是谁都没敢碰，眼下这却成了一个难题。

先前众人以为这是一道数术难题，可近看才发现上面全都是汉字，但没有“阴阳乾坤、五行八卦、子丑寅卯”这样数术、易术之类的字符。

洛雨皱眉研究了一会儿，摇头说道：“这是个单纯用汉字组成的密码锁，不存在只要能推衍数术就能破解的可能，需要最准确的汉字密码。它倒是有几分像‘璇玑图’。”看众人不解，便又说道，“璇玑图是南北朝一个叫苏蕙的才女所作，纵横各二十九字，总计八百四十一字。其中无论纵、横、正、反读或退一字、迭一字均可成诗，且诗有三、四、五、六、七言不等。八百四一个字随意组合，便可成诗无数，不知让后世多少文人伤透了脑筋。武则天曾试着推求璇玑图，得诗两百余首。一些把它当做课题来研究的文人，更是曾得诗两三千首。”

说着她把圆盘上的字指给众人看，又说道：“你看这圆盘最上层的十字，每个孔正好是一个字大的小。最内圈字数最少，音节却相似，像是每一句的最后一个字。但从外圈往内推的话，也可以像璇玑图那样得出无数种组合。若是数术、易术难题，只要懂得易理的人就可以靠推演解决，可这个，却是必须知道密码原文，一个字都不能错。”

“不就一个锁嘛，要不用枪试试？或者直接把门砸了？”项昊在一旁出主意。

“别！你们看下面！”水静提醒道，钻石塔被灯光照得耀眼，但塔底部却是黑洞洞的一片，“我感觉这塔底应该也是个洞，里面的机械是被塔身的支架悬空支起来，要是破门而入就可以，那这密码锁岂不是形同虚设？还是让我来吧。”

“啥！你知道密码？”除了周欣和洛雨，其他人都惊诧了。

水静坦然承认道：“不错，我知道密码是什么。先前在伊尔库兹克，我和欣欣单独出门，找的就是丘真人留下的密偈。”

“啥？密码是丘处机留下的？”众人再次被惊到。

水静解释道：“具体我也不清楚。上次回武当之后，知道你们要继续追查，师傅就要我来帮你们，他嘱咐我到北京之后先去趟白云观……”

“就是你刚来北京的那一天？”洛雨插话道。

水静点头道：“对，就是那次。白云观，那里原本是金国的皇家花园，后来成吉思汗把它赐给长春真人修建道观。再后来，长春真人羽化于此，那里就成了全真派的北方祖庭，其中保留了一些长春真人西行时，外人所不知道的记载。”

“什么记载？”众人问道。

“正如洛姐先前猜测的，长春真人之所以能得到成吉思汗如此看重，是因为他除了传授成吉思汗‘卫生之道’以外，还向他说了一些其他东西。具体是怎么回事，观里的道长没跟我细说，却让我路过贝加尔湖时找一个地方。丘真人在这里遇到了成吉思汗的兄弟，也是从这里开始，蒙古人对他的态度大为改观。原本是带着徒弟只身上路，而从这里之后，他却得了很多牛羊马匹，也得到了成吉思汗的重视。

“丘真人生活在北方，对腐败透顶的南宋和金国都已经彻底失望。铁木真崛起后一路征伐战无不胜，大有吞并天下之势。丘真人在他身上看到了天下一统的希望，见面之后，成吉思汗更是从善如流，一言止杀，随即便误以为他是一代英主，把一些很重要的消息告诉了他。”

“什么消息？”萧卓问道。

水静答道：“是关于一个地方的消息，我想，那地方大概就是咱们拿到灾星时，明人提到过的‘葬天之地’，蒙人把它称为‘腾格里沉睡的地方’。这个我是听洛姐说腾格里就是‘长生天’的意思之后，才想到的。不过具体怎么回事，我也不太清楚，只知道成吉思汗真的被打动了，发誓倾尽整个蒙古帝国之力，也要找到那个地方。”

“原来是这样……”萧卓喃喃自语道，她虽然知道家族中一直在找宝贝，却一直不了解到底是什么样宝贝值得家族费这么大的力气，现在想来，恐怕也跟这“葬天之地”有关系。“什么地方值得天下第一的蒙古帝国倾全国之力去找呢？静静，你是说蒙人修建这些长生天祭坛，就是为了寻找那个地方？”

水静点头继续说道：“大致是这样。似乎丘真人在路过贝加尔湖时就跟铁木真的兄弟提过这事，在那里留下了几句偈语，被蒙人刻于一块石碑之上。后来得见铁木真本人，提及此事，便相约祭坛建成之日便以此为号。可惜直到成吉思汗去世，这祭坛也没能建成。之后忽必烈曾访白云观，为的便是这‘葬天之地’，得知此间的详情后，便仍以此偈语为号。白云观的道长嘱咐我来到伊尔库茨克之后，找到那块石碑，把上面的偈语记下来，之后应该有大用。刚才我看了看那些盘中之字，发现每一个圆环上正好都有对应的字。我想他们说的‘以此为号’，指的应该就是这个密码锁。”

“你这孩子过分了哦，知道这么多，竟然一点都不跟我们说。”罗瑞敲着水静的头说道。

“是师傅他们不让我说。白云观的道长也说，如果不到用上这些的地方，绝对不要说出来，我也没办法。”水静吐了吐舌头。

“你们别怪她啦，我和她还有雪儿一起去找的，钻了一天山沟子，好在辛苦总算没有白费。好啦静静，快开始吧！”周欣劝慰道。

“嗯！”水静应了一声，便开始缓缓转动一圈圈圆环，把一个个汉字对应到十字孔洞里。

罗瑞跟着对上的字一句句念道：“日不落山，四柱擎天。紫微之下，黄泉之巅。”他刚念完，就听到那圆盘中发出“喀吧”一声，最中心的天地二字缓缓缩进盘身，接着就是一阵机关响动的声音，锁好像开了。

“哎？不是还有……”周欣看着圆盘说道。

“欣欣！”水静猛地转头，使劲向周欣打眼色，周欣虽然没明白，却也闭上了嘴。

“日不落山明白了。‘紫微之下’，紫微应该是指天上的星辰，紫微星就是北辰，也就是北极星。呵呵，北极星现在几乎垂直挂在头顶上，这条对了。可‘黄泉之巅’和‘四柱擎天’指的是什么呢？”洛雨自言自语道。她和陆林站在水静身后，三个人很默契地堵住了那扇门，谁也没有要打开的意思。

陆林接着她的话说道：“黄泉就是阴间呗，‘黄泉之巅’就是……”

“‘黄泉之巅’就是地狱的入口！”一个声音从众人身后传来，众人猛地一惊，那个声音他们听过，那是赵庆中的声音！

## 第三十三章　地狱的入口

几个带枪的人瞬间拔出枪瞄准门口的方向，黑暗中走出一个高大的人影，细看才发现是两个，一个人躲在另一个的身后。灯光照过去，走在前面的正是赵庆中本人。谁也没想到，他们已经这么小心，却还是被赵家人发现了。待看到他们只有两个人，众人都松了口气，暗道这赵庆中实在太让人头大了。

“我要是你们就不拔枪。信不信？我就是不拔枪也比你们现在快得多。”赵庆中一脸轻松地说道。

“是你？你们怎么走到一块了？”水静眼尖，一眼就认出了躲在赵庆中身后，身上还带着数个螃蟹钳子的熊猫伊万。

“他是来报仇的，你们可是让他丢了大脸。”赵庆中笑着说道。

“挨一顿打而已，至于追到这里来吗？他是你的人吧？你们是怎么找到我们的？”陆林问道。

“呵呵，是真的。不过他开始是为了报仇，后来就打算寻宝了。说实话，你们这次隐蔽得很好，我真没能找到你们，可我找到了萧成荣！啊对了，他就在洞外，坐在一艘潜艇里，想等你们找到东西出去的时候，给你们一个大大的惊喜！哈哈哈，让那个姓萧的白痴在外面等去吧。”说到最后赵庆中大笑起来，好像已经看到了萧成荣最后空手而归时的脸色。

听说后路被人抄了，众人彻底变了脸色，这样就算拿到东西，最终也是为他人做嫁衣。萧卓几乎站不住了，难道搏命一场，最终还是要便宜给大老爷家？

“寻什么宝？你刚才说的地狱入口又是什么意思？”洛雨沉声问道。她猛然想起那几只外形酷似恶魔的大蝙蝠，难道，真的有地狱存在吗？

“别看我，我也是听他说的。”赵庆中指了指身后的熊猫伊万。此时伊万看到对面那座钻石塔，人已经呆住了，两只眼射出贪婪的光芒，口水都快流到了地上。

看到伊万没反应，赵庆中对众人解释道："说真的，我也没想到，你们最终的目的地竟然会是这样一个鬼地方，还真让伊万蒙对了。你们听说过科拉超深钻孔吗？那是冷战时期苏联在科拉半岛进行的一项科学钻探，其中最深的一个钻孔达到地下 12000 多米，是人类有史以来挖掘最深的一个洞。钻探过程中的最后两百多米，花了整整十年时间，之后便停止钻进。官方理由是经费不足，而内部人员却透露根本不存在经费问题，真正的原因是井内有一些超自然的现象出现。他们似乎发现了地狱的入口，钻探工作才不得不停下来。呵呵，听说还有东西从钻洞里面飞出来过，也许就是走廊里那些玩意儿吧。"

"科拉半岛？科拉半岛不就是这里吗？"萧卓醒悟道，摩尔曼斯克和俄北海舰队都在科拉半岛。

"没错，要不你们以为这个胆小的家伙敢跟到这里来吗？他说，当年苏联的钻探计划所花费的经费与其获得成果相比是微乎其微的。深入地下数千米后，钻头钻进了一个含有黄金和钻石的地层，取出的岩芯经分析表明，每吨矿石的金含量超过 80 克，是现有金矿含金量的十到二十倍！当然，跟这里比起来，那点含金量似乎不值一提。"赵庆中说着从地上捡起一块碎石，竟然徒手就把它捏了个粉碎，金沙和钻石哗啦啦散落一地。

伊万从他身后绕出来，也不害怕了，嘴里嘟囔着"我的！我的"，把掉在地上的那些小钻石全都捡了起来。

赵庆中也不阻拦，继续对众人说道："据说钻探深度接近 13000 米时，钻井中开始传出奇怪的声音。研究人员向井中放了一个耐热话筒，录下了非常奇怪的像'人吼叫'一样的声音。现场的人们发誓说，那声音就像地狱中罪人的惨叫，之后还传出自然界从来没有听到过的强烈爆炸声。这些事在当年是保密的，近几年，那段录音被传到网上，引起世界哗然，都说苏联人挖到了地狱的入口。"

"当然，大多数人都是把传说当故事听，但他不一样。"赵庆中指了指还在捡钻石的伊万，"他父亲的一个朋友就在科拉钻井工作，他信誓旦旦地说这一切都是真的，而且含金量比传说中的还高。如果不是这些超自然现象，即便那里真是地狱的入口，他们也会继续钻探，哪怕它是一个镶满了黄金和宝石的罪人宝藏。就像他这样，明知是要下地狱，他还是跟来了。不过，咱们现在所在的这里，离地表更近，钻石黄金的含量更丰富，似乎更符合‘地狱入口，罪人宝藏’这几个字。”

“难怪他们要把最大的祭坛修在这里，看来这地方还真不一般！你说塔里地下那个洞，会不会真的通到什么地方去？”陆林小声对洛雨说道。

“我也不知道。”洛雨摇头道，“其实咱们都被那酷似恶魔般的生物吓到了，那也许只是一种生活在地下极深处的大蝙蝠，跟什么地狱一点关系都没有。”洛雨说着望向墙角，却发现那里空空如也。她猛地起了一身鸡皮疙瘩，对身前的众人说道：“大家小心！墙角那两只蝙蝠不见了！”说完她就把灯光照向了洞顶。

洛雨的话让大家一愣，又见她把灯光照向头顶，这才想明白其中的关节，全都向头顶看去。对面的赵庆华不明所以，他进来时就没看到墙角处有东西。就在这时，他感觉头顶一黑，接着伊万的身体就腾空而起，猛地被拉到空中。

还不待他发出惨叫，赵庆中已经动了。没看到他怎么拔的枪，枪却已经拿在手里，正如他先前说的，他比陆林一行人要快！“砰！砰！砰！”还没看清空中的是什么东西，他甩手就是三枪。空中传来一声凄厉的惨叫，接着就是“噗通”一声重物落地的声音，熊猫伊万从两三米高的地方掉了下来，重重地摔到地上。他这时才知道怕，哇哇大叫着躲到赵庆中的身后，哪还有一丝黑老大的气概。

看清空中的东西，赵庆中也是一惊，正是他在走廊里见过的那种大蝙蝠，虽然比走廊里的几只小了一点，外形却是完全一样。他怎么也没有想到这东西竟然还有活的，一对巨大的肉翼在空中舞动，配上那凄厉的叫声，可比走廊里那几具标本恐怖多了。刚才被他打中的那一只竟然没有死，在空中踉踉跄跄扇动了几下肉翼之后，竟然又调过头来准备袭击他。他看了一眼伊万，这厮两条胳膊上被抓出了三个血窟窿，可见那东西的力气有多大。

对面陆林一行人也不比他好到哪去。刚才众人抬头望向洞顶，一只大蝙蝠正用脚爪和肉翼尖端的勾爪抠着岩壁，在洞顶无声无息地爬行，已经接近他们头顶的正上方。这时对面的枪声传来，同伴的惨叫声似乎把这只大蝙蝠也惊到了，它猛地从洞顶扑了下来。

陆林项昊等人也是乱枪齐射，大蝙蝠不再扇翅，头一缩把肉翼往身上一裹，向斜下方掉下来。临近地面，它肉翼一展贴地滑翔了两步，之后脚爪一蹬攀上岩壁，四肢并用地爬上了洞顶。众人的一连串射击似乎都没起到作用，那层角质般坚厚的肉翼成了一件防弹衣，使得子弹只在双翼上留了几个窟窿，却没能对它的身体造成伤害。

两只大蝙蝠先后都吃了亏，凄厉的叫声不断，刺得人耳膜都疼。它们动作变得更迅速，在岩壁上游荡，在空中掠过，躲进阴影和射击死角，又一次次变换着刁钻的角度从不同方向袭击众人。陆项等人不断开枪还击，终于有两枪打中，可这生物似乎毫不畏死，血从空中洒了一地，来势反而越来越凶猛，越来越快！众人的头发都被它巨大的肉翼带起的恶风吹了起来，一群人生生被一只蝙蝠逼得左躲右闪。

赵庆中那边也是如此。这兽外表丑陋凶残，却极为狡猾，懂得利用它们熟悉的环境和凹凸的岩壁躲避子弹，再加上一对肉翼坚厚结实，竟使得赵庆中打空了一个弹夹都没有成功，一时间洞内枪声此起彼伏。

这僵局一直持续了四五分钟，两只大蝙蝠都中了数枪，却依然凭着凶性支撑着，没有丝毫的颓势。渐渐地，密集的枪声小了下来，枪机的空响声越来越多。陆林一边也好，赵庆中一边也罢，他们带的为数不多的弹夹，眼看就要打完了。

“娘的！”项昊的枪已经没子弹了，他甩手把空枪砸向大蝙蝠，拔出匕首就要冲上去肉博。几支枪相继没了子弹，男人都拔出匕首，把女孩们掩在身后。那大蝙蝠看对方不开枪了，瞬间就从空中扑了下来。

赵庆中也是短刀在手，空枪早已扔到边上。袭击他的那只大蝙蝠想用脚爪抓他，却被他反手扣住了脚脖子。赵庆中腰上用劲，顺势一甩，把大蝙蝠巨大的身躯直接拍到地上。蝙蝠从地面猛地一弹，身体腾空扇着肉翼想再次飞起来。赵庆中一手抓着一只脚爪，另一手挥刀格挡蝙蝠另一只不断后蹬的脚爪，“叮叮当当”的碰撞声响成一片。蝙蝠两只翼展接近 5 米的肉翼不断扑扇着，开始几下有些狼狈，后来再次腾空而起。但赵庆中的手还是死死抓着，整个人仿佛在地上生了根，任那两只垂天巨翼带起多大的风，蝙蝠却怎么也飞不起来。

蝙蝠干脆不飞了，落到地上转身去咬。赵庆中冷喝一声："畜生找死！"提刀向前刺去。

另一边的项昊却没有赵庆中这几下子，他对付的那只蝙蝠落到地上，用肉翼尖端的锐利勾爪不断扑打着，时不时还张开那散发着一股腐臭味的大嘴咬上一口。项昊左支右闪，防住了翼尖的爪子，却防不住由分段骨架支撑的后半截肉翼，一不留神就被扫了一个踉跄。他还没回过身就又挨了一爪，最外层防寒服一下就被抓出了三道长长的爪痕。项昊回身一拳打在比人头还大的蝙蝠脑袋上，感觉上面的刚毛硬得扎手。大蝙蝠挨了一拳不退反进，用大头阖身向前猛地一顶，竟把项昊顶飞出去。一般与人一样高大的动物，力量都要比人大得多，野兽更有一股常人所不及的野性，更不用说眼前这样罕见的凶兽。

"白痴，别跟它硬拼！你小心点！"萧卓在后面担心地叫道。

眼看项昊危急，彪子冲了过去，此时已经抢在项昊前面，两手托住蝙蝠的两只翼爪，却不防被蝠嘴一口咬到肩膀上。陆林也要上前帮忙，这时他突然感到胳膊一紧，却是雪儿从身后跑了出来，一把抓过他手里的匕首就向前面的蝙蝠突袭过去。

"雪儿小心点！"周欣在后面叫道。

趁着彪子架住大蝙蝠的工夫，雪儿已经近了身。它仿佛预感到了危险，怪叫着撇下彪子就要飞走。这时雪儿已经到了身前，看蝙蝠要飞，她抬手就把匕首衔在口中，一弓腰猛地向上一蹿，双手不偏不倚正抓住大蝙蝠已经离地的两只脚爪。

雪儿整个人被蝙蝠带着飞了起来，人悬在半空中还在顺着蝙蝠的身体往上攀。那蝙蝠似乎吓坏了，像只被猫扑住的鸡一样胡乱拍打着翅膀，好像连飞都不会飞。雪儿口衔匕首，双手攀上蝙蝠的后背，猛地向前一跃，整个人骑在蝙蝠身上。她一手勒住蝙蝠的脖子，一手抽出口中的匕首，一刀扎进蝙蝠肉翼包裹着骨骼的地方，顺着关节的走势就划了下去。

这一刀如庖丁解牛，原本子弹都不易穿透的大肉翼竟然被划出了一个大口子。蝙蝠疼得怪叫，先前子弹打出的小孔没有影响飞行，但眼下肉翼却再也兜不住风，整个蝠身失去平衡就掉了下来。下落的蝙蝠四爪并用攀住岩壁，之后就如丧家之犬般开始在洞壁上乱爬，惊慌得一塌糊涂。但自始至终，它都没有回头攻击过雪儿。雪儿几次都险些被摔下来，却依旧死死搂住蝙蝠的脖子。

好不容易重新把握住平衡，雪儿手起刀落，匕首刺进蝙蝠脖子的侧面。接着她抓着刀柄用力往下一扯，大蝙蝠的脖子瞬间就被豁开一小半，一股腥血哗地就从腔子里喷了出来。这时它再也支撑不住，巨大的蝠躯顺着岩壁滑落下来，重重地摔在岩壁底部凸出的一块形如蟹钳的大石头上，抽搐了几下便不动了。

众人齐声喝彩，都为雪儿的悍勇叫好。一场惊变过后，大家这才把心放回肚里。周欣惊叹道："吓死我了，真没想到那东西还有活的。这里又没食物，它们怎么能活下来呢？"

"可以吃帝王蟹嘛。"罗瑞说道。

洛雨在一旁拿出急救箱给彪子包扎起来。这时，对面的一阵鼓掌声破坏了大家刚刚好起来的心情，他们险些把对面的两个人忘了。

赵庆中一边鼓掌一边说道："厉害！记得你们离开北京的时候可没有这么一个人，这位俄罗斯姑娘是从哪找来的？上次真没看出来，原来她这么厉害，看来我要费点劲了。"在他身旁不远，躺着一只被开膛破肚的蝙蝠尸体。

"不过还是要谢谢你们，不但把我带到了地方，还帮忙把锁打开了，不然我恐怕还真不好办。"

众人心中一寒，眼前这个赵庆中，可比蝙蝠难对付多了。陆林轻轻叹了口气说道："是呀，我们还帮你把锁打开了。本来是想引出吕雁白，没想到把你引出来了。"除了水静洛雨，其他人听得都是一惊，没想到还有这层用意在，第一反应就是向彪子看了过去。

"吕雁白？"赵庆中皱着眉说道，他一时没反应过来这人是谁。

"彪子，好样的！"陆林拍了拍他没受伤的肩膀说道，"大家不用猜了，彪子是真的，要不是他，刚才昊子就危险了。照这么看来，彪子是真的，咱们也都是真的．那么就只有一种解释——乘坐第十一艘小艇跟着我们一起进来的那人，并不是吕雁白，他没有混在咱们的队伍里，应该是另有其人。"

陆林说着，抬头高声喊道："我说，一直跟着我们的这位仁兄，别藏啦，出来吧！机关已经打开了，你再不出来东西就要被赵庆中拿走了！”对面的赵庆中阴沉着脸不动声色，一时拿不准陆林是不是在虚张声势。

良久，一个声音从洞口方向传来。“好吧，我出来。”随着话语，一个人缓缓走进了洞口。

“怎么可能是你？”当看清了那人的脸，所有人都呆住了。

“是呀，这么快就又见面了。陆林呀，看不出你这么聪明，更令我想不到的是，雪儿这个小丫头竟然这么厉害。你们真是太令我吃惊了，难怪在如此强敌环伺的情况下还能一路辛苦找到这里。”那人一边往前走，一边说着。

“真是难为您了，一路跟着我们，没想到最后竟然还跟到了海里。您也早过了知天命的年纪，这么大岁数就别操劳了，回家享享清福不好吗？”陆林一脸冷笑地看着来人。任他怎么想，都没有想到驾驶第十一艘小艇，跟随他们一起进入海洞的人，竟然会是一位年近古稀的老人！

众人还没从震惊中回过味来，大家无论如何也没想到，来者赫然是岳洪教授！这个当初在旅途中萍水相逢、一身学术气息的老人，在圣彼得堡与众人分别之后，竟然又出现在北极圈内冰海海底的洞穴里。眼前的情形说不出的诡异，众人甚至都觉得有些恍惚，多半以为自己看错了。难道从一开始，众人与他偶遇时就已经掉进了一个精心策划的陷阱里？

“享清福？呵呵，是呀，我早就过了知天命的年纪，所以我知道自己的天命，这就是我的天命。”岳洪背着手停在赵庆中的一侧，与其他两方互为犄角站立。赵庆中一直没有说话，阴沉着脸盯着眼前的老人，他并不知道岳洪是谁，却感觉这个老头一定不好对付。

“教授的头衔是假的吧？你跟吕雁白是一伙的吧？那晚在叶卡捷琳娜宫，只有你和他是外人。当时在那个镜子的房间里，是你从外面引开我们的吧？当时吕雁白被发现了，本来无处可逃，结果瞬间他就逃到了屋外。当时我就在纳闷，这厮怎么跑得这么快。现在我想明白了，是你在帮他，当时他根本就还在房间里。”陆林说道。

岳洪点头道：“没错，是我引开的你们。雁白也是个苦命的孩子，其实他从小是在俄罗斯长大的，后来才去了国内。不过教授是真的，职业只是一个标牌，人这么复杂的动物，又岂是一个标牌就可以代表的，你们说是吧？”

“你们到底是什么人？怎么看也不像是世家中人，那个吕雁白，简直就是个妖人！”萧卓冷着脸问道。一个吕雁白已经够可怕了，眼前这个老人看来比他的地位还要高。

“能来找这些东西的，多半都是有年头的世家了。你们萧家也好，赵四爷的赵家也好，都是赫赫有名的氏族。我们就没有你们这么好的名声了，你说的没错，世人总喜欢把我们称为妖人。”岳洪也不生气，只是语气带着落寞。

一旁的赵庆中听到此言若有所悟，脸色愈发阴沉了。乍听到他承认自己是妖人，周伟猛地一个激灵，手指着他问道：“肖青！肖青是不是也是你们的人？”当初在武当遇到的肖青，是他这小半辈子里第一次遇到疯狂得人格几乎扭曲的人，于是一听妖人两个字，他立刻想到了肖青。

岳洪一愣，有些难过又有些沧桑地点头道：“小肖？没错，小肖也是我们的人。妖人，呵呵，世人对我们的误解太深了，他们根本不了解我们为天下牺牲了多少。你们怕是不知道吧？眼下这地上的累累白骨，也是我们的人。”

“什么？”此言一出，众人皆惊！

## 第三十四章　神秘宗教

显然，岳洪指的是跟元军在这里厮杀的另一伙人，那伙穿得跟叫花子一样的人。他们竟然和岳洪隶属于同一个古老的组织。

“不对吧岳教授，你们的人要是几百年前就来过，你又何必来跟着我们？”陆林问道。

“来的人一个也没能回去，想来是全部战死在这里，于是祭坛的线索遗失了。前辈们的壮举被写进秘典，但这个地方却只能靠我们自己来找。说起来，我们这一路真帮了你们不少。”岳洪说道。

萧卓猛想起前事，追问道：“唐代古尸是不是你们偷走的？沙皇的藏书库也是你们引我们去的？”

“是！”岳洪直言不讳地承认道，“那个是我们百年前发现的，也是我们最接近真相的一条线索了。教中对你们一行人寄予厚望，生怕你们会找不到地方，这才把那个地址也告诉了你们，尽一切能力帮助你们。说起来真要谢谢你们，终于找到这里了，先辈为天下计，我辈自当收敛他们的遗骨。”

“教中？”洛雨抓住了岳洪话中很特殊的一个词，很少有组织这么称呼自己。

这时一直在边上旁听、久久不语的赵庆中说话了。

“别往自己脸上贴金了，一群唯恐天下不乱，做梦都想着造反的疯子，还好意思说自己是为天下计？老东西，你是听到我们的子弹打光了，这才敢冒出头来吧？”

“造反，抗元，教中，妖人……”洛雨喃喃自语，一旁的陆林和萧卓也若有所悟。

“白莲妖人？”

“摩尼教？”

“明教？”

三个人猛然醒悟，先后惊呼道。不同的是，洛雨和萧卓想到的是历史，而陆林想到的则是武侠小说。

对面的岳洪默默点了点头，他竟然承认了！众人全变了脸色，这个只有在历史书和武侠小说里才会出现的教派，在数百年后竟然出现在现实里，活生生地站在众人眼前，给大家的冲击简直比当初听闻世家的来历更让人觉得不可思议。这个中国历史上最复杂最神秘，却影响过朝代更替的宗教，难道到今天都没有消亡吗？它给人的第一印象只有两个字：反叛！

“世道不净，白莲化生。盛世则隐，乱世则现。你们莫要大惊小怪，在中国，你们不知道的教派多了，只是大多默默无闻，或者说，因为不合时宜，所以要保持低调。”岳洪说道。

“明教和白莲教有关系吗？那个摩尼教又是什么东西？”项昊在人群中小声问道。

“他们不是在明朝就被取缔了吗？”陆林也问道。

洛雨小声解释说：“摩尼教，相传自南北朝时期从波斯传入中土地，拜火，崇尚光明，故又被称为明教。教义宗旨以‘二宗三际论’为基础。‘二宗’便是指光明与黑暗，将一切现象归纳为善与恶，善为光明，恶为黑暗，世间一直存在着光明与黑暗的斗争。坚信光明必会战胜黑暗，人若皈依，终必走向光明、极乐之世界。而世间明暗相交争斗不息，致使世界善恶混淆，故教徒应当努力向善，以明王为尊，创造光明世界。‘三际’便是过去，现在，将来，传说神明降世之时，必会带领众生战胜黑暗，同返光明极乐世界。”她说着抬头看了一眼岳洪，岳洪负手而立，做了一个请继续的手势，什么也没说，似是有意让众人了解他们宗教的历史。

她继续说道：“摩尼教慢慢在中国本土化，混合了弥勒教、道教、白莲宗等思想，在元末形成了白莲教。又结合佛教三世佛、释迦佛涅槃后弥勒佛降世、带众生共达彼岸的传说，常以弥勒之名蛊惑人心。从历史上说，摩尼教、明教、白莲教俱为一体，却又分支众多派系丛生。每到太平盛世便会消失得无影无踪，当世人都以为他们消亡了的时候，一到乱世却又如雨后春笋般冒出来。当然这些都是摆在明面上的历史内容，他们内部的事我也不清楚，我甚至都没想到他们今天竟然还会存在！

"不过有一点可以肯定，因其教义中本就有创造光明世界的愿望，所以每逢现实政治令百姓失望时，弥勒、明王出世之谣传便会涌现。总有些野心勃勃的人假托明王转生、弥勒降世之名，在乱世发动起义蛊惑人心。唐末黄巢、北宋方腊、南宋钟相和杨幺、元末韩山童、刘福通、朱元璋、明代赵全、徐鸿儒俱是此教中人！千多年来它从未真正灭亡过，像个幽灵般时隐时现，每逢乱世便会虎视眈眈祸乱天下，一有机会，便会揭竿而起。可以说，它就是个造反专业户！"

听到洛雨最后的评价，岳洪不怒反笑，说道："看不出小洛对我教的历史这么了解。不错，自我教传入中土，这争斗就从来没停过。教中派系林立，枯荣交替，千多年来，名称形式都在变，只有教义常存。大到左右天下格局，小到一城一地的举事，凡此种种，多如牛毛。很多事情只是某个派系所为，却非我教本意。但有一点你说错了。"

岳洪停了停又说道："你说我教千年来从未灭亡过，每逢乱世便会祸乱天下，实则非也。你说每逢盛世，我教便销声匿迹，直到乱世才会出现。可你想过没有，这是为什么？我教不是没有消亡过，却每每总能死而复生，你明不明白这是为什么？若天下有万世太平，又何来白莲之祸？若非人心思变，又哪需明王降世？如果天下太平，百姓富足，我教就是不想销声匿迹也不行，日子过得好好的，谁会想着造反？

"非是我教祸乱天下，而是天下已乱，世人感觉世道黑暗时，才会自然而然地会向往光明。那时即便白莲教早已经灰飞烟灭，也会再次死灰复燃。你说这问题的根源是出在我教，还是出在朝廷？历代王朝常以我教为反贼论，却屡剿不绝，为何？灭亡一个宗教很容易，可谁又灭得了这世间的光明之心？教义所在，光明不灭，则白莲不死。所以，我教非是想祸乱天下，而是想把这天下从祸乱中拉出来，回复光明盛世而已！"岳洪说道。

"别听他妖言惑众！"洛雨沉声道，"他在偷换概念，世间的光明之心，又岂是他一个小小的白莲教可以代表的？他们又何曾真正代表过世间的光明？说白了，不过是一群野心勃勃的贪婪之徒。好一张颠倒黑白的利嘴，要不怎么说他们是妖人呢。"

陆林问岳洪："岳教授，你说你教授的头衔是真的，那你在你们教里又是什么人？护教法王？左右光明使？”

岳洪哈哈大笑道：“小伙子，你小说看多了，岳某只是教中的一个小人物。”

“开玩笑吧，既然你们找这里也找了几百年，这么大的事派你来，你又怎么可能是小人物呢。白毛法王？”陆林嬉皮笑脸地说道，实则心中已经加强戒备。这么一个老人，他敢只身下海单刀赴会，眼下又一副与众人轻松聊天的样子，一定有什么依仗。

听了他的话，岳洪脸一沉，有些不悦道：“你这年轻人不错，就是太口无遮拦。好了，该干正事了。”

“你想办正事，是不是应该先问过我？”一直没说话的赵庆中说道。白莲教行事太过隐秘，平时不着踪迹，乱世才会现身，等天下复平之后，又会被统治者连根拔起，所以连身处中原腹地的赵家都对它知之甚少。对于一个挑动天下上千年，却从来没有成功过的组织，赵庆中很是看不起。眼下岳洪对他的无视，让他愤怒了。

“你？你分量不够。你二叔要是在，倒还能跟岳某说上几句。”岳洪对待赵庆中的态度，明显没有像对待陆林等人那么和善。

“老东西，别以为没枪了我就收拾不了你！”再次被无视的赵庆中怒了，冷笑着就要动手。

陆林一阵窃笑，这下又要鬼打鬼了，没想到两人刚一交上手，赵庆中一路狂攻，岳洪的守势却如行云流水。那打太极似的慢动作中突然发出雷霆一击，正轰到赵庆中胸口。赵庆中马步坚实，被这一掌推得在地面上平划出三米，人没有摔倒，嘴角却挂了血。赵庆中含怒又扑，岳洪再没给他机会，一个倒踢，整个人凌空向后翻了一个跟头，脚跟从下方正中赵庆中的下巴，把他高大的身躯踢得飞起半米多高，狠狠摔在地上。岳老头倒翻之后干净利索地站在地上，那动作怎么看着都不像老人家能完成的。

“还来吗赵四爷？看在你是世家子弟的分上，我已经留了情面，不要不知好歹！”岳洪背着手看着赵庆中道。

“哼！”赵庆中抹了抹嘴角的血站起来，却没有再往前来，只是对着岳洪怒目而视。

看热闹的众人这下傻了，刚才赵庆中只手擒住大蝙蝠他们是看在眼里的，一行人自问谁都没有这样的功力，眼下他三下五除二就被岳洪收拾了。都说拳怕少壮，可眼前这岳老头实在厉害得过分，难怪他敢一个人潜入冰海，果然是有过人之能！

眼看岳洪对付完赵庆中，就要回头对付他们。陆林一时也没有好办法，便拖延时间，指着满地的尸骨问道："看不出您老这么厉害！岳教授，怕是武术学院的教授您都当得了，能不能跟我们说说，这些又是怎么回事？"

岳洪原本已经要上前，被他问得一愣，又看了一眼满地的尸骨，叹息说道："也罢，跟你们讲一讲。"

"你们只知道白莲教起兵抗元，却不知教中的一支派系，本就和元有大仇。当初，蒙古铁骑侵南宋入四川，屠尽千万户，大元成立后，更是待汉人如猪狗。凡汉家子弟，谁不是和蒙元有大仇。我要说的一支，却不是汉人。当年我教入中土之时，便已经传教于中国西北和中亚等地方，还曾经是回鹘的国教。到党项人创建西夏时，摩尼教虽然衰落，信徒却依然众多，其中不乏达官显贵。"

"你是想说蒙古人灭西夏？"洛雨问道。

岳洪点头道："不错！铁木真生性残暴，每攻一城，必屠男淫女。铁木真之死，传说版本众多。有野史说是被一位抢掠来的西夏王妃毒死的，更有传说当时年老力衰的铁木真攻入西夏后抢了王妃在帐中奸淫，不料却被王妃一刀割了那话儿，这才重伤不治。这蒙古军帐内的事，外人不知道真相。但事后元人确实进行了疯狂的报复，他们屠尽西夏，把党项人灭了种！曾经耀眼一时的西夏文明，至此灰飞烟灭。极少数的党项人逃了出来，却在元朝的统治下再不敢以党项人自居，渐渐被其他民族所同化。其中一些逃过此劫的党项教徒来到中土，加入了我教。他们是最恨元人的一支，自有元以来，便无所不用其极地想要颠覆大元的江山。

"忽必烈时，党项人这一支派入宫中做太监的卧底，打听到了一个消息。忽必烈竟然用了 20 多年的时间，不动声色地在整个蒙古帝国的范围内修建一种名为长生天祭坛的建筑。为此，他还送给其他四大汗国不少好处，甚至包括和亲。这件事做得非常隐秘，没人知道这些祭坛是做什么的，教内也没有人在意。直到 1341 年……

"此时，元朝最后一个皇帝元顺帝在位，这一支党项教徒在宫中的势力已经根深蒂固，他们并没有忘记亡族灭种之恨。此前一段时间，值守太监曾几次听到元顺帝在梦呓中叫喊‘十六天魔’，虽不知是何意，但为了投其所好，他们便将在忽必烈时就已被禁绝的西夏佛舞《天魔舞》改良后献于阙下，这便是日后元顺帝痴迷至极、被称为‘亡国之音’的十六天魔舞！”

“什么是十六天魔舞？”萧卓小声问道。

洛雨答道：“佛教的‘天魔舞’，讲的是天魔化身美艳女子诱惑佛祖的传说，歌颂的是女子妖艳妩媚至极，佛祖却不为所动的大坚持大定力。但元代的十六天魔舞，却是一支颠倒众生、迷惑君王的艳舞，坚持和定力不在了，只剩下妖艳妩媚和无尽的诱惑。元顺帝被迷得五迷三道，常常不理朝政，私会天魔舞女。当时人有诗曰：‘自古国亡缘女祸，天魔直舞到天涯。’”

“不错。”岳洪点头道，“教中典籍记载，天魔舞女都是精挑细选的，美艳无比，聪明过人。用女人做间谍，打听起消息来可比太监容易多了。她们终于从元顺帝口中知道了一个只属于君王的秘密，一个元人从忽必烈时期就开始运作的‘吞天大计’！”

“吞天大计？”众人听到这里心中一紧，听名字就不像是好东西。陆林突然想起了西伯利亚研究所里，那些苏联人做的控制思想的实验，心说这些大国怎么都这么贪得无厌呢。

此时连赵庆中都在用心听，虽然他一路跟着陆林一行人，但对整件事的实际情况知之甚少。

“先前水静小丫头已经说过了，这些长生天祭坛的来历，要从长春真人西行说起。”岳洪缓缓说道，“当年丘处机西行传法，铁木真年老力衰，向其询问长生之道。书中记载丘道长说：‘世间有卫生之道，无长生之药。’但我们的人从元顺帝口中却听到了不一样的说法，丘处机当时对铁木真说的原话是‘世间只有卫生之道，天上却有长生之药’！”

“天上？”众人听得有点发晕，先不说这整句话的意思完全变了，单说“天上”和“长生”这两个词，就已经像是在听讲神话故事了。

岳洪点头道：“不错。铁木真再追问，原来丘处机的言下之意，非是指天上，而是在说一个地方。后来几世蒙元皇帝，都将它称为‘腾格里沉睡的地方’，翻译成汉话之后，我们叫它‘葬天之地’。当年谈话的内容，元顺帝也知之不详。他对天魔舞女说的时候，加入了很多自己的臆测，描述得更是荒诞不经，形容得简直就是天上的玉京，也就是天宫一般。什么长生不死之道、天下至利之器、太平盛世之术、万物有荣无枯有生无死、四时不谢之花连天、八节长春之果遍地……有谁能找到那里，得到其中的宝物，就能于极乐之中永掌世间之权。说白了就一个意思，谁能找到那地方，谁就能吞并整个世界，而且永远不死，于大快乐中永永远远做这世间所有人的皇帝！”

“听着好像神话故事。”

“这种话成吉思汗也信？”

“这也太贪得无厌了！”

“葬天之地，再觅洪荒？这不是刻在灾星上的话吗？”

众人七嘴八舌地说道。

“当时我教得到这个消息，教内对这痴人说梦的话简直不屑一顾，都说有这么一个皇帝，元朝能不亡吗？直到他们翻出了五十年前关于长生天祭坛的记载，当时的教中人才发现，就这么一个荒诞不经的传说，铁木真和忽必烈竟然全都信了！”

“怎么会！”洛雨皱眉问道。当时的蒙古虽然非常蒙昧，但那两位可是蒙元时最杰出的皇帝，怎么可能轻信一个道人的几句话。

“丘处机当年是怎么让铁木真相信的，没人知道。铁木真又问那地方在哪里，当时丘处机留下了几句偈语，便是小水静刚才说的四句，我也是第一次听说。当年，教中的天魔舞女想尽办法，都没有从元顺帝的口中问出这几句话到底是什么。呵呵，想不到它不但是寻找‘葬天之地’的口诀，竟然还是开启机关的密码。”岳洪说道。

洛雨思绪飞转，问道：“不对！你说口诀是铁木真时期留下的，而在忽必烈时期，祭坛就已经搭建好了，为什么这所谓的仪式却到 1343 年元顺帝的时候才举行？咱们在叶卡捷琳堡都看过那本县志，沉寂百年无用处的祭坛，为什么到那个时候才出现了异象？”

“那是因为忽必烈早早搭建好了祭坛，却还缺三样东西和一个时机。”岳洪说道，“‘日不落山，四柱擎天。紫微之下，黄泉之巅。’除了偈语外，丘处机还告诉铁木真，欲求通天之路，必须宝鉴接引。想找这通天宝鉴，便已经难如登天。可他不知道的是，铁木真知道‘通天宝鉴’的下落，而且就在他身边。此为耶律楚材家的一件秘宝，每每有神异之效，却不常示人。得知葬天之地竟与那神异的通天宝鉴有关，铁木真对传说更加深信不疑。”

“通天宝鉴？耶律家的秘宝？”众人心中满是震惊，这不就是他们此行要找的东西吗？

“正是如此，但光有通天宝鉴还不够。传说尹喜追随道祖老子时，得传《道德经》一部，除此之外，还留有一部手札，记载了一些从老子那里得知的关于葬天之地的传闻。老子紫气东来，西出函谷关后便不知去向，传说他便是去了葬天之地。这葬天之地神秘异常，千年来虽寻藏者众多，却无人能摸得门径，需以通天宝鉴指路，再以尹喜手札为图，方可入内。”岳洪继续说道。

“尹喜手札？”别人对这个名字都很陌生，洛雨却知道。在光明洞时，石井真死后，陆林便把从他尸身上找到的资料全给了洛雨，其中提到尹喜手札曾经现于武当，后被东厂寻到，又于皇宫之中不知所踪。

“通天宝鉴，尹喜手札，这才两样东西，还有一样呢？”水静一直在旁边静静听着，此时问道。

“再有一样，却不是丘处机说的。铁木真死于西夏，十数年间蒙古换了几位大汗，这情况一直持续到忽必烈继位。他是个有大野心的人，对祖父向往的‘葬天之地’同样念念不忘。随着他引进汉学，蒙元国力日强，身边又有了刘秉忠、郭守敬这样的奇人。他认为，寻找葬天之地的时机已经成熟，便开始着手修建长生天祭坛。两位奇人费尽心力推算，终使祭坛遍布天下，可在修阵眼时却遇到了问题。阵眼应该就是在这里，死人无数之后，这阵眼总算修好了，但阵眼下的地穴里，却夜夜传出哭号之声，入者必死，根本无法让大阵发动起来。忽必烈信佛，一登基便拜佛门密宗第五代祖师八思巴为国师。八思巴进言，要镇压地狱，需要找到十六天魔本源金身，天魔所在之处，必有神兽镇压，这便是第三样东西。”岳洪说道。

“就是外面那十六个标本？那时机又是指什么？”罗瑞问道。

“根据刘秉忠的推算，按照长生天祭坛的布局，只有当天地气运有大异变之时，这通天宝鉴才会指出通天之路。古人的天地气运之说，或可理解为地理气象的变化，比如大地震、火山爆发，比如反季节气候。大异变之说，呵呵，比如在这摩尔曼斯克，穿越了小半个地球循环不息的北大西洋暖流，突然有一天不转了。”岳洪笑笑说道。

“尹喜手札、十六金身迟迟找不到，天地气运的变异也没出现过，忽必烈至死也没能开启这祭坛，这一等，就是五十年。蒙元由盛转衰，至此眼看就要走到尽头……”

“直到1343年祭坛才启动了？就是那长虹贯日的光芒？”萧卓追问道。

岳洪没有回答她的问题，继续说道：“时至元顺帝，官府腐败透顶，蒙古贵族内斗不断，加之民不聊生，地方势力蠢蠢欲动，大元帝国颓势已显，眼看倾覆在即。元顺帝虽然荒淫无道，可朝廷不稳，他怎么能不急？长生天祭坛给了他一个希望，如果能打开通天之路，一切问题都会迎刃而解，甚至能使元人的统治更加稳固。随着天下越来越动荡，他寻找尹喜手札、十六天魔的心情也就越来越迫切。这也就是为什么他会在梦呓中呼喊十六天魔的真正原因。”

“之后呢？他找到了？”洛雨问道。

“说来很巧，1341年，真的让他找到了十六天魔金身，只剩下那个时机和尹喜手札了。”岳洪说道。

“别说尹喜手札，便是这天时的条件就已经够苛刻了，这可不是人力所能及的。”陆林说道。

“没错，是苛刻，可不代表时机不会出现。也许老天想跟他赌一把，1342年，也就是找到十六天魔金身的第二年，这个等了半个世纪的时机终于来了！”

“嘶……”大家倒吸了口冷气，他们还记得刚才岳洪所说天地气运变异代表着什么，肯定是地动山摇的大变异！

“1342年，顺帝至正二年，如果留意历史，就会发现这一年非常不太平，几乎天灾不断。开春，大同饥荒，人相食。四月，冀晋地震，声如雷，裂地尺余，民居皆倾。五月，太白经天，这便是今天所说的金星凌日。说来奇怪，太白经天之岁，多是大凶之年，不但地震多发，而且朝政多变。荆轲刺秦、玄武门之变、西太后垂帘听政，都出现过凌日之象。之后，山东雨雹，冰块大如马首。六月，济南山崩水涌于陆，汾水大溢。七月，罗浮山崩，河南淮阳黄河为患，饥民遍野。八月十月出现两次日食，九月京城强贼四起。十二月，京师地震，濠州现大旱之兆。”

“这一年还真是够背的！”周欣小声跟萧卓念叨。

“如果这些还不算天地气运发生大异变，那么，当年还发生了一件千年不遇的大事：是年八月，长江断流！”岳洪继续说道。

“长江断流？”众人顿时觉得这事太过匪夷所思，浩浩荡荡的长江也会断流吗？这还真是大事件。

“据载，当时在泰兴附近，江水便如退潮般陡然消失，前潮已过，后潮不至，顷刻间烟波浩渺的长江就见底，露出了河床。沿江居民纷纷下江拾取江中的鱼虾和遗物，不料次日江潮骤然而至，许多人因躲避不及被翻涌而至的江水冲走。你们须知，自有史记载以来直到元代，千万年来，这长江从来没有断流过！可以想象，得知此事后元顺帝会是什么反应。这天地气运的变异终于来临了！”

“元顺帝没有再找尹喜手札？”洛雨问道。

岳洪摇头道：“先不说时机好不容易才到，单是这一年发生了这么多事情，你说他还有时间吗？这一年的天灾，给他提供了找到葬天之地的机会，却也把大元王朝推到了崩溃的边缘。没有尹喜手札，却有倾国之力，他不信自己找不到，而且大乱在即，也只能拼死一搏。说起来，这天地间的气运真是奇怪，你说它存在吧，它却虚无缥缈，你说它不存在吧，这世事却又巧得离奇。天意弄人，天意最巧，这一年的天灾，给了元顺帝寻找通天之路、让大元得以吞并天下的机会，而年底最后的濠州大旱，却逼出了几乎全家饿死的朱元璋！一条复兴之路，一个大元的掘墓人，竟然同时出现了。”

“朱元璋……”洛雨听得喃喃自语，这其中的变故，实在让人难以琢磨，仿佛天上有一只大手在轻轻拨动着命运，须臾之间，成与败的天平摇摆不定，仿佛只要轻轻加上一根稻草，就能让整个局势逆转过来。她也大概明白了，这最后一根稻草，便是眼前的白莲教。

“之后呢？”周欣问道。

“天机已现，元顺帝便开始着手准备开启长生天祭坛的事宜，将十六天魔金身送到这里。由于路途太远，而且需要计算大阵开启的时辰。这一准备，前前后后就花了将近半年的时间。直到 1343 年，大阵才准备正式启动。元顺帝信心满满，信誓旦旦地对天魔舞女们说，他不但要借此机会一改大元的颓势，还要吞并天下巩固统治。

“后期的蒙元，对待汉人愈发残暴，若真让他们把这岌岌可危的一局扳回来，那我汉人怕是永无出头之日了。诸位知道我教和元人的关系，看着元人第一年找到天魔金身，第二年天机便现，第三年长生天祭坛眼看就要启动，若是真让他们打开这通天之路，那后果不堪设想！教中人心急如焚，这难道是天佑大元不成？”

“别说得那么高尚，你们这些人和元人有仇，又有争天下的野心，自然不会坐视不理。”赵庆中冷笑。

“竖子！”一直表情和善的岳洪突然怒喝道，“这是关乎天下气运、炎黄兴衰的大事，怎么从你嘴里说出来竟如此不堪？为了阻止元人的计划，我教精英尽出，五百余名顶尖高手，没有一个人活着回来！” 说着他从地上捡起先前众人看到的那块已经凝固了霉渍的饼子。

“就是吃着这样的东西，他们从1342年分散潜入蒙古境内，会合后一路向西，为了寻找这座长生天祭坛，几乎踏遍了整个雪域。你们进过西伯利亚，应该知道那里是个什么环境。看看这里尸骨的数量，怕是有过半人都倒毙于路途中。此行来的都是我教精英，尽数与元人拼得同归于尽，最后全都默默无闻，暴尸于洞内。刚才你们说我教野心勃勃，但这些人却终究是为了抗元而死，难道这还当不起一句为天下牺牲吗？”

众人再看地上的累累白骨，心中不禁升起另一番感触。他们走过西伯利亚的森林，自然明白其中的艰苦，更何况千年前的条件不知比现在要恶劣多少。曾经的顶尖高手，便是这样爬冰卧雪，吃着变质的食物，裹着兽皮，有的连鞋都没有，西行万里来到了这里。他们一来就与守塔的元兵展开厮杀，最终无一人还乡。如果岳洪说的一切都是真的，那么他们还真是为汉家做了一件好事，众人不由得肃然起敬。

洛雨猛地想起一事，追问道：“不对呀！如果他们真的与元兵同归于尽，阻止了大阵的启动，那后来祭坛上为什么还会有长虹贯日的奇景出现？”

“当初这套大阵是刘秉忠和郭守敬联手设计的，以天星方位、地理位置和时间为刻度，祭坛顶上的机械随着时间变化而改变角度。怎么说呢？如果把它们看成一面面反光的镜子就容易理解了，光从咱们头顶的祭坛射出，一阵接一阵的传导和反射出去，整个过程里，这天下所有的长生天祭坛配合的时间一概不能错，只要有一面镜子的方向不对，这路就指偏了。”岳洪缓缓说道。

“虽然我们的人没有回来，但当时大阵启动之后，元顺帝大发雷霆，甚至气得吐血。通天之路也没有被找到，我们便知道了结果。看这里的情形，大概是我们的人倾尽全力，终于拖过计算好的时间，待存活下来的元人启动机关时，时辰已误，一切都晚了。而且看记载，很多祭坛都被烧熔，再无法使用。我们终于使得元人一步错，满盘空，百年筹划，毁于一旦！”

众人突然想起在钻石塔机关旁看到的那具尸体，心说他应该就是最后启动机关的元人。水静吁了口气道：“好在最后元人没有成功。你们虽然牺牲了五百多人，但也毁了他们的天下，总算大仇得报。”

“大仇得报？哈哈哈……”岳洪说着惨笑起来，“小水静，你道我教最大的仇人是谁？真的是元人吗？”

此言一出，众人一愣，但旋即都了然。回想前因后果，一个名字呼之欲出，大家想明白过来，白莲教最大的仇人，果然不是蒙元。

“是呀，你们做梦都想造反当皇帝，元末这次红巾起义本是你们离皇帝宝座最近的一次，辛辛苦苦造出声势，组织力量，最终却被出身教中的外人得到了。所有努力付诸东流，到头来却是为他人作嫁衣裳，成全了一个朱元璋！那可是皇位呀，到头来让别人摘了桃子，还反咬你们一口，能不恨吗？”一旁的赵庆中语带讽刺地说道。

“哼！”岳洪没有反驳，似乎算是默认了，“天意最巧，天意弄人。元人的通天之路被我们断了，自此再无翻身的机会，满以为这天下该是我们的了，可谁想到，这天下气运真的开始流转，却还是没有选择我们。1343 年，大阵启动之后，濠州大旱后又有瘟疫流行，朱重八父母兄弟子侄数日之间死于非命，这才被迫出家为僧为乞，与老和尚习文练武，枭雄至此出世。”

“听你这话说得客客气气，好像不是很恨他嘛。”赵庆中又阴笑道。

“赵四爷，不要挑战我的耐心。”岳洪瞪了他一眼道，“我们与他有大恨，不过人老啦，就越来越信命，该他朱家得了天下，天意所愿，人力难强求。

再者说，一饮一啄，皆由天定。但你可知道，杀进北京城灭了朱氏血脉的闯王李自成，便是党项人？”

## 第三十五章　妖人和妖怪

“嘶……”众人又倒吸一口冷气。岳洪没有往下说，但想起刚才他说过的党项人被元人灭族加入明教之事，顿时就明白了他的意思。如果他说的是真的，那还真是天意弄人。

岳洪说道：“说起这天意，真是可怕得令人难以琢磨。元人的这次祭祀虽然失败了，却好像真的触动了冥冥中的一些东西。通天之路没能打开，可天下却出了问题。1343 年祭坛发动之后，一切才刚刚开始。到了第二年，整个世界突然都动荡起来。”

听他说到这里，众人心中都升起了一种不好的预感，莫名想起了明末灾星引发的旱灾。

“1344 年，淮北大旱后继以瘟疫。黄河决堤于曹州，又决汴梁，又决白茅堤，又北决金堤，一年数次决口，水势北侵安山，冲越会通河，继续东北流，此后连年泛滥成灾。温州海溢、地震，莒州蒙阴地震，汉阳及东平地震。曹、濮、济、兖全都受灾，一场波及全国范围、持续数年的大饥荒大瘟疫悄悄开始。此后，饿殍遍野，人相食，土地大片大片地荒芜，无人耕种，因为很多地方人都死绝了。

“而在西方，同样是 1344 年，欧洲多地发生地震，意大利发生了海啸，淹没了一整座城！中东中亚的自然灾害严重破坏了当地的生态平衡，中亚的老鼠带着黑死病向西北迁移，悄悄登陆中亚西部，继而在第二年开始肆虐欧洲，杀死了欧洲将近一半的人。从祭坛发动的第二年开始，突然之间，整个东西方就全乱了套！”

“应该只是巧合吧。”周欣听得脊背发凉，喃喃说道。他们要找就是这通天宝鉴，此时听说它竟然会带来那么大的副作用，一时有点怕了。

“会不会也是小冰河时期？然后全球都受到了波及？”罗瑞小声问洛雨，可洛雨只是摇头。一连串令人震惊的事实已经让她说不出话。她猛地想起武当之事，便又问道：“肖青是怎么回事？你们的人去武当又是做什么？”

"朱重八依托白莲教起事，羽翼渐丰之后另立山头，等到创立大明之后，更是对我教进行大规模镇压。你们去过武当，应该知道终大明一世，锦衣卫和东厂都在寻找一些东西。可你们知不知道，朱重八一个泥腿子出身皇帝，怎么能知道这些秘闻？他知道的本就不多，轮到朱棣这个篡位皇帝时，知道的就更少了。其实，他们朱家对葬天之地的那点了解，都是来自我教。"

"什么？"众人震惊道。当初在武当，他们后来得知日本人便是追着明朝的线索而来，没想到明朝的线索竟然来自白莲教。

"那你们的线索又来自哪里？"洛雨追问道。

"说起来就是这么巧，一条线索，断断续续传了千年。武当的线索来自明皇室，而明皇室一直寻觅的却是我们掌握的线索。当然，皇家有皇家的优势，可能到后来，他们也找到了什么连我们都不知道的东西。我们的线索来自元人，不过我们知道的也不多，其中很多成吉思汗和忽必烈时的秘闻就连元顺帝也不知道。而元人的线索来自丘处机、刘秉忠、耶律家和八思巴。至于他们又是怎么知道的，我便不得而知了。不过，想来不只有一条线索流传于世，似乎连你们世家中也有人知道一些我们所不知的线索。"岳洪说着望向赵庆中。

赵庆中咬牙说道："我要是知道，就不用跟着他们了。"

趁这工夫，陆林小声对洛雨道："你说肖青是不是搞错了？他们以为日本人在武当要找的是尹喜手札，却不知手札早已经被朱家寻获。而朱棣因为是篡位得来的皇位，他的子孙知道的就更少了。这才误把灾星当成通天宝鉴，也就是那个锦衣卫提到的'洪荒之匙'。"

"很有可能，不过朱家应该还掌握着一些其他线索，他们为什么把'通天宝鉴'叫作'洪荒之匙'呢？"洛雨若有所思。

"好了，耽误了这么久，现在咱们该说正事了吧？"岳洪话锋一转，对众人说道，"你们不要心存侥幸了，我只拿东西，不会害你们的，老老实实让开。"

"慢着！"洛雨喝道，"最后一个问题，你们要这通天宝鉴，到底是想做什么？"

"你们说呢？自然是打开通天之路。"岳洪笑道。

"果然，你们还是野心不死！劝你们一句，如今是太平盛世，你们根本没有机会，不要心存幻想了。再说，就算拿到东西，你们会用吗？”赵庆中冷笑道，对这一群专门造反的疯子，他从来都没有什么好印象。

“没有机会，我们可以创造机会。不会用又怎么样，现在不是700年前了，只要东西拿到手，总会有办法的。”岳洪脸一沉又对众人说，“好啦，不要再磨蹭了，让开吧！”

“做梦！你们这些妄想祸乱天下的妖人，这什么宝鉴，我们就算毁了也不会给你们！”项昊向前跨了一步，挡在众人最前面。

“等等！”水静从后面一把拉住项昊，一边使劲对着众人使眼色，一边说道，“咱们加起来也打不过他，别硬拼。”大家奇怪地看着她，此时小道姑的挤眉弄眼已经夸张得像做鬼脸了。

陆林拉了一把项昊，用眼神示意他先听水静的。项昊虽然不明所以，但也依言不再叫嚣。好在洞内光线不好，水静的异样表情并没有被岳洪发现，他看大家不再言语又有了退意，不由得一阵得意。

“让开！”岳洪向着无顶的钻石塔走过去，众人依言退到了一边。他缓缓来到钻石塔门前，对众人点点头，似乎在表达谢意，这才去拉那两扇已经被解了锁的大门。大门内似有机关相连，开启得很缓慢，一阵“哗楞楞”的机械运作声在塔内响起，直到大门完全被拉开才停下来。

“嗯？”岳洪皱眉，塔内除了一根根机械支架，完全没有其他东西。光线通过一圈钻石墙壁折射进来暗淡了很多，却恍若梦幻。但岳洪并不关心这个，在他心里，只有通天宝鉴这一样东西。他又低头看塔底那个黑黝黝的洞穴，自言自语道：“难道是在这里面吗？”塔底的直径超过七米，这洞口就占了一大半，几乎有五米多宽，让人感觉比刚才透过钻石塔向内看时大了好多。岳洪上前几步来到洞口边上，一股闷热的气息从洞内传来。里面漆黑一片，看不出有多深，灯光照下去随即就被吞没在黑暗里。

他又从裤子口袋里掏出了一根荧光管，对折之后，管内化学物质中和开始发光。他甩手把荧光管扔进洞口，想要看看这洞到底有多深。那一尺长、两指粗的荧光管在黑暗中非常显眼，它发着光不停下落，越来越小，瞬间就变成绣花针大小的一抹绿光。就在这时，那抹绿光猛地一停，不再变小，之后竟然开始飘飘忽忽地一点点变大。那支一直下落的荧光管开始上浮，像只萤火虫似的慢慢悠悠向洞口飞来。

等到岳洪走进钻石塔，水静立刻把众人拉得远远的。“静静，为什么让我们退开？”几个人被水静拉到一边后问道。

“那个，刚才的密码……”水静似乎有点不好意思，“刚才转这圆盘的时候，我突然想到，一旦我们打开最后的机关，隐藏在我们之中的吕雁白一定会现身夺宝……”

“于是你就输入假的密码，想把吕雁白引出来？谁去开那门就会触动机关？咱们想到一块去了，我这才堵着门不让开。”陆林抢着问道。

水静点头道：“差不多，我没有输入假的密码，是我转了一半的密码之后，那门锁好像就动了，于是我刻意留了一半没有转。这叫挖下深坑等虎豹，撒下香饵钓金鳌！我打算先把吕雁白引出来，在打开最后的机关之前，把隐患都消除掉。”

“没想到没有引出吕雁白，反倒把赵庆中和岳老爷子两条王八钓了出来。你这小丫头太鬼了，好样的！”萧卓拍着水静的头笑得花枝乱颤，从赵庆中出现她就觉得憋屈，没想到水静只是略施小计，就把两方人都耍了。

另一边，岳洪皱着眉，看着被丢进黑洞里那一抹绿光，飘忽摇曳着一点点上升，由针尖变成牙签，又由牙签变成铅笔。原本已经快落得看不见的荧光棒，此时竟然越飞越高，离洞口越来越近。最终，那荧光棒离洞口不到十几米了，岳洪细看才发现那荧光棒上有三道黑色印记没有发光，像被截成了好几段，还隐约听到了拍打翅膀的声音。

眼看着荧光棒就要冲出洞口，一声凄厉的叫声传来，他终于知道那是什么了，大叫一声“不好”，猛地向后一个跟头翻了出去。与此同时，一物猛地从洞口飞出来，正是先前那种大蝙蝠！它灵活地攀塔内的一圈机械，然后向上一蹿，就从塔顶的圆口飞出来，接着便发出阵阵狂叫，仿佛欣喜若狂。

岳洪那一个后空翻竟然直接从塔内翻出门口，动作之灵活敏锐，甚至远超年轻人。他才起身，就听到洞内又有大片叫声传来，心说坏了，难道这洞里有那东西的窝吗？岳洪反应极快，瞬间就往后急退出去。说时迟那时快，第一只大蝙蝠刚蹿出塔顶，洞内就又传来一大片肉翼拍打的声音。声音越来越近，一连串凄厉的惨叫声中，一个个黑影接二连三地从洞口飞出。

“这他娘算什么机关呀！”罗瑞咧着嘴惨呼道。一旁的众人从看到第一只蝙蝠飞出塔顶时就知道麻烦大了，他们终于明白那些沙皇的士兵是怎么死的了，大概就是那几个贪心觊觎钻石塔的军官，触发了类似的机关，打开地穴洞口，于是那些大蝙蝠飞了出来，不但杀光他们，还飞进通道把那些滞留在通道里的士兵也都撕了个粉碎！

水静也没想到触发的机关竟然会引出这些东西，这下算是弄巧成拙了。一个不好，所有人怕是都要死在这里。此时岳洪已经退出好远，他知道这大蝙蝠不好对付，一旁的赵庆中也变了脸色，提起精神准备拼命。塔门大开，恶魔般的大蝙蝠还在一只只不间断地往外飞。

“快关上门！”陆林大喊道。刚才门没开，也不见这东西出来，估计是有什么机关让那东西飞不出来。众人都有些慌，但还是依言去关那门。眼看几米外的洞口蹿出一个个黑影，众人头皮发麻。触手才发现，两扇不大的门异常沉重，似乎连着什么大型的机关。大家一同使劲，在一片机关乱响声中把门关了起来。大门刚一合闭，地穴里的惨叫声就听不见了，又有一只大蝙蝠飞出塔顶，之后塔内便没了动静。

众人才待歇口气，抬头望了眼洞顶，汗毛都炸了起来。洞顶密密麻麻爬着二三十只比人还高的大蝙蝠，它们不断用钩爪攀着岩石游走，身体比先前他们看到的那些略白略小。最恐怖的是，那形似狗头的狰狞蝠脸上，长着一双白茫茫的眼睛，如白内障一样完全没有黑眼珠。可它们似乎还是能感觉到下面有人存在，一双双白眼珠锁定着洞内的三方人马。

“蝙蝠都是高度近视，可能是在漆黑的地底待的时候久了，这才出现了白化和眼睛的退化。”罗瑞说道。

“这会谁还有心思关心这个呀？你赶紧想想办法！解决了眼前的问题，等回去姐高薪请你！”萧卓催促道。刚才只有两只大蝙蝠，众人只应付其中一只就已经焦头烂额了，彪子还受了伤。眼下一人一只都分不完，这下真是麻烦大了！

“我我我也没办法呀！”罗瑞都冒汗了。

就在此时，洞顶的那些大蝙蝠突然有了行动，有一只带头，其他的就都跟着扑下来。地面上的人分成三拨，属陆林一行人的目标最大最明显，十几只大蝙蝠全向他们围了过来。彪子受了伤再无战力，可战的不过陆林、项昊和雪儿三人，就算加上水静，也根本应付不了这样一大群空中杀手，一个不好队伍里就会出现伤亡。

雪儿知道项昊怕是应付不了这个，她俯身一步蹿到了队伍最前面，想把所有人都护在身后。陆项水静三人也站到外圈，把众人护在身后，彪子不顾肩膀上的伤势也挺身而出，连萧卓都站了出来。

等到蝠群向上一扑，这阵形马上就被打乱了。其实众人心中已经有了几分绝望，十几只比人还高大的蝙蝠比二三十只猛虎还要难对付，这根本不是他们应付得来的。可谁也不愿意束手待毙，索性拼了！片刻工夫，除了雪儿之外，其他人几乎都带了伤。

雪儿是攻击最积极的一个，她几乎一直在跑动，看谁支持不下去，就立刻冲过去帮忙。但说来奇怪，那些大蝙蝠攻击陆昊等人时几乎穷凶极恶，可看到她就跟见了鬼似的，根本不会袭击，只是拼命往后躲。久而久之，情形变得如“老鹰抓小鸡”一样奇怪，只要雪儿这只老母鸡往面前一挡，对面的大蝙蝠就会立刻退开。

如此重复数次，洛雨等人也看出了其中的怪异，却又不明就里。

“我明白了！”周欣叫道。大家都在外围拼命，被护中间的周欣算是最闲的一个，有时间思考。就听周欣继续说道：“刚才岳老头不是说了吗？修建这座祭坛的时候，地下根本进不来人，来多少死多少，多半就是因为这个洞。后来八思巴进言，要镇压地狱，需要找到十六天魔本源金身，天魔所在之处，必有神兽镇压。也就是说，外面那十六只大蝙蝠就是为了克制这个蝙蝠窝才摆在那里的。雪儿不是从一只天魔的肚子里取出来了个小球吗？会不会就是传说里类似内丹一类的东西？估计它们怕的是那个！”

“可是外面那十六只大蝙蝠，最多只能算是现在这些蝙蝠的祖先，怎么看也不像是神兽呀！”罗瑞说道。

“哎呀管不了那么多，死马当活马医了！雪儿，把你取出来的珠子拿出来试试！”萧卓喊道。她手臂上被抓了两道口子，防寒外套也破了，刚才若不是项昊护着，怕是一张俏脸也被抓花了。

雪儿闻言就去掏包，她一不动，外围的那些大蝙蝠哗一下围了上来，防御圈瞬间被击溃，大家一下置身于危险之中。好在她动作够快，当她把那枚珠子从包里掏出来的时候，那些大蝙蝠就像吸血鬼见了阳光一样，一阵风似的全都退散开。雪儿手里那颗毫无光泽的珠子，似乎在那些大蝙蝠眼中变成了恐怖之源。当她把它举起来，十几只蝙蝠全都不敢再上前，纷纷围在圈外尖叫。它们犹豫了一会儿，也不知是哪一只先带的头，凄厉地对着雪儿叫了几声之后便不再困着众人，扭头开始向另外一边的岳洪和赵庆中袭去。

众人长长出了口气，同时向岳洪和赵庆中的方向望去，发现两个人早已杀成了血人，每人脚边都有两三具蝠尸，但身上也是伤痕累累。熊猫伊万抱着头蹲在赵庆中身后，惊恐的叫声像个女人。这边的蝠群一涌过去，两个人的压力瞬间大了许多。

“静静！快！就趁现在，开门把通天宝鉴取出来！”洛雨对水静小声说道。

“嗯！”水静应了一声，便向钻石塔跑去，一行人跟在后面。雪儿拿着那颗珠子，刚才还在身边的大蝙蝠此时已经全去围攻那俩倒霉蛋了。

陆林抽空看了一眼对面的战况，不由得倒吸一口冷气。三十几只大蝙蝠分成两组把岳洪和赵庆中团团围住。面对那些大蝙蝠如狂风过境般的凶猛攻势，年纪一老一中的两个人采取了两种完全不同的策略。身材不高的岳洪灵活得像只猴子，在一群大蝙蝠的围攻中闪展腾挪，凭借灵活的身法闪避过了大多数的攻击，身上的血很多都是蝙蝠的。他手中拿着一根锥子形状的武器，很少出手，但出手必是雷霆万钧。此时他刚用那锥子贯入一只大蝙蝠的左耳，锥子的另一头从其右耳穿出来。

“赵四爷，不如让老夫帮你一把怎么样？”岳洪一边激斗，一边竟然分神和赵庆中说话，似乎游刃有余。陆林一阵胆寒，还好有这些大蝙蝠在，不然这里没有一个人是这老头的对手。

赵庆中的情况就差远了，基本是在和这些强壮的大蝙蝠硬碰硬。身上的衣服已经被利爪划成了一条一条的，很多地方都被血染红了。

“不用你假惺惺装好人，老子还应付得了！”赵庆中一声虎吼，接着又听到一声闷哼，似乎分神之际又中了一下。

他的一身功夫走的全是刚猛彪悍的军中路子，讲求有进无退一往无前。从刚才到现在，他已经不知道受了多少伤，浑身浴血却拼得愈发凶猛。同样，袭击他的那些大蝙蝠也是伤痕累累，离得近的几只全身已经不知中了多少刀，这些凶残的猛兽有的已经被赵庆中的凶狠震慑住，甚至有了退意。

听到岳洪的话，赵庆中一口回绝，他的自尊不允许他向敌人求助，何况对方可不是什么好人，白莲教的人情又岂是那么好欠的？熊猫伊万现在还是抱着脑袋躲在赵庆中的身后，出于信仰的原因，他就像那个曾经的沙皇大臣，看到如此多的魔鬼出现在自己眼前，愈发觉得自己真的来到了地狱门口。眼下他是真的服了这位正在身前护着自己的老大。跟在这样的人身边，真有安全感。

陆林看在眼里，不由对这赵庆中多了几分敬意，单是这份彪悍的铁血作风，怕是项昊也有所不及。

"轰！哗啦啦……"赵庆中抓着一只大蝙蝠的头掼到岩壁上，连岩壁都被撞碎了一片。伊万突然觉得有什么东西晃了自己的眼睛，抬头一看，那被撞碎的岩壁里露出了半块钻石。与先前自己装进袋子里那些米粒大小的钻石不同，岩壁中露出的那颗至少比鸽子蛋还要大上两圈！伊万的眼睛瞬间红了。

另一边，水静正在飞快地舞动着两只小手，转着门上的圆盘。刚才大门被合上之后，圆盘上的一圈圈圆环就一阵乱转，机关重新锁上了。此时水静正在重头再来，一个字一个字地转着。众人顺着她的指尖，终于知道了全部的偈语：

> 日不落山，四柱擎天。
> 紫微之下，黄泉之巅。
> 天机接引，壁落黄泉。
> 光转四极，始见葬天。

前四句是位置，后四句是方法。后四句里透漏出了很多消息，"壁落黄泉"的"壁"指的大概就是通天宝鉴，若这里便是黄泉之巅，那宝鉴一定就在钻石塔里。圆盘上的机关像上次一样慢慢打开，前四句转完，最中心的"天地"二字缓缓缩进盘身，后四句转完，"天地"二字上下分开，露出了中间的一个按钮。

水静把按钮按了下去，接着，众人就感到脚下的地面传来一阵轻微晃动，但很快就停了下来。大家合力把大门缓缓拉开，再看钻石塔内的情景，不由得一呆。地面上的洞穴被数片如相机光圈一样的弧形金属板封住，只留下正中的一个直径不到一尺的黑窟窿。此时的洞穴，倒是有几分像他们先前透过钻石塔身看到的大小。

众人这才明白，原来地穴洞口的一圈内壁里是设了机关的，上次岳洪开门的时候，这些金属板都缩了回去，难怪他不但没有找到宝鉴，还把地穴中的怪物放了出来。

“洞口不是空的，是块玻璃！”周欣眼尖，缩小后的洞口在灯光的照射下竟然反光了，能反光，那就肯定不是空的。众人走近钻石塔围了上去。

“这好像是个凸透镜，那个什么宝鉴，不会就是它吧？”罗瑞问道。换个角度看那透镜，四周钻石墙壁透进来的光晕全都在透镜上反射出来，晶莹剔透。

“没人能回答你这个问题，最后一个见过它的人，怕是也死去数百年了。”洛雨说道。

众人细看，发现这面凸透镜被镶嵌在了一个边际两寸多宽、一寸多厚的圆环上。圆环是由五只奇形怪状的兽形雕刻成弧度围在一起组成的，与凸透镜连成一体。整个结构又被镶套在地面上的一片金属板尖端的圆形卡槽里，卡槽伸出五个卡扣卡住圆环，结构相当牢固。

“大家别动，我来。”洛雨小心地走到金属板中间，俯身去掰那些卡扣。

“你们有没有感觉，这里特别热？好像比塔外面高了十度不止。”周欣说道。她额头已经冒汗了，也不知道是紧张的还是热的。

正说着，“喀吧”一声传来，洛雨打开了最后一个卡扣，她正准备伸手去拿那面凸透镜，突然就从地穴内传来一声凄厉的叫声，竟然有大蝙蝠被堵在地穴之中没有走！脚下的金属板被撞得咚咚作响，接着，一只钩爪猛地就从中心的洞口处撞了出来。凸透镜已经解了锁，现在只是平放在卡槽里，被这一股巨大的撞击力一下就撞飞了。在暴响声中先是磕到了塔墙的金属管上，接着又撞上钻石墙，在众人的一片惊呼中被反弹回来，向着满是钻石颗粒的地面砸下去，眼看就要摔个粉碎！

"啊！"大家一阵惊呼，眼看凸透镜就要撞碎，众人心说这下完了，胆小的干脆闭上眼睛不看，陆林和雪儿想去扑救也来不及。啪的一声，凸透镜结结实实拍到了地面上。

"这下完了。"罗瑞闭着眼哀叹道。

"别鬼叫，好像没事。"陆林说道。那镜子连续碰撞了两三下又摔到地上，竟然没有碎。他走上前把镜子捡起来，吹了吹上面的灰，又擦了擦，欣喜地对众人道："没事，一点事都没有。"

大家这才长出一口气，一路千难万险来到这里，要是就这么"啪嚓"一声完了，真是哭都找不着腔调。陆林看了看地面，又用手拨拉几下，抬头对众人说道："这玩意恐怕不是玻璃。刚才磕到钻石上，地面都砸了个小坑，这镜子竟然连一道划痕都没留下。"

"元朝的时候中国有玻璃吗？"项昊问道。

洛雨答道："最早制造玻璃的是埃及人，据说上古以前，他们在从沙中提取金时发现了玻璃的制造方法。中国最早的玻璃也出现在西元前，在魏晋时期就已经有了仿造埃及玻璃的作坊，但因为销路不广，南北朝时又战乱不断，就此绝迹了。等现代玻璃再出现在中国时，已经到了清朝。"

萧卓一把就把透镜抢过来，两眼放光。"不过透明的也不一定就是玻璃，也可能是一些高品质的天然矿石，比如水晶、萤石、玻璃种的翡翠。"她欣喜之情溢于言表，把透镜抱在怀里道，"通天宝鉴！终于找到了！"

"喂喂！还不到分赃的时候呢，清醒点萧大小姐。"洛雨打着响指让她把东西交出来，萧卓一脸不情愿地把透镜递出去，众人这才仔细地观察起镜子来。细看才发现确实不像玻璃，镜内有些杂质，透光性似乎也没玻璃那么好。更特别的是，这是一面凸透镜，也就是放大镜，可它的放大效果明显不如同尺寸的玻璃，简直像块平面镜。透镜外围镶套的金属圈上有五只异兽，他们不知道那些是什么，陆林却看着其中的一只有点眼熟。

"好奇怪的东西。"罗瑞挠挠头道，"不过看元人的折腾劲，估计这洞里所有的黄金钻石加起来，都没眼前这块疑似玻璃的东西值钱！"这时地面陡然又是一阵轻微的晃动，众人吓了一跳，纷纷从钻石塔中跑出来。

另一边，大蝙蝠已经被岳洪和赵庆中两人杀了十几头，其他的还在不断进攻，似乎眼前的两人对它们有极大吸引力。岳洪好像还有余力，赵庆中却已是强弩之末，摇摇欲坠中全靠精神支撑才屹立不倒。突然出现的蝠群，着实让这两个自以为“黄雀在后”的人措手不及，一个不好没准就要死在这里。熊猫伊万已经不知在什么时候离开赵庆中的身后，悄无声息地在地上爬行，向着岩壁上那块比鸽子蛋还大的钻石摸了过去。

贪婪的人，即使身在地狱的入口，即使魔鬼就在身边，也终是抑制不住伸手的欲望。伊万满脸通红，呼吸急促，手还在发抖，一方面是吓的，另一方面却是激动。那颗钻石与世界现存最大的几颗钻石相比也不遑多让，这举手就能取得亿万倍回报的财富，足以让一个普通人疯狂。熊猫伊万不是普通人，野心和贪心成就了他黑帮老大的地位。趁着人和蝙蝠都已经杀红了眼，没人注意到他，伊万终于摸到了岩壁边，拿出小刀猛撬那颗钻石。就在这时，岩壁传来一阵轻微的晃动，几块岩屑滑落，那块钻石啪嗒一声掉了下来。

岳洪发现众人走出钻石塔，看到洛雨手里多出的那面透镜，瞳孔猛地一缩，心说到底是被他们拿到了。但接着他就露出喜色，东西在就好，抢过来便是。他眼珠一转，就想跳出战圈。才一转身，眼角的余光就发现了件闪闪发光的东西，正好看到伊万手拿着那颗钻石，眼睛笑得都看不见了。

岳洪略一犹豫，就踩着攻过来的一只大蝙蝠的翅膀，一个空翻翻出包围圈。那些米粒大小的钻石他看不上眼，但眼前这颗大个的却让他微微动心了，何况那个黑老大在他眼里就是个废人，办正事之前来个顺手牵羊，也不过举手之劳而已。他左躲右闪，两步就来到伊万旁边，一脚踢中伊万的手腕，把他手里的钻石踢得飞起来。接着一步踏上岩壁，另一只脚借力向上一蹬，就在空中一个空翻，还说了声“谢谢”，又一肘撞飞一只想要袭击他的大蝙蝠，这才稳稳落在地上。

手里的钻石突然不见了，伊万顿时呆在那里。岳洪可不管他，落地之后急速突袭，向着塔边的众人跑过去，身后一群大蝙蝠紧追不舍。这个白发苍苍的老人此时展现出的速度令人惊叹。

“岳老头过来了，大家小心！”看着飞奔过来的岳洪，陆林的心陡然沉了下来。看他的速度，先前的蝙蝠并没能消耗掉岳洪多少战斗力。

十几只大蝙蝠追了过来，但离近陆林等人，它们突然就停住了。尖叫了几声之后，竟然反身向苦战中的赵庆中扑去。几乎已经精疲力竭的赵庆中，看着又扑过来的一群大蝙蝠，心中一阵绝望，没想到今天竟然要折在畜生手里！

陆林一行人的心头也是七上八下，看那些大蝙蝠回头对付赵庆中，他们立刻就明白了岳洪的打算，他肯定看到了雪儿的那颗珠子。只要靠近众人，他就不会被大蝙蝠袭击，还可以从他们手中抢到通天宝鉴，而群蝙蝠只能改变目标攻击背后的赵庆中，这是条一石三鸟的毒计！刚才大家见识了岳洪的厉害，明白自己这伙人绝对不是他的对手，一时都有些惊恐。这个白莲妖人，翻手之间，竟让所有人陷入了危险之中。

“想不到啊岳老头，你不但身手妖孽，连计谋也这么妖孽！真他娘的是个妖人！”罗瑞看着快到跟前的岳洪骂道。

项昊和彪子直接冲了过去，岳洪一矮身躲过两人的攻势，双掌一推，便把两个大个子打得吐血倒飞了回来。雪儿想上前，却被水静死死拉住，她不想雪儿有危险，眼前的这个人，绝不是他们能对付的！

“东西拿过来吧，否则你们只有死。”岳洪站在对面狞笑着说道。通天宝鉴的出现让他原形毕露。陆林和罗瑞扶起受伤的项昊和彪子，众人眼看着都不能幸免。

没想到就在这时，远处突然传来数声枪响，只见岳洪的身子一阵颤抖，眼睛露出浓浓的惊骇。

他中枪了！连他自己都不相信自己竟然中枪了，刚才他明明是等到众人的子弹都打光了才现身，怎么还会有人开枪？岳洪很厉害，但再厉害的人也挡不住子弹。

突如其来的变故让众人都傻了眼，望向枪声响处，那竟然是熊猫伊万。所有人都把这个一直吓得抱头蹲在地上的黑老大忘了，忘了他先前根本没有开过枪。其实伊万也是看到钻石被抢才反应过来，刚才他实在吓坏了，一直都忘了自己也带着枪。

砰砰！他又给岳洪补了两枪，骂道：“让你抢我钻石！老东西，你在圣彼得堡打听打听，谁敢抢伊万老爷的东西！”

岳洪已经转过了身，这两枪全打在胸口。他衰老的身体又是一阵颤抖，此时心里是说不出的憋屈和愤怒，早知道他有枪，刚才就该结果了他。现在说什么都晚了，他缓缓倒了下去，一切野心都随着地面激起的尘埃烟消云散。

“你们！把他的身上的钻石给老子掏出来，送过来！这里的钻石和黄金全都是我的！我要杀光你们！”熊猫伊万志得意满，他意识到自己是这里唯一有枪的人，瞬间就感觉自己强大起来。贪心一起，他对刚救过自己性命的赵老大也起了杀心。这时，边上大蝙蝠的一声惨叫，让他清醒了过来，枪对付不了这些东西。于是那个胆小的伊万又回来了，抱着脑袋就要躲到赵庆中身后去。

洞穴内突然又传来一阵震动，比刚才还要剧烈。“靠！不是要地震了吧？”项昊怪叫道。

“不对！地震不是这样的，不是地在动，是岩壁！”萧卓说道。她刚说完，岩壁又剧烈颤抖了一下，身后响起“轰隆隆”一大片岩石倒塌的声音。突如其来的震动让众人立足不稳，在震动中纷纷回望。塌方处溅起的金色灰尘中，一个庞然大物破墙而出。

## 第三十六章　镇狱巨蟹

“那也是机关吗？或者，是座宫殿？好高！”周欣目瞪口呆地喃喃问道。前面的烟尘还没有散去，洞穴的最深处，大片的岩壁坍塌中，一个如山般的巨大阴影从岩壁上分离出来，默默伫立在金粉般的灰尘里，高度几乎超过了岩壁的顶端。一股强烈的气流不知从哪里涌了进来，洞穴内的火光全都疯狂摇曳起来。

“怎么会，哪有这么古怪的建筑？”萧卓答道。众人都隐隐觉得那阴影的形状似曾相识，但谁也不敢认，这有些超出他们能理解的范畴。

不远处传来“啪嗒”一声，雪儿最早杀死的那只大蝙蝠的尸体，从那块蟹钳形的巨大岩石上掉了下来。巨石上“哗啦啦”滚落下很多石屑和岩皮，众人越看越心惊，还以为是火光晃得自己眼花了。

他们看到那块蟹钳形的巨石在灰尘中缓缓浮起，从岩壁里慢慢伸出，又带塌了一大片岩层。不对，不是浮起来，是被另一块巨石从后面吊了起来！再看，那巨石就像根杠杆，一直延伸到那个巨大的阴影上。

“瑞子，我记得你先前说过，理论上，深海里的软体动物是可以无限长大的。那甲壳动物呢？”陆林撞了撞罗瑞，看着那团阴影问道。

“我也不知道。不过海洋动物的寿命一般比陆地动物要长，很多鱼类，都能随着年龄的增长一直长下去。传说深海中有巨蟹螯虾大如岛屿，一钳子可以把大船巨舰夹成两半，那才是海洋中最顶级的猎食者，比什么大章鱼巨鲸要可怕得多。可这只是个传说呀，深海也不是没人下过，谁也没见过那种怪物！”罗瑞有些痴呆地说道。那黑影的形态好像和刚才不太一样了，似是在动，可动作太缓慢，几乎看不出它在动。

“现在不就看到了吗？”洛雨说道，“人类对深海的探寻范围太小了，就好像你掀开路边一个井盖没看到老鼠，就能说整个北京城都没有老鼠吗？这不科学。”

"可就算有也绝对会在非常非常深的海里才对！"罗瑞反驳道，接着就不说话了，开始目瞪口呆地跟着众人一点点往墙根蹭。

尘埃落定，模糊中一只巨蟹的身影若隐若现，它太大了，蟹身的顶部还埋在岩壁的顶端之上。那块蟹钳一样的巨石，竟然真的是一只布满了岩壳碎屑的螯钳！似乎因为太久没有活动，整个蟹身几乎都和岩壁长到了一起。它每动一点，就有大片岩石剥落下来。接着，洞穴末端的洞顶又是一大片坍塌，一只巨大的蟹头从洞顶上层低了下来，没有任何表情地注视着下方蝼蚁一样的人类。

"我说这里怎么有螃蟹窝呢，原来螃蟹的祖宗住这！可是不对呀，这么大的生物更应该生活在深海里才对，怎么会出现在这里？"罗瑞面色苍白地说道，他被吓傻了。帝王蟹，又名岩蟹，三对节足，两只巨螯，大的能长到二十公斤以上，海鲜中的极品。眼前这只几层楼高的巨大螃蟹，让众人原本就紧张的神经快崩溃了。在他们的世界观里，无论是陆地上还是海中，都不该出现这么巨大的生物！

"难道那句'天魔所在之处，必有神兽镇压'里的'神兽'，指的不是门口那几只蝙蝠，而是这个大家伙？它才是镇压天魔的神兽？"洛雨喃喃说道，可她的声音完全被淹没在周围山石崩塌的声音里，"我想起来了！在北欧的神话里，也有一只镇守在地狱门口的巨蟹！天啊，可那只是一个传说呀！"

说话的工夫，巨蟹的大半个身体已经从岩石里抽出来，行动也比刚才快了。陆林在崩塌声中叫道："你管它是哪来的呢，东西拿到了，咱们快走！难道你想被海鲜吃掉吗？"他一边说着一边拉众人躲到洞壁的一个凹口里。

"可是赵老四说我哥的潜艇守在洞外呀，出去肯定就落到他们手里了！"萧卓喊道。

"哎呀命都快没了，你还有心思考虑会不会被抓住？"罗瑞叫道。

哗啦啦，巨蟹的六支节足如六根钢铁巨柱，扫着洞壁一路滑行，它的个头太大，整个洞穴在它面前也只是个大小刚刚好的沙窝。节足所过之处，洞壁几乎被扫平，眼看就要到众人所躲避的地方。一声凄厉的叫声传来，原本围在赵庆中周围的大蝙蝠从巨蟹出现就被惊动了，一个个面色惶恐却透着愤怒。此时其中一只似乎压抑得受不了了，竟然嗷嗷大叫着飞起来向巨蟹扑了过去。这些大蝙蝠虽然怕极了巨蟹，却似乎跟它有什么深仇大恨似的，宁愿拼命也不肯逃走。

它瞬间就扑到巨蟹的一根节足上，趴在上面如蚍蜉撼树般张口就咬。可它整个身体都还没那节足的一半粗，任它怎么撕扯，厚重的甲壳依旧纹丝不动。这时一只螯钳伸了过来，如夹苍蝇般一把夹住了大蝙蝠。巨蟹把它从节足上摘了下来，然后用巨螯举到眼前，接着就听到“噗”的一声，巨螯微一用力，那大蝙蝠就被腰斩，身体变成了两段，血肉和内脏都流了出来，只有两片肉翼和很薄的一层肉皮还连着。巨蟹不慌不忙两螯并用，把大蝙蝠的一段身体塞进了嘴里，接着又把另一段也塞了进去。蟹嘴一张一合之间，血水还在往外喷着。这血腥的场景看得众人毛骨悚然，他们从没有这么仔细地看过螃蟹吃东西。

“这他娘是神兽还是妖兽呀？快走快走！”连项昊也怕了，这种巨型生物根本不是他们所能对付的。众人想向洞口的方向跑，可此时那巨蟹又动了起来，迈开六足向前爬行，节足如钢铁般撞击着岩壁，无数的石块掉下了来。人类的两条腿哪有它这腿长，几步就被追了上来，塌落的岩石眼看就要砸到陆林等人。

“它不会是因为咱们拿了通天宝鉴才出来的吧？”周伟边跑边说道。

罗瑞扯着嗓子喊道：“鬼知道！别忘了，咱们不但拿了通天宝鉴，还打开过地狱之门，没准这家伙是冲着那些蝙蝠去的！”又是两声巨响，说话的工夫，数块巨石掉在了他们周围，项昊的额头被一块飞起的石屑划了道口子，血瞬间就流了出来。

陆林喊道：“不行！咱们跑不过它的，这样非被砸死不可！调头！从它身体底下钻到后面去，让这厮先走！”

对面被群蝠围着的赵庆中和熊猫伊万此时已经不被攻击了，赵庆中满脸是血，激战过后，身体站都站不稳了。他已经没力气再潜水回到海面，眼前的巨蟹给了他最沉重的打击。伊万脸色惨白，嘴里一个劲地嘟囔着“上帝啊”，他看了眼身前的老大，又看了看对着巨蟹嚎叫的蝠群，开始缩着身子一点点往后退。等退出了包围圈，他开始疯狂地从地上捡石头往包里塞，等把包塞得满满的，拔腿就往洞口跑。这时谁也没有注意他，群蝠撇下赵庆中向巨蟹扑了过去，赵庆中则呆立在那里没动，伊万毫无阻碍地跑出了洞口。

趁着巨蟹停下应付大蝙蝠的工夫，一行人从它三对巨大的节足之间钻了过去。这只螃蟹不知有多大岁数了，本该是浅色的蟹脐看上去也跟岩石的颜色一般无二。避着落石，众人终于躲到巨蟹身后，一口气跑出好远。大家一边惊心动魄地看着这一切，一边想着办法。巨蟹的两只巨螯不停挥舞着，身体两侧的岩壁如同豆腐一样一块块被它击碎。那座钻石塔早就被巨石淹没，压成了齑粉。

这时洞口传来了一阵嚎叫声，竟然是伊万又跑了回来，他的声音已经走调了，惊恐地大喊着："老大！不好啦！海水漫进来了，眼看就要淹到这里了！老大，你快想想办法呀！不然咱们就完了。"声音中已经带着哭腔。

"糟糕！"洛雨脸色大变惊呼道，"一定是巨蟹破岩而出，把这里内外压力的平衡破坏了！咱们本就身在海底，海水会把这里全都淹没的！"话音未落，众人身后又是一阵岩石爆裂的声音。众人惊起回头，远处侧面的岩壁上突然爆出了一个大窟窿，一条水柱从中射出，在巨大的水压下呈一条直线，激射在了岩壁的另一端。显然是岩壁上的薄弱部分在被巨蟹破坏后，受不了外面的水压终于崩塌了。一时间前后两面都有海水倒灌进来，众人被困在中间，危在旦夕。

"大家都把潜水装备准备好！"陆林喊道。洞口的水还没涌进来，但身后的海水已经大股地漏了进来，这里怕是逃不过被淹没的命运。众人的心都沉了下去，拴在入口的小艇用不上了，洞内乱石阻路，时不时还会塌方，就算他们的氧气够用，能不能平安地游出洞穴还是未知数。况且，他们能在这冰冷的海水中坚持多久呢？

赵庆中满脸是血地站在原地，皱着眉一脸凝重地看着前方的巨蟹和远处激射在岩壁上的海水。自己事自己知，以他现在的状态，绝不可能从陆林一伙人手里把通天宝鉴抢回来，能平安离开就已经万幸了。但是，真的就这样放过陆林他们吗？伊万在他旁边哆嗦着，这个黑老大一脸绝望，面对前后夹击的海水和巨蟹，他的神经已经超负荷了。原本所有的希望都寄托在眼前的新老大身上，可任他怎么喊，赵庆中都不搭理他。

该死的！我一定要逃出去！我一定能逃出去！伊万心中一边诅咒，一边想着办法，手还紧紧抓着装满石头的背包带子。他的目光集中到赵庆中的小背包上，那里有氧气瓶，他自己也有一只，但是，这时候谁会嫌氧气多呢？于是他的目光开始一点点变得凶狠起来。

轰隆！又是一阵崩塌的声音传来，将近二十只大蝙蝠全都围着巨蟹不断地攻击，就像一大群麻雀在骚扰一个大汉。那只大螃蟹终于还是受伤了，甲壳的接缝处，一些淡蓝色的液体被咬得流了出来，那是它的血。巨蟹恼了，抡起螯钳一通猛砸，顷刻间山摇地动，岩壁上一小半的灯盏都被震落，洞内陡然暗了很多。

岩壁上的石块如雨点般地落下来，海水已经从身后蔓延到了众人脚下。大家身后漏水口周围不停地有岩屑滑落，眼看就要彻底崩溃！前面巨蟹与大蝙蝠鏖战正酣，螯钳所过之处土崩瓦解。大蝙蝠在空中非常灵活，但山洞对于巨蟹来说实在太小了，抬臂便能碰到洞顶，留给大蝙蝠躲闪的空间并不多，于是有两只倒霉蛋直接被钳子拍在墙上，顿时化为一摊肉泥。

两只蟹钳如两台迫拆机器，随着它们的晃动，整个洞穴都在颤抖，所立足的那段岩壁生生被加宽了一大块。看空中的大蝙蝠不好打，巨蟹便开始摘那些爬在蟹身上咬它的。抓下一只，螯钳一用力便挤死了，再撕成两段便往嘴里塞，没用多久，这群让众人头疼的凶悍蝙蝠便被吃掉了一半。

“这也太凶残了吧！”罗瑞都看傻了，完全忘记已经没到了脚踝的海水，“它一会儿要是吃完了蝙蝠，回头来吃咱们怎么办？”

“乌鸦嘴！你就不能往好处想想吗？”萧卓骂道。

水已经漫了上来，众人此时进退维谷，前有落石和巨蟹，洞口处也有水缓缓地涌了进来，与后方的海混在了一起。如果从前面出洞，先要躲过无数的落石，还要在水中穿过一条狭长的走廊下到最底层，穿过海洞，而洞口还有萧成荣在等着他们！商议之下，众人决定从后面巨蟹现身的被冲开的洞口出去，那里能直接涌进海水，从那个出口出去多半就能到海中了。现在他们只能等，等海水淹没洞口，内外水压相近的时候，从那里游出去。

另一边的赵庆中的想法跟他们差不多，看到入口处开始往里涌水，洞顶砸落下来的石块如雨点般落进水里，激起一团团水花，知道眼下片刻也不能耽误了。他招呼伊万，趁着水不深路还能走，向巨蟹飞跑过去，躲避着掉落的石块从巨蟹下面钻过。

这一来，两方人马不过相隔二十几米，彼此怒视着对方。如果不是赵庆中受伤太重，他现在已经扑上去了。休息了一会儿，他已经恢复了部分体力，回头对伊万说道：“伊万，把枪给我。”

“啊？刚才从洞外跑回来的时候，我跑得太急，枪不知道掉到哪去了。”伊万胆怯地说道。

“哼！成事不足，败事有余的东西！”赵庆中骂了一句便不说话了，只是气呼呼地看着对面一行人。

项昊看他面色不善，便也跟着恶狠狠地瞪了回去。就在两方人大眼瞪小眼的时候，背后一声爆响，大片岩壁被冲垮，原本水缸粗细的管涌口，一下子大了数倍，进水的速度瞬间大了一倍不止，岩壁崩塌的速度更快了，脚下的水面也跟着陡然一涨。

“这水好冷，我怕咱们就算游出去也坚持不到上岸。”海水快淹到膝盖，周欣有些哆嗦着说道，突然她呆住了，接着便惊呼道，“你们看！水的颜色不一样！”

众人低头看，果然，从背后漏出来的海水竟然跟从洞口涌进来的海水不是一种颜色，那是两种颜色的蓝，一深一浅。它们虽然流到了一起，却一上一下泾渭分明，如颜色不同的水和油混在一起那样，非常明显地分成了两层。

“没什么大惊小怪的，海水的颜色随着深度的不同，颜色、盐度和氧含量也不同。”洛雨说着俯身摘下手套，把手伸进水里，认真感受了一下。上面的一层海水颜色深一些，凉。下面的一层海水颜色浅一些，冰凉得刺骨。她连忙收回手，擦干之后重新戴上手套。

洛雨回过头才待开口说话，就听到背后如天塌地摧般的一声巨响，原本的管涌口彻底被冲开，一个与山洞高度几乎相等的大缺口出现了，整面岩壁如决堤一样向内倒塌，大海像一只洪荒巨兽尽情地向人们展示着它的威力。众人都被突然涌入的大股潮水冲得一个踉跄，差点就被浪头带走。在陆林“大家别慌！镇定”的大喊声中，在岩壁倒塌和海水翻涌的巨大轰鸣声中，一个巨物从决开的大缺口里顺水漂了出来，狠狠撞到了坍塌的岩壁上。

“那是什么！”周伟一边摇晃一边大喊。突如其来的大水冲得众人站都站不稳，远处大缺口附近的灯盏全都被水冲熄，只能看到有一个大黑影在水中不断摇晃，好像是一条船。

“别管它了，多半是条沉船的残骸。检查下自己的装备，趁现在赶快热热身，这里估计很快就会被水填满。大家注意，随时准备往外游！”陆林大声喊道。

众人脱下防寒外套装进防水袋，一个个边打哆嗦边检查装备。水冷极了，一个大浪打过来，顿时让人觉得冰寒彻骨，站在水中就好像两条腿已经冻在冰块里，那股寒气顺着血脉一直传到心脏，冻得人心脏都跟着猛地一缩。最要命的是，他们原计划继续乘坐鱼雷小艇返回，有关潜水的准备根本就不充足。

“咱们真的要游出去吗？这样好像有些不妥！”洛雨担心地说道。

“还有什么办法，一会儿这就该灌满了，想不游都不行！这水是怎么回事？”陆林问道。脚下的水已经淹没了膝盖，灯光下分出了明显的两个层次。

“应该和西风漂流带有关，也就是北大西洋暖流。暖流的形成原理，大概就是赤道附近温暖的浅表海水，由于和深海海水温度、盐度、深度的不同，借着沿岸的湾流不断向北移动。途中海水释放出热量，逐渐变冷，再加上不断的蒸发使海水的盐度增加。因此，越往北走，这股流淌在海面的海水就会越冷越咸，也越来越重，最终在北冰洋与北大西洋的尽头沉入深海再调头向南。这里怕是一股暖流与冰海海水的交汇点，两个出口分是两股海水，一股是冰海本身的海水，另一股是已经降了温并开始沉降、万里迢迢循环过来的暖流。”

随着水势一点点升高，那种冰寒刺骨的感觉越来越强烈。众人一个个脸色苍白，努力活动着身体，身体弱一些的已经抖成一团。真的能在这样的水温中一直坚持到浮出海面吗？他们越来越不确定了。

罗瑞一边打着哆嗦一边说道：“先前看书，听……听说泰坦尼克号从……从撞冰山到救援船赶到，之间不过才四个小时。船……船尾彻底沉入大海一个小时后，就有救援船只到了。我……我一直不明白，怎么人那么快就能被冻死。娘……娘的，现在我懂了！”

“少说几句废话保存点体力吧！”项昊全神贯注地看着前面巨蟹与大蝙蝠的争斗，头也不回地说道。那些大蝙蝠似乎非常怕冷，被碎石落到水中溅起的水花打到，就像被针狠狠刺了一下，哆嗦着嚎叫着就往高处飞。随着地面上的水越来越多，它们活动的空间越来越小，眼看就要被巨蟹收拾干净了。

“老大，要不要先干掉他们？”伊万扶着赵庆中小声说道。眼看水越来越大，他恶狠狠地盯着对面一行人。如果不是他们，自己又怎会陷入如此险境？一时新仇旧恨全都涌上心头，全然忘了明明是自己一时贪心才跟着赵庆中跳下来的。

“去吧，如果你觉得自己可以的话。”赵庆中冷冷说道，他眼下虚弱极了。伊万杀了岳洪，于自己有功，但刚才他两次三番弃自己这个老大于不顾，小人心性暴露无遗，着实让人讨厌。

伊万被训斥得再没有说话，低下头后眼神中再次露出凶光。等一会儿老子找到机会，先做了你！伊万暗暗发狠道。摸了摸鼓鼓的防水背包，两只眼睛在水中划拉了起来，他在想一会儿抢氧气瓶的时候，要不要把赵庆中的背包也抢过来，再多装几块石头走。先前他本就是潜水下来的，此时倒是不担心能不能出去。

“都收拾好了吗？走，咱们往后退一退，离那个缺口近点。一会儿可以少游一段，顺便还能热热身。”萧卓打着哆嗦提议道。

“走！”大家随即同意她的主意。虽然缺口处的水势愈发狂猛，根本站不住人，但稍微离近一些还是可以的，而且只片刻的工夫，水已经没到了大腿，再不走走两条腿真就冻住了。

大家艰难地迈着步子在水中向后走，伊万看众人后退，便也扶着赵庆中往前走。背后是巨蟹挥舞双钳砸击洞壁的滔天威势，两侧是震颤的洞穴，身前身后全是狂涌的海水，众人已经被一连串的危险震撼得麻木了，唯一的感觉，就是冷。

赵庆中的状态非常不好，随着水位升高，原本就非常虚弱的他开始变得昏昏沉沉，身体所剩不多的热量都被冰水快速带走。伊万一手架着他的胳膊，另一只手偷偷伸进背后，趁着赵庆中一阵迷糊，伊万猛地掏出手枪向他的太阳穴砸了过去！

这一下稍微偏了一点，一声闷响中，赵庆中就被砸晕过去，噗通一声仰倒在水里。伊万一把抓住他的背包带，另一只手伸进去找氧气瓶。众人也听到身后的动静，回头刚好看到这一幕。伊万这时已经掏出氧气瓶，看到众人回身，立时把枪举起来。

“谁都别动！”他一手拿枪瞄准众人，另一只手胡乱地把氧气瓶塞进侧兜里。

“混蛋！还想跑？全都别动，你们今天谁都别想走，咱们之间的账该好好算算了！”伊万狞笑着，眼睛紧紧盯着众人的一举一动，一手举枪，另一只手抓着赵庆中的背包带往下拽。好一番磨蹭之后，他终于把背包拽了下来，接着便打开背包，把里面的东西全都倒出来，一边倒一边说：“你们这群混蛋，想不到吧？以为逃离圣彼得堡就安全了吗？告诉你们，伊万老爷不是这么好惹的！当日的耻辱，我要加倍让你们偿还，谁也别想活着离开俄罗斯！”这是他在来的路上就想好的词，今天终于用上了。

陆林等人离他有十几米远，水中行动不便，不可能发动突袭，面对黑洞洞的枪口竟然没有一点办法。原本项昊一脸凝重地盯着伊万，但很快就变了脸色。熊猫伊万现在很得意，眼看就能报仇了，还找到了宝藏，干掉了侮辱自己的赵庆中，一时忍不住摇头晃脑，眼角的余光不经意间看到了一样东西，在水中反射着刺眼的光芒。

那又是一颗大钻石！不知是什么时候从摔碎的岩壁中掉出来的。先前谁都没注意到它，众人回身后，灯光照到了那里，这才被伊万发现。伊万贪婪的目光再次闪动起来：“别动！谁都别动！”伊万把包往肩上一挂，拿枪指着众人后退到钻石附近，半蹲下身用另一只手在水里乱摸着。他的眼睛一直看着项昊和彪子，生怕他们有异动。可这个被欲望和贪婪遮住眼睛的人，竟然一点都没发现众人惊恐地看着他身后，眼中流露出巨大的恐惧。

当他的手抓住钻石的时候，另一只手也抓住了他，那是巨蟹的螯钳！不知道什么时候，巨蟹竟然已经吃掉了所有大蝙蝠，反身过来袭击众人了，大钳子像夹苍蝇一样就把伊万钳到了空中。“救救我！钻石我不要了，都给你们呀！救命！老大……”伊万在惨叫声中被巨蟹腰斩，塞进了嘴里。

“快走！这家伙要过来了！”陆林催促道，周围的海水已经漫到肚子。

“那个……要不要救救他？再耽误一会儿，怕是真救不回来了。”水静指着仰面倒在水中已经昏厥过去的赵庆中问道。

“救什么救，救出去也是个祸害！再说咱们能不能出去还两说呢，带上这么个累赘，还得分氧气瓶，不是找死吗！”萧卓抢着说道，对她来说，赵庆中死在这里绝对是一件好事。

“无量天尊，出家人慈悲为怀，见死不救这种事……”水静没说完，但意思很明白。

“救吧，上次赵庆华的死多少跟咱们有些关系，要是这次赵庆中跟着咱们下海，又不明不白地死了，他们赵氏会把这笔账也算到咱们头上，那咱就算是把赵家人给得罪光了。这些事办完了，咱回北京还得继续生活不是？没必要树立一个对付不了的大敌。救他一次，也算缓和一下和他们家的关系了。”周伟说道。

陆林稍一寻思，觉得周伟的话有理。话说回来，见死不救的事他们确实做不出来。

“昊子帮忙！快点，一会儿那大海鲜嚼吧完了黑老大，怕是要对咱们下手了！”

水已经很深了，两个人一前一后游去，拉着赵庆中的胳膊就把他架起来。再往回游的时候，却发现阻力大得惊人，着实费了一些力气才游到了众人身前。

“快走快走！大螃蟹又要动了！”罗瑞一边帮忙，一边焦急地喊道。

刚才大家站的位置离赵庆中不过十几米，伊万捡钻石的地方在赵庆中身后二十几米。眼下巨蟹就在众人身后四五十米的地方，以它的个头，只要几步就能追上来，还好它太过庞大，移动得很慢。

这时一道强光对着巨蟹照了过去，是雪儿的头灯。先前她一直躲在众人身后，从看到这只庞然大物，她就不是很怕。离开西伯利亚之前，她从没见过螃蟹这种东西，在餐桌上第一次见到这威风凛凛横行霸道的大将军时，被吓了一跳，但后来她发现这东西很好吃。眼前的巨蟹虽大，却还没有到令她害怕的地步，食物有什么可怕的？这里的海水才是她的大问题，雪儿实在适应不了这个环境，巴不得早点离开。想起先前在底层对付那些帝王蟹的办法，她就把头顶调到最亮照了过去。

“这样行吗？用对付小螃蟹的办法对付大螃蟹有用吗？”周欣一边跟着众人后退，一边说道。她也学着雪儿的样子用头灯去照巨蟹的眼睛。不料两个人的灯光打过去，巨蟹的速度反而快了！五十米的距离瞬间就缩短成四十米，照这速度，他们绝对跑不了。

洛雨猛然醒悟："不行！别照了，螃蟹趋弱光怕强光不假，但光线经过这么远的距离已经变成了弱光，会吸引它的。别照了，大家快走！"海水已经没过胸口，涌进来的速度却一点没慢。众人打着哆嗦在水中行走，速度很慢。洛雨喊完便第一个潜到水下，想避开水面激荡的潮涌，改走为游来加快速度，但马上，她就发现情况比想象的还糟糕。

"怎么回事？"罗瑞从水里冒出来，他在水中扑腾了几下，竟然发现自己不但没有丝毫向前，反而有被水流带得向后退的趋势！几个试着游起来的人全都是这样的反应，这样一来众人原本就冻的苍白的脸愈发显得白了。他们明显感觉到，水中似有一股潜流激荡，让原本就逆流而上的路变得更加难行。

"大概是暖流和冰水在相互作用。"洛雨猜测道，"海中温度和盐度的不同可以形成北大西洋暖流这样影响大半个世界气候的庞然大物，而摩尔曼斯克附近正是其中一股暖流调头回流的地点。在这里，暖流和冰海的海水如两条巨龙，在海洋中盘旋纠缠。海洞坍塌，原本两股处于不同层面的海水在这里汇合到一起，才形成了潜流。"

洛雨喘了口气，脸色更加难看："问题是，外面是无穷无尽的两股海水，它们会一直灌注进来直到海洞被填满，而这两股海水不会融合，这个潜流会一直存在。也就是说，就算是一会儿这里被水灌满，我们想从这里游出海面，也是千难万难。按刚才下潜遇到的阻力计算，这里填满之后，我们不但不能游出去，还会被拖进另一边……"

言谈之间，巨蟹又欺近了十米。众人一阵绝望，巨蟹与冰海，哪一样都足以致命，茫茫深海之下，前无去路，后有追兵。冰冷的海水越涨越高，个子最低的水静已经被淹到脖子，用不了多久他们不得不开始潜水，而到那时，海水就会直接把他们送到巨蟹的嘴里。

众人一时都沉默了，眼下他们面对的，是一个进退两难的绝境！

# 第三十七章　北极弧光

彪子肩膀受了伤，潜水服也被大蝙蝠划破，海水拍打到他的伤口，刺得伤口一阵阵疼。其实他心里很清楚，就算他们能游出去，自己受伤的这条胳膊能不能坚持到海面还很难说。看到大家愁眉不展，他暗暗咬牙，问道："你们刚才说咱们的灯对那只大螃蟹没用，是因为离得太远，光照过去已经变弱了，那如果离近一点，会不会有用？"

"这个我还真不知道……"洛雨说到一半才品出话里的味道，她猛抬头惊问道，"彪子，你什么意思？别做傻事！"

"我这人脑子不好，除了身力气啥都没有。嘿嘿，"彪子憨憨地笑了笑，"放心吧，不会有事的，要是能给你们多争取点时间，也许你们就能想出办法来。再怎么说，也总好过大家抱在一起等死。咱这里有真正的聪明人，只要有时间，你们肯定能想出办法来。"说着他扶了扶自己的头灯，就要游过去。

"别！彪子！去也是我去，老实呆着！"项昊喊道。

"项哥你看我这胳膊，"彪子惨笑着指了指自己开始渗血的伤口，"我现在是咱这里面最没用的人，一会儿你们想好办法了再来救我。再说，要是真没办法出去，咱哥俩也就是前后脚的事儿。多给我几个灯，就让我去吧！"说到最后，他的语气坚定了起来，二话不说就去抢别人的头灯和手电。众人开始没有注意，一下就被抢走了三个，之后他脚在水中一蹬，一手滑水一手抱着灯具，竟向巨蟹游了过去。

他是顺水而下，众人再想拦已经来不及了。就听洛雨在身后喊："10 米！最少要离它 10 米远，如果没有用就往回游！"游到巨蟹近处，彪子扒着岩壁停了下来。他把自己的头灯摘下，将手中四个灯全部调到最大功率，对着高处巨蟹的眼睛照了过去。

"不行，还是太远！"彪子暗骂一声，一咬牙又往前游，边游边试。

最后他眼看就游到巨蟹的螯钳之下了，四道爆亮的光柱直直向高高在上的蟹眼冲去。这次终于有了效果，巨蟹似乎感觉到了不适，竟然不走了，厌恶地挥起了钳子。众人都疏忽了一点，过去他们拿灯照螃蟹，螃蟹就不动了，是因为那些小螃蟹没能力反抗。眼前这只可不一样，螯钳挥动处地动山摇，须臾之间，大片山岩滑落，蟹钳眼看就到了彪子的头顶。

看着蟹钳到了头顶，彪子借着浮力抬起双腿在岩壁上一蹬，身体在水中向后猛地一滑，险险躲过了劈到岩壁上的螯钳。被这一钳斩碎的石屑岩皮崩得到处乱飞，好在彪子已经被激起的海水向后推出了五米多远，这才没有受伤。

彪子手中的灯光早已经失了准头，此时又与巨蟹拉开了一段距离，这厮竟然又开始往前爬。彪子一退数米，刚才差点被那一钳子拍成肉泥，饶是他胆大，也吓得面无血色。此时看它又要动，他不知哪来的勇气，一咬牙又迎了上去！

于是刚才的情形开始重复，彪子扒着岩壁去照巨蟹，巨蟹停下用螯钳砸他。彪子再退再照，巨蟹再进再砸，每一次都是险象环生！彪子几乎是在死里逃生中不停地反抗，虽然没有被蟹钳砸到，却也被飞溅的石子划了数道伤口。有次一块西瓜大小的石头正对着他的脑袋飞过来，彪子眼看躲不过去，偏巧这时他后退的脚步在水中被一具元代尸骸绊了一脚，让他整个人栽进了水里，这才险之又险地避了过去。不过他的努力也确实有了效果，巨蟹的速度明显慢了下来。

趁着彪子玩命争取的这点时间，大家又往缺口处挪近了不少。一旦感觉到两侧岩壁震动，他们就忍不住回头看，因为那代表了巨蟹再一次挥起了螯钳。虽然彪子到现在还没事，可大家的心都揪到了极点。终于离洞口不过一二十米了，周欣和水静个子最矮，于是被背了起来，却还在刺骨的冰水中不停打着哆嗦。

众人的脸上全是水，冷得就像戴了一层冰面罩。眼看水势越来越高，阻力越来越大，行走起来也愈发吃力。他们只是漫无目的地走着，感受海潮巨大的阻力，洛雨的话正一点点应验，他们真的出不去了。身后的一声声巨响刺痛着他们的心，意志在冰冷的海水中一点点被吞没，即使在冰雪森林的最深处，他们也没有这么绝望过。

身后又是一声巨响传来，项昊架着昏迷的赵庆中停下来，憋屈地骂道："娘的！不走了！彪子在后面玩命，我要把他换回来！咱误会了他一路，现在你们好意思让他一个人在后面拼命吗？再走也是出不去了，让他死在我前面，我过意不去！”

周欣牙齿打颤地说道：“我……我记着昊子哥你们……们不是说过吗？一个健……健康的人……人只要有信心，从……从生理上讲就一定能承受相当大的灾难，哪怕是在伤……伤病的状况下，性情坚毅的人也……也一定能奇迹般的脱困！”

“那说的是一般情况，”陆林苦笑着说道，他的状态也不好，“像咱们现在这样，欣欣，以你的体质，能坚持到现在，就已经是个奇迹了。”

“哥，放我下来！”周欣在周伟背上说道。

“欣欣别闹。”周伟尽量用温和的语气对妹妹说道，养尊处优多年，他能坚持到现在，又何尝不是奇迹。

周欣从哥哥背上挣扎了下来，咬着牙说道：“我没闹！林子哥说我坚持到现在已经是奇迹了，那我就让这奇迹再进一步！洛姐说有潜流我们游不出去，那我就试试！这次大家是为我哥来的，可我这个做妹妹的一路上什么都没做。现在东西终于找到了，只要能出去，这一切就都过去了！大家现在不能放弃，拼了命我也不能让你们放弃！”周欣不知哪来的狠劲，罩上呼吸器往前一蹿就扎进了水里。

“欣欣！”众人惊叫她名字，周欣已经借着一蹿之力走在众人前面。水已经淹到了脖子，透过灯光，众人看到周欣娇小的身躯在水中努力地向前游着。看得出她已经竭尽全力了，手脚都在不停地挥动，可整个身体却只在水中前进了一点点，而且稍一松懈就会被冲回来。这不是夏日的泳池，而是刺骨的冰海，水中的潜流如一把把冰刀穿透她的潜水服，可她还在不停努力着，付出比平时不知大多少倍的气力向前游着！

众人看得心痛，洛雨努力又向前疾走几步，一把把周欣从水里拉了出来，说道：“节省点体力欣欣，要是一会儿咱们想出办法，而你已经没力气了，就又要给我们添麻烦了。”

周欣惨白的脸上已经没有一点血色，她回头看一眼众人的距离，笑着对洛雨说：“洛姐你看我游到前面了吧？我说一定行的。”说完身体就打了个晃，好像站都站不稳了。实际她费尽力气也不过游出去了一两米而已。

这时身后又是一阵岩壁震动传来，众人不回头也知道是巨蟹又开始攻击彪子了。项昊实在受不了，他怒哼了一声，把赵庆中往陆林身上一推，就回身要去救援彪子。陆林架住昏迷中的赵庆中，看着项昊转身也没有阻拦，他太了解这个老伙计了。

看着项昊回头，萧卓一阵惨笑道："彪子还指望咱们想办法，说咱们是聪明人，可咱们哪有什么办……"说到最后她突然停住了，目瞪口呆地看着缺口的另一侧，接着便激动地用手乱指一通，嘴里"啊啊"的说不出句完整的话来。

众人顺着她的手势望过去，看到一件大物飘荡在水中，正是后来撞进洞穴的那个船形黑影。先前陆林推测那是一艘沉船，眼下离得近了，众人终于在灯光下看清了它的本来面目。

细长的船身，小得不成比例的船楼，却有一个和普通船舶一样带有护栏的船头，以至于陆林先前看到阴影误以为是一艘沉船。这家大家终于看清了，那唯一一座小船楼与船身融为一体，成为一个完整的密封结构，那根本就不是船，而是一艘潜艇！

"这是……这是……"罗瑞结巴得话都说不清了，不知道是震惊还是冻的。

"这里怎么会有一艘潜艇？"洛雨把他没说完的话说出来。

"你忘了吗？上面就是潜艇墓地！"陆林说道，接着一皱眉，"不对！好像不对，跟咱们看到的那些不一样。昊子！回来，咱们找到出去的办法了！你过来看看这潜艇你认识吗？"项昊是个兵器迷，对于飞机船舰的了解比自己深得多。

项昊本来已经游出去几米，听到陆林说有办法出去，连忙快走几步，努力赶了回来。他在灯光中看到了在水中一起一伏的潜艇，皱着眉说道："怎么这么小？好像是很老的样式了。看不清，等我离近一点。"对面的潜艇长不过四五十米，比之他们先前在海上看到的那些报废潜艇还小了很多。

身后又是一阵巨响，这次与先前不同，岩壁的震荡久久不停，无论是时间和力道都比刚才大了很多。众人忙回头看，那巨蟹离他们只有不到三十米了，高大的彪子在它面前显得那么渺小，此时他已经筋疲力尽摇摇欲坠，而巨蟹则因为他一次次的挑衅，真的被激怒了！它也不走了，只是不停地挥舞螯钳，似乎一定要先把这个让自己不舒服的小人儿干掉再说。

看到彪子情况危急，陆林一咬牙说道：“没时间探查了，走！一起过去！”那潜艇可以说是他们唯一的希望了。

“别高兴得太早，那玩意还能不能用还两说呢。”萧卓嘴上说着，却没有反对，跟着众人一起向潜艇的方向踱了过去。

轰隆隆，身后巨蟹的攻势还在继续，大家担心地看了一眼，彪子眼看就要被逼进一个岩缝的死角！真要到了那进退不能的地步，怕是怎么也躲不过去了。

“彪子！”众人失声叫道。

“怎么办！怎么办！不行，再怎么也要先把彪子救回来再说！你们去潜艇那边，我去救人！”情况万分危急，陆林也失了方寸，虽然还没有主意，彪子却不能再等了。

这时洛雨一伸手，把先前已经装起来的通天宝鉴掏出来递给陆林道：“拿这个试试，也许把它扔回去，那螃蟹就不追咱们了。”她的脸上虽有些不舍，却还是递了出去。虽然众人千辛万苦才得到它，可眼下却不是吝啬的时候。毕竟东西是死的，人是活的，真要让彪子为他们送了性命，一行人怕是活着出去也会一生不安。

“嗯！”陆林重重地点头，什么也没说就接过了透镜。他把赵庆中交给罗瑞，接着又从防水背包里掏出一个单独的防水袋，里面是一卷安全绳，非常麻利地把它系在透镜边缘那一圈凹凸的兽雕缺口里，绑得结结实实。人要救，东西也不能扔掉。

“等等！”周欣突然说道，她脸色苍白地伏在哥哥背上，努力伸手去掏背包，拿出套着防水袋的相机，隔着袋子开了机，对陆林说道：“不知道这个灯会不会比头灯好一些，你试试吧。”

“我也去帮忙。”罗瑞抢着说道，看陆林要一个人过去，他很不放心。于是陆林和罗瑞游向巨蟹去帮彪子，其他人继续向潜艇前进。

“哎？你们看这边！”周伟发现船头不远处的一个标记，而且一眼就认了出来，众人看到之后，都齐齐发出一声惊呼。那竟然是纳粹德国的反万字标记，谁也没想到，这会是一艘德国人的潜艇！

“北极弧光？”众人几乎不约而同地想起项昊曾讲过的那个二战经典战例。德军为了切断同盟国与苏联间的补给线，派遣特种部队奇袭摩尔曼斯克，难道这是那时沉没在这里的潜艇吗？

项昊第一个到了潜艇旁边，一把抓着起伏的栏杆，对众人喊道：“大家快点！扒着悬梯先上甲板，管它能不能用，先从水里出来再说！这应该也是艘U型潜艇，希特勒的海上之狼，机动性和作战能力同期无敌，二战时肆无忌惮地在盟军的海上交通线上猎杀盟军的船只，曾经创造过一个月里击沉盟军一百多艘战船和补给船的纪录！我去看看舱盖还能不能打开，德国人的东西可比老毛子的还要好，没准还真能开呢。像这么大的小艇，最多也就是二十来人的荷载，基本操作咱们人手应该够了。”

“就算能开又怎么样？你会驾驶潜艇吗？”萧卓扶着项昊的胳膊攀上梯子，“你搞清楚，如果潜艇有问题或者操作不当，这比游出去还危险。要知道，潜艇事故的死亡率几乎是百分之百，一个不好，这就是带着咱们沉入海底的铁壳棺材！”

“我……”项昊憋了半天才泄气地说道，“不会。”其实除了电影和杂志上的潜艇，他连见都没见过。

另一边，陆林罗瑞顺着水流很快游近了彪子，趁着巨蟹的注意力在彪子身上，陆林悄悄靠过去停在另一侧的岩壁边，一手扒住岩，一手拿起相机，把闪光灯的输出调到最大，对着巨蟹的眼睛一阵乱闪。“咔嚓咔嚓”的快门声中，巨蟹果然放弃了追击彪子。

陆林趁机大喊：“彪子快出来！瑞子，过去帮忙！”罗瑞不用他说就已经游过去，一把架起彪子就往潜艇的方向走。陆林还在不停地按动快门，闪光灯不停闪着。此时就连他自己都没想到，在这些只是为了触发闪光灯而产生的照片里，竟然隐藏着一个天大的秘密，一个惊世的发现！

巨蟹不堪其扰，转身又来找陆林的麻烦，螯钳一通挥舞，碎石到处乱飞。陆林可比彪子灵活多了，先前在与马戏团同行的路上，又从安德烈一家身上学了不少攀爬和平衡的技巧。眼下在岩壁和水中来回跳跃，应付得游刃有余。

“林子，你怎么办？”罗瑞扶着彪子走出几步后大喊道。

“别管我，你们快走！我自有办法对付它！”陆林一边躲闪一边回应道。

罗瑞一咬牙，扶着彪子快步向潜艇的方向走过去。看两个人走远了，陆林把那面透镜掏了出来，在巨蟹面前挥道：“大螃蟹，你是想要这东西吗？”

在他掏出透镜的一刻，巨蟹的攻击陡然停了下来，整个蟹身很明显地向着透镜的方向一扭。陆林心中一紧，看来它还真是被这东西吸引，才会追着的众人。他把相机一收，拽着绳子把透镜甩起来，在空中转了数圈之后，陆林大叫一声：“给你啦！”接着一松绳子，狠狠把透镜从巨蟹的节足之间甩向它后面。

透镜转着圈越飞越远，穿过宽厚的蟹身又飞了十几米，才“噗通”一声落到水里。没有闪光灯的骚扰，巨蟹的螯钳也停了下来。似乎感觉到自己要的东西跑到了身后，巨蟹庞大的身躯开始在洞穴内转身，两边的岩石又被撞下无数。

“给你拿得起来吗？”陆林看着那两只大螯钳暗暗想道，透镜跟它一比不过芝麻大小而已。他没敢再耽误，一边放着绳子，一边悄悄往后退。一会儿收回透镜的时候，泡在水中挡路的尸骸会成为一个问题，所以他必须一边退一边清理出一条道路，速度比另外两人慢了很多。

“咣当”一声，项昊打开了潜艇的舱盖，招呼众人道：“万幸，舱口还能打开，进来吧！”

大家都出了水，在船头抓着护栏，随着潜艇的起伏在水面摇晃着。萧卓说道：“别急着喊大家进去，你先看看这玩意能不能用。而且咱们谁也不会驾驶，真进去就没有退路，这可比游出去还危险！”

“就算不会用，也比现在这样冻死在冰海里强吧！再说有什么大不了的，不就是艘船嘛，能有多难？”项昊嘟囔道，不过声音听上去就底气不足。水还在不停地涨，离洞顶还有很长一段距离，甲板上短时间还没有危险，而另一边巨蟹也被稳住了，陆林、罗瑞和彪子都在一点点往回走。项昊又喊道：“那你们在甲板上等等，我先下去看看！”说完就顺着舱盖钻了进去。

“行不行呀你？”萧卓抱怨了一句，“小心点！”

众人在甲板上看着陆林三人一点点往回挪，心都提到了嗓子眼。巨蟹已经安静下来，转过身对着沉在水中的透镜，一动不动地站在那里，似乎只要通天宝鉴不被拿走，它就不会找众人的麻烦。

“加油！快一点，加油呀！”周欣喊道，水已经没顶了，三个人现在完全是扒着岩壁在水中努力地游着。如果不是手抠着凹凸的岩石，怕是现在已经被冲了回去。饶是如此，他们每一步也都走得非常艰难。

就在这时，众人脚下的甲板一阵颤动，接着轰鸣声传来，潜艇的舱口有光出现，似乎真的被发动了。又过了一会儿，项昊从舱口探出头来，哈哈大笑地说道：“怎么样？我就说开这玩意没多难吧，半个多世纪前的老东西了，还能难倒项爷我？行啦，都进来吧！”

“项大哥你太棒啦！”周欣一阵欢呼。

“还真让你给鼓捣响了，真有你的昊子！”周伟笑道，“谁来帮我一下，先把这家伙抬进去。”说着就把躺在地上的赵庆中的肩膀托起来。雪儿和水静一人抬起一只脚，三个人拽着赵庆中高大的身躯来到舱口交给项昊，之后排队一个接一个地钻进去。

甲板上只剩下洛雨和萧卓，两个人不放心陆林几个，还在扶着栏杆焦急地张望着。罗瑞扶着彪子眼看快到了，陆林则还在后面一点点放着绳子。

“你打算怎么办？”洛雨问萧卓。眼下只有她们两个人，是时候说一说这个问题了。萧卓为寻宝而来，现在宝贝已经找到，双方的矛盾也就暴露了出来。他们是不可能把通天宝鉴给她的，这是个终究要面对的问题。

“你们保得了它一时，却保不了它一世，别忘了，你们终究还是要回国的。呵呵，到时候，不给我，我就抢！”萧卓很直接地给出了答案，那份杀伐果断的自信表露无遗。说到底她现在一个人对付不了对方一群人，可回到国内，她可以重新调动家族的庞大资源，陆林几个人再想要对抗她，不过是个笑话。

“大不了交给国家。”洛雨对她的威胁不屑一顾。

“你就不怕再出现一座长生天祭坛吗？”萧卓冷笑道。

“快点！谁过来拉一把，我实在没力气上去了。”一个叫声打断了两个人的谈话，罗瑞架着彪子已经到了潜艇旁边。洛雨连忙去梯子旁接应，看也不看萧卓就说了句：“等能安全出去再说吧。给你们，怕也会再出现一座长生天祭坛，你真的希望那样吗？”

两人费劲地把罗瑞和彪子拉上来，让他们先进去。不一会儿，陆林也游了过来。

在离潜艇还有不到十米的距离，他突然停了下来，对着护栏边的两个人喊道："绳子不够长，你们快进去，一会儿我把宝鉴拉回来，那螃蟹肯定会跟过来。所以一定要快，不能让大海鲜追上咱们。让昊子做好准备，一会儿我收了通天宝鉴就上船，进舱以后咱们马上开着潜艇走！呵呵，真没看出来，他还有这一手。"

"看来我们能出去。要不你跟他们商量商量，用完就把东西给我吧，反正回了北京你们又斗不过我。"萧卓用只有洛雨能听到的声音说道。

"一定斗不过吗？"洛雨轻轻回了一句，便转身向舱口走去。

二女依言进了潜艇，陆林又等了一会儿，估计项昊应该准备得差不多，便着手准备收回宝鉴。他退了一步正准备拉绳子，突然脚下一绊。陆林低头看，是一具元时的尸骸，看服装应该是白莲教一方的，衣着却比那些穿得像叫化子一样的华丽了很多。"这人穿得比其他人好多了，难道是五百人的头领？"陆林喃喃自语道。刚才那一脚感觉不对，他用头灯细看，发现这尸骸的衣服里有一个方形鼓包，从露出的部分看应该是个铁盒。

"嗯？"陆林注意到铁盒上的图案似曾相识，似乎先前在哪里见过，可一时间怎么也想不起来。他猛地想到，白莲教众从中土一路千辛万苦来到这里，能丢掉的大概都已经丢掉了，保留下来的这个铁盒，恐怕是什么很重要的或者与通天宝鉴有关的东西。

"没时间了，先收走，回去再看。"他一时也想不起那图案在哪见过，但还是决定把它带走，便一头扎进水里将那只铁盒捡出来，套上防水袋装进包里。做完这一切，陆林看了看时间，感觉项昊他们在潜艇里应该也准备得差不多，心中暗道了声："好！开始吧！"便开始用最大的力气猛拽安全绳，一边向着潜艇开始最后的冲刺，一边使劲捣绳子，要在巨蟹反应过来之前，用最快的速度把通天宝鉴收回来！

通天宝鉴磕磕碰碰地在水中一路滑行，对那透镜的硬度，陆林还是很有信心的。几十米长的绳子不到一分钟就被陆林全收了回来，此时他也正好快到潜艇边缘，便一把抓起宝鉴，用最快的速度向身后的潜艇游过去。刚才看到通天宝鉴之后，那巨蟹安静得就像个蹲在地上看蚂蚁的小孩子。此时发现通天宝鉴又不见了，巨蟹似乎傻在了那里，一时不知所措。但没过多久，它开始愤怒，两只螯钳疯狂地砸击岩壁，转过身眼看就又要追过来。

陆林爬上潜艇后快跑几步钻进舱口，很恶趣味地回过头挥手对着怒不可遏的巨蟹叫道："再见了大海鲜！"接着就一缩身钻进舱里，回手盖上了舱盖。进了潜艇，他边顺着梯子爬下来边叫道："快！快！快！赶紧开船！那家伙要追过来了！"等下到舱里与众人会合，他才发现大家的脸色好像都不是很好，一个个都站在各种仪器前辨认着上面的标识，只有项昊一个人在不停地拉动各种摇杆。

下到舱里，陆林马上升起潜望镜，却没注意到所有人都没搭理他。

"快点呀！大螃蟹马上就要追过来了！"陆林看着潜望镜催促道。没人响应，回身才发现了众人的异常，"怎么还不走？没时间了！"

"这货只是误打误撞启动了发动机打开了灯，根本就不知道怎么让潜艇开动起来。"萧卓一脸郁闷地指着项昊说道。

"什么？那你们倒是快点想办法呀！"陆林一听，汗就下来了。

"别废话了，来认一下启动涡轮和倒车的德文，快过来帮忙找！"洛雨递给陆林一个纸条。身后的巨蟹已经开始动了，它是真的发怒了，一边挥舞着螯钳疯狂地敲砸着两边的岩壁，一边用六只节足爬了过来。

"快呀！真的爬过来了！"罗瑞看了眼潜望镜说道。众人急得像热锅上的蚂蚁，没头没脑地查看着每个开关旁的德文，让原本就非常狭小的艇内空间显得愈发拥挤。怪就怪他们先前把事情想得太简单了，潜艇这种大型作战单位，本就不是一两个人可以操作的。荷载二十多人的潜艇，几乎每个艇员都有不同的分工，而且都要有相应专业技术。想像开车那样把一艘战斗型潜艇开出去，实在是异想天开。

艇身随着水流不停摇晃，艇内大部分的空间都被各种机器设备占据了，留给人活动的空间非常有限。十个人全都挤在作为指挥中心的主控室里，动荡、闷热的感觉让众人心浮气躁，外面还有只庞然大物在步步紧逼着，一时气氛紧张到了极点！谁心里都没底，一会儿巨蟹要是真的追了上来，这老式潜艇的钢壳能不能经得起它一击？

"快点！快点！过来了！过来了！"罗瑞扒着潜望镜喊道，两只手不停哆嗦着。潜望镜里，巨蟹伸在最前面的螯钳离潜艇只剩十几米远，在洞中仅剩的几个灯盏下，显得阴森恐怖至极！

就在这时，一个谁也想不到的声音响起："主压载水舱注水，蓄电池充电，启动声呐，启动涡轮，打开后退动力，调整到极速后退模式。找两个人，一个去第四舱柴油机舱，一个去第五舱电机舱，检查一下工作是否正常。有些老式潜艇的动力控制装置不是装在主控舱里的。"

众人惊异地望过去，一直昏迷的赵庆中不知什么时候醒了过来。先前一进入舱内，众人担心他醒来会对大家不利，便把他捆了起来。此时他正结结实实地被捆在主舱的一角，看着主仪表盘上方的潜艇结构图说道。

看到赵庆中醒了，众人一时都停了下来，紧张地看着这个危险的敌人。

"你会开这玩意？"项昊疑惑地问道。

"玩过。"赵庆中冷冷说道，"我只接触过两个型号，不过这些都大同小异。只要你们控制好操纵系统、动力系统和导航系统，把它开出去应该没有问题。"

"我们可以信任你吗赵老四？"萧卓问道。

"放心吧，我还不想死在这里。"赵庆中答，"真没想到你们会救我，我赵老四是个恩怨分明的人，这次四爷认栽了！算我欠你们一个人情，离开俄罗斯之前，我不会再对付你们。"

"娘的，照你的意思，合着等回了国你还要接着找麻烦？那还不如现在就把你扔出去喂螃蟹！"项昊恶狠狠地说道。

赵庆中似乎算准了众人不会杀他，好整以暇地说道："把我扔出去，你们也跑不了。再说，把你们手里的东西交给我，你们的麻烦自然就没了。"

"给也是给我，告诉你赵老四！你现在就是阶下囚，少板着你那张臭脸！"萧卓厉声说道。

"都闭嘴！现在是吵架的时候吗？不想死就赶紧让这东西动起来！"洛雨大声制止二人。

"哼！"赵庆中看都不看萧卓，便开始指挥他们开启开关，查看数据，又让其中几个人去了另外的几个舱查看情况。工作分派完，众人全都忙碌起来。

"来了！来了！快呀！再开动不了就等着喂螃蟹吧！"观察着潜望镜的罗瑞已经抖成一团，因为镜片畸变的关系，从潜望镜中看，巨蟹已经到了潜艇跟前。

大约过了半分钟，潜艇传来轰鸣声，螺旋桨终于开动了！

“全速倒车！快！”赵庆中喊道。

就在这时，艇身发出一声巨响，一阵剧烈的晃动传来，震得众人站都站不稳。巨蟹到了，螯钳已经撞到了潜艇上！

“把艇外探灯的光调到最强！全速后退！快！”陆林对操作台前的洛雨说道。不用他提醒，洛雨已经开始做了。当所有的强光打开，巨蟹的行动为之一滞，眼看就要砸到艇身的螯钳猛地停在半空！千钧一发之时，潜艇尾部的螺旋桨疯狂旋转起来，努力对抗着急流，拉着整个艇身一点点驶进还在涌水的大缺口。

机械动力与从洞口涌入的狂流不停激荡着，潜艇如江中的小舟般摇摆不定，时不时还会磕碰到岩壁上，撞得整个艇身为之一震。这下舱内的众人可吃了苦头，好像坐上了云霄飞车，一个个站都站不稳。红灯闪烁中，陆林喊道：“大家坚持一下，找到东西抓住！过了这段就好了！”

“主压载水舱开始注水了吗？快点！不然出了洞口会马上因为浮力的关系失去平衡！”赵庆中说道。他坐在地上，双手被反捆着绑在一根钢管上，姿势要多别扭有多别扭。

“快下沉！快下沉！要撞上了！”罗瑞看着潜望镜说道，随着水势的升高，潜望镜离缺口上方倒悬下来的岩壁越来越近。

众人感觉艇身一阵颤抖，之后便开始倾斜，似乎一边的重量陡然加重了，之后舰艇便在一股莫明的压力下缓缓开始下沉。动力已经加到最大，随着潜艇沉入水中，逆水行舟般的阻力小了很多，舱内也开始平稳下来。在螺旋桨的巨大拉力下，潜艇终于从缺口水流的阻力中冲了出来。赵庆中还是被捆着，不过已经从地上被扶了起来，他一边盯着各种仪器的屏幕，一边发布命令，指导洛雨控制艇尾的垂直舵，把原本倒退的船身一点点地校正过来。

“外面好黑，潜望镜看不到东西了，这里好像还是个海洞。”罗瑞紧张地说道。从潜望镜看出去，到处都是一片漆黑。艇身上的灯光变得如萤光般微弱，只能从缺口处透出的微弱光芒辨认出四周仍是岩壁而非海水。想来德军的这艘潜艇应该是被藏在了洞里，否则这里紧靠着俄海军基地，恐怕早已经被发现了。就在这时，一个巨大的阴影突然把缺口的微光也遮挡住，是那只巨蟹！没了灯光的骚扰，它竟然又追了过来！

## 第三十八章　冰海之下

罗瑞在光线中正好看到这一幕，一时间汗毛都炸了起来，失声道："快关灯，那东西又追过来了！"说话间，潜艇的外壳传来一声巨响，整个艇身咣的一声被一股大力撞了出去，众人像失重似的从地板上被彻底抛起来，又重重摔到地上。接着又是一声巨响，潜艇被狠狠撞到海洞的洞壁上。

透过潜望镜，罗瑞看到一个巨大的螯钳阴影从洞口伸了出来。好在它的体形太庞大，被堵在了缺口里爬不出来，一时间竟没能追出洞，只能把一只螯钳伸出来，重重砸向潜艇。

"向左转舵 30 度！稳住！看着声呐，别撞到墙上，全速航行！"赵庆中一边看着声呐屏幕一边叫道。

刚才一被撞，潜艇逃出了螯钳的攻击范围，洛雨看着声呐小心操作着，重新校正了方向的潜艇快速向洞口方向驶去。众人才待松一口气，就感觉外面的水中传来了巨大的震动，好像是重物落水激起了一大股潜流。罗瑞马上反应过来，苦着脸说道："坏了，那螃蟹开始拆墙了！"

"不用看了，它是冲着通天宝鉴来的，肯定还会追过来。加速吧，出了洞就不怕了。"陆林一边擦拭手里的透镜一边说道。这透镜刚才在地面上拖行了这么远，竟然连一道划痕都没有留下。

眼看巨蟹被困在缺口暂时追不上来，众人总算松了口气。这一次真是险之又险，若不是有赵庆中，怕是他们现在都已经葬身海底了。本着做事留一线的心态救了他，没想到最后却是给自己留了一线生机，一饮一啄间，巧合得让人难以琢磨。

"看来这潜艇还是没问题的，刚上来的时候，看到主控制室里有几具被困死在这里的干尸，吓了我们一跳，还以为它坏掉了呢。"项昊对陆林说道。

"大概是被暖流卷进水洞，最后困死在了这里。尸体呢？"陆林问道。

"怪不吉利的，丢到一个杂物舱里了。"项昊说道。

“大概再有一段，我们就能出去了！”洛雨检视着声纳和雷达的显示屏说道，“不知道这里离我们进来的那个海洞偏离了多少，如果出去再碰上萧卓她二哥那一行人……”

“我去检查武器系统，没准艇里还有鱼雷呢！”项昊说着就蹦了起来，语气中透着兴奋。

“站住你个二货！”陆林叫道，“你还想守着人家的海军基地打人家潜艇？脑子进水了吧你？往好里说就是引发一场国际争端，哪怕只发射一颗子弹，那也算是一群中国人开着德国的潜艇攻击俄罗斯海军。往坏里说，就是咱们直接被击沉。再说了，那艇上除了她二哥大概都是老毛子，人家招你惹你了？别忘了，水下事故，死亡率百分之百！”

“那他要是攻击咱们呢？咱现在可开的是艘德国潜艇，还是在人家的地盘上。老毛子最恨的就是德国人，他们就算直接开火也不是不可以。”项昊反驳道。

“别吵了，一会儿出了洞看看情况再说，到时候声呐上会有显示的。不过这船上的设备太老了，估计他们会先一步发现我们。”洛雨说道，“但愿已经离开很远了，他们不会注意到咱们，只要浮出水面，我们就安全了。”

赵庆中冷冷地笑了笑说：“你们这群土豹子，知道U型潜艇的外号叫什么吗？海狼！知道它最擅长的是什么吗？偷袭！一艘早期的U型潜艇曾创造过在一个小时内，接连击沉三艘英国巡洋舰的战绩。不要小看二战时的德国科技，半个世纪前，这群海狼曾经驰骋在各大海域，猎杀盟军的一切海上船只。萧成荣那艘潜艇，我潜入的时候看到了，只是艘科考艇。瞧把你们吓的，只有弱者才习惯从猎物的角度思考问题。”

“你够了啊，我忍你很久了！”项昊指着赵庆中的鼻子说道。不料就在这时，通讯系统突然接到了一个无线电通讯请求。一时间大家全都安静了下来，所有人都望向萧卓，真是怕什么来什么，这讯号多半就是她二哥发来的。

萧卓深深吸了口气，接通了无线电。果然，听筒里响起了萧成荣的声音。

“是你吗小卓？我的好妹妹，我是二哥，恭候你们多时了，二哥等着给你庆功呢！没想到你还知道换个洞钻出来，不过还是被二哥发现了。这是从哪捡了艘破烂呀？哈哈哈，真有你们的，还真是走到哪都能捡到宝呀！对了，东西拿到了吗？刚才洞里传出那么大动静，多半是取到了吧？我代老祖宗谢谢你了。小卓，是你的话就赶紧回答，不然，艇长就要下令发动攻击了！”

“二哥，我辛辛苦苦找来的东西，你想就这么不劳而获，是不是有点太过分了？”萧卓不带任何感情地说道。

“呵呵，小卓，来二哥的地盘这么久了，你都不打个招呼，别以为我不知道你怎么想的。咱俩是半斤八两，谁也不用说谁，你还不是一样盯着我家的位子不放，你觉得，我会给你这样的机会吗？放聪明点，好歹是一家人，二哥不会连口汤都不让你喝的。”萧成荣一改亲切的口气，冷冷说道。

“咳咳，”陆林故意清了清嗓子，对着话筒说道，“不好意思打扰一下，萧二爷是吧？我看你还没有搞清楚状况。东西是我们找到了，就算萧卓同意把东西给你，我们也不会同意。另外，不要以为就这么吃定我们了，更别拿什么开火威胁我们！这船要是真沉了，东西也就没了，你连打捞的机会都不会有！”

萧成荣不屑的声音响了起来：“你谁呀？这里没你说话的份！朋友，人要有自知之明，就算你们找到了那东西，能带着它走出俄罗斯吗？现在老老实实把东西交出来，回头开张支票给你们，不是很好吗？别想耍什么花招，待在那里等我们过来！

“现在，我们的尼克申科艇长以俄罗斯联邦武装力量的名义命令你们，从海洞中出来，先放下武器原地待命，等我们靠近之后，请你们在我们的监督和护送下出水。如不执行，由此产生的一切后果由你们承担！”

听了萧成荣最后的话，陆林也为之一滞。事情一旦换成官方的说法，那意义就变得完全不同，对方可以用任何手段对付他们。萧成荣就是看准了这一点才会如此肆无忌惮，只要他们敢反抗，他就可以动用俄罗斯海军的名义随意地对付他们。

“怎么办？不能给他，一定不能给他！”萧卓六神无主地抓着洛雨的手说道，自从萧成荣出现，她就好像遇见了猫的老鼠，一时间完全没了主意。

“别急！他投鼠忌器，不敢攻击我们的。”洛雨回答道，她两眼一直盯着声呐的屏幕，并没有回头看萧卓，似乎发现了什么不得了的事。

“咱们到哪了？他们在什么位置？”陆林凑到洛雨身边问道。

洛雨一边指着屏幕的图像，一边说道："这个是咱们，这里是洞口，他们的船在这里。没有多远，恐怕一会儿就能过来，咱们怎么办？"

"这个是什么？"陆林指着他们身后那一圈似乎在动的轮廓边缘问道。

"你说呢？"洛雨看了他一眼反问。

"大海鲜？"陆林顿时明白了她的意思，他们身后应该就只有这么一个活物。看到巨蟹蠢蠢欲动，陆林抚掌大笑道："哈，这下有意思了。先到洞口去，一会儿给萧卓她哥一个大大的惊喜！"

去鱼雷舱检查的项昊也在这时回来了，一脸兴奋地说道："有鱼雷！崭新崭新的两颗鱼雷！娘的，德国货就是好！你们是没看见，前面鱼雷架和发射管那里还裹着一层薄薄的机油，保养得跟新的一样！"

刚才萧成荣说完便切断了通讯，连谈判的机会都没留给他们。否则让他听到这 U 型潜艇内还有鱼雷，怕是不会这么淡定了，他的那艘科考艇里可没有多少武器。

"哼，有鱼雷又怎么样，你们敢发射吗？"被捆在一角的赵庆中冷笑着说道。

"呵呵，那赵四爷你有什么好办法？"萧卓倒是一点都不怕他。

赵庆中一点也不生气："你觉得他们真能代表俄罗斯官方吗？不过是假公济私罢了，真把事情掀出来，对他来说比对你们还要危险。现在的那位沙皇那么强势，如果他发现连军队都可以被外国人调动，你说他会怎么做？萧家在俄勾结的上层势力少不得要受一番清洗，在俄罗斯境内被连根拔起也不是不可能。"

"危言耸听，哪有这么简单！"萧卓底气不足地反驳道。

赵庆中不以为意，继续说道："你们是身在局中想不明白罢了。一方面，这里是海底，双方谁都承受不了动用武力所能带来的后果。这里有两样东西是萧成荣不想，也不能丢的，一个是那镜子，一个是萧卓。而你们更不可能在海军基地旁边击沉俄罗斯的潜艇。另一方面，这里是国外，你们会担心俄罗斯官方，他们更不敢让人发现他们动用了海军的力量。说白了，现在是麻秆打狼两头害怕，你们谁都不可能真的动武。"

"不错，确实是一场谁也动不了谁的博弈。"洛雨似乎也想明白了。她心中暗道，难怪先前萧卓说赵庆中这个人不简单，现在看来，果然有过人之处。随即问道：“那你有什么好主意没有？”

赵庆中撇撇嘴道：“他们最多不过是虚张声势，结局就是谁都动不了谁。到最后，一切问题还是要回到陆地上再解决。如果你们跟他们走进了军港，那东西肯定落到萧成荣手里。如果你们从其他地方上岸，就是想走他也拦不住你们。所以，这个登陆点很重要。”

“注意！注意！来了！”陆林打断了他的话，盯着屏幕说道。他们眼看就要到洞穴的边缘，在离洞口不远的地方有一个光点靠了过来，那应该就是萧成荣了。而在他们身后洞穴的深处，也有一个光点在缓慢移动着，想来是这个洞穴没有先前的宽大，巨蟹虽然已经爬了过来，却因为洞穴的限制行动缓慢。

“慢一点，再慢一点，稳住！”陆林兴奋地说着，似乎在做一件很有趣的事。潜艇一点点驶进洞口，前后两个小光点都在不停靠近。

“对方接近洞口，开始减速了！”另一艘潜艇上，艇员向艇长和萧成荣报告道，“看来他们真怕了。有没有搞错，我们家动用那么多人力财力都没找到的东西，竟然被这么一群胆小鬼找到了。”萧成荣对陆林一行人愈发轻视起来。

“慢一点，慢一点，就到了！就到了！差一点……”U 型潜艇上，周欣、罗瑞等一群人都在围着屏幕起哄。看着身前身后的小亮点越来越近，他们预估着两者在洞口相遇的时间，操控着潜艇的速度。终于，他们到了洞口，萧成荣马上也要到洞口，身后的巨蟹眼看就要追到跟前……

“就是现在，加速！”陆林猛地把动力加到最大，螺旋桨疯狂旋转起来。与刚才的龟速比起来，潜艇飞一样地蹿出海洞，与萧成荣的坐驾擦肩而过，把打着探照灯开着舷窗、一副胜券在握模样的萧成荣吓了一跳。

众人才冲出洞口，又有通讯请求传了过来。接通后，萧成荣气急败坏的声音从听筒中传来：“我说你们找死是不是？真以为二爷我没办法治……”话还没说完，就听到听筒中另一个声音说道：“报告！海洞里还有一个移动的信号，马上就要出来了！”接着萧成荣跋扈的声音又响了起来：“别管什么信号不信号的！这群杂碎还真以为我不敢开火？赶紧给我追上他……

他……我操！这是什么玩意！”听筒中传来一声船身触礁般的巨响，人声一下嘈杂起来，对方的潜艇全乱了。

“哈哈哈……”听到萧成荣最后的话，大家先是一愣，接着便全都哄笑起来。回想自己一行人第一眼看到那只巨蟹时的反应，他们完全能理解萧成荣此时的感受。屏幕上两个光点现在几乎挨在了一起，可想而知，另一艘潜艇上的人第一次见面就如此近距离地接触这个大家伙，不知道会被震撼成什么样子。

“哈哈哈，这次你哥惨了。”项昊拍着萧卓的肩膀大笑着说道。

“呵呵。”萧卓应付地笑了笑，什么也没说，反而略带紧张地听着通讯器里传来的声音。

“这是什么东西！螃蟹吗？海怪吗？这群废物到底从洞里引了什么东西出来！”萧成荣语气中透着惶恐，这里是海底，出了事就是个死，由不得他不怕。

“右转舵！水下火炮准备！”另一个冷静的声音从听筒里传来，是那个艇长在发布命令。

“快！快！潜望镜，潜望镜，这么精彩的场面错过了太可惜了！”罗瑞一边叫一边升潜望镜。这是个很违规的操作，海底没有光线，潜望镜升起来也没用。好在对方的潜艇上灯火通明，把艇身周围全都照亮了。

“夹住了！夹住了！”罗瑞趴在潜望镜上，语气兴奋得像个孩子。

“让我看看！”陆林也挤了过来，透过潜望镜看去，巨蟹已经爬到洞口，一只螯钳夹住潜艇舱口附近最狭窄的地方，潜艇左摇右晃却脱不出蟹钳的控制。螺旋桨不停地空转，与这生存了不知多久的巨大生物在海底进行拔河比赛。巨蟹扒着岩壁，潜艇空悬水中，孰强孰弱一眼可辨。

就在这时，潜艇开始动用现代武器还击，左舷冒出了一长串火光，裹在水中的火球一闪即没，一连串的水泡升向水面。萧成荣所在潜艇本身就是用于科考的，配备的武器少得可怜。艇上的水下火炮口径很小，炮弹撞到巨蟹坚厚的甲壳上立即爆炸开来，甲壳被炸出了大块碎片，却没有被穿透，并未对巨蟹造成实质性伤害。这股爆炸力冲得蟹钳和潜艇都是一滞，两者生生被一股大力分开。

“打中了！真糟糕，让他跑了。”陆林看着潜望镜失望地说道。

“跑了才好，你还真打算让那一船人都葬身海底吗？”洛雨说道。她没有上前凑热闹，一直仔细地盯着屏幕。

这时通讯器里又传来萧成荣的声音：“再开火！开火！”语气中透着一股歇斯底里的疯狂。但接着他的声音就被打断了，先前艇长的声音又响了起来。

“闭嘴吧！压力舱放水，后退，上浮！先与这螃蟹拉开距离！然后马上离开！快点！”发布完命令又听他怒不可遏地对萧成荣说道，“你以为这是过家家吗？一个不小心全体艇员就要葬身在这里！上帝啊，真不知道我是怎么鬼迷心窍才接受你的任务！这事我们不参与了，回去我就把钱退给你！”

“他们真要走了！”项昊趴在潜望镜上惊喜地喊道。

周欣刚才在水中冻坏了，此时才缓过来一点，问道：“那个艇长说不接他的任务了，那就应该不会再追我们了，是不是这就没事了？”

“没事了吗？”几个人相互看了一眼，怕是萧成荣不会这么善罢甘休吧？

“我靠！没完呢，螃蟹追出来了！”罗瑞兴奋地大喊道。

那个艇长从来没遇到过这样的大家伙，忘了一件很重要的事情，这只螃蟹是个活物，并不是把船开远一点就安全了。刚才的一轮炮击把这家伙彻底激怒了，原本它身在洞口只把螯钳伸了出来，看潜艇要逃，竟然迈开三对节足挥舞着巨螯，从洞里爬了出来！尖利的钩爪插进沉入海中的山崖的岩壁，在倾斜陡峭的山崖上像只大蜘蛛一样快速移动。

崖壁有些吃不住它的重量，一股股沙石混着浊流滚入海底。巨蟹的速度可比潜艇的速度快多了，几步就追了上来。这次它吸取了上次的教训，六只蟹爪牢牢卡在倾斜的岩壁里，两只钳子一起伸了出去，死死钳住了艇身。

这一头的通讯器里突然传出一阵闷闷的“咯吱吱”的刺耳响声，那是艇身变形、钢板被压迫的声音。就听到嘈杂的人声中有人喊：“报告！潜艇最外层钢板出现破裂！外层开始漏水！”接着就是艇长发布了一连串修补检查、关闭密封舱门的命令和艇员的咒骂声。

“不是吧？外壳都被夹坏了？”这蟹钳的力道着实让项昊吃了一惊。

罗瑞说道：“螃蟹没有肌肉组织，螯钳的运动是靠体内的液体，人类正是受了它的启发才发现了液压的原理。蟹钳的力道非常大，加上内侧倒钩的锯齿，常常能让被夹住的人觉得它的力量与它的体积不成比例。这么大的螃蟹，钳子就像两只巨型液压破拆器，你说得有多大的力道？传说深海里有巨蟹螯虾，可以凭两只巨钳夹断舟船，看来未必只是传言。弄不好再待一会儿，真就能给它夹断了。”

“那岂不是说，他们的潜艇真的有沉没的可能？”萧卓问道，想到这个她顿时紧张了起来，“那我二哥和那些俄国艇员岂不是……”

赵庆中接话道：“是呀，只要出了事，几十条人命就全都交代在海里了，而且潜艇沉没向来都是轰动国际的大事件，就像前几年的库尔斯克号核潜艇沉没，被全世界关注了一个多月。呵呵，萧家娘们儿，你说要是你二哥死在这里，回去你怎么跟家里交代？”

众人吃惊地看着赵庆中，没想到这个狠辣的家伙会说出这么一番话，明显有让他们救人的意思。就听他不以为然地又说道：“别误会，我只是不想你们被关注罢了。一旦那艘潜艇出了什么事，俄罗斯海军会第一时间赶过来，你们马上会暴露。你们暴不暴露蹲不蹲监狱都与我无关，但东西如果带不回国就与我有关了。”

此时听筒里的声音里乱成一团，对方潜艇上的气氛已经恐慌到了极点，舱内进水本身就是足以致命的事故。这时萧成荣的声音又响了起来：“小卓！你还在吗？听到没有？救救二哥！救救二哥呀！我保证不跟你抢了！救救我！”

大家都去看萧卓，她也是举棋不定，但她明白，如果萧成荣因为自己的原因死在这里，那她怕是会有大麻烦了。项昊不服气地对赵庆中说道：“照你这么说，我们还非救他们不可了？”他又看了眼萧卓，继续说道：“要是他真不追我们了，倒是可以考虑救他们，几十条人命呢！可是，我们怎么救？”

赵庆中冷笑着摇摇头。“别以为有两颗鱼雷就能轻松解决问题，这东西是用来炸大型船只舰艇的，威力太大。他们距离太近，你发射鱼雷，就算可以炸死螃蟹，另一艘潜艇怕是也完了。反正我是想不出办法。”接着他又一脸戏谑地说，“你们倒是可以撞上去试试。呵呵，想救人不是那么容易的，别一个不好把自己也搭进去。”

原本是为了消除萧成荣这个麻烦，才把他们引到巨蟹嘴边，此刻又要想办法救他们，众人突然有一种作茧自缚的感觉。而且这个茧似乎很大，想破开它救人都变得非常困难。怎么才能在不伤害潜艇的前提下驱走巨蟹呢？众人全都没了主意。真是应了那句话：请神容易送神难。

“真是搬起石头砸自己的脚呀！”想想面临的问题，陆林撇撇嘴说道。

“为什么咱们在海洞里用头灯能晃到螃蟹，现在他们潜艇上的探照灯却不行？”水静又想到了用光。

洛雨回答道：“因为刚才咱们是在水面以上用灯，但这是在海中，光线被海水削弱了很多，而且那螃蟹碾碎了山岩，把水搅浑了。那边海水杂质太多，光线的作用自然就大打折扣。唉，先前没想那么多就引出了螃蟹，现在还真难办。有没有什么办法，可以让螃蟹心甘情愿地松开钳子，而且不会追过来？”

“除非把镜子扔出去。”陆林挠挠头说道，“不过那大海鲜已经怒了，扔出去也未必有用。”

萧卓似乎还拿不定主意，她不自觉地看向项昊。“真要救他们吗？我了解萧成荣，就算救了他，他也势必不会罢休的！”可接着她又举棋不定，“他毕竟是我二哥……”

项昊皱着眉说道：“救吧！船上还有那么多无关的人呢。可就算现在把他们救出来，那螃蟹还是会追上来，真是麻烦。”

“冒泡了哎！”罗瑞盯着潜望镜很是兴奋，接着又慢条斯理地说，“也未必会追上来。刚才那个艇长搞错了，要是不上浮转向而是直接倒车离开岩壁，估计也就没事了。你们知道，螃蟹是不会游泳的。”

“啥？海鲜竟然不会游泳？”众人从没注意过这个，乍一听都很诧异。

罗瑞点头道：“嗯，大多数河蟹都不会游泳，游泳肢已经退化收在蟹脐附近了。海蟹里有一些会，就是那种最后一对足扁平像鳍的，可以多少在水中滑行一下。可眼前这只，从块头到模样，肯定都不是会游泳的那种。”

“这么一说，我好像还真只见过螃蟹爬，没见它游过泳。”周欣说道，她猛地抬头，“那是不是只要离开岩壁，它就不会追过来了？这么说，至少咱们安全了。”

通讯器里不时传来艇长下令开火、转向的声音，近距离的爆炸声和船体被挤压的吱吱声不时地响起。艇长的声音又传了过来：“马上联络基地求救！快！不能再等了！”接着是萧成荣的声音：“不行！别忘了咱们这次行动是保密的，一旦让军方知道，你就完蛋了！一定不行！”萧成荣心里最清楚，只要被军方发现船上有他这个“闲杂人员”，那最先完蛋的肯定是他。

“完蛋就完蛋！这关乎我和我艇员的生命！”艇长似乎和萧成荣推搡起来，就听萧成荣又说道：“再等一等，再等一等！小卓？你在听吗小卓？快点！想办法救救我！我保证不跟你抢了！艇长的话你也听到了，惊动了军方，不论是咱们还是跟你一起的那些人，就全都危险了！快呀！”

通讯器里又是一片混乱，挤压金属发出的吱吱声越来越大，好像随时都会崩溃的样子。萧卓回头看向众人，美目凄凄，似乎想从大家的眼神中找到支持。项昊略一沉吟，边走向前舱边说道：“没时间再想了！咱们调头，我去装鱼雷，让他们一会儿接到信号以后就把照明调到最大，继续发射火炮。”

罗瑞喊道：“昊子等等！都说不能用鱼雷了……嘿这家伙！”项昊好像没听见一样，已经穿过指挥中心去了鱼雷舱，关上密封舱门时才喊了一句：“信我！”

“这家伙想干什么？”萧卓喃喃自语道，但还是按照他说的和萧成荣通了信息，洛雨则把潜艇调转了方向。片刻之后项昊便跑了回来，对洛雨说道：“好了，鱼雷已经装进发射舱，按下按钮就能发射。”接着就接替了罗瑞趴到潜望镜上观察起来。

看他真要发射鱼雷，赵庆中有些坐不住了：“我说，你们这群土豹子会用鱼雷吗？大型武器不是那么好操作的。那东西要先测量船首角、最高点、双方的距离和航速、航线并且做一大堆计算，老式潜艇的鱼雷更是如此，这不是游戏，不是说你按下发射键就能打到螃蟹的！一个不好，那艘潜艇不毁在螃蟹手里也得毁在你手里！”

“哪有那么麻烦，对准了打不就得了。”项昊不为所动地看着潜望镜。他话虽粗，心却很细，测算着大概的距离，差不多接近到三百米左右的时候，他又说道：“左转舵……再往右一点……好，就是这个方向……停！不要再向前了！把艇身调整到水平……下潜……”

他这边发布着命令，洛雨那边便开始执行，压力舱再次注水，潜艇开始下潜。大约继续下潜了几十米，项昊喊了声停，便做好鱼雷发射的准备。

“你确定能打准吗？”萧卓无比紧张地问道。

“我已经想好了，保证没问题！放心，你瞧好儿吧！”项昊得意地说道，接着又发布命令，“好！别再动了，稳住……预备……发射！”喊完发射，鱼雷却没有应声而出。项昊回头，发现洛雨正抱着肩膀看着他，问道：“你先说你的意图，不然这么做的风险太大了，我不同意。”

“你这女人怎么这么磨叽！听我的没错！”项昊不由分说上前一步，在众人的一片惊呼声中狠狠按下了鱼雷发射按钮。大家一下子都静了下来，心全都提到了嗓子眼，项昊这举动实在太莽撞了。就听到最前面的鱼雷舱传来咣的一声响，艇身跟着轻轻一震，接着便安静了下来。众人不约而同地看向潜望镜，萧卓关心则乱，一个箭步就抢了过去，紧张地注视着对面发生的一切。项昊按下按钮后就对着话筒喊道：“那个萧卓他哥！把舱外的探灯都调到最大功率，开火吧，这样机会能更多一分！告诉你一会儿脱困了别耍花样，我们这可还有一颗鱼雷呢！”

潜望镜里，一长串泡沫如一条长长的白链从潜艇的正前方，一直向海下的山岩延伸过去。三百米的距离转瞬即至，白链划出一条弧线，其尽头狠狠撞到了巨蟹正下方几十米的岩壁上。萧卓心里就好像被狠狠抽了一下，打偏了？

还没等萧卓反应过来，一个大火球在巨蟹下方二三十米处的岩壁上引爆了！海底猛地亮了一下，无数碎石岩块混杂着海水泥沙一起大股地炸了开来，耸立的岩壁被炸出了一个大坑，震碎的山体石块竟然把先前海洞的洞口也给堵死了。这颗鱼雷威力很大，炸得岩壁一阵颤动，但爆点的位置太低，潜艇和螃蟹被冲击波震得荡了一下，却都没受到太大影响。这时，对面萧成荣的潜艇也猛地加大亮度，却依然没有丝毫作用。

“怎么样成功了吗？”

“昊子你太冲动了！”

“你疯了吗？”

“真的发射了……”

不待结果出来，大家就痛批起项昊来。洛雨真的火了，严肃地说道：“项昊，你这种做法太危险了！这样的事绝不允许再来一次！你知不知道，一个不小心就会把大家全都葬送在这里！”

“急什么，看结果！”项昊盯着声呐屏幕说道，对众人的谴责无动于衷。

萧卓本就大失所望，听了项昊的话火气更大了，刚要扭头去责怪他，不料情况突然发生了变化。那巨蟹不知怎么突然摇晃了起来，失去平衡似的从潜艇上松开一只蟹钳撑在了岩壁上。接着它摇晃得更厉害，竟然又松开了另一只蟹钳抠在岩壁上。意想不到的一幕出现了——在巨蟹用钩爪攀爬着的那段岩壁上，大块大块的岩石从山体上崩落下来，山体滑坡了！

原来是下方被炸空的岩壁承受不住它巨大的重量，开始一点点破裂、解体，最后大片大片地坍塌下来。把全身重量依附在岩壁上的巨蟹失去平衡，希望用螯钳固定住身体，这才松开了潜艇。可任凭它怎么抓钩，终是没能找到着力点把自己重新固定在岩壁上。它就像一只高空失足从网上掉下来的蜘蛛，张牙舞爪节足乱蹬地跟着滑坡下来的石块一起滚进了幽暗的海底，在泛起的大团泥沙中再也看不到踪影。

众人还在斥责项昊，不料通讯器里传来艇长兴奋的声音，他一口气发布了一连串命令:“松开了！快！倒车！调头！回基地！赶紧离开这个鬼地方！”似乎是终于放松了下来，他猛地想起了什么，语气中透着轻松，说道：“刚才拍到照片了吗？没想到这次打着科考的名义出来，竟然真的有大发现，回去肯定能震动世界的！什么？刚才吓坏了没有拍照？你们这些胆小鬼！算了，碰到海怪能活着就已经很幸运了，小伙子们！我们回家！”声音中充满着劫后余生的喜悦。

听到这里，众人也长长松了口气，看来对方已经脱险了。萧卓扶着潜望镜直起身，回身将她看到的情况大致说了一下，又拍了拍项昊的肩膀说道:“谢谢！没想到你这个进了水的脑子有时候还挺管用。”

“什么话，项爷我聪明着呢，这就叫智慧！刚才瑞子不是说螃蟹不会游泳吗？那只要让它从岩壁摔下去爬不上来，问题不就解决了？”项昊洋洋得意地说道。

“那聪明的项爷，我问你，如果刚才螃蟹没有松开潜艇，而是抓着它一起从岩壁上摔下去怎么办？”洛雨不买账地问道。

“这个……”项昊顿时没词了，他根本就没想过这一点。

这时通讯器里又传来艇长的声音：“另一艘潜艇上的人听着，谢谢你们救了我和我的全体艇员。不管你们和萧先生有什么恩怨，我们都不会再参与了。关于你们的事，我也不会向上面报告。不过这里是我们的海军基地，我以俄罗斯联邦北方舰队的名义要求你们尽快离开！”

“收到，我们会马上离开。”陆林对着通讯器说道，对方好像连他们乘坐的是一艘德国潜艇都没发现。他转身问洛雨道：“咱们接下来怎么办？从哪上岸？”

洛雨沉吟道：“按原计划，还从咱们营地附近的山崖上岸，然后拿上东西马上离开。这艘潜艇……就让它沉在海里吧。”她看了眼绑着的赵庆中，对他说道：“我们离开的时候自然会放了你。”

“我用你们放吗？放心吧，我说话算数，回国之前不会再为难你们。”赵庆中傲然说道。休息了这么半天，他的精神好了很多。

“那好，我们向岩壁靠近，上浮到海面后大家出舱游一段上岸，收拾好东西马上去机场。”陆林说道。

就在他们商量回程大计时，另一艘离开的潜艇上并不太平，萧成荣正在跟艇长吵架。

“你回基地可以，先找条船把我放下来！再耽误下去他们就跑了！”

“我说过不参与你们的事了！”

“没让你参与，我只要求现在下船！我没时间跟你这耽误了，你最好听话，不然这就是你最后一次担任艇长的职务了！”萧成荣怒气冲冲地说道。巨蟹的搅局让他瓮中捉鳖的计划破产了，气急败坏的萧成荣再也没了先前的风度，他恶狠狠地想着：“等着吧，别想这么轻易离开。”

另一边，陆林密切地盯着声呐屏幕。“好，就停在这里吧，离岸边大概还有二十几米的距离，不能再近了。这样就行，大家应该能游过去，现在上浮。”

周伟拍了拍项昊的肩膀，说道：“昊子，彪子身上有伤，一会儿你先带着他游过去，上岸以后接应一下大家。咱们队伍里女同志太多，折腾了一夜怕是没什么力气了。”项昊欣然允诺。

陆林来到赵庆中跟前，一边解开捆着他的绳子一边说道：“我得留在船上，一会儿没人带得动你，自己游上去吧。”

这个意想不到的做法让四周陡然静了下来，现在就放了赵庆中，这里可没人制得住他。赵庆中看了一眼近在咫尺的通天宝鉴，扭头冷笑着问陆林道："你信得过我？"

"早晚要放了你，除非把你淹死在这里，早一会儿晚一会儿又有什么区别？该抢你还是会抢的。"陆林笑笑说道，"不过我还是相信你的人品的，不然刚才遇到大蝙蝠的时候你也不会护着那个黑老大。"

赵庆中狠狠地看了两眼通天宝鉴，似乎现在就想把它一把抢过来。但作为一个高傲的人，他不允许自己这么做，冷着脸说了句："放心吧，我说话算数。"狠狠哼了一声之后便把头扭向别处。

## 第三十九章　惊变

“差不多了，准备吧。”洛雨看着屏幕说道。这时潜艇轻轻一颤，轻微摇晃了起来，想来是压力舱里的水已经放完了，潜艇重新回到了海面上。

项昊爬上梯子打开舱门，第一个爬了出去。就听他从舱口向里面喊道：“都出来透透气吧！还是在外面舒服，待在这小铁盒里实在太憋屈了。”

众人依次爬出舱口，扶着栏杆站在了狭长的甲板上。北冰洋上的冷风划过脸颊，冰冷的空气吸进肺里，众人的精神为之一振。冬季的大海是温暖的，回到海面之后气温骤降。天幕下依然是那个极夜中的摩尔曼斯克，宁静的山岩上一片漆黑，只有他们临走时刻意留在小木屋中的一点灯光，仿佛一切都睡着了。北极星高悬头顶明亮耀眼，远方夜幕中的极光，如一条条挂在天际变幻摇曳的丝带，如烟如雾，似梦似幻。

从众人坐鱼雷艇下水到现在浮出水面，并没有过去太长时间，期间的惊心动魄却让这一夜显得愈发漫长。经历了幽深的海洞、遇见了恐怖的地下生物后，大家在星光下爬出狭窄的艇舱，回望黑暗中无尽的大海，听着滚滚的海潮声，一种天地无限辽阔、沧海茫茫无边的感觉油然而生。劫后余生，在这天地间的大风景面前，一种说不清道不明的安详喜悦萦绕在众人心头久久不去。那是一种对生命和自然的感悟。凭栏远眺，大家谁也没有说话，静静地享受这一刻的安详，画面仿佛定格在了海面上。

良久，周伟叹了口气道：“虽然这次路途着实危险，但说真的，我真想再来一次！”

众人谁都没有反驳，似乎赞同了他的说法，此刻的这种感觉是多少钱都买不到的。

赵庆中冷哼一声：“你们也就这点见识。劝你们一句，你们这样的普通人，最好不要参与太深，很多事不是你们能掺和的，你们也玩不起。”说完也不跟众人打招呼，跃过栏杆猛扎进海里，自顾自地向着岸边游去，似乎真的打算就此放手了。他在海中一直在发抖，那是盐水刺激伤口的结果。

“虽然我真的很讨厌这个自以为是的人，但不得不说，他是个让人尊敬的对手。”陆林看着赵庆中的背影，抽了抽鼻子说道，“行啦同志们，回国再感叹吧。昊子，准备准备往回游吧。”

项昊应了一声，把身上收拾了一下便打开头灯翻出护栏，扶着船舷下了海。一条胳膊有伤的彪子也跟着下到水里，在项昊的帮助下，两个人搀扶着向崖边游了过去。

岸边出现了一个黑影，赵庆中已经上了岸，不一会儿，水中的两盏灯光也上了岸。就听项昊喊道：“彪子，我留下接应他们，你去把咱们的东西收拾下，一会儿他们回来，咱们马上就走！”彪子向木屋的方向去了，项昊则留崖边，打着灯接应众人。潜艇出水的位置到底还是偏了一点，从他们上岸的地方离木屋有将近四五十米的距离。

“好了，大家也下去吧，一起有个照应。”陆林拿着通天宝鉴敲了敲栏杆说道，他现在对这透镜的硬度非常有信心，“我最后，一会儿你们走了，我下去把压力舱打开，设到最大深度，然后不关舱盖，就让它装满水沉到海底吧。”

“那好，宝鉴你拿着，小心一点。”洛雨嘱咐道。

众人相继下了水向岸边游去，项昊的灯照亮他们前方的水域，然后一个接一个地把他们全都拉上了岸。陆林看着大家全都上了岸，最后的一点担心总算消除了，这才钻回舱里开始给压力舱注水。没过一会儿，潜艇就开始在轻微的震动中缓缓下沉。看到一切运行正常，陆林不再耽误，把宝鉴装进防水背囊，飞快地蹿出了舱口。他用一根铁棍把舱盖卡死，之后便在甲板沉入海中之前飞身跃进了水里。

“哎？你怎么还没有走？”陆林上岸后第一眼就看到了赵庆中。

“我……”赵庆中还没来得及说，就听到远处传来一阵引擎声，接着便看到刺眼的灯光，一辆车顺着公路风驰电掣地开了过来，眼看就到了众人面前。萧成荣的声音从车上传来：“谁都别动！不然开枪了！”

赵庆中冷笑道：“我得保证东西能安全回国。”他好像早就猜到了。

“这个混蛋果然还是不肯放手！”萧卓咬着牙说道。

对方马上就到眼前，陆林看实在跑不了，就对正往车上搬东西的彪子大喊道："彪子！带上东西马上走，在买船的地方等我们！"说着就掏出通天宝鉴远远地向他扔了过去。

那边彪子才捡起摔在地上的通天宝鉴，这边萧成荣已经到了。其实他来得非常仓促，从潜艇出来之后根本没来得及联系队伍，只带着跟他一起离艇的两个手下就火急火燎地赶了过来。他下车就向着彪子喊道："李飞虎！你要是敢跑，我就把他们全杀了！我知道你是训练营的人，放聪明点！"

"萧成荣，你怎么言而无信？！"项昊厉声喝道。想想在潜艇上求救时那副奴颜婢膝的样子，再看看眼前的嚣张嘴脸，项昊彻底怒了。

"言而无信？哈哈哈，大人物哪有说话算数的？是你们太幼稚了。"萧成荣站在两个持枪的手下中间，抱着肩膀洋洋得意地说道。他还特意看了一眼赵庆中，好像一个胜利者在嘲笑失败者。"小卓，二哥谢谢你，找了一群这么傻的人合作。不可否认他们很能干，只是太蠢了，哈哈哈……"说完他又狂笑起来。看着远处不肯离开的彪子，他知道，那枚通天宝鉴马上就要到自己手里了。

"你无耻！"水静少有地大声说道。

"无耻？小丫头，为了争取最后的胜利，暂时委屈一下有什么错？这叫好汉不吃眼前亏，大丈夫能屈能伸！而且结果你们不是看到了吗？我赢了，这说明我的策略是正确的。人们只会记得谁是胜利者，而不会在乎他们是怎么胜利的。"萧成荣完全不把在海下的话当回事，不以为耻，反以为荣。

"彪子别过来！"陆林向后面喊道，他很明白，东西真落到萧成荣手里，那他们一行人才是真的没有价值了。

彪子本来都已经要过来了，听了陆林的话又踌躇不前，向着众人喊道："给他算啦！这玩意再珍贵，还能有你们的命珍贵吗？"

大家充耳不闻，萧卓挡在众人前面，冷冷地看着萧成荣说道："二哥，之前真没看出来，原来你这么不要脸。他们之所以肯在海里救你，是因为你是我二哥，这份情我承了，与你无关，但请你不要侮辱我的朋友！今天你要是敢动他们一根毫毛，我跟你没完！"

"自家人怎么能这么说话？只要他们把东西交出来，我不但不会为难他们，还要好好谢谢他们呢！”萧成荣的语气中充满了戏谑，“赵老四，你怎么也跟他们混在一起了？还被伤成这副鸟样子。”

陆林想起刚才赵庆中的话，猛地抬头看赵庆中。

赵庆中厌恶地摇了摇头说道：“小丑……”说罢猛地一抬手，车灯下寒光一闪，一把匕首已经插进了一个手下的咽喉。正是先前赵庆中血拼大蝙蝠用的那把匕首，没想到他一直带在身边。

电光火石般的袭击打了萧成荣一个措手不及，他和仅剩的那名手下全都一呆。另一名持枪的手下下意识地抬枪就要射击，向着赵庆中的方向“砰砰”就是两枪，开枪后他才发现空中不知道什么时候多了一个正朝他飞过来的背包，被子弹打了两窟窿之后斜斜地落到了地上，而刚才还在对面的赵庆中已经到了眼前。

原来刚才赵庆中扔出飞刀的一瞬间就已经动了，那背包是项昊帮众人上岸时丢在地上的。萧成荣出现后，赵庆中就刻意站到背包前面，一切在突袭之前就已经算好了。他的动作太快了，甩出飞刀后就俯身捡起背包向另一个枪手丢过去，之后身子俯低，上身几乎与地面平行，一猫腰就冲了过去。十几米的距离瞬息即至，他化掌作刀，切到那人正举着枪的腕子上，手枪应声飞了出去。磕飞手枪的同时，赵庆中的另一只手已经锁住了那手下的咽喉，一挫一扭，再松手时，那人已经软软地倒在地上没了气息。

众人全都被他的气势震撼到了，一瞬间就结果了两条人命，此时的赵庆中杀气外露，仿佛一架冰冷的杀人机器。陆林暗自庆幸先前没让雪儿对付他，刚才他的速度比雪儿还快了三分，只手拧断颈椎的力量更是常人所不能及。

“你……你……敢动我的人！”萧成荣颤抖着说道，也不知是气的还是吓的，他压根没有想到赵庆中会帮陆林一行人。

赵庆中鄙视地看了他一眼，说道：“别那么激动，我是不会动你的，我怕脏了自己的手，反复小人！”实际上他也是心有顾忌。杀两个小卒子不算事，但若真动了萧成荣，两个家族怕是要开战了。他又扭头对陆林等人说道：“就剩这一个杂碎了，交给你们。”

“娘的！让你小子刚才狂！”项昊几步上前，揪住萧成荣的衣领就要开揍。

“这家伙不会像刚才姓赵的那么厉害吧？”周欣在后面担心。

周伟摇头道：“放心吧，心思越多的人，越不懂得专注。赵庆中那种功夫，一定是下过大苦功才练成的。萧成荣和他是两种人，一个喜欢凭借自己的力量，一个喜欢利用身后的势力，两个人根本不是一个路数。就像刚才威胁咱们时，萧成荣空着手，把自己的安全全都寄托到手下身上。换成赵庆中，他肯定不会这么做。看到他的那把刀了吧？原来他一直带着。如果咱们在潜艇里想害他，恐怕危险的就是咱们了。”

“你……你想怎么样！”萧成荣颤抖着说道，没了依仗，他瞬间就软了。

“怎么样？抽你！”项昊说着就是一巴掌，耳光清脆响亮，直把萧成荣打得摔到在地上。

“你别！”萧卓上前一把拉住了还要上前继续动手的项昊，“他是威胁了你们，但实际上什么都没做！气已经出了，别再打了！”

“你到底还是向着自家人！”项昊瞪着萧卓说道。

“昊子！”陆林叫住项昊，“这你可就误会萧卓了。”他边说边走到萧成荣身边，“萧二爷是什么人？今天落了单让你打了，等回去了马上就能调动人马对付你。萧卓是为了你好，怕回头不好收尾，你说对吗萧二爷？”陆林亲切地拍了拍萧成荣的肩膀。

“对对……啊不不……今天的事就这么算了，我保证不找后账。”萧成荣话都有些说不利索，笑得比哭还难看。当惯了颐指气使的上位者，猛然发现自己被剥光了丢到一群野蛮人当中，最在意的就是自己的安全，其他的都不重要了。

“我就说嘛，萧二爷是很大度的！萧卓你也听到他的话了吧？”陆林还是嬉皮笑脸的样子，一只手搜着萧成荣的身上有没有武器，一只手从背包里往外掏绳子，“不过今天得委屈二爷您一下了，等我们走了，萧卓自然会叫你的人来放了你。”

“不委屈不委屈！麻烦绑松一点。”此时的萧成荣非常配合，身娇肉贵的他只要现在没危险，秋后算账的机会多得是。

“真就这么算了？”看陆林已经捆好了，项昊把他拉到一边问道。

“还能怎么样？除非你现在宰了他。就像萧卓说的，他没动你一个指头，你抽了他一巴掌，已经赚了！没必要把仇结那么深，不然后患无穷。”陆林说道。

“哼，便宜他了！也就是看在那婆娘的面子上，不然我管他是个什么鸟！”项昊重重哼了一声，接着长出了口气道，“行啦，最后的威胁总算解除了，这下可以安心回家了。”

“最后的威胁解除了吗？”听了项昊的话，陆林暗暗想着。他心里总有那么一丝的不安，一个早该出现却迟迟没有出现的名字浮现在脑海里。那个自始至终像幽灵一样潜伏在周围却又让他们完全感知不到的人，在这场争夺战的最后关头却迟迟没有露脸。他放弃了吗？他在哪里呢？陆林的不安越来越强烈。那个富有诗意的名字，那个梦魇一样的人——吕雁白！

吕雁白会就这么放弃吗？肯定不会！从岳洪的态度，不难看出他们这个教派对通天宝鉴的必得之心。吕雁白如果没有跟着他们下海，他会在哪里呢？归途近在眼前，萧成荣和赵庆中两股势力的威胁也已经解除了，但那种被毒蛇盯着的感觉却越来越强烈。

“吕雁白呀，你到底在哪里呢？”陆林不由陷入深思。众人沉浸在脱险的喜悦中，说笑着准备走回木屋，可他什么声音都听不见。吕雁白的存在让陆林如芒在背，他一定蛰伏在什么地方等待着，在最意想不到的时候出现在大家面前，给众人致命一击！

“先到莫斯科，然后马上转机北京。到了你的地盘，你二哥应该就不会找麻烦了吧？”洛雨跟萧卓商量着。

“嗯，回去就没问题了，放心吧。”萧卓心不在焉地答道，“你说，那面镜子到底有什么用呢？除了结实一点，完全看不出有什么特异的地方，比你们那个什么灾星差远了！要不咱们换换吧？镜子回去我也不争了，把那个球给我就成。”

“想得美！”洛雨不假思索地回绝了她。

看着身边一张张放下了包袱、轻松中略显疲惫的笑脸，陆林迷惑了。身边的几个人从进海洞就没有分开过，当时大家怀疑彪子，可第十一艘小艇后来证明是岳洪驾驶进来的，那么吕雁白要么早就把队伍中的某个人替换了，要么就压根没有跟着他们下海。

而在海洞中，每个人的真实性都被重新证实了一遍，除了他们非常不了解的彪子。彪子吗？从彪子后来的表现看，他不可能是被替换的那个。阻击巨蟹那样几乎必死的任务，一个别有用心的人是不会也不敢承担的。

陆林再次看向身边的众人，那是平日里早已经熟悉了的感觉。他又看了一眼站在小木屋旁开始忙碌起来的彪子。看到众人脱险，彪子步履蹒跚地往车上收拾东西，一身新伤让他的动作很不协调，稍有不慎触动了伤口就疼得一哆嗦，那样子怎么看也不像是假装的。

"伟哥，来看这个。"罗瑞眉开眼笑地从包里掏出两块石头给周伟看，那是在山洞里捡回来的矿石，"嘿嘿嘿，还好我手快，一早儿就收进包里了。冒了这么大的险，总算没有白跑一趟，这次回去哥们就发了！"

"我们的收获何止是这一点。"周伟笑笑说道。对他来讲，精神上的感悟比账面上的数字要有意义得多。"话说回来，这一趟真是累死了，我现在又困又饿。这里昼夜不分的感觉太难受了，特别是现在，好像在提醒我天黑了该睡觉了一样，真困呀。"说着他打了个哈欠。

"耶！终于可以回家喽！回去以后我要先旷几天课，好好吃几顿，睡几个安稳觉。静静，别急着回山，陪我玩几天再走吧？"周欣对水静说道。

"等到了北京我先打电话问问师父。"水静点头道，"无量天尊，这次异国之旅我也获益良多。不过最重要的，还是一路坎坷之后大家都能平安无事地回家。七个人出来，现在十个人回去，咱们的队伍又壮大了。"

周欣先是一愣，随即了然道："七个人出来十个人回去？啊，你是算上卓姐姐、彪子哥和雪儿了吧？哈哈，那也不对，明明是七个人出来，十一个人回去才对！"

"怎么会？你们兄妹两个，陆林哥哥他们三个，洛雨姐和我，再加上卓姐姐、彪子哥和雪儿，明明就是十个人。"水静点指着身边的人一个个数着，看了眼凶神恶煞的赵庆中，小声问道，"十一个人，你不会把姓赵那家伙也算上了吧？"

周欣看难住了水静，洋洋得意地答道："没有，哪有那家伙的事。别忘了，除了咱们十个活人，还有一个死人呢！"

死人？死人！听了两个女孩的对话，陆林猛地想起那具唐代的古尸，一道闪电从头脑中划过。

糟糕！怎么把它忘了！陆林心中一凛。岳洪先前已经承认，上次唐代古尸的失踪是他们干的，他们偷走古尸是为了什么？难道只是为了往尸体脑门上贴张纸条，告诉他们彼得墓园下面的藏书库吗？不可能，只有这一个目的，又何必如此大费周折？而且他们还把运送尸体的官方证明也给开了出来，明显是希望他们能一直带着这具唐代古尸。

保存尸体需要低温，这就决定了他们不可能和尸体待在一起，每次古尸都是单独放在外面或者酒店的冷库里。而且回国时，他们也会一直带着这具尸体，这就是个随时都可以钻的空子！吕雁白可以变脸，他背后的宗教势力复制一身古装不在话下，虽然没人能长时间伪装一具尸体，但同样没人会去怀疑一具尸体，更不会为一个死了千年的人把脉。在大家的潜意识里，那是一个盲点，对方只需要找一个合适的时机把尸体替换掉，就可以神不知鬼不觉地在众人沉睡的时候做一切事情，而且不会被人怀疑。

陆林想得有些头疼。现在大家都累坏了，紧绷的神经也松弛下来……陆林抬头看向小木屋的方向，彪子还在收拾他们的东西，那只装着唐尸的木箱就在他身后。一阵冷风吹过，盖在小屋原主人遗弃的垃圾上的破帆布被吹开了一角，一件东西在灯光下闪着金光。陆林细看，在昏暗中看到了一只手臂的轮廓，他猛然醒悟，闪光的是唐尸护臂上镶着的鎏金饰件！尸体在垃圾堆里，那么木箱里……

扭头再看彪子子，他正俯身去抬那装着尸体的木箱，看样子颇为费力。箱子里不是空的！陆林陡然紧张起来，放声大喊道："彪子！快把箱子放下！离它远一点！"

"啊？箱子怎么了？"彪子茫然地问道。他也累坏了，反应都有点慢。

陆林还待再喊，异变陡生！

啪啦啦！一阵木片碎裂的响声中，箱盖被一股大力从箱子内部撞了个粉碎。不待众人回过神来，破空飞散的木屑中横空闪过一道冰冷的寒光，直直向彪子的心脏袭过去！

"小心！"

"住手！"

突如其来的变故让陆林项昊都惊呼起来，其他人则傻在那里。他们都以为木箱里装着唐代古尸，此时看到唐尸破箱而出，场面诡异得已经超出了他们的常识。

“哧……”

一声轻响，那是利剑穿过衣物和皮肤，插进身体的声音。夜风中，一个人披头散发地站在彪子对面，外披黑色裘皮大氅，内衬金线穿丝的锦衣，鎏金挂件的剑袖。那人面容清秀，脸色苍白，与先前众人发现的唐代古尸一般无二。一路上他都保持着抱剑而卧的姿势，眼下持剑而立的姿势让众人都以为是错觉，因为这之间是生与死的区别！他手中的长剑闪着幽幽寒光，剑的另一头已经插进彪子的身体里。

“见鬼！一千年前的古古古……古尸复活了？还拿拿……拿剑刺了彪子？我我没眼花吧？”罗瑞仍然不相信眼前这一幕是真的。何止是他，所有人都愣住了，连先前提醒彪子小心的项昊，等反应过来袭击者是那具唐尸后，也傻在了那里。

彪子不知所措地看着眼前的人，又低头看了看插在心口的长剑，血“咕嘟咕嘟”地往外冒着。他满脸迷茫，怎么这死了一千多年的死人就这么突然蹦起来，还给了自己一剑？他突然觉得浑身上下一阵虚弱，一种疲乏的感觉涌了上来，他再没力气考虑这个问题，软软地倒在了地上。

“那不是古尸！那是吕雁白！”陆林咬牙切齿地说道，眼珠都快瞪出来了。他恨自己为什么没能早点发现，眼看长剑插进了彪子的心口，现在一切都晚了。

“什么？”

“吕雁白？”

众人先是一惊，等想明白后都不由得打了一个冷颤。吕雁白竟然装成了一具尸体，在一个几乎是任何时候都可以接近他们的死角。

明白过来那不是古人诈尸，而是吕雁白在捣鬼，再看到插进彪子身体的剑，项昊愤怒了，他咆哮道：“吕雁白！老子宰了你！”

“不错嘛陆林，本来想等你们睡着才行动的，没想到被你识破了。没办法，我不得不提前动手了。”对面唐尸英俊的脸上露出一抹阴阴的笑容，声音却还是吕雁白的声音。他抬手把彪子刚才插在后腰上的通天宝鉴抽了出来，接着便拔出剑，彪子滚烫的热血从胸膛里喷射而出，洒了一地。看着倒在地上一动不动的彪子，众人目眦尽裂！

彪子可以说是他们中最无辜的一个人。从在西伯利亚训练营稀里糊涂地被众人牵扯进来后，一路上不辞劳苦，帮助众人做了他所能做的一切，真正把他们的事当成了自己的事。虽然他粗鲁莽撞，但相处久了，大家发现他有一颗诚实善良的心。即使在海洞中被大家误会，他也没有半句怨言，更是为了给众人争取时间，抱着必死的决心挡住了巨蟹。他用一颗赤子之心证明了他对项昊说的“你当我是自己人，我就是自己人”的诺言。君以国士待我，我必国士报之！

眼看一切尘埃落定，大家庆幸所有人都平安无事，吕雁白的出现，却让众人一片光明的心陡然陷入了黑暗。

“吕雁白你个畜生！想要那破镜子拿走就是了，何必非要置他于死地？”陆林也是气急，边往前走边喝骂道。他心中的杀意越来越浓，恨不得把这个阴魂不散的家伙撕成碎片。

眼看陆项二人要过来，吕雁白急退几步说道：“不杀他我能这么轻松拿到东西吗？岳老头没出来，看来也是挂了，咱们这算两清。对了，把这个还给你们。”他来到那堆垃圾面前用剑一挑，把盖在上面的帆布挑开，露出了下面依然保持着抱剑姿势的唐代古尸。

看到古尸，陆林微微一愣，总觉得有什么不对的地方。细看，那古尸一丝一毫的变化都没有，依然是先前僵硬的姿势。哪里不对呢？陆林还待再看，猛然反应过来！对了，就是看得太清楚了！现在是黑夜，除了木屋内的微弱灯光再没有光源，一个在黑暗环境中几十米外的物体，自己怎么可能看得这么清楚？难道是……

不待他细想，古尸的脸庞被一道光线照得更加清晰，周围的环境也突然更加明亮！寻觅光源，竟然是吕雁白手中的通天宝鉴！那面不知道用什么材料制成的透镜，此时竟然变成了一个发光体，一道橘色的温暖光柱从透镜内射出，还有不少杂光散射到周围，而且还在越变越亮！

“嗯？这是怎么回事？”一直密切盯着陆项二人动静的吕雁白似乎才发现这一点，举起透镜端详着，却没敢把光柱照向自己。片刻后，透镜几乎已经被光芒淹没，完全成了一个发光体。吕雁白突然变了脸色，手猛地一抖，哀嚎一声，好像被什么东西咬了一口，一撒手丢开通天宝鉴。众人依稀闻到，对面的风中似乎飘来一阵烤肉的味道。

透镜"咣当"一声落在地上，那道橘色的光柱笔直地照向天空。开始时，光柱就像照向天空的高亮度手电光，半透明且延伸出一段距离后就消失在夜空中。但随着亮度像几何积数般地极速增加，散射的杂光越来越少，光柱越来越凝实，消散的尽头也越来越高远，如一条白色的通天之路向着苍穹不断延伸，仿佛要把积蓄了数百年的力量，在这一瞬之间全部爆发出来！最后，一道几乎凝成实质的白炽光柱直冲云霄，贯通天地！

"这就是古籍中提到的长虹贯日吗？原来那东西会发光！"洛雨看着这通天彻地的奇景喃喃自语道。所有人都被巨大的异变震住了，那道光白得刺眼，这通天宝鉴果然不是那么简单的东西！

从透镜开始发光被吕雁白甩到地上到光柱贯穿霄汉，前后不过一分钟时间，一切发生得太快！吕雁白撒手之际就感觉到一股灼热的气浪袭来，不由得退出十几米。那道笔直的光柱冲天而起后，他甚至生出了一种身在熔炉边全身被炙烤的感觉。

过了片刻，那道光柱开始减弱，消散的速度比它凝聚时更快，没过多久就悄无声息地消失在空气里。刺眼的白炽光不见了，众人的眼睛一阵不适应。那面透镜就像是个发完了脾气的孩子，安静地躺在地上，如扁圆的灯泡似的散发着温暖的橘色光芒，再没有了一丝张扬。一阵海风吹过，陡然带起一片飞灰，透镜周围的一圈岩石地面被吹薄一分，原本的表层地面都化为了一片粉尘。

"这就完了？不是说通天宝鉴吗？通天之路在哪里？"萧卓喃喃说道。

"如果这么容易，元人又何必修建那么多祭坛，还等了一百多年？"洛雨摇头说道。

看众人还沉浸在刚才的震撼中没有反应过来，吕雁白第一个抢上前去，伸手就要去抓通天宝鉴。指尖刚接近透镜边缘的金属框，就感到刚才的那股炽热还没有完全消失。他一回手把裘皮大氅解下来，飞快叠了两叠，往还在发光的透镜上一罩，抱起来就跑。又是一股烤焦的气味传来，他甚至还能听到皮毛中发出"刺啦啦"的炙烤声。

他一边向木屋后面跑，一边喊道："果然是好东西！难怪你们一路上吃了这么多苦都不肯放弃，谢啦！”脱掉大氅后的他依然是那身古装打扮，那柄仿造的古剑早已经扔在了地上，只是穿着锦衣向后狂奔。大家明明知道那不是真正的唐代古尸，可看到一个身穿古装的人在跑，还是感到一阵怪异。

“混蛋！”项昊暴喝道。刚才看到吕雁白捡透镜，他和陆林就已经动了然而两个人却没有继续追赶，而是第一时间来到彪子身边检查他的伤势。身后的众人跟着也都跑了过来，全都围在彪子身边，只有赵庆中丝毫没有停留，以最快的速度向吕雁白逃走的方向继续追了过去。他说过不会再和陆林一行人抢，却不代表可以容忍其他势力在自己眼皮子底下带走通天宝鉴。

“彪子！”

“彪子！”

一众人围在彪子身边大喊着。吕雁白那一剑穿胸而过，此时彪子的上衣已经被血水浸透，伤口中刚才还大股大股涌出鲜血，现在似乎已经不怎么流了。他的脉搏微弱到了极点，任大家怎么呼唤他都没有睁开眼睛。远处有马达声传来，可众人已经顾不上了。

“静静！你不是懂医术吗？想想办法！想想办法呀！”项昊抓着水静喊道。

“我我……这是内脏出血，而且已经失血过多了……”水静眼里含泪，她没有再说，只是开始尽力在彪子身上的穴位来回按摩。几次之后，彪子的身体微微一振，转醒了过来。可水静的脸色更难看了，忍着眼泪向项昊摇了摇头。大家心中一沉，这怕就是回光返照了。

“东西……东西抢回来了吗？”没想到他醒来第一句话就是问这个，“我真没用，大家……大家辛苦了一路才把它找到，却……却在我手里弄丢了。我……我对不起你们。”

“抢回来了，放心吧！已经抢回来了！”陆林努力挤出笑容，说着善意的谎言，他不想让彪子在弥留之际还有什么挂念，“彪子，家里还有什么事吗？跟哥说，哥都给你办到！”

听到东西夺回来了，彪子紧绷的身体一松，精神似乎也放松了下来。他断断续续说道：“家里？不要！其实……其实我家挺富裕的。我从小就喜欢追求刺激，可……可我爸很严厉。后……后来，我不满足平淡的生活，我爸也管……管我管得太狠了。我才偷了家里的钱，到……到西伯利亚学搏击……三年了，我一次都……都没有回去过，也不敢……跟家里通信。爸妈都不知道我去哪了……听朋友说，他们……他们一直在找我。”说到这里彪子的泪流了出来，里面全是愧疚和悔恨。

他的声音越来越小，目光已经没有了焦点，艰难地呼了口气继续说道：“我怕是……怕是活不成了。别……别告诉他们……我觉得……这样……这样更好……多少……多少能给他们留点念想……有点念想……多……好……”接着就是弥留时的呢喃，彪子似乎还有很多话想说，但缓缓呼出最后一口气后却无以为继，就此逝去。

“彪子！彪子！兄弟呀！”任大家怎么呼喊，他都没了声息。

众人沉浸在悲痛中，回想一路上的点点滴滴，好几个人都哭了起来，气氛压抑到了极点。这时赵庆中的声音不合时宜地在他们身后响了起来：“节哀吧诸位，不好意思，还是让他拿着东西跑了。”赵庆中叹了口气。

大家默默回头看了他一眼，却一点着急的样子都没有，似乎就连通天宝鉴都已经不那么重要了。赵庆中向身后的天空指了指道：“在那里，没想到这家伙竟然准备了一台动力三角翼，我跑了一段没追上，它就直接升空了。这次怕是……呵呵。”言下之意，这次怕是抢不回来了。

他话锋一转又道：“不过祸兮福所倚，对你们来说丢了也好。先前谁都追着你们，匹夫无罪怀璧其罪，即使回了国，几方势力也不会善罢甘休。但现在你们的‘璧’已经丢了，抓你们也就变得没了价值，你们自然也就安全了。安心回国吧，回去也不会有人为难你们了。这帮妖人的麻烦，我们自然会去找，对吧萧二爷？”赵庆中扭头向被捆在不远处的萧成荣喊道。

萧成荣好像没有听见，失魂落魄地看着远处空中的三角翼，仿佛一世的荣华都随着它一起飞走了。他原本已经有了算计，自信地认为通天宝鉴出不了俄罗斯就会落在自己手里，这才安心被俘。不想一场变故下来，宝贝就这样被吕雁白带走。想在茫茫人海中寻找这样一个会变脸的人，恐怕连一丝渺茫的希望都没有。

项昊看着空中的小三角，离他们至少有数百米了。他眼中全是怒火，也不管对方能不能听到，用尽力气向着天空嘶吼道：“吕雁白！给爷等着！我绝不会放过你！妖人！你迟早要遭报应的！”回答他的只有北冰洋拍击海岸的怒涛。

不料就在这时，天空中突然出现了一连串细小的火线，它们从更高处呈 45 度角斜斜落下来，如雨点般洒在吕雁白的那架三角翼上。

在那些火线面前，三角翼好像是纸糊的玩具，两只翼展顷刻间就支离破碎。竟然是机枪子弹！接着似乎油箱也被击中了，三角翼直接在天空中爆炸成了一个火球，向着海面坠落下来。

# 第四十章　永夜的黎明

众人被突如其来的变故震傻了，大脑都有些短路。“你们看那个！宝鉴在那里！”第一个反应过来的水静指着天空喊道。原来在爆炸的火球中，一个豆大的小光点被炸上了高空，接着便下坠了下来。

“又要掉进海里了！”罗瑞惊呼道，这可是他们费尽力气才从海下捞出来的呀！

“哎？不对！它怎么不落了？它飞走了？”水静叫道。那个原本垂直下落的小光点，竟然在天上一停，之后在空中划出一道向上的弧线，飘飘忽忽地又升了起来！这太超出常识了！

“不对！不是飞走了，是被人抓在了手里，是那人在飞！”赵庆中惊呼道，“是蝠翼装！翼装飞行，那是不借助任何动力，仅凭借特制的连体蝠翼装在空中滑翔的极限运动。怎么会这样？那人是哪来的？刚才的子弹是哪来的？”他猛地抬头看向天空的另一边，寻找刚才火线发射的轨迹，接着他就定在了那里，目瞪口呆。

众人顺着他的目光望过去，一架飞机从云层中钻了出来。胖胖的机身，细长的双翼，双翼的尽头有两只大到不成比例的螺旋桨，它正在用极快的速度从高空俯冲下来，向着刚才三角翼爆炸的方向飞过去。众人又去看通天宝鉴形成的光点，果然看到旁边有一个人影的轮廓。

“那人和飞机是一伙的？怎么会有飞机……”陆林一脸凝重地喃喃说道。看着越来越接近的飞机和在空中不停滑翔的人影，大家的心都跌落到谷底，一种无力感油然而生。那是不能触及到的天空，他们只能眼睁睁看着这一切发生。自己一行人千辛万苦才拿到的通天宝鉴，终究还是被人抢走了，连一点追回来的希望都没有。

就在这时，意想不到的一幕发生了！远空传来一声鹰鸣，一只大鸟舒展着巨翼向着滑翔的人影扑了过去！

“是上校！”罗瑞惊呼道。刚才罗瑞上岸就没有看到它，想来是去找吃的了，没想到它会在这最重要的关头飞回来！

上校只用了片刻就扑到那个人影身上，穿着蝠翼装的滑翔者的节奏瞬间就乱了，手中的通天宝鉴像个在空中不停摇曳失去平衡的小光点，可以想象那人现在的狼狈。蝠翼飞行时要求飞行者一定要把双手双脚全部舒展开，将连体的蝠翼张开到最大，一旦四肢晃动或者贴近身体，让蝠翼失去空气的支撑，就很可能瞬间失去平衡，从高空直接坠落到地面上。

上校在空中与滑翔者不停缠斗，爪抓嘴啄，咬得那人极其狼狈，节奏彻底乱了。他先前在空中划出一道平滑的缓慢下降的曲线，现在却像少了只翅膀的飞机，在空中剧烈地摇晃下坠。即使依然保持着身体的舒展，也已经完全失去了平衡。滑翔者终于不堪其扰，猛地把抓着宝鉴的手收回来，向着上校抽了过去！光点在空中化为一条光带，直直打中了上校。众人就听到远处传来一声哀鸣，上校被拍出去好远，扑腾了几下翅膀就落进了海里。

“上校！”众人一片惊呼，他们宁愿不要通天宝鉴，也不想上校出事。罗瑞更是傻在了那里。

那人打飞上校后再也把握不住身体，眼看就要栽进海里。不料就在距离海面几十米时，一朵黑色的大花环在低空中绽放开来——那人打开了降落伞。通天宝鉴的光点随着黑色的降落伞滑行一段后，一起落在海面上，被降落伞掩盖起来。但紧接着，光点又露了出来，是那人从伞下爬了出来。

看到他竟然没事，众人一阵失望。但大家已经不把他放在心上，他们密切注意着上校坠落的地方。

就在这时，那架俯冲下来的飞机开始减速，原本向着前方的两只巨大螺旋桨，竟然奇迹般的开始向上翻转，如直升机般竖了起来。飞行到降落伞前方不远处，巨大的机体开始垂直向海面降落下去。贴近海面后，机尾的舱门轰然打开，两只螺旋桨的巨大风力吹起无数水雾，在海面上形成了两个大漩涡。拿着通天宝鉴的人在狂风和水雾中快速向前游，没一会儿就扒着后舱门爬进了飞机。

远远望去，那人影站在舱口，向着众人的方向转过身，挑衅似的举起手里的通天宝鉴挥舞了几下，这才关闭舱门。接着，那架飞机开始垂直上升，两只向上的螺旋桨再次翻向前方。飞机不断加速，开足马力向着高空飞过去，转眼间就钻进云层里不见了。

“那是……那是美军的鱼鹰式倾转旋翼机！怎么会……怎么会……”赵庆中在一连串的震惊中回过神来，望着天空痴痴说道，仿佛那暗蓝的天幕中满是绝望。先前吕雁白不过是驾驶一架三角翼，飞不出多远就要着陆，依然是要通过其他方法才能离开俄罗斯。吕雁白个人再厉害，也不过是猎手眼中的一只兔子，而且他肯定是要回国的。可美军鱼鹰的出现，让一切都变得不同了！这里距离毗邻北冰洋的挪威、芬兰和瑞典都不过几百公里，它可以轻易飞出俄罗斯的领空，带着通天宝鉴去向世界的任何地方。

更严重的问题是，这架鱼鹰从哪里来？背后是什么样的势力？这样的对手再不会是一只兔子，鱼鹰背后隐藏的会是怎样一只庞然大物？想从这样一个国外势力手中重新把东西抢回来，会有多难？如果对方这一走再不出现，通天宝鉴怕是就此失落，再也不可能找回来。赵庆中顷刻间想到了无数没办法解决的问题。

“诸位，告辞。不陪你们玩了，我得赶紧回去布置。”赵庆中脸色凝重，说完就要转身离开，他突然想起什么，扭头又说道，“你们最好不要再出现在我眼前，下次见面，还是敌人。”

看到赵庆中离去，萧成荣也急了，他何尝不需要回去布置，向着萧卓哀求道：“小卓，把哥放开吧，东西不在你们手里，我这次保证不会为难你们了。没时间耽误了，别让赵家人抢了先！”

海风中，大家谁都没有说话，还是紧张地看着海面。所有人心里都空空的，周欣喃喃说道：“东西丢了，彪子死了，上校也不知道怎么样了，我哥的病也……我们这次，我们这次……”说着说着又嘤嘤哭泣起来。

她把众人憋在心里的话都说了出来，他们怎么也想不明白，难道历尽艰辛甚至付出生命的代价之后，等待他们的就是这样的结局吗？他们一千个一万个不甘心，可通天宝鉴已经被那架神秘的鱼鹰带走，没有一丝踪迹。

萧卓叹了口气，向萧成荣的方向走去，准备给他松绑。

洛雨把周欣搂在怀里，用难免失望的语气安慰道：“放心吧欣欣，上校不会有事的。你看你哥现在不也好好的吗？放心吧，咱们还有时间，一定能想出办法的。”

这时她的声音突然一滞：“欣欣你看那边！孔明灯，好多好多孔明灯！”

大家疑惑地看向大海的另一边，那是港口附近。不知从什么时候开始，海岸边亮起了一盏盏红彤彤的孔明灯，密密麻麻犹如聚集在一起的萤火虫，又仿佛繁星坠落到地面上，数量至少有上千只。相隔如此之远，他们居然能听到那里躁动的人声，那是成千上万的人聚集在一起的嗡嗡声。有灯火已经冉冉升起，带着微弱的光缓缓飞上天空。一盏……两盏……三盏……十盏……三十盏……三百盏……

众人不禁愕然：“这是……过节吗？”

“你们不知道？没看到这几天码头上搭台子吗？”被解开绑绳的萧成荣凑过来说道，“昨天上船时听艇长说了，今天是‘太阳日’，他们会举办庆典，迎接漫长极夜过后的第一个黎明。”

“黎明？”也许是在黑夜里暗得太久了，众人心中不由得升起一种向往。

“难怪刚才隔那么远还能看到蝠翼人，我还以为是视力变好了，原来真的是天要亮了。”萧卓轻声说道，语气中透着无尽的失落，“这个黑夜，真的太漫长了。”

萧成荣又对她说道：“小卓，我也走了。唉，没想到宝贝还是被外人抢走了，这次的事就这么算了，带着你的朋友赶紧离开吧。”他突然又变得和蔼，没有利益冲突，他不想把萧卓得罪太死，又扭头点指着项昊说道：“小子！那一巴掌，二爷我记下了！”

“你还没过瘾是不是？”项昊一肚子的憋屈和愤怒正没处发泄，举手又要抽过去。

“你你你……君子动口不动手！好汉不吃眼前亏，二爷不跟你一般见识！”萧成荣边往后退边说道，没几步就跑回来时开的那辆车前，没管手下的尸体开车就跑。

“你这哥哥真不是玩意儿，还没你像个爷们儿！”项昊对萧卓说道。

“那是个崇尚阴谋、喜欢背后下黑手……”萧卓话还没说完，众人突然听到空中再次响起了一声鹰啼！

“是上校！它没事，雪儿那只雕也回来了！”水静望着天空惊喜地喊道。

果然，雪儿那只雕和上校一前一后向着岸边飞过来，上校爪子上抓着什么东西，一只翅膀好像不太灵活，看来真的受伤了。

两只鸟儿一落地，罗瑞和雪儿就跑了过去。看到上校没事，罗瑞激动得喜极而泣，好一阵检查和爱抚后，才如释重负地对众人说道："没事，翅膀受了点伤，养养就好了，我们家上校结实着呢！"大家长长松了一口气。如此短的时间里，他们受的打击实在太多了。

众人这才注意到上校落地时从爪子上甩下来的东西，竟然是个运动腰包。罗瑞溺爱地问道："这是你从那个人身上拽下来的？哎呀，太危险了！下次不许你这样了，不然禁足一个月！"上校叫了两声，也不知道它听懂没有。

"看看这包里是什么？"听说是那蝠翼人的东西，萧卓把包捡了起来，"那种飞行方式，身上多带一点东西都会增加危险。他竟然不肯把东西放在飞机上，肯定非常重要。"

打开腰包，里面是两个密封的防水袋，一个装着一枚戒指，另一个装着一团花花绿绿的皮革，看样子像是张残破的皮地图。

"这戒指上的徽章我见过，在族谱里。"洛雨叹了口气说道。众人不约而同地想起她曾提过的早已经移居美国的洛氏，又一个庞然大物出现了。面对一个扎根国外的大家族，他们还有机会把通天宝鉴夺回来吗？洛雨还会站在他们一边吗？大家心中的阴影更深了。

无数的难题向着这群身心俱疲的人劈头盖脸地砸过来，沉重到让他们几乎透不过气来。无尽的哀伤和沮丧之后，似乎还有一个巨大的深渊在等待着他们。一行人心灰意冷，全都沉默了，也全都绝望了……

就在这时，远处传来了无数人的欢呼声。众人扭头望去，视线就再也离不开了。谁也没有再去看那地图和戒指，现在哪怕通天宝鉴就放在他们面前，他们都未必会看一眼。此时在海洋的另一边，一幕巨大的变化，把众人所有的注意力都吸引走了。那是来自生物本能的欲望，那是所有生活在地面上的动物早已经写进基因里的、不可抗拒的对光明的向往！

码头那一边，升起的孔明灯越来越多，千灯奔月，好像一颗颗飞上天空的星辰，仿佛连天边也被映红了一角。深蓝色的天幕一点点变成浅蓝和紫色，漫天红彤彤的孔明灯，地上白雪织成的银色地毯，远方无尽的深蓝色冰海，交织成了一幕天地间的奇景。在天与海相接的尽头，一抹红晕正慢慢冒出头来，那是红红的太阳在海中露出的一角。一道道柔和的光芒从海平面射向四方，照亮了天空中的千里云霞和地面上的万里冰封。

日出了！

摩尔曼斯克长达两个月的漫漫寒夜终于结束了，这座极地之都，终于迎来了它新一年的第一个黎明。大家已经记不清有多久没见过阳光了，他们甚至已经有些习惯这深沉的黑暗，忘记了光明的味道。但正因为经历过了无尽的黑暗，这一线光明才显得那么弥足珍贵，让人恋恋不舍。众人连眼都不眨，一动不动地任由柔和的阳光照在身上，驱走他们周围的黑暗。

阳光所到之处，霸占了这里两个月的黑暗瞬间土崩瓦解，在风中被驱散得无影无踪。凭海临风，那灿烂的光明仿佛注入了他们的身体里，原本疲乏至极的精神和躯体，在温暖中开始重新积蓄力量，连那裹住一颗心的层层阴霾，都被一点点融化。他们不约而同想起在北京站时，周欣为本次行动随意命名的代号——黎明女神。经历了漫漫长夜，他们仿佛到这一刻才真正明白黎明的意义。那刺破黑暗的一线光芒，仿佛宣告黑暗总会过去，光明终将到来，给天地间一切生命的希望！

那是希望的光芒！一种不需要解释，也无法解释的感觉缓缓注入每个人的心田，化作无穷的勇气在大家胸中激荡，心中的忧伤与沮丧都开始消散。周欣第一个不能自已，她几步跑到海岸边，任凭崖岸上激起浪花拍打，任凭冰冷的海风吹过面颊，她双手拢着嘴，向着茫茫沧海尽头的朝阳大喊道："黎明女神！早上好！我一定要治好哥哥！我们是不会放弃的！"

"我们是不会放弃的！"似乎受了她的传染，大家都忍不住来到海边，向着朝阳放声呼喊起来。只有雪儿很不着调地喊了句："给我烤肉！贫道饿啦！"闹得众人都忍不住笑场，原本沉重的气氛轻松了很多。

陆林长出口气说道："我现在想，岳老头有句话说得真对，世间没有一样东西可以灭绝人们向往光明的心。我还是有生以来第一次感觉到，原来能站在黎明的阳光下，竟然是件这么幸福的事。"

"按照地理常识来说，极夜后的第一个日出不会发生在早上，现在应该是正午。而且第一个白天会很短，日出应该早就开始了，只是非常慢。太阳大概最终也只会露出一点，不到一小时后就会落山。不过这些都不重要啦，在我们最需要光明的时候，它出来啦！”洛雨说道，像个小女孩似的又向着朝阳大喊，“谢谢你啦太阳！”喊完自己都笑了。

笑过后她面容一整，先前的失落和颓废一扫而空，对众人道：“来说说正事吧！我们说好了，谁也不能放弃！”

看到众人点头，她又说道：“真奇怪，先前通天宝鉴在咱们手里那么久都没有反应，为什么才到吕雁白手里就开始发光呢？”

陆林想想说：“也许这只是一巧合。咱们拿着那镜子的时候，不是在水下就是在洞里，而且是在晚上。而吕雁白拿到透镜不久，天色似乎已经开始有点亮了。那时我隔了好远就能看清那具唐尸，当时以为是镜子发出的光，现在回想起来，那时周围环境的亮度整体都提升了，你们说这透镜发光会不会和刚才的日出有关。”

洛雨不置可否。“还有一个问题，那镜子的能量从哪来？大家刚才都感觉到那股热量了吧？没有什么能量是可以凭空产生的，那能量会是从哪来的呢？我感觉，那个飞出大蝙蝠的地下洞口里一定还有我们所不知道的秘密。那个地方肯定非常特殊，不然元人不会费尽力气把最终的祭坛修建在这里，还把通天宝鉴堵在了那个洞口上。对了，当时走进钻石塔，你们有没有感到一股闷热？应该就是从那地洞里传出来的。我怀疑，通天宝鉴释放的能量跟那个地穴有莫大的关系！”

说着她叹了口气，“地穴的来历，按元人的说法就是紫微之下，黄泉之巅。先前我以为那只是古人的主观臆测，把发生特殊地理现象的地方当成地狱的入口。可后来，西方神话中的地狱魔鬼、北欧神话中的镇狱巨蟹竟然真的都出现了！我自己现在也有些糊涂了，真不知道那些虚妄的神话背后，是不是真的隐藏了什么真相。”

周欣点头说道：“也未必没有可能。先前你不就说过，人类根本没有真正进入过地底深处嘛，没去过又怎么知道那里有什么？也许那洞口下面真的有一个地下世界呢。”

洛雨摇头苦笑，这个推测他们是没有能力证明的。她扭头问萧卓：“你先前说通天宝鉴是你们家的，现在东西已经丢了，你可不可以坦诚地告诉我们，那东西到底跟你们家有什么关系？”

萧卓沉吟了一下，点头道：“也没什么，只是那时咱们不熟，我觉得没必要跟你们说，现在无所谓啦。你们知道，通天宝鉴是元人从耶律铸手中得到的，并号称它是耶律家的传家之宝。其实那东西是耶律楚材从我家祖先手里夺走的，先前通天宝鉴确实是在我家手里。其实有件事应该告诉你们……我们萧家和耶律家一样，出自契丹。”

“契丹人？辽国？”洛雨皱眉问道。

萧卓点头继续说道：“你们应该知道，耶律和萧姓都是辽国贵族中的大姓。据说我家祖上曾是萧姓中的大贵族，那枚通天宝鉴，就一度掌握在我家祖先手里。后来女真灭辽创建金国，契丹贵族有的跟着耶律大石远走中亚，有的则隐姓埋名投降金国，大家还算相安无事。再后来，元灭女真，成吉思汗重用耶律楚材，而我萧家却日渐衰微。耶律楚材一脉早就对通天宝鉴有觊觎之心，此时他权势滔天，便仗元人的势力将通天宝鉴从我祖上手中夺了过去，谎称这是他家的传家之宝！”

萧卓苦笑着摇了摇头，“其实耶律氏和萧氏间的关系真的很难说清楚，通天宝鉴是否真的是祖上从耶律氏手中强夺过来的我也不知道。但我听家里的老家伙念叨过，通天宝鉴原本并非是辽国之物，而是来自大宋！那是宋辽交兵之时，宋国在辽国的强大压力下被迫献给辽国的。再早的事，家里的老家伙也不知道了，只说它好像还跟雷峰塔有点关系。”

“跟哪儿？”众人以为听错了。

“雷……峰塔呀。”萧卓声音越来越小，自己都没了底气，心中埋怨家里的老家伙们是不是老糊涂了才会说出这么荒谬的一个地方，害得大家现在用看妖怪的眼神看她。

“跟雷峰塔有关的只有法海、许仙和白娘子吧？”项昊在一旁眯着眼睛说道，“洛雨扯出点神话故事，你倒好，连民间传说也扯出来了，怎么不说那东西是唐僧师徒四人，从大雷音寺取经取回来的？”

被项昊一奚落，萧卓不干了，两个人又斗起嘴来。周欣水静在旁边劝，叽叽喳喳吵成了一团。

洛雨拍着脑门摇了摇头，事情变得越来越没有头绪了。灾星，通天宝鉴，海洞中的地狱之门，神秘的葬天之地……无数谜团笼罩着他们。各大世家的势力也相继登场，个个都是一副不肯善罢甘休的样子。细想起来，前路真是一片渺茫，尽头几乎看不到彼岸。想着想着，洛雨不由得头痛起来，又用力拍了拍脑门，不经意间看到透过指尖照到脸上的柔和阳光，她释然了。只要太阳照常升起，一切就总有希望。

天空果真如洛雨所说，一直持续着黎明的状态，太阳只冒出了一个头便没再升起。柔和的阳光照在海面上，深蓝色的冰海泛起了点点银光。在众人看不到的远处，受伤不轻的吕雁白，正趴在一块三角翼的碎片上努力向一艘渔船游去。柔和的阳光照在房前屋后，照在垃圾堆中的唐代古尸身上。谁也没有发现，在他冰冷的身躯里，一丝若有若无的脉动，正在徐徐跳动着。

公平的黎明女神把希望带给了所有人，就看你懂不懂得抓住这希望的光芒。

# 第二部 完